中国文言小说精典

陈建根 主编

刘文忠 林东海 陈建根 孟庆锡 王思宇 选注

山东大学出版社

图书在版编目(CIP)数据

中国文言小说精典/陈建根主编;刘文忠等选注. —2 版. —济南:山东大学出版社,2008.1
(国学精典)
ISBN 978-7-5607-1977-1

Ⅰ. 中...
Ⅱ. ①陈... ②刘...
Ⅲ. 文言文—短篇小说—作品集—中国—古代
Ⅳ. I242.7

中国版本图书馆 CIP 数据核字(1999)第 03032 号

山东大学出版社出版发行
(山东省济南市山大南路 27 号 邮政编码:250100)
山东省新华书店经销
山东新华印刷厂印刷
720×1010 毫米 1/16 46.5 印张 956 千字
2008 年 1 月第 2 版 2008 年 1 月第 2 次印刷
定价:93.00 元

出版说明

精神与文化是人类社会的最高追求，也是不同历史时期、不同群体与地区人们的基本需求，尤其是积文明传承之结晶的传统文化，更是其中的基点所在。进入21世纪以来，随着中国社会的飞速发展与历史巨变，国人对精神与文化的追求也与日俱增，特别是当我们的物质世界在不断地告别历史、远离传统之际，我们对于精神家园的缅怀与追寻已成为愈浓的乡思。无论是经典秘籍、诸子百家，还是唐诗宋词、古文小说，都在被身处现代化的人们重新找回。这是民族精神与文化建设的动力所在，也是社会和谐发展的基础所系。基于此，我社对以往出版的传统文化精典著作重加整理，汇成本套“国学精典”丛书，计有《中国智慧精典》、《中国诗词精典》、《中国古文精典》、《中国书信精典》、《中国文言小说精典》、《中国话本小说精典》，共六种，旨在涵括传统国学之精粹。读者一编在手，既可以饱览诸子百家的智慧，又可领略唐诗宋词的美韵；既可鉴赏古代散文的汪洋纵恣，又可体会书柬信札中的文思华采；既可品味文言小说的隽永，又可欣赏话本小说的乐趣。每册内容，都可圈可点，当然，也都可随时读之，高阁藏之。进德修业，堪为良友。

山东大学出版社
2007年12月

前言

我国的小说源远流长，如果探其源头，可以追溯到远古时代的神话。神话是人类童年时代的产物，是“通过人民的幻想用一种不自觉的艺术方式加工过的自然和社会形式本身”（马克思：《〈政治经济学批判〉导言》）。神话的主人公多是天神或神化了的英雄：炼石补天的女娲，是一位形象高大的女神；与日竞走的夸父，是一位具有大无畏的气概，敢于同大自然进行斗争的英雄；精卫填沧海，百折不挠；刑天舞干戚，猛志常在；鲧、禹和后羿，都是渴望征服自然、为人类造福的英雄。这些神话故事，不仅以它们的积极浪漫主义的精神影响着后代的小说，而且就其故事本身来看，已经有了人物形象，有了人物的活动和斗争，后者可以说是小说的最简单的情节。从这两种意义上来说，远古的神话已经具备小说的某些因素了。当然，有了人物与情节，并不意味着就是小说，因为史书中的人物传记，也具有这两种因素，但神话与史传又有着明显的区别，神话驰骋着浪漫主义的想象。“最杰出的艺术本领就是想象。……想象是创造性的。”（黑格尔：《美学》第一卷）在这一点上，神话与史传迥然不同，所以常被称为“小说的萌芽”。

与神话传说一脉相承的，是六朝的志怪小说。这一时期的志怪小说，品类繁多，又因托名者甚多，不少作品确切的时代及作者难以考定。干宝的《搜神记》可以作为这类小说的代表。《搜神记》中保存了不少神话传说，也有一些较为优秀的魏晋民间故事。这类小说的出现，一方面受我国原有的神话传说的影响，同时也受外来佛教的影响。鲁迅先生说：“中国本信巫，秦汉以来，神仙之说盛行，汉末又大畅巫风，而鬼道愈炽；会小乘佛教亦入中土，渐见流传。凡此，皆张皇鬼神，称道灵异，故自晋讫隋，特多鬼神志怪之书。”（《中国小说史略》）

《搜神记》等志怪小说虽然内容比较复杂，但却有很多优美动人的故事。《干将莫邪》表现了被压迫人民反抗残暴的统治者的坚强意志和英雄气概。《韩凭夫妇》暴露了统治者的荒淫无耻，歌颂了韩凭夫妇不畏强

暴，不慕富贵的崇高品质和坚贞爱情。《李寄斩蛇》为我们塑造了一位为民除害的少年女英雄的典型形象。《白水素女》反映了人民对美好生活的向往和对贫苦农民的同情。还有不少故事，或写人鬼恋爱，或写人神恋爱，都曲折地反映了青年男女为追求自由婚姻和爱情幸福的斗争。这些都是志怪小说的精华，它们闪耀着积极浪漫主义的光芒，在思想内容上对后代的小说和戏曲产生了很大的影响。

在艺术形式上，六朝志怪小说虽然还处于小说发展的初级阶段，并非有意识地进行小说创作，在人物塑造和情节上，还只是“粗陈梗概”，但已经有了粗略的人物描写和简单的情节，有些作品的写作技巧已比较成熟。它们开始注意到人物性格的刻画。如韩凭妻的坚贞、机智，李寄的勇敢、沉着、足智多谋，眉间尺和路客的视死如归，都表现得栩栩如生，感人至深。有些小说，还有生动的细节描写和人物对话，这标志着小说艺术特点的显著增强。

六朝小说的另一门类是志人小说，刘义庆的《世说新语》可为代表。《世说新语》所记载的多是魏晋名士和清言家的遗闻佚事，所以《世说新语》又被称为“清言小品”。《世说新语》篇幅短小，但却能抓住最足以表现人物性格的语言、动作、事件作传神的描写，或者对人物性格的特征作漫画式的夸张。如“王蓝田性急”，绘声绘色地勾画出王蓝田吃鸡蛋的蠢相和急性子；“谲诈”门有关曹操的几则故事，生动地表现了曹操诡诈、多疑、残忍等性格特点，为罗贯中的《三国演义》塑造曹操形象所汲取。《世说新语》中的不少人物描写，都具有性格鲜明、气韵生动的特点，诚如胡应麟所说：“读其语言，晋人面目气韵，恍然生动。”(《少室山房笔丛》)

从六朝的志怪、志人小说到唐代传奇小说的出现，中间经过了一个过渡阶段，从《洛阳伽蓝记》中的“杂事短书”小说，可以看出这种过渡形态。就《洛阳伽蓝记》整部书而论，还不能视为小说作品，但有些段落，确实可以作为小说来读，宋代修纂的小说类书《太平广记》就从《洛阳伽蓝记》中移录了不少则，我们这个选本，也从中选了二则，以便让读者了解从志怪小说到唐宋传奇之间的过渡形态。

唐代传奇小说的出现，标志着我国古典小说发展的新阶段，它是六朝志怪小说的历史发展，正如鲁迅先生所说：“传奇者流，源盖出于志怪，然施之藻绘，扩其波澜，故所成就乃特异……而大归则究在文采与意想，与昔之传鬼神明因果而外无他意者，甚异其趣矣。”(《中国小说史略》)传奇小说与六朝志怪小说又有明显的不同，这种不同，主要表现在以下几个方面：

首先，六朝志怪，是将怪异当作事实记载的，它们大多相信鬼神实有，或旨在发明神道之不诬，或把搜神志怪当作自神其教的宗教宣传品，并非有意识地进行小说创作。唐人的传奇，则是有意识地进行小说创作。

其次，在小说取材上，志怪小说多数是记神仙怪异之事，而传奇小说虽有时也记异闻奇事，但更多的是取材于现实生活，唐传奇是在唐代社会生活的土壤中成长起来的。“文变染乎世情。”(《文心雕龙·时序》)唐人小说与唐代的政治情况、经济发展等有密切的关系。

复次，从艺术形式上来看，六朝志怪小说仅仅是“粗陈梗概”，篇幅短小，语言质朴；唐传奇则篇幅较长，情节曲折多变，波澜起伏，叙事婉转，文辞华艳，人物描写手段也比较丰富多样。

总之，传奇小说比起志怪小说来，在内容与形式上均有较大的发展与突破，它的发展与繁荣，是我国小说史上的一次飞跃。

唐传奇的发展，大致可分为三个阶段。初唐是六朝志怪到传奇的过渡阶段。这期间出现的作品，如王度的《古镜记》、无名氏的《补江总白猿传》、张鷟的《游仙窟》等，它们已具有新的形态，但均程度不同地保存了一些搜神记异的内容，与六朝志怪小说颇为近似。而在文风方面，它们也没有摆脱六朝骈体文的影响。

由盛唐到中唐，是传奇小说的鼎盛阶段，其题材已由神怪转向现实，文字已完全使用散体古文。如蒋防的《霍小玉传》、白行简的《李娃传》、元稹的《莺莺传》、陈鸿的《长恨传》等，都是取材于现实生活的。霍小玉与李娃是中国小说史上最早的妓女形象，她们同为妓女，由于出身经历和生活教养的不同，在性格上有很大的差别，这标志着唐传奇在人物个性化的描写上已取得了较大的成功。当然，这一阶段取材于神话传说的传奇小说也并非绝无仅有，如李朝威的《柳毅传》就是带有神奇色彩的传说故事。但总的来说，这一阶段传奇小说的现实性较强，生活气息比较浓厚，较为广阔地反映了唐代的社会生活，而且艺术成就也比较高。

晚唐是传奇由盛转衰的时期，虽然出现了几种传奇小说的专集，但就总的倾向而论，取材于搜神志怪的又多起来，现实性减弱，篇幅也变小了，在艺术成就上也远不如盛唐和中唐。

传奇以外，唐代还有一些笔记小说，比较有代表性的是段成式的《酉阳杂俎》等，这类笔记小说，受《博物志》、《世说新语》的影响比较明显。

宋元的文言短篇小说，是唐代文言短篇小说的继续，但是它的成就要比唐传奇逊色得多。以传奇而论，唐宋传奇就存在着很大的区别：宋

传奇取材于现实生活的较少，多数是“托往事而避近闻”，主要取材于历史，相当一部分是写隋炀帝和唐明皇的，像《李师师外传》那样取材于当朝时事的较少。在创作上走的是拟古的路子，缺乏创造性。从这里我们可以总结出这样一条规律：艺术创作如果不取材于现实生活，不植根于现实的土壤之中，就会变成无源之水，无本之木，不仅缺乏生活气息，而且艺术性也受到影响，宋传奇所以“平实而乏文采”，缺少独创性，正与它脱离现实生活，不去揭示现实生活的矛盾斗争有关。

宋传奇的另一特点是理学化，这也是它的一个弱点。宋代由于程朱理学变成官方哲学，文则强调载道，小说则强调训诫，“以为小说非含有教训，则不足道”。这样一来，就使得传奇失去了活力，这时逐渐兴起了反映市民生活，具有浓厚生活气息的白话短篇小说——“话本”。话本小说的出现，“实在是小说史上的一大变迁”（《中国小说的历史的变迁》）。从此之后，短篇小说开始分为两种不同的形式：一为文言短篇小说，包括传奇和笔记小说；一为白话短篇小说，包括话本和拟话本。

元代是个短暂的历史时代，元代文学的主要成就在杂剧方面，像《申厚卿娇红记》这样优秀的传奇小说，是比较少见的。

宋元笔记小说，数量仍然很多，内容以记神仙怪异之事为主，影响比较大的是洪迈的《夷坚志》等。这类笔记小说，成就都不太高，大多“偏重事状，少所铺叙”，“平实简率，既失六朝志怪之古质，复无唐人传奇之缠绵”（《中国小说史略》）。文言短篇小说发展到宋元时期，已经日见衰微了。

明初，由于瞿佑的传奇小说集《剪灯新话》的出现，文言短篇小说又稍见生机。《剪灯新话》所记，“率皆新奇希异之事，人多喜传而乐道之，由是其说盛行于世”（曾棨：《剪灯余话序》）。《剪灯新话》多数写烟粉、灵怪一类故事，少数篇章反映了封建社会政治的黑暗和青年男女追求婚姻自主的愿望。这部小说在艺术上因袭模拟的痕迹比较明显，但某些篇章故事情节比较委婉曲折，描写也较细腻，在明代产生过一定的影响，出现了一些仿效之作，如李祯的《剪灯余话》等。

蒲松龄《聊斋志异》的问世，给奄奄一息的文言短篇小说注进了新鲜的血液，这是继唐传奇之后，文言短篇小说发展的又一高峰。《聊斋志异》的思想光辉主要在于它的强烈的批判精神和先进的美学理想，作者将《聊斋志异》当作一部“孤愤之书”，他将批判的锋芒指向贪官污吏、地主豪绅和科举制度。他同情贫苦人民的不幸遭遇，同情青年男女为争取婚姻自主和爱情幸福而进行的斗争，以谈狐说鬼来反映现实，它的思想

高度是以往的文言短篇小说所不曾达到的。

《聊斋志异》在艺术上也达到了很高的成就。它继承和发扬了我国文言短篇小说的优良的艺术传统,"用传奇法,而以志怪",将唐传奇与志怪小说结合起来,把写人的方法引入志怪小说之中。他克服了历史上志怪小说"诞而不情"的弱点,虽然也是志怪,却能给人以强烈的现实感。他笔下的"花妖狐魅,多具人情,和易可亲,忘为异类"(《中国小说史略》)。

《聊斋志异》在艺术上的另一特点是情节曲折多变,腾挪跌宕,波澜起伏,引人入胜,常使人百读不厌。在情节提炼上驰骋着奇特而丰富的想象,具有积极浪漫主义的艺术特色。它不专门追求情节的离奇曲折,它的情节是为塑造人物服务的,它塑造了许多具有个性特点的栩栩如生的人物形象,组成了光彩夺目的人物画廊。

《聊斋志异》虽然是用文言文写的,但它没有语言板滞的毛病,它充分吸收了文言文中富有表现力的成分,又大量使用口语和通俗俚语,注意语言与人物身份的协调,口吻毕肖,在语言的个性化上取得了很大的成功。

《聊斋志异》的出现,使得唐以后逐渐失去生命力的文言短篇小说又得以起死回生,放出奇光异彩,而成为文言短篇小说发展史上的一个丰碑。

《聊斋志异》问世之后,在有清一代的文言短篇小说创作上,曾产生过巨大影响。纪昀的《阅微草堂笔记》,虽然在思想倾向和艺术风格上与《聊斋志异》有很大的不同,纪昀在对待艺术创作与艺术想象上也与蒲松龄有原则上的差别,但《阅微草堂笔记》仍受到《聊斋志异》的影响。此外,在清代还出现了一些模仿《聊斋志异》的作品,如沈起凤的《谐铎》、和邦额的《夜谭随录》、浩歌子的《萤窗异草》以及光绪年间出现的王韬的《淞隐漫录》、《淞滨琐话》等。但《阅微草堂笔记》和这些拟作比起《聊斋志异》来,都相形见绌,可以说《聊斋志异》是文言小说发展过程中难以逾越的高峰。

本书是在《文言小说名篇选注》的基础上修订增补而成的。此次修订增补,由陈建根同志任主编,他花费了很多时间,在北京图书馆、首都图书馆查阅了大量资料,增选了宋、辽、金、元、明、清部分文言小说四十六种八十六篇,如宋洪迈的《夷坚志》、宋佚名的《鬼董》、宋周密《齐东野语》的《放翁钟情前室》、辽王鼎的《焚椒录》、金元好问的《续夷坚志》、元蒋子正的《山房随笔》、元宋远的《申厚卿娇红记》、元陶宗仪的《南村辍耕录》、明刘基的《郁离子》、明瞿佑《剪灯新话》的《翠翠传》、明李祯《剪灯余话》的《芙蓉屏记》、明赵弼的《效颦集》、明陶辅的《花影集》、明都穆的《都

公谭纂》、明杨循吉的《苏谈》、明祝允明的《祝子志怪录》与《语怪》及《枝山前闻》、明杨仪的《高坡异纂》、明陆粲的《庚巳编》、明陆采的《冶城客论》、明钓鸳湖客的《鸳渚志余雪窗谈异》、明邵景詹的《觅灯因话》、明江盈科的《雪涛小说》、明宋懋澄的《九龠集》与《九龠别集》、明钱希言的《狯园》、明冯梦龙的《古今谭概》、明周元時的《泾林续记》、明王象晋的《剪桐载笔》、明徐芳的《诺皋广志》、清褚人获的《坚瓠集》、清钮琇的《觚剩》、清王士禛的《池北偶谈》、清王晫的《看花述异记》与《今世说》、清徐昆的《柳崖外编》、清屠绅的《六合内外琐言》、清曾衍东的《小豆棚》、清冯起凤的《昔柳摭谈》、清朱翔清的《埋忧集》、清梁恭辰的《池上草堂笔记》、清俞樾的《春在堂随笔》与《耳邮》及《右台仙馆笔记》、清许奉恩的《里乘》、清李庆辰的《醉茶志怪》、清吴炽昌的《客窗闲话》、清须方岳的《聊摄丛谈》等，皆为陈建根同志所增补，其中有些书是通行的几种小说史和文言小说的选本未曾提及未曾入选的，陈建根同志在此方面有所发掘和开拓。

本书先秦、两汉、魏晋南北朝部分由刘文忠选注，此次在前书的基础上又增补了晋郭璞的《玄中记》、晋王浮的《神异记》、晋葛洪的《神仙传》、梁殷芸的《殷芸小说》等书中的小说八篇。唐宋部分由林东海同志选注，宋代的《王魁传》、《夷坚志》、《鬼董》、《齐东野语》以及辽、金、元、明和清代上文提及的部分由陈建根同志选注，《聊斋志异》部分篇什由孟庆锡同志选注。清代黄周星的《补张灵崔莹合传》、余怀的《王翠翘传》、陆次云的《宝婺生传》、袁枚的《子不语》、纪昀的《阅微草堂笔记》、和邦额的《夜谭随录》、沈起凤的《谐铎》、浩歌子的《萤窗异草》、乐钧的《耳食录》、王韬的《淞滨琐话》、宣鼎的《夜雨秋灯录》由王思宇同志选注。陈建根同志任全书主编，通阅全稿，统一体例，润饰文字。前言由刘文忠撰写。选注者的署名以所选注的作品的时代先后为序。

此次修订再版，姜华老师投入了大量的时间和精力，对全书进行了认真的校对、整理，在此谨表示诚挚的谢意！

我们希望这本《中国文言小说精典》有助于广大读者通过阅读各个历史阶段的代表作品，了解我国文言短篇小说的源流和演变，批判地继承文言短篇小说这一份宝贵的文学遗产。由于水平所限，选目方面可能存在不少问题，注释方面也可能有不少缺点和错误，敬请专家和广大读者批评指正。

刘文忠

目录

山海经

《山海经》一书，旧说是夏禹、伯益所作，很不可信。根据近代学者考证，此书出于战国时人之手，而在秦、汉时有所增益。过去它被看作地理书，清纪昀认为它“侈谈神怪，百无一真”，称它为“小说之祖”（见《四库全书简明目录》）；鲁迅先生认为它是“古之巫书”（《中国小说史略》）。今流传本为十八卷，内容多记海内外山川、神祇、异物，其中保存的古代神话故事最为丰富，是研究我国古代神话的一部重要参考书。有晋郭璞注，明吴任臣《山海经广注》，清毕沅《山海经校本》、郝懿行《山海经疏》等，以郝疏最为完善。

精卫填海

发鸠之山[①]，其上多柘木[②]。有鸟焉，其状如乌[③]，文首[④]，白喙，赤足，名曰“精卫”[⑤]，其鸣自詨[⑥]。是炎帝[⑦]之少女，名曰女娃。女娃游于东海，溺而不返[⑧]，故为精卫。常衔西山之木石，以堙[⑨]于东海。

【注释】

①发鸠之山：山名，旧说在今山西长子县西。

②柘（zhè 这）木：桑科灌木或乔木，叶可饲蚕，果可食，类似桑树。

③其状如乌：形状类似乌鸦。其，代词，它，它的。

④文首：头上有花纹。文，花纹。

⑤精卫：鸟名，一名“誓鸟”，又名“冤禽”、“志鸟”，俗称“帝女雀”。

⑥自詨：詨，同“叫”。自詨，即自己呼叫自己的名字，因精卫的叫声与“精卫”的音相近，所以这样说。

⑦炎帝：即神话传说中农业和医药之神神农氏。

⑧溺而不返：淹死在海中不再回来。

⑨堙（yīn 因）：填塞。

夸父逐日

夸父与日逐走[①]，入日[②]。渴，欲得饮，饮于河、渭[③]；河、渭不足，北饮大泽[④]。

未至，道渴而死。弃其杖，化为邓林[5]。

【注释】

①夸父：神话人物，也是一个种族的名称，《山海经》和《淮南子》都记有夸父国（《山海经·海外北经》记载的博父国，据前人和今人袁珂的考证，应为夸父国）。国中之人都是巨人。逐走：竞走。

②入日：指进入太阳的光轮。

③河、渭：黄河和渭水。河，古代对黄河的专称。渭水在今陕西省境内。

④大泽：古泽名，在雁门山北，纵横千里，是群鸟栖息繁殖的地方。或说即《史记》、《汉书》所谓的“翰海”。

⑤邓林：毕沅《山海经新校正》：“邓林即桃林也，邓、桃音相近……盖即《中山经》所云‘夸父之山，北有桃林’矣。其地则楚之北境也。”

刑天

刑天与帝至此争神[1]，帝断其首，葬之常羊之山[2]。乃以乳为目，以脐为口，操干戚[3]以舞。

【注释】

①刑天：神话中人物，一作“刑夭”。帝：天帝，神界的最高统治者。或说这个天帝，就是黄帝（见袁珂《古神话选释·刑天章》）。争神：争夺天帝的宝座。

②常羊之山：据《山海经·大荒西经》记载：“大荒之中，有山名常阳之山，日月所入。”常羊之山，疑即常阳之山，为传说中西方地名，具体所在不详。

③操：持，拿。干戚：干，即盾，用皮革做成，古时用以防御刀箭的器械。戚，即斧子。

黄帝擒蚩尤

蚩尤作兵[1]，伐黄帝[2]。黄帝乃令应龙攻之冀州之野[3]。应龙畜水，蚩尤请风伯、雨师[4]，纵大风雨。黄帝乃下天女曰“魃”[5]。雨止，遂杀蚩尤。

【注释】

①蚩尤作兵：蚩尤，神话传说人物，据《太平御览》卷七九引《龙鱼河图》及《述异记》、《路史·后纪四·蚩尤传》等书记载，蚩尤兄弟八十一人（一说七十二人），并兽身人语，铜头铁额，食沙、石子，好兵喜乱，作刀戟大弩，暴虐天下。其实在最早的神话里，他和共工、刑天一样，是一个敢于反抗的神的形象。一说，蚩尤是一个部落的名称。作兵，制造兵器，即刀戟大弩之类。

②黄帝：传说中古帝名，可能是原始社会时期一个部族首领。传说他姓公孙，生于轩辕之丘，故称轩辕氏。又称“有熊氏”。擒蚩尤之后，他被诸侯尊为天子，以代神农氏。因有土德之瑞，土色黄，故号“黄帝”。

③应龙：有翅膀的神龙，能蓄水行雨。冀州：古九州之一，在今河北省一带。

④风伯、雨师：即风神、雨神。

⑤魃(bá 拔)：传说中黄帝的女儿，旱神，一名“旱母”。

鲧禹治水

洪水滔天，鲧窃帝之息壤[1]以堙洪水，不待帝命。帝令祝融杀鲧于羽郊[2]。鲧复生禹[3]，帝乃命禹卒布土以定九州。

【注释】

①鲧(gǔn 滚)：神话传说中人名，禹的父亲。息壤：能自己生长不息的神土，故可用以堵塞洪水。息，生息，滋生。

②祝融：火神。羽郊：据《国语・晋语八》：“昔者鲧违帝命，殛(杀)之于羽山。”又《楚辞・天问》：“(鲧)永遏(镇压)在羽山。”羽郊，即羽山之郊。《淮南子・地形训》：“北方曰积冰，曰委羽……烛龙在雁门北，蔽于委羽之山，不见日。”“羽山”当即委羽之山，为传说中北方荒野处地名，具体所在不详。

③鲧复生禹：复，“腹”的假借字。《山海经・海内经》注引《开筮》：“鲧死三年不腐，剖之以吴刀，化为黄龙。”《初学记》卷二十二引《归藏》：“大副之吴刀，是用出禹。”《楚辞・天问》：“伯鲧腹禹，夫何以变化?”可见“鲧复生禹”是说禹从鲧的肚子中剖腹而出。禹，传说为夏代开国君主，因治洪水有功，继承虞舜为天子。

淮南子

《淮南子》是西汉淮南王刘安及其门客共同编写的。据《汉书·艺文志》，原分内篇二十一篇，外篇三十三篇，今传内篇二十一篇。它的思想基本属于道家，在阐述其哲学思想时，引用了一些奇物异类、鬼神灵怪的故事，保存了不少神话资料。

女娲补天

往古之时，四极废①，九州裂②，天不兼覆③，地不周载④。火爁炎⑤而不灭，水浩洋⑥而不息。猛兽食颛民⑦，鸷鸟⑧攫老弱。于是女娲⑨炼五色石以补苍天，断鳌⑩足以立四极，杀黑龙以济冀州，积芦灰以止淫水⑪。苍天补，四极正，淫水涸⑫，冀州平，狡虫⑬死，颛民生。

【注释】

①四极废：四极是天的四边，古人认为天有尽头，四边有四根柱子支撑着，这四根柱子叫"天柱"。四极废，指天柱折断，天塌下来。

②九州裂：古代九州说法不同，有《禹贡》九州、《尔雅》九州、《周礼》九州，《书·禹贡》将天下（实际指中国）分为冀、兖、青、徐、扬、荆、豫、梁、雍九州。九州裂，指九州大地因天塌而崩坏。

③天不兼覆：因天塌了下来，所以不能完全地覆盖大地。兼，尽，完全。

④地不周载：因地有陷裂，所以不能完全地容载万物。周，遍。

⑤爁炎（lǎn yàn 览焰）：大火延烧的样子。爁，延烧。炎，火焰。

⑥浩洋：水势浩大的样子。

⑦颛（zhuān 专）民：善良的人民。颛，憨厚，诚实。

⑧鸷鸟：猛禽。

⑨女娲：神话中人头蛇身化育万物的女神。《说文》："娲，古之神圣女，化育万物者也。"

⑩鳌（áo 敖）：大龟。

⑪淫水：高诱注："平地出水为淫水。"

⑫涸（hé 合）：干枯。

⑬狡虫：凶猛的害虫。

羿射十日

逮至尧之时，十日并出，焦禾稼，杀草木，而民无所食。猰貐①、凿齿②、九婴③、大风④、封豨⑤、修蛇⑥，皆为民害。尧乃使羿诛凿齿于畴华之野⑦，杀九婴于凶水⑧之上，缴大风于青邱之泽⑨，上射十日而下杀猰貐，断修蛇于洞庭⑩，禽封豨于桑林⑪。万民皆喜，置尧以为天子。

【注释】

①猰貐(yà yǔ 讶语)：兽名，《山海经》作“窫窳”，形状各说不一，或说如牛而赤身，人面而马足(见《山海经·北山经》)；或说蛇身人面(见《山海经·海内西经》)；或说龙首(见《山海经·海内南经》)；或说类貙虎爪(见《尔雅·释兽》)。猰貐，原本是天神，为二负神杀害，化为怪物。

②凿齿：半人半兽的怪物，齿如凿，长五六尺，故名凿齿。

③九婴：水火之怪，能喷水吐火。

④大风：一种凶猛的大鸟，或说是大凤，或说是大鹏，飞时有大风伴随，能毁坏房屋。

⑤封豨(xī 希)：大野猪。

⑥修蛇：长大的蟒蛇。《山海经·海外南经》：“巴蛇食象，三岁出其骨。”修蛇，即巴蛇。

⑦羿(yì 义)：传说尧时善于射箭的英雄。畴华：南方水泽名。

⑧凶水：北方水名。高诱注：“北狄之地有凶水。”

⑨缴(zhuō 捉)：一种带绳的箭，此处指以缴射物，作动词用。青邱：东方的水泽名。

⑩洞庭：南方的水泽名，即今之洞庭湖。

⑪禽：通“擒”。桑林：地名，传说汤在这里求过雨，大概在中原一带。《吕氏春秋·顺民》：“昔者汤克夏而正天下，天大旱，五年不收，汤乃以身祷于桑林。”许维遹《吕氏春秋集解》：“桑林，桑山之林，能兴云作雨也。”

共工怒触不周山

昔者共工与颛顼①争为帝，怒而触不周之山②，天柱折，地维绝③。天倾西北，故日月星辰移焉④；地不满东南，故水潦尘埃归焉⑤。

【注释】

①共工：传说中的部族领袖。颛顼(xū 须)：传说中的五帝之一，黄帝的孙子。

②不周之山：《山海经·大荒西经》：“大荒之隅，有山而不合，名曰不周。”不周山就是有缺口的山。郦道元《水经注》说不周山是葱岭、于阗二水的界限，当属今之昆仑山脉。

③地维绝：网上的绳子叫“维”。古人认为天圆地方，地有四角，有四维(四根绳子)系缀。地维绝，指系缀地的东南角的绳子被弄断了。

④“天倾西北”二句：天向西北倾斜，所以日月星辰向西移动。

⑤“地不满东南”二句：大地东南方有所缺陷，所以积水、泥沙向东南流。

燕丹子

《燕丹子》记述了燕太子丹派荆轲行刺秦始皇的故事，与《史记·刺客列传》大同小异。此书不见于《汉书·艺文志》，至《隋书·经籍志》始载入小说家。书中的故事在东汉时的著作中曾经提到（如应劭《风俗通》和王充《论衡》），但未提到这部书名。唐初，李善注《文选》，开始援引其文。确切的成书年代已不可考，大抵是隋以前人割裂古书，采用传说凑集起来的。

燕太子丹质于秦[1]，秦王遇[2]之无礼，不得意，欲求归。秦王不听，谬言：令乌白头[3]，马生角[4]，乃可许耳。丹仰天叹，乌即白首，马生角。秦王不得已而遣之[5]。为机发之桥[6]，欲陷丹。丹过之，桥为不发。夜到关，关门未开，丹为鸡鸣，众鸡皆鸣，遂得逃归。深怨于秦，求欲复之[7]，奉养勇士，无所不至。

丹与其傅[8]鞠武书曰："丹不肖，生于僻陋之国[9]，长于不毛之地，未尝得睹君子雅训[10]、达人之道[11]也。然鄙意[12]欲有所陈，幸傅垂览之[13]！丹闻丈夫所耻，耻受辱以生于世也；贞女所羞，羞见劫以亏其节[14]也。故有刎喉不顾[15]，据鼎不避者[16]，斯[17]岂乐死而忘生哉，其心有所守[18]也。今秦王反戾天常[19]，虎狼其行，遇丹无礼，为诸侯最[20]，丹每念之，痛入骨髓。计燕国之众，不能敌之，旷年相守[21]，力固不足。欲收天下之勇士，集海内之英雄，破国空藏[22]，以奉养之；重币甘辞[23]，以市[24]于秦，秦贪我赂而信我辞，则一剑之任[25]，可当百万之师，须臾之间，可解丹万世之耻。若其不然，令丹生无面目于天下，死怀恨于九泉[26]，必令诸侯指以为笑，易水之北[27]，未知谁有，此盖亦子大夫[28]之耻也。谨遣书，愿熟思之！"鞠武报书曰："臣闻：快于意者亏于行[29]，甘于心者伤于性[30]。今太子欲灭悁悁[31]之耻，除久久之恨，此实臣所当糜躯碎首[32]而不避也。私以为智者不冀侥幸以邀功[33]。明者不苟从志以顺心[34]，事必成，然后举[35]；身必安，而后行。故发无失举之尤[36]，动无蹉跌[37]之愧也。太子贵匹夫之勇，信一剑之任，而欲望功，臣以为疏[38]。臣愿合纵于楚[39]，并势于赵[40]，连衡于韩、魏[41]，然后图秦，秦可破也。且韩、魏与秦，外亲内疏，若有倡兵[42]，楚乃来应，韩、魏必从，其势可见。今臣计从，太子之耻除，愚鄙之累解矣[43]。太子虑之！"太子得书不悦，召鞠武而问之。武曰："臣以为：太子行臣言，则易水之北永无秦忧，四邻诸侯

必有求我者矣。"太子曰:"此引日缦缦[44],心不能须[45]也。"麴武曰:"臣为太子计熟矣[46],夫有秦[47],疾不如徐[48],走不如坐,今合楚、赵,并韩、魏,虽引岁月[49],其事必成,臣以为良。"太子睡卧不听。麴武曰:"臣不能为太子计。臣所知田光,其人深中[50]有谋,愿令见太子。"太子曰:"敬诺[51]。"

田光见太子,太子侧阶而迎[52],迎而再拜。坐定,太子丹曰:"傅不以蛮域而丹不肖[53],乃使先生来降弊邑。今燕国僻在北陲[54],比于蛮域,而先生乃不羞之,丹得侍左右,睹见玉颜,斯乃上世神灵保佑燕国,令先生设降辱焉[55]。"田光曰:"结发立身[56],以至于今,徒慕太子之高行,美太子之令名耳。太子将何以教之?"太子膝行而前,涕泪横流曰:"臣尝质于秦,秦遇丹无礼,日夜焦心,思欲复之。论众则秦多,计强则燕弱,欲曰合纵,心复不能。常食不识位[57],寝不安席。纵令燕、秦同日而亡,则为死灰复燃,白骨更生[58]。愿先生图之!"田光曰:"此国事也,请得思之。"于是舍光上馆[59],太子三时进食[60],存问不绝[61]。

如是三月,太子怪其无说,就光[62],辟左右[63]问曰:"先生既垂哀恤,许惠嘉谋[64],侧身倾听,三月于斯。先生岂有意欤?"田光曰:"微太子,固将竭之[65]。臣闻骐骥之少,力轻千里,及其疲朽,不能取道[66]。太子闻臣时已老矣。欲为太子良谋,则太子不能;欲奋筋力,则臣不能。然窃观太子客,无可用者:夏扶,血勇之人,怒而面赤;宋意[67],脉勇之人,怒而面青;武阳[68],骨勇之人,怒而面白。光所知荆轲,神勇之人,怒而色不变。为人博闻强记,体烈骨壮,不拘小节,欲立大功。尝家于卫,脱贤大夫之急[69]十有余人。其余庸庸不可称[70]。太子欲图事,非此人莫可。"太子下席再拜曰:"若因先生之灵[71],得交于荆君,则燕国社稷[72]长为不灭。唯先生成之。"田光遂行。太子自送,执光手曰:"此国事,愿勿泄之!"光笑曰:"诺。"

遂见荆轲,曰:"光不自度不肖[73],达[74]足下于太子。夫燕太子,真天下之士也,倾心于足下,愿足下勿疑焉。"荆轲曰:"有鄙志:尝谓心向意投[75],身不顾;情有异[76],一毛不拔。今先生令交于太子,敬诺不违。"

田光谓荆轲曰:"盖闻士不为人所疑。太子送光之时,言:'此国事,愿勿泄。'此疑光也。是疑[77]而生于世,光所羞也。"向轲吞舌而死[78]。轲遂之[79]燕。

荆轲之燕,太子自御虚左[80],轲援绥[81]不让。自坐定,宾客满坐。轲言曰:"田光褒扬太子仁爱之风,说太子不世之器[82],高行厉天[83],美声盈耳。轲出卫都,望燕路,历险不以为勤,望远不以为遐。今太子礼之以旧故之恩,接之以新人之敬,所以不复让者,士信于知己[84]也。"太子曰:"田先生今无恙乎?"轲曰:"光临送轲之时,言太子戒以国事,耻以丈夫而不见信,向轲吞舌而死矣。"太子惊愕失色,歔欷饮泪曰:"丹所以戒先生,岂疑先生哉!今先生自杀,亦令丹自弃于世矣!"茫然良久,不怡民氏日[85]。

太子置酒请轲。酒酣[86],太子起为寿[87]。夏扶前曰:"闻士无乡曲[88]之誉,则未可与论行;马无服舆[89]之技,则未可与决良[90]。今荆君远至,将何以教太子?"欲微感之[91]。轲曰:"士有超世之行者,不必合于乡曲;马有千里之相者,何必出于服舆?

昔吕望[92]当屠钓之时，天下之贱丈夫也，其遇文王，则为周师。骐骥之在盐车，驽之下也，及遇伯乐，则有千里之功[93]。如此，在乡曲而后发善，服舆而后别良哉！”夏扶问荆轲：“何以教太子？”轲曰：“将令燕继召公之迹[94]，追甘棠之化[95]，高欲令四三王[96]，下欲令六五霸[97]，于君何如也！”坐皆称善，竟酒无能屈。太子甚喜，自以得轲，永无秦忧。

后日，与轲之东宫，临池而观，轲拾瓦投蛙。太子令人奉盘金，轲用抵[98]，抵尽复进。轲曰：“非为太子爱金也[99]，但臂痛耳。”后复共乘千里马。轲曰：“闻千里马肝美。”太子即杀马进肝。

暨樊将军[100]得罪于秦，秦求之急，乃来归太子，太子为置酒华阳之台。酒中，太子出美人能琴者。轲曰：“好手，琴者！”太子即进之。轲曰：“但爱其手耳。”太子即断其手，盛以玉盘奉之。太子常与轲同案而食，同床而寝。

后日，轲从容曰：“轲侍太子，三年于斯矣。而太子遇轲甚厚：黄金投蛙，千里马肝，姬人好手，盛以玉盘，凡庸人当之，犹尚乐出尺寸之长，当犬马之用[101]。今轲常侍君子之侧，闻烈士之节，死有重于太山，有轻于鸿毛者，但问用之所在耳，太子幸教之！”太子剑袂[102]正色而言曰：“丹尝游秦，秦遇丹不道，丹耻与俱生。今荆君不以丹不肖，降辱小国，今丹以社稷干长者[103]，不知所谓。”轲曰：“今天下强国，莫强于秦。今太子力不能威诸侯，诸侯未肯为太子用也。太子率燕国之众而当之，犹使羊将狼[104]，使狼追虎耳。”太子曰：“丹之忧计久，不知安出。”轲曰：“樊於期得罪于秦，秦求之急。又督亢[105]之地，秦所贪也。今得樊於期首、督亢地图，则事可成也。”太子曰：“若事可成，举燕国而献之，丹甘心焉。樊将军以穷归我[106]，而丹卖之，心不忍也。”轲默然不应。

居五月，太子恐轲悔，见轲曰：“今秦已破赵，兵临燕，事已迫急，虽欲足下计，安施之？今欲先遣武阳，何如？”轲怒曰：“何太子所遣？往而不返者，竖子也[107]！轲所以未行者，待吾客耳。”

于是轲潜见樊於期曰：“闻将军得罪于秦，父母妻子，皆见焚烧，求将军，邑万户，金千斤。轲为将军痛之。今有一言，除将军之辱，解燕国之耻，将军岂有意乎？”於期曰：“常念之！日夜饮泪，不知所出。荆君幸教，愿闻命矣。”轲曰：“今愿得将军之首，与燕督亢地图，进之，秦王必喜；喜必见轲；轲因左手把其袖，右手椹[108]其胸，数[109]以负燕之罪，责以将军之仇，而燕国见陵雪[110]，将军积忿之怒除矣。”於期起，扼腕[111]执刀曰：“是於期日夜所欲，而今闻命矣。”于是自刭。头垂背后，两目不瞑。太子闻之，自驾驰往，伏於期尸而哭，悲不自胜。良久，无奈何，遂函盛[112]於期首与燕督亢地图以献秦。武阳为副。

荆轲入秦，不择日而发。太子与知谋者，皆素衣冠，送之易水之上。荆轲起为寿，歌曰：“风萧萧兮易水寒，壮士一去兮不复还！”高渐离击筑[113]，宋意和之。为壮声则发怒冲冠，为哀声则士皆流涕。二人皆升车，终已不顾也[114]。二子行过，夏扶当车前刎颈以送二子。

行过阳翟[115]，轲买肉，争轻重，屠者辱之。武阳欲击，轲止之。

西入秦，至咸阳[116]，因中庶子蒙白曰[117]："燕太子丹畏大王之威，今奉樊於期首与督亢地图，愿为北藩臣妾。"秦王喜，百官陪位[118]，陛戟数百[119]，见燕使者。轲奉於期首，武阳奉地图。钟鼓并发，群臣皆呼万岁。武阳大恐，两足不能相过[120]，面如死灰色。秦王怪之。轲顾武阳前谢曰："北藩蛮夷之鄙人，未见天子，愿陛下少假借之[121]，使得毕事于前。"秦王谓轲曰："取图来进。"秦王发图，图穷而匕首出。轲左手把秦王袖，右手椹其胸，数之曰："足下负燕日久，贪暴海内，不知厌足，於期无罪而夷其族[122]。轲将海内报仇。今燕王母病，与轲促期[123]。从吾计则生，不从则死！"秦王曰："今日之事，从子[124]计耳。乞听琴声而死。"召姬人[125]鼓琴。琴声曰："罗縠单衣[126]，可掣而绝。八尺屏风，可超而越。鹿卢之剑[127]，可负而拔。"轲不解音。秦王从琴声负剑拔之，于是奋袖[128]超屏风而走。轲拔匕首掷之，决[129]秦王耳，入铜柱，火出燃。秦王还，断轲两手。轲因倚柱而笑，箕踞[130]而骂曰："吾坐轻易[131]，为竖子所欺，燕国之不报，我事之不立哉！"

【注释】

①燕太子丹质于秦：太子丹为燕王喜的太子。押物取信叫"质"。春秋战国时，各诸侯国之间，常互派子弟住在对方，即所谓"交质"，也有单方面派子弟住对方的，被派的人称为"质子"。太子丹质秦始于何年，今不可考，他在质秦之前，还曾质于赵国。

②遇：这里是对待的意思。

③乌白头：乌鸦头上长出白毛。

④马生角：马头上生出角。"乌白头"与"马生角"都是不可能的事，这是秦王故意刁难燕太子丹。

⑤遣之：放他回国。据《史记·六国年表》，太子丹是在秦王政（始皇帝）十五年（前232）从秦国逃回燕国的。

⑥机发之桥：暗设机关的桥，触动机关就会陷下去。

⑦求欲复之：找人想报复秦王。

⑧傅：太傅的简称，为辅佐太子的官。

⑨僻陋：荒远不开化的地方。燕国地处北方边远地区，所以称"僻陋之国"，这也是燕太子的谦虚说法。

⑩雅训：高明的教育。雅，高雅。

⑪达人之道：通达事理的人处事接物的道理、学问。

⑫鄙意：谦辞，指自己的意思。

⑬幸傅垂览之：希望太傅下顾。垂，敬辞，称长辈、上级对自己的行动。垂览，请求人看。

⑭见劫以亏其节：受到威胁而丧失自己的贞节。

⑮刎（wěn稳）喉不顾：此承上文贞女而言，指为了保持自己的贞节，即使抹脖子死掉，也在所不顾。刎，割。

⑯据鼎不避：此承上文丈夫而言，指为了不受耻辱，即使烹人的油鼎就在身边，也绝不躲避。据，依，靠。鼎，古代一种三足烹饪器，古时有用鼎镬烹人的酷刑。

⑰斯：指示代词，这，这些。

⑱心有所守：心中有固定的操守、信念。

⑲反戾天常：违背天理。

⑳最：极端。

㉑旷年相守：此指长久地对峙。

㉒破国空藏：破其国产，空其贮藏。即不惜财力，不计代价的意思。

㉓重币甘辞：重币，指厚礼。甘辞，甜美的言辞。

㉔市：交易、购买。这里指买好。

㉕一剑之任：即一剑之用，指派遣刺客去行刺。

㉖九泉：指地下，死者所居。

㉗易水之北：指燕国的土地。易水，水名，源出河北易县，当时在燕国南部。

㉘子大夫：《汉书·武帝纪》颜师古注："子者，人之嘉称。大夫，举官称也。志在优贤，故谓之子大夫也。"

㉙快于意者亏于行：使人感到痛快的举动，往往有损于行事。行，此指行为、动作而言。

㉚甘于心者伤于性：使人心产生甜美的东西，往往有害于性命。此指物质享受而言。

㉛悁悁：忧闷。

㉜糜躯碎首：粉身碎骨。

㉝私：私意，这是对人表示自己意见的谦辞。不冀侥幸以邀功：不希图以偶然的机会而取得成功。

㉞不苟从志以顺心：不苟且顺从自己的愿望以求心里的满足。

㉟事必成，然后举：事情一定能成功，然后再行动。

㊱发无失举之尤：事情一干起来就没有行动不当的过错。

㊲蹉跌：失足跌倒，比喻失误。

㊳疏：疏忽，不周密。

㊴合纵于楚：与楚国联合。南北联合叫"合纵"，燕在北，楚在南，故称"合纵"。

㊵并势于赵：即与赵国联合。并势，两种力量合在一起。

㊶连衡于韩、魏：即与韩国、魏国联合。连衡，同"连横"，东西联合叫"连横"，韩、魏与燕并非是东西平行，用"连衡"是为了与"合纵"相对成文。

㊷倡兵：带头起兵。

㊸愚鄙之累解：我心中的负担也就解除了。愚鄙，自谦之辞。

㊹引日缦缦：长久地拖延时间。引，拉长。缦缦，长的样子。

㊺须：等待。

㊻臣为太子计熟矣：我已经为太子考虑得很成熟了。

㊼夫有秦：夫，指示代词。有，语助词，无实义。有秦，即秦国。夫有秦，犹言对于那个秦国。

㊽疾不如徐：快不如慢。

㊾虽引岁月：虽然时间拉长了。

㊿中(zhōng 钟)：内心。

51敬诺：完全同意。诺，表示答应、允许。敬，表示谦恭。

52侧阶而迎：迎宾时主人不走正阶，从正阶旁边的侧阶走下来，以表示对宾客的极度尊重和自己的谦虚。

53蛮域：古代将中原以外的四周边远地区，称为"蛮夷之地"。燕国地处北方边境，故称"蛮

域”，也含有自谦之意。

㊴北陲：北部边境。

㊵令先生设降辱焉：让您在这里受委屈。这是表示对对方尊敬的客套话。设，即设身的省文，表示置身于此。

㊶结发立身：犹言从青年时代起。结发，古时男二十岁，束发戴上帽子，表示成年。立身，表示开始在社会上干事。

㊷食不识位：吃饭时不知自己该坐在哪里，极言其一心报仇，精神恍惚。位，也可能是“味”字之误，如此则文意更顺。

㊸“死灰复燃”二句：意谓只要能报仇，即使燕国与秦国同归于尽，我也要感谢您的再生之德。“死灰复燃”与“白骨更生”都是表示再生的意思。

㊹舍光上馆：让田光住上等馆舍。舍，用作动词。

㊺三时进食：早、中、晚进奉饮食。

㊻存问：探视问候。存，省视。

㊼就光：亲自去见田光。

㊽辟左右：使左右的侍从人员避开。辟，同“避”。

㊾许惠嘉谋：答应给我出好主意。

㊿“微太子”二句：意思是说，没有太子催问，我本来也想将我的想法向太子尽情倾吐。微，没有。

66“臣闻骐骥之少”四句：我听说千里马在少壮的时候，跑上千里也不在乎，到了衰老之时，连上路行走也不能了。

67宋意：《战国策・燕策三》和《史记・刺客列传》所载荆轲刺秦王之事，均不见宋意的名字，《燕丹子》两处提到宋意。《淮南子・泰族训》：“荆轲西刺秦王，高渐离、宋意为击筑而歌于易水之上。”也提到宋意的名字，不知本于何书。陶渊明《咏荆轲》诗：“渐离击悲筑，宋意唱高声。”很可能本于《燕丹子》。

68武阳：即秦舞阳。《战国策・燕策三》：“燕国有勇士秦武阳，年十二，杀人，人莫敢忤视。”《史记》作“秦舞阳”。

69脱贤大夫之急：帮助贤良的士大夫解除急难。

70庸庸不可称：平平庸庸不合要求。

71若因先生之灵：如能借先生的光。

72社稷：社为土神，稷为谷神，古时天子和诸侯要祭土谷之神，立社稷，后来就以“社稷”代表国家。

73自度（duó 夺）不肖：自度，自己估量自己。不肖，不贤。《礼记・中庸》：“贤者过之，不肖者不及也。”

74达：这里是推荐的意思。

75心向意投：情投意合。

76情有异：志趣不合。

77是疑：疑为“见疑”之误。见疑，被人怀疑。

78吞舌而死：《史记・刺客列传》作“自刎而死”，或指自刎，存之待考。

79之：往。

80自御虚左：自御，亲自驾车。虚左，当时驾车的人坐在右边，叫“车右”，左边的位子是尊

位，空出左边的位子叫“虚左”。

(81)援绥：拉着绳子上车。援，拉，引。绥，登车时拉手用的绳子。

(82)不世之器：有非凡才能的人。不世，当代少有的。

(83)高行厉天：形容人的品行极为高尚。厉天，摩天。

(84)士信于知己：信，相信，信任。知己，指田光。此连上文，意思是说，因为我相信田光对我说的太子倾慕于我的话，所以对太子的礼敬不再谦让。

(85)不怡民氏日：不怡，不高兴。民氏日，不可解，疑文字有脱漏。

(86)酒酣：酒喝得痛快的时候。

(87)为寿：向尊者敬酒祝寿。

(88)乡曲（qū区）：乡里。

(89)服舆：拉车。

(90)决良：判定好坏。决，判断。

(91)欲微感之：想暗暗打动他。之，指示代词，指荆轲。

(92)吕望：本姓姜，名尚，字牙（一作“子牙”），因其祖先封于吕，故称吕尚。吕尚年老穷困，曾“屠牛于朝歌，卖饮于孟津”（《史记·齐太公世家》司马贞《索引》转引谯周注），后隐居渭水之滨。周文王出猎，遇吕尚在渭水之阳钓鱼，文王和他谈话之后，十分高兴，说：“吾太公望子久矣。”载着他一道回去。后遂称之为“太公望”，又称“吕望”。曾辅佐周文王、武王为太师，帮助武王灭了纣王。

(93)“骐骥之在盐车”四句：骐骥，良马名，能日行千里。驽，劣马。这四句意思是说，骏马当它拉盐车的时候，连劣马都不如，一旦遇到善于识马的伯乐时，就可以日行千里。这是用伯乐在虞坂遇千里马的故事。伯乐姓孙名阳，秦穆公时人，以善相马著称。一次他经过虞坂，见骐骥伏盐车下，对着他长鸣，伯乐走下车来，对着马哭泣，又把自己的衣服解下来盖在马身上，骐骥于是俯而喷，仰而鸣（见《战国策·楚策四》，《吕氏春秋》、《韩诗外传》亦有类似的记载）。

(94)继召（Shào邵）公之迹：继承召公的业绩。召公，周文王庶子，武王之弟，名奭。食采邑于召。武王灭纣，封于北燕。成王时，为三公。又称“召伯”，有德政。

(95)甘棠之化：传说召公南巡，就在甘棠树下劝农，审理案件。召公死后，人们怀念他，作《甘棠》（《诗经》中的一篇）诗来歌颂他。甘棠之化，指召公的德政、教化。

(96)四三王：夏禹王、商汤王、周文王三代开国之君称“三王”。四三王，即让燕王功业可与三王相比，与三王合而为四。四，用作动词。

(97)六五霸：齐桓公、晋文公、宋襄公、秦穆公、楚庄公称为“五霸”。六五霸，即令燕王与五霸并列而成为第六个霸主。六，亦用作动词。

(98)轲用抵：荆轲用来掷击青蛙。抵，投，击。

(99)非为太子爱金也，但臂痛耳：这是荆轲告诉太子丹他不再投掷的原因，意思是：我不是为太子爱惜金块，只是因为我的臂膀已经投掷痛了。

(100)樊将军：即樊於（wū乌）期，因得罪于秦王，父母妻子皆被秦王杀害，逃亡至燕。樊於期逃亡后，秦王悬重赏捉拿他。

(101)“凡庸人当之”三句：意思是普通的人面对这样的情况尚且乐于贡献出自己的一点本领，效犬马之劳。

(102)剑袂：以剑斩断衣袖，表示愤慨或决心。或疑剑乃敛之误，剑同敛字形相近，敛袂，整理衣

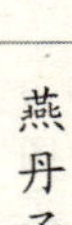

服的襟袖，表示恭敬。

⑩以社稷干长者：以国家大事来求托于德行高尚的人。干，求。长者，此指德行高尚的人，指荆轲。

⑭使羊将狼：让羊来带领狼。言外之意是羊必被狼吃掉，比喻事情不能成功。

⑮督亢：燕国地名，土地肥沃，其地相当于今之河北涿州市、定兴县、高碑店市、固安县一带。

⑯以穷归我：因为走投无路而来投奔我。

⑰"何太子所遣"三句：太子为什么派这样的人呢？去而不能复命的，那就是无用的家伙。竖子，指胸无大志，不能成大事的人，是骂人的话。

⑱椹(zhēn 真)：系"揕"之误字，击刺。

⑲数(shǔ 暑)：数落，列举罪状。

⑪见陵雪：被欺侮的耻辱得到洗雪。见，犹"被"。

⑪扼腕：用一只手握住另一只手的腕部，表示忿激。

⑫函盛：用木匣装着。

⑬高渐离击筑：高渐离，燕国人，荆轲的好友，善于击筑。荆轲死后，高渐离变其姓名，做长工，秦始皇知道后，弄瞎了他的双目，使其击筑。他利用击筑的机会，接近秦王，将铅放在筑中，击秦王，不中，被杀(事见《史记·刺客列传》)。筑，古时的弦乐器，形状似筝，颈细而肩圆，十三弦，弦下有柱，演奏时，左手按弦的一端，右手执竹尺击弦发音。

⑭已：语助词，无实义。顾：回头看。

⑮阳翟：古地名，故址在今河南禹州市，战国时韩国的都城。

⑯咸阳：地名，在今陕西西安市东渭城的故城，秦国的都城。

⑰因中庶子蒙白曰：通过中庶子叫蒙的启奏秦王说。中庶子，官名，秦始置，管宫中杂务。

⑱陪位：陪侍。

⑲陛戟：指殿阶下执戟的武士。陛，殿阶。

⑳两足不能相过：指两腿不能迈步，极言其紧张。

㉑愿陛下少假借之：希望陛下稍稍宽恕一下。

㉒夷其族：杀其全家人。夷，诛戮。夷族是封建社会残酷的株连法。

㉓与轲促期：与我仓促约定。

㉔子：古代对别人的尊称，犹今之"您"。

㉕姬人：指宫女。

㉖罗縠(hú 胡)单衣：用非常细薄的纱绸做的单衣。罗，一种稀薄易透气的丝织品。縠，即今之绉纱。

㉗鹿卢：古代剑柄以玉作鹿卢(即辘轳)形为装饰，名鹿卢剑。《汉书·隽不疑传》"带櫑具剑"，晋灼注："古长剑首以玉作井鹿卢形，上刻木作山形，如莲花初生未敷时，今剑木首，其状似此。"汉乐府《陌上桑》："腰中鹿卢剑，可值千万余。"

㉘奋袖：举袖，形容奋起的样子。奋，振起。

㉙决：穿透。

㉚箕踞：伸开两腿而坐，其状像箕，故称"箕踞"。这种姿态，含有放肆和不敬之意。

㉛吾坐轻易：坐，由于，与《陌上桑》"来归相怨怒，但坐观罗敷"的"坐"字用法相同。轻易，把事情看得太容易。

汉武故事（节选）

（汉）班　固（？）

《汉武故事》二卷，最早于《隋书·经籍志》著录，《旧唐书·经籍志》和《新唐书·艺文志》也著录此书，均未题作者姓名。《宋史·艺文志》始题班固撰。班固撰《汉武故事》一事，不见于两汉史书，而且《汉武故事》所记之事多与《史记》、《汉书》相出入，又多杂以妖妄之语，所以《宋史》说班固撰是值得怀疑的。晁公武《郡斋读书志》引张柬之《洞冥记跋》云："《汉武故事》，王俭造。"王俭，字仲宝，历仕南朝宋、齐两代。张柬之是唐初人，虽距齐梁时间较近，所言并不可靠。又《汉武故事》中有"汉有六七之厄……代汉者当途高也"。这是为曹魏代汉自立制造舆论的，屡见于《三国志》及其注中。如《三国志·蜀书》卷十二《周群传》："时人有问：'《春秋谶》曰代汉者当途高，此何谓也？'舒曰：'当途高者，魏也。'"又《三国志·魏书》卷二《文帝纪》注引《献帝传》载禅代众事说："《春秋玉版谶》曰：'代赤者魏公子。'《春秋佐助期》：'汉以许昌失天下。'故白马令李云上事曰：'许昌气见于当涂高，当涂高者当昌于许。'当涂高者，魏也；象魏者，两观阙是也；当道而高大者魏，魏当代汉。"等等，都是借助谶纬迷信，为曹魏制造夺权舆论的，大约产生于建安时期。此类记载，班固不可能知道。

《汉武故事》全文已佚，鲁迅《古小说钩沉》中有辑本。本书所选，有所节录。

汉景皇帝王皇后内太子宫[①]，得幸[②]，有娠，梦日入其怀。帝又梦高祖[③]谓己曰："王美人[④]生子，可名为彘。"及生男，因名焉，是为武帝。帝以乙酉[⑤]年七月七日旦生于猗兰殿。年四岁，立为胶东王。数岁，长公主嫖[⑥]抱置膝上，问曰："儿欲得妇否？"胶东王曰："欲得妇。"长主指左右长御[⑦]百余人，皆云不用。末指其女问曰："阿娇好不？"于是乃笑对曰："好！若得阿娇作妇，当作金屋贮之也[⑧]。"长主大悦，乃苦要上[⑨]，遂成婚焉。是时，皇后无子[⑩]，立栗姬子为太子。皇后既废，栗姬次应立，而长主伺其短[⑪]，辄微白[⑫]之。上尝与栗姬语，栗姬怒，弗肯应，又骂上"老狗"，上心衔之[⑬]。长主日谮之，因誉王夫人男之美，上亦贤之，废太子为王。栗姬自杀，遂立王夫人为后。胶东王为太子，时年七岁。上曰："彘者彻也[⑭]。"因改名彻。

廷尉上囚[15]，防年继母陈杀父，因杀陈[16]；依律，年杀母，大逆论[17]。帝疑之，诏问太子。太子对曰："夫继母如母，明其不及母也，缘父之爱，故比之于母耳。今继母无状，手杀其父，则下手之日，母恩绝矣。宜与杀人者同，不宜大逆论。"帝从之，年弃市[18]，议者称善。时太子年十四，帝益奇之。

及即位，常晨往夜还，与霍去病[19]等十余人，皆轻服为微行[20]，且以观戏市里，察民风俗。尝至莲勺[21]通道中行，行者皆奔避路。上怪之，使左右问之，云有持戟前呵[22]者数十人，时微行率不过二十人，马七八匹，更步更骑[23]，衣如凡庶，不可别也，亦了无驺御[24]，而百姓咸见之。

淮南王安[25]好学，多才艺，集天下遗书[26]，招方术之士[27]，皆为神仙，能为云雨。百姓传云："淮南王，得天子，寿无极。"上心恶之，征之[28]。使觇淮南王，云王能致仙人，又能隐形升行[29]，服气不食[30]。上闻而喜其事，欲受其道。王不肯传，云无其事。上怒，将诛，淮南王知之，出令与群臣，因不知所之。国人皆云神仙，或有见王者。帝恐动人情[31]。乃令斩王家人首，以安百姓为名，收其方书，亦颇得神仙黄白之事[32]，然试之不验。上既感淮南道术，乃征四方有术之士，于是方士自燕齐而出者数千人。齐人李少翁，年二百岁，色如童子，上甚信之，拜为文成将军，以客礼之。于甘泉宫中画太一[33]诸神像，祭祀之。少翁云："先致太一，然后升天，升天然后可至蓬莱[34]。"岁余而术未验。会上所幸李夫人死，少翁云能致其神，乃夜张帐，明烛[35]，令上居他帐中，遥见李夫人，不得就视也。

上微行，至于柏谷[36]，夜投亭长宿[37]，亭长不内，乃宿于逆旅[38]。逆旅翁谓上曰："汝长大多力，当勤稼穑，何忽带剑群聚，夜行动众？此不欲为盗则淫耳。"上默然不应，因乞浆[39]饮，翁答曰："我止有溺，无浆也。"有顷，还内。上使人觇之，见翁方邀少年十余人，皆持弓、矢、刀、剑，令主人妪出安过客。妪归，谓其翁曰："我观此丈夫，乃非常人也，且亦有备，不可图也。不如因礼之。"其夫曰："此易与[40]耳！鸣鼓聚众，讨此群盗，何忧不克[41]！"妪曰："且安之，令其眠，乃可图也。"翁从之。时上从者十余人，既闻其谋，皆惧，劝上夜去。上曰："去必致祸，不如且止以安之。"有顷，妪出，谓上曰："诸公子不闻主人翁言乎？此翁好饮酒，狂悖不足计[42]也。今日具令公子安眠无他。"妪自还内。时天寒，妪酌酒，多与其夫及诸少年，皆醉。妪自缚其夫，诸少年皆走。妪出谢客，杀鸡作食。平明[43]，上去。是日还宫，乃召逆旅夫妻见之，赐妪金千斤，擢其夫为羽林郎[44]。自是惩戒，稀复微行。时丞相公孙雄数谏，上弗从，因自杀。上闻而悲之。后二十余日，有柏谷之逼，乃改殡雄，为起坟冢，在茂陵旁[45]。

上少好学，招求天下遗书，上亲自省校；使庄助[46]、司马相如等以类分别之。尤好辞赋，每所行幸[47]及奇兽异物，辄命相如等赋之。上亦自作诗、赋数百篇，下笔即成，初不留意。相如作文迟，弥时[48]而后成，上每叹其工妙，谓相如曰："以吾之速，易子之迟，可乎？"相如曰："于臣则可，未知陛下何如耳？"上大笑而不责也。

上喜接士大夫，拔奇取异[49]，不问仆隶，故能得天下奇士。然性严急，不贷小

过，刑杀法令，殊为峻刻。汲黯[50]每谏上曰："陛下爱才乐士，求之无倦，比得[51]一人，劳心苦神，未尽其用，辄已杀之。以有限之士，资无已之诛[52]，臣恐天下贤才将尽于陛下，欲谁与为治[53]乎？"黯言之甚怒，上笑而谕之曰："夫才为世出，何时无才！且所谓才者，犹可用之器也；才不应务[54]，是器不中用也；不能尽才以处事，与无才同也，不杀何施！"黯曰："臣虽不能以言屈[55]陛下，而心犹以为非。愿陛下自今改之，无以臣愚为不知理也。"上顾谓群臣曰："黯自言便辟[56]，则不然矣；自言其愚，岂非然乎？"时北伐匈奴[57]，南诛两越[58]，天下骚动。黯数谏争，上弗从，乃发愤谓上曰："陛下耻为守文之士君[59]，欲希奇功于事表[60]。臣恐欲益反损[61]，取累于千载[62]也。"上怒，乃出黯为郡吏。黯忿愤，疽发背[63]死，谥"刚侯"[64]。

上尝辇至郎署[65]，见一老翁，须鬓皓白，衣服不整。上问曰："公何时为郎，何其老也？"对曰："臣姓颜名驷，江都[66]人也，以文帝时为郎[67]。"上问曰："何其老而不遇也？"驷曰："文帝好文，而臣好武；景帝好老，而臣尚少；陛下好少，而臣已老：是以三世不遇，故老于郎署。"上感其言，擢拜会稽都尉[68]。

帝斋[69]于寻真台，设紫罗荐[70]。王母遣使谓帝曰："七月七日，我当暂来。"帝至日，扫宫内，然九华灯[71]，上于承华殿斋。日正中，忽见有青鸟从西方来集殿前。上问东方朔[72]。朔对曰："西王母暮必降尊像，上宜洒扫以待之。"上乃施帷帐，烧兜末香。香，兜渠国所献也。香如大豆，涂宫门，闻数百里。关中尝大疫，死者相系[73]，烧此香，死者止。是夜漏七刻[74]，空中无云，隐如雷声，竟天紫色。有顷，王母至，乘紫车，玉女夹驭，载七胜[75]，履玄琼凤文之舄[76]，青气如云，有二青鸟如乌，夹侍母傍。下车，上迎拜，延母坐，请不死之药。母曰："太上之药，有中华紫蜜、云山朱蜜、玉液金浆；其次药有五云之浆、风实、云子、玄霜、绛雪；上握兰园之金精，下摘圜丘之紫柰[77]。帝滞情不遣[78]，欲心尚多，不死之药，未可致也。"因出桃七枚，母自啖二枚，与帝五枚。帝留核著前。王母问曰："用此何为？"上曰："此桃美，欲种之。"母笑曰："此桃三千年一著子，非下土所植也。"留至五更，谈语世事，而不肯言鬼神，肃然便去。东方朔于朱鸟牖[79]中窥母，母谓帝曰："此儿好作罪过，疏妄[80]无赖，久被斥退，不得还天；然原心无恶，寻[81]当得还。帝善遇之！"母既去，上惆怅良久。

上于长安作蜚帘观[82]，于甘泉作延寿观，高二十丈。又筑通天台于甘泉，去地百余丈，望云雨，悉在其下。春至泰山，还作道山宫，以为高灵馆。又起建章宫，为千门万户，其东凤阙[83]，高二十丈；其西唐中[84]，广数十里；其北太液池，池中有渐台[85]，高三十丈，池中又作三山，以象蓬莱、方丈、瀛洲，刻金石为鱼龙禽兽之属；其南方有玉堂、璧门、大鸟之属，玉堂基与未央[86]前殿等，去地十二丈，阶陛[87]咸以玉为之。铸铜凤凰，高五丈，饰以黄金，栖屋上。又作神明台、井幹楼，高五十余丈，皆作悬阁[88]，辇道相属焉。其后又为酒池、肉林[89]，聚天下四方奇异鸟兽于其中，鸟兽能言能歌舞，或奇形异态，不可称载。其旁别造奇华殿，四海夷狄器服珍宝充之：琉璃、珠玉、火浣布[90]、切玉刀[91]，不可称数。巨象、大雀、狮子、骏马，充塞苑厩，自古以来所未见者必备。又起明光宫，发燕赵美女二千人充之。率取年十五已上、二十已

下，满四十者出嫁，掖庭令总其籍[92]，时有死出者补之。凡诸宫美人可[93]有七八千。建章、未央、长乐三宫，皆辇道相属，悬栋飞阁，不由径路[94]。常从行郡国，载之后车；与上同辇者十六人，员数恒使满；皆自然美丽，不假粉白黛黑。侍衣轩者亦如之[95]。上能三日不食，不能一时无妇人；善行导养术[96]，故体常壮悦。其有孕者，拜爵为容华[97]，充侍衣之属。

未央庭中设角抵戏[98]，享外国[99]，三百里内皆观。角抵者，六国所造也；秦并天下，兼而增广之；汉兴虽罢，然犹不都绝，至上复采用之。并四夷之乐，杂以奇幻，有若鬼神。角抵者，使角力相抵触者也。其云雨雷电，无异于真；画地为川，聚石成山，倏忽变化，无所不为。

上幸河东，欣言中流[100]，与群臣饮宴。顾视帝京，乃自作《秋风辞》曰："泛楼船兮济汾河，横中流兮扬素波。箫鼓吹兮发棹歌[101]，极欢乐兮哀情多！"顾谓群臣曰："汉有六七之厄[102]，法应再受命[103]。宗室子孙，谁当应此者？六七四十二，代汉者当途高也[104]。"群臣进曰："汉应天受命，祚逾周、殷[105]，子子孙孙，万世不绝。陛下安得亡国之言，过听于臣妾乎[106]？"上应曰："吾醉言耳！然自古以来，不闻一姓遂长王天下[107]者，但使失之非吾父子可矣。"

上欲浮海求神仙，海水暴沸涌，大风晦冥，不得御楼船，乃还。上乃言曰："朕即位以来，天下愁苦，所为狂悖，不可追悔。自今有妨害百姓，费耗天下者，罢之。"田千秋奏请罢诸方士，斥遣之。上曰："大鸿胪[108]奏是也。其海上诸侯及西王母驿，悉罢之。"拜千秋为丞相。

行幸五柞宫，谓霍光[109]曰："朕去死矣，可立钩弋子[110]，公善辅之！"时上年六十余，发不白，更有少容，服食辟谷[111]，希复幸女子矣。每见群臣，自叹愚惑："天下岂有仙人，尽妖妄耳！节食服药，故差可[112]少病。"自是亦不服药，而身体皆瘠瘦。一二年中，惨惨不乐。三月丙寅，上昼卧不觉，颜色不异，而身冷无气；明日，色渐变，闭目。乃发哀告丧。未央前殿朝晡上祭[113]，若有食之者。葬茂陵，芳香之气异常，积于坟埏[114]之间，如大雾。常所幸御[115]，葬毕，悉居茂陵园上。自婕妤以上二百余人，上幸之如平生，而傍人不见也。光闻之，乃更出宫人，增为五百人，因是遂绝。

始元[116]二年，吏告民盗用乘舆御物[117]，案[118]其题，乃茂陵中明器[119]也，民别买得。光疑葬日监官不谨，容至盗窃，乃收将作以下系长安狱考讯[120]。居岁余，鄠县又有一人于市货玉杯，吏疑其御物，欲捕之，因忽不见。县送其器，又茂陵中物也。光自呼吏问之，说市人容貌如先帝[121]，光于是默然，乃赦前所系者。岁余，上又现形谓陵令[122]薛平曰："吾虽失世[123]，犹为汝君，奈何令吏卒上吾山陵上磨刀剑乎？自今已后，可禁之。"平顿首谢，忽然不见。因推问，陵旁果有山石，可以为砺，吏卒常盗磨刀剑。霍光闻，欲斩陵下官，张安世[124]谏曰："神道茫昧[125]，不宜为法。"乃止。甘泉宫恒自然有钟鼓声，候者时见从官卤簿[126]，似天子仪卫。自后转稀，至宣帝世乃绝[127]。

【注释】

①汉景皇帝王皇后内太子宫：汉景皇帝，文帝子，名刘启，在位十六年（前 156～前 141）。王

皇后，武帝生母，景帝与她结婚时，还是太子，故称“内太子宫”。内（nà 纳），同“纳”，被纳入。

②得幸：得到皇帝的宠爱。

③高祖：即刘邦，汉代开国皇帝，景帝的祖父，在位十二年。

④王美人：据《汉书·外戚传》应作“王夫人”。汉景帝为太子时所纳，为夫人，是武帝的生母，景帝七年（前150）晋封为皇后。此处是叙述未封皇后前的情况，故称“王美人”。“美人”是妃嫔的称号，西汉始置，直至明代皆沿用。据《汉书·外戚传序》，美人的官秩与二千石（官员一年的俸禄数）等，即与郡太守相当。

⑤乙酉：旧历以十天干、十二地支相配纪年月日。这里的乙酉年为景帝元年（前156）。

⑥长公主嫖：指刘嫖，她是文帝为代王时，窦姬所生。文帝立，窦姬为皇后，刘嫖为馆陶长公主。《汉书·外戚传》颜师古注：“年最长，故谓长公主。”长公主后嫁与堂邑侯陈午。她是景帝的同母姐姐，武帝的姑母。

⑦长御：宫中侍女。

⑧“若得”二句：就是成语“金屋藏娇”的来源。贮，藏。

⑨要上：向皇帝要求。上，封建时代臣下对皇帝的称呼。这里指景帝。

⑩皇后：指薄皇后，景帝六年（前151）被废。

⑪伺其短：侦察寻找他的过错。

⑫微白：暗中告密。

⑬上心衔之：景帝心里怀恨她。

⑭彘（zhì 至）者彻也：“彘”（猪）与“彻”在意义上并无联系，只是音相近。汉武帝名彘之说，不见于正史。

⑮廷尉上囚：廷尉，官名，掌刑狱，为九卿之一。上囚，即呈报罪犯的案情。

⑯“防年继母”二句：防年的继母陈氏杀了防年的父亲，防年因而杀了陈氏。

⑰大逆论：按大逆的罪行治罪。封建社会凡罪大恶极者定大逆罪，多指犯上谋反而言，所处死刑的等级最高，或磔杀，或夷三族。汉代死罪有三等，弃市为死罪中最轻的一等。

⑱弃市：杀头。古代在闹市执行死刑，将尸体丢在街上，称“弃市”。

⑲霍去病（前140～前117）：西汉名将，河东平阳（今山西临汾市西南）人。两次大败匈奴贵族，官至骠骑将军，封冠军侯。

⑳微行：古时尊贵者隐瞒身份，改装出行，不使人知，叫“微行”。

㉑莲勺：县名，治所在今陕西西安市临潼区西北。

㉒持戟前呵：手执兵器在前边喝道。

㉓更步更骑：轮换着步行和骑马。更，替换，因人多马少，故轮换骑马或步行。

㉔驺（zōu 邹）御：古代帝王出行时前后侍从的骑士，犹“驺骑（jì）”。驺，古时掌马的官，也掌驾车；御，驾驭车马的人。

㉕淮南王安：高祖刘邦之孙，袭父封淮南王，好神仙、方士，曾招致门客著《淮南子》，后因图谋造反，事发后自杀。

㉖遗书：散佚之书。

㉗方术之士：指方士与术生。他们常以炼丹术、不死药等欺骗人。

㉘征之：召他进京。之，代词，指淮南王刘安。

㉙隐形升行：隐形，指隐身术，升行，指离地飞升，皆是骗人的神仙之术。

㉚服气不食:犹言不食人间烟火。道家以气为形之根本,故以服气为修养的要法,道书有《服气论》,专论服气断谷的方法。

㉛动人情:此指蛊惑人心。

㉜黄白之事:黄,指黄金;白指白银。世传道家烧炼丹药化为黄金白银之术,称为"黄白之术"。所化之金,道家即作为仙药,服食以妄求成仙。《神仙传》:"淮南王作《中篇》,言神仙黄白之事。"

㉝太一:神名,一作"泰一"。《史记·天官书》:"中宫北极星,其一明者,太一常居也。"唐张守节《正义》:"泰一,天帝之别名。刘伯庄云:泰一,天神之最尊贵者也。"

㉞蓬莱:传说中的海上三神山之一,在东海(《汉书·郊祀志》说在渤海)中。《史记·秦始皇本纪》:"齐人徐市等上书言:海中有三神山,名曰蓬莱、方丈、瀛洲,仙人居之。"又因为山形似壶,所以又称"蓬壶"、"方壶"、"瀛壶"(见《拾遗记》)。

㉟明烛:即点燃蜡烛。明,用作动词。

㊱柏谷:即柏谷亭,在河南灵宝市西南朱阳镇。西晋潘安仁《西征赋》"长傲宾于柏谷,妻睹貌而献餐"句,即咏汉武帝微行柏谷亭事。

㊲亭长:官名,战国时始置。西汉于乡村中,每十里设一亭,十亭一乡,亭有亭长。

㊳逆旅:客店。

㊴浆:酒。

㊵易与:容易对付。

㊶何忧不克:何必担心制伏不了。

㊷狂悖不足计:狂妄背理,不值得把他放在心上。

㊸平明:天刚亮的时候。

㊹羽林郎:羽林,为皇帝的卫队,始于汉武帝,取其为国羽翼如林之盛的意思。羽林郎,羽林中的低级军官,管宿卫侍从。

㊺茂陵:汉武帝的陵墓,在今陕西兴平市西南。封建皇帝即位后,即开始为自己营建陵墓。茂陵于建元二年(即武帝即位后第二年,公元前139年)开始营建。

㊻庄助:会稽吴(今江苏苏州)人,后因避东汉明帝刘庄讳改为"严助",武帝的文学侍从之臣。司马相如:字长卿,蜀郡成都(今四川成都)人,西汉著名的辞赋家,也是汉武帝的文学侍从之臣。

㊼行幸:指皇帝亲临。

㊽弥时:长时。弥,长久。

㊾拔奇取异:选拔有奇才异能的人。

㊿汲黯:字长孺,濮阳(今河南濮阳市西南)人。景帝时为太子洗马,武帝时迁东海太守,有政绩,曾以直言敢谏著称。

51比得:犹言得到。比,有"及"的意思。

52资无已之诛:供无休止的杀戮。资,供给。

53谁与为治:即"与谁为治"。古代汉语在表示否定或疑问时,常常将宾语放在谓语之前。

54才不应务:才能有限不能办好事情。应,适应,指出色地完成。务,事务,工作。

55屈:犹言说服。

56便辟:善于逢迎谄媚。

57匈奴:我国北部地区的少数民族,亦称胡。秦汉之际冒顿单于统一各部,势力强盛,统治

了大漠南北广大地区。汉初基本上对匈奴采取防御政策，武帝时开始采取攻势。宣帝甘露年间，呼韩邪单于附汉以后，六七十年间，与汉朝维持着友好的关系。

(58)两越：即南越和闽越，相当于现在的两广和福建等地，汉武帝曾数次派兵讨伐两越。

(59)守文之士君：遵守成法，不用武功的帝王。“士”字疑为衍文。《汉书·外戚传》：“自古受命帝王及继体守文之君，非独内德茂也。盖亦有外戚之助焉。”颜师古注：“继体谓嗣位也。守文，言遵成法，不用武功也。”

(60)事表：不详何义，疑文字有误。

(61)欲益反损：想得到好处反而受到损失。

(62)取累于千载：犹言贻患无穷。由于前因而造成的损失叫“累”。

(63)疽发背：背上生毒疮。

(64)谥：封建时代，人死后按其生时行迹授予称号叫“谥”。

(65)辇至郎署：汉以后皇帝所乘之车叫“辇”。此处用作动词，即乘辇。郎，此指皇帝左右的侍从人员。署，即官署，衙门。郎署，即皇帝侍从人员的办公机关。《汉书·百官公卿表》：“郎掌守门户，出充车骑，有议郎、中郎、侍郎、郎中，皆无员，多至千人。”

(66)江都：地名，即今江苏扬州市。

(67)文帝：名刘恒，景帝刘启的父亲，武帝的祖父，在位二十三年(前179～前157)。

(68)会稽：郡名。汉代的会稽郡相当于现在的江苏东南部和浙江西北部一带，治所在吴县(今江苏苏州)。都尉：官名，辅佐郡守并掌管全郡的军事。

(69)斋：斋戒。古时祭祀或举行典礼前，沐浴更衣，不饮酒，不吃荤，以表示虔诚，叫“斋戒”。

(70)紫罗荐：用紫罗做的卧席。

(71)然九华灯：然，通“燃”。九华灯，指装饰华美的灯。九，言其装饰繁多。华，言其色彩绚丽。

(72)东方朔：厌次(今山东滨州)人，字曼倩。性诙谐滑稽，善辞赋，是汉武帝的文学侍从之臣，著有《答客难》等。《汉书》有传。

(73)死者相系：死的人接连不断。

(74)漏七刻：漏，古代计时的器具，即漏刻，壶中盛水，中置一箭，上面刻有度数，壶下有孔，根据漏水的多少计算时间，昼夜共分一百刻。

(75) 载七胜：载，通“戴”。《释名·释姿容》：“载，戴也，戴在其上也。”《山海经·西山经》：“西王母其状如人，蓬发戴胜。”郭注：“胜，玉胜也。”郝懿行笺疏：“郭云玉胜者，盖以玉为华胜也。”《后汉书·舆服志下》：“簪以玳瑁为挻，端为华胜。”戴七胜，即戴七根玉琢的华胜。

(76)履玄琼凤文之舄：脚穿黑玉做的上面带有凤凰图案的鞋。

(77)紫柰(nài耐)：果木名，即今之沙果，又名“花红”。

(78)滞情不遣：凝滞的情欲没有去掉。遣，遣出，除去。

(79)朱鸟牖：贴着朱鸟图案的窗户。朱鸟，亦称“朱雀”，古代四象(苍龙、白虎、朱雀、玄武)之一。

(80)疏妄：粗疏放肆。

(81)寻：不久。

(82)观(guàn贯)：楼台之类。

(83)凤阙：古代在宫殿、祠庙和陵墓前修建的门楼，一般左右各一，建成高台，台上再起楼观。因为两阙之间有空缺，故名“阙”或“双阙”。《关中记》：“建章宫圆阙临北道，有金凤在阙

上，高丈余，故号凤阙。”

㉔唐中：《文选·班固〈西都赋〉》：“前唐中而后太池。”李善注：“《汉书》曰：其西则有唐中数十里。……如淳曰：唐，庭也。”据此知唐中为建章宫西边的大庭院。

㉕渐台：渐，这里读 jiān(尖)。《汉书·郊祭志》：“北治大地渐台，高二十余丈，名曰泰液。”注：“渐，浸也。台在池中，为水所浸，故曰渐台。”

㉖未央：宫名。

㉗阶陛：台阶。

㉘悬阁：在高地或高建筑物上跨出的楼阁，如凌空而出，谓之“悬阁”。张华《叙行赋》：“缘阻岑之绝崖，蹈偏梁之悬阁。”此处指作为连接神明台、井幹楼之间悬空的楼阁，可作过道用。

㉙酒池、肉林：《史记·殷本纪》：“帝纣……以酒为池，悬肉为林。”极言酒肉之多。

㉚火浣布：一种耐火的布，脏时投在火中即可去污。《列子·汤问》：“火浣之布，浣之必投于火。”《抱朴子》认为是木叶、木皮所织，《十洲记》认为是火鼠之毛所织，这只是一种传说，未足置信。

㉛切玉刀：能切割玉片的刀。《十洲记》：“秦始皇时，西域献切玉刀。”

㉜掖庭令：主管妃嫔宫女的官，由宦官充任。《后汉书·百官志》：“掖庭令……掌后宫贵人采女事。”掖庭，亦作“液庭”，宫中侧房，宫嫔居住的地方。总其籍：总管美女的名册。

㉝可：大约。

㉞不由径路：从飞阁中通过，不走地面的路径。

㉟“侍衣轩者”句：侍奉皇帝穿衣和车驾的人也像同辇者一样美丽。之，指示代词，指代“同辇者”。

㊱导养术：犹导引术，道家的一套养生之术。《庄子·刻意》成玄英疏：“导引神气，以养形魄，延年之道，驻形之术。”《一切经音义》：“凡人自摩自捏，伸缩手足，除劳去烦，名为导引。”此法后为道教承袭，当作“修仙”的方法之一。

㊲容华：宫中女官名。

㊳角抵戏：古代较量力气的伎艺，犹今日的摔跤。

㊴享外国：设宴招待外国使臣。享，通“飨”，设宴招待人。

㊵欣言中流：谈笑于河水(从后文看，此指山西省中部的汾河)中央。中流，渡河至一半的地方。

⑩棹歌：舟人渔子所唱之歌叫“棹歌”，常常一边划桨一边歌唱。

⑩ 六七之厄：《汉书·路温舒传》：“温舒从祖父受历数天文，以为汉厄三七之间。”张晏注曰：“三七二百一十岁，自汉初至哀帝元年，二百一年也。至平帝崩，二百十一年。”晋干宝《搜神记》“赤厄三七”条：“古志有曰：‘赤厄三七。’三七者，经二百一十载，当有外戚之篡，丹眉之妖。……自高祖建业，至于平帝之末，二百一十年，而王莽篡……自光武中兴，至黄巾之起，未盈二百一十年，而天下大乱，汉祚废绝。方应三七之运。”前后汉经历两个“三七之厄”，合起来则为“六七之厄”。

⑩再受命：封建时代皇帝即位叫“受命”，意思是受天之命。再受命，应指王莽篡汉后，光武中兴之事。

⑩代汉者当途高也：这是《春秋谶》中的话，言魏将代汉而立。参见本篇“说明”。按，“魏”字的本义是“阙”，阙是当路(途)而建的高建筑物，故当途高即隐指“魏”字。

⑩⑤祚(zuò 坐)逾周、殷:祚,帝位,国统。祚逾周、殷,意谓汉代享有天下的时间要超过周朝和殷朝。这是群臣恭维武帝的话。

⑩⑥"陛下"句:陛下怎能以亡国之言让臣妾错听呢?过听,言不当听而使之听,因为是对天子说话,不敢直言其非,所以自认"错听"。臣妾,群臣卑下地自称。

⑩⑦王(wàng 望)天下:称王于天下,即统治天下。王,这里用作动词,意思是称王,做一国的君主。

⑩⑧大鸿胪:管外交礼宾的官。《汉书·百官公卿表》:"典客,秦官,掌诸归义蛮夷,有丞。景帝中元六年更名大行令,武帝太初元年更名大鸿胪。"

⑩⑨霍光:河东平阳(今山西临汾市西南)人,字子孟,霍去病的异母弟。武帝时为奉常都尉,很受汉武帝的信任。曾与金日磾受武帝遗诏辅昭帝。后拜大司马、大将军,封博陆侯。

⑪⓪钩弋子:钩弋夫人之子,即昭帝刘弗陵。昭帝的母亲赵婕妤,因居钩弋宫,故称"钩弋夫人"。

⑪①服食辟谷:服食丹药,不食五谷。

⑪②差(chā 插)可:尚可,略可。

⑪③朝晡上祭:犹言早晚祭祀。朝,早晨。晡,申时,即午后三时至五时。

⑪④埏(yán 延):墓道。

⑪⑤常所幸御:平常侍寝的妃嫔。

⑪⑥始元:汉昭帝的年号(前 86～前 81)。始元二年为公元前 85 年。

⑪⑦乘舆御物:乘舆,指天子乘的车,后来用以指代天子。御物,皇帝所用之物,这里指殉葬品。

⑪⑧案其题:考察御物的题款。案,同"按",考查。

⑪⑨明器:伴葬的器物。

⑫⓪系长安狱考讯:囚拘在长安狱中审讯。

⑫①先帝:已故的皇帝。此指汉武帝。

⑫②陵令:管理陵墓(此指茂陵)的官。

⑫③失世:去世。

⑫④张安世(? ～前 62):西汉大臣,字子孺,杜陵(今陕西西安市东南)人。张汤之子,以父任为郎。武帝幸河东时,曾遗失书三箧,诏问莫能对,惟安世完全记得遗失书的情况,后得书相校,一无所遗。武帝奇其才,提拔他做尚书令,又迁为光禄大夫。昭帝即位,拜右将军,封富平侯。昭帝死,与大将军霍光定策立宣帝,为大司马。他拥有家童七百人,从事手工业生产,家财富厚,超过霍光。

⑫⑤神道茫昧:鬼神之事渺茫难知,意即不可信。昧,昏暗。

⑫⑥卤簿:古时帝王出外时前导后从的仪仗。卤,亦作"橹",大楯(即盾),楯以甲为之。甲楯有先后部伍次序,均记在簿籍上,天子出,则按部导行,故谓之"卤簿"。自汉代以后,太子、后妃、大臣也有卤簿,并非天子所专有。

⑫⑦宣帝(前 91～前 49):西汉皇帝,名刘询,在位二十五年(前 74～前 49),昭帝死,他为霍光所立,强调"霸道"、"王道"杂用,重视吏治。

笑 林

（魏）邯郸淳

《隋书·经籍志》、《旧唐书·经籍志》、《新唐书·艺文志》俱载：《笑林》三卷，邯郸淳撰。邯郸淳，一名竺，字子叔，颍川（今河南许昌）人。汉献帝初年客居荆州，后归附曹操。魏文帝黄初初年，任博士给事中。《笑林》所收，多是一些短小的笑话。此书至宋代已散佚，鲁迅先生《古小说钩沉》辑得二十九则。

汉世老人

汉世有人，年老无子，家富，性俭啬。恶衣蔬食[①]，侵晨[②]而起，侵夜而息。营理产业，聚敛无厌，而不敢自用。或人从之而求丐者，不得已而入内，取钱十，自堂而出，随步辄减[③]，比至于外，才余半在。闭目以授乞者。寻复嘱云："我倾家赡君，慎勿他说[④]，复相效而来。"老人俄死，田宅没官，货财充于内帑矣[⑤]。

【注释】

①恶衣蔬食：穿坏衣服吃粗饭。蔬食，以草菜为食。

②侵晨：天刚破晓。

③随步辄减：边走边减少。

④慎勿他说：千万别对其他的人说。

⑤充于内帑：犹言充公。内帑（tǎng躺），国家收藏金银财物的仓库。

楚人有担山鸡者

楚人有担山鸡者，路人问曰："何鸟也？"担者欺之曰："凤凰也。"路人曰："我闻有凤凰久矣，今真见之，汝卖之乎？"曰："然。"乃酬[①]千金，弗与；请加倍，乃与之。方将献楚王，经宿[②]而鸟死。路人不遑[③]惜其金，惟恨不得以献耳。国人传之，咸以为真凤而贵，宜欲献之，遂闻于楚王。王感其欲献己也，召而厚赐之，过买凤之值十倍矣[④]。

【注释】

①酬：给报偿，此指所出买价。

②经宿：过了一夜。

③不遑：无暇，顾不上。

④“过买凤之值”句：超过买凤凰所花钱的十倍。

列异传

(魏)曹　丕(?)

《隋书·经籍志》载:"《列异传》三卷,魏文帝撰。"但文中记有魏文帝以后甘露年间的事。这是后人增益的结果还是作者假托魏文帝之名,已难以断定。此书多为《三国志注》和《水经注》所引,可见其为魏晋人所作无疑。《旧唐书·经籍志》和《新唐书·艺文志》题作晋张华撰,不知何据。此书已佚。鲁迅先生有辑本,编入《古小说钩沉》中。

孙　阿

蒋济为领军[1],其妻梦见亡儿涕泣曰:"死生异路!我生时为卿相子孙,今在地下为泰山伍伯[2],憔悴困辱,不可复言。今太庙西讴士孙阿[3],今见招[4]为泰山令,愿母为白侯嘱阿[5],令转我得乐处[6]。"言讫,母忽然惊寤。明日以白济,济曰:"梦为尔耳[7],不足怪也。"明日暮,复梦,曰:"我来迎新君[8],止在庙下[9],未发之顷[10],暂得来归。新君明日日中当发,临发多事,不复得归,永辞于此。侯气强难感悟[11],故自诉于母,愿重启侯,何惜不一试验也!"遂道阿之形状,言甚备悉。天明,母重启侯曰:"昨又梦如此,虽云梦不足怪,此何太适适[12],亦何惜不一验之?"

济乃遣人诣太庙下,推问[13]孙阿,果得之;形状证验,悉如儿言。济涕泣曰:"几负吾儿!"于是乃见孙阿,具语其事。阿不惧当死,而喜得为泰山令,惟恐济言不信也。曰:"若如节下言[14],阿之愿也。不知贤子欲得何职?"济曰:"随地下乐者与之。"阿曰:"辄当奉教!"乃厚赏之。言讫,遣还。

济欲速知其验,从领军门至庙下,十步安一人,以传阿消息。辰时[15],传阿心痛;巳时,传阿剧;日中,传阿亡。济泣曰:"虽哀吾儿之不幸,且喜亡者有知。"后月余,儿复来,语母曰:"已得转为录事矣[16]。"

【注释】

①蒋济:三国魏平阿人,字子通。明帝时为中护军,齐王芳即位后,徙为领军将军,晋爵昌陵亭侯,迁官太尉。后进封都乡侯。领军:官名。曹操为丞相时,于相府置领军,后改为中领军,与护军共同统率禁军。曹丕即位后,置领军,统领"五校"、"中垒"、"武卫"三营兵。

②泰山:指主管泰山的神。下文称"泰山令"。伍伯:亦作"五百",古代官员出行在前面开道

的吏卒，后称行刑的役卒。《后汉书·曹节传》："越骑营五百妻有美色。"唐李贤注："韦昭《辩释名》曰：'五百，字本为伍。伍，当也；伯，道也；使之导引，当道陌中，以驱除也。'按今俗呼行杖人为五百也。"

③太庙：天子的祖庙叫"太庙"。西讴士：站在太庙西边的歌者。

④见招：被召。

⑤白侯嘱阿：死者让其母告诉其父嘱咐孙阿，向孙阿求情。侯，指蒋济，因蒋济曾被封为昌陵亭侯。

⑥转我得乐处：调我到一个好地方。

⑦尔耳：如此而已。尔，如此，这样。耳，句末语气词。

⑧新君：指新任泰山令孙阿。

⑨止在庙下：暂时住在太庙下边。

⑩未发之顷：未出发之前的一段短时间。

⑪气强难感悟：气性刚强难以说动他。

⑫此何太适适：何必这样太小心谨慎。适适，惊怕的样子。《庄子·秋水》："于是埳井之蛙闻之适适然惊，规规然自失也。"

⑬推问：仔细打听询问。

⑭节下：对将军的尊称，犹言"麾下"。节，节钺，即符节和斧钺，古代授予将帅，以加重其权力。

⑮辰时：古代将一天分为十二个时辰，辰时相当于上午七时至九时。下文巳时相当于上午九时至十一时。

⑯录事：管文书的小官。

宗定伯

南阳①宗定伯，年少时，夜行逢鬼。问曰："谁？"鬼曰："鬼也。"鬼曰："卿②复谁？"定伯欺之，言："我亦鬼也。"鬼问："欲至何所？"答曰："欲至宛市③。"鬼言："我亦欲至宛市。"共行数里。鬼言："步行大亟④，可共迭相担也⑤。"定伯曰："大善。"鬼便先担定伯数里。鬼言："卿太重，将非鬼也⑥？"定伯曰："我新死，故重耳。"定伯因复担鬼，鬼略无重⑦。如其再三。

定伯复言："我新死，不知鬼悉何所畏忌？"鬼曰："唯不喜人唾⑧。"于是共道涉水，定伯因命鬼先渡，听之了无声⑨。定伯自渡，漕漼作声。鬼复言："何以作声？"定伯曰："新死不习渡水耳。勿怪！"行欲⑩至宛市，定伯便担鬼至头上，急持之⑪。鬼大呼，声咋咋，索下⑫，不复听之，径行至宛市中。著地化为一羊。便卖之，恐其变化，乃唾之。得钱千五百，乃去。

于时言："定伯卖鬼，得钱千五百。"

【注释】

①南阳：郡名，秦置，辖境在今河南西南部及湖北北部。

②卿：称谓之辞。秦汉以来君呼臣以卿，地位相等的人也互相呼为卿。

③宛市:汉时南阳郡治所在宛,即今河南南阳市。市,集市。

④亟:疲乏。

⑤共迭相担:轮流互相背负。

⑥将非鬼也:恐怕不是鬼吧?将,这里作疑问副词,莫非。

⑦略无重:几乎没有一点重量。略,略微,稍微。

⑧唾:用唾沫喷吐。

⑨了无声:没有一点声音。了,完全,全然。

⑩行欲:快要。

⑪急持之:紧紧地抓住它。

⑫索下:要求下来。

谈　生

谈生者,年四十,无妇。常感激[①],读《诗经》。夜半,有女子可十五六,姿颜服饰[②],天下无双,来就生为夫妇,言:"我与人不同,勿以火照我也。三年之后,方可照。"为夫妻。生一儿,已二岁,不能忍,夜伺其寝后,盗照视之[③]:其腰以上生肉如人,腰下但有枯骨。妇觉,遂言曰:"君负我。我垂生矣[④],何不能忍一岁而竟相照也?"生辞谢。涕泣不可复止,云:"与君虽大义[⑤]永离,然顾念我儿。若贫不能自偕活者,暂随我去,方遗君物。"生随之去,入华堂,室宇器物不凡。以一珠袍与之,曰:"可以自给。"裂取生衣裾,留之而去。

后,生持袍诣市,睢阳王家买之,得钱千万。王识之,曰:"是我女袍,此必发墓[⑥]。"乃取考[⑦]之。生具以实对。王犹不信,乃视女冢,冢完如故。发视之,果棺盖下得衣裾。呼其儿,正类王女。王乃信之。即召谈生,复赐遗衣[⑧],以为主婿[⑨]。表其儿以为侍中[⑩]。

【注释】

①感激:这里是感慨的意思。

②姿颜服饰:容貌和穿着打扮。

③盗照视之:偷偷地用火照着看她。

④垂生:将要复生。

⑤大义:此指夫妻关系。《孔雀东南飞》:"既欲结大义,故遣来贵门。"结大义,即结婚姻。

⑥发墓:发掘坟墓。"发墓所得"的省文。

⑦考:考讯,审问。

⑧复赐遗衣:又赠送他睢阳王女遗留下来的衣服。

⑨主婿:郡主之婿。诸王的女儿称郡主。

⑩表:上表申奏。表,是臣下上给皇帝的奏章的一种,这里用作动词。侍中:官名,秦始置,两汉沿用。因侍从皇帝,出入宫廷,以备应对顾问,故地位日重,至魏晋以后,实际上已相当于宰相。

博物志

（晋）张　华

《博物志》，旧题晋张华撰。梁萧绮所录王嘉《拾遗记》说：张华曾“捃采天下遗逸，自书契之始，考验神怪，及世间闾里所说，造《博物志》四百卷，奏于武帝。帝令芟截浮疑，分为十卷”。内容多记异境奇物及琐闻杂事，多从古书中选取，缺乏创造性。诸书所引本书文字，现存本或有或无，可见它是后人采其遗文缀辑而成，不是原本。

张华（232～300），字茂先，范阳方城（今河北固安）人。魏初为太常博士，入晋官至司空。永康元年（300）四月被赵王伦和孙秀杀害，并夷三族。《晋书》有传。他是西晋著名的文学家。著作除《博物志》外，还有后人所辑的《张司空集》。

八月浮槎

旧说云：天河与海通。近世有人居海渚[①]者，年年八月有浮槎[②]，去来不失期。人有奇志[③]，立飞阁[④]于槎上，多赍[⑤]粮，乘槎而去。十余日中，犹观星月日辰，自后茫茫忽忽，亦不觉昼夜。去十余日，奄至[⑥]一处，有城郭状，屋舍甚严[⑦]，遥望宫中多织妇。见一丈夫，牵牛渚次[⑧]饮之。牵牛人乃惊问曰：“何由至此？”此人具说来意，并问：“此是何处？”答曰：“君还至蜀郡，访严君平[⑨]则知之。”竟不上岸，因还如期。后至蜀问君平，曰：“某年月日有客星犯牵牛宿[⑩]。”计年月，正是此人到天河时也。

【注释】

①海渚：滨海处的小洲。

②浮槎：传说中来往于海上和天河间的木筏。

③奇志：指想乘筏去天河的志愿。

④飞阁：此指筏上的窝篷。

⑤赍（jī 基）：携带。

⑥奄至：忽至，忽然到达。

⑦屋舍甚严：房屋建筑很整齐。

⑧渚次：岸边。渚，这里作近水之地解释。次，处所。

⑨严君平：西汉蜀（四川）人，名遵。成帝时，卜卦于成都市，每天挣够当天的生活费，便闭门

读《老子》。扬雄少年时曾跟他学习过。著有《老子指归》,已佚。

⑩客星犯牵牛宿:客星指乘槎之人,因他偶然到了天河边上,故称"客星"。犯,侵犯。牵牛宿,即牵牛星,又称"牛郎"。

玄中记

（晋）郭　璞

《玄中记》，一称《郭氏玄中记》，晋志怪小说集，郭璞撰。《隋书·经籍志》、《旧唐书·经籍志》、《新唐书·艺文志》均未著录，始著录于《太平御览经史图书纲目》和《太平广记引用书目》，并作《郭氏玄中记》。《崇文总目》和《通志·艺文略》地理类亦有《玄中记》一卷，不著撰人。有辑本数种，鲁迅《古小说钩沉》辑得七十一条，是较为完备的辑本。此书刘敬叔《异苑》卷三已引，知刘宋前此书已流行，时代正与郭璞相合。轻易怀疑非郭璞所作，缺乏根据。

郭璞（276～324），字景纯，河东闻喜（今山西闻喜）人。晋代文学家、术数家、小说家，博学多才。因曾任大将军王敦的记室参军，又称“郭记室”。王敦欲谋反，使郭璞筮吉凶，璞曰：“无成。”以为起兵必致祸，敦怒而杀璞。王敦乱平，追赠璞为弘农太守，故又称“郭弘农”。

毛衣女

昔豫章①男子，见田中有六七女人，皆衣毛衣②，不知是鸟，匍匐③往，先得其一女所解④毛衣，取藏之，即往就⑤诸鸟。诸鸟各去就毛衣⑥，衣之飞去。一鸟独不得去，男子取以为妇⑦。生三女。

其母⑧后使女问父，知衣在积稻下⑨，得之，衣而飞去。后复以衣迎三女，三女儿得衣，亦飞去。

【注释】

①豫章：郡名，汉置，治所在今江西南昌市。

②衣毛衣：穿着羽毛的衣服。前一“衣”字为动词。

③匍匐：爬行。

④所解：所脱。

⑤往就：凑近。

⑥就毛衣：犹穿毛衣。

⑦妇：妻子。

⑧其母：即三女之母，指毛衣女。其，指三女。

⑨积稻下：囤积稻谷的器具下面。

神异记

(晋)王　浮

《神异记》,晋人王浮撰,为志怪小说集,史志未录。《太平御览》卷八六七引有王浮《神异记》虞洪事。鲁迅《古小说钩沉》共辑得八条,除"虞洪"条外,其他各条均不称撰人,这说明是否出自王浮《神异记》,不确定。

王浮,晋惠帝时为五斗米教"祭酒",曾与沙门帛远进行佛道论争,作《老子化胡经》,鼓吹尹喜与老聃西出关化胡,佛教因此而起。佛教徒因此很恨他,死后诬其下地狱受苦。事见梁僧佑《出三藏记》卷十五《法祖法师传》、慧皎《高僧传》卷一《帛远传》等。

银　杖

陈敏①,孙皓之世为江夏太守②,自建业赴职③,闻宫亭庙验④,过乞在任安稳⑤,当上银杖一枚⑥。年限⑦既满,作杖拟以还庙⑧。抚捶铁以为干⑨,以银涂⑩之。寻征为散骑常侍⑪,往宫亭,送杖于庙中讫⑫,即进路⑬。

日晚,降神巫宣教曰⑭:"陈敏许我银杖,今以涂杖见与⑮,便投水中,当送以还之。欺蔑⑯之罪,不可容⑰也。"于是取杖看之,剖视⑱,中见铁干⑲,乃置之湖中。杖浮在水上,其疾⑳如飞,遥到敏舫㉑前,敏舟遂覆㉒也。

【注释】

①陈敏:《三国志》全书不见陈敏之名,唯《吴书》卷二十《贺邵传》注引虞预《晋书》:"陈敏作乱,以循(贺循,贺邵之子,字彦先)为丹杨内史,循称疾固辞,(陈)敏不敢逼。于是江东豪右无不受敏爵位,惟循与同郡朱诞不挂贼网。"《晋书》卷一百有《陈敏传》:陈敏,字令通,庐江人,少有干能,以郡廉吏补尚书仓部内史,后转任合肥度支、广陵度支、广陵相。晋惠帝幸长安,四方交争,陈敏遂有割据江东之志。后果然造反,并据有吴越之地。因其刑政无章,且子弟凶暴,部下顾荣等背叛了他,很快便遭到失败,被杀。但《晋书》未言及陈敏在孙皓时的仕历,从陈敏的时代看,亦有可能是东吴的降臣。故造反时想割据江东,又想拉拢吴人,很可能是陈敏在吴国的仕历,《晋书》失载。王浮是晋惠帝时人,此时陈敏已失败被杀,编造这个故事完全合情合理。

②孙皓:三国时吴国的末代皇帝,公元 280 年,晋伐吴,孙皓降。江夏:郡名,治所在今湖北武汉市江夏区。太守:郡之最高行政长官。

③建业:吴国的都城,今江苏南京市。赴职:到任。

④宫亭:湖名,即江西鄱阳湖的南湖。验:灵验。

⑤过乞:过,指过宫亭庙。乞,求神。安稳:平安无事。

⑥当上:按照陈敏许的愿应当献上。一枚:一根。

⑦年限:指任职的年限。古代官吏任职,三年一任。

⑧作:制作。拟:打算。以:用来。还庙:还愿于庙。

⑨扤:持,拿。捶铁:锻造过的熟铁。干:指杖的主干。

⑩涂:犹镀,即镀银。

⑪寻:不久。散骑常侍:官名,三国时魏置,秩比二千石,第三品,在皇帝左右规谏过失,以备顾问。

⑫讫:完毕。

⑬进路:上路。

⑭降神巫:托言神鬼附体下降的巫师。宣教:宣告神灵的教谕。

⑮见与:给我。见,表示被动。

⑯欺蔑:欺骗蔑视神灵。

⑰容:宽容,原谅。

⑱剖视:破开看。

⑲见:同"现",露出。

⑳疾:快。

㉑舫:船。

㉒覆:翻,颠覆。

西京杂记

（晋）葛　洪（?）

《隋书·经籍志》载《西京杂记》二卷，未署作者姓名。《旧唐书·经籍志》始载：《西京杂记》一卷，葛洪撰。书末有葛洪跋，云："洪家世有刘子骏（刘歆）《汉书》一百卷，无首尾题目，但以甲乙丙丁记其卷数。先公传云：'歆欲撰《汉书》，编录汉事，未得缔构而亡。故书无宗本，止杂记而已，失前后之次，无事类之辨，后好事者以意次第之，始甲终癸为十秩，秩十卷，合为百卷。'洪家世有其书，试以此记考校，班固所作，殆是全取刘氏，亦小异同耳。并固所不取，不过二万许言，今抄出为二卷，名曰《西京杂记》……"按照葛洪的说法，《西京杂记》为刘歆所撰。近代研究者多以葛洪托名刘歆而作。全书所记多是西汉琐事。鲁迅先生《中国小说史略》称其"意绪秀异，文笔有可观者也"。

葛洪（284～364，一作254～334），字稚川，自号抱朴子，丹阳句容（今江苏句容）人。少时以儒学知名，后崇信道教，成为东晋的道学理论家，其炼丹术在我国化学史上有一定贡献。曾任州主簿、谘议参军、勾漏令等职。著有《抱朴子》、《神仙传》等。

司马相如

司马相如初与卓文君还成都[①]，居贫愁懑，以所著鹔鹴裘就市人阳昌贳酒[②]，与文君为欢。既而文君抱颈而泣曰："我平生富足，今乃以衣裘贳酒！"遂相与谋，于成都卖酒。相如亲著犊鼻裈[③]涤器，以耻王孙。王孙果以为病[④]，乃厚给文君，文君遂为富人。文君姣好，眉色如望远山[⑤]，脸际常若芙蓉[⑥]，肌肤柔滑如脂。十七而寡，为人放诞风流，故悦长卿之才而越礼[⑦]焉。长卿素有消渴疾[⑧]，及还成都，悦文君之色，遂以发痼疾[⑨]。乃作《美人赋》，欲以自刺[⑩]，而终不能改，卒以此疾至死。文君为诔[⑪]，传于世。

【注释】

①"司马相如"句：司马相如，见前《汉武故事》注。卓文君，西汉临邛（今四川邛崃）人，富商卓王孙之女。貌美，喜音乐，十七而寡。司马相如落魄归蜀，在卓王孙家赴宴，以琴曲挑

逗文君，文君乘夜私奔相如，一同逃往成都。

②鹔鹴裘：用鹔鹴羽毛做的皮衣。鹔鹴，是雁的一种。贳（shì 世）：赊欠。此处的“贳酒”是指以鹔鹴裘作抵押品换酒喝。

③犊鼻裈（kūn 昆）：短裤。一说是长不过膝的围裙。

④病：这里作“耻辱”解。

⑤眉色如望远山：形容眉毛弯曲而黑。后称此眉为“远山眉”。

⑥芙蓉：荷花。因颜色白中透红，古时常用来形容美貌女人的面颊。

⑦越礼：越出封建礼教的规范，指私奔的事。

⑧消渴疾：糖尿病。

⑨痼疾：经久难治之病。

⑩刺：责备。

⑪诔：哀祭文的一种，多叙述死者的事迹，表示哀悼。

王　嫱

元帝[①]后宫既多，不得常见，乃使画工图形，案图召幸[②]之。诸宫人皆赂画工，多者十万，少者亦不减五万。独王嫱[③]不肯，遂不得见。后匈奴入朝，求美人为阏氏[④]。于是上[⑤]案图，以昭君行。及去，召见，貌为后宫第一，善应对，举止娴雅。帝悔之，而名籍[⑥]已定。帝重信于外国，故不复更人，乃穷案[⑦]其事，画工皆弃市，籍[⑧]其家资，皆巨万[⑨]。画工有杜陵[⑩]毛延寿，为人形，丑好老少，必得其真；安陵陈敞[⑪]，新丰刘白[⑫]、龚宽，并工为牛马飞鸟众势[⑬]，人形好丑，不逮延寿；下杜[⑭]阳望亦善画，尤善布色[⑮]，樊育亦善布色：同日弃市。京师画工，于是差稀[⑯]。

【注释】

①元帝：即汉元帝刘奭，在位十六年（前 48～前 33）。

②幸：封建时代皇帝宠爱妃嫔令其侍寝叫“幸”。

③王嫱：字昭君，秭归（今湖北秭归）人，汉元帝十六年（前 33）嫁匈奴呼韩邪单于。

④阏氏（yān zhī 烟支）：汉朝时匈奴首领正妻的称号。

⑤上：古代对皇帝的称呼。此指汉元帝。

⑥名籍：名册，名单。

⑦穷案：彻底追查。

⑧籍：此指籍没，即抄家后登记家产没收入官。

⑨巨万：好多万。

⑩杜陵：县名，在今陕西西安市东南。

⑪安陵：县名，故城在今陕西咸阳市东北。

⑫新丰：县名，即今陕西西安市临潼区新丰镇。

⑬工为牛马飞鸟众势：善于画牛马飞鸟的各种姿态。

⑭下杜：地名，在今陕西西安市南。

⑮布色：设色，着色。

⑯差稀：比较稀少。

神仙传

(晋)葛 洪

《神仙传》,晋葛洪撰,原为十卷,《隋书·经籍志》杂传类、《旧唐书·经籍志》杂传类、《新唐书·艺文志》道家类皆有著录。葛洪撰写此书,是受刘向《列仙传》的启发。据唐人梁肃《神仙传论》所说,《神仙传》凡一百九十人。现存的两种版本,一为毛晋所刊"汲古阁"本,所录凡八十四人;一为明何允中《广汉魏丛书》本,所录凡九十二人,文字大体相同。可见原书已佚,现存的两种版本为后人辑录。此书多记神仙的灵异事迹,旨在宣传神仙之说,可视为志怪小说。

葛洪的生平事迹,请参见《西京杂记》的题解。

魏伯阳

魏伯阳[①]者,吴人[②]。本高门[③]之子,而性好道术[④]。后与弟子三人入山作神丹[⑤],丹成,知弟子心怀未尽[⑥],乃试之曰:"丹虽成,然先宜与犬试之。若犬飞[⑦],然后人可服[⑧]耳;若犬死,即不可服。"乃与犬食,犬即死。伯阳谓诸弟子曰:"作丹唯恐不成,今既成而犬食之死,恐是未合神明之意[⑨]。服之恐复如犬[⑩],为之奈何?"弟子曰:"先生当服之否?"伯阳曰:"吾背违世路[⑪],委家[⑫]入山,不得道亦耻复还[⑬],死之与生[⑭],吾当服之。"乃服丹,入口即死。弟子顾视相谓曰:"作丹以求长生,服之即死,当奈此何[⑮]?"独一弟子曰:"吾师非常人也,服此而死,得无意也[⑯]?"因乃取丹服之,亦死。余二弟子相谓曰:"所以得丹者,欲求长生耳。今服之既死,焉用此为[⑰]?不服此药,自可更得数十岁在世间也。"遂不服,乃共出山,欲为伯阳及死弟子求棺木。

二子去后,伯阳即起,将所服丹内[⑱]死弟子及白犬口中,皆起。弟子姓虞。遂皆仙去[⑲]。道逢入山伐木人,乃作手书与乡里人寄谢[⑳]。二弟子乃始懊恨[㉑]。

伯阳作《参同契五行相类》,凡三卷,其说是《周易》[㉒],其实假借爻象[㉓],以论作丹之意。而世之儒者[㉔]不知神丹之事,多作阴阳注之[㉕],殊失其旨矣[㉖]。

【注释】

①魏伯阳:汉代人。

②吴人：即江浙一带人。汉代的会稽郡治吴(今江苏苏州)。

③高门：显贵之家。

④道术：道家之术，如炼丹术等。

⑤神丹：仙丹，用朱砂炼成，据说服食后可以长生不老或成仙，实为骗人。

⑥未尽：指没有完全笃信神丹妙用。

⑦飞：指飞升成仙。古时认为鸡犬亦可飞升成仙。

⑧服：食。

⑨神明之意：神的意思。神明，神的总称。

⑩如犬：像犬一样死去。

⑪世路：世俗之路。自东汉的张道陵创道教之后，道士与僧人一样，亦称“出家之人”，生活与世俗之人不同。

⑫委家：抛弃家庭。

⑬复还：再回家去。还，指还俗。

⑭死之与生：有省文，意思是不管是死是生。

⑮当奈此何：此当奈何？

⑯得无意也：难道没有其他意思吗？得，作表疑问的副词用。

⑰焉用此为：用它(指丹)有什么用呢？

⑱内：同“纳”，放进。

⑲仙去：成仙而去。

⑳手书：亲笔书信。寄谢：托以告别。

㉑懊恨：悔恨。

㉒是《周易》：以《周易》为是，以《周易》为依据。

㉓爻象：《周易》卦爻的形状。爻由阴爻阳爻组成，六根不同的爻组成一个卦象。

㉔世之儒者：世俗的学者。

㉕阴阳：古代以阴阳解释万物的生成与变化，阴阳二气，是产生万物的根源，天地、日月、昼夜、男女等都分属阴阳。

㉖殊：特别，很。旨：意思，本旨。

李 阿

李阿[①]者，蜀人传世见之[②]，不老。常乞于成都市[③]，所得复散赐于贫穷者。夜去朝还[④]，市人莫知所止[⑤]。或往问事，阿无所言。但占阿颜色[⑥]：若颜色欣然[⑦]，则事皆吉；若容貌惨戚[⑧]，则事皆凶；阿含笑者，则有大庆[⑨]；微叹者，则有深忧。如此候[⑩]之，未曾不审[⑪]也。

有古强者，疑阿异人[⑫]，常亲事之[⑬]。试随阿还所宿[⑭]，乃在青城山中[⑮]。强后复欲随阿去，然身未知道[⑯]，恐有虎狼，私持其父大刀。阿见而怒强曰：“汝随我行，那畏虎也。”取强刀以击石，刀折坏。强忧刀败[⑰]，至旦随出[⑱]。阿问强曰：“汝忧刀败也？”强曰：“实恐父怪怒。”阿则取刀左手击地，刀复如故[⑲]。强随阿还成都，未至，道逢人奔车[⑳]，阿以脚置其车下轹[㉑]，脚即折[㉒]，阿即死。强怖[㉓]，守视之[㉔]。须

臾，阿起，以手抚脚，而复如常。

强年十八，见阿年五十许[25]，强年八十余，而阿犹然不异[26]。后语人："被昆仑山召[27]，当去。"遂不复还也。

【注释】

①李阿：东汉蜀人。

②传世见之：几代人都能看到他。

③市：指市集，市场。

④夜去朝还：夜晚离市而去早晨回到市集。

⑤所止：所居。

⑥占阿颜色：看李阿的脸色表情。

⑦欣然：高兴的样子。

⑧惨戚：悲哀，忧愁。

⑨庆：喜庆。

⑩候：占候，占验。

⑪审：精确。

⑫异人：奇人，不同寻常的人。

⑬亲事之：像服侍父母一样服侍李阿。

⑭所宿：所居住的地方。

⑮青城山：山名，在四川都江堰市西南，距成都一百多里。

⑯身未知道：自己（古强）不知路上的情况。

⑰败：被毁坏。

⑱旦：天明。随出：随李阿出行。

⑲如故：如过去一样完好。

⑳奔车：流车，刹不住的滑车。

㉑轹（lì 历）：让车轮辗过。此句言李阿以自己脚当刹车用。

㉒折：骨折，折断。

㉓怖：害怕。

㉔守视之：看守、观察李阿。之，指代李阿。

㉕五十许：五十岁左右。许，约略估计之词。

㉖不异：不变，不见老。

㉗被昆仑山召：犹言被神仙所召。古代传说昆仑山为众神所居。

搜神记

（晋）干　宝

《搜神记》是我国现存较完整的一部讲鬼神灵异的志怪小说集。其主旨虽在“发明神道之不诬”，宣传迷信，但由于不少故事来自民间，故保留了许多优美动人的民间故事，是魏晋志怪小说的代表作，对后世小说、戏曲有很大的影响。

作者干宝，字令升，新蔡（今河南新蔡）人。东晋著名的史学家、文学家。博学多才，元帝时召为佐著作郎，领修国史，曾著《晋纪》，时称良史。又出任山阴令，升始安太守。王导请为司徒左长史，迁散骑常侍。《晋书》有传。

《搜神记》原书三十卷，已散佚。今存二十卷，是明人据类书辑录而成。

天上玉女

魏济北郡从事掾[①]弦超，字义起，以嘉平[②]中，夜独宿，梦有神女来从之，自称：“天上玉女，东郡人，姓成公，字知琼，早失父母，天帝哀其孤苦，遣令下嫁从夫。”超当其梦也，精爽感悟，嘉其美异，非常人之容。觉寤钦想，若存若亡。如此三四夕。

一旦，显然来游，驾辎軿车[③]，从[④]八婢，服绫罗绮绣之衣，姿颜容体，状若飞仙[⑤]。自言年七十，视之如十五六女。车上有壶榼[⑥]，青白琉璃五具。饮啖奇异，馔具醴酒，与超共饮食，谓超曰：“我天上玉女，见遣下嫁，故来从君，不谓君德[⑦]，宿时感运[⑧]，宜为夫妇。不能有益，亦不能为损。然往来常可得驾轻车，乘肥马；饮食常可得远味异膳；缯素[⑨]常可得充用不乏。然我神人，不为君生子，亦无妒忌之性，不害君婚姻之义。”遂为夫妇。赠诗一篇，其文曰：

飘摇浮勃逢[⑩]，敖曹云石滋[⑪]。
芝英不须润[⑫]，至德与时期[⑬]。
神仙岂虚感，应运来相之[⑭]。
纳我荣五族，逆我遭祸灾。
……

此其诗之大较，其文二百余言，不能悉录。兼注《易》七卷[15]，有卦有象[16]，以彖为属[17]。故其文言，既有文理，又可以占吉凶，犹扬子之《太玄》[18]，薛氏之《中经》也[19]。超皆能通其旨意，用之占候[20]。

作夫妇经七八年，父母为超娶妇之后，分日而宴，分夕而寝。夜来晨去，倏忽若飞。唯超见之，他人不见。虽居闲室，辄闻人声；常见踪迹，然不睹其形。后，人怪问，漏泄其事，玉女遂求去，云："我，神人也。虽与君交，不愿人知。而君性疏漏。我今本末已露，不复与君通接。积年交接，恩义不轻，一旦分别，岂不怆恨？势不得不尔，各自努力！"又呼侍御，下酒饮啖。发簏[21]，取织成裙衫两副遗超[22]，又赠诗一首。把臂告辞，涕泣流离，肃然升车，去若飞迅。超忧感积日，殆至委顿[23]。

去后五年，超奉郡使至洛，到济北鱼山[24]下陌上西行，遥望曲道头，有一车马似知琼。驱驰至前，果是也。遂披帷[25]相见，悲喜交切。控左授绥[26]，同乘至洛，遂为室家，克复旧好。至太康[27]中犹在，但不日日往来，每于三月三日，五月五日，七月七日，九月九日，旦[28]，十五日，辄下往来，经宿而去。张茂先为之作《神女赋》[29]。

【注释】

①济北郡：汉文帝封东牟侯兴居为济北王，治卢，故城在今山东长清县南。后魏侨置济北郡，徙治蛇丘，在今山东肥城市南。从事掾（yuàn 愿）：州郡的佐使。

②嘉平：魏废帝齐王芳的年号（249～253）。

③辎軿（zī píng 资平）车：有帷帐的车。辎，有帷盖的大车，可载物也可作卧车。軿，古代贵族妇女乘坐的有帷幕的车。此处的辎軿是指妇女所乘之车。

④从：跟随。

⑤飞仙：即神仙。

⑥壶榼（kē 科）：都是酒器。

⑦不谓君德：不是说你有特别的德行。

⑧宿时感运：感于前世的运会，犹言前世的宿缘。

⑨缯素：缯，帛的总称；素，白色的生绢。

⑩勃逢：同"渤蓬"。渤海中有蓬莱仙岛。这里指海上仙境。

⑪敖曹云石滋：敖曹，同"嗷嘈"，喧闹的意思。云石，晋王嘉《拾遗记》："员峤山……东有云石，广五百里，驳骆如锦，扣之片片则蓊然云出。"又戴复古诗："独坐生云石，少安经世心。"据此推知"云石"即为生云之石，传说在员峤山东，与上句勃逢一样，同为仙境。滋，形容云霞滋生繁盛。

⑫芝英不须润：芝英，即灵芝草。不须润，不靠雨水滋润。因灵芝是仙草，故说不须雨水润。

⑬至德与时期：至德，犹言最高的品德。与时期，与时相期。此句是说最高的品德需靠长时间的修炼才能得到。

⑭"神仙"二句：与前"宿时感运"句呼应，言神仙不是虚无的，她该来的时候就会来帮助你。相，帮助。

⑮《易》：即《周易》，也称《易经》，我国古代用来占卜的书，其中含有某些朴素辩证法的因素。

⑯有卦有象：卦，《周易》中一套纪形的符号。以阴爻(--)和阳爻(—)相配组成，每三爻为一组，组成八卦，八卦又两两相叠组成六十四卦，每卦六爻，以象征自然界和人类社会的各

种现象及其发展变化。象，即象辞，传说孔子所作，是说明《周易》卦、爻含义的文辞，说明卦的称“大象”，说明爻的称“小象”。

⑰以彖（tuàn 团去声）为属：彖辞，传说周文王所作。即《周易》中紧接卦辞解释该卦要义的文辞，也叫“彖传”。属，归属，指玉女所作注释皆本彖辞以立说，都是以彖辞为根据的。

⑱扬子：即扬雄（前 58～18），蜀郡成都人，西汉末年辞赋家，曾模仿《易经》作《太玄》。

⑲薛氏之《中经》：《隋书·经籍志》载：“魏秘书郎郑默始制《中经》，秘书监荀勗，又因《中经》，更著《新籍》，分为四部，总括群书。”唯薛氏《中经》，不见著录。存疑，待查。

⑳占候：占卜凶吉。

㉑发簏：打开竹簏。簏，用竹编织的圆箱。

㉒织成：古代名贵丝织品。《后汉书·舆服志下》：“衣裳玉佩备章采，乘舆刺绣，公侯九卿以下皆织成。”元稹诗：“炎州布火浣，蜀地锦织成。”

㉓殆至委顿：几乎到了病倒不起的地步。

㉔济北鱼山：济北郡鱼山县，即今山东东阿县。

㉕披帷：打开车帐。

㉖控左：控，控驭，即驾驭马车。古代称在中间驾车的马叫“服马”，两旁的叫“骖马”，左，即左骖。控左，指玉女坐在左边驾驭马车，让出右边给弦超坐。

㉗太康：晋武帝司马炎的年号（280～289）。

㉘旦：指旦望之旦，即阴历的每月初一。

㉙张茂先：即张华，参见前《博物志》的题解。《神女赋》：张茂先所作，已佚。《太平广记》卷六十一引《集仙录·成公智琼》条，故事与此篇相似，文字略有出入，篇末录有张华的《神女赋序》。

干将莫邪

楚干将、莫邪为楚王作剑，三年乃成。王怒，欲杀之。剑有雌雄。其妻重[①]身当产，夫语妻曰：“吾为王作剑，三年乃成。王怒，往必杀我。汝若生子是男，大[②]，告之曰：‘出门望南山，松生石上，剑在其背。’”于是即将雌剑往见楚王。王大怒，使相[③]之：“剑有二，一雄一雌。雌来雄不来。”王怒，即杀之。

莫邪子名赤比[④]，后壮，乃问其母曰：“吾父所在？”母曰：“汝父为楚王作剑，三年乃成。王怒，杀之。去时嘱我：语汝子：出户望南山，松生石上，剑在其背。”于是子出户南望，不见有山，但睹堂前松柱下，石低之上[⑤]，即以斧破其背，得剑。日夜思欲报楚王[⑥]。

王梦见一儿，眉间广尺[⑦]，言欲报仇。王即购之千金[⑧]。儿闻之，亡去，入山行歌。客有逢者，谓：“子年少，何哭之甚悲耶？”曰：“吾干将、莫邪子也，楚王杀吾父，吾欲报之。”客曰：“闻王购子头千金，将子头与剑来，为子报之。”儿曰：“幸甚！”即自刎，两手捧头及剑奉之，立僵[⑨]。客曰：“不负子也。”于是尸乃仆。

客持头往见楚王，王大喜。客曰：“此乃勇士头也，当于汤镬[⑩]煮之。”王如其言。煮头三日三夕，不烂。头踔出[⑪]汤中，瞋目大怒。客曰：“此儿头不烂，愿王自往临视之，是必烂也。”王即临之。客以剑拟[12]王，王头随堕汤中。客亦自拟己头，头复堕汤中。三首俱烂，不可识别。乃分其汤肉葬之，故通名“三王墓”。今在汝南北宜春县界[13]。

【注释】

①重(chóng 虫)身：身中有身，指怀孕。

②大：用作动词，意谓长大之后。

③相：察看。

④赤比：鲁迅《古小说钩沉》辑《列异传》作“赤鼻”。从文中“王梦见一儿，眉间广尺”看，干将子的名字应为“尺比”，言眉间比于尺。《太平御览》卷三六四引《吴越春秋》作“眉间尺”。“赤比”与“赤鼻”，大概由于音近而致讹。

⑤石低之上：低，应为“砥”字，即础石。

⑥报楚王：向楚王报仇。

⑦眉间广尺：两眉之间的距离宽达一尺。

⑧购之千金：即悬赏千金。

⑨立僵：尸首直立不倒。

⑩汤镬：煮汤的大鼎。鼎大而没有脚的叫“镬”。

⑪踔(zhuō 卓)出：跳出。

⑫拟：揣度。这里引申为对准的意思。

⑬北宜春：西汉置宜春县，后为侯国，东汉改为北宜春，故城在今河南汝南县西南六十里。

东海孝妇

汉时，东海孝妇养姑甚谨[1]。姑曰：“妇养我勤苦。我已老，何惜余年，久累年少。”遂自缢死。其女告官云：“妇杀我母。”官收系之，拷掠毒治。孝妇不堪苦楚，自诬服[2]之。时于公为狱吏，曰：“此妇养姑十余年，以孝闻彻[3]，必不杀也。”太守不听。于公争不得理，抱其狱词，哭于府而去。自后郡中枯旱，三年不雨。后太守至，于公曰：“孝妇不当死，前太守枉杀之。咎[4]当在此。”太守即时身祭孝妇冢，因表其墓[5]。天立雨，岁大熟[6]。长老传云：“孝妇名周青。青将死，车载十丈竹竿，以悬五幡。立誓于众曰：‘青若有罪，愿杀，血当顺下；青若枉死，血当逆流。’既行刑已，其血青黄，缘幡竹而上极标[7]，又沿幡而下云。”

【注释】

①东海：郡名，汉置，在今山东兖州市东南至江苏邳州市以东一带，治所在郯(今山东郯城县西南三十里)。养姑甚谨：赡养其婆母很周到。姑，古时儿媳对婆母的称呼。

②诬服：无罪而被迫认罪叫“诬服”。

③以孝闻彻：以行孝闻名于四方。闻，传，扬，作动词用。彻，达到，此指达于四方。

④咎：过错，此指三年不雨的祸根。

⑤表其墓：即在墓上立碑，以表彰其孝行。表，这里用作动词。

⑥岁大熟：这年大丰收。

⑦极标：最高处。

韩凭夫妇

宋康王舍人韩凭[①]，娶妻何氏，美。康王夺之。凭怨，王囚之，论为城旦[②]。妻密遗凭书，缪其辞[③]曰："其雨淫淫，河大水深，日出当心。"既而王得其书，以示左右，左右莫解其意。臣苏贺对曰："其雨淫淫，言愁且思也；河大水深，不得往来也；日出当心，心有死志也。"俄而凭乃自杀。

其妻乃阴腐[④]其衣。王与之登台，妻遂自投台；左右揽之，衣不中手[⑤]而死。遗书于带曰："王利其生，妾利其死，愿以尸骨，赐凭合葬！"

王怒，弗听，使里人埋之，冢相望也。王曰："尔夫妇相爱不已，若能使冢合，则吾弗阻也。"宿昔[⑥]之间，便有大梓木生于二冢之端，旬日而大盈抱，屈体相就[⑦]，根交于下，枝错于上。又有鸳鸯，雌雄各一，恒栖树上，晨夕不去，交颈悲鸣，音声感人。宋人哀之，遂号其木曰"相思树"，相思之名，起于此也。南人谓此禽即韩凭夫妇之精魂。

今睢阳[⑧]有韩凭城。其歌谣[⑨]至今犹存。

【注释】

①宋康王：战国宋文公的九世孙，名偃，攻其兄剔成，自立为王。他四面发动战争，荒淫无道，滥杀群臣，因此被诸侯称为"桀宋"（意思是同暴虐的夏桀一样）。立四十三年（前286），齐滑王与魏楚伐宋，杀宋康王，遂灭宋而三分其地。舍人：战国至汉初，王公贵官皆有门客，称"舍人"。

②论为城旦：论，治罪。城旦，古时的一种刑法。据《史记・秦始皇本纪》南朝宋裴骃《集解》说："城旦者，昼日伺寇虏，夜暮筑长城也。"此指将韩凭判了日夜劳作的罪。

③缪其辞：缪，通"谬"。缪其辞就是隐约其辞，使人难明其意。

④阴腐：暗中腐蚀。

⑤衣不中(zhòng 众)手：言衣已朽坏，用手一抓就破。

⑥宿昔：犹言早晚，表示时间短暂。

⑦屈体相就：柯干弯曲着互相靠近。

⑧睢阳：春秋宋地，秦置睢阳县，治所在今河南商丘市南。

⑨其歌谣：《彤管集》："韩凭为宋康王舍人，妻何氏美，王欲之，捕舍人筑青陵之台。何氏作《乌鹊歌》以见志：'南山有乌，北山张罗，乌自高飞，罗当奈何！''乌鹊双飞，不乐凤凰。妾是庶人，不乐宋王。'遂自缢。"这里所指，大概是这一类歌谣。

父　喻

秦始皇时，有王道平，长安[①]人也。少时与同村人唐叔偕女——小名父喻，容色俱美——誓为夫妇。寻，王道平被差征伐，落堕南国[②]，九年不归。父母见女长

成，即聘与刘祥为妻。女与道平誓甚重，不肯改事[③]。父母逼迫，不免，出嫁刘祥。经三年，忽忽不乐，常思道平，忿怨之深，悒悒而死。

死经三年，平还家。乃诘邻人："此女安在？"邻人云："此女意在于君，被父母凌逼，嫁与刘祥。今已死矣。"平问："墓在何处？"邻人引往墓所。平悲号哽咽，三呼女名，绕墓悲苦，不能自止。平乃祝曰："我与汝立誓天地，保其终身。岂料官有牵缠[④]，致令乖隔，使汝父母与刘祥。既不契于初心[⑤]，生死永诀。然汝有灵圣，使我见汝生平之面；若无神灵，从兹而别。"言讫，又复哀泣逡巡[⑥]，其女魂自墓出，问平："何处而来？良久契阔[⑦]。与君誓为夫妇，以结终身。父母强逼，乃出聘刘祥，已往三年，日夕忆君，结恨致死，乖隔幽途[⑧]。然念君宿念[⑨]不忘，再求相慰。妾身未损，可以再生，还为夫妇。且速开冢破棺，出我即活。"平审言，乃启墓门。扪看其女，果活。乃结束随平还家。

其夫刘祥，闻之惊怪，申诉于州县。检律断之，无条[⑩]，乃录状[⑪]奏王。王断归道平为妻。寿一百三十岁。实谓精诚贯于天地，而获感应如此。

【注释】

①长安：古都名，故城在今陕西西安市西北。

②落堕南国：流落在南方。

③改事：指改婚。事，事奉，封建时代，男女不平等，妻子被视为事奉丈夫的人。

④官有牵缠：即公务缠身的意思。官，此指官家之事。

⑤契于初心：合于最初的心愿。契，合。

⑥逡巡：徘徊不前，此指舍不得离开。

⑦契阔：长久分别。

⑧乖隔幽途：生死分开。乖，乖违，分离。幽途，幽冥之途，即阴间。

⑨宿念：旧时的心愿，即宿愿。

⑩"检律"二句：查看法律判决，又没有条款根据。

⑪录状：将案情写成公文。状，下对上陈述事情的一种文体。

吴王小女

吴王夫差[①]小女，名曰紫玉，年十八，才貌俱美。童子韩重，年十九，有道术。女悦之，私交信问[②]，许为之妻。重学于齐鲁[③]之间，临去，嘱其父母使求婚。王怒，不与女。玉结气[④]死，葬阊门[⑤]之外。三年，重归，诘其父母，父母曰："王大怒，玉结气死，已葬矣。"

重哭泣哀恸，具牲币[⑥]，往吊于墓前。玉魂从墓出，见重流涕，谓曰："昔尔行之后，令二亲从王相求，度必克从大愿[⑦]。不图别后遭命[⑧]，奈何！"玉乃左顾宛颈[⑨]而歌曰：

南山有乌，北山张罗。乌既高飞，罗将奈何[⑩]！意欲从君，谗言孔多[⑪]。悲结生疾，没命黄垆[⑫]。命之不造[⑬]，冤如之何！羽族之长，名为凤凰。一日失

雄，三年感伤。虽有众鸟，不为匹双。故现鄙姿，逢君辉光。身远心近，何当暂忘！

歌毕，欷歔流涕，邀重还冢。重曰："死生异路，惧有尤愆[14]，不敢承命。"玉曰："死生异路，吾亦知之。然今一别，永无后期。子将畏我为鬼而祸子乎？欲诚所奉，宁不相信？"重感其言，送之还冢。玉与之饮宴，留三日三夜，尽夫妇之礼。临出，取径寸明珠以送重，曰："既毁其名，又绝其愿，复何言哉！时节自爱。若至我家，致敬大王。"

重既出，遂诣王自说其事。王大怒曰："吾女既死，而重造讹言，以玷秽亡灵。此不过发冢取物，托以鬼神。"趣收重[15]。重走脱，至玉墓所诉之。玉曰："无忧，今归白王。"王妆梳，忽见玉，惊愕悲喜。问曰："尔缘何生？"玉跪而言曰："昔诸生[16]韩重来求玉，大王不许。玉名毁义绝，自致身亡。重从远还，闻玉已死，故赍牲币，诣冢吊唁。感其笃终[17]，辄与相见，因以珠遗之。不为发冢，愿勿推治[18]。"夫人闻之，出而抱之，玉如烟然。

【注释】

①吴王夫差：春秋末年吴国的国君，吴王阖闾之子。公元前496～前473年在位，曾一度打败越国，后越国军队攻入吴都，自缢死。

②私交信问：私下派人互通书信。信，使者。宋程大昌《演繁露》："晋人书问，凡言'信至'或'遣信'者，皆称信为使臣也。"问，书信。

③齐鲁：春秋时代两个国名，辖境以泰山为界，齐在泰山之北，鲁在泰山之南。

④结气：愁闷郁结。

⑤阊门：春秋时吴国都城姑苏（今江苏苏州）的西北门叫"阊门"。

⑥具牲币：备办祭品。牲币，祭祀用的猪、羊和帛。

⑦度必克从大愿：料想必定能够实现结为夫妻的愿望。克，能。

⑧遭命：犹言遭逢到自己的命数，指志不遂而早死。

⑨左顾宛颈：向左边回着头弯着脖子，这是形容唱歌的姿态。

⑩"南山有乌"四句：言紫玉与韩重结为夫妻之愿未能实现，落得个"空张罗"的后果。

⑪孔多：甚多，很多。

⑫没命黄垆：死于黄泉之下。没，同"殁"，死。

⑬命之不造：命运不济。

⑭尤愆：罪过。

⑮趣收重：急急收捕韩重。趣，急促，赶快。

⑯诸生：儒生，多指在学校的学生。

⑰笃终：始终忠于两人的情感。笃，忠诚。

⑱推治：追究，治罪。

秦闵王女

陇西[1]辛道度者，游学至雍州城四五里[2]，比见[3]一大宅，有青衣[4]女子在门。

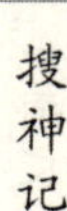

度诣门下求飧[5]。女子入告秦女，女命召入。度趋入阁中，秦女于西榻而坐。度称姓名，叙起居[6]，既毕，命东榻而坐。即治饮馔。食讫，女谓度曰："我，秦闵王女，出聘曹国[7]，不幸无夫而亡，亡来已二十三年，独居此宅。今日君来，愿为夫妇。"经三宿三日后，女即自言曰："君是生人，我鬼也。共君宿契[8]，此会可三宵，不可久居，当有祸矣。然兹信宿[9]，未悉绸缪[10]，既已分飞，将何表信于郎[11]？"即命取床后盒子开之，取金枕一枚，与度为信。乃分袂[12]泣别，即遣青衣送出门外。未逾数步，不见舍宇，惟有一冢。

度当时慌忙出走，视其金枕在怀，乃无异变。寻至秦国，以枕于市货之。恰遇秦妃东游，亲见度卖金枕，疑而索看。诘度何处得来？度具以告。妃闻，悲泣不能自胜，然尚疑耳。乃遣人发冢，启柩视之，原葬悉在，惟不见枕。解体[13]看之，交情宛若[14]。秦妃始信之。叹曰："我女大圣，死经二十三年，犹能与生人交往。此是我真女婿也。"遂封度为驸马都尉[15]，赐金帛车马，令还本国。因此以来，后人名女婿为"驸马"。今之国婿[16]，亦为"驸马"矣。

【注释】

①陇西：郡名，汉置，郡治在狄道（今甘肃临洮）。

②游学：离开家乡，远出求学。雍州：古代九州之一，指陕西、甘肃及青海部分地区。周合梁州于雍州，汉为京兆尹地，魏复置雍州，治长安，在今陕西西安市西北十三里。

③比见：走近看到。比，有近的意思。

④青衣：古时贫贱之人穿青衣，后世因以青衣为婢女的代称。

⑤飧（sūn 孙）：晚饭为"飧"，这里是泛指一般饭食。

⑥起居：本指日常生活的情况，这里是初次见面的寒暄语。

⑦出聘曹国：已经礼聘给曹国。曹国，周代分封的国名，其地相当于今山东菏泽、定陶一带，后为宋所灭。

⑧宿契：宿止契合。指同居又兼指宿缘。

⑨信宿：再宿，即连宿两夜。

⑩未悉绸缪：指男女相爱的欢情未尽。悉，尽。绸缪，指男女初遇感情之缠绵。

⑪表信：以赠物表明终身相许。古时男女以终身相许之后，常互赠礼物，称为"信物"。下文的"为信"与此同。

⑫分袂：指离别。

⑬解体：即解衣。

⑭交情宛若：男女欢合的情状很清楚。宛若，犹宛然。

⑮驸马都尉：汉代所置官名，掌副车（天子外出时的从车）之马，魏晋以后皇帝的女婿都封此官，所以后世"驸马"便成了国君女婿的专称。

⑯国婿：封建帝王的女婿，即公主的丈夫。

卢充

卢充者，范阳[1]人。家西三十里，有崔少府[2]墓。充年二十，先冬至一日，出宅

西猎戏。见一獐，举弓而射，中之。獐倒复起，充因逐之，不觉远。忽见道北一里许，高门，瓦屋四周，有如府舍。不复见獐，门中一铃下[③]唱："客前[④]。"充问："此何府也？"答曰："少府府也。"充曰："我衣恶，那得见少府？"即有一人，提一襆[⑤]新衣，曰："府君以此遗郎。"充便著讫[⑥]，进见少府，展[⑦]姓名。酒炙数行[⑧]，谓充曰："尊府君不以仆门鄙陋[⑨]，近得书，为君索小女婚[⑩]，故相迎耳。"便以书示充。充父亡时虽小，然已识父手迹，即欷歔，无复辞免。便敕内[⑪]："卢郎已来，可令女郎妆严[⑫]。"且语充曰："君可就东廊[⑬]。"及至黄昏，内白："女郎妆严已毕。"充既至东廊，女已下车，立席头，却共拜。时为三日[⑭]，给食，三日毕，崔谓充曰："君可归矣。女有娠相，若生男，当以相还，无相疑；生女，当自留养。"敕外严车送客。充便辞出。崔送至中门，执手涕零。出门见一犊车[⑮]，驾青衣；又见本所著衣及弓箭，故在门外。寻，传教[⑯]将一人提襆衣，与充相问[⑰]曰："姻缘始尔[⑱]，别甚怅恨，今复致衣一袭[⑲]，被褥一副。"充上车，去如电逝，须臾至家，家人相见悲喜。推问，知崔是亡人，而入其墓，追以懊惋[⑳]。

别后四年，三月三日[㉑]，充临水戏，忽见水旁有二犊车，乍沉乍浮。既而近岸，同坐皆见。而充往开车后户，见崔氏女与三岁男共载。充见之忻然。欲捉其手。女举手指后车曰："府君见之。"即见少府，充往问讯。女抱儿还充，又与金碗，并赠诗曰：

煌煌灵芝质，光丽何猗猗[㉒]！
华艳当时显，嘉异表神奇[㉓]。
含英未及秀，中夏罹霜萎[㉔]。
荣耀长幽灭，世路永无施[㉕]。
不悟阴阳运，哲人忽来仪[㉖]。
会浅离别速，皆由灵与祇[㉗]。
何以赠余亲？金碗可颐儿[㉘]。
恩爱从此别，断肠伤肝脾！

充取儿、碗及诗，忽然不见二车处。充将儿还，四座谓是鬼魅，佥遥唾之[㉙]，形如故。问儿："谁是汝父？"儿径就充怀。众初怪恶，传省其诗[㉚]，慨然叹死生之玄通也[㉛]。

充后乘车入市卖碗，高举其价，不欲速售，冀有识者。忽有一老婢识此，还白大家[㉜]曰："市中见一人乘车，卖崔氏女郎棺中碗。"大家即崔氏亲姨母也。遣儿视之，果如其婢言。上车叙姓名，语充曰："昔我姨嫁少府，生女，未出[㉝]而亡，家亲[㉞]痛之，赠一金碗，著棺中。可说得碗始末。"充以其事对，此儿亦为之悲咽。赍还白母。母即令诣充家，迎儿视之。诸亲悉集。儿有崔氏之状，又复似充貌。儿、碗俱验[㉟]。姨母曰："我外甥三月末间产，父曰：'春暖温也，愿休强也。'[㊱]即字温休。温休者，盖幽婚也[㊲]，其兆先彰矣[㊳]。"儿遂成令器[㊴]，历郡守二千石[㊵]。子孙冠盖[㊶]，相承至今。其后植[㊷]，字子干，有名天下。

【注释】

①范阳：魏晋时郡国名，治所在今河北涿州市。三国魏黄初七年(226)改置涿郡，西晋改为国，北魏复改为郡，隋开皇初废。

②少府：官名，始于战国，秦汉相沿，为九卿之一。掌山海池泽收入和皇室手工业制造，为皇帝的私府。东汉时仍为九卿之一，掌宫中御衣、宝货、珍膳等。

③铃下：魏晋时称随从护卫的兵士叫“铃下”。《三国志·吴书·吴范传》：“乃髡头自缚诣门下，使铃下以闻。铃下不敢。”

④客前：客人请进。前，这里用作动词，上前。

⑤幞：同“袱”，包袱。

⑥著讫：穿毕，穿好。

⑦展：陈述。

⑧酒炙数行：酒斟数巡，菜上几道。炙，烤肉。

⑨尊府君：对对方父亲的尊称，犹令尊。仆：对自己的谦称。

⑩“近得书”二句：近日收到令尊的书信，为你向小女求婚。

⑪敕内：吩咐家里人。敕，命令。

⑫妆严：也作“严妆”，盛装，端整妆束。下文“严车”即准备车子。

⑬东廊：东边的厢房。

⑭“时为三日”句：指婚后三日请宾客、亲友宴集。这是魏晋间的风俗。《世说新语·文学》：“裴散骑娶王太尉女，婚后三日，诸婿大会。当时名士，王、裴子弟皆悉集。”

⑮犊车：用小牛拉的车子。

⑯传教：传达吩咐。

⑰相问：相告。

⑱姻缘始尔：缔结婚姻才刚刚开始。尔，语末助词。

⑲衣一袭：上下衣齐全的衣服一套。

⑳追以懊惋：回忆起来又懊丧又惋惜。

㉑三月三日：魏晋以后以三月三日为上巳节，官民到水边洗濯嬉戏，认为可以消除不祥。

㉒“煌煌”二句：是说自己的资质有如光彩灿烂的灵芝，明丽无比。煌煌，明亮。猗猗，美盛的样子。

㉓“华艳”二句：言自己华丽鲜艳的容颜闻名当时，美好奇异的素质特别出众。嘉，美好。表，特出。

㉔“含英”二句：感叹自己青春夭折，如同一朵美丽的花，在含苞未放之时，就遭到霜露而枯萎。英，花。含英，即含苞。草木禾苗开花叫“秀”。中夏，即仲夏，夏季的正当中，指阳历五月。罹，遭。中夏不应当有霜，“中夏罹霜萎”是说遭受意外不幸而早逝。

㉕“荣耀”二句：言自己青春光彩为黄泉所埋没，与尘世永远分开了。长，永远。幽，幽冥，指地下。施，施与，给予。永无施，指永远和尘世断绝。

㉖“不悟”二句：没想到时际运会，聪明杰出的人(指卢充)忽然来临。阴阳，这里指社会人事的变迁(如祸福寿夭、离合悲欢等等)都取决于阴阳五行(金、木、水、火、土)的神秘说法。哲人，才能识见超越寻常的人。来仪，光临，来临。

㉗“会浅”二句：言相会时短而又匆匆分别，这都是神灵决定的。

㉘可颐儿：可以解颐的孩子。言孩子的可爱。

㉙佥遥唾之：都远远地用唾沫唾他。之，指小孩。相传鬼怕人唾，参见前《列异传·宗定伯》。

㉚传省：传观，传看。省，视，察。

㉛玄通：幽通，远通。玄，幽深，深远。

㉜大家（gū姑）：对妇人的尊称，如曹大家。这里指主母。

㉝未出：未出嫁。

㉞家亲：家母。

㉟儿、碗俱验：孩子和金碗都得到了证实。

㊱"春暖温也"二句：是说明命名"温休"的来历。"温"字取其春天而生，"休"字取其希望她美善而健康。

㊲温休者，盖幽婚也：这是一句隐语，"温休"二字反切为"幽"，"休温"二字反切为"婚"。

㊳其兆先彰矣：幽婚的预兆早已表明了。

㊴令器：有用之才。令，美。

㊵二千石：汉郡守俸禄二千石，即月俸禄粟百二十斛。

㊶子孙冠盖：子孙代代做官。冠盖，原指做官人的冠服和车盖，后用作官宦的代称。

㊷其后植：他的后代卢植。卢植，东汉人，字子干，少时曾师事大儒马融，学通古今，马融左右多列美姬，植侍读数年，未尝转盼，马融甚敬重他。后曾为博士、尚书、北中郎将等，因反对董卓，罢官回家，隐居上谷以终。

斑 狐

张华[①]，字茂先，晋惠帝时为司空[②]。于时燕昭王[③]墓前，有一斑狐，积年[④]能为变幻。乃变作一书生，欲诣张公。过问墓前华表[⑤]曰："以我才貌，可得见张司空否？"华表曰："子之妙解[⑥]，无为不可。但张公智度[⑦]，恐难笼络。出必遇辱，殆[⑧]不得返。非但丧子千岁之质，亦当深误老表。"狐不从，乃投刺[⑨]谒华。

华见其总角[⑩]风流，洁白如玉，举动容止[⑪]，顾盼生姿，雅重之[⑫]。于是论及文章，辨校声实[⑬]，华未尝闻。比复商略"三史"[⑭]，探赜百家[⑮]，谈老庄之奥区[⑯]，披风雅之绝旨[⑰]，包十圣[⑱]，贯三才[⑲]，箴八儒[⑳]，擿五礼[㉑]，华无不应声屈滞[㉒]。乃叹曰："天下岂有此年少！若非鬼魅，则是狐狸。"乃扫榻延留[㉓]，留人防护。此生乃曰："明公当尊贤容众[㉔]，嘉善而矜不能[㉕]。奈何憎人学问？墨子兼爱[㉖]，其若是耶[㉗]？"言卒，便求退。华已使人防门，不得出。既而又谓华曰："公门置甲兵栏骑[㉘]，当是致疑于仆也。将恐天下之人，卷舌而不言；智谋之士，望门而不进。深为明公惜之。"华不应，而使人防御甚严。

时丰城令雷焕[㉙]，字孔章，博物士[㉚]也，来访华。华以书生白之。孔章曰："若疑之，何不呼猎犬试之？"乃命犬以试，竟无惮色。狐曰："我天生才智，反以为妖，以犬试我，遮莫[㉛]千试万虑，岂能为患乎？"华闻，益怒，曰："此必真妖也。闻魑魅忌狗，所别者数百年物耳[㉜]；千年老精，不能复别。惟得千年枯木照之，则形立见。"孔章

曰："千年神木，何由可得？"华曰："世传燕昭王墓前华表木，已经千年。"乃遣人伐华表。

使人欲至木所[33]，忽空中有一青衣小儿来，问使曰："君何来也？"使曰："张司空有一年少来谒，多才巧辞，疑是妖魅，使我取华表照之。"青衣曰："老狐不智，不听我言，今日祸已及我，其可逃乎！"乃发声而泣，倏然不见。使乃伐其木，血流，便将木归。燃之以照书生，乃一斑狐。华曰："此二物不值[34]我，千年不可复得。"乃烹之。

【注释】

①张华：见前《博物志》的题解。

②司空：官名，西周始置，主管建筑工程及制造车服等职，故金文作"司工"。春秋、战国时沿用周代官制设司空，掌管工程。西汉成帝时改御史大夫为大司空。晋时的司空，地位较高，为三公之一。

③燕昭王：战国时人，名平。即位后，礼贤下士，筑黄金台广召贤者，燕国因之富强。在位三十三年，死后谥昭。

④积年：年深日久。

⑤华表：又叫"桓表"，常用作通衢大道的路标。此处指立在燕昭王墓前年代久远的枯木。

⑥妙解：此处指本领高、学问精。

⑦智度：即智慧。度，程度。指张华的博闻强识。

⑧殆：这里用作副词，相当于现代汉语的"恐怕"。

⑨投刺：投递名帖。刺，即旧时交际用的名片，把姓名、籍贯、职务等写在竹简、木片或柬帖上，供拜访时通报姓名之用。古代在竹简上刻刺名字，故叫"刺"。

⑩总角：古时儿童把头发扎成两髻，向上分开，叫"总角"。本是少年的发式，后来便成为少年的代称。

⑪容止：风度。

⑫雅重之：特别重视他。雅，很，甚。

⑬辨校声实：剖析比较文章（包括诗赋在内）的优劣。声，名声；实，实际。声实是指名声和实际是否相符。

⑭商略"三史"：讨论古代历史著作。"三史"说法不一。魏晋南北朝时以《史记》、《汉书》、《东观汉记》为"三史"；唐时以《史记》、《汉书》、《后汉记》为"三史"。这里当指魏晋的说法。

⑮探赜百家：探求诸子百家的幽深难解之处。探赜，语出《易·系辞上》："探赜索隐。"疏曰："探谓窥探求取；赜谓幽深难见。卜筮则能窥探幽昧之理，故云探赜也。"

⑯谈老庄之奥区：谈论《老子》和《庄子》的深奥难解之处。

⑰披风雅之绝旨：阐述《诗经》的幽深的旨意。《诗经》由国风、小雅、大雅、颂几类诗组成，后因用"风雅"代指《诗经》。

⑱包十圣：包罗十个圣人。极言斑狐的学问之大。十圣，指神农、黄帝、帝颛顼、帝喾、帝尧、帝舜、禹、汤、周文王、周武王，见《吕氏春秋·尊师》篇，此篇在论及此十人各有所师之后，又叙及齐桓公、晋文公、秦穆公、楚庄王、吴王阖闾、越王勾践，并云："此十圣人、六贤者，未有不尊师者也。"

⑲贯三才：学问可以贯通天道、地道、人道而无所不晓。三才，指天、地、人。

⑳箴八儒：学问可以贯通儒家的各个学派。箴，与缝缀衣服的"鍼"(针)字同，这里即含有联缀之意。八儒之说，见《韩非子·显学》："自孔子之死也，有子张之儒；有子思之儒；有颜氏之儒；有孟氏之儒；有漆雕氏之儒；有仲良氏之儒；有孙氏之儒；有乐正氏之儒。故孔墨之后，儒分为八，墨离为三。"

㉑擿(tī 剔)五礼：擿，擿校之意，即摘取证据以校正疑误。五礼，指"吉、凶、军、宾、嘉"五种礼制(见《周礼·地官·大司徒》)。此句言其深通《周礼》。

㉒屈滞：被对方难倒，不能应答。屈，竭。滞，涩。

㉓扫榻延留：恭敬地挽留宾客。扫榻，扫除掉床上的尘土，作欢迎宾客的准备。

㉔尊贤容众：尊敬贤能的人而团结一般的人。

㉕嘉善而矜不能：嘉奖好人而帮助无能的人。矜，同情，顾惜。

㉖墨子兼爱：墨子名翟，战国时鲁国人。他的学说的中心是"兼爱"，即主张互爱互助，对待别人如同对待自己一样。

㉗其若是耶：他(指墨子)像你这样吗？

㉘置甲兵栏骑：设置门卫挡住去路。这里"栏"义同"拦"，"骑"读 jì(既)，作名词，指骑兵。

㉙丰城令：丰城的县令。丰城晋时属豫章郡，在今江西丰城市。雷焕：晋代豫章(今江西南昌)人，精通纬象(讲谶纬迷信的学问)。晋武帝时，斗牛二星之间常有紫气，张华问雷焕是何祥兆，雷焕说是宝剑之精，上彻于天。华问在何郡，焕言在豫章丰城县。华即让焕为丰城令。焕到县，掘狱屋基，得龙泉、太阿二宝剑。

㉚博物士：指上通天文、下晓地理，学问渊博的人。

㉛遮莫：古代的口语，犹"尽管"。

㉜所别者数百年物耳：此句说狗所能区分的只是有几百年道业的妖怪。

㉝木所：华表木所在地，即燕昭王墓前。

㉞值：遇。

阿紫

后汉建安[①]中，沛国郡陈羡为西海都尉[②]。其部曲[③]王灵孝，无故逃去。羡欲杀之。居无何[④]，孝复逃走。羡久不见，囚其妇，妇以实对。羡曰："是必魅将[⑤]去，当求之。"因将步骑数十，领猎犬，周旋于城外求索。果见孝于空冢中。闻人犬声，怪遂避去。羡使人扶孝以归，其形颇像狐矣。略不复与人相应，但啼呼"阿紫"。阿紫，狐字也。后十余日，乃稍稍了悟。云："狐始来时，于屋曲角鸡栖间[⑥]，作好妇[⑦]形，自称'阿紫'，招我。如此非一。忽然便随去，即为妻。暮辄与共还其家。遇狗不觉。"云乐无比也。道士云："此山魅也。"《名山记》曰："狐者先古之淫妇也，其名曰'阿紫'，化而为狐。故其怪多自称'阿紫'。"

【注释】

①建安：汉献帝刘协的年号(196～220)。

②沛国郡：西汉置沛郡，东汉为沛国，治所在今安徽宿州市西北。西海都尉：西汉称海曲县，后汉改为西海，故城在今山东日照市西。都尉，辅佐郡太守并掌管郡内全部军事的官员。

汉无西海都尉，汪绍楹《搜神记》校注引《后汉书·和帝纪》："永元元年，复置西河上郡属国都尉，疑'海'为'河'字之误。"似可从。

③部曲：这里指家仆。据《唐律疏议》卷二十二："部曲、奴婢是为家仆。"又卷十七云："奴婢、部曲身系于主。"

④居无何：过了不久。

⑤将：把，拿。这里是捉的意思。

⑥曲角：屋角落。鸡栖：鸡栖居之处，犹言鸡窝。

⑦好妇：美女。

李寄

东越闽中[①]有庸岭，高数十里。其西北隙，有大蛇，长七八丈，大十余围[②]。土俗常惧。东冶都尉及属城长吏[③]，多有死者，祭以牛羊，故不得祸。或与人梦，或下谕巫祝[④]，欲得啖童女年十二三者。都尉、令、长并共患之[⑤]。然气厉不息[⑥]。共请求人家生婢子[⑦]，兼有罪家女养之。至八月朝祭[⑧]，送蛇穴口，蛇出，吞啮之。累年如此，已用九女。

尔时预复募索[⑨]，未得其女。将乐县[⑩]李诞，家有六女，无男。其小女名寄，应募欲行。父母不听。寄曰："父母无相[⑪]，唯生六女，无有一男，虽有如无。女无缇萦[⑫]济父母之功，既不能供养，徒费衣食，生无所益，不如早死。卖寄之身，可得少钱，以供父母，岂不善耶?"父母慈怜，终不听去。寄自潜行[⑬]，不可禁止。

寄乃告请好剑及咋[⑭]蛇犬。至八月朝，便诣庙中坐。怀剑，将犬。先将数石米餈[⑮]，用蜜麨[⑯]灌之，以置穴口。蛇便出，头大如囷[⑰]，目如二尺镜，闻餈香气，先啖食之。寄便放犬，犬就啮咋；寄从后斫得数创。疮痛急，蛇因踊出，至庭而死。寄入视穴，得九女髑髅，悉举出，咤言[⑱]曰："汝曹怯弱，为蛇所食，甚可哀愍!"于是寄女缓步而归。

越王闻之，聘寄女为后，拜其父为将乐令，母及姊皆有赏赐。自是东冶无复妖邪之物。其歌谣至今存焉。

【注释】

①东越：西汉时国名，其地在今福建、浙江境内。闽中：古郡名。秦置闽中郡，汉立闽越王，国都在东冶（即今福建福州）。

②围：计算圆周的长度单位，有三寸、五寸、八尺等不同说法。

③长吏：地位比较高的县吏。《汉书·百官公卿表》："县令、长皆有丞、尉，秩四百石至二百石，是为长吏。"

④巫祝：以装神弄鬼替人祈祷为职业的人。祝，祭祀时管赞辞的人。

⑤令、长："令"与"长"都是县官。秦汉制，大县（万户以上）称"令"，小县（不满万户的）称"长"。

⑥气厉不息：犹言时疫不止。气厉，即"厉气"，多指传染病。

⑦家生婢子：自古时一直沿袭到清代，奴婢所生子女，仍为奴婢，男的称为“家生子”，女的称为“家生婢”。

⑧朝祭：初一日的祭祀。

⑨尔时预复募索：那时又预先征求童女。

⑩将乐县：三国吴置，在福建省西北部。

⑪无相：没有福相。

⑫缇萦：汉代人，姓淳于。父淳于意为太仓令，无子，有女五人，文帝时有罪当受肉刑，骂其女说：“生女不生男，缓急非有益。”缇萦悲泣。随父至长安，上书愿为官婢以赎父罪。文帝怜悯她，便下诏废除了肉刑。

⑬潜行：偷偷地逃走。

⑭咋（zé 则）：咬。

⑮米餈（cí 慈）：蒸糯米做的饼，俗称“餈团”。

⑯蜜麨：用蜂蜜拌炒面。

⑰囷（jūn 军）：米囤。

⑱咤言：痛惜地说。

荀氏灵鬼志

(晋)荀　氏

此书最早见于《隋书·经籍志》:"《灵鬼志》三卷,荀氏撰。"荀氏的里居、名号已无可考,可能是晋代人。这部书早已散佚,鲁迅根据《世说新语》梁刘孝标的注及《法苑珠林》、《艺文类聚》、《北堂书钞》、《太平御览》、《太平广记》等书,辑得二十四则,收入《古小说钩沉》中。

外国道人

太元十二年[①],有道人外国来,能吞刀吐火,吐珠玉金银;自说其所受术,即白衣[②],非沙门[③]也。尝行,见一人担担,上有小笼子,可受升余。语担人云:"吾步行疲极,欲寄君担。"担人甚怪之,虑是狂人,便语之云:"自可尔耳[④],君欲何许自措[⑤]耶?"其人答云:"君若见许,正欲入君此笼子中。"担人愈怪其奇:"君能入笼,便是神人也。"乃下担,即入笼中。笼不更大,其人亦不更小,担之亦不觉重于先。

既行数十里,树下住食。担人呼共食。云:"我自有食。"不肯出。止住笼中,饮食器物罗列,肴馔丰腆[⑥]亦办,反呼担人食。未半,语担人:"我欲与妇共食。"即复口吐出一女子,年二十许,衣裳容貌甚美。二人便共食。食欲竟,其夫便卧。妇语担人:"我有外夫[⑦],欲来共食,夫觉,君勿道之!"妇便口中出一年少丈夫,共食。笼中便有三人,宽急之事,亦复不异[⑧]。有顷,其夫动,如欲觉,妇便以外夫纳口中。夫起,语担人曰:"可去。"即以妇纳口中,次及食器物。

此人既至国[⑨]中,有一家大富贵,财巨富,而性悭吝,不行仁义,语担人云:"吾试为君破奴悭囊。"即至其家。有一好马,甚珍之,系在柱下;忽失去,寻索不知处。明日,见马在五斗罂[⑩]中,终不可破取[⑪],不知何方得取之。便往语言:"君作百人厨[⑫],以周一方穷乏[⑬],马当得出耳。"主人即狼狈作之,毕,马还在柱下。明旦,其父母老在堂上,忽复不见。举家惶怖,不知所在,开妆器[⑭],忽然见父母在泽壶[⑮]中,不知何由得出。复往请之。其人云:"君当更作千人饮食,以饴百姓穷者,乃当得出。"既作,其父母自在床上也。

【注释】

①太元:东晋孝武帝的年号。太元十二年,公元387年。

②白衣:因天竺的婆罗门及俗人多穿白衣服,因而佛家称在家俗人叫“白衣”。

③沙门:梵语音译,佛教对出家修道者之称,俗称“和尚”。

④自可尔耳:自然可以如此。

⑤何许自措:将自身放在何处。

⑥丰腆:丰富。腆,厚的意思。

⑦外夫:情夫。

⑧“宽急之事”二句:指笼中虽然增加了两人,但笼子并不变大,人也并不缩小。

⑨国:都城,国都。

⑩五斗罂:容积只有五斗的瓦器。

⑪破取:破罂取马。

⑫百人厨:此指供百人食用的饮食。

⑬周:救济。穷乏:此指穷困的人。

⑭妆器:装化妆用品的器物。

⑮泽壶:似指涂上釉子带有光泽的壶。

拾遗记

（晋）王　嘉（？）

《隋书·经籍志》载：《拾遗录》二卷，王子年撰。同书又载：《王子年拾遗记》十卷，萧绮撰。《旧唐书·经籍志》载有《拾遗录》三卷，王嘉撰。又有《王子年拾遗记》十卷，萧绮录。《宋书·艺文志》题作《王子年拾遗记》十卷，晋王嘉撰。胡应麟《少室山房笔丛》（三十二）认为即是萧绮所撰而托名王嘉的，近代学者多赞成此说。

王嘉，字子年，陇西安阳（今甘肃陇西县西南）人。初隐居东阳谷，后入长安。苻坚屡次征召他，终不肯做官。后为姚苌所杀。《晋书·艺术列传》有传。萧绮，生平不详。

薛灵芸

文帝[①]所爱美人，姓薛，名灵芸，常山[②]人也。父名邺，为酇乡亭长。母陈氏，随邺舍于亭傍。居生穷贱，至夜，每聚邻妇夜绩[③]，以麻蒿自照[④]。灵芸年至十五，容貌绝世，邺中少年，夜来窃窥，终不得见。咸熙元年[⑤]，谷习出守常山郡，闻亭长有美女而家甚贫。时文帝选良家子女，以入六宫。习以千斤宝赂[⑥]聘之。既得，乃以献文帝。

灵芸闻别父母，歔欷累日，泪下沾衣。至升车就路之时，以玉唾壶[⑦]承泪，壶则红色。既发常山，及至京师，壶中泪凝如血。

帝以文车十乘[⑧]迎之，车皆镂金为轮辋[⑨]，丹画其毂[⑩]，轭[⑪]前有杂宝，为龙凤，衔百子铃，锵锵和鸣，响于林野，驾青色之牛，日行三百里。此牛尸涂国所献，足如马蹄也。道侧烧石叶之香，此石重叠，状如云母，其光气辟恶厉之疾。此香腹题国所进也。灵芸未至京师数十里，膏烛之光，相续不灭，车徒咽路[⑫]。尘起蔽于星月，时人谓为“尘宵”。

又筑土为台，基高三十丈，列烛于台下，名曰“烛台”，远望如列星之坠地。又于大道之傍，一里一铜表，高五尺，以志里数。故行者歌曰：

青槐夹道多尘埃，龙楼凤阙望崔嵬。
清风细雨杂香来，土上出金火照台。

此七字是妖辞也。为铜表志里数于道侧，是土上出金之义；以烛置台下，则火在土下之义。汉火德王[13]，魏土德王，火伏而土兴，土上出金，是魏灭而晋兴也。

灵芸未至京师十里，帝乘雕玉之辇，以望车徒之盛，嗟曰："昔者言'朝为行云，暮为行雨'，今非云非雨，非朝非暮[14]。"改灵芸之名曰"夜来"。

入宫后居宠爱。外国献火珠龙鸾之钗，帝曰："明珠翡翠，尚不能胜，况乎龙鸾之重[15]？"乃止不进。

夜来妙于针工，虽处于深帷之内，不用灯烛之光，裁制立成。非夜来缝制，帝则不服。宫中号为"神针"也。

【注释】

①文帝：魏文帝曹丕（187～226），字子桓，曹操次子，建安二十五年（220）代汉自立，在位七年。

②常山：郡名，汉文帝始置，治所在今河北正定县南。

③绩：纺麻线。

④以麻蒿自照：拿麻秆或蒿草来照明。

⑤咸熙：魏元帝曹奂的年号。咸熙元年，为公元 264 年，此时曹丕已死去数十年。"咸熙"二字实系错字。

⑥宝赂：贵重财宝。

⑦玉唾壶：用玉做的承唾的器皿，犹今之痰盂。《世说新语·豪爽》："王处仲每酒后，辄咏'老骥伏枥，志在千里，烈士暮年，壮心不已'。以如意打唾壶，壶口尽缺。"

⑧文车十乘（shèng胜）：十辆华美的车子。乘，古时一车四马为一乘。

⑨镂金：雕刻金属以成花纹。轮辋：车轮的外框。

⑩丹画其毂（gǔ谷）：用红彩图绘车毂。毂，车轮中央承接车轴和辐条的圆木。

⑪軛：车辕前面扼住牛马颈项的横木。

⑫车徒咽路：车辆和人填塞道路。

⑬火德：五德之一。战国末期阴阳家邹衍用水、火、木、金、土五种物质德性相生相克和终而复始的循环变化，来说明王朝兴替的原因，叫"五德始终"。秦汉以后，此说尤为盛行。这里说的"汉火德王，魏土德王"，不是言相克而是言相生（木生火，火生土，土生金，金生水，水生木）。王，读去声，用作动词，君临天下的意思。

⑭"朝为行云"四句：宋玉《高唐赋序》写楚怀王梦中与神女相会，神女自称："妾在巫山之阳，高丘之阻，旦为行云，暮为行雨，朝朝暮暮，阳台之下。""今非云非雨"二句是文帝把薛灵芸比作巫山神女，说自己亲自迎接她，并非梦幻，这与楚王梦遇巫山神女并不一样。

⑮"明珠翡翠"三句：意思是说，用珠宝和翡翠做的钗子，虽然很轻，尚嫌重不能佩戴，何况重于明珠翡翠的火珠龙鸾钗呢！此言薛灵芸的娇弱，也极言文帝对她的宠爱，怕戴重的首饰把她压坏了。

搜神后记

（晋）陶　潜（？）

《搜神后记》十卷，《隋书·经籍志》题晋陶潜撰。《四库全书总目提要》指出："《桃花源》一条，全录本集（指《陶渊明集》）所载诗序，惟所增'渔人姓黄名道真'七字。又载干宝父婢事，亦全录《晋书》，剽窃之迹，显然可见。明沈士龙跋，谓陶潜卒于元嘉四年，而此有十五、十六两年事。陶集多不称年号，以干支代之，而此书题永初、元嘉，其为伪托，固不待辨。然其书文词古雅，非唐以后人所能。《隋书·经籍志》著录，已称陶潜，则赝撰嫁名，由来已久……不可谓非六代遗书也。"

梁代佛教徒慧皎《高僧传序》里曾提到"陶渊明《搜神录》"，这只能说明"赝撰嫁名，由来已久"，不足以证明此书出自陶渊明。

袁相根硕

会稽剡县[①]民袁相、根硕二人猎，经深山重岭甚多。见一群山羊六七头，逐之。经一石桥，甚狭而峻。羊去，根等亦随，渡一绝崖，崖正赤，壁立[②]，名曰赤城。上有水流下，广狭如匹布，剡人谓之瀑布。路径有山穴如门，豁然而过。既入内，甚平敞，草木皆香。

有一小屋，二女子住其中，年皆十五六，容色甚美，著青衣，一名莹珠，一名□□，见二人至，欣然云："早望汝来。"遂为室家[③]。忽二女出行，云："复有得婿者，往庆之。"曳履[④]于绝岩上行，琅琅然[⑤]。二人思归，潜去归路。二女已知，追还，乃谓曰："可自去。"乃以一腕囊与根等，语曰："慎勿开也。"于是乃归。

后出行，家人开视其囊，囊如莲花，一重去，一重复，至五盖，中有小青鸟飞去。根还知此，怅然而已。后根于田中耕，家依常饷之[⑥]，见在田中不动。就视，但有壳如蝉蜕[⑦]也。

【注释】

①会稽剡县：即会稽郡剡县，故城在今浙江嵊州市西南十二里。

②壁立：形容山崖陡峭，如墙壁笔直地立着。

③室家：《诗·周南·桃夭》："之子于归，宜其室家。"唐孔颖达疏："桓（公）十八年《左传》曰：

‘女有家，男有室。’室家谓夫妇也。”

④曳履：拖着鞋走路。

⑤琅琅然：琅琅，本为玉石相击而发出的声音，琅琅然，犹言有金石之声。

⑥依常饷之：照例到田间给他送饭。

⑦蝉蜕：蝉蜕下的壳。指根硕成仙而去，只留下一层皮壳。

白水素女

晋安帝时[①]，侯官[②]人谢端，少丧父母，无有亲属，为邻人所养。至年十七八，恭谨自守，不履非法[③]。始出居[④]，未有妻。邻人共悯念之，规[⑤]为娶妇，未得。

端夜卧早起，躬耕力作，不舍昼夜。后于邑下得一大螺，如三升壶，以为异物，取以归，贮瓮中。畜之十数日。端每早至野，还，见其户中有饭饮汤火，如有人为者，端谓邻人为之惠也。数日如此，便往谢邻人。邻人曰：“吾初不为是[⑥]，何见谢也？”端又以邻人不喻其意[⑦]。然数尔如此[⑧]。后更实问，邻人笑曰：“卿已自娶妇，密著室中炊爨[⑨]，而言我为之炊耶？”端默然心疑，不知其故。

后以鸡鸣出去，平旦[⑩]潜归，于篱外窃窥其家中，见一少女从瓮中出，至灶下燃火。端便入门，径至瓮所视螺，但见女。乃到灶下，问之曰：“新妇从何处来，而相为炊？”女大惶惑，欲还瓮中，不能得去。答曰：“我天汉[⑪]中白水素女也。天帝哀卿少孤，恭慎自守，故使我权为守舍炊烹。十年之中，使卿居富得妇，自然还去。而卿无故窃相窥掩[⑫]，吾形已见，不能复留，当相委[⑬]去。虽然[⑭]，尔后自当少差[⑮]，勤于田作，渔采治生[⑯]。留此壳去，以贮米谷，常可不乏。”端请留，终不肯。时天忽风雨，翕然[⑰]而去。

端为立神座，时节祭祀。居常饶足，不致大富耳。于是乡人以女妻之。后仕至令长云。今道中素水祠是也。

【注释】

①晋安帝：名司马德宗，在位二十二年(397～418)。《太平广记》卷六十二这一句作“谢端，晋安侯官人也”，则晋安为郡名，侯官县属晋安郡，也通。

②侯官：旧县名，在今福建闽侯县境内。

③不履非法：不做非法的事。言其行为端正。

④出居：离开邻人，自立门户，单独另住。

⑤规：计划。

⑥初不为是：本来没做这件事。

⑦不喻其意：不让人知道他的好意。指邻人帮助谢端而不愿让谢端知道。

⑧数尔：数次。尔，作语助词用。

⑨密著：暗中放在。炊爨(cuàn 窜)：做饭。

⑩平旦：太阳将出之时。

⑪天汉：天河，又称“银河”。

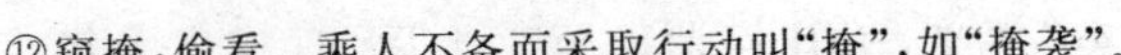

⑫窥掩：偷看。乘人不备而采取行动叫"掩"，如"掩袭"。

⑬委：抛弃。

⑭虽然："虽然如此，但……"的意思，与现代语中的"虽然"意义不尽同。

⑮少差：差，通"瘥"，本指病愈。如《三国志·魏书·张辽传》："疫少差。"此指日子比以前好一些。

⑯治生：治理生计。

⑰翕（xì 细）然：忽然。

李仲文女

晋时武都太守[①]李仲文，在郡丧女，年十八，权假葬[②]郡城北。有张世之代为郡[③]，世之男字子长，年二十，侍从在廨[④]中。夜梦一女子，年可十七八，颜色不常，自言前府君[⑤]女，不幸早亡，会今当更生，心相爱乐，故来相就。如此五六夕，忽然昼见，衣服薰香殊绝[⑥]，遂为夫妻。寝息衣皆有污，如处女焉。后仲文遣婢视女墓，因过世之妇相问[⑦]，入廨中，见此女一只履，在子长床下，取之啼泣，呼言发冢[⑧]。持履归，以示仲文。仲文惊愕，遣问世之："君儿何由得亡女履也？"世之呼问，儿具道本末[⑨]。李张并谓可怪。发棺视之，女体已生肉，姿颜如故，右脚有履，左脚无也。子长梦女曰："我比得生[⑩]，今为所发，自尔之后遂死。肉烂不得生，万恨之心，当复何言！"涕泣而别。

【注释】

①武都：即武都郡，治武都县，今甘肃武都县。太守：官名，汉景帝时改郡守为太守，为一郡的最高行政长官。

②权：暂且。假葬：借地而葬。

③代为郡：代李仲文为郡太守。

④廨：官舍，官署。

⑤府君：太守的别称。

⑥薰香殊绝：香气特别好闻。

⑦因过世之妇相问：遂即拜访张世之的夫人。

⑧呼言发冢：大声叫嚷着此鞋为发掘坟墓所得。

⑨本末：事件开始到最后的全部经过。

⑩我比得生：我将要复活。比，近来。

酒泉太守

宋酒泉郡[①]，每太守到官，无几[②]辄死。后有渤海陈裴见授此郡[③]，忧恐不乐，就卜者[④]占其吉凶。卜者曰："远诸侯，放伯裘，能解此，则无忧。"裴不解此语，答曰："君去自当解之。"

裴既到官，侍医[⑤]有张侯，直医有王侯，卒[⑥]有史侯、董侯等。裴心悟曰："此谓

诸侯。”乃远之。即卧，思“放伯裘”之义，不知何谓。至夜半后，有物来裴被上，裴觉，以被冒取[7]之，物遂跳踉，訇訇作声。外人闻，持火入，欲杀之。魅乃言曰：“我实无恶意，但欲试府君耳。能一相赦，当深报君恩。”裴曰：“汝为何物，而忽干犯[8]太守？”魅曰：“我本千岁狐也，今变为魅，垂化为神，而正触府君威怒，甚遭困危。我字伯裘，若府君有急难，但呼我字，便当自解。”裴乃喜曰：“真‘放伯裘’之意也。”即便放之。小开被，忽然有光，赤如电，启户出。

明夜有敲门者，裴问：“是谁？”答曰：“伯裘。”问：“来何为？”答曰：“白事。”问：“白何事？”答曰：“北界有贼奴发也[9]。”裴按发则验[10]。每事先语裴。于是境界无毫发之奸，而咸曰“圣府君”。

后经月余，主簿李音，共裴侍婢私通。既而惧为伯裘所白，遂与诸侯谋杀裴。伺傍无人，便与诸侯持杖直入，欲格杀之。裴惶怖，即呼：“伯裘来救我！”即有物如曳一匹绛[11]，䃔然作声，诸仆伏地失魂，乃以次缚取。考询皆服，云：“裴未到官，音已惧失权，与诸侯谋杀裴。会诸侯见斥，事不成。”裴即杀音等。伯裘乃谢裴曰：“未及白音奸情，乃为府君所召。虽效微力，犹用惭惶[12]。”后月余，与裴辞曰：“今后当上天去，不得复与府君相往来也。”遂去不见。

【注释】

①宋：南朝宋（420～497）。酒泉郡：汉武帝始置酒泉郡，治所在今甘肃酒泉市。

②无几：不久，不几天。

③渤海：即渤海郡。南朝宋时治所在临济城，故城在今山东高青县高苑镇。见授此郡：被任命为酒泉郡的太守。授，授官。

④卜者：算卦的先生。

⑤侍医：此指专为太守看病的医生。

⑥卒：吏卒，旧时衙门中的杂差人员。

⑦冒取：以物蒙盖而捉取。

⑧干犯：干，即犯。干犯，侵犯，冒犯。

⑨贼奴：盗贼。发：生，起。此指作案。

⑩按发则验：依照伯裘讲的去行动，果然丝毫不差。按发，查办。

⑪绛：大红的绸布。

⑫犹用惭惶：还因此而感到惭愧和惶恐。用，以，因此。

幽明录

(南朝·宋)刘义庆

《隋书·经籍志》载:"《幽明录》二十卷。宋刘义庆撰。"此书久已散佚,鲁迅先生根据类书,搜其佚文,辑得二百六十余条,编入《古小说钩沉》中。

刘义庆(403~444),彭城(今江苏徐州)人,宋武帝刘裕的侄子,袭封临川王。曾历任散骑常侍、尚书左仆射、中书令等要职。《宋书·刘道规传》说他性简素,喜爱文学,招纳了不少文学之士。他著书甚多,其中以《世说新语》和《幽明录》最有名。

刘晨阮肇

汉明帝永平[①]五年,剡县刘晨、阮肇共入天台山取谷皮[②],迷不得返,经十三日,粮食乏尽,饥馁殆死。遥望山上,有一桃树,大有子实,而绝岩邃涧,永无登路[③]。攀援藤葛,乃得至上。各啖数枚,而饥止体充。复下山,持杯取水,欲盥漱。见芜菁叶[④]从山腹流出,甚鲜新,复一杯流出,有胡麻饭糁[⑤]。相谓曰:"此知去人径[⑥]不远。"便共没水[⑦],逆流二三里,得度山,出一大溪。

溪边有二女子,姿质妙绝,见二人持杯出,便笑曰:"刘、阮二郎,捉向[⑧]所失流杯来。"晨、肇既不识之,缘二女便呼其姓,如似有旧[⑨],乃相见欣喜。问:"来何晚耶?"因邀还家。其家筒瓦[⑩]屋。南壁及东壁下各有一大床,皆施绛罗帐,帐角悬铃,金银交错。床头各有十侍婢。敕云:"刘、阮二郎,经涉山岨,向虽得琼实[⑪],犹尚虚弊[⑫],可速作食。"食胡麻饭、山羊脯[⑬]、牛肉,甚甘美。食毕,行酒。有一群女来,各持五三桃子,笑而言:"贺汝婿来。"酒酣作乐,刘、阮忻怖交并[⑭]。至暮,令各就一帐宿,女往就之,言声清婉,令人忘忧。

至十日后欲求还去,女云:"君已来是[⑮],宿福[⑯]所牵,何复欲还耶!"遂停半年。气候草木是春时,百鸟啼鸣,更怀悲思,求归甚苦。女曰:"罪牵[⑰]君,当可如何?"遂呼前来女子,有三四十人,集会奏乐,共送刘、阮,指示还路。

既出,亲旧零落,邑屋[⑱]改异,无复相识。问讯得七世孙,传闻上世入山,迷不得归。至晋太元八年[⑲],忽复去,不知何所。

【注释】

①永平:汉明帝刘庄的年号(58～76)。

②剡县:县名,故城在今浙江嵊州市西南十二里。天台山:在浙江天台县北,山为仙霞岭脉之东支,形势高大,北有石桥,长数十丈,自古号为飞仙所居。谷皮:即谷树皮。可以做绡头(古时包头发的纱巾)。《后汉书·周党传》:"(党)乃著短布单衣,谷皮绡头,待见尚书。"可以写字作纸用,也可以作造纸的原料,如王安石《池纸诗》:"椎冰看捣万谷皮。"

③绝岩邃涧,永无登路:山岩高陡,山涧深邃,根本找不到上山的路。绝,形容山岩的高陡。

④芜菁叶:即芥菜叶。《诗·邶风·谷风》:"采葑采菲,无以下体。"孔颖达《正义》:"葑,芜菁。幽州人或谓之芥。"蔓菁也叫"芜菁",根叶可食。

⑤胡麻饭糁:芝麻饭粒。芝麻又称"胡麻",据说张骞出使西域始得此种,故有此称。

⑥人径:人走的路,引申为有人烟的地方。

⑦没水:沉没水中,此指涉水。

⑧捉:拿。向:过去。

⑨有旧:过去就有交情。

⑩筒瓦:剖竹做成的瓦。

⑪琼实:指上文所食的桃子,因系仙桃,故称"琼实"。琼,本为美玉,常用来比喻特别精美的事物。

⑫虚弊:饥饿疲乏。

⑬脯:干肉。

⑭忻怖交并:既高兴又害怕。

⑮是:此,这里。

⑯宿福:佛家术语,前世的福德善根。

⑰罪牵:罪孽牵累。指尘世的牵累。

⑱邑屋:城郭房屋。

⑲太元八年:公元383年。太元,晋孝武帝司马曜的年号(376～396)。

卖胡粉女子

有人家甚富,止有一男,宠恣过常[①]。游市,见一女子美丽,卖胡粉[②],爱之,无由自达[③]。乃托买粉,日往市,得粉便去,初无所言[④]。积渐久,女深疑之。明日复来,问曰:"君买此粉,将欲何施?"答曰:"意相爱乐,不敢自达;然恒欲相见,故假此以观姿耳[⑤]。"女怅然有感,遂相许以私,克[⑥]以明旦。

其夜,安寝堂屋,以俟女来。薄暮[⑦]果到。男不胜其悦,把臂曰:"宿愿[⑧]始伸于此!"欢踊遂死。女惶惧,不知所以[⑨],因遁去,明还粉店。至食时,父母怪男不起,往视,已死矣。

当就[⑩]殡敛,发箧笥中,见百余裹胡粉,大小一积[⑪]。其母曰:"杀吾儿者,必此粉也。"入市遍买胡粉,次[⑫]此女,比之手迹如先[⑬],遂执问女曰:"何杀吾儿?"女闻呜咽,具以实陈。父母不信,遂以诉官[⑭]。女曰:"妾岂复吝死[⑮],乞一临尸尽哀[⑯]。"县令许焉。径往抚之恸哭，曰："不幸致此，若死魂而灵，复何恨哉！"男豁然[17]更生，具说情状。遂为夫妇，子孙繁茂。

【注释】

①宠恣：娇惯放任。过常：超过一般。

②胡粉：《释名·释首饰》："胡粉，胡，餬也，脂和以涂面也。"即今化妆用的铅粉。

③无由自达：没有因由向对方表达爱慕之情。

④初无所言：始终一句话也不说。初，这里是"本"、"从来"的意思。

⑤故假此以观姿耳：所以借此来看看你的容貌。

⑥克：即克期，严格约定日期。

⑦薄暮：天色将黑，傍晚。

⑧宿愿：旧日的愿望。

⑨不知所以：不知如何办好。

⑩当就：将要。

⑪大小一积：大包小包共有一堆。

⑫次：轮到。

⑬比之手迹如先：比照胡粉包装的式样与其儿先前买的一样。

⑭诉官：告到官府。

⑮妾岂复吝死：我难道还舍不得死吗！妾，古代女子自我谦称。

⑯临尸尽哀：在死者面前表示哀悼。

⑰豁然：犹忽然。

庞阿

巨鹿[1]有庞阿者，美容仪。同郡石氏有女，曾内睹[2]阿，心悦之。未几，阿见此女来诣阿。阿妻极妒，闻之，使婢缚之，送还石家，中路[3]遂化为烟气而灭。婢乃直诣石家，说此事。石氏之父大惊，曰："我女都不出门[4]，岂可毁谤如此！"

阿妇自是常加意伺察之。居一夜，方值女在斋中，乃自拘执以诣石氏。石氏父见之，愕眙[5]，曰："我适从内来，见女与母共作，何得在此？"即令婢仆于内唤女出，向所缚者奄然灭焉。父疑有异，故遣其母诘之。女曰："昔年庞阿来厅中，曾窃视之，自尔仿佛[6]即梦诣阿，及入户，即为妻所缚。"石曰："天下遂有如此奇事！"夫精情[7]所感，灵神为之冥著[8]，灭者盖其神魂也。

既而女誓心不嫁。经年，阿妻忽得邪病，医药无征[9]，阿乃授币[10]石氏女为妻。

【注释】

①巨鹿：郡名，治所在今河北巨鹿县。

②内睹：在闺中偷看。

③中路：途中。

④都不出门：犹言从不出门。都，总的意思。

⑤愕眙（chì 翅）：惊视的样子，犹言惊得目瞪口呆。

⑥仿佛:此处指神情恍惚。

⑦精情:犹神情专一,精诚。

⑧灵神为之冥著:灵魂会在暗中附着在它所感的事物上边。

⑨无征:无效。

⑩授币:此指行聘礼。

焦湖庙祝

焦湖庙祝有柏枕[①],三十余年,枕后一小坼孔[②]。县民汤林行贾[③],经庙祈福,祝曰:"君婚姻未?可就枕坼边。"令林入坼内。见朱门,琼宫瑶台,胜于世。见赵太尉[④],为林婚。育子[⑤]六人,四男二女。选林秘书郎[⑥],俄迁黄门郎[⑦]。林在枕中,永无思归之怀,遂遭违忤[⑧]之事。祝令林出外间,遂见向枕。谓枕内历年载[⑨],而实俄忽之间矣。

【注释】

①焦湖:即安徽巢湖。庙祝:神庙中管香火的人,俗亦称为"香火"。柏枕:用柏木做的枕头。

②坼(chè 彻)孔:裂缝或洞。坼,裂开。

③行贾:经商。

④太尉:官名,秦至西汉设置,为全国军政首脑,与丞相、御史大夫并称三公。汉武帝时改为大司马。东汉时太尉与司徒、司空并称"三公"。

⑤子:这里是"子女"的意思。古代男、女均可称"子"。

⑥秘书郎:魏晋时始置,秘书省的属官,掌管图书经籍,或称"秘书郎中"。

⑦黄门郎:秦及西汉在宫廷内服务的郎官称"黄门郎"或"黄门侍郎"。东汉始设为专官,或称"给事黄门侍郎",其职为侍从皇帝,传达诏令。南朝以后因掌管机密文件,备皇帝顾问,职位日渐重要。

⑧违忤:违抗上级或皇帝的意旨。

⑨历年载:经过好多年代。

世说新语

(南朝·宋)刘义庆

《隋书·经籍志》载,《世说》八卷,南朝宋临川王刘义庆撰,梁刘孝标的注本为十卷。《旧唐书·经籍志》云:《世说》八卷,刘义庆撰。今存本《世说新语》三卷,为宋人晏殊所删并,然不知何人加"新语"二字。全书按内容分为三十六门(自《德行》至《仇隙》),记东汉末(只有几则是东汉以前的事)至东晋的遗闻佚事,短小精悍,清新隽永,反映了这一时期士流的思想和生活风貌。刘孝标的注引书有四百多种,其中很多书已散失,因而此书有很高的参考价值。

刘义庆的生平,见前《幽明录》的题解。

孔文举

孔文举[①]年十岁,随父到洛[②]。时李元礼有盛名[③],为司隶校尉[④],诣门者皆隽才清称及中表亲戚乃通[⑤]。文举至门,谓吏曰:"我是李府君亲。"既通,前坐。元礼问曰:"君与仆有何亲?"对曰:"昔先君仲尼与君先人伯阳[⑥],有师资之尊[⑦],是仆与君奕世[⑧]为通好也。"元礼及宾客莫不奇之。太中大夫[⑨]陈韪后至,人以其语语之,韪曰:"小时了了[⑩],大未必佳。"文举曰:"想君小时,必当了了。"韪大踧踖[⑪]。

【注释】

①孔文举(153～208):名融,字文举,鲁国(今山东曲阜)人。孔子二十四世孙。汉末文学家,"建安七子"之一。曾任北海(今山东寿光)相,世称"孔北海"。后为曹操所杀。

②洛:即河南洛阳。

③李元礼:《世说新语》注引薛莹《后汉书》说:李膺,字元礼,颍川襄城人。抗志清妙,有文武隽才,迁司隶校尉,为党事自杀。

④司隶校尉:官名,汉武帝时始置,本为纠察缉捕特别重大案件而设,后乃掌纠察京师百官及附近各郡,官秩相当于州刺史。

⑤诣门者:登门拜访的人。隽才清称:有俊才而又享有美誉的人。中表:父之姊妹的子女称为外表,母之兄弟姊妹的子女称为内表。中,即内;表,即外,统称"中表亲"。

⑥先君:对自己祖先的称呼。因孔融是孔子二十四世孙,故云。伯阳:老子的字。老子名李耳,字伯阳。

⑦有师资之尊:《史记・老庄申韩列传》:"孔子适周,将问礼于老子。"故说孔子曾尊老子为师。

⑧奕世:即累世,世世代代。

⑨太中大夫:汉代太中大夫是掌议论的官。

⑩了了:聪明。

⑪踧踖(cù jí 促积):本为恭敬不安的样子,此处是难堪的意思。

过江诸人

过江[①]诸人,每至美日[②],辄相邀新亭[③],藉卉[④]饮宴。周侯[⑤]中坐而叹曰:"风景不殊,正自有山河之异[⑥]。"皆相视流泪。惟王丞相[⑦]愀然变色曰:"当共戮力[⑧]王室,克复神州[⑨],何至作楚囚相对[⑩]!"

【注释】

①过江:西晋末年,五胡为乱,公元316年,晋愍帝被俘,西晋灭亡。317年,司马睿在建业(今南京市)即位(先称晋王,318年称帝,为晋元帝),史称"东晋"。因黄河流域陷入大混乱,中原地区的士大夫多渡江南迁,居于江左,称为"过江"。

②美日:晴朗的日子。《晋书・王导传》作"暇日"。

③新亭:即劳劳亭,旧址在今江苏南京市。《建康志》谓亭在城西南十二里。

④藉卉:坐在草地上。

⑤周侯:指周顗,字伯仁,汝南安城(今河南汝南县东)人。元帝时曾为宁远将军,荆州刺史,曾官至尚书左仆射,后为王敦所杀。《晋书》有传。

⑥"风景"二句:言风景没有什么不同,只是山河与过去不同了(指江北广大地区已经沦陷)。

⑦王丞相:即王导,字茂弘,临沂(今山东临沂)人。过江后,曾官至丞相。

⑧戮力:犹勉力、努力。

⑨神州:古时称中国为"赤县神州",此指中原一带沦陷区。

⑩楚囚:语出《左传・成公九年》:"晋侯观于军府,见钟仪,问之曰:'南冠而系者谁也?'有司对曰:'郑人所献楚囚也。'"后常用来指被俘和窘迫无计的人。此处是说,何必像囚犯一样,相对流泪呢!

周　处

周处[①]年少时,凶强侠气[②],为乡里所患。又义兴水中有蛟[③],山中有邅迹虎[④],并皆暴犯百姓,义兴人谓为"三横"[⑤],而处尤剧。或说[⑥]处杀虎斩蛟,实冀三横唯余其一。处即刺杀虎,又入水击蛟。蛟或浮或没,行数十里,处与之俱。经三日三夜,乡里皆谓已死,更相庆[⑦]。竟杀蛟而出。闻里人相庆,始知为人情所患,有自改意。乃自吴寻二陆[⑧]。平原[⑨]不在,正见清河[⑩]。具以情告,并云:"欲自修改,而年已蹉跎[⑪],终无所成。"清河曰:"古人贵朝闻夕死[⑫],况君前途尚可[⑬]。且人患志之不立,亦何忧令名不彰邪[⑭]。"处遂改励[⑮],终为忠臣孝子[⑯]。

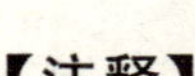

【注释】

①周处:字子隐,吴郡阳羡(晋名义兴,在今江苏宜兴市南)人。鄱阳太守周鲂之子。少孤,不治细行。仕晋为御史中丞。

②凶强侠气:凶狠霸道。

③蛟:传说是龙一类的动物,能发水。或说“蛟”即“蟓”,像蛇而四足,能害人,近人认为可能是鳄鱼一类动物。

④邅(zhān沾)迹虎:邅,有“转”的意思。屈原《离骚》:“邅吾道夫昆仑兮。”王逸注:“邅,转也。楚人名转曰邅。”“邅迹”是说转来转去,足迹不定,因而难以追捕。邅迹虎,《晋书·周处传》作“白额虎”。

⑤三横:犹言“三害”。

⑥或说:有人劝说。

⑦更相庆:互相庆贺。

⑧自吴:疑为“至吴”之误。《晋书·周处传》作“入吴”,与“至吴”意同。二陆:指陆机与陆云。兄弟二人在当时都很有名气。

⑨平原:指陆机,西晋文学家,他曾做过平原内史。

⑩清河:指陆云,西晋文学家,他曾做过清河内史。

⑪蹉跎:时光虚度。

⑫朝闻夕死:语出《论语·里仁》:“子曰:‘朝闻道,夕死可矣。’”言早上听到圣贤之道,晚上死掉也可。这是勉励周处,如能改恶从善,现在为时还不晚。

⑬前途尚可:言周处年纪并不大,还有前途。

⑭令名不彰:美名不显扬。

⑮改励:励志改过从善。励,振奋。

⑯终为忠臣孝子:据《晋书·周处传》载,周处为御史中丞时,凡所纠劾,不避宠戚。氐人齐万年反,朝臣恨周处强直,建议朝廷派周处出战。有人知其必死,劝他以母老为理由,不要出战。周处说:“忠孝之道,安得两全?”后孤军深入,斩敌甚多,弦绝矢尽,临危不退,最后战死。追赠平西将军。

刘伶

刘伶病酒[①],渴甚,从妇求酒。妇捐酒毁器[②],涕泣谏曰:“君饮太过,非摄生[③]之道,必宜断之。”伶曰:“甚善。我不能自禁,惟当祝鬼神,誓断之耳,便可具[④]酒肉。”妇曰:“敬闻命。”供酒肉于神前,请伶祝誓。伶跪而祝曰:“天生刘伶,以酒为名。一饮一斛[⑤],五斗解酲[⑥]。妇人之言,慎不可听。”便引酒进肉,隗然[⑦]已醉矣。

【注释】

①刘伶:晋沛国(郡治在今安徽宿州市西北)人,字伯伦,“竹林七贤”之一。性嗜酒,著有《酒德颂》一篇。曾官建威参军。病酒:醉后身体不舒服。

②捐酒毁器:捐,弃。意谓把酒倒掉,把酒器毁掉。

③摄生:养生。

④具：治，办。

⑤一饮一斛：言其酒量极大。古时十斗为一斛。

⑥五斗解酲：言饮五斗酒便可解除我的酒病。酲，酒醒后感到的困倦不适。

⑦隗（kuí 奎）然：犹“颓然”，醉倒的样子。

魏武（三则）

魏武行役失汲道[①]，三军皆渴。乃令曰：“前有大梅林，饶子[②]，甘酸，可以解渴。”士卒闻之，口皆出水，乘此得及前源[③]。

魏武常谓：人欲危己[④]，己辄心动。因语所亲小人曰：“汝怀刃密来我侧，我必说心动，执汝使行刑，汝但勿言其使[⑤]，无他，当厚相报。”执者[⑥]信焉，不以为惧，遂斩之。此人至死不知也。左右以为实，谋逆者挫气[⑦]矣。

魏武常云：“我眠中不可妄近[⑧]，便斫人，亦不自觉，左右宜深慎此。”后阳眠[⑨]，所幸一人，窃以被覆之，因便斫杀，自尔每眠，左右莫敢近者。

【注释】

①魏武：即曹操（155～220），字孟德，沛国谯县（今安徽亳州）人。其子曹丕代汉自立，称魏文帝，追谥曹操为魏武帝。行役：行军。失汲道：失掉水源，断水。

②饶子：多子，果实多。

③前源：前面的水源。

④危己：谋害自己。

⑤汝但勿言其使：你且不要说出谁指使你的。

⑥执者：被拿住的人，即上文曹操所亲的“小人”。

⑦挫气：灰心。

⑧妄近：随便接近。

⑨阳眠：假装睡眠。阳，通“佯”，假装。

温公娶妇

温公[①]丧妇。从姑[②]刘氏家值乱离散，惟有一女，甚有姿慧。姑以嘱公觅婚[③]，公密有自婚意。答云：“佳婿难得，但如峤比云何[④]？”姑云：“丧败之余，乞粗存活[⑤]，便足慰我余年，何敢希汝比！”却后少日[⑥]，公报姑云：“已觅得婚处，门地粗可，婿身名宦[⑦]，尽不减峤。”因下玉镜台一枚。姑大喜，既婚，交礼[⑧]，女以手披纱扇[⑨]，抚掌[⑩]大笑曰：“我固疑是老奴，果如所卜。”玉镜台是公为刘越石长史[⑪]，北征刘聪[⑫]所得。

【注释】

①温公：指温峤，字太真，博学能文，善谈论。初为刘琨参军，刘琨曾使奉表劝司马睿称帝

（后为元帝），元帝很器重他。后官至骠骑将军，开府仪同三司。

②从姑：俗称“堂姑”，即父亲的堂姊妹。

③嘱公觅婚：托付温公寻找婚偶。

④但如峤比云何：只是像我这样的如何？比，类，相似。云，这里作语助词，无实义。

⑤乞粗存活：只求勉强生活下去。

⑥却后少日：过后不几天。

⑦婿身名宦：女婿出身于有名的官宦之家。

⑧交礼：交拜成礼。

⑨手披纱扇：古代婚礼，两旁有人执扇遮住新娘面，交拜完毕入新房后撤扇，称为“却扇”。庾信《为梁上黄侯世子与新婚书》：“分杯帐里，却扇床前。”此处的“纱扇”就是遮蔽新娘的扇。后代新娘新婚交拜时头盖红巾，就是由此演变来的。

⑩抚掌：拍手。

⑪刘越石：刘琨，字越石，魏昌（今河北无极）人。西晋末曾为司空，都督并、冀、幽三州军事。晋元帝即位后，拜侍中太尉，素有重望，为段匹磾所忌。在与段匹磾共讨石勒时，为段所害。长史：官名，温峤曾为刘琨的左长史。南朝时，凡刺史之带将军称号开府者设长史，多兼任首郡太守。

⑫刘聪：十六国前赵刘渊的第四子，字玄明，一名载，匈奴族。晋永嘉四年（310）杀兄自立为前赵主。

交斩美人

石崇每要客燕集①，常令美人行酒②。客饮酒不尽者，使黄门交③斩美人。王丞相与大将军④尝共诣崇，丞相素不能饮，辄自勉强，至于沉醉。每至大将军，固不饮以观其变，已斩二人，颜色如故，尚不肯饮。丞相让之⑤，大将军曰：“自杀伊⑥家人，何预卿事。”

【注释】

①石崇：字季伦，生于青州（今山东青州），故小名齐奴。初为散骑郎，元康初累迁荆州刺史，以抢劫远使商客致富。与贵戚王恺、羊琇之徒，以奢靡相尚。因得罪孙秀，孙秀劝赵王伦把他杀掉。要客：约请客人。燕集：燕饮集会，犹今之酒会。

②行酒：斟酒，劝酒。

③黄门交：即黄门校，指石崇的卫士。

④王丞相：即王导，见前《过江诸人》注。大将军：即王敦，王导的堂兄，字处仲，曾任征南大将军。

⑤让之：责备他。

⑥伊：他。

石 崇 厕

石崇厕常有十余婢侍列，皆丽服藻饰①，置甲煎粉、沉香汁之属②，无不毕备，又

与新衣著令出[③]，客多羞不能入厕。王大将军往，脱故衣著新衣，神色傲然。群婢相谓曰："此客必能作贼。"

【注释】

①丽服藻饰：穿着华美的衣服而又打扮得很漂亮。藻饰，修饰，打扮。

②甲煎粉：又名"甲香"，出在南方（见《太平御览》引《广志》）。《南州异物志》说："甲香，螺属也。大者如瓯……可合众香烧之，皆使益芳，独烧则臭。甲香一名流螺。"沉香汁：似为用沉香制成的香水。沉香木，木心可作薰香料，产于南方。

③又与新衣著令出：《太平御览》卷九八二"香部二"引《晋书》："有如厕者，皆易新衣而出。"此句指入厕者要脱掉旧衣，换上新衣，然后走出厕所。

石崇王恺

石崇与王恺[①]争豪，并穷[②]绮丽以饰舆服。武帝[③]，恺之舅也，每助恺。尝以一珊瑚树高二尺许赐恺，枝柯扶疏[④]，世罕其比。恺以示崇，崇视讫，以铁如意[⑤]击之，应手而碎。恺既惋惜，又以为疾己之宝，声色甚厉。崇曰："不足恨。今还卿。"乃命左右悉取珊瑚树，有三尺四尺，条干绝世，光彩溢目者六七枚，如恺许比[⑥]甚众，恺惘然自失。

【注释】

①王恺：字君夫，西晋东海郯县（今山东郯城）人，司马昭之妻弟。官至后军将军。

②穷：极尽。

③武帝：晋武帝司马炎，在位二十六年（265～290）。

④枝柯扶疏：枝条繁茂。

⑤如意：一名"搔杖"，为搔背痒的器具，柄端作手指形。以其搔痒可如人意，故名"如意"。又有柄端作心字形的，以骨、角、竹、木、玉、石、铜、铁等制成，长三尺许，古时持以指划。此处的如意类此。近代的如意，多以玉石为之，长一二尺。其端作芝形或云形，以供玩赏。

⑥如恺许比：像王恺那样的。许，那样，如此。

王蓝田性急

王蓝田[①]性急。尝食鸡子，以箸刺之[②]，不得，便大怒，举以掷地；鸡子于地圆转未止，仍下地，以屐齿蹍之，又不得，瞋甚，复于地取内口中，啮破即吐之。王右军[③]闻而大笑曰："使安期[④]有此性，犹当无一豪可论[⑤]，况蓝田邪！"

【注释】

①王蓝田：即王述，字怀祖，官至散骑常侍、尚书令。袭封蓝田侯，故称"王蓝田"。

②以箸刺之：用筷子插入鸡蛋中以取食它。

③王右军：即王羲之，尝官右军将军，故称"王右军"。晋代著名的书法家。

④安期：王承，字安期，王蓝田之父。冲淡寡欲，为政清静，有名于时。

⑤无一豪可论：无一点可取之处。豪，通“毫”。

韩 寿

韩寿[①]美姿容，贾充辟以为掾[②]。充每聚会，贾女于青琐[③]中看，见寿悦之，恒怀存想，发为吟咏。后婢往寿家，具述如此，并言女光丽。寿闻之心动，遂请婢潜修音问[④]。及期往宿，寿捷跻绝人，逾墙而入，家人莫知。自是充觉女盛自拂拭[⑤]，悦畅有异于常。后会诸吏，闻寿有奇香之气，是外国所贡，一著人则历月不歇。充计武帝唯赐己及陈骞[⑥]，余家无此香，疑寿与女通，而垣墙重密，门阁急峻[⑦]，何由得尔？乃托言有盗，令人修墙。使反，曰：“其余无异，唯东北角如有人迹，而墙高非人所逾。”充乃取女左右婢考问，即以状对。充秘之，以女妻寿。

【注释】

①韩寿：字德真，晋南阳人。初为司空贾充掾，后官至散骑常侍、河南尹，元康初卒。

②贾充：字公闾，襄阳人。初仕魏，袭父爵为侯。晋武帝即位，有佐命之功，迁侍中。专以谄媚取容，累迁司空、尚书令。掾：属官。

③青琐：古代门窗上的装饰。据《汉书》颜师古注：“青琐者，刻为连环文而青涂之也。”

④潜修音问：暗中通消息。修，犹“通”，进行。

⑤盛自拂拭：特别爱妆扮，格外打扮得漂亮。

⑥“充计武帝”句：计，暗想，盘算。武帝，指晋武帝司马炎。陈骞，临淮东阳人。晋武帝受禅，他以佐命有功，封高平郡公，迁侍中，出为都督扬州诸军事。

⑦门阁急峻：大门小门都很紧严。阁，侧门，小门。

殷芸小说

（南朝·梁）殷 芸

《殷芸小说》，又名《小说》，为南朝梁杂事小说，殷芸撰，十卷。最早著录于《隋书·经籍志》小说类，三十卷。《旧唐书·经籍志》、《新唐书·艺文志》和《宋史·艺文志》均著录为十卷。书中所载人与事，上起周秦，下迄南齐，主要记述的是人物的佚闻和杂事。其故事来源，一为采集群书而成，一为正史所不取的人物传说异闻，体现了志人与志怪小说的合流。语言简净古朴，故事都是粗陈梗概。引录多于创作，艺术性尤嫌不足。此书至明初已佚，明清各丛书所收的《殷芸小说》，皆为辑本，其中以《说郛》本所存条目最多。鲁迅据群书所引，辑为一卷，收在《古小说钩沉》中。其后有余嘉锡的《殷芸小说辑证》，辑得一百五十四条。1984 年上海古籍出版社出版周楞伽辑注的《殷芸小说》，共辑得一百六十三条，是现存最完备的辑注本。本书所选注的几篇，文字即据此书。

殷芸（471～529），字灌蔬，陈郡长平（今河南西华县东北）人，齐永明年间，曾任宜都王萧铿的行参军，入梁后，任中书舍人、国子博士、昭明太子侍读、通直散骑常侍、司徒左长史等职。《小说》是奉梁武帝之命而编的。

孔子去卫适陈

孔子去卫适陈①，途中见二女采桑。子曰：“南枝窈窕北枝长。”答曰②：“夫子游陈必绝粮。九曲明珠穿不得③，著来④问我采桑娘。”夫子至陈，大夫发兵围之⑤，令穿九曲珠，乃释其厄⑥。夫子不能⑦，使回、赐返⑧问之。其家谬言⑨女出外，以一瓜献二子。子贡曰：“瓜，子在内也。”女乃出，语曰：“用蜜涂蛛，丝将系蚁，蚁将系丝；如不肯过，用烟熏之⑩。”孔子依其言，乃能穿之。于是绝粮七日。

【注释】

①去卫适陈：离开卫国到陈国去。卫与陈为春秋时代的诸侯国。卫国，其地在今河南省的北部。陈国，其地在今河南淮阳与安徽亳州一带。

②答曰：省略的主语是采桑女。

③九曲明珠：指孔穴有九道弯的明珠。穿：用丝线穿珠孔。

④著来：拿来。

⑤大夫：据《孔子家语》说是匡人简子以甲兵围孔子，他们误认为孔子是阳虎。因二人长相相似。

⑥释其厄：解除孔子的困厄。指释放孔子。

⑦不能：指不能穿九曲珠。

⑧回、赐：指颜回（颜渊）与子贡（名赐），二人都是孔子的弟子。返：返回采桑女的住处。

⑨谬言：谎言，说假话。

⑩“用蜜”五句：是采桑女传授的穿九曲之珠的方法：用蜂蜜涂在蜘蛛身上，蜘蛛吐的丝系上蚂蚁，让系丝的蚂蚁穿珠，如蚂蚁不肯入珠之孔穴，则用烟熏蚂蚁，迫使蚂蚁进入珠穴，如此则可穿九曲之珠。

顾邵为豫章太守

顾邵为豫章①，崇学校②，禁淫祀③，风化大行④。历毁诸庙⑤，至庐山庙⑥，一郡皆谏，不从。夜，忽闻有排⑦大门声，怪之。忽有一人开阁径前⑧，状若方相⑨，自说是庐山君⑩。邵独对之，要进上床⑪，鬼即入坐。邵善《左传》，鬼遂与邵谈《春秋》⑫，弥夜不能相屈⑬。邵叹其精辩⑭，谓曰：“《传》载晋景公所梦大厉者⑮，古今同有是物也⑯。”鬼笑曰：“今大则有之，厉则不然⑰。”灯火尽，邵不命取⑱，乃随烧《左传》以续之⑲。鬼频请退，邵辄留之。鬼本欲凌⑳邵，邵神气湛然㉑，不可得乘㉒。鬼反和逊㉓，求复庙㉔，言旨恳至㉕。邵笑而不答。鬼发怒而退，顾㉖谓邵曰：“今夕不能仇君㉗，三年之内，君必衰矣，当因此时相报。”邵曰：“何事匆匆，且复留谈论。”鬼乃隐而不见，视门阁悉闭如故。如期㉘，邵果笃疾㉙，恒梦见此鬼来击之，并劝邵复庙。邵曰：“邪岂胜正？”终不听。后遂卒。

【注释】

①顾邵：三国时吴国人，顾雍之子，字孝则。博览群书，少与其舅陆绩齐名。孙权以其兄孙策之女妻之，起家为豫章太守，风化大行，在郡五年，卒于任上。传附《三国志·吴书·顾雍传》中。豫章：即豫章郡，治所在今江西南昌市。

②崇学校：崇尚、重视学校教育。

③禁淫祀：禁止滥祭鬼神。

④风化大行：教化大为施行。

⑤历毁诸庙：多次拆毁各种鬼神之庙宇。

⑥庐山庙：建在庐山上的鬼神庙宇。“至”后当补一“毁”字，意才明确。

⑦排：推、拍。

⑧阁：指阁门，室之内门。径前：直接来到顾邵面前。

⑨方相：古代驱疫避邪之神像。《周礼·夏官·方相氏》：“方相氏掌（手掌）蒙熊皮，黄金四目，玄衣朱裳，执戈扬盾，帅百隶而时难（傩），以索室驱疫。”后来民间扎制模型，用以送葬，亦称“方相”。旧时出殡，以纸竹等糊扎高大狰狞的开路神，作仪仗之前驱，即古方相

之遗制。

⑩庐山君：庐山山神。

⑪要：同“邀”。上床：即上座。床，指坐床。

⑫《春秋》：古代史书，即《春秋经》，为五经之一，传说为孔子所作，《左传》、《公羊传》与《穀梁传》都是解释《春秋经》的，被称作“《春秋》三传”。

⑬弥夜：整夜。相屈：相互屈服，驳倒对方。

⑭叹：叹服，赞叹。精辩：精于辩论。

⑮晋景公所梦大厉：事见《左传·成公十年》，《传》云：“晋侯梦大厉，被发及地，搏膺而踊曰：‘杀余孙不义。’”大厉，恶鬼。

⑯是物：此物，指大厉。此句影射庐山君。

⑰“大则”二句：承认自己是大鬼，而非厉鬼。

⑱命取：令人取火复续。

⑲续之：续灯火。之，指代灯火。

⑳凌：侵凌，欺凌，凌辱。

㉑湛然：自若，和缓平静。

㉒不可得乘：无机会可乘。

㉓和逊：和气谦逊。

㉔复庙：修复毁掉的庙宇。

㉕恳至：恳切之至，十分恳切。

㉖顾：回头。

㉗仇君：报仇于你。

㉘如期：如鬼言之期，即不出三年。

㉙笃疾：患重病。笃，厚，重。

洛下洞穴

洛下[①]有洞穴，深不可测。一妇人欲杀其夫，推堕穴中，此人颠倒良久方苏[②]。旁得一穴，行百余里，觉所践如尘[③]，闻粳米[④]香，啖[⑤]之芬美。复遇如泥者，味似向尘[⑥]。入一都郭[⑦]，虽无日月，明逾三光[⑧]，人皆披羽衣，奏奇乐。凡过此九处。有长人[⑨]指柏下一羊，令跪捋[⑩]羊须，得二珠，长人取之，后一珠，令啖之，甚得疗饥。请问九处，答曰：“问张华[⑪]可知。”其人随穴得出，诣华[⑫]问之，云：“如尘者，黄河下龙涎[⑬]，泥是昆仑山下泥。九处地，仙名九馆。羊为痴龙。初一珠，食之，寿等天地[⑭]；次者延年[⑮]；后一丸，充饥而已。”

【注释】

①洛下：指洛阳。

②颠倒：昏倒。苏：苏醒。

③如尘：似尘土。据后文说，实为黄河下龙涎。

④粳(jing京)米：不黏的稻米。

⑤啖：吃。

⑥向尘：前所遇如尘。向，向时，前时。

⑦都郭：城郭。郭，外城。

⑧逾：超过。三光：日月星之光。

⑨长人：年长之人。

⑩捋：以手握物，顺手抚摩。

⑪张华：见前《博物志》的题解。

⑫诣华：至张华处。

⑬龙涎：龙的口液。

⑭寿等天地：年寿与天地相等。

⑮延年：延长寿命。

阮　瞻

阮瞻素秉[①]无鬼论，世莫能难[②]。每自谓理足以辨正幽明[③]。忽有一鬼，通姓名作客诣阮，寒温毕[④]，即谈名理[⑤]。客甚有才情，末及鬼神事，反复甚苦[⑥]，遂屈[⑦]。乃作色曰[⑧]："鬼神，古今圣贤所共传，君何独言无耶？仆[⑨]便是鬼！"于是忽变为异形，须臾消灭。阮嘿然[⑩]，意气大恶[⑪]。后年余，病死。

【注释】

①阮瞻：晋人，字千里，性清虚寡欲，司徒王戎辟为掾属，东海王司马越镇许昌，以阮瞻为记室参军。永嘉中，为太子舍人，素执无鬼论，年三十而卒。《晋书》有传，附在《阮籍传》中。遇鬼事，本传亦有载，文字有异，亦较简略。素：平素。秉：持，执。

②世莫能难：世人不能驳倒他。

③理：《晋书》作"此理"，指无鬼论之理。辨正幽明：通过无形与有形的物象辨正鬼不存在。幽明，泛指无形与有形的物象。

④寒温毕：叙过寒温之后。寒温，指见面时问寒问暖的客套话。

⑤名理：魏晋时把辨别分析事物的是非、道理，称作"名理"。此句指辨别鬼之有无。

⑥反复甚苦：反复辩论十分激烈。

⑦遂屈：《晋书》作"客遂屈"，指鬼理屈词穷。

⑧作色：因激动而改变脸色。

⑨仆：我，自我谦称。

⑩嘿然：同"默然"，沉默不语。

⑪意气大恶：心情与气色极为不好。

续齐谐记

(南朝·梁)吴　均

《隋书·经籍志》载:"《续齐谐记》一卷,梁吴均撰。"在吴均之前,宋散骑侍郎东阳无疑撰《齐谐记》七卷,今佚,《续齐谐记》就是《齐谐记》的续书。这是一部记述怪异的小说集。

吴均(469～520),字叔庠,吴兴故鄣(今浙江安吉县西北)人。南朝文学家、史学家。曾为吴兴太守的主簿、建安王记室、国侍郎、奉朝请等。因私撰《齐春秋》,梁武帝恶其实录,焚其稿,免其官。今存诗一百三十多首,原有集二十卷,已佚。明人辑有《吴朝请集》。《梁书》、《南史》均有传。

清溪庙神

会稽赵文韶,为东宫扶侍,住清溪中桥[①],与尚书[②]王叔卿家隔一巷,相去二百步许。秋夜嘉月,怅然思归,倚门唱《西乌夜飞》[③],其声甚哀怨。忽有青衣婢女年十五六,前曰:"王家娘子白扶侍:闻君歌声,有门人逐月游戏,遣相闻耳[④]。"时未息[⑤],文韶不之疑,委曲答之[⑥],亟邀相过[⑦]。

须臾女到,年十八九,容步颜色可怜[⑧],犹将两婢自随。问家在何处。举手指王尚书宅曰:"是。闻君歌声,故来相诣,岂能为一曲耶?"文韶即为歌《草生盘石》[⑨]。音韵清畅,又深会[⑩]女心。乃曰:"但令有瓶,何患不得水[⑪]?"顾谓婢子:"还取箜篌[⑫],为扶持鼓之。"须臾至。女为酌两三弹[⑬],泠泠更增楚绝[⑭]。乃令婢子歌《繁霜》,自解裙带系箜篌腰,叩之以倚歌[⑮]。歌曰:

日暮风吹,叶落依枝。
丹心寸意,愁君未知。
歌繁霜,侵晓幕,
何意空相守,坐待繁霜落!

歌阕[⑯],夜已久,遂相伫燕寝。竟四更别去,脱金簪以赠文韶。文韶亦答以银碗、白琉璃匕各一枚。

既明,文韶出,偶至清溪庙,歇神座上,见碗甚疑,而悉委之屏风后[⑰],则琉璃匕在焉,箜篌带缚如故。祠庙中惟女姑神像,青衣婢立在前,细视之,皆夜所见者。于

是遂绝，当宋元嘉五年[18]也。

【注释】

①东宫扶侍：太子宫中较低级的属官。清溪：即青溪，旧址在今南京市，为排泄玄武湖水入秦淮河的一条人工渠，今已不存。

②尚书：官名，始置于战国时，或称“掌书”，汉代掌管文书、章奏。魏晋时是协助皇帝处理行政事务的大臣。

③《西乌夜飞》：乐府歌曲名，属清商曲。郭茂倩《乐府诗集》存《西乌夜飞》五首，内容多写男女恋情。

④“有门人”二句：意思不太明白，疑有错漏，《乐府诗集》卷四十七《清溪小姑曲》解题引作“闻君歌声，有悦人者，逐月游戏，故遣相问”，意思较清楚。

⑤时未息：时间尚早，还未到歇息的时候。

⑥委曲：婉转。这里含有恭谨之意。

⑦亟邀相过：急忙邀请对方相访。

⑧可怜：可爱。

⑨《草生盘石》：歌词不详。从后文推测，是隐约向对方表示爱情的。

⑩深会：深合，深深打动。

⑪“但令有瓶”二句：这是隐语，与《草生盘石》的歌词有关，是对文韶借歌求爱的应允，有“留得青山在，不怕无柴烧”之意。

⑫箜篌：乐器名。《事物原始》谓箜篌体曲而长，有二十三弦，抱于怀中，两手齐奏之。

⑬酌：择善而取曰“酌”。酌两三弹，即选择两三个好曲子演奏。

⑭泠泠：本为泉水声，常借以形容清脆悦耳的音乐。楚绝：凄楚到了极点。

⑮倚歌：配合着歌声的旋律和节奏，犹今伴奏。

⑯阕：曲终叫“阕”。

⑰悉：全部。委：弃置，放在。

⑱元嘉五年：公元428年。元嘉，南朝宋文帝刘义隆的年号(424～454)。

冥祥记

（南朝·梁）王 琰

《隋书·经籍志》载："《冥祥记》十卷，王琰撰。"原书早已散佚，鲁迅先生在《古小说钩沉》中辑得一百余则。王琰在《自序》中说：他幼时在交址曾从高僧贤法师受五戒，并得观世音菩萨金像一座，虔心供奉，后来两次梦感金身，"循复其事，有感深怀，沿此征觌，缀成斯记"。书中所记，多是善恶报应的故事，旨在劝人崇信佛教，多为《法苑珠林》所采取，是一部自神其教的宗教宣传品。但书中有些作品，反映了当时人民的苦难生活。

王琰，太原人，梁时曾做过吴兴县令。

赵泰

晋赵泰，字文和，清河贝丘人[①]也。祖父京兆[②]太守。泰，郡举孝廉[③]。公府辟[④]，不就。精思典籍，有誉乡里。当晚乃膺仕[⑤]，终于中散大夫[⑥]。泰年三十五时，尝猝心痛，须臾而死。下尸于地，心暖不已，屈伸随人。留尸十日，平旦，喉中有声如雨，俄儿苏活。

说初死之时，梦有一人，来近心下。复有二人，乘黄马，从者二人，夹扶泰腋，径将东行，不知可几里。至一大城，崔嵬高峻，城色青黑，状锡[⑦]。将泰向城门入，经两重门，有瓦屋可数千间，男女大小，亦数千人，行列而立。吏著皂衣，有五六人，条疏[⑧]姓字，云当以科[⑨]呈府君，泰名在三十。须臾，将泰与数千人男女一时俱进。府君西向坐，简视[⑩]名簿讫，复遣泰南入黑门。有人著绛衣，坐大屋下，以次呼名，问生时所事："作何孽罪？行何福善？谛[⑪]汝等辞，以实言也。此恒遣六部使者，常在人间，疏记善恶，具有条状，不可得虚。"泰答："父兄仕宦皆二千石，我少在家修学[⑫]而已，无所事也，亦不犯恶。"乃遣泰为水官监作使，将二千余人，运沙裨[⑬]岸，昼夜勤苦。后转泰水官都督，知[⑭]诸狱事，给泰马兵，令案行[⑮]地狱。

所至诸狱，楚毒各殊[⑯]。或针贯其舌，流血竟体。或披头露发，裸形徒跣[⑰]，相牵而行。有持大杖，从后催促。铁床铜柱，烧之洞然[⑱]，驱迫此人，抱卧其上，赴[⑲]即焦烂，寻复还生。或炎炉巨镬，焚煮罪人，身首碎堕，随沸翻转。有鬼持叉，倚于其侧。有三四百人，立于一面，次当入镬，相抱悲泣。或剑树高广，不知限量，根茎枝叶，皆剑为之，人众相訾[20]，自登自攀，若有欣意，而身首割截，尺寸离断。泰见祖父母及二弟，在此狱中，相见涕泣。

泰出狱门，见有二人赍文书来，语狱吏，言有三人，其家为其于塔寺中悬幡[21]烧香，救解其罪，可出福舍[22]。俄见三人，自狱而出，已有自然衣服，完整在身。南诣一门，云名“开光大舍”，有三重门，朱彩照发。见此三人，即入舍中。泰亦随入。前有大殿，珍宝周饰，精光耀目，金玉为床。见一神人，姿容伟异，殊好非常，坐此座上。边有沙门立侍，甚众。见府君来，恭敬作礼，泰问：“此是何人，府君致敬？”吏曰：“号名世尊[23]，度人[24]之师，有愿令恶道中人，皆出听经。”时云有百万九千人，皆出地狱，入百里城。在此到者，奉法众生也。行虽亏殆[25]，尚当得度，故开经法，七日之中，随本所作善恶多少，差次[26]免脱。

泰未出之顷，已见十人升虚而去[27]。出此舍，复见一城，方二百余里，名为“受变形城”。地狱考治已毕者，当于此城，更受变报。泰入其城，见有土瓦屋数千区，各有坊巷。正中有瓦屋高壮，阑槛采饰。有数百局吏，对校文书。云杀生者当作蜉蝣[28]，朝生暮死；劫盗者当作猪、羊，受人屠割；淫泆[29]者作鹤、鹜、獐、麋；两舌者作鸱枭、鸺鹠[30]；捍债[31]者为驴、骡、牛、马。泰案行毕，还水官处。主者语泰：“卿是长者[32]子，以何罪过，而来在此？”泰答：“祖父兄弟，皆二千石。我举孝廉，公府辟，不行。修志念善，不染众恶。”主者曰：“卿无罪过，故相使为水官都督，不尔，与地狱中人无以异也。”泰问主者曰：“人有何行，死得乐报？”主者惟言：“奉法弟子，精进持戒[33]，得乐报，无有谪罚也。”泰复问曰：“人未事法时，所行罪过，事法之后，得以除否？”答曰：“皆除也。”语毕，主者开縢箧，检泰年纪，尚有余算三十年在，乃遣泰还。临别，主者曰：“已见地狱罪报如是，当告世人，皆令作善。善恶随人，其犹影响[34]，可不慎乎？”

时亲表内外候视泰者，五六十人，同闻泰说。泰自书记，以示时人，时晋太始五年[35]七月十三日也。乃为祖父母二弟延请僧众，大设福会[36]。皆命子孙改意奉法，课劝[37]精进。时人闻泰死而复生，多见罪福，互来访问。时有太中大夫武城孙丰[38]，关内侯常山郝伯平等十人[39]，同集泰舍，款曲[40]寻问，莫不惧然[41]，皆即奉法也。

【注释】

①清河：指晋代的清河国，治所在今河北清河县东。贝丘：清河国的属县，故城在今山东临清市东南。

②京兆：指晋代的京兆郡，治所在今湖北襄阳县西。

③孝廉：汉代选拔官吏的科目之一，由各郡国在所属吏民中推举，名义上以封建伦理为标准，实际上所举人物多是世家大族。晋代虽有九品中正制度，仍有举孝廉的制度。

④公府辟（Bì 必）：公府指中央一级部门，如晋代有八公（太宰、太傅、太保、大司马、大将军、太尉、司徒、司空）。辟，征召。

⑤当晚乃膺仕：到晚年才出去做官。

⑥中散大夫：官名，东汉时秩六百石，掌管顾问应对。魏晋时为闲散官职，与汉的太中大夫、中大夫为一类。

⑦状锡:此指城的颜色像锡。状,形状,引申为“像”的意思。

⑧条疏:分条记载。

⑨科:科目。此指按各人的善恶所分的类别。

⑩简视:查阅。简,检查。

⑪谛:谛听,仔细听。

⑫修学:治学,从事学习。

⑬裨:修补。

⑭知:主持,主管。

⑮案行:巡查,巡视。

⑯楚毒各殊:肉体上的折磨与痛苦各不相同。此指地狱中的各种酷刑。

⑰裸形徒跣:光着身子赤着脚。

⑱洞然:本是清楚明了的意思,此指通红、透明的样子。

⑲赴:身体靠上去。

⑳相訾(zǐ):互相争吵。

㉑悬幡:悬挂绣经文佛像的旗。

㉒福舍:犹福地。《太平广记》卷一〇九引《幽明录》“赵泰”条云:“奉佛持五戒十善,慈心布施,生在福舍,安稳无为。”据此则知入福舍或生在福舍为奉佛、持戒、乐善、好施方能达到之地。“可出福舍”的“出”字,从后文的“见此三人,即入舍中”看,或当为“入”字之误。

㉓世尊:佛之尊号,取其为万世所尊或于世独尊,故称“世尊”。《净影大经疏》:“佛具众德,为世钦仰,故号世尊。”《探玄记》(九):“以佛具三德六义,于世独尊,故名世尊,即梵名婆伽婆。”

㉔度人:济度众生。佛教教义将生死比海,自渡生死海又渡人谓之“度”。

㉕亏殆:指德行方面有欠缺或有过错。

㉖差次:分别等级班次。《史记·商君列传》:“明尊卑爵秩等级,各以差次。”裴骃《集解》:“谓各随其家爵秩之班次。”《汉书·高帝纪》:“今欲差次列侯功,以定朝位。”颜师古注:“以功之高下为先后之次。”

㉗升虚:本指升天,如刘向《九叹》:“升虚凌溟,沛浊浮清。”此处指脱离地狱转生而去。

㉘蜉蝣:亦作“蜉蝤”,虫名,其成虫的生存期极短。《诗·曹风·蜉蝣》:“蜉蝣之羽,衣裳楚楚。”毛传:“蜉蝣,渠略也,朝生夕死。”

㉙淫泆:亦作“淫佚”、“淫逸”,纵欲放荡。《左传·隐公三年》:“骄奢淫泆,所自邪也。”孔颖达疏:“淫,谓嗜欲过度;泆,谓放恣无艺。”

㉚两舌:以言语拨弄是非,为佛家所谓“十恶”之一。《四十二章经》云:“佛言众生以十事为善,亦以十事为恶。何等为十:身三,口四,意三。身三者:杀、盗、淫。口四者:两舌、恶口、妄言、绮语。意三者:嫉、恚、痴。如是十事不顺,圣道乃名十恶。”鸺鹠:一种猛禽,为鸱鸺中最小的一类,因鸣时连转如休留得名,头上有毛角,眼有毛圈,耳甚小。

㉛捍债:赖账。

㉜长者:有德行的人。

㉝精进持戒:佛家术语。精进,梵语“毗黎耶”的意译。慈恩《上生经》疏:“精,谓精纯无恶杂故;进,谓生进不懈怠故。”持戒,指受持戒律。

㉞影响:此指善有善报,恶有恶报,如影随形,如响应声,效验很快。《书·大禹谟》:“惠迪

吉，从逆凶，惟影响。”疏：“吉凶之事，惟若影之随形，响之应声，言其无不报也。”

㉟晋太始五年：太始，又作“泰始”，是晋武帝司马炎的年号（265～274）。泰始五年，公元269年。

㊱福会：此指请僧超度亡灵的佛事道场。福会，亦有多善多福之意。穆贞《观世音赞序》：“善积而福会，心至而灵应。”

㊲课劝：又称“劝课”。课，是按一定程限考核，劝，是劝勉督促。《晋书·元帝纪》：“劝课农桑。”即对农桑之事进行稽核、督促。

㊳太中大夫：官名，掌议论之官。武城，即今山东武城。

㊴关内侯：爵位名，其名始自秦代。汉制，列侯皆自有国邑，食其租税，亦得以其国内之民为臣，常以地名为其侯号。若只封爵而不给以国邑，则寄食于关中之地，仅得少数租税，称为关内侯。汉以后，只有封爵而无封地住在京畿地区的，也称关内侯。常山，常山郡，晋时治所在元氏，即今河北元氏县。

㊵款曲：委曲详细。

㊶惧然：惧，通“瞿”。瞿然，大惊失色的样子。《汉书·惠帝纪赞》：“闻叔孙通之谏则惧然。”颜师古注：“惧读曰瞿。瞿然，失守貌。”

沙门开达

晋沙门释[①]开达，隆安二年[②]，登垄[③]采甘草，为羌[④]所执。时年大饥，羌胡相啖[⑤]。乃至达栅中，将食之。先在栅者，有十余人，羌日夕享俎[⑥]，唯达尚存。自达被执，便潜诵《观世音经》[⑦]，不懈乎心。及明日当见啖，其晨始曙，忽有大虎，遥逼群羌，奋怒号吼。羌各骇怖迸走[⑧]。虎乃前啮栅木，得成小阙[⑨]，可容人过，已而徐去。达初见虎啮栅，必谓见害。既栅穿而不入，心疑其异，将是观音力[⑩]，计度诸羌未应便反，即穿栅逃走，夜行昼伏，遂得免脱。

【注释】

①释：沙门自魏晋以来，依师为姓，佛以释迦为氏，佛教徒即从佛姓释。

②隆安：东晋安帝司马德宗的年号（397～401）。隆安二年，公元398年。

③垄：这里指高地。

④羌：我国西北地区的一个少数民族。

⑤羌胡相啖（dàn但）：羌人与胡人互相啖食。胡，古代对我国西北少数民族的泛称，这里指羌族以外的少数民族。啖，食。下文的“见啖”是被吃的意思。

⑥享俎（zǔ阻）：享，享用。俎，切肉用的砧板。享俎，指把人切成一块块的来吃。

⑦潜诵：默诵。《观世音经》：佛经名，即《观音经》，佛教称虔心诵《观世音经》可以消灾除难。

⑧骇怖迸走：因害怕而四散逃跑。

⑨小阙：即小缺口。阙，空缺。

⑩观音力：观世音菩萨的神力所助。观世音（略称观音）是佛教中所谓救苦救难的菩萨。

洛阳伽蓝记

(北魏)杨衒之

《洛阳伽蓝记》是一部记述佛寺建筑和园林景色的著作。全书以北魏都城洛阳的佛寺园林为主要线索,记载了当时的政治、人物、风俗、地理、轶闻掌故等,对北魏王公贵族剥削人民沉醉佛教的罪恶和豪门、僧尼的腐朽生活有一定程度的揭露。文笔简丽,有较高的史学和文学价值。书中有些谈神说怪、猎奇拾遗的故事,具有小说意味。

作者杨衒之,北魏北平(今河北满城)人,生平事迹不详。根据《洛阳伽蓝记》所记情况推测,约生活在6世纪初至中叶。

洛水之神

孝昌①初,妖贼四侵②,州郡失据③。朝廷设《募征格》④于堂之北,从戎者拜旷掖将军、偏将军、裨将军⑤,当时甲胄之士⑥号明堂队。

时虎贲⑦骆子渊者,自云洛阳人,昔孝昌年戍在彭城⑧。其同营人樊元宝得假还京,子渊附书⑨一封,令达其家,云:"宅在灵台⑩南,近洛河⑪。卿但是至彼,家人自出相看。"

元宝如其言至灵台南,了无人家可问。徙倚⑫欲去。忽见一老翁来问:"从何而来,彷徨于此?"元宝具向道之。老翁云:"是吾儿也。"取书,引元宝入。遂见馆阁崇宽⑬,屋宇佳丽。坐,命婢取酒。须臾,见婢抱一死小儿而过。元宝初甚怪之。俄而酒至,色甚红,香美异常。兼设珍羞⑭,海陆俱备。饮讫辞还,老翁送元宝出,云:"后会难期!"以为凄恨,别甚殷勤。

老翁还入,元宝不复见其门巷,但见高岸对水,渌波东倾。惟见一童子,可年十五,新溺死,鼻中出血,方知所饮酒是其血也。及还彭城,子渊已失矣。元宝与子渊同戍三年,不知是洛水之神也。

【注释】

①孝昌:北魏孝明帝元诩的年号(525~527)。

②妖贼四侵:指当时四处发生的地方官吏的谋反和小股农民起义,如孝昌元年(525)徐州刺史元法僧据城反,齐州郡民房伯和聚众起义,齐州清河民崔畜杀太守黄遵,广川民傅堆绑

架太守刘莽起义等。作者把义军称为"妖贼",反映了他对农民起义的敌视。
③失据:失守。言州郡为起义、造反者占领。
④《募征格》:招兵的章程。堂:此指明堂,是天子召见臣属议政的地方。
⑤旷掖将军:《魏书·百官志》第九品有旷野将军。旷掖将军即旷野将军。偏将军与裨将军均为从九品的武职官员。
⑥甲胄之士:即披甲带盔的武士。甲,铠甲。胄,头盔。
⑦虎贲:对勇士的称呼。
⑧彭城:今江苏徐州。
⑨附书:带信,捎信。
⑩灵台:在洛阳南,东汉光武帝所筑观察天文气象的高台。
⑪洛河:即洛水,流经洛阳,至巩义市入黄河。
⑫徙倚:徘徊。
⑬馆阁崇宽:楼台馆舍又高又大。
⑭珍羞:亦作"珍馐",珍贵的食品。

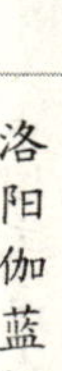

王子坊

自退酤[1]以西,张方沟[2]以东,南临洛水,北达芒山[3],其间东西二里,南北十五里,并名为寿丘里,皇宗[4]所居也,民间号为王子坊。

当时四海晏清[5],八荒率职[6]。缥囊纪庆[7],玉烛调辰[8]。百姓殷阜[9],年登俗乐[10]。鳏寡不闻犬豕之食,茕独不见牛马之衣[11]。于是帝族王侯、外戚[12]公主,擅[13]山海之富,居川林之饶[14],争修园宅,互相夸竞。崇门丰室[15],洞户连房,飞馆生风,重楼起雾[16]。高台芳榭,家家而筑,花林曲池,园园而有,莫不桃李夏绿、竹柏冬青。

而河间王琛[17]最为豪首。常与高阳争衡[18]。造文柏堂,形如徽音殿,置玉井金罐,以金五色缋为绳[19]。妓女三百人,尽皆国色。有婢朝云,善吹篪[20],能为《团扇歌》[21]、《陇上声》[22]。琛为秦州刺史[23],诸羌外叛,屡讨之,不降,琛令朝云假为贫妪,吹篪而乞。诸羌闻之,悉皆流涕,迭相谓曰:"何为弃坟井[24]在山谷为寇也?"即相率归降。秦民语曰:"快马健儿[25],不如老妪吹篪。"

琛在秦州,多无政绩。遣使向西域求名马,远至波斯国[26],得千里马,号曰"追风赤骥"。次有七百里马十余匹,皆有名字。以银为槽,金为锁环,诸王服其豪富。

琛语人云:"晋室石崇,乃是庶姓[27],犹能雉头狐掖[28],画卵雕薪[29]。况我大魏天王,不为华侈?"造迎风馆于后园,窗户之上,列钱青琐[30],玉凤衔铃[31],金龙吐佩[32]。素柰朱李[33],枝条入檐,伎女楼上,坐而摘食。

琛常会宗室,陈诸宝器,金瓶银瓮百余口,瓯、檠、盘、盒称是[34]。其余酒器有水晶钵、玛瑙杯、琉璃碗、赤玉卮数十枚。作奇工妙,中土所无,皆从西域而来。又陈女乐及诸名马,复引诸王按行府库,锦罽珠玑[35],冰罗雾縠[36],充积其内,绣、缬、䌷、绫、丝、彩、越葛、钱、绢等[37],不可数计。琛忽谓章武王融[38]曰:"不恨我不见石崇,恨石崇不见我!"融立性贪暴,志欲无限,见之惋叹,不觉生疾。还家,卧三日不起。江

阳王继[39]来省疾，谓曰："卿之财产，应得抗衡，何为叹羡，以至于此？"融曰："常谓高阳一人宝货多于融，谁知河间，瞻之在前[40]！"继笑曰："卿欲作袁术之在淮南[41]，不知世间复有刘备也？"融乃蹶起[42]，置酒作乐。

于时国家殷富，库藏盈溢，钱绢露积于廊者，不可较数。及太后赐百官负绢，任意自取，朝臣莫不称力[43]而去。唯融与陈留侯李崇负绢过任[44]，蹶倒伤踝。太后即不与之，令其空出，时人笑焉。侍中[45]崔光止取两匹，太后问："侍中何少？"对曰："臣有两手，唯堪两匹，所获多矣！"朝贵服其清廉。

经河阴之役[46]，诸元歼尽[47]，王侯第宅，多题[48]为寺。寿丘里闾，列刹相望[49]，祇洹[50]郁起，宝塔高凌。四月初八日，京师士女多至河间寺，观其廊庑绮丽，无不叹息，以为蓬莱仙室亦不是过。入其后园，见沟渎蹇产[51]，石磴礁峣[52]，朱荷出池，绿萍浮水，飞梁跨阁，高树出云，咸皆啧啧[53]，虽梁王兔苑[54]，想之不如也。

【注释】

①退酤：即退酤里，又名"延酤里"（据元修《河南志》），在洛阳西郊。

②张方沟：张方桥下的沟名，在洛阳城西。晋河间王司马颙在长安，派部将张方征长沙王司马乂，曾率军驻扎在这里，故称"张方桥"。后民间口语传讹，号张夫人桥（见《洛阳伽蓝记》卷四《永明寺》）。张方桥在洛阳阊阖门外七里。

③芒山：此指北邙山，在洛阳北郊。

④皇宗：与皇帝同宗族的人。

⑤四海晏清：指国家太平无事。

⑥八荒率职：八荒，犹言八极。刘向《说苑·辨物》："八荒之内有四海，四海之内有九州，天子处九州而制八方耳。"率职，都向天子进贡。职有贡献的意思。

⑦缥囊纪庆：缥囊即盛书的布囊，这里借喻图书。纪庆，记载可庆贺之事。这是旧时为统治阶级歌功颂德、粉饰太平的话。

⑧玉烛调辰：《尔雅·释天》："四时和谓之玉烛。"调辰，犹言岁月调和。玉烛调辰，即风调雨顺的意思。

⑨殷阜：殷实富足。

⑩年登俗乐：年成丰收，百姓安居乐业。

⑪"鳏寡"二句：言人民生活很好，连鳏寡孤独的人也不用吃猪狗之食，穿破烂不堪的衣服了。《汉书·食货志》："故贫民常衣牛马之衣，而食犬彘之食。"此处反其意而用之。

⑫外戚：指帝王的母族和妻族。

⑬擅：专有，据有。

⑭居川林之饶：占有富饶的河流和山林。此处的"居"有"占"的意思。

⑮崇门丰室：泛指上文所说帝族、王侯、外戚、公主等富贵人家的高大的住宅建筑。

⑯"洞户连房"三句：写房屋众多，楼阁高耸入云。洞户，室与室之间相通的门。

⑰河间王琛：指元琛，他是齐郡王的儿子，河间王元若死后袭爵。元琛之妻是世宗舅父的女儿，高皇后的妹妹。元琛依恃皇亲国戚，广收贿赂，十分贪婪。

⑱高阳：指高阳王元雍。《洛阳伽蓝记》卷三《高阳王寺》，说他十分豪侈。争衡：争胜，较量短长。

⑲以金五色绩为绳:用五种颜色的金属丝编成绳子。

⑳篪(chí 驰):古时用竹子做成的乐器,像笛子,有八孔。

㉑《团扇歌》:郭茂倩《乐府诗集》卷四十五《清商曲辞》有《团扇郎歌》,解题云:《古今乐录》曰:"《团扇郎歌》者,晋中书令王珉捉白团扇,与嫂婢谢芳姿有爱,情好甚笃。嫂捶挞婢过苦,王东亭闻而止之。芳姿素善歌,嫂令歌一曲,当赦之。应声歌曰:'白团扇,辛苦五流连,是郎眼所见。'珉闻,更问之:'汝歌何遗?'芳姿即改云:'白团扇,憔悴非昔容,羞与郎相见。'后人因而歌之。"《团扇歌》可能指此,或是用此题谱写的新歌。

㉒《陇上声》:《乐府诗集》卷八十五《陇上歌》题解云:《晋书·载记》曰:"刘曜围陈安于陇城,安败,南走陕中。……安善于抚接,吉凶夷险,与众同之。及其死,陇上为之歌。曜闻而嘉伤,命乐府歌之。"

㉓琛为秦州刺史:据《魏书》卷二十《文成五王传》附《元琛传》:"(琛)出为秦州刺史,在州聚敛,百姓吁嗟。……琛性贪暴,既总军省,求欲无厌,百姓患害,有甚虎狼。进讨氐、羌,大被摧破,士卒死者千数,率众走还。"秦州,北魏时治所在上封(今甘肃成县西北)。

㉔弃坟井:指抛开自己的家园,离乡背井。

㉕快马健儿:《乐府诗集》卷二十五《折杨柳歌辞》:"健儿须快马,快马须健儿,跸跋黄尘下,然后别雄雌。"这是当时北方的习用语,指善于骑射的壮士。

㉖波斯国:西域诸国之一,即今伊朗。

㉗庶姓:有两种含义:一指与天子或诸侯国君之不同姓者,即异姓;在异姓之中,又指与皇帝无亲戚关系的。晋代的石崇与皇帝无亲戚,故称"庶姓"。

㉘雉头、狐掖:珍贵的皮袄名。狐掖,亦作"狐腋"。雉头裘比较少见。《晋书·武帝纪》:"太医司马程据献雉头裘,帝以奇技异服,典礼所禁,焚之于殿前。"

㉙画卵雕薪:吃的鸡蛋上画着图画,烧的木材上雕刻着花纹,极言其奢侈。

㉚列钱青琐:《文选·班固〈西都赋〉》:"随侯明月,错落其间。金釭衔璧,是为列钱。"李善注:"列钱,言金釭衔璧,行列似钱也。"此言窗孔形状,如同一个个排列起来的铜钱。青琐,见前《世说新语》之《韩寿》篇注。

㉛玉凤衔铃:玉制的凤凰口衔金铃。

㉜金龙吐佩:用黄金或铜做的龙口含佩环。

㉝素柰:白色的沙果。朱李:红色的李子。

㉞瓯檠(qíng 晴)盘盒称是:此言瓯(酒器)、檠(灯架或灯)、盘、盒等器皿数量与金瓶银瓮差不多。称,相等。是,此,这,代指上句金瓶银瓮的数量。

㉟锦罽(jì 骥)珠玑:彩色的地毯上缀着珠宝。

㊱冰罗雾縠:冰罗,言其穿上凉爽。雾縠,言其绉纱细薄如烟雾。

㊲"绣、缬"句:绣,绣花织物。缬,编织的彩结。绫,古代织有平纹花卉的丝织品。彩,带颜色的丝织品。越葛,南方布名,麻织品。

㊳章武王融:元融,字永兴,袭封章武王。北魏孝明帝时官至河南尹,恣意聚敛,为中尉纠弹,削去爵位。《魏书》卷十九有传。

㊴江阳王继:元继,字世仁,袭封江阳王,累官至平北将军,京兆王、太师等职。《魏书》卷十六有传。

㊵瞻之在前:语出《论语·子罕》:"瞻之在前,忽焉在后。"本意是指夫子之道,恍惚难求。看样子在前边,忽然在后边出现了。这里借来说明元融自认为只有高阳王一人的财货多于

他，不料河间王元琛财货也远远超过他。

㊶袁术：东江人，字公路。举孝廉，累迁河南尹、虎贲中郎将。董卓议废立，以为后将军。畏祸奔南阳。献帝时据寿春（淮南）称帝，两年后，粮尽众散，乃北走青州，为刘备所击，复还寿春而死。"卿欲作"二句，言人外有人，喻元融自以为元雍之外，数他富有，殊不知元琛的财产比他还多。

㊷蹶（guì 贵）起：猛地坐起来。蹶，急遽的样子。下文"蹶倒"的"蹶"读 jué（决），作跌倒解。

㊸称力：犹言量力。

㊹过任：超过自己的能力。

㊺侍中：宫廷内的近侍官，在皇帝左右伺应杂事，常为皇帝的亲信。南北朝以后担任宰相的往往即用侍中的名义。

㊻河阴之役：据《洛阳伽蓝记》卷一《永宁寺》记载：北魏孝明帝元诩武泰元年（528）崩，无子。立临洮王世子钊（时年三岁）即帝位，太后临朝秉政，尔朱荣与并州刺史元天穆相勾结，欲入朝行废立之事。四月十二日，尔朱荣驻扎在芒山之北，河阴之野。十三日，召百官赴驾，至者尽诛之。王公卿士及诸朝臣死者三千余人（《魏书》卷七十四《尔朱荣传》言死者千三百人）。河阴之役即指此。

㊼诸元歼尽：诸元，指元魏同姓侯王。歼尽，被杀光。

㊽题：署。这里有改称的意思，如河间王宅改为河间寺，高阳王宅改为高阳寺。

㊾列刹：诸寺。刹，梵语译音，本义为佛塔顶端的装饰，也用来指佛塔或佛寺。

㊿祇洹：亦作"祇园"、"祇桓"。全称"祇园精舍"或"祇树给孤独园"。本为佛教创始者释迦牟尼宣讲佛法之处，后也用作佛寺的代称。这里即指佛寺。

(51)蹇（jiǎn 简）产：曲折。司马相如《上林赋》："蹇产沟渎。"

(52)礁峣：山石堆积之状。

(53)咸皆啧啧：都啧啧称赞。

(54)梁王兔苑：西汉梁孝王所建园林。《西京杂记》卷二："梁孝王好营宫室苑囿之乐，作曜华之宫，筑兔园。园中有百灵山，山有肤寸石、落猿岩、栖龙岫；又有鹰池，池间有鹤洲、凫渚，其诸宫观相连，延亘数十里，奇果异树，瑰禽怪兽毕备。王日与宫人宾客弋钓其中。"故址在今河南开封附近。

冤魂志

（北齐）颜之推

《冤魂志》最早见载于《新唐书·艺文志》，三卷，北齐颜之推撰。《宋史·艺文志》、《太平广记》等又称之《还冤志》。

颜之推，字介，临沂（今山东临沂）人。他精通《周礼》、《左传》，初仕梁，为散骑侍郎。后入北齐，曾任黄门侍郎。齐亡入周，北周静帝大象末年（580年）为御史上士，隋文帝开皇年间（581～604），太子杨广召为学士，甚见礼重，寻以疾终。有文三十卷，《颜氏家训》二十篇。《北齐书·文苑传》有传。

《冤魂志》的故事，所记全是佛家因果报应之事，又大多见于旧籍。鲁迅先生《中国小说史略》说它“引经史以证报应，已开混合儒释之端矣”。

徐铁臼

宋东海徐甲[①]，前妻许氏，生一男，名铁臼，而许氏亡。甲改娶陈氏。陈氏凶虐，志灭铁臼。陈氏产一男，生而咒之曰：“汝若不除铁臼，非吾子也。”因名之曰铁杵，欲以杵捣铁臼也。于是捶打铁臼，备诸苦毒，饥不给食，寒不加絮[②]。甲性暗弱[③]，又多不在舍，后妻恣意行其暴酷，铁臼竟以冻饿被杖而死。时年十六。

亡后旬余，鬼忽还家，登陈床曰：“我铁臼也，实无片罪[④]，横见残害。我母诉怨于天，今得天曹符[⑤]来取铁杵，当令铁杵疾病，与我遭苦时同。将去自有期日[⑥]，我今停此待之。”声如生时。家人宾客不见其形，皆闻其语。于是恒在屋梁上住。

陈氏跪谢搏颊[⑦]，为设祭奠。鬼云：“不须如此。饿我令死，岂是一餐所能酬谢！”陈夜中窃语道之[⑧]。鬼厉声曰：“何敢道我，今当断汝屋栋。”便闻锯声，屑亦随落；拉然有响，如栋实崩。举家走出，炳烛[⑨]照之，亦了无异。鬼又骂铁杵曰：“汝既杀我，安坐宅上，以为快也？当烧汝屋。”即见火燃，烟焰大猛，内外狼狈，俄尔自灭，茅茨俨然[⑩]，不见亏损。日日骂詈，时复歌云：

桃李花，严霜落奈何！
桃李子，严霜落早已！

声甚伤切，似是自悼不得长成也。

于时铁杵六岁，鬼至便病，体痛腹大，上气妨食[11]。鬼屡打之，打处青黡[12]。月余而死，鬼便寂然无闻。

【注释】

①东海：南朝宋之东海郡，治所在今江苏涟水县北。徐甲：犹徐某。名字不详。

②絮：此指衣、被中的棉絮。

③暗弱：愚昧懦弱。

④片罪：一点罪，些少之罪。

⑤天曹符：天上官府的公文。

⑥将去：将要离开人世。犹言死亡。贾谊《鹏鸟赋》："野鸟入室兮，主人将去。"意同。

⑦跪谢搏颊：跪倒谢罪并打自己的脸。

⑧窃语道之：私下说话谈论到铁臼。"之"作代词。

⑨炳烛：点起蜡烛。

⑩茅茨俨然：屋上的茅草整整齐齐。

⑪上气妨食：胸膈气胀，妨碍饮食。

⑫青黡(yǎn演)：青黑色的伤块。

弘氏

梁武帝欲为文皇帝[1]陵上起寺，未有佳材，宣意有司[2]，使加采访。

先有曲阿[3]人姓弘，家甚富厚，乃共亲族，多赍财货，往湘州治生[4]。经年营得一筏[5]，可长千步，材木壮丽，世所稀有。还至南津[6]，南津校尉孟少卿希朝廷旨[7]，乃加绳墨[8]。弘氏所卖衣裳缯彩，犹有残余，诬以涉道[9]劫掠所得；并造作过制[10]，非商贾所宜，结正[11]处死，没入其材，充寺用[12]。奏，遂施行。

弘氏临刑之日，敕其妻子："可以黄纸墨笔置棺中，死而有知，必当陈诉。"又书少卿姓名数十，吞之。

经月，少卿端坐，便见弘来。初犹避捍[13]，后乃款服[14]。但言乞恩，呕血而死。凡诸狱官及主书舍人[15]，预此狱事署奏者[16]，以次殂没，未及一年，零落皆尽。其寺营构始讫，天火烧之，略无纤芥[17]。所埋柱木，亦入地成灰。

【注释】

①梁武帝：名萧衍，字叔达，篡齐自立，在位四十八年(502～549)。晚年崇信佛教，曾三次舍身同泰寺。文皇帝：梁武帝的父亲萧顺之，梁武帝即位后，追尊他为"文皇帝"。

②宣意有司：向主管机关下达旨意。有司，主管某一事务的部门。

③曲阿：古县名，治所在今江苏丹阳。

④湘州：南朝梁时的湘州，即今湖南长沙。治生：经商。

⑤筏：将竹木编成一排，大的叫"筏"，小的叫"桴"。这里指弘氏将经商所得，买成木材，制成筏运回。

⑥南津：湖南岳阳县南五里有南津港，西通洞庭湖。湖北宜昌市西北十五里有南津关，未知

具体所指。

⑦校尉：武官名，职位略次于将军。汉以后，少数民族地区的长官亦称校尉。希朝廷旨：曲承、迎合皇帝的旨意。

⑧绳墨：本为木工正曲直的工具，这里引申为以法律横加制裁。

⑨涉道：沿途。

⑩造作过制：此指弘氏所卖的衣服缯彩的服式质地，超过规定的标准，有僭越行为。

⑪结正：最后判定。

⑫充寺用：作为文皇帝陵上起建寺院的费用。

⑬避捍：抵赖。避，指躲躲闪闪。捍，指抵抗。

⑭款服：条条罪状均供认不讳。款，条款。服，指认罪。

⑮主书舍人：指办案的主要官吏。

⑯"预此"句：随此案签署上报奏事的官员。

⑰略无纤芥：一点也未剩下。纤芥，纤细的草尖，比喻细小之物。

枕中记

(唐)沈既济

沈既济,苏州吴(今江苏苏州)人。博通经学。德宗时,杨炎以其有良史材荐于朝,召拜左拾遗、史馆修撰。贞元中,杨炎得罪,坐累贬处州司户参军。后复入朝,位礼部员外郎,卒。撰《建中实录》十卷,人称其能。又撰传奇《枕中记》、《任氏传》,并行于世。

《枕中记》,《太平广记》卷八十二题为《吕翁》,文末注出自《异闻集》(唐代陈翰编)。《文苑英华》题作《枕中记》。两本颇多异文。今据《太平广记》。唐人小说中表现人生如梦的,除《枕中记》、《南柯太守传》外,尚有《樱桃青衣》(见《太平广记》卷二八一)、《杨林》(见《太平广记》卷二八三)。这类小说,对现实中追求荣华富贵的人有所批判,也反映了佛道思想的虚无的消极方面。明人汤显祖据《枕中记》编为《邯郸记》剧本,影响颇大。以《枕中记》为题材的戏曲,尚有元人马致远《邯郸道省悟黄粱梦》,明人苏汉英《吕真人黄粱梦境记》等。

开元十九年[①],道者[②]吕翁,经邯郸道上邸舍中[③],设榻施席,担囊[④]而坐。俄有邑中少年卢生[⑤],衣短裘,乘青驹[⑥],将适[⑦]于田,亦止邸中,与翁接席,言笑殊畅。久之,卢生顾其衣装弊亵[⑧],乃叹曰:"大丈夫生世不谐,而困如是乎!"翁曰:"观子肤极腧[⑨],体胖无恙,谈谐方适,而叹其困者,何也?"生曰:"吾此苟生[⑩]耳,何适之为?"翁曰:"此而不适,而何为适?"生曰:"当建功树名,出将入相[⑪],列鼎而食[⑫],选声而听[⑬],使族益茂而家用肥[⑭],然后可以言其适。吾志于学而游于艺[⑮],自惟当年朱紫[⑯]可拾,今已过壮室[⑰],犹勤田亩[⑱],非困而何?"言讫,目昏思寐。是时主人蒸黄粱为馔[⑲]。翁乃探囊中枕以授之曰:"子枕此,当令子荣适如志[⑳]。"

其枕瓷而窍其两端[㉑]。生俯首就之。寐中,见其窍大而明朗可处,举身而入,遂至其家。娶清河崔氏女。女容甚丽而产甚殷[㉒]。由是衣裘服御,日已华侈。明年,举进士,登甲科,解褐授校书郎[㉓]。应制举[㉔],授渭南县尉[㉕],迁监察御史[㉖],转起居舍人为制诰[㉗],三年即真[㉘],出典同州[㉙],寻转陕州[㉚]。生好土功,自陕西开河八十里,以济不通。邦人赖之,立碑颂德。迁汴州岭南道采访使[㉛],入京为京兆尹[㉜]。是时,神武皇帝[㉝]方事夷狄,吐番新诺罗、龙莽布功陷瓜沙[㉞],节度使王君㚖与之战于河隍[35]，败绩[36]。帝思将帅之任，遂除生御史中丞河西陇右节度使。大破戎虏，七千级，开地九百里，筑三大城以防要害。北边赖之，以石纪功焉。归朝策勋[37]，恩礼极崇。转御史大夫吏部侍郎[38]。物望[39]清重，群情翕习[40]。大为当时宰相所忌，以飞语中之，贬端州刺史[41]。三年征还，除户部[42]尚书。未几，拜中书侍郎同中书门下平章事[43]。与萧令嵩[44]、裴侍中光庭同掌大政十年[45]，嘉谋密命，一日三接[46]，献替启沃[47]，号为贤相。同列者害之，遂诬与边将交结，所图不轨，下狱。府吏引徒至其门，追之甚急。生惶骇不测，泣谓其妻子曰："吾家本山东[48]，良田数顷，足以御寒馁，何苦求禄？而今及此，思复衣短裘，乘青驹，行邯郸道中，不可得也。"引刀欲自裁，其妻救之，得免。共罪者皆死。生独有中人[49]保护，得减死论，出授驩牧[50]。数岁，帝知其冤，复起为中书令，封赵国公[51]，恩旨殊渥[52]，备极一时。生有五子：僔、倜、俭、位、倚。僔为考功员外[53]，俭为侍御史[54]，位为太常丞[55]。季子倚最贤，年二十四，为右补阙[56]。其姻媾皆天下族望。有孙十余人。凡两窜岭表[57]，再登台铉[58]，出入中外[59]，回翔台阁[60]。三十余年间，崇盛赫奕，一时无比。末节颇奢荡，好逸乐，后庭声色皆第一。前后赐良田甲第、佳人名马，不可胜数。后年渐老，屡乞骸骨[61]。不许。及病，中人候望，接踵于路，名医上药毕至焉。将终，上疏曰："臣本山东书生，以田圃为娱。偶逢圣运，得列官序，过蒙荣奖，特受鸿私[62]，出拥旄钺[63]，入升鼎辅[64]，周旋中外，绵历岁年。有忝恩造[65]，无裨圣化[66]，负乘致寇[67]，履薄战兢[68]。日极一日，不知老之将至。今年逾八十，位历三公[69]，钟漏并歇[70]，筋骸俱弊，弥留[71]沉困，殆将溘尽[72]。顾无诚效[73]，上答休明[74]，空负深恩，永辞圣代，无任感恋之至。谨奉表称谢以闻。"诏曰："卿以俊德[75]，作余元辅，出雄藩垣[76]，入赞缉熙[77]。升平二纪[78]，实卿是赖。比因疾累，日谓痊除，岂遽沉顿[79]，良深悯默。今遣骠骑大将军高力士就第候省[80]，其勉加针灸，为余自爱。燕冀无妄，期丁有喜[81]。"其夕卒。

卢生欠伸而寤[82]，见方偃于邸中，顾吕翁在旁，主人蒸黄粱尚未熟，触类如故[83]。蹶然而兴曰："岂其梦寐耶？"翁笑谓曰："人世之事，亦犹是矣。"生然之，良久谢曰："夫宠辱之数，得丧之理，生死之情，尽知之矣。此先生所以窒吾欲[84]也，敢不受教！"再拜而去。

【注释】

①开元十九年：公元 731 年。开元，唐玄宗李隆基的年号（713～741）。

②道者：道士，有道术、神仙术的人。

③邯郸：战国赵都，故城在今河北邯郸市西南，称"赵王城"。隋唐邯郸县治徙今邯郸市城区。邸舍：原指诸侯入朝在京师所宿的馆舍，后引申为"旅馆"、"客舍"。这里指客舍。

④担囊：背着口袋。担，荷，负，本作"儋"，明抄本作"解"。

⑤邑：古时城市大者曰都，小者曰邑。后来称县为"邑"。这里"邑中"指邯郸县里。

⑥青驹：黑色的小马。

⑦适：往。下文"谈谐方适"的"适"字，意为舒畅。

⑧弊亵：破旧的短褐（穷人穿的粗布衣）。

⑨腧（yú 愉）：媚，美好。

⑩苟生:苟活,偷生。

⑪出将入相:出外则为将帅,入朝则为宰相。天宝以前唐朝大臣,有不少出将入相,能文能武。崔颢诗云:“两朝出将复入相,五世叠鼓乘朱轮。”正反映了唐朝兴盛时期的情况。“安史之乱”以后朝中大权落在宦官和外戚手中,军权由地方藩镇操纵,便没有“出将入相”的情况了。卢生的人生理想是“建功树名,出将入相”,梦中经历也正是如此,这正反映出天宝以前的人生观和社会情况。

⑫列鼎而食:古时豪贵之家,吃饭时鸣钟列鼎,后来用以指生活豪奢。语出《孔子家语》:“累茵而坐,列鼎而食。”

⑬选声而听:挑选音乐欣赏。声,指歌乐。

⑭族益茂而家用肥:宗族更加繁盛,家中所用金帛物资丰盈厚富。

⑮志于学而游于艺:专心求学,闲习技艺。志于学,一志向学,语出《论语·为政》:“吾十有五而志于学。”游于艺,玩习礼乐射御(射箭、驾车)等技艺。语出《论语·述而》。

⑯自惟:自思,自以为。朱紫:唐代官服按色分等级,朱紫二色是最高的两个品级。这里代指高官。

⑰壮室:三十岁。

⑱勤田亩:在地里干庄稼活。

⑲蒸黄粱为馔:蒸黄粱饭。黄粱,粟米名,即黄小米。

⑳荣适如志:像你向往的那样荣耀舒畅。

㉑“其枕瓷”句:枕头是瓷做的,两端还穿了洞孔。

㉒产甚殷:财产很多。殷,富足。

㉓解褐:即“释褐”,脱掉寒贱者所穿的粗布衣,意思是进入仕途,初次当官。校书郎:掌管校订书籍的官,属秘书省。

㉔制举:唐代选举制,通过考试,选取有才能的人。由皇帝亲自考试,称制举,没有固定的科目。

㉕渭南县尉:渭南县的县尉。渭南,在今陕西渭河平原,渭河之南。汉朝开始在各县置县尉,主管捕拿盗贼,按察奸宄,唐朝沿用此制。

㉖监察御史:官名,隋代始置,唐代沿用,主要掌管观察百僚、巡按州县的狱讼、军戎、祭祀、出纳诸事。

㉗起居舍人为制诰:以起居舍人代行知制诰之职。起居舍人,魏晋以后设中书舍人,专管诏、诰、制、策。隋唐增设起居舍人和通事舍人,掌管诏令、侍从、宣旨、慰劳等事。为制诰,即“知制诰”,唐置官名,掌起草诏令。

㉘即真:《汉书·韩信传》:“信平齐,请自立为假王,汉王曰:‘大丈夫定诸侯,即为真王耳,何以假为?’”即真,原意为即真王之位,后来官职由代理转为实际掌职,也称“即真”。

㉙出典同州:离京到同州为典签。唐代设典签,掌管表启书疏,宣行教命。同州,唐代辖境在今陕西渭水以北、洛水以东,治所在今陕西大荔县。

㉚陕州:州名,治所在今河南三门峡市附近。

㉛汴州:战国时称大梁,魏国国都,东魏改称梁州,隋唐改汴州,属河南道,治所在今河南开封市。采访使:即采访处置使,唐开元时于各道设此官,掌弹劾举荐所属州县官吏。肃宗以后改为观察处置使。

㉜京兆尹:管理京师地区的长官。汉武帝时设京兆尹,掌治京师,下辖十二县。其长官亦称

"京兆尹"。

㉝神武皇帝:即唐玄宗。天宝八载(749),群臣为唐玄宗上尊号"开元天宝圣文神武应道皇帝"。方事夷狄:正同夷狄交战。夷狄,指吐蕃。

㉞"吐蕃新诺罗"句:《资治通鉴·唐纪二十九》载,开元十五年九月,"吐蕃大将悉诺逻恭禄及烛龙莽布支攻陷瓜州"。新诺罗,即悉诺逻恭禄;龙莽布,即烛龙莽布支,都是吐蕃大将。瓜沙,瓜州与沙州,治所在今甘肃安西县双塔堡附近。陷瓜州事在开元十五年,与篇首开元十九年时序颠倒,小说家言,不必全合乎史实。

㉟河隍:黄河与湟水一带,这里指河西、陇右之地。

㊱败绩:《旧唐书·玄宗纪》载,开元十五年九月,"回纥部落杀王君㚟于甘州之巩笔驿"。据史实王君㚟非吐蕃杀,而是回纥部落所杀。王君㚟,字成明,常乐人,开元中为河西陇右节度使。开元十五年春破吐蕃于青海之西,有功,迁为羽林大将军。九月吐蕃陷瓜州,回纥等四部叛乱,君㚟力战被杀。

㊲策勋:纪功,论功行赏。

㊳御史大夫:唐代置御史大夫一人为御史台台长。御史台是中央最高职权所在,分为台院(侍御史)、殿院(殿中侍御史)和察院(监察御史)三部分。御史大夫虽是御史台台长,却不直接管理本台事务。吏部侍郎:吏部尚书的副职。唐代承隋制,中央六部设尚书、侍郎。吏部职掌内外官吏选授、勋封、考核等。

㊴物望:众望,威望。

㊵群情翕(xī 西)习:意思是很得人心。翕习,亲近。

㊶端州:州名,治所在今广东肇庆市。刺史:州郡的最高行政长官。

㊷户部:原称"民部",唐高宗朝避太宗李世民讳,改为"户部",是掌管国家财务行政的最高机构。

㊸中书侍郎:唐代曾改称为"西台侍郎"、"凤阁侍郎"、"紫微侍郎",又复旧称,是中书省的长官。唐代中央行政机构分中书、门下、尚书三省,中书省决定政策,经过门下省审查签署,然后交尚书省执行。中书侍郎同中书门下平章事,唐时即宰相。

㊹萧令嵩:萧嵩,开元中以兵部尚书领朔方节度使,吐蕃陷瓜州,徙为河西节度使,遣副将杜宾客大破吐蕃于祁连城,授同中书门下三品,兼中书令。令,指"中书令",中书省长官。

㊺裴侍中光庭:裴光庭,字连城,累拜侍中,兼吏部尚书,迁弘文馆学士。

㊻嘉谋密命:向皇帝献的善策,皇帝所下的密诏。一日三接:说明他同皇帝有直接的密切关系。

㊼献替启沃:为皇帝出好主意,效忠皇帝。献替,"献可替否"的省语,向皇帝献善策而去不善。语出《左传·昭公二十年》:"献其可而去其否。"启沃,语出《尚书·说命》:"启乃心,沃朕心。"疏:"当开汝心所有以灌沃我心。"犹言输肝沥胆,效忠皇帝。

㊽山东:太行山以东地区。山东多望族大姓,卢姓亦属山东大姓。本山东,是指其祖籍。

㊾中人:朝中高官贵族。

㊿驩牧:驩州太守。驩,即驩州,在今越南北部。旧时州长称"牧"。

51赵国公:邯郸古属赵地,所以封为赵国公。

52恩旨殊渥:皇帝赐给的恩泽特别优厚。

53考功员外:即考功员外郎,与考功郎中掌管内外文武官吏的考课赏罚。员外郎主管外官,即管各地官员政绩的考查。

(54)侍御史：也称“侍御”，主管纠察非法，或奉使外出执行任务。

(55)太常丞：太常寺主官的僚佐，主要掌管宗庙祭祀的事。

(56)右补阙：唐谏官名，属中书省，掌供奉讽谏，有驳正诏书之权。另有左补阙，属门下省。

(57)凡两窜岭表：共有两次被流放到岭表。岭表，岭外，今广东省一带。

(58)台铉：又叫“台鼎”、“台衡”，指宰相的职位。

(59)中外：朝中朝外，即中央和地方。

(60)回翔台阁：入朝经常在尚书省任职。台阁，即尚书台，因为在宫廷内，故称台阁。

(61)乞骸骨：指请求告老还家。杜甫诗：“上疏乞骸骨，黄冠归故乡。”

(62)鸿私：皇上的大恩。

(63)拥旄钺：拿着旄节和斧钺。指握有大将兵权。古时授予大将旄节和斧钺，作为兵权的凭信。

(64)鼎辅：宰辅，即宰相。

(65)有忝恩造：有负于皇上的恩德。“忝”是自谦之辞。

(66)无裨圣化：无益于圣上的教化。

(67)负乘致寇：犹言不称职，以致祸至。语本《易·解》：“负且乘，致寇至。”疏云：“乘者，君子之器也；负者小人之事也。施之于人，即在车骑之上，而负于物也，故寇盗知其非己所有，于事竞欲夺之，故曰：‘负且乘，致寇至’也。”

(68)履薄战兢：形容面临危境，小心谨慎。语出《诗·小雅·小旻》：“战战兢兢，如临深渊，如履薄冰。”

(69)三公：唐代沿袭东汉“三公”之称，也称“三司”，即太尉、司徒、司空，是共同负责军政的最高长官。卢生“位历三公”，是用两汉的说法，即丞相（大司徒）、太尉（大司马）、御史大夫（大司空）的合称。

(70)钟漏并歇：典出《三国志·魏书·田豫传》：“年过七十，而以居位，譬犹钟鸣漏尽而夜行不休，是罪人也。”后以“钟鸣漏尽”喻衰年。这里则言不仅夜漏已尽，晨钟也已歇鸣，极言已经衰竭。

(71)弥留：久病缠身，不能痊愈，叫“弥留”。病重临终也称“弥留”。语出《书·顾命》：“病日臻，既弥留。”传云：“病日至，言困甚；已久留，言无瘳。”

(72)溘（kè 克）尽：犹“溘逝”，言人突然死亡。

(73)顾无诚效：感到没有竭诚效劳。

(74)上答休明：报答皇上的美德。《左传·宣公三年》：“德之休明，虽小，重也；其奸回昏乱，虽大，轻也。”

(75)俊德：大德。《书·尧典》：“克明俊德。”俊，取“峻”义，训为大。

(76)出雄藩垣：指出朝领兵称雄于藩镇。藩垣，《诗·大雅·板》：“价人维藩，大师维垣，大邦维屏，大宗维翰。”后因以“藩垣屏翰”称国家重臣。

(77)入赞缉熙：入朝佐辅光明的朝政。缉熙，语出《诗·大雅·文王》：“於，缉熙敬止。”毛传：“缉熙，光明也。”

(78)二纪：二十四年。一纪为十二年。

(79)沉顿：病重。

(80)骠骑大将军：武官，唐代为一品武散官。高力士：宦官，冯盎曾孙，高延福养子，故冒姓高。玄宗朝极受宠任，累官骠骑大将军，进开府仪同三司。后为李国辅所劾，流巫州。

㉛燕冀无妄：典出顾愿《定命论》："无妄之痾，勿药有喜。"这两句意思是说，安然希望这病是无妄之疴，期待能碰上不用药而能痊愈的喜运。燕，安，息。无妄，亦作"毋望"，非预期者。丁：当，遭逢，遇到。

㉜欠伸：打呵欠，伸懒腰。明周祈《名义考》云："欠，今言呵欠；伸，今言伸腰。"

㉝触类如故：眼前的一切和原来一样。

㉞窒吾欲：消除我的欲念。窒，阻碍不通。

离魂记

（唐）陈玄祐

陈玄祐，唐代宗（李豫）大历（766～779）间人。其他事迹无可考。

《离魂记》，《太平广记》卷三五八题为《王宙》，下注出《离魂记》，文中有衍文“事出陈玄祐《离魂记》”。可理解为《离魂记》中不止《王宙》一篇，尚有其他文章，但《太平广记》多以人名为题，《王宙》很可能为《广记》改题。元人郑德辉据此编成《述青琐倩女离魂》杂剧。

天授三年[①]，清河[②]张镒，因官家于衡州[③]。性简静，寡知友。无子，有女二人。其长早亡，幼女倩娘，端妍绝伦。镒外甥太原[④]王宙，幼聪悟，美容范。镒常器重，每曰：“他时当以倩娘妻之。”后各长成。宙与倩娘常私感想于寤寐[⑤]，家人莫知其状。后有宾僚之选者[⑥]求之，镒许焉。女闻而郁抑；宙亦深恚恨。托以当调[⑦]，请赴京，止之不可，遂厚遣之[⑧]。宙阴恨悲恸，决别上船。日暮，至山郭数里。夜方半，宙不寐，忽闻岸上有一人，行声甚速，须臾至船。问之，乃倩娘徒行跣足[⑨]而至。宙惊喜发狂，执手问其从来。泣曰：“君厚意如此，寝食相感。今将夺我此志[⑩]，又知君深情不易，思将杀身奉报，是以亡命来奔[⑪]。”宙非意所望，欣跃特甚。遂匿倩娘于船，连夜遁去。

倍道兼行，数月至蜀。凡五年，生两子，与镒绝信。其妻常思父母，涕泣言曰：“吾曩日不能相负，弃大义而来奔君。向今[⑫]五年，恩慈间阻[⑬]。覆载[⑭]之下，胡颜独存[⑮]也？”宙哀之，曰：“将归，无苦。”遂俱归衡州。

既至，宙独身先至镒家，首谢其事。镒曰：“倩娘病在闺中数年，何其诡说[⑯]也！”宙曰：“见在舟中！”镒大惊，促使人验之。果见倩娘在船中，颜色怡畅，讯使者曰：“大人安否？”家人异之，疾走报镒。室中女闻，喜而起，饰妆更衣，笑而不语，出与相迎，翕然而合为一体[⑰]，其衣裳皆重。其家以事不正[⑱]，秘之。惟亲戚间有潜知之者。后四十年间，夫妻皆丧。二男并孝廉擢第[⑲]，至丞、尉[⑳]（事出陈玄祐《离魂记》云）。玄祐少常闻此说，而多异同，或谓其虚。大历[㉑]末，遇莱芜[㉒]县令张仲规，因备述其本末。镒则仲规堂叔，而说极备悉，故记之。

【注释】

①天授三年：公元692年。天授，周武则天的年号（690～692）。

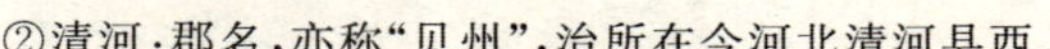

②清河：郡名，亦称“贝州”，治所在今河北清河县西。

③衡州：即衡阳郡，治所在今湖南衡阳市。

④太原：也称并州，治所在今山西太原市。

⑤感想于寤寐：醒时睡时都在想念。《诗·周南·关雎》：“窈窕淑女，寤寐求之；求之不得，寤寐思服。”为“寤寐”所本。

⑥宾僚之选者：幕僚中赴选部（吏部）应选者。唐朝科举及第者，还得赴吏部应选，中式后才得委任官职。

⑦托以当调：推托说该去京中赴选了。调，选。

⑧厚遣之：以厚礼送他走。

⑨跣足：光着脚。倩娘因病卧床，所以离魂跣足徒行。

⑩夺我此志：迫我消除相爱之心。夺志，语出《论语·子罕》：“三军可夺帅也，匹夫不可夺志也。”这里引用，暗含志不可夺的意思。

⑪亡命来奔：逃来私相结合。亡命，潜逃被削除名籍，后泛指逃亡。奔，古时男女未经礼聘私相结合叫“奔”，通常指女子主动找男子。

⑫向今：自昔至今。

⑬恩慈间阻：和父母隔离。恩慈，指父母。

⑭覆载：天覆地载，指天地。

⑮胡颜独存：有何脸面独自生存下去。胡，何。

⑯诡说：言辞失实或所说怪异，这里两层意思兼而有之。

⑰翕然：形容很快合在一起的样子。翕，合。

⑱事不正：事涉怪异，是“不正”；女子私奔，也是“不正”。二者都不合于当时所谓“正道”。

⑲孝廉擢第：以孝廉身份考取明经或进士科。

⑳丞、尉：县丞、县尉。

㉑大历：唐代宗李豫的年号（766～779）。

㉒莱芜：今山东莱芜市。

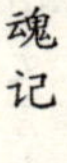

柳氏传

(唐)许尧佐

许尧佐，唐德宗贞元中儒臣许佐之弟，擢进士第，又举宏辞科，为太子校书郎八年。又官谏议大夫等职。《全唐文》卷六三三录其文六篇，而不载《柳氏传》。

本篇载于《太平广记》卷四八五，署许尧佐撰。篇中所叙柳氏事，亦见于唐孟棨《本事诗》，或许当时确有其事。故事中韩翊，或说即诗人韩翃(hóng红)。关于韩翊与柳氏悲欢离合的爱情故事，历来为人们所传诵。明人吴长儒据以编写《练囊记》一剧，清人张国寿又编写了《章台柳》一剧，影响颇大。

天宝中，昌黎韩翊[1]，有诗名。性颇落托[2]，羁滞[3]贫甚。有李生者，与翊友善，家累千金，负气[4]爱才。其幸姬曰柳氏，艳绝一时，喜谈谑，善讴咏。李生居之别第，与翊为宴歌之地。而馆翊于其侧[5]。翊素知名，其所候问，皆当时之彦[6]。柳氏自门窥之，谓其侍者曰："韩夫子岂长贫贱者乎！"遂属意[7]焉。李生素重翊，无所吝惜。后知其意，乃具膳请翊饮。酒酣，李生曰："柳夫人容色非常，韩秀才文章特异。欲以柳荐枕[8]于韩君，可乎？"翊惊栗，避席曰[9]："蒙君之恩，解衣辍食[10]久之，岂宜夺所爱乎？"李坚请之。柳氏知其意诚，乃再拜，引衣接席。李坐翊于客位，引满[11]极欢。李生又以资三十万，佐翊之费。翊仰柳氏之色，柳氏慕翊之才，两情皆获，喜可知也。明年，礼部侍郎杨度擢翊上第[12]，屏居间岁[13]。柳氏谓翊曰："荣名及亲，昔人所尚。岂宜以濯浣之贱[14]，稽采兰之美乎[15]？且用器资物，足以待君之来也。"翊于是省家于清池[16]。岁余，乏食，鬻妆具以自给。天宝末，盗覆二京[17]，士女奔骇。柳氏以艳独异，且惧不免，乃剪发毁形，寄迹法灵寺。是时侯希逸自平卢节度淄青[18]，素藉[19]翊名，请为书记[20]。洎宣皇帝以神武返正[21]，翊乃遣使间行[22]求柳氏，以练囊盛麸金[23]，题之曰："章台[24]柳，章台柳！昔日青青今在否？纵使长条似旧垂，亦应攀折他人手。"柳氏捧金呜咽，——左右凄悯，——答之曰："杨柳枝，芳菲节，所恨年年赠离别。一叶随风忽报秋，纵使君来岂堪折！"

无何，有蕃将[25]沙吒利者，初立功，窃知柳氏之色，劫以归第，宠之专房。及希逸除左仆射[26]，入觐[27]，翊得从行。至京师，已失柳氏所止，叹想不已。偶于龙首冈

见苍头以驳牛驾辎軿[28]，从两女奴。翊偶随之。自车中问曰："得非韩员外乎[29]？某乃柳氏也。"使女奴窃言失身沙吒利，阻同车者，请诘旦[30]幸相待于道政里门。及期而往，以轻素结玉合[31]，实以香膏，自车中授之，曰："当遂永诀，愿真诚念。"乃回车，以手挥之，轻袖摇摇，香车辚辚[32]，目断意迷，失于惊尘[33]。翊大不胜情。

会淄青诸将合乐酒楼，使人请翊。翊强应之，然意色皆丧[34]，音韵凄咽。有虞候[35]许俊者，以材力自负，抚剑言曰："必有故。愿一效用。"翊不得已，具以告之。俊曰："请足下数字[36]，当立致之。"乃衣缦胡[37]，佩双鞬[38]，从一骑，径造沙吒利之第。候其出行里余，乃被衽执辔，犯关排闼[39]，急趋而呼曰："将军中恶[40]，使召夫人！"仆侍辟易[41]，无敢仰视。遂升堂，出翊札示柳氏，挟之跨鞍马，逸尘断鞅[42]，倏忽乃至。引裾而前曰："幸不辱命[43]。"四座惊叹。柳氏与翊执手涕泣，相与罢酒。是时沙吒利恩宠殊等，翊、俊惧祸，乃诣希逸。希逸大惊曰："吾平生所为事，俊乃能尔[44]乎？"遂献状[45]曰："检校尚书[46]、金部员外郎[47]兼御史韩翊，久列参佐[48]，累彰勋效，顷从乡赋[49]。有妾柳氏，阻绝凶寇，依止名尼。今文明抚运，遐迩率化[50]。将军沙吒利凶恣挠法[51]，凭恃微功，驱有志之妾，干无为之政[52]。臣部将兼御史中丞许俊，族本幽蓟[53]，雄心勇决，却夺柳氏，归于韩翊。义切中抱[54]，虽昭感激之诚[55]；事不先闻，固乏训齐之令[56]。"寻有诏：柳氏宜还韩翊，沙吒利赐钱二百万，柳氏归翊。翊后累迁至中书舍人[57]。

然即柳氏，志防闲[58]而不克者；许俊，慕感激而不达者也。向使柳氏以色选，则当熊、辞辇[59]之诚可继；许俊以才举，则曹柯、渑池[60]之功可建。夫事由迹彰，功待事立。惜郁堙不偶[61]，义勇徒激，皆不入于正。斯岂变之正[62]乎？盖所遇然也[63]。

【注释】

①昌黎韩翊：昌黎人韩翊。昌黎，古郡名，隋废，故治在今辽宁义县。北朝时，韩姓为昌黎郡望族。唐无昌黎郡，这里是就其姓之原来郡望而言。韩翊，一作"韩翃"，韩翃，字君平，南阳（今河南南阳）人，以《寒食诗》（"春城无处不飞花"）名世。

②落托：同"落拓"，落魄潦倒的意思。

③羁滞：旅居在外，困守一隅。

④负气：这里指讲义气。

⑤馆：这里用作动词，意思是安排住宿。

⑥"其所候问"二句：拜访他的人都是当时俊杰之士。

⑦属意：中意，看上了。

⑧荐枕：侍寝，意谓做妻妾。

⑨避席：离席。古人席地而坐，避席表示对人尊敬。

⑩解衣辍食：也作"解衣推食"，把自己的衣服和食物让给别人，施惠于人。《史记·淮阴侯列传》载韩信语："汉王授我上将军印，予我数万乘，解衣衣我，推食食我，言听计用，故我得以至于此。"为此语所本。

⑪引满：斟酒满杯而饮干。

⑫礼部侍郎：礼部尚书的副职。唐代，礼部常管礼仪、贡举、学校、考试、风俗教化、宗教及接

待外使等事。上第：唐代科举的等级，指明经科的上上第或进士科的甲第。

⑬屏居间岁：闲居或隐居了一年之久。

⑭濯浣之贱：封建时代视濯洗衣服为贱役，妻妾当此役，所以柳氏自称“濯浣之贱”。

⑮采兰：语出《晋书·皇甫谧传》皇甫谧辞官的奏疏：“陛下披榛采兰，并收蒿艾。”意思是指皇帝征用贤能之士。稽采兰之美，指耽误韩翊赴选。

⑯清池：唐县名，在今河北沧州市东南。

⑰盗覆二京：指天宝十四载(755)安禄山攻陷东京洛阳，天宝十五载攻陷京都长安。

⑱“侯希逸”句：侯希逸，平卢人。天宝末年为平卢裨将，与安东都护王志玄合击安史叛将平卢节度徐归道。诏以王志玄为平卢节度。乾元元年冬，志玄卒，朝廷授希逸为平卢节度。后破李怀仙，又攻下青州，诏加为平卢淄青节度使。以讨史朝义有功，图形于凌烟阁(见《旧唐书·侯希逸传》)。

⑲素藉：平素藉重，早就仰慕。

⑳书记：起草文件的幕僚。

㉑宣皇帝：即唐肃宗，他死后谥为“文明武德大圣大宣孝皇帝”。神武返正：说唐肃宗神明英武，收复京都，恢复社稷，回归长安帝座。

㉒间行：微行，出行不使人知。

㉓练囊：丝织的囊袋。麸金：金屑，砂金。

㉔章台：战国时秦国所建宫殿名，汉时长安有章台街，街在章台下。

㉕蕃将：唐代称所任用的少数民族将领为“蕃将”。

㉖左仆射(yè 夜)：仆射这一官名，在汉代用于军中、宫人中、尚书中、博士中。后来渐成为专指尚书仆射。自南北朝以后，尚书省置令一人，左右仆射各一人。为尚书省长官的副职。

㉗入觐：入朝晋谒皇帝。

㉘龙首冈：也称“龙首山”，在长安北。《水经注》云：“山长六十余里，头临渭水，尾达樊川。头高二十丈，尾渐下，高五六丈。”自汉至唐，其上多营建宫殿。唐代即依此山建造大明宫。苍头：奴仆。《汉书·鲍宣传》：“苍头庐儿，皆用致富。”注引孟康曰：“汉名奴为苍头，非纯黑，以别于良人也。”驳牛：毛色驳杂的牛。

㉙员外：员外郎，原指正额以外的郎官。隋以后于尚书省各司置员外郎一人，为各司的次官。韩翊随侯希逸入尚书省，当是在某司任员外郎。“员外”后来也作为对地主富豪的一种称呼。

㉚诘旦：次日早晨。

㉛玉合：玉盒。合，同“盒”。

㉜辚辚：车行时发出的声音。

㉝惊尘：乱尘。指车马行走扬起的尘土。

㉞意色皆丧：情绪和神色都沮丧不振。

㉟虞候：本义是侦察。隋代东宫的禁卫官称“虞候”，掌管侦察、巡逻等事务。唐代后期设都虞候，为藩镇的亲信武官。

㊱请足下数字：意思是请您写几个字作凭证。足下，称人的敬辞。此词周秦已颇流行。《异苑》：“介之推逃禄隐绵山，晋文公烧山以求其出。推抱树烧死，文公哀之，抚木哀叹，遂伐木以为履。常曰：‘悲乎足下！’足下之称疑始于此。”

㊲缦胡：《文选·左思〈三都赋〉》：“三属之甲，缦胡之缨。”六臣注云：“缦胡，武士缨名。”衣缦

胡，意即着武士服装。

㊳韬(jiàn 建)：装弓箭的囊袋。

㊴犯关排闼：冲进大门小门。

㊵中恶：患了急病。

㊶辟易：退避。

㊷逸尘断鞅：马在尘埃中急奔，马颈上的皮革带子也断了。极言奔马之急。

㊸幸不辱命：幸而没有辜负使命，意即完成了任务。

㊹能尔：能这样，指能像侯希逸他自己平时所干的那样。

㊺献状：上书汇报情况。状，汇报事实的文书。

㊻检校尚书：即加衔的尚书。唐宋有检校官，自太师至各部员外郎，冠以检校的，都是加衔，只享受该衔荣誉(如服色之类)，并无实际职权。

㊼金部员外郎：户部属官。掌管全国库藏钱帛出纳账籍的审核及有关度量的政令。

㊽参佐：僚属。

㊾乡赋：即乡贡，由州郡荐举入京考试。

㊿"文明抚运"二句：意思是说皇上治理国家，远近都服从归化。文明，这里指皇帝的教化，是恭维皇帝的话。

(51)挠法：扰乱法纪。

(52)无为之政：无为而治，能以德化民，不用刑政。这是封建时代的所谓理想政治。

(53)幽蓟：幽州、蓟州一带。幽州治所在今北京市；蓟州治所在今天津蓟县。

(54)义切中抱：心怀义气。中抱，内心。

(55)感激之诚：激于义愤的诚意。

(56)训齐之令：上级对下级整肃的政令。

(57)中书舍人：中书省有中书舍人五人，为内部事务员，管起草诏书、诰命之类的文件。

(58)防闲：防备禁阻非礼的行为。

(59)当熊、辞辇：两个有女德的故事。据《汉书·外戚列传》载，汉元帝(刘奭)到虎圈看斗兽，熊跑出圈外，冯婕妤当熊而立，保护皇帝。又载，汉成帝(刘骜)游于后庭，想与班婕妤同辇游园。班婕妤推辞说："观古图画，贤圣之君皆有名臣在侧。三代末主，乃有嬖女。今欲同辇，得无近似之乎？"成帝听她的劝告即止。

(60)曹柯、渑池：据《史记·刺客列传》载，春秋时鲁国与齐国在柯城会盟。鲁国曹沫拿着匕首和齐桓公理论，把齐国所侵占的土地都要回来了。据《史记·廉颇蔺相如列传》载，战国时，秦王与赵王会于渑池(今河南渑池县西)。蔺相如随赵王赴会，会上秦王要赵王鼓瑟，羞辱赵国；相如威胁秦王，让秦王击缶，使赵不受辱。

(61)郁堙不偶：抑塞不得志。郁堙，也作"堙郁"，闷塞。《史记·屈原贾生列传》："已矣，国其莫我知，独堙郁兮其谁语？"不偶，即"奇"，古人以"偶"为吉利，"奇"为不吉利，运气不好叫"数奇"，也就是"不偶"。

(62)变之正：非正中之正。就是说柳氏和许俊都"不入于正"，但是柳氏有情有德，许俊有勇有义，所以说属于"变之正"。

(63)所遇然也：意即遭遇使之如此。

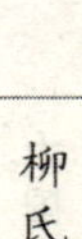

柳毅传

（唐）李朝威

李朝威，唐朝陇西（今甘肃陇西）人。据《柳毅传》文中所叙柳毅表弟开元末谪官东南，经洞庭见柳毅，复经四纪（四十八年）“亦不知所在”，而后作者“为斯文”，可知本文撰写时间在贞元年间。

《柳毅传》，《太平广记》卷四一九题曰《柳毅》。柳毅仗义为龙女传书的故事，颇为后人传诵，甚至被作为典故用于诗文，如“封书谁识洞庭君”、“旧井潮深柳毅词”（见明胡应麟《二酉缀遗》卷中）；有的取为戏剧题材，如元人尚仲贤《洞庭湖柳毅传书》、明人黄说中《龙箫记》、清李渔《蜃中楼》等杂剧、传奇，都据此敷衍成文。

唐仪凤[1]中，有儒生柳毅者，应举下第[2]，将还湘滨[3]。念乡人有客于泾阳[4]者，遂往告别。至六七里，鸟起马惊，疾逸道左[5]，又六七里，乃止。见有妇人，牧羊于道畔。毅怪视之，乃殊色[6]也。然而蛾脸不舒[7]，巾袖无光[8]，凝听翔立[9]，若有所伺[10]。毅诘之曰：“子何苦而自辱[11]如是？”妇始楚而谢，终泣而对曰：“贱妾不幸，今日见辱问于长者[12]。然而恨贯肌骨，亦何能愧避[13]，幸一闻焉[14]。妾，洞庭[15]龙君小女也。父母配嫁泾川[16]次子，而夫婿乐逸，为婢仆所惑，日以厌薄[17]。既而将诉于舅姑[18]，舅姑爱其子，不能御[19]。迨诉频切，又得罪舅姑。舅姑毁黜[20]以至此。”言讫，歔欷流涕，悲不自胜。又曰：“洞庭于兹[21]，相远不知其几多也？长天茫茫，信耗莫通。心目断尽，无所知哀。闻君将还吴[22]，密通洞庭。或以尺书[23]，寄托侍者[24]，未卜[25]将以为可乎？”毅曰：“吾义夫[26]也。闻子之说，气血俱动，恨无毛羽，不能奋飞。是何可否之谓乎！然而洞庭，深水也。吾行尘间，宁可致意耶[27]？唯恐道途显晦[28]，不相通达，致负诚托，又乖恳愿。子有何术，可导我邪？”女悲泣且谢，曰：“负载珍重[29]，不复言矣。脱获回耗[30]，虽死必谢。君不许，何敢言；既许而问，则洞庭之与京邑，不足为异[31]也。”毅请闻之。女曰：“洞庭之阴[32]，有大橘树焉，乡人谓之‘社橘’[33]。君当解去兹带[34]，束以他物，然后叩树三发，当有应者。因而随之，无有碍矣。幸君子书叙之外，悉以心诚之话倚托[35]，千万无渝[36]！”毅曰：“敬闻命[37]矣。”女遂于襦[38]间解书，再拜以进，东望愁泣，若不自胜。毅深为之戚。乃置书囊中，因复问曰：“吾不知子之牧羊，何所用哉？神祇岂宰杀乎？”女曰：“非羊也，雨工也。”“何为雨工？”曰：

"雷霆之类也。"毅顾视之，则皆矫顾怒步[39]，饮龁[40]甚异，而大小毛角，则无别羊焉。毅又曰："吾为使者，他日归洞庭，幸勿相避。"女曰："宁止不避，当如亲戚耳。"语竟，引别东去。不数十步，回望女与羊，俱亡所见矣。

其夕，至邑而别其友[41]。月余，到乡。还家，乃访于洞庭。洞庭之阴，果有社橘。遂易带，向树三击而止。俄有武夫出于波间，再拜请[42]曰："贵客将自何所至也？"毅不告其实，曰："走谒大王耳。"武夫揭水[43]指路，引毅以进。谓毅曰："当闭目，数息可达[44]矣。"毅如其言，遂至其宫，始见台阁相向，门户千万，奇草珍木，无所不有。夫乃止毅，停于大室之隅，曰："客当居此以伺焉。"毅曰："此何所也？"夫曰："此灵虚殿也。"谛视[45]之，则人间珍宝，毕尽于此：柱以白璧，砌以青玉，床以珊瑚，帘以水精，雕琉璃于翠楣[46]，饰琥珀于虹栋[47]。奇秀深杳，不可殚言[48]。然而王久不至。毅谓夫曰："洞庭君安在哉？"曰："吾君方幸玄珠阁[49]，与太阳道士讲《火经》，少选[50]当毕。"毅曰："何谓《火经》？"夫曰："吾君，龙也。龙以水为神，举一滴可包陵谷。道士，乃人也。人以火为神圣，发一灯可燎阿房[51]。然而灵用不同，玄化[52]各异。太阳道士精于人理，吾君邀以听焉。"

言语毕而宫门辟[53]。景从云合[54]，而见一人，披紫衣，执青玉。夫跃曰："此吾君也！"乃至前以告之。君望毅而问曰："岂非人间之人乎？"毅对曰："然。"毅遂设拜[55]，君亦拜，命坐于灵虚之下。谓毅曰："水府幽深，寡人暗昧，夫子不远千里，将有为乎？"毅曰："毅，大王之乡人也。长于楚，游学于秦。昨下第，闲驱泾水之涘[56]，见大王爱女牧羊于野，风鬟雨鬓[57]，所不忍视。毅因诘之。谓毅曰：'为夫婿所薄，舅姑不念，以至于此。'悲泗淋漓[58]，诚怛人心[59]。遂托书于毅。毅许之，今以至此。"因取书进之。洞庭君览毕，以袖掩面而泣曰："老父之罪，不能鉴听，坐贻聋瞽[60]，使闺窗孺弱，远罹搆害[61]。公，乃陌上人[62]也，而能急之[63]。幸被齿发[64]，何敢负德！"词毕，又哀咤良久[65]。左右皆流涕。时有宦人[66]密侍君者，君以书授之，令达宫中。须臾，宫中皆恸哭。君惊，谓左右曰："疾告宫中，无使有声，恐钱塘所知。"毅曰："钱塘，何人也？"曰："寡人之爱弟，昔为钱塘长，今则致政[67]矣。"毅曰："何故不使知？"曰："以其勇过人耳。昔尧遭洪水九年[68]者，乃此子一怒也。近与天将失意[69]，塞其五山[70]。上帝以寡人有薄德于古今，遂宽其同气[71]之罪。然犹縻系[72]于此，故钱塘之人，日日候焉。"

语未毕，而大声忽发，天拆[73]地裂，宫殿摆簸，云烟沸涌。俄有赤龙长千余尺，电目血舌，朱鳞火鬣，项掣金锁，锁牵玉柱，千雷万霆，激绕其身，霰雪雨雹，一时皆下。乃擘青天而飞去[74]。毅恐蹶仆地。君亲起持之曰："无惧。固无害。"毅良久稍安，乃获自定。因告辞曰："愿得生归，以避复来。"君曰："必不如此。其去则然，其来则不然，幸为少尽缱绻[75]。"因命酌互举，以款人事[76]。

俄而祥风庆云，融融怡怡[77]，幢节[78]玲珑，箫韶[79]以随。红妆千万，笑语熙熙[80]，中有一人，自然蛾眉，明珰[81]满身，绡縠参差[82]。迫而视之，乃前寄辞者。然若喜若悲，零泪如丝。须臾，红烟蔽其左，紫气舒其右，香气环旋，入于宫中。君笑谓毅曰：

“泾水之囚人至矣。”君乃辞归宫中。须臾，又闻怨苦，久而不已。有顷，君复出，与毅饮食。又有一人，披紫裳，执青玉，貌耸神溢[83]，立于君左。君谓毅曰：“此钱塘也。”毅起，趋拜之。钱塘亦尽礼相接，谓毅曰：“女侄不幸，为顽童[84]所辱。赖明君子信义昭彰，致达远冤；不然者，是为泾陵之土矣。飨德怀恩[85]，词不悉心[86]。”毅㧑退[87]辞谢，俯仰唯唯[88]。然后回告兄曰：“向者辰发灵虚，巳至泾阳，午战于彼，未还于此[89]。中间驰至九天[90]，以告上帝。帝知其冤，而宥其失[91]，前所谴责[92]，因而获免。然而刚肠激发，不遑辞候，惊扰宫中，复忤宾客。愧惕惭惧，不知所失。”因退而再拜。君曰：“所杀几何？”曰：“六十万。”“伤稼乎？”曰：“八百里。”“无情郎安在？”曰：“食之矣。”君怃然曰[93]：“顽童之为是心也，诚不可忍。然汝亦太草草。赖上帝显圣，谅其至冤。不然者，吾何辞焉[94]。从此已去，勿复如是。”钱塘复再拜。

是夕，遂宿毅于凝光殿。明日，又宴毅于凝碧宫。会友戚，张广乐，具以醪醴[95]，罗以甘洁。初，笳角鼙鼓[96]，旌旗剑戟，舞万夫于其右。中有一夫前曰：“此《钱塘破阵乐》[97]。”旌铤杰气，顾骤悍栗[98]，坐客视之，毛发皆竖。复有金石丝竹[99]，罗绮珠翠[100]，舞千女于其左。中有一女前进曰：“此《贵主还宫乐》[101]。”清音宛转，如诉如慕，坐客听之，不觉泪下。二舞既毕，龙君大悦，锡以纨绮[102]，颁于舞人。然后密席贯坐[103]，纵酒极娱。酒酣，洞庭君乃击席而歌曰：

> 大天苍苍兮，大地茫茫。人各有志兮，何可思量。狐神鼠圣兮，薄社依墙[104]。雷霆一发兮，其孰敢当！荷贞人兮信义长[105]，令骨肉兮还故乡。齐言[106]惭愧兮何时忘！

洞庭君歌罢，钱塘君再拜而歌曰：

> 上天配合兮，生死有途。此不当妇兮彼不当夫。腹心[107]辛苦兮，泾水之隅。风霜满鬓兮，雨雪罗襦。赖明公兮引素书[108]，令骨肉兮家如初。永言珍重兮无时无。

钱塘君歌阕，洞庭君俱起，奉觞于毅。毅踧踖[109]而受爵，饮讫，复以二觞奉二君。乃歌曰：

> 碧云悠悠兮，泾水东流。伤美人兮，雨泣花愁。尺书远达兮，以解君忧。哀冤果雪兮，还处其休[110]。荷和雅兮感甘羞[111]。山家寂寞[112]兮难久留。欲将辞去兮悲绸缪[113]。

歌罢，皆呼万岁。洞庭君因出碧玉箱，贮以开水犀[114]；钱塘君复出红珀盘，贮以照夜玑[115]：皆起进毅。毅辞谢而受。然后宫中之人，咸以绡彩珠璧，投于毅侧，重叠焕赫，须臾埋没前后。毅笑语四顾，愧揖不暇。洎酒阑[116]欢极，毅辞起，复宿于凝光殿。翌日，又宴毅于清光阁。钱塘因酒作色[117]，踞谓毅曰：“不闻猛石可裂不可卷[118]，义士可杀不可羞耶[119]？愚有衷曲[120]，欲一陈于公。如可，则俱在云霄；如不可，则皆夷粪壤[121]。足下以为何如哉？”毅曰：“请闻之。”钱塘曰：“泾阳之妻，则洞庭君之爱女也。淑性茂质[122]，为九姻所重[123]。不幸见辱于匪人，今则绝矣。将欲求托高义[124]，世为亲戚。使受恩者知其所归，怀爱者知其所付，岂不为君子始终[125]之道者？”毅肃然而作[126]，欻然而笑曰："诚不知钱塘君孱困如是[127]！毅始闻跨九州，怀五岳，泄其愤怒；复见断金锁，掣玉柱，赴其急难：毅以为刚决明直，无如君者。盖犯之者不避其死，感之者不爱其生，此真丈夫之志。奈何箫管方洽，亲宾正和，不顾其道，以威加人？岂仆之素望哉！若遇公于洪波之中，玄山之间[128]，鼓以鳞须，被以云雨，将迫毅以死，毅则以禽兽视之，亦何恨哉！今体被衣冠，坐谈礼义，尽五常[129]之志性，负百行[130]之微旨，虽人世贤杰，有不如者，况江河灵类乎？而欲以蠢然之躯，悍然之性，乘酒假气，将迫于人，岂近直[131]哉！且毅之质，不足以藏王一甲之间，然而敢以不伏之心，胜王不道之气。惟王筹[132]之！"钱塘乃逡巡[133]致谢曰："寡人生长宫房，不闻正论。向者词述狂妄，唐突高明。退自循顾，戾[134]不容责。幸君子不为此乖间[135]可也。"其夕，复欢宴，其乐如旧。毅与钱塘，遂为知心友。

明日，毅辞归。洞庭君夫人别宴毅于潜景殿。男女仆妾等，悉出预会[136]。夫人泣谓毅曰："骨肉受君子深恩，恨不得展愧戴[137]，遂至睽别[138]。"使前泾阳女当席拜毅以致谢。夫人又曰："此别岂有复相遇之日乎？"毅其始虽不诺钱塘之请，然当此席，殊有叹恨之色。宴罢，辞别，满宫凄然。赠遗珍宝，怪不可述。毅于是复循途出江岸，见从者十余人，担囊以随，至其家而辞去。

毅因适广陵宝肆[139]，鬻其所得[140]。百未发一，财已盈兆[141]。故淮右富族[142]，咸以为莫如。遂娶于张氏，亡。又娶韩氏，数月，韩氏又亡。徙家金陵[143]。常以鳏旷[144]多感，或谋新匹[145]。有媒氏告之曰："有卢氏女，范阳[146]人也。父名曰浩，尝为清流宰[147]。晚岁好道[148]，独游云泉[149]，今则不知所在矣。母曰郑氏。前年适[150]清河张氏，不幸而张夫早亡。母怜其少，惜其慧美，欲择德[151]以配焉。不识何如？"毅乃卜日就礼[152]。既而男女二姓，俱为豪族，法用礼物，尽其丰盛。金陵之士，莫不健仰[153]。居月余，毅因晚入户，视其妻，深觉类于龙女，而逸艳丰厚，则又过之。因与话昔事。妻谓毅曰："人世岂有如是之理乎？"经岁余，有一子。毅益重之。既产，逾月，乃秾饰换服，召毅于帘室之间[154]，笑谓毅曰："君不忆余之于昔也？"毅曰："夙非姻好，何以为忆？"妻曰："余即洞庭君之女也。泾川之冤，君使得白，衔君之恩，誓心求报。洎钱塘季父[155]论亲不从，遂至睽违，天各一方，不能相问。父母欲配嫁于濯锦小儿[156]，某遂闭户剪发，以明无意。虽为君子弃绝，分[157]无见期；而当初之心，死不自替[158]。他日父母怜其志，复欲驰白于君子。值君子累娶，当娶于张，已而又娶于韩。迨张、韩继卒，君卜居于兹，故余之父母乃喜余得遂报君之意。今日获奉君子。咸善终世[159]，死无恨矣！"因呜咽，泣涕交下。对毅曰："始不言者，知君无重色之心；今乃言者，知君有爱子之意。妇人匪薄，不足以确厚永心，故因君爱子，以托相生[160]。未知君意如何？愁惧兼心[161]，不能自解。君附书之日，笑谓妾曰：'他日归洞庭，慎无相避。'诚不知当此之际，君岂有意于今日之事乎？其后季父请于君，君固不许。君乃诚将不可邪，抑忿然邪[162]？君其话之！"毅曰："似有命者。仆始见君于长泾之隅，枉抑[163]憔悴，诚有不平之志。然自约其心者，达君之冤，馀无及也。以言慎勿相避者，偶然耳，岂有意哉。洎钱塘逼迫之际，唯理有不可直[164]，乃激人之怒耳。夫始以义行为

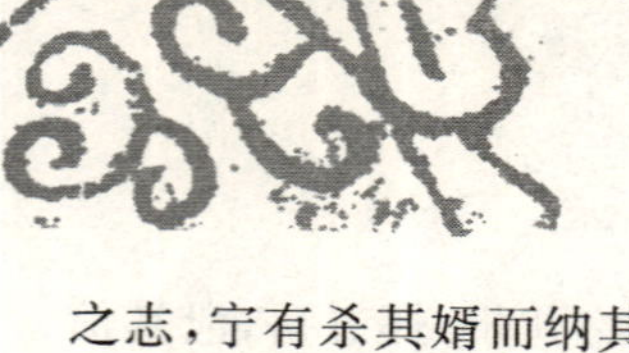

之志，宁有杀其婿而纳其妻者邪？一不可也。某素以操贞为志尚，宁有屈于己而伏于心者乎？二不可也。且以率肆胸臆，酬酢纷纶，唯直是图，不遑避害[165]。然而将别之日，见君有依然之容[166]，心甚恨之。终以人事扼束，无由报谢。吁！今日，君，卢氏也，又家于人间，则吾始心未为惑矣[167]。从此以往，永奉欢好，心无纤虑也[168]。”妻因深感娇泣，良久不已。有顷，谓毅曰：“勿以他类，遂为无心[169]，固当知报耳。夫龙寿万岁，今与君同之。水陆无往不适。君不以为妄也？”毅嘉之曰：“吾不知国容乃复为神仙之饵[170]。”乃相与觐洞庭。既至，而宾主盛礼，不可具纪。后居南海[171]，仅四十年，其邸第、舆马、珍鲜、服玩，虽侯、伯[172]之室，无以加也。毅之族咸遂濡泽[173]。以其春秋积序，容状不衰，南海之人，靡不惊异。洎开元中，上[174]方属意于神仙之事，精索道术。毅不得安，遂相与归洞庭。凡十余岁，莫知其迹。

至开元末，毅之表弟薛嘏为京畿令[175]，谪官东南。经洞庭，晴昼长望，俄见碧山出于远波。舟人皆侧立[176]，曰：“此本无山，恐水怪耳。”指顾之际[177]，山与舟相逼，乃有彩船自山驰来，迎问于嘏。其中有一人呼之曰：“柳公来候耳。”嘏省然记之[178]，乃促至山下，摄衣疾上[179]。山有宫阙如人世，见毅立于宫室之中，前列丝竹，后罗珠翠，物玩之盛，殊倍人间。毅词理益玄，容颜益少。初迎嘏于砌，持嘏手曰：“别来瞬息，而发毛已黄。”嘏笑曰：“兄为神仙，弟为枯骨，命也。”毅因出药五十丸遗嘏，曰：“此药一丸，可增一岁耳。岁满复来，无久居人世以自苦也。”欢宴毕，嘏乃辞行。自是已后，遂绝影响[180]。嘏常以是事告于人世。殆四纪，嘏亦不知所在。陇西[181]李朝威叙而叹曰：“五虫[182]之长，必以灵著，别斯见矣。人，裸也，移信鳞虫[183]。洞庭含纳[184]大直，钱塘迅疾磊落，宜有承焉。嘏咏而不载，独可邻其境[185]。愚义之，为斯文。

【注释】

①仪凤：唐高宗李治的年号(676～679)。

②应举下第：参加科举考试落选。

③湘滨：湘水之滨。湘水又称“湘江”，在今湖南省境内，流入洞庭湖。

④泾阳：唐县名，在今陕西泾阳县西北。

⑤疾逸道左：急奔路旁。逸，奔跑。

⑥殊色：特别漂亮。

⑦蛾脸(jiǎn 检)不舒：即紧锁双眉，意谓愁容满面。蛾，蛾眉，即眉毛。脸，目下颊上。

⑧巾袖无光：服装敝旧无色泽。

⑨凝听翔立：站立细听。翔，止。

⑩若有所伺：好像在等候什么。

⑪自辱：自处于屈辱地位。

⑫见辱问于长者：被您问及。这是客气话。辱问，屈己下问。长者，有德行的人，指柳毅。

⑬愧避：羞愧回避。

⑭幸一闻焉：请听我说。

⑮洞庭：洞庭湖，在今湖南省境内。

⑯泾川：即泾河，也称“泾水”，流经宁夏、甘肃、陕西，入渭河。

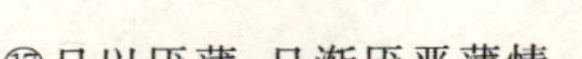

⑰日以厌薄:日渐厌恶薄情。

⑱舅姑:古时妻称夫之父为“舅”,称夫之母为“姑”;后来称为“公婆”。

⑲御:驾驭,控制。

⑳毁黜(chù 处):遭到斥逐。

㉑洞庭于兹:从洞庭湖到这里。

㉒吴:这里指湖南湘滨。三国时孙权据江南,辖地有江、浙、湘、鄂、闽粤、安南,国号称“吴”。所以称湖南为“吴”。

㉓尺书:信札。古时没有纸,字写在竹简或木简上,简长度一般在一尺左右,故称书信为“尺书”,又称“尺一”、“尺素”、“尺翰”、“尺牍”。

㉔侍者:左右侍候的人。此指侍奉柳毅的随从。

㉕未卜:不知道。卜,推知。古人迷信,以卜卦推知凶吉,“未卜”即不知凶吉,引申为一般的“未知”。

㉖义夫:讲义气的人。

㉗宁可致意邪:怎能传达你的意思呢?

㉘显晦:指人世间与神仙界。人世为“显”,神仙为“晦”。

㉙负载珍重:即厚德好意。负载,《礼记》孔颖达疏云:“以其德博厚,所以负载于物。”这里指受托之德。珍重,一般指“善自保重”一类的告别言。这里似非告别,当是指珍重之意,即好意。杜甫《太子张舍人遗织成褥段》诗云:“领客珍重意,顾我非公卿。”

㉚脱获回耗:若得回音。脱,或然之词,意为或者、如果。

㉛不足为异:没有什么不同。

㉜洞庭之阴:洞庭湖的南岸。《穀梁传》:“水之北为阳,山之南为阳。”故称水之南、山之北为阴。

㉝社橘:古代风俗,祭社神(土地神)之日为社日(分春社、秋社),此日在树下设祭,树称“社树”。“社橘”就是作社树的橘树。

㉞兹带:这条带。古代男人束带用皮革(女人用丝织)。这里似指皮革束带,下句说以“他物”代皮带。后文“易带”即指换掉皮带事。

㉟“幸君子”二句:意即除捎信外,还望向她父母转述方才说的一番心里话。书叙,书信所叙说的内容。

㊱无渝:不要改变态度。

㊲闻命:听命,意即照办。

㊳襦(rú 儒):短衣。

㊴矫顾怒步:顾盼行走都表现出强健威风的神态。

㊵龁(hé 河):咬。

㊶至邑而别其友:与前文“念乡人有客于泾阳者,遂往告别”相呼应。邑,指泾阳。友,即在泾阳为客的同乡。

㊷请:问。

㊸揭水:拨开水路。

㊹数息可达:一会儿便可到达。数息,呼吸几下,形容时间短暂。

㊺谛视:仔细看。

㊻雕琉璃于翠楣:翠色横楣上镶嵌着琉璃。楣,门上横木。

㊼饰琥珀于虹栋：如虹的栋梁上装饰有琥珀。

㊽不可殚言：无法形容，说也说不尽。殚，尽。

㊾方幸玄珠阁：正在玄珠阁。幸，封建时代皇帝所至称“幸”。洞庭君是帝王身份，所以也称“幸”。玄珠，黑而带赤的珠。

㊿少选：一会儿。

51阿房（ē páng 婀旁）：阿房宫，秦始皇所建，未名，因宫之前殿地址名阿房（在今西安市西南阿房村），因称“阿房宫”。周围三百余里，秦末项羽入关，举火焚毁。

52玄化：神奇变幻。

53辟：开。

54景从云合：形容随从簇拥洞庭君归来的盛况。《汉书·陈胜项籍传赞》：“天下云合响应，赢粮而景从。”颜师古注：“景从，言如影之随形也。”景，同“影”。

55设拜：施拜，行礼。

56闲驱泾水之涘：独自骑马走到泾水之滨。闲，私自，独自。涘，水边。

57风鬟雨鬓：风里来雨里去，备受风尘劳苦。即后文钱塘君所歌“腹心辛苦兮，泾水之隅。风霜满鬓兮，雨雪罗襦”的意思。

58悲泗淋漓：痛哭流涕的样子。泗，鼻涕。

59诚怛（dá 达）人心：真叫人痛心。怛，伤心，痛心。

60“不能鉴听”二句：没有多看看多听听，因而变成瞎子聋子一般。

61远罹搆害：在远方遭到陷害。

62陌上人：过路行人。

63急之：热心助人解脱患难。

64幸被齿发：有幸具备齿发，意即属于人类。这里洞庭君以人的身份说话，人格化了。

65哀咤（zhà 炸）良久：悲叹很久。

66宦人：太监。

67致政：即致仕，不再管理政务，犹今之退休。

68尧遭洪水九年：《史记·五帝本纪》称，尧时洪水泛滥，鲧治水九年，未成功；至禹才根治水灾。

69失意：不称意。《三国志·魏书·吕布传》：“董卓性刚而褊，忿不思难，尝小失意，拔手戟掷布（吕布）。”这里指不和睦。

70五山：似即下文“怀五岳”之五岳，即泰山、华山、衡山、恒山、嵩山。

71同气：指兄弟。

72縻系：囚拘。

73拆：同“坼（chè 彻）”，开裂。

74擘青天而飞去：钱塘君化赤龙飞上青天，看去犹如划破青天。擘（bò 簸），剖。

75缱绻：厚意，情意。

76以款人事：以尽诚意。款，诚。人事，人情。

77融融怡怡：和乐的样子。

78幢节：旌旗和旌节，指仪仗之类。

79箫韶：相传为虞舜时的乐曲。《书·益稷》：“箫韶九成，凤皇来仪。”这里泛指音乐。

80熙熙：和乐的样子。

㊱明珰:珠玉做的耳饰,这里泛指饰物。

㊲绡縠参差:丝绸衣裳纷然飘动。

㊳貌耸神溢:容貌不凡,精神饱满。耸,高,即出众之意。

㊴顽童:指泾川次子。

㊵飨德怀恩:蒙受您的大德,感激您的大恩。

㊶词不悉心:内心感激之情无法用言辞表达。

㊷㧑退:告退。

㊸俯仰唯唯:打躬作揖,诺诺连声。

㊹辰、巳、午、未:均为十二支之一,这里分别用以指一天中的时辰。上午七至九时为"辰",九至十一时为"巳",十一时至下午一时为"午",下午一时至三时为"未"。以上叙述战泾阳的经过。

㊺九天:九重天。古时传说天有九重,第九重为天帝所居。

㊻帝知其冤,而宥其失:天帝知道侄女的冤情,因而宽恕我的过失。前"其"字指龙女,后"其"字钱塘自指。宥,宽免。

㊼前所谴责:指前因与天将不和"塞其五山",触怒天帝,因被囚拘的事。

㊽怃(wǔ 五)然:形容失望的样子。

㊾吾何辞焉:我哪有理由推卸责任。

㊿醪醴(láo lǐ 牢礼):又醇又甘的美酒。

(96)笳角鼙(pí 皮)鼓:三种军乐器。笳,即胡笳,军中管乐器。角,画角,古时军中吹奏乐器。鼙鼓,古代军中用的小鼓。

(97)钱塘破阵乐:唐初有《秦王破阵乐》,表现秦王(李世民)破刘武周的内容。这里因钱塘破泾阳,故托此拟称其曲为《钱塘破阵乐》。

(98)"旌铓杰气"二句:大意是,手执旌旗剑戟,气势豪迈,舞者顾盼驰骤,威风凛凛。这是写舞蹈的雄武场面。铓,字书无此字,似指兵器,如前所说剑戟之类。

(99)金石丝竹:泛指各种乐器,也指乐队。金,指钟一类金属乐器,石,指磬,丝,指琴、瑟一类弦乐器,竹,指箫、笛一类管乐器。

(100)罗绮珠翠:指舞女的丝织舞衣和珠玉首饰。

(101)贵主还宫乐:唐玄宗李隆基安史之乱平后,自蜀还京,制《还京乐》;另唐时高丽所传的唐曲中有《还宫乐》。《贵主还宫乐》也是根据当时朝廷乐曲名称借拟题名,意在表现洞庭君的女儿回洞庭龙宫。

(102)锡以纨绮:赐给丝织细绢和细绫。锡,通"赐"。

(103)密席贯坐:一条席接一条席,一个挨一个坐着。古时席地而坐。

(104)狐神鼠圣兮,薄社依墙:犹言"城狐社鼠",指泾川次子。典出《晋书·谢鲲传》:"(王)敦将为逆,谓(谢)鲲曰:'刘隗奸邪,将危社稷。吾欲除君侧之恶,匡主济时,何如?'对曰:'隗诚始祸,然城狐社鼠也。'"所谓城狐社鼠意谓掘城狐薰社鼠,恐怕伤坏城墙和社稷。薄,迫近,依附。

(105)荷贞人兮信义长:感蒙正直的人长于信义。荷,承蒙。

(106)言:语助词。

(107)腹心:心腹所爱的人,指龙女。

(108)赖明公兮引素书:全赖明公捎带书信。明公,对尊贵者的敬称,这里指柳毅。

⑽⑼踧踖(cù jí 促吉):恭敬而不安的样子。

⑾⑽休:美好。

⑾⑾感甘羞:多谢用美食来款待。

⑾⑿山家寂寞:自己家中冷清。山家,对自家的谦称。

⑾⒀绸缪(móu 谋):缠绵。悲绸缪,离情悲绪缠绵萦怀。

⑾⒁犀:犀牛。这里指犀角。《埤雅》:"犀角可以破水。"

⑾⒂照夜玑:即夜明珠。玑,不圆的珠子。

⑾⒃酒阑:酒席将尽,已近散席。阑,晚的意思。

⑾⒄作色:脸上变色,板起面孔。

⑾⒅猛石:坚硬的石头。《诗·邶风·柏舟》:"我心匪石,不可转也;我心匪席,不可卷也。""猛石"句似化用《诗经》语。

⑾⒆义士可杀不可羞:意即讲义气的人宁死不屈。语本《礼记·儒行》:"儒有可亲而不可劫也,可近而不可迫也,可杀而不可辱也。"

⑿⑽衷曲:心事,心里话。

⑿⑾夷粪壤:毁为粪土。与上文"在云霄"(在天上)相对。前形容好事,后形容坏结果。

⑿⑿淑性茂质:性情温和,资质美好。

⑿⒀九姻:义近"九亲"、"九族",指自家的众亲族。

⑿⒁求托高义:希望嫁给你这样德行高尚的人。高义,指柳毅。

⑿⒂始终:善始善终。

⑿⒃肃然而作:严肃地起立。

⑿⒄孱困如是:这样惫懒恶劣。

⑿⒅洪波、玄山:指钱塘君前时发洪水、塞五山事。玄山,幽远之山,指五山。

⑿⒆五常:儒家称仁、义、礼、智、信为人伦中永恒不变的常道,故称"五常"。

⒀⑽百行(xìng 性):包括德行、孝行等等,是古时士人的道德规范。蔡邕《陈寔碑》:"兼资九德,总修百行。"

⒀⑾直:义,这里指正道。

⒀⑿筹:原意为计算之具,即筹码,引申为计算,这里意为考虑。

⒀⒀逡巡:这里指因理亏而向后退缩。

⒀⒁戾:罪过。

⒀⒂乖间(jiàn 贱):关系不正常、疏远。

⒀⒃预会:出席宴会。预,参与。

⒀⒄展愧戴:表达惭愧感激的心情。戴,感激。

⒀⒅睽(kuí 奎)别:离别。

⒀⒆广陵:唐时也称"扬州",是商业城市,在今江苏扬州市。宝肆:珠宝商店。

⒁⑽鬻(yù 玉)其所得:出卖他在洞庭君那里得到的珍宝。

⒁⑾盈兆:满百万之数。

⒁⑿故淮右富族:原有的淮西富豪。淮右,即淮西(古时地理方位以东为左,以西为右),淮水上游,唐设淮西节度使。

⒁⒀金陵:今江苏南京。

⒁⒁鳏(guān 官)旷:独身无妻。鳏,老而无妻叫"鳏夫"。旷,男子到一定年龄未娶妻称"旷

夫”。
⑭匹:配偶。
⑭范阳:唐天宝初年,改幽州为范阳节度使,治所在今北京大兴县。
⑭为清流宰:做清流县令。清流,唐县名,今属安徽滁州市。
⑭晚岁好道:晚年笃信神仙之道。
⑭云泉:烟霞泉石。
⑮适:出嫁。
⑮择德:选德行好的人。
⑮卜日就礼:选择好日子举行婚礼。
⑮健仰:即健羡,非常仰慕。
⑮帘室之间:内室。帘室,挂上门帘的房间。
⑮季父:叔父。
⑮濯锦小儿:濯锦江龙君的儿子。濯锦,水名,即今四川成都市的锦江。
⑮分:料想。
⑮替:衰败。
⑮咸善终世:和好一辈子。
⑯“妇人匪薄”四句:大意是说,妇女身份微薄卑贱,不能够坚定永相爱恋之心,所以想借您疼爱儿子的感情,来维持我们的爱情生活。
⑯愁惧兼心:愁闷和畏惧并存于心。
⑯诚将不可邪,抑忿然邪:真的不愿意,还是心里有气?
⑯枉抑:冤屈。
⑯理有不可直:道理说不通。
⑯“且以率肆胸臆”四句:意思是说,在纷乱应酬的酒席上,坦率地说了心里话,只考虑正理,没想去远祸避害。
⑯有依然之容:脸上露出爱恋不舍的表情。
⑯吾始心未为惑矣:意思是说,我原先想的两“不可”(始心)并没迷乱。之所以这样说是因为情况变了:龙女已成人间的卢家女。
⑯心无纤虑也:内心没有丝毫可忧虑的了。
⑯无心:无情。
⑰国容:国色,容貌美丽冠绝一国的女子。神仙之饵:古人信道教,服食药饵以求神仙,药石即为“神仙之饵”。这里的意思是指“国容”居然像神仙之饵似的,即得了“国容”又可成为神仙。
⑰南海:唐郡名,郡治在今广东广州市。
⑰侯、伯:禄爵的等级。《礼记·王制》:“王者之制禄爵,公、侯、伯、子、男,凡五等。”孔疏云:“公、侯、伯、子、男五等,唐虞夏及周制,殷则三等:公、侯、伯也。”
⑰咸遂濡(rú 如)泽:都受到恩惠。封建时代将皇恩比作润泽万物的雨露,称恩泽。濡泽,指皇恩的润湿,意即受皇恩。
⑰上:皇帝,指唐玄宗李隆基。
⑰京畿令:京畿属县县令。京城附近称京畿。
⑰侧立:侧身站立,表示敬畏。

⑰指顾之际：手指眼视之间，意为刹那间。

⑱省（xǐng 醒）然记之：回想起来还记得。

⑲摄衣疾上：撩起衣服急忙上去。

⑳影响：这里指消息。

㉑陇西：唐郡名，治所在今甘肃陇西。

㉒五虫：指倮虫（人类）、羽虫（鸟类）、毛虫（兽类）、鳞虫（鱼类）、介虫（龟类）。

㉓裸：同“倮”。这两句说柳毅是人（倮虫），却能够取信行义于龙类（鳞虫）。

㉔含纳：有涵养，有度量。

㉕“嘏咏而不载”二句：意谓薛嘏向人叙述赞叹这柳毅的事，却不愿用文字记载下来，所以只有他自己能接近柳毅的神仙境界。下文“愚义之，为斯文”，正是由“不载”生发出来的。

李章武传

(唐)李景亮

李景亮，籍贯生平无可考。《唐会要》载："景亮，贞元十年详明政术可以理人科擢第。"若即此景亮，便是德宗(李适)朝人。

《李章武传》，《太平广记》载入卷三四〇，下注云："出李景亮为作《传》。"则知曾以单行本流行于世。

李章武，字飞卿，其先中山[①]人。生而敏博，遇事便了。工文学，皆得极至。虽弘道自高[②]，恶为洁饰[③]，而容貌闲美，即之温然[④]。与清河崔信友善。信亦雅士，多聚古物。以章武精敏，每访辨论，皆洞达玄微[⑤]，研究原本[⑥]，时人比之张华[⑦]。

贞元三年[⑧]，崔信任华州别驾[⑨]，章武自长安诣之。数日，出行，于市北街见一妇人，甚美。因给信云："须州外与亲故知闻[⑩]。"遂赁舍[⑪]于美人之家。主人姓王，此则其子妇也。乃悦而私[⑫]焉。居月余日，所计用直三万余[⑬]，子妇所供费倍之。既而两心克谐[⑭]，情好弥切。无何[⑮]，章武系事[⑯]，告归长安，殷勤叙别。章武留交颈鸳鸯绮一端[⑰]，仍[⑱]赠诗曰：

鸳鸯绮，知结几千丝[⑲]。
别后寻交颈，应伤未别时。

子妇答白玉指环[⑳]一，又赠诗曰：

捻指环相思，见环重相忆。
愿君永持玩，循环无终极。

章武有仆杨果者，子妇赍钱一千，以奖其敬事之勤。

既别，积八九年。章武家长安，亦无从与之相闻。至贞元十一年，因友人张元宗寓居下邽县[㉑]，章武又自京师与元会。忽思曩好，乃回车涉渭[㉒]而访之。日暝，达华州，将舍于王氏之室。至其门，则阒无行迹[㉓]，但外有宾榻而已。章武以为下里[㉔]；或废业即农[㉕]，暂居郊野；或亲宾邀聚，未始归复[㉖]。但休止其门，将别适他舍[㉗]，见东邻之妇，就而访之。乃云："王氏之长老[㉘]，皆舍业而出游；其子妇殁已再周[㉙]矣。"又详与之谈，即云："某姓杨，第六，为东邻妻。"复访："郎何姓？"章武具语之。又云："曩曾有傔[㉚]姓杨名果乎？"曰："有之。"因泣告曰："某为里中妇五年，与王氏相善。尝云：'我夫室犹如传舍[㉛]，阅人多矣。其于往来见调[㉜]者，皆殚财穷产，甘辞厚誓[33]，未尝动心。顷岁[34]有李十八郎，曾舍于我家。我初见之，不觉自失。后遂私侍枕席，实蒙欢爱。今与之别累年矣。思慕之心，或竟日不食，终夜无寝。我家人故不可托[35]。复被彼夫东西，不时会遇[36]。脱有至者，愿以物色名氏[37]求之。如不参差[38]，相托祗奉，并语深意[39]。但有仆夫杨果，即是。'不二三年，子妇寝疾。临终，复见托曰：'我本寒微，曾辱君子厚顾，心常感念。久以成疾，自料不治。曩所奉托，万一至此，愿申九泉衔恨，千古睽离[40]之叹。仍乞留止此，冀神会于仿佛之中。'"章武乃求邻妇为开门，命从者市薪刍食物[41]。方将具细席[42]，忽有一妇人，持帚，出房扫地。邻妇亦不之识。章武因访所从者，云是舍中人。又逼而诘之，即徐曰："王家亡妇感郎恩情深，将见会。恐生怪怖，故使相闻。"章武许诺，云："章武所由来者，正为此也。虽显晦殊途，人皆忌惮，而思念情至，实所不疑。"言毕，执帚人欣然而去，逡巡映门[43]，即不复见。

乃具饮馔，呼祭。自食饮毕，安寝。至二更许，灯在床之东南，忽尔稍暗，如此再三。章武心知有变，因命移烛背墙，置室东南隅。旋闻室北角悉窣[44]有声，如有人形，冉冉而至。五六步，即可辨其状。视衣服，乃主人子妇也。与昔见不异，但举止浮急，音调轻清耳。章武下床，迎拥携手，款[45]若平生之欢。自云："在冥录[46]以来，都忘亲戚；但思君子之心，如平昔耳。"章武倍与狎昵，亦无他异。但数请令人视明星[47]，若出，当须还，不可久住。每交欢之暇，即恳托在邻妇杨氏，云："非此人，谁达幽恨？"至五更，有人告可还。子妇泣下床，与章武连臂出门，仰望天汉，遂呜咽悲怨，却入室[48]，自于裙带上解锦囊，囊中取一物以赠之。其色绀碧[49]，质又坚密，似玉而冷，犹如小叶。章武不之识也。子妇曰："此所谓'靺鞨宝'[50]，出昆仑玄圃[51]中。彼亦不可得。妾近于西岳与玉京夫人戏[52]，见此物在众宝珰[53]上，爱而访之。夫人遂假[54]以相授，云：'洞天[55]群仙，每得此一宝，皆为光荣。'以郎奉玄道[56]，有精识，故以投献。常愿宝之，此非人间之有。"遂赠诗曰：

河汉已倾斜，神魂欲超越。
愿郎更回抱，终天[57]从此诀！

章武取白玉宝簪一以酬之，并答诗曰：

分从幽显隔，岂谓有佳期。
宁辞重重别，所叹去何之[58]。

因相持泣，良久。子妇又赠诗曰：

昔辞怀后会，今别便终天。
新悲与旧恨，千古闭穷泉[59]。

章武答曰：

后期杳无约，前恨已相寻。
别路无行信，何因得寄心。

款曲叙别讫，遂却赴西北隅。行数步，犹回顾拭泪云："李郎无舍，念此泉下人。"复哽咽伫立，视天欲明，急趋至角，即不复见。但空室窅然[60]，寒灯半灭而已。

章武乃促装[61]，却自下邽归长安武定堡[62]。下廨郡官与张元宗携酒宴饮，既酣，章武怀念，因即事赋诗曰：

水不西归月暂圆，令人惆怅古城边。

萧条明早分歧路，知更相逢何岁年。

吟毕，与郡官别。独行数里，又自讽诵。忽闻空中有叹赏，音调凄恻。更审听之，乃王氏子妇也。自云："冥中各有地分[63]。今于此别，无日交会。知郎思眷，故冒阴司之责，远来奉送。千万自爱！"章武愈惑之。及至长安，与道友陇西李助话，亦感其诚而赋曰：

石沉辽海[64]阔，剑别楚天长[65]。

会合知无日，离心满夕阳。

章武既事东平丞相[66]府，因闲，召玉工视所得靺鞨宝，工不知，不敢雕刻。后奉使大梁[67]，又召玉工，粗能辨，乃因其形，雕作槲[68]叶象。奉使上京[69]，每以此物贮怀中。至市东街，偶见一胡僧，忽近马叩头云："君有宝玉在怀，乞一见尔。"乃引于静处开视。僧捧玩移时[70]，云："此天上至物[71]，非人间有也。"章武后往来华州，访遗[72]杨六娘，至今不绝。

【注释】

①其先：他的祖先。中山：郡名，治所在今河北定州市。

②弘道自高：以扩大道义修养品德自负。《论语·卫灵公》："人能弘道。"

③恶为洁饰：不重视修饰边幅，不注意打扮。

④即之温然：接触后便会感到他性情温和。

⑤洞达玄微：精通深奥微妙的道理。

⑥研究原本：探讨事物的来龙去脉。

⑦张华：字茂先，晋代学者。详见前《博物志》的题解。

⑧贞元三年：公元787年。贞元，唐德宗李适的年号(785～804)。

⑨华州：唐州名，曾改为"太州"，又复"华州"，治所在今陕西华县。别驾：州刺史佐吏，又称别驾从事史，从刺史巡视辖境别乘传车，故称"别驾"。

⑩须州外与亲故知闻：还得到华州城外同亲戚朋友通个信。

⑪赁舍：租借房子。

⑫私：私通。

⑬所计用直三万余：日常所用合计三万多。直，同"值"，指钱数。

⑭两心克谐：两人心心相印。克谐，能和好。

⑮无何：没几时，没多久。

⑯系事：系于事，为事所牵累。

⑰留交颈鸳鸯绮一端：留赠一匹有鸳鸯交颈图案的丝织品。我国古代常以鸳鸯象征男女爱情。赠鸳鸯绮就是表示爱情。端，古度名，具体尺数说法不一。

⑱仍：还，又。

⑲丝：与"思"谐音，语意双关，从织绮的"丝"，联想到相思的"思"。几千丝，言外有思绪万端，相思无极的意思。

⑳指环：和“鸳鸯绮”一样，寄托了相思之情，环，无端，循环无尽，指相思之意，如后文诗中所说“循环无终极”。

㉑下邽(guī 龟)县：唐时属华州，治所在今陕西渭南市下邽镇。

㉒涉渭：渡渭河。渭河流经今陕西省境。

㉓阒无行迹：寂静无人。

㉔下里：指人死。里，即蒿里，人死下葬之处。

㉕废业即农：废弃旧业改事农耕。

㉖未始归复：尚未回来。

㉗别适他舍：另去别的人家。适，去，往。

㉘长老：对年岁大的人的尊称。

㉙殁已再周：已死去两年了。

㉚傔(qiàn 歉)：侍从。

㉛传(zhàn 赚)舍：古时驿站里所设供过客住宿休息的房屋。

㉜调：调戏。

㉝甘辞厚誓：甜言蜜语，山盟海誓。

㉞顷岁：往年。从前文“既别，积八九年”和后文“累年”看，不止一年。

㉟故不可托：本来就不可倚托。

㊱“复被彼夫东西”二句：又被那人(指自己的丈夫)带着东奔西走，没有机会和李章武会见。“彼夫”犹言“那个家伙”，是对丈夫的厌恶称呼。

㊲物色名氏：相貌和姓名。

㊳参差：差错，出入。

㊴“相托”二句：拜托好好接待一下，并转达我的深情厚谊。祗奉，恭敬服侍。

㊵睽离：分别，不在一起。

㊶薪刍食物：柴草粮食。刍，牲口饲料。

㊷具细席：铺席子。细，亦作“茵”，席子。

㊸映门：被门所遮，挡住视线。映，蔽。

㊹悉窣：一般作“窸窣”，衣物相擦发出的声音，是象声词。

㊺款：款洽，亲切。

㊻在冥录：在幽冥之界(阴间)的簿籍上挂了名，指人死了。讳言“死”，所以用婉转的说法。

㊼明星：启明星。迷信说法，鬼魂只能在夜间活动，天亮就须回去，所以要看启明星出现没有。

㊽却入室：退回室内。

㊾绀碧：天青色。

㊿靺鞨(mò hé 抹合)宝：产于靺鞨国的一种宝石。靺鞨，古代在东北白山黑水间的一个少数民族，古称靺鞨国。其中有黑水靺鞨，就是女真族，灭辽后称为“金”。

(51)昆仑玄圃：昆仑山顶上的玄圃(又作“悬圃”)，古来传说为神仙所居之地。昆仑，昆仑山，是亚洲最大的山脉，在今新疆、西藏和青海等地。

(52)西岳：华山。玉京夫人：虚拟的仙人。道教言天帝居白玉京。所谓“玉京夫人”，或许即指天帝后妃，未见有关记载。

(53)宝玿：珍贵的装饰物。

(54)假：持，取。

(55)洞天：道教指神仙居处，多在名山洞府，叫做“洞天”。有所谓“十大洞天”，“三十三小洞天”等（见《云笈七签》）。

(56)玄道：玄教，即道教。

(57)终天：终身。

(58)何之：何往，往哪儿去。

(59)穷泉：黄泉，九泉，指阴间。

(60)窅（yǎo 咬）然：昏暗的样子。

(61)促装：收拾行李。

(62)武定堡：未详。秦岭以南有武定军，治所在洋县（今陕西洋县），似非文中长安武定堡。

(63)冥中各有地分（fèn 奋）：在阴间也分了地界，不能越界。此连下文几句，意思是说，此地本来不在冥间给她划定的地界之内，但因为今日在此一别之后，再也没有相会的机会了，所以不惜冒着阴司的责罚，远来相送。

(64)石沉辽海：石沉大海，一去无回。形容永别。辽海，这里泛指辽阔的大海。

(65)楚天长：这里非实指楚地，是借以形容阔别久远。

(66)东平丞相：指李师古。李师古于贞元十六年加同中书门下平章事（宰相）。因为他曾任淄青节度使，治所在东平（今山东郓城县），所以称为“东平丞相”。

(67)大梁：战国时魏国都城大梁。五代梁、晋、汉、周、北宋均都此，称“汴梁”，即今河南开封市。

(68)檞（jiě 解）：松樠（mǎn 满），木心似松。

(69)上京：都城。

(70)移时：一阵，比“须臾”所指的时间稍长。

(71)至物：至贵的宝物。

(72)访遗（wèi 畏）：访问。遗，馈赠，访问时带点礼物。

霍小玉传

（唐）蒋　防

蒋防，字徵（一作"子徵"），义兴（县治在今山西和顺县西十五里）人。年十八，父友令作《秋河赋》，援笔立就。官右拾遗。元和中，李绅荐举，以尚书司封郎中知制诰，进翰林学士。长庆中李绅与蒋防共荐庞严为翰林学士，同被李逢吉诬罪贬逐，出为汀州刺史。长庆末年，改为连州刺史。卒年无可考。

《霍小玉传》，《太平广记》收入卷四八七，下题蒋防撰，未注出处。当时当是单篇流行，其后曾收入《异闻集》（见宋吴曾《能改斋漫录》）。此文以当朝人物的传说为题材，以爱情为中心，情节生动，描写细腻，是一篇较成熟的爱情小说，对后世的言情小说颇有影响。

大历中，陇西李生名益[①]，年二十，以进士擢第。其明年，拔萃[②]，俟试于天官[③]。夏六月，至长安，舍于新昌里。生门族清华[④]，少有才思，丽词嘉句，时谓无双；先达丈人[⑤]，翕然推伏[⑥]。每自矜风调[⑦]，思得佳偶，博求名妓，久而未谐。长安有媒鲍十一娘者，故薛驸马家青衣也，折券从良[⑧]，十余年矣。性便辟[⑨]，巧言语，豪家戚里，无不经过，追风挟策[⑩]，推为渠帅[⑪]。当受生诚托厚赂，意颇德之。

经数月，李方闲居舍之南亭。申未间[⑫]，忽闻扣门甚急，云是鲍十一娘至。摄衣从之，迎问曰："鲍卿今日何故忽然而来？"鲍笑曰："苏姑子作好梦也未[⑬]？有一仙人，谪在下界，不邀财货，但慕风流。如此色目[⑭]，共十郎相当矣。"生闻之惊跃，神飞体轻，引鲍手且拜且谢曰："一生作奴，死亦不惮。"因问其名居[⑮]。鲍具说曰："故霍王[⑯]小女，字小玉，王甚爱之。母曰净持。——净持，即王之宠婢也。王之初薨，诸弟兄以其出自贱庶，不甚收录[⑰]。因分与资财，遣居于外，易姓为郑氏，人亦不知其王女。姿质秾艳，一生未见；高情逸态，事事过人；音乐诗书，无不通解。昨遣某求一好儿郎格调[⑱]相称者。某具说十郎。他亦知有李十郎名字，非常欢惬。住在胜业坊古寺曲[⑲]，甫上车门宅是也。已与他作期约。明日午时，但至曲头觅桂子，即得矣。"

鲍既去，生便备行计。遂令家童秋鸿，于从兄京兆参军尚公处假青骊驹[⑳]，黄金勒[㉑]。其夕，生浣衣沐浴，修饰容仪，喜跃交并，通夕不寐。迟明[㉒]，巾帻[㉓]引镜自

照，惟惧不谐也。徘徊之间，至于亭午[24]，遂命驾疾驱，直抵胜业。至约之所，果见青衣立候，迎问曰："莫是李十郎否?"即下马，令牵入屋底，急急锁门。见鲍果从内出来，遥笑曰："何等儿郎，造次[25]入此?"生调诮[26]未毕，引入中门。庭间有四樱桃树，西北悬一鹦鹉笼，见生人来，即语曰："有人入来，急下帘者!"生本性雅淡，心犹疑惧，忽见鸟语，愕然不敢进。

逡巡，鲍引净持下阶相迎，延入对坐。年可四十余，绰约[27]多姿，谈笑甚媚。因谓生曰："素闻十郎才调风流，今又见仪容雅秀，名下固无虚士[28]。某有一女子，虽拙教训，颜色不至丑陋，得配君子，颇为相宜。频见鲍十一娘说意旨，今亦便令永奉箕帚[29]。"生谢曰："鄙拙庸愚，不意顾盼[30]，倘垂采录，生死为荣。"遂命酒馔，即令小玉自堂东阁子[31]中而出。生即拜迎。但觉一室之中，若琼林玉树，互相照曜，转盼精彩射人。既而遂坐母侧。母谓曰："汝尝爱念'开帘风动竹，疑是故人来'[32]，即此十郎诗也。尔终日吟想，何如一见。"玉乃低鬟微笑，细语曰："见面不如闻名。才子岂能无貌?"生遂连起拜曰："小娘子爱才，鄙夫重色。两好相映，才貌相兼。"母女相顾而笑，遂举酒数巡。生起，请玉唱歌。初不肯，母固强之。发声清亮，曲度精奇。

酒阑，及暝，鲍引生就西院憩息。闲庭邃宇[33]，帘幕甚华。鲍令侍儿桂子、浣沙与生脱靴解带。须臾，玉至，言叙温和，辞气宛媚。解罗衣之际，态有余妍，低帏昵枕，极其欢爱。生自以为巫山、洛浦不过也[34]。中宵之夜，玉忽流涕观生曰："妾本倡家，自知非匹。今以色爱，托其仁贤。但虑一旦色衰，恩移情替[35]，使女萝无托[36]，秋扇见捐[37]。极欢之际不觉悲至。"生闻之，不胜感叹。乃引臂替枕，徐谓玉曰："平生志愿，今日获从，粉骨碎身，誓不相舍。夫人何发此言！请以素缣[38]，著之盟约。"玉因收泪，命侍儿樱桃褰幄[39]执烛，授生笔研[40]。玉管弦之暇，雅好诗书，筐箱笔研，皆王家之旧物。遂取绣囊，出越姬乌丝栏[41]素缣三尺以授生。生素多才思，援笔成章，引谕山河，指诚日月，句句恳切，闻之动人。染毕[42]命藏于宝箧之内。自尔婉娈相得[43]，若翡翠之在云路也[44]。

如此二岁，日夜相从。其后年春，生以书判[45]拔萃登科，授郑县主簿[46]。至四月，将之官，便拜庆于东洛[47]。长安亲戚，多就筵饯。时春物尚余，夏景初丽，酒阑宾散，离思萦怀。玉谓生曰："以君才地名声，人多景慕[48]，愿结婚媾，固亦众矣。况堂有严亲，室无冢妇[49]，君之此去，必就佳姻。盟约之言，徒虚语耳。然妾有短愿，欲辄指陈[50]，永委君心[51]，复能听否?"生惊怪曰："有何罪过，忽发此辞？试说所言，必当敬奉。"玉曰："妾年始十八，君才二十有二，迨君壮室之秋[52]，犹有八岁。一生欢爱，愿毕此期，然后妙选高门，以谐秦晋[53]，亦未为晚。妾便舍弃人事，剪发披缁[54]。夙昔之愿，于此足矣。"生且愧且感，不觉涕流。因谓玉曰："皎日之誓[55]，死生以之[56]。与卿偕老，犹恐未惬素志，岂敢辄有二三[57]。固请不疑，但端居[58]相待。至八月，必当却到[59]华州，寻使奉迎，相见非远。"

更数日，生遂诀别东去。到任旬日，求假往东都觐亲。未至家日，太夫人已与商量表妹卢氏，言约已定。太夫人素严毅，生逡巡不敢辞让，遂就礼谢，便有近期。

卢亦甲族[60]也，嫁女于他门，聘财必以百万为约，不满此数，义在不行。生家素贫，事须求贷，便托假故[61]，远投亲知，涉历江、淮[62]，自秋及夏。生自以孤负盟约[63]，大愆回期，寂不知闻，欲断其望，遥托亲故，不遣漏言。

玉自生逾期，数访音信。虚词诡说，日日不同。博求师巫[64]，遍询卜筮[65]，怀忧抱恨，周岁有余。羸[66]卧空闺，遂成沉疾。虽生之书题[67]竟绝，而玉之想望不移，赂遗亲知，使通消息。寻求既切，资用屡空，往往私令侍婢潜卖箧中服玩之物，多托于西市寄附铺[68]侯景先家货卖。曾令侍婢浣沙将紫玉钗一只，诣景先家货之。路逢内作[69]老玉工，见浣沙所执，前来认之曰："此钗，吾所作也。昔岁霍王小女，将欲上鬟[70]，令我作此，酬我万钱。我尝不忘。汝是何人，从何而得？"浣沙曰："我小娘子，即霍王女也。家事破散，失身于人。夫婿昨向东都，更无消息。悒怏[71]成疾，今欲二年。令我卖此，赂遗于人，使求音信。"玉工凄然下泣曰："贵人男女，失机落节[72]，一至于此！我残年向尽，见此盛衰，不胜伤感。"遂引至延光公主宅[73]，具言前事。公主亦为之悲叹良久，给钱十二万焉。

时生所定卢氏女在长安，生既毕于聘财，还归郑县。其年腊月，又请假入城就亲。潜卜静居[74]，不令人知。有明经[75]崔允明者，生之中表弟也。性甚长厚，昔岁常与生同欢于郑氏之室，杯盘笑语，曾不相间。每得生信，必诚告于玉。玉常以薪刍衣服[76]，资给于崔。崔颇感之。生既至，崔具以诚告玉。玉恨叹曰："天下岂有是事乎！"遍请亲朋，多方召致。生自以愆期负约，又知玉疾候沉绵[77]，惭耻忍割[78]，终不肯往。晨出暮归，欲以回避。玉日夜涕泣，都忘寝食，期一相见，竟无因由。冤愤益深，委顿[79]床枕。

自是长安中稍有知者。风流之士，共感玉之多情；豪侠之伦，皆怒生之薄行[80]。时已三月，人多春游，生与同辈五六人诣崇敬寺玩牡丹花，步于西廊，递吟诗句。有京兆韦夏卿者，生之密友，时亦同行。谓生曰："风光甚丽，草木荣华。伤哉郑卿，衔冤空室！足下终能弃置，实是忍人。丈夫之心，不宜如此。足下宜为思之！"

叹让[81]之际，忽有一豪士，衣轻黄纻衫，挟弓弹，丰神隽美，衣服轻华，唯有一剪头胡雏[82]从后，潜行而听之。俄而前揖生曰："公非李十郎者乎？某族本山东[83]，姻连外戚。虽乏文藻，心尝乐贤。仰公声华，常思觏止[84]。今日幸会，得睹清扬[85]。某之敝居，去此不远，亦有声乐，足以娱情。妖姬[86]八九人，骏马十数匹，唯公所欲。但愿一过。"生之侪辈[87]，共聆斯语，更相叹美。因与豪士策马同行，疾转数坊，遂至胜业。生以近郑之所止，意不欲过，便托事故，欲回马首。豪士曰："敝居咫尺，忍相弃乎？"乃挽挟其马，牵引而行。迁延之间，已及郑曲。生神情恍惚，鞭马欲回。豪士遽命奴仆数人，抱持而进。疾走推入东门，便令锁却，报云："李十郎至也！"一家惊喜，声闻于外。

先此一夕，玉梦黄衫丈夫抱生来，至席，使玉脱鞋。惊寤而告母。因自解曰："'鞋'者，'谐'也，夫妇再合。'脱'者，'解'也。既合而解，亦当永诀。由此征[88]之，必遂相见，相见之后，当死矣。"凌晨，请母妆梳。母以其久病，心意惑乱，不甚信之。

黾勉[89]之间，强为妆梳。妆梳才毕，而生果至。玉沉绵日久，转侧须人[90]；忽闻生来，欻然自起，更衣而出，恍若有神。遂与生相见，含怒凝视，不复有言。羸质娇姿，如不胜致[91]，时复掩袂，返顾李生。感物伤人，坐皆欷歔。

顷之，有酒肴数十盘，自外而来。一坐惊视，遽问其故，悉是豪士之所致也。因遂陈设，相就而坐。玉乃侧身转面，斜视生良久，遂举杯酒酬地[92]曰："我为女子，薄命如斯！君是丈夫，负心若此！韶颜稚齿[93]，饮恨而终。慈母在堂，不能供养。绮罗弦管，从此永休。征痛黄泉[94]，皆君所致。李君李君，今当永诀！我死之后，必为厉鬼，使君妻妾，终日不安！"乃引左手握生臂，掷杯于地，长恸号哭数声而绝。母乃举尸，置[95]于生怀，令唤之，遂不复苏矣。生为之缟素[96]，旦夕哭泣甚哀。将葬之夕，生忽见玉穗帷[97]之中，容貌妍丽，宛若平生。着石榴裙，紫褴裆[98]，红绿帔子[99]。斜身倚帷，手引绣带，顾谓生曰："愧君相送，尚有余情。幽冥之中，能不感叹。"言毕，遂不复见。明日，葬于长安御宿原[100]。生至墓所，尽哀而返。

后月余，就礼于卢氏。伤情感物，郁郁不乐。夏五月，与卢氏偕行，归于郑县。至县旬日，生方与卢氏寝，忽帐外叱叱作声。生惊视之，则见一男子，年可二十余，姿状温美，藏身映幔，连招卢氏。生惶遽走起，绕幔数匝，倏然不见。生自此心怀疑恶，猜忌万端，夫妻之间，无聊生矣。或有亲情，曲相劝喻，生意稍解。后旬日，生复自外归，卢氏方鼓琴于床，忽见自门抛一斑犀钿花合子[101]，方圆一寸余，中有轻绢，作同心结[102]，坠于卢氏怀中。生开而视之，见相思子二、叩头虫一、发杀觜一、驴驹媚少许[103]。生当时愤怒叫吼，声如豺虎，引琴撞击其妻，诘令实告，卢氏亦终不自明。尔后往往暴加捶楚[104]，备诸毒虐，竟讼于公庭而遣之[105]。卢氏既出[106]，生或侍婢媵妾之属，暂同枕席，便加妒忌。或有因而杀之者。生尝游广陵，得名姬曰营十一娘者，容态润媚，生甚悦之。每相对坐，尝谓营曰："我尝于某处得某姬，犯某事，我以某法杀之。"日日陈说，欲令惧己，以肃清闺门。出则以浴斛[107]覆营于床，周回封署，归必详视，然后乃开。又畜一短剑，甚利，顾谓侍婢曰："此信州葛溪铁[108]，唯断作罪过头！"大凡生所见妇人，辄加猜忌，至于三娶，率皆如初[109]焉。

【注释】

①陇西李生名益：李益，字君虞，陇西姑臧（今甘肃武威）人，长于诗歌。大历四年（769）进士。宪宗朝官至礼部尚书。《唐书》本传云："益少痴而忌克，防闲妻妾苛严，世谓妒痴为李益疾。"本篇所谓"心怀疑恶，猜忌万端，夫妻之间，无聊生矣"，或者本于当时关于"妒痴"的传说。

②拔萃：唐代科举进士或明经（由礼部主持）及第，还要等候吏部选拔，才任以官职。《旧唐书·选举志》："选未满而试文三篇，谓之宏辞；试判三条，谓之拔萃，中者即授官。"所谓"拔萃"就是参加吏部主持的试判。

③俟试于天官：至吏部等待考试。天官，即吏部。《周礼》中有"天官冢宰"，职务同后代的吏部大体相当。武则天朝曾将吏部改称"天官"。

④门族清华：门第高贵。指出身大族。

⑤先达丈人：前贤长辈。先达，指比自己先达道发迹的人。丈人，对老人的尊称。

⑥翕然推伏:一致称赞。推伏,也作"推服",推许佩服。伏,通"服"。

⑦自矜风调:以才华风流自负。调,有才干。

⑧折券从良:赎身摆脱女婢地位,并嫁人为妻。折券,折毁契券。指毁了卖身契。从良,古时婢女、妓女获得自由嫁给良家(家世清白的人家)称为"从良"。

⑨便(pián 骈)辟:善于逢迎谄媚。

⑩追风挟策:追风,骏马名,形容马奔之速。挟策,手持马鞭。追风挟策,原意为挥鞭驱马,这里的意思是很会说风情做媒人。犹如后世"马泊六"。

⑪渠帅:也称"渠魁",意为大首领,一般指盗贼首领。这里借指鲍十一娘,说她可推为媒婆中的头目。

⑫申未间:申未交替之时,即午后三时左右。

⑬苏姑子作好梦也未:意思说梦到什么好兆头没有。苏姑子,出处未详。

⑭色目:名色名目,可指物,也可指人(一般称妓女)。这里指人。

⑮名居:姓名地址。

⑯霍王:高祖(李渊)第十四子李元轨,武德中封霍王,垂拱四年(688)坐与越王贞合谋起兵,事败而死,后来又追复爵位,神龙初年又曾封元轨长子绪之孙晖为嗣霍王。本篇所写为大历事,似指嗣霍王。

⑰不甚收录:不肯收留,不能容纳。

⑱格调:品格才调,德才。

⑲古寺曲:名为"古寺"的小巷。曲,唐时坊间小巷。

⑳从兄:堂兄。京兆参军:京兆府的属官参军事。参军,参军事的简称。原只属军事机构,隋唐州郡也设此官,有录事参军(总管州郡内部一切事务,略如今之秘书长)和诸曹(有司功、司仓、司户等曹)参军。

㉑勒:马笼头。

㉒迟明:及至天明,即黎明。

㉓巾帻:系上包发的头巾。巾,用作动词。

㉔亭午:正午。

㉕造次:冒失。有时也作"仓促"讲。

㉖调诮:嘲笑讥讽,这里指说开玩笑的话。

㉗绰约:姿态柔和优美的样子。

㉘名下固无虚士:果然名不虚传。

㉙奉箕帚:供事洒扫,古代用作充臣仆、做妻妾之意,后来专用作做妻妾的谦辞。《史记·高祖本纪》载吕公语:"臣有息女愿为季(高祖)箕帚妾。"

㉚不意顾盼:没料到被您看上。

㉛东阁子:东边小门。

㉜"开帘"二句:李益《竹窗闻风寄苗发司空曙》诗作"开门复动竹,疑是故人来"。诗意本乐府《华山畿》:"夜相思,风吹窗帘动,竟是所欢来。"

㉝闲庭邃宇:大的庭院,深的屋宇。

㉞巫山:指巫山神女。见前《拾遗记》之《薛灵芸》篇注。洛浦:三国时魏曹植黄初三年(222)经过洛水,因传说有水神宓妃而作《洛神赋》,写洛神的美貌和神态。或说《洛神赋》原名《感甄赋》,因爱恋甄后而作。甄后本为袁绍儿媳妇,后来为文帝(曹丕)皇后。"浦",

水边。
㉟恩移情替：恩情变易，意为爱情变得冷淡。
㊱女萝无托：意即怕被捐弃，似女萝无所依靠。女萝，即松萝，蔓状植物，依附树木而生。古人常用以比喻女子之依靠丈夫。
㊲秋扇见捐：如秋凉时节扇子被弃置。汉代班婕妤《怨歌行》云："新裂齐纨素，皎洁如霜雪；裁成合欢扇，团团似明月。出入君怀袖，动摇微风发。常恐秋节至，凉飙夺炎热。弃捐箧笥中，恩情中道绝。""秋扇见捐"是化用这个典故。
㊳素缣（jiān 坚）：白色的细绢。缣，一种细薄的丝织品。纸张发明以前，常以素缣书写文字。
㊴褰（qiān 千）幄：揭起帐帷。
㊵研：同"砚"。
㊶乌丝栏：绢上所织黑丝格线。唐李肇《国史补》："宋亳间有织成界道绢素，谓之乌丝栏。"后来纸卷上有黑色格线也叫"乌丝栏"，有红色格线称"朱丝栏"。
㊷染毕：写好。
㊸婉娈（luán 峦）相得：相亲相爱。婉娈，亲爱。
㊹若翡翠之在云路：犹如翡翠鸟在天空比翼双飞。翡翠，青羽雀（见《说文解字》），或说雄为翡，雌为翠（见《本草纲目》）。云路，指天空。
㊺书判：拔萃科试书判。参阅本篇"拔萃"注。
㊻郑县：唐县名，今陕西华县。主簿：职掌文书簿籍的官员。
㊼拜庆于东洛：到东都洛阳去探望母亲。拜庆，即"拜家庆"。古时离乡日久，回去探双亲，称"拜家庆"。孟浩然诗："明朝拜家庆，须着老莱衣。"
㊽景慕：羡慕。
㊾冢妇：嫡长子之妻。这里似指正配之妻，区别于"妾"。
㊿欲辄指陈：想立即说明。
51永委君心：永远倾心于您。意即只爱您一人。后文所说夙愿：尽八年的欢爱，而后披缁为尼，正表达了"永委君心"的意思。委心，倾心。《史记·淮阴侯列传》："仆委心归计，愿足下勿辞。"卢谌诗："绸缪委心，自问匪他。"
52壮室之秋：三十岁的时候。古时三十岁为"壮年"。
53秦晋：春秋时秦国和晋国，世代互为婚姻，后世便以"秦晋"为婚姻的代称。
54剪发披缁：剪去头发穿上缁衣，意即当尼姑。缁，缁衣，和尚尼姑所穿的黑色袈裟。
55皎日之誓：对着白日所发的誓言。语本《诗·王风·大车》："谓予不信，有如皎日。"
56死生以之：不管是死是生都按照誓言行事。
57二三："二三其德"的省语，语出《诗·卫风·氓》，意为朝三暮四，不守旧约。
58端居：平居。
59却到：回到。
60甲族：门第高贵的大族。
61托假故：找借口。
62江、淮：长江、淮河。江，古代对长江的专称。
63孤负盟约：违背誓言。孤，同"辜"。
64师巫：这里泛指行"卜筮"的人。
65卜筮：卜用龟甲，筮用蓍草，都是用来占卜凶吉的迷信活动。

⑥⑥羸(léi 雷):瘦弱。

⑥⑦书题:书信题咏。

⑥⑧寄附铺:代人保管或出售宝贵东西的商店,类似今天的信托商行。

⑥⑨内作:皇家工匠分"内作"和"外作"。《旧唐书·百官志》:"将作监大明、兴庆、上阳宫、中书门下、六军仗舍闲厩谓之内作;郊庙、城门、省寺、台监、十六卫、东宫、王府诸廨谓之外作。"

⑦⓪上鬟:古人幼年头发散垂,称"垂发",或作"垂髫"。女子十五岁为"及笄",这时必须将垂发挽成双鬟,插上簪钗,叫做"上鬟"。

⑦①悒怏:忧愁不乐。

⑦②失机落节:意思是落魄失意。

⑦③延光公主:唐肃宗(李亨)的女儿。先嫁裴徽,又嫁萧升。始封延光,后封部国,亦称"部国公主"。

⑦④潜卜静居:暗中寻找僻静的居处。

⑦⑤明经:唐代科举考试分许多科,最主要是进士和明经二科,进士科考诗赋,明经考经义。

⑦⑥薪刍(chú 除):薪,柴。刍,同"刍",喂牲口的草料。后因用"薪刍"作为日常生活费用的代称。

⑦⑦疾候沉绵:症状沉重。沉绵,犹"沉痼",疾病缠绵沉重。

⑦⑧惭耻忍割:惭愧羞耻,忍心割爱。

⑦⑨委顿:疲惫不堪。

⑧⓪薄行:即无行,无情无义。

⑧①叹让:叹息责备。

⑧②胡雏:幼小的家奴,因属少数民族,故古人以"胡"称之。雏,指年纪幼小的人。

⑧③山东:这里指华山以东地区。自南北朝以后"山东"多士族,大姓有王、崔、卢、李、郑等,唐代对"山东"士族有所抑制,但仍不失为"清华门族"。所以黄衣豪士仍以"族本山东"自矜。

⑧④觏(gòu 够)止:相会。《诗·召南·草虫》:"亦既觏止。"觏,通"遘",遇见。止,语助词。

⑧⑤清扬:语本《诗·郑风·野有蔓草》:"有美一人,清扬婉兮。"是指人眉目之间婉美。后因以"清扬"表示眉目清秀。这里是客气语,意犹"尊容"。

⑧⑥妖姬:漂亮的歌妓。

⑧⑦侪辈:同辈,同伴。

⑧⑧征:证,验。

⑧⑨黾(mǐn 敏)勉:勉力从事。

⑨⓪转侧须人:连翻个身也要靠别人扶助。

⑨①如不胜(shēng 生)致:好似有无限情态。不胜,不尽。致,情态。

⑨②酬地:泼在地上以设誓。下文即誓词。

⑨③韶颜稚齿:犹言青春年少。韶,美。

⑨④征痛黄泉:招引痛苦至于地下。意谓死后仍然要受痛苦。

⑨⑤置:放置。

⑨⑥缟(gǎo 搞)素:白色衣服,意即穿丧服。

⑨⑦穗帷:灵帐。

⑱褴(kè 课)裆:古时妇人穿的外袍。

⑲帔(pèi 配)子:披于肩背的纱巾。

⑩御宿原:在长安城南,当时死者多葬此地。

⑩斑犀钿花合子:饰有斑纹的犀牛角的花盒子。钿,以金银珠宝嵌饰器物。

⑩同心结:古人用锦带结为连环回文的样子,表示相爱之意,美称为"同心结"。

⑩相思子:即红豆,古人常用以表示相思之意。叩头虫:一种人一碰便叩头的小虫。《异苑》:"有小虫形色如大豆,咒令叩头,状如稽颡,故俗呼为叩头虫。"晋傅咸《叩头虫赋》云:"何落虫之多畏,人才触而叩头。犯而不校,谁与为仇。"赠送叩头虫想是取顺从之意。发杀觜(zī 滋):《书影》(卷五)以为"似媚药无疑"。驴驹媚:传说是一种媚药。僧赞宁《物类相感志》:"凡驴驹初生,未堕地,口中有一物,如肉,名'媚'。妇人带之能媚。"

⑩棰楚:杖击棍打。棰,短木棍。楚是一种灌木,俗称荆条,古时用作刑杖。

⑩讼于公庭而遣之:告到官府,然后休弃了她。

⑩出:封建时代,妇女违犯封建礼教规定的"妇德"而被休,叫"出",有所谓"七出"(无子、淫泆、不事舅姑、口舌、盗窃、妒忌、恶疾)之说。

⑩浴斛(hú 胡):澡盆之类。斛,容器。

⑩信州:治所在今江西上饶市。葛溪铁:据说信州葛溪产铁,精而细。

⑩率皆如初:大抵都像先前那样。

南柯太守传

（唐）李公佐

李公佐，史不载其生平。据杜光庭《神仙感遇传》"李公佐"条及李公佐自己所写传奇小说《南柯太守传》、《谢小娥传》、《冯媪传》、《古岳渎经》等考之，他字颛蒙，陇西（今甘肃陇西）人，德宗朝举进士，后为钟陵（今江西南昌）从事，元和八年（813）罢去，在建业（今江苏南京）淹留一个时期，元和十二年夏回到京师。

《南柯太守传》，《太平广记》卷四七五录此文，题作《淳于棼》，而唐李肇《国史补》称李公佐《南柯太守传》，则唐时即已单篇流行。文中写淳于棼梦入蚁国，经历荣辱盛衰，寄托人生如梦的思想，对当世寓有讽刺，对后世影响颇大，"南柯一梦"的成语即源于本篇。明人汤显祖据此编为《南柯记》，车任远也据此编为《南柯梦》，流传极为广泛。

东平[①]淳于棼，吴、楚游侠之士。嗜酒使气，不守细行[②]。累巨产，养豪客。曾以武艺补淮南军裨将[③]，因使酒忤帅[④]，斥逐落魄，纵诞[⑤]饮酒为事。家住广陵郡[⑥]东十里。所居宅南有大古槐一株，枝干修密，清阴数亩。淳于生日与群豪大饮其下。

贞元七年[⑦]九月，因沉醉致疾。时二友人于坐扶生归家，卧于堂东庑[⑧]之下。二友谓生曰："子其寝矣！余将秣马濯足[⑨]，俟子小愈而去。"

生解巾就枕，昏然忽忽[⑩]，仿佛若梦。见二紫衣使者，跪拜生曰："槐安国王遣小臣致命奉邀。"生不觉下榻整衣，随二使至门。见青油小车[⑪]，驾以四牡[⑫]，左右从者七八，扶生上车，出大户，指古槐穴而去。使者即驱入穴中。生意颇甚异之，不敢致问。忽见山川、风候[⑬]、草木、道路，与人世甚殊。前行数十里，有郛郭城堞[⑭]。车舆人物，不绝于路。生左右传车者[⑮]传呼甚严，行者亦争辟于左右[⑯]。又入大城，朱门重楼，楼上有金书，题曰"大槐安国"。执门者[⑰]趋拜奔走。旋有一骑传呼曰："王以驸马远降，令且息东华馆。"因前导而去。

俄见一门洞开，生降车而入。彩槛雕楹，华木珍果，列植于庭下，几案茵褥，帘帏殽膳，陈设于庭上。生心甚自悦。复有呼曰："右相且至。"生降阶祗奉[⑱]。有一人紫衣象简[⑲]前趋，宾主之仪敬尽焉。右相曰："寡君不以弊国远僻[⑳]，奉迎君子，托以姻亲[21]。"生曰："某以贱劣之驱，岂敢是望[22]。"右相因请生同诣其所。行可百步，入朱门。矛戟斧钺[23]，布列左右，军吏数百，辟易导侧。生有平生酒徒周弁者，亦趋其中。生私心悦之，不敢前问。

右相引生升广殿，御卫严肃，若至尊[24]之所。见一人长大端严，居正位，衣素练服，簪朱华冠[25]。生战栗，不敢仰视。左右侍者令生拜。王曰："前奉贤尊[26]命，不弃小国，许令次女瑶芳，奉事[27]君子。"生但俯伏而已，不敢致词。王曰："且就宾宇[28]，续造仪式[29]。"有旨，右相亦与生偕还馆舍。生思念之，意以为父在边将，因殁虏中[30]，不知存亡。将谓父北蕃交通[31]，而致兹事[32]。心甚迷惑，不知其由。是夕，羔雁币帛[33]，威容仪度，妓乐丝竹，殽膳灯烛，车骑礼物之用，无不咸备。有群女，或称华阳姑，或称青溪姑，或称上仙子，或称下仙子，若是者数辈。皆侍从数十，冠翠凰冠，衣金霞帔，彩碧金钿，目不可视。遨游戏乐，往来其门，争以淳于郎为戏弄[34]。风态妖丽，言词巧艳，生莫能对。复有一女谓生曰："昨上巳日[35]，吾从灵芝夫人过禅智寺，于天竺院观石延舞《婆罗门》[36]。吾与诸女坐北牖石榻上，时君少年，亦解骑来看。君独强来亲洽，言调笑谑。吾与穷英妹结绛巾，挂于竹枝上，君独不忆念之乎？又七月十六日，吾于孝感寺侍上真子，听契玄法师讲《观音经》[37]。吾于讲下[38]舍金凤钗两只，上真子舍水犀合子一枚。时君亦讲筵中于师处请钗合视之。赏叹再三，嗟异良久，顾余辈曰：'人之与物，皆非世间所有。'或问吾氏，或访吾里。吾亦不答。情意恋恋，瞩盼不舍。君岂不思念之乎？"生曰："中心藏之，何日忘之。"[39]群女曰："不意今日与君为眷属。"复有三人，冠带甚伟，前拜生曰："奉命为驸马相者[40]。"中一人与生且故[41]。生指曰："子非冯翊[42]田子华乎？"田曰："然。"生前，执手叙旧久之。生谓曰："子何以居此？"子华曰："吾放游[43]，获受知于右相武成侯段公，因以栖托[44]。"生复问曰："周弁在此，知之乎？"子华曰："周生，贵人也。职为司隶[45]，权势甚盛。吾数蒙庇护。"言笑甚欢。俄传声曰："驸马可进矣。"三子取剑佩冕服，更衣之。子华曰："不意今日获睹盛礼，无以相忘也。"

有仙姬数十，奏诸异音，婉转清亮，曲调凄悲，非人间之所闻听。有执烛引导者，亦数十。左右见金翠步障[46]，彩碧玲珑，不断数里。生端坐车中，心意恍惚，甚不自安。田子华数言笑以解之。向者群女姑姊，各乘凤翼辇，亦往来其间。至一门，号"修仪宫"。群仙姑姊亦纷然在侧，令生降车辇拜，揖让升降[47]，一如人间。

彻障去扇[48]，见一女子，云号"金枝公主"。年可十四五，俨若神仙。交欢之礼，颇亦明显。生自尔情义日洽，荣曜日盛。出入车服，游宴宾御，次于王者。王命生与群寮备武卫，大猎于国西灵龟山。山阜峻秀，川泽广远，林树丰茂，飞禽走兽，无不蓄之。师徒大获，竟夕而还。生因他日，启王曰："臣顷结好之日，大王云奉臣父之命。臣父顷佐边将，用兵失利，陷没胡中。尔来绝书信十七八岁矣。王既知所在，臣请一往拜觐。"王遽谓曰："亲家翁职守北土，信问不绝。卿但具书状知闻[49]，未用便去。"遂命妻致馈贺之礼，一以遣之[50]。数夕还答。生验书本意，皆父平生之迹。书中忆念教诲，情意委曲，皆如昔年。复问生亲戚存亡，闾里兴废。复言路道

乖远[51]，风烟阻绝。词意悲苦，言语哀伤。又不命生来觐，云："岁在丁丑，当与女[52]相见。"生捧书悲咽，情不自堪[53]。他日，妻谓生曰："子岂不思为政乎？"生曰："我放荡不习政事。"妻曰："卿但为之，余当奉赞[54]。"妻遂白于王。累日，谓生曰："吾南柯政事不理，太守黜废[55]。欲借卿才，可曲屈[56]之。便与小女同行。"生敦授教命[57]。王遂敕有司[58]备太守行李。因出金玉、锦绣、箱奁、仆妾、车马，列于广衢，以饯公主之行[59]。生少游侠，曾不敢有望，至是甚悦。因上表曰："臣将门余子，素无艺术[60]，猥[61]当大任，必败朝章[62]。自悲负乘[63]，坐致覆餗[64]。今欲广求贤哲，以赞不逮[65]。伏见司隶颍川[66]周弁，忠亮刚直，守法不回，有毗佐之器[67]。处士[68]冯翊田子华，清慎通变，达政化之源。二人与臣有十年之旧，备知才用，可托政事。周请署南柯司宪[69]，田请署司农[70]。庶使臣政绩有闻，宪章不紊[71]也。"王并依表以遣之。

其夕，王与夫人饯于国南。王谓生曰："南柯国之大郡，土地丰壤[72]，人物豪盛，非惠政不能以治之。况有周、田二赞。卿其勉之，以副国念[73]。"夫人戒公主曰："淳于郎性刚好酒，加之少年。为妇之道，贵乎柔顺。尔善事之，吾无忧矣。南柯虽封境[74]不遥，晨昏有间[75]。今日睽别，宁不沾巾[76]。"

生与妻拜首[77]南去，登车拥骑，言笑甚欢。累夕达郡。郡有官吏、僧道、耆老、音乐、车舆、武卫、銮铃[78]，争来迎奉。人物阗咽[79]，钟鼓喧哗，不绝十数里。见雉堞台观，佳气郁郁[80]。入大城门，——门亦有大榜，题以金字，曰"南柯郡城"。——见朱轩棨户[81]，森然深邃。生下车，省风俗[82]，疗病苦，政事委以周、田，郡中大理。自守郡二十载，风化广被[83]，百姓歌谣，建功德碑[84]，立生祠宇[85]。王甚重之，赐食邑[86]，锡爵位，居台辅[87]。周、田皆以政治著闻，递迁大位。生有五男二女。男以门荫[88]授官，女亦娉[89]于王族。荣耀显赫，一时之盛，代莫比之。

是岁，有檀萝国者，来伐是郡。王命生练将训师以征之。乃表周弁将兵三万，以拒贼之众于瑶台城。弁刚勇轻敌，师徒败绩。弁单骑裸身潜遁，夜归城。贼亦收辎重[90]铠甲而还。生因囚弁以请罪。王并舍之。是月，司宪周弁疽发背，卒。生妻公主遘疾[91]，旬日又薨[92]。生因请罢郡[93]，护丧赴国[94]。王许之。便以司农田子华行南柯太守事。生哀恸发引[95]，威仪在途，男女叫号，人吏奠馔，攀辕遮道[96]者不可胜数，遂达于国。王与夫人素衣哭于郊，候灵舆之至。谥公主曰"顺仪公主"。备仪仗羽葆鼓吹[97]，葬于国东十里盘龙冈。是月，故司宪子荣信，亦护丧赴国。

生久镇外藩[98]，结好中国，贵门豪族，靡不是洽[99]。自罢郡还国，出入无恒，交游宾从[100]，威福日盛。王意疑惮之。时有国人上表云："玄象谪见[101]，国有大恐。都邑迁徙，宗庙崩坏。衅起他族[102]，事在萧墙[103]。"时议以生侈僭[104]之应也。遂夺生侍卫，禁生游从，处之私第。生自恃守郡多年，曾无败政，流言怨悖[105]，郁郁不乐。王亦知之，因命生曰："姻亲二十余年，不幸小女夭枉[106]，不得与君子偕老，良用痛伤。"夫人因留孙自鞠育[107]之，又谓生曰："卿离家多时，可暂归本里，一见亲族。诸孙留此，无以为念。后三年，当令迎卿。"生曰："此乃家矣，何更归焉？"王笑曰："卿本人间，家非在此。"生忽若惛睡，瞢然久之，方乃发悟前事，遂流涕请还。王顾左右以送生。

生再拜而去，复见前二紫衣使者从焉。至大户外，见所乘车甚劣，左右亲使御仆，遂无一人，心甚叹异。

生上车，行至数里，复出大城。宛是昔年东来之途，山川原野，依然如旧。所送二使者，甚无威势。生逾怏怏[108]。生问使者曰："广陵郡何时可到？"二使讴歌自若，久乃答曰："少顷即至。"俄出一穴，见本里闾巷，不改往日，潸然[109]自悲，不觉流涕。二使者引生下车，入其门，升其阶，己身卧于堂东庑之下。生甚惊畏，不敢前近。二使因大呼生之姓名数声，生遂发寤如初。

见家之童仆拥篲[110]于庭，二客濯足于榻，斜日未隐于西垣，余樽尚湛[111]于东牖。梦中倏忽，若度一世矣。生感念嗟叹，遂呼二客而语之，惊骇。因与生出外，寻槐下穴。生指曰："此即梦中所经之处。"二客将谓狐狸木媚之所为祟[112]。遂命仆夫荷斤斧[113]，断拥肿，折查枿[114]，寻穴究源。旁可袤丈[115]，有大穴，洞然明朗，可容一榻。上有积土壤，以为城郭台殿之状。有蚁数斛，隐聚其中。中有小台，其色若丹。二大蚁处之，素翼朱首，长可三寸；左右大蚁数十辅之，诸蚁不敢近：此其王矣。即槐安国都也。又穷一穴，直上南枝，可四丈，宛转方中，亦有土城小楼，群蚁亦处其中，即生所领南柯郡也。又一穴，西去二丈，磅礴空圬[116]，嵌窞异状[117]。中有一腐龟壳，大如斗。积雨浸润，小草丛生，繁茂翳荟[118]，掩映振壳[119]，即生所猎灵龟山也。又穷一穴，东去丈余，古根盘屈，若龙虺[120]之状。中有小土壤，高尺余，即生所葬妻盘龙冈之墓也。追想前事，感叹于怀，披阅穷迹，皆符所梦。不欲二客坏之，遽令掩塞如旧。

是夕，风雨暴发。旦视其穴，遂失群蚁，莫知所去。故先言"国有大恐，都邑迁徙"，此其验矣。复念檀罗征伐之事，又请二客访迹于外。宅东一里有古涸涧，侧有大檀树一株，藤萝拥织，上不见日。旁有小穴，亦有群蚁隐聚其间。檀萝之国，岂非此耶。嗟乎！蚁之灵异，犹不可穷，况山藏木伏之大者所变化乎？时生酒徒周弁、田子华并居六合县[121]，不与生过从[122]旬日矣。生遽遣家童疾往候之。周生暴疾已逝，田子华亦寝疾于床。生感南柯之浮虚，悟人世之倏忽，遂栖心道门[123]，绝弃酒色。后三年，岁在丁丑，亦终于家。时年四十七，将符宿契之限[124]矣。

公佐贞元十八年秋八月，自吴之洛，暂泊淮浦，偶觌淳于生儿楚，询访遗迹，翻覆再三，事皆摭实[125]，辄编录成传，以资好事。虽稽神语怪，事涉非经[126]，而窃位著生，冀将为戒。后之君子，幸以南柯为偶然，无以名位骄于天壤间[127]云。

前华州参军李肇赞[128]曰：贵极禄位，权倾国都[129]。达人[130]视此，蚁聚何殊。

【注释】

①东平：唐天宝、至德时改郓州为东平郡，治所在今山东东平县东，辖境包括山东平阴县和汶上县。

②不守细行：不拘小节。

③补淮南军裨将：补任淮南节度使所属军队副将的缺额。裨（pí 皮）将，副将。

④使酒忤帅：醉后狂言触犯主帅。使酒，发酒疯。

⑤纵诞：放荡不检。

⑥广陵郡:治所在今江苏扬州市。

⑦贞元七年:公元791年。贞元,唐德宗李适的年号(785～805)。

⑧庑(wǔ 吾):走廊。

⑨秣(mò)马濯足:喂马洗脚。秣,饲料,这里用作动词,喂。

⑩昏然忽忽:昏昏沉沉,迷迷糊糊。

⑪青油小车:一种用青油涂车壁的小车,古"油壁车"的一种。

⑫驾以四牡:用四匹公马拉车。牡,公马。

⑬风候:气候。

⑭郛郭城堞:外城和城墙。郛,也是"郭",即城外护城的外城。堞,也称"雉堞",城墙上筑有射孔的小墙。

⑮传车者:驿站的差卒。传车,古代官府用来传递公文或运载外出官员的车子。《汉书·高帝纪》"乘传"注:"传者若今之驿,古者以车,谓之传车。"

⑯争辟于左右:急忙向道路两侧躲避让路。辟,避。

⑰执门者:看守城门的人。执,守。

⑱祗(zhī 之)奉:恭敬地奉迎。

⑲紫衣象简:穿紫色服,拿象牙笏。唐代三品以上官员服紫。简,朝笏,上朝时记事备忘的手板。

⑳寡君:对自己国君的谦称。弊国:对自己国家的谦称。弊,同"敝"。

㉑托以姻亲:结为姻亲。托,寄托,托付。

㉒是望:即望是,希望这个。指上文"托以姻亲"。

㉓钺(yuè 越):古时铜铁兵器,状如板斧而形较大。

㉔至尊:最尊贵者,指皇帝。

㉕簪朱华冠:戴红花冠。古人戴冠加簪别在头发上,故用"簪"字。

㉖贤尊:犹"令尊",对人父亲的尊称。

㉗奉事:服侍,这里意为嫁。

㉘且就宾宇:暂且到宾馆住下。

㉙续造仪式:接着再举办婚礼仪式。

㉚殁虏中:即后文"用兵失利,陷没胡中"。殁,通"没",沉陷。

㉛北蕃交通:勾通北蕃。北蕃,唐人称北方的几个民族,指契丹、奚等。

㉜而致兹事:才带来现在招为驸马这件事。

㉝羔雁币帛:古代结婚聘礼,按等级分别用羊、雁、钱、帛。这里泛指聘礼。

㉞为戏弄:作为调笑的对象,即拿他开玩笑。

㉟上巳日:古历三月上旬巳日为"上巳",自魏晋以后只用三月初三日。古人上巳日郊游水滨洗濯,就是修禊风俗。

㊱婆罗门:印度婆罗门族居多,所以也称"婆罗门国"。唐大曲有《婆罗门》,崔令钦《教坊记》载《望月婆罗门》,唐又有《婆罗门》舞。想必都是从印度传入的。其后又由唐传入他国,日本曲《波罗门》,属戴假面之舞的乐曲(见日本滨一卫《伎乐源流考》)。或说唐《霓裳羽衣曲》系由《婆罗门》改编。

㊲观音经:即《观世音经》,避唐太宗李世民讳改为《观音经》,即《法华经》中《观世音菩萨普门品》。

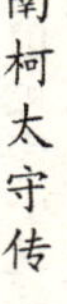

㊳讲下:讲座之下。

㊴中心藏之,何日忘之:语见《诗·小雅·隰桑》。

㊵相者:赞佐婚礼的人。助人行礼称"相礼"。

㊶与生且故:和淳于棼还是老朋友哩。

㊷冯翊:即同州,治所在今陕西大荔县。

㊸放游:随意而游。放,恣意。

㊹栖托:寄居。

㊺司隶:原为缉拿盗贼的官职。汉置司隶校尉,专管巡察京畿及近郡。唐京畿采访使职权类似司隶。

㊻步障:古时达官贵人出行时,沿途所设遮蔽风寒和尘土的行幕。

㊼揖让升降:古代宾主相见的礼仪。

㊽彻障去扇:彻去障扇。参见前《世说新语》之《温公娶妇》"手披纱扇"注。

㊾具书状知闻:写书信告知情况。

㊿一以遣之:专程送去。

51乖远:遥远阻隔。

52女:同"汝",你。

53情不自堪:意思是无法控制自己的感情。堪,胜,任。

54奉赞:帮忙,赞助。

55黜(chù处)废:罢免,革除。

56曲屈:犹委屈,意谓屈才,是客气话。

57敦(duì对)授教命:这里是被动语气,意思是承受所敦授之教命。《诗·邶风·北门》:"王事敦我。"

58有司:主管某一部门的机构或官员,职有专司,故称"有司"。

59以饯公主之行:为公主饯行。饯行,设酒送行。一般在城外举行,又称"祖饯"、"祖道"、"祖神",意谓祭山川道路之神。

60艺术:这里指政治才干。

61猥(wěi委):辱,自谦之辞。

62朝章:国家的法制章程。

63负乘:见前《枕中记》注。这里是说才劣而勉强承担重任。《后汉书·东平王苍传》:"诚羞负乘,辱污辅将之位。"与本文用法正同。

64坐致覆𫗧:因而造成失败。覆𫗧(sù速),犹言失败。《易·鼎》:"鼎折足,覆公𫗧。"传云:"所用非人,至于覆败,犹鼎之折足也。"𫗧,锅里的食物。

65以赞不逮:以助不及,以帮助解决我所没办到或照顾不到的问题。

66颍川:唐郡名,治所在今河南许昌县。

67毗佐之器:助理政事的才干。毗,辅,助。

68处(chǔ楚)士:有学问有品德而隐居不做官的人。

69署:凡官员出缺或离任,以他人暂理其务,称为"署理",这里是请求任命的意思。司宪:唐高宗龙朔二年(661)改御史台为宪台,御史大夫为大司宪,主管监察和司法。这里的"司宪"指州郡主管司法的司法参军一类官职。

70司农:官名,从北齐至宋代,历代皆置司农寺,掌管粮食储积。这里的"司农"指州郡的司

仓参军一类官职。

⑪宪章不紊:典章法制不乱。

⑫丰壤:肥沃的土地。

⑬以副国念:以实现国家的期望。副,相称。

⑭封境:封国。这里指南柯郡境。封,疆界。

⑮晨昏有间:不能在早晚向父母请候问安。晨昏,"昏定晨省"的省语。古礼规定子女晚上为父母铺陈卧具,侍候安寝,早上向父母问安,叫"昏定晨省"。

⑯沾巾:指泪水渍湿巾帕。

⑰拜首:叩头下拜。

⑱銮铃:车上所饰鸾鸟形状的铃铛。这里指车。銮,通"鸾"。

⑲人物阗咽:人多物盛,拥挤不堪。阗咽,也作"填咽"、"填噎",形容人、物拥挤的样子。

⑳佳气郁郁:吉祥之气甚盛。古人迷信,以望气推断吉凶兴衰。

㉑朱轩棨户:红色的窗子,外面列戟的门户。棨,棨戟,即有缯衣或油漆的木戟,古时官吏出行作前导的仪仗。此指以棨戟陈列于门外,故称"棨户",用以表示威严。

㉒省(xǐng 醒)风俗:视察风俗民情。

㉓风化广被:教育民众的教令全面推行。风化,此指民众为教令所感化。被,及。

㉔功德碑:赞颂功勋、德行的碑石。

㉕生祠宇:为活着的人建立的祠堂。

㉖食邑:封建时代皇帝赐给功臣和贵族一块地方,一定户数,受赐者可以食用那里的租税,叫"食邑",也称"采地"。

㉗台辅:即宰辅、宰相。

㉘门荫:封建时代凭借前辈的功劳官爵,依例得官,叫做"门荫"。

㉙娉:同"聘",嫁。

㉚辎重:古代行军时携带的兵器、粮草等物资。

㉛遘疾:患病。

㉜薨:古代天子诸侯或二品以上官员之死称"薨"。后来贵族公主之死也称"薨"。

㉝罢郡:罢免郡守之职。

㉞赴国:到京城。

㉟发引:古时出殡,灵车前面系白布,叫"引",牵布在前引导叫"发引"。"发引"因成为出殡的代词。

㊱攀辕遮道:据说古时有些有政绩的地方官,离任时,百姓拉住车辕,拦着道路,表示挽留。后来便以"攀辕遮道"歌颂离任地方官的政绩。

㊲羽葆鼓吹:官员出行的仪仗。这里指出殡的仪仗。羽葆,用羽毛装缀伞形的华盖。鼓吹,指乐队。

㊳久镇外藩:长期镇守藩国。藩,古时封建诸侯的封国作为卫护王室的屏藩,所以称封邑为外藩。

㊴靡不是洽:没有不和洽的,意思是都很和好。

⑩⓪宾从(zòng 纵):宾客随从。

⑩①玄象谪见(xiàn 现):玄象,天象。《资治通鉴·陈纪·宣帝太建十一年》:"玄象垂诫。"胡三省注:"玄象,天象也。日月星辰,在天成象。"谪,谴责。古人迷信,认为天象变异之迹

显现是对人事的谴责。《左传·昭公三十一年》“日始有谪”疏：“谪，谴责也；人有咎责，气见于天，故谪为变气也。”

⑩²衅起他族：仇衅将由异类引起。他族，指淳于棼，因他不同于蚁类，故称“他族”。

⑩³事在萧墙：指祸患在内而不在外。萧墙，门内作为屏障的小墙。《论语·季氏》：“吾恐季孙之忧，不在颛臾，而在萧墙之内也。”

⑩⁴侈僭（jiàn 见）：奢侈得超过了本分。僭，僭越。古代礼制，王侯等各个等级住宅、服饰、礼仪等都有具体规定，超过规定称为“僭越”。

⑩⁵流言怨悖：被流言中伤而遭致国王的怨恨疏远。悖，违背。这里指关系隔膜。

⑩⁶夭枉：早死。

⑩⁷鞠育：抚养。语本《诗·小雅·蓼莪》：“父兮生我，母兮鞠我；拊我畜我，长我育我。”

⑩⁸逾怏怏：更加闷闷不乐。

⑩⁹潸（Shān 山）然：流泪的样子。《诗·小雅·大东》：“潸然出涕。”

⑪⁰拥篲（huì 会）：拿着扫帚。

⑪¹湛：清澈。

⑪²狐狸木媚之所为祟：狐狸和树妖作怪。古人传说狐狸花木之类能变妖怪迷惑人。

⑪³荷斤斧：拿着斧头。斤，一种斧头。

⑪⁴查枿（niè 蹑）：砍过又长出来的树枝。

⑪⁵袤（mào 帽）丈：深长约一丈。袤，古人以横长为“广”，纵长为“袤”。

⑪⁶磅礴空圬：广大的洞穴里四壁涂抹泥土。

⑪⁷嵌窞（kān dàn 堪蛋）异状：土穴的形状各不相同。嵌窞，似即“坎窞”，即地穴。《易·坎》：“入于坎窞。”

⑪⁸翳荟：形容草多。潘岳《射雉赋》：“翳荟蒙茸。”

⑪⁹掩映振壳：遮蔽着古旧的龟壳。振，古。《诗·周颂·载芟》“振古如兹”郑笺：“振，亦古也。”《尔雅·释言》：“振，古也。”

⑫⁰虺（huǐ 悔）：毒蛇。

⑫¹六合县：今江苏六合县。

⑫²过从：互相来往访问。

⑫³栖心道门：专心修道。道门，从下文“绝弃酒色”看，似是指佛教。

⑫⁴符宿契之限：符合已定的期限。淳于棼“丁丑”年死，正合上文他父亲的复信所说“岁在丁丑，当与女相见”。

⑫⁵摭实：拾取实事。这里指传说与所访“遗迹”皆相吻合。

⑫⁶非经：不合常情。

⑫⁷天壤间：天地间。指人世间。

⑫⁸赞：文体的一种。用于对人或事发议论、抒感慨，赞语通常押韵。

⑫⁹权倾国都：权力之大，超过京都的其他人。

⑬⁰达人：达观的人，看破世情的人。

李娃传

(唐)白行简

白行简(776～826),字知退,下邽(今陕西渭南市下邽镇)人,诗人白居易之弟。贞元末进士及第。曾随兄居于江州多年。元和十五年(820),授左拾遗,累迁司门员外郎、主客郎中。宝历二年(826)冬病卒。有集二十卷,已佚。今存著作除《李娃传》外,还有《三梦记》。

《李娃传》,《太平广记》收入卷四八四,下注"出《异闻集》"。《太平广记》卷四八四以下九卷,所收均为单篇,则此篇唐时即以单篇流行。本篇写妓女与士族子弟恋爱故事,以喜剧作结,这对当时阀阅婚姻制度是一种讽刺。元人石君宝《李亚仙花酒曲江池》杂剧、明人薛近兖《绣襦记》传奇均以此为题材。

汧国[1]夫人李娃,长安之倡女也。节行瑰奇[2],有足称者,故监察御史白行简为传述。天宝中,有常州刺史荥阳公者[3],略其名氏,不书。时望甚崇,家徒甚殷[4]。知命之年[5],有一子,始弱冠[6]矣;隽朗有词藻[7],迥然不群,深为时辈推伏。其父爱而器之[8],曰:"此吾家千里驹[9]也。"应乡赋秀才举,将行,乃盛其服玩车马之饰[10]。计其京师薪储之费[11],谓之曰:"吾观尔之才,当一战而霸[12]。今备二载之用,且丰尔之给,将为其志[13]也。"生亦自负,视上第如指掌[14]。

自毗陵[15]发,月余抵长安,居于布政里。尝游东市还,自平康[16]东门入,将访友于西南。至鸣珂曲,见一宅,门庭不甚广,而室宇严邃[17]。阖一扉[18],有娃方凭一双鬟青衣立,妖姿要妙[19],绝代未有。生忽见之,不觉停骖[20]久之,徘徊不能去。乃诈坠鞭于地,候其从者,敕取之。累眄于娃,娃回眸凝睇,情甚相慕。竟不敢措辞而去。生自尔意若有失,乃密征[21]其友游长安之熟者,以讯之。友曰:"此狭邪女[22]李氏宅也。"曰:"娃可求乎?"对曰:"李氏颇赡[23]。前与之通者多贵戚豪族,所得甚广。非累百万,不能动其志也。"生曰:"苟患其不谐,虽百万,何惜。"

他日,乃洁其衣服,盛宾从而往。扣其门,俄有侍儿启扃[24]。生曰:"此谁之第耶?"侍儿不答,驰走大呼曰:"前时遗策郎[25]也!"娃大悦曰:"尔姑止之。吾当整妆易服而出。"生闻之私喜。乃引至萧墙间,见一姥垂白上偻[26],即娃母也。生跪拜前致词曰:"闻兹地有隙院,愿税以居,信乎[27]?"姥曰:"惧其浅陋湫隘[28],不足以辱长者所处，安敢言直耶。"延生于迟宾之馆[29]，馆宇甚丽。与生偶坐[30]，因曰："某有女娇小，技艺薄劣，欣见宾客，愿将见之。"乃命娃出。明眸皓腕，举步艳冶。生遽惊起，莫敢仰视。与之拜毕，叙寒燠[31]，触类妍媚，目所未睹。复坐，烹茶斟酒，器用甚洁。久之，日暮，鼓声四动。姥访其居远近。生绐之曰："在延平门[32]外数里。"——冀其远而见留也。姥曰："鼓已发矣。当速归，无犯禁。"生曰："幸接欢笑，不知日之云夕。道里辽阔，城内又无亲戚。将若之何？"娃曰："不见责僻陋，方将居之，宿何害焉。"生数目姥[33]。姥曰："唯唯[34]。"生乃召其家童，持双缣，请以备一宵之馔。娃笑而止之曰："宾主之仪，且不然也[35]。今夕之费，愿以贫窭之家，随其粗粝以进之。其余以俟他辰[36]。"固辞，终不许。

俄徙坐西堂，帷幕帘榻，焕然夺目；妆奁衾枕，亦皆侈丽。乃张烛进馔，品味甚盛。彻馔，姥起。生娃谈话方切，诙谐调笑，无所不至。生曰："前偶过卿门，遇卿适在屏间。厥后心常勤念，虽寝与食，未尝或舍。"娃答曰："我心亦如之。"生曰："今之来，非直求居而已，愿偿平生之志。但未知命也若何？"言未终，姥至，询其故，具以告。姥笑曰："男女之际，大欲存焉[37]。情苟相得，虽父母之命，不能制也。女子固陋，曷足以荐君子之枕席？"生遂下阶，拜而谢之曰："愿以己为厮养[38]。"姥遂目之为郎，饮酣而散。及旦，尽徙其囊橐[39]，因家于李之第。

自是生屏迹戢身[40]，不复与亲知相闻。日会倡优侪类，狎戏游宴。囊中尽空，乃鬻骏乘，及其家童。岁余，资财仆马荡然。迩来姥意渐怠，娃情弥笃。

他日，娃谓生曰："与郎相知一年，尚无孕嗣。常闻竹林神者，报应如响，将致荐酹[41]求之，可乎？"生不知其计，大喜。乃质衣于肆[42]，以备牢醴。与娃同谒祠宇而祷祝焉，信宿而返。策驴而后，至里北门，娃谓生曰："此东转小曲中，某之姨宅也。将憩而觐之，可乎？"生如其言。前行不逾百步，果见一车门。窥其际，甚弘敞。其青衣自车后止之曰："至矣。"生下，适有一人出访曰："谁？"曰："李娃也。"乃入告。俄有一妪至，年可四十余，与生相迎，曰："吾甥来否？"娃下车，妪逆访[43]之曰："何久疏绝？"相视而笑。娃引生拜之。既见，遂偕入西戟门[44]偏院。中有山亭，竹树葱茜[45]，池榭幽绝。生谓娃曰："此姨之私第耶？"笑而不答，以他语对。俄献茶果，甚珍奇。食顷[46]，有一人控大宛[47]，汗流驰至，曰："姥遇暴疾颇甚，殆不识人。宜速归。"娃谓姨曰："方寸[48]乱矣！某骑而前去，当命返乘，便与郎偕来。"生拟随之。其姨与侍儿偶语，以手挥之，令生止于户外，曰："姥且殁矣。当与某议丧事以济其急，奈何遽相随而去？"乃止，共计其凶仪斋祭之用。日晚，乘不至。姨言曰："无复命，何也？郎骤往觇之，某当继至。"生遂往，至旧宅，门扃钥甚密[49]，以泥缄之。生大骇，诘其邻人。邻人曰："李本税此而居，约已周[50]矣。第主自收。姥徙居，而且再宿矣。"征徙何处，曰："不详其所。"生将驰赴宣阳，以诘其姨，日已晚矣，计程不能达。乃弛其装服[51]，质馔而食，赁榻而寝。生恚怒方甚，自昏达旦，目不交睫[52]。质明[53]，乃策蹇[54]而去。既至，连扣其扉，食顷无人应。生大呼数四，有宦者徐出。生遽访之："姨氏在乎？"曰："无之。"生曰："昨暮在此，何故匿之？"访其谁氏之第。曰："此崔尚书宅。

昨者有一人税此院，云迟中表之远至者。未暮去矣。”

生惶惑发狂，罔知所措，因返访布政旧邸。邸主哀而进膳。生怨懑，绝食三日，遘疾甚笃，旬余愈甚。邸主惧其不起，徙之于凶肆[55]之中。绵缀移时[56]，合肆之人共伤叹而互饲之。后稍愈，杖[57]而能起。由是凶肆日假之[58]，令执穗帷，获其直以自给。

累月，渐复壮。每听其哀歌，自叹不及逝者[59]，辄呜咽流涕，不能自止，归则效之。生，聪敏者也。无何，曲尽其妙，虽长安无有伦比。初，二肆之佣凶器者[60]，互争胜负。其东肆车舆皆奇丽，殆不敌，唯哀挽[61]劣焉。其东肆长知生妙绝，乃醵钱二万索顾焉[62]。其党耆旧[63]，共较其所能者，阴教生新声，而相赞和。累旬，人莫知之。其二肆长相谓曰：“我欲各阅[64]所佣之器于天门街，以较优劣。不胜者罚直五万，以备酒馔之用，可乎？”二肆许诺。乃邀立符契[65]，署以保证，然后阅之。士女大和会，聚至数万。于是里胥告于贼曹[66]，贼曹闻于京尹。四方之士，尽赴趋焉，巷无居人。自旦阅之，及亭午，历举辇舆威仪之具，西肆皆不胜，师有惭色。乃置层榻于南隅，有长髯者，拥铎[67]而进，翊卫[68]数人。于是奋髯扬眉，扼腕顿颡[69]而登，乃歌《白马》之词[70]。恃其夙胜[71]，顾眄左右，旁若无人。齐声赞扬之，自以为独步一时，不可得而屈[72]也。有顷，东肆长于北隅上设连榻，有乌巾少年，左右五六人，秉翣[73]而至，即生也。整衣服，俯仰甚徐，申喉发调，容若不胜。乃歌《薤露》之章[74]，举声清越，响振林木[75]。曲度未终，闻者歔欷掩泣。西肆长为众所诮，益惭耻。密置所输之直于前，乃潜遁焉。四坐愕眙[76]，莫之测也。

先是，天子方下诏，俾外方之牧，岁一至阙下，谓之“入计”[77]。时也适遇生之父在京师，与同列者易服章[78]，窃往观焉。有老竖[79]，即生乳母婿也，见生之举措辞气，将认之而未敢，乃泫然流涕。生父惊而诘之。因告曰：“歌者之貌，酷似郎之亡子。”父曰：“吾子以多财为盗所害，奚至是耶？”言讫，亦泣。及归，竖间[80]驰往，访于同党曰：“向歌者谁？若斯之妙欤？”皆曰：“某氏之子。”征其名，且易之矣。竖凛然大惊，徐往，迫而察之。生见竖色动，回翔将匿于众中。竖遂持其袂曰：“岂非某乎？”相持而泣。遂载以归。

至其室，父责曰：“志行若此，污辱吾门！何施面目，复相见也？”乃徒行出，至曲江[81]西杏园东，去其衣服，以马鞭鞭之数百。生不胜其苦而毙。父弃之而去。

其师命相狎昵者阴随之，归告同党，共加伤叹。令二人赍苇席瘗[82]焉。至，则心下微温。举之，良久，气稍通。因共荷而归，以苇筒灌勺饮，经宿乃活。月余，手足不能自举。其楚挞之处皆溃烂，秽甚。同辈患之，一夕，弃于道周[83]。行路咸伤之，往往投其余食，得以充肠。十旬，方杖策而起。被[84]布裘，裘有百结，褴褛如悬鹑[85]。持一破瓯，巡于闾里，以乞食为事。自秋徂冬，夜入于粪壤窟室，昼则周游廛肆[86]。

一旦大雪，生为冻馁所驱，冒雪而出，乞食之声甚苦。闻见者莫不凄恻。时雪方甚，人家外户多不发[87]。至安邑东门，循里垣北转第七八，有一门独启左扉，即娃

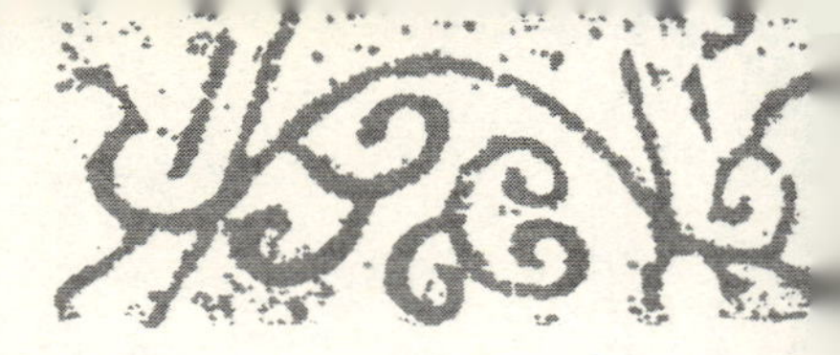

之第也。生不知之，遂连声疾呼："饥冻之甚！"音响凄切，所不忍听。娃自阁中闻之，谓侍儿曰："此必生也。我辨其音矣。"连步而出。见生枯瘠疥疠[88]，殆非人状。娃意感焉，乃谓曰："岂非某郎也？"生愤懑绝倒[89]，口不能言，颔颐[90]而已。娃前抱其颈，以绣襦拥而归于西厢。失声长恸曰："令子一朝及此，我之罪也！"绝而复苏。姥大骇，奔至，曰："何也？"娃曰："某郎。"姥遽曰："当逐之。奈何令至此？"娃敛容却睇[91]曰："不然。此良家子[92]也。当昔驱高车，持金装，至某之室，不逾期而荡尽。且互设诡计，舍而逐之，殆非人。令其失志，不得齿于人伦[93]。父子之道，天性也。使其情绝，杀而弃之。又困踬[94]若此。天下之人尽知为某也。生亲戚满朝，一旦当权者熟察其本末，祸将及矣。况欺天负人，鬼神不佑，无自贻其殃[95]也。某为姥子，迨今有二十岁矣。计其资，不啻直千金。今姥年六十余，愿计二十年衣食之用以赎身，当与此子别卜所诣[96]。所诣非遥，晨昏得以温凊[97]，某愿足矣。"姥度其志不可夺[98]，因许之。给姥之余，有百金。北隅四五家，税一隙院。乃与生沐浴，易其衣服。为汤粥，通其肠；次以酥乳润其脏；旬余，方荐水陆之馔[99]。头巾履袜，皆取珍异者衣之。未数月，肌肤稍腴；卒岁，平愈如初。

异时，娃谓生曰："体已康矣，志已壮矣。渊思寂虑[100]，默想曩昔之艺业，可温习乎？"生思之，曰："十得二三耳。"娃命车出游，生骑而从。至旗亭南偏门鬻坟典之肆[101]，令生拣而市[102]之，计费百金，尽载以归。因令生斥弃百虑以志学，俾夜作昼，孜孜矻矻[103]。娃常偶坐，宵分乃寐[104]。伺其疲倦，即谕之缀诗赋[105]。二岁而业大就，海内文籍，莫不该览[106]。生谓娃曰："可策名试艺[107]矣。"娃曰："未也。且令精熟，以俟百战。"更一年，曰："可行矣。"于是遂一上登甲科[108]，声振礼闱[109]。虽前辈见其文，罔不敛衽[110]敬羡，愿女之[111]而不可得。娃曰："未也。今秀士，苟获擢一科第，则自谓可以取中朝之显职，擅天下之美名。子行秽迹鄙[112]，不侔于他士[113]。当砻淬利器[114]以求再捷，方可以连衡多士，争霸群英。"生由是益自勤苦，声价弥甚。

其年，遇大比[115]，诏征四方之隽，生应直言极谏科[116]，策名第一，授成都府[117]参军。三事[118]以降，皆其友也。将之官，娃谓生曰："今之复子本躯，某不相负也。愿以残年，归养老姥。君当结媛鼎族[119]，以奉蒸尝[120]。中外婚媾，无自黩也。勉思自爱。某从此去矣。"生泣曰："子若弃我，当自刭以就死！"娃固辞不从，生勤请弥恳。娃曰："送子涉江，至于剑门[121]，当令我回。"生许诺。

月余，至剑门。未及发而除书[122]至，生父由常州诏入，拜成都尹，兼剑南[123]采访使。浃辰[124]，父到。生因投刺，谒于邮亭[125]。父不敢认，见其祖父官讳，方大惊，命登阶，抚背恸哭移时，曰："吾与尔父子如初。"因诘其由，具陈其本末。大奇之，诘娃安在。曰："送某至此，当令复还。"父曰："不可。"翌日，命驾与生先之成都，留娃于剑门，筑别馆以处之。明日，命媒氏通二姓之好，备六礼[126]以迎之，遂如秦晋之偶。

娃既备礼，岁时伏腊，妇道甚修，治家严整，极为亲所眷[127]尚。后数岁，生父母偕殁，持孝甚至。有灵芝产于倚庐[128]，一穗三秀[129]。本道上闻[130]。又有白燕数十，巢其层甍[131]。天子异之，宠锡加等。终制[132]，累迁清显之任。十年间，至数郡。娃封汧

国夫人。有四子，皆为大官，其卑者犹为太原尹。弟兄姻媾皆甲门，内外隆盛，莫之与京[133]。

嗟乎！倡荡之姬，节行如是，虽古先烈女，不能逾也。焉得不为之叹息哉！予伯祖尝牧晋州[134]，转户部，为水陆运使[135]，三任皆与生为代[136]，故谙详其事。贞元中，予与陇西李公佐话妇人操烈之品格，因遂述汧国之事。公佐拊掌竦听[137]，命予为传。乃握管濡翰[138]，疏[139]而存之。时乙亥岁[140]秋八月，太原白行简云。

【注释】

①汧(qiān 千)国：唐时汧阳郡，也称“陇州”，治所在今陕西千阳县。

②节行瑰奇：节操品行高贵奇特。

③常州：唐州名，治所在今江苏常州市。荥(xíng 行)阳：古郡名，治所在今河南荥阳市。

④家徒甚殷：家中的奴仆侍婢很多。殷，富，多。

⑤知命之年：五十岁。语本《论语·为政》：“五十而知天命。”

⑥弱冠：指二十岁左右的年纪。古时男子二十岁行冠礼，加冠，表示已经成年。因未及壮年，所以叫“弱冠”。

⑦隽朗有词藻：清俊秀美而有文才。

⑧器之：重视他的才能。器，器重。

⑨千里驹：日行千里的小马驹，比喻少年美俊。《三国志·魏书·曹休传》载曹操指曹休说：“此吾家千里驹也。”后人因以“千里驹”称有才华的子侄。

⑩盛其服玩车马之饰：多多供给装饰华美的服装车马和日常用品。饰，增饰华美。

⑪计其京师薪储之费：筹划他在京城的柴米和日常费用。

⑫一战而霸：一考就及第。古时将科举考试称为“文战”，胜者为霸。霸，意即考中。

⑬志：指及第登榜的宏愿。

⑭视上第如指掌：把及第看得很容易。指掌，《晋书·文帝纪》载：“(晋文)帝笑曰：‘取蜀如指掌。’”形容容易取得，犹今语易如反掌。

⑮毗陵：郡名，治所在今江苏常州市。

⑯平康：长安平康里，当时妓女多聚集此地。

⑰室宇严邃：房屋又高又深，犹言高楼深院。

⑱阖一扉：关闭一扇门。

⑲妖姿要妙：姿色娇艳动人。要妙，又作“要眇”。《楚辞·九歌·湘夫人》：“美要眇兮宜修。”王逸注：“要眇，好貌。”

⑳停骖：停住马车。骖，古时马车，一车驾三匹马叫“骖”，驾四匹马叫“驷”。

㉑征：求。

㉒狭邪女：指妓女。狭邪，也作“狭斜”，小街曲巷。古时妓院多设在小街巷，故以“狭邪”称之。

㉓颇赡：相当富有。

㉔启扃：开门。扃，门闩、门环之类，借指门。

㉕遗策郎：掉落马鞭的青年。

㉖上偻：驼背。

㉗信乎：确实吗？指是否真有“隙院”(空着的房舍)。

㉘浅陋湫隘(jiǎo ài 狡爱):粗俗简陋,又湿又狭。

㉙迟(shì 是)宾之馆:招待客人的馆舍。迟,接待。

㉚偶坐:对坐。

㉛叙寒燠(yù 育):犹寒暄,闲聊应酬。燠,温暖。

㉜延平门:长安西城门。平康里在东城,与延平门距离很远。

㉝数目姥:几次看姥的态度。

㉞唯唯:肯定的回答,意思如“可以,可以”。

㉟“宾主之仪”二句:意思说主客之间的礼数不应如此。指不应让客人先出钱办酒宴。

㊱他辰:意同他日,他时,别的时日。

㊲“男女之际”二句:指男女之间的爱情。语出《礼记·礼运》:“饮食男女,人之大欲存焉。”

㊳厮养:做烧饭养马一类工作的奴仆。也叫“厮台”。

㊴囊橐:口袋,这里指行李财物。

㊵屏迹戢身:隐匿踪迹,躲起来。屏,隐去。戢,藏。

㊶荐酹:祭奠鬼神。献祭品称“荐”;洒酒于地称“酹”。

㊷质衣于肆:质,典当。肆,店肆,店铺。

㊸逆访:迎上来问。

㊹戟门:见前《南柯太守传》“朱轩棨户”注。

㊺竹树葱茜(qiàn 欠):竹树青苍茂盛。

㊻食顷:一顿饭工夫,形容时间不长。

㊼控大宛(yuān 渊):骑着大宛马。大宛,汉时西域国名,产良马,汉人称为大宛马。

㊽方寸:指心。

㊾门扃钥甚密:把门关锁得严严实实。

㊿约已周:租期已满。

(51)弛其装服:脱下衣服。弛,松弛。这里是解下的意思。

(52)目不交睫:即不曾合眼,指睡不着。睫,睫毛。

(53)质明:天亮的时候。

(54)策蹇:赶着驴子。蹇,蹇驴,瘦弱的驴子。

(55)凶肆:代人办理丧事的店铺,犹如今之殡仪馆。

(56)绵缀(惙)移时:指一度濒于死亡。绵缀,疑即“绵惙(chuò 绰)”,病危将死的样子。《魏书·献文六王传》:“叔翻沉痾绵惙。”移时:好大一阵,指一段不太短的时间。

(57)杖:动词,拄着拐杖。

(58)日假之:每天借用他,利用他。

(59)不及逝者:不如死去的人。

(60)佣凶器者:替人做丧葬之器(如棺材、灵车之类)的人。指殡馆主人。

(61)哀挽:出丧时唱挽歌表示哀悼。专门替人唱挽歌的称为“挽歌郎”。

(62)醵(jù 拒)钱:大家凑钱。聚集众人的资财叫“醵”。索顾:要求雇佣他。顾,通“雇”。

(63)其党:指在东肆唱挽歌的人。耆旧:老前辈。

(64)阅:总聚,汇集。犹今语“展出”。

(65)立符契:订立条约。

(66)里胥:一里之长叫里胥,也叫“闾胥”、“里正”、“里长”。唐代以百户为里。贼曹:东汉掌管

京都水火、盗贼、词讼、非法的官员称贼曹。此借指唐代在京师长安、万年两县所设维护社会治安的官员。

(67)拥铎：拿着大摇铃。

(68)翊（yì 义）卫：护卫的人。

(69)顿颡：顿首稽颡，古时叩头礼。这里似是点头行礼。

(70)《白马》之词：挽歌。未详出处。据《后汉书·范式传》载，范式与张劭友情甚笃，劭死，式以素车白马，号哭送殡。"《白马》之词"，或即据此虚拟。

(71)恃其夙胜：倚赖他往日擅场的优越地位。

(72)不可得而屈：不可能为人所压倒。

(73)秉翣（Shà 霎）：拿着饰棺的翣。翣，羽毛或布、席制成的棺饰，如掌扇，灵车行进时，在车两旁举着随行。

(74)《薤露》之章：古代挽歌。《薤露》为汉乐府《相和歌辞》。据崔豹《古今注》载，《薤露》为丧歌，出田横门人。横自杀，门人为作悲歌，以为人生短暂，如薤（百合科植物）上之露，容易消失。汉时《薤露》是挽王公贵人的，后来作为一般的挽歌。

(75)响振林木：形容歌声嘹亮动听。据《列子》载，古代歌手秦青"拊节悲歌，声震林木，响遏行云"。

(76)愕眙：惊呆了。

(77)入计：外官入朝汇报、请示工作。

(78)易服章：换掉官服。

(79)老竖：对年老奴仆的贱称。

(80)间（jiàn 见）：私下。

(81)曲江：曲江池，在长安东南，是唐代长安的游览区。

(82)瘗（yì 翼）：掩埋。

(83)道周：路边。

(84)被：同"披"。

(85)悬鹑：形容衣服破烂的样子。语出《荀子·大略》："子夏贫，衣若悬鹑。"鹑，一种形似鸡的小鸟，尾秃，人们将衣服破烂称为"鹑衣百结"。

(86)廛（chán 蝉）肆：市集中的店铺。廛，市集中的店房。

(87)不发：不开。

(88)枯瘠疥疠：身子枯瘦如柴又生了疥疮。

(89)绝倒：昏倒。

(90)颔颐：点头。颔，点头。颐，下巴。"颔颐"为复合词，就是点头的意思。

(91)敛容却睇：带着严肃的脸色回头看着。

(92)良家子：清白人家的子侄。

(93)人伦：古以"父子有亲、君臣有义、夫妇有别、长幼有序、朋友有信"为人伦（见《孟子·滕文公上》）。这里"不得齿于人伦"指下文所说绝父子之情。

(94)困踬（zhì 志）：困顿，落魄。

(95)无自贻其殃：不要自己招祸。

(96)别卜所诣：另找一个住处。所诣，所往，所至。这里指迁居之所。

(97)晨昏得以温凊（qìng 庆）：早晚还能问寒问暖，意即问安侍候，尽子女之孝道。语本《礼记

·曲礼上》:“凡为人子之礼,冬温而夏凊,昏定而晨省。”凊,凉。

⑱度(duó 铎)其志不可夺:料想她的决心不可改变。

⑲荐水陆之馔:给他吃水里和陆地上的美味食品。

⑩渊思寂虑:沉思深想。

⑩旗亭:古时城市里的市楼称旗亭,高数层,楼上设鼓,击鼓作为开市、罢市的信号(见《洛阳伽蓝记·城东龙华寺》)。有的称酒店为旗亭。鬻坟典之肆:卖典籍的书店。坟典:即“三坟五典”,“三坟”为伏羲、神农、黄帝之书,“五典”为少昊、颛顼、高辛、唐、虞之书(见孔安国《尚书序》)。这里指科举必修的典籍。

⑩市:买。

⑩孜孜矻(kū 枯)矻:勤奋不懈的样子。

⑩宵分乃寐:夜半才睡。

⑩谕之缀诗赋:劝告他作作诗赋。意思是让他换换脑筋。

⑩该览:博览,读遍。该,完备。

⑩策名试艺:参加科举考试。

⑩登甲科:唐制,进士分甲乙科,明经分甲乙丙丁四科,优者登甲科。

⑩礼闱:礼部。

⑩敛衽:整理衣襟,表示肃敬。后来多用于女子。

⑪女之:将女儿嫁给他。女,作动词用。

⑫行秽迹鄙:行迹污秽鄙贱。指嫖妓落拓的一段经历。

⑬不侔于他士:不同于别人。

⑭砻淬利器:把武器磨炼得更锋利,比喻使学问更加精深。砻,在石上磨。淬,淬火。将烧红的铁具放入水中,使之具有钢性。

⑮大比:《周礼·地官·乡大夫》:“三年则大比,考其德行,道艺,而兴贤者,能者。”后世因将在京举行的科举考试也称为“大比”。

⑯直言极谏科:吏部主持的特别科的考试。此外还有“博学宏辞”科之类。吏部考后,录取者即授官。

⑰成都府:即益州,治所在今四川成都市。

⑱三事以降:三事,三事大夫,即三公。《诗·小雅·雨无正》:“三事大夫,莫肯夙夜。”唐孔颖达《正义》:“三事大夫为三公耳。”三事以降,三公(太师、太傅、太保或大司马、大司徒、大司空)以下的官员。

⑲结媛鼎族:同名门贵族的女儿结婚。鼎族,豪门贵族。

⑳奉蒸尝:主持祭祀。冬祭为“蒸”,秋祭为“尝”。古时礼制妇无子不可主祀,妾也不可主祀。李娃自知像她这样的身份是不能主祀的,所以说这话。

㉑剑门:在今四川剑阁县东北。

㉒除书:授新官的诏书。除,除去旧官就任新官的意思。

㉓剑南:唐剑南道,治所在今四川成都市。

㉔浃辰:从子到亥十二辰,即十二天。浃,一周。

㉕邮亭:古时传递公文,迎送官员的驿站。

㉖六礼:古代婚礼的六道手续:纳采、问名、纳吉、纳征、请期、亲迎。

㉗眷:眷爱,爱重。

⑫⑧倚庐：古时守父母丧所居的草屋。

⑫⑨一穗三秀：一个穗上开三朵花。通常是一穗一花，一穗三花古时被看作祥瑞之兆。

⑬⓪本道上闻：该道（剑南道）奏知皇帝。

⑬①层甍（méng 蒙）：高高的屋脊。

⑬②终制：服丧期满。古代父母丧事，要“守制”三年（实际为二十七个月）。

⑬③莫之与京：没谁能同他比。京，大。

⑬④牧晋州：为晋州牧，即任晋州刺史。晋州治所在今山西临汾市。

⑬⑤水陆运使：水陆转运使，管理水陆运输的官名，属户部。

⑬⑥三任皆与生为代：连续三任都和荥阳生为前后任。

⑬⑦竦听：敬听。

⑬⑧濡翰：以笔蘸墨。翰，笔毛。

⑬⑨疏：详细记述。

⑭⓪乙亥岁：贞元十一年（795）。

长恨传

（唐）陈　鸿

陈鸿，字大亮，少学为史。贞元二十一年(805)登太常第。始闲居，修《大统纪》，七年书成，绝笔于元和六年(811)。在长安时，与白居易为友。大和三年(829)，官尚书主客郎中。著作除《大统纪》外，有传奇《长恨传》、《东城老父传》、《开元升平源》，又《全唐文》录其文三篇，并传于世。

唐明皇与杨贵妃事，当代便有所传说，大历以后即屡见于歌咏和丛谈。其中以《长恨传》和白居易《长恨歌》记述最为详尽动人，半颂半讽，影响最大。历来"传"与"歌"并传，后世因其题材而演化为小说戏曲者颇多，如宋乐史《杨太真外传》采纳其中部分材料，元人白朴《唐明皇秋夜梧桐雨》、清人洪昇《长生殿》则据此编成戏曲。

开元中，泰阶平[1]，四海无事。玄宗在位岁久，倦于旰食宵衣[2]，政无大小，始委于右丞相[3]，稍深居游宴，以声色自娱。先是，元献皇后[4]、武惠妃[5]皆有宠，相次即世[6]。宫中虽良家子千数，无可悦目者。上心忽忽不乐。时每岁十月，驾幸华清宫[7]，内外命妇[8]，熠耀景从[9]，浴日余波[10]，赐以汤沐，春风灵液，澹荡其间[11]，上必油然若有所遇，顾左右前后，粉色如土。

诏高力士潜搜外宫，得弘农杨玄琰女于寿邸[12]。既笄矣，鬓发腻理[13]，纤秾中度[14]，举止闲冶[15]，如汉武帝李夫人[16]。别疏汤泉[17]，诏赐藻莹[18]。既出水，体弱力微，若不任罗绮。光彩焕发，转动照人。上甚悦。进见之日，奏《霓裳羽衣曲》[19]以导之；定情[20]之夕，授金钗钿合以固之[21]。又命戴步摇[22]，垂金珰[23]。明年，册[24]为贵妃，半后服用[25]。繇[26]是冶其容，敏其词，婉娈万态，以中上意。上益嬖焉。时省风[27]九州，泥金五岳[28]，骊山雪夜，上阳[29]春朝，与上行同辇，止同室，宴专席，寝专房。虽有三夫人、九嫔、二十七世妇、八十一御妻[30]，暨后宫才人[31]，乐府妓女，使天子无顾盼意。自是六宫无复进幸者。非徒殊艳尤态致是，盖才智明慧，善巧便佞[32]，先意希旨[33]，有不可形容者。叔父昆弟皆列位清贵，爵为通侯[34]。姊妹封国夫人[35]。富埒王宫[36]，车服邸第，与大长公主[37]侔矣。而恩泽势力，则又过之，出入禁门不问，京师长吏[38]为之侧目。故当时谣咏有云："生女勿悲酸，生男勿喜欢。"又曰："男不封侯女作妃，看女却为门上楣[39]。"其为人心羡慕如此。

天宝[40]末，兄国忠盗丞相位[41]，愚弄国柄[42]。及安禄山引兵向阙，以讨杨氏为词[43]。潼关不守，翠华南幸[44]。出咸阳[45]，道次马嵬亭[46]，六军[47]徘徊，持戟不进。从官郎吏伏上马前，请诛晁错以谢天下[48]。国忠奉牦缨盘水[49]，死于道周。左右之意未快。上问之。当时敢言者，请以贵妃塞天下怨。上知不免，而不忍见其死，反袂掩面，使牵之而去。仓皇展转，竟就死于尺组之下[50]。

既而玄宗狩[51]成都，肃宗受禅灵武[52]。明年，大凶归元，大驾还都[53]。尊玄宗为太上皇[54]，就养南宫[55]。自南宫迁于西内[56]。时移事去，乐尽悲来。每至春之日，冬之夜，池莲夏开，宫槐秋落，梨园弟子[57]，玉琯[58]发音，闻《霓裳羽衣》一声，则天颜不怡，左右歔欷。三载一意，其念不衰。求之梦魂，杳不能得。

适有道士自蜀来，知上皇心念杨妃如是，自言有李少君之术[59]。玄宗大喜，命致其神。方士乃竭其术以索之，不至。又能游神驭气，出天界，没地府以求之，不见。又旁求四虚[60]上下，东极天海，跨蓬壶[61]。见最高仙山，上多楼阙，西厢下有洞户，东向，阖其门，署曰“玉妃太真院”。方士抽簪扣扉，有双鬟童女，出应其门。方士造次[62]未及言，而双鬟复入。俄有碧衣侍女又至，诘其所从。方士因称唐天子使者，且致其命[63]。碧衣云：“玉妃方寝，请少待之。”于时云海沉沉，洞天日晓，琼户重阖，悄然无声。方士屏息敛足，拱手门下。久之，而碧衣延入，且曰：“玉妃出。”见一人冠金莲，披紫绡，佩红玉，曳凤舄[64]，左右侍者七八人。揖方士，问：“皇帝安否？”次问天宝十四载已还事。言讫，悯然。指碧衣取金钗钿合，各析其半，受使者曰：“为我谢太上皇，谨献是物，寻旧好也。”方士受辞与信[65]，将行，色有不足[66]。玉妃固征其意。复前跪致词：“请当时一事，不为他人闻者，验于太上皇[67]。不然，恐钿合金钗，负新垣平之诈[68]也。”玉妃茫然退立，若有所思，徐而言曰：“昔天宝十载，侍辇避暑于骊山宫。秋七月，牵牛织女相见之夕，秦人风俗，是夜张锦绣，陈饮食，树瓜华[69]，焚香于庭，号为‘乞巧’[70]。宫掖[71]间尤尚之。时夜殆半，休侍卫于东西厢，独侍上。上凭肩而立，因仰天感牛女事，密相誓心，愿世世为夫妇。言毕，执手各呜咽。此独君王知之耳。”因自悲曰：“由此一念，又不得居此。复堕下界，且结后缘。或为天，或为人[72]，决再相见，好合如旧。”因言：“太上皇亦不久人间，幸惟自安，无自苦耳。”使者还奏太上皇，皇心震悼，日日不豫[73]。其年夏四月，南宫晏驾[74]。

元和元年冬十二月，太原白乐天自校书郎尉于盩厔[75]，鸿与琅玡[76]王质夫家于是邑，暇日相携游仙游寺，话及此事，相与感叹。质夫举酒于乐天前曰：“夫希代之事[77]，非遇出世之才润色[78]之，则与时消没，不闻于世。乐天深于诗，多于情者也。试为歌之，如何？”乐天因为《长恨歌》。意者[79]不但感其事，亦欲惩尤物，窒乱阶，垂于将来者也[80]。歌既成，使鸿传焉。世所不闻者，予非开元遗民，不得知；世所知者，有《玄宗本纪》[81]在。今但传《长恨歌》云尔。

汉皇重色思倾国[82]，御宇[83]多年求不得。
杨家有女初长成，养在深闺人未识。
天生丽质难自弃，一朝选在君王侧。

回眸一笑百媚生，六宫粉黛无颜色[84]。
春寒赐浴华清池，温泉水滑洗凝脂[85]；
侍儿扶起娇无力，始是新承恩泽[86]时。
云鬓花颜金步摇，芙蓉帐暖度春宵；
春宵苦短日高起，从此君王不早朝。
承欢侍宴无闲暇，春从春游夜专夜。
后宫佳丽三千人，三千宠爱在一身。
金屋妆成娇侍夜[87]，玉楼宴罢醉和春。
姊妹弟兄皆列土[88]，可怜光彩生门户；
遂令天下父母心，不重生男重生女。
骊宫高处入青云，仙乐风飘处处闻。
缓歌慢舞凝丝竹，尽日君王看不足。
渔阳鼙鼓动地来，惊破霓裳羽衣曲[89]。
九重城阙[90]烟尘生，千乘万骑西南行。
翠华摇摇行复止，西出都门百余里；
六军不发无奈何，宛转蛾眉马前死[91]。
花钿委地[92]无人收，翠翘金雀玉搔头[93]；
君王掩面救不得，回看血泪相和流。
黄埃散漫风萧索，云栈萦纡登剑阁[94]；
峨眉山[95]下少人行，旌旗无光日色薄。
蜀江水碧蜀山青，圣主朝朝暮暮情，
行宫[96]见月伤心色，夜雨闻铃[97]肠断声。
天旋日转回龙驭[98]，到此踌躇不能去，
马嵬坡下泥土中，不见玉颜空死处[99]。
君臣相顾尽沾衣，东望都门信马归[100]。
归来池苑皆依旧，太液芙蓉未央柳[101]；
芙蓉如面柳如眉，对此如何不泪垂？
春风桃李花开夜，秋雨梧桐叶落时。
西宫南苑多秋草，宫叶满阶红不扫。
梨园弟子白发新，椒房阿监青娥老[102]。
夕殿萤飞思悄然，孤灯挑尽[103]未成眠，
迟迟钟漏[104]初长夜，耿耿星河欲曙天。
鸳鸯瓦[105]冷霜华重，翡翠衾寒谁与共？
悠悠生死别经年，魂魄不曾来入梦。
临邛道士鸿都客[106]，能以精诚致魂魄。
为感君王展转思，遂教方士殷勤觅。

排空驭气奔如电，升天入地求之遍，
上穷碧落下黄泉[107]，两处茫茫皆不见。
忽闻海上有仙山，山在虚无缥缈间。
楼殿玲珑五云起[108]，其中绰约多仙子[109]。
中有一人字太真，雪肤花貌参差是[110]。
金阙西厢叩玉扃，转教小玉报双成[111]。
闻道汉家天子使，九华帐[112]里梦魂惊。
揽衣推枕起徘徊，珠箔银屏迤逦开[113]。
云鬓半偏新睡觉，花冠不整下堂来。
风吹仙袂飘飖举，犹似霓裳羽衣舞，
玉容寂寞泪阑干[114]，梨花一枝春带雨。
含情凝睇谢君王，一别音容两渺茫，
昭阳殿[115]里恩爱绝，蓬莱宫[116]中日月长。
回头下望人寰处，不见长安见尘雾。
唯将旧物表深情，钿合金钗寄将去。
钗留一股合一扇[117]，钗擘黄金[118]合分钿。
但令心似金钿坚，天上人间会相见。
临别殷勤重寄词，词中有誓两心知，
七月七日长生殿[119]，夜半无人私语时：
“在天愿作比翼鸟[120]，在地愿为连理枝[121]。”
天长地久有时尽，此恨绵绵[122]无绝期！

【注释】

①泰阶平：即指人世上至天子，下至庶民，皆调谐和平，也就是天下太平的意思。泰阶，星名，又作三台、三能、三阶、天柱、天阶等。《晋书·天文志》：“泰阶，上阶上星为天子、下星为女主；中阶上星为诸侯三公，下星为卿大夫；下阶上星为士，下星为庶人，所以和阴阳而理万物也。”古人迷信，认为天象和人事是互相感应的。

②旰(gàn 赣)食宵衣：言日夜忙于国事，连吃饭睡觉都顾不上。一般用于国君、天子。旰食，日晚而食，过了吃饭时间才吃饭。宵衣，天未明而衣，即大清早就起床。

③右丞相：指李林甫。开元二十四年(736)任中书令，即右丞相。唐玄宗在开元前期尚能有所作为，后期政治开始腐败，内事交给高力士，政事委托李林甫。

④元献皇后：唐玄宗的贵嫔，姓杨，肃宗生母。肃宗朝追尊为元献皇后。

⑤武惠妃：恒安王武攸止之女，死后尊为贞顺皇后。

⑥相次即世：一个接着一个去世。

⑦华清宫：宫名，故址在今陕西西安市临潼区南骊山麓。骊山有温泉，唐贞观年间建汤泉宫，开元时置温泉宫，天宝六年(747)改为华清宫，宫中浴池名为华清池。

⑧内外命妇：封建时代受诰封的妇女称为“命妇”。分内命妇和外命妇。《通典·职官典》注：“皇帝妃嫔及太子良娣以下为内命妇，公主及王妃以下为外命妇。”

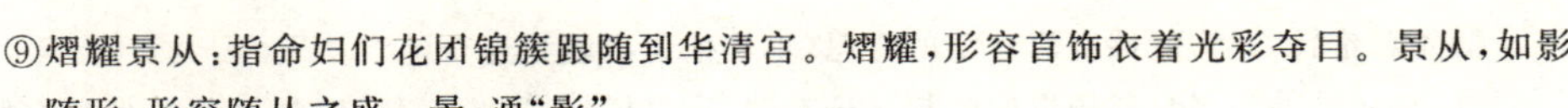

⑨熠耀景从：指命妇们花团锦簇跟随到华清宫。熠耀，形容首饰衣着光彩夺目。景从，如影随形，形容随从之盛。景，通“影”。

⑩浴日余波：皇帝所浴汤泉的余波。日，指皇帝。

⑪澹荡其间：意谓在春风汤泉中荡漾。澹荡，荡漾。

⑫得弘农杨玄琰女于寿邸：杨玄琰，虢州（曾改为弘农郡）阌乡人。其女杨玉环，原为玄宗子寿王李瑁妃子。玄宗从寿王府邸选得玉环，先叫她出家为道士，然后再纳入宫中。

⑬腻理：润滑。

⑭纤秾中度：肥瘦恰到好处。

⑮闲冶：沉静娇媚。

⑯汉武帝李夫人：李延年的妹妹，为汉武帝刘彻的爱妾，美丽善舞，受到武帝的宠幸。死后武帝图其形于甘泉宫。

⑰别疏汤泉：另外开辟一处温泉浴室。疏，治理。

⑱藻莹：华美光滑。一般形容珠玉，这里形容杨贵妃沐浴时肌肤的色泽。

⑲霓裳羽衣曲：唐代舞曲名。白居易《霓裳羽衣舞歌》自注：“开元中，西凉府节度杨敬述造。”又刘禹锡《三乡驿楼伏睹玄宗望女几山诗小臣斐然有感》诗：“开元天子万事足，惟惜当时光景促。三乡陌上望仙山，归作《霓裳羽衣曲》。”《乐府诗集》称唐玄宗梦游月宫，因成《霓裳羽衣曲》。一说西凉乐，一说唐玄宗作。《唐会要》卷三十三载，《波罗门》改为《霓裳羽衣曲》。一般认为此曲系由唐玄宗据西凉乐《波罗门》改编润色而成。

⑳定情：这里指结成夫妇。

㉑授金钗钿合以固之：赐金钗钿盒，用以巩固爱情。钗两股并连，“合（盒）”字与结合的“合”谐音，所以古时常以钗和合表示永远相爱，用它作爱情的信物。《霍小玉传》中的“斑犀钿花合子”，也含有这个意思。

㉒步摇：一种首饰，用金丝宛转屈曲制成花枝状或凤凰形，上缀珠玉，插在发髻上，行走时摇动，所以叫“步摇”。

㉓金珰：金质耳珰，一种戴在耳朵上的首饰。

㉔册：册封，册命。皇帝封后、妃称册封。皇后用金册，贵妃用竹册。

㉕半后服用：衣服首饰日常费用之量为皇后的一半。

㉖繇：同“由”字。

㉗省风：视察民风。

㉘泥金五岳：祭祀天地山川，就是封禅（祭天为封，祭地为禅）。泥金，以金为泥，作为“泥封”（也叫“封泥”）。皇帝祭五岳，把祭文写在简版上，以玉为饰，称为玉牒，盖上玉检（盖子），然后加以泥封，并加上印章。

㉙上阳：上阳宫，皇帝的行宫，在当时的东都洛阳。白居易《上阳白发人》诗自注云：“天宝五载已后，杨贵妃专宠，后宫人无复进幸矣。六宫有美色者，辄置别所，上阳是其一也。”皇帝到上阳宫，杨贵妃也要陪同，宫人更是绝望了。所以唐代诗人咏上阳宫人的诗特别多。

㉚“虽有三夫人”句：《礼记·昏义》：“古者天子，后立六宫，三夫人、九嫔、二十七世妇、八十一御妻。”这些都是周天子的后妃和女官，唐代无此制，这里只是借以形容唐玄宗嫔妃之众。

㉛才人：宫中女官名。唐代设才人七人，四品，掌管吃饭睡觉穿衣一类的事务。

㉜善巧便佞：很会花言巧语。

㉝先意希旨：意为能揣度唐玄宗的心思，不等他说出就先迎合他。

㉞“叔父昆弟”二句：指杨贵妃的叔父杨玄珪，兄弟杨钊（国忠）、杨铦、杨锜都得到高官厚禄。通侯，爵位名。《汉书·高帝纪》“通侯”注引应劭语：“旧曰彻侯，避武帝（刘彻）讳，曰通侯，通亦彻也，言其功及于王室也。”这里泛指显贵爵位。

㉟姊妹封国夫人：指杨贵妃的三个姐姐分别被封为韩国夫人、虢国夫人、秦国夫人。

㊱富埒王宫：其家豪富可与皇室匹敌。埒，相等，等同。

㊲大长公主：皇帝的姑母称“大长公主”。

㊳长吏：大吏。汉景帝时食禄六百石以上的称“长吏”。这里泛指京中大官。

㊴看女却为门上楣：《资治通鉴·唐玄宗天宝五年》：“杨贵妃方有宠……民间歌之曰：‘生男勿喜女勿悲，君今看女作门楣。’”胡三省注：“凡人作室，自外至者，见其门楣宏敞，则为壮观。言杨家因生女而宗门崇显也。”楣，门户上的横梁。这里是说杨贵妃像门上楣那样支撑着杨家的门户，家族都受宠荣。

㊵天宝：唐玄宗李隆基的年号(742～756)。

㊶兄国忠盗丞相位：指杨贵妃的堂兄杨国忠任右丞相。非其所应得叫“盗”。

㊷国柄：国家的权柄，即国家权力。

㊸“安禄山”二句：天宝十四载(755)十一月，控制平卢、范阳、河东三镇的安禄山，声称奉密诏讨伐杨国忠，引兵十五万，自范阳进扰中原。

㊹“潼关不守”二句：天宝十五载(756)六月，哥舒翰在灵宝大败，潼关失守。杨国忠议定唐玄宗南奔入蜀（今四川）。翠华，皇帝出行的仪仗，旌旗上用翠羽为饰。这里代指皇帝。

㊺咸阳：唐县名，与长安只渭河之隔，治所在今陕西咸阳市东。

㊻道次马嵬亭：途中停驻马嵬驿。马嵬，一名“马嵬山”，又名“马嵬坡”，在今陕西兴平市附近。亭，驿亭。

㊼六军：《周礼》说天子有“六军”，后来以“六军”泛指皇帝的军队。实际当时只有左右龙武和左右羽林“四军”。

㊽请诛晁错以谢天下：晁错，汉景帝（刘启）时为御史大夫，曾建议削减诸侯封地，以加强中央集权。吴、楚等七国诸侯起兵叛乱，要求“杀晁错以谢天下”。晁错因此被景帝杀害（见《史记·袁盎晁错列传》）。这里指六军请诛杨国忠以谢天下。谢，谢罪，认错。

㊾牦(máo毛)缨盘水：贾谊《新书》：“故其在大谴大何之域者，闻谴何则白冠氂缨，盘水加剑，造请室而请罪耳。”这是古时的一种请罪仪式，白色冠上缀牦牛尾的缨，表示待罪；盘水上放一把剑，表示判罪公平，必要时自刎。

㊿死于尺组之下：指被吊死。尺组，上吊用的丝绸带子。

(51)狩：即巡狩，皇帝出行叫巡狩。安史之乱，唐玄宗逃至成都，讳言逃奔，所以叫“狩”。

(52)肃宗受禅灵武：天宝十五载七月，肃宗（李亨）在灵武郡（治所在今宁夏灵武市西南）即位。受禅，受皇帝所传帝位。

(53)“明年”三句：肃宗至德二载(757)安禄山为其子安庆绪所杀；十二月唐玄宗自蜀还京都。大凶，指安禄山。归元，即杀头。元，首，头。大驾，指太上皇李隆基。

(54)尊玄宗为太上皇：按，肃宗灵武继帝位即尊玄宗为太上皇，不是还都后的事。

(55)南宫：又称“南内”，即兴庆宫。

(56)西内：又称“西宫”，即太极宫。下面《长恨歌》“西宫南苑多秋草”，即指唐玄宗所住的兴庆宫和太极宫。

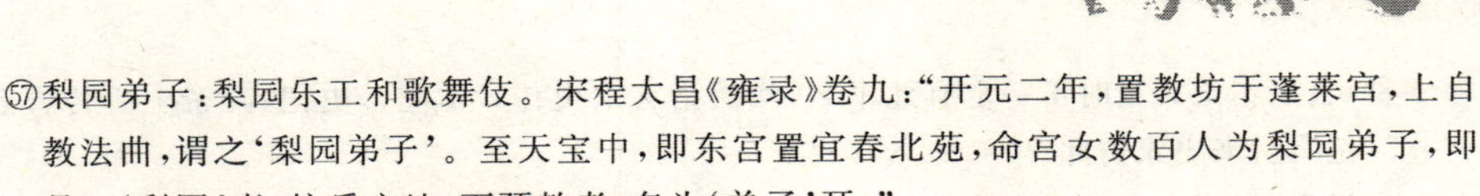

(57)梨园弟子：梨园乐工和歌舞伎。宋程大昌《雍录》卷九："开元二年，置教坊于蓬莱宫，上自教法曲，谓之'梨园弟子'。至天宝中，即东宫置宜春北苑，命宫女数百人为梨园弟子，即是。'梨园'者，按乐之地；而预教者，名为'弟子'耳。"

(58)玉琯：即玉管，玉制的管乐器，如箫、笛一类。琯，通"管"。

(59)李少君：汉武帝时方士，自称曾游海上，遇到神仙，有长生不老的仙方（见《史记·孝武本纪》）。李少君之术，即求仙求长生之术。按：从后文唐玄宗见杨贵妃魂魄的情节看，李少君似是齐方士少翁。据《汉书·外戚列传》载，李夫人死了，汉武帝很想念他，齐方士少翁以道术使李夫人的影子出现在帐幕上。武帝《李夫人歌》即写此事。这个故事较切合题意，而且上文"如汉武帝李夫人"，已有伏笔。

(60)四虚：四个方位，指东西南北。

(61)蓬壶：亦作"蓬莱"，传说中的仙山名，参见前《汉武故事》注。

(62)造次：仓促。

(63)且致其命：并且说明唐明皇（玄宗）交给自己的使命。命，即上文"玄宗大喜，命致其神"之"命"。

(64)凤舄：饰有凤头的鞋。

(65)信：信物。金钗和钿盒，各取一半，作为信物。

(66)色有不足：脸上现出还不满足的神态。

(67)"请当时一事"三句：意思是说，为了使太上皇相信真的见到杨贵妃，请求告诉他一件只有太上皇知道、别人都不曾听说过的事。因金钗钿盒为人间常物，不足为凭。

(68)负新垣平之诈：犯新垣平那样的欺诈之罪。新垣平，汉文帝（刘恒）时人，自称能"望气"，说长安东北有神气，又说阙下有玉气，其实都是假的，被人告发，处死（见《汉书·郊祀志》）。

(69)树瓜华：种植瓜果。《礼记·郊特牲》："天子树瓜华"，孔颖达疏云："言天子唯树瓜与果蓏。所以唯树植此瓜华者，是供一时之食，不是收敛久藏之种；若其可久藏之物，则不树之。"这里引用成语，与原意有别，指陈列瓜果。五代王仁裕《开元天宝遗事》："帝（玄宗）与贵妃每至七月七日夜，在华清宫游宴时，宫女辈陈瓜花酒馔，列于庭中，求于牵牛织女星也。"所记同一事，说的是"陈瓜花"。

(70)乞巧：阴历七月七日，传说牛郎织女会于天河。人间有乞巧的风俗。

(71)宫掖：皇宫掖庭。掖庭是嫔妃居住的地方。

(72)或为天，或为人：或在天上，或在人间。

(73)不豫：不乐。

(74)晏驾：皇帝车驾迟出，指皇帝死了。

(75)太原白乐天：白居易，字乐天，唐代大诗人。其前三十几代远祖白仲（白起儿子）被秦始皇封于太原，所以这里说太原人。其曾祖白温迁家下邽（今陕西渭南市下邽镇），所以一般都说他是下邽人。尉于盩厔（zhōu zhì 周至）：任盩厔（今陕西周至）县尉。

(76)琅玡：也称沂州，治所在今山东临沂市。

(77)希代之事：当代稀有之事。

(78)润色：指文学上的描写。

(79)意者：揣想起来。意，猜测，意料。者，语助词。

(80)"惩尤物"三句：以好色（尤物）为戒，塞祸乱所由之路，留下鉴戒于后世。

㉛《玄宗本纪》:当时不一定有此书名,或泛指玄宗史传。本纪,《史记》凡帝王史传皆名"本纪",后来史家仿此。

㉜汉皇:指唐玄宗。唐人诗中经常以汉喻唐。倾国:指美女。《汉书·外戚传》载李延年歌:"北方有佳人,绝世而独立。一顾倾人城,再顾倾人国。"原意是说绝美的女子使人迷惑失政,导致亡国,后来"倾国倾城"便成了美色的代称。

㉝御宇:统治天下(全国)。御,治理。

㉞六宫粉黛无颜色:皇宫里的嫔妃都黯然失色。粉黛,妇女饰容画眉用的化妆品,这里作为女子的代称。六宫粉黛,泛指宫中众多的嫔妃宫女。

㉟凝脂:形容皮肤白嫩柔滑。语出《诗·卫风·硕人》:"肤如凝脂。"

㊱承恩泽:指得到皇帝的宠爱。

㊲金屋妆成娇侍夜:化用金屋藏娇的典故,见前《汉武故事》。

㊳列土:指皇帝分封土地给皇族和臣僚。这里泛指受封官爵。

㊴"渔阳鼙鼓"二句:指安禄山自范阳起兵叛乱。渔阳,天宝元年河北道蓟州改称渔阳郡,属范阳节度。郡治在今天津蓟县。鼙鼓,古代军中用的小鼓。

㊵九重城阙:指京城。九重,指皇帝所居之处。语出《楚辞·九辩》:"君之门兮九重。"

㊶宛转蛾眉马前死:指缢死杨贵妃事。蛾眉,语出《诗·卫风·硕人》"螓首蛾眉"。蛾眉,或作"娥眉",形容漂亮的眉毛,后作为美女的代称。这里指杨贵妃。

㊷委地:抛弃在地上。

㊸翠翘金雀玉搔头:三种首饰的名称。翠翘,形似翠鸟尾毛的首饰;金雀,制成雀形的金钗;玉搔头,即玉簪。

㊹云栈萦纡:高耸入云的栈道回环曲折。剑阁:又名剑门关,大剑山和小剑山之间的一座雄关,形势险要,在今四川剑阁县北。

㊺峨眉山:在今四川峨眉山市境。宋魏庆之《诗人玉屑》卷十一:"白乐天《长恨歌》云:'峨眉山下少行人。'峨眉在嘉州,与幸蜀全无交涉。"唐玄宗自长安到成都并不经过峨眉山下,这里只是泛指蜀地的高山。或说这里指今四川广元市小峨眉山。

㊻行宫:皇帝出行临时住宿之所称"行宫"。

㊼夜雨闻铃:《明皇杂录》:"明皇即幸蜀,西南行,初入斜谷,属霖雨涉旬,于栈道中闻铃音,隔山相应。上既悼念贵妃,采其声为《雨淋铃曲》以寄恨焉。"这里暗用此事。

㊽"天旋"句:指时局转变,唐玄宗返回长安。至德二载(757)九月郭子仪收复西京长安,十月又收复东都洛阳。这时肃宗先回长安。龙驭,皇帝的车驾。

㊾"不见"句:是说当年的杨玉环已不复得见,只空自留下她缢死的遗迹。

⑩⓪"东望"句:向东望着长安随马而行。形容因悼念贵妃而生的怅然若失情绪。

⑩①太液:太液池。唐太液池在今西安城东北大明宫内。唐明皇不曾居住大明宫。汉太液池在建章宫北。未央:即未央宫遗址,在今西安市西。这里的"太液"、"未央",都是用汉代旧名,指唐代的池苑和宫殿。

⑩②椒房阿监青娥老:宫中女官和宫女都老了,言外有无穷感慨。椒房,皇后所居的宫殿,以椒(花椒)和泥涂壁,取其温暖芬芳。或说指皇后,取其多子。《初学记》"中宫部"引《汉官仪》:"皇后称椒房,取其蕃实之义也。"阿监,宫中的女近侍,唐代为六七品女官。青娥,指年轻美貌的宫女。

⑩③孤灯挑尽:是说把灯芯都挑完了。《邵氏闻见续录》卷十九云:"宁有兴庆宫中夜不烧蜡

油，明皇自挑灯者乎？”当时宫中点蜡，不点油灯。这是诗人的想象，借以表现玄宗晚年的孤寂凄凉之感。

⑩④钟漏：古时报夜的钟声和计时的滴漏。

⑩⑤鸳鸯瓦：屋瓦一俯一仰嵌合在一起叫“鸳鸯瓦”。

⑩⑥鸿都：洛阳北宫门名。临邛、鸿都，系诗人随意点染，不一定实指其地。“鸿都客”也当是道士一类的人。

⑩⑦上穷碧落下黄泉：即上天入地。碧落，指天上。黄泉，指地下。

⑩⑧五云：五色祥云。迷信说法，神仙所居之处有祥云笼罩。

⑩⑨绰约多仙子：有许多柔弱美丽的仙女。语出《庄子·逍遥游》：“藐姑射之山，有神人居焉，肌肤若冰雪，绰约若处子。”绰约，形容女子姿态柔美的样子。

⑪⓪参差是：仿佛就是。

⑪①小玉：吴王夫差之女。见白居易《霓裳羽衣歌》自注。双成：董双成。《汉武帝内传》：“西王母命玉女董双成吹云和之笙。”这里借“小玉”、“双成”指杨太真在仙界的侍婢。

⑪②九华帐：指绣成九华图案的彩帐。

⑪③珠箔：珠帘。汉武帝建造神室，以珠编串为帘子。银屏：以银为装饰的屏风。迤逦开：接连不断地打开。这句形容仙宫深邃华丽。

⑪④泪阑干：泪流纵横的样子。

⑪⑤昭阳殿：汉宫名，汉成帝（刘骜）和赵飞燕居住过的地方，这里借指杨贵妃生前同唐玄宗同居之处。

⑪⑥蓬莱宫：这里指杨太真所居的仙境。

⑪⑦合一扇：即钿盒的一半。

⑪⑧钗擘黄金：擘开（分开）黄金之钗（即金钗）的倒装句。

⑪⑨长生殿：在华清宫。《唐会要》卷三十：“华清宫，天宝元年十月造长生殿，名为集灵台，以祀神。”

⑫⓪比翼鸟：《尔雅·释地》：“南方有比翼鸟焉，不比不飞，其名谓之鹣鹣。”比翼，指雌雄并翼而飞。

⑫①连理枝：两棵树不同根而枝干联结在一起，称“连理枝”。古人一般以“连理枝”为祥瑞，这里则是用以比喻两人爱情的结合。

⑫②绵绵：长远而连绵不断的样子。末二句写其恨无穷。突出“长恨”二字，篇末点题。

莺莺传

（唐）元 稹

元稹（779～831），字微之，河南府（今河南洛阳市附近）人。十五岁明经及第，补校书郎，迁左拾遗。为当事者所恶，出为河南尉。后官监察御史，同宦官、守旧官僚作斗争，贬为通州司马。元和末，召为膳部员外郎。长庆初，擢为祠部郎中，知制诰，又迁中书舍人，翰林承旨学士。再擢为工部侍郎，进同中书门下平章事（宰相）。因事出为同州刺史，徙浙东观察史，召为尚书左丞，又官鄂州刺史，武昌军节度使，卒于任所。与白居易友善，诗亦齐名，时号“元白”，其诗称“元和体”。有诗文百卷，为《元氏长庆集》。所作传奇《莺莺传》，其中张生，或说即元稹自我写照。

《莺莺传》，又名《会真记》，写崔莺莺同张生的恋爱故事。这个故事在唐代就颇有影响，杨巨源作《崔娘诗》，李绅作《莺莺歌》，都是吟咏莺莺的事迹。金朝董解元采取这个题材创作了《弦索西厢》，元代王实甫又据此编写了《西厢记》，关汉卿也有《续西厢记》，明代李日华和陆天池又分别编了《南西厢记》，周公鲁还有《翻西厢记》，至清代更有查继佐的《续西厢杂剧》。历代都有关于莺莺故事的戏曲流传，有的还编为小说，影响深远，正如鲁迅先生所说：“其事之振撼文林，为力甚大。”（见《唐宋传奇集·稗边小缀》）

贞元中，有张生者，性温茂[①]，美风容，内秉坚孤[②]，非礼不可入。或朋从游宴，扰杂其间，他人皆汹汹拳拳[③]，若将不及[④]，张生容顺[⑤]而已，终不能乱。以是年二十三，未尝近女色。知者诘之。谢而言曰：“登徒子非好色者，是有凶行；余真好色者，而适不我值[⑥]。何以言之？大凡物之尤者，未尝不留连于心，是知其非忘情者也。”诘者识之。

无几何，张生游于蒲[⑦]。蒲之东十余里，有僧舍曰普救寺，张生寓焉。适有崔氏孀妇，将归长安，路出于蒲，亦止兹寺。崔氏妇，郑女也。张出于郑，绪其亲，乃异派之从母[⑧]。

是岁，浑瑊[⑨]薨于蒲。有中人[⑩]丁文雅，不善于军，军人因丧而扰，大掠蒲人。崔氏之家，财产甚厚，多奴仆。旅寓惶骇，不知所托。先是，张与蒲将之党有善，请

吏护之，遂不及于难。十余日，廉使杜确将天子命以总戎节[11]，令于军，军由是戢[12]。郑厚张之德甚[13]，因饰馔以命张，中堂宴之。复谓张曰："姨之孤嫠未亡[14]，提携幼稚。不幸属师徒大溃，实不保其身。弱子幼女，犹君之生[15]，岂可比常恩哉！今俾以仁兄礼奉见，冀所以报恩也。"命其子，曰欢郎，可十余岁，容甚温美。次命女："出拜尔兄，尔兄活尔。"久之，辞疾[16]。郑怒曰："张兄保尔之命，不然，尔且掳矣。能复远嫌[17]乎？"久之，乃至。常服睟容[18]，不加新饰，垂鬟接黛[19]，双脸销红而已。颜色艳异，光辉动人。张惊，为之礼。因坐郑旁。以郑之抑[20]而见也，凝睇怨绝，若不胜其体者。问其年纪。郑曰："今天子甲子岁[21]之七月，终于贞元庚辰[22]，生年十七矣。"张生稍以词导之，不对。终席而罢。

张自是惑之，愿致其情，无由得也。崔之婢曰红娘。生私为之礼者数四，乘间遂道其衷。婢果惊沮[23]，腆然而奔。张生悔之。翼日[24]，婢复至。张生乃羞而谢之，不复云所求矣。婢因谓张曰："郎之言，所不敢言，亦不敢泄。然而崔之姻族，君所详也。何不因其德而求娶焉？"张曰："余始自孩提[25]，性不苟合。或时纨绮闲居[26]，曾莫流盼。不为当年，终有所蔽[27]。昨日一席间，几不自持[28]。数日来，行忘止，食忘饱，恐不能逾旦暮[29]，若因媒氏而娶，纳采问名，则三数月间，索我于枯鱼之肆[30]矣。尔其谓我何[31]？"婢曰："崔之贞慎自保，虽所尊不可以非语[32]犯之。下人之谋，固难入矣。然而善属文[33]，往往沉吟章句[34]，怨慕者久之。君试为喻情诗以乱之，不然，则无由也。"张大喜，立缀[35]《春词》二首以授之。是夕，红娘复至，持彩笺以授张，曰："崔所命也。"题其篇曰《明月三五夜》。其词曰：

待月西厢下，迎风户半开。
拂墙花影动，疑是玉人来。

张亦微喻其旨。是夕，岁二月旬有四日[36]矣。

崔之东有杏花一株，攀援可逾。既望[37]之夕，张因梯其树而逾焉。达于西厢，则户半开矣。红娘寝于床上，因惊之。红娘骇曰："郎何以至？"张因绐之曰："崔氏之笺召我也。尔为我告之。"无几，红娘复来，连曰："至矣！至矣！"张生且喜且骇，必谓获济[38]。及崔至，则端服严容，大数[39]张曰："兄之恩，活我之家，厚矣。是以慈母以弱子幼女见托。奈何因不令[40]之婢，致淫逸之词？始以护人之乱为义，而终掠乱以求[41]之，是以乱易乱，其去几何[42]？诚欲寝其词[43]，则保人之奸，不义；明之于母，则背人之惠，不祥；将寄于婢仆，又惧不得发其真诚[44]：是用托短章，愿自陈启。犹惧兄之见难，是用鄙靡之词，以求其必至。非礼之动，能不愧心？特愿以礼自持，毋及于乱！"言毕，翻然而逝。张自失者久之。复逾而出，于是绝望。

数夕，张生临轩独寝，忽有人觉之[45]。惊骇而起，则红娘敛衾携枕而至，抚张曰："至矣！至矣！睡何为哉！"并枕重衾而去。张生拭目危坐[46]。久之，犹疑梦寐；然而修谨[47]以俟。俄而红娘捧崔氏而至。至，则娇羞融冶，力不能运支[48]体，曩时端庄，不复同矣。是夕，旬有八日也。斜月晶莹，幽辉半床。张生飘飘然，且疑神仙之徒，不谓从人间至矣。有顷，寺钟鸣，天将晓。红娘促去。崔氏娇啼宛转，红娘又捧

之而去，终夕无一言。张生辨色而兴，自疑曰：“岂其梦邪？”及明，睹妆在臂，香在衣，泪光荧荧然，犹莹于茵席[49]而已。是后又十余日，杳不复知。张生赋《会真》诗三十韵[50]，未毕，而红娘适至，因授之，以贻崔氏。自是复容之。朝隐而出，暮隐而入，同安于曩所谓西厢者，几一月矣。张生常诘郑氏之情。则曰：“我不可奈何矣。”因欲就成之。无何，张生将之长安，先以情谕之。崔氏宛无难词，然而愁怨之容动人矣。将行之再夕，不复可见，而张生遂西下。

数月，复游于蒲，会于崔氏者又累月。崔氏甚工刀札[51]，善属文。求索再三，终不可见。往往张生自以文挑，亦不甚睹览。大略崔之出人者，艺必穷极，而貌若不知；言则敏辩[52]，而寡于酬对。待张之意甚厚，然未尝以词继之。时愁艳幽邃，恒若不识，喜愠之容，亦罕形见。异时独夜操琴，愁弄凄恻。张窃听之。求之，则终不复鼓矣。以是愈惑之。张生俄以文调及期[53]，又当西去。当去之夕，不复自言其情，愁叹于崔氏之侧。崔已阴知将诀矣，恭貌怡声，徐谓张曰：“始乱之，终弃之，固其宜矣。愚不敢恨。必也君乱之，君终之，君之惠也。则没身之誓，其有终矣，又何必深感于此行？然而君既不怿，无以奉宁[54]。君常谓我善鼓琴，向时羞颜，所不能及。今且往矣，既君此诚[55]。”因命拂琴，鼓《霓裳羽衣》序，不数声，哀音怨乱，不复知其是曲也。左右皆歔欷。崔亦遽止之，投琴，泣下流连，趋归郑所，遂不复至。明旦而张行。

明年，文战不胜[56]，张遂止于京。因赠书于崔，以广其意[57]。崔氏缄报[58]之词，粗载于此，曰：

捧览来问，抚爱过深。儿女之情，悲喜交集。兼惠花胜一合、口脂五寸，致耀首膏唇之饰。虽荷殊恩，谁复为容[59]？睹物增怀，但积悲叹耳。伏承使于京中就业，进修之道，固在便安[60]。但恨僻陋之人，永以遐弃。命也如此，知复何言！自去秋已来，常忽忽如有所失。于喧哗之下，或勉为语笑，闲宵自处，无不泪零。乃至梦寐之间，亦多感咽离忧之思。绸缪缱绻，暂若寻常，幽会未终，惊魂已断。虽半衾如暖，而思之甚遥。一昨拜辞，倏逾旧岁。长安行乐之地，触绪牵情。何幸不忘幽微[61]，眷念无斁[62]。鄙薄之志，无以奉酬。至于终始之盟，则固不忒[63]。鄙昔中表相因，或同宴处。婢仆见诱，遂致私诚。儿女之心，不能自固。君子有援琴之挑[64]，鄙人无投梭之拒[65]。及荐寝席，义盛意深。愚陋之情，永谓终托。岂期既见君子，而不能定情，致有自献之羞，不复明侍巾帻[66]。没身永恨，含叹何言！倘仁人用心，俯遂幽眇[67]，虽死之日，犹生之年。如或达士略情[68]，舍小从大，以先配为丑行，以要盟[69]为可欺，则当骨化形销，丹诚不泯，因风委露，犹托清尘[70]。存没之诚，言尽于此。临纸呜咽，情不能申。千万珍重，珍重千万！玉环一枚，是儿[71]婴年所弄，寄充君子下体所佩。玉取其坚润不渝，环取其终始不绝。兼乱丝一絇[72]、文竹茶碾子[73]一枚。此数物不足见珍，意者欲君子如玉之真，弊志如环不解。泪痕在竹，愁绪萦丝，因物达情，永以为好[74]耳。心迩身遐[75]，拜会无期。幽愤所钟，千里神合。千万珍重！

春风多厉[76]，强饭为嘉[77]。慎言自保，无以鄙为深念。

张生发其书于所知，由是时人多闻之。所善杨巨源[78]好属词，因为赋《崔娘》诗一绝云：

清润潘郎玉不如，中庭蕙草雪销初[79]。
风流才子多春思，肠断萧娘[80]一纸书。

河南元稹亦续生《会真》诗三十韵，诗曰：

微月透帘栊[81]，萤光度碧空。
遥天初缥缈，低树渐葱茏[82]。
龙吹[83]过庭竹，鸾歌[84]拂井桐。
罗绡垂薄雾，环珮响轻风。
绛节随金母，云心捧玉童[85]。
更深人悄悄，晨会雨濛濛。
珠莹光文履，花明隐绣龙[86]。
瑶钗行彩凤，罗帔掩丹虹[87]。
言自瑶华浦[88]，将朝碧玉宫[89]。
因游洛城北[90]，偶向宋家东[91]。
戏调初微拒，柔情已暗通。
低鬟蝉影[92]动，回步玉尘蒙。
转面流花雪，登床抱绮丛[93]。
鸳鸯交颈舞，翡翠合欢笼。
眉黛羞偏聚，唇朱暖更融。
气清兰蕊馥，肤润玉肌丰。
无力慵移腕，多娇爱敛躬。
汗流珠点点，发乱绿葱葱。
方喜千年会，俄闻五夜穷[94]。
留连时有恨，缱绻意难终。
慢脸[95]含愁态，芳词誓素衷。
赠环明运合[96]，留结表心同[97]。
啼粉流宵镜，残灯远暗虫[98]。
华光犹苒苒，旭日渐曈曈。
乘鹜还归洛[99]，吹箫亦上嵩[100]。
衣香犹染麝，枕腻尚残红。
幂幂临塘草，飘飘思渚蓬[101]。
素琴鸣怨鹤[102]，清汉望归鸿[103]。
海阔诚难渡，天高不易冲。
行云无处所，萧史在楼中。

张之友闻之者，莫不耸异之，然而张志亦绝矣。稹特与张厚，因征其词[104]。张曰："大凡天之所命尤物也，不妖其身[105]，必妖于人。使崔氏子遇合富贵，乘宠娇，不为云为雨，则为蛟为螭[106]，吾不知其变化矣。昔殷之辛，周之幽[107]，据百万之国[108]，其势甚厚。然而一女子败之，溃其众，屠其身，至今为天下僇笑[109]。予之德不足以胜妖孽，是用忍情。"于时坐者皆为深叹。

后岁余，崔已委身于人，张亦有所娶。适经所居，乃因其夫言于崔，求以外兄见。夫语之，而崔终不为出。张怨念之诚，动于颜色。崔知之，潜赋一章，词曰：

自从消瘦减容光，万转千回懒下床。
不为旁人羞不起，为郎憔悴却羞郎。

竟不之见。后数日，张生将行，又赋一章以谢绝云：

弃置今何道，当时且自亲。
还将旧时意，怜取眼前人[110]。

自是，绝不复知矣。时人多许张为善补过者。予尝于朋会之中，往往及此意者，夫使知者不为，为之者不惑。贞元岁九月，执事李公垂[111]宿于予靖安里第，语及于是。公垂卓然称异，遂为《莺莺歌》以传之。崔氏小名莺莺，公垂以命篇。

【注释】

①性温茂：性情和好。

②内秉坚孤：意志刚强，不随流俗。

③汹汹拳拳：吵吵闹闹。

④若将不及：恐怕不如别人。意思是闹得比谁都厉害。

⑤容顺：和悦顺从。

⑥"登徒子"四句：宋玉《登徒子好色赋序》说，楚国大夫登徒子在楚王面前说宋玉"性好色"，不要同他出入后宫。宋玉反说登徒子好色，因为他同很丑的妻子生了五个孩子。这里即是引用这个典故。适，这里有偏偏的意思。值，碰到，遇到。这四句意思是，登徒子不是好色，却被说成有好色的恶行；我真好色，而又偏偏遇不到美色。

⑦蒲：蒲州，即河东郡，也称"河中府"，州治在今山西运城市蒲州镇。

⑧"张出于郑"三句：张生母亲也姓郑，叙起亲戚来，崔氏妇是他不同支派的姨母。

⑨浑瑊（zhēn 真）：西域铁勒九姓的浑部人，曾为郭子仪部将，后继子仪镇河中，在代宗、德宗二朝抗吐蕃、击朱泚、讨怀光，屡立战功，官至兵马副元帅。死于德宗贞元十五年(797)。

⑩中人：又叫"中官"，即宦官。当时宦官握有军权，监督军队。

⑪廉使杜确：廉史，指观察使。唐代安史之乱后，没有设节度使的地区（各道），就以观察使主管其军政事务。此处浑瑊新死，朝廷因派杜确以观察使的官衔接替他的职务。杜确生平事迹未详。总戎节：主管军事。

⑫令于军，军由是戢：向军队发布命令，军队的骚乱因此平息下来。

⑬厚张之德甚：很感谢张生的恩德。

⑭孤嫠未亡：指寡妇。孤嫠，孤独守寡。未亡，未亡人，旧时寡妇的自称，意谓丈夫已死，自己活着已无意义，不过尚未死去而已。语出《左传·庄公二十八年》："夫人闻之，泣曰：'先君以是舞也，习戎备也，今令尹不寻诸仇雠，而于未亡人之侧，不亦异乎！'"

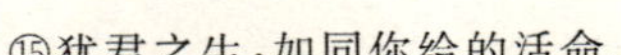

⑮犹君之生：如同你给的活命。

⑯辞疾：推托有病，不相见。

⑰远嫌：远避嫌疑。按封建礼教，"男女授受不亲"（见《孟子·离娄上》），不能随便同外人接触。

⑱睟（suì 岁）容：温润的面容。

⑲垂鬟接黛：结鬟的头发低垂到双眉间。黛，画眉的颜料，通常代指眉毛。

⑳抑：强迫。

㉑甲子岁：唐德宗兴元元年（784）。

㉒终于贞元庚辰：终于，这里是到的意思。贞元庚辰，唐德宗贞元十六年（800）。莺莺从甲子到庚辰十六周岁，下文"生年十七"是指虚岁。

㉓惊沮（jǔ 举）：吓坏了。

㉔翼日：同"翌日"，第二天。

㉕孩提：幼年。《孟子·尽心上》："孩提之童。"赵岐注："孩提，二三岁之间，在襁褓知孩笑，可提抱者也。"

㉖或时纨绮闲居：有时同妇女们在一起。纨绮，妇女所穿用的华美衣裙扇巾等物，这里代指妇女。

㉗"不为"二句：当年不做的事（指追求女性），最终还是被它迷惑住了。

㉘几不自持：几乎无法控制自己。

㉙恐不能逾旦暮：恐不能过早晚之间。指过不了多久就要因相思而死去。旦暮，犹言早晚之间。

㉚索我于枯鱼之肆：意思是说，等到那时，我已经死了。用的是《庄子·外物》的寓言故事：庄子看见车道里一尾鲫鱼，鱼请庄子给点水救它。庄子答应到吴越引西江水，鱼说等你引水来，只能"索我于枯鱼之肆"（到卖干鱼的店铺找我）。

㉛尔其谓我何：你说我该如何是好？

㉜非语：非礼之语，不正经的话。

㉝善属（zhǔ 主）文：善于写文章。

㉞沉吟章句：低声吟诵诗文。章句，本义是章节和句子，这里代指诗文。下句"怨慕者久之"，是指读了有关男女之情的诗文所生的感情。羡慕别人的幸福美满，怨恨自己不得佳偶，故红娘劝张生以喻情诗挑逗她。

㉟缀（zhuì 坠）：组合字句篇章。

㊱二月旬有四日：二月十四日。十日为一旬。

㊲既望：阴历十五日为"望"，十六日为"既望"。

㊳必谓获济：以为一定获得成功。

㊴数：数落，责备。

㊵不令：不善，不好。

㊶掠乱以求：乘乱而求取。

㊷其去几何：差别多少呢？意思是没什么区别。

㊸寝其词：把话收起来，不说出来。

㊹"将寄于婢仆"二句：本想叫婢仆转达，又怕她不能讲清楚我的真意。

㊺觉之：唤醒他。觉，用作动词，醒。

㊻危坐：端正地坐着。

㊼修谨：挚诚而恭敬。

㊽支：同“肢”。

㊾莹于茵席：在褥子上闪着晶光。

㊿会真：与神仙相会。暗用宋玉《高唐赋》巫山神女故事。真，指仙人。三十韵：犹言六十句。律体诗一般两句一叶韵，因以一韵为两句诗。

(51)甚工刀札：很会写字。刀，古时无纸，字缮写在竹简或木简上，错了用刀削去。札，木简的小薄片。后因以“刀札”、“刀笔”指写字。

(52)言则敏辩：说话敏捷而且雄辩，意即很会说话。

(53)文调及期：考期已到。

(54)奉宁：给予安慰。

(55)既君此诚：满足你这个愿望。既，完，尽，引申作“完成”、“实现”解释。

(56)文战不胜：指考试落第。

(57)广其意：使她宽心。

(58)缄报：复信。

(59)谁复为容：谁还有心梳妆打扮呢？语本《诗·卫风·伯兮》：“自伯之东，首如飞蓬。岂无膏沐，谁适为容？”

(60)便安：安适。“便”，与“安”同义。

(61)幽微：卑贱者。自称的谦辞。

(62)无斁：不忍厌弃。

(63)不忒：不差，不变。

(64)援琴之挑：用司马相如以琴心挑逗卓文君事，参见前《西京杂记》之《司马相如》篇及《史记·司马相如列传》。

(65)投梭之拒：典出《晋书·谢鲲传》：晋朝谢鲲调戏邻人的女儿，邻女正织布，投梭打掉谢鲲两颗牙齿。

(66)不复明侍巾帻：意思是不能明媒正娶，成为对方的妻子。侍巾帻，旧时用作做妻妾的代词，意思是侍候丈夫穿戴梳洗。

(67)俯遂幽眇：降格顺从我的隐情，意思是希望张生屈就这件婚事。

(68)略情：把事情看得微不足道，随随便便。

(69)要盟：原指胁迫对方订立盟约或胁迫所订之盟约。此指上文所说二人所订的“没身之誓”。

(70)“骨化”四句：丹诚，丹心，赤诚之心。清尘，人行走而生尘土，不说同人在一起，而说同他脚边的尘土在一起，是对人的敬称。这四句意思是，我就是死了，丹心也不会泯灭，它也要因风随露，永远跟随着你。

(71)儿：古时妇女的自称。

(72)一绚(qú 驱)：一缕。

(73)文竹茶碾子：文竹制成的茶磨，是一种制茶的器具。

(74)因物达情，永以为好：送纪念物品，表达永远相好的感情。这里化用《诗·卫风·木瓜》诗意：“投我以木瓜，报之以琼琚，匪报也，永以为好也。”

(75)心迩身遐：心和你很近，身子却离你很远。

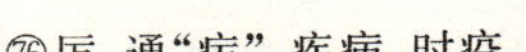

⑦⑥厉：通“疠”，疾病，时疫。

⑦⑦强饭为嘉：努力加餐为好。

⑦⑧杨巨源：字景山，蒲人，贞元五年(789)进士及第，初为张弘靖从事，官至礼部员外郎，太和中致仕。工诗。

⑦⑨“潘郎”二句：潘郎，指潘岳。晋代潘岳，字安仁，有才干，容貌俊美，为妇女所爱慕，后人称之为“潘郎”。这里借指张生。蕙草，香草名，俗称“佩兰”，春日开花。雪销初，意谓其花已开。诗中用以喻指莺莺。

⑧⓪萧娘：这里代指莺莺。唐代泛称女子为“萧娘”，男子为“萧郎”。

⑧①栊：窗户。也可作房室解。

⑧②葱茏：青翠的树色。

⑧③龙吹：一种管乐器。这里借喻风吹竹所发出的声音。

⑧④鸾歌：《埤雅》：“鸾人夜而歌，凤入朝而舞。”这里以鸾歌指入夜，并非真有鸾鸟在井边梧桐树上自歌。

⑧⑤“绛节随金母”二句：绛节，指仙人的仪仗。杜甫《玉台观》诗：“上帝高居绛节朝。”金母，指西王母。传说西王母为“九灵太妙龟山金母”。这里借指莺莺。玉童，仙童。这里借指张生。

⑧⑥花明隐绣龙：指“文履”(绣鞋)上所绣的鲜艳龙形花纹。

⑧⑦罗帔掩丹虹：绫罗制的披巾像彩虹。

⑧⑧瑶华浦：即瑶池，西王母居住的地方。这里借指莺莺住所。

⑧⑨碧玉宫：仙人所居之处。这里借指张生住所。

⑨⓪因游洛城北：用曹植《洛神赋》典故。曹植朝京师洛阳，经洛水，遇洛水之神。不过洛水在洛城南，非在北，也许因平仄对仗关系(“南”为平声不可对“东”)，而改南为北。这里借以比拟张生游蒲遇莺莺。

⑨①偶向宋家东：宋玉《登徒子好色赋》：“楚国之丽者，莫若臣里；臣里之美者，莫若东家之子。然此女登墙窥臣三年，至今未许也。”这里化用其意，借指张生与莺莺的爱情关系。

⑨②蝉影：鬓影。古人称鬓为“蝉鬓”。崔豹《古今注》：“魏文帝(曹丕)宫人莫琼树始制为蝉鬓，望之缥缈如蝉翼然。”

⑨③绮丛：绮罗丛，指丝绸。《楚辞·九思》“丛攒”注：“罗布也。”

⑨④五夜穷：五更尽，天将亮。

⑨⑤慢脸(jiǎn 检)：慢，无精打采的样子。脸，目下颊上之处。

⑨⑥赠环明运合：即前文所说莺莺赠给张生“玉环一枚”，“环取其终始不绝”的意思。运合，以环之运转接合，循环无尽，喻二人命运结合，终始不绝。

⑨⑦留结表同心：留同心结以表同心之意。同心结，参见前《霍小玉传》注。

⑨⑧“啼粉”二句：上句写归时整妆，因不忍离去而悲啼，泪水和着脂粉，流在镜上。五更时天尚未明，故称“宵(夜)镜”。下句写将别时环境气氛的凄凉。

⑨⑨乘鹜(wù 务)还归洛：是以莺莺比洛水之神，言其归去。归洛，回洛水，与前文“洛城北”相照应。鹜，凫(野鸭)的一种。

⑩⓪吹箫亦上嵩：指张生离开莺莺而去。这里把萧史和王子乔两个仙人的故事糅合在一起。萧史善吹箫，与秦穆公女儿弄玉一起成仙；王子乔游伊、洛，遇道士浮丘公，被接上嵩山(见《列仙传》)。

⑩①"幂幂(mì 密)临塘草"二句:形容两人在一起感情亲密,如同塘边的草那样茂盛。幂,覆盖。幂幂,繁盛厚密的样子。两人分手时,犹如飘飘的飞蓬,各自东西。

⑩②素琴鸣怨鹤:素琴弹奏琴曲《别鹤操》,发出幽怨的乐音。据崔豹《古今注》,商陵牧子之妻无子,牧子父兄将为他另娶;其妻闻讯悲泣,牧子有感于此而作《别鹤操》。后人便托此写怨别。如杨炯诗:"昔时南浦别,鹤怨室琴弦。"这里也是借以表现别后的幽怨。

⑩③清汉望归鸿:意思是盼望音信。清汉,银河,这里泛指天空。归鸿,古时传说鸿雁能传递书信。据《汉书·苏武传》载,苏武出使匈奴十九年,匈奴诈称已死,汉昭帝派使者假说上林苑射得飞雁,雁足系书信,说苏武在某泽中。匈奴于是放他归汉。后来便把鸿雁看作信使。

⑩④征其词:请他说说感想。征,求,请。

⑩⑤"不妖"二句:不害自身,必害别人。妖,祸害之意,这里用作动词。

⑩⑥螭(chī 吃):古代传说中没有角的龙。

⑩⑦殷之辛,周之幽:殷朝的受辛(纣王),周朝的幽王。受辛败于妲己,幽王败于褒姒,所以后文说"一女子败之,溃其众,屠其身"。

⑩⑧百万之国:土地人口众多的国家。百万,极言其多,非实数。

⑩⑨僇(lù 路)笑:耻笑。僇,辱。

⑪⓪眼前人:指张生的妻子。

⑪①李公垂:李绅,字公垂,官至尚书右仆射。与元稹、白居易交谊很深,参与元、白的新乐府运动,创作了不少新乐府诗,大都失传。

无双传

（唐）薛　调

薛调(830？～872)，河中宝鼎(今山西万荣)人。咸通十一年(870)以户部员外郎充翰林承旨学士。次年，加知制诰。咸通十三年暴卒，或以为被鸩杀(毒死)。

本篇写王仙客和刘无双始终如一的爱情，从侧面反映了中唐以后藩镇割据、军阀混战的情况，以及在乱世侠客的流行。写情与写侠相结合，半虚半实，所以胡应麟《庄岳委谈》(笔丛四十一)云："王仙客，事大奇而不情，盖润饰之过。或乌有无是之类不可知。"

王仙客者，建中[①]中朝臣刘震之甥也。初，仙客父亡，与母同归外氏[②]。震有女曰无双，小仙客数岁，皆幼稚，戏弄相狎。震之妻常戏呼仙客为王郎子。如是者凡数岁，而震奉孀姊及抚仙客尤至[③]。

一旦，王氏姊疾，且重，召震约曰："我一子，念之可知也。恨不见其婚宦[④]。无双端丽聪慧，我深念之。异日无令归他族。我以仙客为托。尔诚许我，瞑目无所恨也。"震曰："姊宜安静自颐养[⑤]，无以他事自挠[⑥]。"其姊竟不痊。仙客护丧，归葬襄邓[⑦]。服阕[⑧]，思念："身世孤孑如此，宜求婚娶，以广后嗣[⑨]。无双长成矣。我舅氏岂以位尊官显，而废旧约耶？"于是饰装[⑩]抵京师。

时震为尚书租庸使[⑪]，门馆赫奕[⑫]，冠盖填塞[⑬]。仙客既觐，置于学舍[⑭]，弟子为伍[⑮]。舅甥之分，依然如故，但寂然不闻选取[⑯]之议。又于窗隙间窥见无双，姿质明艳，若神仙中人。仙客发狂[⑰]，唯恐姻亲之事不谐也。遂鬻囊橐[⑱]，得钱数百万。舅父舅母左右给使[⑲]，达于厮养[⑳]，皆厚遗之。又因复设酒馔，中门之内，皆得入之矣。诸表[㉑]同处，悉敬事之。遇舅母生日，市新奇以献，雕镂犀玉，以为首饰。舅母大喜。

又旬日，仙客遣老妪，以求亲之事闻于舅母。舅母曰："是我所愿也。即当议其事。"又数夕，有青衣告仙客曰："娘子适以亲情事言于阿郎[㉒]，阿郎云：'向前亦未许也。'模样云云[㉓]，恐是参差也。"仙客闻之，心气俱丧，达旦不寐，恐舅氏之见弃也。然奉事不敢懈怠。

一日，震趋朝，至日初出，忽然走马入宅，汗流气促，唯言："锁却大门，锁却大门！"一家惶骇，不测其由。良久，乃言："泾原兵士反[㉔]，姚令言领兵入含元殿[㉕]，天

子出苑北门，百官奔赴行在[26]。我以妻女为念，略归部署[27]。疾召仙客与我勾当[28]家事。我嫁与尔无双。”仙客闻命，惊喜拜谢。乃装金银罗锦二十驮，谓仙客曰：“汝易衣服，押领此物出开远门[29]，觅一深隙店[30]安下。我与汝舅母及无双出启夏门，绕城续至。”仙客依所教。至日落，城外店中待久不至。城门自午后扃锁，南望目断。遂乘骢，秉烛绕城至启夏门。门亦锁。守门者不一，持白刅[31]，或立，或坐。仙客下马，徐问曰：“城中有何事如此？”又问：“今日有何人出此？”门者[32]曰：“朱太尉已作天子[33]。午后有一人重戴[34]，领妇人四五辈，欲出此门。街中人皆识，云是租庸使刘尚书。门司不敢放出。近夜，追骑至，一时驱向北去矣。”仙客失声恸哭，却归店。三更向尽，城门忽开，见火炬如昼。兵士皆持兵挺刃，传呼斩斫使[35]出城，搜城外朝官。仙客舍辎骑[36]惊走，归襄阳，村居三年。后知克复，京师重整，海内无事，乃入京，访舅氏消息。

至新昌南街，立马彷徨之际，忽有一人马前拜，熟视之，乃旧使苍头塞鸿也。——鸿本王家生，其舅常使得力，遂留之。——握手垂涕。仙客谓鸿曰：“阿舅舅母安否？”鸿云：“并在兴化宅。”仙客喜极云：“我便过街去。”鸿曰：“某已得从良[37]，客户有一小宅子，贩缯为业。今日已夜，郎君且就客户一宿。来早同去未晚。”遂引至所居，饮馔甚备。

至昏黑，乃闻报曰：“尚书受伪命官[38]，与夫人皆处极刑。无双已入掖庭[39]矣。”仙客哀冤号绝，感动邻里。谓鸿曰：“四海至广，举目无亲戚，未知托身之所。”又问曰：“旧家人谁在？”鸿曰：“唯无双所使婢采蘋者，今在金吾将军[40]王遂中宅。”仙客曰：“无双固无见期，得见采蘋，死亦足矣。”由是乃刺谒[41]，以从侄礼见遂中[42]，具道本末，愿纳厚价以赎采蘋。遂中深见相知，感其事而许之。

仙客税屋，与鸿、蘋居。塞鸿每言：“郎君年渐长，合[43]求官职。悒悒不乐，何以遣时？”仙客感其言，以情恳告遂中。遂中荐见仙客于京兆尹李齐运[44]。齐运以仙客前衔，为富平县尹[45]，知长乐驿[46]。

累月，忽报有中使押领内家三十人往园陵[47]，以备洒扫，宿长乐驿，毡车子十乘下讫。仙客谓塞鸿曰：“我闻宫嫔选在掖庭，多是衣冠子女[48]。我恐无双在焉。汝为我一窥，可乎？”鸿曰：“宫嫔数千，岂便及无双。”仙客曰：“汝但去，人事亦未可定。”因令塞鸿假为驿吏，烹茗于帘外。仍给钱三千，约曰：“坚守茗具，无暂舍去。忽有所睹，即疾报来。”塞鸿唯唯而去。宫人悉在帘下，不可得见之，但夜语喧哗而已。

至夜深，群动皆息。塞鸿涤器搆火[49]，不敢辄寐。忽闻帘下语曰：“塞鸿，塞鸿，汝争得知[50]我在此耶？郎健否？”言讫，呜咽。塞鸿曰：“郎君见[51]知此驿。今日疑娘子在此，令塞鸿问候。”又曰：“我不久语。明日我去后，汝于东北舍阁子中紫褥下，取书送郎君。”言讫，便去。忽闻帘下极闹，云：“内家中恶。”中使索汤药甚急，乃无双也。塞鸿疾告仙客。仙客惊曰：“我何得一见？”塞鸿曰：“今方修渭桥[52]。郎君可假作理桥官，车子过桥时，近车子立。无双若认得，必开帘子，当得瞥见耳。”仙客如其言。至第三车子，果开帘子，窥见，真无双也。仙客悲感怨慕，不胜其情。塞鸿于阁子中褥下得书送仙客。花笺五幅，皆无双真迹，词理哀切，叙述周尽。仙客览之，茹恨涕下。自此永诀矣。其书后云："常见敕使说富平县古押衙人间有心人[53]。今能求之否？"

仙客遂申府[54]，请解驿务，归本官[55]。遂寻访古押衙，则居于村墅。仙客造谒，见古生。生所愿，必力致之，缯彩宝玉之赠，不可胜纪。一年未开口。秩满[56]，闲居于县。古生忽来，谓仙客曰："洪一武夫，年且老，何所用？郎君于某竭分[57]。察郎君之意，将有求于老夫。老夫乃一片有心人也。感郎君之深恩，愿粉身以答效。"仙客泣拜，以实告古生。古生仰天，以手拍脑数四，曰："此事大不易。然与郎君试求，不可朝夕便望。"仙客拜曰："但生前得见，岂敢以迟晚为限耶。"半岁无消息。

一日，扣门，乃古生送书。书云："茅山[58]使者回。且来此。"仙客奔马去。见古生，生乃无一言。又启使者[59]。复云："杀却也。且吃茶。"夜深，谓仙客曰："宅中有女家人识无双否？"仙客以采蘋对。仙客立取而至。古生端相[60]，且笑且喜云："借留三五日。郎君且归。"

后累日，忽传说曰："有高品[61]过，处置[62]园陵宫人。"仙客心甚异之。令塞鸿探所杀者，乃无双也。仙客号哭，乃叹曰："本望古生。今死矣！为之奈何！"流涕欷歔，不能自已。是夕更深，闻叩门甚急。及开门，乃古生也。领一篼子[63]人，谓仙客曰："此无双也。今死矣。心头微暖，后日当活，微灌汤药，切须静密。"言讫，仙客抱入阁子中，独守之。至明，遍体有暖气。见仙客，哭一声遂绝。救疗至夜，方愈。古生又曰："暂借塞鸿于舍后掘一坑。"坑稍深，抽刀断塞鸿头于坑中。仙客惊怕。古生曰："郎君莫怕。今日报郎君恩足矣。比闻茅山道士有药术，其药服之者立死，三日却活[64]。某使人专求，得一丸。昨令采蘋假作中使，以无双逆党，赐此药令自尽。至陵下，托以亲故，百缣赎其尸。凡道路邮传，皆厚赂矣，必免漏泄。茅山使者及舁篼人，在野外处置讫。老夫为郎君，亦自刎。君不得更居此。门外有檐子一十人[65]、马五匹、绢二百匹。五更，挈无双便发，变姓名浪迹[66]以避祸。"言讫，举刀。仙客救之，头已落矣。遂并尸盖覆讫。

未明发，历四蜀下峡[67]，寓居于渚宫[68]。悄不闻京兆之耗，乃挈家归襄邓别业，与无双偕老矣。男女成群。

噫！人生之契阔[69]会合多矣，罕有若斯之比，常谓古今所无。无双遭乱世籍没[70]，而仙客之志，死而不夺。卒遇古生之奇法取之，冤死者十余人。艰难走窜后，得归故乡，为夫妇五十年，何其异哉？

【注释】

①建中：唐德宗李适的年号（780～783）。

②外氏：舅家。

③尤至：尤善，更好。

④婚宦：结婚和做官。

⑤颐养：注意饮食休息，好好调养。

⑥自挠：搅挠自己，即自寻烦恼。

⑦襄邓：唐襄州、邓州一带。属襄阳大都督府，治所在今湖北襄樊市。

⑧服阕：服丧完毕。按古礼，父母死了要穿三年孝服，期满脱去孝服，称“服阕”。参见前《李娃传》“终制”注。

⑨广后嗣：多多生儿育女，传宗接代。

⑩饰装：收拾行李。

⑪尚书租庸使：尚书兼任租庸使。租庸使，唐肃宗、代宗二朝设置，专掌催税。唐代宗永泰(766)时已省去。本篇说刘震为建中时朝臣，当时已无此官职，小说假托，不必拘泥史实。

⑫门馆赫奕：门庭光耀。赫奕，显著，有光彩。

⑬冠盖填塞：来访的大官显贵很多。冠盖，做官人的冠冕和车盖。也用以代指达官贵人。

⑭学舍：指刘震家的家塾。

⑮弟子为伍：同弟子做伴。弟子，指在家塾念书的刘震的兄弟子侄之类，这意味只把仙客作为一般晚辈(外甥)，而不把他作为未来的女婿看待。

⑯选取：指选择女婿。

⑰发狂：发急，急躁。

⑱鬻囊橐：卖掉带来的东西。

⑲左右给使：在身边供使唤的人。此处指比较贴身的仆人。

⑳达于厮养：直到做粗活的仆人。厮养，参见前《李娃传》注。

㉑诸表：众表兄弟。

㉒阿郎：古时婢仆称男主人为“郎”；“阿郎”是对主人亲切的称呼。

㉓模样云云：犹如说看样子，看这种情况。

㉔泾原兵士反：唐德宗建中四年(783)八月，下诏派泾原兵讨淮西叛将李希烈，泾原节度使姚令言过京师长安时趁机作乱，占据长安，拥戴朱泚，称“大秦皇帝”。唐德宗逃奔奉天。次年五月，李晟收复长安，七月德宗回京。泾原，泾州保定郡和原州平凉郡，即今甘肃平凉地区一带。

㉕含元殿：唐高宗时所建宫殿，在大明宫内。故址在今陕西西安市龙首山。康骈《剧谈录》：“含元殿，国初建造，凿龙首冈以为基址。彤墀扣砌，高五十余尺。”《龙城录》：“开元末，含元殿火去。”其后重建。

㉖行在：皇帝外出临时住所称“行在”。这里所说“行在”在奉天(今陕西乾县)。

㉗部署：安排，处理。

㉘勾当：管理，照料。

㉙开远门：唐代长安西城偏北的城门。下文“启夏门”是南城偏东的城门。

㉚深隙店：设在偏僻处的旅店。

㉛棓：同“棒”字。

㉜门者：守门者，把守城门的人。

㉝朱太尉已作天子：指朱泚为大秦皇帝。后来朱泚兵败京城，走彭原，为部将所杀。参看上文“泾原兵士反”注。太尉，为大司马、大司徒、大司空三公之首，掌军事。

㉞重戴：唐时流行的一种帽子。《宋史·舆服志》：“重戴，唐人多尚之。以皂罗为之，方而垂檐，紫里，两紫丝组为缨，垂而结之颔下。所诏重戴者，盖折上巾又加以帽焉。”

㉟斩斫使:指朱泚所派捕杀唐朝朝官的人。

㊱辎骑:辎重(指行李)和马匹。

㊲从良:古时奴仆赎身摆脱奴仆地位独立谋生或妓女嫁人均称“从良”。这里指前者。

㊳伪命官:指朱泚大秦伪政权任命的官员。

㊴入掖庭:指充当宫女。

㊵金吾将军:金吾卫的长官。金吾,汉有执金吾掌管宫廷外的警戒和水火事宜。唐置左右金吾卫,为禁卫军之一。左右金吾卫掌宫中京城巡警烽候道路水草之宜。

㊶刺谒:先送进名片(称“刺”),然后进见。

㊷以从侄礼见遂中:按堂侄的礼和王遂中相见。二人都姓王,故仙客自称堂侄。

㊸合:合该,应当。

㊹李齐运:德宗朝为礼部尚书,李晟复京师任京兆尹。

㊺富平县:唐属京兆府,在长安东北,即今陕西富平县。

㊻知长乐驿:主持长乐驿的事务。长乐驿,唐代京城外的驿站,在万年县(今属西安市)东十五里。

㊼中使:这里指宦官。内家:内宫,此指在内宫的宫女。园陵:也叫“陵园”,皇帝和诸侯墓所。

㊽衣冠子女:官宦人家的女儿。衣冠,官僚穿戴的官服,代指官僚。

㊾涤器搆火:洗茶具,烧火。

㊿争得知:怎能知道。

51见:读作“xiàn(现)”。

52渭桥:横跨渭水的桥梁,有东渭桥、中渭桥、西渭桥,称三桥。其中东渭桥是李晟收复长安的阵地。京师收复后,唐德宗亲自撰写纪李晟功劳的碑文,命太子手书,勒石树碑于东渭桥。

53敕使:持有皇帝诏书的使者。押衙:管领仪仗和侍卫的官员。

54申府:向京兆府申请。

55归本官:即归富平县尹之职。

56秩满:任期已满。古时候任官有一定的期限。

57竭分:竭尽情意。

58茅山:也叫“三茅山”,在今江苏句容市东南。

59启使者:询问关于茅山使者的消息。

60端相:犹“端详”,细看。

61高品:品级很高的官员。

62处置:这里的意思是处死。

63篼子:竹轿。

64却活:回生。

65檐(dàn 蛋)子:轿子,用两竹竿抬,故称“檐子”。《唐会要》:“命妇朝谒,并不得乘檐子。其尊属年高特敕赐檐子者不在此例。”

66浪迹:流浪,行踪不定。

67历四蜀下峡:经过蜀地又下三峡。

68渚宫:春秋时楚国别宫,在郢都之南,属唐之江陵郡,今属湖北荆州市。

69契阔:离别。

70籍没:封建时代对罪犯的家人财物登记入册,予以没收,称“籍没”。

上清传

（唐）柳　理

柳理，蒲州河东（今山西永济）人。唐德宗贞元中在世，生平事迹无可考。晁公武《郡斋读书志》云“记其世父柳芳所谈”，著为《常侍言旨》。

本篇通过侍婢上清事迹的描写，从侧面表现了窦参和陆贽两个大臣之间的相互倾轧，反映了中唐时期统治集团的内部斗争。作为小说，所写虽属历史上的真实人物，但却不必作历史读，不能要求史实和评价都合于历史的真实性和科学性。司马光斥其事不近人情，说“陆贽贤相，安肯如此”（《资治通鉴考异》卷十九）。小说对陆贽的表现用历史的观点看或许欠妥，但也并非纯属无中生有。《旧唐书·窦参传》载陆贽语云：“窦参与臣无分，因事报怨，人之常情。”又《窦申传》云，“兵部侍郎陆贽与参有隙”，“贬参郴州别驾，即日以陆贽为宰相”。窦、陆的矛盾是历史事实；作为小说中的人物，反映了朝中的内部斗争，却是具有历史真实性的。

贞元壬申[①]春三月，相国窦公[②]居光福里第，月夜闲步于中庭。有常所宠青衣上清者，乃曰：“今欲启事[③]，郎须到堂前，方敢言之。”窦公亟上堂。上清曰：“庭树上有人，恐惊郎，请谨避之。”窦公曰：“陆贽久欲倾夺吾权位，今有人在庭树上，吾祸将至。且此事将奏与不奏皆受祸，必窜[④]死于道路。汝在辈流中不可多得，吾身死家破，汝定为宫婢。圣君若顾问，善为我辞[⑤]焉。”上清泣曰：“诚如是，死生以之！”

窦公下阶，大呼曰：“树上君子，应是陆贽使来。能全老夫性命，敢不厚报！”树上人应声而下，乃衣缞粗[⑥]者也。曰：“家有大丧，贫甚，不办葬礼。伏知相公推心济物，所以卜夜[⑦]而来，幸相公无怪。”公曰：“某罄所有，堂封[⑧]绢千匹而已。方拟修私庙[⑨]，次今且辍赠，可乎？”缞者拜谢，窦公答之如礼。又曰：“便辞相公，请左右赍所赐绢掷于墙外，某先于街中俟之。”窦公依其请。命仆，使侦其绝踪且久，方敢归寝。

翌日，执金吾先奏其事，窦公得次，又奏之。德宗厉声曰：“卿交通节将[⑩]，蓄养侠刺[⑪]，位崇台鼎[⑫]，更欲何求！”窦公顿首曰：“臣起自刀笔小才[⑬]，官已至贵，皆陛下奖拔，实不由人。今不幸至此，抑乃仇家所为耳。陛下忽震雷霆之怒，臣便合万死。”中使下殿宣曰：“卿且归私第，待候进止。”越月，贬郴州别驾[⑭]。会宣武节度使

刘士宁通好于郴州[15]，廉使条疏上闻[16]。德宗曰："交通节将，信而有征。"流窦于驩州，没入家资。一簪不着身，竟未达流所[17]，诏自尽[18]。

上清果隶名掖庭。后数年，以善应对，能煎茶，数得在帝左右。德宗曰："宫掖间人数不少，汝了事[19]，从何得至此？"上清对曰："妾本故宰相窦参家女奴。窦某妻早亡，故妾得陪扫洒[20]。及窦某家破，幸得填宫[21]。既侍龙颜，如在天上。"德宗曰："窦某罪不止养侠刺，亦甚有赃污，前时纳官银器至多。"上清流涕而言曰："窦某自御史中丞[22]，历度支、户部、盐铁三使[23]，至宰相，首尾六年，月入数十万。前后非时赏赐，当也不知纪极[24]。乃者[25]郴州所送纳官银物，皆是恩赐。当部录日[26]，妾在郴州，亲见州县希陆贽意旨[27]刮去。所进银器，上刻作藩镇官衔姓名，诬为赃物。伏乞下验之。"于是宣索窦某没官银器覆视，其刮字处，皆如上清言，时贞元十二年。德宗又问蓄养侠刺事，上清曰："本实无，悉是陆贽陷害，使人为之。"德宗怒陆贽，曰："这獠奴[28]我脱却伊绿衫，便与紫衫着[29]，又常唤伊作陆九。我任窦参，方称意，次须教我枉杀却他。及至权入伊手，其为软弱，甚于泥团。"乃下诏雪[30]窦参。时裴延龄[31]探知陆贽恩衰，得恣行媒孽[32]。贽竟受谴不回[33]。

后上清特敕丹书度为女道士，终嫁为金忠义妻。世以陆贽门生名位多显达者，世不可传说，故此事绝无人知。

【注释】

①贞元壬申：即贞元八年(792)。

②相国窦公：宰相窦参。相国，唐无此官，只是用作对实际任宰相者的尊称。窦参，字时中，工部尚书窦诞玄孙，以门荫官万年尉，转殿中侍御史，迁御史中丞，拜中书侍郎同平章事(宰相)，领度支、盐铁转运使。通政术，专大政，不避权贵，左右争短之。因族孙窦申暗通藩镇事受累，贞元八年四月被贬为郴州别驾。赐死于邕州经武镇，年六十。

③启事：白事，告诉事情。

④窜：投弃，流放。

⑤善为我辞：好好为我分说、解释。

⑥缞(cuī 催)粗：亦作"粗缞"，粗麻衣，丧服。

⑦卜夜：《左传·庄公二十二年》："齐侯使敬仲为工正，饮桓公酒，乐，公曰：'以火继之。'辞曰：'臣卜其昼，未卜其夜，不敢。'"古时行事要占卜时日，"未卜其夜"，就是未测夜饮凶吉，所以说"不敢"。后来以昼夜宴乐无度为"卜昼卜夜"。这里非指饮宴，而是借指夜间行事。

⑧堂封：唐代给宰相的封赏。《唐书·源乾曜传》："诏中书门下，其食实户三百，堂封自此始。"唐代宰相称"堂老"。唐李肇《国史补》："宰相相呼为元老，或曰堂老。"

⑨私庙：家庙。

⑩节将：也称"节帅"，即节度使。唐分州县置为诸道，每道置采访使、防御使等，其始在边地有寇患之处另加以旌节，称为节度使；其后内地各道，也设节度使，境内军事、政治、经济往往脱离朝廷而自主，世称为"藩镇"。

⑪侠刺：侠客刺客。唐代收养侠客行刺政敌的事件经常发生，尤其在中唐，朝官宦官的矛盾，南司北司的斗争，错综复杂，暗杀事件更多。

⑫台鼎：宰辅，宰相。

⑬刀笔小才：即刀笔吏，文书一类的官员。

⑭郴州：又称“桂阳郡”，治所在今湖南郴州市。

⑮宣武节度使：唐时领汴、宋、曹、亳、陈、颍六州，治所在今河南开封市。刘士宁：刘玄佐之子，玄佐死，起为左金吾卫将军，后任汴州节度使，曾送给窦参绢五千匹。窦参所谓交通节将，指此。

⑯廉使：廉访使，即采访使、观察使。唐初于各道设按察使，开元时改设采访处置使，简称“采访使”，掌举劾所属州县官吏。肃宗以后改为观察处置使。参看前《莺莺传》注。条疏上闻：写成奏疏报告皇帝。

⑰流所：流放地，指锎州。

⑱诏自尽：皇帝下诏命其自杀。

⑲了事：懂事。

⑳陪扫洒：此指做妾。旧时认为洒扫是妇女干的事，故称做妻妾为“备洒扫”。“陪”是谦辞，意思是连扫洒的资格也不够。

㉑填宫：充入宫掖。

㉒御史中丞：唐代为御史台的长官，与司隶校尉都是拥有权威的督察官。

㉓度支：度支使，权任极重，掌管国家的财政收支。盐铁使：中唐以后特设的官职，以管理食盐专卖为主，兼掌银铜铁锡的采冶。盐铁使常兼转运使，通称盐铁转运使，为当时有财权的重要官职。度支使、盐铁使和户部合称“三司”。

㉔不知纪极：没有终极，不知其数。《晋书·王戎传》：“积实聚钱，不知纪极。”

㉕乃者：往日，从前。

㉖部录日：指抄检登记造册那天。部，门类。部录，分类登记。

㉗希陆贽意旨：迎合陆贽的意思。陆贽字敬舆，苏州嘉兴（今浙江嘉兴）人，德宗朝为翰林学士，很受信任，宰相外主大议，贽常居中做参谋，时号内相。累迁中书侍郎同平章事。为裴延龄所谗，贬忠州别驾卒。

㉘獠（lǎo 老）奴：唐时辱骂人的话。獠，古时对西南少数民族称“獠”，是侮辱性的称呼。

㉙“脱却伊绿衫”二句：唐代官品低的穿绿，官品高的穿紫。这两句意思说把他从下官提到高官。

㉚雪：昭雪。按，史未载为窦参昭雪事。

㉛裴延龄：河东人，由汜水尉累官司农少卿，代领度支，除户部侍郎，好诋毁人。陆贽为宰相，极论其谲变，不可任用，终为延龄构陷贬到外地。

㉜媒孽：本作“媒蘖”，设计陷害人，这里指裴延龄陷害陆贽。

㉝受谴不回：获罪被贬谪到外州，不曾回朝。陆贽被贬为忠州别驾，卒于任所。

虬髯客传

（唐）杜光庭

杜光庭(850～933)，字圣宾，括苍(今浙江丽水)人，性喜读书，好为辞章。应懿宗(李漼)设万言科(一作"万年科")考试，未中，入天台山为道士。僖宗(李儇)至蜀，召见，赐紫服，充麟德殿文章应制。王建治前蜀，辟为金紫光禄大夫，谏议大夫，赐号广成先生，进户部侍郎。后主王衍立，以为传真天师、崇真观大学士。后解官隐居青城山白云溪，自号东瀛子。有《广成集》、《谏书》、《历代忠谏书》、《壶中集》、《王氏神仙传》等。其传奇文《虬髯客传》一说为张说撰(《说郛》本)。

《虬髯客传》写红拂、虬髯客、李靖三个侠客，即后世所谓"风尘三侠"。本篇流传很广，流传过程中有所增补润饰。《道藏》恭字收杜光庭《神仙感遇传》，其卷四《虬须客》较为简略。今本据《顾氏文房小说》校录，较《道藏》本为详，想是经过加工。明人凌濛初据此改写为杂剧《识英雄红拂莽择配》和《虬髯翁正本扶余国》，张凤翼和张太和各有《红拂记》传奇，也都是根据此传推演而成的。

隋炀帝之幸江都也[①]，命司空杨素守西京[②]。素骄贵，又以时乱，天下之权重望崇者，莫我若也[③]，奢贵自奉，礼异人臣。每公卿入言，宾客上谒，未尝不踞床而见，令美人捧出[④]，侍婢罗列，颇僭于上[⑤]。末年愈甚，无复知所负荷[⑥]，有扶危持颠[⑦]之心。

一日，卫公李靖以布衣上谒[⑧]，献奇策。素亦踞见。公前揖曰："天下方乱，英雄竞起。公为帝室重臣[⑨]，须以收罗豪杰为心，不宜踞见宾客。"素敛容而起，谢公；与语，大悦，收其策而退。

当公之骋辩[⑩]也，一妓有殊色，执红拂[⑪]，立于前，独目公。公既去，而执拂者临轩指吏曰："问去者处士第几？住何处？"公具以对。妓诵而去。

公归逆旅[⑫]。其夜五更初，忽闻叩门而声低者，公起问焉。乃紫衣戴帽人，杖揭[⑬]一囊。公问谁。曰："妾，杨家之红拂妓也。"公遽延入。脱衣去帽，乃十八九佳丽人也。素面画衣[⑭]而拜。公惊答拜。曰："妾侍杨司空久，阅天下之人多矣，无如公者。丝萝[⑮]非独生，愿托乔木，故来奔耳。"公曰："杨司空权重京师，如何[⑯]？"曰：

"彼尸居余气[17]，不足畏也。诸妓知其无成，去者众矣。彼亦不甚逐也。计之详矣，幸无疑焉。"问其姓。曰："张。"问其伯仲之次[18]。曰："最长。"观其肌肤、仪状、言词、气性，真天人也。公不自意[19]获之，愈喜愈惧，瞬息万虑不安。而窥户者无停履。数日，亦闻追访之声，意亦非峻[20]。乃雄服乘马，排闼而去。将归太原。行次灵石[21]旅舍，既设床，炉中烹肉且熟。张氏以发长委地，立梳床前。公方刷马，忽有一人，中形[22]，赤髯如虬[23]，乘蹇驴而来。投革囊于炉前，取枕欹[24]卧，看张梳头。公怒甚，未决，犹亲刷马。张熟视其面，一手握发，一手映身摇示公[25]，令勿怒。急急梳头毕，敛衽前问其姓。卧客答曰："姓张。"对曰："妾亦姓张，合是妹。"遽拜之。问第几。曰："第三。"问妹第几。曰："最长。"遂喜曰："今夕多幸逢一妹。"张氏遥呼："李郎且来见三兄！"公骤拜之。遂环坐。曰："煮者何肉？"曰："羊肉，计已熟矣。"客曰："饥。"公出市胡饼[26]。客抽腰间匕首，切肉共食。食竟，余肉乱切送驴前食之，甚速。客曰："观李郎之行，贫士也。何以致斯异人[27]？"曰："靖虽贫，亦有心者焉。他人见问，故不言；兄之问，则不隐耳。"具言其由。曰："然则将何之？"曰："将避地太原。"曰："然吾故非君所致也。"曰："有酒乎？"曰："主人西，则酒肆也。"公取酒一斗。既巡，客曰："吾有少下酒物，李郎能同之乎？"曰："不敢。"于是开革囊，取一人头并心肝。却头囊中，以匕首切心肝，共食之。曰："此人天下负心者，衔[28]之十年，今始获之。吾憾释矣。"又曰："观李郎仪形器宇，真丈夫也。亦闻太原有异人乎？"曰："尝识一人，愚谓之真人也[29]；其余，将帅而已。"曰："何姓？"曰："靖之同姓。"曰："年几？"曰："仅二十。"曰："今何为？"曰："州将[30]之子。"曰："似矣。亦须见之。李郎能致吾一见乎？"曰："靖之友刘文静[31]者，与之狎。因文静见之可也。然兄何为？"曰："望气者言太原有奇气，使访之。李郎明发，何日到太原？"靖计之日。曰："达之明日，日方曙，候我于汾阳桥。"言讫，乘驴而去，其行若飞，回顾已失。

公与张氏且惊且喜，久之，曰："烈士[32]，不欺人，固无畏。"促鞭[33]而行。及期，入太原。果复相见。大喜，偕诣刘氏。诈谓文静曰："有善相者思见郎君[34]，请迎之。"文静素奇其人，一旦闻有客善相，遽致使迎之。使回而至[35]，不衫不履，裼裘而来[36]，神气扬扬，貌与常异。虬髯默然居末坐，见之心死。饮数杯，招靖曰："真天子也！"公以告刘，刘益喜，自负。既出，而虬髯曰："吾得十八九矣[37]。然须道兄见之。李郎宜与一妹复入京。某日午时，访我于马行东酒楼，下有此驴及瘦驴，即我与道兄俱在其上矣。到即登焉。"又别而去。公与张氏复应之。

及期访焉，宛见二乘。揽衣登楼，虬髯与一道士方对饮，见公惊喜，召坐。围饮十数巡，曰："楼下柜中有钱十万。择一深隐处，驻一妹毕。某日复会我于汾阳桥。"如期至，即道士与虬髯已到矣。俱谒文静。时方弈棋，揖而话心[38]焉。文静飞书迎文皇[39]看棋。道士对弈，虬髯与公傍侍焉。俄而文皇到来，精采惊人，长揖而坐。神气清朗，满坐风生，顾盼炜如[40]也。道士一见惨然，下棋子曰："此局全输矣！于此失却局哉！救无路矣？复奚言[41]！"罢弈而请去。

既出，谓虬髯曰："此世界非公世界，他方可也。勉之，勿以为念。"因共入京。

虬髯曰："计李郎之程，某日方到。到之明日，可与一妹同诣某坊曲小宅相访。李郎相从一妹，悬然如磬[42]。欲令新妇祗谒[43]，兼议从容[44]，无前却也。"言毕，吁嗟[45]而去。公策马而归。即到京，遂与张氏同往。乃一小贩门子，叩之，有应者，拜曰："三郎令候李郎、一娘子久矣。"延入重门，门愈壮。婢四十人，罗列庭前。奴二十人，引公入东厅。厅之陈设，穷极珍异，巾箱妆奁冠镜首饰之盛，非人间之物。巾栉妆饰毕，请更衣，衣又珍异。既毕，传云："三郎来！"乃虬髯纱帽裼裘而来，亦有龙虎之状[46]，欢然相见。催其妻出拜，盖亦天人耳。遂延中堂，陈设盘筵之盛，虽王公家不侔也。四人对馔讫，陈女乐二十人，列奏于前，若从天降，非人间之曲。食毕，行酒。家人自堂东舁出二十床，各以锦绣帕覆之。既陈，尽去其帕，乃文簿钥匙耳。虬髯曰："此尽宝货泉贝[47]之数。吾之所有，悉以充赠。何者？欲于此世界求事，当或龙战[48]三二十载，建少功业。今既有主，住亦何为？太原李氏，真英主也。三五年内，即当太平。李郎以奇特之才，辅清平之主，竭心尽善，必极人臣。一妹以天人之姿，蕴不世之艺[49]，从夫之贵，所盛轩裳[50]。非一妹不能识李郎，非李郎不能荣一妹。起陆之贵，际会如期，虎啸风生，龙吟云萃[51]，固非偶然也。持余之赠，以佐真主，赞功业也，勉之哉！此后十年，当东南数千里外有异事，是吾得事之秋[52]也。一妹与李郎可沥酒[53]东南相贺。"因命家童列拜，曰："李郎、一妹，是汝主也！"言讫，与其妻从一奴，乘马而去。数步，遂不复见。

公据其宅，乃为豪家，得以助文皇缔构[54]之资，遂匡天下[55]。贞观十年[56]，公以左仆射平章事[57]。适南蛮[58]入奏曰："有海船千艘，甲兵十万，入扶余国[59]，杀其主自立。国已定矣。"公心知虬髯得事也。归告张氏，具衣拜贺，沥酒东南祝拜之。

乃知真人之兴也，非英雄所冀[60]。况非英雄者乎？人臣之谬思乱者，乃螳臂之拒走轮耳。我皇家垂福万叶[61]，岂虚然哉。或曰："卫公之兵法，半乃虬髯所传耳。"

【注释】

①隋炀帝：姓杨，名广，一名英，杀父（文帝杨坚）自立为帝。开凿运河，修筑长城，在扬州营造离宫，建造迷楼，沉湎酒色。后来南巡扬州为宇文化及所杀，隋朝随之灭亡。江都：隋郡名，也称扬州，治所在今江苏扬州市东北。

②杨素：字处道，华阴人。隋朝的开国功臣。封越国公。有智，能文。为晋王杨广（炀帝）出谋划策，排挤太子杨勇（杨广兄），夺得太子位。炀帝朝，居功骄横，改封为楚公。西京：指长安，隋的国都。

③莫我若也：即"莫若我也"，不如我。

④捧出：簇拥而出。

⑤僭于上：排场享受超过封建礼制，和皇帝差不多。僭，僭越，超越礼制。

⑥负荷：负担。这里指应担负的责任。

⑦扶危持颠：指挽救隋朝危亡倾覆的局势。

⑧卫公李靖：李靖，字药师，三原（今陕西三原）人。通书史，知兵法。初仕隋，后归唐，有开国之功，唐太宗朝任刑部尚书。曾破突厥，再破吐谷浑，先封代国，后改封卫国公。布衣：平民，普通老百姓。

⑨重臣：负有重任的大臣。

⑩骋辩：放言辩论，侃侃而谈。

⑪红拂：红色的拂尘。拂，拂尘，也叫“麈尾”，用麈（麋鹿一类）的尾巴制成，用以驱赶蚊蝇。古人谈论时也常拿麈尾指画，所以有所谓“麈谈”。

⑫逆旅：客店，旅社。

⑬揭：高举。

⑭素面画衣：面不抹脂粉，身上穿画衣。画衣，即衮衣。《周礼·天官·司服》“六服”中有“衮衣”，注云：“衣画衮者。”衣上画有禽鸟。按古礼，这种衣服是后妃穿的。这里可能指一般画有图案花纹的衣服。

⑮丝萝：菟（tù兔）丝和女萝，都是蔓生植物，依附树木而生。旧时常用来比喻女子倚靠男子，喻指夫妇关系。

⑯如何：犹“奈何”，怎么办。

⑰尸居余气：是说人快要死了。《晋书·宣帝纪》：“司马公（懿）尸居余气，形神已离，不足虑也。”

⑱伯仲之次：兄弟姊妹排行次序。伯，老大；仲，老二。

⑲不自意：不自料，自己没料到。

⑳非峻：不急。

㉑灵石：县名，今山西灵石县。

㉒中形：中等身材。

㉓赤髯如虬：赤色的胡须蜷蜷曲曲像虬龙。虬，一种生有两角的小龙。

㉔攲：斜。

㉕一手映身摇示公：一只手在身后摇动向李靖示意。映，蔽，遮。

㉖胡饼：一种上面加胡麻（芝麻）的烧饼。

㉗致斯异人：招致这个奇人。异人，指红拂妓。

㉘衔：怀恨于心。

㉙真人：此处是旧时所谓“真命天子”的意思，指李世民。

㉚州将：李世民父亲李渊在隋朝任太原留守，所以称为“州将”。

㉛刘文静，字肇兴，京兆武功人，有才干，多谋略。隋末为晋阳令，因与李密连婚，入狱。李世民探狱，遂共谋起义。起兵后，为行军司马。李渊称帝（唐高祖），文静自以为功高，而禄位居下，屡有怨言。高祖恐他谋反，借故杀了他。

㉜烈士：豪侠之士，重义轻生的人。

㉝促鞭：快马加鞭。

㉞郎君：指李世民。

㉟使回而至：使者回来，他跟着也到了。

㊱裼（xí习）裘：《仪礼·聘礼》：“裼者，免上衣见裼衣。”清胡培翚《正义》引蔡德晋说：“裼者卷正服之袖而露其裘也。”古人穿裘，外加正服，将正服的袖子卷起露出裘袖，叫做“裼裘”。

㊲吾得十八九矣：我已看准十分之八九了。

㊳揖而话心：作揖行礼后便开始谈心。

㊴文皇：指李世民。李世民称帝庙号为太宗，死后谥“文”，所以后来称他为“太宗文皇帝”。

小说中以他后来的帝号称呼他。

㊵顾盼炜如：眼睛炯炯发光。

㊶复奚言：还有什么可说的呢！

㊷悬然如磬：喻清贫。语本《国语·鲁语上》："室如悬磬，野无青草，何恃而不恐？"意谓鲁国府藏空虚，只有梁栋，如悬挂的石磬，空空如也。

㊸祇谒：拜访，拜见。祇，敬。

㊹兼议从容：顺便叙谈叙谈。从容，不慌不忙，悠闲自在的样子。议从容，意即从容议。正如从容语，可以说成"语从容"。唐姚合《杨柳枝词》："黄莺偏恋语从容。"

㊺吁嗟：感叹。

㊻龙虎之状：很不平凡的模样。封建时代常用来形容帝王"天生"不凡的仪态。这里是暗示虬髯客能成为一邦之主。

㊼泉贝：即钱币。古人也叫"钱"为"泉"，以其能流通。贝，古代用作货币，后来的金钱也有作贝形的。

㊽龙战：指争夺帝位的战争。古时以龙作为皇帝的象征，所以争帝位称"龙战"。

㊾蕴不世之艺：具有世间罕有的才艺，意即很有才能。

㊿盛轩裳：意指享受荣华富贵。轩裳，车辆和衣服。

51"起陆之贵"四句：这四句意思是，帝王之成大业，如龙虎与风云际会，必有英雄辅佐。起陆，指蛰龙从陆地飞举上天，喻帝王起事以成帝业。虎啸风生，龙吟云萃，化用《易·乾》："云从龙，风从虎，圣人作而万物睹。"萃，草盛，引申为丛聚。

52得事之秋：成大业的时候。

53沥酒：滴洒，洒酒。

54缔构：原意为建造大厦，常用来借指建立帝王基业。

55匡天下：统一天下。

56贞观十年：公元636年。贞观，唐太宗李世民的年号(627～649)。

57左仆射(yè夜)平章事：即宰相。左、右仆射不一定是宰相，加"平章事"即为宰相。参见前《柳氏传》"左仆射"注。

58南蛮：战国以前曾称楚国为南蛮；秦汉统一之后，歧视南方少数民族，也称之为"南蛮"。

59扶余国：古国名，在今吉林、辽宁一带。按，依前文"扶余国"应在长安东南，似非东北之扶余国，疑是"扶南国"之误。扶南国故地在今广西南宁市。汉时最盛，唐时为真腊(今柬埔寨)所并。或是作者虚构，属乌有亡是之类。

60非英雄所冀：不是英雄希求所能得到的。意思是，帝王的出现皆出于天意，非人力所致。

61垂福万叶：传布福运于万代。

酉阳杂俎

（唐）段成式

段成式（？～863），字柯古，齐州临淄（今山东淄博市东北）人，段文昌之子，段安节之父。唐懿宗咸通四年（863），以门荫授校书郎。家多奇书秘籍，无所不览。博学强记，早有文名。随父入蜀，以游猎自放。累擢尚书郎，为吉州刺史。宣宗大中中归京，仕至太常少卿。著有《庐陵官下记》二卷，今佚。其《酉阳杂俎》二十卷，《续集》十卷传世。《杂俎》内容颇杂，人事、神怪、动物、植物无所不记，其中正集《诺皋记》和续集《支诺皋记》有些属传奇文字。

《叶限》篇见于《酉阳杂俎续集》卷一《支诺皋上》，原无篇名，今据作品女主人公拟为此题。本篇写叶限受后娘迫害，其情节同德国格林所著《格林童话》中的《灰姑娘》有若干相似之处。《崔玄微》篇见于《酉阳杂俎》续集《支诺皋下》，又见于署名谷神子（传说是裴铏或郑还古的化名）的《博异志》。篇中写崔玄微遇花精风神的故事，话本小说《灌园叟晚逢仙女》可能即由此篇发展而成。

叶　限

南人相传秦、汉前有洞主吴氏[①]，士人呼为吴洞，娶两妻。一妻卒，有女名叶限，少惠，善陶金[②]，父爱之。末岁，父卒，为后母所苦[③]，常令樵险汲深[④]。

时尝得一鳞[⑤]，二寸余，赪鬐金目[⑥]。遂潜[⑦]养于盆水，日日长，易数器[⑧]，大不能受，乃投于后池中。女所得余食，辄沉以食之。女至池，鱼必露首枕岸，他人至，不复出。

其母知之，每伺之，鱼未尝见也；因诈女曰："尔无劳乎，吾为尔新其襦[⑨]。"乃易其弊衣。后令汲于他泉，计里数百也。母徐衣其女衣，袖利刃[⑩]，行向池，呼鱼，鱼即出首，因斤杀之[⑪]。鱼已长丈余。膳其肉，味倍常鱼。藏其骨于郁栖[⑫]之下。

逾日女至，向池，不复见鱼矣。乃哭于野，忽有人被发粗衣，自天而降，慰女曰："尔无哭，尔母杀尔鱼矣。骨在粪下，尔归可取鱼骨藏于室。所须第祈之，当随尔也[⑬]。"女用其言，金玑衣食，随欲而具。

及洞节[14]，母往，令女守庭果。女伺母行远，亦往，衣翠纺上衣[15]，蹑金履。母所生女认之，谓母曰："此甚似姊也。"母亦疑之。女觉，遽反，遂遗一只履，为洞人所得。母归，但见女抱庭树眠，亦不之虑[16]。

其洞邻海岛，岛中有国名陀汗[17]，兵强，三数十岛，水界数千里。洞人遂货其履于陀汗国，国主得之，命其左右履之，足小者履减一寸[18]。乃令一国妇人履之，竟无一称者。其轻如毛，履石无声。陀汗王意其洞人以非道得之[19]，遂禁锢而拷掠之。竟不知所从来，乃以是履弃之于道旁。即遍历人家捕之。若[20]有女履者，捕之[21]以告。陀汗王怪之。乃搜其室，得叶限，令履之而信。叶限因衣翠纺衣，蹑履而进，色若天人也。始具事于王。载鱼骨与叶限俱还国。其母及女即为飞石击死，洞人哀之，埋于石坑，命曰"懊女冢"[22]。洞人以为媒祀[23]，求女必应。

陀汗王至国，以叶限为上妇[24]。一年，王贪求祈于鱼骨，宝玉无限。逾年不复应，王乃葬鱼骨于海岸，用珠百斛藏之，以金为际[25]。至征卒[26]叛时，将发以赡军[27]。一夕，为海潮所沦[28]。

成式旧家人李士元所说。士元本邕州洞中人[29]，多记得南中怪事。

【注释】

①洞主吴氏：名与事迹不详。洞，今广东、广西两省区古时的少数民族部落多名为洞。中原人士称之为"俚洞"。唐朝这些俚洞已基本上归附朝廷。《旧唐书·宪宗纪》载有岭南节度使赵昌进琼崖儋振万安六州六十二洞归降图。

②陶金：一作"钩金"，均费解；疑为"淘金"。沙中含金，取沙荡涤得金称"淘金"。许浑诗："洞丁多斲石，蛮女半淘金。"所写正是唐代"洞蛮"男女的劳动生活，女子多能淘金。

③苦：虐待。

④樵险汲深：到危险的高山去砍柴，到水深的溪边去打水。

⑤鳞：鱼鳞，这里指鱼。

⑥赪(chēng 撑)鬐(qí 奇)金目：红色的鱼鳍，金色的眼睛。

⑦潜养：偷偷地喂养。

⑧器：指盆、缸一类养鱼的容器。易数器，换过几个容器。因为鱼天天长大，原来的容器太小了，容不下，即下文所说"不能受"。

⑨新其襦(rú 儒)：换件新短衣。

⑩袖利刃：袖子里藏着锋利的刀。

⑪斤杀之：砍死它。

⑫郁栖：粪土。《庄子·至乐》"陵舄得郁栖，则为乌足"郭象注："李云：郁栖，粪壤也。言陵舄在粪化为乌足也。"下文被发天人说"骨在粪下"，说明这里"郁栖"据李氏之说，作"粪壤"解。

⑬"所须"二句：意思是说，你所需要的东西，只要求它，就会有求必应，要什么有什么。第，但，只要。祈，求。

⑭节：节日。

⑮翠纺上衣：翡翠鸟羽毛织成的上衣。

⑯不之虑：不去注意她。

⑰陀汗：国名。唐朝南方海外有“陀洹国”，“汗”和“洹”音相近，可能就是本文的陀汗国。据《旧唐书·南蛮传》载，陀洹国在林邑（今越南）西南大海中。其王姓察失利。贞观中与唐朝有过交往。

⑱足小者履减一寸：脚小的人穿，鞋子还短一寸。

⑲非道得之：不是正当得来的。

⑳若：乃。

㉑捕之：似应作“捕者”，指派去追捕的人。若作“捕之”，则已“得叶限”，与下文“乃搜其室，得叶限”，便有所龃龉，文理欠顺。

㉒懊女冢：悔恨之女的坟墓。懊，悔恨。

㉓媒祀：作为媒婆神来祭祀。

㉔上妇：贵妇，贵妃。

㉕以金为际：用金作埋藏珠子的四壁。

㉖征卒：征召的士兵。

㉗赡军：作为军费，给养兵士。

㉘沦：淹没。

㉙邕州：又叫“晋州”、“郎宁郡”，州西南有邕江，故名邕州，治所在今广西壮族自治区邕宁县。

崔玄微

天宝中，处士崔玄微洛东有宅。耽道①，饵术及茯苓②三十载。因药尽，领童仆辈入嵩山采芝③，一年方回。宅中无人，蒿莱满院。

时春季夜间，风清月朗，不睡，独处一院，家人无故辄不到。三更后，有一青衣云：“君在院中也。今欲与一两女伴过，至上东门④表姨处，暂借此歇，可乎？”玄微许之。须臾，乃有十余人，青衣引入。有绿裳者前曰：“某姓杨氏。”指一人，曰：“李氏。”又一人，曰：“陶氏。”又指一绯衣小女，曰：“姓石，名阿措。”各有侍女辈。玄微相见毕，乃坐于月下，问行出之由。对曰：“欲到封十八姨数日，云欲来相看，不得。今夕众往看之。”坐未定，门外报：“封家姨来也。”坐皆惊喜出迎。杨氏云：“主人甚贤，只此从容不恶，诸处亦未胜于此⑤也。”玄微又出见封氏，言词泠泠，有林下风气⑥。遂揖入坐。色皆殊绝。满座芬芳，馥馥袭人。命酒，各歌以送之，玄微志其一二焉。有红裳人与白衣送酒，歌曰：

皎洁玉颜胜白雪，况乃当年对芳月。
沉吟不敢怨春风，自叹容华暗消歇。

又白衣人送酒，歌曰：

绛衣披拂露盈盈⑦，淡染胭脂一朵轻。
自恨红颜留不住，莫怨春风道薄情。

至十八姨持盏，性颇轻佻，翻酒污阿措衣。阿措作色曰：“诸人即奉求，余不奉畏也。”拂衣而起。十八姨曰：“小女弄酒⑧！”皆起，至门外别。十八姨南去，诸人西入

苑中而别。玄微亦不知异。

明夜又来，欲往十八姨处。阿措怒曰："何用更去封妪舍！有事只求处士，不知可乎？"诸女皆曰："可。"阿措来言曰："诸女伴皆住苑中，每岁多被恶风所挠，居止不安，常求十八姨相庇；昨阿措不能依回[⑨]，应难取力[⑩]。处士倘不阻见庇，亦有微报耳。"玄微曰："某有何力，得及诸女[⑪]？"阿措曰："但处士每岁岁日[⑫]，与作一朱幡[⑬]，上图日月五星之文[⑭]，于苑东立之，则免难矣。今岁已过，但请至此月二十一日平旦，微有东风，即立之，庶可免也。"玄微许之。乃齐声谢曰："不敢忘德。"各拜而去。玄微于月中随而送之，逾苑墙，乃入苑中，各失所在。乃依其言，至此日立幡。

是日东风振地，自洛南折树飞沙，而苑中繁花不动。玄微乃悟：诸女曰姓杨、姓李，及颜色衣服之异，皆众花之精也。绯衣名阿措，即安石榴[⑮]也；封十八姨，乃风神也。后数夜，杨氏辈复至愧谢。各裹桃李花数斗，劝崔生："服之可延年却老。愿长如此住，护卫某等，亦可致长生。"至元[⑯]和初，玄微犹在，可称年三十许人。

【注释】

①耽道：沉迷于道教道术。

②饵术及茯苓：服食术和茯苓等药物。术，菊科植物。茯苓，寄生于松根的菌类植物，成块球状。这两种都是中草药，可治病。道教以为服这种药可求长生乃至成仙。

③入嵩山采芝：到嵩山求仙草。嵩山，五岳之中岳，在今河南登封市北。传说周灵王太子王子乔在嵩山祭仙（见《太平广记》卷四引《列仙传》）。芝，灵芝。

④上东门：洛阳城东之北门。

⑤诸处亦未胜于此：其他各处也未必比这里好。

⑥有林下风气：指风度闲静大方，不拘谨造作。用晋代谢道韫典故。据《世说新语·贤媛》载，尼济评谢道韫说："王夫人（谢道韫）神情散朗，有林下风气。"

⑦盈盈：轻灵美好的样子。

⑧弄酒：使酒，发酒疯。

⑨依回：顺从，奉迎。

⑩取力：得到帮助。

⑪得及诸女：能帮助诸位女郎。

⑫岁日：即岁旦，农历正月初一。

⑬朱幡：红色的旗子。

⑭五星：指金、木、水、火、土五星。

⑮安石榴：即石榴。据说石榴是汉时由西域安石国传入，故名"安石榴"。

⑯元和：唐宪宗李纯的年号（806～820）。

甘泽谣

（唐）袁 郊

袁郊，字之乾（一作“之仪”），蔡州朗山（今河南确山）人。咸通时为祠部郎中。昭宗朝为翰林学士，累至虢州刺史。能诗，曾与温庭筠唱和。咸通九年（868）作传奇文《甘泽谣》一卷，有《红线》、《圆观》、《许云封》等，共九篇，皆记谲异之事。本书所选《红线》一篇，《唐代丛书》、《绿窗女史》署杨巨源所作。

《红线》为唐人侠义小说的重要作品，反映了中晚唐藩镇割据，弱肉强食，无公道可言的社会现状，对后世影响颇大，可说是开侠义小说的先河。

红 线

红线，潞州节度使薛嵩[①]青衣。善弹阮[②]，又通经史，嵩遣掌笺表[③]，号曰“内记室[④]”。时军中大宴，红线谓嵩曰：“羯鼓[⑤]之音调颇悲，其击者必有事也。”嵩亦明晓音律，曰：“如汝所言。”乃召而问之，云：“某妻昨夜亡，不敢乞假。”嵩遽遣放归。

时至德[⑥]之后，两河未宁[⑦]，初置昭义军[⑧]，以釜阳[⑨]为镇，命嵩固守，控压山东。杀伤之余，军府草创[⑩]。朝廷复遣嵩女嫁魏博节度使田承嗣[⑪]男，男娶滑州节度使令狐彰[⑫]女；三镇互为姻娅[⑬]，人使日浃往来[⑭]。而田承嗣常患热毒风[⑮]，遇夏增剧。每曰：“我若移镇山东[⑯]，纳其凉冷，可缓数年之命。”乃募军中武勇十倍者得三千人，号“外宅男”，而厚恤养[⑰]之。常令三百人夜直[⑱]州宅。卜选良日，将迁[⑲]潞州。

嵩闻之，日夜忧闷，咄咄[⑳]自语，计无所出。时夜漏将传[㉑]，辕门[㉒]已闭，杖策庭除[㉓]，唯红线从行。红线曰：“主自一月，不遑寝食，意有所属，岂非邻境乎？”嵩曰：“事系安危，非汝能料。”红线曰：“某虽贱品，亦有解主忧者。”嵩乃具告其事，曰：“我承祖父遗业[㉔]，受国家重恩，一旦失其疆土，即数百年勋业尽矣。”红线曰：“易尔，不足劳主忧。乞放某一到魏郡[㉕]，看其形势，觇其有无[㉖]。今一更首途[㉗]，三更可以复命。请先定一走马兼具寒暄书[㉘]，其他即俟某却回也。”嵩大惊曰：“不知汝是异人，我之暗[㉙]也。然事若不济，反速其祸[㉚]，奈何？”红线曰：“某之行，无不济者。”乃入闺房，饰其行具。梳乌蛮髻[㉛]，攒金凤钗，衣紫绣短袍，系青丝轻履。胸前佩龙文匕首，额上书太乙神[㉜]名。再拜而行，倏然不见。

嵩乃返身闭户，背烛危坐。常时饮酒，不过数合，是夕举觞十余不醉。忽闻晓角吟风[33]，一叶坠露，惊而试问，即红线回矣。嵩喜而慰问曰："事谐否？"曰："不敢辱命[34]。"又问曰："无伤杀否？"曰："不至是。但取床头金合为信耳。"红线曰："某子夜前三刻[35]，即到魏郡，凡历数门，遂及寝所。闻外宅男止于房廊，睡声雷动。见中军[36]士卒，步于庭庑[37]，传呼风生。某发其左扉，抵其寝帐。见田亲家翁正于帐内，鼓趺[38]酣眠，头枕文犀[39]，髻包黄縠，枕前露一七星剑[40]。剑前仰开一金合，合内书生身甲子与北斗神[41]名；复有名香美珍，散覆其上。扬威玉帐[42]，但其心豁[43]于生前；同梦兰堂[44]，不觉命悬于手下[45]。宁劳擒纵，只益伤嗟。时则蜡炬光凝，炉香烬煨，侍人四布，兵器森罗。或头触屏风，鼾而亸[46]者；或手持巾拂，寝而伸者。某拔其簪珥，縻其襦裳[47]，如病如昏，皆不能寤，遂持金合以归。既出魏城西门，将行二百里，见铜台高揭[48]，而漳水东注[49]；晨飙[50]动野，斜月在林。忧往喜还，顿忘于行役[51]；感知酬德，聊副于心期[52]。所以夜漏三时，往返七百里。入危邦，经五六城。冀减主忧，敢言其苦。"

嵩乃发使遗承嗣书曰："昨夜有客从魏中来，云：自元帅头边获一金合。不敢留驻，谨却封纳[53]。"专使星驰，夜半方到。见搜捕金合，一军忧疑。使者以马挝[54]扣门，非时请见。承嗣遽出，以金合授之。捧承之时，惊怛绝倒[55]。遂驻使者止于宅中，狎以宴私，多其赐赉。明日遣使赍缯帛三万匹、名马二百匹，他物称是[56]，以献于嵩曰："某之首领，系在恩私[57]。便宜知过自新，不复更贻伊戚[58]。专膺指使，敢议姻亲[59]。役当奉毂后车[60]，来则挥鞭前马。所置纪纲仆[61]，号为外宅男者，本防它盗，亦非异图。今并脱其甲裳，放归田亩矣。"

由是一两月内，河北河南，人使交至。而红线辞去。嵩曰："汝生我家，而今欲安往？又方赖汝，岂可议行？"红线曰："某前世本男子，历江湖间，读神农药书，救世人灾患。时里有孕妇，忽患蛊症[62]。某以芫花酒下之[63]，妇人与腹中二子俱毙。是某一举杀三人。阴司见诛，降为女子，使身居贱隶，而气禀贼星[64]。所幸生于公家，今十九年矣。身厌罗绮，口穷甘鲜，宠待有加，荣亦至矣。况国家建极[65]，庆且无疆。此辈背违天理，当尽弭患。昨往魏郡，以示报恩。两地保其城池，万人全其性命，使乱臣知惧，烈士安谋[66]。某一妇人，功亦不小，固可赎其前罪，还其本身。便当遁迹尘中，栖心物外[67]，澄清一气，生死长存。"嵩曰："不然，遗尔千金为居山之所给。"红线曰："事关来世，安可预谋。"嵩知不可驻，乃广为饯别；悉集宾客，夜宴中堂。嵩以歌送红线，请座客冷朝阳为词曰：

采菱歌怨木兰舟[68]，送别魂消百尺楼。
还似洛妃乘雾去，碧天无际水长流。

歌毕，嵩不胜悲。红线拜且泣，因伪醉离席，遂亡其所在。

【注释】

①潞州：又称"上党郡"，治所在今山西长治市。薛嵩：绛州龙门（今山西河津）人。唐高宗朝名将薛仁贵之孙。曾任相州刺史，充相、卫、洺、邢等州节度观察使，官至检校右仆射。大

历八年(773)卒。

②阮:即"阮咸",一种琵琶一类的弦乐器。据说,武则天时,蜀人于古墓中发现这种乐器,因其形状似月,所以也叫"月琴"。晋"竹林七贤"之一的阮咸善于弹奏这种乐器,所以杜佑称之为"阮咸"。

③掌笺表:起草奏章和表文。

④内记室:犹言女秘书。汉以后有记室令史、记室参军等官,主管表章,是掌书记(如今之秘书)的官。内,指妇女。

⑤羯鼓:一种打击乐器。《通典·乐典》:"羯鼓如漆桶,两头俱击。以出羯(按为匈奴族别支,晋时居今山西省境)中,故号羯鼓,亦谓之两杖鼓。"

⑥至德:唐肃宗李亨的年号(756~758)。

⑦两河未宁:"两河"即后文所说"河北河南"。河,古代对黄河的专称。肃宗至德以后,黄河南北一直处于战乱之中,政局也很不稳定。一方面史思明残部未灭,在河阳一带多次展开激战;另一方面其他藩镇也在战乱中扩充实力,对抗朝廷。

⑧昭义军:此处系指肃宗至德元年(756)所置的昭义节度使,治所在潞州。辖境屡有变化,领有潞、泽、沁等州,在今河北省南部、山西省东南部一带地区。

⑨釜阳:也叫"滏阳",唐县名,治所在今河北磁县。

⑩草创:刚建立。凡事之始称"草创"。

⑪田承嗣:平州(治所在今河北卢龙县)人,开元末为军使安禄山前锋兵马使。安禄山反,以田承嗣为前锋,攻陷洛阳。河朔既平,遇赦。为检校户部尚书,魏州刺史,授魏博节度使,驻魏州(今河北大名县东),史书称他"户版不籍于天府,税赋不入于朝廷,虽曰藩臣,实无臣节"(《旧唐书·田承嗣传》)。

⑫令狐彰:京兆富平(今陕西富平)人,初事安禄山,禄山反,曾入京师;京师收复,投奔史思明,伪署滑州刺史。后归顺唐朝,授滑州刺史,滑、亳、魏、博等六州节度,镇滑州(治所在今河南滑县)。封霍国公,加检校工部尚书。

⑬三镇:指昭义、魏博、滑州三个藩镇。唐代节度使称为"藩镇"或"方镇",简称"镇"。姻娅:亦作"姻亚",连姻结亲。《诗·小雅·节南山》:"琐琐姻亚。"注:"婿父曰姻,两婿相谓曰亚。"

⑭日浃往来:经常来往。浃,天干一周(即从甲至癸)为"浃日",十日;地支一周(即从子至亥)为"浃辰",十二日。这里是虚指,形容经常往来。

⑮热毒风:古时医家认为疮痈诸疾都是由热毒所引起的,说是血热致毒。热毒风就是这类疾病。

⑯山东:这里是指华山之东。

⑰恤养:给养,抚养。

⑱直:值班。

⑲迁:这里是侵占、并吞的意思。

⑳咄咄(duō 多):哀叹声。

㉑夜漏将传:将起初更的时候。古时以壶漏计时,奏报时刻叫"传漏"。

㉒辕门:古代帝王出行在外停宿,以车为藩篱,以车辕相向为门,称为辕门。行军驻扎地也仿此立辕门。后世官署外门也泛称为"辕门"。

㉓杖策庭除:拄着拐杖,在庭院里散步。

㉔承祖父遗业：指承薛仁贵的遗业和门荫。

㉕魏郡：即魏州，魏博节度使治所。

㉖觇(chān 掺)其有无：窥看虚实。

㉗首途：启程，上路。

㉘寒暄书：说些交际应酬的话的书信。

㉙暗：昏暗，不明情况。

㉚反速其祸：反而更快招致祸害。

㉛乌蛮：也称“乌爨”，又叫“黑罗罗”，古时西南一带(今云南等地)的少数民族。乌蛮髻，仿乌蛮族的发髻。

㉜太乙神：亦作“泰一”、“太一”，见前《汉武故事》注。

㉝晓角：早晨吹的号角声。

㉞辱命：玷污使命，指没有完成任务。《论语·子路》：“使于四方，不辱君命。”

㉟子夜前三刻：约晚上十点十七分。子夜，夜半子时，夜十一时至次日一时。古时以漏箭计时，一昼夜分为一百刻，按今时核计。古代一刻相当于十四分二十四秒(今所谓一刻等于十五分钟)。

㊱中军：古时行军作战分为中军和左、右军，称“三军”。中军由主帅直接指挥，驻在主帅发号施令的地方。

㊲庭庑：庭院。庑，堂下周围的房子。

㊳鼓趺(fū 夫)：两腿弯曲，脚背朝上。

㊴文犀：犀牛角，犀角有文采。这里指饰文犀的枕头。

㊵七星剑：饰有七星图案的宝剑。据《晋书·天文志》，七星，一名天都，主衣裳文绣；又主急兵盗贼。梁吴均《边城将》诗：“刀含四尺影，剑抱七星文。”古代将帅往往带有七星剑，大约就是同“主急兵盗贼”之意联系在一起。

㊶出身甲子：出生的年月日时，即年庚。古人用天干地支记年月日时，共用八个字。这里“甲子”用以代称八字。北斗神：《淮南子》：“北斗之神有雌雄，雄左行，雌右行。”道书称为“天罡”。或说是主管人间生死的神。

㊷玉帐：古时称主将所居之所为“玉帐”。

㊸心豁：心情开朗，感到快活。

㊹兰堂：指内室。兰，言其华丽香馥。

㊺命悬于手下：红线这话的意思是，田承嗣的生命完全系在她的手下，要杀他易如反掌。

㊻亸(duǒ 躲)：头下垂的样子，指打盹。

㊼縻(mí 迷)：系，打结。

㊽铜台高揭：铜雀台高高地耸立。铜台，即铜雀台。建安十五年(210)曹操所建，故址在今河北临漳县西南邺城内，是曹操游赏宴乐的地方。

㊾漳水东注：漳河东流。漳河分清漳和浊漳，至河北省涉县合漳镇合为漳河，流经临漳县南，注入卫河。

㊿晨飙(biāo 标)：早晨的暴风。

51行役：奔走于道路的差使。

52聊副于心期：总算实现了报恩的心愿。心期，心所期望的，即上文所说“感知酬德”。

53谨却封纳：恭敬地退回，封好了送上。纳，送致。

(54)马挝(zhuā 抓):马鞭。

(55)惊怛(dá 达)绝倒:惊诧异常。

(56)他物称是:其他物品和这(指上文缯帛和马匹)差不多。称,相当。

(57)“某之首领”二句:我的头之所以能保存下来,完全由于你对我的私人恩情。

(58)更贻伊戚:再招来烦恼。

(59)“专膺指使”二句:从此专心专意服从您的指挥驱使,岂敢以平等的亲戚关系自居。

(60)奉毂后车:在车后服侍照料。毂,车轮中心的圆木。

(61)纪纲仆:即仆人。《左传·僖公二十四年》:“秦伯送卫于晋者三千人,实纪纲之仆。”杜预注:“诸门户仆隶之事,皆秦卒共之,为之纪纲。”纪纲原为统领仆隶之人,后世亦称仆人为“纪纲”。

(62)蛊症:腹中长虫的病。蛊,人腹中的寄生虫。

(63)芫花酒:浸过芫花的酒。芫花,瑞香科植物,落叶灌木,春天开花,色紫。性甚毒,投水中能毒死鱼,故又名“鱼毒”。

(64)气禀贼星:命里带着贼星。古代星相家迷信说法,认为每个人都与天上某星相应。这里因红线盗金盒,故取“贼”义,说“气禀贼星”。

(65)国家建极:国家建立皇极。建极,立其大中,而四方朝拱,犹如北辰高挂,众星朝拱。意思是建立皇帝的统治中心。这话是针对当时藩镇割据,中央权力分散而说的。

(66)安谋:安分守法,不生谋反作乱的异心。《尔雅》“靖惟”邢昺疏:“靖者安谋,惟者思谋。”

(67)遁迹尘中,栖心物外:在人世隐居,而排除俗念。

(68)采菱:《采菱曲》,为《江南弄七曲》之第五曲(见《古今乐录》)。木兰舟:用木兰做的船。《述异记》:“木兰川在浔阳江中,多木兰树。昔吴王阖闾植木兰于此,用构宫殿也。七里洲中,有鲁班刻木兰为舟,舟至今在洲中,诗云木兰舟,出于此。”

传奇

(唐)裴　铏

裴铏,懿宗咸通中为静海军节度使高骈掌书记,加侍御史内供奉。僖宗乾符五年(878)以御史大夫为成都节度副使,所著《传奇》三卷,多记神仙恢谲之事,今选《昆仑奴》、《裴航》、《崔炜》三篇。

《昆仑奴》通过对红绡女的爱情和昆仑奴的侠义的描写,从侧面反映出中唐勋臣权势之大,并有所讽刺和批判。元代杨景言《磨勒盗红绡》杂剧、明朝梁伯龙《红绡》杂剧、梅禹金《昆仑奴》杂剧,都是据此改编的。《裴航》写人神恋爱故事,溯其源可说是从宋玉《神女赋》和曹植《洛神赋》发展而来。宋代官本杂剧《裴航相遇乐》、元代庾天赐《裴航遇云英》杂剧、明龙膺《蓝桥记》传奇,均据此篇而作;明末杨之炯又以此合崔护事作《玉杵记》。《崔炜》写崔炜行善而得到神人以及阴间鬼魂的帮助,最后成仙,不知所往。这种合志人、志怪、志鬼于一炉的艺术手法,在唐传奇中是极为罕见的。由于人、怪、鬼混而为一,而且一以贯之,所以情节离奇曲折,引人入胜。从这三篇作品,可以看出,《传奇》一书,无论在思想内容、还是在艺术表现上,都是有相当成就的。

昆仑奴

大历中有崔生者,其父为显僚,与盖代之勋臣一品[①]者熟。生是时为千牛[②],其父使往省一品疾。生少年容貌如玉,性禀孤介,举止安详,发言清雅。一品命妓轴帘[③]召生入室。生拜传父命。一品忻然爱慕,命坐与语。时三妓人,艳皆绝代,居前以金瓯贮含桃[④]而擘之,沃以甘酪而进。一品遂命衣红绡妓者,擎一瓯与生食。生少年赧妓辈,终不食。一品命红绡妓以匙而进之,生不得已而食。妓哂之。遂告辞而去。一品曰:"郎君闲暇,必须一相访,无间老夫也。"命红绡送出院。时生回顾,妓立三指,又反三掌者,然后指胸前小镜子,云:"记取。"余更无言。

生归,达一品意,返学院[⑤],神迷意夺,语减容沮[⑥],恍然凝思,日不暇食。但吟诗曰:

误到蓬山顶上游,明珰玉女动星眸[⑦]。

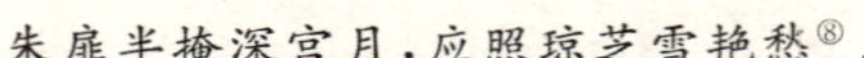
朱扉半掩深宫月，应照琼芝雪艳愁[8]。

左右莫能究其意。时家中有昆仑奴[9]磨勒，顾瞻郎君曰："心中有何事，如此抱恨不已？何不报老奴？"生曰："汝辈何知，而问我襟怀间事？"磨勒曰："但言，当为郎君解释[10]。远近必能成之。"生骇其言异，遂具告知。磨勒曰："此小事耳，何不早言之，而自苦耶？"生又白其隐语[11]。勒曰："有何难会。立三指者，一品宅中有十院歌姬，此乃第三院耳。返三掌者，数十五指，以应十五日之数。胸前小镜子，十五夜月圆如镜，令郎来耶。"生大喜，不自胜，谓磨勒曰："何计而能导达我郁结？"磨勒笑曰："后夜乃十五夜，请深青绢两匹，为郎君制束身之衣。一品宅有猛犬守歌妓院门，非常人不得辄入，入必噬杀之。其警如神，其猛如虎。即曹州孟海之犬也[12]。世间非老奴不能毙此犬耳。今夕当为郎君挝杀之。"遂宴犒以酒肉。

至三更，携链椎[13]而往，食顷而回曰："犬已毙讫，固无障塞耳。"

是夜三更，与生衣青衣，遂负而逾十重垣[14]，乃入歌妓院内，止第三门。绣户不扃，金釭[15]微明，惟闻妓长叹而坐，若有所俟。翠环初坠，红脸才舒[16]，玉恨无妍，珠愁转莹，但吟诗曰：

深谷莺啼恨阮郎[17]，偷来花下解珠珰。
碧云飘断音书绝，空倚玉箫愁凤凰[18]。

侍卫皆寝，邻近阒然。生遂缓搴帘而入。良久，验是生。姬跃下榻执生手曰："知郎君颖悟，必能默识，所以手语耳。又不知郎君有何神术，而能至此？"生具告磨勒之谋，负荷而至。姬曰："磨勒何在"？曰："帘外耳。"遂召入，以金瓯酌酒而饮之。姬白生曰："某家本富，居在朔方[19]。主人拥旄[20]，逼为姬仆。不能自死，尚且偷生。脸虽铅华[21]，心颇郁结。纵玉箸举馔，金炉泛香，云屏[22]而每进绮罗，绣被而常眠珠翠，皆非所愿，如在桎梏。贤爪牙[23]既有神术，何妨为脱狴牢[24]？所愿既申，虽死不悔。请为仆隶，愿侍光容。又不知郎君高意如何？"生愀然不语。磨勒曰："娘子既坚确如是，此亦小事耳。"姬甚喜。磨勒请先为姬负其囊橐妆奁，如此三复焉。然后曰："恐迟明。"遂负生与姬而飞出峻垣十余重。一品家之守御，无有警者。遂归学院而匿之。

及旦，一品家方觉。又见犬已毙。一品大骇曰："我家门垣，从来邃密，扃锁甚严，势似飞腾，寂无形迹，此必侠士而挈之。无更声闻[25]，徒为患祸耳。"

姬隐崔生家二载，因花时驾小车而游曲江，为一品家人潜志认。遂白一品。一品异之。召崔生而诘之。事惧而不敢隐，遂细言端由：皆因奴磨勒负荷而去。一品曰："是姬大罪过。但郎君驱使逾年，即不能问是非。某须为天下人除害。"命甲士五十人，严持兵仗，围崔生院，使擒磨勒。磨勒遂持匕首飞出高垣，瞥若翅翎[26]，疾同鹰隼，攒矢如雨[27]，莫能中之。顷刻之间，不知所向。然崔家大惊愕。后一品悔惧，每夕多以家童持剑戟自卫。如此周岁方止。

后十余年，崔家有人见磨勒卖药于洛阳市，容颜如旧耳。

【注释】

①盖代：即"盖世"，避唐太宗李世民讳易"世"为"代"。盖世，压倒当世，没人比得上。一品：

自魏以后官分九品，一品最高。这里代指某一勋臣，不标姓名。或说指郭子仪。

②千牛：官名。唐置左右千牛卫，为禁卫之一。

③轴帘：卷帘。

④含桃：樱桃的别称。《礼记·月令》："羞以含桃"，郑玄注："莺鸟所含，故言含桃。"

⑤学院：书房。

⑥语减容沮：话语很少，颜容颓丧。

⑦明珰玉女动星眸：戴着珠耳环的仙女眼里闪着光芒。玉女，仙女，或说即太华神。这里喻指红绡妓。这两句写遇红绡妓的情形。

⑧琼芝雪艳愁：指红绡妓红里透白的脸上的愁容。琼芝，即玉芝，仙草。比喻红绡妓。这两句写红绡妓在"一品"府中的愁态。

⑨昆仑奴：昆仑，古种族名，其族"拳发黑身"，居今东南亚一带。昆仑族人为奴称"昆仑奴"。皮肤黑色的其他种族的奴仆也被称为"昆仑奴"。

⑩解释：犹言解决。

⑪隐语：指上文所说红绡妓竖三指头，反掌三次等手势语。

⑫曹州：又称"济阴郡"，治所在今山东菏泽市。孟海：疑是孟公海，隋末农民起义领袖之一，为窦建德所俘。

⑬链椎：带锁链的槌。

⑭负而逾十重垣：背着崔生越过十道墙。

⑮金缸(gāng 刚)：古时的油灯。

⑯"翠环"二句：指刚卸完妆准备安寝。翠环，指翡翠珠玉之类的发饰和耳环。

⑰阮郎：指阮肇。详见前《幽明录》之《刘晨阮肇》篇。这里借指崔生。

⑱空倚玉箫愁凤凰：这句化用萧史和弄玉吹箫乘凤飞升的典故，表现因为不能同崔生在一起而产生的幽怨情绪。

⑲朔方：汉置郡名，唐代相沿，辖境在河套以下的灵武、盐池一带。

⑳拥旄：拥旄节，握有军权的一种标志。唐代节度使皆拥旄节。

㉑铅华：铅粉。这里指化妆傅粉。

㉒云屏：云母屏风。

㉓贤爪牙：指昆仑奴。

㉔狴(bì 碧)牢：监狱。狴，即狴犴，一种猛兽，或说如虎，或说如狮，常立于狱门，故称监狱为"狴牢"。

㉕声闻：声张出去。

㉖瞥若翅翎：看上去好像长了翅膀。

㉗攒矢如雨：箭镞密集像雨点似的。

崔炜

贞元中，有崔炜者，故监察向①之子也。向有诗名于人间，终于南海从事②。炜居南海，意豁然③也，不事家产，多尚豪侠，不数年，财业殚尽，多栖止佛舍④。

时中元日⑤，番禺⑥人多陈设珍异于佛庙，集百戏于开元寺。炜因窥之，见乞食

老妪因蹶而覆人之酒瓮[⑦]；当垆者[⑧]殴之。计其直，仅一缗耳。炜怜之，脱衣为偿其所直。妪不谢而去。异日又来，告炜曰："谢子为脱吾难[⑨]。吾善灸赘疣[⑩]。今有越井冈艾少许[⑪]，奉子[⑫]。每遇赘疣，只一炷耳。不独愈苦[⑬]，兼获美艳。"炜笑而受之，妪倏亦不见。

后数日，因游海光寺[⑭]，遇老僧赘于耳。炜因出艾试灸之，而如其说。僧感之甚，谓炜曰："贫道无以奉酬，但转经以资郎君之福佑耳[⑮]。此山下有一任翁者，藏镪[⑯]巨万，亦有斯疾。君子能疗之，当有厚报。请为书导之[⑰]。"炜曰："然。"任翁一闻，喜跃，礼请甚谨。炜因出艾，一爇而愈。任翁告炜曰："谢君子痊我所苦，无以厚酬，有钱十万奉子，幸从容[⑱]，无草草而去。"炜因留彼。

炜善丝竹[⑲]之妙，闻主人堂前弹琴声，诘家童。对曰："主人之爱女也。"因请其琴而弹之。女潜听而有意焉。

时任翁家事鬼[⑳]，曰独脚神。每三岁必杀一人飨之[㉑]。时已逼矣，求人不获。任翁俄负心，召其子计之曰："门下客既不来，无血属可以为飨。吾闻大恩尚不报，况愈小疾耳。"遂令具神馔[㉒]，夜将半，拟杀炜。已潜扃炜所处之室，而炜莫觉。女密知之，潜持刃于窗隙间，告炜曰："吾家事鬼，今夜当杀汝而祭之，汝可持此破窗遁去；不然者，少顷死矣。此刃亦望持去，无相累也。"炜恐悸汗流，挥刃携艾，断窗棂，跃出，拔键而走。

任翁俄觉，率家童十余辈，持刃秉炬，追之六七里，几及之。炜因迷道，失足坠于大枯井中。追者失踪而返。

炜虽坠井，为槁叶所藉[㉓]而无伤，及晓视之，乃一巨穴，深百余丈，无计可出。四旁嵌空[㉔]，宛转可容千人。中有一白蛇，盘屈可长数丈。前有石臼，岩上有物滴下，如饴蜜，注臼中。蛇就饮之。炜察蛇有异，乃叩首祝之曰："龙王，某不幸坠于此，愿王悯之，幸不相害。"因饮其余，亦不饥渴。细视蛇之唇吻，亦有疣焉。炜感蛇之见悯，欲为灸之。奈无从得火。既久，有遥火飘入于穴。炜乃燃艾启蛇而灸之，是赘应手坠地。蛇之饮食久妨碍，及去，颇以为便，遂吐径寸珠酬炜，炜不受，而启蛇曰："龙王能施云雨，阴阳莫测，神变由心，行藏在己，必能有道拯援沉沦。倘赐挈维[㉕]，得还人世，则死生感激，铭在肌肤。但得一归，不顾瑰宝。"蛇遂咽珠，蜿蜒将有所适。炜遂再拜跨蛇而去。不由穴口，只于洞中行。可数十里，其中幽暗若漆。但蛇之光烛两壁，时见绘画古丈夫，咸有冠带[㉖]。最后触一石门，门有金兽啮环[㉗]，洞然明朗。蛇低首不进而卸下炜，炜将谓已达人世矣。入户，但见一室，空阔可百余步。穴之四壁，皆镌为房室[㉘]。当中有锦绣帏帐数间，垂金泥紫，更饰以珠翠，炫晃[㉙]如明星之连缀。帐前有金炉，炉上有蛟龙鸾凤龟蛇鸾雀，皆张口喷出香烟，芳芬蓊郁[㉚]。傍有小池，砌以金壁，贮以水银，凫鹥[㉛]之类，皆琢以琼瑶，而泛之。四壁有床，咸饰以犀象[㉜]，上有琴瑟笙篁鼗鼓柷敔[㉝]，不可胜记。炜细视，手泽尚新[㉞]。炜乃恍然，莫测是何洞府也。良久，取琴试弹之，四壁户牖咸启。有小青衣出而笑曰："玉京子已送崔家郎君至矣。"遂却走入。须臾，有四女，皆古鬟髻，曳霓裳之衣，谓

炜曰："何崔子擅入皇帝玄宫[35]耶？"炜乃舍琴再拜，女亦酬拜。炜曰："既是皇帝玄宫，皇帝何在？"曰："暂赴祝融[36]宴尔。"遂命炜就榻鼓琴，炜乃弹胡笳。女曰："何曲也？"曰："胡笳[37]也。"曰："何为《胡笳》？吾不晓也。"炜曰："汉蔡文姬[38]，即中郎邕[39]之女也，没于胡中；及归，感胡中故事，因抚琴成斯弄，象胡中吹笳哀咽之韵。"女皆怡然，曰："大是新曲。"遂命酌醴传觞。炜乃叩首，求归之意颇切，女曰："崔子既来，皆是宿分。何必匆遽，幸且淹驻[40]。羊城使者少顷当来[41]，可以随往。"谓崔子曰："皇帝已许田夫人奉箕帚，便可相见。"崔子莫测端倪，不敢应答。遂命侍女召田夫人，夫人不肯至，曰："未奉皇帝诏，不敢见崔家郎也。"再命不至。谓炜曰："田夫人淑德美丽[42]，世无俦匹，愿君子善奉之，亦宿业[43]耳。夫人，即齐王女也[44]。"崔子曰："齐王何人也？"女曰："王讳横，昔汉初亡齐而居海岛者。"

逡巡，有日影入照坐中。炜因举首，上见一穴，隐隐然睹人间天汉耳。四女曰："羊城使者至矣。"遂有一白羊自空冉冉而下，须臾至座。背有一丈夫，衣冠俨然，执大笔，兼封一青竹简，上有篆字，进于香几上。四女命侍女读之，曰："广州刺史徐绅[45]死，安南都护赵昌[46]充替。"女酌醴饮使者，曰："崔子欲归番禺，愿为挈往。"使者唱喏[47]，回谓炜曰："他日须与使者易服缉宇[48]，以相酬劳。"炜但唯唯。四女曰："皇帝有敕令，与郎君国宝阳燧珠[49]；将往至彼，当有胡人具十万缗而易之。"遂命侍女开玉函[50]取珠授炜。炜再拜捧受，谓四女曰："炜不曾朝谒皇帝，又非亲族，何遽贶遗如是[51]？"女曰："郎君先人有诗于越台[52]，感悟徐绅，遂见修葺[53]。皇帝愧之，亦有诗继和。赉珠之意，已露诗中，不假仆说。郎君岂不晓耶？"炜曰："不识皇帝何诗。"女命侍女书题于羊城使者笔管上，云：

千载荒台麋路隅[54]，一烦太守重椒涂[55]。
感君拂拭[56]意何极，报尔美妇与明珠[57]。

炜曰："皇帝原何姓字？"女曰："已后当自知耳。"女谓炜曰："中元日须具美酒丰馔于广州蒲涧寺[58]静室，吾辈当送田夫人往。"炜遂再拜告去，欲蹑使者之羊背。女曰："知有鲍姑艾，可留少许。"炜但留艾，即不知鲍姑是何人也。遂留之。

瞬息而出穴，履于平地，遂失使者与羊所在。望星汉[59]，时已五更矣。俄闻蒲涧寺钟声，遂抵寺。僧人早糜见饷[60]，遂归广州。崔子先有舍税居[61]，至日往舍询之，曰："已三年矣。"主人谓崔炜曰："子何所适而三秋不返？"炜不实告。开其户，尘榻俨然，颇怀凄怆。问刺史，则徐绅果死，而赵昌替矣。乃抵波斯邸[62]，潜鬻是珠。有老胡人，一见遂匍匐礼手[63]曰："郎君的入南越王赵佗墓中来[64]。不然者，不合得斯宝。"盖赵佗以珠为殉[65]故也。崔子乃具实告，方知皇帝是赵佗。佗亦曾称南越武帝故耳。遂具十万缗易之。崔子诘胡人曰："何以辨之？"曰："我大食[66]国宝阳燧珠也。昔汉初赵佗使异人梯山航海[67]，盗归番禺。今仅千载矣。我国有能玄象[68]者，言来岁国宝当归。故我王召我具大舶重资抵番禺而搜索。今日果有所获矣。"遂出玉液而洗之，光鉴一室。胡人遽泛舶归大食去。炜得金，遂具家产。然访羊城使者，竟无影响[69]。

后有事于城隍庙[70]，忽见神像有类使者，又睹神笔上有细字，乃侍女所题也。方具酒脯而奠之，兼重粉缋及广其宇，是知羊城即广州城，庙有五羊焉。又征任翁之室，则村老云南越尉任嚣[71]之墓耳。又登越王殿台，见先人诗云：

越井冈头松柏老，越王台上生秋草。

古墓多年无子孙，野人踏贱成官道。

兼越王继和诗，踪迹颇异，乃询主者。主者曰："徐大夫[72]绅，因登此台感崔侍御[73]诗，故重粉饰台殿，所以焕赫[74]耳。"

后将及中元日，遂丰洁香馔甘醴，留蒲涧寺僧室。夜将半，四女伴田夫人至。容仪艳逸，言旨雅澹。四女与崔生进觞谐谑，将晓告去。崔子遂再拜讫，致书达于越王，卑辞厚礼，敬荷而已[75]。遂与夫人归室。炜诘夫人曰："既是齐王女，何以配南越人？"夫人曰："某国破家亡，遭越王所虏，为嫔御。王崩，因以为殉。乃不知今是几时也。看烹郦生[76]，如昨日耳。每忆故事，辄一潸然。"炜问曰："四女何人？"曰："其二，瓯越王摇所献，其二，闽越王无诸[77]所进。俱为殉者。"又问曰："昔四女云鲍姑，何人也？"曰："鲍靓[78]女，葛洪[79]妻也。多行灸于南海。"炜方叹骇昔日之妪耳。又曰："呼蛇为玉京子，何也？"曰："昔安期生[80]长跨斯龙而朝玉京，故号之玉京子。"炜因在穴饮龙余沫，肌肤少嫩，筋力轻健。后居南海十余载，遂散金破产，栖心道门[81]，乃挈室往罗浮[82]，访鲍姑，后竟不知所适。

【注释】

①监察向：监察御史崔向。监察御史，属御史台察院。据《唐六典》，其职掌为"分察百僚，巡按属县，纠视刑狱，肃整朝仪"。品秩不高，但权限颇广。崔向，生平不详。

②南海从事：南海郡从事史。南海郡，唐天宝、至德时分别改番州、广州为南海郡，治所在今广州市。从事，州郡长官的僚属。分设治中从事、别驾从事、簿曹从事等，分别主管州选、民事、财谷簿书等。

③意豁然：思想很通脱，达观。

④栖止佛舍：住宿在佛寺中。

⑤中元日：阴历七月十五日为中元节。僧家有盂兰盆会，祭祀鬼神，诵经施食。俗称"放焰口"。"盂兰"是梵语，本云"乌兰"，谓以盆贮百味，供养诸佛，以救众生倒悬之苦。《荆楚岁时记》："七月十五日，僧、尼、道、俗，悉营盆供诸佛。"

⑥番禺：县名，今广东省珠江三角洲北部。唐时属南海郡。

⑦因蹶而覆人之酒瓮：因为跌跤而弄翻了人家的酒坛子。

⑧当垆者：卖酒的人。典出卓文君当垆卖酒事(见《汉书·司马相如传》)。

⑨脱吾难：解脱我的困境。

⑩善灸赘疣：擅长用艾灸医治肿瘤。

⑪越井冈：今广东省广州市越秀山。山有越冈井，又名"越台井"，亦称"赵佗井"或"鲍姑井"(见《南海古迹记》)。艾：多年生草，茎白色，干后揉搓，成艾绒，作艾炷，点燃为灸以治病。灸一下为一炷。

⑫奉子：送给你。

⑬愈苦：治好病痛。

⑭海光寺：在广州，相传铁佛在海里夜有光，因建海光寺。

⑮转经：据清王昶《蜀微纪闻》，转经楼，其制于水石湍急处架屋，屋内书经于旗，插旗于轮。置轮于水，使激水而转之。番人亦佩小铜盒，中贮经作轮以转。每一转谓抵讽诵一次，且可致福。明杨慎《升庵外集》则谓西域之俗，以木规圆为二轮象，一用梵篆牝书，一用梵篆牡书，牝在轮下，牡在轮上，以机而转之。"转经"说法不一，今已失传，大概是置经文于转轮，转动经文以代诵经。后来一般引申为讽诵佛经以求福运。

⑯镪(qiǎng 抢)：成串的钱。

⑰请为书导之：愿写张字条介绍一下。请，以卑承尊，有所启请。是表示对崔炜的尊重。

⑱从容：这里是不要急着走的意思。

⑲丝竹：丝为弦乐，竹为管乐。丝竹，泛指音乐。

⑳事鬼：供奉着(一个)鬼。

㉑飨(xiǎng 响)之：请鬼享受。

㉒具神馔：安排敬鬼神的酒席。

㉓为槁叶所藉：被干枯树叶衬垫。

㉔嵌空：意谓井内四壁掏空。故可容千人。

㉕挈维：提举。

㉖冠带：顶冠束带。这是为官者的穿戴。

㉗金兽啮环：金属制成的饰有兽头(其嘴衔着门环)的拉门。这是古代豪华建筑门上的器物。

㉘镌为房室：指凿壁为窑洞式的房室。镌，凿。

㉙炫晃：明亮，闪闪发光。

㉚蓊郁：草木茂盛。这里指香气浓郁。

㉛凫鹥：两种水鸟。

㉜犀(xī 西)象：犀牛和大象。这里指犀角和象牙饰物。

㉝琴瑟笙篁鼗(táo 桃)鼓柷(zhù 祝)敔(yǔ 雨)：各种乐器名，有弹拨乐(琴瑟)，有吹奏乐(笙篁)，有打击乐(鼗鼓柷敔)。

㉞手泽尚新：指乐器上的手迹犹新，像是刚使用过似的。

㉟玄宫：王者墓穴。唐姚合《敬宗皇帝哀词》："玄宫今一闭，终古柏苍苍。"

㊱祝融：火神。《礼记·月令》："孟夏之月，其神祝融。"注："祝融，颛顼氏之子，曰黎，火神。"

㊲胡笳：指蔡琰所作琴曲《胡笳十八拍》。

㊳蔡文姬：东汉蔡邕之女蔡琰，字文姬，博学有才，善音律。战乱中被俘至南匈奴，生二子。后曹操以金赎回，重嫁董祀。有《悲愤诗》等诗传于世。

㊴邕：蔡邕，字伯喈，东汉陈留圉(今河南杞县南)人，善书画，能鼓琴，曾官郎中、中郎将，因董卓事死狱中。有《蔡中郎集》。

㊵幸且淹驻：希望暂且留下住一段时间。

㊶羊城：又称"五羊城"，即今广东省广州市。裴渊《广州记》："战国时，高固为楚相，有五羊衔谷穗于楚庭，故广州所事梁上画五羊像，又作五穗囊。"高固为南海(今广东广州)人，后因以"五羊"为广州之名。又《明一统志》引《寰宇记》云："五羊城在广州南海县，初有五仙人骑五色羊执六穗秬而至，今呼五羊。"今广州陂山南面有穗石洞，传说五羊仙人持穗至此化为石，故名。

㊷淑德美丽：温和善良的品德，美丽的容貌。

㊸宿业：佛家语，意谓前世所做的善恶事业，今生会受到报应。这里指善业。后世此词多偏指恶业。

㊹齐王：这里指田横。秦末狄县（今山东高青县东南）人，为齐王田荣之弟。荣死，横带领其众击项羽，复齐地，立荣之子田广为齐王，自为宰相。后广为汉将韩信所俘，横乃自立为王。汉灭楚，横与其随从五百余人逃亡海岛。汉高祖刘邦招降，横与二客赴洛阳，未至，自云："横始与汉王俱南面称孤，今奈何北面事之？"遂自杀。汉高祖以王礼葬横。二客及海岛中五百余人皆自杀（事见《史记·田儋列传》）。

㊺徐绅：未详。疑即徐申，申字维降，唐京兆人，累官洪都长史，迁韶州刺史，又迁岭南节度使。死后谥"平"。

㊻都护：意为总监。唐代设有大都护府，每府有大都护、副大都护，管理辖境的边防、行政和各族事务。赵昌：字洪祚，天水人。唐德宗时官虔州刺史，两度为安南都护，官至太子少保，死后谥"成"。

㊼唱喏：旧时男子向人行礼时，一边作揖，一边发声致敬，叫做"唱喏"。陆游《老学庵笔记》："古人所谓揖，但举手而已；今所谓喏，乃始于江左诸王，方其时，惟王氏子弟为之；故支道林入东，见王子猷兄弟还，人问诸王如何，答曰：'见一群白项鸟，但闻哑哑声。'即今喏也，故曰唱喏。"

㊽易服缉宇：改易服装，修葺庙宇。缉，这里作"葺"字用，葺宇，修葺屋宇，后文于城隍庙见使者神像，"重粉缋及广其宇"（重新粉绘神像的服装，扩建城隍的庙宇），就是履行"易服缉宇"的诺言。

㊾阳燧珠：一种宝珠，或者如阳燧之能取火，故名。阳燧，又作"阳遂"，古时取火器，铜制凹面聚光镜，将艾置于焦点能生火。崔豹《古今注》："阳燧，以铜为之，形如镜，照物则影倒，向日则火生，以艾炷之则得火。"

㊿玉函：玉椟，贮玉器珍珠的小盒子。

51何遽贶遗如是：何以就赠送这样的厚礼？

52先人：已死去的父亲。越台：即越王台，在今广东广州市北越秀山上，南越王赵佗所筑，故名。即后文所说"越王殿台"。

53修葺：修理房屋。

54荒台隳（huī 灰）路隅：荒芜的越王台（墓）毁坏在路旁。隳，毁坏。

55太守：这里指广州刺史徐绅。椒涂：以椒涂壁，取其芬芳而温暖，一般用于后妃的居室。这里指越王台重新修葺。

56拂拭：意为爱护，珍视，犹如对某物加以拂拭，使它去掉尘垢，露出光泽。

57美妇与明珠：指齐王之女田夫人和阳燧珠。

58蒲涧寺：在今广州市白云山南蒲涧旁。

59星汉：即银河。古时夜间以观银河推知早晚更数。

60早糜见饷：请吃早饭。糜（mí 迷），粥。

61税居：租房子住。

62波斯：即今伊朗。唐时为大食所灭。波斯人善经商，有的到扬州、广州等地贸易，或称之为波斯胡。波斯邸：波斯人住的邸舍。

63匍匐礼手：伏地行礼。礼手，作揖。

⑥④的入：果真进入。南越王赵佗：赵佗，或作“赵他”，秦始皇时为南海龙川令。二世时，南海尉任嚣死，佗代理尉事，称尉佗。秦亡后，并桂林、象郡，自立为南越武王。汉高祖时，立为南越王；吕后执政时，侵长沙边邑，自尊为南越武帝。汉文帝时，派陆贾去谴责他，才去帝号，作藩臣。武帝建元(前140～前135)间卒。

⑥⑤殉：殉葬。

⑥⑥大食：汉代无大食国，唐代称阿拉伯帝国为大食，它全盛时占有整个亚洲西部。

⑥⑦梯山航海：爬山渡海。

⑥⑧玄象：玄机，据某些幽微的迹象，推知未来的事态。

⑥⑨影响：消息，音信。

⑦⓪城隍庙：神庙。《北齐书·慕容俨传》：“城中先有神祠一所，俗号城隍神，公私每有所祈祷。”祭城隍神的习俗起源很早。唐朝张九龄、韩愈、杜牧、李商隐等都有祭城隍文，为祈雨、求情、禳灾诸事而作。

⑦①任嚣：秦始皇时南海尉(本文“南越”，当作“南海”，因为并桂林、象郡后才改为“南越”)。秦末天下大乱，嚣筑关隘以御寇，南海始得安定。将病死，将南海龙川令赵佗召来，对赵说：“番禺负山险，阻南海，……可以立国。”

⑦②大夫：唐代作为高级官阶的称号。

⑦③侍御：侍御史，崔向官职前后所述不一，前称监察御史，后称侍御史，都是御史台的属官。

⑦④焕赫：焕然一新。

⑦⑤卑辞厚礼，敬荷而已：意思是说，给南越王的信，言辞谦逊，礼貌甚恭，只有尊敬感激而已。

⑦⑥郦生：郦食其(yì jī 意基)。汉代高阳(今河北高阳)人，自称高阳酒徒，曾献计攻下陈留，说降齐七十余城。及韩信攻齐，齐王田横以为郦食其出卖了自己，便把他烹杀了。

⑦⑦瓯越王摇：即驺摇，又称“粤东海王”。闽越王无诸：即驺无诸，又称闽粤王，为汉武帝所杀。《史记·东越列传》载：“闽粤王无诸及粤东海王摇者，其先皆粤王句践之后也，姓驺氏。秦已并天下，皆废为君长，以其地为闽中郡。及诸侯畔秦，无诸、摇率粤归鄱阳令吴芮，所谓鄱君者也。……无诸、摇帅粤人佐汉，汉五年，复立无诸为闽越王，王闽中故地，都东冶。孝惠三年，举高帝时粤功，曰闽君摇功多，其民便附，乃立摇为东海王，都东瓯，世俗号为东瓯王。”瓯越，《史记·赵世家》“瓯越之民”，司马贞《索隐》引刘伯庄云：“今珠崖、儋耳，谓之瓯越。”张守节《正义》：“属南越，故言瓯越。”亦作“瓯粤”，在今广东省境。闽粤，亦作“闽越”，今福建省本为周代七闽地，后被越人所居，故称闽越。

⑦⑧鲍靓：字太玄，西晋东海(治所在今江苏东海县)人，学兼内外，明天文河洛书，为南海太守。曾入海遇风，饥甚，取白石煮食，百余岁卒。

⑦⑨葛洪：字稚川，东晋句容人。曾官散骑常侍，闻交趾出丹砂，求为句漏令，携子侄过广州。相传止罗浮山炼丹，丹成尸解。著有《抱朴子》内外篇、《神仙传》、《肘后方》等。

⑧⓪安期生：秦朝琅邪(今山东胶南市琅邪台西北)人，受学于河上丈人，海边卖药。当时皆呼之“千岁公”。始皇东游，与谈三天三夜，赐金帛数千万，皆置之而去，留书并赤玉舄一双为报，说：“后数十年求我蓬莱山下。”始皇遣使者入海求之，未至辄遇风波而返。汉武帝时，李少君与帝言：“臣尝游海上，见安期生食枣如瓜。”(见《史记·封禅书》，安期生事又见《抱朴子·极言篇》)按，《汉书·蒯通传》载齐(今山东)人安其生事，或说与安期生为一人。

⑧①栖心道门：专心于神仙之道。

㉜罗浮：山名，在今广东省增城市、博罗县、龙门县一带，绵延数百里。相传葛洪曾在此炼丹，得仙术。《罗浮山记》："罗，罗山也；浮，浮山也，二山合体，谓之罗浮。"

裴航

长庆[①]中，有裴航秀才，因下第游于鄂渚[②]，谒故旧友人崔相国[③]。值相国赠钱二十万，远挈归于京，因佣巨舟载于湘、汉。同载有樊夫人，乃国色也。言词问接，帷帐昵洽[④]。航虽亲切，无计道达而会面焉。因赂侍妾袅烟而求达诗一章，曰：

同为胡越[⑤]犹怀想，况遇天仙隔锦屏。

倘若玉京[⑥]朝会去，愿随鸾鹤入青云[⑦]。

诗往，久而无答。航数诘袅烟。烟曰："娘子见诗若不闻，如何？"航无计，因在道求名酝珍果而献之。夫人乃使袅烟召航相识。及褰帷，而玉莹光寒，花明丽景，云低鬟鬓，月淡修眉，举止烟霞外人[⑧]，肯与尘俗为偶！航再拜揖，愕眙良久之。夫人曰："妾有夫在汉南[⑨]，将欲弃官而幽栖岩谷[⑩]，召某一诀耳。深哀草扰，虑不及期[⑪]，岂更有情留盼他人，的不然耶？但喜与郎君同舟共济，无以谐谑为意耳。"航曰："不敢。"饮讫而归。操比冰霜，不可干冒。

夫人后使袅烟持诗一章，曰：

一饮琼浆百感生，玄霜[⑫]捣尽见云英。

蓝桥便是神仙窟，何必崎岖上玉清[⑬]。

航览之，空愧佩而已，然亦不能洞达诗之旨趣。后更不复见，但使袅烟达寒暄而已。遂抵襄汉[⑭]，与使婢挈妆奁，不告辞而去。人不能知其所造。

航遍求访之，灭迹匿形，竟无踪兆。遂饰装归辇下[⑮]。经蓝桥驿侧近，因渴甚，遂下道求浆而饮。见茅屋三四间，低而复隘。有老妪缉麻苎。航揖之，求浆。妪咄曰："云英，擎一瓯浆来，郎君要饮。"航讶之，忆樊夫人诗有云英之句，深不自会。俄于苇箔[⑯]之下，出双玉手，捧瓷[⑰]。航接饮之，真玉液也。但觉异香氤郁[⑱]，透于户外。因还瓯，遽揭箔，睹一女子，露浥琼英[⑲]，春融雪彩，脸欺腻玉[⑳]，鬓若浓云，娇而掩面蔽身，虽红兰之隐幽谷，不足比其芳丽也。航惊怛植足[㉑]，而不能去。因白妪曰："某仆马甚饥，愿憩于此，当厚答谢，幸无见阻。"妪曰："任郎君自便。"且遂饭仆[㉒]秣马。良久，谓妪曰："向睹小娘子，艳丽惊人，姿容擢世[㉓]，所以踌躇而不能适。愿纳厚礼而娶之，可乎？"妪曰："渠已许嫁一人，但时未就耳。我今老病，只有此女孙。昨有神仙遗灵丹一刀圭[㉔]，但须玉杵臼[㉕]，捣之百日，方可就吞，当得后天而老[㉖]。君约取此女者，得玉杵臼，吾当与之也。其余金帛，吾无用处耳。"航拜谢曰："愿以百日为期，必携杵臼而至，更无他许人。"妪曰："然。"

航恨恨而去。及至京国[㉗]，殊不以举事[㉘]为意。但于坊曲闹市喧衢而高声访其玉杵臼，曾无影响。或遇朋友，若不相识，众言为狂人。数月余日，或遇一货玉老翁曰："近得虢州[㉙]药铺卞老书云：'有玉杵臼货之。'郎君恳求如此，此君吾当为书导

达。”航愧荷珍重，果获杵臼。下老曰：“非二百缗不可得。”航乃泻囊[30]，兼货仆货马，方及其数。

遂步骤[31]独挈而抵蓝桥。昔日妪大笑曰：“有如是信士乎？吾岂爱惜女子而不酬其劳哉。”女亦微笑曰：“虽然，更为吾捣药百日，方议姻好。”妪于襟带间解药，航即捣之。昼为而夜息，夜则妪收药臼于内室。航又闻捣药声，因窥之，有玉兔持杵臼[32]，而雪光辉室，可鉴毫芒[33]，于是航之意愈坚。如此日足，妪持而吞之曰：“吾当入洞而告姻戚，为裴郎具帐帷。”遂挈女入山，谓航曰：“但少留此。”

逡巡，车马仆隶，迎航而往。别见一大第连云，珠扉晃日，内有帐幄屏帷，珠翠珍玩，莫不臻至[34]，愈如贵戚家焉。仙童侍女，引航入帐就礼讫。航拜妪悲泣感荷。妪曰：“裴郎自是清泠裴真人[35]子孙，业当出世[36]，不足深愧老妪也。”及引见诸宾，多神仙中人也。后有仙女，鬟髻霓衣，云是妻之姊耳。航拜讫。女曰：“裴郎不相识耶？”航曰：“昔非姻好，不醒拜侍[37]。”女曰：“不忆鄂渚同舟回而抵襄汉乎？”航深惊怛，恳悃陈谢[38]。后问左右，曰：“是小娘子之姊，云翘夫人，刘纲仙君之妻[39]也。已是高真[40]，为玉皇[41]之女吏。”妪遂遣航将妻入玉峰洞中，琼楼珠室而居之，饵以绛雪琼英之丹，体性清虚，毛发绀绿，神化自在，超为上仙。

至大和[42]中，友人卢颢遇之于蓝桥驿之西。因说得道之事。遂赠蓝田[43]美玉十斤、紫府[44]云丹一粒，叙话永日[45]，使达书于亲爱[46]。卢颢稽颡曰：“兄既得道，如何乞一言而教授？”航曰：“老子曰：‘虚其心，实其腹。’[47]今之人，心愈实，何由得道之理。”卢子懵然。而语之曰：“心多妄想，腹漏精溢，即虚实可知矣。凡人自有不死之术，还丹[48]之方，但子未便可教，异日言之。”卢子知不可请，但终宴而去。后世人莫有遇者。

【注释】

①长庆：唐穆宗李恒的年号(821～824)。

②鄂渚：地名，在鄂州(今湖北武汉市江夏区)西长江中。《舆地纪胜》：“在黄鹤矶上三百步，隋立鄂州，以渚故名。”

③崔相国：即崔群。他在宪宗朝官至中书侍郎，同中书门下平章事(宰相)，故称“崔相国”。

④“言词”二句：二人言语问答，虽然隔着帷帐，却甚亲密。

⑤胡越：胡在北方，越在南方，相去甚远，因用以比喻疏远。

⑥玉京：道教认为天上有黄金阙、白玉京，为天帝所居之处。

⑦鸾鹤：传为仙人所骑的鸟，如弄玉跨凤、王子乔乘鹤仙去之类。鸾，凤一类的鸟。这里拟樊夫人为仙，所以有“鸾鹤入青云”语。

⑧烟霞外人：意指仙人。

⑨汉南：唐县名，在今湖北宜城。

⑩幽栖岩谷：隐居山林，当隐士。

⑪深哀草扰，虑不及期：哀痛烦扰，担心赶不上诀别的日期。

⑫玄霜：道教丹药名。《汉武帝内传》：“仙家上药，有玄霜绛雪。”

⑬玉清：道教说天外有三清境：圣登玉清，真登上清，仙登太清。“玉清”为最上，圣者可登。

⑭襄汉：指襄阳，即今湖北襄樊市。

⑮辇下：京师。"辇毂之下"的省称。辇，是皇帝乘的车子，故以"辇下"代称京师。

⑯苇箔：苇子编成的门帘。

⑰瓷：瓷器，瓷碗、瓷杯之类。

⑱氤郁：香气浓烈。

⑲露浥琼英：含露的花。浥，湿润。琼英，美玉，这里指花，以形容女子。

⑳脸欺腻玉：脸色细腻洁白，胜过润滑的白玉。

㉑植足：站着发呆。

㉒饭仆：安排仆人吃饭。

㉓擢世：高出于当世。

㉔刀圭：古时量药末的工具。一刀圭为方寸匕（即匙）的十分之一，是很少的量。

㉕杵臼：捣药的工具。

㉖后天而老：寿命比天还长。

㉗京国：京城。

㉘举事：考试之事。

㉙虢（guó 国）州：又叫"弘农郡"，郡治在今河南灵宝市东南。

㉚泻囊：把袋子里的钱全数倒出来。

㉛步骤：快步。骤，疾，快。

㉜玉兔持杵臼：玉兔捣药。典出汉乐府《相和歌》之《董逃行》古辞："教敕凡吏受言，采取神药若木端。玉兔长跪捣药虾蟆丸，捧上陛下一玉拌，服此药可得神仙。"

㉝可鉴毫芒：可以照见很细的东西，形容很亮。毫，毛。芒，谷实顶端的细毛，如麦芒，稻芒。

㉞臻至：达到，兼备。

㉟清泠裴真人：当即清灵裴真人，就是裴玄仁，汉代扶风阳夏（今河南太康县）人，学道，号清灵真人。真人，原意是指得天地之道的人，后来道教称修道登仙的人为真人。

㊱业当出世：按业报（佛家语）应当离开尘世（登仙）。这里将道教思想和佛教思想糅合起来。业，佛家语，业报，业缘。佛教认为善业招善果，恶业招恶果。《法华经·序品》："生死所趣，善恶业缘。"

㊲不醒拜侍：记不得曾经拜见过。醒，义同"省"，记忆。

㊳悬悃陈谢：衷心感谢。"悬"和"悃"都有诚心的意思。

㊴刘纲仙君之妻：据《神仙传》载，刘纲仕为上虞令，有道术，能拘召鬼神，为政清静简易而政令大行，民受其惠，岁岁丰登，后刘纲与夫人同升天去。

㊵高真：指仙人。

㊶玉皇：又叫玉帝，玉皇大帝，道教所尊奉的天帝。据《真灵位业图》记载，玉帝居玉清三元宫第一中位。

㊷大和：唐文宗李昂的年号（827～835）。

㊸蓝田：蓝田山。山在今陕西蓝田县东南，出美玉。

㊹紫府：仙人游憩之处。汉东方朔《海内十洲记》："青丘有风山，山恒震声，有紫府宫，天真仙女游于此地。"

㊺永日：整天，终日。

㊻亲爱：亲戚好友。

㊼虚其心，实其腹：语出《老子》第三章。虚心，无欲；实腹，饱食。道教尊奉老子，常借老子《道德经》宣传教义，这里引用的两句，意思是说求道的人要超然世外，不存妄念。

㊽还丹：道教炼丹，将丹砂烧成水银，然后又还成丹砂，称“还丹”，说服食它就可成仙。《抱朴子·金丹》：“若取九转之丹，内（纳）神鼎中，即化为还丹；取而服之，一刀圭，即白日升天。”

三水小牍

(唐)皇甫枚

皇甫枚,字遵美,安定三水(今陕西旬邑)人。唐懿宗咸通末年曾为汝州鲁山(今河南鲁山)令,是年由汝入秦。光启中,僖宗在梁州,秋月赴调行在。所著《三水小牍》三卷,多记仙灵怪异,而时于篇中隐寓劝戒之意。今选录《王知古》、《飞烟传》二篇。

《王知古》,《太平广记》卷四百五十五录此文,题作《张直方》,明人刻本又有题作《猎狐记》,今题据明钞本《说郛》。《飞烟传》又名《步飞烟》,写步飞烟为追求爱情而被虐杀的悲剧。

王知古

咸通庚寅岁[①],卢龙军节度使、检校尚书、左仆射张直方抗表[②],请修入觐之礼[③]。优诏[④]允焉。

先是,张氏世莅燕土,民亦世服其恩。礼昭台之嘉宾[⑤],抚易水之壮士[⑥];地沃兵庶[⑦],朝廷每姑息之。洎直方之嗣事[⑧]也,出绮纨之中[⑨],据方岳之上[⑩],未尝以民间休戚为意[⑪];而酣酒于室,淫兽于原[⑫],巨赏狎于皮冠[⑬],厚宠袭于绿帻[⑭],暮年而三军大怨。直方稍不自安。左右有为其计者,乃尽室西上至京。懿宗授之左武卫大将军[⑮]。而直方飞苍走黄[⑯],莫亲徼道之职[⑰],往往设罝罘[⑱]于通道,则犬彘无遗。臧获[⑲]有不如意者,立杀之。或曰:“辇毂之下,不可专戮[⑳]。”其母曰:“尚有尊于我子者乎?”则僭轶可知也[㉑]。于是谏官列状上,请收付廷尉[㉒]。天子不忍置于法,乃降为昭王[㉓]府司马,俾分务洛师[㉔]焉。直方至东京,既不自新,而慢游愈亟。洛阳四旁翥者走者[㉕],见皆识之,必群噪长嗥而去。

有王知古者,东诸侯之贡士[㉖]也。虽薄涉[㉗]儒术,而数奇不中春官选[㉘],乃退处于三川[㉙]之上,以击鞠飞觞[㉚]为事,遨游于南邻北里间。至是有闻于直方者,直方延之。睹其利喙赡辞[㉛],不觉前席[㉜],自是日相狎。

壬辰岁[㉝],冬十一月,知古尝晨兴,僦舍无烟[㉞],愁云塞望。悄然弗怡。乃徒步造直方第。至则直方急趋,将出畋也,谓知古曰:“能相从乎?”而知古以祁寒[㉟]有难色。直方顾谓童曰:“取短皂袍来。”请知古衣之。知古乃上加麻衣焉,遂联辔而去。

出长夏门，则凝霰始零[36]，由阙塞[37]而密雪如注。乃渡伊水[38]而东，南践万安山之阴麓[39]，而鞲弋之获[40]甚夥。倾羽觞[41]，烧兔肩，殊不觉有严冬意。及乎霰开雪霁，日将夕焉，忽有封狐[42]突起于知古马首，乘酒驰之[43]数里，不能及，又与猎徒相失。须臾雀噪烟暝，莫知所如；隐隐闻洛城暮钟，但彷徨于樵径古陌之上。俄而山川黯然，若一鼓将半[44]，试长望，有炬火甚明，乃依积雪光而赴之。复若十余里，至则乔木交柯，而朱门中开，皓壁横亘，真北阙[45]之甲第也。知古及门，下马，将徙倚以达旦[46]。无何，小驷顿辔[47]，阍者觉之。隔壁而问阿谁。知古应曰："成周[48]贡士太原王知古也。今旦有友人将归于崆峒旧隐者[49]，仆饯之伊水滨，不胜离觞，既掺袂[50]，马逸，复不能止，失道至此耳。迟明将去，幸无见让[51]。"阍曰："此乃南海副使崔中丞[52]之庄也。主父近承天书[53]赴阙，郎君复随计吏[54]西征，此惟闺闱中人耳，岂可淹久乎。某不敢去留，请闻于内。"知古虽怵惕不宁，自度中宵矣，去将安适？乃拱立[55]以候。

少顷，有秉蜜炬[56]自内至者，振钥管辟扉[57]，引保母出。知古前拜，仍述厥由。母曰："夫人传语：主与小子，皆不在家，于礼无延客之道。然僻居与山薮接畛[58]，豺狼所嗥，若固相拒，是见溺不救也。请舍外厅，翌日可去。"知古辞谢。乃从保母而入。过重门，门侧厅事[59]，栾栌宏敞[60]，帷幕鲜华，张银灯，设绮席，命知古坐焉。酒三行，陈方丈之馔[61]，豹胎鲂腴[62]，穷水陆之美。保母亦时来相勉。食毕，保母复问知古世嗣宦族及内外姻党[63]，知古具言之。乃曰："秀才轩裳令胄[64]，金玉奇标[65]，既富春秋[66]，又洁操履[67]，斯实淑媛之贤夫也。小君[68]以钟爱稚女，将及笄年，尝托媒妁，为求谐对久矣。今夕何夕，获遘良人[69]。潘、杨之睦[70]可遵，凤凰之兆[71]斯在。未知雅抱何如[72]耳？"知古敛容曰："仆文愧金声，才非玉润；岂家室为望，惟泥涂是忧[73]。不谓宠及迷津[74]，庆逢子夜。聆好音于鲁馆[75]，逼佳气于秦台[76]。二客游神[77]，方兹[78]莫及；三星委照[79]，唯恐不扬[80]。倘获托彼强宗[81]，眷以佳耦[82]，则生平所志，毕在斯乎。"保母喜，谑浪而入白。复出，致小君之命，曰："儿自移天崔门[83]，实秉懿范[84]；奉蘋蘩[85]之敬，如琴瑟之和[86]。惟以稚女是怀，思配君子。既辱高义，乃叶夙心[87]。上京飞书[88]，路且不远；百两陈礼[89]，事亦非赊[90]。忻慰孔多，倾瞩而已。"知古磬折[91]而答曰："某虫沙微类[92]，分及湮沦[93]；而钟鼎高门，忽蒙采拾。有如白水[94]，以奉清尘[95]，鹤企凫趋[96]，惟待休旨[97]。"知古复拜。保母戏曰："他日锦雉之衣欲解[98]，青鸾之匣全开[99]；貌如月华，室若云邃[100]。此际颇相念否？"知古谢曰："以凡近仙，自地登汉[101]，不有所举[102]，孰能自媒。谨当誓彼襟灵，志之绅带；期于没齿，佩以周旋[103]。"复拜。

少时，则燎沉当庭，良夜将艾[104]。保母请知古脱服以休。既解麻衣，而皂袍见[105]。保母诮曰："岂有逢掖之士[106]，而服从役之衣耶[107]？"知古谢曰："此乃假之于与所游熟者，固非已有。"又问所从。答曰："乃卢龙张直方仆射所借耳。"保母忽惊叫仆地，色如死灰。既起，不顾而走入宅。遥闻大叱曰："夫人差事宿客，乃张直方之徒也！"复闻夫人者叫曰："火急斥去，无启寇仇[108]！"于是婢子小竖辈[109]，群出秉猛

炬[11]，曳白棓而登阶。知古侲儴[11]，避于庭中，四顾逊谢。骂言狎至，仅得出门。

既出，已横关阖扉，犹闻喧哗未已。知古愕立道左，自怛久之。将隐颓垣，乃得马于其下，遂驰走。遥期大火若燎原者，乃纵辔赴之。至则输租车方饭牛附火[12]耳。询其所，则伊水东草店之南也。复枕辔假寐[13]。食顷，而震方洞然[14]，心思稍安。乃扬鞭于大道。比及都门，已有张直方骑数辈来迹[15]矣。

遥至其第。既见直方，而知古愤懑不能言。直方慰之。坐定，知古乃述宵中怪事 直方起而抚髀[16]曰："山魑木魅，亦知人间有张直方耶？"且止知古。复益其徒数十人，皆射皮饮胄者[17]，享以卮酒豚肩。与知古复南出，既至万安之北，知古前导，雪中马迹宛然。直诣柏林下，则碑板废于荒坎，樵苏[18]残于茂林。中列大冢十余，皆狐兔之窟宅，其下成蹊。于是直方命四周张罗彀弓[19]以待。内则秉蕴荷锸，且掘且薰[20]。少焉，有群狐突出，焦头烂额者，罥罗罥挂者[21]，应弦饮羽[22]者，凡获狐大小百余头以归。

三水人曰[23]："嗟乎王生，生世不谐，而为狐貉所侮，况其大者乎。向若无张公之皂袍，则强死于秽兽之穴也[24]。余时在洛敦化里第，于宴集中，博士渤海徐公谠[25]为余言之。岂曰语怪，亦以摭实，故传之焉。"

【注释】

①咸通庚寅岁：即咸通十一年(870)。咸通，唐懿宗李漼的年号(860～874)。

②卢龙军：属范阳节度。范阳节度使，又叫"幽州节度使"，命名改易不定，后来又兼卢龙节度使。辖幽、蓟、平、檀、妫、燕等州，约在今河北省怀来县、永清县及北京市房山区以东和长城以南地区，治所在幽州(今北京大兴)。张直方：唐幽州范阳人，其父张仲武为幽州节度使，大中年间父死，以幽州节度副使袭父位。因多行不法，恐为将卒所害，大中三年(849)冬，托于游猎，赴京师，授金吾将军。性暴躁率直，肆行豪夺，贬柳州司马。十一年(858)迁右骁卫将军，分司东都洛阳，好游猎，"每出，飞鸟见之必噪"。咸通中为羽林统军(见《旧唐书·张直方传》)。抗表：也叫"抗疏"，上奏章直陈其事。

③修入觐之礼：行晋谒皇帝之礼。唐制，节度使定期进京谒见皇帝汇报情况。

④优诏：给予嘉奖、安抚之类的诏书。

⑤礼昭台之嘉宾：化用燕昭王的典故，说明张直方先世在燕地能礼贤下士。据《战国策·燕策一》载，战国时，燕昭王曾在易水东南筑台(一说即"黄金台")，招纳各地贤士。

⑥抚易水之壮士：化用燕太子丹的典故，说明张直方先世能爱抚勇士。详见前《燕丹子》篇和《史记·刺客列传》。

⑦地沃兵庶：土地肥沃，兵马众多。

⑧嗣事：继任。

⑨出绮纨之中：犹言本是纨绔子弟。

⑩方岳：四方之岳，指东岳泰山，南岳衡山，西岳华山，北岳恒山。古代，诸侯六年朝见帝王一次，帝王六年到四岳巡察诸侯一次。诸侯到"方岳"接受考察，以明黜陟。这里把藩镇比做诸侯，所以说"据方岳之上"，意即称霸一方。

⑪未尝以民间休戚为意：不关心民间疾苦。休戚，欢乐和愁苦。

⑫淫兽于原：在郊原无限度地打猎。

⑬皮冠：古时“虞人”(原为掌管山林苑囿的人)戴皮冠。这里以“皮冠”代指管理山林猎捕鸟兽的人。

⑭绿帻：古代厨师和屠夫戴绿帻(头巾)。《汉书·东方朔传》载董偃扮为“胞人”，“绿帻傅韝”。颜师古注引应劭说：“宰人服也。”胞，同“庖”。这里以“绿帻”指屠夫和厨师。赏于“皮冠”，宠于“绿帻”，都是承上文“酣酒”、“淫兽”而来的。

⑮左武卫大将军：唐因隋制，设左右武卫(禁卫军)，长官有上将军、大将军、将军等。张直方为左武卫大将军，位在上将军之下，将军之上。

⑯飞苍走黄：放鹰纵犬。苍，苍鹰，猎鹰。黄，黄犬，猎狗。

⑰莫亲徼(jiào 叫)道之职：不管巡察禁地的任务。徼道，巡更警备之道路。

⑱罝罘(jū fú 拘符)：罗捕鸟兽的网。

⑲臧获：奴婢。扬雄《方言》卷三：“荆、淮、海岱、杂齐之间，骂奴曰臧，骂婢曰获。齐之北鄙，燕之北郊，凡民男而婿婢(作婢的丈夫)谓之臧，女而妇奴(做奴仆的妻子)谓之获；亡(逃亡)奴谓之臧，亡婢谓之获。”

⑳专戮：擅自杀人。

㉑僭轶：僭越，超越礼制。轶，超过。

㉒廷尉：主管刑狱的官员。

㉓昭王：李汭，唐宣宗的儿子。

㉔俾分务洛师：使他到东都洛阳分理政务。师，京师。洛阳为唐之东都，故称洛师。

㉕翥(zhù 住)者走者：飞禽走兽。翥，飞。

㉖东诸侯之贡士：东诸侯，指洛阳。古代有诸侯每三年一次向天子贡士的制度。后来科举制度沿用此义，称由地方选拔进京应试的人为贡士。

㉗薄涉：粗略懂得一些。

㉘数奇：遭逢不偶，运气不好。古人以偶数为好运，以奇数为厄运。春官：礼部的别称。进士、明经等科考试由礼部主持。

㉙三川：指河、洛、伊三水。

㉚击鞠飞觞：走马击球，聚宴饮酒。

㉛利喙赡辞：嘴快善辩，很会说话。

㉜前席：古时席地而坐，向同席者凑近称“前席”，说明听对方谈话听得很入神或很有兴趣。

㉝壬辰岁：唐懿宗咸通十三年(872)。

㉞僦舍无烟：家中无米下锅。僦舍，也叫“僦屋”，租赁的房舍。无烟，无炊烟，没做饭。

㉟祈寒：很冷。

㊱凝霰(xiàn 线)始零：开始下小雪珠。凝霰，小雪珠。零，落。

㊲阙塞：也叫“伊阙”，又叫“龙门”，在洛阳西南约二十五里。东西两山对峙如门，伊水从中流过，所以叫“伊阙”。

㊳伊水：也叫“伊川”，源出河南嵩县外方山，流经洛阳，至偃师市入洛水。

㊴万安山之阴麓：万安山的北麓。万安山，也叫石林山，在洛阳东南四十里。

㊵韝弋(gōu yì 沟艺)之获：猎获物。韝弋，指用弓箭射猎。韝，紧束衣袖的臂衣(即今袖套之类)，射箭时用。弋，射。

㊶羽觞：酒器名。《汉书·外戚传》班婕妤赋：“酌羽觞兮销忧。”注引孟康语：“羽觞，爵也，作生爵(雀)形，有头尾羽翼。”

㊷封狐：大狐。

㊸乘酒驰之：带着酒意驰逐追赶它。

㊹一鼓将半：即一更将半。鼓，更鼓。古时夜间击鼓报更。

㊺北阙：似指伊阙之北。

㊻徙倚以达旦：徘徊到天亮。

㊼小驷顿辔：驷，原意为四匹马驾的车，这里指马。顿辔，震动马辔。

㊽成周：洛阳的古称。西周时周公经营洛阳，称"成周"，战国时改称"洛阳"。

㊾"今旦"句：今日有朋友要回到崆峒山原来隐居的地方。崆峒，指河南汝州市西南崆峒山。

㊿掺（shǎn 闪）袂：留别，分别。《诗·郑风·遵大路》"掺执子之袪兮"，毛传："掺，揽；袪，袂也。"郑笺："欲揽其袂而留之。"

(51)让：责备。

(52)南海副使崔中丞：未见于史传，或许小说家虚构。南海，名南海之地多处，未详何所指。副使，唐代节度、观察、团练、防御等使都设有副使，为各使的副长官，共同负责地方军政事务。本使有事故，副使可代行职权。中丞，御史中丞的省称，汉代为御史大夫的属官；后来相当于御史台之长。

(53)主父：古时奴婢对"主人"的称呼。天书：指皇帝的诏书。

(54)郎君：指崔中丞的儿子。汉朝制度，食禄二千石以上的官，其子任为郎，所以称贵人之子为郎君。计吏：亦称"上计"，即"上计吏"，地方郡国派往朝廷办公事的书吏。

(55)拱立：拱手而立，表示恭敬。《说文解字》段玉裁注："立时，敬则拱手。"

(56)蜜炬：蜡烛。

(57)振钥管辟扉：用钥匙开门。钥管，钥匙。

(58)僻居与山薮接畛：偏僻的居室和山林草泽交界。

(59)厅事：同"听事"，官府办事听政的地方，后来私人宅第的中庭、厅堂也袭用这个叫法。

(60)栾栌宏敞：屋宇宽广。栾，柱上承受斗拱的曲木。栌，斗拱。

(61)陈方丈之馔：摆一大桌酒菜。方丈，一丈见方。《孟子·尽心下》："食前方丈。"赵岐注："馔食列于前，方一丈也。"这里只是极言酒菜之丰盛。

(62)豹胎鲂腴：水陆"八珍"中，一说有豹胎、鲤尾，未见有鲂腴之说。这里以这两样来代指水陆珍美食物。鲂腴，鳊鱼腹部的脂肪。李时珍《本草纲目》："鲂鱼处处有之，……腹内有肪，味最腴美。"

(63)世嗣宦族及内外姻党：家世为官情况，以及父系和母系各门亲戚。

(64)轩裳令胄：贵族的好后代。

(65)金玉奇标：奇异的品格像金玉一样高贵不凡。

(66)富春秋：年富力强，正当少壮。

(67)洁操履：品德行为纯洁高尚。操，操守，品行。履，指行为。

(68)小君：亦作"少君"，古诸侯之夫人称小君，后通称妻为小君，这里指崔中丞的妻子。

(69)"今夕何夕"二句：化用《诗·唐风·绸缪》"今夕何夕，见此良人"句意。良人，指丈夫，这里指可作佳偶的君子。

(70)潘、杨之睦：语出潘岳《杨仲武诔》："藉三叶世亲之恩，而子之姑，余之伉俪焉；潘、杨之睦，有自来矣。"所谓"睦"，指潘家和杨家三代互通婚姻。

(71)凤凰之兆：据《左传·庄公二十二年》载，春秋时，陈公子完因乱逃到齐国，齐大夫懿氏想嫁女给他，其妻占卜，得“凤皇于飞，和鸣锵锵”的好卦象。这里是化用这个典故，说明结婚有好的兆头。

⑫雅抱何如：犹言意下如何。是询问别人心意的客气话。

⑬“岂家室为望”二句：哪里敢望成家，只是以自己身份卑下为忧。泥涂，喻地位卑下。《左传·襄公三十年》：“使吾子辱在泥涂久矣。”

⑭迷津：迷路，这里指迷路的人。

⑮鲁馆：据《春秋·庄公元年》载，鲁庄公与周同姓，所以代王姬主办婚事，迎王姬到鲁国，为她别筑馆舍，后来送与齐侯成婚。后因以“鲁馆”为嫁女别住的代词。

⑯秦台：指凤女台，亦称“凤台”。即秦穆公女弄玉与萧史吹箫引凤处。《清一统志》：“凤女台在宝鸡县东南，《水经注》：‘雍有凤台，凤女祠……’”故址在今陕西宝鸡县东南。参见前《莺莺传》“萧史”注。

⑰二客游神：未详何典。或说指刘晨、阮肇入天台山采樵遇仙女事，可备一说。参见前《幽明录》之《刘晨阮肇》篇。

⑱方兹：同这(今夜奇遇)相比。

⑲三星委照：《诗·唐风·绸缪》：“三星在天。”毛传：“三星，参也；在天，谓始见东方也。男女待礼而成，若薪刍待人事而后束也。‘三星在天’，可以嫁娶矣。”后来便以“三星”同结婚联系起来。

⑳唯恐不扬：意思是只恐怕不能和谐成事。“不扬”，不显。

㉑强宗：豪族。

㉒眷以佳耦：与好配偶成亲。眷，亲属。

㉓儿自移天崔门：我从嫁到崔中丞家。移天，出嫁。封建时代妇女以父亲和丈夫为“所天”，嫁到夫家称“移天”。

㉔懿范：妇女美德的典范。

㉕奉蘋蘩：主持祭祀。封建礼制，正妻才能奉蘋蘩主持祭祀，《诗·召南》有《采蘩》和《采蘋》二章，言主妇能尽诚致敬。妾则不可主祀。白居易《井底引银瓶》诗：“聘则为妻奔是妾，不堪主祀奉蘋蘩。”蘋蘩，水菜，祭祀用的东西。

㉖琴瑟之和：《诗·小雅·常棣》：“妻子好合，如鼓瑟琴。”后因以琴瑟喻夫妇的和好。

㉗“既辱高义”二句：意思是说，既蒙你俯允这桩亲事，这正合我的夙愿。参见前《柳毅传》“求托高义”注。叶，同“协”，和合。

㉘上京飞书：发书往京都报信。上京，京师。

㉙百两陈礼：言婚礼之重。陈，列。《诗·召南·鹊巢》：“之子于归，百两御之。”“之子于归，百两将之。”“之子于归，百两成之。”写诸侯嫁娶以百辆车迎送。这里极言婚礼的隆重。百两，也可作嫁娶的代词。

㉚賖：同“奢”。

㉛磬折：弯着腰，表示恭敬的样子。磬是古乐器，用玉或石制成，中间弯折，故以“磬折”形容弯腰。

㉜虫沙微类：自谦渺小。《太平御览》卷七十四引《抱朴子》：“周穆王南征，一军尽化，君子为猿为鹤，小人为虫为沙。”一般以猿鹤虫沙喻战死者。这里则是以虫沙自比卑贱小人，是自谦之辞。

㉝分(fèn 份)及湮沦：论本分定会落到沉沦落魄的地步。

⑭有如白水：语出《左传·僖公二十四年》。春秋时，狐偃随晋公子重耳出奔，尽忠竭谏，返晋国途中，狐偃拟离开重耳他去；重耳挽留，并指河水发誓："所不与舅氏同心者，有如白水。"这里是借用誓词，表示决心。

⑮清尘：见前《莺莺传》"犹托清尘"注。

⑯鹤企凫趋：鹤伸长脖子而望，凫随群而趋。形容喜悦和迫切期望的心情。

⑰休旨：美好的旨意。

⑱锦雉：鸟名，又名"锦鸡"、"天鸡"，毛色五彩，非常美丽。这里的"锦雉之衣"是借指一般的华美衣服。

⑲青鸾：古代传说，鸾鸟对镜能舞，所以称镜为"鸾镜"。青鸾之匣，指镜匣。

⑩"貌如月华"二句：新娘像月亮那样美貌，洞房像云那样深邃。以上四句是保姆悬想结婚时情景的话，带有开玩笑的意思。

⑪汉：天汉，即银河。这里指天。

⑫举：推荐，赞助。

⑬"谨当"四句：襟灵：犹襟怀，心胸。绅带：大带子。没齿：终身。这四句是说，誓必铭记保姆赞助婚事的恩德，写在腰带上，永远佩带着，终身不忘。

⑭"燎沉当庭"二句：庭中的燎火已沉息，美好的夜晚将过去。燎，燎炬，燃烧木或竹以代烛火。《诗·小雅·庭燎》："庭燎之光。"疏云："树之于庭，燎之为明，是烛之大者。古制未得闻，要以物并而缠束之，今则用松苇竹灌以脂膏也。"艾，尽。

⑮见：同"现"，露出来。

⑯逢掖之士：穿逢掖衣的士人。逢掖，一种宽大的衣服。《礼记·儒行》："丘少居鲁，衣逢掖之衣。"郑玄注："逢，犹大也；大掖之衣，大袂禅衣也，此君子有道艺者所衣也。"

⑰从役之衣：服贱役的人穿的衣服，指短皂袍。

⑱无启寇仇：不要引起仇意，不要招惹大祸。

⑲小竖：小奴，小仆人。

⑩秉猛炬：举大火把。

⑪恇儴（kuāng náng 筐囊）：又作"劻勷"，急迫不安的样子。

⑫饭牛附火：喂牛烤火。

⑬假寐：和衣而睡。《诗·小雅·小弁》："假寐永叹。"郑笺："不脱冠衣而寐曰假寐。"

⑭震方洞然：东方已亮。震方，指东方。"震"，《周易》中的卦名之一，在方位上属东方。洞然，透亮。

⑮来迹：来寻找。迹，这里用作动词，寻找踪迹。

⑯抚髀：拊髀，拍大腿。表示惊叹。

⑰射皮饮胄者：勇武善猎的人。射皮，射穿兽皮。饮胄，射穿盔甲。

⑱樵苏：砍木割草。

⑲张罗彀弓：张开罗网，拉开弓弦。彀，使劲拉弓。

⑳"秉蕴荷锸"二句：举着火引子，拿着铁锹，边挖掘，边烟熏。蕴，聚草以备烧火。

㉑罥罗罥挂：被罗挂在猎网上。罥罗，捕捉鸟兽的网。

㉒饮羽：指箭穿进很深，连箭尾的羽毛都射进去了。这里指中箭。

㉓三水人：作者皇甫枚自称。

㉔强死：被害死。《左传·文公十年》："三君皆将强死。"孔颖达疏："强，健也；无病而死，谓

被杀也。”

⑫⑤博士：官名。唐代有国子监博士、太学博士和广文馆博士，均为教授官。渤海：郡名，治所在今河北沧州。

飞烟传

临淮[1]武公业，咸通中任河南府功曹参军[2]。爱妾曰飞烟，姓步氏，容止纤丽，若不胜绮罗。善秦声[3]，好文墨，尤工击瓯[4]，其韵与丝竹合。公业甚嬖之。

其比邻，天水赵氏第也[5]，亦衣缨之族[6]，不能斥言[7]。其子曰象，端秀有文，才弱冠矣。时方居丧礼。忽一日，于南垣隙中窥见飞烟，神气俱丧，废食忘寐。乃厚赂公业之阍，以情告之。阍有难色，复为厚利所动，乃令其妻伺飞烟闲处[8]，具以象意言焉。飞烟闻之，但含笑凝睇而不答。门媪尽以语象。象发狂心荡，不知所持，乃取薛涛笺[9]，题绝句曰：

一睹倾城貌，尘心只自猜。
不随萧史去，拟学阿兰来[10]。

以所题密缄之，祈门媪达飞烟。烟读毕，吁嗟良久，谓媪曰："我亦曾窥见赵郎，大好才貌。此生薄福，不得当之。"盖鄙武生粗悍，非良配耳。乃复酬一篇，写于金凤笺[11]，曰：

绿惨双蛾[12]不自持，只缘幽恨在新诗。
郎心应似琴心[13]怨，脉脉春情更泥谁[14]。

封付门媪，令遗象。象启缄，吟讽数四，拊掌喜曰："吾事谐矣。"又以剡溪玉叶纸[15]，赋诗以谢，曰：

珍重佳人赠好音，彩笺芳翰两情深。
薄于蝉翼难供恨，密似蝇头[16]未写心。
疑是落花迷碧洞，只思轻雨洒幽襟[17]。
百回消息千回梦，裁作长谣寄绿琴[18]。

诗去旬日，门媪不复来。象忧懑，恐事泄；或飞烟追悔。春夕，于前庭独坐，赋诗曰：

绿暗红藏起暝烟[19]，独将[20]幽恨小庭前。
沉沉良夜与谁语，星隔银河月半天。

明日，晨起吟际，而门媪来，传飞烟语曰："勿讶旬日无信，盖以微有不安。"因授象以连蝉锦香囊并碧苔笺[21]，诗曰：

无力严妆倚绣栊[22]，暗题蝉锦思难穷。
近来嬴得伤春病，柳弱花欹怯晓风。

象结锦香囊于怀，细读小简。又恐飞烟幽思增疾，乃剪乌丝阑为回缄，曰：

春日迟迟[23]，人心悄悄[24]。自因窥覯[25]，长役梦魂。虽羽驾尘襟[26]，难于会

三水小牍

合；而丹诚皎日，誓以周旋[27]。昨日瑶台青鸟忽来[28]，殷勤寄语。蝉锦香囊之赠，芳馥盈怀，佩服徒增，翘恋弥切。况又闻乘春多感，芳履乖和[29]，耗冰雪之妍姿，郁蕙兰之佳气。忧抑之极，恨不翻飞。且望宽情[30]，无至憔悴。莫孤短韵[31]，宁爽后期。惝恍寸心，书岂能尽？兼持菲什[32]，仰继华篇。伏惟试赐凝睇。

诗曰：

见说伤情为九春[33]，想封蝉锦绿蛾颦。

叩头为报烟卿道，第一风流最损人。

门媪既得回报，径赍诣飞烟阁中。

武生为府掾属[34]，公务繁夥，或数夜一直[35]，或竟日不归。此时恰值入府曹。飞烟拆书，得以款曲寻绎[36]。既而长太息[37]，曰："丈夫之志，女子之情，心契魂交，视远如近也。"于是阖户垂幌[38]，为书曰：

下妾不幸，垂髫而孤。中间为媒妁所欺，遂匹合于琐类[39]。每至清风明月，移玉柱以增怀[40]；秋帐冬缸，泛金徽而寄恨[41]。岂谓公子，忽贻好音。发华缄而思飞，讽丽句而目断。所恨洛川波隔[42]，贾午墙高[43]。连云不及于秦台，荐梦尚遥于楚岫[44]。犹望天从素恳，神假微机[45]，一拜清光，九殒无恨[46]。兼题短什，用寄幽怀。伏惟特赐吟讽也。

诗曰：

画檐春燕须同宿，兰浦双鸳肯独飞？

长恨桃源诸女伴，等闲花里送郎归[47]。

封讫，召门媪，令达于象。象览书及诗，以飞烟意稍切，喜不自持，但静室焚香，虔祷以候。

忽一日，将夕，门媪促步而至，笑且拜曰："赵郎愿见神仙否？"象惊，连问之。传飞烟语曰："值今夜功曹府直，可谓良时。妾家后庭，即君之前垣也。若不渝惠好，专望来仪[48]。方寸万重，悉候晤语。"既曛黑[49]，象乃乘梯而登，飞烟已令重榻于下[50]。既下，见飞烟靓妆[51]盛服，立于庭前，交拜讫，俱以喜极不能言。乃相携自后门入房中，遂背缸解幌，尽缱绻之意焉。及晓钟初动，复送象于垣下。飞烟执象手曰："今日相遇，乃前生姻缘耳。勿谓妾无玉洁松贞之志，放荡如斯。直以郎之风调，不能自固。愿深鉴之。"象曰："挹希世之貌，见出人之心[52]。已誓幽庸[53]，永奉欢洽。"言讫，象逾垣而归。

明日，托门媪赠飞烟诗曰：

十洞三清[54]虽路阻，有心还得傍瑶台。

瑞香风引思深夜，知是蕊宫[55]仙驭来。

飞烟览诗微笑，复赠象诗曰：

相思只怕不相识，相见还愁却别君。

愿得化为松下鹤，一双飞去入行云。

付门媪，仍令语象曰："赖值儿家有小小篇咏，不然，君作几许大才面目[56]？"兹不盈旬，常得一期于后庭。展幽微之思，罄宿昔之心，以为鬼神不知，天人相助。或景物寓目，歌咏寄情，来往便繁，不能悉载。如是者周岁。

无何，飞烟数以细过挞其女奴，奴阴衔之，乘间尽以告公业。公业曰："汝慎勿扬声！我当伺察之。"后至直日，乃伪陈状请假。迨夜，如常入直，遂潜于里门。街鼓既作，匍伏而归。循墙至后庭，见飞烟方倚户微吟，象则据垣斜睇。公业不胜其愤，挺前欲擒。象觉，跳去。公业搏之，得其半襦。乃入室，呼飞烟诘之。飞烟色动声颤，而不以实告。公业愈怒，缚之大柱，鞭楚血流。但云："生得相亲，死亦何恨。"深夜，公业怠而假寐。飞烟呼其所爱女仆曰："与我一杯水。"水至，饮尽而绝。公业起，将复笞之，已死矣。乃解缚，举置阁中，连呼之，声言飞烟暴疾致殒。数日，窆之北邙[57]。而里巷间皆知其强死矣。象因变服，易名远，自窜于江、浙间。

洛中才士，有崔、李二生，尝与武掾游处。崔赋诗末句云：

恰似传花人饮散[58]，空床抛下最繁枝。

其夕，梦飞烟谢曰："妾貌虽不迨桃李，而零落过之。捧君佳什，愧抑无已。"李生诗末句云：

艳魄香魂如有在，还应羞见坠楼人[59]。

其夕，梦飞烟戟手而詈曰[60]："士有百行[61]，君得全乎？何至务矜片言，苦相诋斥？当屈君于地下面证之。"数日，李生卒。时人异焉。远后调授汝州鲁山县[62]主簿，陇西李垣代之。咸通末，予复代垣，而与远少相狎，故洛中秘事，亦知之，而垣复为手记，故得以传焉。

三水人曰："噫！艳冶之貌，则代有之矣；洁朗之操，则人鲜闻乎。故士矜才则德薄，女炫色[63]则情私。若能如执盈[64]，如临深[65]，则皆为端士淑女矣。飞烟之罪，虽不可道[66]，察其心，亦可悲矣！"

【注释】

①临淮：郡名，也称泗州，治所在今江苏盱眙。

②功曹参军：也叫"司功参军"。在府曰"功曹参军"，在州曰"司功参军"，在县仅称"司功"。掌管官园、祭祀、礼乐、学校、选举、表疏、医巫、考课、丧葬之事。

③秦声：秦地（今陕西）的音乐。

④击瓯：段安节《乐府杂录》："武宗朝郭道源善击瓯，率以邢瓯、越瓯十二只。旋加减水于其中，以箸击之。"古代击缶也类似击瓯，都是打击乐，各瓯的音阶靠水量调节。

⑤天水：郡名，也称"秦州"，治所在今甘肃天水。

⑥衣缨之族：官宦人家。衣缨，官僚的服饰。

⑦不能斥言：不能直说。一般是因避讳而不直言。《左传·桓公六年》："周人以讳事神。"杜预注："自父至高祖，皆不敢斥言。"

⑧闲处：闲居，闲静居坐。

⑨薛涛笺：一种深红色小彩笺，薛涛所制，因号薛涛笺。当时流行用这种彩笺书写诗篇作为赠品，名重一时。薛涛，字洪度，唐代名妓。父姓郑，宦游蜀中，死后，家道衰落。母亲守

寡，因贫困而致使薛涛入乐籍。知音律，工诗词，与元稹、白居易、杜牧等有诗唱和。晚年为女道士。

⑩阿兰：未详出处，可能指传说中的女仙杜兰香，她爱悦青年张传（先名硕），曾几次去找他，说："阿母（西王母）所生，遣授配君，可不敬从？"（见《搜神记》）以上二句是将飞烟比作仙女，意思是说，希望她不要像弄玉那样随着萧史仙去，而像杜兰香那样降临人间。

⑪金凤笺：金色的凤尾笺。陆龟蒙《说凤尾诺》："凤尾笺当番薄缕轻，其制作想精妙靡丽，而非牢固者也。"

⑫绿惨双蛾：浓黑的双眉含着愁容。蛾，蛾眉。绿，黛色，青黑色。

⑬琴心：用司马相如那样以琴心挑逗卓文君事。详见前《西京杂记》之《司马相如》篇。

⑭泥谁：缠谁。这是设问语，实际上就是说缠自己。泥，胶缠，使人无法摆脱。

⑮剡溪玉叶纸：剡溪所产用藤制成的蕉叶纸。顾况《剡纸歌》："剡溪剡纸生剡藤，喷水捣后为蕉叶。"剡溪，在浙江嵊州市南，曹娥江上游。

⑯密似蝇头：指所写的字小而密，像蝇头一般。

⑰幽襟：幽怀，幽深的情怀。

⑱绿琴：绿绮琴。汉司马相如的琴名"绿绮"，后用以借指佳琴。这里含有像司马相如那样以琴倾诉爱情的意思。

⑲起暝烟：指夜已来临。暝烟，岚气，太阳下山后山间的水气。这句说夜气降临，红花绿叶渐渐看不清了。

⑳将：持，抱着。

㉑连蝉锦香囊：用绣有联蝉图案的锦制成的香囊。碧苔笺：剡溪产藤纸制的苔笺。苔，指青绿颜色。唐李肇《国史补》："纸则有越之剡藤苔笺，蜀之鱼子十色笺，扬之六合笺，韶之竹笺。"一说即"侧理纸"，又名"陟厘纸"，产于南越，以海苔为之，所以叫"苔纸"（见《广博物志》）。

㉒绣栊：装饰美丽的窗户。

㉓春日迟迟：语出《诗·豳风·七月》："春日迟迟，采蘩祁祁，女心伤悲。"迟迟，舒缓的样子。

㉔悄悄：忧伤的样子。《诗·邶风·柏舟》："忧心悄悄。"

㉕窥觏：窥见，看见。指前文"于南垣隙中窥见飞烟"事。

㉖羽驾尘襟：仙凡有别。羽驾，指飞升的仙人。尘襟，指世俗之人。

㉗"丹诚皎日"二句：誓词，对日发誓，一定以赤诚之心相终始。

㉘瑶台青鸟忽来：有人捎信来，指门媪送信。瑶台，传说中神仙所居之处，这里指步飞烟的居处。青鸟，传说为西王母送信的使者。详见前《汉武故事》。

㉙芳履乖和：行动不便。

㉚宽情：宽怀，宽心。

㉛短韵：短诗，小诗。

㉜菲什：犹言拙诗，自谦语。什，《诗经》中《雅》、《颂》每十篇为"什"，后因称诗篇为"什"或"篇什"。

㉝九春：春季九旬（九十天），故称九春。又以三个月计，则称"三春"。

㉞府掾属：州府中的属员、佐吏，指功曹参军职。

㉟数夜一直：几晚就得值班一次。直，值班。

㊱款曲寻绎：周详地研究。

㊲长太息:长叹。

㊳阖户垂幌:关上门户,放下帷幕。

㊴琐类:小人。

㊵移玉柱:指弹琴。玉柱,玉质的琴柱。柱也叫"品",架在琴弦上以定音位,可以移动。

㊶泛金徽:也指弹琴。徽,琴徽,本来是系弦的绳子。《汉书·扬雄传》"高张急徽",朱骏声云:"琴轸系弦之绳谓之徽。后人乃以琴面识点为徽。"识点是标识弹琴时指法抚抑的符号。

㊷洛川波隔:化用曹植《洛神赋》会洛神典故。

㊸贾午墙高:用韩寿和贾午私通的典故。详见前《世说新语》之《韩寿》篇。

㊹荐梦楚岫:化用宋玉《高唐赋序》巫山神女典故,见前《拾遗记》之《薛灵芸》"朝为行云"注。荐梦,梦巫山神女荐枕席。楚岫,指巫山。

㊺"天从素恳"二句:天从人愿,神灵借给一个机会。素恳,平生的心愿。

㊻九殒:九死,和说"万死"意思差不多,"九"、"万"都是极数。

㊼"长恨"二句:用刘晨、阮肇天台山遇仙女的故事。见前《幽明录》之《刘晨阮肇》篇。

㊽来仪:《书·益稷》:"箫韶九成,凤皇来仪。"孔颖达疏:"箫韶之乐作之九成,以致凤皇来而有容仪也。"后人省称"来仪",作为欢迎贵客到来的客气话。

㊾曛黑:黄昏时候。

㊿重榻于下:在下面将榻重叠架起。指接应赵象。

(51)靓(jìng 静)妆:用胭脂铅粉打扮妆饰。靓,妆饰,打扮。

(52)"挹希世之貌"二句:生就世间少见的容貌,现出高于一般人的心地。挹,取,有。见,通"现"。

(53)幽庸:幽微。指神灵。

(54)十洞三清:均为道教术语。"十洞",道教有"十大洞天"之说(见《云笈七签》)。三清,见前裴铏《传奇·裴航》"玉清"注。

(55)蕊宫:蕊珠宫,指道教说法,是上清界的宫名。

(56)作几许大才面目:摆出那样大才的架势。

(57)窆(biǎn 扁)之北邙(máng 茫):把她埋葬在北邙山。

(58)传花:指饮酒行"击鼓催花"令,传递花枝。传说唐明皇曾击羯鼓催杏柳花开(见南卓《羯鼓录》),后人因以为酒令。

(59)羞见坠楼人:不好意思见到绿珠。坠楼人,指绿珠。据《晋书·石崇传》载,绿珠是晋代石崇的爱妾。孙秀索取,被拒绝,于是假传圣旨,发兵捕石崇。绿珠在金谷园跳楼自杀。这里的意思是说步飞烟不如绿珠有贞节,应自羞。

(60)戟手而詈:指着李生大骂。戟手,手指像戟似地指着人。

(61)士有百行:《世说新语》载许允妇语:"士有百行,君有几许?"百行,古代士人行为的规范,其中以道德为首。

(62)汝州鲁山县:今河南鲁山。

(63)炫(xuàn 绚)色:卖弄姿色。

(64)执盈:犹"持盈"。语出《国语·越语下》,意为戒骄。

(65)临深:语出《诗·小雅·小旻》:"如临深渊,如履薄冰。"意为谨慎。

(66)逭(huàn 换):逃脱,回避。

桂苑丛谈

(唐)冯翊子

《桂苑丛谈》,旧本署“冯翊子子休撰”。《邯郸书目》称其姓严名则。《郡斋读书志》谓:“当是五代人。李邯郸云姓严。”或据此推测可能为五代时严子休,冯翊子为其号。《桂苑丛谈》为笔记,所记多为唐时艺文故事。这里所选《崔张自称侠》记当时有关崔涯、张祜的传说,属于志人志事的杂记之类,非有意为小说。但这类近于生活实录的东西,自《世说新语》以后,代有其书,保留了不少历史资料、文学史资料,也为小说创作保留了某些生活素材。本篇所写“虚其名,无其实”的侠客,便是吴敬梓《儒林外史》第十二回“侠客虚设人头会”取材的依据。

崔张自称侠

进士崔涯、张祜下第后多游江淮[①],常嗜酒侮谑时辈[②],或乘饮兴即自称豪侠。二子好尚既同,相与甚洽。崔因醉作侠士诗云:

太行[③]岭上三尺雪,崔涯袖中三尺铁;
一朝若遇有心人,出门便与妻儿别。

由是往往播在人口:“崔张真侠士也。”以此人多设酒馔待之,得以互相推许。

一旦,张以诗上牢盆使[④],出其子授漕渠小职[⑤],得堰[⑥],俗号冬瓜。张二子:一椿儿,一桂子。有诗曰:

椿儿绕树春园里,桂子寻花夜月中[⑦]。

人或戏之曰:“贤郎不宜作此等职。”张曰:“冬瓜合出祜子[⑧]。”戏者相与大哂。

后岁余,薄有资力[⑨]。一夕,有非常人,装饰甚武,腰剑,手囊贮一物,流血于外。入门谓曰:“此非张侠士[⑩]居也?”曰:“然。”张揖客甚谨。既坐,客曰:“有一仇人,十年莫得,今夜获之,喜不可言。”指其囊曰:“此其首也。”问张曰:“有酒否?”张命酒饮之。客曰:“此去三数里,有一义士,余欲报之,则平生恩仇毕矣[⑪]。闻公气义,可假余十万缗,立欲酬之,是余愿矣!此后赴汤蹈火,为狗为鸡[⑫],无所惮。”张且不吝,深喜其说,乃倾囊烛下,筹其缣素中品之物,量而与之。客曰:“快哉,无所恨也!”乃留囊首而去,期以却回[⑬]。

及期不至，五鼓绝声，东曦既驾[14]，杳无踪迹。张虑以囊首彰露，且非己为，客既不来，计将安出？遣家人将欲埋之，开囊出之，乃豕首也[15]。因方悟之而叹曰："虚其名，无其实，而见欺之若是，可不戒欤！"豪侠之气自此而丧矣。

【注释】

①崔涯：唐代吴楚人，工诗，与张祜齐名，因失意，于江淮间为游侠。张祜：《唐诗纪事》作"张祐"，据本篇"冬瓜合出祜子"看，作"祜"为是，字承吉，南阳（治所在今河南南阳）人（一说清河人）。初寓姑苏，称处士，工诗。元和、长庆年间为令狐楚所器重，荐于朝廷，为元稹所抑，失意而归，客淮南。性爱山水，多游江南名山，隐居丹阳（今江苏丹阳），宣宗大中中卒。江淮：指长江流域中下游与淮河流域，即今江苏、安徽一带。

②侮谑时辈：戏弄当时同辈人。

③太行：太行山，起自河南济源市，北入山西省境，向东北经晋城市、平顺县、潞城市、昔阳县，再入河南省境，经辉县市，入河北武安市，经井陉县，至鹿泉市止。主峰在晋城市南。

④牢盆使：管理盐政的官。牢盆，煮盐之器。《史记·平准书》："因官器作煮盐，官与牢盆。"《旧唐书·高骈传》："缩利则牢盆在手，主兵则都统当权。"

⑤漕渠：漕运的河渠，这里指管漕运的小官。

⑥堰（yàn 厌）：堤堰。

⑦"椿儿"二句：是讽刺张祜二子都不务正业，只知寻花问柳。句中"椿"与"春"谐音，"桂"与"月"（古传说月中有桂树）谐意，语意双关。

⑧冬瓜合出祜子："祜"与"瓠"音同，"祜子"与"瓠子"同音双关。冬瓜与瓠（葫芦）同科，所以说"冬瓜合出祜子（瓠子）"。其意在说明冬瓜堰的漕渠小官由张祜之子担任是合适的。这是一句用双关语开玩笑的话。

⑨资力：指资财物力。

⑩张侠士：指张祜。

⑪平生恩仇毕矣：这辈子该报恩、该报仇的事就完毕了。

⑫"赴汤蹈火"二句：意即为张祜竭力效命。"狗"、"鸡"，暗用战国时孟尝君食客为鸡鸣狗盗事。

⑬期以却回：约定返回的时辰。

⑭东曦既驾：太阳出来了。古时传说曦和驾着日车，运日而行。

⑮豕首：猪头。

王魁传

（宋）夏　噩

宋李献民编《云斋广录》载《王魁歌》并引，引言中说："贤良夏噩尝传其事，余故作歌以伤悼之云尔。"这篇长诗复述王魁负桂英的故事，情节与《王魁传》完全相同。由此可确知《王魁传》的作者为夏噩。

夏噩，字公酉，越州（今浙江绍兴）人。任明州观察推官，北宋嘉祐二年（1057）登才识兼茂明于体用科，授光禄寺丞。后知长洲县（今苏州市），嘉祐六年（1061）被削职。约卒于元丰七年（1084）之前。

据宋张师正《括异志》和周密《齐东野语》记载，王魁确有历史人物的原型。王魁故事产生于北宋，在宋代广为流传。南宋曾慥《类说》卷三十四引录北宋刘斧《摭遗》所载的《王魁传》，不著撰人；南宋罗烨《醉翁谈录》辛集卷二"负约类"也载《王魁负心桂英死报》，不著撰人，故事较具体，细节略有出入。《王魁传》对后世小说、戏曲产生了深远的影响。《草木子》载南宋都城临安（今杭州市）上演的杂剧有《王魁三乡题》。元代剧作家尚仲贤有《海神庙王魁负桂英》杂剧（已佚）。明代有王玉峰《焚香记》传奇，还有据《王魁传》改编的话本《王魁》。近代赵熙有改编的川剧《活捉王魁》。至今各地还常演王魁戏，如京剧《活捉王魁》、山西蒲剧《打神告庙》等。

本篇根据明代天启年间刻本《类说》所载的《王魁传》校点整理，个别文字参校《绿窗女史》卷五《王魁传》。

王魁下第失意①，入山东莱州②，友人招游北市深巷小宅，有妇人绝艳，酌酒曰："某③名桂英。酒乃天之美禄④，足下得桂英而饮天禄，前春登第之兆。"乃取拥项罗巾请诗，生题曰：

谢氏⑤筵中闻雅唱，何人戛玉⑥在帘帏。
一声透过秋空碧，几片行云不敢飞⑦。

桂曰："君但为学，四时所须⑧，我办之。"由是魁朝暮去来。

逾年，有诏求贤，桂为办西游之用⑨。将至州北，望海神庙盟曰："吾与桂，誓不相负，若生离异，神当殛⑩之。"魁至京闱⑪，寄诗曰：

琢月磨云输我辈，都花占柳是男儿⑫。

前春我若功成去，好养鸳鸯作一池。

后唱第为天下第一。魁私念："科名若此，以一娼玷辱，况家有严君[13]不容也。"不复与书。桂寄诗曰：

夫贵妇荣千古事，与君才貌各相宜。

又曰：

上都[14]梳洗逐时宜，料得良人见即思。
早晚归来幽阁内，须教张敞画新眉[15]。

又曰：

陌上笙歌锦绣乡，仙郎得意正疏狂[16]。
不知憔悴幽闺者，日觉春衣带系长[17]。

魁父约崔氏为亲；授徐州佥判[18]。桂喜曰："徐去此不远，当使人迎我矣。"遣仆持书。魁方坐厅决事，大怒，叱书不受。桂曰："魁负我如此，当以死报之！"挥刃自刎。

魁在南都试院[19]，有人自烛下出，乃桂也。魁曰："汝固无恙乎？"桂曰："君轻恩薄义，负誓渝盟，使我至此！"魁曰："我之罪也，为汝饭僧[20]，诵佛书，多焚钱纸，舍我可乎？"桂曰："得君之命即止，不知其他也。"魁欲自刺。母曰："汝何悖乱[21]如此！"魁曰："日与冤[22]会，逼迫以死。"母召道士高守素屡醮[23]。守素梦至官府，魁与桂发相系而立，有人戒曰："汝知则勿复拔。"数日，魁竟死。

【注释】

①王魁：犹言王状元。魁即魁甲，科举考试进士第一名之称。《宋史·章衡传》："章衡字子平，浦城人。嘉祐二年，进士第一。……神宗曰：'卿为仁宗朝魁甲……'"《醉翁谈录》卷二"负约类"载《王魁负心桂英死报》云："王魁者，魁非其名也。"可证。宋时大都以状元连姓相称曰"某魁"，如何薳《春渚纪闻》中马涓也称马魁。

②莱州：宋属京东东路，治所在今山东莱州。

③某：指示代词，这里用来代指自己。

④酒乃天之美禄：语出《汉书·食货志》："酒者，天之美禄。"意思是说，酒是天赐的美好的福禄。下文"天禄"即"天之美禄"，酒的代称。

⑤谢氏：谢秋娘，唐代李德裕的歌妓。这里指桂英。

⑥戛(jiá 铗)玉：形容歌声像敲击玉片一般清脆动听。

⑦"几片"句：形容歌声响遏行云。

⑧须：需要。指日常生活费用。

⑨西游：宋代都城汴京(今河南开封市)在莱州西面，故称"西游"。

⑩殛(jí 即)：惩罚，诛戮。

⑪京闱：京都的试院。闱，科举时代的试院。

⑫都：统领，统率。"都花占柳"，意谓风月首领。

⑬严君：旧时对父母的敬称。《易·家人》："家人有严君焉，父母之谓也。"后专指父亲。

⑭上都：即上京。京都的通称。班固《西都赋》："实用西迁，作我上都。"

⑮张敞画新眉：《汉书·张敞传》载："(张敞)又为妇画眉。长安中传张京兆眉怃。有司以奏敞。上问之，对曰：'臣闻闺房之内，夫妇之私，有过于画眉者。'"此处引用画眉的典故，形

容夫妻亲爱。

⑯仙郎：唐代称尚书省诸曹郎官为仙郎。《白孔六帖》："诸曹郎称为仙郎。"此处以仙郎称考中当官的王魁。疏狂：狂放不羁的样子。

⑰"日觉"句：指思念对方，身体日益消瘦，故觉衣带变得长了。《古诗十九首·行行重行行》："相去日已远，衣带日已缓。"

⑱徐州：宋属京东西路，治所在今江苏徐州。佥判：同"签判"，全称为签书判官厅公事，宋代各州府的幕僚，其职务为协理州郡政事，总管文牍。

⑲南都：即宋代的南京，在今河南商丘市南。

⑳饭僧：施舍饭食给和尚吃。饭，这里用作动词。

㉑悖乱：惑乱。

㉒冤：冤魂。

㉓醮(jiào 叫)：指为禳除邪祟以消灾而设的法事。

流红记

(宋)张　实

张实,字子京,宋人。事迹无可考。南宋皇都风月主人所编《绿窗新话》录《韩夫人题叶成亲》,注云:"出张硕《流红记》。"张实、张硕是一人,是二人,亦无从稽考。

本篇录自宋刘斧《青琐高议》。关于"红叶题诗"的故事唐代就颇为流行。今所见最早的应数唐孟棨《本事诗》记载关于顾况得花叶题诗事。《唐诗纪事》卷五十九引了《本事诗》所载卢渥于宣宗朝得红叶题诗事。又《青琐高议》载僖宗时于祐得红叶题诗。此外,宋朝王铚《侍儿小名录》还记载德宗贞元中进士贾全虚得宫中才人养女凤儿花叶题诗事。以上材料,人物时地各不尽同,而故事梗概却大体相近。本篇是以关于于祐的传说为基础,加以整理而成的,反映了宫女们被禁深宫的凄冷生活,说明"宫怨"已成为当时的社会问题。

唐僖宗①时,有儒士于祐,晚步禁衢②间。于时万物摇落,悲风素秋③,颓阳西倾④,羁怀⑤增感。视御沟⑥,浮叶续续而下。祐临流浣手。久之,有一脱叶,差大于他叶⑦,远视之,若有墨迹载于其上。浮红泛泛,远意绵绵。祐取而视之,果有四句题于其上。其诗曰:

流水何太急,深宫尽日闲。
殷勤谢红叶,好去到人间⑧。

祐得之,蓄于书笥,终日咏味,喜其句意新美,然莫知何人作而书于叶也。因念御沟水出禁掖,此必宫中美人所作也。祐但宝之,以为念耳,亦时时对好事者⑨说之。祐自此思念,精神俱耗。一日,友人见之,曰:"子何清削⑩如此?必有故,为吾言之。"祐曰:"吾数月来,眠食俱废。"因以红叶句言之。友人大笑曰:"子何愚如是也!彼书之者,无意于子。子偶得之,何置念如此?子虽思爱之勤,帝禁深宫,子虽有羽翼,莫敢往也。子之愚,又可笑也。"祐曰:"天虽高而听卑⑪,人苟有志,天必从人愿耳。吾闻王仙客遇无双之事⑫,卒得古生之奇计。但患无志耳,事固未可知也。"祐终不废思虑,复为二句,题于红叶上云:

曾闻叶上题红怨,叶上题诗寄阿谁?

置御沟上流水中，俾其流入宫中。人或笑之，亦为好事者称道。有赠之诗者，曰：

君恩不禁东流水，流出宫情是此沟。

祐后累举不捷[13]，迹颇羁倦，乃依河中贵人韩泳门馆[14]，得钱帛稍稍自给，亦无意进取。久之，韩泳召祐谓之曰："帝禁宫人三十余得罪，使各适人。有韩夫人者，吾同姓，久在宫。今出禁庭，来居吾舍。子今未娶，年又逾壮，困苦一身，无所成就，孤生独处，吾甚怜汝。今韩夫人箧中不下千缗，本良家女，年才三十，姿色甚丽。吾言之，使聘子[15]，何如？"祐避席伏地曰："穷困书生，寄食门下，昼饱夜温，受赐甚久。恨无一长，不能图报，早暮愧惧，莫知所为。安敢复望如此。"泳令人通媒妁，助祐进羔雁，尽六礼[16]之数，交二姓之欢。祐就吉之夕[17]，乐甚。明日，见韩氏装橐甚厚，姿色绝艳。祐本不敢有此望，自以为误入仙源，神魂飞越。既而韩氏于祐书笥中见红叶，大惊曰："此吾所作之句，君何故得之？"祐以实告。韩氏复曰："吾于水中亦得红叶，不知何人作也。"乃开笥取之，乃祐所题之诗。相对惊叹感泣久之。曰："事岂偶然哉？莫非前定也。"韩氏曰："吾得叶之初，尝有诗，今尚藏箧中。"取以示祐。诗云：

独步天沟岸，临流得叶时。
此情谁会得[18]，肠断一联诗。

闻者莫不叹异惊骇。

一日，韩泳开宴召祐洎韩氏。泳曰："子二人今日可谢媒人也。"韩氏笑答曰："吾为[19]祐之合，乃天也，非媒氏之力也。"泳曰："何以言之？"韩氏索笔为诗，曰：

一联佳句题流水，十载幽思满素怀。
今日却成鸾凤友[20]，方知红叶是良媒。

泳曰："吾今知天下事无偶然者也。"

僖宗之幸蜀[21]，韩泳令祐将家童百人前导。韩以宫人得见帝，具言适祐事。帝曰："吾亦微闻之。"召祐，笑曰："卿乃朕门下旧客也。"祐伏地拜，谢罪。帝还西都，以从驾得官，为神策军虞候[22]。韩氏生五子三女。子以力学[23]俱有官，女配名家。韩氏治家有法度，终身为命妇[24]。宰相张浚[25]作诗曰：

长安百万户，御水日东注[26]。
水上有红叶，子独得佳句。
子复题脱叶，流入宫中去。
深宫千万人，叶归韩氏处。
出宫三十人，韩氏籍中数。
回首谢君恩，泪洒胭脂雨。
寓居贵人家，方与子相遇。
通媒六礼具，百岁为夫妇。
儿女满眼前，青紫盈门户[27]

兹事自古无，可以传千古。

议曰：流水，无情也；红叶，无情也。以无情寓无情而求有情，终为有情者得之，复与有情者合，信前世所未闻也。夫在天理可合，虽胡、越之远，亦可合也；天理不可，则虽比屋邻居[28]，不可得也。悦于得，好于求者，观此，可以为诫也。

【注释】

①唐僖宗：名李儇，在位十四年(874～888)。

②禁衢：禁城(皇宫)边的街道。

③素秋：秋天的别称，梁元帝《纂要》："秋曰白藏，亦曰素秋。"素即"白"。

④颓阳西倾：残阳西落，太阳快下山了。

⑤羁怀：羁旅的情怀，漂泊之感。

⑥御沟：从禁苑中通过的水流，也叫"禁沟"、"天沟"。

⑦差大于他叶：略大于别的叶子。

⑧"流水"四句：此诗亦见于《唐诗纪事》卷五十九所载卢渥所得红叶题诗。

⑨好(hào 浩)事者：好管闲事的人。

⑩清削：清瘦。

⑪天虽高而听卑：上天虽然高高在上，却能俯察下界的一切。"天高听卑"为古代宋国司星子韦的话，见《史记·宋微子世家》。

⑫"王仙客"二句：见前《无双传》。

⑬累举不捷：几次参与考试，都没考上。

⑭河中：唐府名，又称"蒲州"，见前《莺莺传》"蒲"注。门馆：这里指在某人门下帮忙干些文字工作一类的事。

⑮使聘子：要她嫁给你。

⑯六礼：见前《李娃传》注。羔雁：小羊和雁。古代订婚男家要向女家送羔雁，后因以"羔雁"代称聘礼。

⑰就吉之夕：成亲的晚上。吉，吉日，结婚的日子。

⑱会得：能理解，体会。

⑲为：与。

⑳鸾凤友：比喻夫妻。

㉑僖宗之幸蜀：广明元年(880)十二月黄巢率农民起义军打下东都洛阳，又攻入京师长安，僖宗出奔入蜀，次年正月到达成都。直到光启三年(885)三月才还长安。

㉒神策军虞候：神策军，唐代禁军之一。自贞元以后，分神策军为左右厢，由宦官统率，其势力在皇帝直接掌握的诸禁军之上。神策军中的虞候掌侦察、巡逻等事务。

㉓力学：努力读书。

㉔命妇：受有朝廷封号的妇女。

㉕宰相张浚：字禹川，河间(今河北河间)人。僖宗时任谏议大夫，官至尚书右仆射(宰相)。后被朱全忠使人杀害。

㉖东注：东流。

㉗青紫：官服颜色，这里代指官。

㉘比屋邻居：门挨着门的邻居。比，并列，紧靠。

梅妃传

（宋）佚　名

本篇录自明陶宗仪辑《说郛》，校以顾元庆辑《顾氏文房小说》，作者不详。清陈莲塘《唐人说荟》认为是唐代曹邺作，但文中曾提到北宋末的叶少蕴，其说不可信。文末无名氏跋云："此传得自万卷朱遵度家，大中二年七月所书。"鲁迅疑此跋系宋人作伪。篇中写梅妃与杨妃（玉环）争宠故事，明人吴世美曾据此编写成杂剧《惊鸿记》。

梅妃，姓江氏，莆田①人。父仲逊，世为医。妃年九岁，能诵《二南》②，语父曰："我虽女子，期以此为志。"父奇之，名之曰采蘋③。开元中，高力士使闽、粤，妃笄矣。见其少丽，选归，侍明皇④，大见宠幸。长安大内⑤、大明、兴庆三宫，东都大内、上阳两宫，岁四万人，自得妃，视如尘土；宫中亦自以为不及。妃善属文，自比谢女⑥。淡妆雅服，而姿态明秀，笔不可描画。性喜梅，所居阑槛，悉植数株，上榜⑦曰梅亭。梅开赋赏，至夜分⑧尚顾恋花下不能去。上以其所好，戏名曰梅妃。妃有《萧兰》、《梨园》、《梅花》、《凤笛》、《玻杯》、《剪刀》、《绮窗》七赋。

是时承平岁久，海内无事，上于兄弟间极友爱，日从燕⑨间，必妃侍侧。上命破橙往赐诸王，至汉邸⑩，潜以足蹑妃履，妃登时退阁。上命连宣⑪，报言："适履珠脱缀，缀竟当来⑫。"久之，上亲往命妃。妃拽衣迓上，言胸腹疾作，不果前⑬也。卒不至。其恃宠如此。后上与妃斗茶⑭，顾诸王戏曰："此梅精也。吹白玉笛，作惊鸿舞⑮，一座光辉。斗茶今又胜我矣。"妃应声曰："草木之戏，误胜陛下。设使调和四海，烹饪鼎鼐⑯，万乘自有宪法⑰，贱妾何能较胜负也。"上大喜。

会太真杨氏入侍，宠爱日夺，上无疏意。而二人相嫉，避路而行。上尝方之英、皇⑱，议者谓广狭不类，窃笑之。太真忌而智，妃性柔缓，亡以胜。后竟为杨氏迁于上阳东宫⑳。后上忆妃，夜遣小黄门㉑灭烛，密以戏马㉒召妃至翠华西阁，叙旧爱，悲不自胜。继而上失寤㉓，侍御惊报曰："妃子已届阁前㉔，当奈何？"上披衣，抱妃藏夹幕间。太真既至，问："梅精安在？"上曰："在东宫。"太真曰："乞宣至，今日同浴温泉㉕。"上曰："此女已放屏㉖，无并往也。"太真语益坚，上顾左右不答。太真大怒曰："肴核狼藉，御榻下有妇人遗舄，夜来何人侍陛下寝，欢醉至于日出不视朝㉗？陛下可出见群臣。妾止此阁俟驾回。"上愧甚，拽衾向屏假寐曰："今日有疾，不可临朝。"

太真怒甚,径归私第。上顷觅妃所在,已为小黄门送令步归东宫。上怒斩之。遗舄并翠钿命封赐妃。妃谓使者曰:"上弃我之深乎?"使曰:"上非弃妃,诚恐太真恶情[28]耳。"妃笑曰:"恐怜我则动肥婢情[29],岂非弃也?"妃以千金寿高力士[30],求词人拟司马相如为《长门赋》[31],欲邀上意[32]。力士方奉太真[33],且畏其势,报曰:"无人解赋[34]。"妃乃自作《楼东赋》,略曰:

玉鉴尘生,凤奁香殄[35]。懒蝉鬓之巧梳,闲缕衣之轻练[36]。苦寂寞于蕙宫,但凝思乎兰殿。信摽落之梅花,隔长门而不见[37]。况乃花心飏恨,柳眼弄愁,暖风习习,春鸟啾啾;楼上黄昏兮,听凤吹而回首[38],碧云日暮兮,对素月而凝眸。温泉不到,忆拾翠之旧游[39];长门深闭,嗟青鸾之信修[40]。忆昔太液清波,水光荡浮,笙歌赏燕,陪从宸旒[41]。奏舞鸾之妙曲[42],乘画鹢之仙舟[43]。君情缱绻,深叙绸缪。誓山海而常在,似日月而无休。奈何嫉色庸庸,妒气冲冲[44],夺我之爱幸,斥我乎幽宫。思旧欢之莫得,想梦著乎朦胧。度花朝与月夕,羞懒对乎春风。欲相如之奏赋,奈世才之不工。属愁吟之未尽,已响动乎疏钟。空长叹而掩袂,踌躇步于楼东[45]。

太真闻之,诉明皇曰:"江妃庸贱,以娟词[46]宣言怨望,愿赐死。"上默然。会岭表使归[47],妃问左右:"何处驿使[48]来,非梅使耶?"对曰:"庶邦贡杨妃荔实使来[49]。"妃悲咽泣下。上在花萼楼[50],会夷使至[51],命封珍珠一斛密赐妃。妃不受,以诗付使者,曰:"为我进御前也。"曰:

柳叶双眉久不描,残妆和泪湿红绡。
长门自是无梳洗,何必珍珠慰寂寥。

上览诗,怅然不乐,令乐府以新声度之[52],号《一斛珠》,曲名始此也。后禄山犯阙[53],上西幸[54],太真死。及东归,寻妃所在,不可得。上悲谓兵火之后,流落他处。诏有得之,官二秩[55]、钱百万。搜访不知所在。上又命方士飞神御气,潜经天地,亦不可得。有宦者进其画真[56],上言:"似甚,但不活耳。"诗题于上,曰:

忆昔娇妃在紫宸[57],铅华不御[58]得天真。
霜绡[59]虽似当时态,争奈娇波不顾人。

读之泣下,命模象刊石。后上暑月昼寝,仿佛见妃隔竹间泣,含涕障袂,如花朦雾露状。妃曰:"昔陛下蒙尘[60],妾死乱兵之手,哀妾者埋骨池东梅株傍。"上骇然流汗而寤。登时令往太液池发视之,不获。上益不乐。忽悟温泉池侧有梅十余株,岂在是乎?上自命驾,令发视。才数株,得尸,裹以锦茵,盛以酒槽,附土三尺许。上大恸,左右莫能仰视。视其所伤,胁下有刀痕。上自制文诔[61]之,以妃礼易葬焉。

赞曰:明皇自为潞州别驾[62],以豪伟闻,驰骋犬马鄠、杜之间[63],与侠少游。用此起支庶,践尊位[64]。五十余年[65],享天下之奉,穷极奢侈,子孙百数。其阅万方美色众矣,晚得杨氏,变易三纲[66],浊乱四海,身废国辱,思之不少悔。是固有以中其心、满其欲矣。江妃者,后先其间,以色为所深嫉,则其当人主者,又可知矣[67]。议者谓或覆宗[68],或非命[69],均其媢忌自取[70]。殊不知明皇耄而忮忍[71],至一日杀三子[72],如

轻断蝼蚁之命。奔窜而归，受制昏逆[73]，四顾嫔嫱，斩亡俱尽，穷独苟活，天下哀之。传曰："以其所不爱及其所爱[74]。"盖天所以酬之也。报复之理，毫发不差，是岂特两女子之罪哉？汉兴，尊《春秋》[75]，诸儒持《公》、《穀》角胜负，《左传》独隐而不宣，最后乃出。盖古书历久始传者极众。今世图画美人把梅者，号梅妃，泛言唐明皇时人，而莫详所自也。盖明皇失邦，咎归杨氏，故词人喜传之。梅妃特嫔御擅美，显晦不同，理应尔也。

此传得自万卷朱遵度[76]家，大中二年[77]七月所书，字亦媚好。其言时有涉俗者。惜乎史逸其说。略加修润而曲循旧语，惧没其实也。惟叶少蕴[78]与余得之，后世之传，或在此本。又记其所从来如此。

【注释】

①莆田：唐县名，在今福建莆田县东南。

②《二南》：指《诗·国风》中的《周南》和《召南》，是十五"国风"中的开头两部分。《诗序》说："《周南》、《召南》，正始之道，王化之基。是以《关雎》乐得淑女以配君子。"汉代人说诗，将《关雎》解释为所谓"后妃之德"。所以下文梅妃语父曰："我虽女子，期以此为志。"

③采蘋：《诗·召南》中有《采蘋》篇，《小序》说："《采蘋》，大夫妻能循法度也。能循法度则可以承祖共祭祀矣。"古人奉蘋蘩主祭祀由家庭主妇承担。取名"采蘋"，就是希望她以后能成为一个遵循礼法、主持祭祀的主妇。

④明皇：即唐玄宗李隆基。死后谥号为至道大圣大明孝皇帝。

⑤大内：皇宫的别称，这里专指长安太极宫，和大明、兴庆二宫鼎立为三大内。《雍录》："唐都城有三大内，太极宫在西，故名西内；大明宫在东，故名东内；别有兴庆宫号南内也。"下文"东都大内"为洛阳皇宫。

⑥谢女：指东晋女诗人谢道韫。

⑦榜：榜书，题字。

⑧夜分：夜半。

⑨燕：同"宴"字。

⑩汉邸：汉王在京师的邸舍。这里即代指汉王。汉王李元昌，高祖李渊第七子，武德十年封汉王。

⑪连宣：接连叫了几次。宣，宣旨，传达皇帝的命令。

⑫"履珠脱缀"二句：鞋子上的珠子脱线散了，串缀完了就来。

⑬不果前：结果终究没来。

⑭斗茶：比赛煮茶技术的优劣。宋蔡襄《茶录》："建安斗茶以水痕先没者为负，俟久者为胜，故较胜负之说，曰相去一水两水。"

⑮作惊鸿舞：表演轻盈的舞蹈。惊鸿，形容风度翩翩，体态轻盈。语本曹植《洛神赋》"翩若惊鸿"。

⑯"调和四海"二句：这是借烹饪术比喻治理国家的手段。鼎鼐，烹饪的用具。古时用鼎的多寡大小决定于爵位的高低，因此鼎也就成了国家政权的代名词。

⑰万乘（shèng胜）：指皇帝。古代天子有兵车万乘。宪法：规章制度，政策法令。

⑱方之英、皇：比作女英和娥皇。娥皇、女英为古尧帝二女，配舜为妃。

⑲亡以胜：无法胜过。亡，同"无"。

⑳上阳东宫：即上阳宫之东宫，见前《长恨传》注。

㉑小黄门：小宦官。东汉黄门令、中黄门等官都是由宦官担任，所以后来就称宦官为“黄门”。

㉒戏马：形状不详，当是一种可作凭证的信物。

㉓失寤：失醒，睡过了头。

㉔妃子已届阁前：杨太真已到翠华西阁前。

㉕温泉：指华清池。

㉖放屏：放逐，摒弃。

㉗视朝：临朝处理政事。

㉘恶情：发怒。

㉙肥婢：杨太真体胖，所以梅妃骂她“肥婢”。

㉚寿：以金银布帛赠人叫做“寿”。

㉛司马相如为《长门赋》：汉武帝时陈皇后失宠，被冷闭在长门宫。她以黄金百斤请当时的文学家司马相如作《长门赋》，表现她的处境和哀情，感动了武帝，恢复了感情。

㉜欲邀上意：想求皇上回心转意。

㉝奉：奉迎。

㉞无人解赋：没人能写赋。解，能，懂得。

㉟ 凤奁（lián 连）香殄（tiǎn 舔）：绘有彩凤的梳妆匣香气已经消失。

㊱“懒蝉鬓之巧梳”二句：懒于梳成蝉翼似的巧式鬓发，轻薄的丝绸制成的华贵衣服也闲置不穿了。以上四句写失宠后无心梳妆打扮。

㊲“信摽落之梅花”二句：化用《诗·召南·摽有梅》的典故。摽，落。《诗经》的“梅”是梅子。原诗以梅子喻女子已经长成，希望爱她的人及时向她求爱，不要等到梅子落尽，错过了美好的时机。此处将梅借用于“梅花”，同“梅妃”语意双关。句意是说梅花摽落凋谢，爱情已绝。与《诗经》之意不尽相同。长门：以陈皇后禁闭长门宫自比。

㊳凤吹：指笙、箫一类的管乐器，有“凤笙”、“凤箫”之称。《宋史·乐志》：“列其管为箫，聚其管为笙。凤凰于飞，箫则象之；凤凰戾止，笙则象之。”笙、箫拟凤，或许本此。

㊴拾翠：古时妇女游春采拾芳草的一种娱乐活动。梁朝费昶《春郊见美人》：“芳郊拾翠人，回袖探芳春。”杜甫《秋兴八首》之八：“佳人拾翠春相问，仙侣同舟晚更移。”诗中“拾翠”都是指这种活动。这里也可能暗用曹植《洛神赋》中“或戏清流，或翔神渚，或采明珠，或拾翠羽”的意思，以表明往日相处时的欢乐情景。

㊵嗟青鸾之信修：这句借用曹植《洛神赋》语“嗟佳人之信修”，而以“青鸾”易“佳人”。青鸾，皇帝车上的鸾铃，见前《南柯太守传》“銮铃”注。这里意为銮驾，指皇帝。信修，信善，的确好。“修”是整治，引申为善。张衡《思玄赋》：“伊中情之信修兮。”注：“修，善也。”这句字面意思是说皇上依然很好吧，言外之意是指很久没有见到皇帝了。

㊶宸旒：指皇帝。

㊷奉舞鸾之妙曲：指奏雅乐。据《东观汉记》载，王阜为重泉令，鸾鸟集止学宫。阜使人奏雅乐，击磬，鸟举足垂翼，应声而舞，停在县庭，留十余日乃去。

㊸画鹢（yì 艺）：古时船头常画鹢，用以吓唬江神水怪。鹢，古书上说的一种水鸟。

㊹“嫉色庸庸”二句：形容杨贵妃的嫉妒。

㊺踌躇：义同“踯躅”、“踟蹰”，都是徘徊不前的样子。

㊻娼(sōu 搜)词:隐语。

㊼岭表:岭外,岭南,即今广东省一带。

㊽驿使:为官府传递文书和其他货物的差使。

㊾庶邦贡杨妃荔实:庶邦,春秋时统属于周的诸侯国称庶邦。这里指唐朝属地。《新唐书·杨贵妃传》:"妃嗜荔枝,必欲生致之,乃置骑传送,走数千里,味未变,已至京师。"杜牧《过华清宫绝句》(其一):"一骑红尘妃子笑,无人知是荔枝来。"都是写传送荔枝的事。荔实,即荔枝。

㊿花萼楼:兴庆宫内的花萼相辉楼。

(51)夷使:外国使者。

(52)乐府:汉武帝时所置采诗、采乐的音乐官署。唐代无"乐府"官署名,但设置有太常寺之大乐署,宫廷之内外教坊,宫内梨园三个乐舞机构。这里泛指这类机构。度:谱曲,作曲。

(53)犯阙:侵犯京城。安禄山于天宝十五年(756)攻入帝都长安。

(54)上西幸:指唐玄宗奔蜀。

(55)官二秩:加官二级。秩,禄位。

(56)画真:画像,描绘真容。

(57)紫宸(chén 辰):指大明宫内紫宸殿。

(58)铅华不御:不施脂粉,不加打扮。

(59)霜绡:白色丝织品,指画像。

(60)蒙尘:皇帝逃亡在外,蒙受风尘,称"蒙尘"。

(61)诔:这里作动词用,即为她撰写诔文。

(62)明皇自为潞州别驾:唐玄宗于武则天长寿二年(694)由楚王改封为临淄郡王。中宗神龙元年(705)迁卫尉少卿。景龙二年(708)四月兼潞州别驾,十二月加银青光禄大夫。

(63)驰骋犬马鄠、杜之间:借汉武故事写唐玄宗的游猎活动。汉武帝经常在咸阳附近的鄠、杜二县射猎。

(64)起支庶,践尊位:唐玄宗是睿宗李旦的第三子,由妃子窦氏生于东都洛阳,属庶出。因平韦氏之乱有功,定为皇太子,睿宗太极元年(712)八月传位太子,玄宗正式即帝位。

(65)五十余年:唐玄宗先天元年(即睿宗太极元年,就是公元 712 年)登基,至天宝十五年(756)禅位,在位只四十四年。所谓五十余年,包括即帝位前的生活。

(66)三纲:封建礼制以君为臣纲,父为子纲,夫为妻纲,总称"三纲"。

(67)"以色为所深嫉"三句:意思是说,江妃因为长得漂亮而深为杨贵妃所妒忌,那么她的漂亮必定很合唐玄宗的心意,是可想而知的。

(68)覆宗:覆没宗族,即族诛。指杨贵妃娘家杨氏家族被族诛。

(69)非命:死于非命,指梅妃为乱兵所杀。

(70)娼(mào 冒)忌:嫉妒。

(71)耄(mào 冒)而忮(zhì 志)忍:年老而狠心残忍。

(72)一日杀三子:唐玄宗听信谗言,把三个儿子太子瑛、鄂王瑶、光王琚废为庶民,后来又在开元二十五年(737)的同一天里把他们杀掉。

(73)受制昏逆:指受唐肃宗李亨的控制。唐玄宗奔蜀返长安后,肃宗不让他过问政事,而且对他的亲信也加以翦除,名为太上皇,不仅政治上毫无实权,生活上也很受限制。《新唐书·宦者传》载李辅国胁迫太上皇从兴庆宫迁到"西内"(太极宫),很可看出"受制"的情况。

㉔“传(zhuàn 赚)曰”二句:传,古代书传,记载。这句话出自《孟子·尽心下》:“仁者,以其所爱及其所不爱;不仁者,以其所不爱及其所爱。”不仁的人,所干的坏事,其恶果先落到他所不爱的人,但是最后必定会落到他所亲爱的人。这里指唐玄宗不仁,最后害了自己所爱的杨、梅二妃。

㉕《春秋》:书名,是我国最早的一部编年史。传说是孔丘据鲁史编写的。《孟子》也有孔子作《春秋》之说。下文的《公》(《公羊传》)、《穀》(《穀梁传》)和《左传》都是解释《春秋》的专著。《公羊传》,周朝公羊高传述,其玄孙公羊寿和胡母子都编写成书。《穀梁传》,周朝穀梁赤传述,由后人编写成书。《左传》,周朝左丘明撰。以上合称《春秋》三传。

㉖万卷朱遵度:南唐人朱遵度,藏书繁富,称为“朱万卷”。

㉗大中二年:公元848年。大中,唐宣宗李忱的年号(847~859)。

㉘叶少蕴:叶梦得,字少蕴,号石林居士,宋朝吴县人。绍圣四年(1097)进士,历任知州、学士、安抚使、节度使等官。著有《石林春秋传》和诗词文集及杂著多种。

王幼玉记

（宋）柳师尹

柳师尹，淇上（今河南淇县）人。生平无可考。

本篇录自宋刘斧《青琐高议》前集卷十，原题下有注云："幼玉思柳富而死。"所写内容为王幼玉与柳富的恋爱故事。

王生名真姬，小字幼玉，一字仙才，本京师人。随父流落于湖外[①]，与衡州[②]女弟女兄三人皆为名娼，而其颜色歌舞，甲于伦辈[③]之上。群妓亦不敢与之争高下。幼玉更出于二人之上，所与往还皆衣冠士大夫。舍此，虽巨商富贾，不能动其意。夏公酉（夏贤良，名噩，字公酉）游衡阳，郡侯[④]开宴召之。公酉曰："闻衡阳有歌妓名王幼玉，妙歌舞，美颜色，孰是也？"郡侯张郎中[⑤]公起，乃命幼玉出拜。公酉见之，嗟吁曰："使汝居东西二京[⑥]，未必在名妓之下，今居于此，其名不得闻于天下。"顾左右取笺，为诗赠幼玉。其诗曰：

真宰[⑦]无私心，万物逞殊形。
嗟尔兰蕙[⑧]质，远离幽谷青。
清风暗助秀，雨露濡其泠。
一朝居上苑[⑨]，桃李让芳馨。

由是益有光。但幼玉暇日常幽艳愁寂，寒芳未吐。人或询之，则曰："此道[⑩]非吾志也。"又询其故。曰："今之或工或商或农或贾或道或僧，皆足以自养。惟我侪[⑪]涂脂抹粉，巧言令色[⑫]，以取其财，我思之，愧赧无限。逼于父母姊弟，莫得脱此。倘从良人，留事舅姑，主祭祀，俾人回指曰：'彼人妇也。'死有埋骨之地。"会东都人柳富字润卿，豪俊之士，幼玉一见曰："兹吾夫也。"富亦有意室之[⑬]。富方倦游[⑭]，凡于风前月下，执手恋恋，两不相舍。既久，其妹窃知之。一日，诟富以语曰："子若复为向时事，吾不舍子，即讼子于官府。"富从是不复往。

一日，遇幼玉于江上。幼玉泣曰："过非我造也。君宜以理推之。异时幸有终身之约，无为今日为恨。"相与饮于江上，幼玉云："吾之骨，异日当附子之先陇[⑮]。"又谓富曰："我平生所知，离而复合者甚众。虽言爱勤勤，不过取其财帛，未尝以身许之也。我发委地[⑯]，宝之若金玉，他人无敢窥觇[⑰]，于子无所惜。"乃自解鬟，剪一缕以遗富。富感悦深至，去又羁思不得会为恨，因而伏枕[⑱]。幼玉日夜怀思，遣人

侍病。既愈，富为长歌赠之云：

紫府楼阁高相倚[19]，金碧户牖红晖起。
其间燕息[20]皆仙子，绝世妖姿妙难比。
偶然思念起尘心，几年谪向衡阳市。
阳娇[21]飞下九天来，长在娼家偶然耳。
天姿才色拟绝伦，压倒花衢众罗绮。
绀发[22]浓堆巫峡云，翠眸横剪秋江水[23]。
素手纤长细细圆，春笋[24]脱向青云里。
纹履鲜花窄窄弓[25]，凤头翘起红裙底。
有时笑倚小栏杆，桃花无言乱红委[26]。
王孙逆目似劳魂[27]，东邻一见还羞死[28]。
自此城中豪富儿，呼童控马相追随。
千金买得歌一曲，暮雨朝云镇[29]相续。
皇都年少是柳君，体段风流万事足。
幼玉一见苦留心，殷勤厚遣行人祝。
青羽飞来洞户前[30]，惟郎苦恨多拘束。
偷身不使父母知，江亭暗共才郎宿。
犹恐恩情未甚坚，解开鬟髻对郎前。
一缕云随金剪断，两心浓更密如绵。
自古美事多磨隔，无时两意空悬悬。
清宵长叹明月下，花时洒泪东风前。
怨入朱弦危更断，泪如珠颗自相连。
危楼独倚无人会，新书写恨托谁传。
奈何幼玉家有母，知此端倪蓄嗔怒。
千金买醉嘱佣人，密约幽欢镇相误。
将刃欲加连理枝[31]，引弓欲弹鹣鹣羽[32]。
仙山只在海中心，风逆波紧无船渡。
桃源去路隔烟霞，咫尺尘埃无觅处。
郎心玉意共殷勤，同指松筠[33]情愈固
愿郎誓死莫改移，人事有时自相遇。
他日得郎归来时，携手同上烟霞路[34]。

富因久游，亲促其归。幼玉潜往别，共饮野店中。玉曰："子有清才，我有丽质。才色相得，誓不相舍，自然之理。我之心，子之意，质诸神明，结之松筠久矣。子必异日有潇湘[35]之游，我亦待君之来。"于是二人共盟，焚香，致其灰于酒中，共饮之。是夕同宿江上。翌日，富作词别幼玉，名《醉高楼》[36]，词曰：

人间最苦，最苦是分离。伊爱我，我怜伊。青草岸头人独立[37]，画船东去

橹声迟。楚天低，回望处，两依依。　　后会也知俱有愿，未知何日是佳期。心下事，乱如丝。好天良夜还虚过，辜负我，两心知。愿伊家，衷肠在，一双飞。

富唱其曲以沽酒，音调辞意悲惋，不能终曲。乃饮酒，相与大恸，富乃登舟。富至辇下，以亲年老，家又多故，不得如约，但对镜洒涕。会有客自衡阳来，出幼玉书，但言幼玉近多病卧。富遽开其书疾读，尾有二句云：

春蚕到死丝方尽，蜡烛成灰泪始干[38]。

富大伤感，遗书以见其意，云：

忆昔潇湘之逢，令人怆然。尝欲拿舟[39]，泛江一往。复其前盟，叙其旧契[40]，以副子念切之心，适我生平之乐。奈因亲老族重，心为事夺，倾风结想，徒自潇然。风月佳时，文酒胜处，他人怡怡，我独惚惚，如有所失。凭酒自释，酒醒，情思愈傍徨，几无生理。古之两有情者，或一如意，一不如意，则求合也易。今子与吾，两不如意，则求偶也难。君更待焉，事不易知，当如所愿。不然，天理人事果不谐，则天外神姬，海中仙客，犹能相遇，吾二人独不得遂，岂非命也！子宜勉强饮食，无使真元[41]耗散，自残其体，则子不吾见，吾何望焉。子书尾有二句，吾为子终其篇，云：

临流对月暗悲酸，瘦立东风自怯寒。
湘水佳人[42]方告疾，帝都才子[43]亦非安。
春蚕到死丝方尽，蜡烛成灰泪始干。
万里云山无路去，虚劳魂梦过湘滩。

一日，残阳沉西，疏帘不卷，富独立庭帏，见有半面出于屏间。富视之，乃幼玉也。玉曰："吾以思君得疾，今已化去[44]。欲得一见，故有是行。我以平生无恶，不陷幽狱，后日当生兖州西门张遂家[45]，复为女子。彼家卖饼。君子不忘昔日之旧，可过见我焉。我虽不省前世事，然君之情当如是。我有遗物在侍儿处，君求之以为验。千万珍重。"忽不见。富惊愕，但终叹惋。异日有过客自衡阳来，言幼玉已死，闻未死前嘱侍儿曰："我不得见郎，死为恨。郎平日爱我手发眉眼。他皆不可寄附。吾今剪发一缕，手指甲数个，郎来访我，子与之。"后数日，幼玉果死。

议曰：今之娼，去就徇利[46]，其他不能动其心。求潇女霍生事[47]，未尝闻也。今幼玉爱柳郎，一何厚耶？有情者观之，莫不怆然。善谐音律者，广以为曲，俾行于世，使系牙齿之间，则幼玉虽死不死也。吾故叙述之。

【注释】

①湖外：湖南，洞庭湖以南。

②衡州：唐州名，州治在今湖南衡阳。

③伦辈：同辈。

④郡侯：郡太守。这里指宋代州的长官知州。

⑤郎中：官名，唐宋时在朝外的郎中经常任州刺史，宋代称为"知州"。

⑥东西二京：东京指洛阳，西京指长安。

⑦真宰：指天。古人认为天是主宰万物的。

⑧兰蕙：兰和蕙都属兰科的香花。这里用以喻指王幼玉。

⑨上苑：皇家的花园。居上苑，喻王幼玉如能得居京洛（东西二京），则桃李逊色。

⑩此道：指为娼妓。

⑪我侪：我辈。

⑫巧言令色：语出《论语·学而》："巧言令色，鲜矣仁。"郑玄注："好其言，善其色，致饰于外，务以悦人。"这里指奉迎别人。

⑬室之：以之为室，娶她为妻。

⑭倦游：对外游他乡已感厌倦。

⑮陇：通"垄"，坟墓。《方言》："冢，秦晋之间谓之坟，或谓之垄。"这一句说，我死后将葬在你的祖茔之中。意思是将来二人必成夫妻。

⑯我发委地：我的头发拖到地上。意即头发很长。古人以长发为美。

⑰窥觇（chān 掺）：偷看。此句意思是，他人无从得到我的头发。

⑱伏枕：形容思念之深。《诗·陈风·泽陂》："寤寐无为，辗转伏枕。"注："辗转伏枕，卧而不寐，思之深且久也。"这里指卧病。

⑲紫府：道教以紫府为天宫，仙人居游之所。《十洲记》："青丘有风山，山恒震声，有紫府宫，天真仙女游于此地。"这里指幼玉居处。

⑳燕息：休息。

㉑阳娇：当是仙女。未详出处。

㉒绀（gàn 干）发：黑里透红的头发。一般用来形容女冠的头发。

㉓翠眸横剪秋江水：写眼睛有神。古人常以"秋水"、"秋波"、"横波"来形容眼神。翠眸，黑眼珠。

㉔春笋：春天的竹笋。这里用以比喻纤纤素手。

㉕纹履鲜花窄窄弓：弓鞋绣有花纹图案。

㉖乱红委：指花瓣飘落在地。

㉗"王孙"句：意谓公子哥儿看了为之神魂颠倒。

㉘东邻：用宋玉《登徒子好色赋》中的"东家之子"。宋玉说他的东邻女子极美。这里以美女见王幼玉而羞怯反衬王的美貌无与伦比。

㉙镇：常。

㉚青羽飞来：指音信寄来。青羽，即"青鸟"，西王母信使。

㉛连理枝：比喻男女爱情。见前《长恨传》注。

㉜鹣：鸟名，俗称"比翼鸟"。比喻情侣。见前《长恨传》注。

㉝松筠（yún 匀）：松树和竹子。松竹冬夏常青，这里用以比喻爱情永固。

㉞烟霞路：即前"桃源去路隔烟霞"之桃源路。暗用刘晨、阮肇遇仙女事，言共入仙境，永相和好。

㉟潇湘：湘江的别称，在今湖南省。

㊱醉高楼：作者自造词牌，未曾流传，不见于《词律》和《词谱》。

㊲青草：指青草湖。在今湖南岳阳市，与洞庭湖相连。

㊳"春蚕"二句：李商隐《无题》（"相见时难别亦难"）的第三、四两句。蜡烛，今本李诗作"蜡炬"。"丝"与"思"谐音；蜡泪暗喻相思之泪。

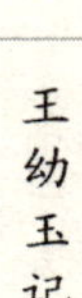

㊴拿舟：引舟，乘船。

㊵旧契：旧约。

㊶真元：真气、元气。

㊷湘水：即湘江。湘水佳人，指王幼玉。

㊸帝都：京城。帝都才子，指柳富。

㊹化去：死去。

㊺兖州：今山东兖州。

㊻徇利：从利。《汉书·贾谊传》："贪夫徇财，烈士徇名。"注："以身从物曰徇。"

㊼潇女霍生事：未详，待考。

李师师外传

（宋）佚　名

本篇录自《琳琅秘室丛书》，作者不详。

宋人传奇多取历史题材，本篇则是写当朝故事。所写宋徽宗（赵佶）和李师师的故事，常见于其他文字记载。据《耆旧续词》载，北宋亡后，李师师展转南游，死于湖湘；本文则写她骂敌而死。这个妓女，在强虏面前毫不示弱，大义凛然，以身殉国。这一形象是对张邦昌、刘豫之流的降臣的有力批判，也是对南宋以高宗（赵构）为首的投降派的辛辣讽刺。

李师师者，汴京东二厢[①]永庆坊染局匠王寅之女也。寅妻既产女而卒，寅以菽浆[②]代乳乳之，得不死。在襁褓[③]未尝啼。汴俗，凡男女生，父母爱之，必为舍身佛寺[④]。寅怜其女，乃为舍身宝光寺。

女时方知孩笑[⑤]。一老僧目之曰："此何地，尔乃来耶？"女至是忽啼。僧为摩其顶，啼乃止。寅窃喜，曰："是女真佛弟子。"——为佛弟子者，俗呼为"师"，故名之曰师师。

师师方四岁，寅犯罪系狱死。师师无所归，有倡籍李姥者收养之。比长，色艺绝伦，遂名冠诸坊曲[⑥]。徽宗帝即位[⑦]，好事奢华，而蔡京、章惇、王黼之徒[⑧]，遂假绍述[⑨]为名，劝帝复行青苗诸法[⑩]。长安中粉饰为饶乐气象[⑪]。市肆酒税，日计万缗，金玉缯帛，充溢府库。于是童贯、朱勔辈复导以声色狗马宫室苑囿之乐[⑫]。凡海内奇花异石，搜采殆遍。筑离宫[⑬]于汴城之北，名曰艮岳[⑭]。帝般乐[⑮]其中，久而厌之。更思微行，为狎邪游[⑯]。

内押班[⑰]张迪者，帝所亲幸之寺人也[⑱]。未宫时为长安狎客[⑲]，往来诸坊曲，故与李姥善。为帝言陇西氏色艺双绝[⑳]，帝艳心[㉑]焉。翼日，命迪出内府紫茸二匹、霞氈二端、瑟瑟珠二颗、白金廿镒[㉒]，诡云大贾赵乙，愿过庐一顾。姥利金币，喜诺。暮夜，帝易服杂内寺四十余人中，出东华门，二里许，至镇安坊。——镇安坊者，李姥所居之里也。

帝麾止余人[㉓]，独与迪翔[㉔]步而入。堂户卑庳[㉕]。姥出迎，分庭抗礼[㉖]，慰问周至。进以时果数种，中有香雪藕、水晶苹婆[㉗]，而鲜枣大如卵，皆大官所未供者。帝为各尝一枚。姥复款洽[㉘]良久，独未见师师出拜，帝延伫以待[㉙]。时迪已辞退，姥乃

引帝至一小轩。蹦几临窗[30]，缥缃数帙[31]，窗外新篁，参差弄影。帝翛然[32]兀坐，意兴闲适，独未见师师出侍。少顷，姥引帝到后堂。陈列鹿炙、鸡酢、鱼脍、羊签等肴，饭以香子稻米，帝为进一餐。姥侍旁，款语移时，而师师终未出见。帝乃疑异，而姥忽复请浴，帝辞之。姥至帝前，耳语曰："儿性好洁，勿忤。"帝不得已，随姥至一小楼下湢室[33]中浴竟。姥复引帝坐后堂，肴核水陆，杯盏新洁，劝帝欢饮，而师师终未一见。

良久，姥才执烛引帝至房。帝搴帷而入，一灯荧然，亦绝无师师在。帝益异之，为徙倚几榻间。又良久，见姥拥一姬珊珊而来[34]。淡妆不施脂粉，衣绢素，无艳服。新浴方罢，娇艳如出水芙蓉。见帝意似不屑，貌殊倨，不为礼。姥与帝耳语曰："儿性颇愎[35]，勿怪。"帝于灯下凝睇物色[36]之，幽姿逸韵，闪烁惊眸[37]。问其年，不答。复强之，乃迁坐于他所。姥复附帝耳曰："儿性好静坐。唐突勿罪。"遂为下帷而出。师师乃起，解玄绢褐袄，衣轻绨，卷右袂，援[38]壁间琴，隐几端坐而鼓《平沙落雁》之曲[39]。轻拢慢捻[40]，流韵淡远。帝不觉为之倾耳，遂忘倦。比曲三终，鸡唱矣。帝亟披帷出。姥闻，亦起，为进杏酥饮、枣糕、饦饦[41]诸点品。帝饮杏酥杯许，旋起去。内侍从行者皆潜候于外，即拥卫还宫。时大观三[42]年八月十七日事也。

姥私语师师曰："赵人礼意不薄，汝何落落乃尔[43]？"师师怒曰："彼贾奴耳。我何为者？"姥笑曰："儿强项[44]，可令御史里行也[45]。"而长安人言籍籍[46]，皆知驾幸陇西氏。姥闻大恐，日夕惟涕泣。泣语师师曰："洵是[47]，夷吾族矣！"师师曰："无恐。上肯顾我，岂忍杀我？且畴昔之夜，幸不见逼，上意必怜我。惟是我所窃自悼者，实命不犹[48]，流落下贱，使不洁之名，上累至尊，此则死有余辜耳。若夫天威震怒，横被诛戮，事起佚游，上所深讳，必不至此，可无虑也。"

次年正月，帝遣迪赐师师蛇跗琴[49]。（蛇跗琴者，琴古而漆黦[50]，则有纹如蛇之跗，盖大内珍藏宝器也。）又赐白金五十两。三月，帝复微行如陇西氏。师师仍淡妆素服，俯伏门阶迎驾。帝喜，为执其手令起。帝见其堂户忽华敞[51]，前所御处[52]，皆以蟠龙锦绣覆其上。又小轩改造杰阁[53]，画栋朱阑，都无幽趣。而李姥见帝至，亦匿避；宣至，则体颤不能起，无复向时调寒送暖情态。帝意不悦，为霁颜[54]，以老娘呼之，谕以一家子无拘畏。姥拜谢，乃引帝至大楼。楼初成，师师伏地叩帝赐额。时楼前杏花盛放，帝为书"醉杏楼"三字赐之。少顷置酒，师师侍侧，姥匍匐传樽为帝寿。帝赐师师隅坐[55]，命鼓所赐蛇跗琴，为弄《梅花三叠》[56]。帝衔杯饮听，称善者再。然帝见所供肴馔皆龙凤形，或镂或绘，悉如宫中式。因问之，知出自尚食房厨夫手[57]，姥出金钱倩制者。帝亦不怿，谕姥今后悉如前，无矜张显著[58]。遂不终席，驾返。

帝尝御画院[59]，出诗句试诸画工，中式者岁间得一二[60]。是年九月，以"金勒马嘶芳草地，玉楼人醉杏花天"名画一幅赐陇西氏。又赐藕丝灯、暖雪灯、芳苡[61]灯、火凤衔珠灯各十盏；鸬鹚杯、琥珀杯、琉璃盏、镂金偏提各十事[62]；月团、凤团、蒙顶等茶百斤[63]；饦饦、寒具、银饺饼数盒[64]。又赐黄白金各千两。

时宫中已盛传其事，郑后闻而谏曰[65]："妓流下贱，不宜上接圣躬。且暮夜微

行，亦恐事生叵测。愿陛下自爱。”帝颔之。阅岁者再[66]，不复出；然通问赏赐，未尝绝也。宣和二年[67]，帝复幸陇西氏。见悬所赐画于醉杏楼，观玩久之。忽回顾见师师，戏语曰：“画中人乃呼之竟出耶？”即日赐师师辟寒金钿、映月珠环、舞鸾青镜、金虬香鼎。次日，又赐师师端溪、凤咮砚[68]，李廷珪墨[69]，玉管宣毫笔[70]，剡溪绫纹纸[71]。又赐李姥钱百千缗。

迪私言于上曰：“帝幸陇西，必易服夜行，故不能常继。今艮岳离宫东偏有官地袤延二三里，直接镇安坊。若于此处为潜道[72]，帝驾往还殊便。”帝曰：“汝图之。”于是迪等疏言：“离宫宿卫人向多露处。臣等愿捐赀若干，于官地营室数百楹，广筑围墙，以便宿卫。”帝可其奏。于是羽林巡军[73]等，布列至镇安坊止，而行人为之屏迹[74]矣。

四年三月，帝始从潜道幸陇西，赐藏阄、双陆等具[75]。又赐片玉棋盘、碧白二色玉棋子、画院宫扇、九折五花之簟、鳞文蓐叶之席、湘竹绮帘、五彩珊瑚钩。是日，帝与师师双陆不胜，围棋又不胜，赐白金二千两。嗣后师师生辰，又赐珠钿、金条脱各二事[76]，玑琲一箧[77]，毳锦数端，鹭毛缯、翠羽缎百匹，白金千两。后又以灭辽庆贺[78]，大赉州郡，加恩宫府。乃赐师师紫绡绢幕、五彩流苏、冰蚕神锦被[79]、却尘锦褥、麸金千两，良酝[80]则有桂露、流霞、香蜜等名。又赐李姥大府[81]钱万缗。计前后赐金银钱、缯帛、器用、食物等，不下十万。

帝尝于宫中集宫眷等宴坐，韦妃[82]私问曰：“何物李家儿，陛下悦之如此？”帝曰：“无他，但令尔等百人，改艳妆，服玄素，令此娃杂处其中，迥然自别。其一种幽姿逸韵，要在色容之外耳。”

无何，帝禅位，自号为道君教主[83]，退处太乙宫[84]。佚游之兴，于是衰矣。师师语姥曰：“吾母子嘻嘻[85]，不知祸之将及。”姥曰：“然则奈何？”师师曰：“汝第勿与知，唯我所欲。”

时金人方启衅，河北告急[86]。师师乃集前后所赐金钱，呈牒开封尹，愿入官[87]，助河北饷。复赂迪等代请于上皇，愿弃家为女冠[88]。上皇许之，赐北郭慈云观居之。

未几，金人破汴[89]。主帅闼懒索师师[90]，云：“金主[91]知其名，必欲生得之。”乃索之累日不得。张邦昌等为踪迹之[92]，以献金营。师师骂曰：“吾以贱妓，蒙皇帝眷，宁一死，无他志。若辈高爵厚禄，朝廷何负于汝，乃事事为斩灭宗社[93]计？今又北面事丑虏，冀得一当[94]，为呈身之地。吾岂作若辈羔雁贽耶[95]？”乃脱金簪自刺其喉，不死；折而吞之，乃死。道君帝在五国城[96]，知师师死状，犹不自禁其涕泣之汍澜也[97]。

论曰：李师师以娼妓下流，猥蒙异数[98]，所谓处非其据[99]矣。然观其晚节，烈烈有侠士风，不可谓非庸中佼佼[100]者也。道君奢侈无度，卒召北辕之祸[101]，宜哉。

【注释】

①汴京：北宋都城，今河南开封。参见前《李章武传》“大梁”注。厢：宋代京城划分为若干区域，称为“厢”。

②菽浆：豆浆。

③在襁褓：指婴孩时代。

④舍身：佛家语，意思是舍出自身去供养佛。其形式有多种：或入庙为奴为僧尼，或为报恩、布施而烧臂烧身、割肉弃身等等，均称舍身。这里指举行一定的仪式，表示舍身者已入佛籍，成了佛弟子，但并不入寺庙为僧为尼。

⑤孩笑：小孩的笑。婴儿笑为“孩”。

⑥坊曲：原意为小街巷，这里指妓院。

⑦徽宗帝即位：宋徽宗赵佶于公元1101年即位，年号为“建中靖国”。

⑧蔡京、章惇、王黼之徒：这几个都是北宋的权奸。蔡京，字元长，仙游（今福建仙游）人。熙宁间中进士。元丰末知开封府。先后结交章惇、童贯，官至尚书右仆射兼中书侍郎，前后四任宰相。为“六贼”（蔡京、王黼、童贯、梁师成、李彦、朱勔）之首。钦宗朝贬死。章惇，字子厚，浦城（今福建浦城）人。哲宗（赵煦）朝知枢密院事，任尚书左仆射兼门下侍郎。徽宗时封申国公，后即贬死。王黼，字将明，祥符（在今河南开封）人，官左谏议大夫，宣和初拜特进少宰。为“六贼”之一，钦宗朝伏诛。

⑨绍述：本义是继承。宋哲宗和徽宗继续实行宋神宗（赵顼）朝王安石制定的新法，史称“绍述”之政。蔡京打着推行“新法”的旗号，其实质与“新法”并不一样，只是借以结党营私，排斥异己。

⑩青苗诸法：指王安石做宰相时所实行的青苗、农田水利、均输、保甲等法。

⑪长安：本来是汉、唐的首都，后来就作为帝都的代称。这里指北宋京城汴京。饶乐：富饶安乐。

⑫童贯、朱勔（miǎn 缅）：当时的两个权奸，是“六贼”中的人物。童贯，字道辅，开封人，本为宦官，政和初，因镇压方腊“有功”，进太师。钦宗朝诛杀。朱勔，苏州（今江苏苏州）人，官至防御使。徽宗时，谄事蔡京得官。以进“花石纲”为名，巧取豪夺，流毒州郡二十年。陆游《老学庵笔记》载时谚云：“金腰带，银腰带（按，朱勔家奴系金腰带），赵家世界朱家坏。”钦宗朝被杀。

⑬离宫：行宫，皇帝在外临时居住的地方。

⑭艮岳：宋徽宗政和元年（1111），在汴京兴建万岁山，周围十余里，建有山水楼台，布置奇花异石，充实珍禽异兽，花费十年时间，宣和四年（1122）告竣，竭尽民力财力。山在京城东北方，这个方位合《易经》中的“艮”卦，所以叫做“艮岳”。

⑮般乐：大乐，纵乐。《孟子·公孙丑上》“般乐怠敖”，赵岐注：“般，大也。”

⑯狎邪游：指狎妓。邪，同“斜”，狭斜，妓女所居之处。

⑰内押班：皇帝随身的内侍官，属内侍省。

⑱寺人：也称“内侍”，即太监。

⑲未宫时：未做太监时。宫，刑罚名，阉掉生殖器。

⑳陇西氏：指李姓。自汉以来陇西大族数李姓，所以称李姓为陇西氏。

㉑艳心：艳羡，歆羡，羡慕。

㉒内府：皇家的府库。紫茸：或说是“子毦（rǒng 冗）”的误文。“子毦”是一种细而软的毛。俞琰《席上腐谈》：“北方毛段细软者，曰子毦；子谓毛之细者，今误为紫茸。”霞氎（dié 谍）：一种有文彩的棉布。氎，也叫“白氎”、“帛氎”，木绵织的棉布，汉以后从西域传入中原。瑟瑟珠：碧色的珠。产于于阗（在今新疆和田市）。白金廿镒：白银四百八十两。古代二十四

两(一说二十两)为一镒。

㉓麾:同"挥"。

㉔翔步:安闲舒缓地行步。

㉕堂户卑庳(bì 碧):厅堂门户低矮简陋。

㉖分庭抗礼:平起平坐,礼节平等。语出《庄子·渔父》。

㉗苹婆:苹果。

㉘款洽:亲切地接待叙谈。

㉙延伫:久立。

㉚蹶几:榧木做的几。蹶,同"榧",一种高大的常绿乔木。

㉛缥缃数帙:有书数卷。缥缃,丝织的书衣。

㉜翛(xiāo 肖)然:无拘无束、自由自在的样子。

㉝湢(bì 碧)室:浴室。

㉞珊珊:玉声。这里似应作"姗姗",形容走路缓慢从容的姿态。

㉟愎(bì 碧):执拗,任性。

㊱物色:仔细端详,认真地看。

㊲闪烁惊眸:光彩耀眼。

㊳援:取,拿。

㊴隐(yìn 饮)几:倚几,靠着几。《平沙落雁》:琴曲名,作者未详。也有用别的乐器合奏的。高士奇《蓬山密记》:"上又云:'朕近以琴谱《平沙落雁》勾作琵琶、弦子、虎拍、筝四乐器同弹。'因命弹之,四乐合成一声,仍作琴音,声甚清越,极其大雅。"

㊵轻拢慢捻:弹琴指法。语出白居易《琵琶行》。拢,手指按弦,上下按捺,即今揉弦。捻,拨弦的指法。

㊶饦饦:即不托,汤饼。程大昌《演繁露》:"古之汤饼皆以手抟而擘置汤中,后世改用刀几,乃名不托,言不以掌托也。"

㊷大观三年:公元 1109 年。大观,宋徽宗赵佶的年号(1107～1110)。

㊸落落乃尔:落落,不随和。乃尔,像这个样子,到如此地步。

㊹强项:不低头,倔强。据《后汉书·董宣传》载,东汉时,光武帝之妹湖阳公主的恶奴白昼杀人,洛阳令董宣将恶奴捕杀。光武帝令小太监挟持着董宣强制他向公主叩头赔罪,董宣双手撑地,始终不低头,光武帝称之为"强项令"。

㊺御史里行:掌管纠察、察疑狱等事务的中下级官吏,一般为散官。里行,散官的一种,在正员之外所设。

㊻人言籍籍:议论纷纷。籍籍,又作"藉藉"。

㊼洵是:诚然如此,真的这样。

㊽实命不犹:命运不如人。语出《诗·召南·小星》。不犹,不同,不如人。

㊾蛇跗(fū 夫)琴:一种名贵的古琴,琴身漆的断纹,如蛇腹鳞纹。陆游诗:"古琴蛇跗评无价,宝剑鱼肠托有灵。"跗,蛇腹下横鳞,蛇靠它才能行走。

㊿漆黦(yuè 月):漆为黄黑色。

51华敞:华丽宽敞。

52御处:皇帝所到之处所,所接触之器物。

53杰阁:高阁。杰,秀出,高大。

㊴霁颜：收住怒气，表现出和颜悦色。

㊵隅坐：在旁边坐下。

㊶梅花三叠：又叫《梅花三弄》，原为晋代桓伊笛曲，后改编为古琴曲（见《神奇秘谱》）。三叠，指曲调反复三次。

㊷尚食房：即主管皇帝御膳的尚食局，主管官称奉御。

㊸矜张显著：指讲究排场，大肆张扬。

㊹画院：北宋设翰林图画院，是皇帝御用的画院，招罗画工，以画艺高下授待诏、祗候、艺学、画学正、学生、供奉等衔。宣和画院还建立“画学”，列入科举。

㊺中式：合于选式，即符合考试标准。

㊻苡（yǐ 义）：薏苡，多年生草本植物。

㊼偏提：又叫“酒鳖”，扁形的酒壶。十事：十件。

㊽月团、凤团、蒙顶等茶：都是名贵的茶叶。月团，出湖南衡山；凤团出福建建溪；蒙顶，出四川蒙山。

㊾寒具：又叫“馓子”，一种食品，以糯粉和面、芝麻，加糖，油炸成（见《本草纲目》）。银饺（dàn 但）饼：一种乳酪和肉类制的饼。

㊿郑后：宋徽宗郑皇后，开封人，政和元年立为皇后，性端谨，善承帝意。钦宗朝尊为宁德太后。汴京破，被俘至金，死于五国城，年五十二。谥为显肃。

66阅岁者再：再一次阅岁，指经过两年。

67宣和二年：公元1120年。

68端溪、凤咮（zhòu 宙）砚：两种著名的砚台。端溪砚，用广东高要市的端溪的砚石制成，质地温润细腻，世称“端砚”。宋朝建炎、绍兴年间有无名氏撰写《端溪砚谱》。凤咮砚，据苏轼《凤咮砚铭序》载，福建北苑龙焙山有一块苍黑的石头，坚细如玉，形状像一只飞着的凤正在饮水。当时人王颐用它作砚，苏轼命名为“凤咮砚”。咮，鸟嘴。

69李廷珪墨：南唐墨工李廷珪所制的墨，坚硬精良，非常耐用。

70宣毫笔：宣州（今安徽泾县）所制的名贵毛笔。

71剡溪绫纹纸：剡溪纸，见前《三水小牍》之《飞烟传》“剡溪玉叶纸”注。

72潜道：隐蔽的通道。

73羽林巡军：皇帝的禁卫军，宋代无羽林军，这里是借用前代的名称。

74屏（bǐng 饼）迹：绝迹。

75藏阄（jiū 揪）、双陆：两种游戏玩具。藏阄，古代的藏钩之戏。双陆，南北朝时从天竺（今印度）传入的棋类游戏。

76金条脱：金钏，金手镯。

77玑琲（bèi 贝）：珠串子。玑，不圆的珠子。琲，珠十贯（串）为一琲。引申为珠串子。

78灭辽庆贺：宣和五年（1123），金朝在青冢击败辽主，将燕、涿、易、檀、顺、景、蓟七州，掠夺殆尽，空城归还宋朝。童贯去接收，谎报军情，吹嘘灭了辽国（按辽亡于金，在宣和七年），收复失地。朝廷和地方大加赏赐，表示庆贺。

79冰蚕：传说员峤山有冰蚕，在冰雪下结五彩茧。这种蚕丝织成锦不怕水火（见《拾遗记》）。

80良酝：美酒。

81大府：国库。

82韦妃：宋徽宗韦贤妃，开封人，高宗赵构的母亲。被俘至金，绍兴十二年（1142）八月放归

临安，绍兴二十九年卒，年八十二，谥显仁。

㊽“帝禅位”二句：宣和七年(1125)金兵大举入侵，徽宗禅位给太子赵桓(钦宗)，太子尊徽宗为道君太上皇帝。道君教主，道教之主。徽宗信奉道教，故用以自称。

㊾太乙宫：宋建有东、中、西三太乙宫。

㊿嘻嘻：欢笑：《易·家人》“妇子嘻嘻”，疏云：“嘻嘻，喜笑之貌也。”

⑧⑥河北告急：宣和七年，金兵分两路进攻宋朝，西路攻太原，而后取洛阳；东路从河北直扑东京。

⑧⑦愿入官：将所有赏赐全部捐献给官府。

⑧⑧女冠：女道士。

⑧⑨金人破汴：靖康元年(1126)十一月汴京陷落，次年，金人虏徽、钦二帝北上。

⑨⓪闼懒：挞辣，一名昌，金前后两次攻打宋都汴京，他都率兵配合。金天眷二年(1139)为都元帅，后与谋反有牵连，被诛。

⑨①金主：指金太宗完颜晟。

⑨②张邦昌：字子能，东光人，曾任宋朝太宰兼门下侍郎。金兵攻下汴京，立为“楚帝”，当了儿皇帝。人心不附，不久自行下台。宋高宗(赵构)即位后，贬潭州，处死。

⑨③宗社：宗庙社稷，代指国家。

⑨④当(dàng 荡)：机会。

⑨⑤羔雁贽：本指结婚聘礼，这里是怒斥张邦昌之流把自己作为向金人投降的见面礼。

⑨⑥五国城：在今黑龙江依兰县以东松花江一带。辽时，这一带有剖阿里、盆奴里、奥里米、越里笃、越里吉等五国部落归附，宋在这五处设节度使管辖，称为“五国城”。宋徽宗被俘，就囚禁在依兰县的“五国头城”，高宗绍兴五年(1135)死在这里。

⑨⑦汍澜：涕泪横流。

⑨⑧猥蒙异数：指得到不应该得到的优厚待遇。

⑨⑨处非其据：指居于非她所应居的地位。

⑩⓪庸中佼(jiǎo 绞)佼：普通人之中的杰出人物。庸，本作“佣”，雇工，普通人。语出《后汉书·刘盆子传》：“卿所谓铁中铮铮，佣中佼佼者也。”

⑩①北辕之祸：指徽、钦二帝被俘北去事。

李莺莺

（宋）佚　名

《李莺莺》，作者不详。本篇选自《绿窗新话》。《绿窗新话》，南宋风月主人编，为南宋说书人的重要参考书。内容多属恋爱故事，也有少数文人才女的轶事诗文，以及音乐方面的传说。这些材料都是摘录前人传奇、札记中的重要情节。后世小说、戏曲也多取材于此。《李莺莺》篇亦见《青琐高议别集》，两者故事大体相同，文字略有出入，可能当时流行两种不同版本。明代冯梦龙《警世通言》第二十九卷《宿香亭张浩遇莺莺》是由《绿窗》本发展来的。周夷校补《绿窗新话》时，参考了《青琐》本和《警世通言》，酌加增删，较为完备，故今据以校补《绿窗》本，校补之处不另加说明。

张浩，字巨源，西洛[1]人也。荫补为刊正[2]。家财巨万，豪于里中。甲第壮丽，与王公大人侔[3]。浩好学，年及冠，洛中士人，多慕其名。贵族多与结姻好，每拒之曰："声迹晦陋[4]，未愿婚也。"第北构圃[5]，为宴私之所，风轩月榭，水馆云楼，危桥曲槛，奇花异草，靡所不有，日与俊杰士游宴其间。

一日，与廖山甫闲坐宿香亭下，时桃李已芳，牡丹未坼，春意浩荡。步至轩东，有方束发小鬟，引一青衣倚立。细视，乃出世色[6]，新月笼眉，秋莲著脸[7]，垂螺压鬓，皓齿排琼，嫩玉生光，幽花未艳，见浩亦不避。浩乃告廖曰："仆非好色者，今日深不自持，魂魄几丧，为之奈何！"廖曰："以君才学、门第，结婚于此，易若反掌。"浩曰："待媒成好，当逾岁月，则我在枯鱼肆[8]矣。"廖曰："但患不得之，苟得之，何晚早为恨？君试以言谑之。"浩乃进揖之，女亦敛容致恭。浩曰："愿闻子族望姓氏。"女曰："某乃君之东邻也。家有严君[9]，无故不得出，无缘见君也。"浩乃知李氏耳，曰："敝苑幸有隙馆[10]，欲少备酒肴，以接邻里之欢，如何？"女曰："某之此来，诚欲见君，今日幸遇，愿无及乱[11]，即幸也。异日倘执箕帚，预祭祀之末，乃某之志。"浩喜出望外，曰："若得与俪偕老，即平生之乐，不知命分[12]如何耳。"女曰："愿得一物为信，即某之志有所定，亦用以取信于父母。"浩乃解罗带与之，女曰："无用也，愿得一篇亲笔，即可矣。"遂以拥项香罗[13]，令浩题诗。浩喜，询其年月，曰："十三岁。"乃指未开牡丹为题，作诗曰：

迎日香苞[14]四五枝，我来恰见未开时。

包藏春色[15]独无语，分付芳心更待谁？

碧玉蔀中藏蜀锦[16]，东吴宫里锁西施[17]。

神功造化有先后，倚槛王孙休怨迟[18]。

女阅之，益喜曰："君真有才者，生平在君，愿君留意。"乃去。

浩自兹忽忽如有所失，寝食俱废。月余，有尼至，——盖常出入门者，曰："李氏致意，近以前事托乳母白父母，不幸坚不诺。业已许君，幸无疑焉。"至明年，牡丹正芳，浩开轩赏之，独叹。乃剪花数枝，使人窃遗李曰："去岁花未坼，遇君于阑畔[19]；今岁花已开，而人未合。既为夫妻，窃一见，亦非乱也。如何？"李复遣尼曰："初夏二十日，亲族中有适人者[20]，父母俱去，必挈同行。我托病不往，可于前苑轩中相会也。"浩大喜，严洁馆宇，预备酒醴以俟。至望后一日[21]，前尼复至，曰："李氏遗君书。"浩开读，乃词一首，云："昨夜赏月堂前，颇有所感，因成小阕，以寄情郎。"曲名《极相思》，曰：

红疏翠密晴暄，初夏困人天。风流滋味，伤怀尽在，花下风前。后约已知君定[22]，这心绪尽日悬悬！鸳鸯两处，清宵最苦，月甚先圆[23]！

至期，浩入苑待至。不久，有红绸覆墙[24]，乃李逾而来也。生迎归馆。时街鼓声沉，万动俱息，轻幕摇风，疏帘透月。秋水盈盈，纤腰袅袅，解衣就枕，羞泪成交。浩以为巫山、华胥之遇[25]，不过此也。天将晓，青衣复拥李去，浩诗戏曰：

华胥佳梦惟闻说，解佩江皋浪得声[26]。

一夕东轩多少事，韩郎虚负窃香名[27]。

李得诗，谓浩曰："妾之此身，已为君所有，幸终始成之。"遂携手下亭，转柳穿花，至墙下，浩扶策李升梯而去[28]。自此之后，虽音耗时通，而会遇无便。

不数月，李随父之官。李遣尼谓浩曰："俟父替回[29]，当成秦晋之约。"李去二载，杳然无耗。及浩叔典郡替回[30]，谓浩曰："汝年及冠，未有室，吾为掌婚[31]。"浩不敢拒。叔乃与约孙氏，亦大族也。方纳采问名[32]，会李父替回，李知浩已约婚孙。李告父母曰："儿先已许归浩，父母若更不诺，儿有死而已。"一夕，李不见，父母急寻之，已在井中矣。使人救之，则喘然尚有余息。既苏，父曰："吾不复拒汝矣，当遣人通好，但浩已约孙，奈何！"李曰："自有计。"

一日，诣府陈词，曰："某已与浩结姻素定，会父赴官，洎归，则浩复约孙氏。"因泣下，陈浩诗及笺记之类。府尹[33]乃下符召浩，曰："汝先约李，而复约孙乎？"浩曰："非某本心，叔父之命，不敢拒耳。"尹曰："孙未成娶，吾为汝作伐[34]，复娶李氏。"遂判曰："花下相逢，已有终身之约；中道而止，欲乖偕老之心。在人情深有所伤，论律文[35]亦有所禁。宜从先约，可绝后婚。"由是浩复娶李氏。二人再拜谢府尹，归而成亲。夫妇恩爱，偕老百年。生二子，皆登科[36]矣。

【注释】

①西洛：即洛阳。宋时以汴京（今开封市）为国都，洛阳在汴京西边，故称"西洛"。

②刊正：校正文字的谬误。这里指任刊正之职。

③侔：相等。
④声迹晦陋：声名未扬，事迹未显。
⑤第北构圃：在宅第的北面修了个花园。
⑥出世色：容貌盖世，非常美丽。
⑦新月笼眉，秋莲著脸：眉毛弯弯像新月，脸色像荷花。
⑧我在枯鱼肆：见前《莺莺传》“索我于枯鱼之肆”注。
⑨严君：严厉的父亲。
⑩隙馆：空馆舍，空房子。
⑪无及乱：指不要做出越礼的举动。
⑫命分：命运、福分。
⑬拥项香罗：围在脖子上的香罗巾。
⑭香苞：指含苞待放的牡丹。全诗以此喻少女。
⑮春色：言花色，绾合少女的春情。
⑯碧玉蔀中藏蜀锦：碧绿色的花苞里藏着如锦的花瓣。碧玉，指碧玉色，这里又暗喻“碧玉破瓜”前的少女。蔀，覆盖，这里指包花蕊的花衣。蜀锦，古蜀地锦城（今四川成都）产锦，称为“蜀锦”。这里以锦喻花瓣。
⑰东吴宫里锁西施：春秋时越国美女西施，在越王勾践为吴战败时，被献给好色的吴王夫差，所以说“吴宫锁西施”。东吴，即春秋时吴国，非三国之东吴。
⑱王孙：泛指贵族公子。休怨迟，不要埋怨开得迟。
⑲阑：栏杆。
⑳有适人者：有女嫁给人家。
㉑望后一日：望为阴历十五日，后一日即十六日，又叫既望。
㉒后约：指前所说夏月二十日的约会。
㉓月甚先圆：这首词作于十五日赏月，正是月圆时候，而他们俩须到二十日才能见面团圆，所以说月亮为什么比他们先圆。
㉔细：通“茵”，席，蓐。
㉕华胥：据《列子·黄帝》载，黄帝“昼寝而梦，游于华胥氏之国，……其国无帅长，自然而已；其民无嗜欲，自然而已。……黄帝既寤，怡然自得”。所谓“华胥梦”，原与男女爱情无涉，后来也许因为是好梦，所以用以喻不期而遇的爱情。下文“华胥佳梦惟闻说”，即含有此意。
㉖解佩江皋浪得声：据刘向《列仙传》载，江妃二女游于江汉，逢郑交甫。郑目而挑之，女遂解佩与之，交甫行数步，空怀无佩，女亦不见。这句即用此典。浪得声，虚闻其说。
㉗韩郎虚负窃香名：用韩寿偷香典故，见前《世说新语》之《韩寿》篇。
㉘策：策动，促动。扶策，扶助李往上爬梯的意思。
㉙替回：古时为官有时限，到期更替。这里指更替回家。
㉚典郡：指任州郡长官。典，主管。
㉛掌婚：主婚，决定婚姻之事。
㉜纳采问名：古婚礼中的两项内容，参见前《李娃传》“六礼”注。
㉝府尹：州郡的长官，即宋代的知州。符：符信，凭证。此指官府通知人犯的文书。
㉞作伐：做媒人。《诗·豳风·伐柯》：“伐柯如何，匪斧不克。取妻如何，匪媒不得。”后世因称作媒妁为“作伐”、“伐柯”、“执柯”，称媒人为“伐柯人”、“执柯人”。
㉟律文：法律条文。
㊱登科：考上进士。

裴玉娥

（宋）佚　名

《裴玉娥》，作者不详。《裴玉娥》篇出《北窗志异》，今据周夷校补《绿窗新话》转录。篇中所写裴玉娥和黄捐的爱情故事，发生在僖宗朝，在流传过程中与唐玄宗时崔怀宝和薛琼琼的爱情故事混为一谈，这也许是因为裴玉娥和薛琼琼都是弹筝名手的缘故。明末清初路术淳《玉马佩》传奇就是据《北窗志异》的裴玉娥故事和《丽情集》薛琼琼的故事编写的。

秀才黄捐者，家世阀阅①，有玉马坠②，色泽温柔，镂刻精工，生自幼佩带。一日，游市中，遇老叟，鹤发丰标③，大类有道者。向生乞玉坠，生亦无所吝惜，解授老人，不谢而去。

荆襄守帅④聘生为记室，行至江渚，见一舟泊岸，询之，乃贾于蜀者，道出荆襄。生求附舟，主人欣然诺焉。抵暮，忽闻筝声凄惋，大似薛琼琼⑤。薛琼琼，狭邪女⑥，筝为当时第一手。此生素所狎昵⑦者，入宫供奉矣⑧。生从窗中窥伺，见幼女，年未及笄⑨，娇艳之容，非目所睹。少选⑩，筝声阒寂，生情不自持，挑灯成一词，云：

平生无所愿，愿作乐中筝。得近佳人纤手子，研罗裙下放娇声⑪，便死也为荣。

早起伺之，女以金盆濯手。生乘间以前词书名字从门隙中投入。女拾词阅之，叹赏良久，遂启半窗窥生，见生丰姿皎然，乃曰："生平耻为贩夫贩妇，若与此生谐伉俪，愿毕矣。"自是频以目挑⑫。亭午⑬，主人出舟理楫，女隔窗招生，密语曰："夜无先寝，妾有一言。"生喜不自胜。

至夜，新月微明，女开半户，谓生曰："妾贾人女，小字玉娥，幼喜弄柔翰⑭，承示佳词，逸思新美，愿得从伯鸾，齐眉德曜足矣⑮。倘不如愿，有相从地下耳⑯。舟子在前，严父在侧，难以尽言。某月某日，舟至涪州⑰，父偕舟人往赛水神⑱，日晡方返⑲。君来当为决策。勿以纡道失期。"生曰："敬如约。"

次日，舟泊荆江⑳，群从促行，女从窗中以目送生，生不胜情。入谒守帅，辞欲往谒故友，数日复来。帅曰："军务倥偬㉑，且无他往。"生逡巡就旅舍，陴守甚严㉒，生度不得出，恐失前期，逾垣逸走㉓，沿途问询，如期抵涪州。见一水崖，绿阴拂岸，女舟孤泊其下。女独倚蓬窗，如有所待，见生至，喜动颜色，曰："郎君可谓信士㉔

矣!”嘱生:“水急,曳缆登舟。”生以手解维[25],欲登,水势汹涌,力不能持。舟逐水飘漾,去若飞电,生自岸叫呼,女从舟哭泣。生沿河狂走十余里,望舟若灭若没,不复见矣。

晚,女父至,觅舟不得,或谓缆断,舟随水去多时矣。女父追寻无迹,涕泗而回故里。

适琼琼之假母薛媪者,以琼琼供奉内庭,随之长安,行抵汉水,见舟覆中流,急命长年曳起。舟中一幼女,有殊色,气息奄奄。媪调以苏合[26],逾日方苏。媪诘其姓氏,且曰:“字人[27]未?”女言与生订盟矣,出其词为信。媪素重生,乃善视女,携入长安,谓之曰:“岁当试士,黄生必入长安。为汝侦访,素盟可谐也。”女衔谢不已。

一日,有胡僧直抵其室募化[28]。女见僧有异状,膜拜曰:“弟子有宿缘未了[29],望师指示迷津[30]”。僧曰:“汝有尘劫[31],我授汝玉坠,佩之可解。勿轻离衣裾。”授女而出。女心窃异之。

而生遍访女,杳然无踪,若醉若狂,功名无复置念。穷途资尽,适至荒林,见古刹,生入投宿,有老僧趺坐入定[32],生以五体投地,曰:“旧与一女子有约涪州,为天吴漂没[33],敢以叩问。”僧曰:“老僧岂知儿女事。”生固求,僧曰:“姑俟君试后,徐为访求。”复出数金以助行装。生不得已,一宿即行,勉强应制[34],得通籍[35],授刑部侍郎[36]。时吕用之柄政[37],敛怨[38]中外,生疏其不法[39],吕免官就第[40]。生少年高第[41],长安议婚者踵至[42],悉为谢却[43],盖不忍背女初盟也。

吕闲居,遍觅姬妾,闻薛媪有女佳丽,以五百缗为聘,随遣仆婢数十人,劫之归第。女啼泣不已,吕令诸婢拥入曲房[44]。诸客贺吕得尤物,置酒高会。有牧夫[45]狂呼曰:“一白马突至厩,争枥,啮伤群马。白马从堂奔入内室。”吕命索之,寂无所见,众咸骇异,因而罢酒。吕入女寝室,好言慰之,自为解衣,女力拒不得脱。忽有白马长丈余,从床笫腾跃,向吕蹄啮。吕释女,环室而走,急呼女侍入。马啮女侍,伤数人倒地。吕惊惶,趋出寝所,马遂不见。吕曰:“此妖孽也!”然贪恋女姿,不忍驱去,亦不敢复入女室矣,惟遍求禳遣[46]。有胡僧自言能禳妖,吕延僧入,僧曰:“此上帝玉马,为祟汝家,非人力能遣也。兆不利于主人。”吕曰:“将奈之何?”僧曰:“移之他人,可代也。”吕曰:“谁为我代耶?”僧良久曰:“长安贵人,相公有素所仇恨者,赠以此女,彼当之矣。”吕恨生刺己[47],思得甘心,乃曰:“得其人矣。”以金帛谢僧,不受,拂衣而出。

吕呼薛媪至,曰:“我欲以尔女赠故人,尔当偕往。”媪曰:“故人为谁?”吕曰:“刑部侍郎黄捐也。”媪闻之,私喜,入谓女曰:“黄郎为刑部侍郎,相公以汝不利于主,故欲以赠之,此胡僧之力也。”吕乃以后房奁饰,悉以赠女。先令长须持刺投生[48],生力拒,不允。适薛媪至,生曰:“此薛家媪也,何因至此?”媪曰:“相公欲以我女充下陈,故与偕来。”生曰:“媪女已供奉内庭矣。”媪曰:“昔在汉水中复得一女。”遂出其词示生。生曰:“是赠裴玉娥者,媪女岂玉娥耶?”媪曰:“香车及于门矣。”生趋迎入,相抱呜咽。生曰:“今日之会,梦耶真耶?”女出玉马,谓生曰:“非此物,妾为泉下人

矣。”生曰:“此吾幼时所赠老叟者,何从得之?”女言是胡僧所赠,方知离而复合,皆胡僧之力。胡僧真神人,玉马真神物也。乃设香烛,供玉马而拜之。玉马忽自案上跃起,长丈余,直入云际。前时老叟,于空中跨去,不知所适。

【注释】

①阀阅:亦作“阅阀”。原意为门之左右扇,在左为阀,在右为阅。唐宋以后于门外作二柱,柱端安瓦桶,墨染,谓之乌头阀阅,常用来张贴功状,后来因称贵族官僚豪门大族为阀阅。

②玉马坠:玉石雕为马形的坠子,一种佩带的装饰品。

③鹤发丰标:头发雪白而神采奕奕。

④荆襄守帅:指镇守荆州(治所在今湖北荆州)襄州(治所在今湖北襄樊)的节度使。

⑤薛琼琼:唐玄宗时弹筝名手。

⑥狭邪女:这里指乐妓。

⑦狎昵:亲热,指与妓女无拘束地狎玩。黄捐与薛琼琼,一在后,一在前,时代相距甚远,黄实际上不可能狎薛。

⑧供奉:在皇帝左右供职者的称呼。唐时凡是以文学技艺见长的人,可以入内庭供职。薛琼琼就是以弹筝见长为内庭供奉的。这里指行供奉之事。

⑨及笄(jī 基):《礼记·内则》:“女子……十有五年而笄。”笄,簪子。古代女子十五岁用簪结发,表示已经成年,可以许婚。后因称女子十五岁为“及笄”,参见前《霍小玉传》“上鬟”注。未及笄,指未到十五岁。

⑩少选:一会儿。

⑪研罗裙:有光泽的罗裙。研,石磨光,称研光。

⑫目挑:眉眼传情。

⑬亭午:正午。

⑭柔翰:毛笔。这里指文辞。

⑮伯鸾:梁鸿字伯鸾,东汉平陵人,少孤贫,有气节,长大博览群书,养猪自给。妻孟光,字德曜,同隐霸陵山。后迁居关中,夫妻和好。这句是说她愿同黄捐结为夫妻。

⑯相从地下:意谓死后也要在地下(阴间)相随。即以身殉情。

⑰涪州:唐置州名,又名“涪陵郡”,治所在今重庆市涪陵区。

⑱赛水神:祭祀水神。赛,报答。向水神求福,祭祀以为报答。

⑲日晡(bū 逋):下午申时(下午三时至五时)。

⑳荆江:这里指江陵,位于长江北岸,是唐代荆州(后改江陵府)和荆南节度使的治所,故称“荆江”。

㉑倥偬(kǒng zǒng 恐总):急迫匆忙。

㉒陴守:守城。陴,城上女墙。

㉓逾垣逸走:越过城墙逃跑。

㉔信士:这里意为守信用之士。

㉕解维:解开系船的缆绳。

㉖苏合:苏合香。金缕梅科植物,落叶乔木,可入药治病。

㉗字人:许配人。

㉘募化:佛家劝人布施,即拿财物之类供佛。也叫“化缘”,意谓能布施者同佛有缘。

㉙宿缘：佛家把前世的因缘叫“宿缘”。

㉚迷津：佛家语，指迷妄之境界。指迷津，意谓指引离开迷妄境界之路。

㉛尘劫：佛家语，也叫“尘点劫”，即无量劫之意。《法华经·化城喻品》说，过去世大通智胜佛出世之久远，假使磨三千大千世界之物为墨，每经一千国土，下墨一点，至墨磨尽为度，将所经之国土，全部粉碎为微尘，称一尘为一劫。尘劫，原意是说时间极其久远，这里指尘世劫难，即有灾祸。

㉜趺（fū 肤）坐：也称“跏趺”，“结跏趺坐”的略称，是佛教参禅的一种坐法，即盘腿而坐，脚背放在大腿上，使身心处于静止状态。人定，即入禅定，指坐禅时身心安定不动，屏除一切杂念，心定于一处。这是佛教徒修行的一种方法。

㉝天吴：水神，海神。《山海经·海外东经》：“朝阳之谷，神曰天吴，是为水伯。”

㉞应制：这里指应举，即参加科举考试。

㉟通籍：通名籍于朝廷，指仕宦新进。

㊱刑部侍郎：唐时刑部设侍郎一人或二人，为刑部的副长官，相当于今之副部长。

㊲吕用之：事迹不详。《剑侠传·虬须叟》：“吕用之在维扬日，佐渤海王擅政害人。中和四年秋……用之凡遇公私来船，患令觇其行止。”又晁公武《郡斋读书志》云：“（裴）铏为高骈客，故其书多记神仙恢谲之事；骈之惑于吕用之，未始非裴铏辈尊谀所致。”则知吕用之为僖宗朝人，与高骈关系密切。

㊳敛怨：聚怨，积怨。

㊴疏其不法：上疏弹劾他的不法行为。

㊵就第：回到自己的宅第，即回家。

㊶高第：高中。第，科举考试及格的等第。这里用作动词，及第，考中进士的意思。

㊷议婚者踵至：来求婚的人一个接着一个。

㊸谢却：谢绝，拒绝，推却。

㊹曲房：密室。

㊺牧夫：养马的仆人。

㊻禳（ráng 瓤）遣：向神鬼祈祷驱除妖孽以消灾。

㊼吕恨生刺己：吕用之痛恨黄捐弹劾自己。

㊽持刺投生：拿着名帖去投递给黄捐。

侯鲭录

(宋)赵令畤

赵令畤(1061～1134),字德麟。涿郡(治所在今河北涿州)人,宋太祖次子燕王德昭之孙。元祐中签书颍州公事,坐与苏轼交通罚金,入党籍。绍兴初,袭封安定郡王,同知行在大宗正事,卒,赠开府仪同三司。有《侯鲭录》八卷,采录诗话故事,所作《商调鼓子词》谱写西厢故事,亦载此书。又有词集《聊复集》传世。《李幼清》篇选自《侯鲭录》卷四。

李幼清

唐兴元[1]有知马者李幼清。暇日,常取适于马肆[2]。有致悍马[3]于肆者,结縿交络其头[4],二力士以木夹支其颐,三四辈执挝而从之[5]。马气色如将噬[6],有不可驭之状。幼清迫而察之[7],讯于主者[8]。且曰:"马恶无不具也,将货焉。唯其所酬[9]耳。"幼清以三万易之,马主惭其多。既而聚观者数百辈,诘幼清。幼清曰:"此马气色骏异,体骨德度,了非凡马[10]。是必主者不知,俾杂驽辈[11],槽栈陷败,粪秽狼藉,刷涤不时,刍秣不适,蹄啮蹂奋,蹇碑唐突[12],志性郁塞,终不得伸。久无所赖,发而狂躁,则无不为也。"

既晡[13],观者少闲,乃别市一新络头。幼清自持,徐而语之曰:"尔才性不为人知,吾为汝易是锁结秽杂之物。"马弭耳引首[14]。幼清自负其知,乃汤沐剪刷,别其槽栈,异其刍秣。数日而神气小变,逾月而大变,志性如君子,步骤如俊乂[15],嘶如龙,颜如凤,乃天下之骏乘也。

【注释】

①兴元:唐兴元府,治所在今陕西汉中。

②暇日常取适于马肆:闲暇时曾到卖马的地方去散心。取适,消遣的意思。

③悍马:矫健不驯的马。

④结縿(sāo 搔)交络其头:用丝带纵横拴结络住马头。縿,抽丝,这里指丝绳。

⑤挝:即"柆"的俗字,义同"策",即马鞭。

⑥如将噬:像要咬人的样子。噬,咬。

⑦迫而察之:走近了仔细端详。

⑧讯于主者:向马的主人询问。

⑨唯其所酬：意思是随便付多少钱都行。

⑩了非凡马：完全不是平凡的马。

⑪俾杂驽辈：让它和劣马杂处在一起。

⑫蹄啮蹂奋，蹇碑唐突：意谓悍马杂于驽马之中，为驽马所碍，不能逞其所能。蹇碑，指驽马之足。

⑬晡：傍晚。

⑭弭耳引首：垂着耳朵，举起马头。表示驯服的样子。

⑮俊乂：贤才。

夷坚志

（宋）洪　迈

洪迈（1123～1202），字景卢，号容斋，晚号野处老人，饶州鄱阳（今江西波阳）人。自绍兴十五年（1145）中博学宏词科，开始步入仕途，直至逝世止，前后出仕达数十年之久。历任知州、中书舍人兼侍读、直学士院、端明殿学士等职，并兼修国史。绍兴三十二年（1162）出使金朝议和，艰苦备尝，受困辱而不屈，终于不辱使命。

洪迈自幼聪颖好学，博闻强记，凡诸子百家，稗官小说，释老杂学，无不涉猎。一生著述繁富。他擅长文史，精熟宋代史实，著有《钦宗实录》、《四朝国史》以及《史记法语》、《南朝史精语》、《经子法语》等，还著有诗文集《野处类稿》，编有《万首唐人绝句》。作为洪迈一生的代表性著作，对后世影响最大的当推《容斋随笔》五集七十四卷和《夷坚志》四百二十卷。《夷坚志》被后人誉为"说部冠冕"。它卷帙浩瀚，搜罗广泛，为宋代小说中卷帙较多、影响较大的一种，后世的小说、戏曲常从中汲取有益的素材。

以下选注的三篇，文字均依据中华书局校点本《夷坚志》。《侠妇人》选自《夷坚乙志》卷一，《蓝姐》选自《夷坚丙志》卷十三，《太原意娘》选自《夷坚丁志》卷九。明代小说家冯梦龙根据《太原意娘》改编为拟话本《杨思温燕山逢故人》，收入《喻世明言》第二十四卷。元代戏曲家沈和的杂剧《郑玉娥燕山逢故人》，其素材也是来自《太原意娘》。

侠妇人

董国庆，字元卿，饶州德兴[1]人。宣和六年[2]登进士第，调莱州胶水县主簿[3]。会北边动兵[4]，留家于乡，独处官下[5]。中原陷[6]，不得归，弃官走村落，颇与逆旅主人相往来。怜其羁穷[7]，为买一妾，不知何许人也。性慧解，有姿色，见董贫，则以治生为已任。罄家所有，买磨驴七八头，麦数十斛[8]，每得面，自骑驴人城鬻[9]之，至晚负钱以归。率[10]数日一出，如是三年，获利愈益多，有田宅矣。

董与母妻隔阔滋久[11]，消息杳不通，居闲戚戚[12]，意绪终不聊赖[13]。妾数问故，董嬖爱[14]已甚，不复隐，为言："我故南官也[15]，一家皆处乡里，身独漂泊，茫无还期，每

一深念，几心折欲死[16]。”妾曰：“如是，何不早告我？我有兄，喜为人谋事，旦夕且至[17]，请为君筹之。”

旬日，果有估客[18]，长身而虬髯[19]，骑大马，驱车十余乘过门。妾曰：“吾兄也。”出迎拜，使董相见，叙姻连[20]，留饮至夜，妾始言前日事以属客。是时虏下令[21]：宋官亡命许自言，匿不自言而被首者死。董业已漏泄，又疑两人欲图己，大悔惧，乃抵[22]曰：“无之。”客奋髯怒且笑曰：“以女弟托质数年，相与如骨肉，故冒禁欲致君南归，而见疑若此！脱中道[23]有变，且累我，当取君告身[24]与我以为信，不然，天明缚君告官矣。”董益惧，自分必死[25]，探囊中文书悉与之，终夕涕泣，一听客。

客去。明日控[26]一马来，曰：“行矣。”董呼妾与俱，妾曰：“适有故，须少留，明年当相寻。吾手制纳袍[27]以赠君，君谨服之，惟吾兄马首所向。若反国[28]，兄或举数十万钱为馈，宜勿取。如不可却，则举袍示之。彼尝受我恩，今送君归，未足以报德，当复护我去。万一受其献，则彼责塞，无复顾我矣。善守此袍，毋失去也！”董愕然，怪其语不伦，且虑邻里觉，即挥涕上马，疾驰到海上。有大舟临解维[29]，客麾[30]董使登，揖而别。舟遽南行，略无资粮道路之备[31]，茫不知所为，而舟中人奉视甚谨，具食食之，特不相问讯。才达南岸，客已先在水滨。邀诣旗亭[32]上，相劳苦，出黄金二十两曰：“以是为太夫人[33]寿。”董忆妾别时语，力拒之。客曰：“赤手还国，欲与妻子饿死耶？”强留金而出。董追及，示以袍。客骇笑曰：“吾智果出彼下。吾事殊未了。明年当挈君丽人来。”径去，不反顾。

董至家，母、妻与二子俱无恙。取袍示家人，俾缝绽处[34]，黄色隐然，拆视之，满中皆箔金[35]也。既诣阙自理[36]，得添差宜兴尉[37]。逾年，客果以妾至。秦丞相与董有同陷虏之旧[38]，为追叙向来岁月，改京秩[39]，干办[40]诸军审计。才数月，卒。秦令其母汪氏哀诉于朝，自宣教郎特赠朝奉郎[41]，而官其子仲堪者，时绍兴[42]十年五月云。范至能说[43]。

【注释】

①饶州德兴：宋属江南东路，今江西德兴。

②宣和六年：公元 1124 年。宣和，宋徽宗赵佶的年号（1119～1125）。

③莱州胶水县：宋属京东东路，今山东平度。主簿：宋朝官名。与县丞、县尉同为县的佐属官，主管簿书文牍，掌管印鉴等。

④会北边动兵：会，副词，恰巧，正好。北边动兵，指金兵发动战争。

⑤官下：做官的处所，指莱州胶水县。

⑥中原陷：中原地区沦陷，为金兵占领。

⑦羁穷：漂泊在外，生活穷困。

⑧斛（hú 胡）：古代以十斗为一斛。

⑨鬻（yù 玉）：卖。

⑩率：大抵，通常。

⑪隔阔：阻隔阔别。滋久：长久。

⑫戚戚：形容忧伤的样子。

⑬意绪终不聊赖:感情无所寄托,心绪始终不安宁。

⑭嬖(bì 必)爱:宠爱。

⑮南官:意谓旧日曾是宋朝的官员。宋在金之南,故称南官。

⑯心折:中心摧折。形容悲伤到了极点。

⑰且至:将至。

⑱估客:往来贩卖的行商。

⑲虬(qiú 球)髯:蜷曲的络腮胡须。

⑳姻连:姻亲。

㉑虏:对敌方的蔑称。这里是宋人称金人。

㉒抵:抵赖。

㉓脱:倘若。中道:中途。

㉔告身:官员的委任状。

㉕自分(fèn 奋):自料,自以为。

㉖控:牵。

㉗纳袍:纳,通“衲”,即衲袍,粗缝的袍子。

㉘反国:返回宋朝。反,通“返”。

㉙临解维:即将解缆开船。维,系船靠岸的大绳子。

㉚麾:指挥。

㉛略无资粮道路之备:一点儿也没有旅途粮食必需品的储备。

㉜旗亭:酒楼。

㉝太夫人:对官绅母亲的尊称。

㉞俾缝绽处:叫家人缝补纳袍脱线的地方。

㉟满中:谓其中充满。箔金:金箔。

㊱诣(yì 艺)阙:谓赴朝堂。

㊲添差:加派官职。宜兴尉:宜兴县尉。宜兴,南宋时属两浙西路,即今江苏宜兴。

㊳秦丞相:即秦桧(1090～1155),字会之,江宁(今江苏南京)人。北宋政和间进士。北宋末任御史中丞。靖康二年(1127)被金人俘获北去,为金主所用。建炎四年(1130)被遣归。绍兴间两任宰相,前后执政十九年,贬名臣,杀名将岳飞,向金称臣纳币,订立和议,为世人所不齿。

㊴京秩:京官,即在京都当官。

㊵干办:经办,办理。

㊶宣教郎:即隋唐所置宣德郎,宋政和四年(1114)改称“宣教郎”。宣教郎为文散官,正七品。赠:赐给死者以官爵或荣誉称号。朝奉郎:文散官,正六品以上。

㊷绍兴十年:公元 1140 年。绍兴,宋高宗赵构的年号(1131～1162)。

㊸范至能:即南宋著名诗人范成大(1126～1193),字致能(一作“至能”),号石湖居士,苏州吴县(今江苏苏州)人。乾道六年(1170)以起居郎假资政殿大学士为祈请国信史使金,不畏强暴,不屈节。

蓝 姐

绍兴十二年[①],京东[②]人王知军者,寓居临江新淦[③]之青泥寺。寺去[④]城邑远,

地迥[5]多盗，而王以多资闻。尝与客饮，中夕[6]乃散，夫妇皆醉眠。俄有盗入，几[7]三十辈，悉取诸子及群婢缚之。婢呼曰："主张家事独蓝姐一人，我辈何预也？"蓝盖王所嬖[8]，即从众中出应曰："主家凡物皆在我手，诸君欲之非敢惜。但主公主母方熟睡，愿勿相惊恐。"秉[9]席间大烛，引盗入西偏一室，指床上箧笥[10]曰："此为酒器，此为彩帛，此为衣衾。"付以钥，使称意自取。盗拆被为大複[11]，取器皿蹴踏[12]置于中。烛尽，又继之，大喜过望，凡留十刻许乃去。去良久，王老亦醒，蓝始告其故，且悉解众缚。

明旦[13]诉于县，县达于郡。王老戚戚成疾，蓝姐密白曰："官[14]何用忧？盗不难捕也。"王怒骂曰："汝妇人何知！既尽以家资与贼，乃言易捕，何邪？"对曰："三十盗皆著白布袍，妾秉烛时，尽以灺泪[15]污其背，但以是验之，其必败。"王用其言以告逐捕者，不两日，得七人于牛肆[16]中，展转求迹，不逸[17]一人，所劫物皆在，初[18]无所失。

《汉·张敞传》所记偷长以赭污群偷裾而执之[19]，此事与之暗合。婢妾忠于主人，正已不易得，至于遇难不慑怯[20]，仓卒[21]有奇智，虽编之《列女传》[22]，不愧也。

【注释】

①绍兴十二年：公元1142年。绍兴，宋高宗赵构的年号(1131～1162)。

②京东：北宋熙宁七年(1074)分京东路置京东东路、京东西路。其辖境相当于今山东省大部分及江苏、安徽、河南等省的部分地区。

③临江新淦：即临江军新淦县。治所在今江西樟树。新淦县，西汉置。北宋淳化三年(992)，新淦县改属临江军。

④去：距离。

⑤迥：僻远。

⑥中夕：半夜。

⑦几：将近。

⑧嬖(bì必)：宠爱。

⑨秉：拿，持。

⑩箧(qiè切)笥：藏物的竹箱。

⑪複：原意为夹衣，这里引申为夹层的。

⑫蹴(cù促)踏：踩踏。

⑬明旦：第二天。

⑭官：对男人的尊称。

⑮灺(xiè谢)泪：烛泪。

⑯牛肆：牛市。

⑰逸：逃跑。

⑱初：全，完全。

⑲"《汉·张敞传》"句：偷长，小偷的头儿。赭，赭石，红褐色，可作颜料。裾，衣服的前后部分。据《汉书·张敞传》记载，长安市偷盗很多，张敞当了京兆尹后，求问父老后，找到"偷长"，责令把小偷都找来。便用"偷长"为吏，小偷都来祝贺，饮醉时，"偷长"用赭污小偷的衣裾。衣裾被污的小偷无一漏网，从此市面没有偷盗了。

⑳慑(shè射)怯:畏惧。

㉑仓卒(cù促):非常事变。

㉒《列女传》:西汉刘向所撰写的一本记录古代杰出妇女故事的专书。

太原意娘

京师人杨从善陷虏在云中[①],以干如燕山[②],饮于酒楼,见壁间留题,自称"太原[③]意娘",又有小词,皆寻忆良人[④]之语。认其姓名字画,盖表兄韩师厚妻王氏也。自乱离睽隔[⑤],不复相闻。细验所书,墨尚湿,问酒家人,曰:"恰数妇女来共饮,其中一人索笔而书,去犹未远。"杨便起,追蹑及之。数人同行,其一衣紫佩金马盂[⑥],以帛拥项,见杨愕然,不敢公招唤,时时举目使相送。

逮夜[⑦],众散,引杨到大宅门外,立语曰:"顷与良人避地至淮泗[⑧],为虏所掠。其酋[⑨]撒八太尉者欲相逼,我义不受辱,引刀自刭不殊[⑩]。大酋之妻韩国夫人闻而怜我,亟命救疗,且以自随。苍黄[⑪]别良人,不知安往,似闻在江南为官,每念念不能释。此韩国宅也,适与女伴出游,因感而书壁,不谓叔见之。乘间愿再访我[⑫],倘得良人音息幸见报。"杨恐宅内人出,不敢久留连,怅然告别。虽眷眷于怀,未敢复往。

它日,但之酒楼瞻玩墨迹。忽睹别壁新题字并悼亡一词,正所谓韩师厚也。惊扣[⑬]此为谁,酒家曰:"南朝[⑭]遣使通和在馆,有四五人来买酒,此盖其所书。"时法禁未立,奉使官属尚得与外人相往来。杨急诣馆,果见韩,把手悲喜,为言意娘所在。韩骇曰:"忆遭掠时,亲见其自刎死,那得生?"杨固执前说,邀与俱至向[⑮]一宅,则阒[⑯]无人居,荒草如织。逢墙外打线媪,试告焉。媪曰:"意娘实在此,然非生者。昨韩国夫人闵其节义[⑰],为火骨以来[⑱],韩国亡,因随葬此。"遂指示窆[⑲]处。二人逾垣[⑳]入,惚然见从庑下趣室中[㉑],皆惊惧。然业已至,即随之,乃韩国影堂[㉒],傍绘意娘像,衣貌悉曩[㉓]所见。韩悲痛还馆,具酒肴,作文祭酹[㉔],欲挈遗烬[㉕]归,拜而祝曰:"愿往不愿往,当以影响[㉖]相告。"良久,出现曰:"劳君爱念,孤魂寓此,岂不愿有归?然从君而南,得常常善视我,庶慰冥漠[㉗];君如更娶妻,不复我顾[㉘],则不若不南之愈[㉙]也。"韩感泣,誓不再娶。于是窃发冢,裹骨归。

至建康[㉚],备礼卜葬,每旬日辄往临视。

后数年,韩无以为家,竟有所娶,而于故妻墓稍益疏。梦其来,怨恚[㉛]甚切,曰:"我在彼甚安,君强携我。今正违誓言。不忍独寂寞,须屈君同此况味[㉜]。"韩愧怖得病,知不可免,不数日卒。

【注释】

①京师:国都。这里指北宋京城汴梁,今河南开封。虏:对敌方的蔑称,这里指金人。云中:指云中府,治所在今山西大同。

②以干如燕山:到燕山府来办事。干,办理。如,到。燕山,指燕山府。北宋宣和四年

(1122)改辽析津府置，治所在析津、宛平(今北京城西南隅)，辖境相当于今北京市城区及所辖通州区、昌平县、大兴县和河北固安县、永清县、廊坊市安次区、三河市、天津市武清县、宝坻县等地。

③太原：指太原府。北宋属河东路，治所在阳曲(今山西太原)。

④良人：古代夫妇互称。

⑤睽(kuí 葵)隔：分离。

⑥金马盂：不详。疑有误。明冯梦龙《喻世明言》第二十四卷《杨思温燕山逢故人》作"腰佩银鱼"。

⑦逮夜：到了夜晚。

⑧淮泗：今江苏淮安市、泗阳县一带。

⑨酋：指金人头目。

⑩刭：用刀割颈。不殊：不绝，不死。

⑪苍黄：同"仓皇"，匆促。

⑫乘间：找机会，趁空子。愿：希望。

⑬扣：问。

⑭南朝：指宋朝。

⑮向：从前，原先。

⑯阒(qù 去)：寂静。

⑰昨：以前，过去。闵：同"悯"，怜爱。

⑱为火骨以来：火化后把骨殖带来。以，介词，犹言带着。

⑲窆(biǎn 贬)：埋葬。

⑳逾垣(yuán 园)：越墙。

㉑"惚然"句："见"下省略"意娘"二字。全句大意是说，二人恍惚看见意娘从廊下快步走进房间。庑，堂下周围的走廊、廊屋。趣(cù 促)，急促，赶快。

㉒韩国影堂：悬挂韩国夫人遗像的灵堂。

㉓曩(nǎng 馕)：过去，以前。

㉔祭酹(lèi 泪)：祭奠。这里指把酒浇在地上。

㉕遗烬：指火化后的骨殖。

㉖影响：现形和发声。也即显灵。

㉗冥漠：指阴间。

㉘不复我顾：倒装句，句意应是"不复顾我"。

㉙不若不南之愈：不如不回南方更好。愈，胜过。

㉚建康：南宋建炎三年(1129)以江宁府改名建康府，并在此建行都。建康即今江苏南京。

㉛怨恚(huì 汇)：怨恨。

㉜况味：景况和情味。

鬼 董

(宋)佚　名

《鬼董》,一名《鬼董狐》,五卷,共收文言小说四十四篇。据元泰定丙寅(1326)钱孚跋云:"后有小序,零落不能详。其可考者云'太学生沈',又云'孝光时人,而关解元之所传也'。"语意不明确。显然《鬼董》的编著者既非大戏剧家关汉卿,也不是太学生沈某。目前编著者尚难确考。全书情节曲折,描写生动。虽以记鬼怪异闻为主,但也有一些篇纯属写社会人情,具有很强的写实性,如所选的《金烛》即是。

《金烛》、《陶小娘子》分别选自《说库》本《鬼董》卷二和卷四。全书原无篇名,所选作品篇名系拟加。《陶小娘子》写樊生所遇多是鬼,与《京本通俗小说》中《西山一窟鬼》的情节十分相似,有些研究者认为即是说话人的蓝本。

金 烛

秦桧[①]专柄时,雅州守[②]奉生日物甚富,为椽烛[③]百余,范精金为之心[④],而外灌花蜡[⑤]。他物称是[⑥]。使衙前某与卒十辈持走都下[⑦],至鄂州[⑧]之三山遇暴雨,休于道旁草舍。主人,书生也,窭甚[⑨],方冬犹絺葛[⑩],卧牛衣[⑪]中。蹙然曰[⑫]:"雨甚,日向暮[⑬],屋漏不可居,恐败官物。去此荒径里许,客舍甚整,盍往憩[⑭]?"

众俾遵以往,至则果有民居焉。其人姓鱼氏,见客喜,出迎,燂汤[⑮]治饭,问所以来。妇侧闻之,摘语其夫[⑯]:"此持太师寿礼,必厚赍[⑰],可图也。"夫曰:"吾宁能敌十夫哉?"妇解囊示之。盖妇能货药[⑱],常为淫尼荡女辈杀子,故蓄毒甚多。遂取杀鼠药,和诸毒,并置酒中而饮之。中夜药发,皆忽然不知人事,独衙前者饮少,不能毒。鱼运斤[⑲]击之。十卒并命。他物悉藏瘗[⑳],独不知烛中有金,不甚惜,姑置榻下。会生纳妇[㉑],以两炬与之,生持归,坚不可燃,刮视而金见[㉒],遂数数[㉓]乞烛于鱼。鱼疑焉,取余烛视之,始大悔惧,夜诱出书生夫妇杀之。徙居汉阳[㉔],为米商。小人骤得志,买婢以居。妻曰:"致尔富,我之谋也。今疏我耶,且告之。"鱼内[㉕]不乐。又尝持珠花与娼,娼始疑其蠢而富,及得花叶下有雅守姓名,以示他客。客告娼持告之郡,遂夫妇皆磔[㉖]于市。

桧方盛，四方赂献山积，金不足道；又必穷索异宝，皆尚方[27]所无。若雅守之金烛，又不足为辽东豕[28]，直芹萍耳[29]。

【注释】

①秦桧(1090～1155)：字会之，江宁(今江苏南京)人。北宋政和间进士。北宋末任御史中丞。靖康二年(1127)被金人俘获北去，为金主所用。建炎四年(1130)被金遣归。绍兴元年(1131)任参知政事，旋拜相。专柄朝政，前后达十九年。

②雅州守：雅州(治今四川雅安)知府。

③椽烛：大烛。

④范精金为之心：用模子浇铸足赤的黄金做成烛心。范，型范，俗称模子。

⑤花蜡：即花蜡烛。指彩饰的蜡烛。"而外灌花蜡"，指金心外浇灌彩色的蜡，做成花蜡烛。

⑥他物称是：其他礼物的价值与此相同。是，代词，此，指代大烛。

⑦使：派遣。衙前：宋代州的官吏之一，掌管官物，负责辇运，常主持场务、仓库、馆驿、河渡、纲运等。都下：京都。这里指南宋的首都临安(今浙江杭州)。

⑧鄂州：隋开皇九年(589)改郢州置，取鄂渚为名，治所在江夏县(今武汉江夏)。

⑨窭(jù 据)甚：穷得很。

⑩绨(chī 吃)葛：葛布。

⑪牛衣：蓑衣。

⑫蹙(cù 促)然：忧愁不安的样子。

⑬日向暮：天快黑了。向，将近。

⑭盍(hé 合)：合音词，何不。憩(qì 气)：歇息。

⑮燂(xún 循)汤：烧热水。

⑯摘语其夫：偷偷地对她的丈夫说。摘语，犹私语。

⑰厚赍(jī 基)：送厚礼。

⑱货药：卖药。货，用作动词，卖，出售。

⑲斤：斧头。

⑳瘗(yì 义)：埋藏。

㉑会：副词，恰巧。纳妇：娶妻。

㉒见(xiàn 现)：同"现"，显露。

㉓数数(shuò 硕)：屡次，常常。

㉔汉阳：即汉阳县，隋大业二年(606)以汉津县改名，治所在今武汉市蔡甸区。宋汉阳军治所也在此。

㉕内：内心。

㉖磔(zhé 哲)：五代时始置的一种凌迟酷刑，俗称"剐刑"。

㉗尚方：古代制造帝王所用器物的官署。

㉘辽东豕：辽东白猪。典出东汉朱浮《与彭宠书》："往时，辽东有豕，生子白头，异而献之。行至河东，见群豕皆白，怀惭而还。"后遂以"辽东豕"表示少见多怪。

㉙直芹萍耳：只不过是水芹、浮萍罢了。直，副词，只不过。

陶小娘子

都民质库[1]樊生，与其徒李游湖上某寺阁。得女子履[2]，绝弓小[3]，中有片纸，曰："妾择对者[4]也，有姻议者，可访王老娘问之。"樊生少年心方荡，得之若狂，莫知其何人。他时过升阳宫库前，闻两妪踵其后相语笑，多道"王老娘"。伺其入茶肆，亦往焉。两妪谓瀹茶[5]仆曰："王老娘在否？"曰："在。""为我道欲见。"仆自后呼一妪出，四五十矣，两妪迎语之曰："陶小娘子遣我问亲事何如？"王曰："未得当人意者，且彼自以鞋约，得鞋得谐之。"樊大喜，伺两妪去，独呼饮王妪，言："鞋乃我得之，陶今安在？妪果能副[6]吾事否？"妪咤[7]曰："天合也！彼生二十有二年矣，张郡王之嬖也[8]。郡王死时，方十七八，出求偶，已四年矣，无当其意者，故不嫁至今。奁中所有万缗[9]。君少年而家富，契[10]彼所欲。然必令一见乃可。"约以明日会某氏酒肆中。樊生如期往顾之，妪走而先，四夫舁一轿，一女奴从其后。褰帘出揖，粲然丽人，目所未见，饮至暮，语寖亵狎[11]。妪以他故出，女遂与樊乱，不肯复去。樊生父甚严，以野合不敢携女归。有贮货屋在后市街，女已知之，自呼车与女奴偕往，樊生不获已乃从之。相挽登楼坐，舁夫于门。守舍佣见其人衣纸衣，惊呼失声，四夫皆没。樊生坐楼上，不知也。中夜，樊归，佣途送之，道所见，犹不知信。旦日[12]，佣燂汤[13]登楼，视婢乃一枯骸。女在床，自腰以下中断而异处。亟走报[14]樊父。父往验之，则荡然空室，无复存者。鬼乃入其家，即子舍，涂抹出，拜舅姑[15]，上续命物[16]，真若新妇。樊惟一子，忧之，访善法者。或言卖熝羸张生考召有验[17]，呼治之。女子无畏色，出语曰："我良家子，方有姻议，而彼遽奸污我于酒肆中。若谓此，谁之罪？今不居此，将安归？"张为之劝解。久之，乃曰："去，易耳。然吾终不置此人！"遂为旋风而灭。

月余，樊与李游嘉会门外。李以酒忤省吏[18]赵生。赵生欲苦之，樊与并遁。不敢由故道，乃登慈云岭，绕入钱塘门中岭，雨暴至，舍小人家。主人母白服出迎，曰："顾六妻也。夫死未盈月。"日暝雨甚，主人母以榻处二客，曰："升阳宫前酒，惟饮王老娘，今急乃投我。"李谓樊曰："彼何自知之，得非[19]亦鬼乎？"惧不敢寐。中夜闻叩门声，呼顾六甚急。二生窥见皂衣卒，自灵床上拽老叟去，回语妪："善视二客，勿使去。"樊、李益恐，相携自后户而逸[20]。望荒邱中，灯烛森列，绿袍人据案决事。鬼吏拥顾六翁媪在旁。又有丽女，鬼卒守之，腰腹中绝，以线缝缀，而不甚相属。盖陶小娘子也。二生疾走里余，闻宿舂[21]声，人家灯光自隙出。投之。叩主人姓名，曰："雍三鬻糕者，方捣粉耳。"为言所遇之怪，雍笑而不答。喘未定，四夫与陶小娘子，并王老娘、顾六等坌集[22]。樊、李奋臂肆击，力不胜而仆，群鬼将甘心[23]焉。俄而[24]，殿司某统制趋衙[25]，从卒百许人，呵殿[26]至，群鬼皆舍去。统制闻草中呻吟，命下视之，见樊、李已昏不知人。数卒挟扶就汤肆噀治[27]，门开[28]，呼徼者送之归[29]。

异时访鬼所起[30]，则陶小娘子信[31]张氏之嬖，以外淫为主所杀，中腰一剑而断。

王老娘居新门外，亦以奸被戕[32]。顾六翁媪、雍三皆岭边新瘗[33]者也。此度是绍兴末[34]年事，余近闻之。

【注释】

①都：指临安府（今浙江杭州），南宋建都于此。都民，即首都市民。质库：又名“解库”，即后来的当铺。

②履：鞋子。

③绝弓小：鞋子弓起，而且非常小。宋朝女子盛行缠足，故鞋子弓起又小。绝，非常，特别。

④择对者：找对象。

⑤瀹（yuè 月）茶：煮茶。

⑥副：符合。

⑦咤（chà 岔）：惊讶。

⑧张郡王：即张俊（1086～1154），字伯英，宋成纪（今甘肃天水）人。南宋四大将之一。他力赞和议，迎合高宗、秦桧旨意。晚年，封清河郡王，拜太师，备受高宗宠遇，死后追封循王。因排挤刘锜，参与谋害岳飞，为后人所唾弃。嬖（bì 必）：指受宠爱的姬妾。

⑨奁：古代妇女盛梳妆用品的器具。缗：量词，古代通常以一千文为一缗。

⑩契：投合。

⑪语寖（qīn 侵）亵狎：说话慢慢不正经起来。寖，逐渐。亵狎，轻慢，不庄重。

⑫旦日：天亮。

⑬燂（xún 循）汤：烧热水。

⑭亟走报：赶快跑去报告。走，跑。

⑮舅姑：公公婆婆。

⑯续命物：似即续命缕一类的以彩色或金银色丝线编织而成的工艺品，宋代人佩戴，作为避灾延寿的吉祥物。《宋史·礼志十五》载：“（降圣节）前一日，以金缕延寿带、金涂银结续命缕、绯彩罗延寿带、彩丝续命缕分赐百官，节日戴以入。”降圣节，即当今皇帝的生日。

⑰或：代词，有人。卖爊（āo 熬）蠃（luó 螺）：卖卤螺的。爊，古代一种烹调法，近似现在的卤菜法。蠃，同“螺”。考召：即考鬼召神，指道教行法招致为害鬼神精邪，并考校其过失加以处罚。

⑱忤：触犯。省吏：指唐宋时在中央政府及三馆任职的官吏。

⑲得非：莫非。

⑳逸：逃跑。

㉑宿舂：夜里舂米。

㉒坌（bèn 笨）集：聚集。

㉓甘心：快意。

㉔俄而：不久。

㉕殿司：即殿前都指挥使司的简称。宋代军事机构名。北宋时掌管诸班直并与马、步司分掌全国禁军，南宋时仅掌管诸班直及殿前司军。统制：官名。南宋屯驻大军的各军、各部统兵官有统制、同统制、副统制、统领、同统领、副统领等名目。各军往往设统制一员、统领二员。趋衙：上衙门。

㉖呵殿：古代官员出行，仪卫前呵后殿，喝令行人让道。

㉗噀(xùn 训)治：含水口中，喷患者的面部，使之清醒。

㉘门：指城门。

㉙徼(jiào 教)者：巡逻的兵丁。徼，巡视，巡逻。

㉚异时：事后。起：出身。

㉛信：确实。

㉜戕(qiāng 枪)：杀害。

㉝瘗(yì 义)：埋葬。

㉞度：估计。绍兴：宋高宗赵构的年号(1131～1162)。

齐东野语

（宋）周 密

周密（1232～1298），字公谨，号草窗、癞洲、四水潜夫、弁阳老人、萧斋，又尝自署齐人、华不注山人。祖籍济南，后迁居吴兴（今浙江湖州）之弁山，故也自号弁山老人。南宋著名文学家。工诗词。南宋末曾任义乌（今浙江义乌）令，宋亡不仕，寓居杭州。著作很多，有诗词集《草窗韵语》、《癞洲渔笛谱》、《草窗词》、《蜡屐集》等，编有词选《绝妙好词》，还有《齐东野语》、《癸辛杂识》、《武林旧事》、《浩然斋雅谈》等笔记多种，辑录轶闻旧事，保存了宋代许多宝贵的文史资料。《放翁钟情前室》、《台妓严蕊》选自中华书局校点本《齐东野语》卷一和卷二十。

《放翁钟情前室》以沉痛的笔触，记叙了爱国诗人陆游的一段爱情悲剧。哀艳凄婉，感人至深。后世许多优秀的小说和戏曲创作，都从中汲取丰富的素材。近人吴梅编成《陆务观寄怨钗凤词》杂剧，不少地方戏经常上演的《钗头凤》，都是根据这篇文言小说改编的。

严蕊的故事，在宋代流传甚广。南宋洪迈《夷坚志》支志庚卷第十《吴叔姬严蕊》条，已略述其事迹。周密进一步搜集当地世家大族的见闻，写得更为充实动人。

从《宋史》的《朱熹传》、《王淮传》等记载可知，朱熹和唐仲友（唐的后台是大官僚王淮）之间的斗争很激烈。《台妓严蕊》就是反映这场斗争的一个侧面。明代小说家凌濛初，曾依据本文，并收集《宋史》一些传记的有关记载，丰富了故事的情节，改写成拟话本《硬勘案大儒争闲气，甘受刑侠女著芳名》，收在《二刻拍案惊奇》第十二卷。

放翁钟情前室

陆务观初娶唐氏①，闳②之女也，于其母夫人为姑侄③。伉俪相得，而弗获于其姑。既出④，而未忍绝之，则为别馆，时时往焉。姑知而掩之⑤，虽先知挈去⑥，然事不得隐，竟绝之，亦人伦之变也⑦。

唐后改适同郡宗子士程⑧。尝以春日⑨出游，相遇于禹迹寺南之沈氏园⑩。唐以语赵，遣致酒肴，翁怅然久之，为赋《钗头凤》一词，题园壁间云：

红酥手，黄滕酒，满城春色宫墙柳[11]。东风恶[12]，欢情薄，一怀愁绪，几年离索[13]。错！错！错！　春如旧，人空瘦，泪痕红浥鲛绡透[14]。桃花落，闲池阁[15]，山盟[16]虽在，锦书[17]难托。莫！莫！莫[18]！

实绍兴乙亥岁[19]也。

翁居鉴湖之三山[20]，晚岁[21]每入城，必登寺眺望，不能胜情。尝赋二绝云：

梦断香销[22]四十年，沈园柳老不飞绵[23]。
此身行作稽山土[24]，犹吊[25]遗踪一怅然。

又云：

城上斜阳画角[26]哀，沈园无复旧池台。
伤心桥下春波绿，曾是惊鸿照影来[27]。

盖庆元己未岁[28]也。

未久，唐氏死。至绍熙壬子岁[29]，复有诗。序云："禹迹寺南，有沈氏小园。四十年前，尝题小词一阕壁间。偶复一到，而园已三易主，读之怅然。"诗云：

枫叶初丹槲叶黄[30]，河阳愁鬓怯新霜[31]。
林亭感旧空回首，泉路[32]凭谁说断肠？
坏壁醉题尘漠漠，断云幽梦事茫茫。
年来妄念消除尽，回向蒲龛[33]一炷香。

又至开禧乙丑岁[34]暮，夜梦游沈氏园，又两绝句云：

路近城南已怕行，沈家园里更伤情。
香穿客袖梅花在，绿蘸寺桥春水生。

城南小陌又逢春，只见梅花不见人。
玉骨久成泉下土，墨痕犹锁壁间尘。

沈园后属许氏，又为汪之道宅云。

【注释】

①陆务观：即南宋著名诗人陆游(1125～1210)，字务观，号放翁，越州山阴(今浙江绍兴)人。一生以抗金为己任。工诗词、散文，也精通史学。著有《剑南诗稿》、《渭南文集》、《老学庵笔记》、《南唐书》等。唐氏：即陆游的表妹唐婉。

②闳：唐闳，陆游的舅父。

③姑侄：陆游的母亲是唐闳的姊妹，唐氏是她的侄女。陆游娶唐氏是姑表兄妹成亲。

④出：古代女子被夫家休弃叫"出"。这里指唐氏被休弃。

⑤掩之：突然袭击他们。

⑥挈去：带走。

⑦人伦：封建礼教所规定的人与人之间的关系。《孟子·滕文公上》："人之有道也，饱食暖衣，逸居而无教，则近于禽兽，圣人有忧之，使契为司徒，教以人伦：父子有亲，君臣有义，夫妇有别，长幼有序，朋友有信。"

⑧改适：改嫁。宗子：古代宗法制度称大宗的嫡长子。宗子士程，指宋之宗室的嫡长子赵

士程。

⑨春日：春天。

⑩沈氏园：即沈园，南宋时绍兴著名的园林，现仅存一角，故址在今浙江绍兴市内木莲桥洋河弄。

⑪“红酥手”三句：追忆婚后美满生活的一个片段：妻子劝酒，共赏春色。酥，酥油。红酥手，形容唐氏红润而又细腻的手。黄縢（téng 腾）酒，黄封酒。当时官酿的酒以黄纸封口。宫墙，南宋以绍兴为陪都，故有宫墙。

⑫东风恶：暗喻破坏陆、唐美满爱情生活的恶势力。

⑬离索：“离群索居”的略语，离散独居。

⑭“春如旧”三句：写与唐氏重逢的印象，春色依旧，而唐氏面容消瘦，泪湿绢帕。浥（yì 意），沾湿。鲛绡，神话中鲛人（人鱼）所织的绢纱。这里指绢纱的手帕。

⑮“桃花”二句：桃花凋零，园林冷落。写重逢时所见的凄凉景色。

⑯山盟：指坚定不移的爱情盟约。古人盟约，多指山河发誓。

⑰锦书：前秦窦滔妻苏氏曾织锦为回文诗赠其夫，后遂以锦书指夫妻间表达爱情的书信。

⑱莫！莫！莫：相当今语“罢！罢！罢！”。唐司空图《耐辱居士歌》：“休！休！休！莫！莫！莫！”

⑲实：相当于“是”。绍兴乙亥岁：南宋绍兴二十五年（1155）。陆游时年三十一岁。

⑳鉴湖：又名“镜湖”，在今浙江绍兴市南。三山：一名“西村”，宋陆游所居，在今浙江绍兴市西。

㉑晚岁：晚年。

㉒梦断香销：隐喻前妻唐婉已死。

㉓飞绵：指柳絮飘飞。

㉔“此身”句：意谓自己将变成会稽山的尘土（指死亡）。行作，将作。稽山，即会稽山，在今浙江绍兴市东南。

㉕吊：凭吊。

㉖画角：古代军中的号角。

㉗惊鸿：喻前妻唐婉。曹植《洛神赋》：“翩若惊鸿。”意谓翩翩然像惊飞的鸿雁。后遂以“惊鸿”比喻美人体态之轻盈。

㉘庆元己未岁：南宋庆元五年（1199）。陆游时年七十五岁。

㉙绍熙壬子岁：南宋绍熙三年（1192）。陆游时年六十八岁。绍熙壬子在庆元己未之前，此处叙事未按时间顺序。

㉚枫：枫树，落叶乔木，秋天叶变红。槲（hú 胡）：树名，落叶乔木。

㉛河阳：旧县名，汉置，在今河南孟州市西。西晋文学家潘岳（247～300）曾任河阳令，故以“河阳”代指潘岳。潘岳妻早死，潘岳著有《悼亡诗》。愁鬓：指潘岳三十岁鬓白而悲叹。这里陆游以潘岳自喻。

㉜泉路：黄泉之路，指阴间。

㉝蒲龛：指佛堂、寺庙。蒲，指蒲团，用蒲草编成的圆垫，供人坐禅或跪拜时用。龛，指神龛。

㉞开禧乙丑岁：南宋开禧元年（1205）。陆游时年八十一岁。

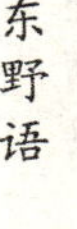

台妓严蕊

天台营妓[①]严蕊，字幼芳，善琴、弈、歌舞、丝竹、书画，色艺冠一时。间[②]作诗词，有新语。颇通古今。善逢迎[③]，四方闻其名，有不远千里而登门者。

唐与正守台日[④]，酒边[⑤]尝命赋红白桃花，即成《如梦令》云：

道是梨花不是，道是杏花不是，白白与红红，别是东风情味。曾记，曾记，人在武陵[⑥]微醉。

与正赏之双缣。

又七夕，郡斋[⑦]开宴，坐有谢元卿者，豪士也，夙闻其名，因命之赋词，以己之姓为韵。酒方行，而已成《鹊桥仙》云：

碧梧初出，桂花才吐，池上水花[⑧]微谢。穿针人在合欢楼[⑨]，正月露、玉盘[⑩]高泻。　蛛忙鹊懒，耕慵织倦，空做古今佳话。人间刚道隔年期，指天上、方才隔夜[⑪]。

元卿为之心醉，留其家半载，尽客囊橐馈赠之而归[⑫]。

其后朱晦庵以使节行部至台[⑬]，欲摭[⑭]与正之罪，遂指其尝与蕊为滥[⑮]，系狱[⑯]月余。蕊虽备受箠楚[⑰]，而一语不及唐，然犹不免受杖。移籍绍兴，且复就越[⑱]置狱，鞫[⑲]之，久不得其情。狱吏因好言诱之曰："汝何不早认，亦不过杖罪。况已经断[⑳]，罪不重科[㉑]，何为受此辛苦邪？"蕊答云："身为贱妓，纵是与太守有滥，科亦不至死罪；然是非真伪，岂可妄言以污士大夫？虽死不可诬也。"其辞既坚，于是再痛杖之，仍系于狱。两月之间，一再受杖，委顿[㉒]几死。然蕊声价愈腾，至彻阜陵之听[㉓]。

未几，朱公改除[㉔]，而岳霖商卿为宪[㉕]，因贺朔[㉖]之际，怜其病瘁，命之作词自陈。蕊略不构思[㉗]，即口占《卜算子》云：

不是爱风尘，似被前缘[㉘]误，花落花开自有时，总赖东君主[㉙]。　去也终须去，住也如何住。若得山花插满头[㉚]，莫问奴归处。

即日判令从良。继而宗室近属[㉛]，纳为小妇[㉜]以终身焉。

《夷坚志》[㉝]亦尝略载其事，而不能详。余盖得之天台故家[㉞]云。

【注释】

①天台：今浙江天台。营妓：古时军中的官妓。

②间：有时。

③逢迎：应酬。

④"唐与正"句：意谓唐与正在台州任知州的时候。唐与正，即唐仲友（1136～1188），字与正，号说斋先生，婺州金华（今浙江金华）人，博学工文，绍兴二十一年（1151）进士。孝宗时，上书论时政。历官秘书省著作郎、知信州、知台州等，有政绩。擢为江西提刑，被朱熹弹劾免官。后致力经学，著有《六经解》、《诸史精华》、《帝王经世图谱》及《说斋文集》等。台，即台州，宋州名，南宋时属两浙东路，治所在今浙江临海市。

⑤酒边:酒席前。

⑥武陵:指桃花源。晋代著名诗人陶潜作《桃花源记》,记叙一个武陵(今湖南常德)捕鱼人,误入桃花源,发现一个与世隔绝的幽美环境,当地人都是秦时避乱者的后裔,生活安适,怡然自乐。词中借用这一典故,暗示上文"白白红红"的是桃花。后面《落花岛》中"桃源中人"的"桃源",则是指与世隔绝的仙人所居之地。

⑦郡斋:知州衙署内的书房或客厅。斋,房舍,一般指学舍或书房。

⑧水花:即荷花。

⑨"穿针人"句:这句写古时风俗,妇女七夕(阴历七月七日)"乞巧"情景,参见前《长恨传》"乞巧"注。

⑩玉盘:比喻明月。李白《古朗月行》:"少小不识月,呼作白玉盘。"

⑪"人间"二句:传说天上一日,人间便是一年。

⑫"尽客"句:这句是说,谢元卿把客游所带的全部财物都送给严蕊方才别去。囊橐,袋子,这里指行李。

⑬"朱晦庵"句:朱熹(1130~1200),字元晦,号晦庵,徽州婺源(今江西婺源)人。南宋哲学家、教育家,理学的集大成者。曾任秘阁修撰,官至宝文阁待制。著有《四书章句集注》、《周易本义》、《诗集传》、《楚辞集注》、《晦庵先生朱文公集》等。南宋淳熙八年(1181)三月,朱熹任提举浙东常平茶盐公事。次年七月,到台州巡视,奏劾台州知州唐仲友不法。使节,本为古代使者的信节(凭证),也即用以指使者。宋代的各种"提举"官是朝廷特派到地方主管各种事务的官员,所以称为"使节"。提举常平茶盐公事除主管该地区的义仓、赈济、市场、水利和茶盐事务外,还有监察地方行政之权,故能过问台州知州唐仲友与严蕊事。行部,巡视部属。

⑭摭(zhí 直):拾取,摘取。

⑮滥:过度,过分。这里是指唐仲友和严蕊发生过男女关系。

⑯系狱:拘禁在监狱里。

⑰箠楚:杖刑。箠是短木棍,楚是荆杖,都是古代打人的刑具。

⑱越:指绍兴,它是古代越国的国都,北宋和南宋初又是越州的治所。

⑲鞫:审讯罪人。

⑳断:判罪,判决。

㉑重科:重新判罪。科,判罪。

㉒委顿:疲困。

㉓"至彻"句:直传到孝宗赵昚(shèn 慎)的耳朵里,也即连皇帝也知道这件事。阜陵,即永阜陵,孝宗的陵墓,在今浙江绍兴县宝山。这里即指孝宗。本文写于孝宗死后,所以用陵名称呼他。

㉔改除:改授别的官职。除,拜官授职。

㉕岳霖:字商卿,宋朝名将岳飞的儿子。官至朝散大夫、敷文阁待制,追赠太中大夫。宪:旧时称朝廷委任的地方高级官吏。

㉖贺朔:古时帝王诸侯在每月朔日(阴历初一)宣布一月的主要政事,叫做"听朔",也称"视朔"。

㉗构思:做文章或制作艺术品时运用心思。

㉘前缘:前世的因缘。

㉙东君：司春之神。唐代成彦雄《柳枝词》："东君爱惜与先春，草泽无人处也新。"主：动词，做主的意思。

㉚"若得"句：隐喻自己希望从良，不愿意再当官妓。

㉛宗室：皇族。指国君或皇帝的宗族。近属：血统关系较近的亲属。宗室近属，意谓不是直系宗室，而是宗室的支属。

㉜小妇：妾。

㉝《夷坚志》：南宋洪迈编著的笔记小说集，内容多为神怪故事和异闻杂录，也有些是记载当时的市民生活，后代小说创作常从中取材。

㉞故家：世家大族。

焚椒录

(辽)王　鼎

王鼎(? ～1106),字虚中,涿州(今河北涿州)人。辽道宗清宁五年(1059)擢进士第,调易州观察判官,改涞水县令,累迁翰林学士,升观书殿学士。博通经史,援笔立成,当代典章多出其手。为人正直不阿,疾恶如仇。后因醉中埋怨皇帝,被罢官流放镇州(治今河北正定)。生平事迹,见《辽史》卷一百四、列传第三十四"文学"下。

《焚椒录》作于辽大安五年(1089)。故事哀婉动人,描摹尽致,为辽代杰出的传奇小说,堪称中国的《奥赛罗》。作者在《焚椒录序》中强调本篇材料来自秘闻,纯属实录。试与《辽史》卷七十一后妃列传第一"道宗宣懿皇后萧氏"相比较,史实基本相同,确非虚构。

现代京剧《萧观音》,即吸取《焚椒录》的素材改编而成。

本篇据明刊毛晋汲古阁《津逮秘书》本校点整理,个别文字参照《宝颜堂秘笈》本酌改。

鼎于咸、太[①]之际,方侍禁近。会有懿德皇后[②]之变,一时南北面官[③]悉以异说赴权,互为证足,遂使懿德蒙被淫丑,不可湔浣[④],嗟嗟!大黑蔽天,白日不照,其能户说[⑤]以相白乎?鼎妇乳妪之女蒙哥,为耶律乙辛[⑥]宠婢,知其奸搆最详,而萧司徒[⑦]复为鼎道其始末,更有加于妪者,因相与执手,叹其冤诬,至为涕淫淫[⑧]下也。观变已来,忽复数载。顷以待罪可敦城[⑨],去乡数千里,视日如岁,触景兴怀,旧感来集,乃直书其事,用俟后之良史。若夫少海[⑩]翻波,变为险陆[⑪],则有司徒公之实录在。

大安[⑫]五年春三月,前观书殿学士臣王鼎谨序。

懿德皇后萧氏,为北面官南院枢密使惠[⑬]之少女。母耶律氏梦月坠怀,已复东升,光辉照烂,不可仰视。渐升中天,忽为天狗[⑭]所食,惊寤而后生。时重熙九年五月己未[⑮]也。母以语惠,惠曰:"此女必大贵而不得令终[⑯],且五日生女,古人所忌。命已定矣,将复奈何!"

后幼能诵诗。旁及经子[⑰]。及长,姿容端丽,为萧氏称首,皆以观音目之,因小字观音。二十二年，今上在青宫，进封燕赵国王，慕后贤淑，聘纳为妃。后婉顺，善承上意。复能歌诗，而弹筝、琵琶，尤为当时第一。由是爱幸，遂倾后宫。及上即位，以清宁元年[18]十二月戊子册为皇后。后方出阁升座，扇开帘卷，忽有白练一段，自空吹至后褥位前，上有“三十六”三字。后问：“此何也？”左右曰：“此天书。命可敦领三十六宫也。”后大喜。宫中为语曰：“孤稳压帕女古靴菩萨唤作耨斡麽[19]。”盖以玉饰首，以金饰足，以观音作皇后也。

二年八月，上猎秋山[20]，后率嫔妃从行在所至伏虎林[21]。命后赋诗，后应声曰：

威风万里压南邦[22]，东去能翻鸭绿江[23]。
灵怪大千俱破胆[24]，那教猛虎不投降[25]！

上大喜，出示群臣曰：“皇后可谓女中才子。”

次日，上亲御弓矢射猎。有虎突林而出，上曰：“朕射得此虎，可谓不愧后诗。”一发而殪[26]，群臣皆呼万岁。

是岁十一月，群臣上皇帝尊号曰天祐皇帝，后曰懿德皇后。

三年秋，上作《君臣同志华夷同风诗》，后应制属和曰：

虞廷开盛轨，王会[27]合奇琛。
到处承天意，皆同捧日心。
文章同鹿蠡[28]，声教薄鸡林[29]。
大寓看交泰[30]，应知无古今。

明年，后生皇子濬，皇太叔重元妃入贺，每顾影自矜，流目送媚。后语之曰：“贵家妇宜以庄临下，何必如此。”妃衔[31]之。归骂重元曰：“汝是圣宗儿[32]，岂虎斯不若[33]，使教坊奴得以可敦加吾。汝若有志，当除此帐，笞挞此婢。”于是重元父子合定叛谋。于九年七月，驾幸滦水[34]，聚兵作逆。须臾，军溃，父子伏诛。而讨平此乱，则知北枢密院事赵王耶律乙辛与有功焉。寻进南院枢密使，威权震灼，倾动一时。惟后家不肯相下。乙辛每为怏怏，及咸雍初，皇子濬册为皇太子，益复蓄奸为图后计矣。

后常慕唐徐贤妃行事[35]，每于当御之夕，进谏得失。国俗君臣尚猎，故有四时捺钵[36]。上既擅圣藻，而尤长弓马，往往以国服先驱。所乘马号飞电，瞬息百里，常驰入深林邃谷，扈从[37]求之不得。后患之，乃上疏谏曰：“妾闻穆王远驾[38]，周德用[39]衰。太康佚豫[40]，夏社几屋[41]。此游佃[42]之往戒，帝王之龟鉴也[43]，顷见驾幸秋山，不闲六御，特以单骑从禽，深入不测。此虽威神所届，万灵自为拥护。倘有绝群之兽，果如东方所言[44]，则沟中之豕，必败简子之驾矣[45]。妾虽愚暗，窃为社稷忧之。惟陛下尊老氏驰骋之戒[46]，用汉文吉行之旨[47]，不以其言为牝鸡之晨而纳之[48]。”上虽嘉纳，心颇厌远。故咸雍之末，遂希[49]幸御。后因作词曰《回心院》，被之管弦，以寓望幸之意。曰：

扫深殿[50]，闭久金铺[51]暗。游丝络网尘作堆，积岁青苔厚阶面。扫深殿，待君宴。

拂象床，凭梦偕高唐[52]。敲坏半边知妾卧，恰当天处少辉光。拂象床，待君王。

换香枕，一半无云锦。为是秋来转展多，更有双双泪痕渗。换香枕，待君寝。

铺翠被，羞杀鸳鸯对。犹忆当时叫合欢，而今独覆相思块。铺翠被，待君睡。

装绣帐，金钩未敢上。解却四角夜光珠，不教照见愁模样。装绣帐，待君贶[53]。

叠锦茵，重重空自陈，只愿身当出玉体，不愿伊当薄命人。叠锦茵，待君临。

展瑶席，花笑三韩[54]碧。笑妾新铺玉一床，从来妇欢不终夕。展瑶席，待君息。

剔[55]银灯，须知一样明。偏是君来生彩晕[56]，对妾故作青荧荧。剔银灯，待君行。

爇[57]熏炉，能将孤闷苏。若道妾身多秽贱，自沾御香香彻肤。爇熏炉，待君娱。

张鸣筝[58]，恰恰语娇莺[59]。一从弹作《房中曲》[60]，常和窗前风雨声[61]。张鸣筝，待君听。

时诸伶无能奏演此曲者，独伶官赵惟一[62]能之。而宫婢单登，故重元家婢，亦善筝及琵琶，每与惟一争能，怨后不知己。后乃召登对弹四旦二十八调[63]，皆不及后，单愧耻拜服。于时上常召登弹筝，后谏曰："此叛家婢女中独无豫让[64]乎？安得轻近御前？"因遣直外别院。

登深怨嫉之。而登妹清子，嫁为教坊[65]朱顶鹤妻，方为耶律乙辛所昵。登每向清子诬后与惟一淫通。乙辛俱知之，欲乘此害后，以为不足证实，更为他人作《十香》淫词，用为诬案。云：

青丝七尺长，挽出内家装。
不知眠枕上，倍觉绿云[66]香。

红绡一幅强，轻阑白玉光。
试开胸探取，尤比颤酥香。

芙蓉失新艳，莲花落故妆。
两般总堪比，可似粉腮香。

蝤蛴那足并[67]，长须学凤凰。
昨宵欢[68]臂上，应惹领[69]边香。

和羹好滋味，送语出宫商。
定知郎口内，含有暖甘香。

非关兼酒气，不是口脂芳。
却疑花解语，风送过来香。

既摘上林蕊，还亲御苑桑。
归来便携手，纤纤春笋香。

凤靴抛合缝[70]，罗袜卸轻霜。
谁将暖白玉，雕出软钩香？

解带色已战，触手心愈忙。
那识罗裙内，消魂别有香。

咳唾千花酿，肌肤百和[71]装。
元非啖沉水[72]，生得满身香。

乙辛阴属清子使登乞后手书。登时虽外直，常得见后。后善书，登绐[73]后曰："此宋国忒里蹇[74]所作，更得御书，便称二绝。"后读而喜之，即为手书一纸。纸尾复书己所作《怀古诗》一绝云：

宫中只数赵家妆[75]，败雨残云误汉王[76]。
惟有知情一片月，曾窥飞燕入昭阳[77]。

登得后手书，持出与清子云："老婢淫案已得。况可汗[78]性忌，早晚见其白练挂粉脰[79]也。"

乙辛已得书，遂构词命登与朱顶鹤赴北院陈首："伶官赵惟一私侍懿德皇后，有《十香》淫词为证。"乙辛乃密奏上曰："太康元年十月二十三日，据外直别院宫婢单登及教坊朱顶鹤陈首，本坊伶官赵惟一向要结本坊入内承直高长命，以弹筝琵琶，

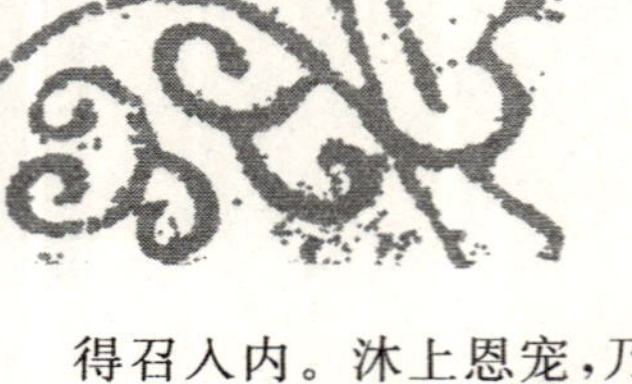

得召入内。沐上恩宠，乃辄干冒禁典，谋侍懿德皇后御前。忽于咸雍六年九月，驾幸木叶山[80]，惟一公称有懿德皇后旨，召入弹筝。于时皇后以御制《回心院》曲十首，付惟一入调[81]。自辰至酉，调成。皇后向帘下目之，遂隔帘与惟一对弹。及昏，命烛，传命惟一去官服，着绿巾金抹额窄袖紫罗衫珠带乌靴。皇后亦着紫金百凤衫杏黄金缕裙，上戴百宝花髻，下穿红凤花靴，召惟一更入内帐对弹琵琶，命酒对饮，或饮或弹，至院鼓三下，敕内侍出帐。登时当直帐，不复闻帐内弹饮，但闻笑声，登亦心动，密从帐外听之，闻后言曰：'可封有用郎君。'惟一低声言曰：'奴具虽健，小蛇耳，自不敌可汗真龙。'后曰：'小猛蛇却赛真懒龙。'此后但闻惺惺若小儿梦中啼而已。院鼓四下，后唤登揭帐，曰惟一醉不起，可为我唤醒。登叫惟一百通，始为醒状，乃起拜辞。后赐金帛一箧，谢恩而出。其后驾还，虽时召见，不敢入帐。后深怀思，因作《十香词》赐惟一。惟一持出夸示同官朱顶鹤，朱顶鹤遂手夺其词，使妇清子问登，登惧事发连坐，乘暇泣谏，后怒痛笞，遂斥外直。但朱顶鹤与登共悉此事，使含忍不言，一朝败坏，安免株坐，故敢首陈，乞为转奏以正刑诛。臣惟皇帝以至德统天，化及无外，寡妻匹妇，莫不刑于[82]。今宫帐深密，忽有异言，其有关治化，良非渺小，故不忍隐讳，辄据词并手书《十香词》一纸，密奏以闻。"上览奏，大怒，即召后对诘，后痛哭转辨曰："妾托体国家，已造妇人之极，况诞育储贰[83]，近且生孙，儿女满前，岂忍更作淫奔失行之人乎？"上出《十香词》曰："此非汝作手书，更复何辞？"后曰："此宋国忒里蹇所作，妾即从单登得而书赐之耳。且国家无亲蚕事，妾作那得有亲桑语？"上曰："诗正不妨以无为有，如词中'合缝靴'，亦非汝所着，为宋国服耶？"上怒甚，因以铁骨朵[84]击后，后几至殒[85]。即下其事，使参知政事张孝杰与乙辛穷治之[86]。

乙辛乃系械惟一、长命等讯鞫，加以钉灼荡错等刑，皆为诬服。狱成将奏，枢密使萧惟信，驰语乙辛、孝杰曰："懿德贤明端重，化行宫帐，且诞育储君，为国大本，此天下母也，而可以叛家仇婢一语动摇之乎？公等身为大臣，方当烛照奸宄[87]，洗雪冤诬，烹灭此辈，以报国家，以正国体，奈何欣然以为得其情也？公等幸更为思之！"不听，遂具狱上之。上犹未决，指后《怀古》一诗曰："此是皇后骂飞燕也，如何更作十词？"孝杰进曰："此正皇后怀赵惟一耳。"上曰："何以见之？"孝杰曰："'宫中只数赵家妆'，'惟有知情一片月'，是二句中包含'赵惟一'三字也。"上意遂决，即日族诛惟一，并斩长命，敕后自尽。时皇太子及齐国诸宫主，咸被发流涕，乞代母死。上曰："朕亲临天下，臣妾亿兆，而不能防闲一妇，更何施眉目覥然南面[88]乎？"后乞更面可汗一言而死，不许。后乃望帝所而拜，作《绝命词》曰：

> 嗟薄祜[89]兮多幸，羌作俪兮[90]皇家，承昊穹[91]兮下覆，近日月兮分华。托后钩兮凝位[92]，忽前星兮启耀[93]。虽衅累兮黄床，庶无罪兮宗庙。欲贯鱼[94]兮上进，乘阳德[95]兮天飞，岂祸生兮无朕[96]，蒙秽恶兮宫闱[97]。将剖心兮自陈，冀回照兮白日，宁庶女兮多慚[98]，遏飞霜兮下击。顾子女兮哀顿[99]，对左右兮摧伤，共西曜兮将坠，忽吾去乎椒房[100]。呼天地兮惨悴[101]，恨今古兮安极，知吾生兮必

死，又焉爱兮旦夕[102]。

遂闭宫以白练自经[103]。上怒犹未解，命裸后尸以苇席裹还其家。春秋三十有六[104]，正符白练之语。闻者莫不冤之。皇太子投地大叫曰："杀吾母者耶律乙辛也。他日不门诛此贼，不为人子。"乙辛遂谋害太子无虚日矣。

嗟嗟！自古国家之祸，未尝不起于纤纤[105]也。鼎观懿德之变，固皆成于乙辛，然其始也，由于伶官得入宫帐，其次则叛家之婢，使得近左右，此祸之所由生也。第乙辛凶惨无匹，固无论，而孝杰以儒业起家，必明于大义者。使如惟信直言，毅然诤之，后必不死。后不死则太子可保无恙，而上亦何惭于少恩骨肉哉！乃亦昧心同声，自保禄位，卒使母后储君与诸老成，一旦皆死于非辜，此史册所书未有之祸也。二人者，可谓罪通于天者乎！然懿德所以取祸者有三，曰好音乐，与能诗善书耳。假令不作《回心院》，则《十香词》安得诬出后手乎？至于《怀古》一诗，则天实为之，而月食飞练，先命[106]之矣。

【注释】

①咸、太：即咸雍（1065～1074）和太康（1075～1084），辽道宗耶律洪基的年号。

②懿德皇后：即萧观音（1040～1075），钦哀皇后弟枢密使萧惠之女，辽道宗耶律洪基的皇后。后被诬陷与乐伎私通，被迫自尽。谥号"懿德"。

③南北面官：辽官类名，即"南面官"、"北面官"。世宗（耶律阮）天禄元年（947），分置北枢密院和南枢密院，北面、南面两类官制的称呼正式出现。南面官制模仿唐朝官制而有所变通，又称"汉制"。《辽史·百官志》："以国制治契丹，以汉制待汉人。"南面官为治理州县、掌管财赋及分领汉军而设，多以汉人充任。北面官以契丹原有官制为基础，又称"国制"，但其中也含有汉制的成分。北面官治宫帐、部族、属国之政。

④湔（jiān 坚）浣：清洗。

⑤户说：挨家挨户地告谕解说。屈原《离骚》："众不可户说兮，孰云察余之中情？"

⑥耶律乙辛（？～1083）：辽契丹五院部人，字胡睹衮。曾为南院枢密使，封赵王。后因参与平定重元之乱有功，擢北院枢密使，晋封魏王。咸雍五年（1069），加守太师，独揽朝政。太康元年（1075），诬宣懿后致死；三年，又谋害太子。五年，出知南院大王事，改知中兴府事。九年（1083）以私藏兵甲、密谋奔宋罪被处死。

⑦萧司徒：指萧惟信。辽契丹楮特部人，字耶宁。好学能辩。兴宗初始仕，累迁左中丞。重熙十七年（1048），迁北院枢密副使，兼北面林牙。清宁九年（1063），参与平定重元乱，以功加太子太傅。后历官南京留守、南院枢密使、知北院枢密使事、南府宰相兼契丹行宫都部署等职。大康三年（1077）耶律乙辛诬太子 濬谋反，曾多次廷争，道宗不听。遂告老，加守司徒。

⑧涕淫淫：泪流不止的样子。屈原《九章·哀郢》："望长楸而太息兮，涕淫淫其若霰。"

⑨可敦城：回鹘汗国时代所建，以居唐公主。可敦，突厥语，意为皇后。辽在其故址兴建新城，作为镇戍阻卜（达旦）部落的驻兵重地，置镇州建安军，为西北路招讨司治所。可敦城故址在今蒙古人民共和国布尔根省哈达桑之东，地名青托罗盖。

⑩少海：也称"幼海"，指渤海。

⑪险陆：崎岖不平的陆地。

⑫大安五年：公元 1089 年。大安，辽道宗耶律洪基的年号(1085～1094)。

⑬惠：指萧惠(983～1056)。辽后族，字伯仁，契丹名脱古思。辽道宗宣懿皇后(萧观音)之父。世为国舅，历仕圣宗、兴宗两朝。累迁西北路招讨使。兴宗即位，封郑王。重熙六年(1037)，加守太师，拜南院枢密使。十一年，以大军迫宋增岁币，以功进韩王。十二年，同知元帅府事，为北院枢密使。后告老辞官，封魏王。

⑭天狗：星名。《史记・天官书》："天狗，状如大奔星，有声，其下止地，类狗。"

⑮重熙九年：公元 1040 年。重熙，辽兴宗耶律宗真的年号(1032～1055)。五月己未：即五月五日。

⑯令终：善终。

⑰经子：指古代的经书和子书。

⑱清宁元年：公元 1055 年。清宁，辽道宗耶律洪基的年号(1055～1064)。

⑲"孤稳"句：此句为契丹语的音译。孤稳，契丹语，玉。女古，契丹语，金。耨斡，契丹语，后土也。耨斡，原作"耕斡"，据宝颜堂秘笈本改。麽，契丹语，母。全句大意如下文所说："以玉饰首，以金饰足，以观音作皇后也。"

⑳秋山：又称"秋水"，即秋捺钵，辽皇帝秋天外出渔猎设立的行营。

㉑伏虎林：辽帝秋猎的行营所在地，在今内蒙古翁牛特旗东。

㉒南邦：指宋朝。宋朝在辽之南，故称。

㉓鸭绿江：中国和朝鲜的界河。辽时朝鲜称高丽，是辽的属国。

㉔大千：佛教语"三千大千世界"的简称。此处泛指世间万物。

㉕那教：岂容。此句扣紧诗题"伏虎林"。

㉖殪(yì 义)：杀死。

㉗王会：旧时诸侯、四夷或藩属朝贡天子的聚会。

㉘鹿蠡：匈奴藩王的封号，权位在单于下。匈奴有左右鹿蠡王。

㉙薄：逼近，靠近。鸡林：古国名，即新罗。

㉚交泰：指天地之气祥和，万物通泰。《易・泰》："天地交，泰。"

㉛衔：怀恨。

㉜圣宗(971～1031)：即耶律隆绪。契丹名文殊奴。辽景宗长子。前后在位四十九年，是辽朝全盛时期。庙号"圣宗"。

㉝岂虎斯不若：难道就这样懦弱无力。虎斯，契丹语，有力。

㉞滦水：即今滦河，在河北省东北部。

㉟徐贤妃：即徐惠(627～650)，又称"徐贤妃"，唐代湖州长城(今浙江长兴)人。自幼聪慧。太宗召为才人，后为婕妤，再迁充容。常上疏论时政，太宗称善。高宗永徽元年卒，赠贤妃。

㊱四时捺钵：辽皇帝春夏秋冬四时外出渔猎，设立的行帐称为捺钵。捺钵又译为"行在"、"行营"。自辽圣宗以后，逐渐形成定制：春捺钵在长春州鱼儿泊捕鹅，在鸳鸯泺或混同江钓鱼；夏捺钵在永安山或炭山张鹰；秋捺钵在庆州伏虎林射鹿；冬捺钵在永州广平淀猎虎。"捺钵"为契丹语的音译，故又译"纳钵"、"剌钵"、"纳宝"。

㊲扈从：皇帝出巡时的护卫侍从人员。

㊳穆王远驾：穆王，即周穆王，西周国王，姓姬名满。远驾，指穆王曾"周行天下"。《穆天子传》，即写他西游的故事。

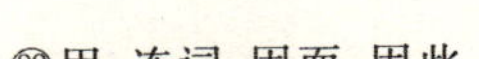

㊴用:连词,因而,因此。

㊵太康佚豫:太康是启之子,夏代国君。因兄弟五人耽于享乐,不理政事,终被后羿夺去君位。佚豫,犹佚乐,指悠闲安乐。

㊶屋:《礼记·郊特牲》:"是故丧国之社屋之,不受天阳也。"后遂以"屋"谓国家覆亡。

㊷游佃:即游田,出游打猎。

㊸龟鉴:龟可以卜吉凶,鉴即镜子,可以别美丑。故龟鉴比喻可供人对照学习的榜样或引以为戒的教训。

㊹"倘有"二句:宣懿皇后误记"绝群之兽"为汉代东方朔(前154～前93)所言,应作司马相如(前179～前117)。

㊺简子:即赵简子。原名赵鞅,又称"赵孟",春秋末人,晋国正卿。

㊻老氏驰骋之戒:老氏,指老子。老子为春秋时思想家,楚国苦县(今河南鹿邑县)人,道家的创始人。他在《老子》一书中警戒说:"驰骋畋猎令人心发狂。"

㊼汉文:即汉文帝刘恒(前202～前157)。他实行"与民休息"的政策,减轻田租、赋役和刑狱,使农业生产有所发展。又削弱诸侯王势力,以巩固中央集权。吉行:谓行必获吉。《易·困》:"动悔有悔,吉行也。"

㊽牝(pìn聘)鸡之晨:母鸡报晓。古代贬喻女性掌权,阴阳倒置,将导致家破国亡。语本《书·牧誓》:"牝鸡无晨,牝鸡之晨,惟家亡索。"

㊾希:稀疏。

㊿深殿:皇后居住的宫殿在皇宫的深处,故云。

51金铺:宫殿门上兽面形铜制环钮,用以衔环。

52凭梦偕高唐:高唐为楚国台观名。宋玉《高唐赋》言楚王游高唐,梦神女荐枕席。"凭梦"句用此典隐喻男女欢情。

53贶(kuàng况):赐。

54三韩:汉时朝鲜南部有马韩、辰韩、弁辰(三国时也称弁韩),合称"三韩"。后以指朝鲜。

55剔:将灯拨亮。

56彩晕:彩色的光环。

57爇:烧。

58张:摆开。鸣筝:弹筝。

59恰恰语娇莺:形容弹筝声音和谐悦耳,如娇莺恰恰啼。恰恰,莺啼声。杜甫《江畔独步寻花七绝句》:"自在娇莺恰恰啼。"

60一从:自从。《房中曲》:即古代乐歌《房中乐》。《宋书·乐志》称"《房中》歌后妃之德,所以风天下,正夫妇"。此诗作者亦将《房中曲》用来讽劝君王。

61"常和"句:形容所奏的歌曲孤苦、凄凉,未能得到君王的赏识,只能和窗前的风雨声互相唱和。

62赵惟一(?～1075):辽道宗时人,宫廷伶官,曾奏演宣懿皇后所制曲。大康元年(1075),被耶律乙辛等诬告与宣懿皇后通奸,全族处死。

63四旦二十八调:辽国大乐。

64豫让:春秋战国时晋国人。曾为智伯瑶的家臣,很受尊宠。后来智氏被韩、赵、魏三家所灭。他为智氏报仇,改换姓名,入宫谋刺,不成。化装暗伏桥下谋刺,又不成。被捕后,求得赵襄子衣服,拔剑三跃而击之,然后自杀。

(65)教坊：即教坊司，辽国官署名。

(66)绿云：比喻女子乌黑光亮的秀发。唐杜牧《阿房宫赋》："绿云扰扰，梳晓鬟也。"

(67)蝤蛴：天牛的幼虫，色白身长。古代多以蝤蛴比喻美女洁白丰润的颈项。

(68)欢：古代相爱男女的互称。

(69)领：脖子。《诗·卫风·硕人》："领如蝤蛴，齿如瓠犀。"

(70)凤靴抛合缝：句意应是抛合缝凤靴。合缝凤靴为辽代皇后穿的靴子。辽后的靴子，有双同心帕络合缝靴。

(71)百和：即百和香，指由各种香料合成的香。

(72)啖(dàn 但)：吃。沉水：借指沉香。沉香，产于亚热带，木质坚硬而重，有香味。

(73)绐(dài 代)：哄骗。

(74)忒里蹇：契丹语，皇后。

(75)赵家妆：指汉代赵飞燕的打扮。赵飞燕(？～前1)，汉成帝宫人，为婕妤，深得宠幸。善歌舞，又因体轻，故称"飞燕"。后立为皇后，平帝即位，被废为庶人，自杀。

(76)败雨残云：比喻无法挽救的爱情。"云雨"典出宋玉《高唐赋》，暗喻男女之间的欢情。汉王：指汉成帝。此处暗指辽道宗。

(77)昭阳：即昭阳殿，赵飞燕居住的宫殿。

(78)可汗：古代鲜卑、柔然、突厥、回纥、蒙古等民族中最高统治者的称号。此处暗指辽道宗。

(79)脰：脖子。

(80)木叶山：古山名。契丹族先世居地。辽时山上建始祖庙，每兴兵及春秋两季祭于此。其地在今内蒙古西拉木伦河、老哈河合流处。

(81)入调：琴曲在散板引起之后，进入常规的曲调称"入调"。

(82)刑于：谓以礼法对待。《诗·大雅·思齐》："刑于寡妻，至于兄弟，以御于家邦。"

(83)储贰：太子。

(84)铁骨朵：辽国刑具。按辽刑法，击铁骨朵的次数有五下或七下的。

(85)殒(yǔn 允)：死亡。

(86)张孝杰：辽建州永霸(今辽宁朝阳)人。重熙年间进士。咸雍三年(1067)后，升参知政事、同知枢密院事，进为北府宰相。与北院枢密使耶律乙辛结党，诬陷宣懿皇后，陷害太子濬。后道宗察觉其阴谋，削爵为民。大安年间死于乡。

(87)奸宄：违法作乱的事情。《书·舜典》："蛮夷猾夏，寇贼奸宄。"

(88)觍(tiǎn 忝)然：惭愧的样子。南面：指宋朝。

(89)祜(hù 户)：福。

(90)羌：发语词。俪：匹偶。

(91)昊(hào 浩)穹：犹苍天。

(92)后钩：也即"后句"(音 gōu)，星名。《史记·天官书》："后句四星，末大星正妃，余三星后宫之属也。"

(93)前星：太子之称。《汉书·天文志》："东宫苍龙，房、心。心为明堂，大星天王，前后星子属。"

(94)贯鱼：《易·剥》："六五，贯鱼以宫人宠，无不利。"后因指以次进御，不偏爱。

(95)阳德：阳光。喻指皇帝的恩泽。

(96)朕：朕兆，预兆。

⑰“蒙秽恶”句：谓耶律乙辛等诬告事。宫闱，宫中后妃所居之处。

⑱庶女：民女。指春秋时齐国一民女负冤莫伸，仰天呼号事。《淮南子·览冥训》：“庶女叫天，雷电下击，景公台陨，支体伤折，海水大出。”这里皇后以庶女自比。

⑲哀顿：困苦。

⑳忽：迅速。去：离开。椒房：原指汉代皇后所居的椒房殿，这里泛指后妃居住的宫室。

㉑惨悴(cuì 翠)：凄惨忧伤。

㉒旦夕：早与晚。这里比喻短时间内。

㉓经：上吊。

㉔春秋：年纪。

㉕纤纤：细微；细微的事物。

㉖命：天命，命运。

续夷坚志

(金)元好问

元好问(1190～1257),字裕之,号遗山,金太原秀容(今山西忻州)人。少年即负文名,博学多识,“淹贯经传百家”(《金史》本传语)。金兴定五年(1221)进士及第,历任内乡令、南阳令、尚书省掾、左司都事、尚书省左司员外郎。金亡不仕。元好问在诗、词、文、曲及理论批评等方面,成就卓著,为有金一代最杰出的文学家。著有《元遗山先生全集》,还编《唐诗鼓吹》、《中州集》、《中州乐府》等,特别是后两种,保存了金代大量的珍贵文献资料。此外,元好问还著有笔记小说集《续夷坚志》四卷。此书虽名为续宋洪迈《夷坚志》而作,但已在记叙神怪故事的同时,加入许多当时的社会见闻。洪迈旨在志怪,元好问却意在实录。元代石岩《续夷坚志跋》曾指出:“案《续夷坚志》,乃遗山先生当中原陆沉之时,皆耳闻目见之事,非若洪景卢演史寓言也。其劝善戒恶,不为无补,吾知起善推广之心,即遗山之心也。”

《戴十妻梁氏》选自清道光十年(1803)《得月簃丛书》刻本《续夷坚志》卷一,《狐锯树》和《天赐夫人》选自同书卷二。《天赐夫人》篇,记叙金代梁肃青年时代过人的胆量以及和“天赐夫人”喜结良缘的佳话。同时代人郝经《陵川集》里有《天赐夫人词》,歌咏其事,可见此传说确曾盛传一时。

戴十妻梁氏

戴十不知何许人[①],乱[②]后居洛阳东南左家庄,以佣为业[③]。癸卯[④]秋八月,一通事[⑤]牧马豆田中,戴逐出之。通事怒,以马策[⑥]乱捶而死。妻梁氏,舁尸诣营[⑦]中诉之。通事乃贵家奴,主人所倚。因以牛二头,白金一笏[⑧],就梁赎罪[⑨]。且说之曰:“汝夫死,亦天命。两子皆幼,得钱可以自养。就令[⑩]杀此人,于死者何益?”梁氏曰:“吾夫无罪而死,岂可言利?但得此奴偿死,我母子乞食亦甘分[⑪]!”众不可夺,谓梁氏曰:“汝宁[⑫]欲自杀此人耶?”梁氏曰:“有何不敢?”因取刀,欲自斫[⑬]之。众惧此妇愤恨通事,不令即死[⑭],乃杀之。梁氏掬[⑮]血饮之,携二子去。洛阳翟志忠云。

【注释】

①何许人：什么地方人。

②乱：指公元1234年金朝灭亡。

③以佣为业：当雇工以维持生活。

④癸卯：宋理宗(赵昀)淳祐三年(1243)，蒙古马乃真后二年。当时北方已在蒙古统治之下。

⑤通事：即“译员”。突厥—蒙古语音译为“怯里马赤”。蒙古征服各国，言谈多借助通事，故元代官衙多设怯里马赤。

⑥马策：马鞭。

⑦舁(yú鱼)：抬，扛。诣：到。营：军营。

⑧白金：银。一笏(hù护)：一块。笏，用作量词，块，条。

⑨赎罪：这里指以物抵罪。

⑩就令：即使。

⑪甘分(fèn奋)：甘愿。

⑫宁：难道。

⑬斫(zhuó卓)：动词，砍。

⑭不令即死：不使他立即死。令，使。

⑮掬(jū居)：两手相合捧物。

狐锯树

阳曲[①]北郑村中社铁李者，以捕狐为业。大定[②]末，一日，张网沟北古墓下，系一鸽为饵，身在大树上伺之。二更后，群狐至，作人语云：“铁李铁李，汝以鸽赚我耶？汝家父子驴群相似，不肯做庄农，只学杀生。俺内外六亲，都是此贼害却。今日天数[③]到此，好好下树来，不然，锯倒别说话。”即闻有拽锯声，大呼：“搘镬煮油[④]，当烹此贼！”火亦随起。铁李惧，不知所为，顾腰惟有大斧，思树倒则乱斫之。须臾天晓，狐乃去。树无锯痕，旁有牛肋数枝而已。铁李知其变幻无实。其夜复往。未二更，狐至，泣骂俱有伦。铁李腰悬火罐，取卷爆潜爇[⑤]之，掷树下，药火发，猛作大声，群狐乱走[⑥]，为网所罥[⑦]，瞑目待毙，不出一语。以斧椎杀之。

【注释】

①阳曲：今山西阳曲县。

②大定：金世宗完颜雍的年号(1161～1189)。

③天数：迷信的说法，一切不可解的事、不可抗拒的灾难都是上天安排的命运，不可改变。

④搘(zhī支)镬(huò或)煮油：架起镬煮油。搘，支撑，支持。镬，古代一种无足的鼎。

⑤潜：暗中。爇(ruò弱)：点燃。

⑥走：跑。

⑦罥(juàn卷)：缠绕。

天赐夫人

广宁[①]间山公庙，灵应甚著。又其象设狞恶，林木蔽映，人白昼入其中，皆恐怖毛竖。旁近言，静夜时闻讯掠声[②]，故过者或迂路[③]避之。

参知政事梁公肃[④]，家此乡之牵马岭。作举子时，与诸生结[⑤]夏课，谈及鬼神事，历数时人之胆勇者，梁公都不之许。因自言："我能以昏暮或阴晦之际，入间山庙，巡廊庑一周。"诸生从臾[⑥]之曰："能往，何以取信？"梁公曰："我当就周行处以物画之，用是为验。"明日晚，约偕往，诸生待于庙门外。奋袖径去，画至庙之东隅，摸索有一人倚壁而立。梁公意其为鬼至矣，可取火照之。及火至，见是一美妇，衣装绝与世俗[⑦]不同。欲问诘之，则气息奄奄，状若昏醉。诸生真谓鬼物，环立守之。良久开目，见人环绕，惊怖不自禁，问此为何地。诸生为言其处，及庙中得之者，且诘其为人为鬼，何所从来。妇言我扬州大族某氏女，以吉日迎往婿家，在舆[⑧]中忽为大风所飘，神识[⑨]散乱，不知何以至此。诸生喜曰："梁生未受室[⑩]，神物乃从扬州送一妻至，诚有冥数[⑪]存乎其间，可因而成之。"梁公乃携妇归。

寻擢第[⑫]，不十数年，致身通显。妇举[⑬]数子。故时人有天赐夫人之目[⑭]，至于传达宫禁。梁公以大定二十年节度彰德[⑮]，相下耆旧[⑯]，仍有及见之者。兵乱后梁氏尚多，问其家世，多天赐诸孙行[⑰]云。

【注释】

①广宁：即广宁县，属营州，治所在今河北昌黎县。金大定二十九年(1189)改为昌黎县。

②讯掠：审问和拷打。

③迂路：绕道。

④参知政事：简称"参政"。官名。金尚事省置参知政事二员，从二品，与左右丞合称为执政官，为左右丞相之副贰，佐治省事。梁肃(？～1188)：字孟容，金奉圣州(今河北涿鹿)人。天眷(1138～1140)年间进士。累迁至山东西路转运副使。海陵王时，参与营治汴京宫室，摄大名府少尹。世宗大定二年(1162)改大兴府少尹。大定三年，为河北东路转运副使。大定七年，为都水监，筑堤治河。改大理卿、刑部尚书。大定十四年，出使宋朝。后为济南府尹，致仕。复拜参知政事。

⑤结：结束。

⑥从(sǒng 耸)臾：怂恿。

⑦世俗：指当时社会的风俗习惯。

⑧舆：轿子。

⑨神识：精神意识。

⑩受室：娶妻。

⑪冥数：旧谓上天所定的气数或命运。

⑫寻：不久。擢(zhuó 卓)第：科举考试及第。

⑬举：生育。

⑭有天赐夫人之目：意谓有"天赐夫人"之称。目，看法。

⑮大定二十年：即公元1180年。大定，金世宗完颜雍的年号(1161～1189)。彰德：即彰德府。金明昌三年(1192)升相州为彰德府，治安阳县(今河南安阳)，辖境相当于今河南安阳市、汤阴县、鹤壁市、林州市及河北临漳县。

⑯相下：指彰德府的旧称相州。耆(qí齐)旧：德高望重而又年岁大的人。

⑰多天赐诸孙行(háng杭)：多是“天赐夫人”的孙子这一辈人。行，辈分。

山房随笔

（元）蒋子正

蒋子正，一作“正子”，字平仲。著有《山房随笔》一卷。里籍、生卒年及生平均不详。《山房随笔》所记多为宋末元初事，书中有“穆陵在御”语，似可推断蒋子正为宋人入元者。又有“予分教溧阳”一语，也可知蒋子正曾为溧阳（今江苏溧阳）学官。

《元遗山妹》，据《说库》本《山房随笔》校点整理。全书各条原无篇名，选文篇名系选注者拟加。

元遗山妹

元遗山①好问裕之，北方文雄②也。其妹为女冠③，文而艳。张平章当揆④，欲娶之。使人嘱，裕之辞以可否在妹，妹以为可则可。张喜，自往访，觇其所向⑤，至则方自手补天花板，辍⑥而迎之。张询近日所作，应声答曰：“补天手段暂施张⑦，不许纤尘落画堂⑧；寄语新来双燕子⑨，移巢别处觅雕梁⑩。”张悚然⑪而出。

【注释】

①元遗山：即元好问（1190～1257），字裕之，号遗山。金代最杰出的文学家。

②北方文雄：北方文坛的杰出者。元好问是金代文坛的领袖人物，在诗、词、文、曲及理论批评诸方面均为最杰出者。金在北方，故称元好问为“北方文雄”。

③女冠：女道士。

④平章：即平章政事的简称。官名。金尚书省置平章政事，从一品，与左右丞相合称宰相。当揆：当政。

⑤觇（chān 掺）其所向：观察她的意图。

⑥辍：中断，停下来。

⑦“补天”句：意谓暂且施展补天的手段。这里以女娲补天借指补天花板。

⑧画堂：华丽的堂舍。

⑨寄语：传话，转告。燕子：喻指求亲的张平章。

⑩“移巢”句：暗喻拒婚。雕梁，指饰有浮雕、彩绘的梁。

⑪悚（sǒng 耸）然：惶恐不安的样子。

申厚卿娇红记

（元）宋　远

明代丘汝乘在宣德十年(1435)为刘兑《新编金童玉女娇红记杂剧》所写的序文中说："元清江宋梅洞，尝著《娇红记》一编，事俱而文深，非人莫能读。"由此可确知传奇小说《娇红记》作者为元代宋远。宋远，号梅洞，清江（治今江西樟树市临江镇）人。元初曾与滕宾、周景、萧列、刘将孙等交游，约生活在至元年间。从他的《挽胡宣慰（祇遹）》诗，可知元贞末年(1296)尚在世。《元诗选》、《名儒草堂诗余》著录其诗词数篇。

《娇红记》情节曲折，波澜迭起，描写细腻，结构完整，故事哀婉动人，撼人心魄，为元代传奇小说的代表作。全文长达一万七千余字，在文言小说中实属罕见。《娇红记》继承唐传奇"叙述宛转，文辞华艳"的优秀传统，同时又受宋元说话的影响，语言较通俗浅近，展现了文言小说和白话小说融合的趋势。它承上启下，对明代《剪灯新话》、《剪灯余话》等一系列文言小说产生了深远的影响，李祯《贾云华还魂记》即是显著的例子。《娇红记》的故事在元代流传甚广，王实甫、邾经、汤式、金文质等人均有铺演其事的杂剧，惜已佚。明人有刘兑《新编金童玉女娇红记杂剧》，孟称舜《节义鸳鸯冢娇红记》传奇，沈受先《娇红记》戏文（已佚）。至今京剧也有《鸳鸯冢》剧目。

《娇红记》版本甚多。单行本有明建安郑云竹刻本，题作《新锲校正评释申王奇遘拥炉娇红记》，上下二卷。其他本子即收在一些小说选集如《绣谷春容》、《风流十传》、《燕居笔记》等书中。各本文字略有出入，引录诗词多寡差别较大。本篇据明刻本《绣谷春容》书集卷之五上栏所载的《申厚卿娇红记》校点整理。此刻本原有两页纸张破损，少数文字模糊缺漏，即据何大抡编的《重刻增补燕居笔记》所载的《拥炉娇红》的相应文字校补。

申纯字厚卿，祖沛[①]人也。生于洛阳，而随父寓居于成都[②]。八岁通六经[③]，十岁能属文[④]。天姿[⑤]超越，杰出世表，风情文物，不减于斯。故贤士大夫多推誉焉。宣和[⑥]间，荐而不第，归郁郁不自胜。尝登山临水以豁怀抱，食息[⑦]未尝忘。家居月余，因适邻郡舅舅王通判[⑧]家。即日命仆起行，信宿[⑨]而至。

因入谒舅。舅见之，尽礼。遂引生至堂中，命妗[10]出见。生进拜，就位。舅舅询问，生答应愈恭。舅有一子名善父，年七岁，一名含。舅因呼善父出拜，再命侍女飞红呼娇娘出见。良久，飞红附耳语妗，以娇娘未梳妆为言。妗因怒曰："三哥家人也(生第三)，出见何害？"生闻之，因曰："百一姐(娇第百一)无他故，姑俟[11]日后请见。"妗因笑曰："适方出浴未理妆，故欲少俟。三哥一家人，何事铅粉[12]耶？"又令他侍女促之。顷刻娇自左掖[13]出拜。双发绾绿[14]，色夺图画中人，朱粉未施而天然殊莹。生起见之，不觉自失。叙礼毕，娇因立妗右。生熟视，愈觉绝色，目摇心荡，不自禁制。妗语曰："三哥远来劳苦，宜就舍少息。"因寓之于堂之东，去堂二十余步。生归馆后，功名之心顿释，日夕惟思慕娇娘而已。恨不能吐尽心事，素与款语，故常意属焉。舅妗皆以生久不相见，款留备至，生亦自幸其相留，冀得乘间致款曲[15]于娇娘也。平常出入舅家，周旋堂庑[16]，虽终日得与游，从未尝敢妄邪言相及。生因察其动静，见娇言笑举止常有疑猜不足之状，生知其赋情忒[17]甚也，求所以导情达意之便而未能得。一夕，娇晚绣绿窗下，依窗视荼蘼花[18]，久不移目。生轻步踵其后，娇不知也，因浩然长叹。生知有所思，因低声问曰："尔何于此仰视长叹也？将有思乎？将有约乎？"娇不答，良久乃曰："兄何自来？此日晚矣，春寒逼人，兄觉之乎？"生知娇以他辞相拒，因应曰："春寒固也。"娇正视，逡巡[19]引去。生独归室无聊，乃赋一词，书于寓室之东，以寓意焉。词名《点绛唇》：

庭院深沉，迟迟日上荼蘼架。芳丛潇洒，妆点春无价。　玉体香肌，好手应难画！还惊讶，春心荡也，谁共游蜂话？

自后日间聚会，或共饮宴，或同歌笑，申生言稍涉邪，娇则凝眸正色，若将不可犯。生虽慕其美丽，然其不相领略，以谓娇年幼情简，不谙世事，因不介意。

一日，舅有他甥至，舅妗亦留之。至晚舅开宴，申生预坐[20]。酒至半，妗起酌酒，生亦起，两相推逊。他甥舅将酣，娇时陪立妗后，赞[21]之，令溢觞[22]。酒至生，生力辞。妗曰："子素能饮，独不能为我开怀乎？"生辞以失志功名且病，今已醉甚，不能复加。妗未允，娇因参言其后曰："三兄动容，似不任酒力矣，姑止此。"妗因辍瓶授觞，生再拜而饮，因喜不自胜。既毕，妗退步酌酒劝舅。申生之前烛烬长而暗，娇因促步至烛前，以手弹烛，送目语生曰："非妾则兄醉甚矣。"生谢曰："此恩当铭肺腑。"娇微谢曰："此岂恩乎？"生曰："义重于此矣。"语未毕，妗因索水涤觞，娇乃引去。自此生复留意。一夕，娇独坐于堂侧指花轩内，生偶至座侧，见娇凭栏无语，徙倚[23]沉吟。时花槛中有牡丹数本[24]欲开未开，生因吟二绝以戏之。诗曰：

乱惹祥烟倚粉墙，绛罗轻卷映朝阳。
芳心一点千重束，肯念凭栏人断肠！

娇姿艳质不胜春，何意无言恨转深？
惆怅东君[25]不相顾，空余一片惜花心。

生援笔写此二诗以示娇，娇巡檐展诵，倾环低面，欲言不言。正凝思间，忽闻妗语声。娇乃携二诗，藏之袖间，徐步趋归堂中。生惆怅久之，归室殆无以为怀，因作

一绝题于堂西之绿窗上。

日影侵阶睡正醒，篆烟[26]如缕午风平。

玉箫吹尽《霓裳》调，谁识林中莺语声？

后二日，生待舅他出，娇因至生卧室。见东窗有《点绛唇》词一首，西窗有诗一绝，踌躇玩味，不忍舍去。知生之属意有在，乃濡笔和其西窗之韵，以寄意焉。

春愁压梦苦难醒，天迥风高漏正平。

魂断不堪拾集处，落花枝上晓莺声。

生归，见娇所和诗，愿得之心，逾于平常，朝夕惟求间便[27]以感动娇娘。然娇或对或否，或相亲昵，或相违背。生不测其意，莫得而图之。一日，舅妗开宴，自午至暮。酒散，舅妗起归舍。生独坐堂中，欲即外舍。俄而娇至筵所，抽左髻钿钗，拨博山[28]里余香。生因曰："夜分人寝矣，安用此？"娇曰："香贵长存，安可以夜深弃之。"生又继之曰："篆灰有心足矣。"娇不答，乃行近虚阶，开帘仰视，月色如昼，因呼侍女小惠画月以记夜漏之深浅。乃顾生曰："月已至此，夜几许？"生亦起下阶，瞻望星汉，曰："织女将斜河，夜深矣。"因曰："月白风清，如此良夜何[29]？"娇曰："东坡[30]钟情何厚也！"生曰："奇美特异者，情有甚于此焉，可以此诮东坡也？"娇曰："兄出此言，应彼此苦众矣，于我何独无之！"生曰："然则实有也，不然则佳句所谓'压梦'者，果何物而苦难醒乎？"言情颇狎。娇因促步下阶逼[31]生曰："兄谓织女斜河，何在也？"生见娇娘骤近，恍然自失，未及即对，俄闻户内妗问："娇娘寝未？"娇乃遁去。

次日晨起，生入揖妗，既出，遇娇于堂西小阁中。娇时对镜画眉未终。生近前谓之曰："兰煤灯烬[32]，即烛花也。"娇曰："灯花耳。妾用意积久，近方得之。"生曰："若是，则愿以一半丐[33]我书家信。"娇遂肯，令生分其半。生举手分煤，油污其指，因谓娇曰："子宜分以遗[34]我，何重劳客耶？"娇曰："既许君矣，宁惜此？"遂以指决煤之半以赠生，因牵生衣拭其指污处曰："缘兄得此，可作无事人耶？"生笑曰："敢不留以为贽[35]？"娇因变色曰："妾无他意，君何戏我？"生见娇色变，恐妗知之，因移出，珍藏所分之煤于笥中。因作一词以记之。词名《西江月》：

试问兰煤灯烬，佳人积久方成。殷勤一半付多情，油污不堪自整。　妾手分来的的[36]，郎衣拭处轻轻。为言留取表深诚，此约又还未定！

自后生心摇荡特甚，不能顷刻少舍，伏枕对烛，夜肠九曲。思欲履危道以实娇心，而未获。一日暮春小寒，娇方拥炉独坐，生自外折梨花一枝入来。娇不起，亦顾生。生乃掷花于地。娇惊视，徐起，以手拾花，询生曰："兄何弃掷此花也？"生曰："花泪盈晕，知其意何在？故弃之。"娇曰："东皇[37]故自有主，夜秉一枝以供玩好足矣，兄何索之深也？"生曰："已荷重诺，无悔！"娇笑曰："将何诺？"生曰："试思之！"娇不答，因谓生曰："风差劲，可坐此共火！"生欣然即席，与娇共坐，相去仅尺余。娇抚生背曰："兄衣厚否？恐寒威相凌逼也！"生怅然曰："能念我寒，而不念我断肠耶？"娇笑曰："何事断肠？妾当为兄谋之。"生曰："无戏言，我自遇子之后，魂飞魄散，不能着体。夜更苦长，竟夕不寐。汝方以为戏，足见子之心也。予每见子，言语态度，

非无情者，及予言深情切，则子变色以拒，果不解世事而为是沽娇[38]耶？谅孱缪[39]之迹不足以当雅意，深藏固闭，将有售也。今日一言之后，余将西骑，夫子无苦戏我！”娇因慨然良久曰：“君疑妾矣，妾敢有言。妾知兄心旧矣，何敢固自郑重以要君也！第恐不能终始，其如后患何？妾自数月以来，诸事不复措意。寝梦不安，饮食俱废，君所不得知也。”因长吁曰：“君疑甚矣，异日之事君任之，果不济，当以死谢君！”生曰：“子果有志，何以策我！”娇未及答，俄然舅自外至，生因起出迎舅，娇亦反[40]室，不可再语。

又越两日，生凌晨起，揽衣向堂西绿窗内理妆矣。生因诵坡诗曰：

为报邻鸡果惊觉，更容残梦到江南[41]。

娇闻之，自窗内呼生曰：“君有乡间之念乎？”因窥窗语娇曰：“衷肠断尽，无由道意，人得归矣。”娇曰：“君果诞[42]妾耶？既无意于妾，何前委罪之深也？”生因笑曰：“予岂无意，第被子苦久矣。然则若何谋之？”娇曰：“今日间人众，无可容计。东轩傍妾寝室，轩西便门达熙春堂之透荼蘼架。君寝室外有小窗，今夕若晴霁，君自寝所逾外窗度荼蘼架，至熙春堂下。此地人罕花密，当与君会也。”生闻之欣然自得，惟俟日暮得谐所愿。至晚，不觉暴雨大作，花阴浸润，不复可期。生怅恨不已，因作一词，援笔书之，以写悒怏之怀。词名《玉楼春》：

晓窗寂寂惊相遇，欲把芳心深意诉。低眉敛翠不胜春，娇转樱唇红半吐。

匆匆已约欢娱处，可恨无情连夜雨！枕孤衾冷不成眠，挑尽残灯天未曙。

生晨起，会娇于妗所。因共至中堂，以夜来所缀词云之。娇低笑曰：“好事多磨，理固然也。然妾既许君矣，当别图之。”是日，生侍舅往邻家饮，至暮醉归。且思娇早间别图之言，疑娇之不复至也，又沉醉睡熟。娇潜步至窗外，低声唤生者数次，生不能知。娇怅恨而回。大疑生之诞己也，直欲要以盟誓。生剪缕发，书盟言于片纸付娇。娇亦剪发设盟，以复于生。虽是极意慕念，然终于无便可乘。一日，生收家书，以从父晋纳粟补阆州武职[43]，以生便[44]弓马，取生归侍行[45]。娇顾恋之极，作诗送行：

绿叶阴浓花渐稀[46]，声声杜宇劝春归[47]。

相如千里悠悠去[48]，不道文君泪湿衣！

生得诗，和韵以复娇：

堂幄重帏舞蝶稀，相如直恐燕先归！

文君为我坚心待，且莫轻抛金缕衣！

生终以娇娘“绿叶阴浓”之语为疑。又成一词以示娇，名《小梁州》：

惜花长是替花愁，每日到西楼。如今何况抛离去也，关山千里，目断三秋，谩回头！　殷勤分付东园柳，好为管长条！只恐重来绿成阴也，青梅如豆，辜负凉州，恨悠悠！

娇知生之疑己，作词以复之，名《卜算子》：

君去有归期，千里须回首。休道三年绿叶阴，五载花依旧。　莫怨好音

迟，两下坚心守！三只骰儿十九窝[49]，没里须教有。

自后生从父以他故不果行。生归舅家，行住坐卧，饮食起居，无非为娇。兴念数日，无便可乘与娇一语，至于饮食俱废，以致沉思成病。因托求医。舅妗为之皇皇，医卜踵至。但云生功名失意，劳思所致，终不能知生之心。数日病小愈。一日舅出，报谓生，生因强步至外厢。方伫立，俄而娇至生后。生骇然。娇曰："左右皆发落，得便故来问兄之病。"生回顾无人，因前牵娇衣欲与语。娇曰："此广庭也，十目所在，宜即兄室。"生与之俱反。忽值双燕坠于庭，娇因舍生趋视。俄舅之侍女湘娥突至娇前，娇大骇。生乃引去。至暮复会中堂。娇谓生曰："非燕坠，则湘娥见妾在君室矣，岂非天乎！"

一日晚，娇寻便至生室，谓生曰："向日熙春堂之约，妾尝思之，夜深园静，非安寝之地。自前日之路观之，足以达妾寝所。每夕侍妾寝者二人，今夕当以计遣去，小慧不足畏也。兄至夜分时来，妾开窗以待。"生曰："固善也，不亦危乎？"娇变色曰："事至此，君何畏？人生如白驹过隙，复有钟情如吾二人者乎？事败当以死继之。"生曰："若然，余何恨！"是夜，生于夜半乃逾外窗，绕堂后数百步至荼蘼架侧。久求门不得，生频恐久之，寻路得至熙春堂。堂广夜深，寂无人声，生大恐，因疾趋入见。娇方开窗倚几而坐。上衣红绡，下裳白练，举首而瞻明月，若重有忧者，不知生之已至也。生因扶窗而入。娇忽见生，且惊且喜，曰："君何不告？骇我甚矣！"生乃与娇并坐窗下。时正夜分，月色如昼，生视娇体态艳媚，肌莹无瑕，飘飘然不啻姮娥之下临人间也。娇谓生曰："夜漏过半，幸会难逢，可就枕矣。"欣然与娇同携素手，共入罗帏之中。解衣并枕间，娇曰："妾年幼，殊不谙世事，枕席之上，望兄见怜！"生曰："不待多言。"两情既合，娇乃娇啼嫩语，体若不胜。雨态云踪，交颈之鸳鸯，和鸣之鸾凤，无以逾者。一饷欢娱，而娇娘千金之身自兹失矣！欢会之际，不觉血渍生衣，娇乃剪其袖而收之曰："留此为他日之验。"生笑而从之。有顷，鸡声催晓，虬漏将阑[50]，娇令生归室。因视生曰："此后日间相遇，幸无以前言为戏，惧他人之耳目长也。"因口占一词以赠生。词名《菩萨蛮》：

> 夜深偷展纱窗绿，小桃枝上留莺宿。花嫩不禁揉，春风卒未休。　　千金身已破，脉脉愁无那[51]。特地嘱檀郎，人前口谨防！

生亦口占《菩萨蛮》词以复之云：

> 绿窗深贮倾城色，灯花送喜秋波溢。一笑入罗帏，春心不自持。　　雨云情乱散，弱体羞还颤。从此问云程，何须上玉京[52]！

娇得生所和之词，谢曰："妾女子也，情牵事感，殊乖礼法，幸垂明鉴，稍为秘之，妾之托君，亦无憾矣！"自后生夜必至娇室，九月余，无有知者。岂期私欲所迷，俱无避忌。舅之侍女曰飞红，曰湘娥，皆有所觉，所不知者娇之父母而已。娇亦厚礼红等，欲使缄口。第飞红辈虽觉之，而未知所因。一日，生之父母虑生在外日久，作书遣仆催归。生得父书，不得已起行。是夜不及与娇娘诀别。次日晨起入谒舅妗，告归。舅妗见生父书来，不敢强留，命侍女治酒酌别，时娇娘在妗后，亦偷泪送行。生

自抵家之后，朝夕惟娇娘是念，乃遣媒人往舅妗家求婚，以谐秦晋之约[53]。敬修书一封，私达娇娘。书曰：

申纯顿首拜启莹卿小娘子妆次：前日佳遇，倏尔旬余。魂飞杳杳，每形清夜。松竹之盟，常存记忆。缅想起居，动履多福。纯无羁之迹，得自托于兰蕙之傍，为幸大矣！幽会未终，白云在念，自抵家中，无一夕不梦想洛浦之风烟也！家事圣书，非惟不复措念，纵亦勉强，不知所以为怀。有亲朋见怜，于舅妗大人前致一语，天启其衷，俾续秦晋再世之盟，未知舅妗雅意若何？倘不弃庸陋，则张生之于莺莺何足道哉！兹因媒氏有行，喜不自制，临此以布腹心，幸相与谋之！便鸿以俟佳音。家居无聊，偶思佳丽分别之言，缀有诗词，于子面陈，亦以见此情之惓惓耳。新霜在候，更宜善加保卫[54]，不宣。纯生再拜。

生写书毕[55]，缄封私付媒氏，父母不知也。媒既得书，即日前往舅王通判之家，既见舅妗，且以申生父母告之。舅妗为之开宴。次日，媒申前请，舅曰："三哥才俊洒落，加以历练老成，老夫得此佳婿，深所愿也。但朝廷立法，内兄弟不许成婚，似不可违。前辱三哥惠访，留住数月，甚能为老夫分忧，老夫亦有愿婚之意，而于条有碍，以此不敢形言。"媒氏再三宛转，终不能得。至晚，再置酒款媒，舅妗之席。娇时侍立妗侧，知亲议之不谐也，心甚悒怏，但不敢形之言语耳。酒散，媒氏左右顾视无人，欲置生书于娇。适娇至媒前剔烛煤，因私语娇曰："子之厚卿，有手书令我私致于子。"娇竦然微言应曰："然。"泪随言下，媒为之改颜，遂以身畔取书授娇，娇收置袖中，未敢展视。妗起，娇亦随妗入室。次早，媒起请于舅，且以言迫之。舅怒曰："此无不可，第以法制甚严，欲致老夫于罪戾也。尔勿复言！此决不可。"媒知不就，因告归。乃舅又命妗酌酒与媒为别，娇因侍立，私语媒曰："离合缘契，乃天之为也。三兄无事宜来。妾年且长，岁月有限，无以姻事不谐为念也。"因出手书，令媒持归，以复于生。媒既归，道其舅不允之由，遂以娇书与生，生展视之，乃新诗二绝，娇所制也。诗曰：

云重月难见，风狂雨不成。
尺书从寄意，倾泪若为情。

目断芳千里，情分役寸心。
藉君怜旧日，草捷羽鳞音！

生览诵数遍，殊不胜情，每对花玩月，不觉泪下。

初，生与成都府角妓丁怜怜者极相厚善[56]。怜敏慧殊俊，常得帅府顾盼。生方妙年秀丽，怜怜一见倾慕。生自秋还乡里，怜怜屡遣人招生，生托故不往至是。生之友人陈仲游，亦豪家子也，见生每置恨于临风对月之间，因拉生至成都舒怀，遂同至怜怜之家。生既入，怜怜不胜欣喜，杯酒话款曲，生但面壁，略不致意。怜怪之，委曲询生，生终不言。怜意其碍于仲游也，乃留之竟夕，令其女名伴姐侍仲游寝，而自荐于生。生不得已，因与其寝。枕边切切语生，所以不见答之故。生乃自道与娇娘相遇之时。怜问曰："娇娘谁家女也？"生曰："新任眉州[57]王通判之女也。"怜又

问："其质若何？"生曰："美丽清绝，西施妃子殆相千百，而平匀[58]过之。"怜因沉思良久曰："既名娇娘又且美丽若此，岂非小字莹卿者乎？"生愕然曰："尔何由知之？"怜曰："向者帅府幼子将求婚，酷好美丽，不以门第高下为念，但欲殊色。常捐数千缗，命画工于近地十郡求婚，伺隙绘人家美女以献。凡得九人，此其一也。色莹肌白，眼长而媚，爱作合蝉鬓[59]，常有忧怨不足之状。尝至帅府内室见之，因记其姓字，果然是否？"生曰："子如亲见其人，即是此女。"怜曰："宜子之视我若土壤，子之所遇，真天上人也！妾常入视，伫目不能去，第恨不见其身。今后至彼，愿求旧鞋丐我。"生诺之。明日，遂与陈仲游同归。抵家后，生因追念怜怜"天上人"之语，慨然赋诗一绝：

自入仙源路已深，桃花与我是知心。
纷纷浪蕊迷蜂蝶，得似高山遇赏音。

生因惆恨再期杳杳，伤感成疾，因卧累日。父母惊异，因令人询问生得病之由，生乃托以梦寐绝怪，将不能免，必须求善能驱役鬼神者，作法禳之。父乃命良巫祈祝。生密使人厚赂巫者，令巫者向父母言："此为鬼物所侵，必当远遁方可苟安，如其不然，生死未判。"父母闻巫言，大惊惧，以为诚然，于是议令生往舅家以避此难，择日起行。先期之二日，令人上覆舅家，舅妗许之。娇时在父母傍，闻生有来期，喜慰特甚。人回报，生亦欣快，随觉病差愈。父母以为得计。及期，生戒行，病亦稍安。于时莺啭簧声，百花竞发，园林锦绣，夺目争妍。生至舅居，门遇娇于秀溪亭，两情四目，不能暂叙寒暄。申生欲入谒舅妗，娇止之曰："今日邻家王寺丞[60]邀往天宁玩赏牡丹，至夜方归，姑止此少息，徐徐而入可也。"乃与娇并坐亭上。娇因谓生曰："君养摄不如平时，何故？今复来此，何干也？"生疑其言，乃曰："日月未久，何遽忘乎？自相离之后，坐不安席，味不适口，寝不着枕，行不重足，何止夜月屋梁之思[61]！中间请命严君[62]，冀诸媒妁，而天不从人，竟辜宿望。春花秋月，风台月榭，无一而非牵情惹恨之处！百计重来，以践旧约，今子乃有'复来何干'之词？予失计甚矣。"娇愧谢曰："君心果金石不逾，妾何以谢君！"因以与欢洽。移时，同步入室。生至其旧馆，窗几依然。向时所书诗曲，左顾右盼，濡染如新。生怅然自失，复作一词以记之。词名《鹧鸪天》：

甥馆睽违已隔年，重来窗几尚依然。仙房长拥云烟瑞，浮世空惊日月迁。
浓淡笔，短长篇，旧吟新诵万愁牵。春风与我浑相识，时遣流莺奏管弦。

至晚，舅妗归，生拜谒甚恭。舅问生曰："何三哥有微恙，想二竖子遁矣[63]！"生谢曰："唯舅舅怜其微恙，庶得逃免，再造之赐，没齿不忘！"舅妗劳免之，生就室。自后与娇情意周洽，逾于平昔。住数月，情意益厚。生因忆丁怜怜之言，求旧鞋于娇。娇力询生曰："安用敝履为哉？"生不以实告，娇不许。舅之侍女飞红者，颜色虽美，而远出娇下。唯双弯[64]与娇无大小之别，其写染诗词，与娇相埒[65]，娇不在侧，亦佳丽也。以妗性妒，未尝获宠于舅。常时出入左右，生间与之语。娇则清丽瘦怯，持重少言，伫视动辄移目。每相遇，生不问，娇亦不答。戏狎一笑，则使人魂魄俱丧。

飞红尤喜谑浪，善应对，快谈论，生虽不与语，亦必求事以为生言。娇每见之，则有不足之意。及生再至，红亦与之亲狎，娇疑焉。生久求娇鞋不获。一日娇昼寝，生偶至其侧，因窃鞋趋出，方反寓室，以他事去，未曾收拾。飞红适尾生后，见生窃鞋，红乃疑娇所与者，因收之。生罔知所以。及归室，索鞋无有也，因忡忡于怀，遂作一词以自纪。词名《青玉案》：

尖尖曲曲，紧把红绡蹙；朵朵金莲夺目，衬出双钩红玉。　华堂春睡深沉，拈来绾动春心；早被六丁[65]收拾，芦花明月难寻。

及暮，娇问生索鞋。生曰："此诚我盗去，然随已失之，谅子得之矣，何苦索我耶？"娇乃止。盖飞红拾归，已付娇也。然娇以此愈疑生私通于红矣。一日，见飞红与生戏于窗外捉蝴蝶，因大怒，诟红，红颇憾之，欲以拾鞋事闻娇，未有间也。后遇望日[67]，众出贺舅妗，娇在焉。因语娇所遗之鞋，扬言谓生曰："此即子前日所遗之鞋也。"娇变色，亟以他事语舅妗。会舅妗应接他语，不闻。娇因大疑生使红发其私，乃大怨望，自后非于中堂相遇，不复求便以见生。女工诸事略不措意，怨隙之心，行住坐卧，皆是也。生亦无以自明。一日，生不意中漫于后园纵步，适于花下见鸾笺[68]一幅，上题词一首。生取而视之，词名《青玉案》：

花低莺踏红英乱，春思重整成愁懒。杨花梦散楚云收[69]，平空惹起情无限。　伤心渐觉成萦绊，奈愁绪寸心难管。深诚无计寄天涯，几回欲问梁间燕。

生披咏良久，意谓娇词，而疑其字画颇不类娇所书。因携归置于室中书案之上，欲询娇而未果。抵暮，西窗下有金笼养能言鹦鹉一只，甚驯。娇过其侧，戏以红豆掷之，鹦鹉忽恐曰："娇娘子，如何打我也！"生闻之，亟出室招娇。娇不至，生再挽之方来。娇入生室，正疑思不言，忽见案上花笺，因取视之，良久目申生，不语移时。生曰："子何时所作也？"娇不答。生又曰："何故不言？"娇亦不应。生力穷之。娇曰："此飞红词也，君自彼得之，何必诈妾？"生力辩，娇并无言，徘徊良久，长吁，竟拂衣起去。生留之不可。自是相会愈疏。娇终日熟寝，间一二日方才与生一见，见亦不交言。凡一月，生不能直其事。生一日径造娇室，左右寂然，惟见案上有五言绝句一章：

灰篆情难注，风花影亦移。
徘徊无限意，空作断肠诗。

生察诗，知娇之为己，且疑心之深也。乘间语娇曰："再会以来，荷子厚爱，视前时有加焉。迩日形似之间，不能不为子所弃，何今昔异志乎？"娇初不言，生再诘之，娇潸涕曰："妾自遇君之后，常恐日力不足。今者君弃妾耳，妾何敢弃君耶？君意既自有主，妾何必妄望矣。"生曰："苟有二心，有如此日。"因指天自誓，以明无他事。且曰："子何疑之甚也？"娇曰："君偶遗鞋，飞红得之；飞红偶遗词，君且得之：天下偶然之事何多耶？妾不敢怨君，幸爱新人，无以妾为念也。"生仰天太息曰："有是哉？吾怪迩日见子若有忧者，人之情态岂难识哉！子若不信前誓，当剪发大誓于神明之

前。"娇乃回笑曰："君果然否？"生曰："何害！"娇曰："若然，后园东池，上望明灵大王之祠，此神聪明正直，叩之无不响应。君能同妾对祠大誓，则甚幸也。"生曰："如命。想明灵大王亦知我心之无他也。"娇乃约以次早与生俱游后园，临东池畔，遥望大王之祠。两人异口同声，拜手设誓。其辞累千百不能备载。誓毕，携手而归，恩情有加焉。生赋一词，备述心间之事，以谢焉。词名《逼牡丹》：

一片芳心被春拘管，重寻云雨盟约。说与后前，不是我情薄。都缘燕逐晴丝，蜂拈花蕊，便成执著。密爱堪怜处，几多寂寞。　此心只有天知，终不成轻狂做作。纵满眼闲花媚，也则无情摸索。后园同步，遥告神明，地久天长，更谁托？从今再与团圆，莫把是非断却！

自后娇与生情好深笃，饮食起居无不留意。生自此亦不复与飞红一语。红察之，因大憾。生因纵步至后园牡丹亭畔，忽遇娇先已在彼，遽拥抱之，必欲求合。娇却之，言曰："丑陋之质，固不敢辞于君，但虑云雨初交，欢会方密，妾于情状俱昏迷矣，能保人之不至？若有所觉，妾无容身之地矣。"生闻其言，兴已稍阑。遂与之携手而过别园，不觉飞红亦自后潜至。见娇与生并行，因促步抵舍语妗曰："天气晴暄可人，后园牡丹盛开，能一观否？"其实欲妗一行，袭败娇之踪迹也。妗可其请，遽命红侍行。至园中，瞥见生与娇并行于花亭畔，左右俱无人。妗因大疑，因呼娇，生乃狼狈反室，惆怅不已。知为飞红所卖，故致为妗所觉，无以自释。强作一词，写其悒怏云。词名《渔家傲》：

情若连环终不解，无端招引傍人怪。好事多磨成又败，应难捱，相看冷眼谁偢睬？　镇日愁眉敛翠黛，栏杆倚遍无聊赖。但愿五湖明月在，且宁忍耐，终须还了相思债。

越二日，生自知其迹不宁，乃告归。舅妗亦不之留。娇夜出，潜与生别曰："天乎！得非命欤？相会未几，而有是事，妾独奈何哉！兄归，善自消遣，求便再来，毋以疑间，遂成永弃，使他人得计也。"因泣下沾襟，生亦掩泣而别。娇又以一词授之，且曰："兄归时展视之，即如妾之在侧矣。"言终而去。词名《一剪梅》：

豆蔻梢头春意阑，风满前山，雨满前山。杜鹃啼血五更残，花不禁寒，人不禁寒。　离合悲欢事几般，离有悲欢，合有悲欢。别时容易见时难，怕唱《阳关》，莫唱《阳关》。[70]

申生与娇娘分袂相别，次早遂归。既达侍下，父母以生久在外，妨废经史，间遂功名之会，又复在眼前，遂令生以书斋坐卧温习旧业。生与其兄纶虽朝夕共学，而思娇之念无时不在。夜则与兄共榻而寝，怅恨之辞或形于梦寐，恨不能御风缩地，一与娇会。春尽夏终，转眼又是初秋天气，雁杳鱼沉[71]，绝无消息。至七月中旬，舅以眉州隶倅[72]，及催任期，道经申生之门，因留宿于生家者累日。此时舅挈家以行，妗、娇寓生家，相随不离跬[73]步，兼飞红、湘娥诸侍女杂然左右，生欲与娇一言有不可得。居三日，舅命戒行[74]，车马喧阗，送者络绎于道。妗与娇各登车，诸侍女相随先后，申生亦乘马相送。闯其便，曳帘挽车，与娇语旧。娇娘泪下如雨，不能答，徐

曰："遇君之后，一日为别，不能堪处，况今动是三年，远及千里，一旦思君之切，安保其再能见君乎？但恐妾垂首瞑目，骨化形销；君将眠花卧柳，弃旧怜新。妾枕边恩爱，他人有之矣。"生曰："明灵大王在彼，吾誓不为也。"娇曰："若然矣，荷君之恩，死且不朽。"乃占诗一首赠生：

欲语征夫促去忙，临期分袂转情伤。
不堪千里三年别，恨说仙家日月长。

娇于袖中又出香珮一枚，上有金锁团凤，以珍珠百粒，约[75]为同心，赠生曰："睹物思人可也。得暇可求便一来，毋以地远为辞！"言未毕，轩车催动，雾隐前山。生别舅妗辞回，凄然归于书室，闲消永日，无不泪零。晨窗夕灯，学业几废。间为词章，无非寄与娇红之语，他不暇及。一日成一曲，以示兄纶，皆陈其意于言词之外，未尝斥言[76]也。其词名《念奴娇》：

春风情性，奈少年弃负窃香名誉。记得当初绣窗私语，便倾心素[77]，雨湿花阴，月筛帘影，几许良宵，遇乱红飞尽，桃源从此迷路。　因念好景难留，光阴易失，算行云何处？三峡词源，谁为我写出断肠诗句？目极归鸿，秋娘声价[78]，应念司空否[79]？甚时觅个彩鸾同跨归去！

兄见其词，抚生肩背曰："厚卿！以弟之才，当取青紫拾草芥，以显二亲。夫何流连光景？此词固佳，察弟之心，必有所主。秋期在迩，且移此笔力鏖战文场可也。"生但无言。盖生词微寓与娇相会之始末，至"乱红飞尽"之句，则直指飞红媒孽之事。思恨之，以作为之词，其兄不知也。申生既以《念奴娇》词示其兄，因感兄相勉功名之意，又加举动，虽不能忘情于娇，而槐黄在目，幸而有兄相与讲明，亦惧父母之督责也。及至八月，与兄俱就秋试毕，即欲言归。兄纶谓曰："三年灯火辛勤，决以此举。揭榜在目，何不少俟？"生曰："兄学业深远，高中必矣。劣弟荒唐孱陋[81]，孙山之外[82]，不言可知。不欲久此，榜揭后无面目回乡也。"兄再四挽留，生不得已，从之。逾数日，礼闱拆号[83]，生与兄纶皆在高选。兄弟联捧捷而归。父母甚喜，乡人贺客填门，有为词以褒之者。词名《步蟾宫》：

徐卿二子文章妙[84]，秋风来应兴贤诏。双双折取桂枝归，乡闾自此增荣耀。　浪暖三月春来绕，番身共跃龙门晓。绿衣并立彩莱衣，那更是双亲年少。

生与兄又同赴府县谢辞毕，即日回家，治办行李，同上春官[85]。次年春试，又与兄同及第。兄纶授绵州绵山县主簿[86]。生以弓箭升甲，授洋州司户[87]。兄弟归家侍次，于时官客亲朋毕贺，有为词以贺生者。词名《临江仙》：

入手功名如拾芥，文章得力。须知蟾宫丹桂折高枝[88]，姮娥爱年少，博换绿罗衣。　初篮民曹姑小试，骎骎相及瓜时[89]。双亲未老十年期，飞黄腾踏去，身到凤凰池[90]。

时有卖《登科录》于眉州者，舅因阅之，见生兄弟皆及第，因大喜。归谓妗曰："二哥三哥兄弟皆及第，吾家宅相[91]眷人矣。但恨相去千里，不能亲贺。"遂遣人致

书为庆，且询问："二甥荣授何官？如瓜期未及，能一来款我，以慰老夫欣喜之心否？"生得书与兄谋曰："舅有命召，兄宜一行。"纶曰："父母在，勿远游，委以家事。然舅妗所命，亦不可违。长孙克家[92]，弟固当往。"

于是生欣然领命，且贺且谢。须臾妗、娇见，且曰："别后喜审吾甥兄弟俱擢危科，预有荣幸。"生谦谢再三。又问："二哥何以不来？"生答兄弟不可俱出之意，舅妗等问劳尽礼。妗终以生前疑似之故，馆生于厅事之东边，去堂甚远。生亦远嫌，非呼召不入，纵或一至堂庑，未尝与娇款狎。偶然相遇，左右森立，但彼此伫视，不能出一言。生殊无聊，住十余日，欲告归，然终念远来未曾与娇一语，闷闷不乐。徘徊久之，乃作词一首以述怀。词名《相思会》：

脉脉惜春心，无言耿思忆。夜永如年，谁道蓝桥咫尺缘分浅？何似旧日不相识！试问取，柳千丝，愁怎织？　　菱花[93]频照，两鬓为谁雪积？几番会面，见了又无信息。空追前事，把两泪空滴，且看下稍[94]，如何是得？

一日，生晨起入谒妗，妗未起，生因忽遇娇于堂，时早，左右俱未起。娇急促步前语生曰："妾别兄久矣，思念之心，未尝少息。喜审近取高第，但恨命薄一叶，不能执箕帚以观富贵，为大恨耳。兄能不弃，不以地远来临，妾何以得此！妾与飞红有隙，君所知也，今妗以年尊多病，不暇治家，而飞红方用事，跬步动容，无所求其便。兄至此已十日矣，妾不能与兄一叙畴昔者，坐此故也。妾每见兄必晨昏入谒，凡七日晨起以俟兄至，而兄每日必晏。今非兄早至，妾安能与兄一语也。"生曰："我见事变如此，终日死坐，孤苦之态，不能备言。方欲求于一二日间，图为归计，缘未及与子一语，故未忍去。今既若此，我虽在此千岁，无益也。予将归矣。"娇曰："妾今日之故，屈事飞红，尚未得其欢心。自今以往，当愈屈意事之，万一得回其意，则可与兄复如前日。兄果少留月余否？"因出袖中黄金二十两与生曰："恐兄到此或用度，衣服有不堪者，宜令左右工仆持来，当与兄修治也。"生乃曰："若果有可谋者，虽僻处千日，亦何害。"顷之，人渐众，生遂出外室，愈无聊赖，终日绕窗吟咏，以写怀抱。睡起题诗一首：

庭院深深寂不哗，午风吹梦到天涯。
出墙新竹呈霜节，匝地垂杨滚雪花。
觅句闲将消永日，遣愁聊复酌流霞。
狂风全不知人意，早到窗前报晚衙。

生吟罢，终无以为怀，至夜复吟一首：

簟展湘纹浪欲生，幽人自感梦难成！
倚床盛觉添风味，开户何妨待月明。
拟倩蛙声传密意，难将萤火照离情。
遥怜织女佳期近，时看银河九曲横！

生在舅家自秋及冬，岁将暮矣，思恋之心，终无以自遣。每以银烛，倚床独坐，夜半方就枕。所居室东边有修竹数竿，竹外有亭，前任州官有子妇美而少，因得暴疾，遂至不起，殡于亭中。经岁后移归乡里，然精神常在亭中，每为妖祟，以迷惑生。生不知其详。一夕，方掩关[55]而坐，将及二更许，忽闻窗外履声。生意其兵吏夜起，不以为怪。顷之叩窗甚急，生出视，则见娇娘独立窗下曰："君何不知，候君久矣。"生不知其妖，欣然与之入室曰："子何以得此来？"答曰："舅妗熟寝，无有知者，故来相就。"顷且告去，嘱生曰："此后妾必夜至，兄无干不必至中堂。或入，偶相遇，不必以言相问，恐人有所觉也。妾或与君语，幸无见答以狎斜[56]之言。妾若有问，君宜引去，不对，则人将谓君无心于妾，庶可释疑也。"生曰："子若夜必一至吾室，吾入何干？"言讫遂去。自后妖夜必至，凡月余，人莫知之。生常经数日方一入中堂，左右问之，以他事对。或遇娇，则远望引避。

娇自生再至，屈己以事飞红。平日玩好珍奇，红一开口，则举而赠之。锦绣绫罗，金银珠翠，唯红所欲，呼之为"红娘子"。红见娇之待己厚也，渐释夙憾，与娇稔密，娇结之愈至。时小慧年已长，见娇屈意事红，语娇曰："娘子通判女，贵人也。飞红通判妾，贱人也。奈何以贵下贱？此小慧日久所不能平者。"娇因叹曰："我之遇申生，尔所知也。红与我有隙，屡窘败我。今生远来已久，我不能与之一叙间阔者，盖梗为此耳。苟不屈己结红之心，或者与生胥会，能保其无语乎？我不自爱而屈事之者，为生设也。"因吟诗一绝：

雨勒春寒花信迟，痴云迷月夜光微。
披云阁雨凭谁力？花月团圆且待时。

吟毕，因泣下。小慧曰："娘子芳年秀丽，禀性聪明，立身郑重，向时游玩花园，与湘娥并行，娥不相让，先登楼梯，娘子怒以告夫人，夫人不治，凡不食者两日：其负气有如此者。前年罢官西归，驲舍床帐不备，重以绣茵，周以罗帏，犹思其不洁，焚檀爇麝，夜半方寝：其爱身有如此者。娘子善歌，众所共知，亲族聚会，申请愿闻，再四终不肯出一声：其重言有如此者。今既委千金之身于申生，若弃敝屣。而又下事飞红，丧尽名节。此妾之所以大不晓者！况娘子诗词清丽，文章华赡，名闻于时久矣。当今少年才子，或愿一见而不可得，苟求婚姻，岂不能如一申生也？又兼申生一第之后，视娘子颇似无情，今虽在此，呼之而不来，问之而不对，谅必有他意也，娘子何自苦执如此？"娇曰："尔勿复言，天下复有钟情如申生者乎？以生之才美，必不负我，必得生而后已。"慧知娇眷念申生之心如铁石，乃益谄事飞红。红后感娇之结己备至，尽释前憾。顾谓娇曰："娘子近日以来憔悴特甚，若重有所思者，何不与红一言？红受娘子之恩厚矣，苟可效力，当以死报。"娇但流涕不言。红乃叩之。曰："我之遇申生，尔所知也，他何言。"红曰："此易事，夫人年尊，终日坐小楼看经。堂室之事娘子主之，果有所图，一唯命而已。"娇郑重谢之，自此红常与娇为他求，以见生。然生每夜遇妖之后，以为真娇之来，累十日余不入中堂。娇与红曰："我别申生，动经一载之余，今咫尺天涯，对面如此，我何以堪？"言已忽仆于地，红扶之而起，良久方苏。红见娇失意，惧妗有疑，乃诳妗曰："娇娘子多苦寒疾。"妗信之，故娇虽憔悴，不豫[57]也。红一夕至娇所，娇方掩泪独坐，殊不胜情。红因曰："娘子如此，而

申生如彼，此岂有人心者？妾近见申生，屡以实情告之，往往不顾，且其神思昏迷。况彼所居之地，名娼艳女甚多，想少年不能自持，他有所昵，宜乎寡情于娘子。”因举古词一首，以释娇娘之怀。词名《昼夜乐》：

西川自古繁华地，正芳菲景明媚。园林锦绣妆成，杂遝香车宝骑。弦管声中，绮罗丛里，盈盈多少佳丽。才子逞疏狂，不惜千金醉。　彼此相看总留意，浮云浪雨尤殢。美甚楚馆秦楼，长是偎红倚翠。濯锦江头，恶风番雨，无情落花流水。谁念凤帏人，闭却鸳鸯被。

飞红又曰：“娘子何多自苦，古人词语，必不虚设，试一索之，便可知生之所为矣。”娇见生之捐弃甚也，因红语亦疑之。至晚，遂令小慧及飞红房下小侍女兰兰，夜出伺生出处。慧与兰同至生室前，见窗内灯明。慧因穴窗细视，见生与一女子对坐，颜色态度与娇娘无异，因私相叹骇。归室则见娇与红并坐于室。慧曰：“娘子适至生室乎？”娇曰：“我与飞红同遣尔去，我二人坐此，未尝动耳，安得妄言。”慧、兰同声曰：“适来申生与一女子相对而坐，绝似娘子。若此，则彼为何人也？”娇、红大骇，良久，红曰：“旧闻此地多鬼魅，谅必此类惑之，宜其待娘子恝然[8]也。”因欲与慧、兰等再出视之，时夜深门守甚严，不复可出，遂止。明晨娇诈以妗命召生，生入室不出。再四召之，方来。小慧前导，至后室，见娇独坐，生彷徨欲去。娇即前挽生袖曰：“君勿去，将有事语君。”生不得已乃坐。娇曰：“兄近日何相弃妾之甚，妾之待兄亦至矣，若是岂平昔所望于兄者？”生不答。娇又曰：“兄每夕所遇者何人？”生曰：“无之。”娇曰：“不必隐讳。”生犹谓诈己，乃左右顾盼，切切曰：“子令我勿言，何窘我也？”娇曰：“妾有何事令君勿言？”生大骇，因曰：“左右有人乎？”娇曰：“无之。”娇又曰：“妾自别君之后，迄今将两岁矣。兄此来，妾亦何幸得与君款密，何尝嘱君勿言？”生曰：“子何反覆也？子自前月以来，每夜必至我室，嘱我勿言，惧飞红之生衅也。子今乃有是说，何故？”娇曰：“妾实未尝一出，君之室所居穷僻，久闻其中多怪，谅必鬼物化妾之形以惑君。妾自屈事飞红之后，已得其欢心，日夕使人招兄，兄又不答，日夕不知所谓，将谓兄有异心。夜来使小慧、兰兰伺兄出处，见一女子形状如妾，与兄对坐，此非鬼而何？故今日召兄实之耳。君不信则召红证之。”乃潜使人呼红。红至，谓生曰：“郎君何弃娘子也！”因具道昨夕之事。生骇然汗下浃背，罔知所为，乃谢曰：“非子眷恋不忘，则我将死于鬼手矣。第恨两月以来负子恩爱之勤，其何以为报？”因大恐，不敢出息其室，至暮犹在中堂。红乃与娇谋，止以生为鬼所惑告妗。妗疑之曰：“安有是理？”红欲实其言，至一更许，令生且出室。生惧不敢往，红曰：“第往彼，今将有为也。”因戒生曰：“今夜二鼓，妾与妗来观，如彼来，妾与妗远望。恐见其类娇，则生疑矣。如索君，君亦勿言似娘子也。”生勉强许之。至二更初，鬼果来。生虽与之对坐，心惊股栗。未定间，红、妗已至窗前。果见一妇人。妗欲细视，红惧其事发露，因大抚窗趋入，鬼果不见。生初闻娇之言，且信且疑，及红抚窗，鬼果不见，生方大悟。妗因询生曰：“适为何人？”生愧谢曰：“不知其何鬼也，愿妗救我！”于是妗与红谋移生入中堂。舅许之，广求明师符水以与生饮，生复卧病

屡日，亦寻苟安。自尔生起居皆在宅内，娇亦不为向日相弃介意，欢爱如平日。或即生室连夕，妗亦不知也。生追思鬼惑之事，深得娇、红之救己，乃作一词以谢之。词名《望江南》：

从前事，今日始知空，冷落巫山十二峰。朝云暮雨竟无踪，一觉大槐宫[99]。

花月地，天意巧为容。不比寻常三五夜[100]，清辉香影隔帘栊，春在画堂中。

又两月余，妗以病死。娇哀毁殊甚，几不堪处。生见舅家事纷纭，乘间告归。娇谓生曰："昔日之别，不识复有今日，幸欣再会，奈何罹此祸变，哀毁之中，不能与兄款曲，暂归宜再来也。"因长叹曰："数年之间，送兄者屡矣，知相别后能念妾动心否乎？"生无言，但掩泪而别。明日辞舅归，至家，父母闻妗之亡，皆惊动嗟泣。

明年六月，舅美任回，再过生门，生迎宿留住数日。自妗之死，飞红专宠于舅，因宛转为娇谋。因语舅曰："夫人不幸仙逝，善父年幼，家事无人理干[101]，何不拉三哥同归经理，且其瓜期未及也。"舅然之，欲拉生去。生父不欲，生闻红谋，心切喜，因乘间嘱红，俾舅再三拉之。舅如言，力与生父言之。父不得已，乃令生行。遂同到舅家。住两月，舅即为再调计，谓生曰："家中事绪丛杂，小儿幼失所恃[102]，三哥不妨在此相与维持矣，有美赴之期，当弱力助行。"生诺之，舅遂行。厚赂舅之左右，莫不喜悦，生因与娇绝无间隔。院宇深沉，帘幕掩映，玉枕相挨，鸾凤并翼，或时朱栏共倚，举盏飞觞。嬉笑呕吟，曲尽人间之乐。逾半载，舅以举员未足，再调和、明[103]倅以归。左右得生之赂，加以事大体重，无敢言及之者。惟于舅前，为生延誉。舅归之后，见生经理其家，事事有伦，知生才干有余，又妙年高第，前程未可量，遂悔向日背亲之谋。间使飞红委屈问生。一夕，生方与娇闲坐，红趋至拜贺曰："娘子郎君，平昔之愿谐矣，敢不贺！"娇询之，红曰："舅又有结好之意，使妾审订郎君，惧郎君之不从也。"娇曰："天果不违人耶？"因大喜，明灯达旦，忘寐。生赋词以相庆。词名《内家娇》：

灯花何大喜，多情事，天意想从人。念子秀兰房，才高柳絮[104]；我登仕版，世忝缙绅。堪夸处一双两好，彼此正青春。夙世姻缘，今生契合；昔时秦晋，重缔姻亲。　　殷勤谢红叶[105]，传来佳耗，意密情真。记东池畔，要誓神明。料得从今临风对月，消除旧恨，惨雨愁云。管取团圆到底，不负深盟[106]。

是夕红反命于舅曰："生意无不可也。"遂托媒遣之生家，生父亦允许，且曰："此固所愿也。"遂择日遣聘毕。有丁怜怜者，自申生别后，久之一入帅府。至西书院，所画美人犹在壁上。帅子坐其旁，怜怜仰视久之。帅子问曰："天下果有如此妇人乎？"怜怜曰："有之。"因指娇像曰："闻此女容入画者，未能模写其一二，足极小，眉极修，词章翰墨，无以出其右。以此女实之，想其他皆然。"帅子喜曰："我将求婚此女。"怜曰："无用也，闻此女久有外遇，恐非全身。"帅子曰："得妇如此，幸已甚矣，此不足问。"怜悔失言，力解不得。帅子遂令亲信恳告其父，求婚于王。王时倅眉州未回，故无言及此者。逮王再调，归家待次[107]之日，帅遂遣媒求婚。王初拒之，再四逼以威势，赂以货财，不得已，遂许之。娇夜持帅书至生室告曰："前日姻约复败矣。

帅子求婚，家君迫于权要，许之矣。兄何以为计？"曰："事在他日，当徐图之。"娇自是见生愈密，然一相遇，则凄惨不乐。殆平生善歌，每作哀怨之音，则闻者动容，或至流涕，虽与生相遇甚厚，未尝对坐一歌。生或潜听，娇觉之则又中辍，生每以为嫌。至是，生不请自歌。词名《一丛花》：

世间万事转头空，阿物似情浓？新情共把愁眉展，怎知道新恨重封。媒妁无凭，佳期又误，何处问流红？　　欲歌先咽意冲冲，从此各西东。愁人最怕到黄昏，窗儿外，疏雨泣梧桐。子细思量，不如桃李，犹解嫁东风。

歌未终，黯黯然，泪下如雨。生平生嗜好有不能致者，娇广用金玉，售以遗生。一夕家宴罢，至就寝。生被酒未能卧，娇秉烛侍侧。生从容问曰："迩来眷我何益厚也？""始者妾谓可托终身于君，今既不如所愿，事兄有日矣。虽殒此身，何足以谢！"生大感恸。居数日，娇忽卧病，不得与生会者近二月。一日舅出谒，生厚赂左右，欲一见娇。左右扶娇至生室之侧，生迎与相见，呜咽不自胜。良久，娇乃曰："乐极生悲，俗语不诬。妾疾必难扶持，生愿既不谐，死亦从兄，在所不恤也。"语毕，倚生之怀，似无所主，左右惊扶而入，久之方醒。生亦自此闷闷，作事颠倒，言语无实，目前所为，旋踵而忘，舅甚怪之。秋八月，帅子纳币请亲期，舅许之。娇病少瘳，因他事怒小婢绿阴。阴怀恨，乘间以娇平日所为告舅。舅大怒，审实唤红，将治之。红给曰："娘子读书知义理，岂不知失身之为大辱？且重厚少言，爱身若珠玉，择地而行，待时而动，若生堂庑之间，不命之人不敢入，未尝与娇一语戏狎。倘有是事，妾岂不知？或者之言未宜深信，且亲期在迩，不宜自为此不美也。"舅方宠任飞红，信其言，不复问，止加防闲。生度势不可留，乃告娇曰："今日之事舅知之矣，行计尚可缓乎？子亲期去此止两月，勉事新君，我与子从此诀矣。"因以词一首与娇为别。词名《好事近》：

一自识伊来，使许绾同心结。天意竟辜人愿，成几番虚设！　　佳期近也想新欢，追我空悬绝。莫忘花阴深处，与西窗明月！

娇览词怒曰："兄丈夫也，堂堂五尺之躯，乃不能谋一妇人？事已至此，更委之他人，君其忍乎！妾身不可再得，既以与君，则君之身也。"因掩面大恸。生方悟感，去留未决。俄得家书，报父有疾，令仆马促回。生使人候娇，不得已入谒舅，告别。舅时坐中堂，娇闻之出立舅后，两目伫视，不能出半语。舅曰："子归后，府君无恙，宜再来。娇娘亲迎在即，家事纷纭，苦无执干者。"生辞曰："令爱亲期已近，纯归侍亦须累月，又瓜期将及，动是数年，重会未可知也。舅宜善自爱摄！"因以一诗谢别：

自愧驽骀不可鞭，渭阳待我子同然。
维持家事无纤力，数载恩情有二天。
望切白云催去路，悔维红叶欠前缘。
悠悠后会知何日？愿保全躯职九迁！

生因再拜，舅曰："娇娘在近出室，子来期未定，未必相会。"因呼出别生。娇闻语，洒泪不能止，惧舅见之，不敢前，背面遁去，再四呼之不至。生遂别舅而归。娇

自生去，日夜悲泣，未尝览镜。芳容顿改，幽绝暗消，杨柳迷烟，梨花带雨。或见梁燕双飞，征鸿独叫，则凄惨不自胜也。近半月病愈甚，将不能起。红乃潜书促生来，使与为决。生得书，以无故，不敢告父母。乃夜遁，潜至娇之门，住两日，舅亦不知也。生时舣舟岸下系，待一见娇后，即归。盖虑父母知之，必获重责。明日舅送旧守出于郊外，时红乃与娇私出，即上生舟。娇见生，乃大恸曰："即不来矣，恨无以报兄。不幸迫于父母之命，不能终身以相从。兄今青云万里，审择佳配，共享荣贵，妾不敢望也。妾向时与兄拥炉，谓'事不济当以死谢'，妾敢背此言耶？兄气质弱薄，常多病，善摄养，毋以妾为念！"因出断袖还生曰："谢兄厚爱，复思此景，其可再得乎？"哭愈恸，红亦泪下。久之，红惧有他变，诈语娇曰："舅将至矣，宜速登岸！"娇含泪口占一词以赠生。词名《菩萨蛮》：

郎今去也抛奴去，恨共离舟留不住。扶病别江头，沾襟泪雨流。　路远终须别，一寸肠千结；此会再难逢，相逢只梦中！

又吟一绝为别云：

合欢带上真珠结，个个团圆一无缺。
当时把向堂中看，岂意今为千古别？

生得娇诗词，揖别归舟而去。红扶娇登岸，但见舟人拨棹，蘋浪翻风，彩鹢云飞[109]，征鸿望断，目力有尽，江山无穷。生归，枕席上无不流涕。娇之佳期已逼，乃托感疾，蓬头垢面，以求退亲。父迫之，娇引刀自裁，左右救之，得不殒。因绝食数日不能起。红委曲开谕之，曰："娘子平生俊雅，岂不谙晓世事？帅家富贵极矣，子弟端方秀拔，殆过申生。娘子不自开释，保身自重，何苦如是？且闻媒者之言，彼之欲得娘子甚如饥渴，其他皆所不问，娘子何自弃也！况申生归后，亦已议亲贵族，彼盖亦绝念于此矣。"因图帅子之貌以献曰："得婿如是，亦无负矣。"娇曰："美则美，而非我所及。事止此矣，吾志不易也。"红又诈为娇旧遗生香珮，下结以破环只钗，谓生遣遗娇，因言已结他姻之事以相绝。娇见之泣下："相从数年，申生之心事，我岂不知者？彼闻我有他故，特为此以开释我耳。"因取香珮细认，觉其非真，因曰："我固知申生不如是也。我始以不正遇申生，终又背而之他，则我之淫荡甚矣！既不克其始，又不有其终，人谓我何？红娘子爱我厚矣，幸毋多言！我固不爱一身以谢申生也。"遂不复言。舅闻而亦怜之。但姻事已成矣，无可奈何。遣红辈百端为之开释，终莫能悟。娇遂吟诗二首，寄与生别云：

如此钟情世所稀，吁嗟好事到头非！
汪汪两眼西风泪，洒向阳台作雨飞。

月有阴晴与圆缺，人有悲欢与离别。
拥炉细语鬼神知，拚把红颜为君绝。

间隔数日，娇娘竟以忧卒。生接得寄来诗章，方晓，而娇之讣音随至。茫然自失，对景伤怀，独坐则以手书空，咄咄若与人语。因赋一词，以吊娇娘。词名《忆瑶

姬》：

合下相逢，千金丽质，怜才便肯分付。自念潘安[110]容貌，无此奇遇。梨花掷处还惊起，因共我拥炉低语。拚今生两两同心，不怕傍人间阻。　　此事凭谁处？对明神为誓，死也相许。徒思行云信断，听箫归去，月明谁伴孤鸾[111]舞？细思之泪流如雨，便因丧命，甘以地下，和伊一处。

生兄纶见此词尾句，知其语不祥，因再三宽慰。生悼痛无已，殆不能堪。又于壁间题诗一绝，以别父母：

实翁德邵如椿古[112]，蔡母年高与鹤齐[113]。
生育恩深俱未报，此身先死与虞兮[114]！

又题诗一绝，以别兄：

当年风雅蔼孤鸾，谓共翱翔万里天。
今日雁行分散去，谁怜只影叫苍烟。

生题诗毕，索娇向所赠香罗帕，自缢于窗室间。为家人所觉，救免。兄纶与生之素识皆来劝解之，且曰："大丈夫志在四方，弟年少高科，青云足下，而甘死儿女子手中耶？况天下多美妇人，何必如是？"生色变气逆，不能即对，徐曰："佳人难再得。"因回顾二亲曰："二哥才学俱优，妙年取功名，且及瓜期，前程万里。显亲扬名，光吾门户，承继宗祧，一夔足矣[115]。惟大人割不忍之恩！"又顾兄纶曰："双亲年老，赖兄侍养，纯不孝，不能酬罔极之恩[116]，惟兄念之！"自是神思昏迷，不思饮食，日渐尪羸[117]，竟奄奄不起。父母大恸，即日驰书告舅。舅得书，飞红辈闻之，举家号泣。舅呼红痛责之曰："往时问汝，汝何不实告我，因使今日以至于此，皆汝之咎！"红不能对，因伏地请罪。久之，舅意稍解，乃曰："事已如此，不可及矣。两违亲议，亦老夫之罪也。"因恸自悔。又谓红曰："申生丰仪如许，文才如许，正昔人所谓见汝犹怜，况老奴乎？二人生前之愿，老夫既已违之矣，与死后之姻缘可也。"红曰："然则如之何？"舅沉吟半晌曰："我今复书，举娇娘之柩以归于生家，得合葬焉，使没者之两快于九泉之下必矣。"红曰："大人此举，诚为美也。"于是复书以此言告于生之父母，生父许焉。

越月，得吉日，戒严，遂舁娇柩以归生家。舅遣书自悔责，且谢两背姻盟之非，仍遣飞红吊慰营办丧事。又月余，询谋佥同[118]，乃合葬于濯锦江[119]边。所谓"縠则异室，死则同穴"者[120]，此也。人之年少而遭此罹，盖为父母者不为之察其心，而观其志也。岂不哀哉！岂不痛哉！葬毕，飞红告归。

抵舍之明日，因与小慧过娇寝所，恍惚见娇与生在室相对笑语。娇谓红曰："丧事谢汝远来营办，吾二人死无憾矣！我自去世即归仙道，见[121]住碧瑶之宫，相距蓬莱不远咫尺，朝欢暮宴，天上之乐，不减人间，所愿足矣。惟是亲恩未报，弟年尚幼，一家之事赖汝支吾[122]，善事家君，无以我为念！明年寒食祭扫新坟，汝能为我一来，彼时又得相会也。"语未终，红且惊且喜，怆惶告舅，舅复与往寝所，物色之，则无所有矣。惟见壁间留一阕词《减字木兰花》：

兰闺爱绝[123]，长向碧瑶深处歇。华表来归，风物依然人事非[124]。　　月光如许，偏照鸳鸯新冢里。黄鹤催班[125]，此去何时得再还？

舅见此词，不觉哀悼。所留字迹半浓半淡，寻[126]亦灭去。舅与红辈皆惊异，嗟叹而已。越明年，清明节近，舅追思红见娇之事，呼仆命骑往诣坟所。洒酒奠泣之余，惟见双鸳鸯飞翔上下，捕之不得，逐之不去，祭奠之毕，砑然不见。后人故名为“鸳鸯冢”云。

呜呼！男女居室，人之大伦。一双两美，情之至愿。矧[127]申生之与娇娘，乃内兄弟之亲，已有瓜葛之好。玉镜之台，温峤已下[128]；母党[129]之重，姑苏[130]犹云。其父泥于执一不通，未谙男女所愿，蠢尔凡庸，无足为道。申生学问有余，识见未至，病入膏肓，蠹生骨髓。自乎丁怜怜所言之日，帅子求亲之隙，故知之审矣。况其科第联登，声名显耀。相期偕老，必先以此事谋之于娇娘，然后以其实事告于二家之父母，则玉镜之台可下也，母党之重可成也。雨意云情，必全千金之躯；出死投生，不作九泉之客。舍此不务，留连光景，贪于私乐。数载之间，惶惶不暇，卒至穷迫而死，诚可哀也！事虽有不然，而理不得以不然。死之一字，娇娘断断言之曰：“以死谢君。”曰：“事败当以死继之。”苟言之，实允蹈之。视彼世之偷生免死者，直截[131]天渊矣！节义大关，万古不易，予始虽为二子惜，终实为二子喜。故予首序，亦捧为己之致叹焉！噫，死生亦大矣，岂不痛哉！知幾[132]君子，要当谋之于始也！复有挽诗一首，遥以吊之！

厚卿天下士，弱冠已登科。
夏日挥珠玉，春风醉绮罗。
三生几杜牧[133]，一死为娇娥。
濯锦江边墓，行人感叹多！

【注释】

①沛：指沛县。宋代属徐州，治今江苏沛县。

②成都：原作“城都”，据后文及文意改。

③六经：指儒家的经典著作《诗》、《书》、《礼》、《乐》、《易》、《春秋》。

④属文：作文。

⑤天姿：同“天资”，指天生的资质。

⑥宣和：宋徽宗赵佶的年号(1119～1125)。

⑦食息：原指饮食和休息，此处引申为每时每刻。

⑧通判：官名。通判即共同处理政务的意思，官职略次于州府长官。

⑨信宿：再宿，即连续两夜。

⑩妗：舅母。

⑪俟(sì似)：等待。

⑫铅粉：也称“铅白”，古代妇女用来搽脸的白粉。

⑬左掖：左厢房。

⑭绾(wǎn晚)绿：指盘绕着的乌黑头发。

⑮款曲：犹衷情，诚挚的心意。

⑯堂庑：堂及四周的廊屋。

⑰忒(tè 忑)：副词，太，过于。

⑱荼蘼(tú mí 徒迷)花：一种观赏花卉，夏季开白花，洁美清香。

⑲逡(qūn 囷)巡：有所顾虑而徘徊不前。

⑳预坐：参加坐席，入座。

㉑赞：原意为佐食者，此处用作动词，指在宴席中随侍协助。

㉒溢觞：满杯。

㉓徙倚：流连徘徊。

㉔数本：数棵。本，这里用作量词。

㉕东君：司春之神。

㉖篆烟：形容燃着的烟雾盘绕上升，犹如篆字。

㉗间便：机会。

㉘博山：指博山炉。古代博山以盛产香炉著称，其地在今山东淄博市西南博山镇。

㉙"月白"二句：语出苏轼《后赤壁赋》，意谓如何来度过如此美好的夜晚。

㉚东坡：即宋代著名文学家苏轼(1037～1101)，字子瞻，号东坡居士，眉州眉山(今四川眉山)人。

㉛逼：逼近，靠近。

㉜兰煤灯烬：指烛心烧成的灰烬，形如兰心，俗称"灯花"。

㉝丐：这里意为赐予。

㉞遗(wèi 胃)：给予，馈赠。

㉟贽：初次见面时所执的礼物。

㊱的的：分明的样子。

㊲东皇：即东君，司春之神。

㊳沽娇：矫情求誉。指故意掩饰心中的真意，以博取别人的赞誉。

㊴孱(chán 蝉)缪：懦弱乖误。

㊵反：同"返"。

㊶"为报"二句：见苏轼《仆年三十九，在润州道上过除夜，作此诗。又二十年，在惠州，追录之以付过，二首》其一。

㊷诞：欺骗，欺诈。

㊸从父：叔父。纳粟：古代富人可以捐粟取得官爵。阆(làng 浪)州：唐先天元年(712)改隆州置，天宝元年(742)改为阆中郡，乾元元年(758)复为阆州。宋属利州路。治所在今四川阆中市。

㊹便：擅长。

㊺侍行：随行。

㊻"绿叶"句：据《唐诗纪事》卷五十六记载，唐代杜牧游湖州(今浙江湖州)时，看上一个十多岁的美丽少女。十四年后，他到湖州任刺史时，这个女子已出嫁并有了两个孩子了。于是就写了这首诗："自是寻春去校迟，不须惆怅怨芳时。狂风落尽深红色，绿叶成阴子满枝。"借景物变化，比喻女子年华已逝，儿女成行。王娇娘诗首句即有此寓意。

㊼杜宇：即"子鹃鸟"。蜀人怀念蜀王杜宇，因称子鹃鸟为"杜鹃"、"杜宇"。

⑱相如：即司马相如（前179～前117），字长卿，蜀郡成都（今四川成都）人。汉代辞赋家，著有《子虚》、《上林》、《大人》等赋。他辞官归蜀，结识临邛富商寡女卓文君，并携之私奔成都。家贫，同返临邛，夫妇当垆卖酒。下文“文君”，即卓文君。

⑲“三只”句：比喻不可能的事。骰（tóu投）儿，赌具，俗称“色（shǎi筛上声）子”，用骨头、木头等制成的正立方体，六面分别刻一至六点。三只骰儿一起掷，最多是三个“六”，十八点，不可能有“十九窝”。

⑳虬（qiú求）漏将阑：指天时将晓。虬漏，古时饰有龙形的滴水计时器。

㉑无那（nuò诺）：犹无限，非常。

㉒玉京：神仙所居的天上宫阙。唐传奇《裴航》写书生裴航与仙女云英在蓝桥相会的故事。这里“何须上玉京”，即套用故事中的诗句“何必崎岖上玉清”。

㉓秦晋之约：指婚约。春秋时秦、晋两国世为婚姻，后遂称联姻结亲为“秦晋之好”。

㉔保卫：保护身体健康。

㉕毕：原作“笔”，据《燕居笔记》改。

㉖成都府：唐至德二载（757），以蜀郡为玄宗“驻跸”之地升为成都府，宋为成都府路治，治所在今四川成都市。角妓：指色艺俱佳的妓女。宋人以“角”形容女子风流蕴藉。

㉗眉州：西魏时置，宋属成都府路，治所在今四川眉山县。

㉘平匀：均匀，平均。这里指身材匀称。

㉙合蝉鬓：古代妇女的一种发式。

㉚寺丞：官署中的佐吏。

㉛夜月屋梁之思：比喻对亲友的深切思念。唐代诗人李白流放夜郎（治今贵州正安县西北），杜甫对他的不幸遭遇表示深切同情和关怀，写了《梦李白二首》，第一首有“落月满屋梁，犹疑照颜色”之句。

㉜严君：父母之称。《易·家人》：“家人有严君焉，父母之谓也。”

㉝想二竖子遁矣：料想病好了。二竖子，指病魔。典出《左传·成公十年》：晋侯生病，梦见二竖子（两个小孩子）在体内作祟，其中一个说，躲在肓上膏下，良医也拿我们没办法。后来“二竖子”便成为疾病的代名词。

㉞双弯：旧时指女子的双脚。

㉟相埒（liè劣）：相当。

㊱六丁：道教的阴神，可使致远方物及知吉凶。

㊲望日：阴历每月十五日。

㊳鸾笺：古代蜀地制造的一种彩色小笺，笺面上隐起花木麟鸾等花纹，故后人称为“鸾笺”。

㊴杨花梦散楚云收：比喻往事风流云散。杨花梦散，语出苏轼《水龙吟·次韵章质夫杨花词》，此词以杨花喻人，词中有“梦随风万里，寻郎去处，又还被、莺呼起”之句。楚云，语出宋玉《高唐赋序》，说楚王梦与巫山神女相会，神女说：“妾在巫山之阳，高丘之阻。旦为朝云，暮为行雨。朝朝暮暮，阳台之下。”

㊵《阳关》：指唐人据王维《渭城曲》谱成的送别歌曲《阳关三叠》。

㊶雁杳鱼沉：指未收到书信。古人有以雁足系书信、鱼腹藏书信来传递信息，故以鱼雁作为书札的代称。

㊷倅（cuì翠）：副职。这里指州官的副手，也即通判之职。

㊸跬（kuǐ傀）：半步。

⑭戒行：登程，出发上路。

⑮约：缠束。

⑯斥言：直言指责过失。

⑰心素：心愿，心意。

⑱秋娘：即杜秋娘，唐代金陵女子。十五岁时为李锜妾。锜叛灭，杜秋娘籍之入宫，受到宪宗宠爱。穆宗继位，命杜秋娘为皇子傅姆，后赐归故乡。

⑲司空：据唐代孟棨《本事诗》记载，李司空仰望刘禹锡名声，邀请他到家中，设盛宴款待，酒酣，命妙妓唱歌送他。刘禹锡当场赋诗云："鬟髻梳头宫样妆，春风一曲杜韦娘。司空见惯浑闲事，断尽江南刺史肠。"刘禹锡是苏州刺史，故自称江南刺史。杜韦娘，唐代歌女。"秋娘声价，应念司空否？"在这里，申生以秋娘喻王娇娘，以司空自指，意思是说，你声价日高，还记得我吗？

⑳槐黄：古代指读书人忙于准备科举考试的季节，因时在六七月间，槐花正黄，故称。

㉑孱陋：虚弱衰微。

㉒孙山之外：意谓考试落第。据范公偁《过庭录》记载，孙山参加考试，同乡人把儿子托他带去应试。发榜时，孙山名列榜末，他先回家，乡人问自己的儿子是否考中，他说："解名尽处是孙山，贤郎更在孙山外。"

㉓礼闱：指古代科举考试之会试。会试由礼部主办，故称"礼闱"。拆号：唱号发榜。

㉔徐卿二子：杜甫《徐卿二子歌》云"君不见徐卿二子生绝奇"，"丈夫生儿有如此二雏者，异时名位岂肯卑微休"，颂扬徐卿及其两个儿子。徐卿，名不详，一说即唐代西川兵马使徐知道。此处以申纶、申纯兄弟二人文章妙，双双高中，与徐卿二子相比附。

㉕春官：唐光宅年间(684)曾改礼部为春官，后"春官"遂为礼部的别称。

㉖绵州绵山县：今四川绵阳市。主簿：官名。其职责为主管文书，办理事务。宋时以主簿为初事之官。

㉗洋州：北宋时属利州路，治所在今陕西洋县。司户：官名，掌管地方上户口账册等事，宋代还兼司仓之职。

㉘蟾宫丹桂折高枝：即蟾宫折桂，意谓科举应试高中。《晋书·郤诜传》："(晋)武帝于东堂会送，问诜曰：'卿自以为何如？'诜对曰：'臣举贤良对策，为天下第一，犹桂林之一枝，昆山之片玉。'"传说蟾宫(月宫)中有桂树，唐代以来牵合以上两事，遂以蟾宫折桂谓科举应试及第。

㉙骎骎相及瓜时，意谓上任的时间渐近。骎(qin 亲)骎，渐进的样子。瓜时，语出《左传·庄公八年》："齐侯使连称、管至父戍葵丘。瓜时而往，曰：'及瓜而代。'"后用以指官吏任期届满。这里指等待上任的时间。

㉚身到凤凰池：意谓身入禁苑，位居高官。凤凰池，原指禁苑中池沼。魏晋南北朝时设中书省于禁苑，掌管机要，接近皇帝，故称中书省为"凤凰池"。

㉛宅相(xiàng 像)：住宅风水之相。《晋书·魏舒传》："(舒)少孤，为外家宁氏所养。宁氏起宅，相宅者云：'当出贵甥。'外祖母以魏氏小而慧，意谓应之。舒曰：'当为外氏成此宅相。'"后也用作外甥的代称。

㉜克家：承担家事。

㉝菱花：指菱花镜，古代铜镜名，镜多为六角形或背面刻有菱花。

㉞下稍：结局。稍，也作"梢"。

㉟掩关：关门。关，门。

㊱狎(xiá 颊)斜：犹放荡、淫秽。

⑰不豫：不加过问。

⑱恝（jiá 颊）然：冷漠不在意的样子。

⑲一觉大槐宫：典出唐李公佐《南柯太守传》：淳于棼梦至大槐安国，被国王招为驸马，并任命为南柯郡太守，享尽荣华富贵，一觉醒来原是一梦，从此，淳于棼"感南柯之浮虚，悟人世之倏忽"。

⑳三五夜：阴历十五日夜晚。

㉑理干：办事干练。此处意为操持、主持。

㉒恃：指母亲。《诗·小雅·蓼莪》："无父何怙，无母何恃。"

㉓和、明：指和州和明州。和州治所在今安徽和县，明州治所在今浙江宁波市。

㉔才高柳絮：据《世说新语·言语》记载，谢道韫以"未若柳絮因风起"句咏雪，压倒其他人。

㉕殷勤谢红叶：典出唐代范摅《云溪友议》，说卢渥从御沟中得到宫人的红叶题诗，后又与此宫女巧结良缘。"殷勤谢红叶"即是红叶题诗中的诗句。

㉖不负深盟：原刊本无此四字，据《燕居笔记》补。

㉗待次：指官吏授职后，依次按照资历补缺。

㉘纳币：古代在确立婚姻过程中六种礼仪中的一种。纳吉之后，择日送聘礼至女家，女家受物复书，婚姻始确定。

㉙彩鹢：鹢是一种水鸟，古代常用彩色在船头上画鹢，故以"彩鹢"作为舟船的代称。

㉚潘安（？～300）：名岳，字安仁，世称潘安。西晋荥阳中牟（今河南中牟县东）人。善诗赋，美姿容，是古代著名的美男子。

㉛孤鸾：孤单的鸾鸟。比喻失去配偶或没有配偶的人。北周庾信《拟咏怀》："抱松伤别鹤，向镜绝孤鸾。"

㉜"窦翁"句：意谓窦翁德高望重，年寿也高。窦翁，指五代蓟州渔阳（今天津蓟县）人窦禹钧。后周时累官太常少卿、右谏议大夫。他以词学著称，曾建造义塾，聘请名儒教授，并济困寒士，培养了许多人才。他还治家有方，五个儿子相继登科。冯道赠窦禹钧诗句云："灵椿一株老，丹桂五枝芳。"椿，椿树，今习称"香椿"。《庄子·逍遥游》："上古有大椿者，以八千岁为春，八千岁为秋，此大年也。"因椿树寿命长，故用以比喻长寿，亦用以指父亲。

㉝"蔡母"句：颂扬宋代蔡襄之母长寿。蔡母教子有方，使蔡襄成为一代名臣，且年寿亦高，为时人所称许。鹤齐，即为寿与鹤齐之意。旧时以鹤为长寿的禽类。《淮南子·说林训》："鹤寿千岁，以极其游。"

㉞虞（？～前202）：秦末人。项羽姬妾，故习称虞姬。常从项羽在军中。项羽被困垓下（在今安徽灵璧县东南），作歌与虞姬诀别，其中有"虞兮虞兮奈若何"之句。

㉟一夔足矣：意谓一人就足够了。《吕氏春秋·察传》载孔子曰："若夔者，一而足，故曰夔一足（足，足够），非一足（足，脚）也。"

㊱罔极之恩：指父母的养育之恩。《诗·小雅·蓼莪》："欲报之德，昊天罔极。"

㊲尪羸（wāng léi 汪雷）：瘦弱。

㊳佥（qiān 千）同：一致赞同。

㊴濯锦江：一名"浣花溪"，又称"锦江"，在今四川成都市。

㊵"榖则"二句：《诗·王风·大车》中的诗句，是说活着的时候不能同室居住，死后也要同穴埋葬。榖，生。

㊶见（xiàn）：即"现"。

⑫支吾：应付。

⑬兰闺：原为汉代后妃宫室，后泛指女子的居室。

⑭"华表"二句：意谓旧地重游，景物依旧，人事已不同。典出陶潜《搜神后记》，说辽东人丁令威学道成仙，后化鹤归辽，立于城门华表柱，云："有鸟有鸟丁令威，去家千年今始归。城郭如故人民非，何不学仙冢垒垒！"华表，古代设在宫殿、城垣、陵墓或桥梁等前兼作装饰用的巨大立柱。风物，风光景物。

⑮黄鹤催班：意谓黄鹤催促返回仙境。黄鹤，神话传说中的仙鸟，仙人骑乘。班，返回。

⑯寻：随即。

⑰矧（shěn 审）：虚词，况且，而况。

⑱"玉镜"二句：典出《世说新语·假谲》，说东晋温峤丧妇，堂姑请他代表妹做媒，他即有自婚之意，就将北征刘聪时所得的玉镜台作定礼，后终与表妹成亲。这里用此典故，说明中表结亲，古已有之。

⑲母党：母族。

⑳姑苏：今江苏苏州市的别称，因城西南有姑苏山而得名。

㉑直截：简直。

㉒知幾：有预见，能看出事物发生变化的隐微征兆。《易·系辞下》："知幾其神乎！君子上交不谄，下交不渎，其知幾乎？幾者，动之微，吉之先见者也。"

㉓三生几杜牧：其意为"几三生杜牧"，意谓申纯也像以风流才士著称的杜牧一样。三生，佛教语，指前生、今生、来生。几，及，达到。杜牧，唐代著名诗人。杜牧去官后，郁郁不得志，落拓扬州，好作青楼之游，以风流著称。他的《遣怀》诗云："十年一觉扬州梦，赢得青楼薄幸名。"后来谈风情者，多以"三生杜牧"比况出入歌舞繁华之地的风流才士。

南村辍耕录

（元）陶宗仪

陶宗仪（1316～?），字九成，号南村，元代黄岩（今浙江台州）人。元末隐居华亭（今上海松江），闭门著书。一生著述丰厚，以《南村辍耕录》三十卷最为著名。《南村辍耕录》，又名《辍耕录》。此书采摭广博，研核精审。诚如元人孙作所称，“上兼六经百氏之旨，下极稗官小史之谈”。除具有丰富的文献史料价值外，其中有些记载，也是优秀的文言小说。此外，陶宗仪还编有笔记小说集《说郛》一百卷，著有《书史会要》九卷，《南村诗集》四卷，《沧浪棹歌》一卷等。

《贤妻致贵》选自中华书局校点本《南村辍耕录》卷四。本篇记叙程鹏举与妻子在乱世中悲欢离合的故事，尤其是妻子对故国的眷恋之情，坚忍不拔的毅力，纯洁高尚的情操，感人至深。明代冯梦龙据此篇编成拟话本《白玉娘忍苦成夫》，收在《醒世恒言》卷十九。明代陆采和沈鲸、董应翰也分别据此事演为《分鞋记》和《易鞋记》传奇，现仅存沈鲸《易鞋记》一种。

贤妻致贵

程公鹏举在宋季[①]被虏，于兴元[②]版桥张万户家为奴。张以虏到宦家女某氏妻之。既婚之三日，即窃谓其夫曰：“视君之才貌，非久在人后者，何不为去计，而甘心于此乎?”夫疑其试己也，诉于张。张命棰之。越三日复告曰：“君若去，必可成大器，否则终为人奴耳!”夫愈疑之，又诉于张。张命出[③]之，遂鬻于市人家。妻临行，以所穿绣鞋一，易程一履，泣而曰：“期执此相见矣!”程感悟，奔归宋。时年十七八，以荫补[④]入官。迨国朝统一海宇[⑤]，程为陕西行省参知政事[⑥]。自与妻别，已卅余年[⑦]，义其为人，未尝再娶。至是遣人携向之鞋履，往兴元访求之。市家云：“此妇到吾家执作甚勤，遇夜未尝解衣以寝，每纺绩达旦，毅然莫可犯。吾妻异之，视如己女。将半载，以所成布疋，偿元鬻镪物[⑧]，乞身为尼。吾妻施资以成其志，见[⑨]居城南某庵中。”所遣人即往寻见，以曝衣[⑩]为由，故[⑪]遗鞋履在地。尼见之，询其从来。曰：“吾主翁参政，使寻其偶耳。”尼出履示之合；亟拜曰：“主母也!”尼曰：“鞋履复合，吾愿毕矣。归见程相公与夫人，为道致意。”竟不再出。告以参政未尝娶，终不出。旋[⑫]报呈，移文[⑬]本省，遣使檄兴元路[⑭]路官，为具体，委幕属李克复防护其车舆至陕西，重为夫妇焉。

【注释】

①宋季：宋末。季，指一个时期的末了。

②兴元：即兴元府。唐兴元元年(784)升梁州置，治南郑县(今陕西汉中)，辖境相当于今陕西汉中市和城固、南郑、勉县等县地。南宋为利州东路治。

③出：休弃。

④荫补：封建时代官员的子孙可凭借父、祖的功勋而补官。

⑤国朝：指元朝。海宇：海内，宇内，指全国。

⑥行省：即行中书省的简称，元地方官署名。参知政事：官名。元置参知政事为执政官，从二品，职位次于右、左丞，为宰相之副，参议政务，同署中书省文件。

⑦卅余年：三十多年。卅(sà萨)，三十。

⑧偿元鬻镪物：偿还原来卖身价的钱物。元：通"原"。

⑨见(xiàn现)：同"现"。

⑩曝衣：晒衣服。

⑪故：故意。

⑫旋：不久。

⑬移文：旧时的一种文体。指行于不相统属的官署间的公文。

⑭檄(xí席)：古代一种文体名。这里用作动词，指用檄文征召、晓喻。兴元路：元改兴元府置，治南郑县(今陕西汉中)，属陕西行省。

郁离子

（明）刘　基

刘基（1311～1375），字伯温，晚号犁眉公，明代青田（今浙江青田）人。元代元统元年（1333）进士，历官高安县丞、江浙行省儒学副提举、处州路总管府判等，后弃官归隐青田山中，发愤著《郁离子》以针砭时政。元至正二十年（1360），朱元璋召至应天（今江苏南京），参与机要，商议攻取大计，协助建立明王朝。明初，授太史令，升御史中丞，封诚意伯。洪武四年（1371）辞官。后为胡惟庸所谮，忧郁而死。正德九年（1514），追赠太师，谥文成。著有《郁离子》、《覆瓿集》、《写情集》、《犁眉公集》、《春秋明经》、《国初礼贤录》等。

《郁离子》分上下二卷。故事短小精悍，文字凝练，寓意深刻，是明代著名的笔记寓言集。以下《救虎》和《虞孚》，分别选自上海古籍出版社校点本《郁离子》卷上和卷下。

救　虎

苍筤[①]之山，溪水合流入于江，有道士筑[②]于其上以事佛，甚谨[③]。

一夕[④]，山水大出，漂室庐[⑤]，塞溪[⑥]而下。人骑木乘屋号呼求救者，声相连也。道士具[⑦]大舟，躬蓑笠[⑧]，立水浒[⑨]，督善水者绳以俟。人至即投木索引之，所存活甚众。

平旦[⑩]，有兽身没波涛中而浮其首，左右盼若求救者。道士曰："是亦有生[⑪]，必速救之。"舟者应言往，以木接上之，乃虎也。始则矇矇然[⑫]，坐而舐其毛；比[⑬]及岸，则瞠目[⑭]视道士，跃而攫之，仆地。舟人奔救，道士得不死，而重伤焉。

郁离子曰："哀哉！是亦道士之过也。知其非人而救之，非道士之过乎？虽然[⑮]，孔子曰：'观过，斯知仁矣。'[⑯]道士有焉。"

【注释】

①苍筤（láng狼）：青色。多指竹。《易·说》："为苍筤竹。"这里指未成熟的竹子。

②筑：建造房屋。

③甚谨：很虔诚。谨，恭敬。

④一夕：有一天夜里。夕，夜。
⑤漂室庐：冲走房屋。
⑥塞溪：满溪。
⑦具：备办。
⑧躬蓑笠：身披蓑衣，头戴斗笠。
⑨水浒：水边。指岸边。
⑩平旦：清晨。
⑪是亦有生：这也是有生命的。是，代词，这。
⑫矇矇然：犹昏昏然。
⑬比：等到。
⑭瞠（chēng 称）目：瞪着眼睛。
⑮虽然：即使如此。
⑯"观过，斯知仁矣"：仔细考察一个人的过错，就可以知道他是个什么样的人。语出《论语·里仁》："子曰：'人之过也，各于其党。观过，斯知仁矣。'"仁，同"人"。

虞孚

虞孚问治生于计然先生[①]，得种漆之术。三年树成而割之[②]，得漆数百斛[③]，将载而鬻诸吴[④]，其妻之兄谓之曰："吾常于吴商[⑤]，知吴人尚饰[⑥]，多漆工，漆于吴为上货。吾见卖漆者煮漆叶之膏以和漆，其利倍而人弗知[⑦]也。"虞孚闻之喜，如其言，取漆叶煮为膏，亦数百瓮，与其漆俱载以入于吴。时吴与越恶[⑧]，越贾不通，吴人方艰漆[⑨]，吴侩[⑩]闻有漆，喜而逆[⑪]诸郊，道[⑫]以入吴国，劳而舍诸私馆[⑬]。视其漆甚良也，约旦夕[⑭]以金币来取漆。虞孚大喜，夜取漆叶之膏和其漆以俟。及期，吴侩至，视漆之封识[⑮]新，疑之，谓虞孚请改约。期二十日至，则其漆皆败[⑯]矣。虞孚不能归，遂丐[⑰]而死于吴。

【注释】

①问治生：请教谋生之道。计然：春秋战国间葵丘濮上人，名研。一说姓辛，字文子。博学无所不通，尤善计算。南游越国，范蠡师事之。曾辅佐越王勾践图强，史称"计然之策七，越用其五而得意"。
②割之：指割漆。
③斛（hú 胡）：古代的容量单位，十斗为一斛。
④鬻（yù 雨）：卖。吴：即春秋战国时的吴国。
⑤商：这里用作动词，即经商，做生意。
⑥尚饰：崇尚装饰。
⑦弗知：不知。
⑧吴与越恶：指吴国和越国关系坏了。
⑨艰漆：指漆的供应短缺。艰，艰难。
⑩侩（kuài 块）：买卖的经纪人。

⑪逆：迎接，迎候。

⑫道：引导。

⑬劳而舍诸私馆：慰劳他，并让他住在私馆。劳，慰劳。舍，居住，住宿。私馆，古时他国使者私自寄宿于卿大夫士之家称为“私馆”，引申指卿大夫的住宅。

⑭旦夕：早与晚。喻很短的时间。

⑮封识（zhì 至）：封缄并加标记。

⑯败：变质。

⑰丐：乞丐。这里指沦为乞丐。

剪灯新话

(明)瞿　佑

瞿佑(1347～1433),字宗吉,别号存斋,钱塘(今浙江杭州)人。明代文学家。洪武初,官国子助教。永乐间,官周王府右长史,以作诗获罪,谪戍保安十年。洪熙初,遇赦放归。瞿佑博学多识,一生著述甚富,有《乐府遗音》、《存斋遗稿》、《归田诗话》、《香台集》、《咏物诗》、《四时宜忌》、《阅史管见》、《天机云锦》等。《剪灯新话》是他所著的文言小说集,成书于明洪武十一年(1378),共四卷二十篇。此书问世后,风行一时,其诗文相间、骈散并陈的写法,对明代文言小说的创作产生了深远的影响,迅即形成"剪灯"系列的文言小说集——《剪灯余话》、《剪灯奇录》、《剪灯续录》、《剪灯琐话》。仿效《剪灯新话》的则有《效颦集》、《秉烛清谈》、《觅灯因话》等。《剪灯新话》刊行后不久,约在明代中期即传入朝鲜、日本和越南,在这些国家兴起一股摹仿和移植的热潮。朝鲜李朝初期金时习的《金鳌新话》,越南阮屿的《传奇漫录》,日本的《奇异杂谈集》,从书名、篇章、体裁、题材、内容、人物形象等方面,都不难看出同《剪灯新话》有着密切的关系。

以下选注的《金凤钗记》、《翠翠传》、《绿衣人传》,以《诵芬室丛刊》本《剪灯新话》为底本,分别选自卷一、卷三和卷四。

《金凤钗记》记叙少女兴娘与崔生的恋爱故事,小说构思显然受到唐传奇《离魂记》的启发和影响,但情节更曲折,描写更细腻,表现手法也颇具匠心,对明代的小说和戏曲有不少影响。凌濛初将它演绎成话本《大姊魂游完宿愿,小姨病起续前缘》,列入《拍案惊奇》第二十三卷。沈璟《坠钗记》传奇(已佚)以及傅青眉的戏曲《人鬼夫妻》,均从中撷取题材。

《翠翠传》描写一对青年男女在元末明初战乱中的不幸遭遇,歌颂他们至死不渝的爱情。情节曲折,感人至深。凌濛初将它演绎成话本《李将军错认舅,刘氏女诡从夫》,收入《二刻拍案惊奇》第六卷。明人叶宪祖的《金翠寒衣记》杂剧,清人袁声的《领头书》传奇,也都是根据《翠翠传》改编的。

《绿衣人传》写一个绿衣女鬼和书生赵源生死相恋的故事,反映了当时广大妇女追求美好生活的愿望,有力地揭露和批判了贾似道专权误国、

草菅人命的令人发指的罪行。它对后来的小说、戏曲影响很大。明代周朝俊的《红梅记》传奇，川剧《红梅阁》，秦腔《游西湖》，以至现代昆剧《李慧娘》，均从本篇取材。

金凤钗记

大德[①]中，扬州富人吴防御[②]居春风楼侧，与宦族[③]崔君为邻，交契[④]甚厚。崔有子曰兴哥，防御有女曰兴娘，俱在襁褓。崔君因求女为兴哥妇，防御许之，以金凤钗一支为约。既而崔君游宦远方，凡一十五载，并无一字相闻。女处闺闱，年十九矣。其母谓防御曰："崔家郎君一去十五载，不通音耗，兴娘长成矣，不可执守前言，令其挫失[⑤]时节也。"防御曰："吾已许吾故人矣，况成约已定，吾岂食言者也。"女亦望生不至，因而感疾，沉绵枕席，半岁而终。父母哭之恸。临敛，母持金凤钗抚尸而泣曰："此汝夫家物也，今汝已矣，吾留此安用！"遂簪于其髻而殡[⑥]焉。

殡之两月，而崔生至。防御延接之，访问其故，则曰："父为宣德府理官[⑦]而卒，母亦先逝数年矣。今已服除[⑧]，故不远千里而至此。"防御下泪曰："兴娘薄命，为念君，故得疾，于两月前饮恨[⑨]而终，今已殡之矣。"因引生入室，至其灵几前，焚楮钱[⑩]以告之，举家号恸。防御谓生曰："郎君父母既殁，道途又远，今既来此，可便于吾家宿食。故人之子，即吾子也，勿以兴娘殁故，自同外人。"即令搬挈行李，于门侧小斋安泊[⑪]。

将及半月，时值清明，防御以女新殁之故，举家上冢。兴娘有妹曰庆娘，年十七矣，是日亦同往。惟留生在家看守。至暮而归，天已曛黑[⑫]，生于门左迎接。有轿二乘，前轿已入，后轿至生前，似有物堕地，铿然作声。生俟其过，急往拾之，乃金凤钗一只也。欲纳还于内，则中门已阖[⑬]，不可得而入矣。遂还小斋，明烛独坐。自念婚事不成，只身孤苦，寄迹人门，亦非久计。长叹数声，方欲就枕，忽闻剥啄[⑭]扣门声，问之不答，斯须[⑮]复扣，如是者三度。起视之，一美姝立于门外，见户开，遽搴裙[⑯]而入。生大惊。女低容敛气，向生细语曰："郎不识妾耶？妾即兴娘之妹庆娘也。向者投钗轿下，郎拾得否？"即挽生就寝。生以其父待之厚，辞曰："不敢。"拒之甚确[⑰]，至于再三。女忽赪尔怒[⑱]曰："吾父以子侄之礼待汝，置汝门下，汝乃于深夜诱我至此，将欲何为？我将诉之于父，讼汝于官，必不舍汝矣。"生惧，不得已而从焉。至晓，乃去。自是暮隐而入，朝隐而出，往来于门侧小斋，凡及一月有半。

一夕，谓生曰："妾处深闺，君居外馆，今日之事，幸而无人知觉。诚恐好事多磨，佳期易阻，一旦声迹彰露，亲庭[⑲]罪责，闭笼而锁鹦鹉，打鸭而惊鸳鸯，在妾固所甘心，于君诚恐累德。莫若先事而发，怀璧[⑳]而逃，或晦迹[㉑]深村，或藏踪异郡，庶得优游偕老[㉒]，不致睽离[㉓]也。生颇然其计，曰："卿[㉔]言亦自有理，吾方思之。"因自念零丁孤苦，素乏亲知，虽欲逃亡，竟将焉往？尝闻父言：有旧仆金荣者，信义人也，居镇江吕城[㉕]，以耕种为业。今往投之，庶不我拒。

至明夜五鼓，与女轻装而出，买船过瓜州[26]，奔丹阳。访于村氓[27]，果有金荣者，家甚殷富，见为本村保正[28]。生大喜，直造其门，至则初不相识也。生言其父姓名爵里及己乳名，方始记认，则设位而哭其主，捧生而拜于座，曰："此吾家郎君也。"生具告以故。乃虚[29]正堂而处之，事之如事旧主，衣食之需，供给甚至。

生处荣家将及一年，女告生曰："始也惧父母之责，故与君为卓氏之逃[30]，盖出于不获已也。今则'旧谷既没，新谷既登'[31]。岁月如流，已及期[32]矣。且爱子之心，人皆有之，今而自归，喜于再见，必不我罪。况父母生之，恩莫大焉，岂有终绝之理？盍[33]往见之乎？"生从其言，与之渡江入城。将及其家，谓生曰："妾逃窜一年，今遽与君同往，或恐逢彼之怒，君宜先往觇[34]之，妾舣舟[35]于此以俟。"临行，复呼生回，以金凤钗授之，曰："如或疑拒，当出此以示之可也。"

生至门，防御闻之，欣然出见，反致谢曰："日昨[36]顾待不周，致君不安其所，而有他适，老夫之罪也。幸勿见怪！"生拜伏在地，不敢仰视，但称"死罪"，口不绝声。防御曰："有何罪过？遽出此言，愿赐开陈，释我疑虑。"生乃作[37]而言曰："曩者房帷事密，儿女情多，负不义之名，犯私通之律，不告而娶，窃负而逃，窜伏村墟，迁延岁月，音容久阻，书问莫传，情虽笃于夫妻，恩敢忘于父母！今则谨携令爱，同此归宁[38]，伏望[39]察其深情，恕其重罪，始得终能偕老，永随于飞[40]。大人有溺爱之恩，小子有宜家[41]之乐，是所望也，惟冀悯焉。"防御闻之，惊曰："吾女卧病在床，今及一岁，馇粥[42]不进，转侧需人，岂有是事耶？"生谓其恐为门户之辱，故饰词以拒之，乃曰："目今庆娘在于舟中，可令人舁[43]取之来。"

防御虽不信，然且令家童驰往视之，至则无所见。方诘怒崔生，责其妖妄，生于袖中出金凤钗以进。防御见，始大惊曰："此吾亡女兴娘殉葬之物也，胡为而至此哉？"疑惑之际，庆娘忽于床上颎然[44]而起，直至堂前，拜其父曰："兴娘不幸，早辞严侍[45]，远弃荒郊。然与崔家郎君缘分未断，今之来此，意亦无他，特欲以爱妹庆娘续其婚耳。如所请肯从，则病患当即痊除；不用妾言，命尽此矣。"举家惊骇，视其身则庆娘，而言词举止则兴娘也。父诘之曰："汝既死矣，安得复于人世为此乱惑也？"对曰："妾之死也，冥司[46]以妾无罪，不复拘禁，得隶后土夫人帐下[47]，掌传笺奏。妾以世缘未尽，故特给假一年，来与崔郎了此一段因缘尔。"父闻其语切，乃许之，即敛容拜谢，又与崔生执手歔欷为别。且曰："父母许我矣！汝好作娇客[48]，慎毋以新人而忘故人也[49]。"言讫，恸哭而仆于地，视之，死矣。急以汤药灌之，移时乃苏，疾病已去，行动如常，问其前事，并不知之，殆如梦觉。遂涓吉续崔生之婚[50]。

生感兴娘之情，以钗货于市，得钞二十锭，尽买香烛楮币，赍诣[51]琼花观，命道士建醮[52]三昼夜以报之。复见梦于生曰："蒙君荐拔[53]，尚有馀情，虽隔幽明[54]，实深感佩。小妹柔和，宜善视之。"生惊悼而觉[55]。从此遂绝。呜呼异哉！

【注释】

①大德：元成宗铁穆耳的年号（1297～1307）。

②防御：即防御使，武官名，官阶高于团练使。姓吴的富人当过防御使，故称"吴防御"。

③宦族：世代为官的人家。
④交契：交情，交谊。
⑤挫失：错过。
⑥殡：指尸体下棺而未葬。
⑦宣德府：元代府名，治所在今河北宣化县。理官：即理刑官，又称“推官”，主管刑事狱讼的事务。
⑧服除：服丧期满。
⑨饮恨：抱恨，怀恨。
⑩楮(chǔ 楚)钱：祭祀时焚烧的纸钱。
⑪安泊：停留歇脚。
⑫曛(xūn 勋)黑：黄昏。
⑬中门：外室与内室中间的门。阖(hé 合)：关闭。
⑭剥啄：象声词，敲门的声音。
⑮斯须：须臾，片刻。
⑯搴(qiān 千)裙：撩起裙子。
⑰确：坚决。
⑱頩(pīng 乒)尔怒：勃然大怒。頩，变色的样子。
⑲亲庭：指父母。
⑳怀璧：携带贵重的宝物。璧，古代一种平圆而中心有孔的玉器，此处借指贵重东西。
㉑晦迹：隐居，不让人知道自己的踪迹。与下文“藏踪”意同。
㉒“庶得”句：也许可以过着安乐闲适的日子，白头偕老。优游，悠闲自得的样子。
㉓睽离：分离。
㉔卿：古代君对臣、长辈对晚辈的称呼；朋友、夫妇也以此互称，表示亲爱。
㉕吕城：即今江苏丹阳市东南之吕城镇，相传三国吴大将吕蒙曾在此建城。
㉖瓜州：即“瓜洲”，镇名，在今江苏扬州市南，与镇江隔江相对。
㉗村氓：村民。氓，通“民”。
㉘见(xiàn 现)：同“现”。保正：封建社会的户籍编制规定，十家为一保，有保长。五十家为一大保，有大保长。十大保为一都保，有正副都保正。
㉙虚：空。这里用作动词，腾出的意思。
㉚卓氏之逃：指卓文君私奔。参见前《西京杂记》之《司马相如》篇。
㉛旧谷既没，新谷既登：《论语·阳货》语。意谓陈谷已吃完了，新谷又已登场。喻日月如流。
㉜期(jī 鸡)：届满一年。
㉝盍(hé 河)：何不。
㉞觇(chān 掺)：窥视。
㉟舣(yǐ 乙)舟：拢船靠岸。左思《蜀都赋》：“试水客，舣轻舟。”
㊱日昨：昨天。这里泛指过去的一段时间。
㊲作：兴起。这里是站起身来的意思。
㊳归宁：已出嫁的女子回娘家看望父母。
㊴伏望：希望。伏，表示恭敬的词语。

㊵于飞：比翼而飞。后来常用以比喻夫妇和好亲爱。《诗·大雅·卷阿》："凤皇于飞，刿刿其羽。"

㊶宜家：指婚后的家庭生活。《诗·周南·桃夭》："之子于归，宜其室家。"

㊷饘（zhān 毡）粥：泛指粥。稠的叫饘，稀的叫粥。

㊸舁（yú 鱼）：抬。

㊹颏（xū 须）然：忽然。

㊺严侍：指父母。

㊻冥司：阴间的长官。

㊼隶：属。后土夫人：神话传说中的女神。后土，即地神。唐传奇有《后土夫人传》。

㊽娇客：对女婿的爱称。

㊾"慎毋"句：切勿有了新欢就忘了前妻。新人，指新娶的妻子。故人，指前妻。汉乐府《上山采蘼芜》："新人工织缣，故人工织素。"

㊿涓吉：选择吉日。涓，选择。

51赍（jī 鸡）：携带。诣（yì 议）：前往。

52建醮（jiào 教）：旧时僧道设坛祭奠鬼神、超度亡魂的一种仪式。

53荐拔：封建迷信所谓祭祀和超度鬼魂。

54幽明：阴间和阳世。

55惊悼：震惊而伤悼。觉：睡醒。

翠翠传

翠翠，姓刘氏，淮安[1]民家女也。生而颖悟，能通诗书，父母不夺其志，就令入学。同学有金氏子者，名定，与之同岁，亦聪明俊雅。诸生戏之曰："同岁者当为夫妇。"二人亦私以此自许。金生赠翠翠诗曰：

十二阑干七宝台[2]，春风到处艳阳开。
东园桃树西园柳，何不移教一处栽？

翠翠和曰：

平生每恨祝英台[3]，怀抱何为不肯开？
我愿东君[4]勤用意，早移花树向阳栽。

已而，翠翠年长，不复至学。年及十六，父母为其议亲，辄悲泣不食。以情问之，初不肯言，久乃曰："必西家金定。妾已许之矣，若不相从，有死而已，誓不登他门也。"父母不得已，听焉。然而刘富而金贫，其子虽聪俊，门户甚不敌。及媒氏至其家，果以贫辞，惭愧不敢当。媒氏曰："刘家小娘子，必欲得金生，父母亦许之矣，若以贫辞，是负其诚志，而失此一好因缘也。今当语之曰：'寒家有子，粗知诗礼，贵宅见求，敢不从命。但生自蓬荜[5]，安于贫贱久矣，若责其聘问之仪，婚娶之礼，终恐无从而致。'彼以爱女之故，当不较也。"其家从之。媒氏复命，父母果曰："婚姻论财，夷虏之道。吾知择婿而已，不计其他。但彼不足而我有余，我女到彼，必不能堪，莫若赘之入门可矣。"媒氏传命再往，其家幸甚。遂涓日[6]结亲，凡币帛之类，羔

雁[⑦]之属，皆女家自备。过门交拜，二人相见，喜可知矣！是夕，翠翠于枕上作《临江仙》一阕赠生曰：

曾向书斋同笔砚，故人今作新人。洞房花烛十分春！汗沾蝴蝶粉，身惹麝香尘。　　殢雨尤云浑未惯，枕边眉黛羞颦。轻怜痛惜莫嫌频。愿郎从此始，日近日相亲。

邀生继和。生遂次韵曰：

记得书斋同讲习，新人不是他人。扁舟来访武陵春：仙居邻紫府，人世隔红尘。　　誓海盟山心已许，几番浅笑轻颦。向人犹自语频频。意中无别意，亲后有谁亲？

二人相得之乐，虽孔翠之在赤霄[⑧]，鸳鸯之游绿水，未足喻也。未及一载，张士诚兄弟起兵高邮[⑨]，尽陷沿淮诸郡，女为其部将李将军者所掳。至正[⑩]末，士诚辟土益广，跨江南北，奄有浙西，乃通款元朝[⑪]，愿奉正朔[⑫]，道途始通，行旅无阻。生于是辞别内外父母[⑬]，求访其妻，誓不见则不复还。行至平江[⑭]，则闻李将军见于绍兴守御[⑮]；及至绍兴，则又调兵屯安丰[⑯]矣；复至安丰，则回湖州[⑰]驻扎矣。生来往江淮，备经险阻，星霜屡移[⑱]，囊橐又竭，然此心终不少懈。草行露宿焉，乞于人，谨而得达湖州。则李将军方贵重用事，威焰赫奕。生伫立门墙，踌躇窥俟，将进而未能，欲言而不敢。阍者怪而问焉。生曰："仆淮安人也，丧乱以来，闻有一妹在于贵府，是以不远千里至此，欲求一见耳。"阍者曰："然则，汝何姓名？汝妹年貌若干？愿得详言，以审其实。"生曰："仆姓刘，名金定，妹名翠翠，识字能文。当失去之时，年始十七，以岁月计之，今则二十有四矣。"阍者闻之，曰："府中果有刘氏者，淮安人，其齿[⑲]如汝所言，识字善为诗，性又通慧，本使宠之专房。汝信不妄，吾将告于内，汝且止此以待。"遂奔趋入告。须臾，复出，领生入见。将军坐于厅上，生再拜而起，具述厥由。将军武人也，信之不疑，即命内竖[⑳]告于翠翠曰："汝兄自乡中来此，当出见之。"翠翠承命而出，以兄妹之礼见于厅前，动问父母外，不能措一辞，但相对悲咽而已。将军曰："汝既远来，道途跋涉，心力疲困，可且于吾门下休息，吾当徐为之所。"即出新衣一袭[㉑]，令服之，并以帷帐衾席之属，设于门西小斋，令生处焉。翌日，谓生曰："汝妹能识字，汝亦通书否？"生曰："仆在乡中，以儒为业，以书为本，凡经史子集，涉猎尽矣，盖素所习也，又何疑焉。"将军喜曰："吾自少失学，乘乱崛起。方向用[㉒]于时，趋从者众，宾客盈门，无人延款[㉓]，书启堆案，无人裁答[㉔]。汝便处吾门下，足充一记室[㉕]矣。"生聪敏者也，性既温和，才又秀发，处于其门，益自检束，承上接下，咸得其欢，代书回简，曲尽其意。将军大以为得人，待之甚厚。然生本为求妻而来，自厅前一见之后，不可再得，闺阁深邃，内外隔绝，但欲一达其意，而终无便可乘。荏苒数月，时及授衣，西风夕起，白露为霜，独处空斋，终夜不寐，乃成一诗曰：

好花移入玉阑干，春色无缘得再看。
乐处岂知愁处苦，别时虽易见时难！
何年塞上重归马[㉖]？此夜庭中独舞鸾[㉗]！

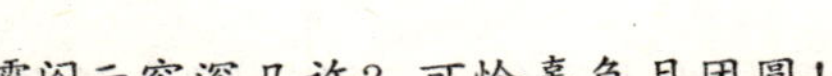

雾阁云窗深几许？可怜辜负月团圆！

诗成，书于片纸，折布裘之领而缝之，以百钱纳于小竖而告曰：“天气已寒，吾衣甚薄，乞持入付吾妹，令浣濯而缝纴之，将以御寒耳。”小竖如言持入。翠翠解其意，折衣而诗见，大加伤感，吞声而泣，别为一诗，亦缝于内以付生。诗曰：

一自[28]乡关动战锋，旧愁新恨几重重！
肠虽已断情难断，生不相从死亦从。
长使德言藏破镜[29]，终教子建赋游龙[30]。
绿珠碧玉[31]心中事，今日谁知也到侬[32]！

生得诗，知其以死许之，无复致望，愈加抑郁，遂感沉痼[33]。翠翠请于将军，始得一至床前问候，而生病已亟矣。翠翠以臂扶生而起，生引首侧视，凝泪满眶，长吁一声，奄然命尽。将军怜之，葬于道场山麓。翠翠送殡而归，是夜得疾，不复饮药，展转衾席，将及两月。一旦，告于将军曰：“妾弃家相从，已得八载；流离外境，举目无亲，止有一兄，今又死矣。妾病必不起，乞埋骨兄侧，黄泉之下，庶有依托，免于他乡作孤魂也。”言尽而卒。将军不违其志，竟附葬于生之坟左，宛然东西二丘焉。

洪武[34]初，张氏既灭，翠翠家有一旧仆，以商贩为业，路经湖州，过道场山下，见朱门华屋，槐柳掩映，翠翠与金生方凭肩而立。遽呼之入，访问父母存殁及乡井旧事。仆曰：“娘子与郎安得在此？”翠翠曰：“始因兵乱，我为李将军所掳，郎君远来寻访，将军不阻，以我归焉，因遂侨居于此耳。”仆曰：“予今还淮安，娘子可修一书以报父母也。”翠翠留之宿，饭吴兴[35]之香糯，羹苕溪[36]之鲜鲫，以乌程[37]酒出饮之。明旦，遂修启以上父母曰：

伏[38]以父生母育，难酬罔极之恩[39]；夫唱妇随[40]，夙著三从[41]之义。在人伦而已定，何时事之多艰！曩者汉日将颓，楚氛甚恶[42]。倒持太阿之柄[43]，擅弄潢池之兵[44]。封豕长蛇[45]，互相吞并；雄蜂雌蝶，各自逃生。不能玉碎于乱离，乃至瓦全于仓卒。驱驰战马，随逐征鞍。望高天而八翼莫飞[46]，思故国而三魂屡散。良辰易迈，伤青鸾[47]之伴木鸡；怨偶为仇，惧乌鸦之打丹凤。虽应酬而为乐，终感激而生悲。夜月杜鹃之啼，春风蝴蝶之梦。时移事往，苦尽甘来。今则杨素览镜而归妻[48]，王敦开阁而放妓[49]。蓬岛践当时之约[50]，潇湘有故人之逢[51]。自怜赋命之屯[52]，不恨寻春之晚[53]。章台之柳，虽已折于他人[54]；玄都之花，尚不改于前度[55]。将谓瓶沉而簪折[56]，岂期璧返而珠还[57]。殆同玉箫女两世因缘[58]，难比红拂妓一时配合[59]。天与其便，事非偶然。煎鸾胶而续断弦[60]，重谐缱绻；托鱼腹而传尺素[61]，谨致丁宁。未奉甘旨[62]，先此申覆。

父母得之，甚喜。其父即赁舟与仆自淮徂[63]浙，径奔吴兴，至道场山下畴昔留宿之处，则荒烟野草，狐兔之迹交道，前所见屋宇，乃东西两坟耳。方疑讶间，适有野僧扶锡[64]而过，叩而问焉。则曰：“此故李将军所葬金生与翠娘之坟耳。岂有人居乎？”大惊。取其书而视之，则白纸一幅也。时李将军为国朝所戮，无从诘问其详。父哭于坟下曰：“汝以书赚我，令我千里至此，本欲与我一见也。今我至此，而汝藏踪秘迹，匿影潜形，我与汝生为父子，死何间焉？汝如有灵，毋吝一见，以释我疑虑也。”是夜，宿于坟。以三更后，翠翠与金生拜跪于前，悲号宛转。父泣而抚问之，乃具述其始末曰：“往者祸起萧墙[65]，兵兴属郡[66]。不能效窦氏女[67]之烈，乃致为沙吒利[68]之驱。忍耻偷生，离乡去国。恨以蕙兰之弱质，配兹驵侩[69]之下材。惟知夺石家买笑之姬[70]，岂暇怜息国不言之妇[71]。叫九阍[72]而无路，度一日如三秋。良人[73]不弃旧恩，特勤远访。托兄妹之名，而仅获一见；隔伉俪之情，而终遂不通。彼感疾而先殂[74]，妾含冤而继殒[75]。欲求袝葬[76]，幸得同归。大略如斯，微言莫尽。”父曰：“我之来此，本欲取汝还家，以奉我耳。今汝已矣，将取汝骨迁于先垅[77]，亦不虚行一遭也。”复泣而言曰：“妾生而不幸，不得视膳庭闱[78]；殁[79]且无缘，不得首丘茔垅[80]。然而地道尚静，神理宜安，若更迁移，反成劳扰。况溪山秀丽，卉木荣华，既已安焉，非所愿也。”因抱持其父而大哭。父遂惊觉，乃一梦也。明日，以牲酒奠于坟下，与仆返棹而归。至今过者，指为金、翠墓云。

【注释】

①淮安：元至元十三年(1276)改淮安州置淮东安抚司。十四年(1277)改立总管府，二十年(1283)升为淮安路，治所在今江苏淮安市。

②十二阑干：曲曲折折的栏杆。十二，言其曲折之多。七宝台：即七宝楼台，泛指堂皇华丽的楼台。

③祝英台：民间传说中东晋上虞(今浙江上虞)的一位青年女子。她女扮男装，与会稽(今浙江绍兴)人梁山伯同学三年。后来梁发现祝为女子，向祝求婚，但祝已许配鄮城(今浙江鄞县)马氏。后来，梁山伯任鄮城令，不幸病死。祝出嫁时，路过梁墓，祭奠痛哭，坟忽裂开，祝跳人，与梁合葬。二人化为一双蝴蝶，常在一起飞舞。

④东君：司春之神。

⑤蓬荜：即蓬门荜户，比喻贫寒人家。

⑥涓日：择日。

⑦羔雁：羊羔和大雁，古时聘妇的礼物。

⑧孔翠：孔雀和翠鸟。赤霄：极高的天空。《淮南子·人间训》：“背负青天，膺摩赤霄。”

⑨“张士诚”句：指元末泰州白驹场(今江苏大丰)人张士诚(1321～1367)和弟弟张士德、张士信及吕珍等十八人，于至正十三年(1353)率盐丁起兵，攻克泰州(今江苏泰州)、高邮(今江苏高邮)等地。

⑩至正：元顺帝妥懽帖睦尔的年号(1341～1368)。

⑪通款元朝：谓与敌方元朝通和言好。

⑫愿奉正朔：愿意承认元朝所定的正朔，亦即尊奉元朝为正统的君主。“正”为一年的第一个月，“朔”为一月的第一天。我国古时改朝换代，帝王必改正朔。

⑬内外父母：父母亲和岳父、岳母。

⑭平江：指平江路。元至元十三年(1276)升平江府为平江路，属江浙行省，治所在今江苏苏州市，辖境相当于今江苏苏州、常熟、吴县、吴江、昆山、太仓等市和上海嘉定、宝山等区。

⑮见(xiàn)：同“现”。守御：地方武官，同防御。

⑯安丰：指安丰路，属河南江北行省，治所在今安徽寿县。

⑰湖州：指湖州路。元至元十三年(1276)升安吉州为湖州路，属江浙行省，治所在今浙江湖州市。

⑱星霜屡移：指过了好几个年头。

⑲齿：年龄。

⑳内竖：通内外的童仆。

㉑新衣一袭：新衣一套。袭，原意为穿衣加服，这里用作量词，衣服成套称为“袭”。

㉒向用：谓有意任用。

㉓延款：接待。

㉔裁答：处理回复。

㉕记室：古代军衙中掌管文牍章奏的文书。

㉖“何年”句：引用《淮南子·人间训》中塞翁失马的典故，以失马喻失妻，意谓何时才能和失散的妻子团聚。

㉗“此夜”句：引用南朝宋范泰《鸾鸟诗序》孤鸾临镜悲鸣、展翅奋飞而死和南朝宋刘敬叔《异苑》山鸡舞镜的典故，以写夫妻失散，此夜孤独凄清的悲哀。

㉘一自：自从。

㉙“长使”句：唐孟棨《本事诗·情感第一》记载南朝陈的驸马徐德言与妻乐昌公主各执铜镜的一半作为信物，便于乱后相互寻找。陈亡后，乐昌公主被隋越国公杨素收为嬖妾。徐德言果以半镜为凭寻得公主的踪迹。杨素得知后，将公主归还徐德言。此句意谓务必不要丧失终将团聚的信念。

㉚“终教”句：三国魏著名诗人曹植，字子建，他在所作的《洛神赋》中，写与洛水女神相会的情景，暗寓他对甄后的爱慕。赋中有“惊若游龙”之句，形容洛神之美。“终教”句意谓夫妻终将团聚。

㉛绿珠：晋朝石崇的宠妓，美而艳，善吹笛。权贵孙秀想要她，石崇不肯，孙秀假传圣旨捉拿石崇，绿珠遂投楼自尽。碧玉：唐朝乔知之的婢女窈娘，小名碧玉，美貌善歌舞。后来，武承嗣把她夺走。乔知之作《绿珠怨》讽示她，她即投井自杀。

㉜侬：代名词，我。

㉝沉痼(gù 固)：重病。

㉞洪武：明太祖朱元璋的年号(1368～1398)。

㉟吴兴：今浙江湖州市。

㊱苕溪：水名，在浙江省北部。有东西两源，东苕溪出天目山南，西苕溪出天目山北，在湖州附近汇合注入太湖。

㊲乌程：旧县名，明代湖州府治所在地，即今浙江湖州市。古时乌程以酿酒著称。

㊳伏：拜伏。旧时下对上有所陈述的敬辞。

㊴罔极之恩：指父母的养育之恩。《诗·小雅·蓼莪》：“欲报之德，昊天罔极。”罔极，无边无际。

㊵夫唱妇随：意谓妻子应唯丈夫之命是从。语本《关尹子·三极》：“天下之理，夫者唱，妇者随。”

㊶三从：旧礼教要求妇女在家从父，出嫁从夫，夫死从子。《仪礼·丧服》：“妇人有三从之义，无专用之道，故未嫁从父，既嫁从夫，夫死从子。”

㊷“汉日”二句：意谓汉族王朝即将崩溃，异族入侵，来势凶恶。《左传·襄公二十七年》载晋

臣伯夙对赵孟说："楚氛甚恶，惧难。"是说楚国有侵袭晋国之气。这里用典不甚贴切，元蒙并非汉族，楚国(借指张士诚的部将)也不是异族。

㊸"倒持"句：比喻授人权柄，自受其害。太阿，一作"泰阿"，古宝剑名，相传为春秋时欧冶子、干将所铸。《汉书·梅福传》："至秦则不然，张诽谤之罔，以为汉驱除，倒持泰阿，授楚其柄。"

㊹"擅弄"句：即成语"潢池弄兵"，意谓不自量力而发动兵乱。潢池，积水塘。兵，兵器。典出《汉书·龚遂传》："其民困于饥寒而吏不恤，故使陛下赤子盗弄陛下之兵于潢池中耳。"

㊺封豕(shǐ 史)长蛇：大猪长蛇，比喻贪暴残害。《左传·定公四年》："吴为封豕长蛇，以荐食上国。"杜预注："言吴贪害如蛇豕。"

㊻八翼未飞：喻志愿未遂。典出《晋书·陶侃传》："(侃)又梦生八翼，飞而上天，见天门九重，已登其八，唯一门不得入。阍者以杖击之，因坠地，折其左翼。"

㊼青鸾：古代传说中多为神仙坐骑的一种神鸟，因羽毛青色，故称。

㊽杨素览镜而归妻：指隋越国公杨素将乐昌公主归还徐德言，使夫妻团聚。这里翠翠以乐昌公主自比，说李将军有归妻之意。

㊾"王敦"句：王敦(266～324)，东晋琅邪临沂(今山东临沂)人，字处仲，晋朝权臣。据《晋书·王敦传》载，王敦荒淫好色，左右劝谏，"乃开后阁，驱诸婢妾数十人并放之"。

㊿蓬岛：传说中的蓬莱仙岛。践当时之约：指实现成仙之约。

(51)潇湘：泛指湘水。传说虞舜南巡，死于苍梧之山，他的妃子娥皇和女英南下追寻，死后化为湘水之神。有故人之逢：即是借湘妃之事说夫妻团聚。

(52)赋命：天赋予的命运。屯(zhūn 谆)：艰难，困顿。

(53)寻春之晚：据《唐诗纪事》卷五十六记载，唐代杜牧游湖州时，看上一个十多岁少女。十四年后，他到此地任刺史时，这个女子已出嫁并有孩子了，于是就写了如下一首诗，表示了惆怅之情："自是寻春去校迟，不须惆怅怨芳时。狂风落尽深红色，绿叶成阴子满枝。"这里翠翠用此典故，表达她不恨金定寻她之晚。

(54)"章台"二句：据唐许尧佐《柳氏传》载，韩翊美姬柳氏，"安史之乱"中被蕃将掳去。韩有词寄柳氏云："章台柳，章台柳！昔日青青今在否？纵使长条似旧垂，亦应攀折他人手。""章台"二句，翠翠意在说明自己也如章台柳已被他人攀折占有。

(55)"玄都"二句：翠翠以长安玄都观桃花"尚不改于前度"，比喻自己志节坚贞不移。据唐孟棨《本事诗·事感第二》载，唐代诗人刘禹锡多次被贬官，曾写了两首诗寄托自己的感慨和坚强不屈的意志。前一首有句云："玄都观里桃千树，尽是刘郎去后栽。"后一首有句云："种桃道士归何处，前度刘郎今独来。"

(56)瓶沉簪折：语出白居易《新乐府·井底引银瓶》："井底引银瓶，银瓶欲上丝绳绝；石上磨玉簪，玉簪欲成中央折。瓶沉簪折知奈何？似妾今朝与君别！"翠翠以瓶沉簪断为喻，哀叹自己已被他人所毁。

(57)璧返珠还：指两个失而复得的典故。璧返，典出《史记·廉颇蔺相如列传》：战国时，秦国想用十五座城池换赵国的和氏璧，但秦王得到璧后，便不再提交换城池的事。蔺相如出使秦国，设计收回璧，并安全带回赵国。珠还，典出《后汉书·孟尝传》：孟尝任合浦太守后，革弊利民，迁离的明珠又回到合浦界内。

(58)玉箫女两世因缘：据唐范摅《云溪友议·玉箫化》记载，韦皋游江夏时，姜使君曾将小青衣玉箫作为韦皋的侍妾。后来韦皋离开时，未能带玉箫同往，约定"少则五载，多则七年"来取，并留给玉箫玉指环一枚和诗一首。逾期未来，玉箫遂绝食而死。玉箫转世，十二年后再为韦皋侍妾。此人和玉箫相像，而且中指有肉环隐出，和留别的玉指环一模一样。

59红拂妓一时配合：红拂是隋朝大臣杨素的侍妾。她慧眼识英雄，看中李靖，并连夜到李靖的住处，敲门私访，立时结成佳偶。事见前《虬髯客传》。

60煎鸾胶而续断弦：指续娶的后妻。鸾胶，一种神奇的粘胶，据说以凤喙麟角合煎作膏，能续弓弩已断之弦。

61尺素：指书信。古代用帛绢书写，通常一尺左右，故称"尺素书"。鱼腹传书，出自汉乐府《饮马长城窟行》："呼儿烹鲤鱼，中有尺素书。"

62甘旨：指养亲的美味食物。

63徂（cú 殂）：往，到。

64锡：即僧人手中所持的禅杖。

65萧墙：原意为照壁，后用以比喻内部。《论语·季氏》："吾恐季孙之忧，不在颛臾，而在萧墙之内也。"

66属郡：邻近的郡邑。

67窦氏女：唐朝永泰（765）中，奉天县（今陕西乾县）窦氏二女伯娘、仲娘，为免受草贼污辱，自投深谷而死。

68沙吒利：唐朝蕃将，曾劫夺韩翊爱姬柳氏。事见前《柳氏传》。

69驵（zǎng 脏上声）侩：古时牲畜买卖的居间人，一称"牙郎"。

70石家买笑之姬：即石崇的爱妾绿珠。

71息国不言之妇：即春秋时息侯的夫人妫（guī 规）。楚文王兴兵灭息，抢夺了息妫。息妫到楚国后，终日不语。

72九阍：九天之门，神话中天帝所居之地。

73良人：古代女子称丈夫。

74殂（cú 徂）：死亡。

75殒（yǔn 允）：死亡。

76祔葬：合葬。

77先垅：祖先的坟地。

78视膳庭闱：侍养父母。视膳，旧时侍养父母、祖父母的一种礼节，就是视寒暖、问膳食。庭闱，旧称父母住的地方，借指父母。

79殁（mò 末）：也作"没"，死亡。

80首丘茔垅：归葬故乡的祖茔。首丘，头朝向山丘。出典于屈原《九章·哀郢》："鸟飞反故乡兮，狐死必首丘。"据说狐狸死时头总要朝向丘垅，留恋于它所生长的地方。故人死后归葬故乡称"归正首丘"，表示怀念故乡之意。

绿衣人传

天水[①]赵源，早丧父母，未有妻室。延祐[②]间，游学至于钱塘，侨居西湖葛岭[③]之上，其侧即宋贾秋壑[④]旧宅也。源独居无聊，尝日晚徙倚门外，见一女子从东来，绿衣双鬟，年可十五六，虽不盛妆浓饰，而姿色过人，源注目久之。明日出门，又见，如

此凡数度，日晚辄来。源戏问之曰："家居何处，暮暮来此？"女笑而拜曰："儿[5]家与君为邻，君自不识耳。"源试挑之，女欣然而应，因遂留宿，甚相亲昵。明旦辞去，夜则复来。如此凡月余，情爱甚至。源问其姓氏居址，女曰："君但得美妇而已，何用强知。"问之不已，则曰："儿常衣[6]绿，但呼我为绿衣人可矣。"终不告以居址所在。源意其为巨室妾媵，夜出私奔，或恐事迹彰闻，故不肯言耳，信之不疑，宠念转密。

一夕，源被酒[7]，戏指其衣曰："此真可谓'绿兮衣兮，绿衣黄裳'[8]者也。"女有惭色，数夕不至。及再来，源扣之，乃曰："本欲相与偕老，奈何以婢妾待之，令人忸怩而不安，故数日不敢侍君之侧。然君已知矣，今不复隐，请得备言之。儿与君旧相识也，今非至情相感，莫能及此。"源问其故，女惨然曰："得无[9]相难乎？儿实非今世人，亦非有祸于君者，盖冥数当然，夙缘未尽耳。"源大惊曰："愿闻其详。"女曰："儿故宋秋壑平章[10]之侍女也。本临[11]安良家子，少善弈棋，年十五，以棋童入侍。每秋壑回朝，宴坐半闲堂[12]，必召儿侍弈，备见宠爱。是时君为其家苍头[13]，职主煎茶，每因供进茶瓯，得至后堂。君时年少，美姿容，儿见而慕之，尝以绣罗钱箧，乘暗投君。君亦以玳瑁脂盒为赠，彼此虽各有意，而内外严密，莫能得其便。后为同辈所觉，谗于秋壑，遂与君同赐死于西湖断桥之下[14]。君今已再世为人，而儿犹在鬼录[15]，得非命欤？"言讫，呜咽泣下。源亦为之动容。久之，乃曰："审[16]若是，则吾与汝乃再世因缘也，当更加亲爱，以偿畴昔之愿。"自是遂留宿源舍，不复更去。

源素不善弈，教之弈，尽传其妙。凡平日以棋称者，皆不能敌也。每说秋壑旧事，其所目击者，历历甚详。尝言：秋壑一日倚楼闲望，诸姬皆侍，适[17]二人乌巾素服，乘小舟由湖登岸。一姬曰："美哉二少年！"秋壑曰："汝愿事之耶[18]？当令纳聘。"姬笑而无言。逾时，令人捧一盒，呼诸姬至前曰："适为某姬纳聘。"启视之，则姬之首也，诸姬皆战栗而退。

又尝贩盐数百艘至都市货之，太学[19]有诗曰：

昨夜江头涌碧波，满船都载相公鹾[20]。
虽然要作调羹[21]用，未必调羹用许多[22]！

秋壑闻之，遂以士人付狱，论以诽谤罪。

又尝于浙西行公田法[23]，民受其苦，或题诗于路左云：

襄阳[24]累岁困孤城，豢养湖山不出征。
不识咽喉形势地，公田枉自害苍生[25]。

秋壑见之，捕得，遣远窜。

又尝斋云水[26]千人，其数已足，末有一道士，衣裾褴褛，至门求斋，主者以数足，不肯引入，道士坚求不去，不得已于门侧斋焉。斋罢，覆其钵于案而去。众悉力举之，不动；启于秋壑，自往举之，乃有诗二句云：

得好休时便好休，收花结子在漳州。

始知真仙降临而不识也。然终不喻[27]漳州之意。嗟乎，孰知有漳州木绵庵之厄[28]也！

又尝有梢人泊舟苏堤[29]，时方盛暑，卧于舟尾，终夜不寐，见三人长不盈尺，集于沙际，一曰："张公至矣，如之奈何？"一曰："贾平章非仁者，决不相恕。"一曰："我则已矣，公等及见其败也！"相与哭入水中。次日，渔者张公获一鳖，径二尺余，纳之府第，不三年而祸作。盖物亦先知，数而不可逃也。

源曰："吾今日与汝相遇，抑岂非数乎[30]？"女曰："是诚不妄矣！"源曰："汝之精气能久存于世耶[31]？"女曰："数至则散矣。"源曰："然则何时？"女曰："三年耳。"源固未之信。及期，卧病不起。源为之迎医，女不欲，曰："曩固已与君言矣，因缘之契，夫妇之情，尽于此矣。"即以手握源臂，而与之诀曰："儿以幽阴之质[32]，得事君子，荷蒙不弃，周旋许时。往者一念之私，俱陷不测之祸，然而海枯石烂[33]，此恨难消，地老天荒，此情不泯[34]！今幸得续前生之好，践往世之盟，三载于兹，志愿已足，请从此辞，毋更以为念也！"言讫，面壁而卧，呼之不应矣。源大伤恸，为治棺椁而敛之。将葬，怪其柩甚轻，启而视之，惟衣衾钗珥在耳。乃虚葬于北山之麓。源感其情，不复再娶，投灵隐寺[35]出家为僧，终其身云。

【注释】

①天水：旧县名，治所在今甘肃天水市南。天水是古代赵姓的郡望。

②延祐：元仁宗爱育黎拔力八达的年号(1314～1320)。

③侨居：在外乡居住。葛岭：在杭州西湖北岸，传为晋代葛洪学道炼丹处，故名。

④贾秋壑：即南宋权奸贾似道(1213～1275)。字师宪，号秋壑，台州天台(今浙江天台)人，理宗贾贵妃之弟。度宗时曾封太师、平章军国重事，总揽朝廷大政。后被革职放逐，途中为监送人所杀。

⑤儿：古代妇女的自称。

⑥衣：这里用作动词，穿的意思。

⑦被酒：中酒，酒醉。

⑧"绿兮衣兮，绿衣黄裳"：《诗·邶风·绿衣》中的诗句。《诗序》说："《绿衣》，卫庄姜伤己也。妾上僭，夫人失位而作是诗也。"衣，上衣；裳，下裙。古时黄是正色，绿是间色。绿衣黄裳，喻尊卑倒置，婢妾贵显。故绿衣人听后，认为对方以婢妾相待，感到羞惭和不快。

⑨得无：莫非，岂不是。

⑩平章：即宋代官名"平章军国重事"的简称。宋哲宗元祐年间置，授予有重望的老臣，表示宠命。贾似道是数朝元老重臣，故封此官。此处代指贾似道。

⑪临安：府名。宋建炎三年(1129)置行宫于杭州，升州为临安府，治所在钱塘(今杭州)。

⑫半闲堂：南宋宰相贾似道在今杭州市西湖葛岭修建的别墅。

⑬苍头：指奴仆。

⑭断桥：桥名，在杭州西湖白堤上。原名"宝祐桥"，又名"段家桥"。以孤山之路至此而断，故自唐代以来，都称为"断桥"。

⑮犹在鬼录：还在鬼的名册里，即是说，仍然是鬼。

⑯审：真的。

⑰适：恰好。下文"适为某姬纳聘"句，适，刚才。

⑱愿事之耶：愿意嫁给他吗？事，动词，侍奉。

⑲太学：古代在京城设立的最高学府，即国子监。这里指在太学读书的太学生。

⑳相公：丞相。汉魏以来，拜相者必封公，故称“相公”。鹾（cuó 嵯）：盐。《礼记·曲礼下》：“盐曰咸鹾。”

㉑调羹：调和滋味。《书·说命》载殷高宗武丁对丞相傅说（yuè 悦）说：“若作和羹，尔惟盐梅。”故后世以“调羹”喻指丞相操持政务。此处语意双关，既指操持朝廷大权的“相公”（即贾似道），又指相公的“鹾”（贩盐）。

㉒“昨夜江头”四句：系南宋史嵩《刺贾似道》诗，讽刺贾似道贩运私盐。

㉓公田法：南宋政府为增加财政收入、榨取农民地租而强制征购土地的一种办法。景定四年（1263），知临安府刘良贵、浙西转运使吴势卿，献公田计划，贾似道奏准朝廷，推行公田法，低价收购公田，加上派出购田的官吏专横暴虐，农民深受其苦。

㉔襄阳：宋代府名，北宋宣和元年（1119）升襄州置，治所在襄阳县（今湖北襄樊市襄阳城），辖境相当于今襄樊市及襄阳县、谷城县、南漳县、宜城市等地。

㉕“襄阳累岁”四句：这是一首揭露贾似道罪行的政治讽刺诗。诗中讽刺贾似道隐匿军情不报，不出兵救援被蒙古兵围困的形势险要的襄阳，以及推行“公田法”，坑害老百姓。《宋史·贾似道传》记载：“时襄阳围已急，似道日坐葛岭，起楼阁亭榭，取宫人娼尼有美色者为妾，日淫乐其中。”“自围襄阳以来，每上书请行边，而阴使台谏上章留己。”可参看。

㉖云水：原指行踪无定的“行脚僧”或“游方道士”，此处泛指僧道。

㉗不喻：不懂，不了解。

㉘漳州木绵庵之厄：指贾似道贬谪途中，监押官郑虎臣为父报仇，把他杀死在漳州木绵庵。“木绵庵”，在今福建漳州市。郑虎臣杀贾似道事，元代蒋子正《山房随笔》已有简略的记载。明代小说家冯梦龙曾把这一故事编成话本《木绵庵郑虎臣报冤》，收在《古今小说》第二十二卷。

㉙梢人：艄公。苏堤：在杭州西湖。北宋元祐间苏轼为杭州知州时，疏浚西湖，堆泥筑堤，故称“苏堤”。

㉚抑岂非数乎：难道不就是命运注定的吗？抑，发语词，无实义。

㉛精气：指阴阳之气，也即迷信所谓能离开形体而存在的人的灵魂。

㉜幽阴之质：即鬼魂。迷信的说法，鬼住在阴间。

㉝海枯石烂：和下文“地老天荒”意同，喻历时极久。

㉞泯（mǐn 敏）：灭，尽。

㉟灵隐寺：在杭州西湖西北武林山（即灵隐山）麓飞来峰前，始建于东晋咸和元年（326），是我国佛教禅宗十刹之一。

剪灯余话

(明)李　祯

李祯(1376～1452),字昌祺,庐陵(今江西吉安)人。永乐二年(1404)进士,授翰林院庶吉士。为人博学多识,参与修纂《永乐大典》。后任广西、河南左布政使,有政绩。著有诗集《运甓漫稿》、《容膝轩草》,词曲集《侨庵诗余》、《侨庵小令》等。《剪灯余话》是他仿效瞿佑《剪灯新话》编著的一部文言小说集,向来与《剪灯新话》相媲美。以下选注《琼奴传》、《芙蓉屏记》、《秋千会记》和《贾云华还魂记》共四篇,都是以《诵芬室丛刊》本《剪灯余话》为底本的。《琼奴传》选自该书卷三,《芙蓉屏记》和《秋千会记》选自卷四,《贾云华还魂记》选自卷五。《芙蓉屏记》是篇优秀的公案小说。凌濛初据此改写成话本《顾阿秀喜舍檀那物,崔俊臣巧会芙蓉屏》,收入《拍案惊奇》第二十七卷。明人叶宪祖的《芙蓉屏》杂剧,张其礼的《合屏记》传奇,都是根据本篇改编的。《秋千会记》写元代一对蒙古族青年的爱情故事。凌濛初曾据此改写成话本《宣徽院仕女秋千会,清安寺夫妇笑啼缘》,收入《拍案惊奇》卷九。明代谢宗锡的《玉楼春》传奇,也是主要取材于此。《贾云华还魂记》是我国古代较长的一篇文言小说。明人周清原据此改写成话本《洒雪堂巧结良缘》,列入《西湖二集》第二十七卷。又曾被梅孝己改编为《洒雪堂传奇》。

琼奴传

琼奴,姓王氏,字润贞,常山①人。二岁而父殁,母童氏,携琼奴适②富人沈必贵,沈无子,爱之过己生。年十四,雅善歌词,兼通音律,言、德、工、容③,四者咸备,近远争求纳聘焉。时同里有徐从道、刘均玉者,请婚尤切。徐本华胄④而清贫,刘实白屋⑤而暴富。徐之子名苕郎,刘之子名汉老,皆仪容秀整,且与琼奴同年。必贵欲许刘,则鄙其阀阅⑥之卑微;欲许徐,则虑其家道之穷迫。犹豫迟疑,莫之能定。一日,谋与族人之有识者,彼为之画策曰:“但求佳婿,勿论其他。”必贵曰:“然则何以知其佳乎?”曰:“易耳!子宜盛为酒食,特召二生,仍请前辈之善藻鉴者,使潜窥之,一则观器量之如何,二则试词翰之能否,择其善者而从焉,于选婿乎何有!”

必贵深然之。

至二月花晨[⑦]，开筵会客，凡乡里之号名胜[⑧]者，咸集于庭。均玉、从道亦各携其子而至。汉老则人物整齐，雍容[⑨]应对，降登揖让，未免矜持；苕郎则眉目清新，言谈儒雅，衣服朴素，举止自如。席中有耕云者，沈之族长也，名知人，一见二生，已默识其优劣矣，乃飏言[⑩]于众曰："宗侄必贵，有女及笄，徐刘二公，欲求缔好，两门子弟，人物并佳，但未审姻缘果在谁耳？"必贵起对曰："此事尊长主之，则善矣。"耕云曰："古人有射屏、牵丝、设席[⑪]等事，皆所以择婿也，吾则异于是。"因呼二生至前，指壁间所挂《惜花春起早》、《爱月夜眠迟》、《掬水月在手》、《弄花香满衣》四画曰："二郎少摅[⑫]妙思，试为咏之，中目、夺衣[⑬]，在此一举。"奈何汉老生居富室，懒事诗书，闻命睢盱[⑭]，久之不就。苕郎从容染翰，顷刻而成，呈上，耕云啧啧称赏。其诗曰：

胭脂晓破香桃萼，露重荼蘼香雪落。
媚紫浓遮刺绣窗，娇红斜映秋千索。
辘轳惊梦急起来，梳云未暇临妆台。
笑呼侍女秉明烛，先照海棠开未开。

右《惜花春起早》[⑮]

香肩半亸[⑯]金钗卸，寂寂重门锁深夜。
素魄初离碧海堧[⑰]，清光已透朱帘罅。
徘徊不语倚阑干，参横斗落[⑱]风露寒。
小娃低语唤归寝，犹过蔷薇架后看。

右《爱月夜眠迟》

银塘水满蟾光[⑲]吐，嫦娥夜夜冯夷[⑳]府，
荡漾明珠[㉑]若可扪，分明兔颖如堪数[㉒]。
美人自挹濯春葱[㉓]，忽讶冰轮[㉔]在掌中，
女伴临流笑相语，指尖擎出广寒宫[㉕]。

右《掬水月在手》

铃声响处东风急，红紫丛边久凝立。
素手攀条恐刺伤，金莲移步嫌苔湿。
幽芳撷罢掩兰堂，馥郁余香满绣房。
蜂蝶纷纷入窗户，飞来飞去绕罗裳。

右《弄花香满衣》

均玉见汉老一词莫措，大以为耻，父子竟不终席而逸[㉖]矣。于是四座合词，皆以苕郎为好，而苕之婚议，亦自此而成；不出月余，已择日过聘矣。既而必贵以爱婿

之故，欲其数相往还，遂招置馆中，读书进学[27]。偶童氏小恙，苕郎入问疾，而琼奴正侍母汤药，不虞[28]苕之至也，回避不及，乃相见于母榻前。苕郎盼之，姿色绝世。出而私喜，封红笺一幅，使婢送与琼奴。拆之，空纸也。琼奴笑成一绝，以答苕曰：

茜色霞笺照面赪，玉郎何事太多情[29]？
风流不是无佳句，两字相思写不成。

苕郎持归以夸于汉老。汉老正恨其夺己之配，以白均玉[30]。均玉不咎子之无学，反切齿徐、沈，入骨恨之，即诬以事，俱不得白，徐阖室役辽阳[31]，沈全家戍岭表[32]。诀别之际，黯然销魂，观者莫不为之下泪。遂散去，南北不相闻。

已而必贵倾殂[33]，家事零落，惟童氏母女在，萧然茅店，卖酒路傍。虽患难之中，琼奴无复昔时容态，而青年粹质，终异常人。有吴指挥[34]者悦之，欲娶以为妾，童氏以许人辞。吴知其故，遣媒谓曰："徐郎辽海从戍，死生未卜，纵饶无恙，又安能至此而成姻乎？与其痴守空营，蹉跎岁月，盍不归我贵家，任汝母女受用，亦不虚度一生也。"琼奴坚然不肯。吴又使媒妪传言，且压以官府。童氏惧，与琼奴谋曰："一从[35]苕去，五阅星霜[36]，地角天涯[37]，鱼沉雁杳[38]，真所谓'君处北海，寡人处南海，风马牛之不相及也'[39]。汝之身事，终恐荒唐[40]。矧[41]又父遽沦亡，他乡流落，权门侧目[42]，欲强委禽[43]，吾孤儿寡妇，其何术以拒之？"琼奴泣曰："徐门遭祸，本自儿身，脱[44]别从人，背之不义。且人之异于禽兽者，以其有诚信也。弃旧好而结新欢，是忘诚信；苟忘诚信，殆犬彘之不若。儿有死而已，其肯为之乎？"因赋古训一阕[45]以自誓，其调寄《满庭芳》云：

彩凤分群，文鸳失侣。红云路隔天台[46]。旧时院落，画栋积尘埃。谩有玉京离燕[47]，向东风似诉悲哀。主人去，卷帘恩重，空屋亦归来。　泾阳憔悴女，不逢柳毅，书信难裁[48]。叹金钗脱股，宝镜离台[49]！万里辽阳郎去也，甚日重回？丁香树[50]，含花到死，肯傍别人开！

是夜，自缢于房中，母觉而救解，良久方苏。吴指挥者闻之，怒，使麾下碎其酿器，逐去他居，欲折困之。时有老驿使杜君，亦常山人，必贵存日相与善，怜童氏孤苦，假以驿廊一间而安焉。

一日，客有戎服者三四人，投驿中。杜君问所从来，其人曰："吾侪辽东某卫总小旗[51]，差往海南取军，暂此假宿耳。"值童氏偶立帘下，中一少年，特醇谨[52]，不类武卒，数往还相视，而凄惨之色可掬。童氏心动，即出问之："尔[53]谁耶？"对曰："苕，姓徐，浙江常山人。幼时父尝聘同里沈必贵女，与苕为婚，未成亲而两家缘事，沈责[54]南海，苕戍辽东，不相闻者数载矣。适因入驿，见妈妈状貌，酷与苕外母相类[55]，故不觉感怆，非有他也。"童氏复问："沈家今在何处？厥女何名？"曰："女名琼奴，字润贞，开亲时年方十四，以今计之，当十九矣。第忘其所寓州郡，难以寻觅耳。"童氏入语琼奴，琼奴曰："若然，天也。"明日，召使至室中，细问之，果苕郎也。今改名子兰矣，尚未娶。童氏大哭曰："吾即汝丈母，汝丈人已死，吾母女流落于此，出万死已得再生，不图今日再能相见。"遂白于杜君及苕之同伴，众口嗟叹，以为前缘。杜君乃率钱备礼，与苕毕姻。合卺之夕，喜不塞悲，琼奴诉其衷怀，不任凄断。因诵杜少陵[56]《羌村》诗："夜阑更秉烛，相对如梦寐。"此句殆为今日设也。苕抚之谆切，曰："第毋伤感，且尽绸缪，姑候来年，挈尔同归辽东，则鱼水欢情，永永相保矣。"既而苕同伴有丁总旗者，忠厚人也，谓苕曰："君方燕尔[57]，莫便抛离，勾军[58]之行，不必渠[59]往，我辈当分诣各府投文。君善抚室[60]，且此相待，公事完日，相与归辽。"苕置酒饯别，诸人起程。不料吴指挥者缉知，以逃军为名，捕苕于狱，杖杀之，藏尸于窑内。亟令媒恐童氏曰："彼已死矣，可绝念矣。吾将择日舁轿来迎汝女，若又不从，定加毒手。"媒求诺反命，琼奴使母诺之。媒去，语母曰："儿不死，必为狂暴所辱，将俟夜引决[61]矣！"母亦无如之何。是晚，忽监察御史[62]傅公到驿，琼奴仰天呼曰："吾夫之冤雪矣。"乃具状以告。傅公即抗章[63]以闻。又两月得请，就命鞫问[64]，而求尸未得。政谳讯间[65]，羊角风[66]自厅前而起。公祝之曰："逝魄有知，导吾以往。"言讫，风即旋转，前引马首，径奔窑前，吹开炭灰，而尸见矣。公委官检验，伤痕宛然，吴遂伏辜[67]。公命州官葬苕于郭外[68]，琼奴哭送，自沉于冢侧池中，因命葬焉。公言诸朝，下礼部旌其冢曰"贤义妇之墓"[69]。童氏亦官给衣廪[70]，优养终身焉。

【注释】

①常山：今浙江常山县。

②适：出嫁。

③言、德、工、容：封建礼教规定妇女应具备的四种德行。《周礼·天官·九嫔》："掌妇学之法，以教九御妇德、妇言、妇容、妇功。"

④华胄：旧称显贵者的后裔。《晋书·石季龙载记》："雍、秦二州望族，……既衣冠华胄，宜蒙优免。"

⑤白屋：指平民。古代平民居住的房屋，用白茅覆盖屋顶，故称。

⑥阀阅：门第。

⑦花晨：即"花朝"，百花的生日，相传在农历二月十二日（也有人说是二月初二日或二月十五日）。

⑧名胜：名流，有名望之士。

⑨雍容：态度温和大方，从容不迫。

⑩飏（yíng 扬）言：扬言。

⑪射屏、牵丝、设席：古代择婿的几种方式。射屏，用窦毅择婿的典故。据《旧唐书·高祖窦皇后传》记载，窦毅的女儿才貌出众，为求佳婿，窦毅在门屏画两只孔雀，凡是来求婚的，发给两支箭，答应射中雀目的，即将女儿许配给他。前后几十人都没有一个能射中。李渊后到，两发各中一目，窦就将女儿嫁给他。下文"中目"同此。牵丝，据五代王仁裕《开元天宝遗事》记载，唐朝郭元振年轻时，美姿容，有才艺，宰相张嘉贞想招他为婿，就叫五个女儿各持一丝于幔后，使郭元振在幔前牵之。郭牵了一根红丝线，就娶了张的第三女。设席，晋朝郭瑀有弟子一千多人，想选弟子刘延明为女婿，就另设一席，对弟子们说："我有一个女儿，想找一个快婿，谁坐这席，我就把女儿嫁给他。"刘延明振衣上座，郭瑀就把女儿嫁给他。

⑫摅（shū 书）：通"抒"，发抒，抒展。

⑬夺衣：也称"夺锦"、"夺袍"。据《新唐书·宋之问传》记载，武则天游洛阳龙门时，叫随从

赋诗。左史东方虬诗先成，武则天赐锦袍。一会儿宋之问也写好献上，武则天看了很赞赏，就从东方虬手中夺回锦袍，转赐宋之问。

⑭睢盱(suī xū 虽虚)：张目仰视的样子，这里形容憨愚。

⑮右：旧时书面文字都是从右到左竖写，所以"右"即指上文。

⑯亸(duǒ 朵)：下垂的样子。

⑰素魄：月亮的别称。堧(ruán 软阳平)：河边的空地。

⑱参横斗落：参星横斜，斗星沉落，破晓时的景象。

⑲蟾光：指月光。传说月中有蟾蜍(癞蛤蟆)。

⑳冯(píng 平)夷：也作"冰夷"，传说中的水神。曹植《洛神赋》："冯夷鸣鼓，女娲清歌。"苏轼《后赤壁赋》："俯冯夷之幽宫。"

㉑荡漾明珠：意谓水中荡漾着月影。明珠，指月。

㉒"分明"句：月光清亮，连月宫中的玉兔的细毛尖都分明可数。颖，尖端。

㉓"美人"句：意谓美人舀水洗手。挹(yì 义)，舀。春葱，比喻女子纤白的手指。

㉔冰轮：指明月。唐代王初《银河》诗："历历素榆飘玉叶，涓涓清月湿冰轮。"

㉕"指尖"句：与上面"忽讶冰轮在掌中"意近。指在河边洗涤，手指触着月亮的倒影。广寒宫，月宫。据柳宗元《龙城录》记载，唐玄宗和申天师、鸿都客于中秋夜游月宫，见到一处大宫府，门口悬挂一匾额，上写"广寒清虚之府"。后来就称月宫为"广寒宫"。

㉖逸：跑开。

㉗进学：明清科举制度，童生经府、县考试及格，取得生员(俗称秀才)资格，才能入府学或县学读书，因此称考取生员叫"进学"。

㉘不虞：不料。

㉙玉郎：女子对丈夫或情人的爱称。

㉚白：禀告，陈述。下文"不得白"，指受冤，"白"则作明白、清楚解释。

㉛阖室：全家。辽阳：今辽宁辽阳市一带。

㉜岭表：指五岭以南的地方，即岭南，今广东、广西一带。

㉝倾殂(cú 徂)：死亡。

㉞指挥：官名。明代沿元制，在京城设五城兵马司，置指挥、副指挥；又内外诸卫的指挥使，也简称"指挥"。

㉟一从：自从。

㊱五阅星霜：经过五个年头。星辰运转，一年一循环；霜则每年秋天才降落，也是一年一次。阅，经过。

㊲地角天涯：比喻相隔遥远。语本韩愈《祭十二郎文》："一在天之涯，一在地之角。"

㊳鱼沉雁杳：喻音信皆无。古人有借鱼腹、雁足传书信的传说。

㊴"君处"三句：语出《左传·僖公四年》。此处喻相隔遥远。

㊵荒唐：这里作"虚幻"、"不可靠"解释。

㊶矧(shěn 审)：况且。

㊷侧目：怒目而视，形容怨恨。

㊸委禽：送聘礼。禽，指雁，古代纳采要送雁。

㊹脱：副词，或者，也许。

㊺因赋古训一阕：因而以古代圣贤的教诲写词一首。

㊻“红云”句：用刘晨、阮肇入天台山逢仙女的典故，见前《幽明录》之《刘晨阮肇》篇。红云，指桃花，传说天台山中有仙桃，刘、阮食之，饥止体充。这句是用刘、阮与仙女别后不得复见，比喻自己（琼奴）与苕郎远隔天涯，不得团聚。

㊼玉京离燕：唐李公佐《燕女坟记》：“（南朝）宋末有女姚玉京，室有双燕。一为鸷鸟所获；其一孤，不离庭户，每集玉京之臂。如是数年。玉京死，燕来，窥室，周回累夕。姚氏语：‘坟在南郭，可往。’燕遂至坟所，悲鸣而绝。”诗中琼奴是以孤苦之燕自比。

㊽“泾（jīng 京）阳”三句：用唐传奇《柳毅传》的故事。这里意为无人捎信给苕郎。

㊾“叹金钗”二句：悲叹夫妇离散。古代男女别离，女子常用一股金钗相赠，作为信物，以寄情思。白居易《长恨歌》：“唯将旧物表深情，钿合金钗寄将去。钗留一股合一扇，钗擘黄金合分钿。”金钗脱股，是说二人已经分离。宝镜离台，是说情人不在，无心照镜梳妆，宝镜已从妆台废去。

㊿“丁香树”三句：以丁香花喻爱情坚贞，至死不渝。丁香树，桃金娘科的常绿乔木，产热带，花蕾和果实晒干后有辛郁香味，可入药。丁香花不易脱落，花谢结实，故称其“含花到死”。

51吾侪（chái 柴）：我们。卫总小旗：明代分防驻营的地方叫卫所。每卫约计军士五千六百人，每千户所计军士一千一百二十人，每百户所为一百二十人，每百户之下，设总旗二名，小旗十名管领。

52醇谨：淳朴、谨慎。醇，通“淳”。

53尔：代词，你。

54责：处罚。

55外母：与下文“丈母”同，即岳母。

56杜少陵：即唐代诗人杜甫（712～770），字子美，曾寓居杜曲，在长安少陵原之东，故自称“少陵野老”。

57燕尔：指新婚。语出《诗・邶风・谷风》：“宴尔新昏，如兄如弟。”

58勾军：即上文“取军”。勾，取。

59渠：原指第三人称，这里作“你”解。

60抚室；安慰妻子。室，妻室，妻子。

61引决：自杀。

62监察御史：官名，职掌监察百官，巡按郡县，纠视刑狱，整肃朝仪。明代监察御史分十三道，以河南道为首，每道多至十人。

63抗章：向皇帝上奏章。

64鞫（jū 居）问：审讯。

65政谳（yàn 雁）讯间：正在审问时。政，通“正”。谳，审判定案。

66羊角风：旋风。《庄子・逍遥游》：“抟扶摇羊角而上者九万里。”成玄英疏：“旋风曲戾，犹如羊角。”

67伏辜：伏罪。

68郭外：外城之外。古代在城的外围加筑的一道城墙，称“郭”，也即外城。

69“下礼部”句：皇帝命令礼部旌表其坟为“贤义妇之墓”。礼部，官署名。六部之一，职掌礼乐、祭祀、封建、宴乐及学校贡举的政令。旌，即旌表、表彰。封建时代对“义夫、节妇、孝子、顺孙”，常由官府立牌坊，赐匾额，称为“旌表”。

70衣廪（lǐn 凛）：衣食。廪，粮食。

芙蓉屏记

至正辛卯[1]，真州[2]有崔生名英者，家极富。以父荫补浙江温州永嘉[3]尉，携妻王氏赴任。道经苏州之圌山[4]，泊舟少憩，买纸钱牲酒，赛于神庙。既毕，与妻小饮舟中。舟人见其饮器皆金银，遽起恶念。是夜，沉英水中，并婢仆杀之，谓王氏曰："尔[5]知所以不死者乎？我次子尚未有室，今与人撑船往杭州，一两月归来，与汝成亲，汝即吾家人，第安心无恐。"言讫，席卷其所有，而以新妇呼王氏。王氏佯应之，勉为经理，曲尽殷勤。舟人私喜得妇，然渐稔熟，不复防闲。

将月余，值中秋节，舟人盛设酒肴，雄饮痛醉。王氏伺其睡沉[6]，轻身上岸，行二三里，忽迷路，四面皆水乡，惟芦苇菰蒲，一望无际；且生自良家，双弯[7]纤细，不任跋涉之苦，又恐追寻者至，于是尽力而奔。久之，东方渐白，遥望林木中有屋宇，急往投之。至则门犹未启，钟梵之声[8]隐然，少顷开关，乃一尼院。王氏径入，院主问所以来故，王氏未敢以实对，绐[9]之曰："妾真州人，阿舅宦游江浙，挈家偕行，抵任而良人殁矣。孀居数年，舅以嫁永嘉崔尉次妻，正室悍戾难事，箠[10]辱万端。近者解官，舟[11]次于此，因中秋赏月，命妾取酒杯，不料失手坠金盏于江，必欲置于死地，遂逃生至此。"尼曰："娘子既不敢归舟，家乡又远，欲别求匹偶，卒乏良媒，孤苦一身，将何所托？"王惟涕泣而已。尼又曰："老身有一言相劝，未审尊意如何？"王曰："若吾师有以见处，即死无憾！"尼曰："此间僻在荒滨，人迹不到，茭葑[12]之与邻，鸥鹭之与友，幸得一二同袍[13]，皆五十以上，侍者数人，又皆淳谨。娘子虽年芳貌美，奈命蹇时乖，盍若舍爱离痴，悟身为幻，被缁削发[14]，就此出家，禅榻佛灯，晨餐暮粥，聊随缘以度岁月，岂不胜于为人宠妾，受今世之苦恼，而结来世之仇雠乎？"王拜谢曰："是所志也。"遂落发于佛前，立法名慧圆。王读书识字，写染[15]俱通，不期月[16]间，悉究内典[17]，大为院主所礼待，凡事之巨细，非王主张，不敢辄自行者。而复宽和柔善，人皆爱之。每日于白衣大士[18]前礼百余拜，密诉心曲，虽隆寒盛暑弗替[19]。既罢，即身居奥室，人罕见其面。

岁余，忽有人至院随喜[20]，留斋而去。明日，持画芙蓉一幅来施，老尼张于素屏。王过见之，识为英笔，因询所自。院主曰："近日檀越[21]布施。"王问："檀越何姓名？今住甚处？以何为生？"曰："同县顾阿秀，兄弟以操舟为业，年来如意，人颇道其劫掠江湖间，未知诚然否。"王又问："亦尝往来此中乎？"曰："少到耳。"即默识之。乃援笔题于屏上曰：

> 少日风流张敞笔[22]，写生不数黄筌[23]。芙蓉画出最鲜妍。岂知娇艳色，翻抱死生冤！　粉绘凄凉疑幻质，只今流落谁怜！素屏寂寞伴枯禅。今生缘已断，愿结再生缘。

其词盖《临江仙》也。尼皆不晓其所谓。

一日，忽在城有郭庆春者，以他事至院，见画与题，悦其精致，买归为清玩。适

御史大夫高公纳麟退居姑苏，多慕书画，庆春以屏献之，公置于内馆，而未暇问其详。偶外间忽有人[24]卖草书四幅，公取观之，字格类怀素[25]而清劲不俗。公问："谁写？"其人对："是某学书。"公视其貌，非庸碌者，即询其乡里姓名，则蹙頞[26]对曰："英姓崔，字俊臣，世居真州，以父荫补永嘉尉，挈累[27]赴官，不自慎重，为舟人所图，沉英水中，家财妻妾，不复顾矣。幸幼时习水，潜泅波间，度既远，遂登岸投民家，而举体沾湿，了无[28]一钱在身。赖主翁善良，易以裳衣，待以酒食，赠以盘缠，遣之曰：'既遭寇劫，理合闻官，不敢奉留，恐相连累。'英遂问路出城，陈告于平江路[29]。今听候一年，杳无音耗，惟卖字以度日，非敢谓善书也，不意恶札，上彻钧览[30]。"公闻其语，深悯之，曰："子既如斯，付之无奈！且留吾西塾，训诸孙写字，不亦可乎？"英幸甚。公延入内馆，与饮。英忽见屏间芙蓉，泫然垂泪。公怪问之。曰："此舟中失物之一，英手笔也。何得在此？"又诵其词，复曰："英妻所作。"公曰："何以辨识？"曰："识其字画。且其词意有在，真拙妇所作无疑。"公曰："若然，当为子任捕盗之责。子姑秘之。"乃馆英于门下。

明日，密召庆春问之。庆春云："买自尼院。"公即使宛转诘尼："得于何人？谁所题咏？"数日报云："同县顾阿秀舍，院尼慧圆题。"公遣人说院主曰："夫人喜诵佛经，无人作伴，闻慧圆了悟[31]，今礼为师，愿勿却也。"院主不许。而慧圆闻之，深欲一出，或者可以藉此复仇，尼不能拒。公命舁至，俾夫人与之同寝处，暇日，问其家世之详。王饮泣，以实告，且白题芙蓉事，曰："盗不远矣，惟夫人转以告公，脱[32]得罪人，洗刷前耻，以下报夫君，则公之赐大矣！"而未知其夫之故在也。夫人以语公，且云其读书贞淑，决非小家女。公知为英妻无疑，属夫人善视之，略不与英言。公廉得顾居址出没之迹，然未敢轻动。惟使夫人阴劝王蓄发返初服。

又半年，进士薛理溥化为监察御史，按郡。溥化，高公旧日属吏。知其敏手也，具语溥化，掩捕之，敕牒[33]及家财尚在，惟不见王氏下落。穷讯之，则曰："诚欲留以配次男，不复防备，不期当年八月中秋逃去，莫知所往矣。"溥化遂置之于极典[34]，而以原赃给英。

英将辞公赴任，公曰："待与足下作媒，娶而后去，非晚也。"英谢曰："糟糠之妻，同贫贱久矣，今不幸流落他方，存亡未卜。且单身到彼，迟以岁月，万一天地垂怜，若其尚在，或冀伉俪之重谐耳。感公恩德，乃死不忘，别娶之言，非所愿也。"公凄然曰："足下高谊如此，天必有以相祐，吾安敢苦逼。但容奉饯，然后起程。"翌日，开宴，路官[35]及郡中名士毕集。公举杯告众曰："老夫今日为崔县尉了今生缘。"客莫喻。公使呼慧圆出，则英故妻也。夫妇相持大恸，不意复得相见于此。公备道其始末，且出芙蓉屏示客，方知公所云"了今生缘"，乃英妻词中句，而慧圆则英妻改字也。满座为之掩泣，叹公之盛德为不可及。公赠英奴婢各一，津遣[36]就道。

英任满，重过吴门，而公薨[37]矣。夫妇号哭，如丧其亲，就墓下建水陆斋[38]三昼夜以报而后去。王氏因此长斋念观音不辍。真之才士陆仲旸，作《画芙蓉屏歌》，以纪其事。因录以警世云：

画芙蓉，妾忍题屏风！屏间血泪如花红。败叶枯梢两萧索，断缣遗墨俱零落。去水奔流隔死生，孤身只影成飘泊。成飘泊，残骸向谁托？泉下游魂竟不归，图中艳姿浑似昨。浑似昨，妾心伤，那禁秋雨复秋霜！宁肯江湖逐舟子，甘从宝地礼医王[39]。医王本慈悯，慈悯怜群品。游魄愿提撕[40]，茕嫠[41]赖将引。芙蓉颜色娇，夫婿手亲描。花萎因折蒂，干死为伤苗。蕊干心尚苦，根朽恨难消。但道章台泣韩翃[42]，岂期甲帐遇文箫[43]。芙蓉良有意，芙蓉不可弃。幸得宝月[44]再团圆，相亲相爱莫相捐。谁人听我芙蓉篇？人间夫妇休反目[45]，看此芙蓉真可怜。

【注释】

①至正辛卯："至正"为元顺帝妥懽帖睦尔的年号，"至正辛卯"即至正十一年(1351)。

②真州：元至元十四年(1277)升为真州路，二十一年(1284)复为真州，隶属扬州路，辖境相当于今江苏仪征市等地。

③荫：荫庇。封建时代子孙因其父祖官爵而被封官称为"荫"。温州永嘉：治所在今浙江温州市。

④圌(chuí 垂)山：山名，古代佛教胜地之一。在今江苏镇江市东北，北濒长江，地势险要。

⑤尔：代词，你。

⑥睡沉：睡熟。

⑦双弯：指双脚。弯，此处用作量词，用于弯状物。

⑧钟梵之声：指寺院里的钟声和诵经声。

⑨绐(dài 带)：欺哄。

⑩箠(chuí 垂)：鞭打。

⑪舟：原作"州"，据清刊本校改。

⑫茭葑：菰根。泛指水草。

⑬同袍：指志同道合的人。语出《诗・秦风・无衣》："岂曰无衣，与子同袍。"

⑭被缁(zī 资)削发：穿黑衣，剃光头，指作僧尼的装扮。

⑮写染：用笔书写或描绘渲染，也即写字和绘画。

⑯期(jī 机)月：一整月。

⑰内典：佛教的典籍。

⑱白衣大士：佛教菩萨名。又称"白衣观音"。

⑲弗替：不变。替，改变。

⑳随喜：佛教名词，意为随自己的欢喜，也即游览寺院。

㉑檀越：佛教名词，指向寺院施舍财物、饮食的世俗信徒。

㉒少日：年少之时。张敞：西汉时大臣。杜陵(今陕西长安)人。初为太仆丞，后任京兆尹。曾为妻画眉，传为风流佳话。

㉓黄筌(约 903～965)：五代时画家。字要叔，成都(今四川成都)人。历仕前蜀、后蜀，官至检校户部尚书兼御史大夫。入宋，任太子左赞善大夫。擅画花鸟，多描绘异卉珍禽。善着色，勾勒精细，几乎不见笔迹，以轻色染成，谓之"写生"。

㉔卖：原作"买"，据清刊本校改。

㉕怀素(725～785)：唐僧人，书法家。本姓钱，字藏真，长沙(今湖南长沙)人。以狂草出名，

与张旭并称“颠张醉素”。

㉖蹙頞(cù è促扼):皱缩鼻梁,形容愁苦的样子。《孟子·梁惠王下》:“百姓闻王钟鼓之声,管龠之音,举疾首蹙頞而相告。”

㉗挈累:指带着家眷。

㉘了无:全无。

㉙平江路:元至元十三年(1276)升平江府为平江路,治所在今江苏苏州市,辖境相当于今江苏苏州、常熟、吴县、吴江、昆山、太仓等市和上海市嘉定区、宝山区。平江路隶属江浙行省。

㉚钧览:意即给您看。钧,旧时下级对上级的敬称。

㉛了悟:佛教谓认识内心的佛性,即明心见性。

㉜脱:副词,或者,也许,倘若。

㉝敕牒:任命官职的文书,也即委任状。

㉞极典:极刑,也即死刑。

㉟路官:指平江路的官员。

㊱津遣:资助遣送。

㊲薨(hōng哄):死的别称。周代称诸侯之死为薨,唐代称三品以上大官之死为薨。

㊳水陆斋:佛教法会的一种,又称“水陆道场”、“水陆法会”。诵经设斋,礼佛拜忏,以超度解救水陆亡灵。

㊴医王:医术极精的人。大多用以比喻诸佛或高僧等。《指月录》记载:“唐修雅法师,听讲《法华经》,歌师名医王,行佛令,来与众生治心病,能使迷者醒,狂者定,垢者净,邪者正,凡者圣。”

㊵提撕:教导,提醒。

㊶茕嫠(qióng lí琼梨):寡妇。

㊷章台泣韩翃:详见前唐许尧佐《柳氏传》。“安史之乱”中,唐诗人韩翃与宠姬柳氏失散,历经磨难,终得团聚。韩翃寄柳氏词中有“章台柳”之句,故“章台”指柳氏。韩瘢,一作“韩翊”。

㊸甲帐遇文箫:指唐代大和(827～835)末,书生文箫与仙女吴彩鸾相遇,并喜结良缘的故事。甲帐,原为汉武帝所造的帐幕。《汉武故事》:“上(指汉武帝)以琉璃珠玉、明月夜光杂错天下珍宝为甲帐,次为乙帐。甲以居神,乙以自居。”(引自《北堂书钞》卷一三二)仙女吴彩鸾所唱的“山歌”有句云“自有绣襦并甲帐”,这里“甲帐遇文箫”的“甲帐”,代指仙女吴彩鸾。

㊹宝月:明月。唐代鲍溶《怀惠明禅师》:“雪山世界此凉夜,宝月独照琉璃宫。”

㊺反目:夫妻不和。《易·小畜》:“夫妻反目。”

秋千会记

元大德二年戊戌[①],孛罗以故相齐国公子拜宣徽院使[②],奄都剌为佥判[③],东平王荣甫为经历[④],三家联住海子[⑤]桥西。

宣徽生自相门,穷极富贵,宅第宏丽,莫与为比。然读书能文,敬礼贤士,故时

誉翕然[6]称之。私居后有“杏园”一所，取“春色满园关不住，一枝红杏出墙来”[7]之意。花卉之奇，亭榭之好，冠于诸贵家。每年春，宣徽诸妹、诸女，邀院判、经历宅眷于园中设秋千之戏，盛陈饮宴，欢笑竟日。各家亦隔一日设馔。自二月末至清明后方罢，谓之“秋千会”。适枢密同佥[8]帖木尔不花子拜住过园外，闻笑声，于马上欠身望之，正见秋千竞蹴，欢哄方浓，潜于柳阴中窥之，睹诸女皆绝色，遂久不去，为阍者所觉，走报宣徽，索之，亡矣。

拜住归，具白于母。母解意，乃遣媒于宣徽家求亲。宣徽曰：“得非窥墙儿乎？吾正择婿，可遣来一观，若果佳，则当许也。”媒归报，同佥饰拜住以往。宣徽见其美少年，心稍喜，但未知其才学，试之曰：“尔喜观秋千，以此为题，《菩萨蛮》为调，赋南词一阕，能乎？”拜住挥笔，以国字[9]写之曰：

> 红绳画板柔荑指，东风燕子双双起。夸俊要争高，更将裙系牢。　牙床和困睡，一任金钗坠。推枕起来迟，纱窗月上时。

宣徽虽爱其敏捷，恐是预搆，或假手于人。因盛席待之，席间，再命作《满江红》咏莺。拜住拂拭剡藤[10]，用汉字书呈宣徽。宣徽喜曰：“得婿矣！”遂面许第三夫人女速哥失里为姻，且召夫人，并呼女出与拜住相见。他女亦于窗隙中窥之，私贺速哥失里曰：“可谓‘门阑多喜气，女婿近乘龙’[11]也。”择日遣聘，礼物之多，词翰之雅，喧传都下，以为盛事。拜住莺词附录于此：

> 嫩日舒晴，韶光[12]艳，碧天新霁。正桃腮半吐，莺声初试。孤枕乍闻弦索悄，曲屏时听笙簧细。爱绵蛮[13]、柔舌韵东风，愈娇媚。　幽梦醒，闲愁泥。残杏褪，重门闭。巧音芳韵，十分流丽。入柳穿花来又去，求好友，真无计。望上林[14]、何日得双栖？心迢递[15]。

既而同佥豪荡，簠簋不饬[16]，竟以墨败[17]，系御史台[18]狱，得疾囹圄[19]间，以大臣例，蒙疏放，回家医治[20]。未逾旬，竟尔不起。阖室[21]染疾，尽为一空，独拜住在，然冰消瓦解，财散人亡。宣徽将呼拜住回家教而养之，三夫人坚执不肯。盖宣徽内嬖虽多[22]，而三夫人者，独秉权专宠，见他姬女皆归富贵之门，独己婿家反凋敝如此，决意悔亲。速哥失里谏曰：“结亲即结义，一与订盟，终不可改。儿非不见诸姊妹家荣盛，心亦慕之，但寸丝为定，鬼神难欺，岂可以其贫贱而弃之乎？”父母不听，别议平章阔阔出[23]之子僧家奴，仪文[24]之盛，视昔有加。暨成婚，速哥失里行至中道，潜解脚纱缢于轿中，比至而死矣。夫人以其爱女舆回，悉倾嫁奁及夫家聘物殓之，暂寄清安僧寺。

拜住闻变，是夜私往哭之，且叩棺曰：“拜住在此。”忽棺中应曰：“可开柩，我活矣。”周视四隅，漆钉牢固，无由可启。乃谋于僧曰：“劳用力，开棺之罪，我一力承之，不以相累，当共分所有也。”僧素知其厚殓，亦萌利物之意，遂斧[25]其盖。女果活。彼此喜极。乃脱金钏及首饰之半谢僧，计其余尚直数万缗[26]。因托僧买漆整棺，不令事露。

拜住遂挈速哥失里走上都[27]。住一年，人无知者。所携丰厚，兼拜住又教蒙古

生数人，复有月俸，家道从容[28]。

不期宣徽出尹开平，下车之始，即求馆客[29]，而上都儒者绝少。或曰："近有士自大都[30]挈家寓此，亦色目人[31]，设帐民间，诚有学问。府君欲觅西宾[32]，惟此人为称。"亟召之，则拜住也。宣徽意其必流落死矣，而人物整然，怪之，问何以至此，且娶谁氏。拜住实告。宣徽不信，命舁至，则真速哥失里，一家惊动，且喜且悲。然犹恐其鬼假人形，幻惑年少，阴使人诣清安询僧，其言一同[33]。及发殡[34]，空椋而已。归以告宣徽，夫妇愧叹，待之愈厚，收为赘婿，终老其家。

拜住三子：长教化，仕至辽阳等处行中书省左丞[35]，早卒。次子忙古歹，幼子黑厮，俱为内怯薛[36]，带御器械。忙古歹先死，黑厮官至枢密院使[37]。天兵至燕[38]，顺帝[39]御清宁殿，集三宫后妃、皇太子，同议避兵。黑厮与丞相失列门哭谏曰："天下者，世祖[40]之天下也。当以死守。"不听。夜半，开建德门[41]而遁。黑厮随入沙漠，不知所终。

【注释】

①大德二年戊戌：即元成宗（铁穆耳）大德二年（1298），干支纪年为戊戌。

②故相：前宰相。"齐国公"即其封号。宣徽院使：官名，或称宣徽使，即宣徽院长官。宣徽院为元代官署名，掌供御食和宴享宾客等事。

③佥判：官名。元代宣徽院、宣政院、太医院、太常礼仪院均设有此官，其职为协理政务，总管文书工作。

④经历：官名。职掌衙门案牍和管辖吏员，处理官府日常公务。

⑤海子：北方口语称湖沼为"海子"。《元史·河渠志》："海子一名积水潭，聚西北诸泉之水，流行入都城而汇于此，汪洋如海，都人因名焉。"此处"海子"当指今北京市积水潭一带。

⑥翕（xī 西）然：一致地。翕，合，聚。

⑦"春色"二句：宋代诗人叶绍翁《游园不值》诗句。

⑧枢密同佥：即枢密院同佥。元代的枢密院，专掌边防、武官升转及宫廷禁卫等，权威极大。同佥是枢密院中地位较低的官员，位在知院、同知、副枢、佥院之下。

⑨国字：也称"国书"，元代的统治者以蒙文为国字。《元礼典》载："至元八年，颁行国字。"

⑩剡（shàn 扇）藤：用浙江剡溪出产的古藤所制的一种名贵的纸。唐代李肇《国史补》："纸则有越之剡藤、苔笺。"

⑪"门阑"二句：杜甫《李监宅二首》之一的诗句。乘龙，典出《楚国先贤传》：汉代孙隽和李元礼都娶了太尉桓焉的女儿，当时人说，桓焉的两个女儿俱乘龙，意谓都得了贵婿。

⑫韶光：美好的时光。这里指春光。

⑬绵蛮：鸟鸣声。《诗·小雅·绵蛮》："绵蛮黄鸟，止于丘阿。"

⑭上林：即上林苑，古宫苑名。

⑮迢递：遥远的样子。这里意为悠悠不尽。

⑯簠簋（fǔ guǐ 府鬼）不饬：古代对官吏贪污行为的婉词。饬，亦作"饰"，整齐。簠、簋，都是古代放祭品的器物。班固《汉书·贾谊传》载："古者大臣有坐不廉而废者，不谓不廉，曰'簠簋不饰'。"

⑰墨败：因贪污而遭处罚。《左传·昭公十四年》："贪以败官为墨。"杜预注："墨，不洁

之称。"

⑱御史台:官署名,掌纠察百官善恶、政治得失。被弹劾的官吏常发交御史台审讯,故御史台也附设监狱,以拘禁犯罪的官吏。

⑲囹圄(yǔ 宇):监狱。

⑳"以大臣例"三句:元朝的法律规定,大臣在狱中生病,可暂时释放回家治疗。

㉑阖室:全家。

㉒内嬖(bì 毕):宠妾。嬖,宠爱,宠幸。

㉓阔阔出(? ～1313):元世祖忽必烈第八子。封宁远王,元成宗时任平章事,总管军事。元武宗至大三年(1310),以谋叛罪下狱。后得释,徙于高丽。仁宗即位,赦归本部。

㉔仪文:礼仪形式。

㉕斧:这里用作动词,即用斧头撬开。

㉖直:通"值",价值相当于。缗:穿钱的绳子。钱一千文为一缗,故也用作货币的计算单位。

㉗上都:元世祖忽必烈营建城郭宫室于滦水北。中统元年(1260)即帝位于此,称"开平府"。中统四年(1263)加号上都。故址在今内蒙古自治区正蓝旗东闪电河北岸。下文"开平"同此。

㉘从容:这里作"宽裕"解释。

㉙馆客:指塾师。

㉚大都:元都城。忽必烈至元四年(1267)在金中都城东北另筑新城,至元九年(1272)改称大都。故址在今北京市。

㉛色目人:元朝对西北各族、西域以至欧洲来华各族人的概称,简称"色目"。元朝统治者将统治下的人民分为蒙古人、色目人、汉人、南人四等,蒙古人地位最高,色目人的待遇略低于蒙古人,但优于汉人和南人。

㉜西宾:旧时对家塾教师或幕友的敬称。

㉝一同:相同。

㉞发殡:指打开未葬的棺木。

㉟行中书省左丞:元代在中央设置中书省外,又在各路设置行中书省,掌国庶务,统郡县,镇边鄙等。中书省和行中书省均设左右丞,为省的副长官。

㊱怯薛:蒙古语,犹言番直宿卫,蒙古成吉思汗时设置的宿卫军。内怯薛,指宫廷宿卫军。

㊲枢密院使:枢密院的长官。

㊳天兵:旧谓秉承天意之兵,这里指明兵。燕:指燕京,即今北京。

㊴顺帝:元末代皇帝妥懽帖睦尔(1320～1370)。

㊵世祖:元代的建立者忽必烈(1215～1294)。

㊶建德门:元代大都的城门之一,即今北京市德胜门。

贾云华还魂记

魏鹏,字寓言。其先巨鹿[①]人。九世祖飞卿,宋高宗朝,仕至御史中丞[②],以论秦桧误国,贬襄阳令[③],死葬白马山[④],子孙遂留居焉。宗族蕃衍[⑤],富拟封君[⑥],迨元朝尤盛。鹏父巫臣,延祐[⑦]初,参政江浙行省[⑧],生鹏于公廨[⑨],而父卒。母郢国萧

夫人[10]携鹏暨二兄鹫、鹭，扶榇归襄阳。

魏生五岁通五经[11]，七岁能属文，肌肤莹然，眉目如画，乡里以神童称之。至正[12]间，累举不偶[13]，深置恨焉，尝曰："大丈夫当唾手以取功名，而一第乃不可得耶！"因抚几长叹。萧夫人闻之，恐其悒郁成疾，遂命之曰："钱塘，汝父故治也。凡此时名师夙儒，多前日门生故吏，汝往请业，庶或有成。矧东南大藩[14]，山水奇胜，可以开豁心胸，吟咏情性。汝其行哉，毋事一室。"乃于怀中出书一缄付之曰："到彼读书之暇，当往访故贾平章钧眷邢国莫夫人[15]，以此呈之，议汝姻事。吾自有说，慎勿妄开也。"生退，私启其封，始知己未生时，母氏与彼有指腹之约，不胜忻喜，促驾而行。郢国书词，附录如左：

懿恭敛衽再拜，奉书邢国太夫人几前：懿恭阔别十五年，远隔数千里，各天一所，杳不相闻。缅想穹祇[16]协相，茵鼎[17]善调，喜溢门阑，福臻闺闱，健羡何可胜言！如懿恭者，既失所天[18]，苟存贞节，一家长幼，处此粗安，无足为太夫人道。第念先平章于先夫参政，官虽僚友，情则弟兄；妾荷夫人视同姊妹，始因有妊，各发誓言。夫人尝举汉光武、贾复[19]故事，指妾腹而言曰："生子耶，我女嫁之；生女耶，我子娶之。"厥后神启其衷，天作之配，庆门诞瓦[20]，寒舍得雄。不幸未期，夫君薨逝，妾提挈诸孤，扶柩归殡，山遥水远，无地相逢。今者，幼儿已冠，贤女谅亦及笄，苟未订盟，愿如夙誓。故敢冒昧贡书，布兹悃款，仍令此子亲赍奉闻。倘到阶庭，希垂顾盼，伫聆金诺，拱俟报音。会晤未期，临缄於悒。不具。

生奉命，翌旦戒行[21]，逾两月抵杭，僦居于北关门边妪家。妪善延纳[22]，生颇安之。越数日，舍馆既定，乃渐出游，访问故人无一在者。惟见湖山佳丽，清景满前，车马喧哄，笙歌盈耳。生乃赋《满庭芳》词一阕，以纪其胜，因题于寓舍纸窗之上。词云：

天下雄蕃[23]，浙江名郡，自来惟说钱塘。水清山秀，人物异寻常。多少朱门甲第，闹丛里，争沸丝簧[24]。少年客，谩携绿绮[25]，到处鼓求凰。　　徘徊应自笑，功名未就，红叶谁将[26]？且不须惆怅，柳嫩花芳。闻道蓝桥路近，愿今生一饮琼浆。那时节，云英觑了，欢喜杀裴航[27]。

偶边妪见之，问曰："斯作郎君所缀[28]乎？"生未答。妪曰："郎君岂以老妇为不知音也耶？大凡乐府[29]，酝藉[30]为先。此词虽佳，尚欠妩媚[31]，欧、晏、秦、黄[32]，殆不如是。"生闻之，乃大惊，因致谢曰："浅陋之言，献笑多矣。"因诹[33]妪出处，方知为达睦丞相[34]宠姬，丞相薨，出嫁民间，今老矣，通诗书，晓音律，喜笑谈，善刺绣，多往来达官家，为女子师，皆呼为边孺人[35]。生曰："然则丞相政与先公大参及贾平章为同辈人矣[36]。"妪骇曰："郎君岂魏参政子乎？"生曰："然。"妪曰："真韩子所谓称其佳儿者也[37]。"因出杯款生，生乃得备询参政旧日僚寀[38]。妪曰："俱无矣，惟贾氏一门在此耳。"生曰："老母有书奉达于彼，敢托为之先容[39]。"妪许诺。生又问："平章弃禄[40]数年，今有谁在？生事若何[41]？"妪曰："平章一子名麟，字灵昭。一女名娉娉，字云

华，母梦孔雀衔牡丹蕊置怀中而生。语颜色则若桃花之映春水，论态度则似流云之迎晓日。十指削纤纤之玉，双鬟绾[42]袅袅之丝。填词度曲，李易安[43]难继后尘；织锦绣图，苏若兰[44]讵容独步！邢国钟爱之，俾从余讲学，余自以为弗如也。且夫人勤励，治产有方，珠履玳簪[45]，不减昔时之丰盛；钟鸣鼎食，宛如向日之繁华。"生闻之，知其必指腹之人也，急欲一往，会妪病目，弗能前，遂止。夫人讶妪久不来，乃遣婢春鸿往妪家问焉。时妪目愈，欲生偕行，值生偶出，妪乃先随鸿往，诣夫人谢，且道魏生母寄书事。邢国骇愕曰："政尔念之，今焉至此？亟为我召来，勿缓也！"春鸿承命，复至请生，生便同行。既及门，鸿先入。俄而二青衣导生至重堂，即东阶少[46]立。邢国服命[47]服出，坐堂中。生再拜。夫人曰："魏郎几时来耶？"生曰："数日耳。"命坐于西桯[48]前钿椅上。茶罢，夫人曰："记得别时，尚在襁褓，今长成若是矣！"慰劳甚至，且问萧夫人暨莺、鸾安否。生答以"幸俱无恙"。夫人为生道旧，如在目前，但不及指腹誓姻之说。生疑之，乃顾随来老仆青山解囊，取母书投上。夫人拆封观毕，纳诸袖中，亦不发言。顷间，一童子出，娟娟[49]如琼瑶。夫人命拜生。生答拜。夫人曰："小儿子也，当教之，乃答礼耶！"复命侍妾秋蟾曰："召娉娉来。"须臾，边妪领二丫鬟拥一女子从绣幕后冉冉而至，面生前展拜。生逡巡欲起避，夫人曰："无妨，小女子也。"拜毕，退立于夫人座右。边妪亦侍座于隅。生窃窥娉娉，真国色也，虽西施、洛神，未可优劣。生见后，魂神飞越，色动心驰，恐夫人觉之，即起辞出。夫人曰："先平章视先参政犹骨肉，尊堂亦视老身如娣妹。自二父云亡[50]，两家阔别，鱼沉雁杳[51]，音耗不闻，本谓此生无复再见，岂意馀年[52]得睹英妙，老怀喜慰，何可胜言！郎君乃尔寡情耶？"生揖返席，不复敢辞。邢国目娉入，意若使治具[53]然。于时开宴，水陆毕陈。夫人亲酌饮生，生跪受而饮。既而命麟与娉娉更劝迭进。娉酒至，生辞以"乍出远方，久疏麴蘖[54]，今不胜杯杓矣"。娉娉捧杯再拜，生欲熟视之，固辞不敢先饮。夫人曰："郎君年长于汝，自今以后，既是通家[55]，当为兄妹，汝宜跪劝。"娉遂跪，生苍皇遽接，一吸而尽。娉娉收杯，至夫人前，沥[56]余酒于案曰："兄饮未嚼[57]，更告一杯可乎？"夫人笑曰："才为兄妹，便钟友爱之情，郎君岂得戛然[58]乎？"边妪亦从旁相劝，生乃尽饮。夫人复让[59]边妪曰："郎君既舍[60]汝家，乃不早以见告，当满进一觥。"妪笑而饮。宴罢，告归。夫人曰："郎君毋还邸中，只在寒舍安下。"生略辞。夫人曰："贫家寂寥，愿勿嫌也。"即呼家仆脱欢、小苍头宜童，引生于前堂外东厢房止宿。生入门，但见屏帏床褥，书几盥盆，笔砚琴棋，靡一不备。妪家行李亦已在焉。生既得定居，复遇绝色，且惊且喜，睡不能成，因赋《风入松》一阕，乘醉书于粉壁之上。词云：

碧城十二瞰湖边，山水更清妍。此邦自古繁华地，风光好，终日歌弦。苏小宅边桃李[61]，坡公堤[62]上人烟。　绮窗罗幕锁婵娟，咫尺远如天。红娘不寄张生信，西厢事，只恐虚传。怎及青铜明镜，铸来便得团圆！

是夕，娉娉反[63]室，亦厚属生，因呼侍女朱樱曰："魏兄卧否？"樱曰："弗知也。"娉语之曰："汝往厢房窥之。"去良久，反命云："郎君微吟，烛下若有深思，既而取笔

题数行于壁间，妾谛视之，乃《风入松》词也。”娉曰：“汝记忆乎？”樱曰：“已记之矣。”遂口占一过。娉便濡毫，展双鸾霞笺，次其韵[64]，顷刻而就，封缄付樱曰：“明晨汝奉汤[65]与郎君盥面时，以此授之。”樱收于囊。次日黎明，如教而往。生盥沃竟，樱出缄，谓生曰：“娉小娘致意郎君，有书奉达。”生荒忙[66]取视之，乃和生所赋壁间《风入松》。词云：

玉人家在汉江边，才貌及春妍。天教分付风流态，风才调，会管能弦。文采胸中星斗，词华笔底云烟。　　蓝田新产璧娟娟，日暖绚晴天。广寒宫阙应须到，霓裳曲，一笑亲传。好向嫦娥借问，冰轮怎不教圆？

生读之数过，不忍释手，知娉之赋情特甚也，遂珍藏于书笈[67]中。方欲细询娉情性，而夫人已遣宜童召生矣。生偕童入。夫人见生来，迎谓生曰：“郎君奉命萱堂[68]，远来游学，不可虚度光阴，玩时废日。此中有大儒何先生者，及门之士，常数百人。郎君如从之游，必有进益。贽见之礼[69]，吾已办矣。”食罢，请行。生睹娉后，万念俱灰，不求闻达[70]，惟云华是念，不虞夫人之逼令就学也，黾勉[71]应承，然亦不数数[72]往也。因念夫人虽甚见爱，而挂口不及姻事，且令与娉认为兄妹，盖有可疑，而无从质问。乃潜诣伍相[73]祠祈梦，得神报云：“洒雪堂中人再世，月中方得见姮娥。”既觉，莫晓所谓，但私识[74]之。

一日，偶与朋友游西湖。娉伺生不在，携侍姬兰苕潜至其室，遍阅简牍，见有《娇红记》[75]一册，笑谓苕曰：“郎君观此书，得毋坏心术乎？”因戏题绝句二首于生卧屏上。诗曰：

净几明窗绝点尘，圣贤长日与相亲，
文房潇洒无余物，惟有牙签伴玉人[76]。

花柳芳菲二月时，名园剩有牡丹枝，
风流杜牧还知否？莫遣寻春去较迟[77]。

抵暮，生归，见诗，知为娉作，深悔一出，不得相见。乃赓其韵[78]，用赵松雪体行楷[79]，书于花笺以答娉。诗曰：

冰肌玉骨出风尘，隔水盈盈不可亲。
留下数联珠与玉，凭将分付有情人。

小桃才到试花时，不放深红便满枝。
只为易开还易谢，东君有意故教迟。

写毕，无便寄去，踌躇间，忽春鸿来，谓生曰：“夫人闻郎君西湖归，惧为酒困，遣妾持武夷小龙团茶[80]奉饮。”生喜甚，即啜一瓯[81]。因移身逼鸿坐，笑语鸿曰：“娉娉既视我为兄，汝何惜暂为吾妇。”鸿变色曰：“夫人理家严肃，婢妾只任使令，岂敢荐枕于君，以污清德！”生曰：“东园桃李，片时春也。何害？”遂与鸿狎。且谓鸿曰：“吾有一简奉娉娉，能为我持去否？”鸿曰：“敢不承命，当亟递去。”鸿入，遇娉茶堂中，即以与之。娉急置于怀，嘱鸿勿泄。返室观之，乃和其绝句二首，读罢叹曰：“清楚流

丽[82]，类其为人。”言未已，闻夫人呼曰：“有客。”娉趋出，乃外兄莫有壬也，自藁城来省[83]。邢国因设宴待之，生亦与坐。夫人以久别有壬，且悲且喜，姑侄劝酬，不觉至醉，兼之有壬远来，驱驰鞍马，困惫不任酒，急欲休息，苦告夫人，夫人乃令脱欢扶掖至礼宾堂之南小斋内歇卧。生亦随出，独立于重堂。无何[84]，夫人亦眩晕，思卧，乃先就榻。惟娉娉率诸婢收拾器皿，锁闭门户。朱樱持烛，伴娉出重堂巡逻，见生孤立，惊曰：“兄未寝乎？何此延伫？”生告以渴甚，求浆弗能得。娉即令樱入厨中取茶，因代樱执烛置案上。烛为风烁，蜡液泪流，娉以金剪剪之曰：“汝亦风流乎？”生曰：“子不闻李义山[85]诗云：‘春蚕到死丝方尽，蜡烛成灰泪始干。’”娉曰：“义山浪子耳，何眷恋之深耶？”生曰：“人同此心，心同此欲，乌可以此病[86]义山乎？”娉曰：“然则兄亦义山之流亚[87]矣。”生曰：“风情幽思，自谓过之。”娉曰：“若兄之言，真风流酝藉之士也。但佳句云劳心者，果劳何事？不知商隐亦有是乎？”生曰：“室迩人遐故也。”娉不答，指壁上琴曰：“兄善是耶？”生曰：“幼耽此技，小姐闻亦能之。”娉曰：“谩寄指耳，敢言能乎？”俄朱樱捧茶至，娉起，递与生。生谢曰：“何烦郑重[88]？”娉曰：“爱亲[89]敬兄，礼宜如是。”生将促席与言，娉遽敛身曰：“今夕夜深，兄宜返室，来宵有便，当诣听琴，幸无他往也。”各道万福而退[90]。

次日，夫人中酒不能起。薄暮，娉偷至厢房。生政悬望，伫俟阶前。陡见娉来，喜心翻倒，即拥娉入。坐定，生拂几焚香，解锦囊出天风环珮琴[91]，请娉弹。娉羞涩固辞。生于是转轸[92]调弦，鼓《关雎》[93]一曲以感动之。娉曰：“吟揉绰注[94]，一一皆精，但惜取声太巧，下指略轻耳。”生甚服其言，必欲观娉之指法，请之不已，娉乃命朱樱取琴，放己前琅玕石桌上，操《雉朝飞》[95]一调以答生。生曰：“佳哉指法，但此曲未免淫艳之声多。”娉曰：“无妻之人，其词哀苦，其声凄怨，何淫艳之有？”生曰：“自非牧犊子妻，安能造此妙乎？”娉无言，惟微哂而已。是夕谈话稍款，言情颇深。值夫人睡觉[96]，呼娉索人参汤，娉惶恐走去。生茫然自失，魂魄俱丧，面若死灰，大失所望。因枕上赋《如梦令》一词自悼。词云：

> 明月好风良夜，梦到楚王台下[97]。云薄雨难成，佳会又为虚话。误也，误也，青著眼儿干罢！

平旦[98]，生起，整衣冠，趋夫人阁，问安否。出至重堂，转从堂后，循曲巷，欲造娉室，迷路而回，至清凝阁前少憩。时娉政坐阁中，低鬟束双弯，着绣鞋。生即屏身户外，窥于隙间，为娉小婢福福见之，报于娉。娉大愤，将起白夫人。生惶恐，告娉曰：“向于夫人处问安，路迷至此，兄妹之情，宁忍见窘？”娉曰：“男子无故不入中堂，况可直造人家闺阁乎？今且恕兄，后勿再至。”生连揖不已。娉曰：“聊恐兄耳，毋劳深谢！”因指阁前灵清小瓦盆养瑞香[99]一株，命福福云：“送去兄卧房中，为幽人之伴。”生曰：“得此一枝，当贮诸金屋[100]。”娉笑而颔之。福遂捧花送生出。生知福乃娉之亲随，即探囊中金数星与之，冀其传递简帖，潜通殷勤。福拜而受之，自此得其用矣。

然生自离家之后，两月有余，寒食初过，清明又到。夫人备酒肴，召邻曲[101]及边

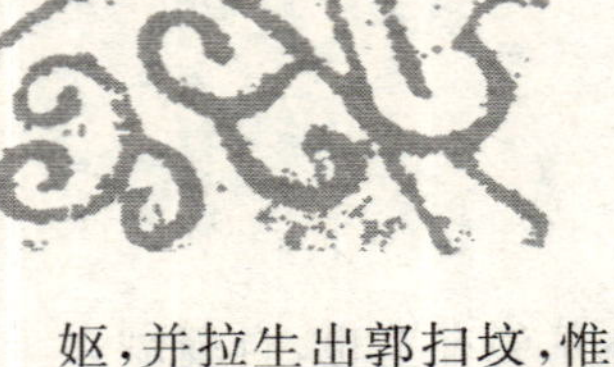

妪，并拉生出郭扫坟，惟娉娉以小疾新愈，不得偕行。生觇知娉不去，乃佯出。夫人留之。生曰："适何先生遣人见呼，不敢不去，弗及拜平章神道[102]，意甚缺然。"夫人曰："'先生召无诺'[103]，宜速往也。"生去，夫人亦登舆，举家毕从，惟留福福及小女使兰苕伴娉。生度夫人行远，徐徐而归，至重堂，门闭不得入，徘徊庑下[104]。福福闻人履声，谓是客至，启门问之，乃生也。生急持福裾，问娉所在，欲见之。福曰："小姐敏慧聪明，知书识礼，持身谨慎，不离闺房，贞静幽闲，凛不可犯。妾不敢冒昧导君，唐突西子[105]！"生曰："吾之遇汝，自谓有缘，虽张珙之红娘，不啻过也。今汝乃有是言，余之觖望[106]甚矣！"福沉吟半饷[107]曰："彼虽以礼自持，然幽情颇切，吾尝见其临镜自照，回顾妾曰：'我何如月中之姮娥也？'妾复之曰：'不已夸乎？'彼乃曰：'姮娥[108]虽貌美，叵耐[109]只孤眠！'由是观之，可以情乱也。"生曰："为今之计，将若之何？"福曰："妾有吴绫[110]手帕，郎君试为情诗染其上，我当持与之观。郎君轻步踵妾后窥之，彼若动心，事谐必矣。"生欣然握管，题以付之。诗曰：

绞绡[111]原自出龙宫，长在佳人玉手中。
留待洞房花烛夜，海棠枝上拭新红。

福袖帕入，生尾福后，至柏泛堂，娉方倚槛，玩庭前新柳曰："绿阴如许矣！"因诵稼轩[112]词云："莫去倚危阑，斜阳正在，烟柳断肠处。"生遽前，抚其背曰："断肠何所为乎？"娉惊曰："狂生又至此耶！"生曰："韩寿窃香，相如涤器[113]，狂者固如是乎？"娉乃命福取茶，福佯堕手帕于地。娉拾而观之，见诗怒曰："此必兄所为，小妮子何敢无忌惮如是！吾将持以白夫人。"生愧谢再三，继之以跪。娉因回颜一莞[114]，收置怀中曰："毋多言，姑此共坐，少叙半饷之欢，倘老母来归，则无及矣。"生大喜，就坐。娉呼福出佳肴荐酒，亲持金荷叶杯，酌以劝生。生辞不饮。娉固劝，生谢曰："此意良已勤，政昔人所谓，虽吃椎子[115]亦醉，不烦酒。"略饮数杯，因命撤去，娉从之。生乃促席与娉联坐，语娉曰："我奉命慈亲，为此姻事，艰难水陆，千里远来，今夫人了无一语道及前盟，必有他谋，事恐中变，命为兄妹，其意可知。子复漠然，路人相视，殊无聊赖[116]。久拟赋归，但以未与子言，故迟迟不决耳。今幸相逢，难期再会，余之心事，子既知之，谐与不谐，明以见告，毋徒使我为周南留滞[117]之客也。"娉闻之，抚髀叹曰："余岂木石人哉！兄之此言，岂知我者！妾自遇兄来，忘飧废事，心动神疲，夜寐夙兴，惟君子是念。愿以葑菲[118]，得侍房帷，偕老百年，乃深幸也。第恐天不与人方便，不能善始令终，张珙、申纯[119]，足为明鉴。兄如不弃菅蒯[120]，妾可永执箕帚。毋轻一举，当计万全。"生曰："若待六礼告成，则余墓草宿矣[121]。子其怜之，毋吝今夕！"娉未及对，而兰苕报夫人回矣。生苍忙趋出。是日，三月丙午[122]也。

丁未清晨，生入谒。夫人曰："昨因祭扫，就过湖上诸寺一行，佳景满前，令人应接不暇，所惜者寓言不在耳。"生唯唯而退。至中堂侧门，与娉相遇，侍妾森然，前遮后拥，彼此注视，莫交一言。生归室闷闷，因诵崔颢《黄鹤楼》[123]诗云："日暮乡关何处是，烟波江上使人愁。"适娉经窗外，闻之，因穴窗呼生曰："男儿何怀土之切乎？"生曰："事属参差，终不能就，处此无益，莫如归休。"娉曰："少顷，当令福福诣君。"言

讫而去。早饭罢，福果来，谓生曰："娉小娘有简奉君。"生拆而观之，乃诗一首云：

春光九十恐无多，如此良宵莫浪过。

寄语风流攀桂客[124]，直教今夕见姮娥。

读毕，生喜不自制，颙颙然[125]视日之斜，汲汲然[126]望夜之至。岂期向午，生之友人金在镕来，拉生过平康[127]。生以他事拒之，金固不许，不得已，乃与同行。至彼，妓有秀梅者，颇晓诗词，素慕才俊，见生洒落[128]，劝以巨觥，金又与轰饮[129]。生意不在酒，为二人所困，痛醉而归，展紫丝缛，卧于房前石阑干侧地上。迨暮月明，夫人睡熟，娉乘便赴约，不意生酣寝，酒气逼人，呼之不应，乃怅然行于阶下，徐入生室，取宣毫，写绝句一首于生练裙上，投笔而去。诗曰：

暮雨朝云少定踪，空劳神女下巫峰。

襄王自是无情者，醉卧月明花影中。

五更天明，生酒亦醒，起步花阴，但见落红沾袖，坠露湿衣，追省娉期，滂然流泪。正郁郁间，忽风吹生衣裾，裾翻字见，生举视之，乃七言绝句，娉所染也。因大怅恨，失此良会，为人所误，深负娉期。因剪下裙幅，装潢成轴，悬于壁间。仍赓原韵，缄以寄娉。诗曰：

飘飘浪迹与萍踪，误入蓬莱第几峰。

凡骨未仙尘俗在，罡风吹落醉乡中。

诗后复有一词，名《忆秦娥》云：

春萧索，可怜更负佳人约！佳人约，今番准定，莫教违却。　　世间虽有相思药，应知难疗身如削。身如削，盈盈珠泪，夜深偷落。

一日，忽闻夫人唤春鸿云："平章忌辰在迩，合照常规，汝可往西邻靖恭姚长者家[130]，问几时建金山佛会，亦欲附荐平章，以邀冥福[131]。"鸿少选返命云："只在此月二十五日为始，适届忌辰，凡三昼夜，若欲与建善功，必须严斋戒，至日，请诣法筵[132]，炷香礼佛，竣事方归。"至期，夫人分付娉家事毕，乃往姚宅。娉与生俱送及门，因得同行入内，经过生卧房前，生苦邀入，欲赋高唐。娉恳辞曰："蒲柳贱躯，敢自吝惜？但今白昼，仆妾众多，若交接之顷，云雨方浓，妾于此时，如醉如梦，能保无他虞[133]乎？莫若少待，今宵兄宜亲即妾所，妾当明烛启门，焚香迎候。"生深然之。至暮，娉戒诸奴仆曰："夫人偶不在家，汝等各宜早歇，男仆不许擅入中门，女仆亦须不离内寝，毋得辄便私相往来。"众皆拱听，莫敢不遵。人既定，生乃寻向路，由柏泛堂后，转过横楼西，适有两巷相联，莫知何者可达，狐疑未决。忽风送好香一炷，逆鼻而来，生心喜曰："娉不远矣。"径趋右巷，巷穷，果得娉寝。但见绿窗半启，绛烛高烧。娉上服紫罗衫，下着翠文裙，自拈生龙脑于金雀尾炉中焚之，香烟缥缈，烛影晶荧。骤得见娉，疑与仙遇。娉笑曰："巨卿[134]信人也。"出户迎生，延入室内，室中安墨漆罗钿屏风床，红罗圈金杂彩绣帐，床左有一般红矮几，几上盛绣鞋二双，弯弯如莲瓣，仍以锦帕覆之。右有铜丝梅花笼，悬收香鸟[135]一只，余外无长物[136]。房前宽阔仅丈许，东壁挂《二乔并肩图》[137]，西壁挂《美人梳头歌》，壁下二犀皮桌相对，一放笔砚文房具，一放妆奁梳掠具。小花瓶插海棠一枝，花笺数番，玉镇纸一枚。对房则藕丝吊窗，窗下作船轩，轩外缭以彩墙，墙内叠石为台，台上牡丹数本[138]，四傍佳花异草，丛错相间。距台二尺许，砖甃[139]一方池，池中金鱼数十尾，护阶草笼罩其上。生未暇遍观，即携娉就寝。娉乃取白绒软帕付生曰："兄诗验矣，可谓'海棠枝上拭新红'也。"生笑为娉解衣，共入帐中。娉低声告生曰："妾幼处深闺，未谙情事，媾欢之际，第恐弗胜，兄若见怜，不为已甚。"生曰："姑且试之，庶几他日见惯。"岂期娉之身体纤柔，腰肢颤掉，花心才折，桃浪已翻，羞赧呻吟，如不堪处；而生蜂锁蝶恋，未肯即休，直至兴阑，将过夜半。生起，持帕剪烛观之，仍与娉使藏焉，留为后日之验。娉曰："贱妾陋躯，为兄所破，静言思之，有觍面目！伉俪之约，兄善图之，毋使妾为章台之柳则幸矣[140]。不然，当坠楼赴水，以死谢兄，断不能学世俗之人，背盟他适，以负所天[141]。"生曰："我为男子，岂不能谋一妇人？况有夙缘，不必过为之虑。"乃于枕上口占《唐多令》一阕以赠娉。词云：

> 深院锁幽芳，三星[142]照洞房。蓦然间，得效鸾凤。烛下诉情犹未了，开绣帐，解衣裳。　新柳未舒黄，枝柔那耐霜？耳畔低声频付嘱：偕老事，好商量。

娉亦依韵，和以酬生：

> 少小惜红芳，文君在绣房。马相如、赋就求凰。此夕偶谐云雨事，桃浪起，湿衣裳。　从此褪蜂黄，芙蓉愁见霜！海誓山盟休忘却，两下里，细思量。

自此，往来频数，无夕不欢，虽连理之柯、比翼之鸟[143]，奚以过也。何期光阴易失，乐极悲来，夏暑将残，秋风又动，忽收萧夫人及二兄书，取生回，应乡试。生得书悒怏，不遣娉知，然言动之间，屡有嗟叹之意。娉察知之，生不获隐，出母书示之，彼此流涕。未数日，生二兄又遣一仆海仙，驰书奉邢国夫人，使促生早还。夫人启缄读毕，令人召生至，以母书示之，且谓生曰："尊夫人相念之深，二令兄促归亦急，且欲同应秋科[144]，实人间快事。老身虽不忍遽舍郎君，然母命兄书，安可违越。所愿桂枝高折，早占鳌头，侧耳捷音，与有荣耀。瓜期未及[145]，拱候再来。"遂备办行装，送生上路。娉时侍夫人座侧，闻知此言，泪落如注，即起入内。其夜，伺夫人睡静，乃潜出别生，相视饮泣，遂谓生曰："政尔欢娱，乃有远别！天耶人耶，何至此极也！"生曰："我为母兄所逼，且只暂归，三两月间，再图相见。子第宽心，保摄眠食，勿为无益之悲，徒损倾城之貌。"娉掩泣曰："兄途中谨慎，早早到家，有便再来，勿为长往。妾丑陋之身，乃兄所有，倘念幺麽[146]，不我遐弃[147]，虽死之日，犹生之年。"乃面生再拜曰："只此别兄，明日不能出矣。"生亦哽咽，目送娉退。次早，娉又遣福福叩门，持手简，送鸦青纻丝履一双，绫袜一辆[148]赠生。简云：

> 薄命妾娉再拜，白寓言兄前：娉薄命，不得奉侍左右。为久计，今马首欲东[149]，无可相赆[150]，手制粗鞋一双，绫袜一辆，聊表微意，庶步武所至，犹妾之在足下也。悠悠心事，书不尽言，伏楮缄词，涕泪交下！不具。

生览毕，惟堕泪而已，遂收拾锁于书笈。既登途，凡道中风晨月夕，水色山光，睹景

怀人，只增悲惋。

及抵家，已迫槐黄[151]矣。遂偕二兄往就试，鹭、鸾失利，惟鹏领高荐而归。贺客填门，杂遝数月。迨冬末，同年促上礼闱[152]，生方欲托病不赴，图为杭游，以践夙约，而母与二兄之弗容，府尹、县侯之敦遣，不获已，黾勉而行，期在下第，庶得即归，讵意青钱万选万中[153]，会闱[154]揭晓，名次群英，廷试又在甲榜[155]，擢应奉翰林，文字才名日起，藉甚当时，虞、揭诸公皆加爱重[156]。生虽居清要[157]，而心念云华，未尝暂舍，因求外补。明年正月，得江浙儒学副提举[158]，政惬所愿，遂不归襄汉，径赴钱塘。需次待缺[159]，首具袍笏[160]，诣贾氏，拜夫人。夫人见生来，喜色溢面，劳之曰："且审金榜题名，文台[161]列职，平生之愿，一日尽酬。第恨灵昭年幼，未历江湖[162]，老病孱躯[163]，不能远涉，无由造贺，作庆尊堂为愧耳。"生谢曰："末学[164]荒疏，谬登科目，续貂[165]之诮，有愧于中[166]。然自别门下，两载光阴，令女贤郎，安否何似？辄敢请见，少慰下怀。"夫人曰："小儿读书郡学，半月一回；丑女在家，寻当上谒。"遂命秋蟾召娉。须臾出见，流盼[167]睨生，悲喜交集。夫人置酒，边妪亦来。邢国举杯致贺，生毕饮。复命娉曰："魏兄高第显官，人间盛事！汝既在妹列，岂可无一杯致贺乎？"娉再拜领命，乃酌酒劝生，生复酬娉。母女极欢而罢。既暮，辞出。夫人曰："幸未上官，免寻邸舍，吾家旧寓，谨以相延。"生且谢且辞，退就寝室，风物依然，一榻如故，因赋律诗一首题于壁，以纪重来。诗曰：

不到仙家两载余，竹窗幽户尚如初。
梁悬徐孺[168]前时榻，壁写崔生[169]昔日书。
花柳谩为新态度，江山不改旧规模。
未知当日桓温幕，还有风流此客无[170]？

次日，生出谒。夫人虑生寓所器物不备，或乏人使令，乃呼娉侍行，过彼点检。及至，凡百所需，悉已完具，宜童复专供役，盖娉已宿戒之矣，而夫人弗知也。周视间，忽见生壁上新题，读之数过，称赏不已，且顾娉曰："才子！才子！"又云："此人器量弘深，学问该博[171]，聪明敏捷，少有比伦，不出十年，须当远到，提举未足以淹也。女子识之。"夫人素有藻鉴[172]，慎许可；娉见母誉生如此，愈加爱重。由是夜往晨回，倾情倒意，虽接翼之鸾凤，交颈之鸳鸯，未足以喻其和协也。夫何情爱所迷，殊无顾忌，朝欢暮乐，婢妾皆知，所未觉者，惟邢国一人而已。

或日，春鸿与兰苕于清凝阁前闲坐，分食泉州凤饼香茶。娉偶过见之，默然不乐。私念此茶夫人物也，惟已尝窃数饼与生，计必生私二人，自彼而得，因诘问之。鸿、苕不能隐，以生与为对。娉大恨恚，妒念顿生，乃捃摭他事，白于夫人，俱遭痛挞。鸿辈衔恨，谋发娉私，乃瞰[173]娉与生于后园池上重阴亭前弈棋，急趋白夫人曰："圃中池莲有一花并蒂，红白二色，开已一日，请往观之，久则谢矣。"夫人喜曰："此祯祥兆也！"如其请。生与娉不虞其至，方拊掌大笑曰："云华姐又输一局矣，敢请子之金钏为赌资可乎？"言未已，忽风撼败桃一枚坠局中，娉惊讶，举首视之，遥见二人侍夫人来，知其故意相袭也，急目生使入天林洞避去；而博戏之具，收拾弗及。乃佯

趋走迎，语夫人曰："儿多时不到园中，适因绣倦，与福福携楸枰[174]来此，以消长日，忽见并头莲花，红白二色相向，真嘉瑞也。政拟报知膝下，而娘娘来矣。"鸿、苕虽善其支吾，然未敢面斥，惟相目冷笑而已。幸夫人眼昏，莫辨其为生也。夫人曰："莲花双蒂者常有之，但一红一白为难得。适闻春鸿言如此，将欲呼汝同观，不意汝先在此矣。然人家处子[175]，不离闺房，偶或出游，拥蔽其面。今汝不使我知，辄行至此，虽无人见，亦且不宜。况汝读书识礼，岂不知博弈之为非，当痛以自惩，后勿复尔！"夫人只知其与福福手谈，不料其与生对垒也。遂同至亭间，徘徊瞻企。夫人命春鸿曰："佳哉花也！可召魏郎君来此同玩。"鸿将启齿，娉恐其有言，潜蹑其足。鸿会意，乃绐夫人曰："有此佳花，而酒肴未备，不若明旦于此开宴，召之赏玩，亦未为晚。"夫人点头曰："春鸿言是也。"遂回。

诘旦，果于亭上设席，且于郡学[176]呼麟回，同生赏花。酒半，夫人目麟曰："吾闻人家兴替[177]，见于花卉，盖草木得气之先，且瑞应之来，必不虚也。汝今秋文战[178]，或者得捷，双莲之瑞，其在是乎？宜赋一诗，以观汝志气。魏提举如不相弃，亦请唾珠玉[179]，以重斯芳。"麟与生奉命，一挥而就，以呈夫人。夫人览而叹曰："提举绝妙好词！吾儿结意，亦自可取。"因付娉曰："汝观而藏之，留为汝弟秋科张本[180]。"二诗云：

若耶溪[181]里万红芳，那似君家并蒂祥？
韩虢[182]醉醒殊态度，英皇[183]浓淡各梳妆。
徒劳画史丹青手，谩费词人锦绣肠。
向夜酒阑明月下，只疑神女伴仙郎。

右鹏诗

亭亭翠盖荫妱娆，一种风流两样娇。
飞燕洗汝迎合德[184]，彩鸾微醉倚文箫[185]。
若教解语[186]应相妒，纵是无情也自妖。
寄语品题高著眼，直须留作百花标。

右麟诗

娉读之，微莞，将收之袖中。生乃请于夫人曰："小姐也不可无佳制。"夫人乃命娉曰："汝试为之，请教提举。"娉对曰："好语皆为兄所道，尚何言哉！然亦不敢不勉强。"遂口占《声声慢》一阕。词云：

太华[187]峰头，若耶溪上，秋波荡漾婵娟。翠盖阴中，佳人并著香肩。深杯怎禁频劝，便玉容霞脸争妍。真个是，善才龙女[188]，不染尘缘。　　共说风流态度，似凤台萧史[189]，夫妇同仙。描画丹青，生绡难写清联。鸳鸯也知相妒，却爱来比翼花边。心更苦，委淤泥丝又暗牵。

生倾听之余，自愧弗及，因出席揖之曰："风流俊媚，的是当家[190]，真可谓才调女相如也[191]。"娉敛绣巾拜谢曰："不敢当！不敢当！"酒散月明，夫人酣寝。娉出就生，具告以昨日围棋之故，且吐舌曰："非桃坠，则夫人见矣，奈何！奈何！"生曰："此天也！

然非子之临机应变，则罅隙呈露，吾二人安得复合也？危哉！危哉！”娉曰：“夫人以妾昨过园中，微赐诃谴，今不敢再至矣。所恨前时远别，今幸相遇，复被匪人[192]百端间阻，然当为兄屈己下之，冀回其意。兄且忍耐，勿自忧煎。然此亦由兄私之之过也！《论语》曰：‘唯女子与小人为难养也。近之则不逊，远之则怨。’[193]不可不加之意也。”盖微讽生宠春鸿、兰苕事，以箴[194]之。生惭悚交并，莫知为对。娉自此深居简出，杳不相闻。生亦踧踖[195]不安。若有芒刺在背，凡遇内集，多却[196]不来。娉虽谬为敛迹，而益重幽思[197]，故于鸿、苕，特加礼待，但其所欲，举以赠焉。再后二人俱囿娉术中，夙怨冰释，翻为之用，第生未知耳。踽踽[198]月余，无聊特甚。政忧闷中，忽福福送新莲数房[199]来，且报鸿、苕释憾，早晚[200]可以相见。生闻之，手舞足蹈，不任欢情，因以蜀笺[201]写所赋夏景闺情十首，为小引于前以答娉。其词曰：

孤馆无聊，睡起危坐，不见贤淑，岂止鄙吝复生[202]而已哉！谩成闺思十首奉寄，一则以见此情之拳拳[203]，一则时自省览[204]，犹佳丽之在侧也。

香闺晓起泪痕多，倦理青丝发一緺[205]。
十八云鬟梳掠遍，更将鸾镜照秋波。

侍女新倾盥面汤，轻攘雪腕立牙床。
都将隔宿残脂粉，洗在金盆彻底香。

红绵拭镜照窗纱，画就双蛾八字斜。
莲步轻移何处去？阶前笑折石榴花。

深院无人刺绣慵，闲阶自理凤仙丛。
银盆细捣青青叶，染得春葱指甲红。

薰风无路入珠帘，三尺冰绡[206]怕汗黏。
低唤小鬟扃[207]绣户，双弯自濯玉纤纤。

爱唱红莲白藕词，玲珑七窍逗冰姿。
只缘味好令人羡，花未开时已有丝。

雪为容貌玉为神，不遣风尘涴[208]此身。
顾影自怜还自叹，新妆好好为何人？

月满鸿沟信有期，暂抛残锦下鸣机。
后园红藕花深处，密地偷来自浣衣。

明月婵娟照画堂，深深再拜诉衷肠。
怕人不敢高声语，尽在殷勤一炷香。

阔幅罗裙六叶裁，好怀知为阿谁开？
温生[209]不带风流性，辜负当年玉镜台。

诗后，复写一词，名《青玉案》：

合欢花[210]下曾相见，犹记把毫题彩扇。自别佳人冰雪面。朝思暮想，倚门挨户，无也千来遍。　　灵犀[211]一点悬春线，残梦惊回梁上燕！惆怅佳期成又变！云笺都是蝇头字[212]，难写张生[213]怨！

书毕，付福赍去。娉得之，启诵，而鸿、苕偶来，问曰："小姐所咏诗，谁人之作？乃尔俊丽耶！"娉汪然流泪曰："久有心事与渠辈[214]谈之，屡欲吐词，复嗫嚅而止。"鸿等同声应曰："某辈贱流，受小姐厚爱多矣，但可为地，当尽力以报。"娉曰："此魏生诗也。吾之遇彼，渠辈备详。爰自尔日重阴之游，几于狼狈，若为夫人见之，我无措身之地，赖汝调护，遂得无他。今不见生者一月矣，非惟我念之深，生亦思吾尤切。彼此隔越，谁与为谋？"二人起谢曰："今夫人受戒，日坐佛阁，诵内典[215]，家政悉小姐所权，苟有欲为，俦[216]敢喘息？万有异议，某等任之。脱不践言，鬼神临鉴！"娉曰："若然，吾何恨。"是夕始复就生，相与如故矣。或偎红倚翠，尽云雨之欢；或举白[217]弄琴，极从容之乐。

不觉流光奄冉[218]，七夕又临。娉请于夫人，于内堂结彩楼乞巧，瓜果罗列，肴羞备陈。夫人谓娉曰："久不见汝作诗词，今夕天上佳期，人间良夜，或诗或词，随汝所为。吾当召魏生来，与汝讲论，庶有新益。"娉唯命。于时生至。夫人曰："世谓今宵天孙[219]赐巧。小女辈未能免俗，谩设瓜果之筵。亦尝命之赋小诗，以纪佳节，竟未知曾就否？"娉即前应曰："适奉命缀得七言绝句二首。"遂出诸袖间，墨痕犹湿。夫人接看毕，递与生曰："小女拙诗，提举无吝见教。"生读竟曰："宋若兰姊妹之俦[220]，诚不易得也。鹏虽不敏，当亦效颦[221]，第恐白雪阳春[222]，难为属和耳。"娉诗曰：

梧桐枝上月明多，瓜果楼前艳绮罗。
不向人间赐人巧，却从天上渡天河。

斜镩香云倚翠屏，纱衣先觉露华零。
谁云天上无离合，看取牵牛织女星。

鹏和诗曰：

流云不动鹊飞多，微步香尘满袜罗。
若道神仙无配偶，怎教织女渡银河。

娟娟新月照围屏，井上梧桐一叶零。
今夕不知何夕也，双星错道是三星。

讵意好事多乖，会难离易。次早，生收家问[223]，报母讣音，竟不及荣上提举之任，而丁忧之行逼矣[224]。夫人乃召边妪告之曰："吾有一切己事相托，未审能为我周全乎[225]？"妪避席曰："愿闻何事，苟可用情，当为极力。"夫人曰："娉娉年长，欲觅一快婿，斧柯之任，相属如何？"妪笑曰："老拙久怀此意，但未敢形言。今夫人门下，自有其人，而欲他谋，徒费齿颊，真所谓'道在迩而求诸远'[226]也。"夫人曰："得非谓魏生乎？佳则佳矣，然有说焉。生少年高擢，扬历仕途[227]，若以归之，势必携去。吾止有此一息[228]，时刻不面，尚且念之，若嫁他乡，宁死不忍！政为向者生来时，乃母惠

书及此，且举昔日指腹之言，我欲答书，沉思而止，是以对生亦绝口不曾道及者，非背盟也。今萧夫人弃养[22]，生又得官，他日当自有佳人求为匹配，丑女不足以奉箕帚也。吾不欲面谈，烦妪委曲达及，使之他图。我若不明言，彼又胶于前语，如之何其不两误耶！”妪如教喻生。生曰：“余久知之，彼则迟疑未判，今言若此，明说不谐，况寒门重罹荼毒[23]，行色匆匆，殒越之余[30]，宁暇为计？虽然，此先堂意也，烦妪善为我辞夫人。岂不闻圣人有言：‘自古皆有死，民无信不立。’[32]既奉初言，息壤在彼[33]，天地鬼神，昭布森列，岂可以吾母既亡，背盟弃好？且闾阎[34]下贱，尚不食言，曾谓小君[35]而可失信？妪若以义责之，庶或可允，万一秦晋能谐，当奉千金为寿。”妪曰：“吾哀王孙而缓颊[36]，岂望报哉？”遂去，备以生言反覆劝于夫人。夫人曰：“妪虽巧为说客如苏、张[37]，其如吾不听何！”妪见如此，不复敢言，退而告生。生忍泪曰：“死生契阔[38]，从此始矣。”乃即促装，亟为归计。娉闻之，与春鸿、秋蟾辈，伺夫人困睡，潜于柏泛堂设宴，召生入，为别。生至相持，魂飞魄散，呜咽不自胜。鸿等亦哽塞，不能仰视。娉乃举杯于生前，拜曰：“兄行，不来矣。平时与兄，一日不握手，此恨何堪，矧今守制三年，仳离[39]千里，不谐伉俪，从此途人。惟兄节哀顺变[40]，保摄金玉之躯，服阕[41]上官，别议佳偶，宗祧[42]为重，勿久鳏居。妾命薄春冰，身轻秋叶，云泥异路，浊水清尘[43]。然既委身于君子，岂再托体于他人。以死为期，言犹在耳，行当毕命穷泉[44]，寄骸空木[45]。曷其有极，长恨悠悠！平时兄屡命我歌，每每忸怩而止，今死生永诀，岂可复辞，我试讴之，兄其侧耳。政唐人所谓‘一声《河满子》，双泪落君前’[46]也。”乃歌《踏莎行》一阕云：

随水飞花，离弦飞箭，今生无处能相见！长江纵使向西流，也应不尽千年怨！　　盟誓无凭，情缘无便，愿魂化作衔泥燕。一年一度一归来，孤雌[47]独入郎庭院。

歌讫，大痛数声，蓦然仆地，左右扶掖，良久乃苏，竟夕不成欢而罢。来早，娉乃破所照匣中鸾镜，断所弹琴上冰弦[48]，并前时手帕，遣福福持去付生，为相思纪念。福福艴然[49]曰：“小姐赋禀温柔，幽闲贞静，其性不可及，一也；天姿美艳，绝世无双，其貌不可及，二也；歌词流丽，翰墨清新，其才调不可及，三也；谙晓音律，善措言词，其聪明不可及，四也。至于考究经史，评论古今，滔滔如贯珠，缅缅[50]然若霏雪。下至女事[51]，更不在言。矧又为蓟公之孙（娉祖封蓟国公），平章之女，母有邢国之贤，弟有令尹[52]之贵。四德[53]全备，一族同推，行配高门，岂无佳婿？顾乃逾墙钻穴[54]，轻弃此身，恋恋魏生，甘心委质，流而为崔莺莺、王娇娘[55]淫奔之女，以辱祖宗。且生累然衰绖[56]，五内[57]崩摧，以此与之，毋乃不可！诚所谓既不能以礼自处，又不能以礼处人，妾实耻之，无面目将去也。”娉吁声长叹曰：“尔自事吾，小心谨慎，我亦怜汝，不啻己生，来往十年，未尝暂舍，然尚不知我心，犹有此论，则纷纷外议，无怪其然。与其负谤而生，莫若捐躯而死。”乃取白练，将自缢，福遽止之，急足递去。生收置行李中，入辞夫人。夫人赠白金五十两，生固却不受。夫人曰：“知不成礼，聊见微情。想读礼[58]之余，剩有余暇，毋惜惠音，以慰老朽。”生跪曰：“数年门下，深荷恩慈，岂

特待我如宾，真乃视余犹子，死生骨肉，镂胆铭肝。方获微官，冀图少报，不幸祸延先妣，遗弃诸孤。守制东还，远违懿范，素心曷已，黄发是期[259]！”俯首阶庭，不胜沾洒[260]。夫人亦感怆，使鸿呼娉出别，促之至再，坚不肯来。生亦不苦请，盖不忍与之见也。遂行。

其年秋，麟果中浙江乡试，夫人喜动颜色曰：“双莲之祥验矣。”遂改重阴亭为瑞莲亭。明年赴春官[261]，亦得捷，授陕西之咸宁尹[262]，挈家偕行。娉自离生后，柳悴花憔，香消玉减，终日不食，达旦不眠，咄咄书空[263]，盈盈泪滴，兼之道途顿撼，陆路艰难，抵县浃旬[264]，息[265]将垂绝。夫人忧损特甚，莫晓其致病之由。研问家人，鸿等始略言其概。夫人懊恨违盟，势已无及，但百端宽喻，使之勉进汤药而已。又月许，将属纩[266]之先一日，沐浴梳饰，具衣帨[267]如常时，于母前拜曰：“儿不幸，疾疢[268]弥留，死在朝夕，母恩未报，饮恨黄泉，赖有灵昭，可为终养，愿夫人割不可忍之恩，勿以女子自苦也。”又语麟曰：“吾弟聪明才智，早掇危科，步武青云，前程远大。家门有幸，父母有光。但愿早寻佳偶，以养夫人。姊命薄年促，不及见贤弟耸壑昂霄[269]，徒以死相累耳！我殁后，千万勿焚，谋一抔之土[270]以权殡。俟贤弟解官，北归幽州[271]，携骨还葬，则志愿永毕。”返室，抚福福曰：“我将溘先朝露[272]，只在朝夕。汝善事夫人，勿以我为念。”又有手书嘱春鸿曰：“为我以是寄谢魏生，俾知我为泉下客矣。”鸿谨藏而慰之曰：“小姐平生颖悟，通达过人，虽在女流，深知道理。亦尝贱焦仲卿伉俪之伤生[273]，鄙荀奉倩夫妻之灭性[274]，岂今日忘之，而自蹈其覆辙耶？且生一去，遽绝音徽[275]，虽在制中，谅亦谋配。今红叶[276]频来，纷纭傍午[277]，天下多奇男子、美丈夫，以小姐才貌配之，孰所不愿？何必魏生，然后快意？况夫人垂暮，爱女只小姐一人，万一果致沦亡，尊怀何以堪处？窃为小姐不取也。惟小姐不以人废言，曲听鄙语，翻然省悟，以理自遣，则非春鸿之幸，亦为小姐之幸，实夫人之大幸也。”娉曰：“嘻！尔过矣！吾岂世间痴淫女子，不知命者之流乎？吾之与生，盖不偶也。彼此在母，先已缔盟。厥后二家，果生男女，斯言斯誓，不爽毫厘，则天意人事断可知矣。岂料萱亲钟爱，不果命以归生，虽出恩慈，不免负约。且女子事人惟一而已，苟图他顾，则人尽夫也，鬼神其谓我何？《诗》云：‘榖则异室，死则同穴。’[278]吾之心事，生实知之。春鸿虽厚我念我，然君子爱人以德，不可以姑息也。”言讫，泪落如雨，鸿亦惨惨而出。至晚竟逝。麟以漆棺殓之，殡于开元寺僧舍，期任满载归瘗焉。

无何，县有剧盗，遁于襄阳，官遣胥吏康铧者往彼捕之，春鸿乃出娉缄白麟，俾因铧寄去与魏生。麟拆览之，乃集唐人诗成七言绝句十首，与生为诀之词也。麟以白母。夫人曰：“人已逝矣，勿违其意。”遂命寄去。其诗曰：

两行清泪语前流，千里佳期一夕休！
倚柱寻思倍惆怅，寂寥灯下不胜愁！

相见时难别亦难，寒潮惟带夕阳还。
钿蝉金雁皆零落，离别烟波伤玉颜。

倚阑无语倍伤情，乡思撩人拨不平。
寂寞闲庭春又晚，烟花零落过清明。

自从消瘦减容光，云雨巫山枉断肠！
独宿孤房泪如雨，秋宵只为一人长。

纱窗日落渐黄昏，春梦无心只似云。
万里寂寥音信断，将身何处更逢君？

一身憔悴对花眠，零落残魂倍黯然！
人面不知何处去，悠悠生死别经年。

真成薄命久寻思，宛转蛾眉能几时？
汉水楚云千万里，留君不住益凄其。

魂归冥漠[279]魄归泉，却恨青娥[280]误少年。
三尺孤坟何处是？每逢寒食一潸然[281]！

物换星移几度秋，鸟啼花落水空流。
人间何事堪惆怅，贵贱同归土一丘。

一封书寄数行啼，莫动哀吟易惨凄。
古往今来只如此，几多红粉[282]委黄泥。

生家居苦块[283]，度日如年，追念旧欢，遽成陈迹，然犹未知娉之死也。因赋《摸鱼儿》一阕忆之。词曰：

记当年、浪游江海，湖山佳处频到。绯桃红杏春光媚，骏马骄嘶驰道。亲曾造，拜第一仙人，听鼓《朝飞操》[284]。风流音耗。纵水隔蓬壶[285]，浪翻银汉[286]，青鸟解相报。　徒自悼，忆刹那人情好，万千心事难告！天涯回首成陈迹，还想绿依红靠。空洒泪，叹暑往寒来，绿鬓愁成皓！何时偎抱，把月下鸾箫，花间凤管，细写断肠套。

词成，盖略述与娉相遇颠末，方拟谋人寄去。忽康铧者自陕来，得娉凶问，并所集古句绝诗，读之哀怨，闷而复苏。乃于岘山堕泪碑[287]傍，为位以哭，酹酒以祭，且出娉前时所赠破镜断弦，仰天誓曰："子既为我捐生，我又何忍相负！惟当终身不娶，少慰芳魂。"祭文就录于左云：

维大元至正十二年[288]月日，巨鹿魏鹏，颛[289]以清酌肴羞之奠，遥祭于故贾氏云华小娘子之灵。呜呼！天地既判，即分阴阳。夫妇攸合，人道之常。从一而

殒，是谓贞良，二三其德[290]，是曰淫荒。昔我参政，暨先平章，僚友之好，金兰[291]其芳。施及寿母，与余先堂，义若姊妹，闺门颉颃[292]。适同有妊，天启厥祥，指腹为誓，好音琅琅。乃生君我，二父继亡，君留浙水，我返荆襄，彼此阔别，各居一方。日月流迈，逾十五霜，千里跋涉，访君钱塘。佩服慈训，初言是将，冀遂曩约，得谐姬姜[293]。因缘浅薄，遂堕荒唐，一斥不复，竟成参商。呜呼！君为我死，我为君伤！天高地厚，莫诉衷肠！玉容花貌，宛在目傍，断弦破镜，零落无光。人非物是，徒有涕滂！悄悄寒夜，隆隆朝阳。佳人何在？令德难忘！曷以招子？谁为巫阳[294]。曷以慰子？鳏居空房。庶几斯语，闻于泉乡。岘山郁郁，汉水汤汤，山倾水竭，此恨未央[295]！呜呼小姐！来举余觞[296]。尚飨！

未久，生服满赴都，升除陕西儒学正提举，阶奉议大夫。而麟尹咸宁，瓜期尚未及，迨复得相见，升堂拜母，而夫人益老矣。见生，只知悲悔。旧仆若脱欢辈，亦有物故[297]者，惟春鸿诸姬，一一无恙。生询知娉殡宫[298]所在，即往痛哭，以手叩墓门曰："云华，魏寓言在此。想子平生精灵未散，岂不能为华山畿乎[299]？"生是夕宿公署，似梦非梦，仿佛见娉来曰："天果从人愿乎？"生忘其死也，遽拥抱之。娉曰："兄勿见持，当有奉告。"生方悟其鬼也，因问之曰："子已谢世，今安得来耶？"娉曰："妾死后，冥司以我无过，命入金华宫，掌笺奏之任。今阴君感子不娶之言，以为义高刘庭式[300]，且曰：'不可使先参政盛德无后。'将命我还魂，而屋舍已坏[301]，今议假他尸，尚未有便，数在冬末，方可遂怀，彼时复得相聚也。"语毕，倏然飞去。生惊觉，但见淡月侵帘，冷风拂面，四顾凄然，泣数行下。遂成《疏帘淡月》词一阕以吊娉。词云：

西湖皓月，从前岁别来，几回圆缺。何处凄然，怕近暮秋时节！花颜一去成终古，洒西风，泪流如血！美人何在？忍看残镜！忍看残玦！　　忽今夕，分明梦里，陡然相见，手携肩接。微启朱唇，耳畔低声儿说：冥君许我还魂也，教同心罗带重结。醒来惊怪，还疑又信，枕寒灯灭。

生到任，不觉雪花飘粉，梅蕊舒琼，兔走乌飞，时又当腊月。有长安丞宋子璧者，一室女[302]，年及笄，忽暴卒；已三日，复苏，不认其父母，曰："我贾平章女云华，今咸宁县尹贾麟姊也。死已二年，数当还魂，今借汝女之尸，其实非汝女也。"父母讶其声音不类，言语不伦。正疑怪间，女即径入贾尹宅，如素曾到者，见夫人及尹，道还魂甚详。夫人与麟察之：声音语笑，娉也；举止态度，娉也。然尚未信。须臾，入其寝室，呼春鸿诸婢妾名字，索其存日遗物，丝发皆不谬，始深信之。盖咸宁与长安，俱西安在城属县，廨宇相邻。宋丞亦闻贾尹到任时，其姊氏亡故，然还魂之事，世所罕有，乃与其妻陈氏同诣贾宅取回。女子坚不肯出，且诟且骂曰："何为妄认他人家女为女耶？"宋夫妇无计，遂叹息而返。夫人曰："此天作之合也。"乃报魏生，生亦以梦中见娉事告贾母子。夫人忻怍[303]难言。于是命媒妁通殷勤，再缔前盟，重行吉礼。生执雁帛往亲迎[304]焉。夫人暨春鸿、兰苕等俱往送娉。花烛之夕，真处子也。枕上与生话旧，一事不遗。

翌日，设宴于提举公廨后堂。宋丞一门，亦与礼席，因询丞："女何名？"乃知呼

为月娥。又得之老门子[305]云："廨宇后堂，旧有扁[306]名'洒雪'，盖取李太白诗'清风洒兰雪'[307]之义，为前任提举取去，今无矣。"遂悟伍相庙梦中神云者，上句言成婚之地，下句言其妻之名。生遍以告座人，知神言之验，喧传关中，莫不叹异。有赋《永遇乐》词以庆生者，因录于此：

倾国名姝，出尘才子，真个佳丽。鱼水因缘，鸾凤契合，事如人意。贝阙烟花，龙宫风月，谩托传书柳毅。想传奇、又添一段，勾栏里做《还魂记》。　希希罕罕，奇奇怪怪，辏得完完备备。梦叶神言，婚谐腹偶，两姓非容易。牙床儿上，绣衾儿里，浑似牡丹双蒂。问这番、怎如前度，一般滋味？

生后与娥产三子，皆列显宦。生仕至太禧宗禋院使[308]、兵部尚书[309]，年八十三方死。娥亦封鄀[310]国夫人，寿七十九而殁，与生合葬焉。生与娥平昔吟咏赓和之作，多至千余篇，题曰《唱随集》。酸斋贯云石[311]为序于其前，生夫妇自序于其后，载于别录，此不著云。

【注释】

①巨鹿：今河北巨鹿县。

②御史中丞：官名，即御史台中丞，掌纠察官吏，肃正纲纪。

③襄阳令：襄阳县县令。襄阳，今湖北襄阳县。

④白马山：一名白鹤山，在湖北襄阳县南十里。《舆地纪胜》："山以白马泉名。"

⑤蕃衍：繁盛众多。《诗·唐风·椒聊》："椒聊之实，蕃衍盈升。"

⑥封君：封建时代领受封邑的贵族。也有因子孙显贵而受封典的，也称"封君"。

⑦延祐：元仁宗爱育黎拔力八达的年号(1314～1320)。

⑧参政江浙行省：参政，"参知政事"的略称，是元代行中书省中品秩最低的副长官(行省的长官为丞相，副长官为平章政事、右丞、左丞、参知政事)。元代将中书省直辖以外的全国地方划分为十个"行中书省"。"江浙行省"即"江浙行中书省"的略称，治所在今杭州，辖境相当于今浙江、福建两省及江西鄱阳湖以东，江苏、安徽两省长江以南的地区。

⑨公廨(xiè 谢)：官署，官吏办事的地方。

⑩郢国萧夫人：郢，楚都，在今湖北荆州市。国夫人，古代贵妇人的封号。

⑪五经：儒家的五部经典，即《易经》、《尚书》、《诗经》、《礼记》、《春秋》。

⑫至正：元顺帝妥懽帖睦尔的年号(1341～1368)。

⑬不偶：犹"不遇"，遭遇不顺利。此处指屡试不第。

⑭大藩：指人口繁盛的大都邑。

⑮贾平章钧眷邢国莫夫人：平章，此指江浙行中书省的首席副长官"平章政事"。钧眷，对豪门贵族的家眷或他人的亲属的尊称。邢，周公第四子的封地，在今河北邢台。

⑯穹祇：指天地。宋陆游《谢明堂赦表》："德协穹祇，春回海县。"

⑰茵鼎：茵是褥子，寝具；鼎是食具。借指起居饮食。

⑱所天：指丈夫。

⑲汉光武、贾复故事：贾复(？～55)，东汉南阳冠军(今河南邓州)人，字君文。刘秀(汉光武帝)用他为都护将军。攻打河北青犊时，身先士卒，冒矢石先登，所向披靡。刘秀恐他有失，曾说："贾妻如生女儿，我的儿子娶她；如生儿子，我的女儿下嫁。"刘秀指腹为婚，不让

贾复忧虑身后之事。

⑳诞瓦：指生女儿。《诗·小雅·斯干》："乃生女子，……载弄之瓦。"

㉑戒行：义同"戒途"，登程，启行。

㉒延纳：延接容纳，也就是接待的意思。

㉓雄蕃：重镇。蕃，通"藩"，方镇。

㉔丝簧：丝指弦乐器，簧指管乐器，丝簧泛指乐器。

㉕绿绮：汉代司马相如的琴名。《古琴疏》："司马相如作《玉如意赋》，梁王悦之，赐以绿绮之琴。"这里泛指琴。

㉖红叶谁将：谁是媒人能成全这件良缘。红叶题诗的故事，参见前《流红记》。

㉗云英、裴航：参见前裴铏《传奇·裴航》。

㉘缀：联结。这里指缀文，即连缀辞句成文章。

㉙乐府：这里指词。

㉚酝藉：同"蕴藉"，含蓄。

㉛尚欠妩媚：是说词写得太显露，不够含蓄婉丽。妩媚：姿态美好可爱。

㉜欧、晏、秦、黄：指欧阳修、晏殊、秦观、黄庭坚四位宋朝著名的词人。

㉝诹（zōu 邹）：询问。

㉞达睦丞相：即达识帖睦尔（？～1364），字九成。初以世胄补官，为太府监提点，后历任诏书侍御史、枢密院同知、中书右丞、翰林承旨、大司农等职。至正七年（1347），出为江浙行省平章政事。

㉟孺人：旧时对妇女的尊称。

㊱政：同"正"，恰巧，刚好。下文"政尔念之"、"政昔人谓"、"生政悬望"、"时娉政坐阁中"、"政昔人所谓"等句之"政"同。先公大参：出任参政的先父。先公，先父，已故的父亲，指魏鹏的父亲魏巫臣。

㊲"真韩子"句：意谓魏生真说得上是韩非子书中称赞的那位聪明智慧的孩子。韩子，即战国末期哲学家、法家韩非，著有《韩非子》。《韩非子·说难》："宋（宋国）有富人，天雨墙坏。其子曰：'不筑且（将）有盗。'其邻人之父亦云。暮而果大亡其财，其家甚知（同"智"，作动词）其子而疑邻人之父。"

㊳僚寀：同僚，一同做官的人。

㊴先容：为人介绍揄扬。

㊵弃禄：官吏死亡的讳称。禄，俸禄。

㊶生事：生活。

㊷绾（wǎn 晚）：盘结。

㊸李易安：宋代著名的女词人李清照，号"易安居士"，济南（今山东济南）人。

㊹苏若兰：东晋时前秦女诗人苏蕙，字若兰，始平（今陕西咸阳）人。丈夫窦滔为秦州刺史，因罪被徙流沙。苏蕙织锦为《回文璇玑图诗》以赠，诗反转回环都可读，文辞凄婉，寄托思念之情。

㊺珠履玳簪：比喻贵盛。珠履，缀有明珠的鞋子。玳簪，用玳瑁甲片刻成的簪，是一种珍贵的装饰品。

㊻少：暂时，一会儿。

㊼服命服：穿着皇帝按等级赐给的制服，指国夫人的衣服。

㊽桯(yíng 盈):通"楹",厅堂前部的柱子。

㊾娟娟:明媚美好的样子。

㊿二父云亡:父亲和公公都去世了。二父,指妇之父,与婿之父。云,语助词,无实义。亡:死。

51鱼沉雁杳:书信全无。古乐府《饮马长城窟行》:"呼童烹鲤鱼,中有尺素书。"《汉书·苏武传》载有用雁传书事,参见前《莺莺传》"清汉望归鸿"注。后因称书信为"鱼雁"。

52馀年:晚年。

53治具:整理宴客的器具。

54麹蘖(niè 蹑):酒母,这里指酒。

55通家:世交。两家世代交好,就像一家。

56沥:水下滴。这里是指滴下杯中的剩酒。

57未嚼(jiáo 矫阳平):饮酒未尽。嚼,干杯,喝尽。

58戛(jiá 夹)然:形容声音突然中止。此处指停杯。

59让:责备。

60舍:动词,住宿。

61苏小:即苏小小,南朝齐钱塘名妓。

62坡公堤:坡公即宋代著名文学家苏东坡。他于元祐四年(1089)任杭州知州时,开浚西湖,取湖泥筑堤,故称"坡公堤",又称"苏堤"。

63反:同"返"。

64次其韵:用相同的韵脚作诗或填词。

65汤:热水。

66荒忙:即慌忙。荒,通"慌"。

67书笈:小书箱。

68萱堂:古时母亲居室的代称,这里借指母亲。

69贽见之礼:旧时初次拜见人时所送的礼物。

70闻达:名誉显达。这里指功名仕进。语本《论语·颜渊》"在邦必闻"和"在邦必达"。

71黾(mǐn 敏)勉应承:勉强答应。黾勉,勤勉,这里是勉强的意思。

72数数:屡次,常常。

73伍相:即伍子胥,名员,春秋楚国人。楚平王杀了他的父兄,他逃到吴国,助吴破楚,鞭打了平王的尸体。《吴越春秋》和《史记》都说他以"行人"(官名,掌朝觐出使等事)与谋国政,实际任相国(宰相)职务。

74私识(zhì 志):暗中记住。

75《娇红记》:元代宋远所著的传奇小说,写申纯和王娇的恋爱故事。参见前《申厚卿娇红记》。

76牙签:旧时藏书者缀系于书函上作为标志的象牙(或兽骨)制的签牌。这里代指书。玉人:对亲人或所爱者的爱称。这里是贾云华称魏鹏。

77"风流杜牧"二句:喻寻春应及早。晚唐诗人杜牧于大和末年往游湖州(治所在今浙江湖州),见到一个十多岁的绝色少女,与她约婚,以十年为期,逾时由她另嫁。大中三年(829),杜牧移授湖州刺史,相隔十四年,那个女子已出嫁三年,并生下两个孩子了。杜牧感慨不已,作了《怅别》诗:"自恨寻芳到已迟,往年曾见未开时。如今风摆花狼藉,绿叶成

阴子满枝。”

⑱赓其韵：即和韵，继续用原诗的韵脚赋诗唱和。赓，继续，连续。

⑲赵松雪体行楷：赵松雪，即元代著名的书画家、诗人赵孟頫(1254～1322)，字子昂，号松雪道人。行楷体是他著名的书法，介于正楷和草书之间的一种字体，用笔圆转流美，骨力遒劲。

⑳武夷小龙团茶：宋代武夷山出产的茶叶，用特制的刻有龙的花纹的圆模压制成茶饼，专供皇帝及大臣饮用。下文“分食泉州凤饼香茶”的“凤饼”也是团茶，不过印有凤凰的花纹罢了。

㉛啜(chuò 绰)一瓯：喝一杯。啜，饮，尝。

㉜流丽：形容诗作和字体流利圆润而又清丽。

㉝藁(gǎo 稿)城：今河北藁城市。省(xǐng 醒)：探望，问候。

㉞无何：不久。

㉟李义山：唐代诗人李商隐(813～约 858)，字义山，号玉溪生，怀州河内(今河南沁阳)人。

㊱病：责备。

㊲流亚：同一类的人。

㊳郑重：殷勤切至。

㊴亲：父母。

㊵万福：多福。古时妇女见客行礼，常口称“万福”。此处“各道万福”，即互相请安的意思。

㊶天风环珮琴：古琴名，似即著名的古琴“环珮音”。

㊷轸(zhěn 枕)：指弦乐器上转动弦线的轴。

㊸《关雎》：《诗经》的第一篇，是表现男子思慕和追求女子的爱情诗。此处是指根据诗意改编的琴曲。

㊹吟揉绰注：吟揉和绰注，是弹奏古琴的指法，即左手按弦，往复移动，使之发出颤声。

㊺《雉朝飞》：琴曲，战国时齐人牧犊子作。崔豹《古今注》：“《雉朝飞》者，牧犊子所作也。年五十无妻，出薪于野，见雉雌雄相随而飞，意动心悲，乃作朝飞之操，将以自伤焉。”

㊻睡觉：睡醒。

㊼梦到楚王台下：用此典暗喻男女之情。楚王台：宋玉《高唐赋序》说，楚怀王游高唐，昼寝梦巫山神女荐枕，神女化云化雨于阳台之下。

㊽平旦：天亮的时候。

㊾灵清：形容小巧玲珑。瑞香：花名。瑞香科常绿灌木，可供观赏。

⑩⓪金屋：用汉武帝幼时说作金屋贮阿娇的典故，详见前《汉武故事》。这里魏生引用，是表达他希望同娉结成夫妻。

⑩①邻曲：邻居，邻人。

⑩②神道：神行的道路，也即墓道。《后汉书·中山简王焉传》：“大为修冢茔，开神道。”李贤注：“墓前开道，建石柱以为标，谓之神道。”此处“拜神道”，即文中所说的清明扫坟。

⑩③“先生召无诺”：语出《礼记·曲礼上》：“父召无诺，先生召无诺，唯而起。”大意是说：父亲和先生呼召，只能称“唯唯”，不能称“诺”。此处引用承接上文“何先生遣人见呼”，是说先生呼唤，理应恭恭敬敬答应着前去。

⑩④庑(wǔ 五)下：廊下。

⑩⑤唐突西子：意谓轻率冒犯漂亮的小姐。语出《世说新语·轻诋》：“何乃刻画无盐，以唐突

西子也!”唐突,用言语或举动轻率冒犯人。西子,即西施,古代著名的美女。

⑯觖(jué 决)望:怨望,指因不满所望而生怨。觖,不满足。

⑰半饷:饷,通“晌”,好久,一会儿。

⑱姮(héng 衡)娥:即嫦娥(汉时因避文帝刘恒讳改□为嫦),神话中美丽的月中女神。

⑲叵(pǒ 笸)耐:不可忍耐,受不了。

⑩吴绫:产于吴地的绫。

⑪绞绡:即鲛绡。相传为鲛人所织之绡。后泛指细薄的纱。此处指手帕。

⑫稼轩:南宋词人辛弃疾(1140～1207),字幼安,号稼轩,山东历城(今山东济南)人。“休去倚危栏,斜阳正在,烟柳断肠处”是辛弃疾《摸鱼儿》词中的句子。

⑬韩寿窃香,相如涤器:古代两个男女恋情故事。见前《世说新语》之《韩寿》篇和《西京杂记》之《司马相如》篇。

⑭莞(wǎn 晚):微笑。

⑮椎(chuí 槌)子:椎,同“槌”,即槌子。

⑯无聊赖:无所依靠,无所寄托,指十分无聊。

⑰周南留滞:《史记·太史公自序》:“太史公(即司马谈)留滞周南。”周南,即今洛阳一带。

⑱葑菲:自谦词,与下文“菅蒯”意近,指不要嫌弃。《诗·邶风·谷风》:“采葑采菲,无以下体。”葑和菲就是蔓菁和萬两种菜;下体,指根茎。这两种菜,叶子和根茎都可吃,但根茎有时味苦,采者不可因此连它的叶子都不要。

⑲张珙、申纯:张珙是元稹《莺莺传》中的男主角,申纯是宋远《申厚卿娇红记》中的男主角。

⑳如不弃菅蒯:意谓如果不嫌弃我微贱。菅蒯(jiān kuǎi 尖扢):两种草名。菅根坚韧,可制帚、刷和绳索,蒯茎可织席。《左传·成公九年》:“《诗》曰:‘虽有丝麻,无弃菅蒯;虽有姬姜,无弃蕉萃。’”

㉑则予墓草宿矣:那么我坟墓上的草根都长老了。意思是我早就死了。草宿:即宿草,隔年的草。《礼记·檀弓上》:“朋友之墓,有宿草而不哭焉。”孔颖达疏:“宿草,陈根也,草经一年则根陈也。”

㉒丙午:古代用天干地支相配以纪年、月、日,“丙午”指某一具体的一天。下文“丁未”即“丙午”的第二天。

㉓崔颢:唐代诗人。汴州(今河南开封)人。《黄鹤楼》诗是其名作。

㉔攀桂:指科举登第。此处用字面引申为偷香。下文“所愿桂枝高折”,即用登科之意。

㉕颙(yóng 喁)颙然:不转头的样子。

㉖汲汲然:心情急切的样子。《礼记·问丧》:“其往送也,望望然,汲汲然如有追而弗及也。”

㉗平康:指妓院。唐代长安丹凤街有平康坊(也作“平康里”),是妓女聚居的地方,因地近北门,又称“北里”。旧时因以“平康”、“北里”泛指妓女所居。

㉘洒落:潇洒,举止大方,不拘束。

㉙轰饮:狂饮。

㉚长者:佛家称具备“十德”者为长者。《法华文句》:“世备十德,一姓贵,二位高,三大富,四威猛,五智深,六年耆,七行净,八礼备,九上叹,十下归。十德具焉,名大长者。”

㉛冥福:旧时迷信所谓死后之福。

㉜法筵:佛会讲说佛法的座席。

㉝虞:忧虑,意外。

⑬④巨卿：东汉范式的字。他是一个严守信约的人。他游太学，和张劭结成朋友，离开京师回家时，对张劭说过两年要来拜望张的父母，就互相约定了日期。到了那一天，张劭在家杀鸡烧小米饭等他，范式果然如约前来。

⑬⑤收香鸟：鸟名，也称"收香倒挂"，产于岭南，似鹦鹉而小。元代诗人虞集《东家四时词》："海南新送收香鸟，转觉清寒入翠帷。"

⑬⑥长(zhàng账)物：多余的东西。

⑬⑦《二乔并肩图》：画大乔和小乔的图。"二乔"是三国时东吴太尉乔玄的两个女儿，大乔嫁孙策，小乔嫁周瑜。

⑬⑧本：量词，株，棵。

⑬⑨砖甃(zhòu宙)：砖砌。

⑭⓪"毋使"句：不要使我也像故事中的柳氏那样落在别人手里就算有幸了。详见前《柳氏传》。

⑭①天：指丈夫。古时以"天次之序"比附伦常关系，以天为最高的尊称，故称君、父、夫为天。这里是妻子称丈夫。《仪礼·丧服》："夫者，妻之天也。"

⑭②三星：指心宿三星。

⑭③"连理"二句：即连理枝，比翼鸟。见前《长恨传》。

⑭④秋科：乡试举行的时间是在仲秋，故称。

⑭⑤瓜期未及：旧称任职期满、等候移交的时候为瓜期。瓜期未及，即受代时期未到，也就是仍在任上当官的时候。典出《左传·庄公八年》："齐侯使连称、管至父戍葵丘。瓜时而往，曰：'及瓜而代。'"此处"瓜期未及"，似指及第而未赴任之时。

⑭⑥幺麽：这里作自谦词，微不足道的人。

⑭⑦不我遐弃：不要把我远远地抛开。《诗·周南·汝坟》："既见君子，不我遐弃。"

⑭⑧一緉：一双。"緉"，量词，古代计算鞋袜的单位。

⑭⑨马首欲东：指归去。《左传·襄公十四年》："栾□曰：'晋国之命，未是有也。余马首欲东。'乃归。"

⑮⓪赆：赠给人的路费或礼物。此处指赠送礼物。

⑮①槐黄：指应试的考期。钱易《南部新书》载："长安举子，自六月以后，落第者不出京，谓之过夏。……七月后，投献新课，并于诸州府拔解。人为语曰：'槐花黄，举子忙。'"

⑮②同年：旧时科举考试同届考中的人。礼闱：旧称礼部试进士为礼闱。

⑮③青钱万选万中：意谓文辞好，屡试皆中。据《唐书》卷一四九记载，张鷟文才卓异，"凡应八举，皆登甲科"。员外郎员半千称赞说："张子之文如青钱，万简万中，未闻退时。"简，选择。万简万中，即万选万中。

⑮④会闱：会试时的试院。

⑮⑤甲榜：旧时科举考试称进士为甲榜。

⑮⑥虞、揭："虞"指虞集(1272～1348)，字伯生，号道园，仁寿(今四川仁寿)人。著有《道园学古录》、《道园遗稿》，是元代著名的文学家。"揭"指揭奚斯(1274～1344)，字曼硕，龙兴富州(今江西南昌)人。著有《揭文安公全集》，元代文学家。

⑮⑦清要：旧时称地位高、职司重要的官职。

⑮⑧儒学副提举：官名。元代在各行省所署之地，皆设置儒学提举司，掌地方儒学，统诸路、府、州、县学校、祭祀、教养、钱粮之事，并考校呈进著述。设提举一员(从五品)，副提举一

员(从七品)。

⑮⑨需次待缺:等候上任。需次,旧指官吏授职后,按资历依次补缺。待缺,指等待原官离任,官职出缺。

⑯⓪首具袍笏:第一次穿着官服,拿着朝笏。笏,古时大臣上朝用以记事,以备遗忘。这里执笏是表示荣耀。

⑯①文台:文学的官。台,旧时对人尊称的词。

⑯②未历江湖:没有出过远门,见过大世面。

⑯③孱(chán 蝉)躯:衰弱的身躯。

⑯④末学:学识肤浅。自谦之辞。

⑯⑤续貂:"狗尾续貂"的省语。古代近侍官员以貂尾为冠饰,任官滥,官太多,貂尾不足,以狗尾代之。《晋书·赵王伦传》:"奴卒厮役,亦加以爵位,每朝会,貂蝉盈座,时人为之谚曰:'貂不足,狗尾续。'"后来泛指以坏续好。这里是自谦滥竽充数。

⑯⑥中:内心。

⑯⑦流盼:眼睛转动的样子。

⑯⑧"梁悬"句:意谓以前接待自己住宿的摆设依旧。"徐孺"即徐稚,字孺子。东汉时南阳高士。当时,陈蕃为太守,在郡不接待宾客,只有徐稚来时才设一榻,走后又将榻悬挂在梁上,表示对徐的礼遇。

⑯⑨"壁写"句:意谓壁上仍是当年自己写的诗词。崔生,指唐代崔护。他曾于清明独游都城南,叩门求饮,有女郎给他一杯水。第二年清明再去此家,门已加锁,女郎不见,他就在门扇上题写了一首七绝。

⑰⓪"未知"二句:桓温(312~373)为东晋谯国龙亢(今安徽怀远)人,字元子。明帝(司马绍)女婿。官至征西大将军,总揽内外大权。孟嘉任桓温参军,有才名,曾随桓温登荆州龙山。"风流此客"即指孟嘉。

⑰①该博:渊博。该,通"赅",完备。

⑰②藻鉴:亦称"藻镜",善于品评、鉴别人才。

⑰③阚(kàn 看):看,望。

⑰④楸枰:棋盘。

⑰⑤处子:处女。

⑰⑥郡学:府、州的官学。

⑰⑦兴替:盛衰。

⑰⑧文战:指科举考试,如武士应战,故称"文战"。

⑰⑨唾珠玉:比喻言语或诗文很珍贵。李白《妾薄命》诗:"咳唾落九天,随风生珠玉。"杜甫《奉和贾至舍人早朝大明宫》诗:"诗成珠玉在挥毫。"

⑱⓪张本:预为布置,为将来的行事准备条件。此处指为将来秋试的结果作印证。

⑱①若耶溪:在今浙江绍兴市东南。相传西施浣纱于此,故一名"浣纱溪"。

⑱②韩虢:"韩"指杨贵妃大姊韩国夫人,"虢"指杨贵妃的三姊虢国夫人。

⑱③英皇:指舜的二妃女英和娥皇。

⑱④合德:汉代美女赵飞燕的妹妹。

⑱⑤彩鸾:即仙女吴彩鸾。文箫:唐代大和末书生。二人相遇,结为夫妻。详见唐裴铏《传奇·文箫》。

⑱⑥解语：即解语花，会说话的花。五代王仁裕《开元天宝遗事·解语花》："明皇秋八月，太液池有千叶白莲数枝盛开，帝与贵戚宴赏焉。左右皆叹羡。久之，帝指贵妃示于左右曰：'争如我解语花？'"后用解语花比喻美女。

⑱⑦太华：即西岳华山，在今陕西华阴市南。

⑱⑧善才龙女：善才，应作"善财"。善财和龙女是侍立于观音菩萨左右侧的佛弟子。

⑱⑨"似凤台"二句：据刘向《列仙传》载，萧史善吹箫，秦穆公将女儿弄玉嫁给他。萧史教弄玉作凤鸣，凤凰来止其屋，秦穆公为凤凰作凤台。萧史夫妇住在凤台上，不下数年，都随凤凰飞去。

⑲⓪的是当家：确实是行家。

⑲①"真可谓"句：她的才情真可说是女司马相如。才调，才情。

⑲②匪人：行为不正当的人。

⑲③"唯女子与小人为难养也"三句：这是孔子的话，见于《论语·阳货》，大意是说，只有女子和小人是难得同他们相处的，亲近了，他会乱来；疏远了，他会怨恨。

⑲④箴（zhēn 珍）：劝告。

⑲⑤踧踖（cù jí 促吉）：恭敬而不安的样子。

⑲⑥却：推辞。

⑲⑦幽思：蕴藏的深微的思想感情。

⑲⑧踽（jǔ 举）踽：孤独的样子。

⑲⑨新莲数房：新莲蓬几支。莲房，即莲蓬。

⑳⓪早晚：随时，天天。

⑳①蜀笺：即薛涛笺，旧时一种深红色小彩笺。

⑳②鄙吝复生：鄙俗的念头又产生了。语本《后汉书·黄宪传》：东汉人黄宪，品性高洁，为当时人所推崇。"同郡陈蕃、周举常相谓曰：'时月之间不见黄生，则鄙吝之萌复存乎心。'"

⑳③拳拳：恳切。

⑳④省（xǐng 醒）览：仔细阅览。省，察看。

⑳⑤一緺（guā 瓜）：一束。緺，量词。

⑳⑥冰绡：洁白而薄的丝绸。

⑳⑦扃（jiōng 炯阴平）：从外关闭门户的门闩。

⑳⑧涴（wò 握）：为泥所玷污，也即弄脏。

⑳⑨温生：指东晋温峤，丧妇后曾以玉镜台为定礼向表妹荐婚，终于成亲。

㉑⓪合欢：植物名。一名"马缨花"。落叶乔木，羽状复叶，小叶对生，夜间成对相合，俗称"夜合花"。夏季开花，花淡红色。

㉑①灵犀：犀牛角。旧说犀角中有白纹如线直通两头，感应灵敏，故用以比喻两心相通，心心相印。李商隐《无题》诗："身无彩凤双飞翼，心有灵犀一点通。"

㉑②云笺：古代一种有云状花纹的纸。蝇头字：极细小的字。

㉑③张生：指《西厢记》里的张珙。

㉑④渠辈：他们。这里按文意指你们，也即鸿、苕。

㉑⑤内典：佛教的典籍。佛教徒称佛教的典籍为"内典"，佛教以外的典籍为"外典"。

㉑⑥俦：谁。

㉑⑦举白：举起酒杯喝酒。"白"原为古时罚酒用的酒杯，后来用作酒杯的泛称。

㉘流光奄冉：时间渐渐地过去。

㉙天孙：织女星。《史记·天官书》："其北织女。织女，天女孙也。"《索隐》注："织女，天孙也。"

⑳宋若兰姊妹之俦：宋若兰姊妹一类的才女。宋若兰，当作"宋若莘"。据《旧唐书·后妃传下》记载，宋若莘，唐代贝州清阳人，宋庭芬的女儿。宋若莘和她的妹妹若昭、若伦、若宪、若荀都皆聪惠，能属文。宋若莘著有《女论语》，她和宋若昭都当过宫中女官。贞元中，宋若莘受召入宫，呼为"学士"，总领秘禁图籍。

㉑效颦：即"东施效颦"。原指仿效别人而出丑，这里是自谦之辞。颦，皱眉。《庄子·天运》说，古代美女西施，心痛病发作时捧心皱眉，同一街坊有个丑人见了，以为很美，回去也照样捧心皱眉，旁人见了，都觉得恶心。

㉒白雪阳春：即《阳春白雪》，古代歌曲名。宋玉《对楚王问》："客有歌于郢中者，其始曰《下里巴人》，国中属而和者数千人……其为《阳春白雪》，国中属而和者不过数十人。"阳春白雪，后来多用以比喻高深的、典雅的歌曲或诗文。

㉓家问：家信。

㉔丁忧：旧时遭父母的丧事，称"丁忧"。按封建礼制，祖父母、父母死后，儿子和长房长孙，自闻丧日起不得任官、应考、嫁娶，要在家守孝二十七个月，称"守制"。

㉕周全：帮忙照料。

㉖"道在迩而求诸远"：意谓舍近求远。语出《孟子·离娄上》："道在迩而求诸远，事在易而求诸难。"

㉗扬历仕途：指作官。扬历，原指居官的治绩，后称仕宦所经历为扬历。

㉘息：子女。此处指女儿。

㉙弃养：指父母去世。子女奉养父母，父母去世则不得奉养，故称"弃养"。

㉚寒门：贫贱人家。此处是谦称。罹荼毒：荼毒，犹言毒害、残害。罹荼毒，引申为遭遇极大的不幸，指母亲去世。

㉛殒越之余：指遭遇不幸以后，也即目前的痛苦景况。殒（yǔn 允）越，坠落，引申指死亡。

㉜"自古"二句：这是孔子的话，见《论语·颜渊》。这两句话原意是说，自古以来谁都免不了死。老百姓对政府失去信心，国家就站不起来。此处引用孔子话，即在于说明应守信约，不能背盟弃好。

㉝息壤在彼：息壤，秦邑。据《史记·樗里子甘茂列传》载，秦武王与甘茂盟于息壤。秦武王"卒使丞相甘茂将兵伐宜阳。五月而不拔，……武王召甘茂，欲罢兵。甘茂曰：'息壤在彼。'王曰：'有之。'因大悉起兵，使甘茂击之。斩首六万，遂拔宜阳"。后遂以息壤为信约盟誓的话。

㉞闾阎：古代平民住宅区。此处引申指平民。

㉟小君：周代称诸侯之妻为小君。后指命妇。

㊱缓颊：婉言劝解或代人讲情。语出《汉书·高帝纪上》："汉王如荥阳，谓郦食其曰：'缓颊往说魏王豹。'"

㊲苏、张：指苏秦、张仪，都是战国时善于辞令的人。

㊳死生契阔：此处作生离死别解释。契阔，"契"是投合，"阔"是疏远，这里"契阔"是偏义复词，偏用"阔"的字义。

㊴仳（pǐ 匹）离：离别。此处指妇女被遗弃。《诗·王风·中谷有蓷》："有女仳离，慨其

叹矣。”

㉔⓪节哀顺变：旧时慰唁守孝人的常用语，意谓节制哀痛，顺应事变。

㉔①服阕(què 雀)：守孝期满除服。阕，终了。

㉔②宗祧(tiāo 挑)：宗庙世系。此处引申为传宗接代的意思。

㉔③“云泥”二句：意思是相差悬殊。“云”、“清尘”比魏生，“泥”、“浊水”自比。“云泥异路”犹言“天壤之别”。

㉔④穷泉：指九泉之下，也即墓中。晋潘岳《哀永逝文》：“委兰房兮繁华，袭穷泉兮朽壤。”

㉔⑤空木：棺材。古代传说尧死后用中空之木作棺，后因以空木称棺。

㉔⑥“一声”二句：唐代诗人张祜《河满子》中的诗句。《河满子》，词曲名。

㉔⑦孤雌：失偶的雌鸟。司马相如《长门赋》：“白鹤噭以哀号兮，孤雌痌于枯杨。”

㉔⑧冰弦：古代传说冰蚕吐的丝做成的弦。这里指琴弦。

㉔⑨艴然：怒形于色。

㉕⓪缅(sǎ 洒)缅：长而下垂的样子，引申为连绵不绝。

㉕①女事：泛指妇女所作的纺织、刺绣、缝纫等事。

㉕②令尹：战国时楚国最高的官职。此处是泛指贾云华弟弟当官显贵，其实当时贾麟尚未中浙江乡试，当咸宁知县也是以后的事。

㉕③四德：封建礼教规定妇女应具备的四种德行。《周礼·天官·九嫔》：“掌妇学之法，以教九御妇德、妇言、妇容、妇功。”

㉕④顾：连词，表示转折的语气，相当于现代口语“反而”。逾墙钻穴：爬墙钻洞，比喻男女不依照封建礼法私自结合的行为。语出《孟子·滕文公下》：“不待父母之命，媒妁之言，钻穴隙相窥，逾墙相从，则父母国人皆贱之。”

㉕⑤王娇娘：元代传奇小说《申厚卿娇红记》中的女主角，和表兄申纯相爱，后为帅府幼子强纳聘，忧郁而死。见前《申厚卿娇红记》。

㉕⑥累然：憔悴衰颓的样子。衰绖(cuī dié 崔蝶)：居丧所穿的粗麻布制成的孝服。

㉕⑦五内：五脏。

㉕⑧读礼：这里指居丧。封建礼教规定：居丧期间，要读一些有关丧礼的书。《礼记·曲礼下》：“居丧未葬，读丧礼；既葬，读祭礼。”因居丧在家要读丧祭的礼书，因此称居丧为“读礼”。

㉕⑨“远违”三句：大意是说，远离了您，心里对您想念不已，祝愿您长寿。懿范，女子美德的典范，这里指莫夫人。素心，本心，素愿。黄发，古代认为老人长寿的特征之一。《尔雅·释诂》：“黄发、齯齿、鲐背、鲐老，寿也。”

㉖⓪沾洒：指洒泪沾衣。

㉖①春官：唐代曾改礼部为春官。礼部主持会试，故后世常作为进士考试的代称。

㉖②咸宁尹：咸宁知县。咸宁，旧县名，治所与长安县同城，在今陕西西安市。

㉖③咄(duō 多)咄书空：形容遇到突然的打击，失神失智的样子。《世说新语·黜免》记载：“殷中军(浩)被废在信安，终日恒书空作字(指用手指在空中写字)，……窃视，唯作‘咄咄怪事’四字而已。”

㉖④浃旬：一旬，十天。

㉖⑤息：指气息。

㉖⑥属纩(zhǔ kuàng 主矿)：古人检验人是否断气的方法，在人临死时把绵覆在鼻子上，看看

绵絮是否摇动。《礼记·丧大记》:"疾病,男女改服,属纩以俟绝气。"郑玄注:"纩,今之新绵,易动摇,置鼻之上以为候。"后来因用作临终的代称。

㉖⑺帨(shuì 睡):佩巾。

㉖⑻疢疢(chèn 衬):疾病,病害。

㉖⑼耸壑昂霄:直立山谷,昂首云霄,比喻居高位。

㉗⓪一抔(póu 掊)之土:指坟墓。抔,用手捧。语出《史记·张释之冯唐列传》:"假令愚民取长陵(汉高祖刘邦的陵墓)一抔土,陛下何以加其法乎?"

㉗①幽州:古州名,治所在今北京大兴县。

㉗②溘(kè 克)先朝露:隐喻死亡。溘,忽然,突然。江淹《恨赋》:"朝露溘至,握手何言!"

㉗③贱焦仲卿伉俪之伤生:不赞同焦仲卿夫妻的自尽行为。古诗《孔雀东南飞》叙述汉末庐江小吏焦仲卿,娶妻刘氏,不为婆婆所喜爱。仲卿为母所迫,把刘氏休了。刘自誓不嫁,受家人逼婚,投水自尽。仲卿闻讯,也在庭前的树上自缢。贱,贱视,不以为然。

㉗④鄙荀奉倩夫妻之灭性:鄙薄荀奉倩夫妻因丧亲过哀而毁灭自己的性命。三国魏荀粲,字奉倩。妻病死,荀粲痛悼不止,一年多自己也死了。此句因要与上句"焦仲卿伉俪"相对,用上"夫妻"二字,与事实未合。灭性,指因丧亲过哀而毁灭生命。《礼记·丧服四制》:"毁不灭性,不以死伤生也。"

㉗⑤音徽:犹音讯,书信。

㉗⑥红叶:指媒人,参见前《流红记》。

㉗⑦傍午:纵横交错。

㉗⑧"榖则异室"二句:《诗·王风·大车》中的诗句,大意是说,活着的时候不能同室居住,死后也要同穴埋葬。榖,生。

㉗⑨冥漠:指地府。

㉘⓪青娥:指美丽的少女。

㉘①潸(shān 山)然:流泪。

㉘②红粉:妇女化妆用的胭脂和铅粉。此处借指美女。

㉘③苫(shān 山)块:即"寝苫枕块"的略语。古代居父母之丧,孝子以草荐为席,土块为枕。《礼记·丧服大记》:"父母之丧,居倚庐,寝苫枕块。"

㉘④《朝飞操》:即《雉朝飞》,参见本篇注㉕。

㉘⑤蓬壶:即传说海中三神山之一的蓬莱山,因样子像壶,故名。

㉘⑥银汉:银河。

㉘⑦岘(xiàn 现)山堕泪碑:岘山,又名"岘首山",在湖北襄阳县南。堕泪碑是岘山的古迹。据《晋书·羊祜传》记载,羊祜镇守荆襄时,常去岘山上饮酒赋诗,抒发感慨。羊祜死后,当地老百姓怀念他,在岘山立庙树碑,"望其碑者莫不流泪,杜预因为名为'堕泪碑'"。

㉘⑧至正十二年:"至正"为元顺帝妥懽帖睦尔的年号(1341～1368),至正十二年,即公元1352年。

㉘⑨颛(zhuān 专):通"专"。清酌肴羞:酒和菜。

㉙⓪二三其德:谓不专一,即三心二意。《诗·卫风·氓》:"士也罔极,二三其德。"

㉙①金兰:至交;深厚的友谊。《易·系辞上》:"二人同心,其利断金;同心之言,其臭如兰。"

㉙②颉颃(xié háng 协杭):鸟飞上下的样子。语本《诗·邶风·燕燕》:"燕燕于飞,颉之颃之。"此处意为不相上下,互相媲美。

㉙³得谐姬姜：意谓使美满婚姻得以实现。姬为春秋时周王室的姓，姜为齐国的姓，二姓常通婚姻。

㉙⁴巫阳：古代传说中的女巫，能为人招魂。《楚辞·招魂》："帝告巫阳曰：'有人在下，我欲辅之。魂魄离散，汝筮予之。'"

㉙⁵未央：未尽。

㉙⁶觞(shāng 伤)：酒杯。

㉙⁷物故：死亡。

㉙⁸殡宫：临时停柩之所。

㉙⁹岂不能为《华山畿》乎：难道就不能也像《华山畿》故事那样，打开棺木，让我进去吗？《华山畿》，乐府中的《吴声歌曲》。据《古今乐录》记载，南朝宋少帝时，南徐有个读书人，从华山(在今江苏丹阳)边上到云阳去，看见旅舍有个十八九岁的女子，甚为爱慕，但无机会接近，因而相思而死。临终前，他要求母亲让他的灵车从华山经过。后来灵车经过这个女子的门前时，牛不肯前进，打拍不动。旅舍女子要求稍等，打扮沐浴后出来，唱道："华山畿，君既为侬死，独生为谁施！欢若见怜时，棺木为侬开。"棺应声而开，女遂入棺，棺木复合，乃合葬。

㊿⁰义高刘庭式：情义胜过刘庭式。刘庭式，字得之，宋代齐州(今山东济南)人。他未中进士时，曾口头约定娶一个同乡人的女儿。后来中了进士，那个女子却因病眼睛失明，女方贫穷，不敢再提起这件事。刘庭式却不嫌弃，终于娶她为妻，后来妻子死了，他非常悲痛。当时人像苏轼等都赞叹他的高义是别人所不及的。

301屋舍已坏：道教、佛教都称人的身体为"屋舍"，人死后尸骨腐烂，叫做"屋舍已坏"。

302室女：未出嫁的女子。

303忻忭(xīn biàn 心变)：欢欣的样子。

304生执雁帛往亲迎：古时结婚的礼节，新郎要手执雁和绢帛，亲自去迎接新娘。

305门子：看门的仆人。

306扁：同"匾"，牌匾。

307清风洒兰雪：唐代诗人李白，字太白，他的《别鲁颂》诗云："独立天地间，清风洒兰雪。"

308太禧宗禋(yīn 因)院：元朝官署名。品秩从一品，掌神御殿朔望岁时讳忌日辰禋享礼典。院使为太禧宗禋院官长。

309兵部尚书：兵部为旧时六部之一，主管中央及地方武官的选用、考查以及有关兵籍、军械、军令等事宜。兵部有尚书三员，正三品。兵部尚书，为兵部的长官。

310鄯：古州名，治所在今青海西宁市。

311酸斋贯云石：贯云石(1286～1324)，元代文学家，号酸斋，维吾尔族人。曾任元朝两淮万户府达鲁花赤及翰林学士知制诰同修国史。后退隐江南，又号"芦花道人"。所作散曲，风格豪放。

效颦集

(明)赵　弼

赵弼，字辅之，号雪航，明代南平(今重庆巴南)人。约活动于永乐、宣德年间，生卒年不详。曾居住成都。永乐初以明经授翰林院儒学教谕，宣德初任汉阳县儒学教谕，并迁居汉阳县(今湖北武汉市蔡甸区)。著有文言小说集《效颦集》上中下三卷共二十五篇，此外还著有史评《雪航肤见》。

《效颦集》仿效宋洪迈《夷坚志》和明瞿佑《剪灯新话》而作。作者在宣德三年(1428)所作的《效颦集后序》已谈到此书的创作过程："余尝效洪景卢、瞿宗吉，编述传记二十六篇，皆闻先辈硕老所谈，与己目之所击者。初但以为暇中之戏，不意好事者录传于士林中。……因题其名曰《效颦集》，所谓效西施之捧心，而不觉自炫其陋也。"

《效颦集》今存明宣德年间原刻本，并有上海古典文学出版社出版的排印本。以下选注的两篇文言小说，《续东窗事犯传》选自排印本中卷，《青城隐者记》选自下卷。

东窗事犯，是南宋权奸秦桧夫妇在东窗下密谋杀害岳飞的传说。元人编《湖海新闻夷坚续志》前集卷二《欺君误国》，是这一传说的最早记载。明代田汝成《西湖游览志余》卷四《佞幸盘荒》亦载此事。元杂剧中孔学诗《地藏王证东窗事犯》、金仁杰《秦太师东窗事犯》，均敷演此故事。赵弼充分吸收前人有关东窗事犯的记载以及小说、戏曲的丰富素材，注入作者疾恶如仇的强烈感情，编撰了《续东窗事犯传》这篇影响深广的文言小说。明嘉靖本《大宋演义中兴英烈传》，全书八卷八十则，最后一则《冥司中报应秦桧》，即采用《续东窗事犯传》的文字。明万历本《国色天香》及明何大抡序本《燕居笔记》，均选收《续东窗事犯传》。明末小说家冯梦龙将《续东窗事犯传》演绎为拟话本《游酆都胡母迪吟诗》，收入《喻世明言》第三十二卷。京剧中的《胡迪骂阎》也是根据《续东窗事犯传》改编的。

续东窗事犯传

锦城[①]士人胡生名迪，性志倜傥，涉猎经书，好善恶恶[②]，出于天性。一日，自酌

小轩之中。饮至半酣，启囊探书而读，偶得《秦桧东窗传》。观未竟，不觉赫然大怒，气涌如山，掷书于地，拍案高吟曰：

长脚邪臣长舌妻，按《秦桧传》："桧布衣，尝与同窗数人戏于庑下，偶一异人至，问诸生曰：'此长脚者何人？他日虽贵，其奸邪残忍必为国家之患，诸公亦有受其害者。'故学中呼秦长脚云。"忍将忠孝苦谋夷。为杀岳飞父子也。天曹默默缘无报，地府冥冥定有私。黄阁主和千载恨，言桧为相，专主和也。青衣行酒两君悲。徽宗、钦宗北狩，金人以二帝为庶人，使著青衣行酒，如晋怀、愍者。愚生若得阎罗做，剥此奸回万劫皮。

朗吟数遍，已而就寝。俄见皂衣二人，至前揖曰："阎君命仆等相召，君宜速行。"生尚醉，不知阎君为谁。问曰："阎君何人？吾素昧平生，今而见召何也？"皂衣笑曰："君至则知，不劳详问。"强挽生行，及十余里，乃荒郊之地。烟雨霏微，如深秋之时。前有城郭，而居人亦稠密，往来贸易者如市廛之状。既而入城，则有殿宇峥嵘，朱门高敞，题曰"曜灵之府"。门外守者甚严。皂衣者令一人为伴，一人入白之。少焉出曰："阎君召子。"生大骇愕，罔知所以，乃趋入门。殿上王者衮衣冕旒，类人间祠庙中绘塑神像。左右列神吏六人，绿袍皂履，高幞广带，各执文簿。阶下侍立五十余众，有牛首马面，长喙朱发者，狰狞可畏。生稽颡阶下。王问曰："子胡迪耶？"生曰："然。"王怒曰："子为儒流，读书习礼，何为怨天怒地，谤鬼侮神乎？"生答曰："贱子后进之流，蚤习先圣先贤之道，安贫守分，循理修身，未尝敢怨天尤人，而矧乃侮神谤鬼也？"王曰："然则'天曹[③]默默缘无报，地府冥冥定有私'之句，孰为之耶？"生方悟为怒秦桧之作，再拜谢曰："贱子酒酣，罔能持性，偶读奸臣之传，致吟忿憾[④]之诗。颙望[⑤]神君，特垂宽宥。"王呼吏以纸笔令生供款，让[⑥]曰："尔好掉笔头，议论古今人之臧否[⑦]。若所供有理，则增寿放还，脱辞意舛讹[⑧]，则送风刀之狱也。"生谢过再四，援笔而供曰：

伏以混沌[⑨]未分，亦无生而无死；阴阳[⑩]既判，方有鬼以有神。为桑门[⑪]传因果之经，知地狱设轮回之报。善者福而恶者祸，理所当然；直之升而屈之沉，亦非谬矣。盖贤愚之异类，若幽显之殊途。是乎不得其平则鸣，匪沽名而钓誉，敢忘非法不道之戒。故罹罪以招愆，出于自然，本乎天性。切念某幼读父书，蚤有功名之志；长承师训，惭无经纬之才。非惟弄月管之毫，拟欲插天门之翼。每夙兴而夜寐，常穷理以修身。读孔圣之微言，思举直而措枉；观王癫[⑫]之确论，想激浊以扬清[⑬]。立忠贞欲效松筠，肯衰老甘同蒲柳。天高地厚，深知半世之行藏；日居月诸[⑭]，洞见一心之妙用。惟尊贤而似宝，第见恶以如仇。每怜岳飞父子之冤，欲追求而死诤；暨睹秦桧夫妻之恶，便欲得而生吞。因东窗赞擒虎之言[⑮]，致北狩失回銮之望[⑯]。伤忠臣被屠刘[⑰]而残灭，恨贼子受棺椁以全终。天道无知，神明安在？俾奸回生于有幸，令贤哲死于无辜。谤鬼侮神，岂比滑稽之士；好贤恶佞，实非迂阔之儒。是皆至正之心，焉有偏私之意。饮三杯之狂药，赋八句之鄙吟。虽冒大聪，诚为小过，斯言至矣。惟神鉴之！

王览毕笑曰："腐儒，倔强乃耳！虽然好善恶恶，固君子之所尚也。至夫若得阎罗做，其毁孰甚焉。汝若为阎罗，将吾置于何地？”生曰：“昔者韩擒虎[18]云：‘生为上柱国，死作阎罗王。’又寇莱公[19]、江丞相[20]亦尝为是任。明载简册，班班可考。以此征之，冥君皆世间正人君子之为也。仆固不敢希韩、寇、江三公之万一，而公正之心，颇有三公之毫末耳。”王曰：“若然，冥官有代，而旧者何之？”生曰：“新者既临，旧官必生人道而为王公大人矣。”王顾左右曰：“此人所言深有玄理。惟其狂直若此，苟不令见之，恐终不信善恶之报，而视幽明之道如风声水月，无所忌惮矣。”即呼绿衣吏，以一白简书云：“右仰普掠狱冥官，即启狴牢[21]，领此儒生，遍视泉扃[22]报应，毋得违错。”

既而吏引生之西廊。过殿后三里许，有石垣高数仞，以生铁为门，题曰“普掠之狱”。吏叩门呼之，少焉夜叉数辈突出，如有擒生之状。吏叱曰：“此儒生也，无罪，阎君令视善恶之报。”以白简示之。夜叉谢生曰：“吾辈以为罪鬼入狱，不知公为书生也，幸勿见怪。”乃启关揖生而入。其中广袤五十余里，日光惨淡，冷风萧然。四维门牌[23]，皆榜名额：东曰“风雷之狱”，南曰“火车之狱”，西曰“金刚之狱”，北曰“溟泠之狱”。男女荷铁枷者千余人。又至一小门，则见男子二十余人，皆被发裸体，以巨钉钉其手足于铁床之上，项荷铁枷，举身皆刀杖痕，脓血腥秽不可近。傍一妇人，裳而无衣，罩于铁笼中。一夜叉以沸汤浇之。绿衣吏指下者三人谓生曰：“此秦桧父子与万俟卨[24]。此妇人即桧之妻王氏也。其他数人，乃章惇[25]、蔡京父子[26]、王黼[27]、朱勔[28]、耿南仲[29]、吴玕[30]、莫俦[31]、范琼[32]、丁大全[33]、贾似道[34]，偕其同奸党恶之徒。王遣吾施阴刑，令君观之。”即呼鬼卒五十余众，驱桧等至风雷之狱，缚于铜柱，一卒以鞭扣其环，即有风刀乱至，绕刺其身。桧等体如筛底。良久，震雷一声，击其身如齑粉，血流凝地。少焉恶风盘旋，吹其骨肉，复为人形。吏谓生曰：“此震击者阴雷也，吹者业风[35]也。”又呼狱卒驱至金刚之狱，缚桧等于铁床之上。牛头者长哨数声，黑风飘扬，飞戈冲突，碎其肢体。久之，吏呵曰：“已矣。”牛头复哨一声，黑风乃止，飞戈亦息。又驱至火车之狱。一夜叉以铁挝[36]驱桧等登车，以巨扇拂之。车运如飞，烈焰大作，且焚且碾，顷刻皆为煨烬。狱卒以水洒之，复成人形。又至溟泠之狱。夜叉以长矛贯桧等沉于寒冰中，霜刃乱斫，骨肉皆碎。良久以铁钩挽而出之，仍驱于旧所。以钉钉手足于铜柱，用沸油淋之。饥则食以铁丸，渴则饮以铜汁。吏曰：“此曹凡三日则遍历诸狱，受诸苦楚。三年之后，变为牛羊犬豕，生于凡世，使人烹剥而食其肉。其妻亦为牝豕，与人育雏，食人不洁，亦不免刃烹之苦。今此众已为畜类于世五十余次矣。”生问曰：“其罪有限乎？”吏曰：“万劫而无已，岂有限焉？”复引至西北一铁门，题曰“奸回之狱”。荷桎梏百余人，举身[37]插刃，浑若猬形。上有铁鸟十余如鸱鸦之状，往来啄其面背，下有毒蛇啮其身足，血流盈地。有巨犬三五食之。生曰：“此曹何人？”吏历历指示生曰：“前梏者汉之张汤[38]、窦宪[39]、梁冀[40]、董卓[41]、彭宠及十常侍也[42]。次则三国时钟会[43]、孙綝[44]，晋之王敦[45]、苏峻[46]、桓温[47]、桓玄[48]，南北时沈攸之[49]、侯景[50]、孔范[51]、尔朱荣[52]，隋之杨素[53]、杨玄感[54]、宇文述也[55]。又次则唐之李林甫[56]、卢杞[57]、史思明、安禄山、李希烈[58]、李辅国[59]、仇士

良[60]、王守澄[61]、田令孜[62]，宋之吕惠卿[63]、黄潜善[64]、苗傅[65]、韩侂胄也[66]。曩者贵为将相列卿，妒害忠良，欺枉人主，浊乱海内，今受此报，历万劫而不原也。"复至东壁，男女以千数，皆裸身跣足，或烹剥刳心，或挫烧舂磨，哀痛之声，彻闻数里。吏曰："是皆在生为官为吏，贪污虐民，不孝于亲，不友兄弟，悖负师长，奸淫背夫，为盗为贼，不仁不义者，皆受此报。"生见之大喜，叹曰："今日始出吾不平之气也。"吏笑携生之手偕出，仍至曜灵殿。再拜叩首，谢曰："可谓天地无私，鬼神明察，善恶不能逃其责也。"王曰："尔既见之，心已坦然，更烦为吾作一判文，以枭秦桧父子夫妻之过[67]。"即命吏以纸笔给之。生辞谢弗获，为之判曰：

> 尝谓轩辕得六相而助理万机，则神明应至[68]；虞舜有五臣以揆持百事[69]，而内外平成[70]。苟非怀经天纬地[71]之才，曷敢受调鼎持衡[72]之任？今照奸臣秦桧，斗筲之器[73]，闾阎小人[74]。虽居宰辅之名，实乃匹夫之辈。獐头鼠目，伺主意以逢迎；羊质虎皮，阿邪情而谄谀。岂有论道经邦之志，全无扶危拯溺之心。久占都堂[75]，怀奸谋而肆为僭分；闭塞贤路，固宠渥[76]而妒忌贤良。残伤犹剽掠之徒，贪鄙胜穿窬之盗[77]。既忝职居师保[78]，而叨任处公台。惟知黄阁[79]之荣华，罔竭赤心之左右。欺君枉上，擅行予夺之权；嫉善妒能，专起窜诛之典。奸宄逾其莽、操，凶顽尤胜斯、高。以枭獍[80]为心，蝎蛇成性。忠臣义士，尽陷于罗网之中；贼子乱臣，咸置于岩廊[81]之上。视本朝如弊甑，通敌国若宗亲。鸱鹰啄架臂之人，猘犬吠豢牢[82]之主。奸心迷暗，受诡胡兀术[83]之私盟；凶行荒残，害贤将岳飞之正命。悍妻王氏，不言豹隐[84]，而言放虎之难。愚子秦熺，只顾狼贪，不顾回鸾[85]之幸。一家同情而稔恶[86]，万民共怒以含冤。虽侥幸免乎阳诛，其业报还教阴受。数其罪状，书千张茧纸[87]不能尽其详；察此愆非，历万劫畜生不足偿其责。合行榜示，幽显通知。

生呈稿上，王览之大喜。赞曰："谠正[88]之士也。"生因告曰："奸回受报，仆已目击，信不诬矣。其他忠臣义士在于何所？愿希一见，以释鄙怀，不胜感幸。"王俯首而思，良久乃曰："诸公皆生人中为王公大人，享受天禄三十余次矣。寿满天年，仍还原所。子既求见，吾请躬导之。"于是登舆而前，俾从者舁生于后。行五里许，但见琼楼玉殿，碧瓦参差，朱牌金字，题曰"忠贤天爵之府"。既入，有仙童数百，皆衣紫绡之衣，悬丹霞玉珮，执彩幢绛节，持羽葆花旌，云气缤纷，天花飞舞，鸾啸凤唱，仙乐铿锵，异香馥郁，袭人不散。殿上坐者百余人，皆冠通天之冠[89]，衣云锦之裳，蹑珠霓之履，玉珂琼珮，光彩射人。绛绡玉女五百余人，或执五明之扇[90]，或捧八宝之盂，圜侍左右。见王至，悉降阶迎迓，宾主礼毕，分东西而坐。彩女数人，执玛瑙之壶，捧玻璃之盏，荐龙晴之果，倾凤髓之茶，世罕闻见。茶既毕，王乃道生所见之故。命生致拜，诸公皆答之尽礼，同声赞曰："先生可谓'仁者，能好人，能恶人矣'。"乃具席命生坐于右。生谦退再三，不敢当宾礼。王曰："诸公以子斯文，故待之厚。何用苦辞？"生乃揖谢而坐。王谓生曰："座上皆历代忠良之臣，节义之士，在阳则流芳百世，身逝则阴享天恩。每遇明君治世，则生为王侯将相，黼黻[91]朝廷，功施社稷，以

辅雍熙[92]之治也。”言既，命朱衣二吏送生还，谓曰：“子生寿七十有二，今复延一纪[93]，食肉跃马[94]五十一年。”生大悦，再拜而谢，乃辞诸公而出。行十余里，天色渐明。朱衣指谓生曰：“日出处即汝家也。”生挽二吏衣，延归谢之，二吏坚却不允。再三挽留，不觉失手而仆[95]，即展臂而寤。时漏下五鼓矣[96]。

【注释】

①锦城：即锦官城的简称。在今四川成都市南。三国蜀汉时管理织锦之官驻此，故名。后人遂以“锦城”作为成都的别称。这里指成都。

②好(hào 浩)善恶(wù 悟)恶：爱好善良，憎恨邪恶。“好”、“恶”均用作动词。

③天曹：道家称天上的官署。

④忿憾：怨恨。

⑤颙望：原意为抬头注视，这里作为敬辞，意为仰望，敬仰地期待。

⑥让：责备。

⑦臧否(zāng pǐ 脏匹)：善恶。

⑧脱：倘若。舛(chuǎn 喘)讹：错乱，错误。

⑨混沌：古代传说中指宇宙开辟前元气未分、模糊一团的状态。

⑩阴阳：指天地间化生万物的二气。既判：分开以后。判，分裂，分开。

⑪桑门：沙门的异译，即僧侣。

⑫王癫：即王珪(571～639)，字叔玠，唐太原祁县(今山西祁县)人。隋时为奉礼郎。入唐，为太子李建成中舍人。太宗即位，任为谏议大夫，勇于谏诤，太宗多采纳其言。贞观二年(628)，任侍中，与房玄龄、魏征等同辅政。能推人之长，有自知之明。

⑬激浊扬清：意为冲去污水，浮起清水。比喻斥恶奖善。语出《尸子·君治》：“水有四德……扬清激浊，荡去滓秽，义也。”

⑭日居月诸：指岁月流逝。居、诸，语气助词，无实义。语出《诗·邶风·日月》：“日居月诸，照临下土。”

⑮东窗赞擒虎之言：指秦桧妻王氏怂恿秦桧杀害岳飞等人恶毒的话。据《秦桧东窗传》载，秦桧独坐于东窗之下，对杀害岳飞等人踌躇未决：不杀恐岳飞阻挠和议，失信金邦，将来朝廷又要归罪于自己；杀了又怕众人公论有碍。其妻王氏正巧来到，对秦桧说：“岂不闻古语云‘擒虎易，纵虎难’乎？”秦桧听后，就决定杀害岳飞等人，下令大理寺狱官当晚在狱中缢死岳飞，并杀害岳飞儿子岳云和部将张宪、王贵。

⑯致北狩失回銮之望：致使被俘至北方金国的宋徽宗、宋钦宗回宋朝的希望破灭了。回銮，旧指帝王或后妃车驾外出返回。

⑰屠刘：屠杀。

⑱韩擒虎(538～592)：一名豹，字子通，隋代河南东垣(今河南新安)人。北周时，以军功历仕新安太守、和州刺史。入隋，为庐州总管。灭陈之战，为大将，与贺若弼夹攻建康(今江苏南京)。率部突破石子岗(今南京雨花台)，先入陈朝宫城台城，以功进上柱国。后迁凉州总管。

⑲寇莱公：即寇准(961～1023)，字平仲，华州下邽(今陕西渭南市下邽镇)人。太平兴国进士。淳化间，历枢密副使、同知枢密院事、参知政事。景德元年(1004)为相，主张练师选将，防御契丹。是年冬，契丹南攻，他力排众议，请真宗亲征，与辽订立澶渊之盟。不久，

被罢相，封莱国公。后贬雷州（今广东雷州），死于贬所。

⑳江丞相：即江万里（1198～1275），字子远，号古心。由乡举入太学，有文名。后为贾似道所引用，累迁同签书枢密院。咸淳元年（1265），同知枢密院事，未几迁参知政事。性刚直，因指责贾似道以辞相要挟度宗，遭忌罢政。咸淳五年（1269）为左相兼枢密使。咸淳十年（1274），为元军所执，后脱归饶州。元军破饶州，投水死。

㉑狴（bì 必）牢：牢狱。狴，即狴犴，传说中的兽名。狴犴好讼，故古时常画于狱门。

㉒泉扃：地下、冥界。

㉓四维：指东南、西南、东北、西北四隅。

㉔万俟卨（mò qí xiè 莫旗谢）：字元忠，南宋开封阳武（今河南原阳）人。历任枢密院编修，尚书比部员外郎。后依附秦桧，为监察御史、右正言。绍兴十一年（1141）承桧意构陷岳飞成死狱。次年任参知政事。后拜尚书右仆射同中书门下平章事。主和固位，与秦桧同。

㉕章惇（1035～1105）：字子厚，北宋建州浦城（今福建浦城）人。举进士。博学善文。元丰三年（1080）任参知政事。哲宗初年，知枢密院事。哲宗亲政，起为尚书左仆射兼门下侍郎，引用蔡京、蔡卞等，排斥元祐党人，报复仇怨，株连甚广。哲宗死，曾反对议立徽宗。及徽宗即位，贬睦州（今浙江建德）卒。

㉖蔡京父子：指北宋奸臣蔡京及他的五个儿子蔡攸、蔡鯈、蔡翛等。蔡京（1047～1126），字元长，兴化仙游（今福建仙游）人。熙宁进士。后知开封府。徽宗即位，罢官，乃勾结童贯，以谋起用。崇宁元年（1102）为右仆射，旋拜太师。以复新法为名，尽贬元祐诸臣，称为"奸党"。他还大肆挥霍，大兴土木，劳民伤财。天下人无不深恶痛绝，将他列为"六贼"之首。靖康时，蔡京为自全计，举家南逃，后徙儋州（今海南儋州），死于潭州（今湖南长沙）道中。

㉗王黼（1079～1126）：初名甫，字将明，北宋开封祥符（今河南开封）人。崇宁进士。多智善佞，与蔡京、梁师成相勾结，也是"六贼"之一。宣和九年（1119），拜特进、少宰，势倾一时。后进太傅，封楚国公。钦宗即位，贬崇信军节度副使，被杀。

㉘朱勔（1075～1126）：北宋苏州（今江苏苏州）人。宋徽宗爱好花石，他取浙中奇花异石进献。政和年间，他在苏州设置应奉局，勒取花石，船运至京城，号"花石纲"。豪夺敲诈，凌虐百姓。也是"六贼"之一。钦宗即位，削官回乡，后编管循州（今广东龙川），被杀。

㉙耿南仲（？～1129）：字晞道，北宋开封（今河南开封）人。元丰进士。历任两浙、广南、荆湖、江西监司。钦宗即位，任签书枢密院事，擢尚书左丞、门下侍郎，力主割地求和。高宗即位，降授别驾，安置南雄州（今广东南雄），至吉州（今江西吉安）道中卒。

㉚吴幵（qiān 千）：字正仲，北宋汀州清流（今福建清流）人。绍圣四年（1097）中宏词科。靖康初，为翰林学士承旨，力主割地，撰议和书，卑词乞求。汴京陷，首引金使检视府库，督求太子为金人传旨立张邦昌，并在金人操纵的伪楚政权任同知枢密院事、尚书左丞相。后贬南雄州。

㉛莫俦（1089～1164）：字寿朋，北宋平江吴县（今江苏苏州）人。政和年间进士。累迁国子司业。宣和六年（1124）召试中书舍人。靖康初，迁吏部尚书、翰林学士、知制诰，汴京陷，首引金使检视府库，为金人传旨立张邦昌，并任伪楚尚书右丞相。高宗即位，责潮州（今广东潮州）安置。

㉜范琼（？～1129）：字宝臣，北宋开封（今河南开封）人。宣和年间，参与镇压河北、京东农民起义军。金兵围汴京，他是京城四壁都巡检使，持剑为金军驱逼徽、钦二帝及后妃出

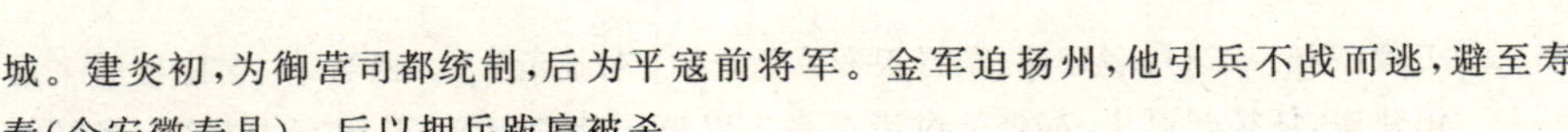

城。建炎初，为御营司都统制，后为平寇前将军。金军迫扬州，他引兵不战而逃，避至寿春（今安徽寿县）。后以拥兵跋扈被杀。

㉝丁大全（？～1263）：字子万，南宋镇江（今江苏镇江）人。嘉熙年间进士。以谄事宦官董宋臣，由萧山尉升至右司谏。宝祐四年（1256）率兵迫逐宰相董槐，任签书枢密院事。后为右丞相兼枢密使。开庆元年（1259），他隐匿蒙古兵进逼鄂州（今湖北武汉市江夏区）军报，被劾罢相。后移置新州（今广东新兴），舟过藤州（今广西藤县）时，被押送的将官推入水中溺死。

㉞贾似道（1213～1275）：字师宪，号秋壑，南宋台州天台（今浙江天台）人。理宗贾贵妃弟。淳祐中为京湖安抚制置大使，旋移镇两淮。开庆元年（1259）以右丞相领兵救鄂州（今武汉市江夏区），私向蒙古乞和，允称臣纳币，蒙古兵败，诈称大胜。度宗时封太师、平章军国重事。襄阳（今湖北襄樊市襄阳城）被围数年，隐匿不报，德祐元年（1275）元军东下，被迫出兵，在鲁港（今安徽芜湖市西南）大败。旋被革职，后安置循州（今广东惠东县），至漳州（今福建漳州）木绵庵，为监送者郑虎臣所杀。参见前《剪灯新语》之《绿衣人传》及注。

㉟业风：指恶业所感之猛风。

㊱挝（zhuā 抓）：古代的一种兵器。

㊲举身：全身。

㊳张汤（？～前115）：西汉杜陵（今陕西长安）人。武帝时历任廷尉、御史大夫等职。建议铸造白金及五铢钱，并支持盐铁官营政策，主持制定打击富农大贾的政策。

㊴窦宪（？～92）：字伯度，东汉扶风平陵（今陕西咸阳市西北）人。妹为章帝皇后。和帝即位后，他为侍中，操纵朝政。不久，任车骑将军。永元元年（89），率兵击败北匈奴，直追至燕然山，深入三千余里，以功任大将军，声名大振。后和帝与宦官郑众谋诛窦氏，窦宪被迫自杀。

㊵梁冀（？～159）：字伯卓，东汉安定乌氏（今宁夏固原县东南）人。两妹为顺帝、桓帝皇后。其父死，继为大将军。顺帝死，他与妹梁太后先后立冲、质、桓三帝，专断朝政二十年。骄奢横暴，多建苑囿，并强迫人民数千为奴婢。后桓帝与宦官单超等定议，诛灭梁氏，领兵收捕，梁冀被迫自杀。

㊶董卓（？～192）：字仲颖，东汉陇西临洮（今甘肃岷县）人。灵帝时，任并州牧。昭宁元年（189），率兵入洛阳，废少帝，立献帝，专断朝政。曹操等起兵反对，他挟献帝西迁长安，自为太师。残暴专横，纵火焚烧洛阳宫室和周围百里之地。后为王允、吕布所杀。

㊷彭宠（？～29）：字伯通，东汉南阳宛县（今河南南阳）人。少为郡吏。绿林起义后，逃亡渔阳（今北京市密云县西南）。刘玄即位，任偏将军、渔阳太守。不久，归刘秀，封建忠侯，赐号大将军，助汉军平定王郎。居功自负，心怀不满，又为人所谮，发兵反，后被杀。十常侍：汉灵帝时，宦官张让、赵忠、夏恽、郭胜、孙璋、毕岚、段珪、高望、张恭、韩悝、宋典、栗嵩等十二人，举其成数，称“十常侍”。十常侍专断朝政，大肆搜括聚敛，终于激发农民起义。

㊸钟会（225～264）：字士季，三国魏颍川长社（今河南长葛市东）人。司马昭重要谋士。景元三年（262），任镇西将军、假节都督关中诸军事，次年，大举伐蜀，接受蜀大将姜维投降。后因谋叛被杀。

㊹孙綝（？～258）：字子通，三国吴人。始为偏将军，后为侍中，代知朝政，以私恨诛吕据、滕胤，迁大将军，封永宁侯。富贵倨傲，多行无礼。孙亮与全尚、刘承等共议诛之，谋泄，綝废孙亮，立孙休，以大将军为丞相，一门五侯，权倾人主。或告綝欲反，乘腊会召至执杀之。

㊺王敦(266～324):字处仲,东晋琅邪临沂(今山东临沂)人。西晋末,支持琅邪王司马睿移镇建康,任扬州刺史、都督征讨诸军事。以镇压杜弢起义,升镇东大将军、都督江扬荆湘交广六州诸军事,握重兵屯武昌。西晋亡,与堂弟王导等拥司马睿建东晋政权,升任大将军、荆州牧。后以司马睿抑制王氏势力,于永昌元年(322)起兵攻入建康(今江苏南京),自为丞相,回屯武昌(今武汉江夏),控制朝政。太宁二年(324)明帝下诏讨伐,他再进兵建康时病死。

㊻苏峻(?～328):字子高,东晋长广掖县(今山东莱州)人。有才学,郡举孝廉。元帝以为鹰扬将军。明帝时,以平王敦功进使持节、冠军将军、历阳内史。明帝死,庾亮执政,谋夺其兵权,征为大司农。咸和二年(327),遂与祖约起兵,次年攻入建康,专朝政。不久为温峤、陶侃等所败,被杀。

㊼桓温(312～373):字元子,东晋谯国龙亢(今安徽怀远县西北)人。明帝婿。永和元年(345)任荆州刺史,握长江中游兵权。后灭成汉,收复洛阳。永和六年(350)废海西公,立简文帝,以大司马镇姑孰(今安徽当涂),专擅朝政,意欲受禅,未成,病死。

㊽桓玄(369～404):一名灵宝,字敬道,东晋谯国龙亢(今安徽怀远县西北)人。桓温之子。袭爵南郡公。曾任义兴(今江苏宜兴)太守,后弃官居江陵(今湖北荆州),招聚桓氏旧部。隆安二年(398)起兵讨伐王国宝,朝廷任命他为江州刺史,以求妥协。三年,袭杀杨盅期与殷仲堪,兼并荆州。四年,领荆、江二州刺史,控制长江中游地区。元兴元年(402)举兵东下,攻入建康,杀司马元显,控制朝政。次年底代晋自立,国号楚。不久刘裕起兵声讨,兵败被杀。

㊾沈攸之(?～478):字仲达,南朝宋吴兴武康(今浙江德清县千秋镇)人。沈庆之从侄。初随庆之征讨。孝武帝时,与萧道成同值殿省,结为姻亲。前废帝时受命杀庆之,颇受宠用。明帝时历官雍州、郢州刺史。明帝死,转荆州刺史。萧道成杀后废帝,他举兵讨道成,兵败自杀。

㊿侯景(503～552):字万景,南北朝时魏怀朔镇(今内蒙古固阳县西南)人。初为镇功曹史。魏末,事尔朱荣,后附高欢。拥兵十万,为东魏河南道大行台。太清元年(547)高欢死,降梁,封河南王。太清二年,举兵反于寿阳,破建康外城,立萧正德为帝。太清三年,破台城,梁武帝饿死,改立简文帝,杀萧正德。太清五年,称帝,国号汉,改元太始,史称“侯景之乱”。梁元帝自江陵讨伐,败逃被杀。

(51)孔范:字法言,南朝陈会稽山阴(今浙江绍兴)人。后主即位,为都官尚书,与江总等并为狎客。后主有过失,他必为文饰。陈灭后,隋文帝以其奸佞,列为四罪人之一被流放。

(52)尔朱荣(493～530):字天宝,北魏北秀容川(今山西朔州市北)人。契胡部落首领。武泰元年(528),进军洛阳,杀胡太后、少帝与百官二千余人,立孝庄帝,任都督中外诸军事、大将军兼尚书令,专断朝政,用本族子弟分掌权要。后为孝庄帝所杀。

(53)杨素(?～606):字处道,隋弘农华阴(今陕西华阴)人。仕北周,累官司城大夫,进位柱国。入隋,受命平陈,为行军元帅,以功拜荆州总管,封越国公。率军平江南李稜、高智慧等反隋势力,以功拜尚书右仆射,与高颎同掌朝政。参与谋废太子勇,杀文帝和拥立杨广。官至司徒,封楚国公。因功高位极,为炀帝所忌,忧惧死。

(54)杨玄感(?～613):隋弘农华阴(今陕西华阴)人。杨素的儿子。以军功八仕,位至柱国。后拜郢州刺史。袭爵楚国公,为礼部尚书。大业九年(613)炀帝攻高丽,受命驻黎阳(今河南浚县)监督粮运,乘机起兵反隋。数败隋军,引兵攻洛阳不克,西向取关中,为隋军所阻，至阌乡（今河南灵宝市西）被击败自杀。

⑤宇文述（？～616）：字伯通，隋代郡武川（今内蒙古武川县西）人。骁锐善骑射。仕北周，起家开府，以功拜上柱国。入隋，为右卫大将军，参加灭陈及平复东吴之地。与杨素等合谋助晋王广夺太子位。炀帝即位，拜左卫大将军，改封许国公。大业八年（612），炀帝攻高丽，为扶余道军将，战败，除名为民。次年，复官爵，再攻高丽时，奉召还师镇压杨玄感。后随炀帝南下江都，病卒。

⑥李林甫（？～752）：唐宗臣。开元中，迁御史中丞、吏部侍郎，深结玄宗宠妃武惠妃及宦官等，故奏对称旨。居相位十九年，专政自恣，杜绝言路。对人表面可亲，暗加陷害，人称"口蜜腹剑"。还主张重用番族人为将，使安禄山等得以久掌重兵，对后来"安史之乱"产生直接影响。

⑦卢杞（？～约785）：字子良，唐滑州灵昌（今河南滑县西南）人。卢怀慎孙。以荫累官虢州刺史。建中初任御史中丞，论奏称旨，不久，迁门下侍郎、同平章事。任宰相后，陷害杨炎、颜真卿，排挤张镒等。专权恣肆，毒害忠良。他以筹集军资为名，大肆搜括。又征收间架税、除陌税，民怨沸腾。建中四年（783），泾原兵变，长安失守，德宗逃奔奉天，朔方节度使李怀光上疏指斥卢杞的罪责，德宗不得已，乃罢相，贬为新州司马，后改授澧州卒。

⑧李希烈（？～786）：唐燕州辽西（今北京市顺义县西北）人。少从平卢军。安禄山叛，随平卢军先锋使李忠臣归唐，转战河南。大历末，授蔡州刺史、淮西节度留后。建中二年（781），奉朝廷之命讨伐山南东道节度使梁崇义，破襄阳，大掠而去。次年，又奉命讨淄青李纳。他与叛军勾结，并与朱滔、田悦等联合，自称建兴王、天下都元帅，屡败官军，杀戮甚众。占据汴州，自称楚帝，年号武成，杀朝廷所派遣的宣慰使颜真卿。后为刘洽等所败，逃归蔡州（今河南汝南），被部将毒死。

⑨李辅国（704～762）：唐宦官。本名静忠。天宝中入侍太子亨（肃宗）。安禄山叛乱，玄宗入蜀，他劝太子至灵武即位。肃宗即位后，以功赐名护国，不久改辅国。操纵朝政，后又掌禁兵。上元三年（762），肃宗将死时，与宦官程元振等杀张后，拥立太子豫（代宗），被尊称尚父，加司空、中书令。政无巨细，皆委参决。不久罢职，被代宗派人刺死。

⑩仇士良（781～843）：唐宦官。字匡美，循州兴宁（今广东兴宁）人。宪宗时迁内给事，出监平卢、凤翔等军，历任内外五坊使、左神策军中尉等职，专横跋扈。甘露事变后，大肆屠杀朝官，操纵朝政二十余年。

⑪王守澄（？～835）：唐宦官。元和中，为徐州监军。后召还，与内常侍陈弘志毒杀宪宗，迎立穆宗。长庆中，知枢密事。宝历二年（826）底，宦官刘克明等杀敬宗，他与梁守谦等杀克明，立文宗。大和九年（835），唐文宗赐鸩王守澄，被毒死。

⑫田令孜（？～893）：唐宦官。本姓陈，字仲则。蜀（一说许州）人。咸通中，入内侍省为宦官。历小马坊使、监军。僖宗即位，擢为左神策军中尉，呼为"阿父"，委之政事。黄巢起义军攻克长安，他侠僖宗逃往成都，升任左金吾卫上将军，封晋国公。王重荣与李克用合军进逼长安，他再度挟持僖宗出奔，自任西川监军使。后被割据西川的王建所杀。

⑬吕惠卿（1032～1111）：字吉甫，北宋泉州晋江（今福建泉州）人。嘉祐进士。熙宁二年（1069），王安石辟为制置三司条例司检详官，参与制定青苗、免役、均输等法，章奏多出其手。熙宁七年（1074），王安石罢相，他任参知政事，继续推行新法。王安石再相，两人交恶，吕惠卿出知陈州、延州、太原府。哲宗即位，为苏辙、刘挚等所劾，安置建州。绍圣二年（1095）知延安府，绍圣四年，筑米脂等寨抵御西夏侵扰。徽宗朝又两度遭贬。

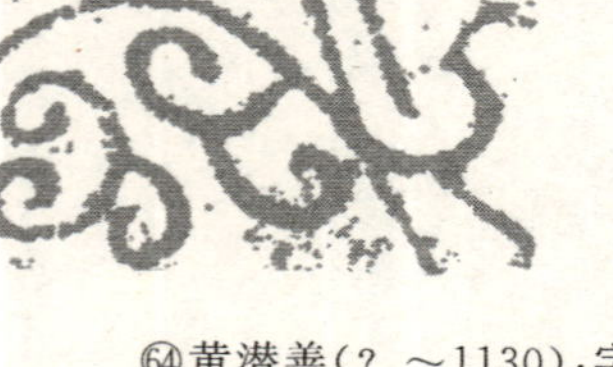

㉔黄潜善(？～1130)：字茂和，南宋邵武(今福建邵武)人。宣和初为左司郎，后以徽猷阁待制知河间府。靖康初，金人入攻，康王(赵构)开大元帅府，他为副使。建炎元年(1127)高宗即位，任中书侍郎，逐李纲、张所，杀上书言事的太学生陈东及欧阳澈。后与汪伯彦同居相位，隐匿军情不报，因循误国，为世人所恨。建炎三年(1129)扬州失守，高宗仓皇南渡。黄潜善为中丞张澄所劾，罢为观文殿大学士，知江宁府。不久贬梅州(今广东梅州)死。

㉕苗傅(？～1129)：南宋潞州上党(今山西长治)人。高宗初，任御营统制，护卫隆裕太后至杭州。建炎三年(1129)，与刘正彦激怒驻杭诸军兵变，杀都统制王渊及宦官康履等，逼高宗禅位给三岁的太子，由隆裕太后听政。张浚、韩世忠等起兵勤王，苗傅遂率军遁逃，后又弃军变姓名，匿于建阳(今福建建阳)，终被俘处死。

㉖韩侂胄(1152～1207)：字节夫，南宋相州安阳(今河南安阳)人。韩琦曾孙。以策立宁宗有功，自宜州观察使兼枢密都承旨，累迁少师，封平原郡王，除平章军国事，执政十三年，位居丞相之上。排斥大臣赵汝愚，贬逐朱熹、彭龟年。斥理学为伪学，兴"庆元党禁"。开禧元年(1205)，欲建功业以自固，见金衰，力主乘机恢复中原。开禧二年北伐，因用人和措置不当，失利，遂遣使请和。次年，为礼部侍郎史弥远等谋杀，函首送金廷乞和。

㉗枭(xiāo 消)：斩首悬以示众。枭秦桧父子夫妻之过，意为揭露秦桧父子夫妻之罪过以示众。

㉘"尝谓"二句：轩辕即黄帝号，亦黄帝名。传说黄帝得六臣(即蚩尤、大常、屠龙、祝融、大封、后土)辅佐而理万机。《管子·五行》："黄帝得六相，而天地治，神明至。"

㉙虞舜有五臣：虞舜，名重华。传说他有五个臣子，即禹、稷、契、皋陶、伯益。《论语·泰伯》："舜有臣五人，而天下治。"揆持：管理，掌管。

㉚平成：指万事安排妥帖。语出《左传·文公十八年》："舜臣尧，举八恺，使主后土，以揆百事，莫不时序，地平天成。"

㉛经天纬地：意谓经营天下，治理国政。《周书·静帝纪》："藉祖考之休，凭宰辅之力，经天纬地，四海晏如。"

㉜曷敢：怎敢。调鼎：即调羹鼎，比喻治理国家政事。《书·说命下》："若作和羹，尔惟盐梅。"

㉝斗筲(shāo 烧)之器：比喻才能低下或地位低微的人。斗，容十升，筲，竹器，可容一斗二升。斗与筲均为量小的容器。

㉞闾阎：里巷内外的门。这里借指居住里巷的平民。

㉟久占都堂：意谓久占高官的位置。唐尚书省署居中，东有吏、户、礼三部，西有兵、刑、工三部，尚书省的左右仆射总辖各部，称为"都省"，其总办公处称为"都堂"。宋沿之。

㊱宠渥：皇帝的宠爱与恩泽。

㊲穿窬之盗：指偷盗。穿窬，挖墙洞和爬墙头。《论语·阳货》："色厉而内荏，譬诸小人，其犹穿窬之盗也欤！"

㊳师保：师、保，官名，统称"师保"，古代任辅弼帝王和教导王室子弟的官。

㊴黄阁：汉代丞相、太尉和汉以后的三公官署避用朱门，厅门涂黄色，以区别于天子。后因以黄阁指宰相官署。秦桧任宰相之职，故称。

㊵枭獍：比喻忘恩负义之徒或心肠狠毒之人。旧说枭为恶鸟，生而食母；獍为恶兽，生而食父。

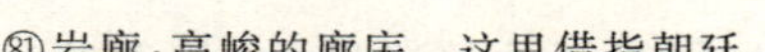

㉛岩廊：高峻的廊庑。这里借指朝廷。

㉜猰（yà 压）犬：疯狗。豢（huàn 患）牢：兽圈。

㉝兀术（？～1148）：即完颜宗弼。本名斡啜。金女真族完颜部人。阿骨打第四子。初从完颜宗望、完颜宗翰等攻宋。天会七年（1129）任统帅，渡长江，追宋高宗入海。次年为韩世忠堵截于黄天荡，终败宋兵。渡江北还，从宗辅定陕西。以后连年进攻秦岭北麓地带，都被吴玠等击退。天眷三年（1140）撕毁宋金和约，重新发动攻宋战争，进兵河南，受到刘琦、岳飞等军阻击。渡淮后，宋乞和。还朝，进拜太傅。皇统七年（1147），为太师，领三省事，都元帅。次年死，封梁王，谥忠烈。

㉞豹隐：比喻洁身自好。语出汉刘向《列女传·陶答子妻》："妾闻南山有玄豹，雾雨七日而不下食者，何也？欲以泽其毛而成文章也，故藏而远害。"

㉟回鸾：犹回銮。旧指帝王或后妃车驾外出返回。这里指宋徽宗、宋钦宗被拘金朝，盼望回宋朝事。

㊱稔（rěn 忍）恶：罪恶深重。

㊲茧纸：古代一种用蚕茧制作的纸。

㊳谠正：正直。

㊴皆冠通天之冠：都戴着通天冠。"皆冠"的"冠"，用作动词，即戴着。通天冠，一种王冠，始于秦朝，历代形制不尽相同。宋代的通天冠有二十四梁（冠上横脊），加金博山，附蝉十二，青面朱里，饰以珠翠，黑帻，黑缨翠绥，用犀玉簪导。

㊵五明之扇：即"五明扇"，古代帝王仪仗中用的一种掌扇。

㊶黼黻（fǔ fú 府符）：辅佐。

㊷雍熙：和乐升平。

㊸一纪：十二年。

㊹食肉跃马：意谓做高官，贵显得志。《史记·范睢蔡泽列传》："（蔡泽）谓其御者曰：'吾持粱刺齿肥，跃马疾驱，怀黄金之印，结紫绶于要，揖让人主之前，食肉富贵，四十三年足矣。'"

㊺仆：向前跌倒。

㊻时漏下五鼓矣：当时已是五更了。漏下，指漏刻（古代计时器）的水面已经下落。五鼓，五更，即天快亮的时候。

青城隐者记

华阳士人[①]李有，字若无。涉猎书史，工于诗词，而乐山水之趣。一日，引一家童，负琴剑，携酒肴，游于青城山[②]。观其峰峦磅礴，秀拔天表，叹玩不足。时值仲春[③]，群芳竞艳，百卉争妍，燕语莺啼，樵歌牧唱。生喜而言曰："山水之佳，足以洗尘俗之胸襟，开幽栖之怀抱。吾当于此饱烟霞而饫风月矣。"乃坐松阴之下，横焦尾之琴[④]，鼓猗兰之操[⑤]。命童子具酒肴。坐盘石之上，自歌自酌。久而半酣。乃拂袖而起，家童后随，散步缓行。因其景物牵情，不能自已而。乃乘兴登崇岗，度邃壑，迨十里余。回首视之，第见淡烟荒草，林木森然，忘其归路矣。正疑虑间，忽闻林外语声，趋往问之。见一老叟，庞眉皓发[⑥]，衣冠甚伟。左手扶筇，右携一儿，行

于溪侧。生揖而进曰："仆李姓名有，世居华阳，因闻福地清幽胜妙，故游览于此。睹景忘情，不觉失其归路。日色将曛[⑦]，进退无所。冀丈人不以鄙弃，愿假一宿，幸垂金诺。"叟曰："吾居此岁久，未尝见一外人。此间山穷水尽之处。子既不以老夫侧微[⑧]之辱，幸为枉驾一顾耳。"生大悦，随叟行，及五里许，则见云寒翠嶂，烟锁琪林，岩桧铺青，泉声漱玉，真若神仙之境。复转一径，则川平地广，茆屋参差，鸡犬声喧，桑麻掩映，居有百余家。叟延生入宅，叙宾主礼毕，揖生上坐。以瓦瓯献茶，味甚香美。生起而问曰："敢问丈人[⑨]尊族出于何氏？何年栖迟[⑩]于此？愿聆其详。"叟曰："山林野夫，焉有姓字？僭呼青城隐者。孟蜀广政[⑪]中，叨受太常典礼[⑫]，后因宋遣王全斌下蜀[⑬]，吾携妻子避兵于此。其诸比邻亦皆同时来者也。初于此处披榛诛茆，创立居第，耕田而食，凿井而饮。男婚女嫁，已见云仍[⑭]。但见梅开菊绽，寒暑往来，不知是何年，是何代也。"生大骇谓曰："宋自太祖下蜀，历至徽、钦二帝，遭金虏之寇，中原失守，高宗南渡中兴，历孝、光、宁、理、度五君。至幼主德祐二年[⑮]，归于大元，宋祚已终。元自世祖至顺宗，天命归于圣朝，国号大明。四海混同[⑯]，万方一轨[⑰]。今临洪武庚戌[⑱]万年之岁也。"叟曰："审[⑲]如此，宋至元，元至今几何年欤？"生曰："宋太祖建隆庚申[⑳]开基，传一十六帝，至幼主德祐乙亥，凡三百一十六年，鼎移于元。元自世祖中统庚申平一[㉑]，传一十帝，至顺宗至正丁未[㉒]凡九十三年，归命[㉓]大明。至今四百一十四年矣。"叟垂泣叹曰："吾归山野，不知年华遄迈[㉔]，已过三朝矣。忆曩时之事犹昨日。静言思之，良可伤感。"生因请问孟蜀兴废之故。叟具述曰："后唐明宗长兴四年二月，以孟知祥[㉕]为蜀王，至闵帝应顺元年，知祥称帝，建元明德，以赵季良[㉖]为司空平章事。是年四月，唐潞王从珂[㉗]立，改元清泰。七月知祥卒，其子仁赞立，更名昶[㉘]。晋天福三年改元广政。宋太祖乾德三年正月，遣王全斌等下蜀，昶降。与其母李氏至大梁，封昶开府仪同三司检校太保兼中书令。数日卒。追封楚王。昶卒，其母不哭，举酒酹地曰：'汝不能死社稷，贪生至今日。吾所以不忍死者，为汝在也。汝既死，吾安用生？'因不食数日亦卒。计孟氏据蜀二世，凡四十一年而亡。"言既，垂泪而言曰："吾居山林，第闻猿啼虎啸之声。今日获聆吾子隽永之论，使人怀抱豁然。"已而天暮，生乃就宿。

明日，烹鸡置酒，与生对酌。因呼一妪出见，谓曰："此老荆布[㉙]也。曩为孟氏宫人，后主所赐。迨今尚记宫壶[㉚]之事。"酒行数巡，叟自制《醉蓬莱》一阕以侑觞。其词曰：

> 忆兔走乌飞[㉛]，龙争虎战，许多时候。走狗良弓[㉜]，尽忘生桃园[㉝]。被甲朝眠，衔枚夜进[㉞]，万死功成就。地老天荒，英雄安在？惟有青山依旧。 退隐林泉，竹篱茅舍，木枕藤床。自甘卑陋，面麦雕胡[㉟]，薿薿[㊱]连云茂。女织男耕，桑麻满圃，不用青蚨[㊲]售。酒酿松花[㊳]，羹烹葵菽，自歌还自寿。

歌罢，媪与生谈蜀后主之妃张太华、花蕊夫人[㊴]。颜色才思，极其详细。乃言："广政初，后主与太华同辇游青城山，宿九天丈人观中，月余不返。李廷珪[㊵]谏曰：'大梁之人[㊶]窥国衅久矣，陛下遨游累旬，不思社稷之重，臣恐一旦剑门[㊷]有警，将何以捍御？且青城山乃九天丈人之福地也。今陛下久驻鸾舆，嫔姬数百居宿于此，岂无秽渎？虽云醮祀祈福，实为招谴。'主不听。又数日雷雨大作，若失白昼。主大骇怖，急呼道士诵经祷祈，而太华已被震殒矣。主及嫔御之人无不哀悼。乃以红锦龙褥裹其尸。瘗于观前白杨树下。翌日，急趣回鸾[43]，悲痛无已。复数年，炼师[44]李若冲，因晚霁闲步观侧，忽见白杨树下一美人，翠眉雪肌，仙姿窈窕。吟曰：

一别鸾舆今几年，白杨风起不成眠。
常思往日椒房[45]宠，泪滴衣襟损翠钿。

诗毕，放声而泣。若冲问曰：'子人耶鬼耶？何事至此？'美人敛衽而前，再拜曰：'妾蜀主之妃张太华也。因陪大家[46]游此，宿于琳宫，被雷震而死。迨今魂滞幽阴，未获出离。伏望炼师哀怜，乞赐荐拔。俾早出冥途，妾当结草[47]。'若冲曰：'今年秋中元令节[48]，吾设黄箓大斋[49]。既知汝名，吾当为汝奠长生金简，诵生神玉章，以此功德度汝往生。'美人闻之，再拜而谢，倏然不见。至期，若冲果依前盟。醮毕，夜梦美人谢曰：'妾荷炼师荐悼之恩，已受生于人世矣。壁间鄙句一绝，幸希电览。'明日，若冲视之，果有黄土书一绝云：

符吏匆匆叩夜扃，便随金简出幽冥。
蒙师荐拔恩非浅，领得生神九卷经。

主闻之，厚赐若冲。是后惟花蕊夫人宠冠后宫。乃营重光殿、太虚阁、会真宫、凌波亭。皆用金玉翠珠为饰，玛瑙为阶，光彩耀日。宫嫔五千人，皆妙年绝色，无过三旬[50]者。后主自制词章，教之歌舞。花蕊夫人亦赋宫词百首，皆纪其宫中富贵之景。"又曰："向使[51]后主不极奢靡，不荒游宴，尊贤用能，时使薄敛，纵然宋之兵甲精强，未必王全斌以五万众六十六日而能取全蜀之地也。盖由当时兵民已困，财力已殚，人多含怨，欲其速亡耳。"言既，叟叹曰："姑置旧事，且开怀饮酒。"乃呼童子洗爵再酌。至夜分，生大醉而寝。

明日告归，叟赋七言歌一篇以饯生行。其歌曰：

成都八月秋风起，烂熳芙蓉照江水。
红芳万树夺春容，锦绣连城四十里。
重光宝殿会真宫，金碧嵯峨霄汉中。
凤管紫箫吹翠阁，龙涎香篆腾珠栊。
百官班退烟云晚，姝姬接驾争妍姣。
非惟御宴罗八珍，便器犹能妆七宝。孟昶以七宝饰便器。
神仙境界青城山，美人同辇遥跻攀。
岂忆阿香[52]轰霹雳，可怜荒草埋花颜。
遨游累岁无时歇，宋已兴师恶人说。
一朝舆榇[53]诣军门，降卒三千尽流血。
蹇余幸得归林泉，女有桑麻男有田。
自甘淡泊老丘壑，岂希名像图凌烟[54]？

乌飞兔走光阴速，白日同年俱白骨。

翻思故主恩遇隆，谩对斜阳拊膺[55]哭。

栖迟此地足优游，花开叶落知春秋。

烟霞态度琴三弄，风月襟怀酒一瓯。

荷君不弃临蓬荜[56]，蓬荜生辉意何极。

莫嫌村酒味茅柴[57]，尽我薄情须饮醯。音密，尽也。

明日送君雪涧滨，我行绿野君红尘。

若到人间如遇问，彷瘮上古无怀民[58]。

叟遂送生出于谷口，再拜而别。

至家数日，忆叟妪必非常人。乃具酒肴，寻旧路访焉。至则荆棘丛丛，不可复得。但见苍崖翠壁，白石青松，老树生风，寒猿长啸而已。生惆怅久之，无聊而归。因追思世事，乃有泉石烟霞[59]之志，遂弃家入青城山修道，不知所终。

【注释】

①华阳：旧县名，唐置。清代成都府治。1913年裁府留县，1965年撤销，并入双流县。即今四川双流县。士人：儒生，读书人。

②青城山：道教名山之一，在今四川都江堰市西南。

③仲春：阴历二月。

④焦尾之琴：即焦尾琴。这里泛指良琴。据《后汉书·蔡邕传》记载，有人用桐木烧火，蔡邕听见火烈之声，知道是块好木材，就将这块焦木制琴，果然声音很好，但琴尾巴还是焦木，当时人称它为“焦尾琴”。

⑤鼓：弹。猗兰之操：即古琴曲《猗兰操》。据《琴操》记载，是孔子所作。

⑥庞眉皓发：眉发斑白。

⑦曛：黄昏，傍晚。

⑧侧微：卑贱。《书·舜典》：“虞舜侧微。”孔颖达疏：“不在朝廷谓之侧，其人贫贱谓之微。”

⑨丈人：古时对老人的尊称。

⑩栖迟：滞留。

⑪孟蜀：即后蜀。五代十国之一。因是孟知祥创建的，故亦称“孟蜀”。广政：后蜀主孟昶的年号(938～965)。

⑫叨受：自谦之辞，犹承受。太常典礼：在太常寺任掌管礼乐的官职。太常，指官署太常寺。汉有太常，北齐始设寺，隋唐五代沿置。太常寺掌郊庙礼乐祭礼事务。典，掌管，任职。

⑬王全斌(908～976)：宋并州太原(今山西太原)人。五代时历仕唐、晋、周，累官相州留后。宋太祖建隆元年(960)讨平李筠之乱，以功授安国军节度使。乾德二年(964)冬宋伐后蜀，任西川行营前军都部署，连战皆捷，遂克剑门。乾德三年正月军次绵州魏城，蜀主孟昶奉表请降。入成都后，昼夜宴饮，不恤军务，纵部下掠夺子女财物。后因蜀军兵变，坐降崇义军节度观察留后。开宝末为武宁军节度使，至镇数月卒。

⑭云仍：远孙。《尔释·释亲》：“盌孙之子为仍孙，仍孙之子为云孙。”

⑮幼主德祐二年：南宋恭帝赵㬎于德祐二年(1276)逊位，时年仅七岁，故称“幼主”。

⑯四海混同：天下统一。

⑰万方一轨：全国各地政令划一。万方，万邦，各方诸侯，这里引申为天下各地。一轨，一条车道，车轨相同，这里比喻为国家统一，政令划一。

⑱洪武庚戌：明太祖（朱元璋）洪武三年（1370）。

⑲审：副词，果真，确实。

⑳建隆庚申：宋太祖建隆元年（960）。

㉑世祖中统庚申：元世祖（忽必烈）中统元年（1260）。平一：平定，统一。《史记·秦始皇本纪》："皇帝休烈，平一宇内，德惠休长。"

㉒顺宗至正丁未："顺宗"应作"惠宗（顺帝）"。至正丁未，即至正二十七年（1367）。

㉓归命：归顺。

㉔遄迈：快速前进。

㉕孟知祥（874～934）：五代时后蜀国的创建者。字保裔，一作"保胤"，邢州龙冈（今河北邢台）人。李克用侄婿。初为晋王李存勗（后唐庄宗）部马步军都虞候。入后唐，任太原尹、北京留守。后唐灭前蜀后，他于同光四年（926）初抵成都任成都尹、西川节度使副大使知节度，适逢后唐庄宗被杀，明宗即位，他即割据一方。长兴三年（932）攻杀董璋，并兼并东川，任东、西川节度使，进封蜀王。应顺元年（934）在成都称帝，国号蜀，史称"后蜀"。在位期间闭关自守，减免苛捐杂税，兴修水利，招集流亡，使生产有所恢复，社会趋于安定。

㉖赵季良（？～946）：字德彰，五代济阴（今山东菏泽市南）人。善谋略。初仕后唐，为魏州司录、盐铁判官、太仆卿。天成元年（926），奉使至蜀，遂留事孟知祥，为西川节度副使、武泰军节度使，辅佐孟氏拒后唐，击灭董璋。及孟知祥建后蜀，拜司空，兼门下侍郎、同平章事。知祥卒，拥戴后主（孟昶），进太保，分判三司，兼户部事。

㉗唐潞王从珂：即后唐末帝李从珂（885～936），平山（今河北平山）人，本姓王，明宗李嗣源养子，赐名从珂。长兴三年（932），进位太尉，移凤翔节度使。次年封潞王。应顺元年（934），起兵废闵帝李从厚，即帝位，改元清泰。时内忧外患加剧，形势紧张。河东节度使石敬瑭勾结契丹，称帝于太原，并率兵南下洛阳，李从珂举族自焚于洛阳玄武楼。

㉘孟昶（919～965）：五代时后蜀国君。高祖孟知祥第三子，初名仁赞，字保元。父死即位，杀以功自傲、放纵不法之旧臣，劝农桑，置贡举，鼓励进谏，改革政事。当时中原王朝更迭频繁，无暇西顾，得以偏安，据险一方。生活奢靡，大选民女充后宫，溺器亦用七宝装饰。乾德二年（964），北宋攻蜀。次年，降宋。封泰国公，不久即死于开封。追封楚王。

㉙荆布：即"荆钗布裙"的省语，是称自己妻子的谦辞。老荆布，即老妻。

㉚宫壸（kǔn 捆）：帝王后宫。

㉛兔走乌飞：指飞驶的光阴。兔，指月，古代神话传说月中有玉兔。乌，指日，古代神话传说日中有三足乌。

㉜走狗良弓：比喻事成后抛弃或杀害有功的人。语出《史记·淮阴侯列传》："上（指刘邦）令武士缚（韩）信，载后车。信曰：'果若人言：狡兔死，良狗亨；高鸟尽，良弓藏；敌国破，谋臣亡。天下已定，我固当亨！'"亨，即"烹"。

㉝忘生桃阓（chuài 踹）：为着争桃而自相残杀。典出《晏子春秋》：齐国有公孙接、田开疆、古冶子三勇士，均以勇力搏虎著称。晏子让齐景公赐三士二桃，要他们论功食桃，终致三士自杀而死。阓，挣得，赚取。

㉞衔枚夜进：将士衔枚夜行军。枚状如箸，两端有带，可系于颈上。古代行军时衔枚口中，以防出声喧哗。

㉟雕胡:茭白的子实,可当粮食。

㊱薿(nǐ你)薿:形容茂盛的样子。

㊲青蚨:指钱。

㊳酒酿松花:酿松花酒。下句"羹烹葵菽",即是烹葵菽羹。

㊴花蕊夫人:即后蜀孟昶慧妃徐氏(一说姓费),青城(今四川都江堰市西)人。慧妃为后主贵妃,别号花蕊夫人。幼能属文,尤长诗咏。后蜀亡后,被掳入宋宫,为宋太祖所宠。传说被太祖弟赵光义(太宗)射杀。

㊵李廷珪(? ~967):五代太原(今山西太原市西南)人。少隶孟知祥帐下,跟随入蜀,补军职。后主时,累官保宁节度使、护圣控鹤都指挥使。后蜀广政十八年(955),后周凤翔节度使王景等攻秦州,他以北路行营都统统兵抵御,战败,失秦、凤、阶、成四州。后降宋,任右千牛卫上将军。

㊶大梁之人:指北宋。北宋建都于汴京(今河南开封)。此地战国时为魏都大梁。

㊷剑门:指剑门关,在今四川剑阁县东北。地势险要,为古代军事戍守要地。

㊸趣(cù促):催促。回銮:指帝王或后妃车驾外出返回。

㊹炼师:对道士的敬称。

㊺椒房:原为汉代皇后所居的宫殿名,后泛指后妃居住的宫室。

㊻大家:宫中近臣或后妃对皇帝的称呼。

㊼结草:比喻受恩深重,虽死犹报。典出《左传·宣公十五年》:魏颗依照父亲魏武子病中的嘱托,将父亲的宠妾嫁人,而没有殉葬。宠妾的亡父为报答魏颗,在魏颗与秦国打仗时,结草将秦将杜回绊倒,使秦军大败。

㊽中元令节:即八月十五日中秋节。

㊾黄箓大斋:道教为超度亡灵而作的度亡道场。因是普召天神、地祇、人鬼而设醮,追忏罪根,冀升仙界,故称"大斋"。

㊿三旬:三十岁。旬,十岁。

51向使:假使。

52阿香:神话中雷部推车女,掌管打雷。

53舆榇:载棺以随。表示决死或有罪当死。

54凌烟:指凌烟阁。封建王朝为表彰功臣而建筑的绘有功臣图像的纪念性的高阁。

55拊膺:拍胸,表示愤慨的一种动作。膺,胸。

56蓬荜:"蓬门荜户"的省语。形容穷苦人家用草、树枝等做成的简陋的住房。下句"蓬荜生辉",意为使陋室添光彩。多用作谦辞。

57茅柴:即茅柴酒,村酿薄酒。清赵翼《陔余丛考·茅柴酒》:"酒之劣者,俗谓之茅柴酒。"

58无怀民:无怀氏时代的人。无怀氏,传说中在伏羲氏之前的上古帝王。

59泉石烟霞:泛指山水、山林。南朝梁萧统《锦带书十二月启·夹钟二月》:"敬想足下,优游泉石,放旷烟霞。"

花影集

(明)陶　辅

陶辅(1441～1523后),字廷辅,号夕川老人,又号安理斋、海萍道人,明代凤阳府凤阳县(今安徽凤阳)人。陶辅凭祖先的军功荫补应天亲卫卫昭勇之爵,后致仕家居,闭门著书。《花影集》写成于壮年,但作序付刻时,陶辅已是八十三岁高龄。从《花影集引》可知,陶辅曾深入研读过《剪灯新话》、《剪灯余话》和《效颦集》这三部明代文言小说集,"遂较三家得失之端,约繁补略,共为二十篇,题曰《花影集》,亦自以为得意之作也"。自视甚高,实际上除少数篇章外,《花影集》的文笔和故事性,比起《剪灯新话》均稍逊一筹。陶辅一生著作甚丰,除《花影集》外,据《百川书志》所载,还有《桑榆漫志》、《四端通俗诗词》、《夕川愚特》、《蚓窍清娱》、《间檐□笑》、《夕川咏物诗》等。

《花影集》共四卷二十篇,明代嘉靖年间刊行后,其中一些篇章曾选载于《情史类略》、《绣谷春容》和《燕居笔记》等。《花影集》在国内久已失传,日本早稻田大学图书馆藏有明代朝鲜的写刻本一部,书后有万历丙戌(1586)朝鲜人崔岦写的跋。由此可知,《花影集》问世后不久即传入朝鲜,并有了朝鲜的新刻本。

以下选注的三篇,文字依据中国文史出版社出版的《中国古代孤本小说集》所载的《花影集》。《刘方三义传》选自《花影集》卷一,《贾生代判录》选自卷二,《心坚金石传》选自卷三。《心坚金石传》曾据明刊《绣谷春容》仁集卷之八所载的同篇文字作了校订。《刘方三义传》和《心坚金石传》对后来的小说戏曲影响甚大。冯梦龙据《刘方三义传》改写为拟话本《刘小官雌雄兄弟》,收入《醒世恒言》第十卷。《心坚金石传》是篇脍炙人口的文言小说佳作,它歌颂了坚贞不渝的爱情,作品哀婉动人,意味深长。明代万历年间已有据此改编为《霞笺记》传奇的刊本,全书二卷三十出。清代也有人据此改编为四卷十二回的章回小说《霞笺记》,又题《情楼迷史》,现存清代醉月楼刊本。以上据《心坚金石传》改编的剧本和章回小说,作者均不详。

刘方三义传

宣德[①]初，河西务[②]之蒙村者，边河为市，舟楫聚泊之所也。居人近数百家。其间有刘叟者，号称长者，开酒肆于其间。茅屋数间，薄田十余亩，衣食粗足。然止叟媪二人，年各六旬余[③]，无他弟男之依。是年，有京卫[④]老军方其姓者，携一子，年约十二三，宿于叟店。及夕，方偶得中风，至晓则颓然不起。其子悲号近绝者数肆[⑤]。叟媪亦为之堕泣，遂容养疾于家，凡百[⑥]粥饮汤药，叟媪皆为办给。不半月，则老军死矣。其子跪告于叟媪曰："今儿亡父本某卫军。于某年母已先故，与父欲投原籍。求少盘费，为办母丧。不料皇天弗佑，父更路亡，遗儿一身，囊无半钱之资。欲望大恩借数尺之土，暂掩父骸。儿愿终身为奴，以偿此德。如不见允，则投身此河，永为不孝之鬼矣。"言既，放声大恸。叟媪怃然[⑦]流涕曰："噫，是何言与[⑧]！汝黄口儿尚知孝道，予岂不知义者哉！"遂为办棺衾之具，葬于屋后之地，仍表之曰"某卫军士方某之墓"。谓其子曰："予欲令汝归家，唤汝亲故搬取二丧，恐汝细弱不能自达。汝可暂住予家，待有熟识之人方可。"儿复跪泣，指心而誓曰："儿虽细[⑨]，岂不知恩。且亡父病时，深蒙不嫌病秽，汤药依时。及至身死，棺衾葬具，所费不赀[⑩]。虽至亲骨肉，未必如此。况儿生长京师，亲故乡曲，一人不识。有恩不报，欲安归乎？且闻老丈夫妇亦无子侄，儿虽不才，倘蒙不弃，收充一奴，以供朝暮。万一义丈二位百年，某岂不堪为拜扫之人乎？然后赴京取回先母遗骨，同我故父葬于义丈墓道之侧，则儿之负恩不孝之罪塞[⑪]矣。"叟媪闻之，且悲且喜曰："真天赐之嗣也！"因不没其姓，名之曰刘方。恩养备至。方亦孝谨出常，勤业家事，不舍昼夜，常若不及者。

是后，时值秋风大作，上游飘一败船，泊于门前岸下。船人呼号，死溺狼藉。为居人挽救，得达岸者才十数人。内一少年约未二旬，气息将绝，而手尚坚持一竹箱不舍。傍一少妇抚抱号叫不已。人或问其然，答曰："此人吾夫也，此箱中吾舅姑之骨也。"时方从观在侧，归道所以于父母，悲咽不能成语，曰："此人之厄，正如儿向日之苦。"叟媪闻之，奔赴扶携二溺归家，更以燥衣，哺以暖食，不逾日而苏矣。其人告曰："奇姓刘氏，山东张湫[⑫]人也。此妇奇妻李氏也。二年之前，从父三考京师，不幸遇时疫，未易月父母俱没，馀予夫妇，无力奉柩还乡，只得火化为榇，谋此归计。岂料不孝恶极，又遭此祸。过蒙老丈相济，实再生之父母也。然李氏孕有六甲，遇此惊溺，内损无任。不及办蓐，胎已堕矣。"

于是，叟媪及方叹怜不已，急为洒扫暖室，朝夕为办粥饮。不数日，李亦殒矣。叟媪为治棺具，亦葬于屋后之地。深为刘奇解慰，劝令暂住于家，与方同其寝食。议待便船使谋归计。凡经数十日，皆以骨殖在船，多遭冲击之患为辞，久不果事。况奇于救溺之时，为钩挽所伤数处，溃疮甚发，不能履者数月。然奇素博学能文，见方聪敏出常，乘暇教以读书作课。而方一诵即解，不旬月，凡经书词翰，无不精妙。

一日，奇疮少愈，告于叟媪曰："奇疾虽痊，然一贫如此，思无他术，欲先负父归，再负母去。义丈之恩，容奇丧完，别为报答。”叟曰：“噫，路远孤行，况子幼弱，非佳图也。吾有一蹇[13]，久蓄无用，赠子驮归二亲，岂不代劳遂事乎？”奇坚却不敢受。一日忽失奇所在，叟等惋叹累月，亦无如之何。

居顷，叟得重疾，缠绵数月，而方衣不解带，忧劳骨立。忽奇到来，一家惊喜。叟谓奇曰：“曩者失待，子何责之深，不告而去耶？”奇跪而泣告曰：“奇蒙再生之恩，未报万一。及闻赠驴之言，出此拙算，意欲潜归，别谋济事。不料至家，因前年黄河泛溢，乡曲远近，一望洪波，居人荡尽，人畜田庐，漂溺无遗，极目白砂，蒿蓬百里。只身无依，彷徨累月，进退计穷，寄食人店，静思亡亲之榇，总[14]归何所安厝？义丈之恩虽宠，何时得报？莫若仍归恩府，求尺寸之壤，葬久暴之丧，假便成仁，致身塞罪，以此生为终身之质，奉宅上薪水之劳，未审义丈能从愿否？”叟曰：“噫，异哉！予何幸，累感孝子来同乎？”遂为奇备道刘方之本末。奇亦惊悚。叟复曰：“若信然，尔奇为兄，尔方为弟，同乃心，共乃义[15]，守此薄产，足以业生矣。”于是奇、方再拜受教。二人互相推爱，极力养亲，甘旨极一时之味，温凊尽冬夏之勤。

又一年，叟卒于前，媪殁于后。二子备尽人子之情，哀毁不堪，泪尽继血。将葬，兄弟谋定兆域[16]，遂迎方之母骨于都下[17]，共筑一茔，列三坟如连珠。二子同庐其次，不释杖者三年[18]。闾里感化，远迩称闻。及服除，兄弟勤业，生意骤胜。不数年，富甲一乡，人以为孝义所致。一夕，兄弟夜酌窗下，酒将半，话及生平，因痛二人出处之危，悲三父没身之恨，惊合义之奇异，喜成家之遂愿。相示[19]悲惋，泪不自止。奇曰：“此皆予二人微诚感格，实蒙天相[20]。然予今年二十有二，弟亦一十有九，俱未议婚。况人之寿夭莫期，万一不讳[21]，则三宗之祀沦矣。若乘时各求良配，或有所出[22]，岂不休[23]哉！”方愀然[24]不答，良久徐曰：“兄忘之乎？初义父临终时，弟与兄有誓愿，各不娶。今何更发此言？”奇曰：“不然，初因父母垂没[25]，六丧大举，家道贫薄，所以省轻藉重也。今则孝敬已深，义恩已报，家贫复充，况不孝有三，无后为大，决不可胶柱[26]也。”而方展转百辞，欲足守前誓，奇亦无如之何。

一日，奇于知厚处话及兹事[27]，其友曰：“我得之矣。今弟意谓彼与贤契[28]立家在先，恐欲先娶尔。”奇曰：“吾弟端仁，决无此心。君既为谋，试一验之。”遂密令二媒私见于方曰：“某家有女，年正与二官人同。良淑工容，绝于一时。实佳配也。某等敬议此婚，待别有年齿长者，然后再议大官人之婚未晚。”方勃然作色曰：“何物老妪，欲离间吾昆弟耶！急去，勿令吾责也。”二媒愧赧而去，密告于奇。奇等百方思度，终莫得其主意。是后奇因睹梁燕之劳，题一诗于壁，以探方意。其诗曰：

营巢燕，双双雄。朝暮辛勤巢始成。若不寻雌继壳卵，巢成毕竟巢还空。

一日，方偶见其诗，笑诵数四，援笔亦题一篇于后。其诗曰：

营巢燕，双双飞。天设雌雄事久期。雌兮得雄愿已足，雄兮将雌胡不知。

奇见而惊疑，不知所主。急谋于诸友曰：“予弟为人，形质柔弱，语音纤丽，有妇人之态。况与予数年同榻，未尝露其足，虽盛暑亦不袒坐。及欲议婚，彼各皆不听，而诗中词旨如此，恐有木兰[29]之隐乎？”众曰：“噫，是矣。君当以实问之，何害？”奇垂涕

曰："予以恩义之重，情如同生，安忍问之。"众曰："彼若实为女子，与君成配，正所谓恩义之重，得其所矣。"奇终以愧为辞。众以酒醉之，使深夜而归。将寝，奇乘酒谓方曰："我想弟和燕子诗甚佳。然能复和乎？"方承命笑而和曰：

营巢燕，声呷呷。莫使青年空岁月。可怜和氏忠且纯，何事楚君终不纳[30]？

奇曰："若然，弟实为木兰，胡不明言？"方但倾首而已。奇复曰："既不成兄弟，当为兄妹乎？而或为夫妇乎？"又不答，惟含泣而已。问之再四，方徐曰："若兄妹之，妾理应适人[31]。妾父母之坟，永为寄托之柩矣。妾初因母丧，同父还乡，恐不便于途，故为男扮。既因父没，妾不改形者，欲求致身之所，以安父母之柩。幸义父无儿，得斯遗产，与兄遭遇，复是仁人。此非人谋，实蒙天合。倘兄不弃贱陋，使三家之后永续，三义之名不朽矣。"奇惊喜不已。遂揖方就寝。方曰："非礼也，须待明日祀告三坟，为妾办妆物，昭会亲邻乃可。"二人遂拱坐待旦，依议而行。是后浸[32]成巨族，子孙满堂，世号为刘方三义家云。

【注释】

①宣德：明宣宗朱瞻基的年号(1426～1434)。

②河西务：地名。在今天津市武清县北，因在运河西岸，故称"河西务"。自元朝以来，为漕运要地，商业兴盛，船运发达。明朝隆庆四年(1570)在此筑城。

③六旬余：六十多岁。

④京卫：明代驻京各卫。卫是明代军事编制名称。明代建国后，普遍设立，一府设所，数府设卫。

⑤数(shuò 硕)肆：犹言再三再四，多次。

⑥凡百：一切。《诗·小雅·雨无正》："凡百君子，各敬尔身。"

⑦怃然：怅然失意的样子。

⑧与：同"欤"，句末语助词，表反诘兼感叹。

⑨细：年幼。

⑩不赀：不可计数。

⑪塞：弥补，抵偿。

⑫山东张湫：即山东阳谷县张秋，运河所经，明朝此地运河屡次决口。

⑬蹇(jiǎn 减)：劣驴。

⑭总：通"纵"，即使。

⑮同乃心，共乃义：意谓同心共义。乃，助词，无实义。

⑯兆域：墓地四周的疆界。亦称墓地。

⑰都下：京都。

⑱不释杖者三年：指服丧三年。杖，居丧时所执的丧棒。《礼记·问丧》："孝子亲丧，哭泣无数，服勤三年，身病体羸，以杖扶病也。"

⑲示：通"视"。

⑳相：佑助。

㉑不讳：死亡的婉辞。

㉒出：生育。

㉓休：喜庆。

㉔愀（qiǎo 巧）然：容色改变的样子。

㉕垂没：将死。即上文所说的“临终”。垂，将。没，通“殁”，死。

㉖胶柱：原意是胶住瑟上的弦柱，以致不能调节音的高低。比喻固执己见，不知变通。典出三国魏邯郸淳《笑林》：“齐人就赵人学瑟，因之先调，胶柱而归，三年不成一曲。”

㉗知厚：知己，好友。兹事：此事。

㉘贤契：长辈对子侄辈或先生对门生弟子的爱称。这里是称刘奇。

㉙木兰：古乐府《木兰辞》中的女主角。她女扮男装，代父从军，在军中十二年，同伴都不知道她是女子。

㉚“可怜”二句：化用《韩非子·和氏》的一则典故。楚人和氏得到一块玉璞，先后献给楚厉王和楚武王，他们都认定是块石头，以欺君之罪，先后砍掉和氏的左右脚，直到楚文王即位，才肯定是块宝，命名为“和氏之璧”。

㉛适人：嫁人。

㉜浸：副词，逐渐。

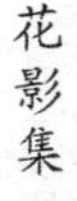

贾生代判录

贾生者，名如，字譬之，乃山东泰安州[①]人也。博学聪敏，诸书子史，九流百艺，无所不涉。在乡里间虽为人所称，而终不能进达，怏怏然而越四旬[②]。因自念慕功名而过壮年，岂非命欤？遂不复留意矣，买田城南为终老计焉。日则邀友呼朋，围棋举白[③]，或游山观水，或览胜寻幽，狂歌笑傲，落魄不羁。

一日，与诸乡友游泰山天齐宫，由两廊而观焉。时譬之已醉，见一神努目有怒色者，则曰：“躁而不仁，当黜[④]。”一神间一泥偶妇人者，则曰：“淫而失体，当贬。”面赤者，曰：“好酒。”伸手者，曰：“受财。”狂态百端，诸友为之绝倒。行至货殖司，譬之径前据神案而坐，笑曰：“此司所主，乃人间金银宝玉谷帛之类，尔诸友者皆圣门之徒，博识今古，研通经史，上可以为宰辅公卿，下可以为群司州牧，而俱无担石之储，每被饥寒困迫。吾今权为司货判官，尔等从而叩告，看吾能处置否？”众责之曰：“汝虽称愚直，然神司之位乌可渎慢！”笑戏之间，不觉颓然不能兴[⑤]矣。扶挽不起，时日将晡[⑥]，众唾骂不顾而去。

将一更后，譬之方醒。举目视之，但见月光穿户，蛩[⑦]韵鸣阶，风凄夜寂，四庑[⑧]肃然。月光中但见土木鬼卒森列左右，譬之自念夜既已深，庙门已阖，无计可归，乃佯醉[⑨]呼曰：“货殖司鬼吏无知，佳客在坐而不上灯烛耶？”此言实所欲厌其岑寂耳。俄一鬼设一灯于案上，譬之不惧，即以为得意。又曰：“有茶否？”又一鬼进茶一瓯。

少间，二鬼捏一门扇铺于牖下，跪而告曰：“请先生少寝也。”譬之振衣，就榻而寝。因问诸鬼曰：“予乃近井贫士也，虽尝读书学礼，然吾家室寒微，未免为宦途所弃，乡里所贱。亲故尚亦不怜，妻子或时恨怨。吾与君等素昧平生，况又幽明异处，又无官守相临、理势相迫，至若有先生之称，供茶设榻之待，予何以敢当也？”一鬼前曰：“吾之冥间与阳世不同，若忠实君子，虽贫贱亦尊；若浮伪诡诞之士，贵为公卿亦

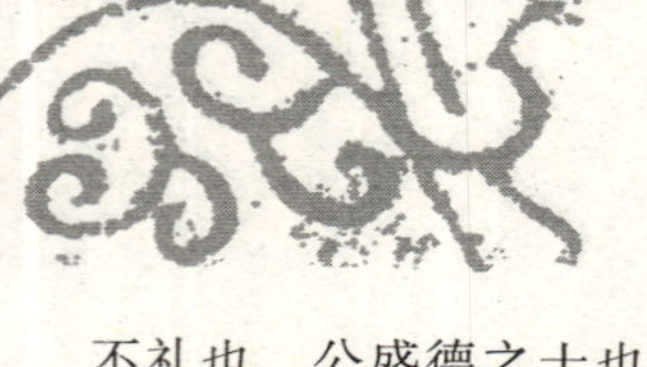

不礼也。公盛德之士也，然吾判君见而亦当跪拜，况予吏卒乎？”譬之曰：“此故幸也。然汝之判君安在，乌[10]得不一相见耶？”吏曰：“若言判君，深可为忧也。”譬之惊曰：“何谓也？”吏曰：“判君昨夜因与故人乐饮太过，害酒不能起。今日早本处钱米二精争交易之权，各具词笺诉于圣帝，得旨颁符本司，令审情实，务在时下[11]得理。今夜三更后符使必来取案，虽将钱米二精拘系在狱，然无人勘问。倘符使来责，将何以待之？”譬之曰：“审如此，吾虽乏申、韩[12]之学，颇知律典之条。倘能见委，或可得其情而成其案也。”吏曰：“善则善矣，然公之鹑衣百结[13]，帽破履穿，不但不伏，犹恐被其讥笑。”譬之曰：“若假汝判君之袍笏，吾着以升案，汝等亦须趋侍恭肃，必能瞒斯也。”吏曰：“善。”遂取袍笏令譬之着之，据案而坐。然譬之为人魁岸多须，眉目爽秀，众鬼吏且观而且笑曰：“虽吾判君，亦无此威仪也。”

遂令吏卒押二囚鬼近案而跪。一吏竟前执金简而启曰：“早间泰岳颁下符简，令鞫[14]此囚，伏乞神判。”其简以金为，大可六七寸，字皆云篆[15]不能识。譬之受简，扬目俯首上下循看，如点读之状。看讫，振然启洪钟之音，开朗星之目，问曰：“尔金所告何情，尔米所诉何词，乃敢越诉吾司，轻渎泰岳，致蒙颁符发使，扰吾案牍。若所告有理，或可宥放；如其不逮，则定不轻恕矣。”一囚人有蛇身，圆面目，戴重宝之冠，负开元之字[16]，飒飒铜腥，铿铿金振，伏地而呼冤曰：“念某本姓金氏，乃丽水之江砂人也。其先出自太昊[17]，祖讳蓐收。位镇西方，籍属五行，官司充位。有祖曰矿，而生金、银。始自夏、商，沿及周、汉，族属渐蕃。有刀布、货泉、钱贝[18]之名，有关会、券契、交钞[19]之号。近族者有铅、汞、铜、锡之类，宾客有异宝奇珍之物，奴隶有锦、绮、纨、罗[20]之段，俱有富国利民之功，交有易无之术。济贫拔滞，助困扶危，代天宣流行之化，为人开通达之门。万国通行，兆民周用。绩祖以来，职专交易，此万万年不易之任也。迩者山东小邑，愚鄙之民，口腹是尊，珍奇见外，但知较斗论升，不解掂斤播两。逐钱钞于他州，易草实于本境。使钱也藏瓶结串，有补锅铸镜之危；其钞也衬袋塞墙，有引火裹疮之苦。有此擅专夺利重情，伏乞威灵分豁便益[21]。”

又见一囚，褐衣锐首，足停停而有节，形累累而多仁，再拜而诉曰：“念某姓谷氏，名良，字国胥，垅州之井田人也。远祖名禾者，抱道闲居，蒿莱是伴[22]。蒙拔用于神农之朝，荐享于燧人之世，使居司命之职。历世累朝，未尝不重。祀天祇地，无非黍、稷、稻、粱；祭鬼祷神，岂用金、银、钱、钞。为民天，为民命，其功括于乾坤；充国用，充国储，斯名亘于今古。史美有年[23]，政愁荒岁。三军缘吾作气，万户因我名官。此处乃阙里附庸[24]之郊，素习敦淳不侈之化。故弃彼虚侈僭诈之资，用予济世保民之宝。却乃造奸妒陷，冒犯玄庭，捏词诬告。”

二囚招旋，譬之大怒，叱令鬼卒掠[25]姓金者一千铜锤，释姓谷者之缚。展云笺[26]，挥巨笔而判曰：

夫以覆载[27]之间，惟人最贵；养生之道，惟食是先。其为米者，有无系民庶之安危，旱涝关国家之否泰[28]。尔世赖国，尔国赖民，尔民赖食。以斯[29]察之，

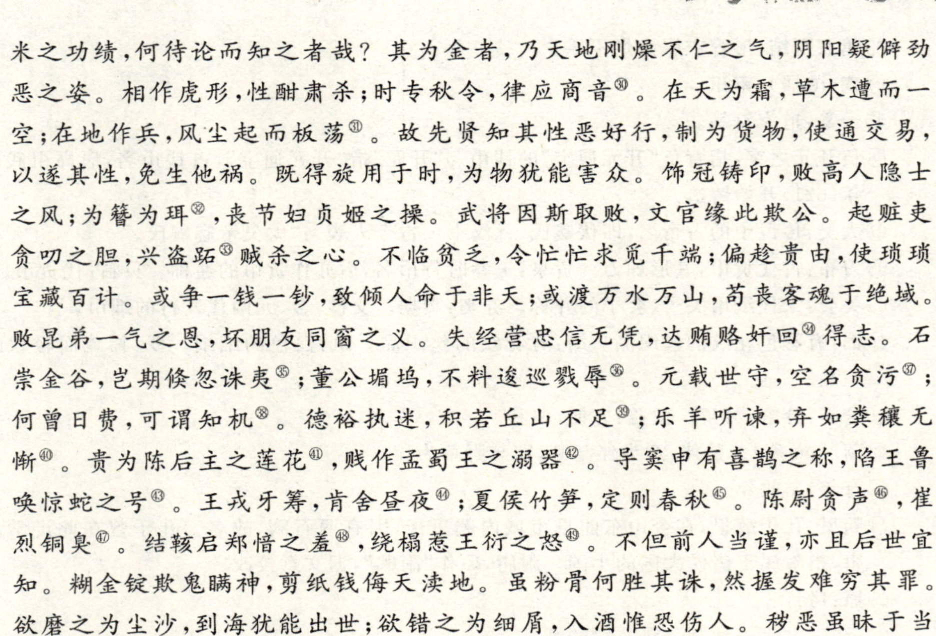

米之功绩，何待论而知之者哉？其为金者，乃天地刚燥不仁之气，阴阳疑僻劲恶之姿。相作虎形，性酣肃杀；时专秋令，律应商音[30]。在天为霜，草木遭而一空；在地作兵，风尘起而板荡[31]。故先贤知其性恶好行，制为货物，使通交易，以遂其性，免生他祸。既得旋用于时，为物犹能害众。饰冠铸印，败高人隐士之风；为簪为珥[32]，丧节妇贞姬之操。武将因斯取败，文官缘此欺公。起赃吏贪叨之胆，兴盗跖[33]贼杀之心。不临贫乏，令忙忙求觅千端；偏趁贵由，使琐琐宝藏百计。或争一钱一钞，致倾人命于非天；或渡万水万山，苟丧客魂于绝域。败昆弟一气之恩，坏朋友同窗之义。失经营忠信无凭，达贿赂奸回[34]得志。石崇金谷，岂期倏忽诛夷[35]；董公墉坞，不料逡巡戮辱[36]。元载世守，空名贪污[37]；何曾日费，可谓知机[38]。德裕执迷，积若丘山不足[39]；乐羊听谏，弃如粪穰无惭[40]。贵为陈后主之莲花[41]，贱作孟蜀王之溺器[42]。导窦申有喜鹊之称，陷王鲁唤惊蛇之号[43]。王戎牙筹，肯舍昼夜[44]；夏侯竹笋，定则春秋[45]。陈尉贪声[46]，崔烈铜臭[47]。结鞍启郑愔之羞[48]，绕榻惹王衍之怒[49]。不但前人当谨，亦且后世宜知。糊金锭欺鬼瞒神，剪纸钱侮天渎地。虽粉骨何胜其诛，然握发难穷其罪。欲磨之为尘沙，到海犹能出世；欲错之为细屑，入酒惟恐伤人。秽恶虽昧于当时，罪谴莫逃乎今日。姓谷者理合优容，姓金者情宜准律。各取亲供，遵条判结。合申泰岳，用激严符。

判毕，适本司判官酒醒，闻知所以，急出与譬之相见，款接备至。而判官谢其权宜代判之劳，因酒失迓之罪。譬之亦祝其擅据神司之愆[50]，僭干冥政之过。彼此交逊，礼容诚色，各溢于面。于是判官遂命酒肴，与譬之交酬畅饮，至晓方已。

譬之乘酒而别，既归，昏醉经日方醒。向人备道其详，人皆惊讶。

后譬之年近九十，一日，舍妻子入青萝岛采药不归，人或以为仙去云。

【注释】

①泰安州：金大定二十二年(1182)升泰安军置。明代泰安州属济南府，治所在奉符县(今泰安市)，辖境相当于今山东泰安、莱芜、新泰三市地。

②越四旬：过了四十岁。

③举白：举酒杯，指喝酒。

④黜(chù 处)：罢退。

⑤兴：起来。

⑥晡(bū 逋)：古时称申时，即下午三点到五点钟的时间。

⑦蛩(qióng 穷)：蟋蟀的别名。

⑧四庑：堂下周围的走廊、廊屋。

⑨佯醉：假醉。

⑩乌：疑问副词，为什么。

⑪时下：眼下，现在。

⑫申、韩：申指申不害(约前 385～前 337)，战国时郑国人。韩指韩非(约前 280～前 233)，韩国贵族，战国末思想家。两人都是主张法治的著名法家。

⑬鹑衣百结：形容衣服破烂不堪。
⑭鞫(jū 居)：审讯。
⑮云篆：道家符箓。
⑯负开元之字：指背负"开元通宝"的钱币。"开元"指"开元通宝"，古钱币名，唐高祖武德四年(621)开始铸造。
⑰太昊：传说中的古帝名，即伏羲氏。《汉书·古今人表》："太昊帝宓羲氏。"
⑱刀布：古代货币，其形如刀。货泉：王莽时货币名，后亦作货币的通称。贝：古代货币。
⑲关会：宋代纸币关子、会子的并称。券契：契据。交钞：金、元两代发行的纸币。
⑳锦：有彩色花纹的丝织品。绮：有花纹的丝织品。纨：白色的细绢。罗：稀疏而轻软的丝织品。
㉑分豁：分解，分辩。便益：方便，便利。
㉒蒿(hāo 薅)莱是伴：意为伴蒿莱，即与野草为伴。
㉓有年：丰收年。
㉔阙里：孔子故里，在今山东曲阜市城内阙里街，因有两石阙，故名。孔子曾在此讲学。附庸，指附属于诸侯大国的小国。附庸，原作"附鄘"，据文意校改。
㉕掠：拷打。
㉖云笺：古代一种有云状花纹的纸。
㉗覆载：覆盖与承载。代指天地。《礼记·中庸》："天之所覆，地之所载，日月所照，霜露所队，凡有血气者，莫不尊亲。"
㉘国家之否泰：指国家之盛衰。否(pǐ 劈)泰，否和泰是《易》的两个卦名。天地交，万物通谓之"泰"；不交，闭塞谓之"否"。后常以指世事的盛衰，命运的顺逆。
㉙斯：此。
㉚商音：五音(宫、商、角、徵、羽)之一。古人把五音与四季相配，商音配秋。故言"时专秋令，律应商音"。
㉛板荡：《板》和《荡》是《诗·大雅》中的两篇诗，都是讥刺周厉王无道，因而导致社会动乱，国家败坏。故后来常以"板荡"一词指社会动荡或政局混乱。
㉜珥：用珠子或玉石做的耳环。
㉝盗跖(zhí 直)：即跖，春秋战国之际人民起义领袖。"盗"为旧时对跖的诬称。
㉞奸回：指奸恶邪僻的人。
㉟"石崇"二句：石崇(249～300)，西晋渤海南皮(今河北南皮)人，字季伦，因生于青州(今山东青州)，故小名齐奴。初为修武令，累迁至侍中。永熙元年(290)，出为荆州刺史，劫夺客商财产致富。生活侈靡，建有别馆金谷园。后为赵王伦所杀，全族被诛，"倏忽诛夷"，即指此事。
㊱"董公"二句：董公，指董卓(？～192)，东汉陇西临洮(今甘肃岷县)人，字仲颖。本为凉州豪强。汉灵帝时任并州牧。昭宁元年(189)，率兵入洛阳，废少帝，立献帝，专断朝政。后挟献帝西迁长安，自为太师。专横残暴，纵火焚洛阳宫室及周围百里之地。初平年间曾"筑坞于郿(今陕西眉县)，高厚七丈，号曰'万岁坞'"。坞中金有二三万斤，银七八万斤，珠玉锦绮奇玩杂物如山积。但不久董卓即被王允、吕布所杀。逡巡，顷刻，极短的时间。逡巡戮辱，即指董卓很快被杀的下场。
㊲"元载"二句：元载(？～777)，唐凤翔岐山(今陕西岐山)人，字公辅。历任玄宗、肃宗、代

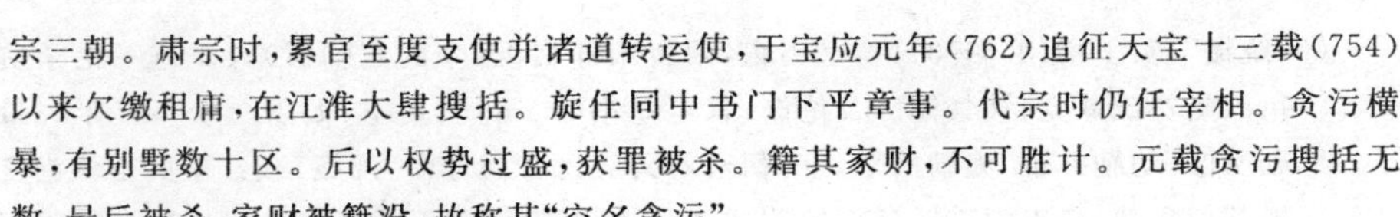

宗三朝。肃宗时，累官至度支使并诸道转运使，于宝应元年(762)追征天宝十三载(754)以来欠缴租庸，在江淮大肆搜括。旋任同中书门下平章事。代宗时仍任宰相。贪污横暴，有别墅数十区。后以权势过盛，获罪被杀。籍其家财，不可胜计。元载贪污搜括无数，最后被杀，家财被籍没，故称其“空名贪污”。

㊳“何曾”二句：何曾(199～279)，西晋陈国阳夏(今河南太康)人，字颖考。三国魏时，官至司徒，党附司马氏。晋武帝受禅，以劝进之功，任丞相、太傅等要职。生活奢侈，饮食日费万钱，还说“无下箸处”。“何曾”的“曾”原误作“增”，据《晋书》校改。

㊴“德裕”二句：德裕，即李德裕(787～850)，唐赵郡(今河北赵县)人，字文饶。穆宗时历官翰林学士、中书舍人、御史中丞。文宗时任西川节度使。大和七年(833)为宰相，次年罢相，后贬袁州长史。武宗时为宰相，力主削弱藩镇。宣宗时遭牛僧孺派打击，贬为崖州司户。积若丘山不足，似指李德裕功绩很多，仍嫌不足。

㊵乐羊：战国时魏将，乐毅的先祖。乐羊为魏文侯将，伐取中山，封于灵寿(今河北平山)。据《吕氏春秋·乐成》记载，他攻取中山归来，自恃功高，魏文侯命主书给以群臣宾客弹劾之文，才使他认识非个人之力。听谏，即指此事。

㊶贵为陈后主之莲花：陈后主(553～604)，即陈叔宝，南朝陈皇帝。在位时大建宫室，日与妃嫔、文臣游宴，并好作艳词。隋兵入建康，被俘。按，此处用典有误。“莲花”事应与南朝齐皇帝萧宝卷(483～501)有关。《南史·齐本纪下·废帝东昏侯》载：“又凿金为莲华以帖地，令潘妃行其上，曰：‘此步步生莲华也。’”莲华，即“莲花”。

㊷孟蜀王之溺器：孟蜀王，指五代时后蜀国君孟昶(919～965)，字保元，邢州龙冈(今河北邢台)人。孟知祥第三子。知祥称帝，任为东川节度使。知祥死，他以太子监国即帝位。在位期间，曾取秦、凤、阶、成四州，占有前蜀之地。又曾废除苛法。生活穷奢极侈，竟用七宝装饰溺器。宋乾德三年(965)降宋，俘送开封，封为秦国公。

㊸“导窦申”二句：未详出典。

㊹“王戎”二句：王戎(234～305)，西晋琅邪临沂(今山东临沂)人，字阜仲。好清谈，为“竹林七贤”之一。累官尚书令、司徒。贪吝好货，苟媚取容，为时人所鄙。牙筹，用象牙或骨、角等材料制的计算筹码。《晋书·王戎传》载：“(王戎)性好兴利，广收八方园田水碓，周遍天下。积实聚钱，不知纪极，每自执牙筹，昼夜算计，恒若不足。”

㊺“夏侯”二句：夏侯，指唐代夏侯彪。吴僧赞宁《笋谱》载：“唐夏侯彪之上新繁令，问里胥曰：‘竹笋一钱几茎？’对曰：‘五茎。’取十千，买五万茎，谓之曰：‘吾未要，且寄林中养之。’至秋竹成，一竿十丈，遂成五十万。贪猥不道，皆此类也。”定则春秋则是指春天购林中竹笋，秋天竹成以获利。

㊻陈尉贪声：未详出典。

㊼崔烈铜臭：崔烈，东汉人，《后汉书》有传。汉灵帝时，开鸿都门榜卖官爵，崔烈以五百万钱买到司徒官爵。崔烈得官后声誉衰减，心里不自安，“从容问其子钧曰：‘吾居三公，于议者何如？’钧曰：‘大人少有英称，历位卿守，论者不谓不当为三公；而今登其位，天下失望。’烈曰：‘何为然也？’钧曰：‘论者嫌其铜臭。’”

㊽郑盌(？～710)：字文靖，唐沧州(今河北沧州)人。年十七登进士第。武后时，张易之兄弟荐为殿中侍御史并内供奉。易之败，贬为宣州司户。既而依附武三思，迁中书舍人、太常少卿、修文馆学士。景龙三年(709)，坐赃贬江州司马。景云元年(710)，参与谯王重福谋逆，被诛。结鞯，未明词义。查字书无“盌”字。

㊾“绕榻”句：王衍（256～311），字夷甫，西晋琅邪临沂（今山东临沂）人。赵王伦杀贾后，王衍因是贾氏戚党，被禁锢。及伦诛，官至尚书令、司徒、司空、太尉。永嘉五年（311）为石勒所俘，劝勒称帝，为勒所杀。南朝宋刘义庆《世说新语·规箴》载：“王夷甫雅尚玄运，常嫉其妇贪浊，口未尝言钱字。妇欲试之，令婢以钱绕床不得行，夷甫晨起，见钱阂行，呼婢曰：‘举却阿堵物！’”阿堵物，六朝人口语，犹言这个（指钱）。

㊿愆（qiān迁）：过失，过错。

心坚金石传

元至[①]元间，松江府学有庠生[②]李彦直者，小字玉郎，年方二十，为人俊雅，赋性温粹[③]，学问才艺，冠绝一学。路府[④]上下官僚，乡曲[⑤]老少，无不称重。其学之后圃有楼三级，高入云表，扁曰“会景”。登之者远则四面江山，近则一城坊市，举目皆尽。圃墙皆邻小巷，皆官妓之居，蜂脾鳞次，圜列周际。而彦直凡遇夏月，则读书楼上。

一日，新秋雨霁，墙外歌咽之音，丝竹之韵，为轻风递送，继续悠扬，如天籁[⑥]之飘飘，如清商[⑦]之洒洒。彦直不胜清兴[⑧]，遂约同侪[⑨]饮于楼上。一友忽笑曰：“正所谓只闻其声，不见其形。”彦直曰：“若见其形，则不赏其声，反不清矣。”众皆称其确论。一友曰：“此论反复趣深，真佳题也，各当有赋。如诗不成，罚以金谷酒数[⑩]。”于是彦直先吟曰：

凉飙淅沥天隅起，窗蕉雨歇清声止。
灏气[⑪]垂风扫碧空，炎蒸忽入秋光里。
闲登快阁一凭栏，江山浩渺双眸宽。
俯临坊市人寰小，仰攀牛斗天风寒。
暂存视听一凝思，潇潇一派仙音至。
弦繁管急杂宫商，声回调歇迷腔子。
独坐无言心自评，不是寻常风月情。
峡猿塞雁声哀切，别有其中一段情。
初疑天籁搏檐马[⑫]，又似秋砧和漏打。
碎击冰壶向月倾，乱剪琉璃斗风洒。
狂生对此襟怀开，邀友分题共举杯。
莫为巫山云雨隔，清歌时度人间来。
俏者闻声情已见，村[⑬]者相逢苦相恋。
村俏由来趣不同，岂在闻声与见面。

吟毕，众友传玩间，忽膳夫[⑭]走报曰：“玉堂[⑮]先生来也。”彦直急怀其诗，整衣而迎，捧之登楼。先生见席笑曰：“庾亮[⑯]有言，老子婆娑，清兴不浅。”遂续坐而饮。彦直惟恐诸友举其所为，假以更衣，将诗揉捻成团，于墙上抛出，复坐而饮，欢畅至暮而散。不意投诗之处，乃故角妓[⑰]张妪所居也。妪止[⑱]一女年十七，名丽容，生而

眉如黛染，又名翠眉娘。灵慧纤巧，不但乐艺女工，至于书画诗文，冠绝时辈，真一郡之国色也。然留心伉俪，不染风尘，人或挥金至百而不能一睹其面。家后构一小楼，与“会景”相对，扁曰“对景”，乃女之择闲之所也。其彦直投诗之时，直[19]丽容正坐楼上，忽见纸团投下，遂命小鬟拾取而观之。且惊且羡，颠倒歌咏，不能去手，曰：“此诗断非常人所能，必李玉郎笔迹无疑也。况彼尚未议婚，天若见怜，吾愿谐矣。”

至次日，遂用越罗[20]一方，逐韵和题其上，复从原处投回。适彦直经其处，得之。且读且笑曰：“予闻名妓有张翠眉者，操志不常，才貌异众。予心每每期之，未暇其便，观其写作，必其人也。”其诗曰：

新凉睡美慵晨起，邻家夜宴歌初止。
起来无力近妆台，一朵芙蓉冰镜里。
重重花影上雕阑，体瘦翻[21]嫌舞袖宽。
闲觅晓蛩芳砌下，金莲似怯碧苔寒。
太湖独倚含幽思，玉团[22]忽尔从天至。
龙蛇飞动泼烟云，篇篇尽是相思字。
颠来倒去用心评，方信多情识有情。
不是玉郎传密契，他人争[23]有这般情。
自小门前无系马，梨花夜雨何尝打。
一任鱼舟泛武陵，落红肯向东流洒。
半方罗帕卷还开，留取当年捧玉杯。
每见隔墙花影动，何时得见玉人来？
名实常闻如允见，姻缘未合心先恋。
诗情本自致幽情，人心料得如人面。

彦直阅毕，遂登太湖石而望焉。适丽容独坐楼上，彼此一见，魂志飘荡，不敢措辞者良久。彦直曰：“观卿仪范，得非张翠眉乎？”丽容微笑而答曰：“然。且妾以佳作详之，若以君为李玉郎，恐君无所逃也。”相视大笑。丽容曰：“妾久闻君之才行，多择伉俪，百不一成者，何也？”彦直曰：“若有如卿之才貌，又何敢言择耶？”乃各述心事，誓为夫妇而别。

彦直归家，以实告于父母。父曰：“彼娼也，然以改节可尚，终不可入士夫之门，奉先嗣后也。”遂不见允。彦直转浼[24]亲知，于父母处百方推道，终不容诺。将及一年，而彦直学业顿废，精神渐耗，如醉如痴。其丽容亦为之憔悴，誓死决不他适[25]。其父亦不得已，而遣媒具六礼[26]而聘之。事将有期，直本路参政阿鲁台任满赴京，时伯颜[27]为右丞相，独秉大权，凡官之任满者必以白金万两为献，若少不及，则痛遭退黜。然阿鲁台居官九载，罄囊合辏[28]，十不及一。计无所出，谋诸佐吏。或曰：“右相货财山积，其心已厌，所重者子女珍玩耳。若于各府选买才色官妓二三，不过数百银。加以妆饰，又不过数百。若得而献之，右相必纳。”阿鲁台大喜，遂令佐吏假右相之命，公选于各府。得二人，而丽容居其第一焉。而彦直父子奔走上下，谋之万端，家产荡尽，终莫能脱。

一日，拘其母女登舟启行，丽容知其不免，而以片纸寄诗一绝于彦直，曰：

死别生离莫怨天，此身已许入黄泉。

愿郎珍重休悬望，拟待来生续此缘。

自是不复饮食。张妪泣曰："汝死故是节义，我必遭其毒害。"丽容为之少食。

舟既行，而彦直徒步追随，哀动路人。凡遇舟之宿止，号哭终夜，伏寝水次[29]。如此将及两月，而舟抵临清[30]。而彦直星餐露宿三千余里，足胼肤裂，无复人形。丽容于板隙窥见，一痛而绝。张妪救灌，良久方苏。苦浼舟夫往答彦直曰："妾所以不死者，母未脱耳。母脱即死。郎可归家，勿劳自苦。总[31]郎因妾致死，无益于事，徒增妾苦。"彦直闻之，仰天大恸，投身于地，一扑而死矣。舟夫怜之，共为坎[32]土，埋于岸侧。

是夜，丽容自缢于舟中矣。阿鲁台怒曰："我以美衣玉食，致汝于极贵之地，而乃顾恋寒贱，自弃厥生。"遂令舟夫剥去衣妆，投尸岸下焚之。火毕，其心宛然无改。舟夫以足踏之，忽出一小人物如指大。以水洗视，其色如金，其坚如石，衣冠眉发，纤悉皆具，脱然一李彦直也，但不能言动耳。舟夫持报阿鲁台。台惊曰："噫，异哉！此乃精成坚恪，情感气化，不然乌得有此？"叹玩不已。众曰："此心如此，彼心恐亦如此。请发李彦直之尸焚之。"阿鲁台允，令焚之。果然心亦不灰，其中亦有小人物，与前形色精坚相等，然妆束容貌则一张丽容也。阿鲁台喜曰："予虽致二人于非命，所得此稀世之宝，若以献于右相，虽照乘之珠[33]不足道也。"遂盛以异锦之囊，函[34]以香木之匣，题曰："心坚金石之宝。"于是给张妪白银一锭，听与二人治丧，并同来之女各资路费遣归。

于是阿鲁台兼程而进。不日至京，上谒右相，奉上其函，备述本末。右相大喜，启函视之，则非前物，乃败血一团，臭秽不可近。右相大怒，召法官谓曰："彼夺人之妻，各致死地，自知罪大，故以秽物魇我，意在逃刑。"遂下之狱。法官讯毕，上报曰："男女之私，情坚志恪，而始终不谐，所以一念感结，成形如此。既得合为一处，情遂气伸，复还旧物，理或有之。"右相不允，终置阿鲁台于法。呜呼！官显陷害，故将阿鲁台为之验乎[35]？

【注释】

①至元：元世祖忽必烈的年号(1264～1294)。

②松江府：元世祖至元十四年(1277)置华亭府，次年改为松江府。治所在华亭县(今松江县)，辖境相当于今上海市松江县以南地区。庠(xiáng祥)生：科举时代府、州、县学的生员的别称。

③温粹：温和纯正。

④路府：路为宋、金、元行政区域名，府为唐至清行政区域名。元代府或隶属于省，或隶属于路，松江府即隶属江浙行省。

⑤乡曲：家乡，故里。

⑥天籁：自然界的声响。

⑦清商：即商声，古代五音之一，其调凄清悲凉。

⑧清兴：清雅的兴致。

⑨同侪（chái 柴）：同辈，同学。

⑩金谷酒数：晋石崇《金谷诗序》："遂各赋诗，以叙中怀，或不能者，罚酒三斗。"后来以"金谷酒数"泛指罚酒三杯的常例。

⑪灏（hào 浩）气：弥漫于天地间之气。

⑫檐马：也称"风铃"、"铁马"，挂在檐下的金属小片，风起则丁冬作响。

⑬村：形容词，粗野。

⑭膳夫：原为古代掌管宫廷饮食的官名，此处指府学中管膳食的人。

⑮玉堂：宋以后对翰林院的一种称呼。

⑯庾亮（289～340）：字元规，东晋颍川鄢陵（今河南鄢陵县西北）人。妹为明帝皇后。历仕元帝、明帝、成帝三朝。太宁三年（325）以外戚与王导等辅立成帝，任中书令，执朝政。削弱宗室，并激成苏峻、祖约之乱，出奔浔阳（今江西九江），与温峤推荆州刺史陶侃为盟主，击灭苏峻、祖约之乱。陶侃死后，他以征西将军移镇武昌，握重兵。

⑰角妓：指风流蕴藉且能歌善舞的妓女。

⑱止：只有。

⑲直：遇，逢。

⑳越罗：越地所产的丝织品，以轻柔精致著称。

㉑翻：副词，反而。

㉒玉团：对圆形物的美称。此处指揉捻成团的诗稿。

㉓争：犹怎么。

㉔浼（měi 每）：央求，请求。

㉕适：嫁。

㉖六礼：古代在确立婚姻过程中的六种礼仪，即纳采、问名、纳吉、纳征、请期、亲迎。

㉗伯颜（？～1340）：元蒙古蔑里乞人。顺帝即位，任中书右丞相。元统三年（1335），改任大丞相，专权自恣，排斥异己，挥霍国库。至元六年（1340），其侄脱脱发动政变，伯颜被放逐于南恩州阳春县（今广东阳春）途中病死。

㉘罄囊合辏（còu 凑）：竭尽囊中所有凑合在一起。

㉙水次：水边。

㉚临清：今山东临清市，邻接河北省，卫河、南运河流贯，是重要的运河口岸。

㉛总：通"纵"，纵然，即使。

㉜坎：掘坑。

㉝照乘（shèng 圣）之珠：光亮能照明车辆的宝珠。

㉞函：匣子。这里用作动词，意为用匣子装。

㉟"官显陷害，故将阿鲁台为之验乎"十三字，据明刊本《绣谷春容》仁集卷之八所载的《心坚金石传》校补。

东田集

(明)马中锡

马中锡(1446～1512),字天禄,别号东田。明代河间故城(今河北故城)人。成化十年(1474)乡试第一,次年中进士,授刑科给事中。出为云南佥事,后任陕西督学副使。明武宗时,曾任兵部侍郎,因反对太监刘瑾专权舞弊,被捕下狱。刘瑾受诛后,出任大同巡抚,不久升任右都御史,并被派遣镇压刘六、刘七起义,因主张"招抚",被劾"纵贼",被捕病死于狱中。著有《东田集》。

《中山狼传》录自清刻本《马东田孙沙溪两公遗集合编》中《东田集》卷五"杂著"。朝鲜佚名据明本《文苑楂橘》选编的《删补文苑楂橘》卷二即选入本篇,改题《东郭先生》,可见早已传入朝鲜、日本。《中山狼传》对此后的戏剧有较大影响。明代康海《中山狼传》杂剧,王九思《中山狼院本》杂剧,都是以它为题材;明代汪廷讷、陈与郊也有同名杂剧,今不存。

中山狼传

赵简子[①]大猎于中山,虞人[②]导前,鹰犬罗后,骇禽鸷兽[③]应弦而倒者,不可胜数。有狼当道,人立[④]而啼。简子唾手登车[⑤],援乌号之弓[⑥],挟肃慎之矢[⑦],一发饮羽,狼失声而逋[⑧]。简子怒,驱车逐之。惊尘蔽天,足音鸣雷,十里之外,不辨人马。

时墨者东郭先生[⑨],将北适中山以干仕[⑩],策蹇驴[⑪],囊图书[⑫],夙行失道[⑬],望尘惊悸。狼奄[⑭]至,引首顾曰:"先生岂有志于济物[⑮]哉?昔毛宝放龟而得渡[⑯],隋侯救蛇而获珠[⑰]。龟蛇固非灵于狼也[⑱]。今日之事,何不使我得早处囊中以苟延残喘乎?异时倘得脱颖而出[⑲],先生之恩,生死而肉骨也[⑳],敢不努力以效龟蛇之诚!"先生曰:"嘻!私汝狼以犯世卿[㉑],忤权贵,祸且不测,敢望报乎?然墨之道,兼爱[㉒]为本。吾终当有以活汝,脱有祸,固所不辞也。"乃出图书,空囊橐,徐徐焉实狼其中,前虞跋胡,后恐疐尾[㉓],三纳之而未克,徘徊容与[㉔],追者益近。狼请曰:"事急矣,先生果将揖逊救焚溺[㉕],而鸣鸾避寇盗[㉖]耶?惟先生速图!"乃跼蹐[㉗]四足,引绳而束缚之,下首至尾,曲脊掩胡[㉘],猬缩蠖屈[㉙],蛇盘龟息[㉚],以听命先生。先生如其指,内[㉛]狼于囊,遂括囊口,肩举驴上,引避道左,以待赵人之过。

已而[32]简子至,求狼弗得,盛怒,拔剑斩辕端示先生,骂曰:"敢讳狼方向者,有如此辕!"先生伏踬就地[33],匍匐以进,跽[34]而言曰:"鄙人不慧[35],将有志于世[36],奔走遐方[37],自迷正途,又安能发狼踪以指示夫子之鹰犬也[38]。然尝闻之,大道以多歧亡羊[39]。夫羊,一童子可制之,如是其驯也,尚以多歧而亡;狼非羊比,而中山之歧可以亡羊者何限,乃区区[40]循大道以求之,不几于守株缘木乎[41]?况田猎,虞人之所事也,君请问诸皮冠[42],行道之人何罪哉?且鄙人虽愚,独不知夫狼乎?性贪而狠,党豺为虐[43]。君能除之,固当窥左足[44]以效微劳,又肯讳之而不言哉?"简子默然,回车就道,先生亦驱驴兼程而进。

良久,羽旄[45]之影渐没,车马之音不闻。狼度简子之去已远,而作声囊中曰:"先生可留意矣。出我囊,解我缚,拔矢我臂,我将逝[46]矣。"先生举手出狼。狼咆哮,谓先生曰:"适为虞人逐,其来甚速,幸先生生我。我馁甚,馁不得食,亦终必亡而已。与其饥死道路,为群兽食,毋宁毙于虞人,以俎豆于贵家[47]。先生既墨者,摩顶放踵[48],思一利天下,又何吝一躯啖我而全微命乎?"遂鼓吻奋爪[49],以向先生。先生仓卒以手搏之,且搏且却,引蔽驴后,便旋而走[50],狼终不得有加于先生。先生亦极力拒。彼此俱倦,隔驴喘息。先生曰:"狼负我!狼负我!"狼曰:"吾非固欲负汝,天生汝辈,固需吾辈食也。"相持既久,日晷[51]渐移。先生窃念:"天色向晚,狼复群至,吾死矣夫!"因绐[52]狼曰:"民俗:事疑必询三老[53]。第行矣,求三老而问之,苟谓我可食,即食;不可,即已。"狼大喜,即与偕行。

逾时,道无人行,狼馋甚,望老木僵立路侧,谓先生曰:"可问是老。"先生曰:"草木无知,叩[54]焉何益。"狼曰:"第问之,彼当有言矣。"先生不得已,揖老木,具述始末,问曰:"若然,狼当食我邪?"木中轰轰有声,谓先生曰:"我杏也。往年老圃[55]种我时,费一核耳;逾年华,再逾年实[56],三年拱把[57],十年合抱,至于今二十年矣。老圃食我,老圃之妻子[58]食我,外至宾客,下至奴仆,皆食我;又复鬻实于市,以规利[59]于我:其有功于老圃甚巨。今老矣,不能敛华就实[60],贾[61]老圃怒,伐我条枚[62],芟[63]我枝叶,且将售我工师之肆取直焉[64]。噫!樗朽之材[65],桑榆之景[66],求免于斧钺之诛而不可得。汝何德于狼,乃觊[67]免乎?是固当食汝。"言下,狼复鼓吻奋爪,以向先生。先生曰:"狼爽盟[68]矣。矢[69]询三老,今值一杏,何遽见迫邪?"复与偕行。

狼愈急,望见老牸曝日[70]败垣中,谓先生曰:"可问是老。"先生曰:"向者[71]草木无知,谬言害事。今牛,禽兽耳,更何问焉?"狼曰:"第问之!不问将咥[72]汝!"先生不得已,揖老牸,再述始末以问。牛皱眉瞪目,舐鼻张口,向先生曰:"老杏之言不谬矣。老牸茧栗[73],少年时,筋力颇健,老农卖一刀以易我,使我贰群牛[74],事南亩[75]。既壮,群牛日以老惫,凡事我都之:彼将驰驱,我伏田车[76],择便途以急奔趋;彼将躬耕,我脱辐衡[77],走郊坰以辟榛荆[78]。老农视我犹左右手,衣食仰我而给,婚姻仰我而毕[79],赋税仰我而输[80],仓庾[81]仰我而实。我亦自谅可得帷席之敝如马狗也[82]。往年家储无担石[83],今麦秋多十斛[84]矣;往年穷居无顾藉[85],今掉臂行村社矣[86];往年尘卮罂[87],涸唇吻[88],盛酒瓦盆,半生未接,今酝黍稷,据樽罍[89],骄妻妾矣;往年衣裋

褐[90],侣木石[91],手不知揖,心不知学,今持《兔园册》[92],戴笠子,腰韦带[93],衣宽博[94]矣。一丝一粟,皆我力也。顾[95]欺我老弱,逐我郊野,酸风射眸[96],寒日吊影[97],瘦骨如山,老泪如雨,涎垂而不可收,足挛[98]而不可举,皮毛俱亡,疮痍未瘥[99]。老农之妻妒且悍,朝夕进说曰:‘牛之一身无废物也,肉可脯[100],皮可鞟[101],骨角可切磋为器[102]。’指大儿曰:‘汝受业庖丁[103]之门有年矣,胡不砺刃硎[104]以待?’迹是观之[105],是将不利于我,我不知死所矣。夫我有功,彼无情乃若是,行将蒙祸。汝何德于狼,觊幸免乎?”言下,狼又鼓吻奋爪以向先生。先生曰:“毋欲速。”

遥望老子杖藜[106]而来,须眉皓然[107],衣冠闲雅[108],盖有道者也。先生且喜且愕,舍狼而前,拜跪啼泣,致辞曰:“乞丈人[109]一言而生!”丈人问故,先生曰:“是狼为虞人所窘,求救于我,我实生之,今反欲咥我,力求不免,我又当死之,欲少延于片时,誓定是于三老[110]。初逢老杏,强我问之,草木无知,几杀我。次逢老牸,强我问之,禽兽无知,又几杀我。今逢丈人,岂天之未丧斯文也[111]。敢乞一言而生。”因顿首杖下,俯伏听命。丈人闻之,欷歔再三,以杖叩狼曰:“汝误矣。夫人有恩而背之,不祥莫大焉[112]。儒谓受人恩而不忍背者,其为子必孝。又谓虎狼之父子[113]。今汝背恩如是,则并父子亦无矣[114]。”乃厉声曰:“狼速去,不然将杖杀汝!”狼曰:“丈人知其一,未知其二,请诉之,愿丈人垂听!初先生救我时,束缚我足,闭我囊中,压以诗书,我鞠躬[115]不敢息。又蔓辞以说简子[116],其意盖将死我于囊,而独窃其利也。是安可不咥!”丈人顾先生曰:“果如是,是羿亦有罪焉[117]。”先生不平,具状[118]其囊狼怜惜之意,狼亦巧辩不已以求胜。丈人曰:“是皆不足以执信[119]也。试再囊之,我观其状果困苦否。”狼欣然从之,信[120]足先生。先生复缚置囊中,肩举驴上,而狼未知之也。丈人附耳谓先生曰:“有匕首否?”先生曰:“有。”于是出匕。丈人目[121]先生使引匕刺狼。先生曰:“不害狼乎?”丈人笑曰:“禽兽负恩如是而犹不忍杀?子固仁者,然愚亦甚矣。从井以救人[122],解衣以活友[123],于彼计则得[124],其如就死地何[125]?先生其此类乎?仁陷于愚,固君子之所不与也[126]。”言已大笑,先生亦笑。遂举手助先生操刃,共殪[127]狼,弃道上而去。

【注释】

①赵简子(? ～前477),名鞅,又名志父,亦称“赵孟”,谥号简子,春秋末年晋国的卿,是晋国的实际的执政者。中山:春秋战国时国名,战国时被赵国吞并,故址在今河北定州市、唐县一带。

②虞人:春秋战国时的官名,掌管山泽。

③骇禽鸷兽:惊骇的飞鸟和凶猛的走兽。

④人立:像人一样站立着。

⑤唾手登车:向手上吐口唾沫,立即上车。写登车时毫不犹豫、迅速敏捷的情态。

⑥乌号之弓:良弓名。《淮南子·原道训》:“射者扜乌号之弓。”传说乌号是用坚劲的桑柘木制造的。

⑦肃慎之矢:古代肃慎国所制的利箭。周武王时,肃慎国曾进贡楛矢。

⑧逋(bū 晡):逃跑。

⑨墨者：信奉墨子学说的人。墨子(前468？～前376)，名翟。春秋战国之际思想家、政治家，主张兼爱，是墨家的创始人。东郭先生：我国古代寓言中常用的人名。东郭是复姓。

⑩干(gān 甘)仕：谋求官职。干，求。

⑪策蹇(jiǎn 简)驴：赶着一头蹩脚的驴子。策，用鞭子或棍子抽打。蹇，原意为跛足。

⑫囊图书：口袋里装着图书。囊，用作动词。

⑬夙行失道：清早起程迷了路。

⑭奄：突然。

⑮济物：此处意为成全别人，帮助受困者。

⑯"昔毛宝"句：据《搜神后记》记载，晋豫州刺史毛宝驻守邾城(今湖北黄冈)时，一军士在武昌买了一只白龟，养在瓮中，长大后就放到江里去。后来在一次战争中，邾城失守，赴江逃命的都溺死，唯独养龟人被先前放生的那只白龟载过江。"放龟而得渡"的是军士，而不是毛宝，作者引典故，与原书有出入。

⑰"隋侯"句：隋侯，汉东之国，姬姓诸侯；隋，即今湖北随州市。《淮南子·览冥训》："譬如隋侯之珠，和氏之璧，得之者富，失之者贫。"高诱注说，隋侯见到一条伤断的大蛇，为它敷药，后来蛇在江中衔一颗明月珠报答他，这颗珠就叫隋侯之珠。

⑱"龟蛇"句：龟和蛇的灵性当然是比不上狼的。

⑲异时：将来。脱颖而出：语出《史记·平原君虞卿列传》："毛遂曰：'……使遂蚤得处囊中，乃颖脱而出。'"颖，尖端。锥子放在口袋里，锥尖就会露出来。比喻有才能的人，一有机会，定能表现自己。这里借用，语意双关，既指逃过赵简子追捕从囊中出来，也指以后有所作为。

⑳生死而肉骨也：使死者复生，使枯骨长肉。《左传·襄公二十二年》和《左传·昭公二十五年》均有"所谓生死而肉骨也"的句子。"生"、"肉"均用作动词。

㉑私：庇护，包庇。犯世卿：得罪世卿。世卿，即世代相袭的卿。卿，先秦时官名，分上卿、中卿、下卿三级。此处指赵简子。

㉒兼爱：墨子学说的核心，主张不分贵贱亲疏，对所有的人一视同仁，实行广泛普遍的爱。

㉓前虞跋胡，后恐疐(zhì 治)尾：往前担心踩着狼颈下的垂肉，往后惟恐绊了狼的尾巴。形容东郭先生缩手缩脚，行动笨拙。这两句化用《诗·豳风·狼跋》"狼跋其胡，载疐其尾"的诗意。跋，踩踏。胡，颈下垂肉。疐，通"踬"，遇到障碍，被绊倒。

㉔容与：从容。这里指不果断，慢吞吞，讽刺东郭先生的迂腐气。

㉕揖逊救焚溺：在抢救失火和水淹时还打躬作揖，互相迁让，彬彬有礼。

㉖鸣銮避寇盗：逃避寇盗时还像平时一样坐着车，响起车铃。銮，銮铃，古代车马上用的铃铛。

㉗跼蹐(jú jí 局集)：蜷缩。

㉘曲脊掩胡：弯曲着背，把长嘴巴缩在腹部。

㉙猬缩蠖(huò 获)屈：像刺猬那样缩作一团，像尺蠖爬行时那样弯起来。蠖，尺蠖，尺蠖蛾的幼虫，爬行时身体向上弯成弧状，一屈一伸地前进。

㉚龟息：像乌龟那样轻轻呼吸，不敢大声喘息。

㉛内(nà 那)：通"纳"，装进去。

㉜已而：不久。

㉝伏踬就地：趴在地上。踬，倒。

㉞跽(jì 计)：长跪。双膝着地，上身挺直。

㉟鄙人不慧：我本人愚笨。鄙人，自称的谦辞。

㊱将有志于世：想要在世上做一番事业。

㊲遐方：远方。

㊳“又安能”句：意思是说，我又怎能发现狼的去向，给您的鹰犬指路呢？夫子，古代对男子的敬称。这句化用《史记·萧相国世家》“夫猎，追杀兽兔者狗也，而发踪指示兽处者，人也”的句意。

㊴大道以多歧亡羊：语出《列子·说符》，大意是说，因为大路上岔道多，羊走失了，难于寻找。歧，岔道。

㊵区区：义同“拳拳”，忠爱专一的意思。这里作“一味地”解释。

㊶不几于守株缘木乎：不近于像守株待兔、缘木求鱼那样荒唐可笑吗？守株，即守株待兔。《韩非子·五蠹》中讲到一个寓言，说有一个农夫，看见一只兔子撞树根死了，他就放下农具，死守着树根，希望能再得到触树根而死的兔子，可是等了好多天，再也见不到兔子。缘木，即缘木求鱼，爬到树上去捕鱼。语出《孟子·梁惠王上》：“以若所为，求若所欲，犹缘木而求鱼也。”

㊷皮冠：古代打猎时所戴的皮帽子，此处代指管山泽的官员，也即上文的“虞人”。

㊸党豺为虐：与豺成群结伙为害。

㊹窥左足：抬起左脚起步。窥，跬（kuǐ傀）。跬，半步，即一抬脚迈步。《汉书·息夫躬传》：“京师虽有武蜂精兵，未有能窥左足而先应者也。”

㊺羽旄（máo毛）：装饰着羽毛的旗帜。

㊻逝：去，离开。

㊼俎（zǔ祖）豆于贵家：供贵族家当作祭品。“俎”和“豆”都是古代祭祀时盛祭品的器具。这句是说这样死比“饥死道路，为群兽食”光彩。

㊽摩顶放（fǎng纺）踵：从头顶到脚跟都摩伤，形容劳累奔波损伤身体。放，这里作“至”解释。语出《孟子·尽心上》：“墨子兼爱，摩顶放踵，利天下为之。”

㊾鼓吻奋爪：鼓起嘴巴，张牙舞爪。

㊿便（pián骈）旋而走：绕着圈子跑。走，古代是跑的意思。

(51)日晷（guǐ鬼）：日影。

(52)绐（dài代）：欺哄。

(53)三老：本指古时掌教化的乡官，此处指三个老人。

(54)叩：询问。

(55)老圃：种树的老园丁。

(56)逾年华，再逾年实：隔年开花，再隔一年就结果。“华”即古代“花”字。“华”、“实”在这里均用作动词。

(57)拱把：两手手指合围的粗度叫拱，一手能握的粗度叫把。这里是约称树干的大小。

(58)妻子：老婆和孩子。

(59)规利：谋利。

(60)敛华就实：谢花结果。

(61)贾（gǔ古）：招致。

(62)条枚：条，枝；枚，干。

(63)芟（shān山）：删除。

⑭工师之肆:木匠铺。取直:换钱。直,同"值"。

⑮樗(shū 书)朽之材:自谦之辞,犹言不材。"樗"即臭椿,是有臭味的劣木。

⑯桑榆之景:日落时,桑榆树上余光犹在,比喻人的暮年。《初学记·天部上》引《淮南子》云:"日西垂景在树端,谓之桑榆。"景,同"影"。

⑰觊(jì 记):妄想。

⑱爽盟:违约。爽,失,差。

⑲矢:发誓。

⑳老牸(zì 字):老母牛。曝(pù 铺)日:晒太阳。

㉑向者:从前,旧时。这里作"刚才"解释。

㉒咥(dié 叠):咬。

㉓茧栗:代指小牛。小牛的角很小,像蚕茧,也像栗子。

㉔贰:副,帮手。贰群牛,指辅助大牛耕作。

㉕事南亩:耕地。南亩,古代农田多向南开辟,以利日照。后来因泛称农田为南亩。

㉖伏田车:低头拉车。田车,指农家的车子。

㉗脱辐(fù 复)衡:卸下车。辐,车厢下钩住车轴的木头,亦称"伏兔"。衡,车辕的横木。"辐衡"指车。

㉘郊坰(jiōng 扃):远郊。辟榛(zhēn 真)荆:开荒。榛荆,泛指丛生的草木。

㉙毕:完成。

㉚输:缴纳。

㉛仓庾:粮囤。

㉜"我亦"句:大意是说,我自以为也可以像马像狗一样有个窝棚藏身。谅,料想。敝,通"蔽",遮蔽。

㉝担石:古时以十斗为一石,两石为一担。担石,指少量的储粮。

㉞斛(hú 胡):古代容量单位,秦汉时十斗为一斛。

㉟无顾藉:没人往来探问。顾藉:安慰探望的意思。

㊱掉臂:摆动手臂,犹言大摇大摆。村社:泛指乡村。

㊲尘卮(zhī 只)罂(yīng 英):盛酒器都布满灰尘。意思是说,家中无酒,酒杯和酒瓶都搁置不用。"卮"、"罂"都是古代的盛酒器,卮形同酒杯,罂小口大腹。

㊳涸(hé 和)唇吻:嘴唇干枯(意即未尝到酒)。

㊴据樽罍(léi 雷):贮着樽和罍盛的许多酒。据,凭,依,靠着。樽、罍,都是古代的盛酒器。

㊵衣裋褐(shù hè 树贺):衣,用作动词,穿。裋褐,古代穷人穿用的粗陋的衣服。

㊶侣木石:和木石为伴。这是化用《孟子·尽心上》"与木石居"语意,意谓只在田野,不和人们往来。

㊷《兔园册》:即《兔园册府》,唐代杜嗣先(一说虞世南)著,是一本用对偶文分类编集古今事迹和典故,供村塾中教学童的通俗读物。

㊸腰韦带:腰部系着皮带。腰,在这里用作动词。韦:熟皮。

㊹宽博:腰肥袖大的衣服。

㊺顾:反而,却。

㊻酸风射眸(móu 谋):冷风刺痛眼睛。这句化用唐代诗人李贺《金铜仙人辞汉歌》"东关酸风射眸子"句意。

⑰寒日吊影：在冬天寒冷的太阳光下对着影子自我哀叹。形容极其孤苦。

⑱足挛(luán 峦)：脚痉挛。指蜷曲不能伸直。

⑲疮痍未瘥(chài 虿)：创伤未平复。

⑳脯(fǔ 府)：干肉。这里用作动词，即做干肉的意思。

⑩鞟(kuò 扩)：去毛的兽皮。这里用作动词，即做皮革的意思。

⑩切磋为器：加工成器物。

⑩庖丁：指厨师。《庄子·养生主》讲到"庖丁解牛"的故事。

⑩砺刃硎：在磨石上磨快刀。砺，磨。硎，磨刀石。

⑩迹是观之：根据这种迹象看来。

⑩老子：一个老年人。杖藜：拄着拐杖。杖，这里用作动词。藜：一年生的草本植物，茎直立，可作拐杖。

⑩皓然：洁白的样子。

⑩衣冠闲雅：谓穿着、风度悠闲文雅。

⑩丈人：古代对老人的通称。

⑩誓定是于三老：说定以三位老人的话为准。

⑪"岂天"句：大意是说，莫非上天还不想让我这个读书人丧命。语出《论语·子罕》："天之未丧斯文也，匡人其如予何？"斯文，原指古代礼乐制度，这里引申指儒士、读书人，即东郭先生自称。

⑫不祥莫大焉：再没有比这更不吉利的事情。

⑬虎狼之父子：大意是说，连虎狼这样凶残的动物也懂得父子之间的情意。

⑭则并父子亦无矣：那就连父子之间的情意也没有了。意即连虎狼也不如。

⑮鞠躬：弯曲着身子。

⑯蔓辞以说简子：拉扯些闲话来说服赵简子。说(shuì 睡)：用话劝说，使人听从自己的意见。

⑰是羿(yì 义)亦有罪焉：《孟子·离娄下》说，古时逄(páng 庞)蒙向神箭手后羿学射箭，掌握了射箭的全部技术，心想天下只有羿比自己强，于是便把羿杀死。孟子评论这件事说："是亦羿有罪焉。"认为后羿不择人而教，故自取其祸。小说套用孟子的话，是说东郭先生也有错，责备他不该救这条恶狼。

⑱具状：详细地描述。具，详细。

⑲执信：引为凭据。

⑳信(shēn 申)：通"伸"。

㉑目：这里用作动词，用眼睛示意。

㉒从井以救人：下井救人。意谓只会同样丧生，还不如在井上设法相救。

㉓解衣以活友：脱下衣服给好友穿，救活了朋友，自己却冻死了。暗用羊角哀和左伯桃的故事。《文选·刘峻〈广绝交论〉》注引《烈士传》："羊角哀、左伯桃为死友。闻楚王贤，往寻之。道遇雨雪，计不俱全，乃并衣粮与角哀，人树中死。"

㉔于彼计则得：对他人来说是合适的。彼，指落井的人和得到衣服的人。

㉕其如就死地何：怎奈自己却要陷入绝境呢？

㉖"仁陷于遇"二句：仁慈而到了这种愚蠢的地步，这也是君子所不赞同的。与，赞同。

㉗殪(yì 义)：杀死。

都公谭纂

（明）都　穆

都穆（1459～1525），字玄敬，号南濠先生，明代吴县（今江苏苏州）人。弘治十二年（1499）进士，授工部主事。正德间官至礼部主客司郎中、太仆寺少卿。都穆学问渊博，文章简约练达，擅长撰写笔记。一生撰述勤奋，著有《南濠文略》、《南濠诗略》、《南濠居士诗话》、《周易考异》、《奚囊续要》、《壬午功臣爵赏录》、《史外类抄》、《寓意编》、《听雨纪谈》、《都氏铁网珊瑚》、《使西日记》、《玉壶冰》、《金薤琳琅》及文言笔记小说集《都公谭纂》。

《都公谭纂》，又名《谭纂》，上下二卷。此书多记录元、明以来的逸闻，有些篇已写到正德初时事，当是作者晚年之作。明刻本《都公谭纂》卷首下署"门人陆采编次"，可知是由其女婿陆采编辑成书的，个别篇章且注明陆采所作。以下《陈癡直笔》和《戴俊善扑》选自明刻本《都公谭纂》卷上，篇名系选注者拟加。

陈桱直笔

四明陈子经在胜国时[①]，尝作《通鉴续编》，书"宋太祖废周主为郑王"，旧编书"匡胤奉周主为郑王"，子经易"奉"字为"废"。雷忽震其几[②]，子经厉声曰："老天便打折陈桱之臂，亦不换矣！"

后三日，子经因昼寝，梦至一所，类王者居。有人入报："陈先生至矣。"其中坐者衣[③]黄袍，起坐待之曰："朕何负于卿，乃比朕于篡邪？"子经心知其宋祖[④]，对曰："陛下欲臣死即死耳，史贵直笔[⑤]，不可易也！"遂惊寤[⑥]。后为我太祖所戮。

【注释】

①四明：明代宁波府的别称，因境内有四明山而得名。即今浙江宁波。陈子经：即陈桱，字子经。明初侨寓白下（今江苏南京），为翰林学士。后为明太祖（朱元璋）所杀。著有《通鉴续编》二十四卷及《尺牍筌蹄》。胜国：被灭亡的国家，后因以指前朝。这里指元朝。

②几：古人坐时凭依或搁置物件的小桌。

③衣：动词，穿。

④宋祖：即宋太祖赵匡胤。

⑤直笔：指史官据史实直书，无所避忌。

⑥惊寤：惊醒。寤，睡醒。

戴俊善扑

戴俊者，苏州将家子，少师事梁兴甫。尝与一陕西人同往四川，经一山，庵中有老僧善扑[①]，揭字[②]于门。二人入，僧有两童子守门，亦善扑，遂与对手，童子不能胜，乃惊，入报。老僧坐禅床上曰："女[③]二人能胜吾童子，亦高手也。"因命其一人前，老僧恒坐不动，唯略举手，而其人已掷于地。及俊至，僧仍掷之，俊立不仆[④]，僧异之，曰："女可教也。"因留止，尽以其术授之。盖僧居山中，见老猿二，日相角[⑤]为戏，其伎[⑥]甚神，非世人可及。后一猿中箭死，僧闲暇时每与孤猿戏扑，因得其妙。俊既获僧传，思天下唯僧为愈[⑦]己，乘其不意杀之，出山。由是俊之技益神矣。

南京人有尤十六者，力举千斤，素无赖，出行常要人索饮[⑧]，有不识者拂[⑨]其意，尤以手起廊柱，置人衣裾其下，人许酒，乃脱。俊间[⑩]入南京，知之。一日，同集教坊观杂剧，俊故践[⑪]尤一足，尤大怒，将拳之。俊佯怯[⑫]，出尤胯[⑬]下，而尤仆地，被俊数十跟子[⑭]，乃呼谓之曰："尤十六，女不识戴二官人[⑮]邪！"尤拜谢，乃免，观者千人称快。尤后肆为不逞[⑯]，时仁庙监国[⑰]，命官军捕之，弗克[⑱]。俊复擒以献，决脊[⑲]四十，呕血死。太宗在北平闻之[⑳]，甚惜。

【注释】

①扑：相扑。

②揭字：指张贴的启事、公告。

③女：代词，你。

④仆：向前跌倒。

⑤相角(jué 绝)：互相争斗。

⑥伎：技能。

⑦愈：胜过。

⑧索饮：讨酒喝。

⑨拂：违背。

⑩间：有时候。

⑪践：踩。

⑫佯怯：假装畏怯。

⑬胯：两股之间。

⑭被：遭受。跟子：跟头。

⑮官人：古代对男子的敬称。

⑯不逞：指作乱、叛变。

⑰时仁庙监国：当时皇太子朱高炽监管国事。仁庙，指明成祖(朱棣)的长子朱高炽(1378～1425)。永乐二年(1404)立为皇太子。成祖数次北征，皆令皇太子监国。永乐二十二年(1422)即位，年号洪熙。在位不到一年去世，葬献陵，庙号"仁宗"。因《都公谭纂》写于朱

高炽死后，故称“仁庙”。监国，太子代君主管理国事。

⑱弗克：不能战胜。

⑲决脊：判决脊杖。脊，脊杖，古时一种施于背部的杖刑。

⑳太宗：即明成祖(朱棣)。死后初上庙号太宗，嘉靖十七年(1538)改成祖。北平：指明代北平府，治今北京市。

苏谈

（明）杨循吉

杨循吉（1458～1546），字君谦，号南峰，明代吴县（今江苏苏州）人。成化二十年（1484）进士，授礼部主事。弘治初致仕，居支硎山下，课读经史。读书广博，颇具才华。诗多近俚，文章不事摹拟，以学识深湛见长。一生撰述繁富，著有《松筹堂集》、《杨南峰全集》、《法曹事宜》、《吴邑志》等，以及文言笔记小说集《苏谈》、《吴中往哲记》。

《苏谈》一卷，凡三十三则，均为有关苏州的风土人物之遗闻轶事。现存明刻《纪录汇编》本，《丛书集成初编》本《苏谈》即据此刻本卷二百所收的《苏谈》影印。以下选收三篇，据《丛书集成初编》本《苏谈》校点整理。

黠妓赚诗

老儒陈体方以诗名。吴中[①]有一妓黄秀云，好诗，缪[②]谓体方曰："吾必嫁君，然君家贫如此，肯为诗百首赠我以为聘资[③]乎？"体方信之，为赋至六十余篇而没[④]。情致清婉，传诵词林。然是妓性实黠慧[⑤]，利于多得其诗而已，于体方本无意也。方[⑥]体方之为诗，时人多笑其老耄被诒而欣然[⑦]，每谈于人，以为奇遇焉。

【注释】

①吴中：吴郡或苏州府的别称，今江苏苏州市一带。

②缪（miù 谬）：诈伪。

③聘资：订婚行聘的财礼。

④没（mò 末）：通"殁"，死。

⑤黠（xiá 侠）慧：聪慧，机敏。

⑥方：刚开始。

⑦老耄（mào 茂）：古称七十至九十岁年纪叫耄。老耄，年老，这里指老糊涂。诒（dài 代）：欺骗。

吴都宪胆气

常熟吴都宪讷[①]，少为士时，素负气刚介。章御史珪于都宪差后[②]，然亦一不屈

士也。二人不相下，各以豪迈自雄，欲斗见之。

福山[3]有东岳祠，塑酆都狱[4]，至为狞恶，又为机括[5]设伏于地下，人不知蹑[6]之，则有群偶鬼萃而枪焉。殿堂阒寂[7]，人非携一二伴侣，不敢单身而入也。章与吴约以月黑天阴之时独往，以散饼为验[8]，每鬼前必留一饼。约既定，章私先往福山，匿神帐中。吴持饼诸鬼前，每至一鬼，必云："与汝一个。"次[9]章所匿处，章伸手出乞："我也要一个。"吴遂以饼与之，云："也与汝一个。"殊无惊异。由是章大惊服。后吴仕至都御史，亦多有著述，为时名儒焉。然福山今亦焚毁，余数年前一至，土偶零落[10]，无复向日[11]之可骇者矣。

【注释】

①常熟：即常熟县，南朝梁大同六年(540)置，治今江苏常熟市境。吴讷(1372～1457)：字敏德，号思庵，明初常熟(今江苏常熟)人。善医术，永乐中被荐至京，侍宫廷中，备顾问。洪熙元年(1425)，授监察御史。宣德中，巡按浙江、贵州，累官至南京都察院左副都御史。为人刚介有为。正统初被诬下狱，获释后致仕归。著有《思庵文粹》、《文章辨体》、《祥刑要览》、《删补棠阴比事》、《小学集解》等。都宪：明代都察院都御史的别称。因吴讷曾任都察院左副都御史，故称"吴都宪"。

②章珪：字孟瑞，明代常熟(今江苏常熟)人。宣德间以荐累擢监察御史，出巡畿甸，值岁旱，奏蠲逋税，全活百姓甚多。辨疑狱，释冤抑，颇有政声。后罢归。差(cī 疵)后：差一等。差，次第，等级。

③福山：镇名，在今江苏常熟市西北，东临福山塘，北近长江，为滨江要地。

④塑酆都狱：雕塑酆都地狱鬼的形象。

⑤机括：机关，指机械发动的部分。

⑥蹑：踩。

⑦阒(qù 去)寂：寂静。

⑧验：凭证。

⑨次：到。

⑩零落：衰颓败落。

⑪向日：从前。

苏治失火

况守时[1]，府治被火焚，文卷悉烬。遗火[2]者一吏也。火熄，况守出坐砾场[3]上，呼吏痛杖一百。喝使归舍，亟自草奏，一力归罪己躬[4]，更[5]不以累吏也。初吏自知当死，况守叹曰："此固[6]太守事也，小吏何足当哉！"奏上，罪止罚俸[7]而已。

【注释】

①况守时：况钟任苏州知府时。况钟(1384～1443)：字伯律，明代南昌靖安(今江西靖安)人。永乐间以荐历官礼部主事、郎中。宣德五年(1430)，以廉能擢苏州知府。针对赋重役繁，与巡抚周忱奏减田赋七十余万石。在职时，清吏治，兴学校，移民风，救荒岁。为官刚正廉洁，是"姑苏五太守"之一。著有《况太守集》。

②遗火：失火。

③砾(lì历)场：瓦砾场，指废墟。

④一力：独力。己躬：自身，自己。

⑤更：副词，再，又。

⑥固：本来。

⑦罚俸：旧时官吏因失误而停发薪俸若干时日的一种处分。

祝子志怪录

（明）祝允明

祝允明（1460～1526），字希哲，自号枝山，又号枝指生、枝山老樵，明代苏州长洲（今江苏苏州）人。早慧，五岁即能写径尺大字，九岁能诗。稍长，博览群籍。弘治五年（1492）举人，后久试不第。正德十年（1515），授广东兴宁知县，寻迁应天（今江苏南京）通判，不久，因病辞归。

允明擅长诗文，尤工书法。与唐寅、文征明、徐祯卿并称“吴中四杰”或“吴中四才子”。著有诗文集《怀星堂集》三十卷、《祝氏小集》七卷等；散曲集《新机锦》；文言笔记小说集《祝子志怪录》、《语怪》、《九朝野记》、《枝山前闻》、《祝子小言》、《猥谈》等；杂著《苏材小纂》、《祝子罪知》、《读书笔记》等。

《祝子志怪录》，五卷。今存明万历四十年（1612）祝允明曾孙祝世廉的辑刻本。此书各卷均署“吴祝允明希哲撰”，卷首《志怪录自序》，落款“己酉冬十月既望枝山祝允明书”。己酉为弘治二年（1489），可知此书为祝允明早年之作。另有《纪录汇编》和《类编古今名贤汇语》两种明刻本所载的《志怪录》，仅一卷，当为选录本，与五卷本篇幅悬殊，且同一篇文字也有异。

以下三篇均以明刻本《祝子志怪录》为底本校点整理。《妓乘鱼》和《海神请读书人》选自卷一，《长桥美人》选自卷三。

妓乘鱼

南京教坊[①]一妓，与盐商情密。商行货广陵[②]，语妓曰：“我不久即归，汝能待之乎？”妓许诺，即谢客[③]。商去数年不来，妓门户寥落，犹无改念，但多方访商。已而[④]得其所在，遂驰往觅之，遇焉。商感其意，赠之金帛甚富，与约曰：“吾事犹未了，汝姑持此往，是固不足尽吾意，某时当决归，庶相与竭绸缪之怀也[⑤]。”妓取货独返。在舟数[⑥]取金，令篙工碎以市物[⑦]。工窃念可图，至江中夜静，起抱妓投水中，而有[⑧]其货。

妓入水，即有一物乘[⑨]之，安稳如坐，径行去。明日将辰[⑩]，乃在江阴[⑪]村墟某宅前，大呼求救，其家集人视之，犹莫为力，顷刻直抵岸下，众扶掖而起，视所乘乃大鱼也。妓告其事，众送于县官。为出捕问其验[12]，妓言船之状及有某色鞋上绣某花，并某衣同置舟中某处，计此时贼尚未见也。官如言，急往检诸船，果获之，遂置贼于理[13]，而遣妓还院[14]云。妓平日奉三官甚谨[15]。

【注释】

①教坊：妓院。

②行货：贩运货物。广陵：今江苏扬州。

③谢客：谢绝会客。这里指不接待嫖客。

④已而：不久。

⑤庶：副词，表示可能或期望。绸缪：情意殷切。

⑥数（shòu 朔）：屡次。

⑦市物：购买货物。市，购买。

⑧有：占有，霸占。

⑨乘：通“承”，承载。

⑩辰：通“晨”，天亮。

⑪江阴：明代属常州府，即今江苏江阴市。

⑫验：证据。

⑬遂置贼于理：就按法律处置盗贼。置，处置。理，法律，法纪。

⑭院：妓院，即上文“教坊”。

⑮奉：奉祀。三官：道教所奉祀的神，即天官、地官、水官三帝的合称。传说天官赐福，地官赦罪，水官解厄。

海神请读书人

嘉定[1]东门外，有朱外郎[2]，生一子，年十三岁。一日，挟书囊将就外傅[3]，倚门小立，忽掷囊向东疾奔。其去如风，瞬息不见。父母急集众追之，无及也。路傍人家云：“适奔过，抱树求止，不能得，树折径去矣。”又至前，人告如初。俄而[4]报云：“直望海而趋矣。”继报云：“已入海矣。”父母眷属无所施计，伏水滨恸哭三日。其夜将还，忽水中涌出一人，视之其子也。方将抱持，子向西仍风行。急回，逐至家，无有也，又皆痛骇无说。

明日，有丐儿来报曰：“昨夜宿前村土地堂[5]，见一童子卧地，喘促困惫，视之，即公家小官人[6]。今见在[7]，可往取之。”父母急与去，子果在地，扶掖以归，犹瘫然不省，类中恶者[8]，而眼开能运动，以汤液灌之，一日始复常。问其详，曰：“倚门时，偶举首，见一少年从东来，貌甚娟秀，戴软翅唐帽[9]，衣[10]绿袍，束黄金带，骑白马，马亦莹洁如雪，驰骤如风而至，马后从者可[11]三十人，皆人身而首则或虾或螺或鳖或鱼不一类。少年见我，即命从者群挟之东行，虽大呼不可得止。至岸，视海中一道水开，成路接沙，众拥上路。四望盘漫一白，竟不见水。俄顷[12]到城郭，入大阙[13]下，

朱门华屋，弘敞焕烂[14]。少年止门外，只令阍者[15]通谒曰：'奉命请读书人至。'其阍亦鱼鳖之属。入，少顷出，复命他吏引入至大殿下。殿极高广，通身都作白色，似蠵、蛎[16]之壳所为，光彩照耀夺目，不能正视。吏呼令上殿。王坐殿中，其形亦只如中人[17]，而貌已老，须眉如雪，其冠亦类唐帽，身披白袍，通刺金纹，腰围白玉带。问曰：'汝解[18]作文章乎？'对曰：'不能。'曰：'然则何能？'曰：'只会作对。'曰：'几字？'曰：'七字。'王即吟一句，儿应声属之。失记其词。王虽喜，曰：'我只要能作文章者，汝既不能，无用也。'命左右领入学馆闲看，却[19]放回。左右引入东偏室中，一童可数岁，韶秀[20]特异，非凡目所见。傍吏云：'王欲请读书人教此子耳。'少留连，即复见王。王命仍遣人送去。众引出。前少年尚待于门，得传命，因复乘马，命众扶之，归至土地庙前，庙神出迎甚恭。少年以儿付神，神即收之宿云。儿后亦无他。"事在成化壬寅、癸卯间[21]。

【注释】

①嘉定：指嘉定县，明代属苏州府，即今上海市嘉定区。

②外郎：宋元以来对衙门书吏的称呼。亦指县府小吏。

③书囊：书包。外傅：古代贵族子弟到一定年龄，出外就学，所跟从的老师称"外傅"。《礼记·内则》："十年，出就外傅，居宿于外，学书记。"

④俄而：不久。

⑤土地堂：亦称"土地祠"，供奉土地神的祠堂。

⑥小官人：称富贵人家的子弟。

⑦见(xiàn 现)在：还在。

⑧中恶：俗称"中邪"。其疾状有的是胡言乱语，牙紧口噤；有的是头旋晕倒，昏迷不醒。

⑨软翅唐帽：古代读书人常戴的一种便帽。唐帽，原为唐代帝王的一种便帽，后渐流传民间，为士人所崇尚。

⑩衣：动词，穿。

⑪可：大约。

⑫俄顷：片刻。

⑬阙：古代城门两边的高台。

⑭焕烂：光耀灿烂。

⑮阍者：守门人。

⑯蠵、蛎：(xī 西)，即砢龟，海中的一种大龟。蛎，牡蛎。

⑰中人：普通人，中等的人。

⑱解：能够，会。

⑲却：回转，返回。

⑳韶秀：美好秀丽。

㉑成化壬寅、癸卯间：明宪宗(朱见深)成化十八、十九年间(1482～1483)。

长桥美人

吴江垂虹桥[1]胜板东南，桥傍有妪素业柯斧[2]，兼粥[3]裙钗，弘治初年秋日[4]，妪

偶出市，一小女子留陋室中。时斜阳映门，女倚门少玩，湖光瞥见一美人从小青衣，迤逦徐步，女方属目[5]，美人径入其家，女叙拜延坐。谛视之，犹未笄[6]，而姿色艳冶，妆饰瑰丽，风态飘逸，恍惚倾人，颇若贵家处子[7]。女不敢详扣[8]。美人便问："婆婆安在？"女对："少出[9]。"美人曰："我不能待回，姑传示之，当重来相寻也。"出门掩冉[10]而去。妪归，女告。妪莫测，亦不为意。

明日，妪出，美人复来，青衣仍后从。女惊接，谢之曰："阿娘奉久不见，临故有事，又出矣。"美人曰："唯。"女乃询其姓第，不答。又问："小娘子频赐光访，有何垂谕？幸遂属之。"美人低回[11]久之，掩袂羞涩，作吴语语女曰："我要相烦寻头脑[12]耳。"女曰："然则候娘回，当为告之。"美人曰："幸存心，勿忘之。"因拉女曰："我居处非遥，幸送我去。"女便随之出行，稍久至岸侧，颇迥旷，一画舫舣堤旁[13]。美人曰："此吾舟也。"率女偕登。舟中张设，珍丽莫伦，异香清辉，顿殊人世。中有一小几，几上有枣一柈[14]。美人取数枚奉女，女啖一二，且留二于怀。美人又送登岸，女乃独归。见妪，妪方诘责，女具陈其事，出枣奉示，妪亦惑讶。

既而杳不复知。妪稍物色之不得也，以语诸人，好事者转相辄访，绝无耗音。时哄传以为水仙，殆蛟娥龙女之辈矣。既数月，忽复过女，妪又不在。女力扣其详，终不见答。又问："今且何之？"美人曰："往江南[15]姚家去。"言讫，翻然而逝[16]，不知所之。女急寻母告之。母议其所指，盖乡儒景昭氏也。趋往侦焉。姚家方以是日命缁流[17]修因果耳。人乃更以为鬼或为妖云。

予始闻前事，即断以为仙，志怪之日又从传者审订，乃得后说。予谓金仙[18]道场，妖岂能入？鬼无常事，而十供[19]间亦及仙采，使果灵姝往亦宜尔，然仙则无欲。美人真上元、兰香[20]之俦欤！仙耶？鬼耶？妖耶？不可得而知也。

【注释】

①吴江：即吴江县。五代吴越天宝二年(909)分吴县地置。明代属苏州府。即今江苏吴江。垂虹桥：本名利往桥，俗称"长桥"。北宋庆历八年(1048)建，筑亭其上，名为垂虹，故又名垂虹桥。在今江苏吴江市东吴淞江上。

②柯斧：《诗·豳风·伐柯》："伐柯如何？匪斧不克。取妻如何？匪媒不得。"后因以"柯斧"比喻媒妁。

③粥(yù 玉)：同"鬻"，卖。

④弘治：明孝宗朱祐樘的年号(1488～1505)。秋日：秋天。

⑤属(zhǔ 主)目：注视。属，注目，专注。

⑥未笄(jī 肌)：指女子未成年。笄，簪子。古时女子十五岁须将挽起的头发用笄别住，表示已成年。

⑦处子：处女。

⑧扣：同"叩"，探问。

⑨少出：出去一会儿。少，少顷，短暂。

⑩掩冉：形容女子体态轻盈柔美的样子。

⑪低回：徘徊。

⑫寻头脑:找对象。头脑,吴方言,指合适的对象、人材。

⑬画舫:装饰华丽的游船。舣:使船靠岸。

⑭柈(pán 盘):盘子。

⑮江南:泛指长江以南地区,但各时代具体所指有所不同。明清以来专指今江苏南部和浙江一带。

⑯翻然而逝:迅速消逝。翻然,迅速改变的样子。

⑰缁流:指僧徒。缁,黑色。僧尼多穿黑衣,故称。

⑱金仙:指佛。

⑲十供:不详。

⑳上元:即上元夫人。古代神话中的仙女,名阿环。传说她是西王母的小女儿,三天真皇之母,任上元之官,统领十万玉女名录。兰香:即杜兰香。古代神话中的仙女,西王母的女儿,美丽非凡。自称南阳人。西晋时曾下嫁张硕。

语怪

(明)祝允明

作者祝允明的生平事迹及创作概况,请参看《祝子志怪录》的题解。

《语怪》一书成于明正德八年(1513),是祝允明继《祝子志怪录》之后又一部文言志怪小说集。全书仅一卷,共十四篇,多记神仙、鬼怪、果报、灾异之事。其中《桃园女鬼》一篇,作者用浓重的笔墨着力刻画桃园女鬼对爱情的执著追求,以及对破坏姻缘的官府的不屈不挠的斗争意志。故事情节曲折,女鬼形象刻画也较突出。

《桃园女鬼》据吴曾祺编《旧小说》戊集二所载《语怪》的文字校点整理。

桃园女鬼

严州[①]东门外,有桃园,丛葬[②]处也。园中种桃,四缭周墉[③]。弘治[④]中,有一少年,元夕观灯而归,行经园傍,偶举首见一少女,倚墙头,露半体,容色绝美。俯视少年,略不隐避。少年略一顾,亦不为意,舍之行前,遇一人偕行。少年乃卫兵余丁[⑤],其人亦同辈也,且行且纵话。其人问少年:"婚乎?"曰:"未。"曰:"今几岁?"曰:"十九矣。"又告以时日八字[⑥]。久之至歧路[⑦],同辈别而他之。少年独行,夜渐深,行人亦稀,稍闻后有步履声,回视即墙头女也,正相逐而来。少年惊问之。女言:"我平日政[⑧]自识尔,尔自忘之。今日见尔独归,故特相从,且将同归尔家,谋一宵之欢,尔何以惊为?"少年曰:"汝何自知音?"女因道其小名,生诞家事之详,皆不谬,盖适尾其同辈行,得之于其口出也。少年闻之信,便已迷惑,偕行至家。其家有翁妪,居一室,子独寝一房。始出时,自钥其户,逮归不唤翁妪,自启其寝,则女已在室中坐矣,亦不寤其何以先在也。灯下谛玩之,殊倍媚嫣,新妆浓艳,衣饰亦极鲜华,皆绮罗盛服也。翁妪已寝,子将往爨室[⑨]取饮食,女言:"无须往,我已挈之来矣。"即从案上取一盒子,启之,中有熟鸡鱼肉之类,及温酒。取而共饮食之,其殽胾[⑩]犹热也。啖已就寝。女解衣,内外皆崭然新制。乃与之合,犹处子尔。将黎明,自去。少年固不知其何人也。追夜复至,与之饮食寝合如昨。既而无夕不至。稍久之,密邻闻其语笑声,潜窥见之,语翁妪云:"而子[⑪]必诱致良家子与居,后竟当

露，祸及二老，奈何？”翁妪因候夜同往而觇[12]之，果见女在。翁妪爱子甚，不惊之。明日，呼子语之故，戒谕之曰：“吾不忍闻于官，令汝获罪。汝宜速拒绝之，不然，与其惜汝而累吾二老人，当忍情执以闻矣。”子不敢讳，备述前因。然虽心欲绝之，而牵恋不忍。且彼亦径自至，无由可断。女知之，殊不畏避。

翁妪无如之何，复谋诸邻。邻劝翁首诸官，翁从之，展转达于郡守李君。守召子来，不俟讯鞫，即自承伏云云，然不知其姓属居址也。守思之，殆是妖祟，非人也。不下刑箠，教其子，令以长线缀其衣，明日验之。子受教归。比[13]夜入室，女已先在，迎谓曰：“汝何忍欲缀吾衣邪？袖中针线，速与我！”子不能夺，即付之。翌日复于守。守曰：“今夕当以剪刀断其裾。”予之剪归。女复迎接，怒曰：“奈何又欲剪吾衣裾？速付剪来，吾姑贷汝[14]。”子亟予之。又复于守，守怒，立命民兵数人往擒之。兵将近其家，女已在室知之。时方晴皎，忽大雨作。众不可前，乃返命于守。守益怒，命一健邑丞，帅兵数十往以取之。女亦在室。丞兵将至，忽大雷电，雨翻盆而下，雷火轰掣，殊不能进，亦回返以告守。曰：“然则任之。”呼子问曰：“女之姿貌果何似？衣裳何彩色？”子具言如是如是。其外内裳袂，一一皆是纻丝，悉新裁制也。每寝解衣，堆积甚多，而前后只此，终未尝更易一件。其间一青比甲[15]，密著其体，不甚解脱，即脱之，与一柳黄裤同置衾畔，不暂舍也。守曰：“尔去。此后第接之如常时，吾自有所处。”子去。时通判[16]某在座，守顾判曰：“吾有一语，欲语公，恐公怒耳。”判曰：“何如？”守沉吟久之曰：“此人所遇之女，殆或是公爱息[17]小姐者乎？”判大怒，言：“公何见侮[18]之甚！吾纵不肖[19]，公同寅[20]也。吾家有此等事邪？公亦何乖缪如是！”守但笑谓言：“公试归，问诸夫人。”判愈怒，几欲骂之。遽起入内，急呼妻骂守，言吾为老畜所辱，乃敢道此语云云。妻扣[21]其详。判言老畜先问后生，闻其言女容貌衣饰如此，乃顾谓我云尔。妻惊曰：“君姑勿怒，或者果是吾家大姐[22]乎？”盖判有长女，未笄而殒[23]，攒[24]诸桃园中，其容色衣饰良是也。判意少解，出语守：“吾妻云云，其当是吾女耶？”守曰：“固有之，且幽明异途，公何以怒为[25]？第愿公勿恤[26]之，任吾裁治可耳。”判亦姑应之，既而无所施设。女来如故。

又久之，有巡盐御史按部[27]，事竣而去。郡集弓兵三百辈护行。守与群僚皆送之野。御史去，守返，兵当散去。守命：“勿散，从吾行，且迂道从东门以归。”至桃园，守驻车，麾兵悉入园，即命发判女冢。视之，女棺之前，有一窍如指大，四围莹滑，若有物久出入者。即斫棺[28]，视女貌如生。因举而焚之。盖守知女鬼已能神，故寝其事[29]，乘其不知而忽举，鬼果不能御也。守恐鬼气侵子深，或复来缠嬲[30]，召入郡中，令守郡帑，与同役者直宿。三月无恙，乃释之。其怪遂绝。后子亦竟无他。事在弘治[31]中也。

【注释】

①严州：唐武德四年（621）置，治桐庐县（今浙江桐庐县西北）。武德七年（624）废。北宋宣和三年（1121）改睦州复置，治建德县。明代沿置。严州治建德县，即今浙江建德市东北梅城镇。

②丛葬：乱葬在一处的坟地。

③四缭周墉：四周围墙。墉，墙垣。

④弘治：明孝宗朱祐樘的年号(1488～1505)。

⑤余丁：又称“军余”、“家丁”，明卫所军士家属中成年男丁。正军死亡或老病，即由其补伍。

⑥时辰八字：旧时以人出生的年、月、日、时，配以天干地支，每项两个字，合称“八字”，据此推算人的命运。

⑦歧路：岔路口。

⑧政：通“正”，就。

⑨爨(cuàn 篡)室：厨房。

⑩胾(zì 自)：切成大块的肉。这里泛指肉食。

⑪而子：你的儿子。而，代词，你的。

⑫觇(chān 掺)：窥视。

⑬比：等到。

⑭吾姑贷汝：我暂且饶了你。贷，宽恕。

⑮比甲：俗称“马甲”，即背心。

⑯通判：官名。明代知府的佐贰官，正六品。

⑰爱息：爱女。息，这里指女儿。

⑱见侮：侮辱我。这里“见”用在动词前面，称代自己。

⑲不肖：不成材，不正派。

⑳同寅：犹同僚。

㉑扣：同“叩”，探问。

㉒大姐：吴方言，未婚的年青女佣。这里意为大女儿，如北方口语“大丫头”。

㉓未笄而殒(yǔn 允)：指女子未成年死亡。

㉔攒：停棺待葬。

㉕何以怒为：发脾气干什么？何以……为，做什么。

㉖恤(xù 绪)：顾念。

㉗巡盐御史：巡查盐务的御史。御史，明代监察御史的简称。按部：巡视部属。

㉘斫(zhuó 卓)棺：劈开棺材。斫，砍，削。

㉙故寝其事：故意不声张这事。寝，谓湮没不彰，隐蔽。

㉚缠殢(tì 替)：纠缠。

㉛弘治：明孝宗朱祐樘的年号(1488～1505)。

枝山前闻

(明)祝允明

作者祝允明的生平及创作简介，请参看《祝子志怪录》的题解。

《枝山前闻》仅一卷，载明刻本《类编古今名贤汇语》第二册，署“长洲祝允明著”。以下选注的《片言折狱》和《戏语得妇》，即据此刻本的文字校点整理。《戏语得妇》一篇，明末小说家凌濛初据此改编为拟话本《陶家翁大雨留宾，蒋震卿片言得妇》，收入《拍案惊奇》卷十二。

片言折狱

闻之前辈说国初[①]某县令之能。县有民将出商，既装载，民在舟待一仆久不至。舟人忽念商辎货[②]如此，而孑然一身[③]，仆又不至，地又僻寂，图之易耳，遂急挤之水中，携其资归。乃更诣[④]商家击门，问官人何以不下船。商妻使人视之，无有也；问诸仆，仆言适至船，则主人不见，不知所之也。乃姑以报地里[⑤]，地里闻之县，逮舟人及邻比[⑥]，讯之反覆，卒无状。凡历几政，莫决。至此令，遂屏[⑦]人，独问商妻舟人初来问时情状，语言何如也。商妻曰：“夫去良久[⑧]，船家来扣门，门未开，遽呼曰：‘娘子，如何官人久不下船来？’言止此耳。”令屏妇，复召舟人问之，舟人语同。令笑曰：“是矣，杀人者汝，汝已自服，不须他证矣。”舟人哗曰：“何服耶？”令曰：“明知官人不在家，所以扣门称娘子。岂有见人不来而即知其不在，乃不呼之者乎？”舟人骇服，遂正其法。此亦神明之政也。

【注释】

①国初：王朝建立初期。这里指明朝初。

②辎(zī 资)货：外出时携载的物资。

③孑(jié 节)然一身：孤零零一个人。

④更诣：又到。

⑤地里：古代地方行政组织。

⑥比：旧时官府缉拿人犯或征收租税、额派人役等，定期催逼，叫做“比”。

⑦屏(bìng 病)：使退避。

⑧良久：很久。

戏语得妇

蒋霆，余杭[①]人。尝与二客自远归，至诸暨[②]村间，遏晚，遥望大庄宅，即趋之。宅掩双扉，内悄无人声。三人者置装小憩。俄忽[③]雨作，众意甚不佳。蒋顾门内，欲直入，二客不可。蒋言："何伤乎[④]？此吾妇翁[⑤]家。"二人笑止之。门忽哑然而开，一叟出揖客曰："适闻客言，颇无状[⑥]，谁耶？"二人逊谢。蒋面发赤，不能仰视。叟觉之，乃特肃[⑦]二客入，曰："请即寒居避雨，此既云云乃吾婿耳，礼不可与客等，可立候于门。"二人不能违，姑从之。叟遂闭门。

至堂揖坐，二客通姓名，叟曰："老夫陶某也。"暄凉[⑧]罢，复咎蒋曰："人孰无颠沛途旅间？不谨如此，岂周身之道[⑨]邪？"二客又为逊谢。

迨夜[⑩]，命酒食劳客，竟不邀蒋。蒋栖栖[⑪]独倚雨檐，殊不堪也。俄雨止，月稍出，蒋将自行觅旅舍。时将一更向尽，方起行，忽闻门内暗中低语云："勿行，有物在此，少待持之去也。"蒋诺。念此必二君既厚得供享，乃复窃主人物乎？良久，墙头掷出二裹[⑫]。蒋取视，皆女饰、饮器，俱黄白[⑬]也。速负之行。不久，又闻墙头坠物声，回顾则二人耳，昏黑不能辩[⑭]。又念此谓二客窃逸无疑，急复开裹，取金匿怀袖间，仍负之疾走，二人尾之，然不逼近。

黎明回视，乃一妇及青衣[⑮]耳。蒋大惊，驻[⑯]问之。妇亦惊，既而曰："姑到君旅邸言之。"蒋即挽与去，入一馆，密扣之，妇曰："我主人女也。初许嫁某，今且[⑰]娶矣，我不愿归[⑱]。尝属意于一姻家[⑲]，郎期[⑳]今夕窃负而逃。我伺之不至，忽闻父人内喧言门客妄语云云，我计为私郎的[㉑]矣，亟收并少[㉒]资货，掷而逾垣，虑为人觉，故不近君，今业已如此，即应给事君耳[㉓]，馀固不容计矣。"蒋于是不待二友，径携之还家，给[㉔]家人以娶之途。

妇入门，甚贤能，为蒋生一子。已而思其父母不置，谓曰："始吾将不愿从旧夫，故渎礼[㉕]至此，今则思亲不能一刻忘，殆病矣，奈何？然父母爱我甚，脱[㉖]使之知，当亦不多谴，君试图之。"蒋因谋于一友，其人报当为君效委曲，乃至叟所为商人贸易者。事竟，叟款[㉗]客，纵谈邑中事，客言："二三年前，余杭有一客商而归道里间，以片言得一妇，翁贵邑人也，翁宁[㉘]知之乎？"叟曰："知其姓耶？"曰："闻之陶氏也。"翁矍然[㉙]曰："得非[㉚]吾女乎？"客复说其名、岁、容貌了悉。叟曰："真吾女矣。"客曰："欲见之欤？"曰："固也[㉛]。"叟妻王媪屏后奔出，哭告客："吾夫妇只此女，自失之，殆无以为生。客诚能见吾女，倾半产[㉜]谢客耳。"客曰："翁媪固欲见乃女[㉝]，得无难若婿乎[㉞]？"叟曰："苟见之，庆幸不遑[㉟]，尚何忤情为[㊱]？"客曰："然则请丈人[㊲]偕行矣。"叟与俱去。

既相见，相持大恸。载之以归，母女哭绝，分[㊳]此生无复闻形迹，谁复知有今日哉！婿扣头[㊴]谢罪，共述之。叟语曰："天使子为此言，真前定[㊵]也，何咎之有[㊶]？"遂大召族宴会。成礼[㊷]。厚资[㊸]，遣归之[㊹]。复礼客，为婿遗贶甚夥云[㊺]。事在成

化[46]间。

【注释】

①余杭:即余杭县,秦始皇三十七年(前210)置,治今浙江余杭市南苕溪南岸。

②诸暨:即诸暨县,秦置,治今浙江诸暨市。

③俄忽:一会儿。

④何伤乎:有什么妨碍呢?伤,妨碍。

⑤妇翁:岳父。

⑥无状:行为失检,没有礼貌。

⑦肃:引进,引导。

⑧暄凉:暖和与寒冷,也即“寒暄”,见面时的问候语。

⑨周身之道:意谓全身远害的做法。

⑩迨(dài代)夜:到了夜里。迨,及,到达。

⑪栖栖:形容孤寂零落的样子。

⑫二裹:二包。裹,包,袋。

⑬黄白:黄金和白银。

⑭辩:通“辨”,分辨。

⑮青衣:指穿青衣或黑衣的人,即婢女。

⑯驻:停留。这里指停步。

⑰且:副词,将要。

⑱归:古代称女子出嫁。《易·渐》:“女归,吉。”《诗·周南·桃夭》:“之子于归,宜其室家。”

⑲属意:犹倾心,指男女相爱。姻家:联姻的家族或其成员。这里泛指由婚姻关系结成的亲戚。

⑳期:约定。

㉑的(dí敌):确实,准定。

㉒少:少量。

㉓给事君:犹言嫁给您。给事,原意为供职,这里引申为侍奉。

㉔绐(dài代):欺骗。

㉕渎(dú独)礼:冒犯礼仪。渎,亵渎。

㉖脱:倘若,如果。

㉗款:殷勤招待。

㉘宁:犹言岂不,难道不。

㉙矍(jué绝)然:形容惊惧的样子。

㉚得非:莫非。

㉛固也:意谓决心要见她。固,专一,坚决。

㉜半产:一半家产。

㉝乃女:你的女儿。乃,代词,你的。

㉞得无难若婿乎:能不为难你的女婿吗?得无,能不,莫非。难,使感到难堪。若,你的。

㉟不遑:不暇。

㊱尚何忤情为:还有什么见怪呢?忤情,违逆心意。

㊲丈人：古时对老人的尊称。

㊳分（fèn 份）：料想，意料。

㊴扣头：叩头。

㊵前定：古代一种迷信说法，认为凡事均为命中注定。

㊶何咎之有：有何罪过。咎，罪过，过失。

㊷成礼：完婚。

㊸厚资：资助丰厚。

㊹遣归之：送他们还家。

㊺遗贶（wèi kuàng 渭况）：馈赠。夥（huǒ 火）：多。

㊻成化：明宪宗朱见深的年号（1465～1487）。

高坡异纂

（明）杨　仪

杨仪（1488～?），字梦羽，号五川，明代常熟（今江苏常熟）人。嘉靖五年（1526）进士，世宗即位后任兵部员外郎，官至山东按察司副使。晚年家居，读书著述。著有文言小说集《高坡异纂》二卷、传奇小说《金姬传》，以及《南宫集》、《螭头密语》、《陇起杂事》、《骊珠随录》、《古虞文录》等。

《娟娟传》选自《说库》本《高坡异纂》卷下，篇名系选注者拟加。此故事对后世颇有影响，清人石庞的传奇《因缘梦》即据此改编。

娟娟传

木生字元经，少[①]有俊才，时康陵朝[②]以乡荐入太学。与龚司谏谨有场屋之旧[③]，曾欲以生才艺上闻，生曰："人各有时，若锥处囊中，颖当自脱[④]，宁待援手他人乎？倘果荐上，元经惟有被发入山耳。"司谏不能强，生亦离去，携琴遨游齐鲁[⑤]间。揽结诸英俊，或眺览名山水，往来两都[⑥]，时人莫能窥其际也。

尝登泰山观日出。夜宿秦观峰，梦有老妇携一女子。相见甚欢，如有平生之分。既又遗一诗扇，展诵未终，忽晓钟鸣，惊悟而起。其所梦经行道路第宅，历历皆能记忆。

明年将入都，道出武清[⑦]，散步柳阴中，过一溪桥，道旁有遗扇在草中，收视之，上有诗云：

烟中芍药朦胧睡，雨底梨花浅淡妆。
小院月昏人定后，隔墙遥辨麝兰香。

仿佛是梦中所见者，珍袭藏之。行未几，遥见一女郎从二女侍游树下，迤𨓦[⑧]将近，生趋避之。时为三月既望[⑨]，新雨初霁[⑩]，微风扇暖，女郎徐邀二侍，穿别径，结伴而去。生伫立转盼，但觉带袂飘举，环珮锵然，百步之外，异香袭道，绰约若神仙中人。遂以所佩错刀，削树为白，题一绝句曰：

隔江遥望绿杨斜，联袂女郎歌落花。
风定细声听不见，茜裙红入那人家。

倚从弥望，乃行。前至野店中，问诸村民，或曰："此去里许，有田将军园林，岂即其

家眷属乎?”生明日又往树下,竟日无所遇,惟见溪水中落花流出。复题一绝句,续书于树曰:

异鸟娇花不奈愁,湘帘初卷月沉钩。
人间三月无红叶[11],却放桃花逐水流。

自后不复相闻。然前所得遗扇,每遇良辰胜会,未尝不出入怀袖,把玩讽咏,爱如珙璧。

壬午[12],圣人嗣统[13],数载间文恬武熙[14],天下无事,思得贤士,与之共兴礼乐。司谏时已历通显[15],尝因燕对奏上曰:“臣所知有木元经者,才合春卿[16],名收贾、董[17],陛下必欲更定礼乐,非其人不可。”上遂命收入选部[18]。时朝廷将大营建,隶名工曹[19]。曹长师丹心善生,每事暇,辄邀生同游。当春牡丹盛放,且所司有器皿厂,约生明日会厂中,同出土桥诸名园赏之。生至期达旦,偶以他事后期。厂中皆上供御器,非主者至,不得入,生因勒马以俟。道旁有井,马渴,绝衔奔水,生恐下马,马逸,左右皆前逐马,生就立井旁民舍。其家以贵客在门,召一邻翁至,延生入。初经重屋,仅庇风日,似一中下民居。再起一关,则高堂藻饰,别一景象。又西过曲径,越小院,其中楼台阑栖[20],金碧耀辉,恍非人世。生稍憩,便欲辞出。翁曰:“内人乃老夫寡妹,年亦逾五旬矣。幸暂留,伺马至行,无伤也。”生起挥扇逍遥,历览画壁,翁从旁见其扇,进曰:“此扇何从得之?”生曰:“吾十年前过武清所得,道旁遗弃也。”翁借观,遽持入内,顷之,出告生曰:“天下事萍梗[21]遭逢,固有出于偶然者矣。适见扇头诗,疑为吾甥女手笔,入示吾妹,固非误也。”生初入其室庐,皆若梦中故所经行者,心固已异之矣,及闻翁言,愈疑之。再引入一曲室,帏幄鲜丽,金玉烂然,至其几榻整洁,琴瑟静好,莫能名状。须臾一老妇出拜,自言:“姓钱氏,先夫田忠义,官至上轻车都尉[22],往岁扈从[23]西征,为流矢[24]所中,舆疾[25]归武清。小女娟娟,时年十四,随侍汤药,偶遗此扇,不意乃入君子之手。今夫亡三载矣,睹物兴怀,不觉遂生伤感。然当时溪树上有二绝句,不知何人所书。小女因寻扇再至其地,经览而归。至今吟哦不绝于口。”生请诵之,即其旧题也。老妇因请命娟娟出见,传呼良久,不至。母自入谓女曰:“客即树上题诗人也。”娟娟强起,严服靓妆,与母相携而出。至则玉姿芳润,内美难征,俨然秦观峰梦中所见也。生又以梦告母,共相嗟异。久之,马至,珍重辞谢而去。

明日,邻翁以娟母命来曰:“未亡人有二女,其少先行矣,娟最爱,将赖以终未亡人身,然幽赞以神,明协以人,未亡人尚敢吝其爱女乎?请以弱女为君子侍。”生辞之,翁申母命曰:“先将军无遗育,弱息仅存,使君子不以下体是遗[26],家虽亡,得婿公瑾[27],亡人且无憾矣。”生乃请卜之,得解之九二[28],卜者曰:“田获三狐,姓著占辞,事无不济。但三狐得矢,恐不能永终贞吉耳。”生犹豫未决。翁致三命曰:“吾闻古之君子,处大事必假于梦卜,梦生于心,卜决于人。今婚媾及事矣,乃不内决于心,而顾取决于人耶?”终不得辞,卒以其年四月戊寅成礼。娟娟妙解音律,通贯经史,凡诸戏博杂艺,靡不精晓,情好甚笃。

未阅月[29]，大工皇木至潞河[30]。生将督运南行，势不能留，室内又少亲干。乃锁院而去。母先亦暂至武清，遣人问娟娟，从门隙中附诗于母，寄生曰：

闻郎夜上木兰舟，不数归期只数愁。
半幅御罗题锦字，隔墙里赠玉搔头[31]。

是夕，生适自潞还，娟出迎。生曰："方从马上得诗，未有以复。"即口占赠娟曰：

碧窗无主月纤纤，桂影扶疏玉漏严。
秋浦芙蓉倚丛叶，半妆斜映水晶檐。

生他日偶得乡人书，独坐深思，娟以诗解之曰：

碧玉杯中琥珀光，灯前把劝阮家郎[32]。
不须更忆人间世，千树桃花即故乡。

其冬十月，生以太夫人忧去职[33]。河冰既合，娟适病，不能偕行。生存亡抱恨，计无所出，邀母与娟同居，约以冰解来迎，相与悲咽而别。

明年春，娟病转剧，遣翁子钱郎，以诗寄生曰：

楚天风雨绕阳台，百种名花次第开。
谁遣一番寒食信[34]，合欢廊下长莓苔[35]。

生遣使往迎。比至，则不起匝月[36]矣。辛卯[37]冬，生再入都，遇母家，见娟娟画像，题诗其上曰：

人生补过羡张郎[38]，已恨花残月减光。
枕上游仙何迅速[39]，洞中乌兔太匆忙[40]。
秦娘似比当时瘦，李卫暂多旧日狂。
梅影横斜啼鸟散，绕天黄叶倚绳床。

时多传诵焉。

【注释】

①少：指年轻时期。

②康陵朝：明武宗朱厚照（1491～1521）死后葬康陵，因称他执政期间为"康陵朝"，即正德年间。

③司谏：官名，其职责为对皇帝规谏并荐举人才。场屋：科举考试的地方，故又称"科场"。有场屋之旧：指木元经和龚谨曾一起参加过科举考试。

④锥处囊中，颖当自脱：意谓锥尖透过布袋显露出来。颖，物之尖端。此二句典出《史记·平原君虞卿列传》："平原君曰：'夫贤士之处世也，譬若锥之处囊中，其末立见。……'毛遂曰：'臣乃今日请处囊中耳。使遂蚤得处囊中，乃颖脱而出，非特其末见而已。'"

⑤齐鲁：原为古代的齐国和鲁国，此处泛指齐鲁之地，即今山东省一带的地方。

⑥两都：指北京和南京。明太祖朱元璋定都金陵，至明成祖朱棣始迁都北京，以金陵为南京，称留都。

⑦武清：即今天津市武清县，邻接北京市。

⑧迤逦（yǐ lǐ 以里）：缓缓行进的样子。

⑨既望：农历十五日为望，十六日为既望。

⑩霁(jì 季):雨后转晴。

⑪红叶:暗用红叶题诗的典故。唐代范摅《云溪友议》记载,唐代卢渥应举时,曾在御沟拾到一枚漂出的红叶,叶上题一绝句:“流水何太急,深宫尽日闲。殷勤谢红叶,好去到人间。”后来卢渥和题诗红叶的宫人巧结良缘。

⑫壬午:明世宗嘉靖元年(1522)。

⑬圣人嗣统:圣人继承大统,指明世宗朱厚熜继位。

⑭文恬武熙:国家无事,文官武将习于安乐。

⑮通显:指仕宦飞黄腾达。

⑯春卿:周春官为六卿之一,掌邦礼,后因称礼部长官为“春卿”。

⑰贾、董:指西汉文学家贾谊(前 200～前 168)和哲学家董仲舒(前 179～前 104)。

⑱选部:官署名,汉置,三国魏改为吏部,后作为吏部的代称。

⑲工曹:即工部,古代掌管手工业、水利、建筑等的机构。

⑳阑楯(shǔn 吮):栏杆。南朝梁元帝《摄山栖霞寺碑》:“七重阑楯,七宝莲花,通风承露,含香映日。”

㉑萍梗:浮萍断梗,漂泊流徙,喻人的行止无定。

㉒上轻车都尉:明代勋阶称号。授予正四品武官再考称职者。

㉓扈从(zòng 纵):随从皇帝出征或出巡。

㉔流矢:乱飞的或无端飞来的箭。矢,箭。

㉕舆疾:抱病登车。

㉖下体是遗:即遗下体的意思。《诗・邶风・谷风》:“采葑采菲,无以下体。”葑是大头菜,菲是萝卜。这类蔬菜主要食用根茎(也即“下体”)。此句意为不要以为只用根部好,而把其他都抛弃了。

㉗得婿公瑾:意思是得到好女婿。公瑾,三国吴周瑜(175～210)的字。

㉘解之九二:见《周易》。“解”是卦名,“九二”是爻名。

㉙阅月:过了一个月。

㉚大工:大工程。皇木:皇家用的木料。潞河:即今北京市通州区以下的北运河。

㉛玉搔头:首饰名,即玉簪。

㉜阮家郎:原为与刘晨入天台山遇仙女的阮肇,此处借指木生。

㉝太夫人:汉代官制,列侯之母称太夫人。后世对官吏之母亦称“太夫人”。忧:即丁忧,遭遇到父母的丧事。

㉞寒食:节日名,在清明的前一日或二日。相传春秋时晋文公有负功臣介之推,介之推因而自隐绵山。文公烧山逼令出仕,介之推抱树自焚。后人于其忌日禁火冷食,以为悼念,故称“寒食节”。

㉟莓苔:青苔。

㊱匝(zā 扎)月:满一个月。

㊲辛卯:明嘉靖十年(1531)。

㊳张郎:即唐代元稹传奇小说《莺莺传》中的张生。张生本与崔莺莺相爱,及第后另娶高门,后诬莺莺为“尤物”,“必妖于人”,当时人竟赞许“张为善补过者”。

㊴“枕上”句:典出唐沈既济《枕中记》:卢生途经邯郸,在客店中怨叹自己穷困,同店有位道士吕翁递给他一个瓷枕,告诉他枕着睡觉可得荣华富贵。卢生枕着便入梦乡,这时店主

人正蒸黄粱饭。梦中，卢生历尽人世间的荣华富贵和宠辱得失。梦醒后，店主人的黄粱饭还没有蒸熟。卢生由此感叹一生的迅速和虚无。

㊵“洞中”句：典出唐李公佐《南柯太守传》：淳于棼常和人在他的住宅南边的大古槐树下喝酒。有一天他昏然入睡，恍惚间被两个使者邀去，驱车进入古槐树洞中。大槐安国国王招他为驸马，并任命他为南柯郡太守。南柯二十年，政绩突出，百姓拥戴，荣耀显赫，得意非常。后来被檀萝国打败，公主也病死，失去宠幸，被遣送回家。一觉醒来原是一梦，从此淳于棼“感南柯之浮虚，悟人世之倏忽”。乌兔，指太阳和月亮。神话传说，日中有“三足乌”(乌，乌鸦)，月中有白兔捣药。故以“乌兔”泛指光阴。

庚巳编

（明）陆　粲

陆粲(1494～1551)，字子余，一字浚明，号贞山，明吴郡长洲(今江苏苏州)人。嘉靖五年(1526)中进士，选为翰林庶吉士，以才补工科给事中。为人挺劲敢言，以抗疏劾明世宗(朱厚熜)宠信张璁、桂萼，为人中伤，谪贵州都镇驿丞，后迁江西永新知县。四十岁时，念母乞归，里居凡十八年。

陆粲擅长诗文，“诗不多，独出机杼，不落窠臼，文尤雅健典则，自成一家”(钱谦益《列朝诗集小传》语)。著有《陆子余集》八卷。他还潜心研究经史，著有《左传附注》、《春秋胡氏传辨疑》、《左氏春秋镌》。此外，还著有文言小说集《庚巳编》十卷。

《庚巳编》约撰于明正德庚午至己卯间(1510～1519)，是陆粲十六岁至二十五岁中进士前的著作。此书行文简洁，优美流畅。其中《洞箫记》一篇，文词秾丽，情节曲折，描写细腻，为不可多得的佳作，对稍后的蔡羽《辽阳海神传》有着直接的影响。《辽阳海神传》不仅故事梗概和《洞箫记》近似，而且有的细节描写(如“诈跌床下”)，可谓《洞箫记》的忠实翻版。《洞箫记》还被《绿窗女史》、《说郛续》、《皇明百家小说》等书所选载，流传甚广。又如《还金童子》一篇，明末小说家凌濛初改编为拟话本《袁尚宝相术动名卿，郑舍人阴功叨世爵》，收入《拍案惊奇》卷二十一。

以下三篇文言小说的文字，根据中华书局校点本《庚巳编》。《洞箫记》选自卷二，《还金童子》选自卷三，《芭蕉女子》选自卷五。

洞箫记

徐鏊字朝揖，长洲[1]人，家东城下。为人美丰仪，好修饰，而尤善音律。虽居廛陌[2]，雅有士人风度[3]。弘治辛酉[4]，年十九矣。其舅氏张镇者，富人也，延鏊主解库[5]，以堂东小厢为之卧室。

是岁七夕，月明如昼，鏊吹箫以自娱。入二鼓[6]，拥衾榻上，呜呜未伏[7]。忽闻异香酷烈，双扉无故自开，有巨犬突入，项缀金铃，绕室一周而去。鏊方讶之，闻庭中人语切切，有女郎携梅花灯循阶而上，分两行，凡十六辈。最后一美人，年可[8]十

八九，瑶冠凤履，文犀带，著方锦纱袍，袖广几[9]二尺，若世所图宫妆之状，而玉色莹然，与月光交映，真天人也。诸侍女服饰略同，而形制差小，其貌亦非寻常所见。入门，各出笼中红烛，插银台上，一室朗然，四壁顿觉宏敞。鳌股栗不知所为。美人徐步就榻坐，引手入衾，抚鳌体殆遍。良久趋出，不交一言。诸侍女导从而去，香烛一时俱灭。鳌惊怪，志意惶惑者累日。

越三夕，月色愈明，鳌将寝，又觉香气非常，心念昨者佳丽，得无又至乎？逡巡[10]间，侍女复拥美人来室中，罗设酒肴，若几席椸架[11]之属，不见有携之者，而无不毕具。美人南乡[12]坐，顾盼左右，光彩烨如[13]也。使侍女唤鳌，鳌整衣冠起揖之，美人顾使坐其右。侍女捧玉杯进酒，酒味醇冽[14]异常，而肴极精腆[15]，水陆诸品[16]，不可名状。美人谓鳌曰："卿[17]莫疑讶，身非相祸者。与卿夙缘，应得谐合，虽不能大有补益，然能令卿资用无乏，饮食常可得，远味珍错[18]，缯素纯锦[19]，亦复都有，世间可欲之物，卿要即不难致，但忧卿福薄耳。"复亲酌劝鳌，稍前促坐欢笑，辞致温婉。鳌唯唯不能出一言，饮食而已。美人曰："昨听得箫声，知卿兴致非浅，身亦薄晓丝竹，愿一闻之。"顾侍女取箫授鳌，吹罢，美人继奏一曲，音调清越，鳌不能解也。且笑曰："秦家女儿才吹得世间下俚调，如何解引得凤凰来[20]？令渠箫生在[21]，应不羞为徐郎作奴。"逡巡遂去。

越明夕，又至，饮酒阑，侍女报曰："夜向深矣。"因拂榻促眠，美人低回微笑，良久，乃相携登榻。帐帏茵藉[22]，穷极瑰丽，非复鳌向时所眠也。鳌心念："我试诈跌入地，观其何为。"念方起，榻下已遍铺锦褥，殆无隙地。美人解衣，独着红绡裹肚一事，相与就枕交会，已而流丹浃藉，宛转恇[23]难胜。鳌于斯时，情志飞荡，颠倒若狂矣，然竟莫能一言。天且明，美人先起揭帐，侍女十余奉匜沃盥[24]。良久妆讫言别，谓鳌曰："感时追运，偎得相从，良非容易。从兹[25]之后，欢好当复无间，卿举一念，身即却来，但忧卿此心，还易翻覆耳。且多言可畏，身此来，诚不欲令世间俗子辈得知，须卿牢为秘密。"已而遂去。

鳌恍然自失，徘徊凝睇者久之。昼出，人觉其衣上香酷冽异常，多怪之者。自是每一举念，则香骤发，美人辄来，来则携酒相与欢宴，频频向鳌说天上事及诸仙人变化，其言奇妙，非世所闻。鳌心欲质问其居止所向，而相见辄呐[26]于辞，乃书小札问之，终不答，曰："卿得好妇，适意便足，何烦穷问！"间[27]自言："吾从九江来，闻苏、杭名郡多胜景，故尔暂游，此世中处处是吾家耳。"美人虽柔和自喜，而御下极严，诸侍女在左右，惴惴跪拜惟谨，使事鳌必如事己。一人以汤进，微偃蹇，辄摘其耳，使跪谢乃已。

鳌时有所须，应心而至。一日出行，见道傍柑子，意甚欲之。及夕，美人袖出数百颗遗焉。市物有不得者，必为委曲，多方致之。鳌有佳布数端，或剪六尺藏焉，鳌方勤觅，美人来，语其处，令收之。解库中失金首饰，美人指令于城西黄牛坊钱肆中寻之，盗者以易钱若干去矣。诘朝[28]往访焉，物宛然在，径取以归，主人者徒瞪目视而已。鳌尝与人有争，稍不胜，其人或无故僵仆，或以他事横被折辱，美人辄告云：

"奴辈无礼，已为卿报之矣。"如此往还数月，外间或微闻之。有爱鳌者疑其妖，劝使勿近，美人已知之，见鳌曰："痴奴妄言，世宁有妖如我者乎？"鳌尝以事出，微疾病邸中，美人欻[29]来坐于旁，时时会合如常。其眠处人甚多，了不觉[30]也。数戒鳌曰："勿轻向人道，恐不为卿福。"而鳌不能忍口，时复宣泄，传闻浸[31]广，或潜相窥伺，美人始愠[32]。会[33]鳌母闻其事，使召鳌归，谋为娶妻以绝之，鳌不能违。美人一夕见曰："郎有外心矣，吾不敢复相从。"遂绝不复来。鳌虽念之，终莫能致也。

至十一月望后[34]，一日，鳌夜梦四卒来呼，过所居萧家巷，立土地祠外，一卒入呼土神，神出，方巾白袍老人也，同行曰："夫人召。"鳌随之出胥门[35]，履水而渡，到大第院，墙里外乔木数百章，蔽翳天日。历三重门，门尽朱漆兽环，金浮沤钉[36]，有人守之。进到堂下，堂可高八九仞[37]，陛[38]数十重，下有鹤屈颈卧焉，彩绣朱碧，上下焕映。小青衣遥见鳌，奔入报云："薄情郎来矣。"堂内女儿捧香者、调鹦鹉者、弄琵琶者、歌者、舞者，不知几辈，更迭从窗隙看鳌，亦有旧识相呼者、微谇骂[39]者。俄闻珮声泠然，香烟如云，堂内递相报云："夫人来。"老人牵鳌使跪，窥帘中有大金地炉燃兽炭，美人拥炉坐，自提箸挟火，时时长叹云："我曾道渠无福，果不错。"少时，闻呼卷帘，美人见鳌数[40]之曰："卿大负心，昔语卿云何，而辄背之！今日相见愧未？"因欷歔[41]泣下曰："与卿本期始终，何图乃尔[42]。"诸姬左右侍者或进曰："夫人无自苦，个儿郎无义，便当杀却，何复云云。"颐指[43]群卒以大杖击鳌，至八十，鳌呼曰："夫人，吾诚负心，念尝蒙顾覆[44]，情分不薄，彼洞箫犹在，何无香火情[45]耶！"美人因呼停杖曰："实欲杀卿，感念畴昔[46]，今贳卿死[47]。"鳌起匍匐拜谢，因放出。老人仍送还，登桥失足，遂觉。两股创[48]甚，卧不能起。又五六夕，复见美人来，将鳌责之如前话，云："卿自无福，非关身事[49]。"既去，创即差[50]。后诣胥门，踪迹其境，杳不可得，竟莫测为何等人也。

予少闻鳌事，尝面质之，得其首末如此，为之叙次，作《洞箫记》。

【注释】

①长洲：旧县名。唐代武则天万岁通天元年(696)分吴县东北部置，取长洲苑为名。明代长洲县为苏州府治，即今江苏苏州市旧城区。

②廛陌：廛，为民居，陌，为田间东西或南北小路。"廛陌"借指平民。

③雅：副词，颇，甚。士人：儒生，泛指知识阶层。

④弘治辛酉：弘治十四年(1501)。"弘治"是明孝宗朱祐樘的年号(1488～1505)。

⑤延：请。主：掌管，主持。解库：当铺。

⑥鼓：古代计时单位。因击鼓报时，故称。

⑦呜呜未伏：吹箫呜呜，还未睡眠。伏，面向下、背朝上俯卧着。

⑧可：大约。

⑨几：将近。

⑩逡(qūn 囷)巡：顷刻，极短时间。

⑪椸(yí 宜)架：木架。椸，白椴，一种像白杨的树。

⑫南乡(xiàng 向)：面朝南。

⑬烨(yè 业)如:形容光彩鲜明的样子。

⑭醇洌:醇正浓烈。

⑮精腆(tiǎn 忝):精美丰盛。

⑯水陆诸品:指水中和陆地所产的食物。

⑰卿:古代夫妻情人间的爱称。

⑱远味:远方所产的美味。珍错:“山珍海错”的简称,泛指珍异食品。

⑲缯:古代丝织品的总称。素:白色的生绢。绝(shī 尸):粗绸。锦:有彩色花纹的丝织品。

⑳“秦家女儿”二句:据汉刘向《列仙传》载,萧史善吹箫,和秦穆公的女儿弄玉结为夫妇后,每日教弄玉作凤鸣,引得凤凰飞来。“秦家女儿”二句,反用此典故,谓秦家女儿弄玉刚会吹下俚调,怎能引来凤凰。

㉑令:连词,假如,如果。渠:代词,他。这里指箫生。箫生,即萧史,秦穆公时人,善吹箫。

㉒帐帏:即帐和帷。茵藉(jiè 介):即茵褥,指褥垫、毯子之类。

㉓恇:畏怯,恐惧。

㉔奉匜(yí 疑):捧着匜。奉,捧。匜,一种铜制的盥洗用具。沃盥:盥洗。

㉕从兹:从此。兹,此。

㉖呐(nè 讷):同“讷”,言语迟钝,即口语“嘴笨”。

㉗间:偶尔,有时候。

㉘诘朝:清晨。

㉙欻(xū 虚):忽然。

㉚了不觉:完全没有感觉。了,完全,皆。

㉛浸:副词,逐渐。

㉜愠:怨恨。

㉝会:副词,恰巧。

㉞望后:望日之后。阴历每月十五日,地球上看见的月亮最圆满,这种月相叫望,故称阴历十五日为“望”。望后,即指阴历十五日之后。

㉟胥门:即今江苏苏州市西南门。

㊱浮沤钉:门上装饰的突起的钉状物,形似水上浮沤,故名。

㊲仞:古代长度单位。七尺为一仞(一说八尺)。

㊳陛:台阶。

㊴谇(suì 岁)骂:责骂。

㊵数:责备,数落。

㊶欷歔:抽咽声。

㊷何图乃尔:没有想到会如此地步。乃尔,犹言如此。

㊸颐指:谓以下巴的动向示意而指挥人。颐,俗称下巴。

㊹顾覆:义同“顾复”。《诗·小雅·蓼莪》:“父兮生我,母兮鞠我。拊我畜我,长我育我,顾我复我,出入腹我。”指父母之养育。这里“顾覆”一词,指犹如父母养育之厚恩。

㊺香火情:指焚香盟誓之情。古人盟誓,多设香火以告神。

㊻畴昔:往日,从前。

㊼贳(shì 世)卿死:免你一死。贳,赦免,宽纵。

㊽创:创伤。

㊾身：代词，第一人称，相当于"我"。《尔雅·释诂下》："身，我也。"

㊿差（chài 瘥）：同"瘥"，病除。扬雄《方言》："差，愈也。南楚病愈者谓之差。"

还金童子

袁尚宝忠彻[①]居乡时，其友人家一童子，姿貌韶秀[②]，且性机警，尚宝相之[③]，以为不利于主，使逐焉。友虽素神其术，然意不忍也，数言之，不得已而听之。

童竟去，无所归，往来寄食于人。一夕宿古庙中，久不寐，见墙角一破衲中裹黄白约数百两[④]，欲取之，忽自叹曰："我以命薄不得主意，横被遣逐。今更掩[⑤]有此物，则是不义，天益不容矣，当守之以待失主。"至旦，遂住庙中不去。已而闻哭声，见一妇人掩涕而来，四顾彷徨，问之，答曰："吾夫，军也，以事系狱应死，指挥[⑥]某者当治之。妾卖家产及假贷，通得金银若干，将以献彼，因裹着破衲中，挈之过庙少憩，不觉遗下，今追寻无得，吾夫分[⑦]死矣！"童历问其锭数多少，皆合，即举以还之。妇感激，欲分以谢，不受，遂携去，夫因得释。念童之德，遍以语人。指挥者闻而异焉，令人访致之，育于家，年老无子，悦其美慧，遂子之[⑧]。

又数年致仕。此子遂袭职，归而告拜故主，主叹曰："袁君之术，乃疏如此乎！"留之迟[⑨]袁至，使仍故服[⑩]捧茶而出，袁见之，惊起曰："此故某人耶？何以至是！"主谬云逐出无归，今又来矣。袁笑曰："君无戏我，今非君仆矣，三品一武官也，形神顿异畴昔，岂尝有善事以致兹乎！"此子为备述前故，友乃叹袁术之神焉。

【注释】

①袁忠彻：字静思，明代鄞县（今浙江鄞县）人。幼传父术，善相人。曾随父袁珙（1335～1410）谒燕王（朱棣）。永乐初召授鸿胪寺序班，迁尚宝司少卿。正统中坐矜傲休致卒。著有《人相大成》、《古今识鉴》、《凤池吟稿》、《符台外集》。

②韶秀：美好秀丽。

③尚宝：指尚宝司少卿，原为袁忠彻所任官职名，这里代指袁忠彻。相（xiàng 向）：相命。旧时迷信，用观察面貌、形体来推测人的命运。

④破衲：指补缀过的破旧衣服。黄白：黄金和白银。

⑤掩：藏匿。

⑥指挥：明代军职名，负责街巷防卫的下级军官。

⑦分（fèn 奋）：料想，意料。

⑧子之：把他当儿子。子，这里用作动词。

⑨迟（zhì 至）：等待。

⑩故服：原来的衣服。

芭蕉女子

冯汉字天章，为吴[①]学生，居阊门石牌巷一小斋。庭前杂植花木，潇洒可爱。

夏月薄晚[②]，浴罢坐斋中榻上，忽睹一女子，绿衣翠裳，映窗而立。汉叱问之，女子敛衽[③]拜曰："儿[④]焦氏也。"言毕，忽然入户，熟视[⑤]之，肌质鲜妍，举止轻逸，真绝色也。汉惊疑其非人，起挽衣将执之，女忙迫[⑥]，绝[⑦]衣而去，仅执得一裙角，以置所卧席下，明[⑧]视之乃蕉叶耳。先是，汉尝读书邻僧庵中，移一本[⑨]植于庭，其叶所断裂处，取所藏者合之，不差尺寸，遂伐之，断其根有血。后问僧，云："蕉尝为怪，惑死数僧矣。"满䎃说。

【注释】

①吴：这里指今江苏苏州市。

②薄晚：傍晚。

③敛衽：整饬衣襟，表示恭敬。

④儿：古代年轻女子的自称。

⑤熟视：注目细看。

⑥忙迫：仓皇迫促。

⑦绝：断。

⑧明：天亮。

⑨一本：一棵。本，量词。

冶城客论

(明)陆　采

陆采(1497～1537),原名灼,字子玄,号天池,别署清痴叟,明吴郡长洲(今江苏苏州)人。南京国子监就学二十年,屡试不第。少有文名,以岳父都穆为师,与兄陆焕、陆粲,时人誉称“三凤”。著有诗文集《天池山人小稿》、《壬辰稿》、《陆子玄诗集》;传奇戏曲有《明珠记》、《怀香记》、《南西厢记》、《椒觞记》、《分鞋记》(已佚);笔记集有《国朝史余》、《天池声隽》、《览胜记谈》;文言小说集《冶城客论》。此外,还辑有唐人小说选本《虞初志》,并刊印重要类书《艺文类聚》。

《冶城客论》,署名“天池山人吴郡陆采子玄记”。《四库全书总目》著录为二卷。今仅存一卷,八十五篇,又“续目”八篇,计九十三篇。清人丁丙《善本室藏书志》说,“是编乃肄业南雍(南京国子监)时记所闻见,大抵皆妖异不根之谈,惟叙语明隽耳”。冶城,也称“冶亭”,南京地名,相传为古代冶铸处,在今南京市内朝天宫一带。冶城大概即作者采集故事的所在地。

《鸳鸯记》是《冶城客论》中最重要的一篇传奇小说,叙述秀才郑卿与范氏相爱事。本篇据1947年征献楼刊本《冶城客论》校点整理。

鸳鸯记

郑卿者,闽产[①]也。丰容雅丽,性度温然[②],长者戏呼为“璧人”[③]。年十六,小试与荐,当入郡泮为弟子员[④]。其父以其少也,不任迎送,且妨讲习[⑤],命游下邑[⑥],为莆田[⑦]学生。其妇翁[⑧]谢君,携之谒教官而投贽焉[⑨]。去家百里,当就旅次。谢君谓卿曰:“此有大姓施翁,予之故人[⑩]也。不相闻三岁矣,盍假馆乎[⑪]?”卿曰:“善。”同诣其门。有童子出,萧问:“主翁安在?”答曰:“死矣。有二子,然皆征租于庄,掌事者一官[⑫]娘也。”谢君曰:“为我白女郎,我故而翁[⑬]友谢秀才也,求寓贵门,不出三日,幸毋辞。”童子去,顷之出,曰:“一官娘传语:一官不在,惟秀才自便,愧笋床[⑭]尘室,不足辱上客,如何?”谢君乃就堂之东厢弛装[⑮]居之。童子出茶设食,食亦精好。坐间,闻屏后珮[⑯]声锵然,窥其帘,若女子往来者,而不敢言。饮毕,就寝。

明晨,同谒主师质雉[⑰]而请业焉。师具鸡黍,谢君恃其旧交也,不觉酩酊不能

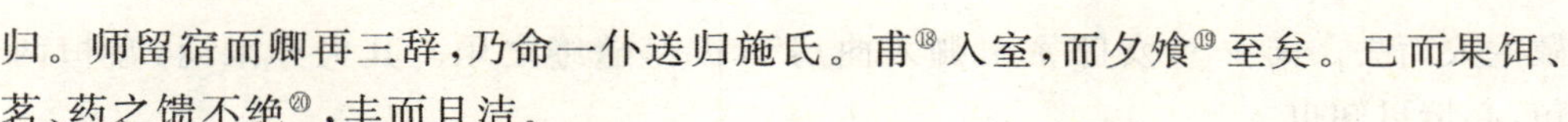

归。师留宿而卿再三辞，乃命一仆送归施氏。甫[18]入室，而夕飧[19]至矣。已而果饵、茗、药之馈不绝[20]，丰而且洁。

诘旦[21]，谢君归，话主妇之有礼也，出囊中鸳鸯饼[22]二十枚，令童子分遗二女郎，珍重其词以达之。鸳鸯饼者，闽之佳品也。二女郎虔谢。谢君复呼卿步造学宫，谒东西二斋[23]，二斋之师又留谢君尽醉，命卿独归。启其扃，则几上有鸳鸯饼一枚。卿讶其无因而至，取视之，中折，擘之则有绯笺一匕[24]，题七字其上，云"此一鸳鸯赠与君"。卿不觉心动。候童子奉茶果至，诘之曰："比来[25]食物出谁之命？"答曰："一官娘年甫十九，归[26]吾一官九月矣，治家甚严。"卿曰："吾囊中乏书，欲假[27]女郎一本，以破永夜[28]，如何？"童子入，返报曰："请秀才自择。"乃导卿入。中堂[29]贮书满架，漫取《周易》一帙[30]而出。又语童子曰："女郎是贤主人，何惜一面。"良久，返命曰："一官娘传语：郎君去郎中房[31]远近？"卿曰："我固郎中之子也。"屏中应声云："然则一家人尔，见却何妨。"语讫，珮声倏入，静听之，闻扃闭窗户钥钎有声。

良久，异香满堂，女郎随香而见[32]。淡妆素衣，不施粉黛。月华[33]满庭，与庭梅相照映，恍若玉树之在琼林也。卿时未授室[34]，心胆摇摇，神爽如醉，惟恐其不须臾留也。温凉[35]毕，延卿上座，问尊翁无恙，且曰："先君范公与尊翁同官工部[36]，妾时小年[37]，望见尊夫人独不睹郎君何也？"卿曰："家君工部之年，小子留学桑梓[38]，弗克[39]侍养。"女郎笑曰："岂意今夕得睹光仪[40]。"卿曰："家君既忝僚友，仆与女郎合称姊弟。"便呼女郎为一姊，且谢馆谷[41]之勤。女郎顾婢子出茶。茶讫，设酒小厢中，邀卿入坐。女郎奉觞为寿，卿亦取觞答。流目盼之，女郎垂首而已。卿即席又取果核[42]以赠，女郎亦命小婢以盘肴答，而辞色愈温。卿复前交劝数杯，两意酣洽，相与细话家事，遂及谈谑。卿曰："一郎何往？"女曰："出宿于郊。"卿曰："谁与同处？"女笑曰："江梅如友，孤月伴人，未论岑寂。"因调□："奴婚未？妻颇好[43]否？"卿曰："即谢秀才之女也。貌本寻常，安敢望女郎仙姿？"女郎曰："子岂念若人[44]乎？"卿曰："中心藏之。"女郎曰："胡为而来哉？"卿曰："我能为符立致其来。"女郎起，染毫授卿，卿截小碧笺，漫书两三字，焚之，曰："吾妻至矣。"问："安在？"卿便指女郎云："汝即其人也。"女郎大笑，命婢子速敛酒具。卿走灭烛，抱持之。女郎逡巡[45]，却避曰："毋然[46]！妾非荡女也。"卿长跪求哀，女郎乃掖卿起曰："妾非炫玉[47]者，特以郎之丰度，一见触情。昨者往来屏后，已驰心于君子之侧矣。幸毋以因缘易偶[48]，视同倡贱。"卿自誓曰："仆本庸夫，猥蒙嘉爱，没龄之感，誓以周旋，安敢妄有他心？□□贾午香闻[49]，非烟祸起，虑不能免尊丈夫之手耳。"女郎曰："妾虽小年，御下颇刻。闺门之内，畏若猛兽。吾夫亦甚诚朴，委心相信，保无他虞，勿劳忧结也。向不见我扃钥诸门乎？家人悉屏，惟此小婢知之。"卿便前，解其衣。女郎低回良久，乃始就枕。肌理秾郁，宛若凝膏醇□，而婉娈[50]娇柔之态，流入心髓，又不可以词笔宣扬也。

鸡鸣，小婢促起。女郎持卿而泣，卿问之，曰："此日言归，悲无后约。"卿曰："勿忧，吾但称疾，谢公先我而归，便可旬日款曲[51]。"女郎抆泪[52]，叮咛而去。卿坚卧不起。高舂[53]而谢君到，要与俱归，卿托云风射头痛，倦不能同。谢乃留一童侍之，申敬主人而去。向夕[34]，女郎密引卿入曲房[35]，极尽缱绻之乐。其夫亦未返，盘桓两旬，心情可知也。

已而父母忧念，遣使促归。女郎酌酒与卿别，把臂订盟，誓于生死，以刻丝手巾为赠。卿亦取金钿合子、细茶饼答之，约以初春再觌[36]。洒涕而别，卿但倚蓬悲吟，目断关山而已。

谢君密询小童，微闻其事，乃身往施氏，仍谒一郎而求寓焉。数日无由可达，乃伪作卿手书，托小童以予女郎。女郎素识卿笔，直以示其夫云："而父平生交此佳友，无故假郑生之书以相戏弄；且郑端人也，讵肯[37]为此？汝必杀谢翁乃快！"于是一郎厉刃[38]待之。知者以告，谢君宵遁。而卿往来其家，凡数年，登荐[39]乃疏。今卿举进士为某官。予兄亲闻其面述甚悉。

【注释】

①闽产：生于闽。"闽"，今福建省简称。产，出生，生长。

②性度：性情气度。温然：形容温和的样子。

③璧人：犹玉人，称赞仪容美好的人。

④郡泮：即州一级的学宫。郡，古代地方行政区划名，明代已废郡，这里"郡"实即州。泮，指泮宫，古代的学宫。弟子员：明代对生员的称呼。

⑤讲习：讲议研习。

⑥命游下邑：叫他到小地方去求学。游，求学。下邑，县，小地方。

⑦莆田：今福建莆田。

⑧妇翁：岳父。

⑨教官：亦名"学官"，儒学官或教职。明代泛指府、州、县学中主管教育和教学的官吏。这里指县学教谕和训导。投贽：进呈诗文或礼物求见。贽，初次见面时所执的礼物。

⑩故人：老友，旧交。

⑪盍（hé河）：合音词，何不。假馆：借用馆舍。这里引申为作客旅居。

⑫一官：犹言老大。官，对男子的尊称。

⑬而翁：你的父亲。而，代词，你的。

⑭笋床：竹床。

⑮弛装：放下行装。

⑯珮：古人佩带的玉饰物。行走时，玉珮相撞，会发出铿锵的声音。

⑰质雉：似应作"执雉"，古代士与士相见时执雉作为见面礼。雉，野鸡。

⑱甫：刚。

⑲夕飧：晚饭。

⑳果饵：糖果饼饵等食品。茗：茶叶。药：药材。馈：馈赠。

㉑诘旦：清晨。

㉒鸳鸯饼：古代一种形似鸳鸯的燃香饼。焚烧的时间长，一饼之火，终日不熄。饼，这里指饼状物，并非食品。

㉓斋：学舍。

㉔擘（bò簸）之：指把鸳鸯饼剖开。匕：此字词义难明，疑为吴方言。《吴方言词典》解释为

“横向将肉、鱼等剖成薄片”。一匕，似指一薄纸片，故能横向藏入鸳鸯饼中。

㉕比来：近来。

㉖归：古代谓女子出嫁。

㉗假：借。

㉘永夜：长夜。

㉙中堂：正中的厅堂。

㉚一帙（zhì 至）：一函。帙，这里用作量词。

㉛郎中：官名。明代六部各司之长，为尚书、侍郎以下的重要官员，秩正五品。房：房族及其宗支的单位。郎中房，郎中这一房族。郎中是郑卿父亲的官职。

㉜见（xiàn 现）：同“现”，出现。

㉝月华：月光。

㉞授室：指娶妻。

㉟温凉：原意为温暖和寒冷，这里借指询问生活情况，即寒暄。

㊱先君：先父，已故的父亲。工部：官署名，明代六部之一，掌国家各项工役营缮、屯田、山泽、河渠、水利之政令。

㊲小年：少年。

㊳桑梓：语出《诗·小雅·小弁》：“维桑与梓，必恭敬止。”借指故乡。

㊴弗克：不能。

㊵光仪：称赞人家容貌的敬辞，犹言尊颜、光彩的仪容。

㊶馆谷：居其馆，食其谷，指住宿饮食。

㊷果核：这里指水果。核，借代水果。

㊸好：指女子容貌美丽。

㊹若人：这个人。若，这，这个。

㊺逡（qūn 困）巡：犹豫，迟疑。

㊻毋然：不可如此。毋，副词，不可，莫。然，代词，如此，这样。

㊼炫玉：夸耀美玉。比喻自夸美好。

㊽偶：遇见，碰上。

㊾贾午香闻：据《晋书·贾充传》载，贾充之女贾午与韩寿私通，并把皇帝特赐给她父亲的外国异香给韩寿使用，贾充因此识破了他们的秘密。

㊿婉娈：美貌。

51款曲：细诉衷情。

52抆泪：擦眼泪。抆，擦拭。

53高舂：日影西斜近黄昏时。《淮南子·天文训》：“（日）至于渊虞，是谓高舂；至于连石，是谓下舂。”高诱注：“高舂，时加戌，民碓舂时也。”

54向夕：傍晚。

55曲房：内室，密室。

56觌（dí 狄）：相见。

57讵肯：岂肯。

58厉刃：磨快刀锋。厉，同“砺”，磨砺。

59登荐：指中举。

辽阳海神传

(明)蔡 羽

蔡羽(? ～1541),字九逵,自号林屋山人,又称左虚子。明代吴县(今江苏苏州)人。以太学生赴选调,有司知其名而奏授南京翰林院孔目。著有《林屋集》、《南馆集》、《太薮外史》。

本篇选自吴曾祺编《旧小说》戊集。明代小说家凌濛初曾据此改写成话本《叠居奇程客得助,三救厄海神显灵》,收入《二刻拍案惊奇》卷三十七。

程宰士贤者,徽[①]人也。正德初元[②],与兄某挟重资商于辽阳[③]。数年所向失利,辗转耗尽。徽俗:商者率[④]数岁一归,其妻孥宗党[⑤],全视所获多少为贤不肖[⑥]而爱憎焉。程兄弟既皆落寞[⑦],羞愧惨沮,乡井无望[⑧],遂受佣他乡,为之掌计[⑨]以糊口。二人联屋而居,抑郁愤懑,殆不聊生。

至戊寅[⑩]秋,又数年矣。辽阳天气早寒。一夕,风雨暴作,程已拥衾就枕,苦寒思家,揽衣起坐,悲歌浩叹,恨不速死。时灯烛已灭,又无月光。忽尽室明朗,殆同白昼,室中什物,毫发可数。方疑惑间,又觉异香氤氲[⑪],莫知所自,风雨息声,寒威顿失。程益错愕,不知所为。亟启户出现,则风雨晦寒如故;闭刻入室,即别一境界矣。疑鬼物所幻,高声呼怪,冀兄闻之。兄寝室才隔一土壁,连呼数十,寂然不应。愈惶急无计。遂引衾幂首[⑫],向壁而卧。少顷,又闻空中车马喧闹,管弦金石之音,自东南来,初犹甚远,须臾已入室矣。回眸窃视,则三美人,皆朱颜绿鬓,明眸皓齿,约年二十许,冠帔盛饰,若世所图画后妃之状,遍体上下,金翠珠玉,光艳互发,莫可测识,容色风度,夺目惊心,真天人也。前后左右,侍女数百,亦皆韶丽[⑬],或提炉,或挥扇,或张盖[⑭],或带剑,或持节[⑮],或捧器币[⑯],或秉花烛,或挟图书,或列宝玩[⑰],或荷旌幢[⑱],或拥衾褥,或执巾帨[⑲],或奉盘匜[⑳],或擎如意,或举肴核[㉑],或陈屏障,或布几筵,或奏音乐,虽纷纭杂沓,而行列整齐,不少错乱。室才方丈,数百人各执其事,周旋进退,绰然有余,不见其隘。门窗皆扃,不知何自而入。

俄顷,冠帔者一人前逼床,抚程微笑曰:“果熟寝耶?吾非祸人者,子有夙缘,故来相就,何见疑若是!且吾已至此,必无去理。子便高呼终夕,兄必不闻,徒自苦耳。速起!速起!”程私计:“此物灵变若斯,非仙则鬼,果欲祸我,虽卧不起,其可

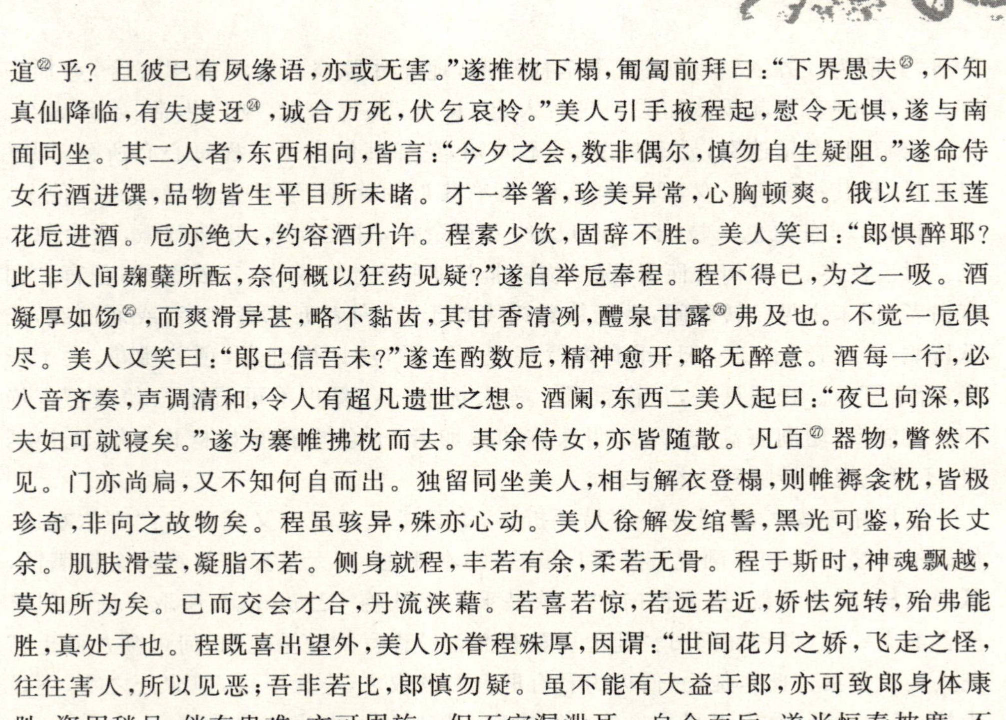

逭[22]乎？且彼已有夙缘语，亦或无害。”遂推枕下榻，匍匐前拜曰：“下界愚夫[23]，不知真仙降临，有失虔迓[24]，诚合万死，伏乞哀怜。”美人引手掖程起，慰令无惧，遂与南面同坐。其二人者，东西相向，皆言：“今夕之会，数非偶尔，慎勿自生疑阻。”遂命侍女行酒进馔，品物皆生平目所未睹。才一举箸，珍美异常，心胸顿爽。俄以红玉莲花卮进酒。卮亦绝大，约容酒升许。程素少饮，固辞不胜。美人笑曰：“郎惧醉耶？此非人间麴蘖所酝，奈何概以狂药见疑？”遂自举卮奉程。程不得已，为之一吸。酒凝厚如饧[25]，而爽滑异甚，略不黏齿，其甘香清洌，醴泉甘露[26]弗及也。不觉一卮俱尽。美人又笑曰：“郎已信吾未？”遂连酌数卮，精神愈开，略无醉意。酒每一行，必八音齐奏，声调清和，令人有超凡遗世之想。酒阑，东西二美人起曰：“夜已向深，郎夫妇可就寝矣。”遂为褰帷拂枕而去。其余侍女，亦皆随散。凡百[27]器物，瞥然不见。门亦尚扃，又不知何自而出。独留同坐美人，相与解衣登榻，则帷褥衾枕，皆极珍奇，非向之故物矣。程虽骇异，殊亦心动。美人徐解发绾髻，黑光可鉴，殆长丈余。肌肤滑莹，凝脂不若。侧身就程，丰若有余，柔若无骨。程于斯时，神魂飘越，莫知所为矣。已而交会才合，丹流浃藉。若喜若惊，若远若近，娇怯宛转，殆弗能胜，真处子也。程既喜出望外，美人亦眷程殊厚，因谓：“世间花月之娇，飞走之怪，往往害人，所以见恶；吾非若比，郎慎勿疑。虽不能有大益于郎，亦可致郎身体康胜，资用稍足；倘有患难，亦可周旋。但不宜漏泄耳。自今而后，遂当恒奉枕席，不敢有废。兄虽至亲，亦慎勿言，言则大祸踵至，吾亦不能为子谋矣。”程闻言甚喜，合掌自誓云：“某本凡贱，猥蒙真仙厚德，恨碎骨粉身，不能为报。伏承法旨，敢不铭心。倘违初言，九殒[28]无悔！”誓毕，美人挟程项谓曰：“吾非仙也，实海神也。与子有夙缘甚久，故相就耳。”须臾，邻舍鸡鸣至再，美人揽衣起曰：“吾今去矣，夜当复来。郎宜自爱。”言毕，昨夕二美人及诸侍女齐到，各致贺词。盥洗严妆，捧拥而出。美人执程手，嘱令勿泄，丁宁数四。去复回顾，不忍暂舍，爱厚之意，不可言状。程益倾喜发狂，不能自禁，转盼间已失所在。谛观门扉，犹昨夕所扃也；回视室中，则土炕布衾，荆筐芦席，依然如旧，向之瑰异无有矣。程茫然自失曰：“岂其梦耶？”然念饮食、笑语、交合、誓盟之类，皆历历明甚，非梦境也，且惑且喜。

顷之，曙色辨物，出就兄室。兄大骇曰：“汝今晨神采发越[29]，顿异昨日，何也？”程恐见疑，谬曰：“年来失志，乡井无期。昨夕暴寒，愁思殊切，展转悲叹，竟夕不寝。兄必闻之，有何快心而神采发越耶？”兄言：“吾亦苦寒，思家不寝。静听汝室，始终阒然，何尝闻有悲叹声耶？”已而商伙群至，见程容色，皆大骇异，言与兄合。程但唯唯，谦晦[30]而已。然程亦自觉神思精明，肌体腻润，倍加于前，心窃喜之。惟恐其不复至也。是日频视晷影[31]，恨不速移。才至日晡[32]，托言腹痛，入室扃扉，虔想以伺。

及街鼓[33]初动，则室中忽然复明，宛如昨夕。俄顷[34]双炉前导，美人至矣。侍女数人耳，仪从不复畴昔之盛，彼二人者亦不复来。美人笑曰：“郎果有心若是，但当终始知一耳。”即命侍女行酒荐馔，珍腆[35]如昨，欢谑谐笑，则有加焉。须臾撤席就寝，侍女复散。顾视床褥，又锦绣重叠矣，然不见其铺设也。程私念：“吾且诈跌床下，试其所为。”方欲转身，则室中全衬锦茵，地无寸隙矣。是夕绸缪好合，愈加亲狎。晨鸡再鸣，复起妆沐而去。自后人定[35]即来，鸡鸣即起，率以为常，殆无虚夕。虽言语喧闹，音乐迭奏，兄室甚迩，终不闻知，莫知其何术也。程每心有所慕，即举目便是，极其神速。一夕，偶思鲜荔枝，即有带叶百余颗，香味色皆绝珍美。他夕，又念杨梅，即有白色一枝，长三四尺，约二百余颗，甘美异常，叶殊鲜嫩，食余忽不见。时已深冬，不知何自而得，况二物皆非北地所产也。又夕，言及鹦鹉，程言："闻有白者，恨未之见。"转盼间，已见数鹦鹉飞舞于前，白者五色者相半，或诵佛经，或歌诗赋，皆汉音[37]也。一日，市有大贾售宝石二颗，所谓硬红者，色若桃花，大于拇指，价索百金。程偶见之，是夜言及。美人抚掌曰："夏虫不可语冰[38]，信哉!"言绝即异宝满室，珊瑚有高丈许者，明珠有如鹅卵者，五色宝石有如栲栳[39]者，光艳烁目，不可正视。转睫间又忽空室矣。

是后相狎既久，言及往年贸易耗折事，不觉嗟叹。美人又抚掌曰："方尔欢适，便以俗事婴心[40]，何不洒脱若是耶！虽然，郎本业也，亦无足异。"言绝即金银满前，从地及栋，莫知其数，指谓程曰："子欲是乎?"程歆艳[41]之极，欲有所取。新人引箸挟食前肉一脔，掷程面问曰："此肉可黏君面否?"程言："此是他肉，何可黏吾面也?"美人笑指金银："此是他物，何可为君有耶？君欲取之，亦无不可，但非分之物，不足为福，适取祸耳，吾安忍祸君也！君欲此物，可自经营，吾当相助耳。"

时己卯[42]初夏，有贩药材者，诸药已尽，独余黄蘗、大黄[43]各千余斤不售，殆欲委[44]之而去。美人谓程："是可居[45]也。不久大售矣。"程有佣直银十余两，遂尽易而归。其兄谓弟失心病疯[46]，谇骂[47]不已。数日，疫疠盛作，二药他肆尽缺，即时踊贵，果得五百余金。又有荆商贩彩段者，途间遭湿热蒸，发斑过半，日夕涕泣。美人谓程："是亦可居也。"遂以五百金获四百余匹，兄又顿足不已，谓弟福薄，得此非分之财，随亦丧去，为之悲泣。商伙中无不相咎窃笑者。月余，逆藩宸濠反于江西[48]，朝廷急调辽兵南讨，师期促甚，戎装衣帜，限在朝夕，帛价腾踊，程所居者遂三倍而售。庚辰[49]秋，有苏人[50]贩布三万余者，已售什八[51]矣，尚存粗者什二，忽闻母死，急欲奔丧。美人又谓程："是亦可居也。"程往商价。苏人获利已厚，归计又急，止取原直而去，盖以千金易六千余匹云。明年辛巳三月[52]，武宗崩，天下服丧。辽既绝远，布非土产，价遂顿高，又获利三倍。如是屡屡，不能悉记。四五年间，展转数万，殆过昔年所丧十倍矣。

宸濠之变也，人心危骇，流言屡至，或谓据南都[53]即位矣，或谓兵渡淮[54]矣，或谓过临清近德州矣[55]，一日数端，莫知诚伪。程心念乡邑，殊不能安。私叩美人，美人哂曰："真天子自在湖湘间[56]，彼何为者，此作死耳！行且就擒矣，何以虑为?"时七月下旬也。月余报至，逆徒果以是月二十六日兵败。程初闻真天子在湖湘之说，恐江南复遭他变，愈疑惧。美人摇首曰："无事，无事！国家庆祚灵长[57]，天下方享太平之福，近在一二年耳。"更叩其详，曰："期已近矣，何必豫知。"再期，今上中兴[58]，海宇于变，悉如美人之言。其明验之大者如此，余细弗录。

他夕，程问："天堂地狱、因果报应之说有诸？"曰："作善降之百祥，作不善降之百殃，心所感召，各以类应，物理自然。若谓冥冥之中，必有主者，铢铢两两[59]而较其重轻，以行诛赏，为神祇者不亦劳乎？""轮回[60]之说有诸？"曰："释[61]以为有，诬也；儒以为无，亦诬也。人有真元[62]完固者，形骸[63]虽毙，而灵性犹存，投胎夺舍[64]，间亦有之，千亿中之一二也。""人死而为厉[65]有诸？"曰："精神未散，无所依归，往往凭物为厉，所谓游魂为变耳。""人间祭祀，鬼神歆飨[66]，有诸？"曰："精诚所至，一气感通，自然来格[67]。非鬼而祭，徒自谄耳。所谓'神不歆非类，民不祀非族'[68]也。""人有化为异类者，何也？"曰："人之心术，既与禽兽无异，积之至久，外貌犹人，而五内[69]先化，一旦改形，无足深讶。""异类亦有化人者，何也？"曰："是与人化异类同一理耳。""人有为神仙者，何也？"曰："异类犹有化人者，况人与仙本一阶[70]耳，又何足异？""雷神巧异[71]，往往有迹，何也？"曰："阳能变化，理所自然。人得几何，而智巧若是；况雷实至阳，其为神变，何足怪乎？""龙能变化，大小不常，何也？"曰："龙亦至阳，故能曲伸变化，无足问也。""蜃气能为山川城郭楼台人物之形[72]，何也？"曰："天地精明之气，游变无常，两间[73]所有，时或示现，此可验天地生物之机，所谓在天成象，在地成形也。蜃何能为？"程平生所疑，皆为剖析，词旨明婉，如指诸掌。

又夕，问："美人姓氏为何？"曰："吾既海神，有何姓氏？多则天下人皆吾同姓，否则一姓亦无也。""有父母亲戚乎？"曰："既无姓氏，岂有亲戚？多则天下人尽吾同胞，少则全无瓜葛也。""年几何矣？"曰："既无所生，有何年岁？多则千岁不止，少则一岁全无。"言多此类。

迨嘉靖甲申[74]，首尾七年，每夜必至。气候悉如江南二三月，琪花宝树，仙音法曲[75]，变幻无常，耳目应接不暇。有时或自吹箫鼓琴，浩歌击筑，必高彻云表，非复人世之音。盖凡可以娱程者，无不至也。两情缱绻，愈久愈固。

一夕，程忽念及乡井，谓美人曰："仆离家二十年矣，向因耗折，不敢言旋，今蒙大造[76]，丰饶过望，欲暂与兄归省坟墓，一见妻子，便当复来，永奉欢好，期在周岁。幸可否之。"美人欷歔叹曰："数年之好，果尽此乎？郎宜自爱，勉图后福。"言讫，悲不自胜。程大骇曰："某告假归省，必当速来，以图后会，何敢有负恩私，而夫人乃遽弃捐若是耶！"美人泣曰："大数当然，非关彼此。郎适所言，自是数当永诀耳。"言犹未已，前者同来二美人及诸侍女仪从，一时皆集。箫韶[77]迭奏，会燕如初。美人自起酌酒劝程，追叙往昔，每吐一言，必汍澜[78]哽咽。程亦为之长恸，自悔失言。两情依依，至于子夜。诸女前启："大数已终，法驾[79]备矣，速请登途，无庸自戚[80]。"美人犹执程手泣曰："子有三大难近矣，时宜警省，至期吾自相援。过此以后，终身清吉[81]，永无悔吝[82]，寿至九九，当候子于蓬莱三岛，以续前盟。子亦自宜宅心[83]清净，力行善事，以副吾望。身虽与子相远，子之动作，吾必知之。万一堕落，自干天律，吾亦无如之何也。后会迢遥，勉之！勉之！"丁宁频复，至于十数。程斯时神志俱丧，一辞莫措，但雪涕耳。既而邻鸡群唱，促行愈急，乃执手泣诀而去，犹复回盼再四，方忽寂然。于时蟋蟀悲鸣，孤灯半灭，顷刻之间，恍如隔世。亟启户出观，但曙

星东升，银河西转，悲风萧飒，铁马[84]叮当而已。情发于中[85]，不觉哀恸。才号一声，兄即惊呼问故，盖不复昔之若聋矣。兄既细诘不已，度弗能隐，乃具述会合始末，及所以丰裕之由。兄始骇悟，相与南望瞻拜。至明，而城之内外传皆遍矣。

程由是终日郁郁，若居伉俪之丧。遂束装南归，伴兄先部货贿，自潞河[86]入舟，而自以轻骑由京师出居庸至大同[87]，省其从父[88]。流连累日，未发。忽夕梦美人催去甚急，曰："祸将至矣，犹盘桓耶！"程忆前言，即晨告别，而从父殷勤留饯。抵暮出城，时已曛黑，乃寓宿旅馆。是夜三鼓，又梦美人连催速发，云："大难将至，稍迟不得脱矣！"程惊起，策骑东奔四五里，忽闻炮声连发，回望城外，则火炬四出，照天如昼矣。盖叛军杀都御史张文锦[89]，胁城内外壮丁同逆也。

及抵居庸，夜宿关外，又梦美人连促过关，云："稍迟必有狴犴[90]忧矣！"程又惊起叩关，候门启先入，行数里而宣府[91]檄至，凡自大同入关者，非公差吏人，皆桎梏下狱诘验，恐有奸细入京也。是夜与程偕宿者，无一得免，有禁至半年者，有瘐死于狱者。

程入舟，为兄备言得脱之故，感念不已。及过高邮湖[92]，天云骤黑，狂风怒号，舟掀荡如簸。须臾，二桅皆折，柁零落如粉，倾在瞬息矣。忽闻异香满舟，风即顿息。俄而黑雾四散，中有彩云一片，正当舟上，则美人在焉。自腰以上毫发分明，以下则霞光拥蔽，莫可辨也。程悲感之极，涕泗交下，遥瞻稽首。美人亦于云端举手答礼，容色犹恋恋如故也。舟人皆不之见，良久而隐。从是遂绝矣。

戊子[93]初夏，余在京师闻其事，犹疑信间。适某佥宪、某总戎自辽入京[94]，言之详甚。然犹未闻大同以后事。今年丙申在南院[95]，客有言程来游雨花台[96]者，遂令邀与偕至，询其始末。程故儒家子，少尝读书，其言历历，具有源委。且年已六秩[97]，容色仅如四十许人。足征其遇异人无疑，而昔闻不谬也。作《辽阳海神传》。

【注释】

①徽：即徽州府，明代属南京，辖境相当于今安徽歙县、休宁、祁门、绩溪、黟县及江西婺源等县地，治所在今安徽歙县。

②正德初元：正德元年。"正德"是明武宗朱厚照的年号（1506～1521）。

③辽阳：今辽宁辽阳市一带。

④率：通常。

⑤妻孥：妻子和儿女。宗党：同宗的亲属。

⑥贤不肖：贤或不贤。不肖，不贤。

⑦落寞：此处意同落魄，即穷困失意。

⑧乡井无望：意谓回乡无望。

⑨掌计：掌管账目。

⑩戊寅：即明武宗正德十三年（1518）。

⑪氤氲（yīn yūn 因晕）：形容云气弥漫。

⑫幂（mì 密）：覆盖。幂首，即蒙起头。

⑬韶丽：美丽。韶，美好。

⑭盖：古代遮阳障雨的工具都称盖。此处指作为仪仗的华盖。

⑮节：即符节，古代使者所持用作凭证，或授予将帅以加重其权力的东西。这里指后者，表明辽阳海神的威权。

⑯器币：器物丝绸。器，指金银铜器之类。币，帛，丝织物的总称。

⑰宝玩：指古董和字画之类。

⑱旌幢（chuáng 床）：古代作为仪仗用的用羽毛装饰的两种旗帜。

⑲巾帨（shuì 睡）：手巾。

⑳奉盘匜（yí 疑）：捧着盘和匜。匜是一种铜制的盥洗器具。奉，捧。

㉑肴核：菜肴和果品。核，水果的核，这里泛指有核的水果或干果。苏轼《前赤壁赋》："肴核既尽，杯盘狼藉。"

㉒逭（huàn 患）：逃避。

㉓下界：道教、佛教用来称凡人所居之地，与神仙所居的"上界"相对。下界，即人间。

㉔虔迓（yà 讶）：恭敬地迎接。

㉕饧（xíng 形）：糖稀。

㉖醴泉甘露：甜美的泉水和露水。《礼记·礼运》："天降甘露，地出醴泉。"

㉗凡百：概括之辞，即所有的意思。

㉘九殒（yǔn 吮）：九死。九，古代虚指多数。殒，死亡。

㉙神采发越：神采飞扬。发越，散发，散播。

㉚谦晦：装成不晓得，不做声。

㉛晷（guǐ 鬼）影：日影。

㉜日晡（bū 逋）：申时，即下午三时到五时。

㉝街鼓：又称"更鼓"。设置在京城街道的警夜鼓。宵禁开始和终止时击鼓通报。

㉞俄顷：片刻，一会儿。

㉟珍腆（tiǎn 舔）：珍贵丰盛。

㊱人定：夜深人静的时候。

㊲汉音：指汉语。

㊳夏虫不可语（yù 喻）冰：夏天的虫子不可能对它讲清冬天的冰的情况，喻闻见浅薄。语出《庄子·秋水》："夏虫不可以语于冰者，笃于时也。"

㊴栲栳：即笆斗，一种用竹或柳条编的盛物器具。

㊵俗事婴心：心里被俗事纠缠着。婴，缠绕。

㊶歆艳：羡慕。

㊷己卯：即明武宗正德十四年（1519）。

㊸黄蘗（bò 簸）、大黄：两种药材名。性寒味苦，功能清热燥湿，泻火解毒，是专治痢疾等夏天常见病的主要药物。

㊹委：推卸，卸去。指贱价出售。

㊺居：即居奇，囤积货物等好价钱时出售。

㊻失心病疯：神经错乱，疯疯癫癫。

㊼谇（suì 碎）骂：责骂。

㊽"逆藩"句：朱宸濠（？～1521），弘治中袭封宁王。明武宗朱厚照没有儿子，朱宸濠因此心怀异志，谋夺帝位。正德十四年（1519）在南昌举兵造反，进攻南康、九江，又顺江东下，攻

安庆，将要占据南京时，为提督南赣军务都御史王守仁等所败，诛于通州。朱宸濠是明宗室，故称“逆藩”。藩，藩王，藩国。古代天子封建宗室、亲戚或大臣为诸侯王，以捍卫天子，如同藩篱一般，故称。

㊾庚辰：即明武宗正德十五年(1520)。

㊿苏人：苏州人。

51什八：十分之八。

52“明年”二句：明武宗朱厚照好佛又好声色，不理朝政，是明代一个荒淫昏聩的皇帝。据《明史》记载，武宗死在辛巳年(即正德十六年，公元1521年)。

53南都：即南京。朱元璋灭元称帝，建都南京，后来他的第四子朱棣于公元1420年定都北京，以南京为留都。

54淮：淮河。

55临清：指临清州。明代升临清县为临清州，治所在今山东临清市。德州：隋置，治安德县(今山东陵县)。明代洪武七年(1374)移治故陵县，即今山东德州市。临清、德州，位于山东省西北部，与河北省交界。

56“真天子”句：暗示即帝位的人在湖北、湖南一带。宗室朱厚熜(zǒng总)是兴献王朱祐杬的长子，被封在安陆(今湖北安陆)。正德十四年(1519)祐杬卒，厚熜以世子理国事，十六年(1521)袭封。同年，武宗朱厚照死，无子，遗诏迎厚熜于京师即帝位(即世宗)。

57庆祚(zuò坐)灵长：称颂皇位久长。祚，皇位。

58今上：指明世宗朱厚熜。中兴：由衰落而重新兴盛。

59铢铢两两：喻极细微的事情。铢和两都是古代的重量单位，一两约等于二十四铢。铢两是极轻微的分量。

60轮回：佛教用来宣传因果报应的一种迷信说法，认为一切众生按其善恶，辗转在天、人、阿修罗、地狱、饿鬼、畜生六道中，生死不已，像车轮旋转，永不停息，叫“轮回”。

61释：佛教创始人释迦牟尼的简称，这里指佛教。

62真元：道教所谓人的灵魂。按道教的说法，成仙得道的人，灵魂能够离开肉体自由来去。

63形骸：人的形体。

64夺舍：道家的术语，指夺占新死者的躯壳而借以再生，即旧时迷信所谓借尸还魂。

65厉：作祟害人的恶鬼。

66歆飨：指鬼神享受祭品。

67格：来，至。

68“神不歆非类，民不祀非族”：语出《左传·僖公十年》。类，与“族”同义。这两句原意是说，鬼神不享受非本族子孙的祭祀，老百姓也只祭祀自己的祖先；只有功业垂于天下的神灵，才享受天下众人的祭祀，众人也才祭祀他。这里引用，意在说明当祭祀的才祭祀，不要滥祭。

69五内：五脏。

70阶：等级，这里指同一类。

71雷神：古代神话中司雷之神。巧异：灵异，神奇的表现。

72“蜃气”句：即海市蜃楼。古人误认为蜃吐气而成，实际上是一种日光与大气的折射现象。

73两间：谓天地之间。指人间。

74嘉靖甲申：“嘉靖”是明世宗朱厚熜的年号(1522～1566)，“甲申”即嘉靖三年(1524)。

⑮法曲：又称“法乐”，指用于佛教法会的乐曲。这里指仙乐，也即文中所称的“仙音”。

⑯大造：大功，大成就。此指极大关怀和成全的意思。

⑰箫韶：传说是古舜帝时的音乐。

⑱汍（wán玩）澜：涕泣的样子。

⑲法驾：天子的车驾。这里指海神的车驾。

⑳戚：忧愁，悲伤。

㉑清吉：清静吉祥。

㉒悔吝：悔恨。吝，恨惜。

㉓宅心：居心，存心。

㉔铁马：即檐马。是一种悬于檐间的铁片，风吹时互相撞击，丁当作响。

㉕中：内心。

㉖潞河：即今北京市通州区以下的北运河，为京杭运河的起点，是明代重要的水路枢纽。

㉗居庸：即居庸关，旧称“军都关”、“蓟门关”，长城重要关口之一，在北京市昌平县西北。明洪武元年（1368）建。形势险要，是古代交通要冲。大同：我国古代军事重镇，明代“九边”之一，治所在今山西大同市。

㉘从父：伯父、叔父的通称。

㉙张文锦（？～1524）：字阍夫，明代安丘（今山东安丘）人，弘治十二年（1499）进士，授户部主事。正德初为刘瑾所陷，刘瑾诛，始复职。后任安庆知府时，明宗室朱宸濠谋反，张文锦与都指挥杨锐积极抵御，因功升太仆少卿。嘉靖元年（1522）授右副都御史，巡抚大同。在大同城北增设五堡，因操之过急，引起士兵怨恨。及堡建成，又想迁移镇卒二千五百人去守卫，士兵不肯去，杖其队长，引起兵变，被乱兵杀死。文中“叛军杀都御史张文锦”，即指此事。

㉚狴犴（bì'àn毕案）：监狱。狴犴是传说中的猛兽，形似虎，有威力。旧时监狱门上绘狴犴，因用作监狱的代称。

㉛宣府：军镇名。驻宣府镇（今河北宣化）。明洪武二十六年（1393）置宣府左、右、前三卫，隶属北平都指挥使司，永乐七年（1409）直隶京师，置总兵坐镇，称“宣府镇”。

㉜高邮湖：湖名，在今江苏省西部、京杭运河之西，介于高邮市、金湖县及安徽天长市之间。

㉝戊子：即明神宗万历十六年（1588）。

㉞佥宪：佥都御史的美称。古时称御史为宪台。明代都察院设有左右佥都御史，故称为“佥宪”。总戎：主管军事的长官。

㉟丙申：即明神宗万历二十四年（1596）。南院：指南京翰林院。当时本文作者为南京翰林院孔目。

㊱雨花台：在今江苏南京市城南中华门外。明代此处有许多宏伟的寺庙，是游览胜地。

㊲六秩（zhì志）：六十岁。十年为一秩。

鸳渚志余雪窗谈异

(明)钓鸳湖客

作者姓名、生卒年及生平事迹无考,署名"钓鸳湖客"当是作者的别号。从书中约略可知,作者系明代嘉靖、万历年间嘉兴府(今浙江嘉兴)人,是一位生活在鸳鸯湖(今南湖)畔的文士。

《鸳渚志余雪窗谈异》分帙上、帙下,共三十篇,其中帙下两篇有目无文,实存二十八篇。作品摹仿《剪灯新话》,情节曲折,文字通俗晓畅,不少篇写得文情并茂,优美动人。本书富有浓重的乡土色彩,其题材均是嘉兴府前代的传说和当代的故事。它在明代出版后,当时的许多小说丛书、类书纷纷转载,仅《国色天香》、《燕居笔居》、《广艳异编》、《续艳异编》、《万锦情林》、《情史类略》所载则有十多篇,约占全书一半左右,而《鸳渚志余雪窗谈异》却从此长期湮没无闻,反而不为人们所知。

以下选注三篇的文字,以吉林大学出版社出版的校点本为依据,个别文字参照别本酌改。《东坡三过记》、《招提琴精记》选自该书帙上,《大士诛邪记》选自帙下。《大士诛邪记》对后来的小说创作颇有影响。明末小说家凌濛初即据此篇演绎为拟话本《盐官邑老魔魅色,会骸山大士诛邪》,收入《拍案惊奇》卷二十四。

东坡三过记

府[①]治西二十余里,有寺曰本觉,即古槜李地[②]。故槜李亭犹存。寺僧文长老者,通禅持戒,博学攻诗文,多与达人墨子[③]相宾主。堂前种竹数竿,蓄鹤一只。遇月明风清,则倚竹调鹤,嗽茗孤吟,真不愧于清修者也。时苏文忠公轼守杭[④],有事于润,道过槜李,泊舟寻访,将以证所闻何如耳。及见,款揖之外,不发起居一语。默坐澄神,怡然自得,若不知有公之在前也。东坡因喜赋诗一律[⑤]:

万里家山一梦中,吴音渐已变儿童。
每逢蜀叟谈终日,便觉峨眉翠扫空。
师已忘言真有道,吾除搜句百无功。
明年采药天台去,更欲题诗满浙东。

文长老一见东坡,遂知为刚明劲正之器,一毫私不可干者。敬和一诗,以寓酬勉

之意。

身满华严法界中，香厨底事感天童。
那知本觉从何觉，才悟真空自不空。
若有相时原说梦，到无言处却收功。
一勾月出星三点，汝向西来我面东。

东坡见诗益大敬异。因谓文曰："久慕禅宗，已申快睹。但后期难再，不识何以教之？"文微哂曰："公性素明，岂容复赘。惟一言相励，使不负斯来耳。"东坡请一言者何，文曰："颉颃翔鸣，物英我樱，不足为之荣。羁穷窘局，动与祸触，不足为之辱。浩浩乎云无心，皎皎乎月常新。庶几乎一代之伟人。"东坡深额其言，相笑而别。

后六年，苏公自徐移湖[⑥]，再过槜李。因思长老之言，复造[⑦]焉。时则小门半掩，松竹萧然。庭间孤鹤见公至，则点头张羽，飞舞长鸣，似拜告状者三。东坡异曰："汝亦识故人[⑧]耶？"及访侍者，方知文已卧疾于床，不能出迓。而鹤若为之代启也。苏略与语，复赋一诗[⑨]以记：

愁闻巴叟卧荒村，来打三更月下门。
往事过年如昨日，此身未死得重论。
老非怀土情相得，病不开堂道益尊。
惟有孤栖旧归鹤，举头见客似长言。

吟毕，而别。

又十年，自翰林学士累章请郡。除知杭州[⑩]，旨下日，东坡私贺曰："钱塘佳胜区也。湖上清风，山间明月，复可在吾襟握中矣。能不喜哉？且文公旷别十年，此行当便一面。又一幸也。"及再近槜李，心复念之。推窗[⑪]豁目，忽见文长老者，已杖锡徐来[⑫]，笑相谓曰："相公别来无恙乎？"东坡维舟[⑬]执手，且笑且谈。但语多凄惨无聊，非得向日之比。及抵其门，一击而进。东坡意其点茶留款，先所事也。不意独坐移时，久待不出，始怪而呼之，则有一僧趋礼而应。东坡因问曰："文长老待客，何所见而迎，又何所见而避？"僧曰："文师脱化[⑭]尘寰，经五秋矣。安得又有长老迎避于公耶？"东坡默然，良久而悟，不言所以。又赋一诗[⑮]：

初惊鹤瘦不可识，渐作云归无处寻。
三过门间老病死，一弹指顷去来今。
存亡见惯浑无泪，乡曲难忘尚有心。
欲向钱塘吊圆泽[⑯]，葛洪川畔待秋深。

书讫而去。后无所闻。人但知苏之三过于文，而不知文实有以致苏也。后人因闻风仰慕，乃作东坡馆、三过堂，以寄遐思。今本觉东坡馆址隳圮[⑰]莫辨，而三过堂亦存堂名。是下之人，不能奋然兴起奉闻于莅立者[⑱]，岂急于他而不暇及欤！

【注释】

①府：指嘉兴府，治所在今浙江嘉兴市。

②槜（zuì 醉）李：古地名，旧时用作嘉兴市的别称，其故址在今嘉兴市西南。

③墨子：文人的别称。

④苏文忠公轼守杭：苏文忠公即苏轼(1037～1101)，宋代著名文学家。眉州眉山(今四川眉山)人，字子瞻，号东坡居士，谥"文忠"，故后世亦称"苏文忠公"。熙宁四年(1071)冬，苏轼出为杭州通判，即文中所说的"守杭"。

⑤律：即《秀州报本禅院乡僧文长老方丈》。

⑥"后六年"二句：后六年，指苏轼第一次到槜李相距六年后。苏轼于熙宁十年(1077)知徐州(今江苏徐州)，元丰二年(1079)二月移知湖州(今浙江湖州)。

⑦造：到，去。

⑧故人：老朋友。

⑨诗：即《夜至永乐文长老院，文时卧病退院》。

⑩除知杭州：指元祐四年(1089)春三月，苏轼除去龙图阁学士，知杭州(今浙江杭州)。

⑪窗：指船上的窗户。

⑫杖锡：拄着锡杖。锡，锡杖，僧人所持的法器。

⑬维舟：把船拴缚在岸边，也即停船靠岸。

⑭脱(tuì 蜕)化：尸解羽化。指文长老已死。

⑮又赋、诗：此诗即《过永乐文长老已卒》。

⑯圆泽：唐代洛阳惠林寺僧，富而知音律，与谏议李源为忘形之交。两人相约游蜀青城、峨眉诸山。圆泽行至南浦而卒，临终前嘱咐李源说：他要投胎妇人王氏为子，并约李源十三年后中秋月夜在杭州天竺寺外相见。届时李源如期赴约，果在杭州葛洪川畔见到圆泽转生的牧童。此事见苏轼《僧圆泽传》，载《苏轼文集》卷十三。

⑰隳圮(huī pǐ 灰匹)：倒塌。

⑱莅(lì 力)立者：掌管政事的人，指当官的。

招提琴精记

邓州[①]人金生，名鹤云，美风调[②]，乐琴书，为时辈所称许。宋嘉熙[③]间，薄游秀州[④]，馆[⑤]一富家。其卧室贴近招提寺[⑥]。夜闻隔墙有歌声，乍远乍近，或高或低。初虽疑之，自后无夜不闻，遂不以为意。

一夕，月明风细，人静更深，不觉歌声起自窗外。窥之，则一女子，约年十七八，风鬟露鬓，绰约多姿。料是主家妾媵，夜出私奔，不敢启户。侧耳听其歌曰：

> 音音音，你负心，你真负心，孤负[⑦]我到如今。记得当时，低低唱，浅浅斟，一曲值千金。如今寂寞古墙阴，秋风荒草白云深，断桥流水何处寻？凄凄切切，冷冷清清，教奴怎禁！

女子歌竟，敲户言曰："闻君倜傥[⑧]俊才，故冒禁以相就，今乃闭户不纳，苦效鲁男子[⑨]行耶？"鹤云闻言，不能自抑。才启户，女子拥至榻前矣。鹤云曰："如此良夜，更会佳人，奈何烛灭樽虚，不能为一款曲也。"女子曰："得抱衾裯[⑩]，以荐枕席，期在岁月，何必泥于今宵，况'醉翁之意不在酒'[⑪]乎？"乃解衣共入帐中，罄尽缱绻之乐。迨[⑫]隔窗鸡唱，邻寺钟鸣，女子揽衣起曰："奴回也。"鹤云嘱之再至。女子曰："弗多

言,管不教郎独宿。”遂悄悄而去。

次夜,鹤云具酒肴以待,女子果迤逦而来,相与并坐。酣畅,女子仍歌昨夕之词。鹤云曰:“对新人,不宜歌旧曲;逢乐地,讵可道忧情!”因赓[13]前韵而歌之曰:

音音音,知有心,知伊有心,勾引我到于今。最堪斯夕,灯前耦,花下斟,一笑胜千金。俄然云雨弄春阴,玉山齐倒绛帷深,须知此乐更何寻?来径月白,去会风清,兴益难禁!

女子闻歌,起而谢曰:“君之斯咏,可谓转旧为新,翻忧就乐也。”彼此欢情顿浓于昨。自是无夕不会。荏苒[14]半载,鲜有知者。

忽一夕,女子至而泣下。鹤云怪问,始则隐忍,既则大恸。鹤云慰之良久,乃收泪言曰:“奴本曹刺史之女,幸得仙术,优游洞天,但凡心未除,遭此谪降。感君夙契[15],久奉欢娱,讵料数尽今宵。君前途远大,金陵[16]之会,夹山[17]之从,殆有日耳。幸惟善保始终。”云亦不胜凄怆。至四鼓,赠女子以金,别去。未几,大雨翻盆。霹雳一声,窗外古墙悉震倾矣,鹤云神魄飘荡。明日,遂不复留此。

二年后,富家筑墙,于基下掘一石匣,获琴与金,竟莫晓其故。时闻鹤云宰[18]金陵,念其好琴,使人携献。鹤云见琴光彩夺目,知非凡材,欣然受之。置于石床,远而望之,则前女子;就而抚之,则依然琴也。方悟女子为琴精,且惊且喜。适有峡州之迁[19],鹤云得重疾,临死,命家人以琴从葬。琴精之言,胥验[20]之矣。人有定数,物可先知,岂不攸哉!

评曰:器久则物可怪,琴久则声益佳。未闻以古琴为精也。鹤云好之专,所以佳物自致。故聚会终宵,吟咏之外,于鹤云无所奈也。岂非遇之幸乎?不然,何天雷震倾,而匣质依然,完其金陵复会,而峡山犹且相从。数耶?命耶?偶耶?记以精名,姑存其旧。

【注释】

①邓州:宋时属京西南路,治所在今河南邓州市。

②风调:指人的品格情调。

③嘉熙:南宋理宗赵昀的年号(1237～1240)。

④薄游:为薄禄而宦游于外。秀州:北宋属两浙路,南宋属两浙西路,庆元元年(1195)升为嘉兴府,治所在今浙江嘉兴市。

⑤馆:用作动词,教私塾。

⑥招提寺:佛寺。梵语“拓斗提奢”,省称“拓提”,误为“招提”。其义为四方,后遂作为寺院的别称。

⑦孤负:即辜负。

⑧倜傥(tì tǎng 替躺):洒脱,不拘束。

⑨鲁男子:据《诗·小雅·巷伯》毛传记载,鲁人有男子独处一室。夜暴风雨,邻居是位寡妇,因屋坏而向鲁男子请求让她进屋避雨,而男子闭户而不纳。后因称拒近女色的人为“鲁男子”。

⑩衾裯(qīn chóu 钦稠):指被褥等卧具。

⑪醉翁之意不在酒:北宋欧阳修《醉翁亭记》:“醉翁之意不在酒,在乎山水之间也。”后用以比喻本意不在此而在别的方面。

⑫迨(dài 代):等到。

⑬赓:继续,连续。

⑭荏苒(rěn rǎn 忍染):渐渐过去。

⑮夙契:前世的因缘。

⑯金陵:古地名,即今南京市。楚置金陵邑,故称。

⑰夹山:在峡州境内。此以夹山代指峡州。

⑱宰:古代官吏的通称。此处用作动词,意为主宰、治理。

⑲适:正好,恰巧。峡州:古地名。宋属荆湖北路,治夷陵县(今湖北宜昌),辖境相当于今湖北宜昌市、远安县、枝城市。迁:晋升或调动。

⑳胥:皆,都。验:应验。

大士诛邪记

洪武[①]间,盐官[②]会骸山中,有一老魅,缁服[③]苍颜,幅巾绳履[④],居尝恂恂[⑤],诙谑则秀发如泻。虽不事生业,而日能醉歌山麓间。歌毕长舞,或跳水,或缘枝,宛转盘旋,惊鱼飞燕,莫能过也。又且知书善咏。尝与登游文士相赓和[⑥]焉。山居熟识者,虽以道人呼之,而心甚疑议,然卒莫能根究其实也。一日大醉,索酒肆中笔砚,题“风花雪月”四词于石壁。阅者称赏。后见墨迹渐深,磨涅不能去,人又怪之。词并录左:

风袅袅,风袅袅,冬岭泣孤松,春郊摇弱草。云收月色明,卷雾天光早。清秋暗送桂香来,极夏频将炎气扫。风袅袅,野花乱落令人老。

花艳艳,花艳艳,妖娆巧似妆,锁碎浑如剪。露凝色更鲜,风送香尝远。一枝独茂逞冰肌,万朵争妍含醉脸。花艳艳,上林富贵真堪羡。

雪飘飘,雪飘飘,翠玉封梅萼,青盐压竹梢。洒空飞絮浪,积槛锁银桥。千山浑骇铺铅粉,万木依稀挂素袍。雪飘飘,长途游子恨迢遥。

月娟娟,月娟娟,乍缺钩横野,方圆镜挂天。斜移花影乱,低映水纹连。诗人举盏搜佳句,美女推窗迟夜眠。月娟娟,清光千古照无偏。

离山里许,有大姓仇氏者,夫妻四十无嗣。乃刻慈悲大士[⑦]像,供礼于家。朝夕香花,欲求如愿。每年于二月十九[⑧],则斋戒虔虔[⑨],躬往天竺而褥[⑩]。如是者,三越岁,果妊得育一女孩。及周,名为夜珠,取掌上珠意也。时年十九,父母已六十余矣。端慧多能,工容兼妙。夫妻望之甚重,必得佳婿倚托残年,故荏苒以待也。讵料[⑪]为老魅所知,不求媒灼,自荐于其门。父母大怒,逐之使出,老魅从容不动曰:

"吾丈误矣。久闻选择东床[12]，不过为老计耳。仆能孝养吾丈于百岁前，礼祭吾丈于百岁后，是亦足以任所重矣，酬所托矣。此不为佳，何为佳乎?"大姓复叱曰："不思鸡凤薰莸[13]，甚非偶类，而乃冒惭妄语，狎侮伤人。非病狂则爽心[14]者，奚足与较!"复呼壮力，持杖逐之，老魅行且进曰："今则去矣。后虽追悔，何门求见我哉!"大姓复指詈曰："视汝罪骨已枯，棺冢待之方急，人形鬼质，求汝奚为？行将见汝为犬鸦所饱，则有之矣!"老魅掀髯长笑而退。

越两日，夜珠方倚窗绣鞋，忽见巨蝶一双飞至，红翅黄身，翠须紫足，如流霞飞火，旋绕夜珠左右而不舍，似若采恋其香者。夜珠甚异，轻以袖罗扑之，扑不能得。笑呼女奴，徐相追逐。直至后园牡丹花侧，二蝶渐大如鹰，扶挟夜珠，从空逾垣飞去。女奴骇报大姓，大姓惊走号呼，莫可挽救。时夜珠虽心知堕术，而此身则无主也。履荆榛，践险阻，方至巑岏[15]山窟中，一洞甚小，仅可容头。洞边老魅拱立，伸把[16]珠手，不觉轰然有声，洞忽开裂，而身已进内。回视其门，则抱合不可启矣。沿中宽敞如堂，人面猴形者二十余，皆承应老魅所役。傍有一房，精洁颇类僧室。几窗间，且置笔砚书史。竹床石磴，摆列两行。又有美妇闺鬟八九人，或坐或立。床前特设一席，无烹炙味，香花酒果而已。老魅因谓众曰："试与新人成礼。"遂牵珠衣。夜珠且恐且怒，却之甚严。老魅喝猴形者四五辈，揪按并坐。老鬼喜，频自行酒，顷之大醉。一妇一鬟扶伴中床而寝。夜珠虽蹲踞磴下，苦不成寐。明起，老魅见珠悲泣，抚其肩慰之曰："家园咫尺，胜会[17]方新，何乃不趁少年，徒为自苦？若欲执迷，则石粒可枯，此中不可复出。不如从事之为得也。"夜珠闻言，触壁欲尽。老魅私使众美劝之。珠遂不食水果，欲自饿死，奈处及旬，一毫无恙。因见老魅秋收田间稻花，贮之石柜。日则炊花合[18]余，则玉粒满釜[19]。又能以水盛瓮，用米一撮，仍将纸封其口，藏于松灰间，不间二三日[20]，开封取吸，湛然香醪也。或天雨不出，则剪纸为戏，有蝶者、凤者、犬者、燕者、狐狸者、猿猱蛇鼠者，嘱之使去，往某家取某物来，则时刻衔至，用后复使还之，其桃梅榛栗等果，日轮猴形者二人供办。然皆带叶悬枝，非货殖市中物也。数者，皆怪异，又不知何法。

一日，老魅方出，众美亦叹息，谓珠曰："吾辈岂山妖野偶乎？但今生不幸，为彼术致此中，撇父母，弃糟糠[21]。虽朝暮忧思，竟成无益。所以忍耻偷生，譬作豕羊牛马以自解耳。事势如斯，尔吾力且何奈，不若稍宽一二，待命于天，苟彼罪恶有终，或可披云再世。"言毕，各各泪下如雨。忽传老魅至，俱掩拭而散。

自夜珠遭摄之后，大姓思望虽殷，无所用力。但日夕于慈悲大士前哭祝而已。一日，会骸岭上忽旛竿直竖，竿末挂一物，莫识。好事者航梯[22]而至其所，但见巑岏中，一洞甚大，妇女十余人，倚卧不一，如醉迷状。其老猴数十皆身首异处，泉血交流。竿上之物，则骷髅高缀耳。好事者惊异，急报其令。长官令长差兵快收勘[23]，方知皆良家妇女，为妖所误，出示招领间，而大姓喜跃奔探，女果在内。及视旛竿，上识"天竺大士殿前木也"。年月犹存，一旦徙至于此，非神力讵或能乎？因悟大姓感神之诚。同还者，皆来拜谢。于是协资建庙山顶，奉像其中，香火不绝。其石壁

书词，又且拂灭如洗，人遂得知道人即老妖云。

评曰：审老魅四作清丽，则幻于猴有年矣。苟能果食水饮，啸月眠云，则洞中之日月何其长耶！顾[24]乃淫欲自纵，用妖术于不善，割人夫妇之情，离人母子之爱。世之贪不知足者，夫亦猴其心欤？行亦有猴其祸也。噫！可以止矣。

【注释】

①洪武：明太祖朱元璋的年号(1368～1398)。

②盐官：地名，三国吴置，治所在今浙江海宁市盐官镇。

③缁服：黑色衣服，常作道人衣着。

④绳履：草鞋。

⑤恂(shùn 顺)恂：温顺恭谨的样子。《论语·乡党》："孔子于乡党，恂恂如也，似不能言者。"

⑥赓和：用他人原韵或题意唱和。

⑦慈悲大士：即观世音菩萨。佛教称佛和菩萨为大士。

⑧二月十九：旧俗此日是观世音菩萨的生辰。

⑨虔虔：恭敬的样子。

⑩躬往天竺而褥：亲自到杭州天竺寺向观世音菩萨烧香许愿，并在那里过夜。天竺，在今杭州市灵隐寺南面山中。天竺有上天竺、中天竺、下天竺三佛寺。褥，卧具，这里用作动词，睡觉。

⑪讵料：岂料。

⑫东床：对女婿的美称。典出《世说新语·雅量》：晋太傅郗鉴派人到丞相王导家挑女婿，王家子弟闻讯显得很拘谨，只有王羲之坦腹卧在东床上，像没听见似的。郗鉴看中王羲之，选作女婿。

⑬薰：香草。莸：臭草。

⑭爽心：谓使心情畅快。按这里文意，"爽心"疑当作"丧心"。

⑮巑岏(cuán wán 攒完)：形容山峰险峻尖锐的样子。

⑯把：动词，握，执。

⑰胜会：犹盛会。

⑱合(gě 各)：量词，一升的十分之一。

⑲釜(fǔ 府)：古代的炊事用具，相当于现在的锅。

⑳不间二三日：不到两三天。间，间隔。

㉑糟糠：原为对妻子的谦称，这里用来指丈夫。

㉒航梯：渡过江河，攀越高山。

㉓收勘：受理勘查。

㉔顾：转折连词，反而。

觅灯因话

(明)邵景詹

邵景詹,号自好子,约生活于明万历年间。其他事迹不详。《觅灯因话》二卷,共八篇。从作者《觅灯因话小引》可知,此书为续《新话》而作,取"灯已灭而复举"之意。约成于万历二十年(1592)。《桂迁梦感录》选自清同治十年(1871)文盛堂刻本《剪灯丛话》卷一。冯梦龙据此篇演绎为拟话本《桂员外途穷忏悔》,列入《警世通言》第二十五卷。

桂迁梦感录

大德[①]中,有施君名济,吴之长洲[②]人。君家故饶于财,荦荦[③]负气节。年四十而未有子,性独嗜佳山水,暇辄往虎丘、天池、天平诸山[④]游憩焉。夏之日,独掉[⑤]小舟,登剑池[⑥],度真娘墓[⑦],遂避暑读书台[⑧]。新蝉嘒[⑨]柳,南薰[⑩]度松。顾瞻之顷,忽闻有愁叹声,徐一再听,而其人若不胜情者。君使觇[⑪]之,则少同学桂生迁也。邀而问之,初难于言,既曲慰之曰:"足下父母无恙乎?"曰:"先二人谢世久矣。"曰:"然则壶内[⑫]弗宁乎?"乃始输其诚曰:"仆有田数亩,足供饘粥,不幸惑于人言,谓贩与耕,利且相百,遂折券于李平章家[⑬],得金二十锭,贸易京师。天乎不余贷,而重之祸也!舟碎洪流,橐悬磬[⑭]矣,所存者仅藐焉一身。日[⑮]窜归,又为主者所觉,主者势焰薰天,念薄田不足以偿,一妻二子,将不复留,是以悲耳!"言讫而涕潸焉下。君为动容曰:"足下无虑,吾且为尔图偿之。"桂初以为戏。君曰:"吾与足下,交虽不深,然爱妻子之心一也。吾每恨无子,忍见有子弃之乎?且吾家素裕,固未急急于此,以不急之财,救足下于涂炭,推爱子之念,全足下之妻孥,是所甘心,何敢为戏。"桂乃反悲为喜,长跪且拜曰:"君如是,是仆之天也!异日尺寸有立[⑯],图所报称;若终于困穷,则公家岂无犬马[⑰]乎?"遂别去。

翌日,桂果来谒,君辄如额与偿之,不复责券[⑱]。桂大感谢。无何[⑲],君以他事过桂之居,念而造焉。其子迎门欢甚。桂趋出,礼恭而色阻丧[⑳],已而闻内饮泣,君更诘之,对曰:"向承厚德,等于天亲[㉑],再生之余,何敢容隐!仆豚儿荆妇,幸赖保全,然薄田敝庐,皆为李氏所有,今旦夕被其驱逐,而出无所之,坐无所食,沟中之瘠[㉒],仆将不免。仆命已矣,君恩奈何!"君又怃然[㉓]曰:"夫拯人之急,而不足全人之生，则亦徒耳！足下无虑，余前村有田十亩，桑枣数十株，盍往居焉。树艺而给，无忧乏也。”桂谢且赧，良久，愿奉幼子为质，以效犬马之劳。君固却之。

再翌日，偕桂生至田处，以田及桑枣给之，中一株最高，俗传有神栖焉，桂因结茅[24]于下。居一年，觉其地甚寒，与他所异，桂疑之。一日，荷锄归，见纯白鼠入室，逐之不见。谋于妻曰：“下岂有物乎？”卜之得吉，遂与妻夜发之，果得白金一藏。生喜而遽呼曰：“是可以报施君矣。”妻摇手，急止之曰：“无以呼为也！此施氏地，安知非施氏所瘗？即不然，彼借口于己之地，固以为分内物也，虽尽与之，必不见德，如或不谅，将更疑子之匿其余，是欲报德而且生怨矣。且子终身，止欲作十亩田主人耶？盍于他乡潜置产业，徐以己力为报，顾不美乎？暮夜无知，天启其便，天与不取，反受其殃矣。”桂生闻妻之言，良心顿昧，而巧计潜滋，自是遂置施君于度外焉。乃倩[25]旧识，置膏田脂产于会稽。岁往征租，则托以朱门之干谒[26]；既还故郡，则诈为蓝缕之形容。

如是者十年，而施君殂[27]矣。其子甫三岁。桂谓其妻曰：“此我扬眉吐气时也！”乃以只鸡斗酒[28]往奠施君曰：“先生之恩，所不能报，亦岂敢忘。今先生往矣，顾余何人，久占先生之田庐，岂无面目，靦颜[29]殊甚！宁转而之他，受冻饿以死耳。”施母留之再三，不可，洒泣而去，挈家居于会稽。

桂素饶干局[30]，居积[31]致富。施氏素豪宕，家不甚实，加以子幼妻弱，不十余年，而资产萧然，饔飧[32]或不相继。于是母与子谋曰：“尔父存日，施德于桂生，桂生似长[33]者，今闻其富于会稽，盍与尔归焉，上者可冀厚偿，而次亦不失故值，谅不虚此行也。”乃买舟自吴抵越，母止旅店，其子先往。比至桂生家，则门庭奕然[34]，非复曩时田舍翁气象矣。施子骤喜，以为得所依也。遂投刺[35]，阍者[36]数辈，引入东厢，楹榱[37]严整，扁题曰“知稼”，盖杨铁崖[38]笔也。候久不出，俄履声自内闻，乃逡巡却立，再整衣冠。而桂生未遽见也，憩中庭，处分童仆，呼诺，语刺刺[39]不可了。又久之，始出，心知为施氏子也，故为不识。施子备道其颠末，且云：“老母在旅次。”桂乃延之西斋，留一饭，吐词简重，矜色尊严。徐问曰：“子今年几何？”对曰：“昔先生垂吊时，不肖方三龄，今别先生十五年矣。”桂颔之，别无他语。饭已，更不问其母及家事。施子计穷，因微露其意。桂即变色曰：“吾知尔之来也。顾吾力亦能办此，尔毋多言，令他人闻之，为吾辱。”施唯唯而退。初，施母以桂必迎己也，倚闾[40]而望。及闻状，不觉大恸曰：“桂生，而忘栖十亩时耶？”其子遽劝之曰：“姑待之，彼何物，戆痴而悖眊[41]若是。盖彼势压村中，习为骄慢，见我贫窭[42]，不欲礼为上宾，而又讳言前负，故落落[43]如是耳。犬马之盟，言犹在耳，而矧今已赫赫乎[44]？岂有负人桂叔子[45]？”母意稍释。过数日，施子以晨往候，日停午，而竟弗达。施不胜惭忿，攘袂直趋，大言曰：“我施生宁求人者？为人求我，而特取宿值[46]耳，胡为其窘辱我？”顷之，其长男[47]自外入。施整衣向前揖曰：“某姑苏施生也。”言未竟，长男曰：“然则故人矣！门下不识耳！昨家君备道足下来意，正在措置，而足下遽发大怒，岂数十年之久，而不能待数日耶？然此亦不难，明旦可无负矣。”言讫竟去。施子方悔己之失

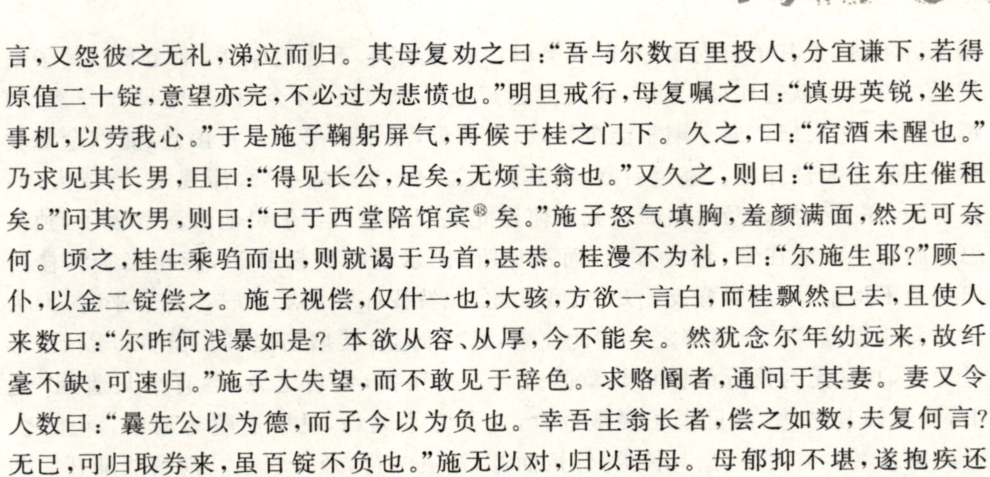

言，又怨彼之无礼，涕泣而归。其母复劝之曰："吾与尔数百里投人，分宜谦下，若得原值二十锭，意望亦完，不必过为悲愤也。"明旦戒行，母复嘱之曰："慎毋英锐，坐失事机，以劳我心。"于是施子鞠躬屏气，再候于桂之门下。久之，曰："宿酒未醒也。"乃求见其长男，且曰："得见长公，足矣，无烦主翁也。"又久之，则曰："已往东庄催租矣。"问其次男，则曰："已于西堂陪馆宾[48]矣。"施子怒气填胸，羞颜满面，然无可奈何。顷之，桂生乘驺而出，则就谒于马首，甚恭。桂漫不为礼，曰："尔施生耶？"顾一仆，以金二锭偿之。施子视偿，仅什一也，大骇，方欲一言白，而桂飘然已去，且使人来数曰："尔昨何浅暴如是？本欲从容、从厚，今不能矣。然犹念尔年幼远来，故纤毫不缺，可速归。"施子大失望，而不敢见于辞色。求赂阍者，通问于其妻。妻又令人数曰："曩先公以为德，而子今以为负也。幸吾主翁长者，偿之如数，夫复何言？无已，可归取券来，虽百锭不负也。"施无以对，归以语母。母郁抑不堪，遂抱疾还家，竟不起。而日所取偿于桂生者，曾不足为道涂[49]丧葬之费。吁！亦悲矣夫！

已而，桂生家益裕，产益夥。当元年[50]，赋役繁增，桂甚苦之，每颦蹙[51]曰："某非国家之民，乃一老奴仆耳！"里有刘生者，善滑稽，奔走要津[52]有年矣。侦知桂意，说之曰："方今赋税不均，贵者千百顷而无科[53]，贱者倍徙输而无筭[54]，以公之资，宁不能少入作显客，而碌碌甘税户耶？"桂长叹不答。刘笑曰："公岂以废举子业久乎？公不见吴之张万户、李都赤，不识一丁[55]，而食禄千石，是何人也？此皆仆为之斡旋。仆自恨无力耳，使有如公十分之一，今不知衣紫乎、衣朱[56]乎。"桂闻其言，心动耳势，因抚臂问曰："费当几何？"曰："二千足矣，多则近三千耳。"桂甚喜，且曰："卜吉即与君行。"刘辞曰："恐有为公惜者，必以仆言为诞。然以仆计，公赋岁不下千余，今所费仅三年赋役之耗耳，夫捐耗资而跻崇秩[57]，不愈于岁作输户而犹辄折腰墨绶耶[58]？今为计，吾见来年之春，吏不敢昼入公之堂矣。语曰：'成大功者不谋于众，图大事者不惜小费。'必欲仆行，惟公裁之。"桂益惑。明日遂行。刘又辞以未有室家，桂乃以赀安其孥[59]，挈金三千，与俱至都下，罄以金付之，不问出入。未逾月，金尽，则谬来贺曰："旦夕[60]贵矣！第非五千不可。"桂稍有难色，辄去不顾曰："徒费前物，毋咎我也！"桂不得已，称贷得金二千，而留其半，以半与之。又月余，或告桂生曰："刘某已除亲军指挥使[61]矣。"桂未信。少顷，从者奔入曰："适见刘生，骤贵甚，呵拥塞道涂。"桂且信且疑，倚门望焉。忽有四卒前曰："大人致请。"桂曰："大人何为者？"曰："新亲军刘公也。"桂愕然，始信刘之卖己矣，大怒欲入，而卒掖之行。及至，桂犹意其以乡曲[62]见，而刘端坐如故，久始言曰："曩赀便宜假我，决不尔负。但吾新莅署[63]，需钱甚急，尔前所留，幸并贷我，不数月，当悉偿也。"即令卒押取之。卒去，而索贷者填门矣，乃令从者归取偿之。桂羞还故乡，止居京邸，以厚价得利匕首，将俟刘入朝，刺杀之。然急于报仇，夜不能少寐，月光黯淡，而误以为东方明矣；急奔出，则路杳无行人，禁漏方三催耳。乃倚身圜阓[64]，少息焉。须臾，梦匍匐入高堂，一老翁据案坐，乃施君也。桂生见之，大赧，不得已，摇尾前曰："曩令嗣[65]来，非敢忘德，恐其不克负荷，欲得当以报之耳。"君大叱曰："是欲死耶！胡自吠其主也？"

桂见诉不听，见其子自内出，乃衔衣笑曰："向辱惠顾，不能辄厚遗，幸无罪！"其子以足蹴之曰："是欲速死耶！胡自啮其主也？"桂不敢仰视，行至厨，见施母方分羹，乃蹲足叩首，乞哀曰："向令嗣不能少待，以致薄母，罪不敢辞。今我馁甚，能以余羹食我乎？"母命大杖扑之。逃至后庭，则其妻与二子、少女咸在焉，谛视之，皆成犬形，反自顾，亦无少异。乃大骇曰："我辈何至此哉？"妻怒曰："尔贵他人而辱妻子，独不思负施君乎？施在堂，乞怜万状，而不见听，比尔曩时侮慢其子，能相当否？"桂詈曰："桑下得金，尔以为暮夜无知，致我如此，顾咎我耶？"妻复詈曰："其子来时，谁为尔言而弗报也？"二子前解之曰："此往事，言之何益，徒增伤痛耳！但自今以后，再世为人，其勉无为兽行哉！"相与欷歔久之。桂馁甚，索食之急，顾有小儿遗溷[66]池上，桂心知其秽恶，而见妻子攒聚欲食，亦不觉垂涎焉，见所遗堕落池中，深惜之。已而厨人奉主翁之命，烹其长男，惊惧而苏，汗液浃背，乃一梦也。则曙然渐开而朝罢矣。桂皤[67]然曰："噫！有是哉！天道好还，丝粟不爽，人之不可辄负，彰彰矣！夫负人之与负于人，一也。今日之梦，是天以象告，非其实也，犹可得而悔悟。安知刘生不实受于此乎？则于刘何尤！"乃弃匕首河中而返。

急至吴，访施君之子，时年二十七矣。更厚葬其父母，载之至越，以女妻焉。居无何，刘果以赃败，抄录拷讯，备尝窘辱。桂适以事赴京，偕子婿谒刑曹[68]，会见刘，颈荷铁徽[69]，手交木叶[70]，颜色枯槁，步履艰难；妻子自后来，与之诀别，或怨或啼，而旁观者益怒。忽见桂生，悲惭伏地曰："向负大人，故有今日。"其冀食乞哀之情，怨悔颠连之状，宛若曩时梦中故态。桂不觉心动，以钱数十贯赠焉。刘跽而受之曰："今生已矣，俟来世为犬马以报德也。"桂因大感叹，与子婿归，三分其财产，遂为会稽名家。江左[71]之人，迄今犹有能道其详者。

【注释】

①大德：元成宗铁穆耳的年号(1297～1307)。

②长洲：旧县名。元代平江路治所在地，即今苏州市旧城区。

③荦荦：卓绝的样子。

④虎丘、天池、天平诸山：虎丘山，又名海涌山，在苏州市阊门外。天池山在江苏吴县市，因山腰有一池，横浸山腹，故名。天平山在江苏吴县市，因山顶正平，故名。三山均为苏州市的名山，旅游胜地。

⑤掉：同"棹"，划船。

⑥剑池：在苏州市阊门外虎丘山下。剑池呈长方形，清泉一泓，深约二丈，两岸峭壁如削，景色幽深。

⑦真娘墓：苏州虎丘山的古迹之一。真娘为唐代名妓，擅长歌舞，因反抗鸨母的压迫，投环自尽。死后葬虎丘。

⑧读书台：苏州名胜古迹之一，传为三国吴大将吕蒙所建。

⑨嘒(huì 汇)：蝉鸣。

⑩南薰：南风。

⑪覘(chān 搀)：窥视。

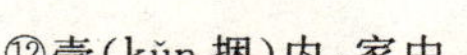

⑫壸(kǔn 捆)内:家中。

⑬折券:立卖契。平章:元代官职名,"平章政事"的简称,相当于宰相的副职。

⑭橐(tuó 驼)悬罄:囊中空虚。比喻家产全无。

⑮日:他日。

⑯尺寸有立:喻细小的成就。尺寸,形容事物的细小或低微。

⑰犬马:意谓当如犬马相报。

⑱责券:要求立下借据。责,通"债"。

⑲无何:不久。

⑳阻丧:沮丧失色。杜甫《观公孙大娘弟子舞剑器行》:"观者如山色阻丧,天地为之久低昂。"

㉑天亲:指父母、兄弟、子女等血亲。

㉒沟中之瘠:贫困而死于沟壑。

㉓怃(wǔ 五)然:怅然失意的样子。

㉔结茅:盖房子。

㉕倩:请。

㉖干谒:有所求而请见。

㉗殂(cú 徂):死亡。

㉘只鸡斗酒:吊祭故旧。典出《后汉书·桥玄传》:曹操微时受到桥玄的重视。桥曾说"安生民者"只在曹操一人。"操常感其知己。及后经过玄墓,辄凄怆致祭。"又承从容约誓之言:"徂没之后,路有经由,不以斗酒只鸡过相沃酹,车过三步,腹痛勿怨。"

㉙靦(tiǎn 忝)颜:面容羞愧。

㉚干局:指办事的才干器局。

㉛居积:囤积。

㉜饔飧:饔,早饭;飧,晚饭。饔飧,泛指饭食。

㉝长者:指宽大谨厚的长辈。

㉞奕(yì 益)然:盛大的样子。

㉟投刺:送上名片求见。刺,名片。

㊱阍者:看门人。

㊲楹:柱子。榱(cuī 摧):屋椽。

㊳杨铁崖:即元代文学家杨维祯(1296～1370)。杨维祯字廉夫,号铁崖,山阴(今浙江绍兴)人。

㊴剌剌:形容话多,说个没完。

㊵倚闾:靠着门。形容盼望之殷切。

㊶悖眊(bèi mào 贝冒):即悖耄,老朽昏庸。眊,通"耄"。

㊷贫窭(jù 巨):贫穷。

㊸落落:冷淡。

㊹矧(shěn 审):况且。赫赫:气势很盛的样子。

㊺岂有负人桂叔子:难道桂生是个负心人吗?桂叔子,指桂生。此句套用"岂有鸩人羊叔子(祜)"的句式。

㊻宿值:意同上文的"故值",指以前借给桂迁的原银数。

㊼长男：大儿子。

㊽馆宾：塾师。

㊾道涂：即道途。

㊿元年：指改年号后的元年。这里似指元顺帝至元元年(1335)。

51颦蹙：皱眉蹙额，形容悲愁的样子。

52要津：指显要职位、地位的人。

53科：租税。

54倍徙：亦作"倍蓰"，意谓数倍。倍，一倍；蓰，五倍。筭(suàn算)：同"算"。

55不识一丁：不识字，亦即文盲。

56衣紫、衣朱：古时按官职高低，做官的人穿紫袍、红袍。衣，动词，穿。

57跻崇秩：登高位。

58输户：指完粮纳税的户口。折腰墨绶：意谓在县官面前弯腰下拜。墨绶，黑带子。古时县官系黑带子，故以墨绶指代县官。

59孥：妻子和儿女。

60旦夕：比喻短时间内。

61亲军指挥使：元代官制，设有许多名日的某某卫亲军都指挥，分别屯驻各地和宿卫京师。

62乡曲：乡亲。

63莅(lì力)署：到任。莅，到，来临。

64阛阓(huán huì环会)：街市。

65令嗣：令郎。

66遗溷(hùn混)：拉屎。

67幡(fān翻)然：很快改变的样子。幡，同"翻"。

68刑曹：即刑部。元代属中书省，掌刑名法律之政令及有关事宜。

69铁黴：铁索。

70木叶：刑具，即枷。

71江左：江东。指长江下游以东地区。

雪涛小说

(明)江盈科

江盈科(1553～1605),字进之,号渌萝,明湖广常德府桃源县(今湖南桃源)人。万历十三年(1585)中乡试。二十年(1592)举进士,授长洲知县。时袁宏道为吴县令,二人诗酒唱和,过从甚密。后官至四川提学副使,卒于蜀。著有《雪涛阁集》、《皇明十六种小传》、《雪涛阁四小书》、《闺秀诗评》、《尺牍杂著》、《易说》、《庚订十七史详节》和《续四史详节》等。

《雪涛阁四小书》包括《雪涛谈丛》、《雪涛闲纪》、《雪涛谐史》、《雪涛诗评》四种。《雪涛小说》附于《雪涛谐史》,共十四则,每则故事首尾或中间,多有作者的议论,以点明主旨,讥刺时弊。《妄心》是《雪涛小说》中一篇脍炙人口的佳作。邓拓《一个鸡蛋的家当》(载《燕山夜话》),即据此写成一篇文笔犀利、思想深刻的杂文。以下《妄心》一篇,依据吴曾祺编《旧小说》戊集二所载的《雪涛小说》的文字校点整理。

妄　心

见卵求夜,庄周以为早计[①]。及观恒人[②]之情,更有早计于庄周者。

一市人,贫甚,朝不谋夕。偶一日,拾得一鸡卵,喜而告其妻曰:“我有家当[③]矣。”妻问安在?持卵示之,曰:“此是,然须十年,家当乃就。”因与妻计曰:“我持此卵,借邻人伏鸡乳之[④],待彼雏成,就中取一雌者,归而生卵,一月可得十五鸡。两年之内,鸡又鸡生,可得鸡三百,堪易[⑤]十金。我以十金易五牸[⑥],牸复生牸,三年可得二十五牛。牸所生者,又复生牸,三年可得百五十牛,堪易三百金矣。吾持此金举责[⑦],三年间,半千金可得也。就中以三之二市田宅,以三之一市童仆,买小妻[⑧]。我与尔[⑨]优游以终余年,不亦快乎?”妻闻欲买小妻,怫然[⑩]大怒,以手击鸡卵碎之,曰:“毋留祸种。”夫怒,挞其妻,仍质[⑪]于官曰:“立败我家者,此恶妇也,请诛之。”官司问:“家何在?败何状?”其人历数自鸡卵起至小妻止。官司曰:“如许大家当,坏于恶妇一拳,真可诛。”命烹[⑫]之。妻号曰:“夫所言皆未然事,奈何见烹[⑬]?”官司曰:“你夫言买妾,亦未然事,奈何见妒[⑭]?”妇曰:“固然[⑮],第除祸欲蚤耳[⑯]。”官笑而释之。

噫!兹人之计利,贪心也;其妻之毁卵,妒心也。总之皆妄心也。知其为妄,泊

然无嗜，颓然无起，即见在[17]者且属诸幻，况未来乎？嘻！世之妄意早计，希图非望者，独一算鸡卵之人乎？

【注释】

①“见卵”二句：看见鸡蛋就想到鸡，庄周认为未免考虑得太早。语出《庄子·齐物论》：“长梧子曰：‘……且女亦大早计，见卵而求时夜，见弹而求鸮炙。’”据此，原文“见卵求夜”，似应作“求时夜”，脱漏“时”字。时夜，即“司夜”，指鸡。庄周（约前 369～约前 286）：战国思想家，道家代表人物，宋国蒙（今河南商丘市东北）人。今传《庄子》三十三篇，为其与后人所撰。

②恒人：常人，一般人。

③家当：家产。

④伏鸡：孵蛋的母鸡。乳之：把蛋孵出小鸡。乳，产子。

⑤易：换。

⑥牸（zì字）：母牛。

⑦举责：同“举债”，即借债。按此处文意，责，疑当作“贷”。举贷，即放债。

⑧小妻：妾，小老婆。

⑨尔：你。

⑩怫（fèi废）然：愤怒的样子。

⑪质：对质。

⑫烹：古代一种酷刑，用鼎镬煮人。

⑬见烹：即烹我。见，用在动词前面，且又是本人叙述，指代自己。

⑭见妒：受到妒忌。见，用在动词前面，表示被动，相当于被、受到。

⑮固然：副词，虽然如此。

⑯第：副词，但是。蚤：通“早”。

⑰见（xiàn现）在：现在。见，“现”的古字。

九龠集

（明）宋懋澄

宋懋澄(1572～1622)，字幼清，号稚源(一作"自源")，华亭(今上海松江)人。万历间举人。此后屡试未第。其诗文颇为当时人所推重。著有文集《九龠集》十卷、《九龠别集》四卷。《九龠集》卷之十，《九龠别集》卷之二、三、四，均标"稗"类。在集部里专辟"稗"编，将"稗官"家言同"群经诸史"、"国朝掌故"相提并论，实为极有胆识的创见，表明小说创作在明代文坛上已取得一定的地位，足见作者对小说创作的重视。

《负情侬传》选自中国社会科学出版社出版的王利器校录的《九龠集》卷五。现存高丽活字本和抄本的朝鲜佚名据明本《文苑楂橘》选编的《删补文苑楂橘》，其卷二即选入本篇，题作《负情侬》，可见宋懋澄的原作早已传入朝鲜、日本。《负情侬传》对后来的小说和戏曲影响极大。在明末，它已被《亘史抄》、《情史》、《情种》等书所选载。明冯梦龙还将本篇收入《情史》卷十四，题作《杜十娘》，且说明"浙人作《负情侬传》，即是此文"，又亲自改编为拟话本《杜十娘怒沉百宝箱》，收入他所编的《警世通言》第三十二卷。明郭彦深、清黄图珌各有《百宝箱》传奇，清夏秉衡有《八宝箱》传奇，均据此改编为戏曲。杜十娘的故事脍炙人口，流传极广，直至今日仍有许多剧种改编并上演此戏。

负情侬传

王仲雍《懊恨曲》曰[①]："常恨负情侬[②]，郎今果行许。"作《负情侬传》。

万历[③]间，浙东李生，系某藩臬[④]子，入赀游北雍[⑤]，与教坊[⑥]女郎杜十娘情好最殷。往来经年，李赀告匮[⑦]，女郎母颇以生频来为厌，然而两人交益欢。女姿态为平康绝代[⑧]，兼以管弦歌舞，妙出一时，长安[⑨]少年所藉以代花月者也。母苦留连，始以言辞挑怒，李恭谨如初，已而声色竞严，女益不堪，誓以身归李生。母自揣女非己出[⑩]，而故事教坊落籍[⑪]，非数百金不可，且熟知李囊无一钱，思有以困之，令愧不辨[⑫]，庶自亡去[⑬]，乃戟掌诟女曰[⑭]："汝能耸郎君措三百金畀老身[⑮]，东西南北，惟汝

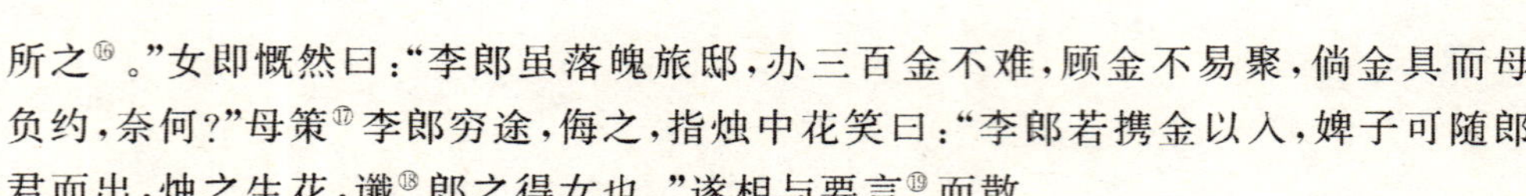

所之[16]。"女即慨然曰:"李郎虽落魄旅邸,办三百金不难,顾金不易聚,倘金具而母负约,奈何?"母策[17]李郎穷途,侮之,指烛中花笑曰:"李郎若携金以入,婢子可随郎君而出,烛之生花,谶[18]郎之得女也。"遂相与要言[19]而散。

女至夜半,悲啼谓李生曰:"郎君游赀,固不足谋妾身,然亦有意于交亲中得缓急乎?"李惊喜曰:"唯唯,向非无心,第未敢言耳。"明日故为束装状,遍辞亲知,多方乞贷。亲知咸以生沉湎狭斜[20],积有日月,忽欲南辕[21],半疑涉妄;且李生之父,怒生飘零,作书绝其归路,今若贷之,非惟无所征德,且索负无从,皆援引支吾。生因循经月,空手来见,女中夜叹曰:"郎君果不能办一钱耶?妾褥中有碎金百五十两,向缘线裹絮中,明日令平头[22]密持去,以次付妈,外此非妾所办,奈何?"生惊喜,珍重持褥而去,因出褥中金语亲知,亲知悯杜之有心,毅然各敛金付生,仅得百两。生泣谓女:"吾道穷矣,顾安所措五十金乎?"女雀跃曰:"毋忧,明旦妾从邻家姊妹中谋之。"至期果得五十金,合金而进,妈欲负约,女悲啼向妈曰:"母曩[23]责郎君三百金,金具而母食言,郎持金去,女从此死矣。"母惧人金俱亡,乃曰:"如约,第自顶至踵,寸珥尺素,非汝有也。"女忻然从命,明日,秃髻布衣,从生出门,遇院中诸姊妹作别,诸姊妹咸感激泣下曰:"十娘为一时风流领袖,今从郎君蓝缕出院门,岂非姊妹羞乎?"于是人各赠以所携,须臾之间,簪弭[24]衣履,焕然一新矣。诸姊妹复谓曰:"郎君与姊,千里间关[25],而行李曾无约束,复合赠以一箱。"箱中之盈虚,生不能知,女亦若为不知也者。日暮,诸姊妹各相与挥泪而别,女郎就生逆旅,四壁萧然,生但两目瞪视几案而已。女脱左膊生绡,掷朱提[26]二十两,曰:"持此为舟车资。"明日,生办舆马出崇文门[27],至潞河[28],附奉使[29]船,抵船而金已尽,女复露右臂生绡,出三十金曰:"此可以谋食矣。"生频承不测,快幸遭逢,于时自秋涉冬,嗤来鸿之寡俦,诎游鱼之乏比,誓白头则皎露为霜,指赤心则丹枫交炙,喜可知也。

行及瓜洲[30],舍使者艅艎[31],别赁小舟,明日欲渡。是夜,璧月盈江,练飞镜写[32],生谓女曰:"自出都门,便埋头项,今夕专舟,复何顾忌!且江南水月,何如塞北风烟,顾作此寂寂乎?"女亦以久淹形迹,悲关山之迢递,感江月之交流,乃与生携手月中,趺坐[33]船首,生兴发执卮,倩[34]女清歌,少酬江月。女宛转微吟,忽焉入调,鸟啼猿咽,不足以喻其悲也。有邻舟少年者,积盐维扬[35],岁暮将归新安[36],年仅二十左右,青楼中推为轻薄祭酒[37],酒酣闻曲,神情欲飞,而音响已寂,遂通宵不寐。黎明,而风雪阻渡,新安人物色生舟,知中有尤物[38],乃貂帽复绚,弄形顾影,微有所窥,因叩舷而歌。生推篷四顾,雪色森然。新安人呼生绸缪,即邀生上岸,至酒肆论心。酒酣,微叩公子:"昨夜清歌为谁?"生具以实对。复问:"公子渡江,即归故乡乎?"生惨然,告以难归之故:"丽人将邀我于吴越山水之间。"杯酒缠绵,无端尽吐情实。新安人愀然谓公子:"旅蘼芜而挟桃李[39],不闻明珠委路,有力交争乎?且江南之人,最工轻薄,情之所钟,不敢爱死[40],即鄙心时时萌之,况丽人之才,素行不测,焉知不借君以为梯航[41],而密践他约于前途,则震泽之烟波[42],钱塘之风浪,鱼腹鲸齿,乃公子之一坏三尺[43]也。抑愚闻之,父与色孰亲,欢与害孰切,愿公子之熟思也。"生始愁眉曰："然则奈何？"曰："愚有至计，甚便于公子，然而顾公子不能行也。"公子曰："为计奈何？"客曰："公子诚能割厌余之爱，仆虽不敏，愿上千金为公子寿，得千金则可以归报尊君，舍丽人则可以道路无恐。幸公子熟思之。"生既飘零有年，携形挈影，虽鸳树之诅[44]，生死靡他，而燕幕之栖[45]，进退惟谷。羝藩狐济[46]，既猜月而疑云；燕喙龙漦[47]，更悲魂而啼梦。乃低首沉思，辞以归而谋诸妇，遂与新安人携手下船，各归舟次。

女挑灯俟生小饮，生目动齿涩，终不出辞，相与拥被而寝，至夜半，生悲啼不已。女急起坐，抱持之曰："妾与郎君处，情境几三年，行数千里，未尝哀痛。今日渡江，正当为百年欢笑，忽作此面向人，妾所不解。抑声有离音，何也？"生言随涕兴，悲因情重，既吐颠末，涕泣如前。女始解抱，谓李生曰："谁为足下画此策者，乃大英雄也！郎得千金，可觐二亲；妾得从人，无累行李。发乎情，止乎礼义。贤哉，其两得之矣！顾金安在？"生对以未审卿意云何，金尚在是人箧内。女曰："明蚤亟过诺之。然千金重事也，须金入足下箧中，妾始至是人舟内。"时夜已过半，即请起为艳妆，曰："今日之妆，迎新送旧者也，不可不工。"计妆毕，而天亦就曙矣。

新安人已刺船[48]李生舟前，得女郎信，大喜曰："请丽卿妆台为信。"女忻然谓李生畀之，即索新安人聘赀过船，衡之无爽[49]。于是女郎起身自舟中，据舷谓新安人曰："顷所携妆台中，有李郎路引[50]，可速检还。"新安人急如命。女郎使李生抽某一箱来，皆集凤翠霓，悉投水中，约值数百金。李生与轻薄子及两船人，始竞大咤。又指生抽一箱，悉翠羽明珰、玉箫金管[51]也，值几千金，又投之江。复令生抽出某革囊，尽古玉紫金之玩，世所罕有，其价盖不赀[52]云，亦投之。最后碁[53]生抽一匣出，则夜明之珠盈把，舟中人一一大骇，喧声惊集市人，女郎又投之江。李生不觉大悔，抱女郎恸哭止之，虽新安人亦来劝解。女郎推生于侧，而啐詈新安人曰："汝闻歌荡情，遂代莺弄舌，不顾神天，剪绠落瓶，使妾将骨殷血碧。自恨弱质，不能抽刀向伧[54]。乃复贪财，强求萦抱，何异狂犬，方事趋风，更欲争骨。妾死有灵，当诉之明神，不日夺汝人面。且妾藏辰诒影，托诸姊妹，蕴藏奇货，将资李郎归见父母也。今畜我不卒[55]，而故暴扬之者，欲人知李郎眶中无瞳耳。妾为李郎涩眼几枯，翕魂屡散。事幸粗成，不念携手，而倏溺笙簧，畏行多露[56]。一朝弃捐，轻于残汁，顾[57]乃婪此残膏，欲收覆水，妾更何颜而听其挽鼻。今生已矣！东海沙明，西华黍垒，此恨纠缠，宁有尽耶！"于是舟中岸上，观者无不流涕，詈李生为负心人，而女郎已持明珠赴江水不起矣。当是时，目击之人，皆欲争殴新安人及李生，李生暨新安人各鼓船分道逃去，不知所之。噫！若女郎亦何愧子政[58]所称烈女哉！虽深闺之秀，其贞奚以加焉！

宋幼清曰："余自庚子[59]秋闻其事于友人，岁暮多暇，援笔叙事，至'妆毕而已就曙矣'，时夜将分，困惫就寝，梦被发而其音妇人者谓余曰：'妾自恨不识人，羞令人间知有此事。近幸冥司见怜，令妾稍司风波，间豫人间祸福，若郎君为妾传奇[60]，妾将使君病作。'明日果然，几十日而间，因弃置箧中。丁未[61]携家南归，舟中检笥稿，见此事尚存,不忍湮没,急捉笔足之,惟恐其复祟,使我更捧腹也。既书之纸尾,以纪其异,复寄语女郎:'传已成矣,它日过瓜洲,幸勿作恶风波相虐。倘不见谅,渡江后必当复作。宁肯折笔同盲人乎?'时丁未秋七月二日,去[62]庚子盖八年矣。舟行卫河[63]道中,拒沧州约百余里[64]。不数日,而女奴露桃忽堕河死。"

【注释】

①王仲雍《懊恨曲》:《南史·王敬则传》载:"仲雄在御前鼓琴,作《懊侬曲》,歌曰:'常叹负情侬,郎今果行许。'"据此,"王仲雍"似当作"王仲雄",《懊恨曲》当作《懊侬曲》。

②负情侬:即负情人。侬,泛指一般人。

③万历:明神宗朱翊钧的年号(1573~1620)。

④藩臬(niè 聂):藩司和臬司,地方上最高长官。藩司,即布政使,是地方上最高的行政长官;臬司,即按察使,是地方上最高的司法长官。

⑤入赀:纳钱财以取得国子监生的资格,也即捐监。北雍:明代在南京和北京均设国子监,北雍,即指北京的国子监。

⑥教坊:这里指妓院。

⑦李赀:旅费。匮(kuì 愧):穷尽,缺乏。

⑧平康:即平康坊,也称平康里,唐代长安妓女聚居之地。后以"平康"作为妓院的泛称。

⑨长安:唐代首都,故址在今陕西西安市。这里代指北京。

⑩己出:自己所生。出,生育。

⑪故事:惯例,老规矩。落籍:妓女从良,即从乐籍中除名。

⑫辨:通"办"。

⑬此句原作"庶日忘日去",据《删补文苑楂橘》所载《负情侬》改。

⑭戟掌:伸出食指和中指指人,以其形似戟。诟(gòu 垢):羞辱。

⑮耸(sǒng 怂):怂恿。畀(bì 必):给,给予。

⑯之:往,去。

⑰策:测度,估计。

⑱谶(chèn 衬):预言,预兆。

⑲要言:约言。

⑳狭斜:小街曲巷,指妓院。

㉑南辕:南行。

㉒平头:不戴冠巾,代指奴仆。

㉓曩(nǎng 攮):以前。

㉔彄(kōu 抠):戒指、手镯之类饰物。

㉕间关:路途崎岖辗转。

㉖朱提(shú shí 孰十):古代的一种优质白银,因产于今云南昭通市境内之朱提山,故称。

㉗崇文门:北京城门之一,在正阳门之东。原为元代大都之文明门,明代正统初改为崇文门。

㉘潞河:一作"潞水",即今北京市通州区以下的北运河。

㉙奉使:钦差,使臣。

㉚瓜洲:古代长江中沙洲。唐时置驿,北宋时在瓜洲驿置镇,为南北漕运枢纽之一,在今江

苏邗江县西南，京杭运河旧航道入长江处。

㉛艅艎(yú huáng 鱼皇)：泛称大木船。

㉜写：通“泻”，流，淌。

㉝趺坐：盘腿端坐。

㉞倩(qiàn 欠)：请。

㉟维扬：扬州(今江苏扬州)的别称。

㊱新安：指新安郡，治所在今安徽歙县一带。

㊲轻薄祭酒：轻薄的头儿。祭酒：国子监的主官。此处引申为头儿或首领的意思。

㊳尤物：指绝色美女。

㊴旅蘼芜而挟桃李：意谓携带美女同行。旅，俱。蘼芜，香草，叶有香气。蘼芜和桃李均暗喻美女。

㊵爱死：惜死。《左传·文公十年》：“敢爱死以乱官乎？”

㊶梯航：梯指梯子，航指木船，均为登山渡河的工具，引申为有效的途径。

㊷震泽：即今江苏太湖。

㊸一坏(pī 批)三尺：意谓一丘小坟。坏，土丘。三尺，指三尺土。

㊹鸳树：即连理树，比喻恩爱夫妻。诅：盟誓。

㊺燕幕之栖：语出《左传·襄公二十九年》：“夫子之在此也，犹燕之巢于幕上。”意谓燕子把巢建在帐幕上，比喻处境十分危险。

㊻羝藩狐济：喻进退两难。羝藩，语出《易·大壮》：“羝羊触藩，不能退，不能遂。”羝羊触藩，是说公羊角钩在篱笆上，进退不得。狐济，语出《易·未济》：“小狐汔济，濡其尾，无攸利。”是说小狐狸过河，打湿了尾巴，行走困难。

㊼燕啄龙漦(lí 离)：这里用燕啄和龙漦两个典故，比喻将受到种种迫害，前景暗淡。燕啄，《汉书·孝成赵皇后传》载当时童谣云：“燕飞来，啄皇孙，皇孙死，燕啄矢。”影射赵飞燕姊妹阴谋毒害皇孙事，后因以燕啄作为后妃杀害皇子的典故。龙漦，龙吐的涎沫。据《史记·周本纪》记载，夏后氏衰败时，有二神龙停在夏帝庭，夏帝用匣子收集龙的吐沫。夏亡后，此匣一直传到周厉王才打开，因此龙漦流于庭，化为玄鼋，一后宫之童妾碰到，及笄而孕，无夫而生女，此女即褒姒。后来周幽王宠爱褒姒，终致亡国。

㊽刺船：撑船。

㊾衡之无爽：指银子秤过，重量无差错。衡，秤。

㊿路引：古代的通行证。这里指国子监准许回籍的证件。

51翠羽明珰：泛指珍贵的饰物。玉箫金管：泛指雕饰华美的管乐器。

52不赀：不可计数。

53惎(jì 季)：启发，教导。

54伧：粗俗鄙陋。这里指新安人。

55畜我不卒：语出《诗·邶风·日月》：“父兮母兮，畜我不卒。”原意为养我不能到底，此处意指中途抛弃，不能有始有终。畜，养育。卒，终。

56畏行多露：语出《诗·召南·行露》：“岂不夙夜，谓行多露。”谓，通“畏”，原意为还怕那路上露水湿，这里指害怕事情对自己不利。

57顾乃：反而。

58子政：西汉文学家刘向(约前77～前9)，字子政，沛县(今江苏沛)人，著有《列女传》、《说

苑》、《新序》等。

⑲庚子：明神宗万历二十八年（1600）。

⑳传奇：这里用作动词，传播奇闻。

㉑丁未：明神宗万历三十五年（1607）。

㉒去：距离。

㉓卫河：海河水系五大河之一，流经河南北部和山东、河北两省，到天津市入海河。

㉔拒：抵，到。沧州：明代属河间府，治所在今河北沧州市。

九龠别集

(明)宋懋澄

《九龠别集》四卷,清吴伟业编选,署名"华亭宋懋澄幼清甫著,娄东吴伟业骏公甫选"。

《刘东山》、《珠衫》均选自王利器校录的《九龠别集》卷二。此两篇文言小说对后来的小说戏曲创作颇有影响。明凌濛初将《刘东山》改编为拟话本《刘东山夸技顺城门,十八兄奇踪村酒肆》,收入他纂辑的《拍案惊奇》卷三。清蒲松龄《老饕》和李渔《秦淮健儿传》显然也是追摹《刘东山》而作的。《珠衫》在明代即已收入《情史》。明冯梦龙还将《珠衫》改编为拟话本《蒋兴哥重会珍珠衫》,收在他纂辑的《喻世明言》第一卷。改编《珠衫》为戏曲传奇就更多,有明袁于令《珍珠衫记》、柳氏《珍珠衫》、闲闲子《远帆楼》、叶宪祖《合香衫》等。

刘东山

刘东山,世宗时三辅捉盗人①,住河间交河县②,发矢未尝空落,自号"连珠箭"。年三十余,苦厌此业。岁暮,将驴马若干头,到京师转买,得百金。事完,到顺成门顾骡归③,遇一亲近,道入京所以④。其人谓东山:"近日群盗没良、鄚⑤间,卿挟重资,奈何独来独往?"东山须眉开动,唇齿奋扬,举右手拇指笑曰:"二十年张弓追讨,今番收拾,定不辱寞⑥。"其人自愧失言,珍重别去。

明日,束金腰间,骑健骡,肩上挂弓,系刀衣外,于踃注⑦中藏矢二十簇。未至良乡,有一骑奔驰南下,遇东山而按辔,乃二十左右顾影⑧少年也,黄衫毡笠,长弓短刀,箭房中新矢数十余,白马轻蹄,恨人紧辔,喷嘶不已。东山转盼⑨之际,少年举手曰:"造次行途,愿道姓氏。"既叙形迹,自言:"本良家子,为贾京师,三年矣,欲归临淄⑩婚娶,猝幸遇卿,某直至河间分路。"东山视其腰缠,若有重物,且语动温谨,非惟喜其巧捷,而客况当不寂然,晚遂同下旅中。

明日,出涿州⑪,少年问:"先辈平生捕贼几何?"东山意少年易欺,语间益轻盗贼为无能也。笑语良久,因借弓把持,张弓如引带,东山始惊愕,借少年弓过马,重约二十斤,极力开张,至于赤面,终不能如初八夜月,乃大骇异。问少年:"神力何至

于此?”曰:“某力殊不神,顾卿弓不劲耳。”东山叹咤至再,少年极意谦恭。至明日日西,过雄县[12],少年忽策骑前驱不见,东山始惶惧,私念彼若不良,我与之敌,势无生理[13]。行一二铺[14],遥见向少年在百步外,正弓挟矢,向东山曰:“多闻手中无敌,今日请听箭风。”言未已,左右耳根但闻肃肃如小鸟前后飞过。又引箭曰:“东山晓事人,腰间骡马钱一借。”于是东山下鞍,解腰间囊,膝行至马前献金乞命。少年受金,叱曰:“去,乃公[15]有事,不得同儿子前行。”转马面北,惟见黄尘而已。东山抚膺惆怅,空手归交河,收合余烬,夫妻卖酒于村郊。手绝弓矢,亦不敢向人言此事。

过三年,冬日,有壮士十一人,人骑骏马,身衣短衣,各带弓矢刀剑,入肆中解鞍沽酒。中一未冠人,身长七尺,带马持器,谓同辈曰:“第十八向对门住。”皆应诺曰:少住便来周旋。”是人既出,十人向垆[16]倾酒,尽六七坛,鸡豚牛羊肉,啖[17]数十斤殆尽,更于皮囊中,取鹿蹄野雉及烧兔等,呼主人同酌。东山初下席,视北面左手人,乃往时马上少年也,益生疑惧。自思产薄,何以应其复求。面向酒杯,不敢出声。诸人竞来劝酒。既坐定,往时少年掷毡笠,呼东山曰:“别来无恙,想念颇烦。”东山失声,不觉下膝。少年持其手曰:“莫作!莫作!昔年诸兄弟于顺成门闻卿自誉,令某途间轻薄,今当十倍酬卿。然河间负约,魂梦之间,时与卿并辔任丘[18]路也。”言毕,出千金案上,劝令收进。东山此时如将醉将梦,欲辞不敢,与妻同舁而入。既已安顿,复杀牲开酒,请十人过宿流连。皆曰:“当请问十八兄。”即过对门,与未冠者道主人意。未冠人云:“醉饱熟睡,莫负殷勤。少有动静,两刀有血吃也。”十人更到肆中剧醉,携酒对门楼上,十八兄自饮,计酒肉略当五人。复出银笊篱,举火烘煎饼自啖。夜中独出,离明[19]重到对门,终不至东山家,亦不与十人言笑,东山微叩十八兄是何人,众客大笑,直高咏曰:“杨柳桃花相间出,不知若个[20]是春风。”至三日而别。曾见琅玡王司马[21]亲述此事。

【注释】

①世宗:即明世宗朱厚熜(1507~1566),公元1521~1566年在位,年号嘉靖。三辅:西汉时于京畿之地设京兆尹、左冯翊、右扶风,合称“三辅”,相当于今陕西关中地区。

②河间交河县:交河县明代属河间府,1983年交河县并入河北泊头市。

③顺成门:即今北京市宣武门。顾:通“雇”。

④所以:原因,情由。

⑤良、鄚:良,指良乡,旧县名,明代属顺天府。良乡县原属河北省,1958年划入北京市,现为北京市房山区良乡镇。鄚,指鄚县,治所在今河北任丘市鄚州镇北。

⑥辱寞:辱没。

⑦跗注:古代的一种军服。

⑧顾影:自顾其影,有自矜、自负之意。

⑨盻(pàn盼):同“盼”,顾盼,看视。

⑩临淄:古邑名,在今山东淄博市临淄北。

⑪涿州:治今河北涿州市。

⑫雄县:明代属保定府,治今河北雄县。

⑬生理：生存的希望。

⑭铺：驿站。古代一般十里一铺，设卒以传递公文。

⑮乃公：傲慢的自称语，相当于口语“你老子”。

⑯垆：酒店安置酒瓮的土墩子。

⑰啖(dàn淡)：吃。

⑱任丘：旧县名，明代属河间府，治今河北任丘市东南。

⑲离明：日光。这里指天亮。

⑳若个：哪个。

㉑琅玡：旧县名，治今山东胶南市西南夏河。司马：官名，掌军旅之事，后世用作兵部尚书的别称。

珠衫

楚中贾人某者，年二十二三，妻甚美。其人客粤，家近市楼居，妇人尝当窗垂帘临外，忽见美男子，貌类其夫，乃启帘潜眄，是人当其视，谓有好于己，日摄[①]之。妇人发赤下帘。男子新安人，客二年矣，举体若狂，意欲达诚而苦无自，思曾与市东鬻[②]珠老媪相识，乃因鬻珠而告之。媪曰：“老妇未尝与娘子会面，雅命所不敢承。”其人出白金百两，黄金数锭，置案上揖而跪曰：“旦夕死矣，案上二色，敬为姥寿，事成谢当倍此。”媪惊喜诺曰：“郎君第俟[③]旅中，因此阶进，期在合欢，勿计岁月也。”其人殷勤而返。媪因选囊中大珠并簪珥之珍异者，明旦至新安人肆中，肆户正当娘子楼前，媪佯与新安人交易，良久，于日中照弄珠色，把插搔头，市人竞观喧笑，声彻妇所。妇登楼窃窥，即命侍儿招媪。媪抗新安人金曰：“不卖不卖，阿郎好缠人，如尔价，老妇卖多时也。”收货入笥[④]，便过楼与妇作礼曰：“老妇久同里曲，知娘子饶此，此数物是老眼中奇，楼下人高下不情，想未有女郎者，老身适有他事，烦为收拾，少间徐来等论。”匆匆下楼，过数日不至。

一日，雨中媪来，曰：“老身爱女有事，数日奔走负期，今日雨中，请观一切缨络，烁却穷睛。”妇人出箧中种种奇妙，老媪宣叹不一。形容既毕，妇综核媪货，酬之有方。媪喜曰：“如尊意所衡，馀魄无感。”妇复请迟价之半，以俟夫归。媪曰：“邻居复相疑邪?”妇既喜价轻，复幸半赊，留之饮酌。媪机颖巧捷，彼此惟恨相知之晚。

明日，媪携酌过，倾倒极欢。自此，妇日不能无媪矣。媪自言老身家杂，此间大幽，请携卧作伴，为郁金侍儿。妇喜曰：“妾不敢邀，谨拭流苏[⑤]以待。”是夕，媪遂移宿，两床相向，嗽语相闻，转动逼侧。侍儿别寝一房，媪携榼挈壶，靡夕不至。宵言亵句，荡雨沉烟。新安人数问媪期，辄曰：“未，未。”及至秋月，过谓媪曰：“初谋柳下，条叶未黄，约及垂阴，子已成实，过此渐秃，行将白雪侵枝矣。”媪曰：“今夕随老身入，须着精神，成败系此。不然，虚费半年也。”因授之计。媪每夜黑至妇家，是夕阴与新安人同入，而伏之寝门之外。媪与妇酌于房，两声甚戚[⑥]，笑剧加殷。媪强侍儿酒，侍儿不胜，醉卧他所。适有飞蛾嗡嗡梁上，妇仰视之，媪即以扇扑灯曰：

"唉，灯灭，老身自出点灯。"因携其人入寝，复佯笑曰："忘携烛去。"则暗置其人于己床上，下帐蔽之。火至，其人以被蒙头，媪与妇复酌许久，各已微酣，语言无禁，解衣登床。媪自言少时初婚情状，因问娘子如此否，妇大笑不答，媪复以淫语挑之，良久，媪知其情已荡，乃曰："老身更有最关情者，须自至枕上言。"乃挟其人上妇床，妇以为媪也，启被抚其身曰："姥体滑如是。"其人不言，妇已神狂，听其轻薄而已。是此之后，恩逾夫妇。奄逾夏初，新安人结伴欲返，流涕谓妇曰："别后烦思，乞一物以当会面。"妇人开箱检珠衫一件，自提领袖，为其人服之，曰："道路苦热，极生清凉，幸为君里衣，如妾得近体也。"其人受之，极欢而起。计此人所赠珠玉，已千金矣。明日别去，相约明年共载他往。新安人自庆极遇，于路视衣，辄生涕泗，虽秋极不胜，未尝离去左右。是年为事所梗，明年复客粤，因携珠衫而往，旅次适与楚人同馆，相得颇欢，戏道生平隐事。新安人自言，曾于君乡遇一妇如此。盖楚人外氏[7]故客粤中，主人皆外氏旧交，故楚人假外氏姓名作客，新安人无自物色也。楚人内惊，佯不信，曰："亦有证乎？"新安人出珠衣泣曰："欢所赠也，君归囊之便，幸作书邮。"楚人辞曰："仆之中表[8]，不敢得罪。"新安人亦悔失言，收衣谢过。楚人货尽归家，谓妇曰："适经汝门，汝母病甚，渴欲见汝，我已觅轿门前，便当速去。"复授一简书曰："此料理后事语，至家与阿父相闻，我初归，不及便来。"妇人至母家，视母颜色初[9]无恙，因大惊，发函视之，则离婚书也。阖门愤恸，不知所出。妇人父至婿家请故，婿曰："第还珠衫，则复相见。"父归述婿语，妇人内惭欲死。父母不详其事，姑慰解之。期年[10]有吴中进士宦粤，过楚择妾，媒以妇对。进士出五十金致之，妇家告前婿，婿检妇人房中大小十六箱，皆金帛宝珠，封畀妻去，闻者莫不惊嗟。

居期年，楚人复客粤，因继室于粤，携室将归，与主人算货，不直主人翁，就势披之，翁仆地暴死。二子讼之官，官即进士也。夜深张灯检状，妾侍于傍，见前夫名氏，哭曰："是妾舅氏，今遭不幸，愿怜箕帚[11]，丐[12]以生还。"官曰："狱将成矣。"妇人长跪请死，官曰："起，徐当处分。"明日欲出，复泣曰："事若不谐，生勿得见矣。"官出视事，请二子曰："若父伤未形，须刷骨一验，适欲见官他县，尸可移置漏泽园，俟还时为汝商检。"二子家累千金，耻白父骨，且年逾耳顺[13]，扑损难稽，若欲罪楚人，必亏父体，叩头言父死状甚张，无烦剔剜。官曰："不见伤痕，何以律罪？"二子恳请如前，官曰："我有一言，足雪若[14]憾，若能听否？"二子咸请唯命。官曰："令楚人服斩衰[15]，呼若父为父，葬祭责其经纪[16]，执绋躃踊[17]，一随若行，若父快否？"二子叩头曰："如命。"举问楚人，楚人喜于拯死，亦顿首如命。事毕，官乃召楚人与妾相见，男女合抱，痛哭逾情。官察其有异，曰："若非舅甥，当以实告。"同辞对曰："前夫前妇。"官垂泪谓楚人曰："我不忍见若状，可便携归。"出前所携十六箱还妇，且护之出境。或曰：新安人客粤，遭盗劫尽，负债不得还，愁忿病剧，乃召其妻至粤就家，妻至，会夫已物故。楚人所置后室，即新安人妻也。废人曰："若此，则天道太近，世无非理人矣。"

【注释】

①摄：通"蹑"，追随，跟踪。

②鬻(yù 欲):卖。

③第:只。俟(sì 似):等待。

④笥:盛衣物的方形竹器。

⑤流苏:帷帐上用彩色羽毛或丝线等制成的穗状垂饰物。

⑥戚:亲密,亲近。

⑦外氏:外家,指外祖父母家。

⑧中表:指与祖父、父亲的姐妹的子女的亲戚关系,或与祖母、母亲的兄弟姐妹的子女的亲戚关系。

⑨初:本,本来。

⑩期(jī 机)年:一周年。

⑪箕帚:畚箕和扫帚,均为清扫的用具。旧时妻妾操持家内扫除等杂务,故以箕帚借指妻妾。

⑫丐:乞求。

⑬耳顺:语出《论语·为政》:"六十而耳顺。"后遂以"耳顺"为六十岁的代称。

⑭若:你,你的。

⑮斩衰(cuī 崔):旧时丧服中最重的一种。用粗麻布制成,左右和下边不缝。服制三年。子及未嫁女为父母,媳为公婆,承重孙为祖父母,妻妾为夫,均服斩衰。

⑯经纪:管理照料。

⑰执绋:丧葬时手执牵引灵柩的大绳以助行进。擗踊:捶胸顿足,表示极度哀痛的样子。

狯园

(明)钱希言

钱希言,字简栖,明代吴县(今江苏苏州)人。生卒年难确考。万历四十一年(1613)尚在世。博览好学,刻意为诗。孤高耿介,恃才负气。终生不仕,卒以穷死。著作甚多,今存《狯园》、《桐薪》、《戏瑕》、《听滥志》。

《狯园》十六卷,文言小说集,卷首署"明吴会士人钱希言新撰"。全书分仙幻、释异、影响、报缘、冥迹、灵祇、淫祀、奇鬼、妖孽、瑰闻,共十类,均为作者采撷当时传闻,独创新意之作,诚如付刻者马之骏所指出:"以一手之力,独创于无所资承之余。"《小韩负心报》选自《狯园》第七"影响"类,根据清刻"知不足斋重订"本校点整理。

小韩负心报

小韩者,杭州人。少年美丰姿,暑月裸裎[①],肤腻如雪。父亡后与母孀居。其母善制纸镪[②],日剪数百,供里社祭享之用,餬口而已。未久,母亦死,韩遂流落无家。

一日,偶立于陕商盐店之下,见有算簿在案,店中人不闲[③]算术,前后昏错,致主人翁屡叱之。韩遂代为布算一局,从容下筹,甚有条贯[④]。主人翁惊视再三,见其衣服蓝缕,曰:"以子骨相[⑤]不贫,奈何困悴[⑥]如此,岂谋之拙乎?子来店中,为我司其出入,即终身可成就矣。"韩大喜过望。讯知此翁即关中鹾贾[⑦]贾老也,家于杭城,积资四十万,侍妾数人,有妻与子居关中,岁通信耗以为常。贾老既得小韩,视如己子,甚于骨肉,韩亦父礼事之。每食则数妾皆来侍坐,韩亦与焉,往来出入,略无[⑧]嫌疑。辈中有幸姬[⑨],年稍长者,小字荆娘,容色艳丽,风态动人,兼善于治家。一见小韩,遂属意[⑩]焉,而事贾之心怠矣。韩虽年逾弱冠[⑪],犹未近女色,始谐缱绻[⑫],曲尽于飞[⑬],时时隐入室中,两情相得,眷恋少双。岁余,家人不之知也。已而荆娘有娠,免[⑭]身生男,模样与小韩无二矣,众始觉之。贾老又极爱此儿,常抱出店中,戏韩曰:"人皆谓此儿类汝,意汝所生,果否?"韩面发赤,贾亦微笑而已。

首尾三年,所得荆娘囊蓄数千金。喻山河,指日月,誓心不娶,愿毕一生之欢。后韩忽萌二志,竟置别室[⑮]于外,娶得某家女婚焉。荆娘闻而大恨,涕泣不食,沉绵枕席,冤忿弥深。韩自以负盟惭耻,避不入内,常托事故。一夕设计召至,荆娘怒

甚，啮其颈肉者三，长恸号哭，呕血数升而死。中外[16]闻者，无不唾韩之薄幸矣。荆娘死后，辄见梦为祟。同时男女婢使十余人，又无故相继经死[17]于室。韩反嗾[18]其怨家，讼贾老于官，多方布置，计毙之狱中。官察其枉，雪之。

贾老出狱后，房帷若扫[19]，悒悒不乐，又数见怪异往来。韩教他客讽之西归[20]，至是四十万金赀业[21]，一旦为韩氏有矣。

明年，贾老命其长子来杭，营算什一[22]。韩复百计诱惑，与为花柳之游[23]。后阴[24]使人诬以不法事，有司[25]追提急迫，中夜[26]遁去。而韩自谓用计之得，鬼神所莫知也。广张典库[27]，纵畜少艾[28]，遂为杭城富人。

一日，于官巷口过，忽见香车[29]中一美人，妆饰甚盛，褰帘[30]而语曰："负情侬[31]尚在乎？"左右望之，酷类荆娘，既近乃真是也。出帘捽[32]韩领发，同还所居。及门，韩脱身疾走入内，荆娘随踵而至，登堂诟骂，气壮如生。复招集前所经死之鬼十余辈，昼夜作耗[33]，常自持韩臂指啮咬掐捩，楚毒万状。韩开眼便见，计无所出，但以手掩其面，向天私祝，愿盲双目。荆娘遂唾其目，目无故自盲。

嗣后韩神理惑乱[34]，状若病狂，左右咸见冤魂之气缠结其身，竟暴卒[35]。卒之日，适贾子复来，泣控于官，官将赀业尽数断还[36]，而并典库、少艾亦归贾子矣。张文焕松陵[37]舟中说此。

【注释】

①裸裎（chéng成）：赤身裸体。《孟子·公孙丑上》："尔为尔，我为我，虽袒裼裸裎于我侧，尔焉能浼我哉？"

②纸镪：即纸钱。迷信的人在祭祀时焚化给鬼神或死人当钱用的纸片。

③闲：通"娴"，熟习。

④条贯：条理。

⑤骨相（xiàng项）：指人的骨骼、形体、相貌。

⑥困悴（cuì翠）：贫困愁苦。

⑦鹾贾（cuó gǔ 嵯鼓）：盐商。鹾，盐的别名。

⑧略无：全无，毫无。

⑨幸姬：宠爱的侍妾。姬，妾，侍妾。

⑩属意：犹倾心，指男女相爱。

⑪弱冠（guàn贯）：古时以男子二十岁为成人，初加冠，因身体尚未壮实，故称"弱冠"。《礼记·曲礼上》："二十曰弱，冠。"

⑫缱绻：指男女恋情缠绵。

⑬于飞：语出《诗·周南·葛覃》："黄鸟于飞，集于灌木，其鸣喈喈。"于，语助词。飞，偕飞。后来以"于飞"比喻男女恩爱和合。

⑭免：通"娩"，分娩。

⑮别室：妾。

⑯中外：指家庭内外，家人和外人。

⑰经：上吊。

⑱嗾（sǒu叟）：教唆，指使。

⑲房帷若扫：指内室侍妾、男女婢使全都死了。房帷，泛指内室、闺房。扫，全部，尽。

⑳讽之西归：用委婉的语言劝告贾老回陕西去。

㉑赀(zī 资)业：资产。

㉒什一：指经商。《史记·越王句践世家》："(范蠡)候时转物，逐什一之利。"什一，以十博一。

㉓花柳之游：指嫖妓宿娼。花柳，指妓女。

㉔阴：暗中。

㉕有司：官吏。

㉖中夜：半夜。

㉗典库：旧时的典铺。

㉘少艾：指年轻美貌的女子。

㉙香车：泛指华美的车。

㉚褰(qiān 千)帘：撩起帘子。

㉛负情侬：负情人。负情，指对爱情不专一，变心。侬，人，泛指一般的人。

㉜捽(zuó 昨)：抓，揪。

㉝作耗：作乱。

㉞嗣后：以后。神理：精神理致。

㉟暴卒：突然死亡。

㊱断还：判决归还。断，判决。

㊲松陵：今江苏吴江市的别称。

古今谭概

(明)冯梦龙

冯梦龙(1574～1646),字犹龙,又字子犹、耳犹,别署龙子犹、墨憨斋主人,明代吴县(今江苏苏州)人。崇祯初贡生。崇祯七年(1634)任福建寿宁知县,后回乡从事著述。他博闻强记,涉猎极广,一生编著繁富,诗文集有《七乐斋稿》、《游闽诗草》;散曲集有《宛转歌》,并编有散曲选《太霞新奏》;地方志有《寿宁县志》;文言笔记小说集有《古今谭概》;经学著作有《麟经指月》、《四书指月》、《春秋衡库》、《别本春秋大全》等。他的主要贡献,还在搜辑、整理、改编和创作通俗文学上:纂辑白话小说"三言"(即《喻世明言》、《警世通言》、《醒世恒言》),改写、增补白话小说《三遂平妖传》、《新列国志》;收集并刊印民歌集《挂枝儿》和《山歌》;改定并创作传奇戏曲十余种,题《墨憨斋定本传奇》。此外,还编著笔记小品《智囊》、《智囊补》、《笑府》。

《古今谭概》,三十六卷。取材于历代正史,兼收稗官野史、笔记丛谈,略加剪辑而成。现存明代叶昆池刻本,署"古吴冯梦龙纂,古亭梅之熉阅"。1955年文学古籍刊行社出版的《古今谭概》即据叶昆池刻本影印。以下《好好先生》选自《古今谭概》"癖嗜部第九",根据文学古籍刊行社影印本校点整理。《好好先生》记叙司马徽不谈人短,已见于《世说新语·言语第二》注引《司马徽别传》,但此篇立意有异,文字情节也不尽相同,应看成是冯梦龙的再创作。

好好先生

后汉司马徽不谈人短①,与人语,美恶皆言好。有人问徽:"安否?"答曰:"好。"有人自陈②子死,答曰:"大好。"妻责之曰:"人以君有德③,故此相告,何闻人子死,反亦言好?"徽曰:"如卿④之言,亦大好。"今人称"好好先生",本⑤此。

【注释】

①后汉:即东汉(25～220)。司马徽(? ～208):字德操,东汉颍川阳翟(今河南禹州)人。有才德,善知人,终生不仕。曾推荐诸葛亮、庞统于刘备。长期居荆州,后刘琮以荆州降于

曹操，他为曹操所得，不久即病死。短：缺点，过失。

②陈：陈述，述说。

③德：道德，品行。

④卿：古代夫妻情人间的爱称。

⑤本：根据，依据。

泾林续记

（明）周元時

周元時，明人，号天南逸史，著有文言笔记小说集《泾林续记》。生卒年及籍贯均不详。

《苏和得宝》选自清潘祖荫编《功顺堂丛书》刻本《泾林续记》，篇名系选注者拟加。明末小说家凌濛初据《苏和得宝》演绎为拟话本《转运汉遇巧洞庭红，波斯胡指破鼍龙壳》的正文，收入《拍案惊奇》卷一。

苏和得宝

闽、广[①]奸商，惯习通番[②]。每一舶，推豪富者为主，中载重货[③]，余各以已资市物，往牟利恒百余倍。

有苏和本微[④]，不能置贵重物，见福橘[⑤]每百价五分，遂多市之。至泊处，用楪[⑥]数十，各盛四橘，布舶面上。夷人[⑦]登舟，竞取而食，食竟后取置袖中，每楪酬银钱一文。苏意嫌少，夷复增一文，计所得殆万钱，每钱重一钱余，盖已千金矣。

舟归遇风，泊山岛下，随众登陆，闲行至山坳，见草丛中有龟壳如小舟，长丈许。苏心动，倩人舁至舶[⑧]。众大笑，谓："安用此枯骨为？"苏不顾，日夕[⑨]坐卧其内。

及抵岸，主人出速客[⑩]，置酒高会，苏摈居[⑪]末席。

明晨，主人发单，令诸商各疏[⑫]其货。明珠翠羽，犀象瑶珍，种种异品，炫耀夺目。苏愧怯，逊谢曰："货微，不足录也。"主人按单细观毕，曰："店有识宝胡，夜来望船中奇光烛天[⑬]，意必载希世异宝。今胡寥寥乃尔[⑭]，岂诸君故秘之耶？"众谢无有。主人询诘再三，众谢如初。主遂携胡，同众登舶，逐舱验阅。至舟尾，得龟壳，惊曰："此大宝也！胡埋没于此？"即命人抬至店，藏密室中。更设盛筵，延苏置上席，且谢曰："君怀宝不炫，致令轻亵，幸勿见罪。"向者[⑮]大贾，悉列其下。众益不测。酒阑[⑯]，主请值。苏见其郑重，漫答曰："一万。"主曰："市中无戏言，幸以实告。"苏嗫嚅[⑰]，旁有黠[⑱]者更之曰："三万。"主视苏尚泯没[⑲]，坚询之，谩[⑳]曰："五万足矣。"胡商得定价喜甚，约次日交银，尽醉而散。

凌晨，已具银置堂中，如数交足，抬龟壳去，鼓舞[㉑]不胜。众骇异，请[㉒]于主曰："交易已成，决无悔理，第未审枯骨何异，而酬直若斯[㉓]？"胡笑曰："尔辈自不识耳。此鼍龙遗蜕[㉔]，非龟壳也。背有九节，各藏一珠，小者径寸，大者倍焉。光可照乘[㉕]，

每颗酬镒[26]万，所酬未及一珠之半也。”众犹未信，胡遂求良工，剖其首节，得珠果如所言。众始惊服。

苏持银归，坐拟陶朱[27]，不复航海矣。

【注释】

①闽：福建省简称。本为闽越族所居，秦置闽中郡，汉初有闽越国而得名。广：指广东省。

②通番：与海外往来。

③重货：指金银等贵重财物。

④本微：本钱少。

⑤福橘：福建产的橘子。

⑥楪（dié 碟）：器皿名。后多作“碟”，即碟子。

⑦夷人：对外国人的泛称。

⑧倩人舁至舶：请人抬到船上。倩（qiàn 欠），请人代替自己做。舁（yú 鱼），抬。

⑨日夕：日夜。

⑩速客：请客。

⑪擯（bìn 鬓）居：屈居。擯，排斥。

⑫疏：分条记录。

⑬烛天：照耀天空。烛，这里用作动词，照亮。

⑭胡：为何。乃尔：犹言如此。

⑮向者：以往，从前。

⑯酒阑：酒筵将尽。

⑰嗫嚅（rú 如）：形容想说话而又吞吞吐吐不敢说出来的样子。

⑱黠（xiá 侠）：聪慧，机敏。

⑲泯没：掩盖，埋没。这里指没有明确开价。

⑳谩：通“漫”，随便。

㉑鼓舞：手足舞动。表示欢欣。

㉒请：询问。

㉓第未审枯骨何异，而酬直若斯：第，只是。审，知道。直，价值。若斯，如此。

㉔鼍（tuó 驼）龙：即扬子鳄，也称“猪婆龙”，爬行动物。遗蜕（tuì 退）：指鼍龙脱下的皮壳。

㉕照乘：照明车辆。

㉖镒：古代重量单位。一镒合二十两（一说二十四两）。

㉗坐：以致。陶朱：即陶朱公，春秋时越国大夫范蠡到宋国陶邑（今山东定陶县西北）经商后自称的别号，后世用作富商的代称。

剪桐载笔

(明)王象晋

王象晋,字荩臣,又字康宇、子进,明代新城(今山东桓台)人。生卒年难确考。万历三十二年(1604)进士。历官礼部主事、员外郎、河南按察使、浙江右布政使。入清后隐居不仕,自号明农隐士,享年九十三岁。著有文言笔记小说集《剪桐载笔》,还编有《群芳谱》、《秦(观)张(綖)诗余合璧》、《清寤斋欣赏编》。

《剪桐载笔》,书名取《吕氏春秋》"援梧叶以为珪"的典故,可知是作者奉使册封途中所作。现存明刻本一卷,卷首署"新城王象晋荩臣甫著",书末署"海虞门人毛凤苞订梓"。书按文体分类:表、启、传、赋、说、解、记。《燕妇奇妒说》根据明刻本《剪桐载笔》校点整理。

燕妇奇妒说

浙医刘君芝溪,奇士也。技艺精良,胸怀磊落。性好饮,见酒辄醉,酒后耳热,语刺刺[①]如涌泉,然操持谨凛[②],不与外事。予甚重之。

壬戌仲冬[③],偶延[④]之,值其他出,亭午方至[⑤],问之,曰:"适[⑥]为一家治病,今始归耳。"问:"何人?"曰:"某家内子[⑦]也。""愈[⑧]乎?"曰:"一剂而愈,且得重谢。"予曰:"妙哉技至此乎!彼妇何病而子捷效若是?"曰:"妇某家女,嫁某人,舍[⑨]比邻耳。今日少暄[⑩],坐屋檐下,偕婢子暨仆妇辈笑语甚适也。呼茶,婢捧至,方入手,闻街头鼓声喧,令仆妇往侦[⑪]之。回报某家娶如夫人[⑫]也。言未既,茶杯堕地,齿噤[⑬]手握,两目瞑[⑭],涎出颐颔间[⑮],首倾侧不可俯仰。诸人大惊,亟延其父,父亦适过门,入视为痫,曰:'昨夕无恙,何疾而遽至是?'诸人对以故。父怫然[⑯]曰:'死生任之,留之何用?'遂毕去,不返顾。其夫延予治,得复生。"予曰:"此于理宜罚而反得谢,予方以是为子过,而子顾[⑰]夸为功乎?"刘愕然,问所以。予笑曰:"此等奇妒,死恨不早,子乃活之耶!无论[⑱]其夫怨也,乃[⑲]其父亦恨子深矣。"相与拊掌[⑳]大笑而罢。

【注释】

①刺刺:说话多而快的样子。

②谨凛:谨慎戒惧。

③壬戌:明熹宗(朱由校)天启二年(1622)。仲冬:农历十一月。

④延:邀请。

⑤亭午:正午。

⑥适:刚才。下文“适过门”之“适”,义为正好、恰巧。

⑦内子:妻子的通称。这里是称人家的妻子。

⑧愈:病情痊愈。

⑨舍:动词,居住。

⑩少暄:稍暖。暄,温暖。

⑪侦:暗中察看。

⑫如夫人:语出《左传·僖公十七年》:“齐侯好内,多内宠,内嬖如夫人者六人。”原谓同于夫人,后即以称妾。

⑬齿噤:牙齿紧闭不出声。

⑭瞑:闭眼。

⑮涎出颐颔间:口水流到下巴和脖子间。颐,下巴。

⑯怫然:形容愤怒的样子。

⑰顾:副词,反而,却。

⑱无论:且不说,不必说。

⑲乃:副词,就是。

⑳拊掌:拍手,鼓掌。

诺皋广志

(明)徐 芳

徐芳，字仲光，号愚山子，明代建昌府南城(今江西南城)人。崇祯十三年(1640)进士，授泽州(今山西晋城市高都镇)知州。入清不仕，同友人邓廷彬入山隐居。生卒年不详。著有《诺皋广志》、《悬榻编》、《藏山集》、《松明阁诗选》等。《诺皋广志》为明代优秀文言小说集，其笔力雄健，文字洗练，情节奇特，故事也颇具匠心。各篇篇末多有“东陵生”和“愚山子”的简评，语言犀利精警。

《换心》、《雷州盗》据《昭代丛书》刻本《诺皋广志》校点整理。

换 心

万历[①]中，徽州进士某太翁[②]，性卞急[③]。家故饶资而不谐于族。其足两腓[④]，瘦削无肉。或笑之曰：“此相当乞。”翁心恨之。生一子，即进士公，教之读书，性奇傫[⑤]，咿唔[⑥]十数载，寻常书卷，都不能辨句读。或[⑦]益嘲笑之曰：“是儿富贵，行当逼人。”翁闻益恚[⑧]。

有远宗侄某，负文名，翁厚币延致[⑨]，使师之，曰：“此子可教则教，必不可，幸质语予，无为久羁。”侄受命，训牖[⑩]百方，而懵[⑪]如故。岁暮辞去，曰：“某力竭矣。且叔产固丰，而弟即鲁[⑫]，不失田舍翁，奈何以此相强？”翁曰：“然。”退而嗔语妇曰：“生不肖子，乃翁真乞矣。”趣[⑬]治具饯师，而私觅大梃[⑭]靠壁间，若有所待。盖公恨进士辱己，意且扑杀之，而以产施僧寺，作终老计。母知翁方怒，未可返，呼进士窃语，使他避。进士甫新娶，是夜阖户筹议，欲留恐祸不测，欲去无所之，则夫妇相持大哭，不觉夜半，倦极假寐，见有金甲神拥巨斧排闼[⑮]人，捽[⑯]其胸劈之，抉[⑰]其心出，又别取一心纳之。大惊而寤[⑱]。

次日，翁延侄饮为别。翁先返。进士前送，至数里。最后，牵衣流涕曰：“恻隐之心，人皆有之。师何忍某之归而就死？”师矍然[⑲]曰：“安得此达者言[⑳]？”进士曰：“此自某意，且某此时，颇觉胸次开朗，愿更从师卒业[㉑]。”因述夜来梦，师扣以所授书，辄能记诵，乃大骇。亟与俱返。翁闻剥啄声，掣梃门俟。已闻师返，则延人。师具以途中所闻告，翁以为谬，试之良然，乃大喜。自是敏颖大著。不数岁，补邑诸

生。又数岁，联捷成进士。报至之日，翁坐胡床[22]大笑曰："乃公自是免于乞矣。"因张口哑哑[23]而逝。

族子某，为郡从事，庚辰与予遇山左道中[24]，缕述[25]之。

古未闻有换心者，有之自此始。精诚所激，人穷而神应之。进士之奇颖，进士之奇愚逼而出也。所谓德慧存乎疢疾[26]者也。或曰："今天下之心，可换者多矣，安得一一捽其胸剖之，易其残者而使仁，易其污者而使廉，易其奸回[27]邪佞者而使忠厚正直？"愚山子曰："若是，神之斧日不暇给矣。且今天下之心皆是矣，又安所得仁者廉者忠若直者而纳之，而因易之哉？"

【注释】

①万历：明神宗朱翊钧的年号（1573～1619）。

②徽州：治所在歙县（今安徽歙县），辖境相当于今安徽歙县、休宁、祁门、绩溪、黟县及江西婺源等县地。太翁：原指曾祖父或祖父，这里是称"进士某"的父亲。

③卞急：急躁。

④腓：腿肚子。

⑤奇僿（sài 赛）：非常迟钝，闭塞不通。

⑥咿（yī 衣）唔：象声词，指读书声。

⑦或：代词，有人，有些人。

⑧恚（huì 惠）：怨恨。

⑨延致：请来。

⑩训牖：教诲诱导。牖，通"诱"。

⑪懵（mèng 孟）：不明。

⑫鲁：迟钝。

⑬趣（cù 促）速，赶快。

⑭梃：棍棒。《孟子·梁惠王上》："杀人以梃与刃，有以异乎？"

⑮排闼：推门。

⑯捽（zuó 昨）：抓，揪。

⑰抉：挑选。

⑱寤：睡醒。

⑲矍（jué 绝）然：惊视的样子。

⑳达者言：即达言，超脱豁达的言谈。

㉑更：副词，再。卒业：完成学业。

㉒胡床：又称"交床"，一种可以折叠的轻便坐具。

㉓哑哑（è 恶）：笑声。

㉔庚辰：指崇祯庚辰（十三年），公元1640年。山左：山的东侧，特指山东省。

㉕缕述：详细叙述。

㉖疢（chèn 衬）疾：疾病。

㉗奸回：奸恶邪僻。

雷州盗

雷于粤为最远郡[1]。崇祯[2]初，金陵[3]人某，以部曹出守[4]。舟入江，遇盗。知其守也，杀之，并歼其从者，独留其妻女。以众中一最黠者[5]为伪守，持牒[6]往，而群诡为仆，人莫能察也。抵郡逾月，甚廉干[7]，有治状[8]，雷人相庆得贤太守[9]。其寮属暨监司使[10]，咸诵重之。未几，太守出示[11]禁游客，所隶毋得纳金陵人只履[12]，否者，虽至戚必坐[13]。于是，雷人益信服新太守，乃能严介[14]若此也。

亡何[15]，守之子至。入境，无敢舍者；问之，知其禁也。心惑之。诘朝[16]，守出，子道视，非父也。讯其里籍名姓，则皆父。子悟曰："噫！是盗矣。"然不敢暴语[17]，密以白监司使。监司曰："止！吾旦日饭守[18]而出子。"于是戒吏，以卒环太守舍，而伏甲[19]酒所。旦日[20]，太守入谒。监司饮之酒，出其子质[21]，不辨也。守窘，拟起为变，而伏甲发，就坐捽之。其卒之环守者，亦破署人。贼数十人卒[22]起格斗，胥[23]逸去，仅获其七。狱具如律，械送金陵杀之。于是，雷之人乃知向之守，非守也，盗云[24]。

东陵生闻而叹曰："异哉！盗乃能守若此乎？今之守，非盗也；而其行，鲜不盗也，则无宁[25]以盗守矣。其贼守，盗也；其守而贤，即犹愈他守也。"或曰："彼非贤也。将间[26]而括其藏与其郡人之赀以逸。"曰："有之。今之守，亦孰有不括其郡之藏若赀者哉？而逸者哉？"愚山子曰："甚哉！东陵生言也，推其意，足以砥守[27]。"

【注释】

①雷：指雷州府。明洪武元年(1368)改雷州路置，治所在今广东雷州市，辖境相当于今广东湛江市、雷州市、遂溪县、徐闻县。粤：广东省的简称，因古为百粤地得名。

②崇祯：明思宗朱由检的年号(1628～1644)。

③金陵：今南京市的别称。

④部曹：指明朝六部的郎官或主事。出守：调外省做知府。

⑤最黠(xiá 侠)者：最狡猾机灵的人。

⑥牒：授官的凭证，即委任状。

⑦廉干：廉正干练。

⑧有治状：有政绩。治，指治理。状，指表现。

⑨太守：官名。秦置郡守，为一郡最高的行政长官。明清时专指知府。

⑩寮属：僚属，属官。监司使：明代监察府州县的高级官员。

⑪出示：贴出布告。

⑫纳：收留。只履：一只鞋子。表示细小的东西。

⑬坐：论罪。

⑭严介：严格约束，没有丝毫通融。

⑮亡何：不久。

⑯诘朝：清晨。

⑰暴语：公开说出来。

⑱饭守：请知府吃饭。饭，这里作动词用。

⑲伏甲：埋伏士兵。

⑳旦日：天亮时。

㉑质：对质，当面诘问。

㉒卒（cù 促）：同“猝”，突然。

㉓胥：全，都。

㉔盗云：强盗。云，这里用于句末，无实义。

㉕无宁：宁可，不如。

㉖间：间隙，这里意为找机会。

㉗砥（dǐ 底）守：砥砺知府，要他们为民做好官。

补张灵崔莹合传

(清)黄周星

黄周星(1611～1680),字九烟,江苏上元(今江苏南京)人。明崇祯十三年(1640)进士,官户部主事。明亡以后,隐居湖州(今浙江湖州),改名黄人,字略似。康熙十九年(1680),三藩之乱基本平定,他见灭清无望,投水而死。工诗。著有《圃狗斋集》、《九烟诗抄》等。

本篇选自《虞初新志》卷十三,题下原注出《夏为堂别集》。

余少时阅唐解元六如集[1],有云:六如尝与祝枝山[2]、张梦晋大雪中效乞儿唱莲花[3],得钱沽酒,痛饮野寺中,曰:"此乐惜不令太白见之[4]。"心窃异焉。然不知梦晋为何许人也。顷阅稗乘[5]中有一编曰《十美图》[6],乃详载张梦晋、崔素琼事,不觉惊喜叫跳,已而潸然雨泣。此真古今来才子佳人之轶事也,不可以不传,遂为之传。

张梦晋,名灵,盖正德时吴县人也。生而姿容俊奕[7],才调无双,工诗善画,性风流豪放,不可一世。家故赤贫,而灵独蚤慧[8]。当舞勺[9]时,父命灵出应童子试[10],辄以冠军补弟子员。灵心顾不乐,以为才人何苦为章缝束缚[11],遂绝意不欲复应试,日纵酒高吟。不肯妄交人。人亦不敢轻交与,惟与唐解元六如作忘年友[12]。

灵既年长,不娶。六如试叩之,灵笑曰:"君岂有中意人足当吾耦者耶?"六如曰:"无之。但自古才子宜配佳人,吾聊以此探君耳。"灵曰:"固然。今岂有其人哉?求之数千年中,可当才子佳人者,惟李太白与崔莺莺[13]耳。吾唯[14]不才,然自谪仙[15]而外,似不敢多让;若双文,惜下嫁郑恒,正未知果识张君瑞否[16]。"六如曰:"谨受教。吾自今请为君访之,期得双文以报命,可乎?"遂大笑而别。

一日,灵独坐读《刘伶传》[17],命童子进酒,屡读屡叫绝,辄拍案浮一大白。久之,童子跽进曰:"酒罄矣。今日唐解元与祝京兆宴集虎丘[18],公何不挟此编一往索醉耶?"灵大喜,即行。然不欲为不速客,乃屏弃衣冠,科跣双髻[19],衣鹑结[20],左持《刘伶传》,右持木杖,讴吟道情词[21],行乞而前。

抵虎丘,见贵游蚁聚[22],绮席喧阗。灵每过一处,辄执书向客曰:"刘伶告[23]饮。"客见其美丈夫,不类丐者,竞以酒馔贻之。有数贾人,方酌酒赋诗,灵至前,请属和[24]。贾人笑之。其诗中有苍官、青士、扑握、伊尼[25]四事,因指以问灵。灵曰:"松竹兔鹿,谁不知耶!"贾人始骇,令赓诗[26]。灵即立挥百绝而去。遥见六如及祝京兆

枝山数辈共集可中亭，亦趋前执书告饮。

六如早已知为灵，见其佯狂游戏，戒座客阳为不识者以观之。诘灵曰："尔丐子持书行乞，想能赋诗。试题悟石轩一绝句，如佳，即赐尔卮酒；否则当叩尔胫。"灵曰："易耳。"童子遂进毫楮[27]。灵即书云：

胜迹天成说虎丘，可中亭畔足酣游。
吟诗岂让生公法，顽石如何不点头[28]。

遂并毫楮掷地，曰："佳哉！掷地金声[29]也。"六如览之，大笑，因呼与共饮。时观者如堵，莫不相顾惊怪。灵既醉，即拂衣起，仍执书向悟石轩长揖曰："刘伶谢饮。"遂不别座客径去。六如谓枝山曰："今日我辈此举，不减晋人风流[30]，宜写一帧，为《张灵行乞图》，吾任绘事而公题跋[31]之，亦千秋佳话也。"即舐笔伸纸，俄倾图成，枝山题数语其后。座客争传玩叹赏。

忽一翁，缟衣素冠[32]，前揖曰："二公即唐解元、祝京兆耶？仆企慕有年，何幸识韩[33]！"六如逊谢，徐叩之，则南昌明经[34]崔文博，以海虞广文告归者也[35]。翁得图谛观，不忍释手，因讯适行乞者为谁。六如曰："敝里才子张灵也。"翁曰："诚然，此固非真才子不能。"即向六如乞此图归。将返舟，见舟已移泊他所，呼之始至。盖翁有女素琼者，名莹，才貌俱绝世，以新丧母，随翁扶榇[36]归，先舣舟岸侧时，闻人声喧沸，乍启槛[37]窥之，则见一丐者，状貌殊不俗；丐者亦熟视槛中，忽登舟长跪，自陈"张灵求见！"屡遣不去。良久，有一童子入舟，强挽之，始去。故莹命移舟避之。崔翁乃出图示莹，且备述其故，莹始知行乞者为张灵，叹曰："此乃真风流才子也！"取图藏笥[38]中。翁拟明日往谒唐、祝二君，因访灵，忽抱疴数日不起，为榜人所促，遽返豫章[39]。

灵既于舟次[40]见莹，以为绝代佳人，世难再得，遂日走虎丘侦之，久之杳然。属鄞人方志来校士[41]，志既深恶古文词[42]，而又闻灵跅弛不羁[43]，竟褫其诸生。灵闻乃大喜曰："吾正苦章缝束缚，今幸免矣。顾一褫何虑再褫；且彼能褫吾诸生之名，亦能褫吾才子之名乎！"遂往过六如家。见车骑填门，胥尉[44]盈座，则江右宁藩宸[45]濠遣使来迎者也。六如拟赴其招。灵曰："甚善，吾正有厚望于君。吾曩者虎丘所遇之人，即豫章人也，乞君为我多方访之，冀得当以报我。此开天辟地第一吃紧事也，幸无忽忘！"六如曰："诺。"即偕藩使过豫章。

时宸濠久蓄异谋，其招致六如，一博好贤虚誉，一慕六如诗画兼长，欲倩其作《十美图》，献之九重[46]。其时宫中已觅得九人，尚虚其一。六如请先写之，遂为写九美，而各缀七绝一章于后。九美者：广陵[47]汤之谒（字雨君，善画），姑苏[48]木桂（文舟，善琴），嘉禾[49]朱家淑（文孺，善书），金陵钱韶（凤生，善歌），江陵[50]熊御（小冯、善舞），荆溪[51]杜若（芳洲，善筝），洛阳花萼（未芳，善笙），钱塘柳春阳（絮才，善瑟），公安[52]薛幼端（端清，善箫）也。图咏既成，进之濠。濠大悦，乃盛设特宴六如，而别一殿僚季生副之[53]。季生者，憸人也[54]。酒次，请观《九美图》，因进曰："十美歉一，殊属缺陷。某愿举一人以充数，诘朝请持图来献。"比持图以献，即崔莹也。濠见之，

曰："此真国色矣。"即属季生往说之。先是，崔翁家居时，莹才名噪甚，求姻者踵至[55]。翁度非莹匹，悉拒不纳。既从虎丘得张灵，遂雅属意灵，不意疾作遽归。思复往吴中，托六如主其事。适季生旋里丧耦，熟闻[56]莹名，预遣女画师潜绘其容，而求姻于翁。翁谋诸莹，莹固不许，于是季生衔之，因假手于濠以泄私忿。时濠威殊张甚，翁再三力辞，不得；莹窘激欲自裁，翁复多方护之。莹叹曰："命也，已矣！夫复何言！"乃取笥中《行乞图》，自题诗其上云：

才子风流第一人，愿随行乞乐清贫。

入宫只恐无红叶[57]，临别题诗当会真[58]。

举以授翁曰："愿持此复张郎，俾知世间有情痴女子如崔素琼者，亦不虚其为一生才子也！"遂恸哭入宫。

濠得之，喜甚，复倩六如图咏，以为十美之冠。而六如先已取季生所献者，摹得一纸藏之。莹既知六如在宫中，乘间密致一缄，以述己意。六如得缄，乃大惊惋，始知此女即灵所托访者；今事既不谐，复为绘图进献，岂非千古罪人，将来何面目见良友？因急诣崔翁，索得《行乞图》返宫，将相机维挽[59]。不意十美已即日就道。六如悔恨无已，又见濠逆迹[60]渐露，急欲辞归，苦为濠羁縻[61]，乃发狂，号呼颠掷[62]，溲秽狼藉[63]。濠久之不能堪，仍遣使送归。

杜门[64]月余，乃起过张灵，时灵已颓然卧病矣。盖灵自别六如后，邑邑亡憀[65]，日纵酒狂呼，或歌或哭。一日中秋，独走虎丘千人石畔，见优伶演剧。灵伫视良久，忽大叫白："尔等所演不佳，待吾演王子晋吹笙跨鹤[66]。"遂控一童子于地，而跨其背，攫伶人笙吹之，命童子作鹤飞，捶之不起；童子怒，掀灵于地。灵起，曰："鹤不肯飞，吾今既不得为天仙，惟当作水仙耳。"遂跃入剑池中。众急救之出，则面额俱损，且伤股，不能行。人送归其家。自此委顿枕席，日日在醉梦中。至是忽闻六如至，乃从榻间跃起，急叩豫章佳人状。六如出所摹《素琼图》示之。灵一见，诧为天人，急捧置案间，顶礼跪拜，自陈"才子张灵拜谒"云云，已，闻莹已入宫，乃抚图痛哭。六如复出莹所题《行乞图》示之。灵读罢，益痛哭，大呼"佳人崔素琼"，随踣[67]地呕血不止。家人拥至榻间，病愈甚。三日后，邀六如与诀曰："已矣唐君，吾今真死矣！死后，乞以此图殉葬。"索笔书片纸云："张灵，字梦晋，风流放诞人也。以情死。"遂掷笔而逝。六如哭之恸。乃葬灵玄墓山[68]之麓，而以图殉焉。检其生平文章，先已自焚，惟收其诗草及《行乞图》以归。

时莹已率十美抵都，因驾幸榆林[69]，久之未得进御[70]，而宸濠已举兵反，为王守仁所败，旋即就擒。驾还时，以十美为逆藩所献，悉遣归母家，听其适人，于是莹仍得返豫章。值崔翁已捐馆舍，有老仆崔恩殡之。莹哀痛至甚。然茕孑无依，葬父已毕，遂挈装径抵吴门[71]，命崔恩邀六如相见于舟次。莹首讯张灵近状。六如怆然收涕曰："辱姊钟情远顾。奈此君福薄，今已为情鬼矣！"莹闻之，呜咽失声；询知灵葬于玄墓，约明日同往祭之。六如明日果携灵诗草及《行乞图》至，与莹各拿舟抵灵墓所。莹衣缞绖，伏地拜哭甚哀，已乃悬《行乞图》于墓前，陈设祭仪，坐石台上，徐取

灵诗草读之。每读一章，辄酹酒一卮，大呼“张灵才子!”一呼一哭，哭罢又读，往复不休。六如不忍闻，掩泪归舟；而崔恩伫立已久，劝慰无从，亦起去，徘徊丘垄间，及返，则莹已自经于台畔。恩大惊，走告六如。六如趋视，见莹已死，叹息跪拜曰：“大难，大难，我唐寅今日得见奇人奇事矣!”遂具棺衾，将易服敛之，而莹通体衫襦，皆细缀严密无少隙，知其矢死已久。六如因取诗草及《行乞图》，并置棺中为殉，启灵圹与莹同穴，而植碑题其上云：“明才子张梦晋佳人崔素琼合葬之墓”。时倾城士人哄传感叹，无贵贱贤愚，争来吊诔，络绎喧阗[72]，云蒸雨集[73]，哀声动地，殆莫知其由也。六如既合葬灵、莹，检莹所遗橐[74]中装，为置墓田，营丙舍[75]，命崔恩居之，以供春秋奠扫之役。

呜呼！才子佳人，一旦至此，庶乎灵、莹之事毕，而六如之事亦毕矣。而六如于明年仲春，躬诣墓所拜奠，夜宿丙舍傍，辗转不寐。启窗纵目，则万树梅花，一天明月，不知身在人世。六如怅然叹曰：“梦晋一生狂放，沦落不偶，今得与崔美人合葬此间，消受香光，亦差可不负矣！但将来未知谁葬我唐寅耳!”不觉欷歔泣下。忽遥闻有人朗吟云：

花满山中高士卧，月明林下美人来。

六如急起入林迎揖，则张灵也。六如讶曰：“君死已久，安得来此吟高季迪诗[76]?”灵笑曰：“君以为我真死耶？死者形，不死者性；吾既为一世才子，死后岂若他人泯没耶？今乘此花满山中、高士偃卧时来造访耳。”复举手前指曰：“此非‘月明林下美人来’乎?”六如回顾，有美人姗姗来前，则崔莹也。于是两人携手整襟，向六如拜谢合葬之德。六如方扶掖之，忽又闻有人大呼曰：“我高季迪梅花诗，乃千古绝唱，何物张灵，妄称才子，改‘雪’为‘花’，定须饱我老拳!”六如转瞬之间，灵、莹俱失所在，其人直前呼曰：“当捶此改诗之贼才子!”捽六如欲殴之。六如惊寤，则半窗明月，阒其无人。六如怃然，始信真才子与真佳人，盖死而不死也。因匡坐梅窗下，作《张灵崔莹合传》，以纪其事。然今日六如集中，固未尝见此传也，余又安得而不亟补之哉！

畸史氏曰[77]：“嗟乎！盖吾阅《十美图编》，而后知世间真有才子佳人也。从来稗官家言，大抵真赝[78]参半。若梦晋之名，既章章[79]于六如集中，但素琼之事，无从考证。虽然，有其事何必无其人，且安知非作者有为而发乎？独怪梦晋之才，目空千古，而其尚论才子佳人，则专以太白与莺莺当之。夫太白诚天上仙才，不可有二；若千古佳人，自当以文君[80]为第一。而梦晋顾舍彼取此，厥后果遇素琼，毋乃思崔得崔，适符其识耶？至于张以情死，崔以情殉，初非有一词半缕之成约，而慷慨从容，等泰山于鸿毛[81]，徒以才色相怜之故，惟此志也，凛凛生气，日月争光，又远出琴心犊鼻[82]之上矣。而或者犹追恨于梦晋之蚤死，以为梦晋若不死，则素琼遣归之日，正崔张好合之年，后此或白头唱和[83]，兰玉盈阶[84]，未可知也。噫！此固庸庸蚩蚩之厚福也，何有于才子佳人哉!”

【注释】

①唐解元六如集：唐解元，指唐寅(1470～1523)。吴县(今江苏苏州)人。字伯虎，又字子

畏，号六如、桃花庵主、逃禅野史、江南第一风流才子等。明代著名书画家、文学家。性狂放，有才华。二十九岁举应天府（府治在今南京市）乡试解元（第一名）。次年会试，因科场舞弊案牵连下狱，被革黜。此后心怀悲愤，生活更加放荡。三十六岁筑别墅桃花庵，以鬻文卖画终生。著有《六如居士画谱》、《六如居士全集》。张灵、祝允明、文征明、徐祯卿等书画家，都是他的好友。

②祝枝山：即祝允明，因生有枝指，故号"枝山"。字希哲。长洲（今江苏苏州）人。明代著名书法家、文学家。因他曾官应天府通判，应天府治曾为明的京师，所以又称他为"祝京兆"。

③莲花：又名"莲花落"，旧时乞丐行丐时唱的一种歌谣，手摇竹板，口唱歌词。

④此乐惜不令太白见之：李白（字太白）性格也很豪放，爱饮酒，诗中有"太白斗酒诗百篇"之句，故这里引以为说。按，以上自"有云"以下至此，是《六如居士全集·外集》（外集全收他人所写有关唐寅的著述，如遗事、题画诗、寄赠或与唐寅唱和的诗等）卷一"遗事"类所收蒋一葵《尧山堂外纪》中的一则记载。

⑤稗（bài拜）乘：小说、笔记一类的作品。稗，稗官，古代掌了解、搜集各地风俗民情的小官。《汉书·艺文志》："小说家者流，盖出于稗官。"后来因用作小说的代称。乘，记载，记事之书。

⑥《十美图》：本文作者所说的《十美图》现未见。后来《八美图》、《十美图》等弹词，系写唐寅与陆昭容之事，均本于这篇《补张灵崔莹合传》。

⑦俊奕（yì义）：俊俏而富有神采。奕，精神饱满的样子。

⑧蚤慧：从小聪明过人。蚤，同"早"。

⑨舞勺：原为古代未成年者学习的一种舞蹈，后因用以指童年时代。《礼记·内则》："十有三年，学乐，诵诗，舞勺，成童舞象。"

⑩童子试：明清时童生取得生员（秀才）资格的入学考试，包括县试、府（或直隶州、厅）试和院试三项内容。下文的"弟子员"即指生员。据《吴县志》，张灵为苏州府学生员，与同学唐寅最交好。

⑪为章缝束缚：指为四书五经的章句束缚。章，章句，指对四书五经的章、句的解释。明清科举考试的八股文，以四书五经为题，解释用宋代朱熹的章句集注，个人不能随意发挥。

⑫忘年友：年辈不同的人结成的朋友。

⑬崔莺莺：唐元稹《莺莺传》和据它写成的《西厢记》（有金董解元的诸宫调和元王实甫的杂剧两种）中的女主人公。参见前《莺莺传》。

⑭唯：这里是"虽"的意思。

⑮谪（zhé哲）仙：指李白。据《新唐书·李白传》载，李白到长安，去见贺知章。贺看了他的文章，惊叹说："子，谪仙人也！"谪仙人，从天上贬谪到人间的仙人。

⑯"若双文"三句：这是综合了《莺莺传》、《西厢记》的说法。双文，即崔莺莺。据考证，《莺莺传》中的崔莺莺，就是元稹在其他诗篇（如《杂忆》、《赠双文等》）中多次写到的"双文"；莺莺就是两个"莺"字重文（双文）。《莺莺传》称莺莺同张生交好后，又"委身于人"，但未说明此人为谁。《西厢记》说莺莺原曾许给郑恒，但她却并未"委身"于他。"张君瑞"是《西厢记》男主人公张珙的字（《莺莺传》只称"张生"，没记名字）。这三句是借双文的事隐喻自己的意思，语意双关。原意是，若说双文，可惜她下嫁郑恒，正不知她是否真能识得张君瑞呢！言外之意是，自己的才华倒是高过张君瑞，可惜就是没有像双文那样的人来

赏识。

⑰《刘伶传》：刘伶，字伯伦。西晋沛国（治所在今安徽濉溪县北）人。“竹林七贤”之一。性狂放，好饮酒，著有《酒德颂》。据《晋书·刘伶传》记载，他曾乘着鹿车，携一壶酒，叫一个人扛着锄头跟着他，说：“死便埋我。”

⑱虎丘：在今苏州市西北，有虎丘塔、云岩寺、剑池、吴王阖闾墓等名胜古迹。

⑲科跣（xiǎn 显）：科，科头，光着头。《史记·张仪列传》：“虎贲之士，跿跔科头。”裴骃《集解》：“科头，谓不著兜鍪（头盔）入敌。”跣，赤足，光着足。

⑳衣鹑（chún 纯）结：衣服破烂不堪。鹑结，鹑鸟尾秃，因用它形容衣服破烂、补缀很多的样子。

㉑道情词：一种散曲歌词，也称“黄冠体”。原为道士之歌，后来民间也多传唱。江浙一带最流行。郑燮（号板桥）的《道情十首》最有名。

㉒贵游蚁聚：游玩的达官贵人多如聚在一起的蚂蚁。

㉓告：这里是“请”、“求”的意思。

㉔属（zhǔ 烛）和：属，连，续。和，唱和（据段玉裁《说文解字注》，唱和的“和”古不读去声）。属和，依别人所用诗体或词调作诗作词与人唱和。分和韵（用同样的韵）与不和韵两类；和韵中又分用韵（用同一韵）、依韵（押韵的字相同，但前后次序不同）、次韵（押韵字的前后次序也相同）等种。

㉕苍官、青士、扑握、伊尼：松色青苍，故称“苍官”。竹色青，故称“青士”。“扑握”指兔。《木兰诗》：“雄兔脚扑朔（一作“握”），雌兔眼迷离。”伊尼，梵语译音，鹿。

㉖赓诗：和诗。赓，续。

㉗毫楮（chǔ 楚）：笔、纸。

㉘“吟诗”二句：“生公”，东晋末高僧竺道生。传说他曾在虎丘寺聚石为徒，讲《涅槃经》，石头听后，全都点头。法，佛法。这两句意思是，吟的诗同生公讲的佛法一样高超，顽石如何能不点头呢？

㉙掷地金声：赞美诗赋写得好的说法。金声，或称“金石声”，喻指文辞工整，声韵铿锵。据《晋书·孙绰传》载，孙绰写成《天台山赋》，辞致工切，给友人范荣期看，说：“卿试掷地，当作金石声也。”

㉚晋人风流：指西晋山涛、阮籍、嵇康、向秀、刘伶、阮咸、王戎等人（世称“竹林七贤”）纵酒游乐的放诞举动。《世说新语·任诞》有不少这类记载。

㉛题跋：写在书籍字画碑帖器物之后的文字。

㉜缟衣素冠：白衣白帽，丧服。“缟”、“素”均为白色生绢，古代用作丧服。

㉝识韩：与人初次见面时客气、尊敬的说法。语本李白《与韩荆州书》：“白闻天下谈士相聚而言曰：‘生不用封万户侯，但愿一识韩荆州。’何令人之景慕，一至于此！”韩荆州，当时荆州长史韩朝宗。

㉞明经：明清称贡生为明经。

㉟海虞：明常熟县（今江苏常熟）之旧名。广文：唐明皇（李隆基）时设广文馆，以郑虔为博士，另有助教一人，均为清苦闲散的教职。后来因称教官为“广文”。这里指县学教谕。告归：请假归家。《史记·高祖本纪》：“为亭长时，尝告归之田。”司马贞《索隐》引韦昭说：“告，请告乞假也。”

㊱榇（chèn 衬）：棺材。这里指灵柩。

㊲槛(jiàn 建):这里指船上下四方遮挡的木板。

㊳笥(sì 四):用苇或竹做成的方箱子。

㊴豫章:今江西南昌市。

㊵舟次,即舟里,舟中。次,处所。

㊶属(zhú 烛)鄞(yín 银)人方志来校士:属,适,恰好,正值。鄞,今浙江鄞县。方志,字信之。据《鄞县志》载,他于弘治十年(1497)任应天府提学。校士,考校士人(生员),指任提学生员的“院试”、“科考”都由提学(又称“学政”)主考。

㊷古文词:指八股文以外的其他散文作品。

㊸跅弛不羁:就是放荡不守礼法。跅(tuò 拓)弛,《汉书·武帝纪》:“跅弛之士。”颜师古注:“跅者,跅落无检局也;弛者,放废不遵礼度也。”跅落,即“落拓”。

㊹胥尉:文书、校尉等一类文武小官。

㊺宁藩宸(chén 晨)濠:宁王朱宸濠。参见前《辽阳海神传》注。

㊻九重:天子居住的地方(指朝廷)。也用以指天子。语本《楚辞·九辩》:“君之门兮九重。”

㊼广陵:今江苏扬州市的古名。

㊽姑苏:今江苏苏州市的别称,因其西南有吴王夫差所建姑苏台(或云吴王阖闾所建),故名。

㊾嘉禾:今湖南嘉禾县。

㊿江陵:明县名,治所在今湖北荆州市。

51荆溪:今江苏宜兴市。

52公安:今湖北公安县。

53殿僚:宁王的属官。藩王称“殿下”,故称其属官为“殿僚”。副之:坐次于首席的第二个席位。

54憸(xiān 仙)人:奸险善辩之人。

55踵(zhǒng 肿)至:一个人踩着另一个人的脚后跟到来,即一个接一个地到来。踵,脚后跟。

56熟闻:久闻。

57无红叶:指无法再通音信,结为夫妇。参见前《流红记》。

58《会真》:即《莺莺传》。因传中有“张生赋《会真诗》三十韵”的话,故又称为《会真记》。《莺莺传》写崔莺莺同张生分别后,曾寄书信给张,表达自己的忠贞之心、思念之情。这里是崔素琼以莺莺自比,表达自己对张灵的忠贞和深情。参见前《莺莺传》。

59相机维挽:寻找机会挽救。

60逆迹:谋反的形迹。

61羁縻(mí 迷):牵制,笼络。这里指强留不放。

62颠掷:“颠”,跌倒。掷,乱摔乱扔。

63溲(sōu 搜)秽:小便、大便。

64杜门:闭门不出,谢绝宾客。

65邑邑亡憀:“邑邑”,同“悒悒”,愁闷。亡憀,同“无聊”,也是愁闷的意思。

66王子晋吹笙跨鹤:据《列仙传》载,王子晋(又称王子乔),周灵王太子,名晋。好吹笙,作凤鸣。为道士浮丘公引上嵩山,修炼后,在缑氏山乘鹤仙去。

67踣:同“仆”,向前跌倒。

68玄墓山:在苏州市西南,相传东晋郁泰玄葬此,故名。

(69)驾幸榆林：驾，皇帝的车驾。封建时代，天子到某处去叫“幸”。榆林，明代北方要塞名，在今陕西榆林市。这里指明武宗朱厚照正德十三年(1518)十月幸榆林，次年二月才回到北京。

(70)进御：封建时代称进奉给天子叫“御”。

(71)吴门：今苏州市的别称。

(72)喧豗(huī 灰)：喧闹。

(73)云蒸雨集：形容人的繁多。

(74)橐中装：橐，袋子。装，行装，指财物。

(75)丙舍：看守坟墓的房屋。

(76)高季迪：明初诗人高启，字季迪。长洲人。号青邱子。因与朱元璋不合作，三十九岁时被朱借故腰斩于南京。著有《青丘高季迪诗文集》。“雪满山中高士卧，月明林下美人来”是他《梅诗》中的诗句。

(77)畸(jī 基)史氏曰：这是模仿司马迁《史记》在各篇末尾用“太史公曰”一段话总结全篇加以论赞的体例。《庄子·大宗师》有“畸人”，就是不同于俗的人。“畸史氏”即由此取义。

(78)赝(yàn 燕)：假的，伪造的。

(79)章章：显明。

(80)文君：卓文君。参见前《西京杂记》之《司马相如》篇。

(81)等泰山于鸿毛：“泰山鸿毛”，语本司马迁《报任少卿书》：“人固有一死，或重于泰山，或轻于鸿毛，用之所趋异也。”这里变用其意，是说，死本来是很重大的、一般人不愿意的事，但张灵、崔莹却能视死如归，把它看得很轻。

(82)琴心犊鼻：指司马相如以琴心挑逗卓文君的事，参见前《西京杂记》之《司马相如》篇。

(83)白头唱和：据《西京杂记》载，司马相如和卓文君交好后，又想聘茂陵女为妾。卓文君写了《白头吟》与司马相如断绝关系，司马相如才打消了这个念头。后来用“白头偕老”、“白头唱和”喻夫妻相爱，一直到死。

(84)兰玉盈阶：犹今言儿孙满堂。兰玉，芝兰玉树，赞美后代子弟。语出《晋书·谢玄传》：“(谢)玄少为叔父安所器重。安尝戒约子侄，因曰：‘子弟亦何豫人事，而正欲使其佳。’诸人莫有言者；玄答曰：‘譬如芝兰玉树，欲使其生于庭阶耳。’”

王翠翘传

(清)余 怀

余怀(1616～1695 后),字澹心,一字无怀,号曼翁,又号曼持道人。莆田(今福建莆田)人,侨居南京。崇祯末年,做过南京兵部尚书范景文的幕僚(见《板桥杂记》自述),明亡后,做了明的遗民。他工诗文,善词曲;诗文受到王士禛、吴伟业等的称许,在清初颇有名。晚年隐居苏州,寄情山水,以填词度曲自娱。死时年八十余。著有《味外轩文稿》、《研山堂集》、《秋雪词》、《宫闺小名后录》等。他的《板桥杂记》三卷,记明末南京秦淮名妓情况,保存了一些史料,常为人们所称引。《清史列传》有传。

本篇选自清初张潮所编《虞初新志》卷八,题下原注据"手授抄本"。

余读《吴越春秋》[①],观西施沼吴,而又从范蠡以归于湖[②],窃谓妇人受人之托,以艳色亡人之国,而不以死殉之,虽不负心,亦负恩矣。若王翠翘之于徐海[③],则公私兼尽,亦异于西施者哉。嗟乎!翠翘故倡家[④],辱人贱行[⑤],而所为耿耿[⑥]若此,须眉男子,愧之多矣!余故悲其志,编次其行事,以为传。传曰:

王翠翘,临淄[⑦]人。幼鬻于倡,冒姓马,假母[⑧]呼为翘儿。美姿首,性聪慧。携来江南,教之吴歈歌[⑨],则善吴歈歌;教之弹胡琵琶[⑩],则善弹胡琵琶;吹箫度曲[⑪],音吐清越;执板扬声,往往倾其座客[⑫]。平康里[⑬]中,翘儿名藉甚。然翘儿雅淡,顾沾沾自喜,颇不工涂抹倚门术[⑭],遇大腹贾及伧父[⑮]之多金者,则目笑[⑯]之,不予一盼睐温语,以是假母日忿而笞骂。会有少年私翘儿金者[⑰],以计脱假母,而自徙居嘉兴[⑱],更名王翠翘云。

当是时,歙[⑲]人罗龙文饶于财,侠游结宾客,与翠翘交欢最久,兼昵小妓绿珠。而越人[⑳]徐海者,狡佻[㉑],贫无赖,方为博徒所窘[㉒],独身跳翠翘家,伏匿不敢昼见人。龙文习其壮士[㉓],倾身结友,接臂痛饮,推所昵绿珠与之荐寝。海亦不辞。酒酣耳热,攘袂[㉔]持杯,附龙文耳语曰:"此一片土非吾辈得意场。丈夫安能郁郁久居人下乎!公宜努力。吾亦从此逝矣。他日苟富贵,勿相忘。"因慷慨悲歌。居数日,别去。徐海者,杭之虎跑寺僧[㉕],所谓明山和尚者是也。

居无何,海入倭[㉖],为舶主[㉗],拥雄兵海上,数侵江南。嘉靖三十五年,围巡抚阮鹗于桐乡[㉘],翠翘、绿珠皆被掳。海一见惊喜,命翠翘弹胡琵琶以佐酒,日益宠幸,

号为夫人，斥诸姬罗拜。翠翘既已骄爱无比，凡军机密画，惟翠翘与闻[29]。乃翠翘阳为亲昵，阴实幸其覆败，冀归国以老，泪溃溃常承睫洗面也[30]。

会总督胡宗宪开府浙江[31]，善用兵，多计策，欲招致徐海自戕麻叶、陈东[32]，而离散王直[33]之党，乃遣华老人赍檄招降[34]。海怒，缚华老人，将斩之。翠翘语海曰："今日之事，生杀在君，降不降何与来使？"海乃释其缚，畀金而遣之。老人归，告宗宪曰："贼气方锐，未可图也。然臣睨海所幸王夫人者，左右视，有外心[35]，或可藉以歼贼耳。"而罗文龙者，微闻是语[36]，自喜与翠翘旧好，乃因幕府上客山阴徐渭[37]以见于宗宪，宗宪以乡曲故，降阶迎揖，曰："生亦有意功名富贵乎？吾今用君矣。"与语大说[38]，遂受指诣海营[39]，摄旧日任侠衣冠[40]，投刺谒海。

海亟延入，坐上座，置酒，握龙文手，曰："足下远涉江湖，为胡公作说客耶？"龙文笑曰："非为胡公作说客，乃为故人作忠臣耳。王直已遣子纳款[41]，故人不乘此时解甲释兵，他日必且为虏。"海愕然，曰："姑置之，且与故人饮酒。"锦绣音乐，备极豪侈，僩然[42]自以为大丈夫得志于时之所为也。酒半，出王夫人及绿珠者见龙文。龙文改容礼之，极宴语不及私[43]。翠翘素习龙文豪侠，则劝海遣人同诣督府输款，解桐乡围。宗宪喜，从龙文计，益市金珠宝玉，阴赂翠翘，翠翘益心动，日夜说海降矣。

海信之，于是定计缚麻叶、缚陈东，约降于宗宪，至桐乡城，甲胄而入。是时赵文华[44]、阮鹗与宗宪列坐堂皇，海叩首请罪，又谢宗宪。宗宪下堂摩其顶曰："朝廷今赦汝，汝勿复反。"厚劳而出。海既出，见官兵大集，颇自疑。宗宪犹怜海，不欲杀降，而文华迫之，宗宪乃下令，命总兵俞大猷[45]整师而进。会大风，纵火，诸军鼓噪乘之，贼大溃，歼焉；海仓皇投水，引出，斩其首[46]。而生致翠翘于军门。

宗宪大飨参佐[47]，命翠翘歌吴歈歌，遍行酒，诸参佐或膝席[48]，或起舞捧觞，为宗宪寿。宗宪被酒大醉，瞀乱[49]，亦横槊障袖[50]，与翠翘戏。席乱，罢酒。次日，宗宪颇愧悔醉时事，而以翠翘赠所调永顺酋长[51]。翠翘既随永顺酋长，去之钱塘江中，恒悒悒捶床叹曰："明山遇我厚，我以国事诱杀之，毙一酋又属一酋，吾何面目生乎！"向江潮长号，大恸投水死。

外史氏[52]曰："嗟乎！翠翘以一死报徐海，其志亦可哀也。罗龙文者，世称小华道人，善制烟墨[53]者也，始以游说阴赂翠翘，诱致徐海休兵，可谓智士；然其后依附权势，与严世蕃同斩西市[54]，则视翠翘之死，犹鸿毛之于泰山[55]也。人当自重其死，彼倡且知之，况士大夫乎？乃倡且知之，而士大夫反不知者，何也？悲夫！"

【注释】

①《吴越春秋》：东汉赵晔撰。隋、唐书《经籍志》著录十二卷，今存十卷，叙吴、越开国至夫差、勾践史实。

②"西施沼吴"二句：西施，亦作"先施"，越国美女，后为吴王夫差宠妃。沼吴，灭吴的意思。《左传·哀公元年》："越十年生聚，十年教训；二十年之外，吴其为沼乎？"杜预注："谓吴宫室废坏，当为污池。"据《吴越春秋·勾践阴谋外传第九》记载，勾践为使夫差荒淫失政，便选了苎萝山（在今浙江诸暨市南）卖薪女西施、郑旦，教以歌舞，使相国范蠡献给夫差。但

西施从范蠡归湖的事，今存之《吴越春秋》不载。《吴地记》："西施入吴，三年始达；在途与范蠡通，生一子。"《越绝书》："吴亡后，西施复归范蠡，同泛五湖而去。"

③徐海：明徽州（治所在今安徽歙县）人，嘉靖时期海盗魁首王直手下的大头目，称"天差平海大将军"。嘉靖三十三年（1554）引倭寇入侵，屯柘林（今上海市奉贤县柘林镇），焚掠江、浙各地。次年为胡宗宪所败，被逼投水而死。

④倡家：娼妓。倡，通"娼"。

⑤辱人贱行：羞辱人的下贱职业。行，行为，行事，指职业。

⑥耿耿：忠直正大。

⑦临淄：旧县名，今山东淄博市临淄区。

⑧假母：原指继母或养母，这里指妓院的鸨母。

⑨吴歈歌：吴地（今江苏南部）的民歌。《楚辞·招魂》："吴歈蔡讴，奏大吕些。"王逸注："吴、蔡，国名也。歈、讴，皆歌也。"

⑩胡琵琶：传说琵琶从胡地传来，所以这里称为"胡琵琶"。

⑪度曲：这里的"度"是吹奏的意思。又，作曲也叫度曲，如自作之曲称"自度曲"。

⑫倾其座客：使座客倾倒，即极为座客赞赏。

⑬平康里：指妓院。参见前《李娃传》注。

⑭不工涂抹倚门术：工，善于，擅长。这里的"不工"是"不愿为"的意思。涂抹，涂脂抹粉，泛指妆饰打扮。倚门术，指妓女倚门卖笑招徕顾客的方法、本领。语本《史记·货殖列传》："刺绣文不如倚市门。"是说女工刺绣不如倚市门与人调笑狎游。后因称妓女卖淫为倚门卖笑。

⑮伧（cāng 仓）父：鄙陋粗俗的人。

⑯目笑：用眼光鄙薄、耻笑。

⑰"会有"句：正巧有一个暗地接受了翘儿金银的少年。

⑱嘉兴：今浙江嘉兴市。

⑲歙（shè 设）：今安徽歙县。

⑳越人：按，徐海原籍徽州，后在杭州（古属越国）为僧。这里的说法不确。

㉑狡佻：强悍轻狂。狡，健壮有力。佻，轻薄。

㉒窘：窘迫，处境十分为难。这里指为赌徒追逼而陷于困境。

㉓习：这里是了解、熟知的意思。

㉔攘袂：捋起袖子，形容奋起的样子。

㉕虎跑寺：在今杭州大慈山，寺内有虎跑泉，泉水甘冽，著称于世。

㉖倭（wō 窝）：日本海盗。从元代起，就在朝鲜和我国沿海活动。明代嘉靖以来，由于海防空虚，倭患更趋严重。他们常同内地的豪绅痞棍勾结，焚掠沿海各省，为害甚烈。

㉗舶主：海盗首领。

㉘阮鹗：人名，他于嘉靖三十五年（1556）二月接替胡宗宪任浙江巡抚。桐乡：县名，今浙江桐乡市，明代属嘉兴府。

㉙与闻：参与并得知内情。

㉚渍渍：浸润沾湿的样子。承睫，犹盈眶。洗面，指泪水很多，泪流满面。

㉛总督胡宗宪开府浙江：胡宗宪，歙县绩溪（今安徽绩溪）人，字汝贞。嘉靖三十三年（1554）任浙江巡按御史，次年升巡抚，三十五年二月再升总督。他在平定倭寇方面，很有功绩，

但厚结严嵩、严世蕃父子及其党羽赵文华，故严氏父子得罪后，屡被弹劾，后因查出他给严世蕃的密信而下狱，死在狱中。《明史》有传。他用反间计擒杀徐海、陈东、麻叶和盗魁王直的事，《明史》本传、日本传和他编的（实出其幕僚郑若曾手）《筹海图编》有详细记载。开府，古代高级官员开建府署，配置僚属。此制始于汉代，最初限于三公。后来地位较高的将军或管理某一大区域的"方面大员"也可以开府。清代称外任总督或巡抚为"开府"。

㉜麻叶、陈东：麻叶，又作"叶麻"，名叶明。徐海手下的"书记"。陈东，王直的部下。他原是日本萨摩王弟帐下"书记"。他和麻叶嘉靖三十三年（1554）随徐海入侵，嘉靖三十五年前后被徐海用计绑献胡宗宪，被斩首。

㉝王直：《明史》误作"汪直"。《筹海图编》及当时其他文献记载均作"王直"。嘉靖时期勾结倭寇的海盗魁首。初称"五峰船主"，后自称"净海王"，又称"徽王"，三十余岛倭、汉海盗均听其指挥。嘉靖三十二年（1553）率诸倭大举入侵，沿海数千里同时告警。嘉靖三十五年被胡宗宪擒获，嘉靖三十八年斩于杭州。

㉞华老人：据《筹海图编》，此人名童华。原为王直义子毛烈通事（翻译），后为胡宗宪收用。檄：古代用于晓喻、征召、声讨等的文告，这里指招降的文书。

㉟外心：向外（敌方）之心。

㊱微闻是语：暗中打听到了这些话。

㊲上客：尊贵的上等门客。徐渭：字文长，山阴（今浙江绍兴）人。知兵法，在胡宗宪幕期间，擒徐海，诱王直，都参与谋议。他的书画也很有名。

㊳说（yuè 越）：这里同"悦"。

㊴受指诣海营：领受了胡宗宪的意旨到徐海兵营中去。

㊵摄旧日任侠衣冠：穿起旧日任侠时的衣帽。指不穿公服，以旧日私交的身份去见徐海。摄，原为拿、持、整顿之意，这里作服、穿解释。

㊶纳款：指投诚，降服。北齐魏收《移梁文》："有苗纳款，不劳征伐。"

㊷僩（xiàn 现）然：《诗·卫风·淇奥》："瑟兮僩兮。"毛传："僩，宽大也。"这里是豁达大度、不在乎、不以为意的意思。

㊸极宴语不及私：直到宴会结束也不谈及男女私情。因过去龙文曾和翠翘相好，故云。极，终极，结束。

㊹赵文华：慈溪（今浙江慈溪）人。严嵩义子。因巴结严嵩，历任要职。此时任总督江南、浙江诸军事，位在胡宗宪之上。后因骄纵太甚和被劾在京大盖私第，被嘉靖帝削职为民，死于归家途中。

㊺俞大猷（yóu 游）：字志甫，别号虚江，福建晋江人。明代名将。嘉靖三十一年（1552）倭寇入侵浙东，他任浙东宁台诸郡（台州府宁海各县）参将。不久升苏淞副总兵。嘉靖三十五年三月升浙江总兵。他在平倭中屡立战功，与戚继光齐名。

㊻引出，斩其首：据他书记载，此处指捞出尸体，割下首级。

㊼参佐：部下属官，如参将幕僚等人员。

㊽膝席：跪在席上。

㊾瞀（mào 冒）乱：指没了尊卑上下的礼仪。"瞀"与"乱"义同。

㊿横槊（shuò 朔）障袖：此句写酒醉时得意忘形情状。槊，古代兵器，矛的一种。"横槊"用宋苏轼《前赤壁赋》写曹操的"酾酒临江，横槊赋诗，固一时之雄也"语意。

51永顺酋长：湖南永顺地方少数民族（主要是苗族）的酋长。明代设有永顺宣抚司，治所在

今湘西土家族苗族自治州永顺县。

㉜外史氏：本文作者的自称。汉代司马迁曾任太史令，他在所著《史记》中发表议论，自称“太史公”。本文作者认为自己所写并非正史，故自称“外史氏”。

㉝烟墨：即写字绘画所用之块状墨，用煤烟或松烟制成。以徽州所产最为有名。

㉞与严世蕃同斩西市：罗龙文后来成为严世蕃的心腹门客，胡宗宪给严世蕃的密信，即由他转交。严氏事败后，嘉靖四十一年他同严世蕃一起论罪戍边，嘉靖四十四年又被告图谋不轨，与严世蕃一道被斩（见《明史·严嵩传》附《严世蕃传》和《胡宗宪传》）。古代例在街头闹市执行死刑，所以这里说“同斩西市”。

㉟犹鸿毛之于泰山：比喻死得轻重悬殊。语出司马迁《报任少卿书》：“人固有一死，或重于泰山，或轻于鸿毛，用之所趋异也。”

宝婺生传

（清）陆次云

陆次云，字云士，号北墅。生卒年均不详，约清康熙初前后在世。浙江钱塘（今杭州市）人。康熙十八年（1679）曾被举参加博学鸿儒科考试。罢归后做过河南郏县、江苏江阴知县。他学问渊博，工诗文。一生著作甚多，有《湖壖杂记》、《北墅绪言》、《澄江集》、《玉山词》等。《清史列传》有传。

本篇选自《虞初新志》卷九，题下原注出《北墅绪言》。

宝婺[①]生，忘其名。顺治[②]初，我师破金华[③]，宝婺生夫妇相散失。生卧积尸中得免死；妇行不知所向，为健儿获[④]。

无何，健儿移师驻华亭[⑤]。生觅耗于华亭，不可得。困乏无聊，坐叹于逆旅之侧。旅馆主人鉴其貌[⑥]，怜而问之。生告以故。主人曰："若[⑦]识字乎？"曰："识。""习会计乎？"曰："习。"主人曰："盍留我馆中，勷若事[⑧]而徐访尔妻，可乎？"生曰："得如是，诚幸甚！"生入馆，悉代主人劳，主人逸甚[⑨]，而业加盛，利倍入。主人有女，欲妻之而未发也。

一日者，旭始旦，一人急遽趋而来，至馆饭。饭毕，酬值，急遽趋而去。生视其有所遗，视之，灿然白镪五十金[⑩]也，以告主人，俟其返。日亭午[⑪]，其人复急遽趋而来，汗渍衣，息喘喘，详视几地，茫然也。生问之。曰："觅遗金。"生曰："遗几何？"曰："金五十。"生曰："何用乎？"曰："持向营中往娶妇。失之矣，将奈何！"生曰："金固在，还之于子，无苦也。"即出金。其人受金拜谢去。

越数日，失金者持二柬云："蒙子还金。事谐矣，某日当婚。此婚君所赐也，敬请主人与君饮卮酒。"生固辞。主人曰："吾勿暇。而不可却也[⑫]。"生秉主人之命，至期往。

往见失金者之家，乃亦一善族[⑬]也。日未晡，生闲步溪头，遥见一叶扁舟，半篙春水，中有翠袖云鬟之人，掩面而坐，云载新婚[⑭]至。生偶举目视妇，俨然故妻也；妇偶举目视生，俨然故夫也。于是生一恸而偃[⑮]于碧草之上，妇一恸而伏于孤篷[⑯]之中。舟及门，促妇起，不能起也。问其故。曰："适见一人如故夫，故伤悼欲绝耳。"问其人何若。妇言其仪表衣冠，宛然生也。娶妇者急觅生，见生悲卧不能起。

问其故，不肯言。固问之。曰："适见一人……"语未毕，哽咽不能续。娶妇者憬然[17]曰："我知之，是妇即君妇矣。君既得金，君之金矣；还金而赎妇，是天命我代君以完其偶也。君勿悲，吾感君义，敢不以此为报乎？"生难之[18]。娶妇者请其主人以为主。主人曰："还金者，义士也；还妇者，义不在还金下，娶妇而失妇，不可也。吾有女，当妻还妇者；所娶妇，当返还金者。"闻者咸以为善而两从之，更推主人之义，与二义士相鼎立[19]。

陆子曰："余读愚山学士兔丝女萝之篇[20]，见有商山人失妇，为健儿妻，健儿亦失妻，为商山人妇，征途相遇，各易以归者，叹其奇绝，而宝婺之遇更奇。乱离之际，镜破珠沉，不胜数矣。而健儿以不吝，使商山人认妇而得妻。彼还金者，亦犹是也。天乎？人乎？虽曰天意，而所以格天者，吾以为不在天也。"

【注释】

①宝婺（wù 务）：即婺女星。这里用作金华府的别称，因其地当天上婺女星的分野，元代以前即名婺州。

②顺治：清世祖爱新觉罗福临的年号（1644～1661）。

③我师：指清军。金华：今浙江金华市。

④为健儿获：健儿，指清军兵士。"获"是委婉的说法，其实就是掳掠。

⑤华亭：旧县名，治所在今上海市松江县。

⑥鉴其貌：是说看他面貌不粗俗。鉴，鉴察，审察。

⑦若：这里作人称代词，你。

⑧勷（ráng 穰）若事：帮着做这事。勷，同"襄"，相助。若，代词，此，这。若事，指上文所说的"识字"和"会计"，就是记账、算账的事。

⑨逸甚：非常清闲。

⑩白镪（qiǎng 抢）五十金：白银五十两。镪，这里指银子。

⑪亭午：正午。亭，正。《水经注·江水二》："自非亭午时分，不见曦月。"

⑫而：通"尔"，汝，你。却：推辞。

⑬善族：善良人家。

⑭新婚：这里指新妇、新娘。《古诗十九首·冉冉孤生竹》："与君为新婚，兔丝附女萝。""新婚"就作新妇、新娘解释。

⑮偃（yǎn 演）：仰面倒下。

⑯篷：船篷。这里指船。

⑰憬（jǐng 景）然：恍然大悟的样子。

⑱难之：表示为难，感到难为情。

⑲鼎立："鼎"有三足，后来因用"鼎立"或"鼎足"比喻三方对峙。《三国志·吴书·陆凯传》："近者汉之衰末，三家鼎立。"

⑳愚山学士兔丝女萝之篇：愚山，施闰章，字尚白，号愚山，又号蠖斋，宣城（今安徽宣州）人。清初诗人。官至翰林院侍读，故称"学士"。著有《学余堂集》、《矩斋杂记》、《蠖斋诗话》。"兔丝女萝之篇"指他的《浮萍兔丝篇》诗。

坚瓠集

（清）褚人获

褚人获，字稼轩，一字学稼，号石农，清长洲（今江苏苏州）人。约康熙年间在世，生卒年不详。能诗文，勤于著述，一生不仕。著有文言笔记小说集《坚瓠集》六十六卷，长篇讲史小说《隋唐演义》二十卷一百回。此外还著有《读史随笔》、《退佳琐闻》、《鼎甲考》、《圣贤群辅录》、《续蟹谱》等。

《坚瓠集》搜罗广泛，卷帙浩繁，书中记载历代人物事迹和社会琐闻，尤以明末清初的遗闻轶事为多。全书保存了丰富的小说资料，某些篇章叙事曲折，语言生动，人物形象栩栩如生，也是优秀的文言小说。

以下选注的《黄衣少年》和《柳敬亭》，根据1926年柏香书屋排印本《坚瓠集》校点整理。《黄衣少年》选自庚集卷三，《柳敬亭》选自秘集卷五。

黄衣少年

明郑翰卿客西宁侯邸第①，昼寝，梦一黄衣少年邀至左庑②下共饮。呼一丽人至，靓妆③绝代。少年自起舞，歌《春游》一曲曰：

芳草多情，王孙未归。

迟④我良朋，东风吹衣。

丽人作迎风之舞，歌《春愁之曲》曰：

老莺巧妇⑤送春愁，几度留春更不留。

昨日漫天吹柳絮，玉人⑥从此懒登楼。

郑正欢适⑦，少年曰："文羌校尉来矣。"见一人绿袍危冠⑧，踉跄⑨而至。罢席而寤，起视庭中牡丹，一花映日婉媚，一黄蝶翩翩未去，乃花神与少年耳。绿叶上一螳螂，长二寸许，则文羌校尉也。

其年西宁薨⑩，翰卿遄归⑪。

【注释】

①客：寄居。邸（dǐ底）第：达官贵族的府第。

②左庑：左边廊屋。

③靓（jìng静）妆：浓妆艳抹。

④迟(zhì 制):等待。

⑤巧妇:即鹪鹩。此鸟善筑巢,巢以细枝、草叶、苔藓、羽毛交织而成,呈圆屋顶型,于一侧开孔出入,甚精巧,故称“巧妇”。

⑥玉人:容貌美丽的女子。

⑦欢适:欢乐惬意。

⑧危冠:高帽子。

⑨踉跄:走路不稳。

⑩薨(hōng 轰):死的别称。诸侯之死曰“薨”。这里称西宁侯之死,故称“薨”。

⑪遄归:速归。遄,疾速。

柳敬亭

泰兴柳敬亭[①],以说平话[②]擅名,吴梅村[③]先生为之立传。顺治[④]初,马进宝镇海上[⑤],招致署中。一日侍饭[⑥],马饭中有鼠矢[⑦],怒甚,取置案上,俟饭毕,欲穷治膳夫[⑧]。进宝残忍酷虐,杀人如戏。柳悯之,乘间取鼠矢啖之[⑨],曰:“是黑米也。”进宝既失其矢,遂已其事[⑩]。柳之居心仁厚,为人排难解纷,率类如此[⑪]。

【注释】

①柳敬亭(1592~约 1676):本姓曹,名逢春,一作遇春(一说原名永昌,字葵宇),明末清初泰兴(今江苏泰兴)人。十五岁时因犯法亡命盱眙(今江苏盱眙),改姓柳,以说书为生。后游大江南北,师事松江莫后光,技艺大进。明崇祯二年(1629),定居南京。与东林、复社名士多有交往。曾赴左良玉军中说书,并为幕客。明亡后,在苏州说书。清康熙元年(1662),随清漕运总督蔡士英北上,于北京说书,不久南归,流落江南。说书声望极高,以说西汉、隋唐、《水浒》故事见长。

②平话:我国古代民间流行的一种有说有唱的口头文学形式。

③吴梅村:即清代文学家吴伟业(1609~1671)。伟业字骏公,号梅村、鹿樵生,江南太仓(今江苏太仓)人。

④顺治:清世祖爱新觉罗福临的年号(1644~1661)。

⑤海上:指上海。

⑥侍饭:陪从主人吃饭。

⑦鼠矢:老鼠屎。矢,通“屎”。

⑧膳夫:厨师。

⑨乘间(jiàn 件):利用机会,找空子。啖(dàn 淡):吃。

⑩遂已其事:就不再追究这件事。已,停止,完毕。

⑪率类如此:大概都像这件事。率,大概,一般。

觚　剩

(清)钮　琇

钮琇(？～1704)，初名珌，字玉樵，又字玉城，清代吴江(今江苏吴江)人。康熙十一年(1672)拔贡士，由教习考授知县，历任项城县(今河南项城)、白水县(今陕西白水)、高明县(今广东高明)知县，官至陕西知府，颇有政绩。

钮琇性喜诗文著述，公务余暇，勤于笔墨。著有《临野堂诗集》十三卷，《文集》十卷，《诗余》二卷，《尺牍》四卷，《白水县志》十四卷。他在文学方面的突出贡献是撰写文言笔记小说集《觚剩》。《觚剩》正编八卷，续编四卷。正编包括《吴觚》三卷，《燕觚》、《豫觚》、《秦觚》各一卷，《粤觚》二卷；续编包括《言觚》、《人觚》、《事觚》、《物觚》各一卷。皆记明末清初事，随所至之地，录其见闻。其中传奇小说，善于铺叙，描写曲折生动，有唐传奇之遗风。诚如《四库全书总目提要》所评："琇本好为俪偶之词，故叙述是编，幽艳凄动，有唐人小说之遗。"《觚剩》的不少文言小说名篇，曾被《虞初新志》等书所选载，影响甚大。此外，有人还根据《睐娘》写成歌行体的长诗。

以下选注的《云娘》和《睐娘》两篇，原载《觚剩》正编卷三《吴觚》下；《海天行》载《觚剩》续编卷三《事觚》。这三篇都根据清康熙年间临野堂刻本校点整理。

云　娘

密云汪参将[①]，广陵[②]人也。有仆王忠，常往来酒肆李家，久之相善。李以女云娘归[③]焉，年十八矣。

汪解任，将还维扬[④]，呼忠谋备舆具[⑤]，并所以载云者。云曰："主之行李甚壮[⑥]，取道河北，征途不靖[⑦]，请效军人装，执弓矢以戒不虞[⑧]，可乎？"汪闻而异之。召云娘至，授五石弓，折之如断梗。凡易数弓，悉不称意，顾谓忠曰："须取我家弓来。"遂腰箙[⑨]插矢，乘骏马以从。时岁在己卯，群盗塞路。行至一荒原，云纵马而前，遥见

十余骑拥尘突至。飞矢拂云袖，云挥袖矢落，又一矢到，云随以手承之，即彀[10]而发。骑骇反奔，中项仆地。又于箙中出矢，毙一骑，余皆散遁。由是参将抵家，无寸箸[11]之失。

云貌殊艳，参将子一见心动，欲狎之。云曰："妾下走陋质，不意为公子怜。然有忠在，何忍及此？无若遣忠而纳以礼，我乃从。"公子喜过望，遂厚给忠，云指示令去。公子治吉席[12]，将为小星[13]。催妆，云忽易戎服掣所佩刀出，立堂上，责公子曰："尔家忝建高牙[14]，不能出奇报国。偶遇萑苻[15]，苶焉胆栗[16]。妾以一妇人，奋卫长途，迄于安吉。所以报公子者，至矣。乃恣行不义，玷我贞素耶？"遽以刀拟公子[17]，且前且却，曰："有追我者，我即断其头，如河北盗矣。"公子惊悚丧魄。云娘行及门，门外已有碧衫奴控马以待，遂驰去，永不复返。

【注释】

①密云：县名，北魏置，元入檀州，明复设密云县。即今北京市密云县。参将：武官名，明代设置，位次于总兵、副总兵。清代位次于副将。

②广陵：今江苏扬州市。

③归：古代谓女子出嫁。《易·渐》："女归，吉。"《诗·周南·桃夭》："之子于归，宜其室家。"

④维扬：扬州的别称。《书·禹贡》："淮海惟扬州。"惟，通"维"。"维扬"与上文"广陵"同，指扬州。

⑤舆具：车和用具。

⑥壮：壮观。这里指行李多而且显眼。

⑦靖：安定。

⑧不虞：指意料不到的事。

⑨箙（fú服）：盛弓箭的袋。

⑩彀（gòu购）：张满弓弩。

⑪箸：筷子。

⑫吉席：婚礼。

⑬小星：妾的代称。

⑭忝建高牙：喻居高位。高牙，大将的牙旗。

⑮萑苻（huán pú环莆）：指盗贼。典出《左传·昭公二十年》："郑国多盗，取人于萑苻之泽。"

⑯苶（nié聂阳平）焉胆栗：羸弱而又胆战心惊。苶，通"茶"，羸弱。

⑰拟：比划，指向。

睐　娘

睐娘者，姓易氏，居松陵[1]之舜水镇。祖某以阀阅世宦[2]，累赀亿万。其父某，尽散其赀，畜[3]古名画，环室为香木城[4]，城有十架，架藏百卷为率[5]，各以镂金牌记之，其锦韬玉轴者为最品[6]。睐方四五岁，性聪良，善记诵。父尝戏举古人姓名，叩以所做某画，睐即指第几卷中，靡不悉符[7]。父以是爱之，令其掌镂金牌，而司画城，呼曰画奴。长及齿龀[8]，作花鸟小图，工刀札[9]，善吟咏；姿体绝丽，未尝假粉脂，

而浮香发艳，盈盈欲仙；星眸流离，远黛明媚，复嫣然善睐[10]，故其母氏更画奴名为睐娘。

明甲申岁[11]，海内鼎沸，兵燹[12]所被，诸郡县皆陆沉[13]。秋八月，睐与父母夜饭罢，画楹间列绣灯，围以紫丝步帐，月光掩映帘幕。睐方研墨濡颖，手摹吴道子[14]画观音像，将赛[15]于邻侧醉香庵，施其庵之女冠[16]。未举笔，忽闻号呶[17]成雷，燎火四张。外宅大呼曰："兵至矣！兵至矣！"睐仓卒入内阁，取画城之锦韬玉轴者，持以出，从父母走僻巷中，潜达金牛村。居金牛村三载，卖珠以缀衣，佣绣以佐馔[18]，备旅食之困。时舜水庐室悉为灰烬。乱稍定，睐父将理故业，而无资可缮。睐泫然曰："吾家世业隆大，不幸蹈于离乱，茕茕飘寄，非长策也。闻女之姑在午溪东新巷，姑以艾孀守贞[19]，女可就访合居，共为晨昏。女装中有古画十余卷，售之当得千金，父以其值稍葺故庐而新之，女时可从父母，从容完聚耳。"父然之。为买小舫[20]，从一女奴曰问香，赋诗泪别。诗曰：

漂泊何由返故园，桃花春雨照离魂。
凭将别后双红袖，记取东风旧泪痕。

遂至东新巷，次于姑家。

姑字倩娘，夫家姓言氏，于新巷亦豪族。倩夫以痼疾[21]之病，走死乱军，无子。倩故甚爱睐娘，视睐娘若子也，倩有表之自出潘生，绪其亲与倩乃异姓之叔嫂。生故世胄，其父母以行秽见黜于族，僦[22]倩之侧舍以居。生能诗文，然无士君子行，窥倩寡处阒寂[23]，日以事请见，眯目哆口[24]，歙肩摄足[25]，以意挑倩娘。倩娘意惑焉，久而相悦。睐之卧室去倩之卧室可百武[26]，在东厢小红楼，锁帘闭帏，旦晚[27]不下楼级。倩之事，问香稍知之，以告睐，睐嘿[28]不应。倩之家有一园，名"隔梦"，景颇幽胜。时暮春初旬，倩娘辟诸女从，邀睐娘往游，睐辞以"午绣方倦"。倩频促之，乃启隔梦门，转曲池，上小山左侧，憩半峰亭。绿柳数树，红栏三折，茶以竹垆，棋以石磴。复转而左，隔太湖石累丈，海棠盛开，烂如绣屏。缘海棠行数十武，一径皆樱桃花，一径皆蔷薇花。倩曰："樱桃未子而花容少媚，不若蔷薇红香足爱[29]也。"挈睐左腕，低扇微笑。乃至蔷薇架下，瞥然一声，片花乱舞，落红[30]满鬟鬓间，垂垂拂衫袖。有细彩流苏[31]，贯相思子[32]，缀以同心凤凰结，杂花而坠，中睐之右肩。睐惊愕，隔花望见一生，乌巾倩容，凝睇[33]于睐。问香遽呼之曰："潘秀才从谁来耶？"倩娘曰："潘郎从樱桃径来耶？郎素不识睐娘，何敢唐突西子？[34]"生视而笑，倩亦视生而笑。遂散去。睐知倩之卖己也，赪颜不怿者累日[35]。盖倩娘素悦于生，耻睐之独为君子也，故潜生于园以俟睐之至，将市秽于睐。倩知事不可谐，于是始不慊[36]于睐，而为生计益深。

一日，睐娘晓妆方竟，绮窗无事，偶叠红笺作细字，集唐句成一绝云：

蚤[37]是伤春梦雨天，莺啼燕语报新年。
东风不道珠帘隔，引出幽香落外边。

盖隐刺倩事也。书毕，以玉篆狮[38]镇纸。忽闻楼级有点屐声，乃倩娘至。睐拾袿连屧趋迎倩[39]，红笺诗犹在镇狮下，睐急取置镜台锁槅[40]内，而尾纸半露，倩出读之，纳于杏衫左袖，遽下楼级，睐止之不能，惋悒[41]而已。倩出中堂，适遇生于梧桐轩下，倩出笺于袖，望生而投曰："樱桃径上，有援琴之挑[42]；梧桐轩中，乃无掷车之果[43]耶？"生舒笺视，乃绝句云云，后有"画奴戏草"四楷书。倩曰："画奴是睐娘小字，红笺是潘郎良媒也。"生携笺而去。

后累日，新霁始凉，金风[44]初扇，沼荷零香，庭草凄绿。睐孤坐凝眸，惘惘有思归之意，见问香携斑竹锁丝篮，篮置画金小方奁。进曰："倩娘以为娘午茶，少润诗脾[45]。"开奁视之，乃石榴子二盒，金柑四蒂，果尽覆奁，奁衣下，文锦尺幅，绣带双结，密缄重重，发缄而观，则薄赫蹄[46]也。得五十六字云：

珠楼十二[47]夜初长，秋恨应知怯晚妆。
巫水有云通楚佩[48]，贾墙无梦问韩香[49]。
锦弦旧瑟调鹦鹉，兰酒新垆忆鹔鹴[50]。
落月斜廊无限意，可能流影到西厢[51]？

篇末著云："米在田而可实[52]，水非米而何炊？"睐以指画者久之，作潘字状，滮焉起立，碎纸而掷于地，堕鬟拂衣，遂往见倩。时倩方坐绣茵，裁凤花细袜，忽见睐。以睐至，意必有合，移席骈坐，为睐整髻上坠钗。睐晕脸潮红，严容噎气，良久乃言曰："侄以稚年，背慈就外，孤迹单心，托命于姑，以姑之惠，被以绮绣，饵以珍错，良厚矣。乃不训之以德，而假道于不令之生，传以亵词，姑纵不爱侄，独不自爱乎？曩者以楮墨闲情，染成小句，姑掠而取之，致以秽意见诱。修筠有节，高柏有心，岂相浼[53]也。陌上之金，尚不能乱桑中之妇[54]，而谓红闺流叶[55]，乃自媒于东墙宋玉[56]哉？侄非敢断绝雅恩，然久安于此，实败令名[57]。请从此辞！"欷歔再拜而起，倩以好言固留，不许。时舜水已成小筑，睐之父母，将欲迎睐，睐适归。惊喜道故，睐所不悦于倩娘者，匿不以告也。

先是，生之父母为生婚于王氏，自溺志于倩，遂背婚于王，王亦以生狂荡无检，字女他姓[58]。至是，生欲因倩娘求合于睐，而不惬其愿，故扬红笺之诗以诬睐，使闻于睐之父母，因而求娶。阅[59]岁余，倩以他事至睐父母家，起居外，并为睐议姻，口筹心语，未白其人而数目睐父，睐父无忤色。因极口潘生之才，而讳其贫，又附睐母耳密语，睐父母嘿然，相顾微叹，遂首肯之。倩归即为生致六礼[60]。睐父母择吉，将赘生于家，而绝不以闻于睐。至宴尔[61]之夕，银釭斜照，黼帐[62]高张，夜阑撤妆流盼，见此良人，则即隔梦园樱桃花下生也。睐大号恸，绝而后苏。问香驰走，惊呼睐父母至，睐悲极不能言，良久唯曰："倩娘误我！"父母再四救解，然伉俪之际，非其本情，虽勉为笑语，而眉妩间锁愁驻恨，如不胜致。居又二年，生亦搆数椽别墅，挈睐以归。生之父母，穷悍极虐，素知睐之不礼生也，为盛怒以待睐。睐拜告方毕，含啼入室，意不聊生。

岁辛丑[63]，生以不给家食，为砚耕之谋[64]，复隙窥馆之邻女，见黜其主[65]。睐愈不礼生。生大愠睐，叱詈之声，达于庭户。睐支颐语生曰："薄命之薄，衔冤可知；狂童

之狂[66]，负心若此！何须何眉[67]，无耻无礼！我死为鬼，尔生尚能为人乎？"语未竟，鞭楚[68]乱下，散发蒙面，流血被肩。维时明月入户，青灯荧荧，眎蒙目呜咽而叹曰："命尽此矣！"令问香于故箧中取《愁盐》一卷，诗词若干首，及《绿窗小写》百叶，皆幼时所画花鸟粉本[69]，悉焚之火。乃裂帛盈尺，和泪为书，授之问香曰："迟明[70]，汝为吾送易氏爹娘。"书略云：

女不幸少逢离乱，骨肉飘依，两地异处，况复常年羸病，自知弱蕙易殇[71]，薄云难寿[72]。然从垂髫[73]以来，溺情芸艺[74]，散志签图，将谓结缡[75]名族，执爨良家，俾慈帏[76]二人，得慰心于白发，窃所愿也。不意媒妁之欺，近在至戚，涅我素名[77]，织彼萋计[78]，致匹合于琐类，终身之仰，失在一朝。怨魄不舒，愁魂欲断，岂知有生之乐哉！女自春首分袂[79]而后，郁为沉疾，尝累日一粥，而见粒则呕，薄饮不及蠡勺，悲苦之状，不可殚陈。当夫兰门暮掩，薄寒中人，檐雨淅沥，灯花频落，砧声[80]远飘，谯鼓[81]断续；女于斯时，凄其泪零[82]，倚枕竟夕，不知忧之何从也。及夫画窗晓开，丽花笑暖，慧鸟争啼，凭栏数回，因思稚年西园随伴，踏青始归，泛锦瑟于芳楼，驰红衫于细马[83]，匏丝稠杂[84]，谐笑为欢，方今之时，遂若隔世。同是一身，而苦乐顿异，命之不犹[85]，夫复何言！今秋，负心人以窥逾[86]失意，迁怒于女，笞楚千态，垂垂待毙，无复生理[87]。爰令丫鬟问香，告情父母，即夜是命尽之次。父母一来垂视，永以遐隔。绿香帐里，岂有冷翠零膏；红叶窗前，莫问韶颜稚齿。将见柳眼露凝，埋春化泪；莲心风折，劈恨成丝。明月三更，天涯草碧，还家之期，当在晚风新梦间耳。父母春秋已高[88]，强饭自爱，无以女为念。幸收女余骨，覆以抔土[89]，得以脱迹人间，销形天上。粱黄槐绿[90]，烟冷云荒，遂毕此生矣。孟光[91]同隐，未得是人[92]；弄玉俱仙，徒为虚语[93]。独念父母畜我不卒[94]，绕膝[95]之欢，邈矣难再！梅花[96]犹在额乎？莲花[97]犹在足乎？镜台旧影，翠帷余香，姗姗其来迟者，知是亭亭倩女魂也。

及晨，眎父母得书，愤骇长恸而至，则眎已缢于前轩左楄[98]间矣。生与父母俱逃，莫晓所在。眎父母及易氏诸戚乃棺眎于两楹，而以问香归。

盖眎之为人，风神散朗，亦珊珊流雅，而幽情如缄[99]；慧心长结，艺能穷巧，而貌若不知。咳唾生珠玉，而寡于辩给[100]；援管成牍，而挥染必本于性。故写愉则墨以欢露，道哀则字与泪并。盖孝穆所谓"妙解文章"者也[101]。惜紫纨无托，红颜非耦，才丰命啬，生短恨长，悲哉！眎生才二十四岁。殓后数日，忽有豪士，戟髯拳发[102]，红巾绿缦，跨剑跃马而驰，后从碧眼奴，背负血囊。至眎之门，排门直入。豪士立马柩前，掀髯大呼曰："负心人已杀之矣！"从者下囊前倾，血模糊一髑髅着地疾走，乃生之首也。其明年，午溪盗乱，倩娘虏去，不知所终。人咸以为眎冤之所雪云。

【注释】

①松陵：今江苏吴江市的别称。

②阀阅世宦：世代为官的大家族。阀阅，仕宦人家门前题记功业的柱子。

③畜（xù 绪）：积储。

④环室为香木城：香木做的架子，绕室如城。

⑤架藏百卷为率（lǜ 虑）：每香木架以储藏百卷为限。率，限度。

⑥锦韬玉轴：用锦缎制的套子，玉石制的画轴。韬，套子。最品：极品，最上等。

⑦靡不悉符：无不完全符合。

⑧齿龀（chèn 趁）：换牙。旧时一般认为小孩七岁换牙。

⑨工刀札：善于做文章。古时用竹木简书写，用刀子刮削改错，故以刀札比喻写文章。

⑩睐：斜视。曹植《洛神赋》："明眸善睐。"

⑪明甲申岁：明思宗（朱由检）崇祯十七年（干支纪年为甲申），即公元1644年。这年清兵入关，明朝灭亡。

⑫兵燹（xiǎn 显）：战火。燹，火，特指兵火。

⑬陆沉：沦陷。

⑭吴道子：唐代画家。阳翟（今河南禹州市）人。善画佛道人物，亦工山水。有"画圣"之称。

⑮赛：赛神，即祭祀酬神。

⑯施：布施。女冠：女道士。

⑰号呶：喧嚣叫嚷。

⑱"卖珠"二句：卖珍珠的钱来添件衣服，替人家绣花所得来补贴伙食。

⑲艾孀守贞：年轻守寡。艾，年少。孀，寡妇。

⑳小舫：小船。舫，泛指船。

㉑痫痃（xián shù 闲树）：癫狂。痃，狂走之病。

㉒僦（jiù 就）：租赁。

㉓阒（qù 去）寂：寂静。

㉔眯目哆（chǐ 尺）口：眯着眼睛，张着嘴巴。

㉕欹肩摄足：斜靠肩，踩起脚。

㉖去：距离。可：大约。百武：五十步。武，半步。

㉗旦晚：早晚。

㉘嘿（mò 默）：不说话。

㉙足爱：非常可爱。足，很，非常。

㉚落红：落花。

㉛流苏：用彩色羽毛或丝线等材料制成的穗状垂饰物。

㉜相思子：相思树的种子，又名红豆。

㉝凝睇：注视。

㉞唐突西子：冒犯西施。西子即西施，春秋时越国的美女。这里指潘生向睐娘抛掷同心结的冒昧行为。

㉟赪（chēng 撑）颜不怿（yì 译）者累日：整天脸红不高兴。赪，红色。

㊱慊（qiè 切）：满意。

㊲蚤：通"早"。

㊳玉篆狮：玉石雕刻的狮子，作为镇纸用。

㊴拾袿（guī 归）连屧（xiè 谢）：整理一下长袍和鞋子。袿，即长襦，妇女的上服。屧，指木屐。这里泛称鞋子。趋：疾行，快步。

㊵镜台锁槅：镜台下的小抽斗。

㊶惋悒：怅恨。

㊷“樱桃径上”二句：指潘生在樱桃径上向睐娘抛掷同心结挑情事。援琴之桃，用汉代司马相如以琴音向新寡的卓文君挑情的典故，以喻潘生向睐娘挑情。

㊸掷车之果：据《晋书·潘岳传》载，晋潘岳年轻貌美，出游时妇女围观，还把水果扔到他的车上去。这里借用此典故，说明睐娘对潘生已有回报。

㊹金风：秋风。

㊺少润诗脾：对写诗的人的客套话，即劝对方稍微吃些东西。

㊻赫（xì戏）蹄：古代称用以书写的小幅绢帛，这里指纸。

㊼珠楼十二：即十二珠楼。古代神话传说神仙居住在十二楼。这里实为对睐娘住处的美称。

㊽“巫水”句：这里用了两个楚地的典故，一是宋玉《高唐赋序》所说的楚怀王与巫山神女幽会，神女自称“旦为朝云，暮为行雨，朝朝暮暮，阳台之下”。二是刘向《列仙传》说，大夫郑交甫在江汉之滨与江妃二神女相遇，便向她们索取身上的佩带物，二女解佩相赠。江、汉即长江和汉水，二水均通过楚地，故称“楚佩”。

㊾“贾墙”句：潘生自叹无法像韩寿那样，越墙与贾充女儿相会。据《世说新语·惑溺》载，韩寿与贾充女儿相好，韩越墙与贾女相会，贾女并将皇帝特赐她父亲的外国异香相赠。后来贾充终于识破他们的秘密，将女儿嫁给韩寿。

㊿“兰酒”句：据《西京杂记》载，司马相如和卓文君当垆卖酒。他们刚到成都时，生活贫困，司马相如便把自己穿的鹔鹴裘卖掉去沽酒，与文君为欢。鹔鹴，水鸟，雁属，似雁而长颈，绿色，皮可为裘。

51西厢：《西厢记》中张生的住处。这里比喻潘生的住处。

52实：生长。

53浼（měi美）：玷污。

54“陌上”二句：据汉乐府《陌上桑》载，太守在路上调戏采桑女罗敷，遭到拒绝。

55红闺流叶：即红叶题诗的典故。据唐范摅《云溪友议》载，中书舍人卢渥应举时，在御沟拾到一片红叶，上有诗一首，便珍藏在巾箱里。卢渥后来与一宫女成婚，此宫女正是红叶题诗人。

56自媒于东墙宋玉：据宋玉《登徒子好色赋》载，宋玉东邻有个楚国最美的女人，登墙向宋玉表示爱情，宋玉未应许。

57令名：美名。

58字女他姓：将女儿许配他人。字，旧时称女子许嫁。

59阅：经过。

60六礼：古代成婚过程中的六种礼仪，即纳采、问名、纳吉、纳征、请期、亲迎。

61宴尔：新婚。《诗·邶风·谷风》：“宴尔新昏（婚），如兄如弟。”

62黼（fǔ府）帐：犹华帐，即绣有花纹的幔帐。汉司马相如《美人赋》：“芳香芬烈，黼帐高张。”

63辛丑：清顺治十八年（1661）。

64为砚耕之谋：替人作文或教书来维持生活。

65见黜其主：被他的主人辞退了。见，被。

66狂童：轻狂顽劣的人。《诗·郑风·褰裳》：“狂童之狂也且。”

67何须何眉：算什么男子汉！须眉，指男子。

⑥⑧鞭楚：鞭子和木棍。

⑥⑨粉本：即画稿。古代作画，先施粉上样，然后依样落笔。

⑦⓪迟明：黎明。

⑦①弱蕙易殇：体弱的女子容易早死。蕙，香草，喻女子。

⑦②薄云难寿：淡薄的云彩很难久留。寿，久远。

⑦③垂髫（tiáo）：幼年。髫，儿童下垂之发。

⑦④芸艺：从事艺术之事，指吟诗、绘画之类。芸，通"耘"，即耕耘，与上文"砚耕"的"耕"意思相近。

⑦⑤结缡（lí 离）：结婚。

⑦⑥慈帏：旧时母亲的代称。这里指父母。

⑦⑦涅我素名：玷污我的清白的名声。涅，染黑。

⑦⑧织彼萋计：编造谗言和诡计。《诗·小雅·巷伯》："萋兮斐兮，成是贝锦。彼谮人者，亦已大甚！"后因以"萋斐"比喻谗言。

⑦⑨春首：初春。分袂（mèi 妹）：分别。

⑧⓪砧（zhēn 针）声：捣衣声。

⑧①谯鼓：更鼓。

⑧②凄其泪零：凄然泪下。

⑧③驰红衫于细马：骑着小马驰骋。李白《对酒》："吴姬十五细马驮。"红衫，代指少女，睐娘自喻。细马，小马。

⑧④匏（páo 袍）丝稠杂：各种乐器齐奏。匏，笙竽一类的乐器；丝，琴瑟一类的乐器。

⑧⑤不犹：不同。

⑧⑥窥逾：偷看、越墙，指潘生勾引邻女的种种丑行。

⑧⑦生理：生存的希望。

⑧⑧春秋已高：年岁已老。春秋，指年龄。

⑧⑨抔（póu 掊）土：一捧土。

⑨⓪梁黄槐绿：喻人生短暂。梁黄，唐沈既济《枕中记》，叙述卢生在梦中所经历的富贵穷通的遭遇。卢生入梦时，"主人蒸黄粱为馔"，梦醒后，"主人蒸黍未熟"。槐绿，唐李公佐《南柯太守传》，叙述淳于棼梦入大槐安国，历尽富贵穷通，发现梦中的大槐安国不过是槐树洞里的一群蚂蚁。

⑨①孟光：东汉扶风平陵（今陕西咸阳）人。梁鸿之妻。夫妻隐居于霸陵山，以耕织为生。夫妻相爱，每次吃饭时，孟光总是举案齐眉，以表示对梁鸿的敬爱。

⑨②未得是人：没有得到像梁鸿那样的好丈夫。是，代词，这。这里指代梁鸿。

⑨③"弄玉"二句：要像弄玉和萧史夫妇那样一同升仙，已成为空话。据《列仙传》载，弄玉是秦穆公的女儿，嫁给善吹箫的萧史。后来萧史乘龙，弄玉跨凤，双双成仙。

⑨④畜我不卒：养我不终。《诗·邶风·日月》："父兮母兮，畜我不卒。"

⑨⑤绕膝：围绕膝下，形容子女侍奉父母。

⑨⑥梅花：指梅花妆。据《太平御览》引《宋书》载，南朝宋武帝女儿寿阳公主卧于含章殿檐下，梅花落在公主额上，成五出之花。后人多仿效，称梅花妆。这里指睐娘额上的装饰物。

⑨⑦莲花：据《南史·齐东昏侯纪》载，东昏侯凿金为莲花形，贴地上，叫潘妃在上面走，称"步步生莲花"。这里指睐娘脚上的装饰物。

⑱𣙜:正梁,栋梁。

⑲幽情如缄:感情内向。缄,封闭。

⑩辩给:口才敏捷,善于辩论。

⑩孝穆:南朝陈代文学家徐陵(507 ~583)的字。徐陵著有《徐孝穆集》,编《玉台新咏》。"妙解文章"即见于徐陵《玉台新咏序》。

⑩戟髯拳发:胡须硬如戟,头发卷曲。

海天行

海忠介公[①]之孙述祖,倜傥[②]负奇气,适逢中原多故[③],遂不屑事举子业,慨焉有乘桴之想[④]。斥[⑤]其千金家产,治[⑥]一大舶。其舶首尾长二十八丈,以象宿[⑦];房分六十四口,以象卦[⑧];篷张二十四叶,以象气[⑨];桅高二十五丈,曰"擎天柱",上为二斗,以象日月。治之三年乃成。自谓独出奇制,以此乘长风破万里浪,无难也。

濒海贾客三十八人,赁其舟,载货互市海外诸国,以述祖主之。崇祯壬午二月[⑩],扬帆出洋,行至薄暮,飓风陡作,雪浪粘天,蛟螭之属,腾跃左右。舵师失色,随风飘至一处,昏霾莫辨何地。须臾,云开风定,遥见六七官人,高冠大带,拱立水次。侍从百辈,状貌丑怪,皆鱼鳞银甲,拥巨螯之剑,荷长须之戟,秉炬张灯,若有所伺。不觉舟忽抵岸,官人各喜跃上舟环视曰:"是可用已。"即问船主为谁,述祖不解其意,匆遽声诺。

诘朝[⑪],呼述祖同入见王。约行三里许,夹道皎如玉山,无纤毫尘土。至一阙门,门有二黄龙守之。周遭垣墙,悉以水晶叠成,光明映彻,可鉴毛发。述祖私念曰:"此殆龙宫也。"又逾门三重,方及大殿。其制与人间帝王之居相似,而辉煌巀嶪[⑫],广设千人之馔,高容十丈之旗,不足言矣。王甫[⑬]升殿,首以红巾围两肉角,衣黄绣袍,髯长垂腹。众官进奏曰:"前文下所司取二舟,久不见至。今有自来一舟,敢以闻。"王曰:"旧例,二舟陈设贡物,今少一,奈何?"众曰:"贡期已迫,臣等细阅此舟,制度暗合浑仪[⑭],以达天衢[⑮],允宜利涉;且复宽大新洁,若将贡物摒挡[⑯],俟到王宫,以次陈设,似无不可。"王允奏,曰:"徙其凡货凡人,涤以符水,速行勿迟!"众唯唯下殿,仍回至舟,将人货尽押上岸,置之宫西琅玕池内。唯述祖不肯前,私问曰:"贡将焉往?"众曰:"贡上天耳。"述祖曰:"述祖虽炎陬贱民[⑰],而志切云霄,常恨羽翼未生,九阍[⑱]难叩。幸遘奇缘,亦愿随往。"众曰:"汝浊世凡人也,去则恐犯天令,不可。"中有一官曰:"汝可具所生年月日时来。"述祖亟书以进。官与众言:"此人命有天禄,且系忠直之裔,姑许之。"俄顷,舁[⑲]贡物者数百人,络绎而至。赍贡官先以符水遍洒舟中,然后奉金叶表文,供之中楼。次有押贡官二员,将诸宝物安顿。述祖私窥贡单,内开:赤珊瑚林一座,大小共五十株;黄珊瑚林一座,大小共七十株,高者俱一丈四五尺;夜光珠一百颗;火齐珠[⑳]二百颗,圆大一寸五分;鲛绡五百匹;灵梭锦五百匹;碧瑟瑟二十斛;红靺鞨[㉑]二十斛;玻璃镜一百具,圆广三尺,各重四十斤;玉屑一千斛[㉒];金浆一百器;五色石一万方。其他殊名异品,不能悉记。

安顿已毕，大伐鼍鼓[23]三通，乃始启行，逆风而上。两巨鱼夹舟若飞，白波摇漾，练静镜平。路无坦险，时无昼夜。中途石壁千仞，截流而立，其上金书"天人河海分界"六大字。众指示述祖曰："昔张骞乘槎[24]，未能过此；今汝得远泛银潢[25]，岂非盛事？"述祖俯首称谢。食顷之间，咸云："南天关在望矣！"既而及关，赍贡官、押贡官各整朝服，异宝诸役，俱易赭色长衣，亦令述祖衣之。登岸陈设。足之所履，皆软金地，间以瑶石，嵌成异彩。仰视琼阙璇堂，绛楼碧阁，俱在飘渺之中，若近若远，不可测量。门下天卿四员，冕笏传旨，令赍贡官入昊天门，于神霄殿前进表行礼。述祖及众役叩首门外，惟闻乐音缭绕，香气氤氲，飘忽不断而已。随有星冠岳帔者二人为接贡官，察收贡物，引押贡官亦入。行礼毕，玉音[26]宣问南方民事，北方兵象[27]，语甚繁，不尽述。各赐宴于恬波馆，谢恩而出。于是，集众登舟。

述祖假寐片时，恍忽不知几千万里，已还故处。因启领所押货物与同行诸人。王下令曰："述祖之舟，曾入天界，不可复归人寰；众伴在池，宜令一见。"则三十八人俱化为鱼，唯首未变。述祖大恸。前取舟官引至一室，慰谕之曰："汝同行人，命应皆葬鱼腹，其得身为鱼，幸也。汝以假舟之故，贷[28]汝一死，尚何悲哉！候有闽船过此，当俾汝归。"日给饮食如常。居久之，忽有报者曰："闽船已到！"王召见，赐白黑珠一囊，曰："以此偿造舟之价。"命小艇送附闽船。抵琼山还家，壬午之十二月也。

家人蚤[29]闻覆溺之信，设主[30]发丧。乍见述祖，惊喜逾望。述祖亦不言所以，但云："狂风败舟，幸凭擎天柱遇救得免。"次年，入广州，出囊中珠，鬻于番贾[31]，获赀无算，买田终老。康熙丙子[32]，粤僧方趾麟亲访述祖，具得其详。时述祖年已九十六，貌如五十岁人。

元时，陈孚[33]出使安南，其国宴享之际，以朱盘进炙鱼，人面鱼身。置之席上，孚举箸取双目啖之[34]。鱼味在目，彼国服其多识。三十八人之首未变者，盖亦将为人面鱼也。

【注释】

①海忠介公：即海瑞（1514～1587），字汝贤，号刚峰，琼山（今海南琼山）人。官户部主事、南京吏部侍郎。死后赠太子太保，谥"忠介"。

②倜傥（tì tǎng 剃淌）：洒脱，不拘束。

③中原多故：指明朝廷矛盾尖锐，危机四伏。

④乘桴之想：指有航海的打算。乘桴，即乘船。《论语·公冶长》："子（孔子）曰：'道不行，乘桴浮于海。……'"

⑤斥：不用，排斥。这里指变卖。

⑥治：备办。

⑦以象宿（xiù 绣）：来仿效天上的二十八宿。宿，我国古代天文学把天上某些星的集合体叫做宿。东西南北各七宿，共二十八宿。

⑧卦：指八卦。

⑨气：指节气。农历一年有二十四节气。

⑩崇祯壬午：即明崇祯十五年（1642）。崇祯，明思宗朱由检的年号（1628～1644）。

⑪诘朝:清晨。

⑫巀嶪(jié yè 截业):高耸。

⑬甫:刚刚。

⑭浑仪:浑天仪,古代观测天体的一种仪器。这里借指天象。

⑮天衢:天路。

⑯摒挡:收拾料理。

⑰炎陬(zōu 邹)贱民:炎陬,指南方炎热边远地区。海述祖出生于琼山,属于南方炎热边远地区,故自己谦称"炎陬贱民"。

⑱九阍:传说中的天堂有九重门,故称。

⑲舁(yú 鱼):共同抬东西。

⑳火齐(jì 计)珠:宝珠的一种。一说似珠的石。

㉑红靺鞨:红宝石名。相传产于靺鞨国,故称。《旧唐书·肃宗纪》载红靺鞨"大如巨栗,赤如樱桃"。

㉒斘:同"斗"。

㉓鼍(tuó 驮)鼓:用扬子鳄的皮做的鼓。鼍,扬子鳄。

㉔张骞乘槎(chá 茶):张骞(? ～前 114),西汉汉中成固(今陕西城固)人,曾多次出使西域,封博望侯。传说他曾乘槎(木筏)航行,直至天河牵牛织牛星。《荆楚岁时记》载:"汉武帝令张骞使大夏(古国名,即巴克特里亚,在今阿富汗北部一带),寻河源。乘槎经月,而至一处,见城郭如州府,室内有一女织,又见一丈夫牵牛饮河。骞问曰:'此是何处?'答曰:'可问严君平。'织女取榰机石与骞而还。后至蜀问君平,君平曰:'某年某月客星犯牛女。'"(转引自《天中记》卷二)

㉕银潢:银河,也即天河。

㉖玉音:尊称帝王的言语。

㉗兵象:战争的征象。

㉘贷:赦免,宽恕。

㉙蚤:通"早"。

㉚主:指神主,旧时书写死者姓名以供祭祀的木牌位。

㉛番贾(gǔ 古):外国商人。

㉜康熙丙子:康熙三十五年(1696)。

㉝陈孚(1259～1309):元台州临海(今浙江临海)人,字刚中,号勿斋。至元三十年(1293),以礼部郎中随吏部尚书梁曾出使安南(今越南)。官至翰林待制,兼国史院编修官。

㉞箸:筷子。啖(dàn 但):吃。

池北偶谈

（清）王士禛

王士禛（1634～1711），字子真，又字贻上，号阮亭，别号渔洋山人，清代新城县（今山东桓台）人。顺治十五年（1658）进士，官至刑部尚书。仕途得意，历任高官显职。王士禛为清初诗文大家，文坛领袖。一生勤于著述，刊行于世的各类著作有三十六种、二百七十卷之多，主要著作有《带经堂集》、《渔洋诗集》、《渔洋诗话》、《渔洋文略》、《蚕尾集》、《皇华纪闻》、《香祖笔记》、《居易录》、《分甘余话》、《古夫于亭杂录》等，以及笔记小说集《池北偶谈》、《陇蜀余闻》。《池北偶谈》以笔记为主，其中如《剑侠》、《女侠》，行文简洁遒劲，人物刻画栩栩如生，堪称文言小说中的佳作。

以下选注的《剑侠》和《女侠》，分别选自中华书局校点本《池北偶谈》卷二十三和卷二十六。

剑　侠

某中丞巡抚上江[①]，一日，遣吏赍金三千赴京师[②]，途宿古庙中，扃鐍[③]甚固，晨起已失金所在，而门钥宛然，怪之。归告中丞，中丞怒，亟责偿。官吏告曰："偿固不敢辞，但事甚疑怪，请予假一月往踪迹之，愿以妻子为质[④]。"中丞许之。

比[⑤]至失金处，询访久之，无所见，将归矣，忽于市中遇瞽叟，胸悬一牌云："善决大疑。"漫问之，叟忽曰："君失金多少？"曰："三千。"叟曰："我稍知踪迹，可觅车子乘我，君第随往，冀可得也。"如其言。初行一日，有人烟村落，次日入深山，行不知几百里，无复村疃[⑥]。至三日，逾亭午[⑦]抵一大市镇，叟曰："至矣。君但[⑧]入，当自得消息。"不得已，第从其言。比入市，则肩摩毂击[⑨]，万瓦鳞次[⑩]。忽一人来讯曰："君非此间人，奚[⑪]至此？"告以故，与俱至市口觅瞽叟，已失所在。乃与曲折行数街，抵大宅，如王公之居，历阶及堂，寂无人，戒令少待。顷之，传呼令入，至后堂。堂中惟设一榻，有伟男子科跣[⑫]坐其上，发长及骭[⑬]，童子数人执扇拂左右侍。拜跪讫，男子讯来意，具对，男子颐指[⑭]语童子曰："可将[⑮]来！"即有少年数辈扛金至，封识宛然，问曰："宁[⑯]欲得金乎？"吏叩头曰："幸甚，不敢请也。"男子曰："乍来此，且将息[⑰]了却去。"即有人引至一院，扃门而去，日予三餐，皆极丰腆[⑱]。是夜月明如画，启后

户视之，见粉壁上累累有物，审视之，皆人耳鼻也，大惊，然无隙可逸去，彷徨达晓。前人忽来传呼，复至后堂，男子科跣坐如初，谓曰："金不可得矣，然当予汝一纸书。"辄据案作书，掷之挥出。前人复导至市口，惝恍[19]疑梦中，急觅路归。

见中丞，历述前事，叱其妄，出书呈之。中丞启缄，忽色变而入，移时，传令归舍，并释妻子，豁[20]其赔偿。吏大喜过望。久之，乃知书中大略：斥中丞贪纵[21]，谓勿责吏偿金，否则某月日夫人夜三更睡觉，发截若干寸，宁忘之乎？问之夫人良然[22]，始知其剑侠也。日照李洗马应鹰闻之望江龙简讨燮云[23]。

【注释】

①中丞：明清时对巡抚的称呼。巡抚为一省最高的行政长官。中丞之下的"巡抚"二字是动词，意为巡察安抚。上江：安徽省的别称。清代以安徽省居江苏省上游，故称安徽省为"上江"，江苏省为"下江"。

②赍(jī 积)：持送。京师：泛称国都。这里指北京。

③扃鐍(jiōng jué 砠决)：门闩锁钥之类。

④质：抵押。这里指人质。

⑤比：介词，等到。

⑥村疃(tuǎn 团上声)：村庄。

⑦亭午：正午。

⑧但：只管，尽管。

⑨肩摩毂(gǔ 鼓)击：人擦肩，车相挤。形容路上行人车马往来拥挤。毂，车轮的中心部分，有圆孔可插轴。

⑩万瓦鳞次：形容房屋密集。

⑪奚：怎么。

⑫科跣(xiǎn 显)：即科头跣足，光着头，赤着脚。

⑬骭(gàn 赣)：小腿。

⑭颐指：形容有权势的人一种傲慢神气，即不用说话而靠面部的表情来示意、指挥。颐，脸颊。

⑮将：动词，拿，持。

⑯宁：难道，莫非。

⑰将息：休息。

⑱丰腆：指饮食的丰盛。

⑲惝恍(chǎng huǎng 厂晃)：迷离恍惚。

⑳豁：免除。

㉑贪纵：贪婪放纵。

㉒良然：果然，确实如此。

㉓日照：今山东日照市。洗(xiǎn 险)马：官名。本作"先马"。东宫官属，职如谒者，太子出则为先导。望江：隋开皇十八年(598)改义乡县置，治所在今安徽望江县。望江县明清时属安庆府。简讨：明代翰林院史官名。本作"检讨"，避崇祯帝朱由检讳改。

女 侠

新城令崔懋以康熙戊辰往济南[1]，至章丘[2]西之新店，遇一妇人，可[3]三十余，高髻如宫妆[4]，髻上加毡笠，锦衣弓鞋，结束为急装[5]，腰剑，骑黑卫[6]，极神骏，妇人神采四射，其行甚驶。试问何人？停骑漫应[7]曰："不知何许人。"将往何处？又漫应曰："去处去。"顷刻东逝，疾若飞隼[8]。崔云，惜赴郡匆匆，未暇蹑其踪迹，或剑侠也。

从侄鹓因述莱阳王生言[9]，顺治[10]初，其县役某解[11]官银数千两赴济南，以木夹函之。晚将宿逆旅[12]，主人辞焉，且言镇西北不里许，有尼庵，凡有行橐者皆往投宿，因导之往。方入旅店时，门外有男子著红帩头[13]，状貌甚狞。至尼庵入门，有厅廨三间，东向，床榻备设。北为观音大士殿，殿侧有小门扃[14]焉。叩门久之，有老妪出应，告以故，妪云："但宿西廨不妨。"久之，持朱封镉山门[15]而入，役相戒夜勿寝，明灯烛，手弓刀[16]伺之。三更，大风骤作，山门砉然而辟[17]，方愕然相顾，倏闻[18]呼门声甚厉，众急持械以待，而廨门已启。视之，即红帩头人也，徒手握束香掷于地，众皆仆，比天晓始苏，银已亡矣。急往市询逆旅主人，主人曰："此人时游市上，无敢谁何者，唯投尼庵客辄无恙，今当往诉耳。然尼异人，吾代往求之。"至则妪出问故曰："非为夜失官银事耶？"曰："然。"入白，顷之，尼出，妪挟蒲团敷坐，逆旅主人跪白前事。尼笑曰："此奴敢来此弄狡狯，罪合死，吾当为一决。"顾妪入，牵一黑卫出，取剑臂之[19]，跨卫向南山径去，其行如飞，倏忽不见。市人集观者数百人。移时[20]，尼徒步手人头驱卫而返，驴背负木夹函数千金，殊无所苦。入门呼役曰："来，视汝木夹官封如故乎？"验之良是。掷人头地上曰："视此贼不错杀却否？"众聚观，果红帩头人也。众罗拜谢去。比[21]东归，再往访之，庵已镉闭，空无人矣。尼高髻盛妆，衣锦绮，行缠罗袜[22]，年十八九，好女子[23]也。

市人云，尼三四年前挟妪俱来，不知何许人。常有恶少夜入其室，腰斩掷垣外，自是无敢犯者。

【注释】

①新城令：新城的知县。新城，今山东桓台县。康熙戊辰：康熙二十七年(1688)。

②章丘：隋开皇十六年(596)改高唐县置，治今山东章丘市西北旧章丘。明清时属济南府。

③可：大约。

④高髻如宫妆：发髻很高，如宫女的妆束。唐刘禹锡《赠李司空妓》诗："高髻云鬟宫样妆，春风一曲杜韦娘。"

⑤结束：打扮。急装：赶路的行装。

⑥黑卫：黑驴子。"卫"是驴的别名。

⑦漫应：随口答应。

⑧隼(sǔn 损)：一种凶猛的鸟，飞得很快。

⑨从侄：堂侄。莱阳：今山东莱阳市。

⑩顺治：清世祖爱新觉罗福临的年号(1644～1661)。

⑪解：押送。

⑫逆旅：旅店。

⑬帩(qiào 俏)头：古代男子束发的头巾。

⑭扃(jiōng 坰)：锁着。

⑮持朱封鐍山门：拿着朱笔写的封条封好已上锁的山门。鐍，锁钥。山门，寺庙的外门。

⑯手弓刀：执持弓刀。手，这里表示手的动作，作动词用。

⑰砉(huā 哗)然：象声词。这里形容山门突然被大风吹开的声音。辟：打开。

⑱倏(shū 抒)闻：忽然听到。

⑲臂之：挂在手臂上。臂，作动词用。

⑳移时：过了一段时间。

㉑比：等到。

㉒行缠罗袜：走路时打起绑腿。

㉓好女子：漂亮的女子。好，指女子貌美。

看花述异记

(清)王　晫

王晫(1636～1705后),初名棐,字丹麓,号木庵,又号松溪子,清代仁和县(今浙江杭州)人。年十二,补诸生。一生未仕,闭门著书,以布衣终老。王晫好学博览,著述甚丰,著有诗文集《霞举堂集》、《遂生集》、《杂书十种》、《墙东草堂词》等,还著有仿效《世说新语》的文言小说集《今世说》八卷,在清初志人小说中占有一席之地。

《看花述异记》选自吴曾祺编《旧小说》己集。这是一篇优美的文言小说,充满浪漫主义笔调。作者巧妙地把烂漫的鲜花和身怀艺术绝技的美女完美地结合起来,充分展现惊人的创作才情。这篇小说问世后,一时好评如潮,如称王晫"以爱花之心爱美人","将千古艳魂和盘托出"等等,在文学界产生过较大的影响,许多作家从《看花述异记》中汲取丰厚的素材,激起创作灵感,模仿它进行创作。清初作家黄周星据此改编成传奇剧本《惜花报》。又如清代乾隆年间小说家乐钧《耳食录》中的《长春苑主》,光绪间程趾祥《此中人语》中的《迷香洞》,均可看出明显的摹拟的痕迹。

湖墅西偏,有沈氏园,茂才衡玉之别业也①。茂才素爱花,自号"花遁"。园故多植名桂、老梅、玉兰、海棠、木芙蓉之属,而牡丹尤盛。叠石为山,高下互映,开时荧荧如列星,又如日中张五色锦,光彩夺目。远近士女游观者,日以百数。

三月十八日,予亦往观。徘徊其下,日暮不忍归。主人留饮。饮竟,月已上东墙矣。主人别去,予就宿廊侧。静夜独坐,清风徐来,起步阶前,花影零乱,芳香袭人衣裾,几不复知身在人世。俄见女子自石畔出,年②可十五六,衣服娟楚③。予惊问。女曰:"妾乃魏夫人弟子黄令徵④,以善种花,谓之花姑。夫人雅重君⑤,特遣相迓⑥。"予随问:"夫人隶⑦何事?"曰:"隶春工。凡天下草木花卉,数之多寡,色之青白红紫,莫不于此赋形焉。""然则何为见重也?"曰:"君至,当自知。"因促予行。予不得已,随之去。移步从太湖石后,便非复向路,清溪夹岸,茂林蓊郁。沿溪行里许,但觉烟雾溟濛,芳菲满目,人间四季花,同时开放略尽。稍前一树,高丈余,花极烂熳。有三女子,红裳艳丽,偕游树下,见客亦不避。予叹息良久。花姑曰:"此鹤林寺杜鹃也⑧。自殷七七⑨催开后,即移植此。"又行数里,一望皆梅,红白相间,绿萼倍之。当盛处,有一亭,榜曰"梅亭"。亭内有一美人,淡妆雅度,徙倚花侧。予流

盼移时，几不能举步。花姑曰："奈何尔？此是梅妃[10]。'梅亭'二字，犹是上皇[11]手书。幸妃性柔缓，不尔，恐获罪。"予笑谢乃已。行至一山，岩壑争秀，花卉殆与常异。听枝上鸟语，如鼓笙簧。渐见朱甍碧瓦，殿阁参差。两度石桥，乃抵其处。相厥栋宇[12]，侈于王者。傍有二司如官署，右曰"太医院"。予大惊讶，问花姑曰："此处亦须太医耶？"花姑笑曰："乃苏直耳。善治花，瘠者能腴，病者能安，故命为花太医。""其左曰'太师府'何？"曰："此洛人宋仲儒[13]所居也。名单父，善吟诗，亦能种植。艺[14]牡丹，术凡变易千种，人不能测。上皇尝召至骊山[15]，植花万本，色样各不同。赐金千两。内人皆呼花师。故至今仍其称。"入门，由西街行百步余，侧有小苑，画槛雕栏，予遽欲进内，花姑虑夫人待久，不令入。予再三强之，方许。及阶，见一花合蒂，浓艳芬馥，染襟袖不散。庭中有美女，时复取嗅之。腰肢纤惰，多憨态，予不敢熟视。花姑曰："君识是花否？"予曰："不识也。"曰："此产嵩山[16]坞中，人不知名，采者异之，以贡炀帝[17]。会车驾适至，爰赐名'迎辇花'。嗅之能令人清酒，兼能忘睡。"予曰："然则所见美人，其司花女袁宝儿[18]耶？"花姑曰："然。"遂出。复由中道过大殿，殿角遇二少妇，皆靓妆，迎且笑曰："来何暮也？"花姑亟问："夫人何在？"曰："在内殿，观诸美人歌舞、奏乐为乐。客既至，当入报夫人。"予遽止之曰："姑少俟，诸美人可得窃窥乎？"二妇笑曰："可。"谓花姑曰："汝且陪君子，我二人候乐毕相延也。"去后，予乃问花姑："二妇为谁？"曰："二妇本李邺侯公子[19]妾。衣青者，曰绿丝。衣绯者，曰醉桃。花经二人手，无不活。夫人以是录入近侍。"遂引予至殿前帘外。见丝竹杂陈，声容倩善[20]。正洋洋盈耳，忽有美人撩鬓举袂，直奏曼声，觉丝竹之音不能遏，既而广场寂寂，若无一人。予闻之，不胜惊叹。花姑曰："此永新歌[21]。所谓歌值千金，正斯人也。"

语未毕，闻帘内宣王生入，予敛容整衣而进。望殿上夫人，丰仪绰约，衣绛绡衣，冠翠翘冠，珠珰玉珮，如后妃状。侍女数十辈，亦皆妖艳绝人。予再拜，命予起，曰："汝见诸美女乎？"予谢不敢。夫人曰："美人是花真身，花是美人小影。以汝惜花，故得见此，缘殊不浅。向汝作《戒折花文》，已命卫夫人[22]楷书一通，置诸座右。"予益逊谢。施命坐，进百花膏。夫人顾左右曰："王生远至，汝辈何以乐嘉宾之心？"有一女亭亭玉立，抱琴请曰："妾愿抚琴。"一声才动，四座无言，泠泠然抚遍七弦，直令万木澄幽，江月为白。夫人称善，曰："昔于頔[23]尝令客弹琴，其嫂审声叹曰：'三分中，一分筝，二分琵琶，绝无琴韵。'今听卢女弹，一弦能清一心，不数秀奴、七七[24]矣。"因呼太真[25]奏琵琶。予闻呼太真，私意："当日称为'解语花'，又曰'海棠睡未醒'[26]，不料邂逅于此。"乃见一人，纤腰修眸，衣黄衣，冠玉冠，年三十许，容色绝丽，抱琵琶奏之。音韵凄清，飘出云外。予复请挡[27]筝。夫人笑曰："近来惟此乐传得美人情，君独请此，情见乎辞矣。"顾诸女辈曰："谁擅此技？"皆曰："第一筝手，无如薛琼琼[28]。"寻有一女，着淡红衫子，系砑罗裙[29]，手捧一器：上圆、下平、中空，弦柱十二。予不辨何物。夫人曰："此即筝也。"顷乃调宫商于促柱，转妙音于繁弦，始忆崔怀宝诗，良非虚语。曲才终，又有一女抱一器，似琵琶而圆者，其形像月。弹之，其声合琴，音韵清朗。予又不辨何物。但微顾是女，手纹隐处如红线。夫人察余意，指示予曰："此名阮咸，一名月琴。惟红线[30]善此。"予方知是女即红线也。夫人忽指一女曰："浑[31]忘却汝，汝有绝技，何不令嘉客得闻？"予起视，见一美人，含情不语，娇倚屏间；闻夫人语，微笑。予遂问夫人："是女云谁？"夫人曰："此魏高阳王雍美人徐月华也[32]。能弹卧箜篌，为明妃[33]出塞之歌，哀声入云，闻者莫不动容。"已持一器，体曲而长，二十三弦，抱于怀中，两手齐奏之，果如夫人言。俄有一女跨丹凤至。诸女辈咸曰："吹箫女来矣。"女谓夫人曰："闻夫人延客，弄玉[34]愿献新声。"夫人请使吹之。一声而清风生，再吹而彩云起，三吹而凤凰翔，便冉冉乘云而去。耳畔犹闻呜呜声，细察之，已非箫矣。别一女子，短发丽服，貌甚美而媚，横吹玉笛，极要眇[35]可听。夫人曰："谁人私弄笛？"诸女辈报曰："石家儿绿珠[36]。"夫人命："亟出见客。"女伴数促不肯前。中一女亦具国色，乃曰："儿亦善笛，何必尔也！"绿珠闻之，怒曰："阿纪[37]敢与我较短长耶？我终身事季伦[38]，不似汝谢仁祖殁，遂嫁郗昙[39]，不以汗颜[40]，翻[41]逞微技！"是女羞愤无一言。夫人不怿[42]，命止乐。忽有嵲喉一歌，声出于朝霞之上，执板当席，顾盼撩人。夫人喜曰："久不闻念奴[43]歌，今益足畅人怀。"念奴曰："妾何足言，使丽娟[44]发声，妾成伧父[45]矣。"夫人指曰："丽娟体弱不胜衣，恐不耐歌。"予见其年仅十四五，玉肤柔软，吹气胜兰，举步珊珊，疑骨节自鸣，乃曰："对嘉宾，岂能辞丑。"因唱《回风曲》，庭叶翻落如秋。予但唤"奈何"而已。丽娟曰："君尚未见绛树[46]也，绛树一声能歌两曲，二人细听，各闻一曲，一字不乱。每欲效之，竟不测其术。"夫人曰："绛树术虽异，恐无能胜子。吾且欲与王生观绛树舞。"乃见飞舞回旋，有凌云态，信妙舞莫巧于绛树也。绛树谓丽娟曰："汝欲效吾歌不得，吾欲学汝舞亦不能。"夫人大悟曰："有是哉！汉武尝以吸花丝锦，赐丽娟作舞衣，春暮宴于花下，舞时，故以袖拂落花，满身都著，谓之'百花舞'。今日奈何不为王生演之？"丽娟复起舞，舞态愈媚，第恐临风吹去。

忽闻鸡鸣，予起别。夫人曰："后会尚有期，慎自爱。"乃命花姑送予行。视诸美人皆有恋恋不忍别之色。予亦不知涕之何从也。花姑引予从间道[47]出。路颇崎岖，回首忽失花姑所在。但见晓星欲落，斜月横窗，花影翻阶，翩然若顾予而笑。露坐石上，忆所见闻，恍如隔世。因慨天下事，大率类是，故记之。时康熙戊申[48]三月。

【注释】

①茂才：即秀才。原为避汉光武帝刘秀的名讳，改"秀"为"茂"。明清两代入府州县学的生员叫"秀才"，也沿旧称叫"茂才"。别业：别墅。

②可：大约。

③衣服娟楚：指衣服秀美鲜丽。

④魏夫人：即魏华存（252～334），字贤安，西晋时任城（今山东济宁）人。晋司徒魏舒之女。她幼年即好道，常服气辟谷（不吃粮食），摄生修静，曾栖居南岳衡山修身养性。传说她后来成仙，被尊为南岳魏夫人，道教上清派第一代宗师。黄令徵，应作"黄灵徽"，形音近似而致误。黄灵徽，江西人，是魏夫人最著名的女弟子。

⑤雅重君：很器重您。雅，这里用作副词，很，甚。

⑥迓：迎接。

⑦隶：职掌。

⑧鹤林寺：又名“竹林寺”，晋代建的著名佛寺，在今江苏镇江市黄鹄山下。据说古时寺内园中有一株高达一丈多的杜鹃花，每年春末繁花满树，烂漫如锦。

⑨殷七七：本名殷天祥，又名道筌。鹤林寺的僧人。他善养花卉，相传他有酌水成酒、削木成肉、指人倒走、指船即停、呼鸟自落、唾鱼即活等神异道术。

⑩梅妃：唐玄宗的妃子，姓江，名采蘋，敏慧善文，颇受唐玄宗宠爱，后为杨贵妃所妒而失宠，死于安禄山之乱。参见前《梅妃传》。

⑪上皇：指唐玄宗李隆基。

⑫相：看。厥：其。

⑬宋仲儒：唐代洛阳人，名单父。善种植花卉，又善吟诗。

⑭艺：种植。

⑮骊山：山名，在今陕西西安市临潼区。唐玄宗和杨贵妃常至此处避暑，现尚有唐华清宫的长生殿和温泉华清池的故址。

⑯嵩山：山名，即五岳的中岳，位于河南登封市北。

⑰炀帝：即隋炀帝杨广。

⑱袁宝儿：隋炀帝的侍女。洛阳进合蒂迎辇花，帝令侍之，号“司花女”。

⑲李邺侯公子：即李泌的儿子李繁。李邺侯，即李泌（722～789），字长源，唐京兆（今陕西西安）人。封邺侯，故称。玄宗、肃宗、代宗、德宗时多次出仕，对朝政有所匡救。他好神仙道术。

⑳倩善：美好。

㉑此永新歌：这是许永新唱的歌。许永新是唐代开元时的宫女，善歌。据《乐府杂录》载，有一天，她奉旨在勤政楼百官宴会上唱歌，当时“广场寂寂，若无一人。喜者，闻之气勇；愁者，闻之肠断”。

㉒卫夫人：即卫铄（272～349），字茂漪，东晋河东安邑（今山西夏县）人。工书法，尤善隶书。

㉓于頔（？～818）：字允元，唐河南洛阳人。德宗时累迁至湖州刺史，宪宗时任宰相，后因罪贬为太子宾客。曾封燕国公。

㉔秀奴、七七：两人皆聪慧，善弹琴，能自作琴谱。

㉕太真：即杨贵妃（719～756），小字玉环，唐蒲州永乐（今山西永济）人，蜀州司户杨玄琰女。善歌舞，晓音律。初为玄宗子寿王瑁妃。后入宫受玄宗宠爱。天宝四年（745）封为贵妃。

㉖“解语花”、“海棠睡未醒”：以花喻人，均为对太真（杨贵妃）的艳称。五代王仁裕《开元天宝遗事》“解语花”条记载：“明皇秋八月，太液池有千叶白莲数枝盛开，帝与贵戚宴赏焉。左右皆叹羡。久之，帝指贵妃示于左右曰：‘争如我解语花？’”

㉗搊（chōu 抽）：弹奏。

㉘薛琼琼：唐开元年间宫女，善弹筝，为宫中第一筝手。崔怀宝见而爱之，作《忆江南》词献给她，词云：“平生愿，愿作乐中筝。得近玉人纤手子，砑罗裙上放娇声，便死也为荣。”后二人终于结为夫妻。

㉙砑（yà 亚）罗裙：一种砑光的丝织品制成的裙子。砑，碾磨物体，使之紧密光亮。

㉚红线：唐传奇《红线》中的侠女。据说是唐潞州节度使薛嵩的掌笺表的青衣，通经史，善弹曲。

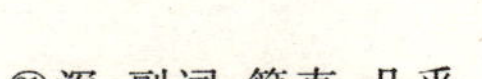

㉛浑：副词，简直，几乎。

㉜魏高阳王雍美人徐月华：魏高阳王，指北魏献文帝拓跋弘之子拓跋雍，字思穆，封高阳王。美人徐月华，即拓跋雍之妃，善弹箜篌，能奏《明妃出塞曲》。

㉝明妃：即王昭君，名嫱，字昭君，西汉南郡秭归（今湖北秭归）人。汉元帝时被选入宫。竟宁元年（前33），匈奴呼韩邪单于入朝求和亲，她自请出塞嫁匈奴。她的出塞故事，后世诗词、小说、戏曲、音乐、说唱等曾从中汲取丰富的素材。

㉞弄玉：秦穆公的女儿，善吹箫。

㉟要眇（miǎo渺）：美妙。

㊱绿珠：西晋石崇的爱妾，善吹笛。

㊲阿纪：晋谢尚（字仁祖）妾，善吹笛。

㊳季伦：即石崇（249～300），字季伦，西晋渤海南皮（今河北南皮）人。初为修武令，累迁至侍中。永熙元年（290），出为荆州刺史，以劫夺客商而积财无数，骄奢淫逸。后为赵王伦所杀。

㊴郗昙：晋人，字重熙。曾为尚书吏部郎，任御史中丞。年四十二卒，追赠北中郎，谥曰“简”。

㊵汗颜：羞愧。

㊶翻：反而。

㊷不怿（yì译）：不高兴。

㊸念奴：唐代天宝年间著名歌女，唱歌音调高亢。

㊹丽娟：据《洞冥记》记载，丽娟为汉武帝宠爱的宫人。年十四，玉肤柔软，吹气胜兰。每歌，李延年唱和。她在芝生殿唱《回风》之曲时，庭中花皆翻落。

㊺伧父：自谦之辞，犹粗野之人。

㊻绛树：古代歌女，也是美女，能歌善舞。据说她一声能歌两曲，二人听时各闻一曲，一字不乱。

㊼间道：偏僻的小路。

㊽康熙戊申：康熙七年（1668）。

今世说

（清）王 晫

王晫的生平事迹及著作简况，请参阅《看花述异记》的题解。

《今世说》，八卷，文言笔记小说集，署"仁和王晫丹麓撰"。王晫仿照《世说新语》的体例，除删去"自新"、"黜免"、"俭啬"、"谗险"、"纰漏"、"仇隙"六类外，其他三十类与《世说新语》完全相同。全书记载清初顺治和康熙两朝的士大夫与文人的言行逸事，作者在每则叙事之末，自加小注，略述所记人物的爵里及简历，加强记事的真实性。作者在自序中说："上自廊庙缙绅，下及山泽隐逸，凡一言一行有可采录，率猎收而类记之。"因所记皆作者同时代人，故取名《今世说》。书成于康熙二十二年（1683）。文笔雅洁，很有《世说新语》的韵味。

《孙枝蔚》等三篇，据康熙二十二年刻本《今世说》校点整理。《孙枝蔚》选自卷三"方正"类，《吴绮》选自卷四"识鉴"类，《朱彝尊》选自卷八"惑溺"类。这三篇原无篇名，系选注者拟加。

孙枝蔚

孙豹人应召入都①，初以老病辞，不许。既将还籍，复有年老授衔之命②。吏部集验于庭③，孙独卧不往。旋④受敦促，乃徐入逡巡⑤。主爵者⑥望见其须眉皆白，引之使前，曰："君老矣！"孙直对曰："未也！我年四十时即若此。且我前以老求免试，公必以为壮⑦；今我不欲以老得官，公又以为老，何也？"众皆目笑⑧其愚，孙固自若。

孙名枝蔚，陕西三原人。身长八尺，声如洪钟，庞眉广颡⑨，以诗文名天下。

【注释】

①孙豹人：即孙枝蔚（1620～1687），字豹人，号溉堂，清代诗人，陕西三原（今陕西三原）人。著有《溉堂集》。应召入都：指康熙十八年（1679）应朝廷诏旨到京城应试。

②"复有"句：又有皇帝授给年老者官爵的命令。指孙枝蔚因年老不能应试，皇帝特旨授予他和邱钟仁等七人为内阁中书。

③"吏部"句：指吏部官员把这些年老者集中起来进来检验。吏部，中央官署名，掌管官吏的任免、考核、升降、调动等事宜。

④旋：随即。

⑤徐入逡巡：慢慢地走进，而又迟疑不决，欲进不前。

⑥主爵者：主持授爵的官员。

⑦公：对尊长的敬称。必：非要。

⑧目笑：目视而暗中取笑。

⑨庞眉广颡：斑白的眉毛，宽广的前额，形容老态。

吴 绮

赵洞门为御史大夫[1]，车马辐辏[2]，望尘者[3]接踵于道。及罢归[4]，出国门[5]，送者才三数人。寻[6]召还，前去者复来如初。时吴薗次独落落然[7]，不以欣戚改观[8]。赵每日送之，顾[9]谓子友沂曰："他日吾百年后[10]，终当赖此人力。"

未几，友沂早世[11]。赵亦以痛子，殁于客邸[12]。两孙孤立[13]，薗次哀而振之[14]，抚其幼者如子，字以爱女[15]。一时咸叹赵为知人[16]。

吴名绮，江南歙县人[17]，官湖州守[18]。为治简静[19]，放衙散帙[20]，萧然洛诵[21]，绳床蹴几[22]，灯火青荧[23]，吏人从屏户[24]窥之，不辨其为二千石[25]也。喜与宾客游，四方名士，过从无虚日，卒以是罢官[26]。

友沂，名而忭，长于诗赋，官中书舍人[27]。

【注释】

①御史大夫：官名，御史台长官，专管监察、执法。明清时御史台已改督察院，长官为左右都御史。这里是沿用旧称。

②车马辐辏：喻车马云集。辐辏，车辐辏集于轴上，比喻车辆之多。

③望尘者：即追随者，比喻趋炎附势的人。

④罢归：罢官归故里。

⑤国门：京都的城门。

⑥寻：不久。

⑦吴薗次：即吴绮（1619～1694），字薗次，一字丰南，号绮园，又号听翁，清江南江都（今江苏扬州）人。顺治十一年（1654）拔贡生，荐授中书舍人，迁兵部主事、郎中，授湖州知府，以风雅好事劾罢。善骈文，又精词，得号"红豆词人"。著有《林蕙堂集》、《岭南风物记》及传奇戏曲《啸秋风》、《绣平原》、《忠愍记》，编有《宋金元诗永》。落落然：形容豁达开朗、潇洒自然的样子。

⑧"不以"句：不因为赵洞门的得失而改变对他的看法。欣，欢欣。戚，悲愁。

⑨顾：回头看。

⑩他日：日后，指将来的某一天。百年后：死后。百年，死的婉辞。

⑪早世：早死。

⑫殁（mò 没）：死亡。客邸：旅舍。

⑬孤立：孤独无助。

⑭哀而振之：因怜悯而救济他们。振，"赈"的本字，救济，赈济。

⑮字以爱女：将女儿许嫁。字，旧时称女子许嫁。

⑯咸：都。知人：指识别人的品行、才能的眼力。

⑰江南歙县人：似不确，应是江南江都人。参见本篇注⑦。

⑱官湖州守：任湖州知府。湖州，清代府名，属浙江省杭嘉湖道，治所在今浙江湖州市。守，太守，这里实指知府。称守是沿用旧称。

⑲为治简静：指施政不繁苛。

⑳放衙散帙（zhì 至）：退衙后即打开函套看书。放衙，即退衙。帙，书套。古代线装书都用书套。

㉑萧然洛诵：安静地读书。洛诵，反复诵读。洛，通“络”，连络。

㉒绳床瓣几：形容用具简朴。绳床，一种可以折叠的轻便坐具，用绳子将木板穿织而成。瓣几，用瓣木做的几桌。这里泛指几桌。

㉓灯火青荧：点着油灯，光线微弱昏暗。荧，光微弱的样子。

㉔屏户：门屏。

㉕二千石（dàn 旦）：汉代对郡太守的通称。汉制，郡太守的俸禄为二千石粮食。这里借指知府。

㉖卒以是罢官：最后因为这事被罢官。卒，最后，终于。是，代词，这。

㉗中书舍人：官名。清代于内阁设中书舍人，掌撰拟、缮写之事。

朱彝尊

朱锡鬯[①]诗才隽逸，文尤跌荡可观。然性好饮酒。尝与高念祖入都[②]，每日暮泊舟，辄失朱所在。及高往求之，朱已阑入[③]酒肆中，醉卧垆[④]下矣。

朱名彝尊，浙江秀水人。荐举博学宏儒，考授翰林。高名佑钇，浙江秀水人。

【注释】

①朱锡鬯：即朱彝尊（1629～1709），字锡鬯，号竹垞，清代秀水（今浙江嘉兴）人。康熙间，以布衣举博学鸿词，授翰林院检讨。参与修纂《明史》。通经学，精考据。又工诗词散文，为浙西词派创始人。著有《经义考》、《日下旧闻》、《曝书亭集》，编有《词综》、《明诗综》等。

②高念祖，即高佑钇，字念祖，清代秀水（今浙江嘉兴）人。都：京都，指今北京市。

③阑入：原意为无凭证而擅自进入，这里指擅自进入不应进去的地方。

④垆：古时酒店里安放酒瓮的炉形土台子。

聊斋志异

（清）蒲松龄

蒲松龄(1640～1715)，字留仙，又字剑臣，号柳泉，山东淄川(今淄博淄川)人。他出身于一个日趋没落的地主兼商人的家庭。父亲蒲槃原来也是个读书人，后弃儒经商，至蒲松龄成年时家境已相当贫苦："居惟农场老屋三间，旷无四壁，……假伯兄一白板扉，大如掌，聊分内外。"同当时的读书人一样，蒲松龄也很热衷功名，十九岁"初应童子试，即以县、府、道三第一补博士弟子员，文名籍籍诸生间"。不料进学后，长期困于场屋，一直到七十一岁才援例做了个岁贡生。在这其间，蒲松龄迫于生计，一面教书一面应试，除了三十一岁那年曾应宝应县知县孙蕙之请，去做了很短时期的幕僚之外，一生都没有远离过家乡。著作非常丰富，除文言短篇小说集《聊斋志异》外，还有文集四卷、诗集六卷和一些戏曲、俚曲，编撰过有关农、药等方面的杂著多种。

《聊斋志异》全书近五百篇，1765 年始有刻本问世。书中故事多来源于民间传说，有些题材则是作者的经历和见闻。蒲松龄是一位具有进步思想的小说家。他以深邃的洞察力，对封建社会官场的黑暗、科场的弊端，对鱼肉乡里、欺压人民的恶霸进行了无情的鞭挞和批判，同时也歌颂了光明，表现了希望，热情洋溢地塑造了许多有血有肉的理想人物。尽管《聊斋志异》中有不少作品反映了作者的封建或迷信思想，但瑕不掩瑜，闪烁着进步思想的作品乃是《聊斋志异》的主流。在艺术上，《聊斋志异》不但直接继承了六朝志怪小说和唐传奇的优良传统，而且又有创造和发展，形成了自己的独特的风格。鲁迅先生称它"描写委曲，叙次井然，用传奇法，而以志怪，变幻之状，如在目前；又或易调改弦，别叙畸人异行，出于幻域，顿入人间；偶叙琐闻，亦多简洁，故读者耳目为之一新"(《中国小说史略》)。作者运用积极浪漫主义的手法，塑造了一系列栩栩如生的人物形象，在艺术上达到了很高的成就，在我国小说史上产生了深远的影响。

劳山道士

邑[①]有王生，行七，故家[②]子。少慕道，闻劳山[③]多仙人，负笈往游。登一顶，有观宇，甚幽。一道士坐蒲团[④]上，素发垂领[⑤]，而神观爽迈[⑥]。叩而与语，理甚玄妙。请师之[⑦]。道士曰："恐娇惰不能作苦[⑧]。"答言："能之！"其门人甚众，薄暮[⑨]毕集，王俱与稽首。遂留观中。

凌晨，道士呼王去，授以斧，使随众采樵[⑩]。王谨受教。过月余，手足重茧，不堪其苦，阴有归志[⑪]。一夕归，见二人与师共酌。日已暮，尚无灯烛。师乃剪纸如镜，粘壁间。俄顷，月明辉[⑫]室，光鉴[⑬]毫芒。诸门人环听奔走[⑭]。一客曰："良宵胜乐，不可不同。"乃于案上取壶酒，分赉诸徒，且嘱尽醉。王自思：七八人，壶酒何能遍给？遂各觅盎盂[⑮]，竞饮先釂[⑯]，惟恐樽尽。而往复挹注[⑰]，竟不少减。心奇之。俄，一客曰："蒙赐月明之照，乃尔寂饮[⑱]，何不呼嫦娥来？"乃以箸掷月中。见一美人，自光中出，初不盈尺，至地，遂与人等[⑲]。纤腰秀项，翩翩作"霓裳舞"[⑳]。已而歌曰："仙仙乎！而还乎[㉑]！而幽我于广寒乎[㉒]！"其声清越[㉓]，烈如箫管。歌毕，盘旋而起，跃登几上。惊顾之间，已复为箸。三人大笑。又一客曰："今宵最乐，然不胜酒力矣。其饯我于月宫可乎？"三人移席，渐入月中。众视三人坐月中饮，须眉毕见，如影之在镜中。移时，月渐暗。门人然[㉔]烛来，则道士独坐，而客杳矣。几上肴核尚存；壁上月，纸圆如镜而已。道士问众："饮足乎？"曰："足矣。""足，宜早寝，勿误樵苏[㉕]。"众诺而退。王窃忻慕，归念遂息。

又一月，苦不可忍，而道士并不传教一术。心不能待，辞曰："弟子数百里受业仙师，纵不能得长生术，或小有传习，亦可慰求教之心。今阅[㉖]两三月，不过早樵而暮归。弟子在家，未谙此苦。"道士笑曰："我固谓不能作苦，今果然。明早当遣汝行。"王曰："弟子操作多日，师略授小技，此来为不负也。"道士问："何术之求？"王曰："每见师行处，墙壁所不能隔，但得此法足矣。"道士笑而允之。乃传以诀，令自咒，毕，呼曰："入之！"王面墙[㉗]，不敢入。又曰："试入之。"王果从容入，及墙而阻。道士曰："俯首骤入，勿逡巡[㉘]！"王果去墙数步，奔而入。及墙，虚若无物，回视果在墙外矣。大喜，入谢。道士曰："归宜洁持[㉙]，否则不验。"遂助资斧[㉚]遣之归。

抵家，自诩遇仙，坚壁所不能阻。妻不信。王效其作为，去墙数尺，奔而入，头触硬壁，蓦然而踣。妻扶视之，额上坟起[㉛]如巨卵焉。妻揶揄[㉜]之。王惭忿，骂老道士之无良而已。

异史氏[㉝]曰："闻此事，未有不大笑者。而不知世之为王生者，正复不少。今有伧父[㉞]，喜疢毒而畏药石[㉟]，遂有吮痈舐痔者[㊱]，进宣威逞暴之术，以迎其旨。诒[㊲]之曰：'执此术也以往，可以横行而无碍。'初试，未尝不小效，遂谓天下之大，举[㊳]可以如是行矣，势不至触硬壁而颠蹶，不止也！"

【注释】

①邑：城市。这里指作者的家乡山东淄川县城。

②故家：犹言"世家"、"世族"，原指世代为官的人家，也泛指贵族官僚大地主家庭。

③劳山：又作"崂山"，在山东即墨市东南六十里。有大小两山相连，上有清神洞、落碧岩等名胜。

④蒲团：信仰佛教、道教的人，在打坐和跪拜时，多用蒲草编成团形垫具，故称“蒲团”。

⑤素发垂领：白头发披在脖项上。

⑥神观爽迈：精神仪态爽朗豪迈。

⑦请师之：请以他为老师。师，这里用作动词。

⑧作苦：劳动受苦。

⑨薄暮：傍晚。薄，迫近。

⑩采樵：砍柴。

⑪阴有归志：私下里产生了要回家的念头。阴，私下，暗地里。

⑫辉：照耀。

⑬鉴：这里用作动词，照耀。

⑭环听奔走：围绕着听候使唤，跑来跑去侍候着。

⑮盎盂：盎，腹大口小的盆。盂，古代食器，形状略如今之痰盂。

⑯釂(jiào 叫)：干杯。

⑰往复挹注：反复倾注。指众门人把一壶酒斟来斟去。

⑱乃尔：却这般。乃，却，但。尔，如此，这样。

⑲与人等：身长与人相同。

⑳“霓裳舞”：即《霓裳羽衣舞》的简称。参见前《长恨传》注。

㉑“仙仙乎”二句：语本《庄子·在宥》：“仙仙乎归矣！”仙仙，轻举飞升的样子。而：连接语助词。

㉒幽：幽禁。广寒：即广寒宫的简称。传说唐玄宗梦游月宫，见月宫上题有“广寒清虚之府”的字样，后因称月宫为“广寒宫”。见柳宗元《龙城录·明皇梦游广寒宫》。

㉓清越：清脆嘹亮。

㉔然：同“燃”。

㉕苏：割野草。

㉖阅：经历。

㉗面墙：面对着墙壁。

㉘逡巡：欲进不进，迟疑不决的样子。《庄子·让王》：“子贡逡巡而有愧色。”

㉙洁持：用高尚纯洁的态度来对待，即不要用它去干坏事。

㉚资斧：路费，盘缠。

㉛坟起：凸起。

㉜揶揄：讥笑。《后汉书·王霸传》：“市人皆大笑，举手揶揄之。”

㉝异史氏：司马迁在《史记》篇末评论本篇史事时，用“太史公曰”。蒲松龄模仿《史记》体例，自称“异史氏”。参见前《王翠翘传》“外史氏”注。

㉞伧父：对鄙贱之人的称呼，是骂人的话。伧，粗俗鄙贱。《晋书·左思传》：“此间有伧父欲作《三都赋》，须其成当以覆酒瓮耳。”

㉟喜疢(chèn 趁)毒而畏药石：《左传·襄公二十三年》：“臧孙曰：‘季孙之爱我，疾疢也；孟孙之恶我，药石也。美疢不如恶石。……疢之美，其毒滋多。’”疢毒，病毒；药石，治病的药物。全句意思是说，喜欢有害的阿谀奉承，而害怕有益的批评。

㊱吮痈舐痔：指卑鄙无耻的谄媚行为。《庄子·列御寇》载：“秦王有病，召医：破痈溃痤者得车一乘，舐痔者得车五乘。”又《史记·佞幸列传》：“文帝尝病痈，邓通常为帝唶吮之。”

舐，舔。

㊲诒(dài代)：这里通“绐”，欺骗。

㊳举：全，全部。

娇娜

孔生雪笠，圣裔[①]也。为人蕴藉[②]，工诗。有执友令天台[③]，寄函招之。生往，令适卒，落拓不得归。寓菩陀寺，佣为寺僧抄录[④]。寺西百余步，有单先生第。先生，故[⑤]公子，以大讼萧条[⑥]，眷口寡，移而乡居，宅遂旷焉。

一日，大雪崩腾[⑦]，寂无行旅。偶过其门，一少年出，丰采甚都[⑧]。见生，趋与为礼，略致慰问，即屈降临。生爱悦之，慨然从入。屋宇都不甚广，处处悉悬锦幕，壁上多古人书画。案头书一册，签[⑨]云：《琅嬛琐记》[⑩]。翻阅一过，俱目所未睹。生以居单第，意为第主，即亦不审官阀[⑪]。少年细诘行踪，意怜之，劝设帐[⑫]授徒。生叹曰：“羁旅[⑬]之人，谁作曹丘[⑭]者！”少年曰：“倘不以驽骀[⑮]见斥，愿拜门墙[⑯]。”生喜，不敢当师，请为友。便问：“宅何久锢[⑰]？”答曰：“此为单府。曩以公子乡居，是以久旷。仆，皇甫氏，祖居陕。以家宅焚于野火，暂借安顿。”生始知非单。当晚，谈笑甚欢，即留共榻。

昧爽[⑱]，即有童子炽炭于室。少年先起入内，生尚拥被坐。童入白：“太公来。”生惊起。一叟人，鬓发皤然[⑲]，向生殷谢[⑳]，曰：“先生不弃顽儿，遂肯赐教。小子初学涂鸦[㉑]，勿以友故，行辈[㉒]视之也。”已，乃进锦衣一袭[㉓]，貂帽、袜、履各一事[㉔]。视生盥栉[㉕]已，乃呼酒荐馔[㉖]。几、榻、裙、衣，不知何名，光彩射目。酒数行，叟兴辞[㉗]，曳杖而去。餐讫，公子呈课业，类皆古文词，并无时艺[㉘]。问之，笑云：“仆不求进取也。”抵暮，更酌，曰：“今夕尽欢，明日便不许矣。”呼童曰：“视太公寝未。已寝，可暗唤香奴来。”童去，先以绣囊将琵琶至。少顷，一婢人，红妆艳绝。公子命弹《湘妃》[㉙]。婢以牙拨[㉚]勾动，激扬哀烈，节拍不类夙闻。又命以巨觞行酒，三更始罢。

次日，早起共读。公子最惠[㉛]，过目成咏。二三月后，命笔警绝[㉜]。相约五日一饮，每饮必招香奴。一夕，酒酣气热，目注之。公子已会其意，曰：“此婢为老父所豢养。兄旷邈无家[㉝]，我夙夜代筹久矣，行当为君谋一佳耦。”生曰：“如果惠好，必如香奴者。”公子笑曰：“君诚‘少所见而多所怪’者矣。以此为佳，君愿亦易足也。”居半载，生欲翱翔郊郭[㉞]，至门，则双扉外扃。问之。公子曰：“家君[㉟]恐交游纷意念，故谢[㊱]客耳。”生亦安之。

时盛暑溽热，移斋园亭。生胸间肿起如桃，一夜如碗，痛楚吟呻。公子朝夕省视，眠食都废。又数日，创剧[㊲]，益绝食饮。太公亦至，相对太息。公子曰：“儿前夜思先生清恙[㊳]，娇娜妹子能疗之，遣人于外祖母处呼令归，何久不至？”俄，童入白：“娜姑至，姨与松姑同来。”父子疾趋入内。少间，引妹来视生。年约十三四，娇波流慧[㊴]，细柳生姿[㊵]。生望见颜色，嚬呻顿忘，精神为之一爽。公子便言：“此兄良友，

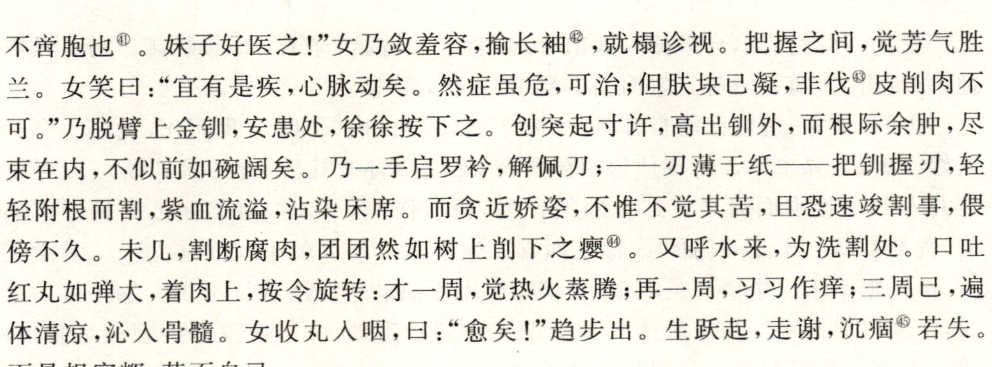

不啻胞也[41]。妹子好医之!”女乃敛羞容,揄长袖[42],就榻诊视。把握之间,觉芳气胜兰。女笑曰:“宜有是疾,心脉动矣。然症虽危,可治;但肤块已凝,非伐[43]皮削肉不可。”乃脱臂上金钏,安患处,徐徐按下之。创突起寸许,高出钏外,而根际余肿,尽束在内,不似前如碗阔矣。乃一手启罗衿,解佩刀;——刃薄于纸——把钏握刃,轻轻附根而割,紫血流溢,沾染床席。而贪近娇姿,不惟不觉其苦,且恐速竣割事,偎傍不久。未几,割断腐肉,团团然如树上削下之瘿[44]。又呼水来,为洗割处。口吐红丸如弹大,着肉上,按令旋转:才一周,觉热火蒸腾;再一周,习习作痒;三周已,遍体清凉,沁入骨髓。女收丸入咽,曰:“愈矣!”趋步出。生跃起,走谢,沉痼[45]若失。而悬想容辉,苦不自已。

自是废卷痴坐,无复聊赖。公子已窥之,曰:“弟为兄物色,得一佳耦。”问:“何人?”曰:“亦弟眷属。”生凝思良久,但云:“勿须!”面壁吟曰:“‘曾经沧海难为水,除却巫山不是云。’[46]”公子会其指,曰:“家君仰慕鸿才,常欲附为昏因[47]。但止一少妹,齿太稚[48]。有姨女阿松,年十八矣,颇不粗陋。如不见信,松姊日涉园亭,伺前厢,可望见之。”生如其教。果见娇娜偕丽人来,画黛弯蛾[49],莲钩蹴凤[50],与娇娜相伯仲也[51]。生大悦,请公子作伐[52]。公子翼日[53]自内出,贺曰:“谐矣[54]!”乃除[55]别院,为生成礼。是夕,鼓吹阗咽[56],尘落漫飞[57],以望中仙人,忽同衾幄,遂疑广寒宫殿,未必在云霄矣。

合卺[58]之后,甚惬心怀。一夕,公子谓生曰:“切磋[59]之惠,无日可以忘之。近单公子解讼归,索宅甚急。意将弃此而西[60],势难复聚,因而离绪萦怀。”生愿从之而去。公子劝还乡闾,生难之。公子曰:“勿虑,可即送君行。”无何,太公引松娘至,以黄金百两赠生。公子以左右手与生夫妇相把握,嘱闭眸勿视,飘然履空,但觉耳际风鸣。久之,曰:“至矣。”启目,果见故里。始知公子非人。喜扣家门。母出非望,又睹美妇,方共忻慰。及回顾,则公子逝矣。

松娘事姑[61]孝,艳色贤名,声闻遐迩[62]。后生举进士,授延安司李[63],携家之任。母以道远,不行。松娘举一男[64],名小宦。生以迕直指[65],罢官,挂碍[66]不得归。偶猎郊野,逢一美少年,跨骊驹[67],频频瞻顾。细视,则皇甫公子也。揽辔停骖[68],悲喜交至。邀生去,至一村,树木浓昏,荫翳天日。入其家,则金沤浮钉[69],宛然世族。问妹子,则嫁;岳母,已亡:深相感悼。经宿别去,偕妻同返。娇娜亦至,抱生子,掇提而弄[70],曰:“姊姊乱吾种矣。”生拜谢曩德。笑曰:“姊夫贵矣!创口已合,未忘痛耶?”妹夫吴郎,亦来谒拜,信宿乃去。

一日,公子有忧色,谓生曰:“天降凶殃,能相救否?”生不知何事,但锐自任[71]。公子趋出,招一家俱入,罗拜堂上。生大骇,亟问。公子曰:“余非人类,狐也。今有雷霆之劫[72]。君肯以身赴难,一门可望生全;不然,请抱子而行,无相累。”生矢[73]共生死。乃使仗剑于门,嘱曰:“雷霆轰击,勿动也!”生如所教。果见阴云昼暝[74],昏黑如磬[75]。回视旧居,无复闬闳[76],惟见高冢岿然,巨穴无底。方错愕[77]间,霹雳一声,摆簸山岳,急雨狂风,老树为拔。生目眩耳聋,屹不少动。忽于繁烟黑絮之中,

见一鬼物，利喙长爪，自穴攫一人出，随烟直上。瞥睹[78]衣履，念似娇娜。乃急跃离地，以剑击之，随手堕落。忽而崩雷暴裂，生仆，遂毙。

少间，晴霁，娇娜已能自苏，见生死于傍，大哭曰："孔郎为我而死，我何生矣！"松娘亦出，共舁生归。娇娜使松娘捧其首，兄以金簪拨其齿，自乃撮其颐[79]，以舌度红丸入[80]，又接吻而呵之。红丸随气入喉，格格作响。移时，醒然而苏。见眷口满前，恍如梦寤。于是一门团圞，惊定而喜。生以幽圹不可久居，议同旋里[81]。满堂交赞，惟娇娜不乐。生请与吴郎俱，又虑翁媪不肯离幼子。终日议不果。忽吴家一小奴，汗流气促而至。惊致研诘[82]，则吴郎家亦同日遭劫，一门俱没。娇娜顿足悲伤，涕不可止。共慰劝之。而同归之计遂决。

生入城，勾当[83]数日，遂连夜趣装[84]。既归，以闲园寓公子，恒反关之，生及松娘至，始发扃。生与公子兄妹，棋酒谈宴，若一家然。小宦长成，貌韶秀，有狐意；出游都市，共知为狐儿也。

异史氏曰："余于孔生，不羡其得艳妻，而羡其得腻友[85]也。观其容，可以忘饥；听其声，可以解颐[86]。得此良友，时一谈宴，则色授魂与[87]，尤胜于颠倒衣裳[88]矣。"

【注释】

①圣裔（yì 义）：孔丘的后代。孔丘是春秋时代鲁国人，儒家学派的创始人，我国历史上著名的思想家和教育家。从宋代之后被历代封建统治者尊为"至圣"。

②蕴藉：宽和含蓄的样子。《汉书·薛广德传》："广德为人，温雅有蕴藉。"

③有执友令天台：有一个好朋友在天台县做县令。执友，志同道合的朋友。令，用作动词，做县令。下文"令适卒"的"令"则作名词。县令又叫知县，是一县最高行政长官。天台，县名，在浙江省东部。

④佣为寺僧抄录：被寺里和尚雇去抄写经卷。

⑤故：故家。参见前《劳山道士》"故家"注。

⑥以大讼萧条：因为打官司使家业败落了。

⑦崩腾：大雪飞舞的样子。

⑧丰采甚都：仪表很美好、漂亮。都，美好。

⑨签：指书籍封面上的标签。

⑩《琅嬛琐记》：虚拟的书名。元代尹世珍作《琅嬛记》。书中记述晋代学者张华曾游于洞宫，遇到一人，问他读了多少书，张华回答说："未曾读的只是二十年内出的书，若二十年以外的书，我都读过。"于是那人又领张华继续游览，参观了许多人间看不到的图书秘籍。蒲松龄根据这一故事，编造了《琅嬛琐记》的书名，以显示皇甫公子学问渊博，读的书也与世人不同。

⑪不审官阀：不问清楚他的家世情况。审，询问。官阀，指官位门第。参见前《裴玉娥》"阀阅"注。

⑫设帐：东汉马融教授学生时，"常坐高堂，施绛纱帐，前授生徒，后列女乐"（见《后汉书·马融传》）。后来因用"设帐"作为教书的代词。

⑬羁旅：旅居在外的意思。

⑭曹丘：即曹丘生，西汉楚人，曾到处称赞季布，季布因此享有盛名（见《史记·季布栾布列传》）。后来就把“曹丘”或“曹丘生”作为介绍、推荐的代称。

⑮驽骀（nú tái 奴抬）：劣马。这里比喻能力低下，没有学问的人，是谦辞。

⑯愿拜门墙：犹言愿意拜在您的门下。孔子的弟子子贡称赞孔子的学问高深，说：“夫子之墙数仞，不得其门而入。”（见《论语·子张》）后来因用“门墙”来称呼师门，表示对老师的尊敬。

⑰锢：锁闭。

⑱昧爽：天刚发亮。

⑲皤（pó 婆）然：头发雪白的样子。

⑳殷谢：深深地道谢。

㉑涂鸦：本来是喻指字写得坏，像一个个黑老鸦似的。这里是初学写作的意思，是谦辞。语出唐代卢仝《示添丁》诗：“忽来案上飞墨汁，涂抹诗书似老鸦。”

㉒行（hàng 杭去声）辈：平辈、同辈的意思。

㉓一袭：一套。

㉔各一事：各一件。

㉕盥栉：梳洗。盥，洗。栉，梳。

㉖荐馔：进献菜肴。

㉗兴辞：起来告辞。

㉘时艺：指明清科举考试的八股文。

㉙《湘妃》：指古琴曲《湘妃怨》。《琴曲谱录》：“上古琴弄名有《湘妃怨》，女英制。”据《列女传》、《水经注》等书记载，尧之二女娥皇、女英，嫁为舜帝妃，舜南巡，死于苍梧，二女闻讯，赶到江湘，悲啼而死，死后成为湘水之神，号湘夫人（舜帝则为湘君）。

㉚牙拨：即象牙拨，象牙做的弹奏琵琶的工具。

㉛惠：同“慧”，聪明。

㉜命笔警绝：下笔写的诗文绝妙不凡。

㉝旷邈无家：远离家乡，没有娶妻。古时称无妻的成年男子为“旷夫”。

㉞翱翔郊郭：到城郊区去游玩。

㉟家君：家父。对别人称自己父亲的代词。

㊱谢：谢绝。

㊲创剧：脓疮更严重了。创，通“疮”。《礼记·曲礼上》：“头有创，则沐。”剧，加重。

㊳清恙：对别人生病的客气说法。恙，病。

㊴娇波流慧：形容女子美丽聪明的眼神。

㊵细柳生姿：比喻女子苗条秀美的身段。

㊶不啻胞也：意思是说比同胞兄弟还要亲热。不啻，不止、超过的意思。

㊷揄长袖：把袖搂起来。揄，提起。

㊸伐：割除的意思。

㊹瘿：肿瘤。

㊺沉痼：重病。

㊻“曾经沧海难为水”二句：这是唐代诗人元稹《离思五首》第四首的头两句。孔生吟咏这两句诗，是把娇娜比作沧海之水，巫山之云。意思是说，自己既然爱过一位出色的女子，也

就很难再与别的女子相爱了。这里化用巫山神女事。参见前《拾遗记》之《薛灵芸》篇注。

㊼昏因：同“婚姻”。

㊽齿太稚：年龄太小。

㊾画黛弯蛾：用青黑色的颜料把眉毛画得像蛾眉一样弯细。

㊿莲钩蹴凤：瘦小的脚穿着凤头鞋。

51相仲伯：“伯”是老大，“仲”是老二，本指兄弟而言，这里比喻两人差不多，不相上下。

52作伐：做媒。《诗·豳风·伐柯》：“伐柯如何？匪斧不克。取妻如何？匪媒不得。”后世因称为人作媒为“作伐”、“伐柯”、“执柯”。

53翼日：同“翌日”，第二天。

54谐矣：成功了。

55除：打扫。

56鼓吹阗咽：吹吹打打，非常热闹。阗咽，吵闹。

57尘落漫飞：由于乐声的振动，人们的纷乱，使得灰尘到处飞扬。这是形容举行婚礼时的热闹场面。

58合卺(jǐn 锦)：古时婚礼的一种仪式：把一个瓠子切成两个瓢，由新郎新娘各拿一个对饮交杯酒。《礼记·昏义》：“合卺而酳。”疏：“以一瓠分为两瓢为之卺，婿之与妇各执一片以酳，故云合卺而酳。”

59切磋：以工匠制作骨、石器物的功夫来比喻互相间对学问的商讨和研究。“切”、“磋”都是制作骨器的工序。语出《诗·卫风·淇奥》：“有匪君子，如切如磋，如琢如磨。”

60西：这里用作动词，即到西方去。

61姑：这里指婆母，即丈夫的母亲。《国语·鲁语下》：“吾闻之先姑。”唐王建诗：“未谙姑食性，先遣小姑尝。”

62遐尔：远近。

63司李：也称“司理”，是古时掌管狱讼的官吏。这里指延安府推官。

64举一男：生一个男孩。

65迕直指：迕，同“忤”，冒犯。直指，官名。汉代派侍御史到各地审理重大案件，称为“直指使”。这里指奉派在外巡察的高级官员，如“巡按御史”之类。

66挂碍：即“挂误”。封建官吏因某一事件牵连而受处分，在此案未结束前，需待命听候处置，不得擅自离去，叫做“挂碍”。

67骊驹：黑色的小马。

68揽辔停骖：拉着缰绳，使马停住。古时一车驾三马，在两旁的马称“骖”。这里泛指驾车的马。

69金沤浮钉：古时殿堂屋宇大门上的一种装饰品。形状像水泡，金黄色，一排一排的镶嵌在大门上。沤，水泡。

70掇提而弄：用两手把孩子举起，一上一下地逗着玩。

71锐自任：勇于自己承担。

72雷霆之劫：即雷击的灾难。通常用来指灾厄。迷信说法，凡修道的精怪，都要经受雷击、火烧等各种“劫数”，能逃脱的才能得道成仙。

73矢：发誓。

74阴云昼暝：阴云密布，使得白日里也很昏暗。

⑦⑤翳(yī 衣):黑色的石头。

⑦⑥闬闳(hàn hóng 汉洪):里巷的大门。

⑦⑦错愕:吃惊发愣的样子。

⑦⑧瞥睹:一眼看见。

⑦⑨撮其颐:用手捏着他的两颊(使他的嘴张开)。

⑧⓪度红丸入:把红丸送进去。度,同"渡"。

⑧①旋里:回老家。里,乡里。

⑧②研诘:盘问。

⑧③勾当:料理。

⑧④趣装:匆忙地收拾行李。

⑧⑤腻友:容颜音声使人陶醉的女友。

⑧⑥解颐:开口笑。《汉书·匡衡传》:"匡说诗,解人颐。"注:"使人笑不能止也。"

⑧⑦色授魂与:指被美好的容颜所吸引,因而精神与之溶合在一起。语出司马相如《上林赋》:"色授魂与,心愉于侧。"

⑧⑧颠倒衣裳:这里是性行为的隐语。语出《诗·齐风·东方未明》:"东方未明,颠倒衣裳。"

青凤

太原耿氏,故大家,第宅弘阔。后凌夷①,楼舍连亘②,半旷废之,因生怪异,堂门辄自开掩。家人恒中夜骇哗。耿患之,移居别墅,留老翁门③焉。由此荒落益甚,或闻笑语歌吹声。

耿有从子④去病,狂放不羁,嘱翁有所闻见,奔告之。至夜,见楼上灯光明灭,走报生。生欲入觇⑤其异。止之,不听。门户素所习识,竟拨蒿蓬,曲折而入。登楼,殊无少异。穿楼而过,闻人语切切。潜窥之,见巨烛双烧,其明如昼。一叟儒冠,南面坐;一媪相对:俱年四十余。东向一少年,可二十许。右一女郎,裁及笄⑥耳。酒胾满案⑦,团坐笑语。生突入,笑呼曰:"有不速之客一人来!"群惊奔匿。独叟出,叱问:"谁何入人闺闼⑧?"生曰:"此我家闺闼,君占之。旨酒自饮,不一邀主人,毋乃太吝?"叟审睇曰:"非主人也。"生曰:"我狂生耿去病,主人之从子耳。"叟致敬曰:"久仰山斗⑨。"乃揖生入。便呼家人易馔,生止之。叟乃酌客。生曰:"吾辈通家⑩,座客无庸见避,还祈招饮。"叟呼:"孝儿!"俄,少年自外入。叟曰:"此豚儿⑪也。"揖而坐。略审门阀。叟自言:"义君姓胡。"生素豪,谈议风生,孝儿亦倜傥:倾吐间雅相爱悦。生二十一,长孝儿二岁,因弟之。叟曰:"闻君祖纂《涂山外传》,知之乎?"答:"知之。"叟曰:"我涂山氏之苗裔⑫也。唐以后,谱系⑬犹能忆之;五代⑭而上,无传焉。幸公子一垂教也。"生略述涂山女佐禹之功,粉饰多词,妙绪泉涌⑮。叟大喜,谓子曰:"今幸得闻所未闻。公子亦非他人,可请阿母及青凤来共听之,亦令知我祖德也。"孝儿入帏中。少时,媪偕女郎出。审顾之,弱态生娇,秋波流慧,人间无其丽也。叟指妇云:"此为老荆⑯。"又指女郎:"此青凤,鄙人之犹女也。颇惠,所闻见,辄记不忘,故唤令听之。"生谈竟而饮,瞻顾女郎,停睇不转。女觉之,辄俯

其首。生隐蹑莲钩，女急敛足，亦无愠怒。生神志飞扬，不能自主，拍案曰："得妇如此，南面王不易也[17]！"媪见生渐醉，益狂，与女俱起，遽搴帏去。生失望，乃辞叟出。而心萦萦不能忘情于青凤也。

至夜，复往，则兰麝犹芳，而凝待终宵，寂无声咳。归与妻谋，欲携家而居之，冀得一遇。妻不从。生乃自往，读于楼下。夜方凭几，一鬼披发入，面黑如漆，张目视生。生笑，染指研[18]墨自涂，灼灼然相与对视。鬼惭而去。次夜，更既深，灭烛欲寝，闻楼后发扃，辟之砰然[19]。急起窥觇，则扉半启。俄闻履声细碎，有烛光自房中出。视之，则青凤也。骤见生，骇而却退，遽阖双扉。生长跽[20]而致词曰："小生不避险恶，实以卿故。幸无他人，得一握手为笑，死不憾耳。"女遥语曰："惓惓[21]深情，妾岂不知。但叔闺训[22]严，不敢奉命。"生固哀之，云："亦不敢望肌肤之亲，但一见颜色足矣。"女似肯可，启关[23]出，捉之臂而曳之。生狂喜，相将入楼下，拥而加诸膝。女曰："幸有夙分。过此一夕，即相思，无用矣。"问："何故？"曰："阿叔畏君狂，故化厉鬼以相吓，而君不动也。今已卜居[24]他所。一家皆移什物赴新居，而妾留守，明日即发。"言已欲去，云："恐叔归。"生强止之，欲与为欢。方持论[25]间，叟掩入。女羞惧无以自容，俯首倚床，拈带不语。叟怒曰："贱婢辱吾门户！不速去，鞭挞且从其后！"女低头急去。叟亦出。尾而听之，呵诟[26]万端。闻青凤嘤嘤啜泣。生心意如割，大声曰："罪在小生，于青凤何与[27]！倘宥凤也，刀锯𫓧钺[28]，小生愿身受之！"良久，寂然。生乃归寝。自此第内绝不复声息矣。

生叔闻而奇之，愿售以居，不较直。生喜，携家口而迁焉。居逾年，甚适，而未尝须臾忘凤也。会清明，上墓归，见小狐二，为犬逼逐。其一投荒窜去；一则皇急[29]道上，望见生，依依哀啼，𦗡耳辑首[30]，似乞其援。生怜之，启裳衿，提抱以归。闭门，置床上，则青凤也。大喜，慰问。女曰："适与婢子戏，遘此大厄[31]。脱非郎君，必葬犬腹。望无以非类见憎。"生曰："日切怀思，系于魂梦。见卿，如获异宝，何憎之云！"女曰："此天数也！不因颠覆[32]，何得相从。然幸矣，婢子必以妾为已死，可与君坚永约[33]耳。"生喜，另舍舍之[34]。

积二年余，生方夜读，孝儿忽入。生辍读，讶诘所来。孝儿伏地怆然曰："家君有横难[35]，非君莫拯。将自诣恳，恐不见纳，故以某来。"问："何事？"曰："公子识莫三郎否？"曰："此吾年家子[36]也。"孝儿曰："明日将过。倘携有猎狐，望君之留之也。"生曰："楼下之羞，耿耿在念。他事不敢预闻，必欲仆效绵薄[37]，非青凤来不可！"孝儿零涕曰："凤妹已野死三年矣！"生拂衣曰："既尔，则恨滋深耳！"执卷高吟，殊不顾瞻。孝儿起，哭失声，掩面而去。生如青凤所，告以故。女失色，曰："果救之否？"曰："救则救之。适不之诺[38]者，亦聊以报前横耳。"女乃喜，曰："妾少孤[39]，依叔成立。昔虽获罪，乃家范[40]应尔。"生曰："诚然。但使人不能无介介[41]耳。卿果死，定不相援！"女笑曰："忍哉！"次日，莫三郎果至，镂膺虎韔[42]，仆从甚赫[43]。生门逆之。见获禽甚多，中一黑狐，血殷毛革[44]。抚之，皮肉犹温。便托裘敝，乞得缀补。莫慨然解赠。生即付青凤。乃与客饮。客既去，女抱狐于怀，三日而苏，展转复化

为叟。举目见凤，疑非人间。女历言其情。叟乃下拜，惭谢前愆。喜顾女曰：“我固谓汝不死，今果然矣。”女谓生曰：“君如念妾，还乞以楼宅相假，使妾得以申反哺[45]之私。”生诺之。叟赧然谢别而去。入夜，果举家来。由此如家人父子，无复猜忌矣。生斋居[46]，孝儿时共谈宴。生嫡出子渐长[47]，遂使傅[48]之，盖循循[49]善教，有师范焉。

【注释】

①凌夷：同“陵夷”，衰微的意思。《史记·高祖功臣侯者年表序》：“始未尝不欲固其根本，而枝叶稍陵夷衰微也。”

②连亘：连绵不断。

③门(mèn 焖)：这里用作动词，看守门户的意思。

④从(zòng 粽)子：侄儿。下文的“犹女”，即侄女。

⑤觇(chān 掺)：看，窥视。

⑥及笄：指女子到了可以盘发插簪的年龄。多指成年。笄，簪子。

⑦酒胾满案：酒肉满桌。胾，切成块的肉。

⑧闺闼：指妇女住的房屋。闼，门。

⑨久仰山斗：这是表示对人仰慕的客套话。语出《新唐书·韩愈传》：“愈以六经之文，为诸儒倡；自愈没后，学者仰之，如太山北斗。”山，泰山；斗，北斗。

⑩通家：世代有交情的人家。

⑪豚儿：对自己儿子的谦称，犹言“蠢小子”。豚，小猪。

⑫涂山氏苗裔：涂山氏，古代神话，大禹治水，行至涂山，娶九尾狐女为妻，称为“涂山氏”(见《吴越春秋》)。所以胡叟自称为涂山氏苗裔。

⑬谱系：家族的系统。谱，家谱。

⑭五代：这里指梁、陈、齐、周、隋五个朝代。

⑮“粉饰多词”二句：是说耿生在叙述涂山女帮助大禹治水的故事时，添枝加叶，美妙的言词滔滔不绝于口，像泉水似的流出。

⑯老荆：对自己妻子的谦称，犹言老妻。古时贫家妇女服饰俭朴，布裙荆钗。因而“荆钗”便成了贫寒的代称。后来就称自己的妻子为“荆妻”，也简称“荆”。

⑰南面王不易也：我国古代帝王就位，都是坐北朝南，故称“南面王”。易，交换。

⑱研：同“砚”。

⑲砰(pēng 烹)然：形容开门的声音。

⑳跽：长跪。双膝着地，上身挺直。

㉑惓惓：同“拳拳”，诚恳、深切的意思。

㉒闺训：封建社会中给妇女规定的一套清规戒律。

㉓启关：开门。

㉔卜居：挑选住宅。

㉕持论：争论，相持不下。

㉖呵诟：责骂。

㉗何与：何干，有什么关系。与，本义为参与，引申作“关联”、“关系”解释。

㉘刀锯鈇钺：都是古代的刑具。鈇，同“斧”；钺，大斧。

㉙皇急:惊慌着急。皇,同"惶"。

㉚阘(tà 榻)耳辑首:俯首垂耳,由于害怕,显得让人可怜的样子。阘,当作"阘",下垂;辑,收敛。

㉛遘此大厄:遇到这样的大灾难。

㉜颠覆:本来是翻转倒塌的意思,这里指波折、灾难。

㉝坚永约:坚守永远相爱的盟约。

㉞另舍舍之:用另外的房屋让青凤居住。上一"舍"为名词,下一"舍"为动词。

㉟横难:意外的灾难。下文"前横"之"横",是粗暴不讲理的意思。

㊱年家子:科举时代,同科考中的举人、进士,互称"同年",同年的后辈即为年家子。

㊲绵薄:微薄的力量。

㊳不之诺:即"不诺之",不答应他。

㊴孤:幼而无父叫孤。这里用作动词,死了父亲的意思。

㊵家范:家规。封建社会中,家庭成员应遵守的道德标准。范,规范,标准,法式。

㊶介介:耿耿于怀的意思。《后汉书·马援传》:"介介独恶是耳。"注:"介介犹耿耿也。"

㊷镂膺虎韔(chàng 唱):镂膺,马胸前系的镂金饰带;虎韔,用虎皮做的弓袋。语出《诗·秦风·小戎》:"虎韔镂膺,交韔二弓。"

㊸赫:盛大、显耀貌。这里是形容有声势、有威风的样子。

㊹血殷毛革:黑红的血渗遍了皮毛。

㊺反哺:古时传说:雏乌受老乌哺育,长大后能衔着食物喂养老乌。比喻孝养父母的意思。《本草释名》:"《禽经》:鸦鸣哑哑,故谓之鸦。此鸟初生,母哺六十日;长则反哺六十日。"

㊻斋居:住在书房里。

㊼嫡出子:大老婆生的儿子。

㊽傅:用作动词,做师傅的意思。

㊾循循:有次序的样子。语出《论语·子罕》:"夫子循循然善诱人。"朱熹注:"循循,次序貌。"

画皮

太原王生,早行,遇一女郎,抱襆[①]独奔,甚艰于步[②]。急走趁[③]之,乃八姝丽。心相爱乐,问:"何夙夜踽踽[④]独行?"女曰:"行道之人,不能解愁忧,何劳相问。"生曰:"卿何愁忧?或可效力,不辞也。"女黯然曰:"父母贪赂,鬻妾朱门[⑤]。嫡妒甚,朝詈而夕楚辱[⑥]之。所弗堪也,将远遁耳。"问:"何之?"曰:"在亡之人[⑦],乌有定所。"生言:"敝庐不远,即烦枉顾[⑧]。"女喜,从之。生代携襆物,导与同归。女顾室无人,问:"君何无家口?"答云:"斋耳。"女曰:"此所良佳。如怜妾而活之,须秘密勿泄。"生诺之。乃与寝合。使匿密室,过数日而人不知也。生微告[⑨]妻。妻陈,疑为大家媵妾,劝遣之。生不听。

偶适市,遇一道士,顾生而愕,问:"何所遇?"答言:"无之。"道士曰:"君身邪气萦绕,何言无?"生又力白。道士乃去,曰:"惑哉!世固有死将临而不悟者!"生以其言异,颇疑女;转思明明丽人,何至为妖。意道士借魇禳以猎食者[⑩]。无何,至斋

门。门内杜[11]，不得入。心疑所作，乃逾垝垣[12]，则室门亦闭。蹑迹而窗窥之，见一狞鬼，面翠色，齿巉巉[13]如锯，铺人皮于榻上，执采笔而绘之。已而掷笔，举皮如振衣状，披于身，遂化为女子。睹此状，大惧，兽伏而出[14]。急追道士，不知所往。遍迹之[15]，遇于野，长跪乞救。道士曰："请遣除之。此物亦良苦，甫能觅代者[16]，予亦不忍伤其生。"乃以蝇拂[17]授生，令挂寝门。临别约会于青帝[18]庙。生归，不敢入斋，乃寝内室，悬拂焉。一更许，闻门外戢戢[19]有声。自不敢窥也，使妻窥之。但见女子来，望拂子不敢进，立而切齿，良久乃去。少时，复来，骂曰："道士吓我！终不然，宁入口而吐之耶！"取拂碎之，坏寝门而入，径登生床，裂生腹，掬[20]生心而去。妻号。婢入烛之，生已死，腔血狼藉。陈骇涕不敢声。

明日，使弟二郎奔告道士。道士怒曰："我固怜之，鬼子乃敢尔！"即从生弟来。女子已失所在。既而仰首四望，曰："幸遁未远。"问："南院谁家？"二郎曰："小生所舍也。"道士曰："现在君所。"二郎愕然，以为未有。道士问曰："曾否有不识者一人来？"答曰："仆早赴青帝庙，良不知。当归问之。"去，少顷而返，曰："果有之：晨间，一妪来，欲佣为仆家操作；室人[21]止之，尚在也。"道士曰："即是物矣。"遂与俱往，仗木剑，立庭心，呼曰："孽魅偿我拂子来！"妪在室惶遽无色[22]，出门欲遁。道士逐击之。妪仆，人皮划然[23]而脱，化为厉鬼，卧嗥如猪。道士以木剑枭其首[24]。身变作浓烟，匝地作堆[25]。道士出一葫芦，拔其塞，置烟中，飗飗然[26]如口吸气，瞬息烟尽。道士塞口入囊。共视人皮，眉目手足，无不备具。道士卷之如卷画轴声，亦囊之。乃别，欲去。

陈氏拜迎于门，哭求回生之法。道士谢不能。陈益悲，伏地不起。道士沉思曰："我术浅，诚不能起死。我指一人，或能之，往求必合[27]有效。"问："何人？"曰："市上有疯者，时卧粪土中。试叩而哀之。倘狂辱夫人，夫人勿怒也。"二郎亦习知之；乃别道士，与嫂俱往。见乞人颠歌道上，鼻涕三尺，秽不可近。陈膝行而前。乞人笑曰："佳人爱我乎？"陈告之故。又大笑曰："人尽夫也，活之何为！"陈固哀之。乃曰："异哉！人死而乞活于我，我阎摩[28]耶？"怒以杖击陈，陈忍痛受之。市人渐集，如堵[29]。乞人咯痰唾盈把，举向陈吻曰："食之！"陈红涨于面，有难色。即思道士之嘱，遂强啖焉：觉入喉中，硬如团絮，格格而下，停结胸间。乞人大笑曰："佳人爱我哉！"遂起，行已不顾。尾之，入于庙中。迫而求之，不知所在，前后冥搜[30]，殊无端兆[31]。惭恨而归。既悼夫亡之惨，又悔食唾之羞，俯仰哀啼，但愿即死。方欲展[32]血敛尸，家人伫望，无敢近者。陈抱尸收肠，且理且哭。哭极声嘶，顿欲呕，觉鬲[33]中结物，突奔而出，不及回首，已落腔中。惊而视之，乃人心也，在腔中突突犹跃，热气腾蒸如烟然。大异之。急以两手合腔，极力抱挤；少懈，则气氤氲[34]自缝中出。乃裂缯帛，急束之。以手抚尸，渐温。复以衾裯[35]。中夜启视，有鼻息矣。天明竟活。为言："恍惚若梦，但觉腹隐痛耳。"视破处，痂结如钱，寻愈。

异史氏曰："愚哉世人！明明妖也，而以为美。迷哉愚人！明明忠也，而以为妄。然爱人之色而渔[36]之，妻亦将食人之唾而甘之矣。天道好还[37]，但愚而迷者不

悟耳,可哀也夫!"

【注释】

①襆(fú 浮):包袱,即用布单包裹的衣物。

②甚艰于步:行走很困难、很吃力。

③趁:赶上去,凑上去。

④踽(jǔ 举)踽:形容独自走路孤孤零零的样子。《诗·唐风·杕杜》:"独行踽踽。"毛传:"踽踽,无所亲也。"又《孟子·尽心下》:"行何为踽踽凉凉。"朱熹注:"踽踽,独行不进之貌。"

⑤朱门:漆成红色的门,古时富贵人家多用红漆涂门,所以"朱门"便成为富贵人家的代词。

⑥楚辱:杖击侮辱。楚,灌木名,即牡荆,旧时常用作刑杖。这里用作动词。

⑦在亡之人:正在逃亡的人。

⑧枉顾:委屈下顾。这是称别人来访的客气话。

⑨微告:略微告诉。

⑩借魇(yǎn 演)禳(ráng 瓤)以猎食:以魇禳的迷信行为来骗取饭吃。魇禳,旧时一种驱鬼消灾的迷信活动。猎,谋取。

⑪内杜:从里面插住。杜,关闭。

⑫垝(guǐ 鬼)垣:毁坏的墙。指有缺口的地方。《诗·卫风·氓》:"乘彼垝垣,以望复关。"毛传:"垝,毁;垣,墙也。"

⑬巉巉(chán 蝉):原指山势险峻,这里形容牙齿的锐利。

⑭兽伏而出:像野兽一样爬着出来。

⑮遍迹之:到处寻找他。迹,踪迹。这里用作动词,寻找。

⑯甫能觅代者:刚刚能找到代替的人。迷信说法,有些鬼(如淹死、吊死等遭横死的鬼)只有找到同样的死者做替身,才能去投胎为人。

⑰蝇拂:驱赶蚊蝇的掸子,多用麈尾、马尾做成。

⑱青帝:主管东方的天帝。古代神话传说,中央和四方有五天帝主管:东方青帝,南方赤帝,西方白帝,北方黑帝,中央黄帝。

⑲戢戢:象声词,这里是形容鬼走路的响声。

⑳掬:抓取。

㉑室人:妻子。

㉒无色:因害怕而面无人色。

㉓划然:形容皮和肉脱开的声音。

㉔枭其首:原指砍下头挂在杆上示众,这里指把头砍下来。

㉕匝地作堆:在地上环绕成一个小堆。

㉖飕飕然:微风吹动的声音。

㉗合:应该。

㉘阎摩:即宗教传说中的阎罗王。

㉙如堵:形容围的人很多,像一堵墙一样。

㉚冥搜:到处寻找。

㉛端兆:踪迹。

㉜展:同"搌",揩、擦的意思。

㉝鬲：即胸膈，是胸腔和腹腔之间的肉膜。鬲中，指胸中。

㉞氤氲：热气上冒的样子。

㉟衾裯：被子。

㊱渔：这里指对女色的追求。

㊲天道好还：这是因果报应的迷信说法，犹如说"一报还一报"。意思是说，你怎样对待人，上天也会让人同样地对待你。

婴　宁

王子服，莒[①]之罗店人。早孤。绝惠，十四入泮[②]。母最爱之，寻常不令游郊野。聘萧氏，未嫁而夭，故求凰未就也。

会上元[③]，有舅氏子吴生，邀同眺瞩[④]。方至村外，舅家有仆来，招吴去。生见游女如云，乘兴独遨。有女郎携婢，拈梅花一枝，容华绝代，笑容可掬。生注目不移，竟忘顾忌。女过去数武[⑤]，顾婢曰："个[⑥]儿郎目灼灼似贼！"遗花地上，笑语自去。生拾花怅然，神魂丧失，怏怏遂返。至家，藏花枕底，垂头而睡，不语亦不食。母忧之。醮禳[⑦]，益剧，肌革锐减[⑧]。医师诊视，投剂发表[⑨]，忽忽若迷。母抚问所由，嘿然不答。适吴生来，嘱密诘之。吴至榻前，生见之泪下。吴就榻慰解，渐致研诘。生具吐其实，且求谋画。吴笑曰："君意亦复痴。此愿有何难遂？当代访之。徒步于野，必非世家。如其未字[⑩]，事固谐矣；不然，拚[⑪]以重赂，计必允遂。但得痊瘳，成事在我。"生闻之，不觉解颐。吴出告母，物色女子居里，而探访既穷，并无踪绪。母大忧，无所为计。然自吴去后，颜顿开，食亦略进。数日，吴复来。生问所谋。吴绐之曰："已得之矣！我以为谁何人，乃我姑氏女，即君姨妹行，今尚待聘。虽内戚有昏因之嫌[⑫]，实告之，无不谐者。"生喜溢眉宇。问："居何里？"吴诡曰："西南山中，去此可三十余里。"生又付嘱再四，吴锐身自任而去。

生由此饮食渐加，日就平复。探视枕底，花虽枯，未便[⑬]雕落，凝思把玩，如见其人。怪吴不至，折柬[⑭]招之。吴支托不肯赴召。生恚怒，悒悒不欢。母虑其复病，急为议姻。略与商榷，辄摇首不愿。惟日盼吴。吴迄无耗[⑮]，益怨恨之。转思三十里非遥，何必仰息他人[⑯]？怀梅袖中，负气自往，而家人不知也。伶仃独步，无可问程，但望南山行去。约三十余里，乱山合沓[⑰]，空翠爽肌[⑱]，寂无人行，止有鸟道。遥望谷底丛花乱树中，隐隐有小里落。下山入村，见舍宇无多，皆茅屋，而意甚修雅[⑲]。北向一家，门前皆丝柳，墙内桃杏尤繁，间[⑳]以修竹，野鸟格磔[㉑]其中。意其园亭，不敢遽入。回顾对户，有巨石滑洁，因据坐少憩。俄闻墙内有女子长呼："小荣！"其声娇细。方伫听间，一女郎由东而西，执杏花一朵，俯首自簪；举头见生，遂不复簪，含笑拈花而入。审视之，即上元途中所遇也。心骤喜，但念无以阶进[㉒]。欲呼姨氏，顾从无还往，惧有讹误。门内无人可问，坐卧徘徊，自朝至于日昃[㉓]，盈盈望断[㉔]，并忘饥渴。时见女子露半面来窥，似讶其不去者。忽一老媪扶杖出，顾生曰："何处郎君，闻自辰刻[㉕]便来，以至于今。意将何为？得勿饥耶？"生急起揖

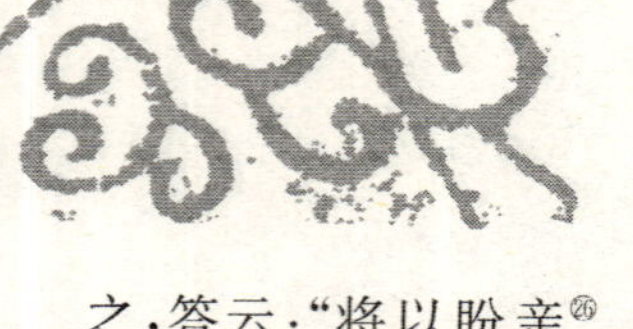

之，答云："将以盼亲[26]。"媪聋聩不闻。又大言之。乃问："贵戚何姓？"生不能答。媪笑曰："奇哉！姓名尚自不知，何亲可探？我视郎君，亦书痴耳。不如从我来，啖以粗粝[27]。家有短榻可卧。待明朝归，询知姓氏，再来探访不晚也。"生方腹馁思啖，又从此渐近丽人，大喜，从媪入。见门内白石砌路，夹道红花片片堕阶上；曲折而西，又启一关，豆棚花架满庭中。肃客入舍，粉壁光明如镜；窗外海棠枝朵，探入室中；茵藉[28]几榻，罔不洁泽。甫坐，即有人自窗外隐约相窥。媪唤："小荣，可速作黍[29]！"外有婢子，噭声而应[30]。坐次[31]，具展宗阀。媪曰："郎君外祖，莫姓吴否？"曰："然。"媪惊曰："是吾甥也！尊堂[32]，我妹子。年来以家窭贫，又无三尺男，遂至音问梗塞。甥长成如许，尚不相识。"生曰："此来即为姨也，匆遽遂忘姓氏。"媪曰："老身秦姓，并无诞育；弱息[33]仅存，亦为庶产[34]。渠母改醮[35]，遗我鞠养[36]。颇亦不钝，但少教训，嬉不知愁。少顷，使来拜识。"未几，婢子具饭，雏尾盈握[37]。媪劝餐已，婢来敛具[38]。媪曰："唤宁姑来。"婢应去。良久，闻户外隐有笑声。媪又唤曰："婴宁！汝姨兄在此。"户外嗤嗤笑不已。婢推之以入，犹掩其口，笑不可遏。媪瞋目曰："有客在，咤咤叱叱[39]，是何景象！"女忍笑而立。生揖之。媪曰："此王郎，汝姨子。一家尚不相识，可笑人也。"生问："妹子年几何矣？"媪未能解。生又言之。女复笑不可仰视。媪谓生曰："我言少教诲，此可见矣。年已十六，呆痴裁如婴儿。"生曰："小于甥一岁。"曰："阿甥已十七矣，得非庚午属马者[40]耶？"生首应[41]之。又问："甥妇阿谁？"答云："无之。"曰："如甥才貌，何十七岁犹未聘？婴宁亦无姑家[42]，极相匹敌，惜有内亲之嫌。"生无语，目注婴宁，不遑他瞬。婢向女小语云："目灼灼贼腔未改。"女又大笑，顾婢曰："视碧桃开未。"遽起，以袖掩口，细碎连步而出。至门外，笑声始纵。媪亦起，唤婢襆被，为生安置。曰："阿甥来不易，宜留三五日，迟迟送汝归。如嫌幽闷，舍后有小园，可供消遣。有书可读。"

次日，至舍后，果有园半亩，细草铺毡，杨花糁[43]径。有草舍三楹[44]，花木四合其所。穿花小步，闻树头苏苏有声，仰视，则婴宁在上，见生来，狂笑欲堕。生曰："勿尔！堕矣！"女且下且笑，不能自止。方将及地，失手而堕，笑乃止。生扶之，阴挼其腕[45]。女笑又作，倚树不能行，良久乃罢。生俟其笑歇，乃出袖中花示之。女接之，曰："枯矣！何留之？"曰："此上元妹子所遗，故存之。"问："存之何意？"曰："以示相爱不忘也。自上元相遇，凝思成疾，自分化为异物[46]，不图得见颜色，幸垂怜悯！"女曰："此大细事！至戚何所靳惜[47]。待兄行时，园中花，当唤老奴来，折一巨捆负送之。"生曰："妹子痴耶？""何便是痴？"曰："我非爱花，爱拈花之人耳。"女曰："葭莩[48]之情，爱何待言。"生曰："我所谓爱，非瓜葛之爱，乃夫妻之爱。"女曰："有以异乎？"曰："夜共枕席耳。"女俯思良久，曰："我不惯与生人睡！"语未已，婢潜至。生惶恐，遁去。少时，会母所。母问："何往？"女答以："园中共话。"媪曰："饭熟已久，有何长言，周遮[49]乃尔？"女曰："大哥欲我共寝。"言未已，生大窘，急目瞪之。女微笑而止。幸媪不闻，犹絮絮究诘。生急以他词掩之。因小语责女。女曰："适此语不应说耶？"生曰："此背人语。"女曰："背他人，岂得背老母？且寝处亦常事，何讳之？"生恨其痴，无术可以悟之。食方竟，家中人捉双卫[50]来寻生。先是，母待生久不归，始疑。村中搜觅几遍，竟无踪兆。因往询吴。吴忆曩言，因教于西南山村行觅。凡历数村，始至于此。生出门，适相值。便入告媪，且请偕女同归。媪喜曰："我有志，匪伊朝夕[51]，但残躯不能远涉。得甥携妹子去，识认阿姨，大好！"呼："婴宁！"宁笑至。媪曰："有何喜，笑辄不辍？若不笑，当为全人。"因怒之以目。乃曰："大哥欲同汝去。可便装束。"又饷家人酒食，始送之出。曰："姨家田产丰裕，能养冗人[52]。到彼且勿归，小学诗礼，亦好事翁姑。即烦阿姨为汝择一良匹[53]。"二人遂发。至山坳回顾，犹依稀见媪倚门北望也。

抵家，母睹姝丽，惊问为谁。生以"姨女"对。母曰："前吴郎与儿言者，诈也。我未有姊，何以得甥？"问女。女曰："我非母出，父为秦氏。没时，儿在褓中，不能记忆。"母曰："我一姊适秦氏，良确。然殂谢已久，那得复存？"因审诘面庞志赘[54]，一一符合。又疑曰："是矣！然亡已多年，何得复存？"疑虑间，吴生至，女避入室。吴询得故，惘然久之，忽曰："此女名婴宁耶？"生然之。吴亟称怪事。问所自知。吴曰："秦家姑去世后，姑夫鳏居，祟于狐，病瘠死。狐生女名婴宁，绷卧床上，家人皆见之。姑丈殁，狐犹时来。后求天师[55]符，粘壁间，狐遂携女去。将勿此耶？"彼此疑参[56]，但闻室中吃吃，皆婴宁笑声。母曰："此女亦太憨生[57]。"吴请面之。母入室，女犹浓笑不顾。母促令出，始极力忍笑，又面壁移时，方出。才一展拜，翻然遽入，放声大笑。满室妇女，为之粲然。吴请往觇其异，就便执柯[58]。寻至村所，庐舍全无，山花零落而已。吴忆姑葬处仿佛不远，然坟垅湮没，莫可辨识，诧叹而返。母疑其为鬼。入告吴言，女略无骇意；又吊其无家，亦殊无悲意；孜孜[59]憨笑而已。众莫之测。母令与少女同寝止，昧爽即来省问。操女红，精巧绝伦。但善笑，禁之亦不可止。然笑处嫣然，狂而不损其媚，人皆乐之。邻女少妇，争承迎之。母择吉将为合卺，而终恐为鬼物，窃于日中窥之，形影殊无少异。至日，使华妆行新妇礼，女笑极，不能俯仰，遂罢。生以其憨痴，恐漏泄房中隐事，而女殊密秘，不肯道一语。每值母忧怒，女至，一笑即解。奴婢小过，恐遭鞭楚，辄求诣母共话，罪婢投见，恒得免。而爱花成癖，物色遍戚党[60]，窃典金钗，购佳种，数月，阶砌藩溷[61]无非花者。

庭后有木香[62]一架，故邻西家，女每攀登其上，摘供簪玩。母时遇见，辄呵之，女卒不改。一日，西人子[63]见之，凝注倾倒。女不避而笑。西人子谓女意已属[64]，心益荡。女指墙底，笑而下。西人子谓示约处，大悦。及昏而往，女果在焉。就而淫之，则阴如锥刺，痛彻于心，大号而踣。细视，非女，则一枯木卧墙边，所接乃水淋窍也。邻父闻声，急奔研问。呻而不言。妻来，始以实告。爇火烛窍，见中有巨蝎，如小蟹然。翁碎木，捉杀之。负子至家，半夜寻卒。邻人讼生，讦[65]发婴宁妖异。邑宰素仰生才，稔知其笃行士[66]，谓邻翁讼诬，将杖责之，生为乞免，遂释而出。母谓女曰："憨狂尔尔，蚤知过喜而伏忧也。邑令神明，幸不牵累；设鹘突[67]官宰，必逮妇女质公堂[68]，我儿何颜见戚里？"女正色，矢不复笑。母曰："人罔不笑，但须有时。"而女由是竟不复笑。虽故逗，亦终不笑；然竟日未尝有戚容。

一夕，对生零涕。异之。女哽咽曰："曩以相从日浅，言之恐致骇怪；今日察姑及郎，皆过爱无有异心，直告或无妨乎？妾本狐产。母临去，以妾托鬼母，相依十余年，始有今日。妾又无兄弟，所恃者惟君。老母岑寂山阿[69]，无人怜而合厝[70]之，九泉[71]辄为悼恨。君倘不惜烦费，使地下人消此怨恫[72]，庶养女者不忍溺弃。"生诺之。然虑坟冢迷于荒草。女但言："无虑。"刻日夫妻舆榇[73]而往。女于荒烟错楚[74]中，指示墓处，果得媪尸，肤革犹存。女抚哭哀痛。舁归，寻秦氏墓合葬焉。是夜，生梦媪来称谢，寤而述之。女曰："妾夜见之，嘱勿惊郎君耳。"生恨不邀留。女曰："彼鬼也。生人多，阳气胜，何能久居。"生问小荣。曰："是亦狐，最黠。狐母留以视妾。每摄[75]饵相哺，故德之常不去心。昨问母，云已嫁之。"由是岁值寒食[76]，夫妻登秦墓，拜扫无缺。女逾年生一子，在怀抱中，不畏生人，见人辄笑，亦大有母风[77]云。

异史氏曰："观其孜孜憨笑，似全无心肝者，而墙下恶作剧[78]，其黠孰甚焉！至凄恋鬼母，反笑为哭，我婴宁殆隐于笑[79]者矣。窃闻山中有草，名'笑矣乎'，嗅之则笑不可止。房中植此一种，则合欢、忘忧[80]，并无颜色矣；若解语花[81]，正嫌其作态[82]耳。"

【注释】

①莒(jǔ 举)：地名，在今山东莒县境内。

②入泮：周代诸侯学校前有一半圆形水池，名泮水，因而学校又称"泮宫"。后世沿其旧制，称入学为"入泮"。

③上元：农历正月十五日为上元节。其夜为上元夜，即元宵节。

④眺瞩：本指远望，这里是游览的意思。

⑤数武：几步。半步为"武"。

⑥个：这个。

⑦醮禳：醮和禳本来是古代的一种祭祷仪式。后来专指僧道为消除灾祟而设的道场。

⑧肌革锐减：身体很快消瘦下去。

⑨发表：中医学名词。中医认为有些病潜伏在人体里，需要服药发散，叫做表散，也叫"发表"。如表寒症和表热症等。

⑩字：女子许嫁为"字"。

⑪拚：这里是不惜花费的意思。

⑫"内戚"句：姨表亲血统较近，因此结婚有嫌忌。内戚，也称"内亲"，母系亲戚。

⑬未便：还没有。

⑭折柬：裁纸写信。

⑮迄无耗：始终没有消息。

⑯仰息他人：仰人鼻息。《后汉书·袁绍传》："袁绍孤客穷军，仰我鼻息，譬如婴儿在股掌之上，断其哺乳，立可饿杀。"鼻息嘘气则温，吸气则寒，故用以比喻冷暖由人，不能自主。

⑰合沓(tà 榻)：环绕重叠。

⑱空翠爽肌：因环境幽雅，使人感到舒适。

⑲修雅：整齐幽雅。

⑳间：夹杂。

㉑格磔：象声词，形容鸟鸣声。

㉒无以阶进：阶，原指阶梯，这里引申为“理由”。无以阶进，是说找不出进去与婴宁搭话的理由。

㉓日昃（zè 仄）：日头偏西。昃，日西斜。

㉔盈盈望断：形容盼望极端殷切。盈盈，目光流动的样子。望断，犹言望穿。

㉕辰刻：指上午七时至九时的时间。

㉖盼亲：探望亲戚。

㉗粗粝：粗米饭。

㉘茵藉：垫褥。

㉙作黍：做饭。黍，黄米。

㉚噭（jiāo 交）声而应：大声答应。

㉛坐次：坐着的时候。次，一件事正在进行的时候。

㉜尊堂：也作“令堂”，对别人母亲的敬称。

㉝弱息：本指幼弱的女子，这里是对自己女儿的谦称，指婴宁。

㉞庶产：小老婆生的。

㉟改醮：女子再嫁叫“改醮”。

㊱鞠养：抚养。鞠，养育。

㊲雏尾盈握：意思是做的鸡鸭菜肴，又嫩又肥。语本《礼记·内则》：“雏尾不盈握，不食。”盈握，满把。

㊳敛具：收拾食具。

㊴咤（zhà 诈）咤叱叱：本指大声吵闹，这里是形容笑声。

㊵庚午属马：我国古代以十二种动物，分属于十二地支：子属鼠，丑属牛，寅属虎，卯属兔，辰属龙，巳属蛇，午属马，未属羊，申属猴，酉属鸡，戌属狗，亥属猪。又以人所生之年来定他的属相。故庚午年生的人属马。

㊶首应：点头答应。

㊷姑家：犹言“婆家”。古时女子称丈夫的母亲为姑。

㊸糁：本指谷物的碎屑，这里用作动词，借喻杨花散落在土路上。

㊹三楹：三间。楹，本为厅堂前柱，后来便用为计算房屋的量词，房一间为一楹。

㊺阴捘其腕：暗中捏他的手腕。

㊻自分化为异物：自以为要死了。异物，指鬼魂。

㊼靳（jìn 近）惜：吝惜，舍不得。

㊽葭莩（jiā fú 加福）：芦苇筒中的薄膜，比喻疏远的亲戚关系。

㊾周遮：同“啁嗻”，形容多话的样子。

㊿捉双卫：牵着两匹驴子。卫，驴的别名。

51匪伊朝夕：非止一朝一夕了。匪，非。伊，语助词，无实义。

52冗人：多余的人。

53良匹：好配偶。

54志赘：指皮肤上生长的斑点和肉瘤。这里指面部标志特征。志，同“痣”。

55天师：即张天师。东汉张道陵传布道教（五斗米道），作道书二十四篇，并以符水咒法治病。他的子孙世代住在江西龙虎山，奉行其道。元代顺帝封其后裔张宗演为“辅汉天师”。后代民间就沿用了这个称号。

(56)疑参:揣测可疑之处。

(57)太憨生:即太娇痴的意思。生,语助词,无实义。

(58)执柯:犹“作伐”,做媒的意思。参见前《娇娜》篇注。

(59)孜孜:不停歇的样子。

(60)戚党:旧时凡亲族皆可称“党”,如父党、母党、妻党。这里即指亲戚。

(61)藩溷:藩,篱笆;溷,厕所。

(62)木香:蔓生植物,茎常攀附他物,羽状复叶,开小白花,有香味,可供观赏。

(63)西人子:西边邻居家的儿子。

(64)谓女意已属(zhǔ 煮):西人子以为婴宁已有意于他。属,属意,看中。

(65)讦(jié 洁):以言辞攻击别人。

(66)笃行士:品行纯厚的读书人。

(67)鹘(hú 胡)突:犹糊涂。

(68)质公堂:到公堂对质,受审问。封建社会认为妇女到公堂对质,是有失体面的事。

(69)岑寂山阿:在山洼里非常孤独寂寞。岑寂,孤寂。

(70)合厝(cùo 错):合葬。

(71)九泉:又称“黄泉”,指地下,与《聂小倩》篇的“泉壤”、《连城》篇的“泉下”都是一个意思。

(72)恫(tōng 通):哀痛。

(73)舆榇:用车子拉着棺材。

(74)错楚:丛生的灌木。

(75)摄:这里是拿取的意思。

(76)寒食:寒食节,在清明前两日(一说为清明前一日)。关于寒食节的来历,其说不一。据晋陆翙《邺中记》、《后汉书·周举传》等说起源于介子推。传说春秋时晋国介子推跟随晋文公流亡国外,文公返国为君,赏赐流亡时从属,他没有得到提名,便同母亲隐居绵上山里。文公放火烧山,逼他出来,他抱树被焚死。文公为悼念他,规定在这天禁火,只吃冷食。

(77)母风:母亲的风度。

(78)恶作剧:指戏弄人、使人难堪的举动。

(79)隐于笑:用笑把自己的真面目隐瞒起来。

(80)合欢、忘忧:合欢,又名“夜合”,属豆科植物,夏天开红花。忘忧,即萱草,属百合科,夏天开红黄色的花。

(81)解语花:能解人语的花,原是唐玄宗对杨贵妃的称呼,后用来比喻聪明美丽的女子。据五代王仁裕《开元天宝遗事》载,太液池有千叶白莲,中秋盛开,唐玄宗开宴赏花,左右的人都十分叹羡。玄宗指着杨贵妃说:“争如我解语花?”

(82)作态:矫揉造作,不自然。

聂小倩

宁采臣,浙人。性慷爽,廉隅自重①。每对人言:“生平无二色②。”适赴金华,至北郭,解装兰若③。寺中殿塔壮丽,然蓬蒿没人,似绝行踪。东西僧舍,双扉虚掩;

惟南一小舍，扃键如新，又顾殿东隅，修竹拱把，阶下有巨池，野藕已花。意甚乐其幽杳。会学使案临[④]，城舍价昂，思便留止。遂散步以待僧归。日暮，有士人来，启南扉。宁趋为礼，且告以意。士人曰："此间无房主，仆亦侨居。能甘荒落，旦晚惠教，幸甚！"宁喜，藉藁[⑤]代床，支板作几，为久客计。是夜，月明高洁，清光似水。二人促膝殿廊，各展姓字。士人自言："燕姓，字赤霞。"宁疑为赴试诸生，而听其音声，殊不类浙。诘之。自言："秦[⑥]人。"语甚朴诚。既而相对词竭，遂拱别归寝。

宁以新居，久不成寐。闻舍北喁喁[⑦]，如有家口。起伏北壁石窗下，微窥之。见短墙外一小院落，有妇可四十余；又一媪，衣𬙊绯[⑧]，插蓬沓[⑨]，鲐背龙钟[⑩]：偶语[⑪]月下。妇曰："小倩何久不来？"媪云："殆好至矣。"妇曰："将无向姥姥有怨言否？"曰："不闻。但意似蹙蹙[⑫]。"妇曰："婢子不宜好相识[⑬]！"言未已，有一十七八女子来，仿佛艳绝。媪笑曰："背地不言人。我两个正谈道，小妖婢悄来无迹响，幸不訾着短处。"又曰："小娘子端好是画中人，遮莫[⑭]老身是男子，也被摄魂去。"女曰："姥姥不相誉，更阿谁道好！"妇人女子又不知何言。宁意其邻人眷口，寝不复听。又许时，始寂无声。方将睡去，觉有人至寝所，急起审顾，则北院女子也。惊问之。女笑曰："月夜不寐，愿修燕好[⑮]。"宁正容曰："卿防物议[⑯]，我畏人言。略一失足，廉耻道丧。"女云："夜无知者。"宁又咄[⑰]之。女逡巡若复有词。宁叱："速去！不然，当呼南舍生知。"女惧，乃退。至户外，复返，以黄金一铤[⑱]置褥上。宁掇掷庭墀，曰："非义之物，污吾囊橐！"女惭出，拾金自言曰："此汉当是铁石。"

诘旦，有兰溪生[⑲]，携一仆来候试，寓于东厢，至夜暴亡，足心有小孔如锥刺者，细细有血出。俱莫知故。经宿，仆一死[⑳]，症亦如之。向晚，燕生归，宁质之。燕以为魅。宁素抗直[㉑]，颇不在意。宵分[㉒]，女子复至，谓宁曰："妾阅人多矣，未有刚肠如君者。君诚圣贤，妾不敢欺。小倩，姓聂氏。十八夭殂，葬寺侧。辄被妖物威胁，历役贱务。腆颜向人，实非所乐。今寺中无可杀者，恐当以夜叉[㉓]来。"宁骇求计。女曰："与燕生同室可免。"问："何不惑燕生？"曰："彼奇人也，不敢近。"问："迷人若何？"曰："狎昵我者，隐以锥刺其足，彼即茫若迷，因摄血以供妖饮；又或以金，——非金也，乃罗刹[㉔]鬼骨，留之，能截取人心肝：二者凡以投时好耳。"宁感谢，问戒备之期。答以"明宵"。临别，泣曰："妾堕玄海[㉕]，求岸不得。郎君义气干云[㉖]，必能拔生救苦。倘肯囊妾朽骨，归葬安宅[㉗]，不啻再造[㉘]。"宁毅然诺之。因问葬处。曰："但记取白杨之上有乌巢者是也。"言已出门，纷然[㉙]而灭。

明日，恐燕他出，早诣邀致。辰后具酒馔，留意察燕。既约同宿，辞以"性癖耽寂[㉚]"。宁不听，强携卧具来。燕不得已，移榻从之。嘱曰："仆知足下丈夫，倾风良切[㉛]。要有微衷[㉜]，难以遽白。幸勿翻窥箧襆，违之，两俱不利。"宁谨受教。既而各寝。燕以箱箧置窗上，就枕移时，齁如雷吼。宁不能寐。近一更许，窗外隐隐有人影。俄而近窗来窥，目光睒闪[㉝]。宁惧，方欲呼燕。忽有物裂箧而出，耀若匹练，触折窗上石棂，欻然一射，即遽敛入，宛如电灭。燕觉而起。宁伪睡以觇之。燕捧箧检征，取一物，对月嗅视，白光晶莹，长可二寸，径韭叶许。已而数重包固，仍置破箧

中。自语曰："何物老魅，直尔大胆，致坏箧子。"遂复卧。宁大奇之，因起问之，且以所见告。燕曰："既相知爱，何敢深隐。我，剑客也。若非石棂，妖当立毙；虽然，亦伤。"问："所缄何物？"曰："剑也。适嗅之有妖气。"宁欲观之。慨出相示，荧荧然一小剑也。于是益厚重燕。明日，视窗外有血迹。遂出寺北，见荒坟累累，果有白杨，乌巢其颠[34]。迨营谋既就，趣装欲归。燕生设祖帐[35]，情义殷渥[36]。以破革囊赠宁，曰："此剑袋也，宝藏可远[37]魑魅。"宁欲从授其术。曰："如君信义刚直，可以为此。然君犹富贵中人，非此道中人也。"宁乃托有妹葬此，发掘女骨，敛以衣衾，赁舟而归。宁斋临野，因营坟葬诸斋外，祭而祝曰："怜卿孤魂，葬近蜗居[38]，歌哭相闻，庶不见陵[39]于雄鬼。一瓯浆水饮，殊不清旨，幸不为嫌！"祝毕而返，后有人呼曰："缓待同行！"回顾，则小倩也。欢喜谢曰："君信义，十死[40]不足以报。请从归，拜识姑嫜，媵御[41]无悔。"审谛之，肌映流霞，足翘细笋[42]，白昼端相[43]，娇艳尤绝。遂与俱至斋中。嘱坐少待，先入白母。母愕然。时宁妻久病，母戒勿言，恐所骇惊。言次，女已翩然入，拜伏地下。宁曰："此小倩也。"母惊顾不遑。女谓母曰："儿飘然一身，远父母兄弟。蒙公子露覆[44]，泽被发肤。愿执箕帚，以报高义。"母见其绰约[45]可爱，始敢与言，曰："小娘子惠顾吾儿，老身喜不可已。但生平止此儿，用承祧绪[46]，不敢令有鬼偶。"女曰："儿实无二心。泉下人[47]既不见信于老母，请以兄事[48]，依高堂[49]，奉晨昏[50]，如何？"母怜其诚，允之。即欲拜嫂。母辞以疾，乃止。女即入厨下，代母尸饔[51]。入房穿榻，似熟居者。日暮，母畏惧之，辞使归寝，不为设床褥。女窥知母意，即竟去。过斋欲入，却退，徘徊户外，似有所惧。生呼之。女曰："室中剑气畏人。向道途之不奉见者，良以此故。"宁悟为革囊，取悬他室。女乃入，就烛下坐，移时，殊不一语。久之，问："夜读否？妾少诵《楞严经》[52]，今强半[53]遗亡，浼求一卷，夜暇就兄正之。"宁诺。又坐，嘿然。二更向尽，不言去。宁促之。愀然曰："异域孤魂，殊怯荒墓。"宁曰："斋中别无床寝。且兄妹亦宜远嫌。"女起，容颦蹙[54]而欲啼，足恇儴[55]而懒步，从容出门，涉阶而没。宁窃怜之。欲留宿别榻，又惧母嗔。女朝旦朝母，捧匜沃盥，下堂操作，无不曲承母志。黄昏告退，辄过斋头，就烛诵经。觉宁将寝，始惨然去。

先是，宁妻病废，母劬不可堪；自得女，逸甚，心德之。日渐稔，亲爱如己出，竟忘其为鬼，不忍晚令去，留与同卧起。女初来，未尝食饮；半年，渐啜稀饱[56]。母子皆溺爱之，讳言其鬼，人亦不之辨也。无何，宁妻亡，母阴有纳女意，然恐于子不利。女微窥之，乘间告母曰："居年余，当知儿肝鬲[57]。为不欲祸行人，故从郎君来。区区无他意，止以公子光明磊落，为天人所钦瞩，实欲依赞[58]三数年，借博封诰[59]，以光泉壤。"母亦知无恶，但惧不能延宗嗣。女曰："子女惟天所授。郎君注福籍[60]，有亢宗子三[61]，不以鬼妻而遂夺也。"母信之，与子议。宁喜，因列筵告戚党。或请觌新妇，女慨然华妆出，一堂尽眙[62]，反不疑其鬼，疑为仙。由是五党[63]诸内眷，咸执贽以贺，争拜识之。女善画兰梅，辄以尺幅[64]酬答，得者藏什袭[65]以为荣。

一日，俯颈窗前，怊怅[66]若失。忽问："革囊何在？"曰："以卿畏之，故缄置他所。"曰:"妾受生气已久,当不复畏。宜取挂床头。"宁诘其意。曰:"三日来,心怔忡无停息。意金华妖物,恨妾远遁,恐旦晚寻及也。"宁果携革囊来。女反复审视,曰:"此剑仙将盛人头者也。敝败至此,不知杀人几何许。妾今日视之,肌犹粟栗[67]。"乃悬之。次日,又命移悬户上。夜对烛坐,约宁勿寝。欻有一物,如飞鸟堕。女惊匿夹幕间。宁视之,物如夜叉状,电目血舌,睒闪攫拿而前;至门却步,逡巡久之,渐近革囊,以爪摘取,似将抓裂。囊忽格然一响,大可合篑[68],恍惚有鬼物,突出半身,揪夜叉入。声遂寂然,囊亦顿缩如故。宁骇诧。女亦出,大喜曰:"无恙矣!"共视囊中,清水数斗而已。后数年,宁果登进士。女举一男。纳妾后,又各生一男。皆仕进,有声。

【注释】

①廉隅自重:廉洁方正,要求自己严格。

②无二色:即严守一夫一妻的制度,不爱第二个女人。

③兰若(rě 惹):梵语译音,寺庙。

④学使案临:学使,提督学政,是主管一省教育和考试的行政长官。学政在任期三年内,要两次赴所属府、州主持岁试和科试,称为"案临"。

⑤藉藁:铺垫稻草。

⑥秦:陕西的别称。

⑦喁喁(yú 鱼):形容小声谈话的声音。

⑧衣黦(yè)绯:穿着褪了色的红衣服。黦,变色。

⑨蓬沓:一种一尺来长的银质梳篦,用作首饰。清代吕湛恩注引苏轼诗:"蓬沓障前走风雨",并说苏轼自注:"於潜女插大银栉尺许,谓之'蓬沓'。"

⑩鲐背:鲐,鱼名。又称"鲭"、"青花鱼"。背青色,体侧上部具深蓝色条纹。鲐背,谓老人背上生斑如鲐鱼背。《尔雅·释诂》:"鲐背、耇、老,寿也。"郝懿行《义疏》云:"鲐鱼背有黑文,老人背亦发斑似此鱼。"龙钟,身体衰老,行动不灵活的样子。唐代诗人李端《赠薛戴》诗:"交结惭时辈,龙钟似老翁。"

⑪偶语:两人对话。

⑫蹙蹙:心情不舒畅的样子。

⑬好相识:犹言"好相待",客气地对待。

⑭遮莫:通常为尽管、任凭、不论一类意思,这里有或许、假使之意。

⑮燕好:男女之间相爱。

⑯物议:别人的讥议。

⑰咄:叱斥的声音。

⑱铤:这里同"锭"。

⑲兰溪生:即兰溪县的书生。兰溪县,今浙江兰溪市。

⑳仆一死:疑是"仆亦死"之误。

㉑抗直:刚强、直爽。

㉒宵分:夜半。

㉓夜叉:梵文音译,又作"药叉"、"夜乞叉",佛经说它是一种吃人的恶鬼。

㉔罗刹:梵文略译,全名"罗刹娑"。原指恶人恶事,后遂成为恶鬼名。《一切经音义》第二十

五："罗刹此云恶鬼也，食人血肉，或飞空或地行，捷疾可畏也。"

㉕玄海：佛教用语，即苦海。比喻苦难无边。

㉖干云：冲上云霄。

㉗安宅：安静的住宅。这里是说要脱离魔鬼挟持，迁葬安静的处所。

㉘再造：使亡者死而复生的意思。是对别人给予自己大恩大德的感激之辞。

㉙纷然：本指散乱的样子，这里用来形容小倩离去时身影闪烁晃动不定的样子。

㉚耽寂：喜爱清静。

㉛倾风良切：十分仰慕的意思。风，风度。

㉜要有微衷：要，总之。微衷，谦辞，微小的心事。

㉝睒(shǎn 闪)：闪烁不定的样子。

㉞乌巢其颠：乌鸦在白杨的顶上做了窝。巢，在这里作动词用。

㉟祖帐：指送别的宴席。帐，指饯别时设的帐帷。

㊱殷渥：殷勤深厚的意思。

㊲远：这里用作动词，可使魑魅远避的意思。

㊳蜗居：对自己住宅的谦称。意思是说，自己的房屋像蜗牛壳那样狭小。

㊴陵：同"凌"，欺负。

㊵十死：宁愿为他死十次。极言其受恩之重。

㊶媵(yìng 映)御：本指随嫁的人，这里指婢女。

㊷"肌映流霞"二句：脸像被红霞映照着那样光彩照人，脚像细笋一样尖小。

㊸端相：仔细地观看。

㊹露覆：像雨露使万物受到滋润一样，比喻受恩惠。

㊺绰约：身材苗条的样子。

㊻承祧(tiāo 挑)绪：本指接续祖庙的祭祀，这里引申为做传宗接代的继承人。

㊼泉下人：聂小倩自称，指鬼。

㊽以兄事：把宁采臣当作哥哥看待。

㊾高堂：指父母。

㊿奉晨昏：早晚服侍。

51尸饔：料理饮食。尸，主持，管理。饔，指饮食。语出《诗·小雅·祈父》："胡转予于恤，有母之尸饔。"毛传："尸，陈也；熟食曰饔。"

52《楞严经》：佛经名。

53强半：大半。

54颦蹙：愁眉苦脸的样子。

55恇儴(kuāng ráng 匡瓤)：脚步歪斜不稳的样子。

56渐啜稀饨(yí 宜)：逐渐能喝点稀粥。

57肝膈：指心地，心肠。

58依赞：依靠，帮助。

59借博封诰：借以博取封诰。明清时代，做了官的人，其祖宗、父母、妻子都要受到皇帝的封典，存者为封，没者为赠。根据官阶大小的不同，有多种不同名目的封赠，统称"封诰"。

60注福籍：迷信说法，人的福禄都有一定，事先已在阴间的簿册上登记好了的。

61亢宗：本指能保卫宗族，这里引申为能光宗耀祖的意思。语本《左传·昭公元年》："吉不

能亢身，焉能亢宗。"杜预注："亢，蔽也。"

62胎(chì 斥)：因惊异而注视。

63五党：疑为"三党"之误。三党，父党、母党、妻党，即父系、母系和妻系亲族。

64尺幅：一尺见方的画幅。

65什袭：重重包裹，言其珍视之至。

66怊怅：义同"惆怅"，心里不快，若有所失的样子。

67粟栗：这里指因惊惧而皮肤上起的"鸡皮疙瘩"。

68合篑(kuì 愧)：把两个土筐合起来。

口技

村中来一女子，年二十有[1]四五，携一药囊，售其医[2]。有问病者，女不能自为方，俟暮夜问诸神。晚洁斗室，闭置其中。众绕门窗，倾耳寂听；但窃窃语，莫敢咳：内外动息俱冥。至半更许，忽闻帘声。女在内曰："九姑来耶？"一女子答云："来矣。"又曰："腊梅从九姑来耶？"似一婢答云："来矣。"三人絮语间杂，刺刺[3]不休。俄闻帘钩复动，女曰："六姑至矣。"乱言曰："春梅亦抱小郎子来耶？"一女子曰："拗哥子，呜之不睡，定要从娘子来。——身如百钧[4]重，负累煞人！"旋闻女子殷勤声，九姑问讯声，六姑寒暄声，二婢慰劳声，小儿喜笑声，一齐嘈杂。即闻女子笑曰："小郎君亦大好要，远迢迢抱猫儿来。"既而声渐疏。帘又响，满室俱哗，曰："四姑来何迟也？"有一小女子细声答曰："路有千里且溢[5]，与阿姑走尔许时始至；阿姑行且缓。"遂各各道温凉[6]，并移坐声，唤添坐声，参差并作，喧繁满室，食顷始定。即闻女子问病。九姑以为宜得参[7]，六姑以为宜得芪，四姑以为宜得术。参酌移时，即闻九姑唤笔砚。无何，折纸戢戢然[8]，拔笔掷帽[9]丁丁然，磨墨隆隆然；既而投笔触几，震震作响，便闻撮药包裹苏苏然。顷之，女子推帘，呼病者授药并方。反身入室，即闻三姑作别，三婢作别，小儿哑哑[10]，猫儿唔唔，又一时并起。九姑之声清以越，六姑之声缓以苍，四姑之声娇以婉，以及三婢之声，各有态响，听之了了可辨。群讶以为真神；而试其方，亦不甚效。此即所谓口技，特借之以售其术耳。然亦奇矣！

昔王心逸尝言："在都偶过市廛，闻弦歌声，观者如堵。近窥之，则见一少年，曼声度曲，并无乐器，惟以一指捺颊际，且捺且讴，听之铿铿，与弦索无异。"亦口技之苗裔也。

【注释】

①有：这里同"又"。

②售其医：犹言"卖其医"，即行医。

③刺刺：说话没完没了的样子。韩愈《送殷员外序》："丁宁顾婢子，语刺刺不能休。"

④百钧：极言其重，是夸张的说法。钧，重量单位，古时三十斤为一钧。

⑤千里且溢：即一千多里。溢，多余、多出的意思。

⑥道温凉：问寒问暖。

⑦参：指人参。下文的"芪"指黄芪，"术"指白术，都是中药材名。

⑧戢戢然：折纸的声音。下文的"丁丁然"、"隆隆然"、"苏苏然"都是形容声音的象声词。

⑨帽：这里指毛笔套。

⑩哑哑：这里是小孩学话的声音。

红　玉

广平[①]冯翁，有一子，字相如。父子俱诸生。翁年近六旬，性方鲠[②]，而家屡空[③]。数年间，媪与子妇又相继逝，井臼[④]自操之。一夜，相如坐月下，忽见东邻女自墙上来窥。视之，美。近之，微笑。招以手，不来，亦不去。固请之，乃梯而过。遂共寝处。问其姓名。曰："妾邻女红玉也。"生大爱悦，与订永好；女诺之。夜夜往来，约半年许。翁夜起，闻子舍笑语，窥之，见女；怒，唤生出，骂曰："畜产所为何事！如此落寞[⑤]，尚不刻苦，乃学浮荡耶？人知之，丧汝德；人不知，亦促汝寿！"生跪自投[⑥]，泣言知悔。翁叱女曰："女子不守闺戒，既自玷，而又以玷人！倘事一发，当不仅贻寒舍[⑦]羞！"骂已，愤然归寝。女流涕曰："亲庭[⑧]罪责，良足愧辱，我二人缘分尽矣。"生曰："父在，不得自专。卿如有情，尚当含垢为好。"女言辞决绝，生乃洒涕。女止之，曰："妾与君无媒妁之言、父母之命，逾墙钻隙[⑨]，何能白首！此处有一佳耦，可聘也。"生告以贫。女曰："来宵相俟，妾为君谋之。"次夜，女果至，出白金四十两赠生，曰："去此六十里，有吴村卫氏女，年十八矣，高其价，故未售[⑩]也。君重啖之，必合谐允。"言已，别去。

生乘间语父，欲往相之，而隐馈金不敢告。翁自度无资，以是故止之。生又婉言："试可乃已。"翁颔之。生遂假仆马，诣卫氏。卫故田舍翁[⑪]。生呼出引与闲语。卫知生望族[⑫]，又见仪采轩豁[⑬]，心许之，而虑其靳于资。生听其词意吞吐，会其旨，倾囊陈几上。卫乃喜，浼邻生居间[⑭]，书红笺而盟焉。生入拜媪。居室逼侧[⑮]，女依母自幛。微睨之，虽荆布[⑯]之饰，而神情光艳，心窃喜。卫借舍款婿，便言："公子无须亲迎；待少作衣妆，即合舁送去。"生与订期而归。诡告翁，言："卫爱清门[⑰]，不责资[⑱]。"翁亦喜。

至日，卫果送女至。女勤俭，有顺德[⑲]，琴瑟甚笃。逾二年，举一男，名福儿。会清明，抱子登墓，遇邑绅宋氏。——宋官御史，坐行赇免[⑳]，居林下[㉑]，大煽威虐[㉒]。——是日，亦上墓归，见女艳之。问村人，知为生配。料冯贫士，诱以重赂，冀可摇。使家人风示[㉓]之。生骤闻，怒形于色；既思势不敌，敛怒为笑。归告翁。翁大怒，奔出，对其家人，指天画地，诟骂万端。家人鼠窜而去。宋氏亦怒，竟遣数人入生家，殴翁及子，汹若沸鼎[㉔]。女闻之，弃儿于床，披发号救。群篡[㉕]舁之，哄然便去。父子伤残，吟呻在地；儿呱呱啼室中。邻人共怜之，扶之榻上。经日，生杖而能起；翁忿不食，呕血，寻毙。生大哭。抱子兴词[㉖]，上至督抚[㉗]，讼几遍，卒不得直[㉘]。后闻妇不屈死，益悲。冤塞胸吭，无路可伸。每思要路[㉙]刺杀宋，而虑其扈

从[30]繁，儿又罔托。日夜哀思，双睫为之不交。忽一丈夫吊诸其室，虬髯阔颔，曾与无素[31]。挽坐，欲问邦族。客遽曰："君有杀父之仇、夺妻之恨，而忘报乎？"生疑为宋人之侦，姑伪应之。客怒，眦欲裂[32]，遽出，曰："仆以君人也，今乃知不足齿之伧！"生察其异，跪而挽之，曰："诚恐宋人餂[33]我。今实布腹心：仆之卧薪尝胆[34]者，固有日矣。但怜此褓中物[35]，恐坠宗祧。君义士，能为我杵臼[36]否？"客曰："此妇人女子之事，非所能。君所欲托诸人者，请自任之；所欲自任者，愿得而代庖[37]焉。"生闻，崩角[38]在地。客不顾而出。生追问姓字。曰："不济[39]，不任受怨；济，亦不任受德。"遂去。生惧祸及，抱子亡去。

至夜，宋家一门俱寝，有人越重垣入，杀御史父子三人，及一媳一婢。宋家具状告官，官大骇。宋执谓相如[40]。于是遣役捕生。生遁，不知所之。于是情益真。宋仆同官役诸处冥搜，夜至南山，闻儿啼，迹得之，系缧[41]而行。儿啼愈嗔，群夺儿抛弃之。生冤愤欲绝。见邑令，问："何杀人？"生曰："冤哉！某以夜死，我以昼出；且抱呱呱者，何能逾垣杀人！"令曰："不杀人，何逃乎？"生词穷，不能置辩。乃收诸狱。生泣曰："我死，无足惜；孤儿何罪？"令曰："汝杀人子多矣；杀汝子，何怨！"生既褫革[42]，屡受梏惨[43]，卒无词。令是夜方卧，闻有物击床，震震有声，大惧而号。举家惊起，集而烛之，一短刀，铦利如霜[44]，剁床入木者寸余，牢不可拔。令睹之，魂魄丧失。荷戈遍索，竟无踪迹。心窃馁。又以宋人死，无可畏惧，乃详诸宪[45]，代生解免，竟释生。

生归，瓮无升斗，孤影对四壁。幸邻人怜馈食饮，苟且自度。念大仇已报，则辴然喜；思惨酷之祸，几于灭门，则泪潸潸堕；及思半生贫彻骨，宗支不续，则于无人处大哭失声，不复能自禁。如此半年，捕禁益懈，乃哀邑令，求判还卫氏之骨。既葬而归，悲怛欲死，辗转空床，竟无生路。忽有款门[46]者，凝神寂听，闻一人在门外，哝哝与小儿语。生急起窥觇，似一女子。扉初启，便问："大冤昭雪，可幸无恙！"其声稔熟，而仓卒不能追忆。烛之，则红玉也。挽一小儿，嬉笑跨[47]下。生不暇问，抱女呜哭。女亦惨然。既而推儿曰："汝忘尔父耶？"儿牵女衣，目灼灼视生。细审之，福儿也。大惊，泣问："儿那得来？"女曰："实告君：昔言邻女者，妄也。妾实狐。适宵行，见儿啼谷口，抱养于秦。闻大难既息，故携来与君团聚耳。"生挥涕拜谢。儿在女怀，如依其母，竟不复能识父矣。天未明，女即遽起。问之。答曰："奴欲去。"生裸跪床头，涕不能仰。女笑曰："妾诳君耳！今家道新创，非夙兴夜寐[48]不可。"乃剪莽拥篲[49]，类男子操作。生忧贫乏不自给。女曰："但请下帷读[50]，勿问盈歉，或当不殍[51]饿死。"遂出金治织具；租田数十亩，雇佣耕作；荷镵诛茅[52]，牵萝补屋[53]，日以为常。里党[54]闻妇贤，益乐资助之。约半年，人烟腾茂，类素封家[55]。生曰："灰烬之余[56]，卿白手再造矣。然一事未就安妥，如何？"诘之。答云："试期已迫，巾服尚未复[57]也。"女笑曰："妾前以四金寄广文[58]，已复名在案。若待君言，误之已久。"生益神之。是科遂领乡荐[59]。时年三十六；腴田连阡，夏屋渠渠[60]矣。女袅娜如随风欲飘去，而操作过农家妇，虽严冬自苦，而手腻如脂。自言三十八岁；人视之，常若二

十许人。

异史氏曰："其子贤，其父德，故其报之也侠。非特人侠，狐亦侠也。遇亦奇矣！然官宰悠悠[51]，竖人毛发[52]，刀震震入木，何惜不略移床上半尺许哉？使苏子美读之，必浮白曰：'惜乎击之不中[53]！'"

【注释】

①广平：清代府名，治所在今河北永年县。

②方鲠：正直。

③屡空：家里时常一无所有，即很贫穷的意思。语出《论语·先进》："回也其庶乎，屡空。"朱熹注："屡空，数至空匮也。"

④井臼：本指汲水和舂米，这里泛指一般家务劳动。

⑤落寞：落拓和寂寞。这里也有家道衰微的意思。

⑥自投：犹"自首"，自己出来认错。

⑦寒舍：对自己家的谦称。

⑧亲庭：指父亲。《论语·季氏》："陈亢问于伯鱼曰：'子亦有异闻乎？'对曰：'未也。尝独立，鲤趋而过庭。曰："学《诗》乎？"对曰："未也。""不学诗无以言。"鲤退而学《诗》。'……"是说孔子曾在庭院中教训他的儿子孔鲤，后来便以"庭训"作为父训的代称，"亲庭"也成了父亲的代词。

⑨逾墙钻隙：封建社会指未经父母之命、媒妁之言的男女间私自约会相爱的行为，参见前《剪灯余话》之《贾云华还魂记》注。

⑩高其价，故未售：要的聘礼很高，因而还未出嫁。

⑪田舍翁：乡下人，一般指老农民。唐高适诗："田舍老翁不出门。"

⑫望族：指有名望有地位的家族。

⑬仪采轩豁：仪表风采轩昂大方。

⑭居间：做中间人、介绍人的意思。

⑮逼侧：同"逼仄"，狭窄的意思。

⑯荆布：即"荆钗布裙"的简称，参见前《青凤》篇注。

⑰清门：贫寒的读书人家。杜甫《丹青引赠曹将军霸》："将军魏武之子孙，于今为庶为清门。"

⑱不责资：不苛求财礼。

⑲顺德：顺从丈夫的美德。封建制度给女子规定了"三从"（在家从父，出嫁从夫，夫死从子）的教条，认为女子出嫁后顺从丈夫就是美德。

⑳坐行赇免：因犯有贪赃受贿的罪而免官。坐，犯罪。

㉑居林下：闲住在乡下。

㉒大煽威虐：肆行无忌地欺压善良。煽，发挥、行使的意思。

㉓风示：暗示，委婉曲折地表示。风，这里同"讽"。

㉔汹若鼎沸：气势汹汹，像锅开一般。

㉕篡：夺取。

㉖兴词：告状。

㉗督抚：即总督和巡抚的合称。总督位在巡抚之上，管一省或数省，统辖所管区内军民要

政。巡抚统辖一省，总揽全省军政、民政。总督的级别虽略高于巡抚，但二者并无统辖关系，在清代都是地方的最高长官，通常总督偏重于军政，巡抚偏重于民政。

㉘不得直：冤枉得不到昭雪，诉讼不能获胜。

㉙要（yāo 腰）路：要，同“邀”，在路上拦截。

㉚扈从：随从，指侍从保卫的人。

㉛无素：向来没有交情。指过去从不相识。

㉜眦欲裂：因发怒，眼眶都快要裂开了。

㉝餂（tiǎn 舔）：诱骗，套取。

㉞卧薪尝胆：春秋时，越国被吴国打败。越国以屈辱的方式求得了吴国的宽容。越王勾践回国后，以柴薪为卧床，日尝苦胆，发愤图强，后来一举灭亡了吴国（见《史记·越王勾践世家》）。卧薪，不敢贪安逸；尝胆，不近甘味。形容刻苦自励，准备报仇的决心。

㉟褓中物：指婴儿。

㊱杵臼：即公孙杵臼。春秋时晋国人，赵朔的门客。晋国司寇屠岸贾杀了赵朔的全族，又要捕杀他的遗腹子。公孙杵臼为保存赵氏孤儿，与赵朔的朋友程婴合谋，抱着假孤儿逃匿，程婴去告发，结果公孙杵臼和假孤儿被杀，而程婴却把赵氏孤儿抚育成人，后来报了仇（见《史记·赵世家》）。这里引用这个典故，是冯相如要求对方为他抚育婴儿。

㊲代庖：即“越俎代庖”的省辞，意思是代别人做非自己分内的事。语出《庄子·逍遥游》：“庖人虽不治庖，尸祝不越樽俎而代之矣。”

㊳崩角：磕响头。

㊴济：成功。

㊵宋执谓相如：宋家的人坚持说是冯相如干的事。

㊶系缧：用绳索捆绑着。

㊷褫（chǐ 尺）革：取消秀才资格。科举时代，秀才有不受官刑的特权，只有剥夺了秀才资格之后，才可动刑。

㊸梏惨：即酷刑。梏，手铐。

㊹铦（xiān 仙）利如霜：像刀那样锋利。铦，锋利。如霜，形容刀的明亮。

㊺详诸宪：呈文报告上司。古时下级向上级呈报的文书叫“详”。宪，下级对上司的尊称。

㊻款门：叩门。

㊼跨：同“胯”。

㊽夙兴夜寐：早起晚睡，指勤劳。语出《诗·卫风·氓》：“夙兴夜寐，靡有朝矣。”

㊾剪莽拥篲：泛指里里外外辛勤劳动。莽，野草。篲□，扫帚。

㊿下帷读：放下帷幕，专心读书。下帷，表示隔绝外界的干扰。《史记·儒林列传》赞扬董仲舒专心致志讲学，“下帷讲诵……三年董仲舒不观于舍园，其精如此”。

(51)殍（piǎo 瞟）：也作“莩”，饿死。

(52)荷镵（chán 缠）诛茅：扛着镵去除草。镵，掘除草根的铁器。

(53)牵萝补屋：用藤萝把漏雨的草屋修补好。化用杜甫《佳人》“侍婢卖珠还，牵萝补茅屋”诗意。萝，一种蔓生的植物。

(54)里党：邻居。古时二十五户为一里，五百户为一党。

(55)素封：虽无官爵封邑，而同有官爵封邑的封君一样富有。《史记·货殖列传》：“无禄爵之俸，爵邑之人，而乐与之比者，命曰‘素封’。”

(56)灰烬之余：火灾后剩下的东西。这里比喻遭受大难之后的家庭。

(57)巾服尚未复：巾服，指秀才的帽巾和制服。秀才因罪被革除功名后，就失去了参加乡试的资格。如事后证明无罪，可以申请恢复秀才的功名，重新穿起秀才的衣帽，去参加考试。

(58)广文：唐玄宗创设广文馆，置博士官，是一个较清苦的教职，颇似明清两代的儒学教官。后来遂以“广文”作为教官的代称。

(59)是科遂领乡荐：在这次乡试中考中了第一名。领乡荐，指考中乡试第一名。

(60)夏屋渠渠：夏屋，高大的房屋。渠渠，形容房屋深广的样子。语出《诗·秦风·权舆》：“于我乎，夏屋渠渠，今也每食无余。”朱熹注：“夏，大也；渠渠，深广貌。”

(61)悠悠：这里是荒唐、糊涂的意思。《晋书·王导传》：“悠悠之谈，宜绝智者之口。”

(62)竖人毛发：犹言令人发指。

(63)“使苏子美读之”三句：宋代文学家苏舜钦，字子美。传说苏舜钦读《汉书·张良传》，读到“良与客狙击秦皇帝”这一段时，他拍手惋惜地说：“惜乎击之不中。”就满满地喝了一杯酒（见《世说补》）。浮白，本谓罚酒，后来称满饮一大杯为浮一大白。《说苑·善说》：“魏文侯与大夫饮酒，使公乘不仁为觞政，曰：‘饮不釂者，浮一大白。’”

连城

乔生，晋宁[①]人，少负才名。年二十余，犹淹蹇[②]。为人有肝胆[③]。与顾生善；顾卒，时恤其妻子。邑宰以文相契重[④]，宰终于任，家口淹滞，不能归，生破产扶柩，往返二千余里。以故士林[⑤]益重之，而家由此益替[⑥]。

史孝廉[⑦]有女，字连城，工刺绣，知书。父娇爱之，出所刺“倦绣图”，征少年题咏，意在择婿。生献诗云：

慵鬟高髻绿婆娑[⑧]，早向兰窗绣碧荷。
刺到鸳鸯魂欲断，暗停针线蹙双蛾。

又赞挑绣之工云：

绣线挑来似写生[⑨]，幅中花鸟自天成。
当年织锦非长技，幸把回文感圣明[⑩]。

女得诗喜，对父称赏。父贫之。女逢人辄称道；又遣媪娇父命[⑪]，赠金以助灯火。生叹曰：“连城我知己也！”倾怀结想，如渴思啖。

无何，女许字于鹾贾[⑫]之子王化成，生始绝望；然梦魂中犹佩戴[⑬]之。未几，女病瘵，沉痼不起。有西域头陀[⑭]，自谓能疗，但须男子膺肉一钱[⑮]，捣合药屑。史使人诣王家告婿。婿笑曰：“痴老翁，欲我剜心头肉也？”使返，史怒言于人曰：“有能割肉者妻之。”生闻而往，自出白刃，刲[⑯]膺授僧，血濡袍袴，僧敷药始止。合药三丸，三日服尽，疾若失。史将践其言，先告王。王怒，欲讼官。史乃设筵招生，以千金列几上曰：“重负大德，请以相报。”因具白背盟之由。生怫然曰：“仆所以不爱膺肉者，聊以报知己耳，岂货肉哉！”拂袖而归。女闻之，意良不忍，托媪慰谕之。且云：“以彼才华，当不久落[⑰]。天下何患无佳人？我梦不祥，三年必死，不必与人争此泉下物也。”生告媪曰：“士为知己者死，不以色也。诚恐连城未必真知我，——但得真知

我，不谐何害。”媪代女郎矢诚[18]自剖。生曰：“果尔，相逢时当为我一笑，死无憾。”媪既去，逾数日，生偶出，遇女自叔氏归，睨之。女秋波转顾，启齿嫣然。生大喜曰：“连城真知我者！”会王氏来议吉期，女前症又作，数月寻卒。

生往临吊，一痛而绝。史舁送其家。生自知已死，亦无所戚。出村去，犹冀一见连城。遥望南北一道，行人连绪如蚁，因亦混身杂迹其中。俄顷，入一廨署[19]，值顾生，惊问：“君何得来？”即把手将送令归。生太息言：“心事殊未了。”顾曰：“仆在此典牍[20]，颇得委任[21]，倘可效力，不惜也。”生问连城。顾即导生旋转多所，见连城与一白衣女郎，泪睫惨黛[22]，藉坐廊隅。见生至，骤起似喜，略问所来。生曰：“卿死，仆何敢生！”连城泣曰：“如此负义之人，尚不吐弃之，身殉何为？然已不能许君今生，愿矢来世耳。”生告顾曰：“有事君自去。仆乐死不愿生矣。但烦稽连城托生何里，行与俱去耳。”顾诺而去。白衣女郎问生何人，连城为缅述[23]之。女郎闻之，若不胜悲。连城告生曰：“此妾同姓，小字宾娘，长沙史太守女。一路同来，遂相怜爱。”生睨之，意态怜人。方欲研问，而顾已返，向生贺曰：“我为君平章已确[24]，即教小娘子从君返魂，好否？”两人各喜。

方将拜别，宾娘大哭曰：“姊去，我安归！乞垂怜救，妾为姊捧帨[25]耳！”连城凄然，无所为计。转谋生，生又哀顾。顾难之，峻辞[26]以为不可。生固强之。乃曰：“试妄为之[27]。”去食顷而返，摇手曰：“何如！诚万分不能为力矣！”宾娘闻之，宛转娇啼，惟依连城肘下，恐其即去。惨怛无术，相对嘿嘿，而睹其愁颜戚容，使人肺腑酸柔。顾生愤然曰：“请携宾娘去，脱有愆尤，小生拚身受之！”宾娘乃喜，从生出。生忧其道远无侣。宾娘曰：“妾从君去，不愿归也。”生曰：“卿大痴矣。不归，何以得活也？他日至湖南，勿复走避，为幸多矣。”适有两媪，摄牒[28]赴长沙，生属宾娘，泣别而去。

途中，连城行蹇缓[29]，里余辄一息；凡十余息，始见里门。连城曰：“重生后，惧有反复。请索妾骸骨来，妾以君家生，当无悔也。”生然之。偕归生家。女惕惕若不能步，生伫待之。女曰：“妾至此，四肢摇摇[30]，似无所主。志恐不遂，尚宜审谋；不然，生后何能自由？”相将入侧厢中。嘿定少时，连城笑曰：“君憎妾耶？”生惊问其故。赧然曰：“恐事不谐，重负君矣。请先以魂报也。”生喜，极尽欢恋。因徘徊不敢遽出，寄厢中者三日。连城曰：“谚有之：‘丑妇终须见姑嫜。’戚戚于此，终非久计。”乃促生入。才至灵寝，豁然顿苏。家人惊异，进以汤水。生乃使人要[31]史来，请得连城之尸，自言能活之。史喜，从其言。方舁入室，视之已醒。告父曰：“儿已委身乔郎矣，更无归理。如有变动，但仍一死！”史归，遣婢往役给奉。王闻，具词申理。官受赂，判归王。生愤懑欲死，亦无奈之。连城至王家，忿不饮食，惟乞速死。室无人，则带悬梁上。越日，益惫，殆将奄逝。王惧，送归史；史复舁归生。王知之，亦无如何，遂安焉。

连城起，每念宾娘，欲遣信探之[32]，以道远而艰于往。一日，家人进曰：“门有车马。”夫妇出视，则宾娘已至庭中矣。相见悲喜。太守亲诣送女。生延入。太守曰：

"小女子赖君复生，誓不他适，今从其志。"生叩谢如礼。孝廉亦至，叙宗好[33]焉。生名年，字大年。

异史氏曰："一笑之知，许之以身，世人或议其痴，彼田横五百人[34]，岂尽愚哉！此知希之贵[35]，贤豪所以感结而不能自已也。顾茫茫海内，遂使锦绣才人[36]，仅倾心于蛾眉之一笑也。悲夫！"

【注释】

①晋宁：县名，县治昆阳镇，在今云南昆明市南部、滇池以南。

②淹蹇：又作"偃蹇"，屈曲不得伸展，即潦倒不得志的意思。《汉书·司马相如传》："掉指桥以偃蹇兮。"注："偃蹇，委曲貌。"

③有肝胆：指胸怀坦荡，勇于帮助别人。

④以文相契重：因为他的文章好而看重他。契，合意。

⑤士林：犹言"知识界"。

⑥替：衰落。《旧唐书·魏征传》："以古为镜，可以知兴替。"

⑦孝廉：这里指举人。

⑧绿婆娑：绿，指发髻的颜色，即黑亮。婆娑，指随便绾起的发髻。宋玉《神女赋》："又婆娑乎人间。"李善注："刘良曰：'婆娑，放逸貌。'"

⑨写生：绘画不依范本临摹，而直接描画生物景象，叫做"写生"。

⑩"当年织锦"两句："织锦"指前秦苻坚时苏蕙作《回文璇玑图诗》事，参见前《剪灯新话》之《贾云华还魂记》"苏若兰"注。唐代武则天曾为《回文璇玑图》作序，称赞过苏蕙的才情。圣明，即指武则天。

⑪矫父命：假传父亲的命令。矫，假借，假传。一般指下对上而言。

⑫鹾(cuó 矬)贾：盐商。

⑬佩戴：钦佩，爱戴。

⑭西域：古代指我国新疆和中亚细亚等地区。头陀：梵语，指流浪在外的和尚，即"行脚僧"。

⑮膺肉：胸脯肉。

⑯刲(kuī 亏)：割取。

⑰落：落魄。

⑱矢诚：发誓表白诚意。

⑲廨署：官府办公的地方。

⑳典牍：主管文书。

㉑委任：这里是重用、信任的意思。

㉒泪睫惨黛：即泪眼愁眉的意思。

㉓缅述：从头叙述。

㉔平章已确：筹划已妥。平章，筹商。

㉕捧帨(shuì 税)：服侍人，做婢女的意思。

㉖峻辞：严厉地拒绝。辞，谢绝。

㉗妄为之：本指不合情理的举动，这里是试试看的意思。

㉘摄牒：送公文。

㉙蹇缓：行步艰难而缓慢。

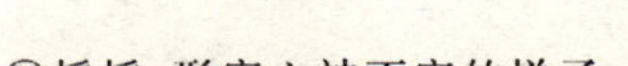

㉚摇摇：形容心神不宁的样子。

㉛要（yāo 夭）：同“邀”。

㉜遣信探之：派人前去探望。信，指信使。《三国志·魏书·武帝纪》：“超等屯渭南，遣信求割河以西请和。”

㉝叙宗好：即认同宗。宗，同族，古时一姓之人称“同宗”。

㉞田横五百人：见前裴铏《传奇·崔炜》“齐王”注。

㉟知希之贵：语出《老子》第七十章：“知我者稀，则我者贵。”意思是说，知道我的人愈少，愈见出我的可贵。这里化用其意，谓真正知己的人十分难得，一旦得到知己，更感到他的可贵。

㊱锦绣才人：指有学问有才干的人。

罗刹海市

马骥，字龙媒，贾人子。美丰姿。少倜傥，喜歌舞，辄从梨园子弟[1]以锦帕缠头，美如好女，因复有“俊人”之号。十四岁，入郡庠[2]，即知名。父衰老，罢贾而居，谓生曰：“数卷书，饥不可煮，寒不可衣。吾儿可仍继父贾。”马由是稍稍权子母[3]。

从人浮海，为飓风引去。数昼夜，至一都会。其人皆奇丑，见马至，以为妖，群哗而走。马初见其状，大惧；迨知国人之骇己也，遂反以此欺国人：遇饮食者，则奔而往，人惊遁，则啜其余。久之，入山村。其间形貌，亦有似人者，然褴褛如丐。马息树下，村人不敢前，但遥望之。久之，觉马非噬人者，始稍稍近就之。马笑与语。其言虽异，亦半可解。马遂自陈所自[4]。村人喜，遍告邻里：“客非能搏噬[5]者。”然奇丑者望望即去，终不敢前；其来者，口鼻位置尚皆与中国同。共罗浆酒奉马。马问其相骇之故。答曰：“尝闻祖父言：西去二万六千里，有中国，其人民形象率诡异。但耳食[6]之，今始信。”问其何贫。曰：“我国所重，不在文章而在形貌：其美之极者，为上卿[7]；次，任民社[8]；下焉者，亦邀贵人宠，故得鼎烹以养妻子[9]。若我辈，初生时父母皆以为不祥，往往置弃之；其不忍遽弃者，皆为宗嗣耳。”问：“此名何国？”曰：“大罗刹国。都城在北去三十里。”马请导往一观。于是鸡鸣而兴，引与俱去。

天明，始达都。都以黑石为墙，色如墨；楼阁近百尺；然少瓦，复以红石，拾其残块磨甲上，无异丹砂。时值朝退，朝中有冠盖出，村人指曰：“此相国[10]也。”视之，双耳皆背生，鼻三孔，睫毛覆目如帘。又数骑出，曰：“此大夫也。”……以次各指其官职，率狰狞怪异。然位渐卑，丑亦渐杀[11]。无何，马归，街衢人望见之，噪奔跌蹶，如逢怪物。村人百口解说，市人始敢遥立。既归，国中无大小，咸知村有异人，于是搢绅[12]大夫，争欲一广见闻，遂令村人要马。然每至一家，阍人辄阖户，丈夫女子窃自门隙中窥语，终一日，无敢延见者。村人曰：“此间一执戟郎[13]，曾为先王出使异国，所阅人多，或不以子为惧。”造郎门。郎果喜，揖为上宾。视其貌，如八九十岁人，目睛突出，须卷如猬。曰：“仆少奉王命，出使最多，独未尝至中华。今一百二十余岁，又得睹上国人物，此不可不上闻于天子。然臣卧林下，十余年不践朝阶，早旦为君

一行。"乃具饮馔，修主客礼。酒数行，出女乐十余人，更番歌舞。貌类如夜叉，皆以白锦缠头，拖朱衣及地；扮唱不知何词，腔拍恢诡[14]。主人顾而乐之，问："中国亦有此乐乎？"曰："有。"主人请拟其声。遂击卓为度一曲。主人喜曰："异哉！声如凤鸣龙啸，得未曾闻。"翼日，趋朝，荐诸国王。王忻然下诏。有二三大臣，言其怪状，恐惊圣体。王乃止。即出告马，深为扼腕。居久之，与主人饮而醉，把剑起舞，以煤涂面作张飞。主人以为美，曰："请客以张飞见宰相，宰相必乐用之，厚禄不难致。"马曰："嘻！游戏犹可，何能易面目图荣显！"主人固强之，马乃诺。主人设筵，邀当路者饮[15]，令马绘面以待。未几，客至，呼马出见客。客讶曰："异哉！何前媸而今妍也？"遂与共饮，甚欢。马婆娑歌弋阳曲[16]，一座无不倾倒。

明日，交章荐马。王喜，召以旌节。既见，问中国治安之道。马委曲上陈，大蒙嘉叹。赐宴离宫。酒酣，王曰："闻卿善雅乐，可使寡人得而闻之乎？"马即起舞，亦效白锦缠头，作靡靡之音[17]。王大悦，即日拜下大夫。时与私宴，恩宠殊异。久而官僚百执事，颇觉其面目之假。所至，辄见人耳语，不甚与款洽。马至是孤立，惆然[18]不自安。遂上疏乞休致，不许；又告休沐[19]，乃给三月假。于是乘传[20]载金宝，复归山村。村人膝行以迎。马以金资分给旧所与交好者，欢声雷动。村人曰："吾侪小人，受大夫赐，明日赴海市，当求珍玩，用报大夫。"问："海市何地？"曰："海中市：四海鲛人[21]，集货珠宝。四方十二国，均来贸易。中多神人游戏。云霞障天，波涛间作。贵人自重，不敢犯险阻，皆以金帛付我辈代购异珍。今其期不远矣。"问所自知。曰："每见海上朱鸟来往，七日即市。"马问行期，欲同游瞩。村人劝使自重。马曰："我顾沧海客，何畏风涛。"

未几，果有踵门[22]寄资者。遂与装资入船。船容数十人，平底高栏，十人摇橹，激水如箭。凡三日，遥见水云晃漾之中，楼阁层叠，贸迁[23]之舟，纷集如蚁。少时，抵城下，视墙上砖皆长与人等，敌楼[24]高接云汉。维舟而入，见市上所陈，奇珍异宝，光明射眼，多人世所无。一少年乘骏马来，市人尽奔避，云是东洋三世子。世子过，目生曰："此非异域人。"即有前马者[25]来诘乡籍。生揖道左，具展邦族。世子喜曰："既蒙辱临，缘分不浅。"于是授生骑，请与连辔[26]。乃出西城。方至岛岸，所骑嘶跃入水。生大骇失声。则见海水中分，屹如壁立。俄睹宫殿，玳瑁为梁，鲂鳞作瓦，四壁晶明，鉴影炫目。下马，揖入。仰见龙君在上。世子启奏："臣游市廛，得中华贤士，引见大王。"生前拜舞。龙君乃言："先生文学士，必能衙官屈、宋[27]。欲烦椽笔[28]赋'海市'，幸无吝珠玉。"生稽首受命。授以水精之研[29]，龙鬣之毫[30]，纸光似雪，墨气如兰。生立成千余言，献殿上。龙君击节曰："先生雄才，有光水国多矣！"遂集诸龙族，宴集采霞宫。酒炙数行，龙君执爵而向客曰："寡人所怜女[31]，未有良匹，愿累[32]先生。先生倘有意乎？"生离席愧荷[33]，唯唯而已。龙君顾左右语。无何，宫人数辈，扶女郎出。环珮声动，鼓吹暴作。拜竟，睨之，实仙人也。女拜已而去。少时，酒罢，双鬟挑画灯，导生入副宫。女浓妆坐伺。珊瑚之床，饰以八宝[34]；帐外流苏，缀明珠如斗大；衾褥皆香软。天方曙，则雏女妖鬟，奔入满侧。生起，趋出朝

谢。拜为驸马都尉。以其赋驰传诸海。诸海龙君，皆专员来贺，争折简招驸马饮。生衣绣裳，驾青虬，呵殿[35]而出。武士数十骑，皆雕弧[36]，荷白棓，晃耀填拥。马上弹筝，车中奏玉[37]。三日间，遍历诸海。由是龙媒之名，噪于四海。

宫中有玉树一株：围可合抱；本莹彻如白琉璃；中有心，淡黄色；梢细于臂；叶类碧玉，厚一钱许，细碎有浓阴。常与女啸咏其下。花开满树，状类檐蔔[38]。每一瓣落，锵然作响，拾视之，如赤瑙雕镂，光明可爱。时有异鸟来鸣，——毛金碧色，尾长于身，——声等哀玉，恻人肺腑。生每闻，辄念乡士。因谓女曰："亡出三年，恩慈[39]间阻，每一念及，涕膺汗背。卿能从我归乎？"女曰："仙尘路隔，不能相依。妾亦不忍以鱼水之爱，夺膝下之欢。容徐谋之。"生闻之，泣不自禁。女亦叹曰："此势之不能两全者也。"明日，生自外归。龙君曰："闻都尉有故土之思，诘旦趣装，可乎？"生谢曰："逆旅孤臣，过蒙优宠，衔报[40]之诚，结于肺肝。容暂归省，当图复聚耳。"入暮，女置酒话别。生订后会。女曰："情缘尽矣。"生大悲。女曰："归养双亲，见君之孝。人生聚散，百年犹旦暮耳，何用作儿女哀泣。此后妾为君贞，君为妾义，两地同心，即伉俪也；何必旦夕相守，乃谓之偕老乎？若渝此盟，婚姻不吉。倘虑中馈[41]乏人，纳婢可耳。更有一事相嘱：自奉裳衣[42]，似有佳朕[43]，烦君命名。"生曰："其女耶，可名龙宫；男耶，可名福海。"女乞一物为信。生在罗刹国所得赤玉莲花一对，出以授女。女曰："三年后，四月八日，君当泛舟南岛，还君体胤[44]。"女以鱼革为囊，实以珠宝，授生曰："珍藏之，数世吃着不尽也。"天微明，王设祖帐，馈遗甚丰。生拜别出宫。女乘白羊车，送诸海涘。生上岸下马，女致声"珍重"，回车便去，少顷便远，海水复合，不可复见。

生乃归。自浮海去，咸谓其已死；及至家，家人无不诧异。幸翁媪无恙，独妻已他适。乃悟龙女守"义"之言，盖已先知也。父欲为生再婚；生不可，纳婢焉。谨志三年之期，泛舟岛中，见两儿坐浮水面，拍流嬉笑，不动，亦不沉。近引之，儿哑然[45]捉生臂，跃入怀中；其一大啼，似嗔生之不援己者。亦引上之。细审之，一男一女，貌皆婉秀。额上花冠缀玉，则赤莲在焉。背有锦囊，拆视得书，云："翁姑计各无恙。忽忽三年，红尘永隔；盈盈一水，青鸟难通。结想为梦，引领成劳。茫茫蓝蔚[46]，有恨如何也！顾念奔月姮娥，且虚桂府[47]；投梭织女，犹怅银河：我何人斯，而能永好？兴思及此，辄复破涕为笑。别后两月，竟得孪生。今已啁啾怀抱，颇解笑言；觅枣抓梨，不母[48]可活。敬以还君。所贻赤玉莲花，饰冠作信。膝头抱儿时，犹妾在左右也。闻君克践旧盟，意愿斯慰。妾此生不二，之死靡他。奁中珍物，不蓄兰膏；镜里新妆，久辞粉黛。君似征人，妾作荡妇[49]，即置而不御，亦何得谓非琴瑟哉？独计翁姑亦既抱孙，曾未一觌新妇，揆之情理，亦属缺然。岁后阿姑窀穸[50]，当往临穴，一尽妇职。过此以往，则'龙宫'无恙，不少把握[51]之期；'福海'长生，或有往还之路。伏惟珍重，不尽欲言。"生反复省书揽涕。两儿抱颈曰："归休乎！"生益恸。抚之曰："儿知家在何许？"儿亟啼，呕哑言"归"。生望海水茫茫，极天无际，雾鬟人[52]渺，烟波路穷。抱儿返棹，怅然遂归。

生知母寿不永，周身物悉为预具，墓中植松槚[53]百余。逾岁，媪果亡。灵舆至殡宫[54]，有女子缞绖临穴[55]。众方惊顾，忽而风激雷轰，继以急雨，转瞬间已失所在。松柏新植多枯，至是皆活。福海稍长，辄思其母，忽自投入海，数日始还。龙宫以女子不得往，时掩户泣。一日，昼暝，龙女忽入，止之曰："儿自成家，哭泣何为！"乃赐八尺珊瑚一树、龙脑香[56]一帖、明珠百颗、八宝嵌金合一双，为作嫁资。生闻之，突入，执手啜泣。俄顷，疾雷破屋，女已无矣。

异史氏曰："花面逢迎，世情如鬼，嗜痂之癖[57]，举世一辙。'小惭小好，大惭大好'[58]。若公然带须眉以游都市，其不骇而走者盖几希矣！彼陵阳痴子[59]，将抱连城玉向何处哭也？呜呼，显荣富贵，当于蜃楼海市中求之耳！"

【注释】

①梨园子弟：歌舞戏曲演员的代称。参见前《长恨传》注。

②郡庠：即府学。明清时，只有生员（秀才）才能入郡庠读书。

③权子母：以本求利，指做生意。权，权衡，衡量。子，利钱。母，本钱。

④自陈所自：自己叙说从何处来的。

⑤搏噬（shì 士）：抓住吃掉。

⑥耳食：听说。

⑦上卿：古代官阶分卿、大夫和士等。"卿"和"大夫"又各以上中下三等区分其高低。"上卿"是最高级别的官。《史记·廉颇蔺相如列传》："既罢归国，以相如功大，拜为上卿，位在廉颇之右。"

⑧民社：本是"人民"和"社稷"的合称，这里指地方官。苏轼《送张嘉父长官》诗："微官有民社，妙割无鸡牛。"

⑨鼎烹：本指以鼎来烹煮食物，这里仅指饮食。

⑩相国：官名，秦始置，位尊于丞相。汉初朝廷及王国也置有相国。后来用作宰相的代称。

⑪杀：这里是减少的意思。

⑫搢绅：古代官员在朝见皇帝时，把用象牙或竹板做成的笏插在大带上，叫"搢绅"，后来因用来作为做官的代称。搢，也作"缙"，插。绅，大带。

⑬执戟郎：秦汉时，宿卫宫中诸殿门的职务，多由郎官执戟充任，故称"执戟郎"。《史记·淮阴侯列传》："臣事项王，官不过郎中，位不过执戟。"

⑭恢诡：义同"诡异"，奇怪的意思。

⑮当路者：当权的显要官僚。

⑯弋阳曲：明清两代流行于民间的曲调，属于南曲，最初产生于江西弋阳一带，故名。当时一般以昆曲为雅乐，以弋阳曲为俗乐。

⑰靡靡之音：颓废淫荡的乐曲。《史记·殷本纪》："于是使师涓作新淫声，北里之舞，靡靡之乐。"

⑱憪（xiàn 宪）然：心神不安的样子。《史记·孝文本纪》："朕既不能远德，故憪然念外人之有非，是以设备未息。"

⑲休沐：本来是古代官吏休假的一种名目，如《唐会要》记载："凡百官十日一休沐。"这里是向皇帝请假的意思。

⑳乘传：乘坐驿站的车马。传，古代设于驿站的房舍或车马。古代在规定的大道上，由公家

设立驿站，备有公用的车马，专供官吏出行或紧急公使使用。

㉑鲛人：神话传说中在南海水里居住的人，会织“鲛绡”，能滴泪成珠。《述异记》：“南海中有鲛人室，水居，如鱼，不废机织，其眼泣则能出珠。”

㉒踵门：到门上来。

㉓贸迁：往来贸易。

㉔敌楼：即“谯楼”，又称“望楼”或“戍楼”，是供瞭望敌情使用的城楼。

㉕前马者：古时贵官出行，在马前开路的人。《国语·越语上》：“其身（勾践）亲为夫差前马。”注：“前马，前驱，在马前也。”

㉖连辔：并马而行，表示亲密友好。

㉗衙官屈、宋：即以屈原和宋玉为衙官。这是称颂马骥很有文才的客套话。语出宋代孔平仲《续世说》：初唐诗人杜审言（杜甫之祖）很自负，曾说：“吾之文章，合得屈宋作衙官。”衙官，唐代刺史的属僚。屈、宋，指战国时楚国著名的文学家屈原和宋玉。

㉘椽笔：即笔大如椽。这是对大手笔的赞语。语出《晋书·王珣传》：“珣梦人以大笔如椽与之，既觉，语人曰：‘此当有大手笔事。’俄而帝崩，哀册谥议，皆珣所草。”

㉙水精之研：用水晶做成的砚台。精，同“晶”。研，同“砚”。

㉚龙鬣（liè 列）之毫：用龙颈上的毛制成的笔。

㉛所怜女：所疼爱的女儿。

㉜累：封建社会轻视妇女，以为妻子是丈夫的累赘。这里是嫁的客气话。

㉝愧荷：惭愧地承受。荷，受人恩惠。

㉞八宝：指各色珠宝，如金、玉、珍珠、玛瑙、琥珀、琉璃之类。

㉟呵殿：前呼后拥。呵，指前面喝道的。殿，指在后面跟随的。

㊱雕弧：雕刻有花纹的弓。

㊲玉：指玉制的乐器，如玉笛之类。

㊳檐葡：栀子花。

㊴恩慈：指父母。

㊵衔报：即“衔环报恩”的省称。传说汉代杨宝九岁时救了一只受伤的黄雀，后来梦见一个黄衣童子对他说：我就是你救的那只黄雀，今以四只玉环报答你的恩德，让你四世做大官。后来果然应了童子的话（见南朝梁吴均《续齐谐记》）。

㊶中馈：指在家料理饮食主持家务的主妇。

㊷自奉裳衣：自结婚以来。奉裳衣，指妻子侍奉丈夫，这也是做妻子的谦称。

㊸佳朕：好兆头，这里指怀孕。

㊹体胤（yìn 印）：亲生子女。胤，后代。

㊺哑然：下文的“呕哑”义同，指小儿学话的声音。

㊻蓝蔚：即“蔚蓝”，一般是形容天空的颜色，这里是以海水的颜色代指海水。

㊼桂府：即月宫。传说月宫前有桂树，高五百丈（见《酉阳杂俎》）。

㊽不母：指不需要母亲哺养，即离开母亲。

㊾“君似征人”二句：征人，远行在外的人。荡妇，即“荡子”之妇。荡子，远行在外，长期不归的人。和后世所谓浪荡子的含义是不同的。语出《古诗十九首·青青河畔草》：“昔为倡家女，今为荡子妇。荡子行不归，空床难独守。”

㊿窀穸（zhūn xī 谆西）：墓穴，这里指下葬。

㉛把握：本指"握手"，这里是生活在一起的意思。

㉜雾鬟人：指在远方的妻子。杜甫《月夜》诗："香雾云鬟湿，清辉玉臂寒。"写在鄜州的妻子对他的怀念。

㉝槚（jiǎ 甲）：楸树的别名，属落叶乔木。

㉞殡宫：墓穴。

㉟缞绖（cuī dié 崔蝶）：是封建丧礼规定子女为父母穿的孝服。缞，披在胸前的麻布；绖，又分首绖和腰绖，指麻帽和麻带。《左传·襄公十七年》："晏婴粗缞斩。"又《六书故》："绖，丧服也，在首为首绖，在腰为腰绖，以麻葛为之。"

㊱龙脑香：从龙脑科植物中提取出来的香料，即冰片。

㊲嗜痂之癖：指特殊的嗜好。《南史·刘穆之传》："穆之孙邕，性嗜食疮痂，以为味似鳆鱼。尝诣孟灵休，灵休先患灸疮，痂落在床，邕取食之。"

㊳"小惭小好"二句：唐代大文学家韩愈在《与冯宿论文书》中说，他时常给人写应酬文字，要违心地去奉承别人。他感到"小惭愧"，人家说"小好"；他感到"大惭愧"，人家就说"大好"。

㊴陵阳痴子：即春秋时楚人卞和，他曾封陵阳侯。传说卞和在山里发现一块包藏着美玉的石璞。曾两次献给楚厉王和楚武王，都被认为是诳骗而砍去了双脚。到楚文王即位时，他就抱着璞在山里哭。楚文王命玉工把石璞剖开，果然得到一块美玉（见《韩非子·和氏》）。这里以卞和来比喻有真才实学而不被赏识的人。

促织

宣德[①]间，宫中尚促织[②]之戏，岁征民间。此物故非西[③]产；有华阴令，欲媚上官，以一头进，试使斗而才[④]，因责常供。令以责之里正[⑤]。市中游侠儿[⑥]，得佳者笼养之，昂其直，居为奇货。里胥[⑦]猾黠，假此科敛丁口[⑧]，每责一头，辄倾数家之产。

邑有成名者，操童子业，久不售。为人迂讷[⑨]，遂为猾胥报充里正役。百计营谋，不能脱。不终岁，薄产累尽。会征促织，成不敢敛户口，而又无所赔偿，忧闷欲死。妻曰："死何裨益，不如自行搜觅，冀有万一之得。"成然之。早出暮归，提竹筒、铜丝笼，于败堵丛草处，探石发穴，靡计不施，迄无济。即捕得三两头，又劣弱，不中于款[⑩]。宰严限追比[⑪]，旬余，杖至百，两股间脓血流离，并虫亦不能行捉矣。转侧床头，惟思自尽。

时村中来一驼背巫。能以神卜。成妻具资诣问。见红女白婆[⑫]，填塞门户。入其舍，则密室垂帘，帘外设香几。问者爇香于鼎，再拜。巫从傍望空代祝，唇吻翕辟[⑬]，不知何词，各各竦立以听。少间，帘内掷一纸出，即道人意中事，无毫发爽[⑭]。成妻纳钱案上，焚拜如前人。食顷，帘动，片纸抛落。拾视之，非字而画，中绘殿阁类兰若，后小山下怪石乱卧，针针丛棘，青麻头[⑮]伏焉；旁一蟆，若将跳舞。展玩不可晓。然睹促织，隐中胸怀，折藏之，归以示成。成反复自念："得无教我猎虫所耶？"细瞻景状，与村东大佛阁真逼似。乃强起扶杖，执图诣寺后，有古陵蔚起[⑯]。循陵而走，见蹲石鳞鳞[⑰]，俨然类画。遂于蒿莱中侧听徐行，似寻针芥，而心、目、耳

力俱穷，绝无踪响。冥搜未已，一癞头蟆，猝然跃去。成益愕，急逐趁之。蟆入草间。蹑迹披求，见有虫伏棘根。遽扑之，入石穴中。掭以尖草，不出；以筒水灌之，始出。状极俊健。逐而得之。审视：巨身修尾，青项金翅。大喜，笼归，举家庆贺，虽连城拱璧不啻[18]也。土于盆[19]而养之，蟹白栗黄[20]，备极护爱。留待限期，以塞官责。

成有子九岁，窥父不在，窃发盆。虫跃掷径出，迅不可捉。及扑入手，已股落腹裂，斯须就毙。儿惧，啼告母；母闻之，面色灰死，大骂曰："业根[21]！死期至矣！而翁[22]归，自与汝覆算[23]耳！"儿涕而出。未几，成归。闻妻言，如被冰雪。怒索儿，儿渺然不知所往。既，得其尸于井。因而化怒为悲，抢呼[24]欲绝。夫妻向隅[25]，茅舍无烟，相对嘿然，不复聊赖。日将暮，取儿藁葬。近抚之，气息惙然[26]，喜置榻上，半夜复苏。夫妻心稍慰，但儿神气痴木，奄奄思睡。成顾蟋蟀笼虚，则气断声吞，亦不复以儿为念。自昏达曙，目不交睫。

东曦既驾[27]，僵卧长愁。忽闻门外虫鸣。惊起觇视，虫宛然尚在，喜而捕之。一鸣，辄跃去，行且速。覆之以掌，虚若无物；手裁举，则又超忽[28]而跃。急趁之，折过墙隅，迷其所往。徘徊四顾，见虫伏壁上。审谛之，短小，黑赤色，顿非前物。成以其小，劣之；惟彷徨瞻顾，寻所逐者。壁上小虫，忽跃落衿袖间。视之：形若土狗[29]，梅花翅，方首长胫，意似良。喜而收之。将献公堂，惴惴恐不当意，思试之斗以觇之。村中少年好事者，驯养一虫，自名"蟹壳青"。日与子弟角，无不胜。欲居之以为利，而高其直，亦无售者。径造庐访成。视成所蓄，掩口胡卢而笑。因出己虫，纳比笼中。成视之，庞然修伟。自增惭怍，不敢与较。少年固强之。顾念：蓄劣物，终无所用，不如拼搏一笑。因合纳斗盆。小虫伏不动，蠢若木鸡[30]。少年又大笑。试以猪鬣毛撩拨虫须，仍不动。少年又笑。屡撩之，虫暴怒，直奔，遂相腾击，振奋作声。俄见小虫跃起，张尾伸须，直龁敌领[31]。少年大骇，解令休止。虫翘然矜鸣[32]，似报主知。成大喜。方共瞻玩，一鸡瞥来，径进以啄。成骇立愕呼。幸啄不中，虫跃去尺有咫。鸡健进，逐逼之；虫已在爪下矣。成仓猝莫知所救，顿足失色。旋见鸡伸颈摆扑，临视，则虫集冠上，力叮不释。成益惊喜，掇置笼中。

翼日，进宰。宰见其小，怒呵成。成述其异，宰不信。试与他虫斗，虫尽靡；又试之鸡，果如成言。乃赏成。献诸抚军[33]。抚军大悦，以金笼进上，细疏其能[34]。既入宫中，举天下所贡蝴蝶、螳螂、油利挞、青丝额……，一切异状，遍试之，无出其右[35]者。每闻琴瑟之声，则应节而舞，益奇之。上大嘉悦，诏赐抚臣名马衣缎。抚军不忘所自，无何，宰以"卓异"[36]闻。宰悦，免成役；又嘱学使，俾入邑庠。后岁余，成子精神复旧，自言："身化促织，轻捷善斗，今始苏耳。"抚军亦厚赉成。不数岁，田百顷，楼阁万椽，牛羊蹄躈各千计[37]；一出门，裘马过世家焉。

异史氏曰："天子偶用一物，未必不过此已忘；而奉行者即为定例。加以官贪吏虐，民日贴妇卖儿，更无休止。故天子一跬步[38]皆关民命，不可忽也。独是成氏子以蠹[39]贫，以促织富，裘马扬扬，当其为里正受扑责时，岂意其至此哉！天将以酬长

厚者，遂使抚臣、令尹，并受促织恩荫。闻之：一人飞升，仙及鸡犬[40]。信夫！”

【注释】

①宣德：明宣宗朱瞻基的年号(1426～1435)。

②促织：蟋蟀的别称，俗名“蛐蛐儿”，雄的好斗。

③西：指陕西。

④才：指促织勇敢善斗的本领。

⑤里正：即里长。明代每一百十户为一“里”，设里长一人，负责替官府征收捐税，摊派徭役等事物，犹如后世的“保长”。

⑥游侠儿：古代原指轻生重义，勇于救人急难的人，这里指游手好闲的浪荡子弟。

⑦里胥：由政府指派在乡里任职的小吏，地位比里正高。

⑧科敛丁口：按人口收钱。科敛，以某种名目来收钱。

⑨迂讷：呆板，不善于说话。

⑩不中于款：不符合要求。款，规格。

⑪严限追比：封建时代，官府限期完成某种差役，到期完不成就要打板子，称作“追比”。严限追比，是说严格规定期限进行追比。

⑫红女白婆：穿红衣服的年轻女子和白头发的老太婆。

⑬翕(xī 西)辟：一闭一张的样子。翕，合。

⑭无毫发爽：没有一丝一毫的差错。

⑮青麻头：与下文的“蝴蝶”、“螳螂”、“油利挞”、“青丝额”、“蟹壳青”，都是根据蟋蟀不同形状而起的名称。

⑯古陵蔚起：长满了苍翠草木的古墓隆起在那里。蔚，草木茂盛的样子。

⑰蹲石鳞鳞：形容石块像鱼鳞一样地排列着。

⑱连城拱璧：即价值连城的拱璧。据《史记·廉颇蔺相如列传》载，战国时赵惠文王有珍宝和氏璧，秦昭王愿以相连的十五城与他相换。“拱璧”，两手合抱的大璧玉。

⑲土于盆：将泥土放在盆里，以适于蟋蟀的栖息。

⑳蟹白栗黄：指煮熟的蟹腿肉和栗子实。古人认为这是喂养蟋蟀的好饲料。

㉑业根：骂人的话，犹“祸根”。业，佛教用语，指本身所作的善恶业因，一般是指恶业而言。

㉒而翁：你父亲。

㉓覆筭：犹“算账”，追究的意思。筭，通“算”。

㉔抢呼：即呼天抢地的意思。抢，以头撞地。

㉕向隅：面对墙角。这是一种痛苦的表现。刘向《说苑·贵德》：“今有满堂饮酒，有一人独索然向隅泣，则一堂之人皆不乐。”

㉖气息惙(chuò 龊)然：气息微弱的样子。惙，通“辍”，停止；“惙”又作疲乏解释。

㉗东曦既驾：指太阳从东方升起。曦，日色。古代神话，羲和是给太阳驾车的神，每天早晨驾着六龙拉的车子载着太阳从东方出发。

㉘超忽：突然。

㉙土狗：蝼蛄的俗称。

㉚木鸡：形容外表呆笨的样子。语出《庄子·达生》：“纪渻子为齐王养斗鸡，十日而问：‘鸡已乎？’曰：‘未也，方虚憍而恃气。’十日又问，曰：‘未也，犹应向景。’十日又问，曰：‘未也，

犹疾视而盛气。'十日又问,曰:'几矣,鸡虽有鸣者,而无变矣,望之似木鸡矣,其德全矣,异鸡无敢应者,反走矣。'"是指外表看去似乎很呆笨,实际上是不浮躁,把自己的本性完全保持涵养在体内,所以最能搏击。

㉛龁(hé 合)敌领:咬对方的脖子。

㉜翘然矜鸣:翘然,振翅得意的样子;矜鸣,骄傲地鸣叫着。

㉝抚军:巡抚的别称。

㉞细疏其能:向皇帝上奏本,仔细地说明它的本领。

㉟无出其右:没有能胜过它的。古时以右方为上。

㊱卓异:是明清两代对地方官政绩考核的最优等的评语。即政绩卓绝优异的意思。《清会典》:"凡大计卓异者,必按其事而书于册。"

㊲牛羊蹄噭各千计:是以牛羊蹄口来计牛羊数,是说牛羊很多,可以百数计。蹄躈(qiào 俏),躈,同"噭",即口。《史记·货殖列传》:"马蹄躈千。"司马贞《索隐》:"小颜云:'噭,口也。蹄与口共千,则为二百匹。'"

㊳一跬(kuǐ 傀)步:人行走,举足一次为跬,举足两次为步,故称半步为"跬"。跬步,即半步。一跬步,引申为动辄、一举一动的意思。

㊴蠹:蛀虫,这里用以比喻敲诈勒索老百姓的胥吏。

㊵"一人飞升"二句:神话传说,西汉淮南王刘安修炼得道升天,他家里的鸡狗吃了剩下的药,也都成仙升天。这里引用,是讽刺巡抚、知县靠着一只蟋蟀都升了官。

小　翠

王太常,越人①。总角②时,昼卧榻上。忽阴晦,巨霆暴作,一物大于猫,来伏身下,展转不离。移时晴霁,物即径出。视之,非猫;始怖,隔房呼兄。兄闻,喜曰:"弟必大贵。此狐来避雷霆劫也。"后果少年登进士,以县令入为侍御③。生一子名元丰,绝痴,十六岁不能知牝牡④,因而乡党无与为婚。王忧之。适有妇人率少女登门,自请为妇。视其女,嫣然⑤展笑,真仙品也。喜问姓名。自言:"虞氏。女小翠,年二八矣。"与议聘金。曰:"是从我糠覈⑥不得饱,一旦置身广厦,役婢仆,厌膏粱,彼意适,我愿慰矣,岂卖菜也而索直乎!"夫人大悦,优厚⑦之。妇即命女拜王及夫人,嘱曰:"此尔翁姑,奉侍宜谨。我大忙,且去,三数日当复来。"王命仆马送之。妇言:"里巷不远,无烦多事。"遂出门去。小翠殊不悲恋,便即奁中翻取花样。夫人亦爱乐之。数日,妇不至。以居里问女,女亦憨然不能言其道路。遂治别院,使夫妇成礼。诸戚闻拾得贫家儿作新妇,共笑姗⑧之;见女皆惊,群议始息。

女又甚慧,能窥翁姑喜怒。王公夫妇,宠惜过于常情,然惕惕焉惟恐其憎子痴,而女殊欢笑不为嫌。第善谑,刺布作圆⑨,蹋蹴为笑。着小皮靴,蹴去数十步,给公子奔拾之。公子及婢,恒流汗相属。一日,王偶过,圆𥶡然⑩来,直中面目。女与婢俱敛迹去,公子犹踊跃⑪奔逐之。王怒,投之以石,始伏而啼。王以告夫人;夫人往责女,女俯首微笑,以手刓⑫床。既退,憨跳如故,以脂粉涂公子作花面如鬼。夫人见之,怒甚,呼女诟骂。女倚几弄带,不惧,亦不言。夫人无奈之,因杖其子。元丰

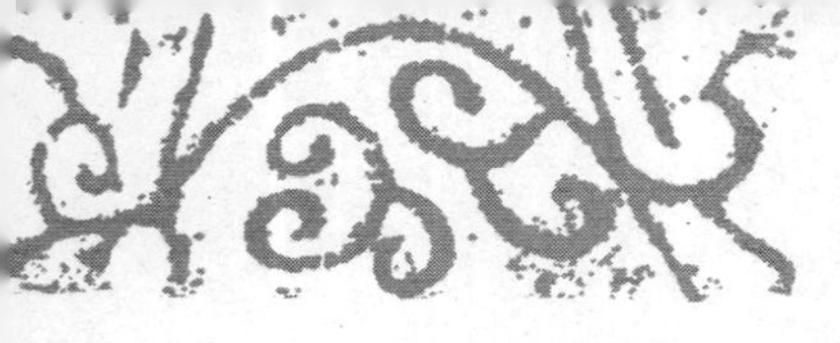

大号。女始色变，屈膝乞宥。夫人怒顿解，释杖去。女笑拉公子入室，代扑衣上尘，拭眼泪，摩挲[13]杖痕，饵以枣栗，公子乃收涕以忻。女阖庭户，复装公子作霸王，作沙漠人[14]。己乃艳服，束细腰，婆娑作帐下舞；或髻插雉尾，拨琵琶，丁丁缕缕然。喧笑一室，日以为常。王公以子痴，不忍过责妇；即微闻焉，亦若置之。

同巷有王给谏[15]者，相隔十余户，然素不相能；时值三年大计吏[16]，忌公握河南道篆[17]，思中伤之。公知其谋，忧虑无所为计。一夕，早寝，女冠带饰冢宰[18]状，剪素丝作浓髭，又以青衣饰两婢为虞候[19]，窃跨厩马而出，戏云："将谒王先生。"驰至给谏之门，即又鞭挞从人，大言曰："我谒侍御王，宁谒给谏王耶！"回辔而归。比至家门，门者误以为真，奔白王公。公急起承迎，方知为子妇之戏。怒甚，谓夫人曰："人方蹈我之瑕，反以闺阁之丑登门而告之，余祸不远矣！"夫人怒，奔女室，诟让之。女惟憨笑，并不一置词。挞之，不忍；出之，则无家：夫妻懊怨，终夜不寝。时冢宰某公赫甚，其仪采服从，与女伪装无少殊别，王给谏亦误为真。屡侦公门，中夜而客未出，疑冢宰与公有阴谋。次日早朝，见而问曰："夜相公[20]至君家耶？"公疑其相讥，惭颜唯唯，不甚响答。给谏愈疑，谋遂寝，由此益交欢公。公探知其情，窃喜，而阴嘱夫人劝女改行；女笑应之。

逾岁，首相免。适有以私函致公者，误投给谏。给谏大喜，先托善公者往假万金。公拒之。给谏自诣公所。公觅巾袍，并不可得；给谏伺候久，怒公慢[21]，愤将行。忽见公子衮衣旒冕[22]，有女子自门内推之以出。大骇；已而笑抚之，脱其服冕而去。公急出，则客去远。闻其故，惊颜如土，大哭曰："此祸水[23]也！指日赤吾族矣[24]！"与夫人操杖往。女已知之，阖扉任其诟厉。公怒，斧其门。女在内，含笑而告之曰："翁无烦怒！有新妇在，刀锯斧钺，妇自受之，必不令贻害双亲。翁若此，是欲杀妇以灭口耶？"公乃止。给谏归，果抗疏揭王不轨，衮冕作据。上惊验之。其旒冕乃粱秸心[25]所制，袍则败布黄袱也。上怒其诬。又召元丰至，见其憨状可掬，笑曰："此可以作天子耶？"乃下之法司[26]。给谏又讼公家有妖人。法司严诘臧获，并言无他，惟颠妇痴儿，日事戏笑；邻里亦无异词。案乃定，以给谏充云南军。王由是奇女。又以母久不至，意其非人。使夫人探诘之，女但笑不言。再复穷问，则掩口曰："儿玉皇女，母不知耶？"

无何，公擢京卿[27]。五十余，每患无孙。女居三年，夜夜与公子异寝，似未尝有所私。夫人舁榻去，嘱公子与妇同寝。过数日，公子告母曰："借榻去，悍不还！小翠夜夜以足股加腹上，喘气不得；又惯掐人股里。"婢妪无不粲然。夫人呵拍令去。一日，女浴于室，公子见之，欲与偕，笑止之，谕使姑待。既出，乃更泻热汤于瓮，解其袍裤，与婢扶入之。公子觉蒸闷。大呼欲出；女不听，以衾蒙之。少时，无声；启视，已绝。女坦笑不惊，曳置床上，拭体干洁，加复被[28]焉。夫人闻之，哭而入，骂曰："狂婢何杀吾儿！"女冁然曰："如此痴儿，不如勿有。"夫人益恚，以首触女；婢辈争曳劝之。方纷噪间，一婢告曰："公子呻矣！"夫人辍涕抚之，则气息休休[29]，而大汗浸淫[30]，沾浃茵褥[31]。食顷，汗已，忽开目四顾，遍视家人，似不相识，曰："我今回

忆往昔，都如梦寐，何也？”夫人以其言语不痴，大异之。携参其父，屡试之，果不痴。大喜，如获异宝。至晚，还榻故处，更设衾枕以觇之。公子入室，尽遣婢去。早窥之，则榻虚设。自此痴颠皆不复作，而琴瑟静好，如形影[32]焉。

年余，公为给谏之党奏劾免官，小有挂误[33]。旧有广西中丞[34]所赠玉瓶，价累千金，将出以贿当路。女爱而把玩之，失手堕碎，惭而自投。公夫妇方以免官不快，闻之，怒，交口呵骂。女奋而出，谓公子曰：“我在汝家，所保全者不止一瓶，何遂不少存面目[35]？实与君言：我非人也。以母遭雷霆之劫，深受而翁庇翼；又以我两人有五年夙分，故以我来报曩恩、了夙愿耳。身受唾骂，擢发不足以数，所以不即行者，五年之爱未盈，——今何可以暂止乎！”盛气而出，追之已杳。公爽然自失，而悔无及矣。

公子入室，睹其剩粉遗钩，恸哭欲死；寝食不甘，日就羸瘁。公大忧，急为胶续[36]以解之，而公子不乐。惟求良工画翠小像，日夜浇祷[37]其下。几二年。偶以故自他里归，明月已皎，村外有公家亭园，骑马墙外过，闻笑语声，停辔，使厩卒捉鞚[38]，登鞍一望，则二女郎游戏其中。云月昏蒙，不甚可辨。但闻一翠衣者曰：“婢子当逐出门！”一红衣者曰：“汝在吾家园亭，反逐阿谁？”翠衣人曰：“婢子不羞！不能作妇，被人驱遣，犹冒认物产也！”红衣者曰：“索胜[39]老大婢无主顾者！”听其音，酷类小翠，疾呼之。翠衣人去曰：“姑不与若争，汝汉子来矣。”既而，红衣人来，果小翠。喜极。女令登垣，承接而下之，曰：“二年不见，骨瘦一把矣！”公子握手泣下，具道相思。女言：“妾亦知之，但无颜复见家人。今与大姊游戏，又相邂逅，足知前因不可逃也。”请与同归，不可；请止园中，许之。公子遣仆奔白夫人。夫人惊起，驾肩舆而往，启钥入亭。女即趋下迎拜。夫人捉臂流涕，力白前过，几不自容，曰：“若不少记榛梗[40]，请偕归，慰我迟暮。”女峻辞不可。夫人虑野亭荒寂，谋以多人服役。女曰：“我诸人悉不愿见；惟前两婢朝夕相从，不能无眷注耳。外惟一老仆应门，余都无所复须。”夫人悉如其言。托公子养痾园中，日供食用而已。

女每劝公子别婚，公子不从。后年余，女眉目音声，渐与曩异，出像质[41]之，迥若两人。大怪之。女曰：“视妾今日何如畴昔矣？”公子曰：“今日美则美，然较昔则似不如。”女曰：“意妾老矣！”公子曰：“二十余岁人，何得速老。”女笑而焚图，救之已烬。

一日，谓公子曰：“昔在家时，阿翁谓妾抵死不作茧[42]。今亲老君孤，妾实不能产，恐误君宗嗣。请娶妇于家，旦晚侍奉翁姑，君往来于两间，亦无所不便。”公子然之，纳币于钟太史[43]之家。吉期将近，女为新人制衣履，赍送母所。及新人入门，则言貌举止，与小翠无毫发之异，大奇之。往至园亭，则女已不知所在。问婢，婢出红巾曰：“娘子暂归宁，留此贻公子。”展巾，则结玉玦一枚，心知其不返，遂携婢俱归。虽顷刻不忘小翠，幸而对新人如觌旧好焉。始悟钟氏之姻，女预知之，故先化其貌，以慰他日之思云。

异史氏曰：“一狐也，以无心之德，而犹思所报；而身受再造之福者，顾失声于破

甑[44]，何其鄙哉！月缺重圆，从容而去，始知仙人之情亦更深于流俗也！”

【注释】

①越人：指浙江省一带地方的人，春秋战国时这里为越国。

②总角：指儿童时代。古时儿童将头发扎成两束，称为“总角”，后来就以“总角”为童年的代称。《礼记·内则》：“男女未冠笄者，拂髦总角。”注：“总角，收发结之。”

③侍御：即御史，这里指监察御史。

④牝牡：此指男女性别。牝，雌性。牡，雄性。

⑤嫣然：美好的样子。

⑥糠覈(hé 河)：指谷物的糠皮和碎屑，是旧时贫穷人家的口粮。

⑦优厚：这里指殷勤款待。

⑧笑姗：讥笑。

⑨刺布作圆：即缝布作球。

⑩訇(hōng 轰)然：这里是形容踢球的声音。

⑪踊跃：跳跃。

⑫刓(wán 完)：抠挖。形容小翠被责时憨态。

⑬摩挲(suō 梭)：用手抚摩。

⑭“复装公子作霸王”二句：霸王，即秦末西楚霸王项羽；沙漠人，指匈奴迎娶王昭君的使者。“作霸王”是串演戏曲《霸王别姬》；“作沙漠人”是串演戏曲《昭君出塞》。下文“婆娑作帐下舞”者指虞姬，“髻插雉尾，拨琵琶”者指王昭君。

⑮给谏：即六科给事中，掌管谏诤和监察弹劾六部官员的官职，属都察院。

⑯三年大计吏：明清时代，吏部每三年对地方官员的政绩考核一次，据以定赏罚和升降，称为“大计”。

⑰握河南道篆：执掌河南道监察御史的官印，就是做河南道监察御史。篆，指官印。清初沿明制设都察院，都察院下设十五道，由监察御史领之，监察弹劾本道官员。其中只有河南、江南、浙江、山东、山西、陕西六道授予印信，掌印者称为“掌道”，所辖区域较大，权力较重(见《清史稿·职官志二》)。

⑱冢宰：原为古官名，《周礼·天官》：“乃立天官冢宰，使帅其属而掌邦治，以佐王均邦国。”因为它是百官之长，后因用作宰相或吏部尚书的别称。这里是前者。

⑲虞候：这里指贵官的侍卫。参见前《柳氏传》注。

⑳相公：对宰相的称呼。

㉑慢：怠慢。

㉒衮衣旒冕：皇帝典礼时穿的礼服。衮衣，龙袍。《诗·豳风·九罭》：“衮衣绣裳。”传：“衮衣，卷龙衣也。”旒冕，前后垂有玉饰的帽子。《礼记·玉藻》：“天子玉藻，十有二旒。”

㉓祸水：原来是指汉成帝的皇后赵飞燕，后来泛指招惹祸害的妇女。语出《飞燕外传》：“汉成帝宠赵合德，时披香博士淖方成白发教授宫中，在帝后唾曰：‘此祸水也，灭火必矣！’”按，汉以火德王，言能为祸于汉，如水之灭火。

㉔赤吾族矣：赤，流血；赤吾族，即灭族，就是把全族的人都杀掉。封建社会中，凡犯了谋反的大逆之罪，就要灭族。

㉕梁秸心：高粱秆瓤儿。

㉖法司：明清两代以刑部、都察院、大理寺为三法司，负责审理重大案件。

㉗擢京卿：指提升为太常寺卿，是掌管宗庙祭祀的长官。

㉘复被：几床被子。

㉙休休：同"咻咻"，形容喘气的声音。

㉚浸淫：渗渍，淋漓，形容出大汗的样子。

㉛沾浃：湿透。

㉜如形影：如影随形，即形影不离的意思。

㉝挂误：又称"挂碍"，见前《娇娜》篇注。

㉞中丞：清代以右副都御史为巡抚的兼衔，副都御史相当于汉代的御史中丞，所以也称巡抚为中丞。

㉟少存面目：稍留点面子。

㊱胶续：指续娶。

㊲浇祷：用酒浆供奉祷告。

㊳厩卒捉鞚：厩卒，马夫。捉鞚，牵着马缰。鞚，马缰绳。

㊴索胜：到底胜过。

㊵榛梗：原指荆棘的枝条，这里指妨碍互相间关系的嫌隙。

㊶质：对照。

㊷抵死不作茧：到老不生养孩子。这里是以蚕作茧比喻妇女生孩子。唐代张鷟《朝野金载》："王显与文皇帝有旧，帝微时，尝戏曰：'卿抵老不得作茧。'"

㊸太史：原为古代史官，因明清翰林院也管修史，所以也称翰林为"太史"。

㊹失声于破甑（zèng 赠）：甑，古时煮饭的一种瓦器。据《后汉书·郭太传》载，孟敏客居太原，担着甑在街上行走，不慎将甑摔碎，孟敏连头也不回就走了。郭太问他："你的甑摔碎了，怎么不看一眼就走呢？"孟敏说："既然已摔碎，看他又有何用呢？"郭太很赞赏他这种果断的态度。这里引用，是讽刺王太常气度太小，打碎一个玉瓶就失声骂人。

梦狼

白翁，直隶[①]人。长子甲，筮仕南服[②]，三年无耗。适有瓜葛丁姓造谒，翁款之。丁素走无常[③]。谈次，翁辄问以冥事，丁对语涉幻；翁不深信，但微哂之。

别后数日，翁方卧，见丁又来，邀与同游。从之去，入一城阙。移时，丁指一门曰："此间君家甥也。"——时翁有姊子为晋令[④]——讶曰："乌在此？"丁曰："倘不信，入便知之。"翁入，果见甥，蝉冠豸绣[⑤]坐堂上，戟幢行列[⑥]，无人可通。丁曳之出，曰："公子衙署去此不远，亦愿见之否？"翁诺。少间，至一第，丁曰："入之。"窥其门，见一巨狼当道，大惧，不敢进。丁又曰："入之。"又入一门，见堂上、堂下，坐者、卧者，皆狼也。又视墀中，白骨如山，益惧。丁乃以身翼翁而进。公子甲方自内出，见父及丁良喜。少坐，唤侍者治肴蔬。忽一巨狼衔死人入，翁战惕而起曰："此胡为者！"甲曰："聊充庖厨。"翁急止之。心怔忡不宁，辞欲出，而群狼阻道。进退方无所主，忽见诸狼纷然嗥避，或窜床下，或伏几底。错愕不解其故。俄有两金甲猛士努

目[7]入，出黑索索甲。甲扑地化为虎，牙齿巉巉。一人出利剑，欲枭其首。一人曰："且勿，且勿，此明年四月间事，不如姑敲齿去。"乃出巨锤锤齿，齿零落堕地。虎大吼，声震山岳。翁大惧，忽醒，乃知其梦。心异之。遣人招丁，丁辞不至。

翁志其梦，使次子诣甲，函戒哀切[8]。既至，见兄门齿尽脱；骇而问之，则醉中坠马所折。考其时，则父梦之日也。益骇。出父书。甲读之变色，为间[9]曰："此幻梦之适符耳，何足怪。"——时方赂当路者，得首荐[10]，故不以妖梦为意。弟居数日，见其蠹役满堂，纳贿关说者中夜不绝，流涕谏止之。甲曰："弟日居衡茅[11]，故不知仕途之关窍[12]耳。黜陟之权，在上台不在百姓。上台[13]喜，便是好官；爱百姓，何术能令上台喜也？"弟知不可劝止，遂归，告父。翁闻之大哭。无可如何，惟捐家[14]济贫，日祷于神，但求逆子之报，不累妻孥。次年，报甲以荐举作吏部。贺者盈门；翁惟欷歔，伏枕托疾不出。未几，闻子归途遇寇，主仆殒命。翁乃起，谓人曰："鬼神之怒，止及其身，佑我家者，不可谓不厚也。"因焚香而报谢之。慰藉翁者，咸以为道路讹传，惟翁则深信不疑，刻日为之营兆[15]。——而甲固未死。

先是，四月间，甲解任，甫离境，即遇寇，甲倾装以献之。诸寇曰："我等来，为一邑之民泄冤愤耳，宁专为此哉！"遂决其首。又问家人："有司大成者谁是？"——司故甲之腹心，助桀为虐[16]者。——家人共指之。贼亦杀之。更有蠹役四人，——甲聚敛臣[17]也，将携入都，——并搜决讫，始分资入囊，骛驰[18]而去。甲魂伏身旁，见一宰官过，问："杀者何人？"前驱者曰："某县白知县也。"宰官曰："此白某之子，不宜使老后见此凶惨，宜续其头。"即有一人掇头置腔上，曰："邪人不宜使正，以肩承颔可也。"遂去。移时复苏。妻子往收其尸，见有余息，载之以行；从容灌之，亦受饮。但寄旅邸，贫不能归。半年许，翁始得确耗，遣次子致之而归。甲虽复生，而目能自顾其背，不复齿人数矣[19]。翁姊子有政声[20]，是年行取[21]为御史，悉符所梦。

异史氏曰："窃叹天下之官虎而吏狼者，比比[22]也。——即官不为虎，而吏且将为狼，况有猛于虎者耶[23]！夫人患不能自顾其后耳；苏而使之自顾，鬼神之教微[24]矣哉！"

【注释】

①直隶：明清两代旧省名，分南直隶和北直隶。这里指北直隶，辖境相当于今北京、天津两市以及河北省的大部分地区。

②筮(shì 世)仕南服：到南方去做官。古人将要去做官时，先占卜一下吉凶，叫做"筮仕"。后来"筮仕"就成了做官的代称。《左传·闵公元年》："初，毕万筮仕于晋。"南服，南方。谢灵运《谢封康乐侯表》："功参盘鼎，胙土南服。"

③走无常：旧时民间迷信传说，有的人在睡着时，他的灵魂可以到阴间去当鬼差，叫"走无常"。无常，原是佛家用语，谓世间一切事物，无时无刻不处在生、灭、变化之中，绝无停止不变的状态存在。这里是指勾魂的鬼差。

④为晋令：在山西省做县令。

⑤蝉冠豸(zhì 智)绣：蝉冠，即貂蝉冠，古时贵官的帽子。《后汉书·舆服志下》："武冠，一曰武弁大冠，诸武官冠之。侍中、中常侍加黄金铛，附蝉(指蝉翼形图案)为文，貂尾为饰，谓

之‘赵惠文冠’。”刘长卿《奉和杜相公新移长兴宅呈元相公》诗：“人并蝉冠影，归分骑士喧。”豸绣，指衣服上绣有獬豸兽的花纹，这里是指御史的官服。

⑥戟幢行列：指公堂上两边排列的仪仗。幢，旌旗之类。

⑦努目：瞪着眼睛。

⑧函戒哀切：在信里沉痛恳切地告诫。

⑨为间：过了一会儿。

⑩首荐：以第一名被推荐。

⑪衡茅：即以横木为门的茅屋。衡，横木；茅，茅屋。

⑫关窍：关键，诀窍。

⑬上台：上司。

⑭家：家财。

⑮营兆：营造坟墓。

⑯助桀为虐：帮助恶人做坏事。桀，相传是夏朝末代的一个暴虐无道的国君。

⑰聚敛臣：替白甲向人民搜刮钱财的属员。

⑱骛驰：没有秩序地快跑。

⑲不复齿人数矣：不再把他算作一个人了。

⑳有政声：做官有好名声。

㉑行取：指由中央行文调地方官员到中央机构中做官。

㉒比比：到处都是。

㉓猛于虎：是说残酷剥削人民的官吏比老虎还要凶猛。据《礼记·檀弓下》载，孔子经过泰山旁，有一个妇人在坟前哭得很悲伤。孔子叫子路去问明原因，那妇人说，她的公公、丈夫和儿子都先后死于老虎之口。孔子问她：为什么不早些离开这地方呢？那妇人说：因为这里没有苛政。孔子对门人说：“小子识之，苛政猛于虎也。”

㉔微：幽深，玄妙。

司文郎

平阳[①]王平子，赴试北闱[②]，赁居报国寺。寺中有余杭[③]生先在，王以比屋居[④]，投刺焉。生不之答。朝夕遇之，多无状[⑤]。王怒其狂悖，交往遂绝。

一日，有少年游寺中，白服裙帽，望之傀然[⑥]。近与接谈，言语谐妙。心爱敬之。展问邦族，云：“登州[⑦]宋姓。”因命苍头设座，相对噱谈。余杭生适过，共起逊坐。生居然上坐，更不抝挹[⑧]。卒然[⑨]问宋：“尔亦入闱者耶？”答曰：“非也。驽骀之才，无志腾骧[⑩]久矣。”又问：“何省？”宋告之。生曰：“竟不进取，足知高明。山左、右[⑪]并无一字通者。”宋曰：“北人固少通者，而不通者未必是小生；南人固多通者，然通者亦未必是足下。”言已，鼓掌；王和之；因而哄堂。生惭忿，轩眉攘腕[⑫]而大言曰：“敢当前命题，一校文艺乎[⑬]？”宋他顾而哂曰：“有何不敢！”便趋寓所，出经授王。王随手一翻，指曰：“‘阙党童子将命。’[⑭]”生起，求笔札。宋曳之曰：“口占可也。我破已成：‘于宾客往来之地，而见一无所知之人焉。’”王捧腹大笑。生怒曰：

"全不能文，徒事嫚骂，何以为人！"王力为排难，请另命佳题。又翻曰："'殷有三仁焉。'[15]"宋立应曰："三子者不同道，其趋一也。夫一者何也？曰：仁也。君子亦仁而已矣，何必同？"生遂不作，起曰："其为人也小有才。"遂去。王以此益重宋。邀入寓室，款言移晷，尽出所作质[16]宋。宋流览绝疾，逾刻已尽百首。曰："君亦沉深于此道[17]者；然命笔时无求必得之念，而尚有冀幸得之心，即此，已落下乘[18]。"遂取阅过者一一诠说[19]。王大悦，师事之。使庖人以蔗糖作水角[20]。宋啖而甘之，曰："生平未解此味，烦异日更一作也。"从此相得甚欢。宋三五日辄一至，王必为之设水角焉。余杭生时一遇之，虽不甚倾谈，而傲睨之气顿减。一日，以窗艺[21]示宋。宋见诸友圈赞已浓，目一过，推置案头，不作一语，生疑其未阅，复请之。答："已览竟。"生又疑其不解。宋曰："有何难解？但不佳耳！"生曰："一览丹黄[22]，何知不佳？"宋便诵其文，如夙读者，且诵且訾。生洺踖汗流，不言而去。移时，宋去，生入，坚请王作。王拒之。生强搜得，见文多圈点，笑曰："此大似水角子！"王故朴讷，腆然而已。次日，宋至，王具以告。宋怒曰："我谓'南人不复反矣'[23]，伧楚何敢乃尔！必当有以报之！"王力陈轻薄之戒以劝之，宋深感佩。

既而场后以文示宋，宋颇相许。偶与涉历殿阁，见一瞽僧坐廊下，设药卖医。宋讶曰："此奇人也！最能知文，不可不一请教。"因命归寓取文。遇余杭生，遂与俱来。王呼师而参之。僧疑其问医者，便诘症候。王具白请教之意。僧笑曰："是谁多口？无目何以论文？"王请以耳代目。僧曰："三作两千余言，谁耐久听！不如焚之，我视以鼻可也。"王从之。每焚一作，僧嗅而颔之曰："君初法大家[24]，虽未逼真，亦近似矣。我适受之以脾。"问："可中否？"曰："亦中得。"余杭生未深信，先以古大家文烧试之。僧再嗅曰："妙哉！此文我心受之矣，非归、胡何解办此[25]！"生大骇，始焚己作。僧曰："适领一艺，未窥全豹[26]，何忽另易一人来也？"生托言："朋友之作，止彼一首；此乃小生作也。"僧嗅其余灰，咳逆数声，曰："勿再投矣！格格而不能下，强受之以鬲；再焚，则作恶矣！"生惭而退。

数日榜放，生竟领荐；王下第。宋与王走告僧。僧叹曰："仆虽盲于目，而不盲于鼻；帘中人[27]并鼻盲矣。"俄，余杭生至，意气发舒，曰："盲和尚，汝亦啖人水角耶？今竟何如？"僧曰："我所论者文耳，不谋与君论命。君试寻诸试官之文，各取一首焚之，我便知孰为尔师。"生与王并搜之，止得八九人。生曰："如有舛错，以何为罚？"僧愤曰："剜我盲瞳去！"生焚之，每一首，都言非是；至第六篇，忽向壁大呕，下气如雷。众皆粲然。僧拭目向生曰："此真汝师也！初不知而骤嗅之，刺于鼻，棘于腹，膀胱所不能容，直自下部出矣！"生大怒，去，曰："明日自见，勿悔！勿悔！"越二三日，竟不至；视之，已移去矣。——乃知即某门生也。

宋慰王曰："凡吾辈读书人，不当尤人[28]，但当克己[29]：不尤人则德益弘，能克己则学益进。当前踧落[30]，固是数之不偶；平心而论，文亦未便登峰。其由此砥砺[31]，天下自有不盲之人。"王肃然起敬。又闻次年再行乡试，遂不归，止而受教。宋曰："都中薪桂米珠[32]，勿忧资斧。舍后有窖镪[33]，可以发用。"即示之处。王谢曰："昔

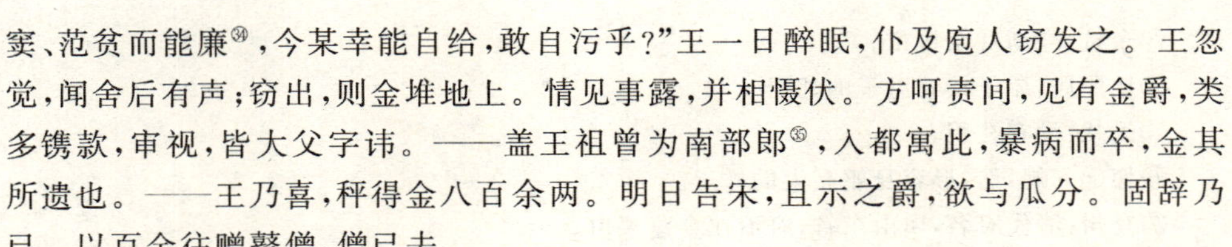

窦、范贫而能廉[34]，今某幸能自给，敢自污乎？”王一日醉眠，仆及庖人窃发之。王忽觉，闻舍后有声；窃出，则金堆地上。情见事露，并相慑伏。方呵责间，见有金爵，类多镌款，审视，皆大父字讳。——盖王祖曾为南部郎[35]，入都寓此，暴病而卒，金其所遗也。——王乃喜，秤得金八百余两。明日告宋，且示之爵，欲与瓜分。固辞乃已。以百金往赠瞽僧，僧已去。

积数月，敦习[36]益苦。及试，宋曰：“此战不捷，始真是命矣！”俄以犯规被黜。王尚无言；宋大哭，不能止。王反慰解之。宋曰：“仆为造物[37]所忌，困顿至于终身，今又累及良友。其命也夫！其命也夫！”王曰：“万事固有数在。如先生乃无志进取，非命也。”宋拭泪曰：“久欲有言，恐相惊怪：某非生人，乃飘泊之游魂也。少负才名，不得志于场屋[38]。佯狂至都，冀得知我者，传诸著作。甲申之年[39]，竟罹于难，岁岁飘蓬。幸相知爱，故极力为‘他山’之攻[40]，生平未酬之愿，实欲借良朋一快[41]之耳。今文字之厄若此，谁复能漠然哉！”王亦感泣。问：“何淹滞？”曰：“去年上帝有命，委宣圣[42]及阎罗王核查劫鬼，上者备诸曹任用，余者即俾转轮[43]。贱名已录，所未投到者，欲一见飞黄[44]之快耳，今请别矣。”王问：“所考何职？”曰：“梓潼府中缺一司文郎[45]，暂令聋童署篆[46]，文运所以颠倒。万一幸得此秩，当使圣教昌明。”明日，忻忻而至，曰：“愿遂矣！宣圣命作‘性道论’，视之色喜，谓可司文。阎罗稽簿，欲以‘口孽’见弃；宣圣争之，乃得就。某伏谢已。又呼近案下，嘱云：‘今以怜才，拔充清要；宜洗心供职，勿蹈前愆。’此可知冥中重德行更甚于文学也。君心修行未至，但积善勿懈可耳。”王曰：“果尔，余杭其德行何在？”曰：“不知。要冥司赏罚，皆无少爽。即前日瞽僧，亦一鬼也，是前朝名家。以生前抛弃字纸过多，罚作瞽。彼自欲医人疾苦，以赎前愆，故托游廛肆耳。”王命置酒。宋曰：“无须；终岁之扰，尽此一刻，再为我设水角足矣。”王悲怆不食。坐令自啖，顷刻已过三盛。捧腹曰：“此餐可饱三日，吾以志君德耳。向所食，都在舍后，已成菌矣。藏作药饵，可益儿慧。”王问后会，曰：“既有官责，当引嫌[47]也。”又问：“梓潼祠中一相酹祝，可能达否？”曰：“此都无益。九天甚远，但洁身力行，自有地司牒报，则某必与知之。”言已，作别而没。王视舍后，果生紫菌，采而藏之。旁有新土坟起，则水角宛然在焉。

王归，弥自刻厉[48]。一夜，梦宋舆盖而至，曰：“君向以小忿，误杀一婢，削去禄籍。今笃行已折除矣；然命薄，不足任仕进也。”是年，捷于乡；明年，春闱又捷。遂不复仕。生二子，其一绝钝，啖以菌，遂大慧。后以故诣金陵，遇余杭生于旅次，极道契阔，深自降抑，然鬓毛斑矣。

异史氏曰：“余杭生公然自诩，意其为文，未必尽无可观；而骄诈之意态颜色，遂使人顷刻不可复忍。天人之厌弃已久，故鬼神皆玩弄之。脱能增修厥德，则帘内之‘刺鼻棘心’者，遇之正易，何所遭之仅也。”

【注释】

①平阳：清代府名，属山西省，治所在今临汾市。

②北闱：闱，试院。明清科举，称顺天乡试叫“北闱”，江南乡试叫“南闱”。

③余杭：今浙江余杭市。

④比屋居：屋子挨着屋子的邻居。

⑤无状：没有礼貌。

⑥傀(guī 规)然：形容身躯高大的样子。

⑦登州：清代府名，属山东省，府治在今蓬莱市。

⑧㧑挹：谦逊。《文选·王俭〈褚渊碑文〉》："功成弗有，固秉㧑挹。"

⑨卒然：忽然。卒，同"猝"。

⑩腾骧：原指马的奔驰跳跃，这里比喻求取功名。

⑪山左右：即太行山左右。山西省在太行山右边，称"山右"；山东省在太行山左边，称"山左"。王平子是山西人，宋生是山东人，所以余杭生才这样讥讽他们。

⑫轩眉攘腕：即竖眉捋袖的意思。形容余杭生要与王宋比试时的架势。

⑬一校文艺：比试一下写八股文章。校，同"较"，较量，比赛。文艺，这里指明清科举考试的八股文。

⑭"阙党童子将命"：这是《论语·宪问》中的一句。阙党，即"阙里"，孔子的家乡。童子将命，一个儿童在宾客中往来传话。孔子认为这个童子坐在成人的位子上，又与长辈并肩而行，是不懂规矩的。所以下文宋生破题的两句，既是对本题的解释，又骂了余杭生，用得很巧妙。

⑮"殷有三仁焉"：这是《论语·微子》中的一句。殷，商朝；"三仁"，指微子、箕子、比干。殷纣王暴虐无道，微子(纣王之兄)几次进谏，纣王不听，微子为了保住宗祀，便离开了他。箕子(纣王的叔父)进谏，纣王不听，把他囚了起来，他便披发佯狂，做了奴隶。比干(纣王的叔父)以死苦谏，纣王说，我听说圣人的心有七个孔，想看个究竟，便把比干剖心。他们三人虽然做法不同，但不计个人利害甚至牺牲生命，则是一样的，所以孔子称他们是"仁人"。下文"三子者不同道，其趋一也"，就是讲的这个意思。

⑯质：这里是请教的意思。

⑰沉深于此道：指对八股文很有研究。

⑱下乘(shèng 圣)：下等。

⑲诠说：解说。

⑳水角：水饺。

㉑窗艺：指平日写的八股文。窗，古人多用来指读书写文章的地方。

㉒丹黄：古人多用红色或黄色的字批点文章，后来因以"丹黄"指对文章的圈点和评语。

㉓"南人不复反矣"：《三国志·蜀书·诸葛亮传》裴松之注载，诸葛亮与西南少数民族领袖孟获作战，曾将孟获七擒七纵，最后他口服心服地说："南人不复反矣。"这里的"南人"指余杭生。

㉔初法大家：刚开始效法学习大作家的文章。

㉕归、胡：指明代中叶文学家归有光、胡友信。

㉖未窥全豹：语本《晋书·王献之传》："管中窥豹，时见一斑。"指只看到一部分，没有看到整体。

㉗帘中人：即试官。科举时代为防止作弊，规定试官只能在闱中堂帘内活动，所以有"帘中人"之称。

㉘尤人：怨恨人。

㉙克己:约束自己,严格要求自己。

㉚踧(cù 醋)落:潦倒,不得意。

㉛砥砺:磨炼、研究的意思。

㉜薪桂米珠:语本《战国策·楚策三》:"楚国之食贵于玉,薪贵于桂。"指物价贵,生活费高。

㉝窖镪:指埋在地下的银钱。镪,引申为成串的钱。

㉞窦、范贫而能廉:窦、范,指窦仪和范仲淹,两人都是宋代人。据《章丘志》载,窦仪家贫时,曾有金精戏弄他,他毫不动心。范仲淹年幼时家贫,在醴泉寺读书,每天只喝一顿粥。他偶然发现地下埋有白银,他认为这是不义之财,就又把它埋了起来。这句的意思是说,窦仪和范仲淹虽然贫穷,但还能廉洁自守。

㉟南部郎:明成祖朱棣迁都北京后,南京仍保留六部的建制,"南部郎"即在南京的郎官。

㊱敦习:勤恳地学习。

㊲造物:指天。古人认为天是创造万物、主宰万物的。

㊳场屋:指科举时代的考场。

㊴甲申之年:指明崇祯十七年(1644),这一年李自成领导的农民起义军攻占了北京城。

㊵"他山"之攻:比喻朋友之间互相切磋,探讨学业。语出《诗·小雅·鹤鸣》:"他山之石,可以攻玉。"他山,别的山。攻,磨的意思。

㊶快:称心,快意。

㊷宣圣:即孔子。汉平帝元始元年(公元1年)追封孔子为褒成宣尼公,以后历代王朝皆尊孔子为圣人,故诗文中多称为"宣圣"。

㊸转轮:即佛教的轮回转世,见前《辽阳海神传》"轮回"注。

㊹飞黄:即"飞黄腾达"之简称。飞黄,一种跑得很快的马。旧时一般用以比喻官职地位上升很快。这里指考试被录取。语出韩愈《符读书城南》诗:"飞黄腾踏去,不能顾蟾蜍。"

㊺梓潼府:即道教传说中梓潼帝君住的地方,在四川梓潼县。《明史·礼志》:"梓潼帝君者……姓张,名亚子,居蜀七曲山;仕晋战没,人为立庙。……道家谓帝命梓潼掌文昌府事及人间禄籍,故元加号为帝君,而天下学校亦有祠祀者。……岁以二月三日生辰遣祭。"司文郎,执掌文教的官。

㊻聋童署篆:传说梓潼帝君手下有天聋地哑两神。聋童,即指天聋神。署篆,代掌官印。

㊼引嫌:避免嫌疑。

㊽弥自刻厉:自己越发刻苦努力的意思。

席方平

席方平,东安[①]人。其父名廉,性戆拙。因与里中富室羊姓有隙[②],羊先死;数年,廉病垂危,谓人曰:"羊某今贿嘱冥使搒我矣。"俄而身赤肿,号呼遂死。席惨怛不食,曰:"我父朴讷[③],今见陵于强鬼;我将赴地下,代伸冤气耳。"自此,不复言,时坐时立,状类痴,盖魂已离舍矣。

席觉初出门,莫知所往,但见路有行人,便问城邑。少选,入城。其父已收狱中。至狱门,遥见父卧檐下,似甚狼狈;举目见子,潸然涕流。便谓:"狱吏悉受赇嘱,日夜搒掠,胫股摧残甚矣。"席怒,大骂狱吏:"父如有罪,自有王章[④],岂汝等死

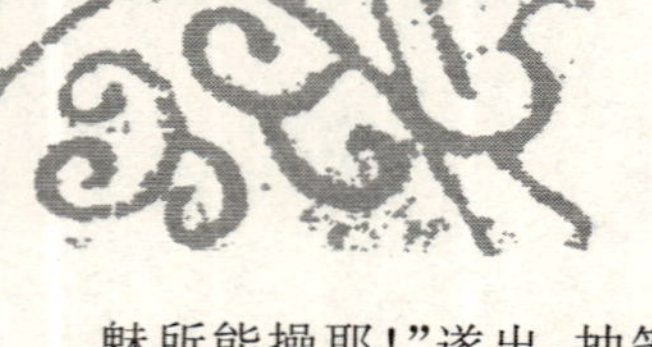

魅所能操耶!"遂出,抽笔为词。值城隍早衙[⑤],喊冤以投。羊惧,内外贿通,始出质理。城隍以所告无据,颇不直席[⑥]。席忿气无所复伸,冥行百余里[⑦],至郡,以官役私状,告之郡司。迟之半月,始得质理。郡司扑[⑧]席,仍批城隍复案[⑨]。席至邑,备受械梏,惨冤不能自舒。城隍恐其再讼,遣役押送归家。役至门辞去。席不肯入,遁赴冥府,诉郡邑之酷贪。冥王立拘质对。二官密遣腹心,与席关说,许以千金。席不听。过数日,逆旅主人告曰:"君负气已甚,官府求和而执不从。今闻于王前各有函进,恐事殆矣。"席以道路之口,犹未深信。俄,有皂衣人唤入。升堂,见冥王有怒色,不容置词,命笞二十。席厉声问:"小人何罪?"冥王漠若不闻。席受笞,喊曰:"受笞允当[⑩],谁教我无钱耶!"冥王益怒,命置火床。两鬼捽席下,见东墀[⑪]有铁床,炽火其下,床面通赤。鬼脱席衣,掬置其上,反复揉捺之。痛极,骨肉焦黑,苦不得死。约一时许,鬼曰:"可矣。"遂扶起,促使下床着衣,犹幸跛而能行。复至堂上。冥王问:"敢再讼乎?"席曰:"大怨未伸,寸心不死,若言不讼,是欺王也。必讼!"又问:"讼何词?"席曰:"身所受者,皆言之耳。"冥王又怒,命以锯解其体。二鬼拉去,见立木,高八九尺许,有木板二,仰置其下,上下凝血模糊。方将就缚,忽堂上大呼"席某",二鬼即复押回。冥王又问:"尚敢讼否?"答云:"必讼!"冥王命捉去速解。既下,鬼乃以二板夹席,缚木上。锯方下,觉顶脑渐辟,痛不可禁,顾亦忍而不号。闻鬼曰:"壮哉此汉!"锯隆隆然,寻至胸下。又闻一鬼云:"此人大孝无辜,锯令稍偏,勿损其心。"遂觉锯锋曲折而下,其痛倍苦。俄顷,半身辟矣。板解,两身俱仆。鬼上堂大声以报。堂上传呼,令合身来见。二鬼即推令复合,曳使行。席觉锯锋一道,痛欲复裂,半步而踣。一鬼于腰间出丝带一条授之曰:"赠此以报汝孝。"受而束之,一身顿健,殊无少苦。遂升堂而伏。冥王复问如前。席恐再罹酷毒,便答:"不讼矣。"冥王立命送还阳界。隶率出北门,指示归途,反身遂去。

席念阴曹之暗昧尤甚于阳间,奈无路可达帝听;世传灌口二郎[⑫]为帝勋戚,其神聪明正直,诉之当有灵异。窃喜两隶已去,遂转身南向。奔驰间,有二人追至,曰:"王疑汝不归,今果然矣。"捽回复见冥王。窃意冥王益怒,祸必更惨;而王殊无厉容,谓席曰:"汝志诚孝。但汝父冤,我已为若雪之矣。今已往生富贵家,何用汝鸣呼为。今送汝归,予以千金之产、期颐之寿[⑬],于愿足乎?"乃注籍中,钳以巨印,使亲视之。席谢而下。鬼与俱出,至途,驱而骂曰:"奸猾贼!频频翻覆,使人奔波欲死。再犯,当捉入大磨中细细研之!"席张目叱曰:"鬼子胡为者!我性耐刀锯,不耐挞楚。请反见王。王如令我自归,亦复何劳相送。"乃返奔。二鬼惧,温语劝回。席故蹇缓,行数步,辄憩路侧。鬼含怒不敢复言。

约半日,至一村,一门半辟,鬼引与共坐。席便据门阈[⑭],二鬼乘其不备,推入门中。惊定自视,身已生为婴儿。愤啼不乳,三日遂殇。魂摇摇不忘灌口。约奔数十里,忽见羽葆来[⑮],幡戟横路。越道避之,因犯卤簿[⑯],为前马所执,絷送车前。仰见车中一少年,丰仪瑰玮。问席:"何人?"席冤愤正无所出,且意是必巨官,或当能作威福,因缅诉毒痛。车中人命释其缚,使随车行。俄至一处,官府十余员,迎谒道

左，车中人各有问讯。已而，指席谓一官曰：“此下方人，正欲往诉，宜即为之剖决。”席询之从者，始知车中即上帝殿下[17]九王，所嘱即二郎也。席视二郎，修躯多髯，不类世间所传。九王既去，席从二郎至一官廨，则其父与羊姓并衙隶俱在。少顷，槛车[18]中有囚人出，则冥王及郡司、城隍也。当堂对勘，席所言皆不妄；三官战栗，状若伏鼠。二郎援笔立判。顷之，传下判语，令案中人共视之。

判云：

勘得冥王者：职膺王爵，身受帝恩。自应贞洁，以率臣僚；不当贪墨，以速官谤[19]。而乃繁缨棨戟[20]，徒夸品秩之尊；羊狠狼贪[21]，竟玷人臣之节。斧敲斫，斫入木，妇子之皮骨皆空；鲸吞鱼，鱼食虾，蝼蚁之微生可悯[22]。当掬西江之水，为尔湔肠[23]；即烧东壁之床，请君入瓮[24]。城隍、郡司：为小民父母之官[25]，司上帝牛羊之牧[26]。虽则职居下列，而尽瘁者不辞折腰[27]；即或势逼大僚，而有志者亦应强项[28]。乃上下其鹰鸷之手[29]，既罔念夫民贫；且飞扬其狙狯[30]之奸，更不嫌乎鬼瘦。惟受赃而枉法，真人面而兽心。是宜剔髓伐毛，暂罚冥死[31]；所当脱皮换革[32]，仍令胎生。隶役者：既在鬼曹，便非人类。只宜公门修行[33]，庶还落蓐之身[34]；何得苦海生波，益造弥天之孽？飞扬跋扈[35]，狗脸生六月之霜[36]；隳突叫号[37]，虎威断九衢之路[38]。肆淫威于冥界，咸知狱吏为尊；助酷虐于昏官，共以屠伯是[39]惧。当于法场之内，剁其四肢；更向汤镬之中，捞其筋骨。羊某：富而不仁，狡而多诈。金光盖地，因使阎摩殿上，尽是阴霾；铜臭熏天，遂教枉死城[40]中，全无日月。余腥犹能役鬼，大力直可通神。宜籍羊氏之家，以赏席生之孝。即押赴东岳施行[41]。

又谓席廉：“念汝子孝义，汝性良懦，可再赐阳寿三纪。”因使两人送之归里。席乃抄其判词，途中父子共读之。既至家，席先苏。令家人启棺视父，僵尸犹冰，俟之终日，渐温而活。及索抄词，则已无矣。

自此，家日益丰；三年间，良沃遍野。而羊氏子孙微[42]矣，楼阁田产，尽为席有。里人或有买其田者，夜梦神人叱之曰：“此席家物，汝乌得有之！”初未深信；既而种作，则终年升斗无所获，于是复鬻归席。席父九十余岁而卒。

异史氏曰：“人人言净土[43]，而不知生死隔世，意念都迷，且不知其所以来，又乌知其所以去；而况死而又死，生而复生者乎？忠孝志定，万劫不移，异哉席生，何其伟也！”

【注释】

①东安：明清县名，后改为安次县，即今河北廊坊市安次区。

②隙：嫌隙，感情的裂痕。

③朴讷：品性敦厚，不善言辞。

④王章：王法。《左传·僖公二十五年》：“晋侯朝王，……请隧，弗许，曰：‘王章也。’”

⑤早衙：古代官吏早晚两次坐堂理事，处理政务，受群吏参谒。早晨坐堂称为“早衙”。

⑥不直席：判席方平没有理。直，用作动词。

⑦冥行：摸黑走路。

⑧扑：打。指杖责。

⑨复案：重审。

⑩允当：犹如说“活该”。这是激愤不平的反话。

⑪墀(chí 迟)：台阶。

⑫灌口二郎：即民间传说中的二郎神杨戬，他是玉皇大帝的外甥。灌口，山名，在四川都江堰市西北。

⑬期颐之寿：百岁的寿命。《礼记·曲礼上》：“百年曰期颐。”

⑭门阈：门槛。

⑮羽葆：又称“羽盖”，古时用鸟羽装饰的车盖。《汉书·王莽传》：“莽乃造华盖九重，高八丈一尺，金瑵羽葆。”

⑯卤簿：古代帝王外出时在其前后的仪仗队。自汉以后，后妃、太子王公大臣皆有卤簿，各有定制，并非天子专用。

⑰殿下：对太子和亲王的尊称。

⑱槛车：囚车。

⑲“不当贪墨”二句：贪墨，贪财图利。《左传·昭公十四年》：“贪以败官为墨。”以速官谤，以招来非议。速，招致；官谤，这里指因贪污受贿，而招致人们的非议。《左传·庄公二十二年》：“敢辱高位，以速官谤。”杜预注：“谤，人毁其行政之非也。”

⑳繁缨棨戟：指贵官的仪仗。繁缨，马腹下的饰带。

㉑羊狠狼贪：语出《史记·项羽本纪》：“猛如虎，狠如羊，贪如狼。”这里用以比喻官吏对人民的压迫和剥削。

㉒“斧敲斫”六句：比喻官吏用种种手段对人民的敲诈勒索。斫，大锄。张友鹤说：“疑应作‘凿’。”(见《聊斋志异选》)

㉓“当掬西江之水”二句：意谓当用西江之水洗涤冥王的污肠，也即洗刷其罪恶。典出《新五代史·王仁裕传》：“尝梦剖其胃肠，以西江水涤之。”

㉔请君入瓮：比喻拿某人整治别人的法子来整治他自己。据《资治通鉴·唐则天皇后天授二年》载，武则天任用的酷吏周兴犯了罪，武则天命令另一个酷吏来俊臣去审问他，而周兴并不知道。来俊臣假意问周兴：“犯人不肯认罪怎么办?”周兴说：“拿个大瓮，周围用炭火烘烤，然后把犯人装进去，什么事情他还会不承认呢?”来俊臣便烧好了一个大瓮，对周兴说：“奉命来审问你，请君入瓮吧！”于是周兴吓得磕头认罪。

㉕为小民父母之官：封建社会，尊称州县官为“父母官”。城隍、郡司相当于人间的州县官，所以这样说。

㉖司上帝牛羊之牧：意思是替上帝治理人民。封建统治阶级把人民比作牛羊，把官吏比作放牧人。司，主管。

㉗尽瘁者不辞折腰：能鞠躬尽瘁的人是避免不了折腰的。折腰，原指向上级官员鞠躬行礼，语出《晋书·陶潜传》：“潜为彭泽令，郡遣督邮至县，吏白应束带见之。潜叹曰：‘吾不能为五斗米折腰，拳拳事乡里小人耶！’义熙二年解印去。”这里引用，是作恭谨于职守解释，与原意有所不同。

㉘强项：硬着脖子不低头。参见前《李师师外传》注。

㉙上下其鹰鸷之手：上下其手，指官吏暗中作弊，互相勾结。鹰鸷，凶猛的鸟，用来比喻官吏

们的凶恶。

㉚狙狯：像猴子一样狡诈。狙，猴子的一种；狯，狡诈。

㉛冥死：阴间的死刑。

㉜脱皮换革：指脱去人皮，换上兽革，即令他转生为牲畜。

㉝公门修行：在官署里做善事。公门，官署。

㉞落蓐之身：即转生为人身。蓐，草垫，草席。这里指产蓐。

㉟跋扈：强横而傲慢的样子。《后汉书·梁冀传》："帝少而聪慧，知冀骄横，尝朝群臣，目冀曰：'此跋扈将军也。'"注："跋扈，犹强梁也。"

㊱狗脸生六月之霜：比喻差役惨白阴冷的面孔。传说战国时邹衍本来忠于燕惠王，反被人诬陷下狱。他仰天大哭，时正盛夏，天为之感动而下了霜（见《文选·江淹〈诣建平王上书〉》李善注引《淮南子》）。这里用这个典故，也包含着由于官吏的枉法，使人民蒙受冤屈的双关意义。

㊲隳（huī 灰）突叫号：大喊大叫横行无忌的样子。

㊳九衢之路：四通八达的道路。

㊴屠伯：指杀人不眨眼的酷吏。《汉书·严延年传》载：严延年为河南太守，在冬季杀死了许多囚犯，以致流血数里，当时人称他为"屠伯"。

㊵枉死城：佛教传说屈死鬼住的地方。

㊶东岳：泰山。传说泰山神东岳大帝，掌管阴间刑法。

㊷微：衰落。

㊸净土：即佛教所说的佛国、佛土，没有烦恼灾难，没有垢染，清净安乐，故称"净土"。

胭脂

东昌[①]卞氏，业牛医者，有女，小字胭脂，才姿惠丽。父宝爱之，欲占凤于清门[②]，而世族鄙其寒贱，不屑缔盟，以故及笄未字。

对户龚姓之妻王氏，佻脱善谑，女闺中谈友也。一日，送至门，见一少年过，白服裙帽，丰采甚都。女意似动，秋波萦转之。少年俯其首，趋而去。去既远，女犹凝眺。王窥其意，戏之曰："以娘子才貌，得配若人，庶可无恨。"女晕红上颊，脉脉不作一语。王问："识得此郎否？"答云："不识。"王曰："此南巷鄂秀才秋隼，故孝廉之子。妾向与同里，故识之。世间男子，无其温婉。今衣素，以妻服未阕[③]也。娘子如有意，当寄语使委冰[④]焉。"女无言。王笑而去。数日无耗，心疑王氏未暇即往，又疑宦裔不肯俯拾。邑邑徘徊，萦念颇苦；渐废饮食，寝疾惙顿。王氏适来省视，研诘病因。答言："自亦不知。但尔日别后，即觉忽忽不快，延命假息[⑤]，朝暮人[⑥]也。"王小语曰："我家男子，负贩未归，尚无人致声鄂郎。芳体违和[⑦]，非为此否？"女赪颜良久。王戏之曰："果为此者，病已至是，尚何顾忌？先令夜来一聚，彼岂不肯？"女叹息曰："事至此，已不能羞。但渠不嫌寒贱，即遣媒来，疾当愈；若私约，则断断不可！"王颔之，遂去。

王幼时与邻生宿介通；既嫁，宿侦夫他出，辄寻旧好。是夜宿适来，因述女言为

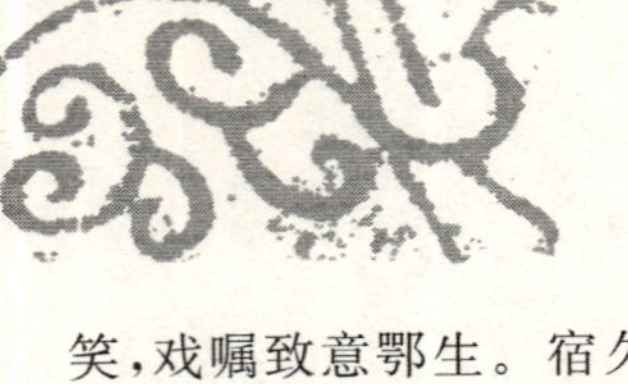

笑，戏嘱致意鄂生。宿久知女美，闻之窃喜，幸其机之可乘也。将与妇谋，又恐其妒。乃假无心之词，问女家闺闼甚悉。次夜，逾垣入，直达女所，以指叩窗。内问："谁何？"答以"鄂生"。女曰："妾所以念君者，为百年，不为一夕。郎果爱妾，但宜速倩冰人；若言私合，不敢从命。"宿姑诺之，苦求一握纤腕为信。女不忍过拒，力疾启扉[8]。宿遽入，即抱求欢。女无力撑拒，仆地上，气息不续。宿急曳之。女曰："何来恶少，必非鄂郎；果是鄂郎，其人温驯，知妾病由，当相怜恤，何遂狂暴如此！若复尔尔，便当鸣呼，品行亏损，两无所益！"宿恐假迹败露，不敢复强，但请后会。女以亲迎为期。宿以为远，又请之。女厌纠缠，约待病愈。宿求信物，女不许。宿捉足解绣履而出。女呼之返，曰："身已许君，复何吝惜？但恐'画虎成狗'[9]，致贻污谤。今亵物已入君手，料不可反。君如负心，但有一死！"宿既出，又投宿王所。既卧，心不忘履，阴揣衣袂[10]，竟已乌有。急起篝灯，振衣冥索。诘之，不应。疑妇藏匿。妇故笑以疑之。宿不能隐，实以情告。言已，遍烛门外，竟不可得，懊恨归寝。窃幸深夜无人，遗落当犹在途也。——早起寻之，亦复杳然。

先是，巷中有毛大者，游手无籍[11]，尝挑王氏不得。知宿与洽，思掩执以胁之。是夜，过其门，推之未扃，潜入。方至窗外，踏一物，软若絮帛，拾视，则巾裹女舄。伏听之，闻宿自述甚悉，喜极，抽身而出。逾数夕，越墙入女家，门户不悉，误诣翁舍。翁窥窗，见男子，察其音迹，知为女来者。心忿怒，操刀直出。毛大骇，反走。方欲攀垣，而卞追已近，急无所逃，反身夺刃。媪起大呼。毛不得脱，因而杀之。女稍痊，闻喧始起。共烛之，翁脑裂不复能言，俄顷已绝。于墙下得绣履，媪视之，胭脂物也。逼女，女哭而实告之；但不忍贻累王氏，言鄂生之自至而已。天明，讼于邑。邑宰拘鄂。——鄂为人谨讷，年十九岁，见客羞涩如童子。——被执骇绝。上堂不知置词，惟有战栗。宰益信其情真，横加梏械。书生不堪痛楚，以是诬服。既解郡，敲扑如邑。生冤气填塞，每欲与女面相质；及相遭，女辄诟詈，遂结舌不能自伸。由是论死。往来复讯，经数官无异词。

后委济南府复案。时吴公南岱守济南[12]，一见鄂生，疑不类杀人者，阴使人从容私问之，俾得尽其词。公以是益知鄂生冤。筹思数日，始鞫之。先问胭脂："订约后，有知者否？"答："无之。""遇鄂生时，别有人否？"亦答："无之。"乃唤生上，温语慰之。生自言："曾过其门，但见旧邻妇王氏与一少女出，某即趋避，过此并无一言。"吴公叱女曰："适言侧无他人，何以有邻妇也？"欲刑之。女惧曰："虽有王氏，与彼实无关涉。"公罢质，命拘王氏。数日已至。又禁不与女通。立刻出审，便问王："杀人者谁？"王对："不知。"公诈之曰："胭脂供言，杀卞某汝悉知之，胡得隐匿？"妇呼曰："冤哉！淫婢自思男子，我虽有媒合之言，特戏之耳。彼自引奸夫入院，我何知焉！"公细诘之，始述前后相戏之词。公呼女上，怒曰："汝言彼不知情，今何以自供撮合哉？"女流涕曰："自己不肖，致父惨死，讼结不知何年，又累他人，诚不忍耳。"公问王氏："既戏后，曾语何人？"王供："无之。"公怒曰："夫妻在床，应无不言者，何得云无？"王供："丈夫久客未归。"公曰："虽然，凡戏人者，皆笑人之愚，以炫己之慧，更不向一人言，将谁欺？”命梏十指[13]。妇不得已，实供：“曾与宿言。”公于是释鄂拘宿。宿至，自供：“不知。”公曰：“宿妓者必无良士！”严械之。宿自供：“赚女是真。自失履后未敢复往，杀人实不知情。”公怒曰：“逾墙者何所不至！”又械之。宿不任凌籍，遂以自承。招成报上，无不称吴公之神。铁案如山，宿遂延颈以待秋决矣。

然宿虽放纵无行，故东国[14]名士。闻学使施公愚山[15]贤能称最，又有怜才恤士之德，因以一词控其冤枉，语言怆恻。公讨[16]其招供，反复凝思之，拍案曰：“此生冤也！”遂请于院司，移案再鞫。问宿生：“鞋遗何所？”供言：“忘之。但叩妇门时，犹在袖中。”转诘王氏：“宿介之外，奸夫有几？”供言：“无有。”公曰：“淫乱之人，岂得专私一个？”供言：“身与宿介，稚齿交合，故未能谢绝。后非无见挑者，身实未敢相从。”因使指其人以实之。供云：“同里毛大，屡挑而屡拒之矣。”公曰：“何忽贞白如此？”命搒之。妇顿首出血，力辨无有，乃释之。又诘：“汝夫远出，宁无有托故而来者？”曰：“有之，某甲、某乙，皆以借贷馈赠，曾一二次入小人家。”——盖甲、乙皆巷中游荡子，有心于妇而未发者也。公悉籍其名，并拘之。既集，公赴城隍庙，使尽伏案前。便谓：“曩梦神人相告，杀人者不出汝等四五人中。今对神明，不得有妄言。如肯自首，尚可原宥；虚者，廉得无赦！”同声言无杀人之事。公以三木[17]置地，将并加之。括发裸身[18]，齐鸣冤苦。公命释之。谓曰：“既不自招，当使鬼神指之。”使人以毡褥悉幛殿窗，令无少隙；袒诸囚背，驱入暗中，始授盆水，一一命自盥讫；系诸壁下，戒令：“面壁勿动。杀人者，当有神书其背。”少间，唤出验视，指毛曰：“此真杀人贼也！”盖公先使人以灰涂壁，又以烟煤濯其手：杀人者恐神来书，故匿背于壁而有灰色；临出以手护背，而有烟色也。公固疑是毛，至此益信。施以毒刑，尽吐其实。

判曰：

宿介：蹈盆成括[19]杀身之道，成登徒子好色[20]之名。只缘两小无猜[21]，遂野鹜如家鸡之恋[22]；为因一言有漏，致得陇兴望蜀之心[23]。将仲子而逾园墙[24]，便如鸟堕；冒刘郎而至洞口[25]，竟赚门开。感帨惊尨[26]，鼠有皮胡若此[27]？攀花折树，士无行其谓何！幸而听病燕之娇啼，犹为玉惜；怜弱柳之憔悴，未似莺狂[28]。而释幺凤于罗中[29]，尚有文人之意；乃劫香盟于袜底[30]，宁非无赖之尤！蝴蝶过墙，隔窗有耳；莲花卸瓣[31]，堕地无踪。假中之假以生，冤外之冤谁信？天降祸起，酷械至于垂亡；自作孽盈[32]，断头几于不续。彼逾墙钻隙，固有玷夫儒冠；而僵李代桃[33]，诚难消其冤气。是宜稍宽笞扑，折其已受之惨；姑降青衣[34]，开其自新之路。若毛大者：刁猾无籍，市井凶徒。被邻女之投梭[35]，淫心不死；伺狂童之入巷[36]，贼智忽生。开户迎风，喜得履张生之迹[37]；求浆值酒[38]，妄思偷韩掾之香[39]。何意魄夺自天，魂摄于鬼。浪乘槎木，直入广寒之宫[40]；径泛渔舟，错认桃源之路[41]。遂使情火息焰，欲海生波。刀横直前，投鼠无他顾之意[42]；寇穷安往，急兔起反噬之心。越壁入人家，止期张有冠而李借[43]；夺兵遗绣履，遂教鱼脱网而鸿离[44]。风流道乃生此恶魔，温柔乡[45]何有此鬼蜮哉！即断首领，以快人心。胭脂：身犹未字，岁已及笄。以月殿之仙人，自应有郎似

玉；原霓裳之旧队[46]，何愁贮屋无金[47]？而乃感关雎而念好逑[48]，竟绕春婆之梦[49]；怨摽梅而思吉士[50]，遂离倩女之魂[51]。为因一线缠萦，致使群魔交至。争妇女之颜色，恐失"胭脂"；惹鸷鸟之纷飞，并托"秋隼"。莲钩摘去，难保一瓣之香；铁限敲来，几破连城之玉[52]。嵌红豆于骰子，相思骨竟作厉阶[53]；丧乔木于斧斤[54]，可憎才[55]真成祸水！葳蕤自守[56]，幸白璧之无瑕；缧绁苦争，喜锦衾之可覆[57]。嘉其入门之拒，犹洁白之情人；遂其掷果之心[58]，亦风流之雅事。仰[59]彼邑令，作尔冰人。

案既结，遐迩传颂焉。

自吴公鞫后，女始知鄂生冤。堂下相遇，腼然含涕，似有痛惜之词，而未可言也。生感其眷恋之情，爱慕殊切；而又念其出身微，且日登公堂，为千人所窥指，恐娶之为人姗笑。日夜萦回，无以自主。判牒既下，意始安帖。邑宰为之委禽，送鼓吹焉。

异史氏曰："甚哉！听讼[60]之不可以不慎也！纵能知李代为冤，谁复思桃僵亦屈？然事虽暗昧，必有其间[61]，要非审思研察，不能得也。呜呼！人皆服哲人之折狱明[62]，而不知良工之用心苦矣。世之居民上者，棋局消日[63]，绸被放衙[64]，下情民艰，更不肯一劳方寸。至鼓动衙开，巍然高坐，彼哓哓者[65]，直以桎梏静之，何怪覆盆[66]之下多沉冤哉！"

【注释】

①东昌：清代府名，府治在今山东聊城市。

②占凤于清门：许嫁给读书人家。据《左传·庄公二十二年》载，春秋时陈大夫懿仲想把女儿嫁给陈敬仲，其妻占卦，占得"凤皇于飞，和鸣锵锵"的吉利卦，于是就把女儿嫁给了敬仲。后世就把"占凤"作为许婚的代词。清门，寒素之家，即没有做官的书香门第。杜甫《丹青引赠曹将军霸》诗："将军魏武之子孙，于今为庶为清门。"

③妻服未阕：为妻子服丧，还没有满期。阕，终了的意思。

④委冰：托人做媒。冰人，古时媒人的代称，典出《晋书·艺术传》："索纨善占梦，孝廉令狐策，梦立冰上，与冰下人语，造纨占之。纨曰：'冰上为阳，冰下为阴，阴阳事也；士如归妻，迨冰未浮，婚姻事也。君在冰上与冰下人语，为阳语阴，媒介事也。君当为人作媒。冰泮而婚成。'"

⑤延命假息：借着一点气息来苟延生命。

⑥朝暮人：朝不保夕，快要死的人。

⑦违和：生病。

⑧力疾启扉：有病而勉强起来开门。

⑨画虎成狗：即"画虎不成反类犬"的省词。本来是说向别人学习，学得不好就学走样了，这里是把好事做坏的意思。《后汉书·马援传》："效伯高不得，犹为谨敕之士，所谓'刻鹄不成尚类鹜'者也。效季良不得，陷为天下轻薄子，所谓'画虎不成反类狗'者也。"

⑩阴揣衣袂：暗中摸摸衣袖。

⑪无籍：这里指没有固定的职业。

⑫吴公南岱守济南：吴南岱，江苏武进人，进士，清初曾做济南知府。守，即做太守。

⑬梏十指：即拶手指。

⑭东国：指山东省。

⑮施公愚山：清初诗人施闰章，字尚白，号愚山，安徽宣城人。曾任侍读，顺治十三年(1656)任山东提学佥事。

⑯讨：研究，推求。

⑰三木：加在颈、手、足上的三种木制刑具。《汉书·司马迁传》："关三木。"注："三木，在颈及手足。"

⑱括发裸身：束起头发，褪下裤子，这是受刑前的准备。

⑲盆成括：战国时齐人，孟子认为他小有才而不懂得大道理，后来他在齐做官果被杀。这里以盆成括比喻宿介因要弄小聪明几乎陷于杀身之祸。

⑳登徒子好色：见前《莺莺传》注。

㉑两小无猜：本指男女儿童在一起玩耍，不避嫌疑，这里指宿介和王氏两人自幼相好。

㉒野骛如家鸡之恋：野骛，野鸭子，比外遇；家鸡，比妻子。

㉓"得陇"句：比喻人贪心不足。《后汉书·岑彭传》载，岑彭攻下陇右地区之后，光武帝刘秀又命令他继续进兵四川，他在给岑彭的信中说："人苦不知足，既平陇，复望蜀。"这里引用，是说宿介既和王氏私通，又想骗奸胭脂。

㉔将仲子而逾园墙：语出《诗·郑风·将仲子》："将仲子兮，无逾我墙。"将，请求。原指仲子逾墙求爱，遭到女子的拒绝，这里指宿介跳墙到胭脂家。

㉕冒刘郎而至洞口：指宿介假冒鄂秋隼之名来到胭脂门上。刘郎，指到天台山遇仙女的刘晨。详见前《幽明录》之《刘晨阮肇》篇。

㉖感帨(shuì 税)惊尨(máng 忙)：语出《诗·召南·野有死麇》："无感我帨兮，无使尨也吠！"原是写男女幽会时，女的要男的不要太鲁莽，这里是借喻宿介对胭脂的无礼举动。帨，佩巾；尨，长毛狀。

㉗鼠有皮胡若此：老鼠还有皮呢，哪里像你(宿介)这样不顾羞耻？语出《诗·鄘风·相鼠》："相鼠有皮，人而无仪；人而无仪，不死何为？"

㉘"幸而"四句：其中"病燕"、"玉"、"弱柳"均指胭脂。

㉙释幺凤于罗中：比喻宿介放开了胭脂。幺凤，鸟名，又叫"桐花凤"。苏轼《次李公择梅花》诗："故山亦何有，桐花集幺凤。"罗，罗网。

㉚香盟：指男女相爱的盟约。这里指信物，即绣鞋。

㉛莲花卸瓣：指宿介从胭脂脚上脱掉了一只鞋。

㉜自作孽盈：这里是说宿介作孽盈满，就要受到报应。语出《书·太甲中》："天作孽，犹可违；自作孽，不可逭。"逭，逃的意思。

㉝僵李代桃：以甲代乙的意思。这里指宿介代毛大承担了杀人的罪过。语出《古乐府·鸡鸣》："桃生露井上，李树生桃旁，虫来啮桃根，李树代桃僵。"

㉞姑降青衣：这是对秀才的一种处分。秀才原穿蓝衫，处分后改穿青衣，并停止一年参加"科考"的资格。

㉟被邻女之投梭：指毛大调戏王氏被拒绝。典出《晋书·谢鲲传》：谢鲲调戏邻居的女儿，被邻女用织布梭打掉两颗牙齿。

㊱伺狂童之入巷：指毛大趁宿介到王氏家的机会。狂童，指宿介。

㊲"开户迎风"二句：指胭脂期待鄂生，而毛大却持履以往。语本唐传奇《莺莺传》中莺莺约

张生来相会的诗："待月西厢下，迎风户半开。拂墙花影动，疑是玉人来。"

㊳求浆值酒：求水喝，却遇到了酒吃。这里指毛大到王氏家偷听，却得到了胭脂的消息。语出《续博物志》："太岁在西，求浆得酒。"

㊴妄思偷韩掾之香：指毛大对胭脂的非分的妄想。"偷韩掾之香"就是"韩掾偷香"，详见前《世说新语》之《韩寿》篇。

㊵"浪乘槎木"二句：指毛大想到胭脂那里去。"浪乘槎木"用典详见前《博物志·八月浮槎》。广寒宫，这里是借指胭脂的住处。

㊶"径泛渔舟"二句：这里以渔人泛舟误入桃花源，比喻毛大错闯到卞翁的窗下。"渔人误入桃花源"的故事，见陶潜的《桃花源记》。

㊷投鼠无他顾之意：这里是反用成语"投鼠忌器"的含义，指毛大肆意而为，竟把卞翁杀死。"投鼠忌器"，语见《汉书·贾谊传》所载《陈政事疏》，意思是说，老鼠在器物旁边，想用东西投掷它，又顾忌损坏器物。

㊸止期张有冠而李借：这里用"张冠李戴"的成语，比喻毛大想借鄂生的名义去骗奸胭脂。

㊹鱼脱网而鸿离：语出《诗·邶风·新台》："鱼网之设，鸿则离之。"意思是说，设网捕鱼，而鸿雁却撞在网里。原诗以鸿雁比卫宣公，讽刺他娶了他儿子的新娘。这里借用，以"鱼"比毛大；以"鸿"比宿介。离，通"罹"，遭遇的意思。

㊺温柔乡：这里是男女关系的代称。《飞燕外传》："后是夜进合德，帝大悦，以辅属体，无所不靡，谓为温柔乡。谓樊嫕曰：'吾老是乡矣，不能效武皇帝求白云乡也。'"

㊻原霓裳之旧队：意思是说，胭脂容貌美丽，有如霓裳队仙女下凡。霓裳队，参见前《长恨传》注。

㊼何愁贮屋无金：意思是说，像胭脂这样一个出色的女子，何愁嫁不到一个富贵的好丈夫？这是变用汉武帝要用金屋贮阿娇的故事，参见前《汉武故事》。

㊽感关雎而念好逑：意思是说，因听到关雎雌雄相和的叫声，就想到自己也要找一个好配偶。语出《诗·周南·关雎》。

㊾春婆之梦：指胭脂的希望，像一声春梦似的落了空。语出宋代赵令畤《侯鲭录》：苏轼被贬官海南昌化时，有一个老太婆对他说："你过去的富贵，好似一场春梦。"苏轼很同意他的说法。当时人就称这个老妇为"春梦婆"。

㊿怨摽梅而思吉士：意指胭脂到了青春期，有和异性恋爱的要求。语出《诗·召南·摽有梅》。

(51)遂离倩女之魂：指胭脂因思念鄂生而成病。用典见前《离魂记》。

(52)"莲钩摘去"四句：前两句指宿介脱去胭脂一只绣鞋；后两句指毛大闯入胭脂家，几乎使胭脂失身。铁限，铁门槛。

(53)"嵌红豆于骰（tóu投）子"二句：意思是说，胭脂思念鄂生，反而招致了祸害。红豆，又名"相思子"，豆科之一种。骰子，又名"色子"，一种正方形的赌具，六面刻着不同的点子，多用骨头制成。相思子嵌入骰子，意思是入骨的相思。语出唐代诗人温庭筠《杨柳枝》："玲珑骰子安红豆，入骨相思知不知？"厉阶，祸端。

(54)丧乔木于斤斧：指卞翁被毛大杀死。乔木，这里是父亲的代称。《尚书大传·周传·梓材》："商子曰：'南山之阳有木焉，名乔。'二三子往观之，见乔实高高然而上，反以告商子。商子曰：'乔者，父道也。'"

(55)可憎才：这是爱极的反语，指情人。如《西厢记》第一本第二折："借与我半间儿客舍僧房，

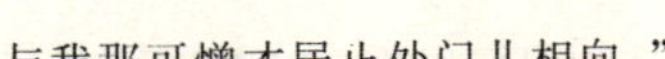

与我那可憎才居止处门儿相向。”

(56)葳蕤自守：指胭脂虽遇挑引，尚能严正自守，不为所污。葳蕤，草木枝叶繁盛的样子，借喻少女的年华正茂，容颜美好。

(57)锦衾之可覆：指对过去的差错可以遮盖、原谅的意思。这是宋元时代的俗语。《水浒传》第二十五回：“只是如殓武大尸首，凡百事周全，一床锦被遮盖则个。”

(58)遂其掷果之心：满足她思慕鄂生的心愿。典出《晋书·潘岳传》：“岳美姿仪，少时，常挟弹出洛阳道，妇人遇之者，皆连手萦绕，投之以果，遂满载以归。”因而“掷果”便成了女子向男子求爱的代称。

(59)仰：旧时公文中上级命令下级的习用语。

(60)听讼：指官吏审案。

(61)间：隙缝，破绽。

(62)哲人：智慧卓越的人。折狱：断案。

(63)棋局消日：指官吏不理政事、终日下棋消磨时间。语出唐李肇《国史补》：“令狐绹拟李远刺杭州。宣帝曰：‘吾闻远诗云：长日惟消一局棋。安能理人？’绹曰：‘诗人托此为高兴耳，未必实然。’帝曰：‘且令往试观之。’”

(64)绸被放衙：也是用来形容官吏不理政事的情状的。语出《倦游录》：“文潞公知榆次县，题诗衙鼓上云：‘置向谯楼一任挝，挝多挝少不知他；黄绸被里哓眠熟，探出头来道放衙。’”放衙，免去属吏入衙参见。

(65)哓哓（xiāo 萧）者：指含冤告状的老百姓。哓哓，争辩不休的样子。

(66)覆盆：指人含冤不得申雪，就像把盆子扣在头上，看不见天日一样。语出《汉书·司马迁传》：“戴覆盆何以望天。”

葛巾

常大用，洛人。癖好牡丹。闻曹州[1]牡丹甲齐鲁，心向往之。适以他事如曹，因假搢绅之园居焉。而时方二月，牡丹未华[2]，惟徘徊园中，目注勾萌[3]，以望其拆[4]。作《怀牡丹诗》百绝。未几，花渐含苞，而资斧将匮；寻典春衣，流连忘返。

一日，凌晨趋花所，则一女郎及老妪在焉。疑是贵家宅眷，亦遂遄返。暮而往，又见之，从容避去。微窥之，宫妆艳绝。眩迷之中，忽转一想：此必仙人，世上岂有此女子乎！急反身而搜之，骤过假山，适与妪遇。女郎方坐石上，相顾失惊。妪以身幛女，叱曰：“狂生何为！”生长跪曰：“娘子必是神仙。”妪咄之曰：“如此妄言，自当絷送令尹！”生大惧。女郎微笑曰：“去之！”过山而去。生返，不能徒步，意女郎归告父兄，必有诟辱之来。偃卧空斋，自悔孟浪。窃幸女郎无怒容，或当不复置念。悔惧交集，终夜而病。日已向辰，喜无问罪之师，心渐宁帖。而回忆声容，转惧为想。如是三日，憔悴欲死。秉烛夜分，仆已熟眠，妪入，持瓯而进曰：“吾家葛巾娘子，手合鸩汤，其速饮！”生闻而骇，既而曰：“仆与娘子，夙无怨嫌，何至赐死？即为娘子手调，与其相思而病，不如仰药[5]而死。”遂引而尽之。妪笑，接瓯而去。生觉药气香冷，似非毒者。俄觉肺鬲宽舒，头颅清爽，酣然睡去。既醒，红日满窗。试起，病若

失。心益信其为仙。无可夤缘，但于无人时仿佛其立处、坐处，虔拜而嘿祷之。

一日，行去，忽于深树内，觌面遇女郎，幸无他人。大喜投地。女郎近曳之，忽闻异香竟体。即以手握玉腕而起，指肤软腻，使人骨节欲酥。正欲有言，老妪忽至。女令隐身石后，南指曰："夜以花梯度墙，四面红窗者，即妾居也。"匆匆遂去。生怅然，魂魄飞散，莫能知其所往。至夜，移梯登南垣，则垣下已有梯在；喜而下，果见红窗。室中闻敲棋声，伫立不敢复前，姑逾垣归。少间，再过之，子声犹繁。渐近窥之，则女郎与一素衣美人相对着，老妪亦在坐，一婢侍焉。又返。凡三往复，三漏已催[⑥]。生伏梯上，闻妪出云："梯也，谁置此？"呼婢共移去之。生登垣，欲下无阶，恨悒而返。

次夕，复往，梯先设矣。幸寂无人。入，则女郎兀坐，若有思者，见生惊起，斜立含羞。生揖曰："自谓福薄，恐于天人无分，亦有今夕耶！"遂狎抱之。纤腰盈掬，吹气如兰，撑拒曰："何遽尔！"生曰："好事多磨，迟为鬼妒。"言未及已，遥闻人语。女急曰："玉版妹子来矣。君可姑伏床下。"生从之。无何，一女子入，笑曰："败军之将，尚可复言战否？业已烹茗，敢[⑦]邀为长夜之欢。"女郎辞以困惰。玉版固请之，女郎坚坐不行。玉版曰："如此恋恋，岂藏有男子在室耶？"强拉之，出门而去。生膝行而出。恨绝[⑧]，遂搜枕簟，冀一得其遗物。而室内并无香奁，只床头有水精如意，上结紫巾，芳洁可爱。怀之，越垣归。自理衿袖，体香犹凝，倾慕益切。然因伏床之恐，遂有怀刑之惧[⑨]，筹思不敢复往，但珍藏如意，以冀其寻。

隔夕，女郎果至，笑曰："妾向以君为君子也，而不知寇盗也。"生曰："良有之！所以偶不君子者，第望其如意耳。"乃揽体入怀，代解裙结：玉肌乍露，热香四流，偎抱之间，觉鼻息汗熏，无气不馥。因曰："仆固意卿为仙人，今益知不妄。幸蒙垂盼，缘在三生。但恐杜兰香[⑩]之下嫁，终成离恨耳。"女笑曰："君虑亦过，妾不过离魂之倩女，偶为情动耳。此事要宜慎秘，恐是非之口，捏造黑白，君不能生翼，妾不能乘风，则祸离更惨于好别矣。"生然之，而终疑为仙，固诘姓氏。女曰："既以妾为仙，仙人何必以姓名传。"问："妪何人？"曰："此桑姥姥。妾少时受其露覆，故不与婢辈同。"遂起，欲去，曰："妾处耳目多，不可久羁，蹈隙当复来。"临别，索如意，曰："此非妾物，乃玉版所遗。"问："玉版为谁？"曰："妾叔妹也。"付钩乃去。去后，衾枕皆染异香。

由此三两夜辄一至。生惑之，不复思归。而囊橐既空，欲货马。女知之，曰："君以妾故，泻囊质衣[⑪]，情所不忍。又去代步[⑫]，千余里将何以归？妾有私蓄，聊可助装。"生辞曰："感卿情好，抚臆誓肌[⑬]，不足论报；而又贪鄙，以耗卿财，何以为人矣！"女固强之，曰："姑假君。"遂捉生臂，至一桑树下，指一石，曰："转之！"生从之。又拔头上簪，刺土数十下，又曰："爬之！"生又从之。则瓮口已见。女探之，出白镪近五十两许；生把臂止之，不听，又出十余铤；生强反其半而后掩之。

一夕，谓生曰："近日微有浮言，势不可长，此不可不预谋也。"生惊曰："且为奈何？小生素迂谨，今为卿故，如寡妇之失守，不复能自主矣。一惟卿命，刀锯斧钺，

亦所不遑顾耳！”女谋偕亡，命生先归，约会于洛。生治任旋里，拟先归而后逆之；比至，则女郎车适已至门。登堂朝家人，四邻惊贺，而并不知其窃而逃也。生窃自危；女殊坦然，谓生曰：“无论千里外非逻察所及；即或知之，妾世家女，卓王孙当无如长卿何也[14]。”

生弟大器，年十七。女顾之，曰：“是有惠根，前程尤胜于君。”完昏有期，妻忽夭殒。女曰：“妾妹玉版，君固尝窥见之，貌颇不恶，年亦相若，作夫妇可称嘉耦。”生闻之而笑，戏请作伐。女曰：“必欲致之，即亦匪难。”喜问：“何术？”曰：“妹与妾最相善。两马驾轻车，费一妪之往返耳。”生惧前情俱发，不敢从其谋。女固言：“无害。”即命车，遣桑媪去。数日，至曹。将近里门，媪下车，使御者止而候于途，乘夜入里。良久，偕女子来，登车遂发。昏暮即宿车中，五更复行。女郎计其日时，使大器盛服而逆之。五十里许，乃相遇，御轮而归[15]；鼓吹花烛，起拜成礼。由此兄弟皆得美妇，而家又日以富。

一日，有大寇数十骑，突入第。生知有变，举家登楼。寇入，围楼。生俯问：“有仇否？”答言：“无仇。但有两事相求：一则闻两夫人世间所无，请赐一见；一则五十八人，各乞金五百。”聚薪楼下，为纵火计以胁之。生允其索金之请，寇不满志，欲焚楼，家人大恐。女欲与玉版下楼，止之不听。炫妆而下，阶未尽者三级，谓寇曰：“我姊妹皆仙媛，暂时一履尘世，何畏寇盗！欲赐汝万金，恐汝不敢受也。”寇众一齐仰拜，喏声“不敢”。姊妹欲退，一寇曰：“此诈也！”女闻之，反身伫立，曰：“意欲何作，便早图之，尚未晚也。”诸寇相顾，嘿无一言，姊妹从容上楼而去。寇仰望无迹，哄然始散。

后二年，姊妹各举一子，始渐自言魏姓，母封曹国夫人。生疑曹无魏姓世家；又且大姓失女，何得一置不问？未敢穷诘，而心窃怪之。遂托故复诣曹，入境谘访，世族并无魏姓。于是仍假馆旧主人。忽见壁上有《赠曹国夫人》诗，颇涉骇异，因诘主人。主人笑，即请往观曹夫人，至则牡丹一本[16]，高与檐等。闻所由名，则以此花为曹第一，故同人戏封之。问其何种，曰：“葛巾紫也。”心益骇，遂疑女为花妖。既归，不敢质言，但述赠夫人诗以觇之。女蹙然变色，遽出，呼玉版抱儿至，谓生曰：“三年前，感君见思，遂呈身相报；今见猜疑，何可复聚。”因与玉版皆举儿遥掷之，儿堕地并没。生方惊顾，则二女俱渺矣。悔恨不已。

后数日，堕儿处生牡丹二株，一夜径尺。当年而花，一紫一白，朵大如盘，较寻常之葛巾、玉版，瓣尤繁碎。数年，茂荫成丛。移分他所，更变异种，莫能识其名。自此牡丹之盛，洛下无双焉。

异史氏曰：“怀之专一，鬼神可通，偏反者[17]亦不可谓无情也。少府寂寞，以花当夫人[18]，况真能解语，何必力穷其原哉？惜常生之未达也！”

【注释】

①曹州：清代府名，府治在今山东曹县。

②华：同“花”，这里用作动词，开花的意思。

③勾萌：指牡丹发的嫩芽。

④拆（chè 彻）：同“坼”，裂开。这里指开花。

⑤仰药：即服毒的意思。也作“仰毒”。

⑥三漏已催：已至深夜三更。催，谓漏刻像在催人似的。

⑦敢：表恭敬的助动词。是在对人有所求时，表示自己冒昧的谦辞。

⑧恨绝：犹言恨透了。

⑨怀刑之惧：惧怕受法律的制裁。

⑩杜兰香：传说中的女仙，她几次去到张传家，说要嫁给他，但后来又说：“本为君作妻，情无旷远。以年命未合，其小乖。太岁东方卯，当还求君。”遂离开了张传。参见前《三水小牍》之《飞烟传》“阿兰”注。

⑪泻囊质衣：用光口袋里的钱，还把衣服也典当了。

⑫代步：指马。因骑马可以代替步行，所以称马为“代步”。

⑬抚臆誓肌：拍着胸口，拿自己的身体来发誓。这是表示极端感谢的言辞，犹言“粉身碎骨”。

⑭卓王孙当无如长卿何也：卓王孙对司马相如也无可奈何。长卿，汉代文学家司马相如的号。关于卓文君和司马相如的故事，见前《西京杂记》之《司马相如》篇。

⑮御轮：古代婚礼仪式之一，新婿至女家行过纳雁仪式之后，出来亲自为新娘驾车绕三个圈子，然后回家去在门口等候。《礼记·昏义》：“婿执雁人，揖让升堂，再拜奠雁。……降出，御妇车，而婿授绥，御轮三周，先俟于门外。”这里是说常大器陪着玉版一同乘车的意思。

⑯一本：一棵，一株。

⑰偏反者：花的代称。语出逸诗：“唐棣之花，偏其反而。”偏反，是形容花摇动的样子。

⑱“少府寂寞”二句：语出唐代诗人白居易《戏题新栽蔷薇》诗：“少府无妻春寂寞，花开将尔当夫人。”这是白居易作盩厔县尉时所写。少府，县尉的别称。

黄　英

马子才，顺天[①]人。世好菊，至才尤甚。闻有佳种，必购之，千里不惮。一日，有金陵客寓其家，自言其中表亲有一二种，为北方所无。马欣动，即刻治装，从客至金陵[②]。客多方为之营求，得两芽[③]，裹藏如宝。归至中途，遇一少年，跨蹇从油碧车，丰姿洒落。渐近与语。少年自言“陶姓”，谈言骚雅。因问马所自来，实告之。少年曰：“种无不佳，培溉在人。”因与论艺菊之法。马大悦，问：“将何往？”答云：“姊厌金陵，欲卜居于河朔[④]耳。”马欣然曰：“仆虽固贫，茅庐可以寄榻。不嫌荒陋，无烦他适。”陶趋车前，向姊咨禀。车中人推帘语，乃二十许绝世美人也。顾弟言：“屋不厌卑而院宜得广。”马代诺之，遂与俱归。

第南有荒圃，仅小室三四椽，陶喜，居之。日过北院，为马治菊。菊已枯，拔根再植之，无不活。然家清贫。陶日与马共食饮，而察其家似不举火。马妻吕，亦爱陶姊，不时以升斗馈恤之。陶姊小字黄英，雅善谈，辄过吕所，与共纫绩。

陶一日谓马曰："君家固不丰，仆日以口腹累知交，胡可为常。为今计，卖菊亦足谋生。"马素介[5]，闻陶言，甚鄙之，曰："仆以君风流高士，当能安贫；今作是论，则以东篱为市井，有辱黄花矣[6]。"陶笑曰："自食其力不为贪，贩花为业不为俗。人固不可苟求富，然亦不必务求贫也。"马不语，陶起而出。自是，马所弃残枝劣种，陶悉掇拾而去。由此不复就马寝食，招之始一至。未几，菊将开，闻其门嚣喧如市。怪之，过而窥焉，见市人买花者，车载肩负，道相属也。其花皆异种，目所未睹。心厌其贪，欲与绝；而又恨其私秘佳本[7]。遂款其扉，将就诮让。陶出，握手曳入。见荒庭半亩皆菊畦，数椽之外无旷土。劚[8]去者则折别枝插补之；其蓓蕾在畦者罔不佳妙，而细认之，皆向所拔弃也。陶入屋，出酒馔，设席畦侧，曰："仆贫不能守清戒，连朝幸得微资，颇足供醉。"少间，房中呼"三郎"，陶诺而去。俄献佳肴，烹饪良精。因问："贵姊胡以不字？"答云："时未至。"问："何时？"曰："四十三月。"又诘："何说？"但笑不言。尽欢始散。过宿，又诣之，新插者已盈尺矣。大奇之，苦求其术。陶曰："此固非可言传。且君不以谋生，焉用此！"

又数日，门庭略寂，陶乃以蒲席包菊，捆载数车而去。逾岁，春将半，始载南中异卉而归，于都中设花肆，十日尽售。复归艺菊。问之去年买花者，留其根，次年尽变而劣，乃复购于陶。陶由此日富：一年增舍，二年起夏屋。兴作从心，更不谋诸主人。渐而旧日花畦，尽为廊舍。更于墙外买田一区，筑墉[9]四周，悉种菊。至秋，载花去，春尽不归。而马妻病卒。意属黄英，微使人风示之。黄英微笑，意似允许，惟专候陶归而已。年余，陶竟不至。黄英课[10]仆种菊，一如陶。得金益合商贾，村外治膏田二十顷，甲第益壮。忽有客自东粤来，寄陶生函信，发之，则嘱姊归马。考其寄书之日，即妻死之日。回忆园中之饮，适四十三月也。大奇之。以书示英，请问"致聘何所"。英辞不受采[11]。又以故居陋，欲使就南第居，若赘焉。马不可，择日行亲迎礼。黄英既适马，于间壁开扉通南第，日过课其仆。马耻以妻富，恒嘱黄英作南北籍[12]，以防淆乱，而家所须，黄英辄取诸南第。不半岁，家中触类皆陶家物。马立遣人一一赍还之，戒勿复取。未浃旬，又杂之。凡数更，马不胜烦。黄英笑曰："陈仲子[13]毋乃劳乎？"马惭，不复稽，一切听诸黄英。鸠工庀料[14]，土木大作。马不能禁。经数月，楼舍连亘，两第竟合为一，不分疆界矣。然遵马教，闭门不复业菊，而享用过于世家。马不自安，曰："仆三十年清德，为卿所累。今视息人间[15]，徒依裙带[16]而食，真无一毫丈夫气矣。人皆祝富，我但祝穷耳！"黄英曰："妾非贪鄙。但不少致丰盈，遂令千载下人谓渊明[17]贫贱骨，百世不能发迹，——故聊为我家彭泽解嘲耳。然贫者愿富，为难；富者求贫，固亦甚易。床头金任君挥去之，妾不靳也。"马曰："捐他人之金，抑亦良丑。"黄英曰："君不愿富，妾亦不能贫也。无已，析君居：清者自清，浊者自浊，何害。"乃于园中筑茅茨[18]，择美婢往侍马。马安之。然过数日，苦念黄英。招之，不肯至；不得已，反就之。隔宿辄至，以为常。黄英笑曰："东食西宿[19]，廉者当不如是。"马亦自笑，无以对，遂复合居如初。

会马以事客金陵，适逢菊秋[20]。早过花肆，见肆中盆列甚烦[21]，款朵佳胜，心动，

疑类陶制。少间，主人出，果陶也。喜极，具道契阔，遂止宿焉。要之归。陶曰："金陵，吾故土，将婚于是。积有薄资，烦寄吾姊，我岁杪当暂去。"马不听，请之益苦，且曰："家幸充盈，但可坐享，无须复贾。"坐肆中，使仆代论价，廉其直，数日尽售。逼促囊装，赁舟遂北。入门，则姊已除舍，床榻茵褥皆设，若预知弟也归者。

陶自归，解装课役，大修亭园，惟日与马共棋酒，更不复结一客。为之择昏，辞不愿。姊遣两婢侍其寝处，居三四年，生一女。陶饮素豪，从不见其沉醉。有友人曾生，量亦无对。适过马，马使与陶相较饮。二人纵饮甚欢，相得恨晚。自辰以讫四漏[22]，计各尽百壶。曾烂醉如泥，沉睡座间。陶起归寝，出门，践菊畦，玉山倾倒[23]，委衣于侧，即地化为菊，高如人，花十余朵，皆大于拳。马骇绝，告黄英。英急往，拔置地上，曰："胡醉至此！"覆以衣，要马俱去，戒勿视。既明而往，则陶卧畦边。马乃悟姊弟菊精也。益爱敬之。而陶自露迹，饮益放，恒自折柬招曾，因与莫逆。值花朝[24]，曾来造访，以两仆舁药浸白酒一坛，约与共尽。坛将竭，二人犹未甚醉。马潜以一瓻续入之，二人又尽之。曾醉已惫，诸仆负之以去。陶卧地，又化为菊。马见惯不惊，如法拔之，守其旁以观其变。久之，叶益憔悴。大惧，始告黄英。英闻骇曰："杀吾弟矣！"奔视之，根株已枯。痛绝，掐其梗，埋盆中，携入闺中，日灌溉之。马悔恨欲绝，甚怨曾。越数日，闻曾已醉死矣。

盆中花渐萌：九月既开，短干粉朵，嗅之有酒香。名之"醉陶"。浇以酒则茂。后女长成，嫁于世家。黄英终老，亦无他异。

异史氏曰："青山白云人，遂以醉死[25]，世尽惜之，而未必不自以为快也。植此种于庭中，如见良友，如对丽人，——不可不物色之也。"

【注释】

①顺天：府名，明永乐元年(1403)改北平府置，建为北京。永乐十九年(1421)改称京师，治大兴、宛平(今属北京市)。

②金陵：古邑名，战国楚置。其地在今南京市，后人因作为南京市的别称。

③芽：这里指刚发芽的幼苗。

④河朔：泛指黄河以北的地方。

⑤素介：向来有节操。介，这里指清高。

⑥"则以东篱为市井"二句：以菊花园为市场，拿菊花来做买卖，这是对它的侮辱。东篱，种菊的园圃。语出东晋陶潜《饮酒》(其五)："采菊东篱下，悠然见南山。"黄花，菊花的别称。

⑦佳本：优良的品种。

⑧劚(zhú 竹)：掘。

⑨墉：土墙。

⑩课：督率，指教。

⑪采：订婚的聘礼。

⑫作南北籍：即把南北两家的财物分别登入账簿。

⑬陈仲子：据晋代皇甫谧《高士传》载，陈仲子名子终，战国齐人。其兄戴为齐卿，食禄万钟，仲子以为不义。迁楚，居於陵，自称於陵仲子。穷不苟求，不义之食不食。楚王闻其贤，

欲以为相，重金聘之。仲子谋于妻，妻曰："乱世多害，恐先生不保命也。"于是逃去，为人灌园。关于陈仲子的事也见于《孟子》，这里是黄英以马子才比陈仲子，也是对他"清高"的讽刺。

⑭鸠工庀（pǐ 痞）料：招集工匠，准备材料。鸠，聚集。

⑮视息：即生存。视，看；息，呼吸。《宋书·徐湛之传》："腼然视息，忍此余生。"

⑯裙带：一般代指妇女，这里指妻子。

⑰渊明：东晋文学家陶潜，字渊明。下文的"彭泽"，也是指陶渊明，因为他曾做过彭泽县令。因其有"采菊东篱下，悠然见南山"之句，所以后来说到菊花常常提到他，还以"东篱"作为菊的代称。

⑱茅茨：茅屋。

⑲东食西宿：据《风俗通·两袒》载，齐国有一个姑娘，同时有两个男子向她求婚。东家的男子富而丑，西家的男子俊而贫。父母问姑娘，愿意嫁给哪家，就袒露哪边的臂膀。女便两袒。父母怪问其故，姑娘说："两家都嫁，在东家吃饭，在西家住宿。"这里黄英借这个寓言来嘲笑马子才。

⑳菊秋：因为秋天是菊花盛开的季节，所以称"菊秋"。

㉑烦：同"繁"。

㉒自辰以讫四漏：自上午七时至九时，一直到深夜四更天。

㉓玉山倾倒：指酒醉倒地。语本《世说新语·容止》：嵇康酒醉时"若玉山之崩"。

㉔花朝：阴历二月十二日为百花生日，称为"花朝"。

㉕"青山白云人"二句：《旧唐书·傅奕传》载，傅奕活了八十五岁，临终前，他给自己写的墓志铭说："傅奕，青山白云人也，因酒醉死。"这里引用是赞叹陶生的旷达。

晚 霞

五月五日，吴越[①]间有斗龙舟之戏：刳木[②]为龙，绘鳞甲，饰以金碧；上为雕甍朱槛；帆旌皆以锦绣；舟末为龙尾，高丈余，以布索引木板下垂。有童坐板上，颠倒滚跌，作诸巧剧。下临江水，险危欲堕。故其购是童也，先以金啖其父母，预调驯之，堕水而死，勿悔也。吴门[③]则载美妓，较不同耳。

镇江有蒋氏童阿端，方七岁，便捷奇巧，莫能过，声价益起，十六岁犹用之。至金山下，堕水死。蒋媪止此子，哀鸣而已。阿端不自知死。有两人导去，见水中别有天地；回视，则流波四绕，屹如壁立。俄入宫殿，见一人兜牟[④]坐。两人曰："此龙窝君也。"便使拜伏。龙窝君颜色和霁，曰："阿端伎巧可入柳条部。"遂引至一所，广殿四合。趋上东廊，有诸少年出与为礼，率十三四岁。即有老妪来，众呼解姥。坐令献技。已乃教以"钱塘飞霆"之舞，"洞庭和风"之乐[⑤]。但闻鼓钲喤聒[⑥]，诸院皆响；既而诸院皆息。姥恐阿端不能即娴，独絮絮调拨[⑦]之，而阿端一过，殊已了了。姥喜曰："得此儿，不让晚霞矣。"

明日，龙窝君按部[⑧]，诸部毕集。首按夜叉部：鬼面鱼服，鸣大钲，围四尺许，鼓可四人合抱之。声如巨霆，叫噪不复可闻。舞起则巨涛汹涌，横流空际；时堕一点

星光，及着地消灭。龙窝君急止之。命进乳莺部：皆二八姝丽，笙乐细作，一时清风习习，波声俱静，水渐凝如水晶世界，上下通明。按毕，俱退立西墀下。次按燕子部：皆垂髫人。内一女郎，年十四五已来，振袖倾鬟，作"散花舞"[9]。翩翩翔起，襟袖袜履间，皆出五色花朵，随风飏下，飘泊满庭。舞毕，随其部亦下西墀。阿端旁睨，雅爱好之。问之同部，即晚霞也。无何，唤柳条部。龙窝君特试阿端。端作前舞，喜怒随腔，俯仰中节。龙窝君嘉其惠悟，赐五文裤褶[10]，鱼须金束发[11]，上嵌夜光珠。阿端拜赐下，亦趋西墀，各守其伍。端于众中遥注晚霞，晚霞亦遥注之。少间，端逡巡出部而北，晚霞亦渐出部而南，相去数武，而法严不敢乱部，相视神驰而已。既按蛱蝶部：童男女皆双舞，身长短，年大小，服色黄白，皆取诸同。诸部按已，鱼贯而出。柳条在燕子部后。端疾出部前，而晚霞已缓滞在后，回首见端，故遗珊瑚钗。端急纳袖中。

既归，凝思成疾，眠餐顿废。解姥辄进甘旨，日三四省，抚摩殷切，病不少瘥。姥忧之，罔所为计，曰："吴江王寿期以促，且为奈何?"薄暮，一童子来，坐榻上与语，自言："隶蛱蝶部。"从容问曰："君病为晚霞否?"端惊问："何知?"笑曰："晚霞亦如君耳。"端凄然起坐，便求方计。童问："尚能步否?"答云："勉强尚能自力。"童挽出，南启一户，折而西，又辟双扉，见莲花数十亩，皆生平地上，叶大如席，花大如盖，落瓣堆梗下盈尺。童引入其中，曰："姑坐此。"遂去。少时，一美人拨莲花而入，则晚霞也。相见惊喜，各道相思，略述生平。遂以石压荷盖令侧，雅可幛蔽，又匀铺莲瓣而藉之，忻与狎寝。既订后约，日以夕阳为候，乃别。端归，病亦寻愈。由此两人日一会于莲亩。过数日，随龙窝君往寿吴江王。称寿已，诸部悉还，独留晚霞及乳莺部一人在宫中教舞，数月更无音耗。端怅惘若失。惟解姥日往来吴江府，端托晚霞为外妹[12]，求携去，冀一见之。留吴江门下数日，宫禁森严，晚霞苦不得出，怏怏而返。积月余，痴想欲绝。一日，解姥入，戚然相吊曰："惜乎！晚霞投江矣!"端大骇，涕下不能自止。因毁冠裂服，藏金珠而出，意欲相从俱死。但见江水若壁，以首力触不得入。念欲复还，惧问冠服，罪将增重。意计穷蹙，汗流浃踵。忽睹壁下有大树一章[13]，乃猱攀而上。渐至端杪，猛力跃堕，幸不沾濡，而竟已浮水上。不意之中，恍睹人世，遂飘然泅去。移时得岸，少坐江滨，顿思老母，遂趁舟而去。

抵里，四顾居庐，忽如隔世。次且至家，忽闻窗中有女子曰："汝子来矣。"音声甚似晚霞。俄与母俱出，果晚霞也。斯时，两人喜胜于悲，而媪则悲疑惊喜，万状俱作矣。初，晚霞在吴江，觉腹中震动，龙宫法禁严，恐旦夕身娩，横遭挞楚，又不得一见阿端，但欲求死，遂潜投江水。身泛起，沉浮波中。有客舟拯之，问其居里。晚霞故吴名妓，溺水不得其尸。自念衏院[14]不可复投，遂曰："镇江蒋氏，吾婿也。"客因代贳扁舟，送诸其家。蒋媪疑其错误。女自言不误，因以其情详告媪。媪以其风格韵妙，颇爱悦之。第虑年太少，必非肯终寡也者。而女孝谨，顾家中贫，便脱珍饰售数万。媪察其志无他，良喜。然无子，恐一旦临蓐，不见信于戚里，以谋女。女曰："母但得真孙，何必求人知?"媪亦安之。会端至，女喜不自已。媪亦疑儿不死，阴发儿家，骸骨具存，因以此诘端。端始爽然自悟。然恐晚霞恶其非人，嘱母勿复言。母然之，遂告同里，以为当日所得非儿尸。然终虑其不能生子。未几，竟举一男。捉之，无异常儿，始悦。久之，女渐觉阿端非人，乃曰："胡不早言？凡鬼衣龙宫衣，七七魂魄坚凝，生人不殊矣。若得宫中龙角胶，可以续骨节而生肌肤，惜不早购之也。"端货其珠，有贾胡[15]出资百万，家由此巨富。值母寿，夫妇歌舞称觞，遂传闻王邸。王欲强夺晚霞。端惧，见王自陈："夫妇皆鬼。"验之无影而信，遂不之夺。但遣宫人就别院，传其技。女以龟溺毁容[16]，而后见之。教三月，终不能尽其技而去。

【注释】

①吴越：指今浙江、江苏和福建的部分地方。

②刳（kū 枯）木：将木料从中间破开，再挖空，可作舟用。

③吴门：苏州市的别称。

④兜牟：古代武士戴的头盔。

⑤"洞庭和风之乐"：晋王嘉《拾遗记》："洞庭之山，浮于水上；其下金屋数百间，帝女居之。四时有金石丝竹之声。"小说的这句就是采用这个传说。

⑥鼓钲（zhēng 睁）喤聒：钲，铜锣。喤聒，锣鼓喧杂的声音。

⑦调拨：指点，教导。

⑧按部：考察各个部。

⑨散花舞：隋有《散花》舞曲。《隋书·音乐志下》："行曲有'单交路'，舞曲有'散花'。"

⑩五文裤褶（zhě 者）：五文，五彩。裤褶，本是古时的戎衣，一种裤子连着上衣的服装。《通雅·衣服》："古裤上连衣，故戎衣谓之裤褶。"

⑪鱼须金束发：鱼须状的金质发夹。

⑫外妹：同母异父的妹妹。

⑬章：大木材曰"章"。《史记·货殖列传》："水居千石鱼陂，山居千章之材。"一章，一棵。

⑭衏（háng 杭）院：即妓院。

⑮贾胡：外国商人。

⑯龟溺毁容：用龟尿毁坏自己的容貌。据说龟尿沾污了皮肤，就洗不掉。

王桂庵

王樨，字桂庵，大名[1]世家子。适南游，泊舟江岸。邻舟有榜人[2]女，绣履其中，风姿韵绝。王窥既久，女若不觉。王朗吟"洛阳女儿对门居"[3]，故使女闻。女似解其为己者，略举首一斜瞬之，俯首绣如故。王神志益驰，以金一锭遥投之，堕女襟上。女拾弃之，若不知为金也者。金落岸边。王拾归，益怪之，又以金钏掷之，堕足下；女操业不顾。无何，榜人自他归。王恐其见钏研诘，心急甚；女从容以双钩覆蔽之。榜人解缆径去。王心情丧惘，痴作凝思。时王方丧偶，悔不即媒定之。乃询舟人，皆不识其何姓。返舟急追之，杳不知其所往。不得已，返舟而南。务毕，北旋，又沿江细访，并无音耗。

抵家，寝食皆萦念之。逾年，复南，买舟江际，若家焉。日日细数行舟，往来者

帆楫皆熟，而曩舟殊杳。居半年，资罄而归。行思坐想，不能少置。一夜，梦至江村，过数门，见一家柴扉南向，门内疏竹为篱，意是亭园，径入。有夜合[4]一株，红丝满树。隐念：诗中"门前一树马缨花"[5]，此其是矣。过数武，苇笆光洁。又入之，见北舍三楹，双扉阖焉。南有小舍，红蕉蔽窗。探身一窥，则椸架[6]当门，罥画裙其上，知为女子闺闼，愕然却退；而内已觉之，有奔出瞰客者，粉黛微呈，则舟中人也。喜出望外，曰："亦有相逢之期乎！"方将狎就，女父适归，倏然惊觉，始知是梦。景物历历，如在目前。秘之，恐与人言，破此佳梦。

又年余，再适镇江。郡南有徐太仆[7]，与有世谊，招饮。信马而去，误入小村，道途景象，仿佛平生所历。一门内，马缨一树，梦境宛然。骇极，投鞭而入。种种物色，与梦无别。再入，则房舍一如其数。梦既验，不复疑虑，直趋南舍，舟中人果在其中。遥见王，惊起，以扉自幛，叱问："何处男子！"王逡巡间，犹疑是梦。女见步趋甚近，砰然扃户。王曰："卿不忆掷钏者耶？"备述相思之苦，且言梦征。女隔窗审其家世，王具道之。女曰："既属宦裔，中馈必有佳人，焉用妾？"王曰："非以卿故，婚娶固已久矣。"女曰："果如所云，足知君心。妾此情难告父母，然亦方命[8]而绝数家。金钏犹在，料钟情者必有耗问耳。父母偶适外戚，行且至。君姑退，倩冰委禽[9]，计无不遂；若望以非礼成耦，则用心左[10]矣。"王仓卒欲出。女遥呼"王郎"，曰："妾，芸娘，姓孟氏。父字江蓠。"王记而出。罢筵早返，谒江蓠。江迎入，设座篱下。王自道家阀，即致来意，兼纳百金为聘。翁曰："息女已字矣。"王曰："讯之甚确，固待聘耳，何见绝之深？"翁曰："适间所诺，不敢为诳。"王神情俱失，拱别而返。不知其信否。当夜辗转，无人可媒。向欲以情告太仆，恐娶榜人女为先生笑；今情急无可为媒，质明，诣太仆，实告之。太仆曰："此翁与有瓜葛，是祖母嫡孙，何不早言？"王实吐隐情。太仆疑曰："江蓠固贫，素不以操舟为业，得毋误乎？"乃遣子大郎诣孟。孟曰："仆虽空匮[11]，非卖婚者。曩公子以金自媒，谅仆必为利动，故不敢附为婚姻。既承先生命，必无错谬。但顽女颇恃娇爱，好门户辄便拗却，不得不与商榷，免他日怨悔也。"遂起，少入而返，拱手一如尊命，约期乃别。大郎复命，王乃盛备禽妆，纳采于孟，假馆太仆之家，亲迎成礼。

居三日，辞岳北归。夜宿舟中，问芸娘曰："向于此处遇卿，固疑不类舟人子。当日泛舟何之？"答云："妾叔家江北，偶借扁舟一省视耳。妾家仅可自给，然傥来物[12]颇不贵视之。笑君双瞳如豆，屡以金资动人。初闻吟声，知为风雅士，又疑为儇薄子作荡妇挑之也。使父见金钏，君死无地矣。妾怜才心切否？"王笑曰："卿固黠甚，然亦堕吾术矣！"女问："何事？"王止而不言。又固诘之。乃曰："家门日近，此亦不能终秘。实告卿：我家中固有妻在，吴尚书女也。"芸娘不信，王故庄其词以实之。芸娘色变，默移时，遽起，奔出；王蹰履追之，则已投江中矣。王大呼，诸船惊闹，夜色昏蒙，惟有满江星点而已。王悼痛终夜，沿江而下，以重价觅其骸骨，亦无见者。邑邑而归，忧痛交集。又恐翁来视女，无词可对。有姊丈官河南，遂命驾造之，年余始归。途中遇雨，休装[13]民舍，见房廊清洁，有老妪弄儿厦间。儿见王入，

即扑求抱。王怪之。又视儿，委婉可爱，揽置膝头。媪唤之，不去。少顷，雨霁，王举儿付媪，下堂趣装。儿啼曰："阿爹去矣！"媪耻之，呵之不止，强抱而去。王坐待治任，忽有丽者自屏后抱儿出，则芸娘也。方诧异间，芸娘骂曰："负心郎！遗此一块肉，焉置之？"王乃知为己子。酸来刺心，不暇问其往迹，先以前言之戏，矢日自白[14]。芸娘始反怒为悲，相向涕零。

先是，第主莫翁，六旬无子，携媪往朝南海[15]。归途泊江际，芸娘随波下，适触翁舟。翁命从人拯出之，疗控终夜，始渐苏。翁媪视之，是好女子，甚喜，以为己女，携归。居数月，欲为择婿，女不可。逾十月，生一子，名曰寄生。王避雨其家，寄生方周岁也。王于是解装，入拜翁媪，遂为岳婿。居数日，始举家归。至，则孟翁坐待，已两月矣。翁初至，见仆辈情词恍惚，心颇疑怪；既见，始共欢慰。历述所遭，乃知其枝梧[16]者有由也。

【注释】

①大名：清代府名，治所在今河北大名县。

②榜人：艄公，船家。

③"洛阳女儿对门居"：这是唐代诗人王维《洛阳女儿行》诗的首句，下句为"才可容颜十五余"。王桂庵念这句诗，意在挑逗孟芸娘。

④夜合：又名"合欢"，下文的"马缨花"也是夜合的别名。参见前《婴宁》篇注。

⑤"门前一树马缨花"：这是元代诗人虞集《水仙神》诗的最末一句。全诗为："钱塘江上是奴家，郎若闲时来吃茶。黄土筑墙茅盖屋，门前一树马缨花。"

⑥椸（yí 宜）架：衣架。

⑦太仆：即明清时代太仆寺的寺卿，掌管牧马的政令。

⑧方命：违命。

⑨倩冰委禽：即请媒人送聘礼的意思。

⑩左：差错。

⑪空匮：贫穷。

⑫傥来物：非本分应得的财物。

⑬休装：放下行李休息。

⑭矢日：指着太阳发誓。

⑮朝南海：到今浙江舟山市海中的普陀山去朝拜。相传普陀山是观音菩萨修道的地方。

⑯枝梧：同"支吾"，敷衍搪塞的意思。

柳崖外编

(清)徐 昆

徐昆(1715～1795后),字后山,号柳崖子、柳崖居士,别号啸仙,清代平阳府临汾县上村(今山西临汾)人。出身于官宦人家,少年时曾侨居山东济南。一生仕途不如意,五十五岁时才以拔贡中乾隆三十五年(1770)恩科顺天榜举人,授山西阳城县教谕。后来中乾隆四十六年(1781)进士,授内阁中书,这时已是六十六岁高龄。一生著作甚丰,有学术著作《春秋三传阐微》、《书经考》、《易说》、《毛诗郑朱合参》、《诗韵辨声》、《诗学杂记》、《说文解字长笺》。这些著作受到当时著名学者钱大昕、朱筠等人的嘉许。文学创作有文言小说集《柳崖外编》,有传奇戏曲《雨花台》、《碧天霞》、《合欢竹》。据李金枝在乾隆四十六年所作《柳崖外编序》说,"余讽诵之二十年矣",可见《柳崖外编》成书于徐昆中举人之前。此书在当时影响甚大,"自翰苑以及闺帏,咸知称道"(王友亮《柳崖外编序》),被誉为《后聊斋志异》。

徐昆的生年(康熙五十四年,1715),恰是蒲松龄的卒年,故徐昆自称是蒲松龄转世。这自然绝不可信。但《柳崖外编》确实模仿《聊斋志异》,连徐昆的字、号也都与蒲松龄有关,足见徐昆对蒲松龄的崇拜景仰之情。

《柳崖外编》共十六卷,近三百篇。各篇文末多有作者(柳崖子)的评论。以下选注的三篇作品,根据清乾隆五十七年(1792)贮书楼刻本《柳崖外编》校点整理。《巧巧》选自卷一,《娟娟》和《灵川女郎》选自卷十五。

巧 巧

海州[①]浦四郎,少聪慧,美丰仪。年十四,读史酷慕司马相如[②]之为人,裂布仿犊鼻裈[③],往来凫趋[④]厅阶下,摹拟当垆人交语状。春时,折鲜花数枝,插胆瓶中,对之或半日不转瞬。时问学侣曰:"古人常以花比美人,美人与花,若是班乎[⑤]?"或曰花胜,或曰美人胜。四郎未能信,深思不置,有时竟夜不成寐,然实不知人间有狎亵事也。

家世宦,近舍有宜园,虽湖山已旧,而花木繁殖,遇春时,灿烂为一乡冠。园之外一老翁僦居[⑥]，翁无妇，二子力田[⑦]，一女曰蕙，年十八九，修整而洁。宜园有甘泉，乡人多汲之，因寄钥于女家。海棠半开，四郎欲采为案头之供，觅钥女家。女出，盼四郎不转睛，因付钥而轻搔其手。四郎面赭，接钥疾行，默思曰："是胡为[⑧]？爱吾之貌，吾之美在貌不在手也；爱吾之手能书，夫手又何益于女也。是胡为？"折花数枝出，女早待之曰："盍簪我[⑨]？"遂俯首昵[⑩]四郎，四郎遗花一枝，急避去。次日，复遇于园侧，女见之笑，旁顾无人，执袖令入室。四郎绝裾[⑪]遁归，月余不敢窥园。届谷雨，牡丹盛开，太夫人偕以行，阿蕙从往，极殷至，乘间辄斜睐[⑫]四郎。临归，又偷牵四郎衣。四郎归思曰："阿蕙昵我者数矣，然即入室，亦不过执女手之卷然已耳，此外岂尚有别事？再遇时，竟入室，看何如？"凌晨，至阿蕙家，翁与两兄俱出，女独留，隔窗见而呼之。四郎入，女逗之以足，遂抱于怀，迟之又久，然后知前之搔手送睐盖为此也。复订后期，然太翁家教严，无事率不许履户外，惟日落灯前陪塾师饮酒约三二斤许，是时不暇禁。四郎乘间如潮汐之有信，应时与阿蕙往来焉。年余，失血，卧床不能起。延医诊视，谓为痨瘵[⑬]。父兄念是读书费心所致也，调养少愈，不甚束缚，得以散步闾巷间。

一日，见宜园之南柴栅[⑭]内一女子，年十五六，散发梳洗，长竟委地，承以釜盖[⑮]，鬅松[⑯]圆朗，匝圆与釜盖周围等[⑰]，手挽五扣乃可打梳至梢。一仰面，光彩四射，觉栅篱俱晶莹有色。四郎呆立，女一盼避去。四郎因至阿蕙家，问之曰："宜园南有女子，年约与仆等，鬒[⑱]发委地，无粉而玉色，不脂而桃颜，端严中饶丰致，是为谁？"蕙曰："是名巧巧。固所谓衣布蓝而艳于锦绣，簪野花而媚于珠翠者，惜君尚未见其笑耳。"四郎曰："卿自谓比卿何如？"蕙曰："妾之与巧，如狐之如仙[⑲]，即以仙论，亦如董双成之与林云紫微[⑳]，不如也，不如也。然岂止妾不如，恐世亦少如之者。"四郎呆坐，蕙摇四郎肩曰："若愿之乎[㉑]？"四郎曰："何得？"蕙曰："妾请为女昆仑[㉒]，五日后复命。"四日，四郎至，蕙曰："孺子殆[㉓]以蕙视巧耶，何躁也？翌日，君独步篱栅外，看其如何，再告我。"及期，四郎如语，巧缓步入室去。四郎急见阿蕙曰："事其谐乎？"蕙曰："云何？"四郎曰："吾见其步缓而睐频，未启齿而容可掬。"蕙曰："临入室，曾抚其鬓否？"曰："有之。"曰："可矣。越三朝为中秋十五夜，父兄皆不在，蕙当招之来。"抵期，四郎至，问蕙，蕙不应，而室灯闪闪，似有人。及入，巧巧在焉。四郎近之，俯首不语，再偎之，遽起扑灯。然所居为西舍，月光灼烁间，花容愈精彩。四郎就之，身若无骨，动如有云，带裳解而异芳扑，究不知是人是花也。久之，四郎曰："非阿蕙之功不及此。"巧巧曰："今之来，岂不知虎视眈眈而欲逐逐[㉔]耶笞当妾梳发见君时，心已属君，身复何有。不然，虽百阿蕙，岂能强致予哉！"四郎曰："阿蕙未与卿明言耶？"巧曰："君浅之乎视阿蕙矣，彼明言，妾岂肯至。彼尝与妾以筐筥针绣相往来，彼但言今晚父兄他出，邀妾与赏月，同作生活，故吾母遣妾来耳。"四郎曰："何以知其有别意，又何知耽耽者之定为生？"巧曰："妾家鹭居[㉕]于此，虽未久，然颇耳[㉖]四郎名。昨阿蕙见妾时，又津津道不止，将约十五期，目动而神恧[㉗]。妾一应之，又有得意状。吾固知其为足下作牵头也。"言未竟，阿蕙入，巧巧匿去。四郎

问阿蕙曰："子未与明言，而彼已知之，然则子令吾栅外独行时，问以抚鬓否，而彼果然，是又何也？"蕙曰："君见其梳发而呆立，彼曾一睐焉，应悟君之爱之矣。若抚鬓，则手所到处，即神来之候也。吾固曰可也。"自是数数[28]往来。

又二载，四郎年十八矣，与巧巧又遇阿蕙家，愀然而叹，四郎曰："卿何叹？"巧曰："吾自叹一着错也。"四郎曰："何错？"巧曰："君试思以君之门第，妾之寒微，愿与君永作伉俪能之乎？"四郎沉思曰："不能。"巧曰："以君家严君之教，慈母之仁，肯令多才多病人三妻四妾，妒宠争怜于闺闼间乎？"四郎沉思曰："亦不能。"巧曰："君年十八，妾年亦十七。然则君将有室，而妾亦将有家。当以身委君时，虽不正，然君即吾天[29]矣。舍所天而他适，理不可；舍如玉如璧之郎，就籧篨尪羸[30]之夫，情不甘。不可与不甘并，欲语父母则难言，欲飞入君家则不得，然则妾止有一死报君耳。自今年来，知欢期已短，死期已迫，与子相见，皆勉强作睫前之乐。今又闻学宪[31]按临，君必赴淮安应童子试[32]，采芹[33]，须两月乃归。两月内，倘有题婚[34]者，父母一言定，妾即当于是日托病不食，君归其索我于白草黄壤间乎？"言已，泣如雨。蕙亦泣。四郎含泪曰："缓图之。"不成欢而散。

次日，即应父兄命之淮安院试，标夺第一。父令老仆寄之金，四郎撙省[35]，潜买钗钏等物，将遗[36]巧巧。及归，父母喜，贺者盈堂，一仆妇自外至曰："可惜巧巧好女儿，今日殡于梨花坪左畔矣！"四郎呆半晌始醒，出问人，乃知月之前西庄佃户儿聘巧巧，父母许之，巧巧遂得伤寒死。四郎大戚，至晚独至梨花坪哭之，取钗钏等列于前，旋风刮钗钏去。

后二年，四郎偕客有事渡海，至夹山口，风浪大作，樯桅欲倒，同行数舟皆沉溺，篙师大惧[37]，号呼震天。忽有青鸟翅罥[38]金钗，飞绕帆间，舟遂无恙。其夜，四郎梦巧巧曰："妾感君情深，魂常依依。渡海时，绕帆青鸟即我也。"

柳崖子曰："上品无寒门，下品无贵族，选法古人所叹。余谓男女婚姻，终身大关，相如、文君而外，罕得偶者。安得破尽门户成格，妙配人间女士也。至巧巧谓'一着之错'，夫此一着，可错乎哉！"

【注释】

①海州：东魏武定七年(549)改青、冀两州置。清雍正二年(1724)升为直隶州，属江苏省。领赣榆、沭阳两县，辖境相当于今江苏连云港市、赣榆县、东海县、沭阳县、灌云县及新沂市、灌南县部分地，治所在今江苏连云港市西南海州镇。

②司马相如(前179～前118)：西汉著名辞赋家。字长卿，蜀郡成都(今四川成都)人。去梁，西归蜀，在临邛遇新寡家居的卓文君，携以同奔成都。因无以为生，再返临邛，尽卖其车骑，买一酒舍酤酒，文君当垆，相如自着犊鼻裈涤器。

③犊鼻裈(kūn 昆)：古代一种便于劳动的短裤，形如牛鼻，故名。

④凫(fú 夫)趋：像鸭子一样慢慢行走。

⑤"美人"二句：美人和花，这样不是等同的吗？"若是"句，语出《孟子·公孙丑上》："伯夷、伊尹于孔子，若是班乎？"若是，如此，这样。班，齐等之貌，也即等同，并列。

⑥僦居：租屋而居。僦居，原作"蹴居"。蹴，似为"僦"之误。

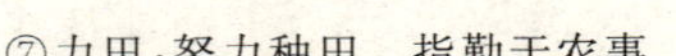

⑦力田:努力种田。指勤于农事。

⑧是胡为:这是干什么?是,这。

⑨盍簪我:还不把花给我插在头上?盍,何不。簪,古代妇女绾髻的首饰。这里用作动词,插,戴。

⑩昵:亲热,亲近。

⑪绝裾:拉断衣裾。

⑫斜睐:斜视。

⑬痨瘵:肺结核病,俗称“肺痨”。

⑭柴(zhài 寨)栅:栅栏。

⑮釜盖:锅盖。

⑯髗(péng)松:头发蓬松。

⑰匝(zā 扎):周,圈。等:相同。

⑱鬒(zhěn 枕):头发密而黑。

⑲如狐之如仙:像是狐狸与神仙。“如仙”之“如”,副词,表示并列关系,犹“和”、“与”。

⑳董双成之与林云紫微:董双成,神话人物。西王母之侍女。炼丹宅中,丹成得道,自吹玉笙,驾鹤升仙。林云紫微,不详。

㉑若愿之乎:你想念她吗?若,你。愿,思念。

㉒昆仑:指唐代小说《昆仑奴》中的昆仑奴。昆仑奴名磨勒,身怀异术,能飞檐走壁,为人侠义,凭勇力使崔生和红绡妓会面,成其好事。这里阿蕙想撮合浦四郎和巧巧,故以昆仑奴自比,自称“女昆仑”。

㉓孺子:犹今口语“小子”。殆:大概。

㉔虎视眈眈而欲逐逐(dí dí 狄狄):觊觎的样子。语本《易·颐》:“虎视眈眈,其欲逐逐。”

㉕蹙(cù 促)居:困窘地居住。

㉖耳:用作动词,闻,听到。

㉗恧(nǜ 衄):惭愧。

㉘数数(shuò shuò 硕硕):屡次,常常。

㉙天:依靠的对象。古代对妻子而言,天即是夫,丈夫。《仪礼·丧服》:“夫者,妻之天也。”

㉚籧篨:有丑疾不能俯身的人。尪羸:瘦弱。

㉛学宪:提督学政,又称“督学使者”。清代派往各省,按期至所属各府、厅考试童生及生员的官员。

㉜淮安:指淮安府,清属江苏省,治今江苏淮安市。童子试:科举制度中的低级考试。童生应试合格者始为生员。

㉝采芹:指考中秀才。语出《诗·鲁颂·泮水》:“思乐泮水,薄采其芹。”泮水,泮宫之水。芹,水菜。古时学宫有泮水,入学则可采水中之芹以为菜。故称入学为“入泮”、“采芹”。后亦指考中秀才,成了县学生员。

㉞题婚:即“提婚”。男方或女方向对方提议婚事。题,通“提”,说起,提起。

㉟撙省:节省。

㊱遗(wèi 为):赠送。

㊲篙师:撑船的高手。

㊳罥(juàn 倦):缠绕。

娟娟

沈生，余姚[①]人，年十五六，多才，美丰仪。父作幕[②]陕甘，十年未归，从叔家居，恂恂[③]书生也。一夕，有蟠髻二青衣径至卧室，谓之曰："肩舆[④]在门，请即行。"沈出门，舆已具，导者数人，出城南门，向四明山[⑤]而去。至一第宅，甚宏敞，阍者[⑥]导至堂，青衣入报。又有侍婢数人，自内持衣而出。所更，蒲锦貂褕莫能名其华燠也[⑦]。引入，一姥年四十许，下阶迎焉。登堂，生将拜，急掖之曰："至戚[⑧]，且系贵客，其勿拜。"生茫然，因问曰："向未登堂，不知是何葭莩[⑨]？"姥曰："尔父在陕甘将军幕府，与老身亲结婚姻十年矣，尔叔不曾言耶？"遂命侍儿呼小姐出，曰："此小女娟娟，即尊大人为汝结姻者，长汝二岁。请郎君来谐花烛耳。"凤管[⑩]竞鸣，鸳沓[⑪]交设，入洞房焉。女婉而丽，备极绸缪。五鼓[⑫]，即有侍女拍窗，请新郎易衣，仍以前舆送归。自此，每夕如之，诫以勿泄，生亦不言也。

越两月，为新正[⑬]。生有表兄至，住宿，共为樗蒲[⑭]之戏，两昼夜未归卧室。及表兄去，入室甫卧，前青衣复以肩舆迎去。姥见曰："连夕相迓[⑮]，胡不惠然？"生以实对。姥喜曰："郎乐此耶？小女能之，并当令二小女及子妇陶氏陪耍，何如？"少顷，一幼女出，年十四五，貌亦国色，小字婷婷，娟姑之妹也。又一美妇至，年二十许，姥曰："此陶氏，乃余子妇之寡居者。至亲骨肉，不必回避，其共坐焉。"四人斗叶子[⑯]，高烛锦毹[⑰]，佐以樽肴[⑱]，善戏谑兮，陶氏尤甚。生守礼法，不敢多言。至二更许，即同娟姑入室，不复久留。一夕，促席之余，婷婷以足抵其怀，生急退坐，婷婷睐之而笑。生将入室，婷婷又尾之而搔其手。生入室，怒谓娟姑曰："尔妹挑余者数矣，卿大家风规，不应有此！"娟曰："小孩子游戏耳。嘱其勿然可矣，何怒为？"阅数夕，生独坐娟姑卧室，陶氏至，生急起，礼之。陶含笑，猥近身，遽抱于怀。生大呼，娟姑与姥俱至，陶氏避去。生大怒，语姥以故。姥笑而不言。生怒骂，曰："初以汝为大家，闺门必肃，而乃禽兽其行如此也！"姥变色曰："爱郎怜郎，惟恐不当郎君意，乃骂我如此其毒也！既以异类为嫌，当送汝归矣。"遂命肩舆送归。音信杳如[⑲]，舆不复至。

生悒悒不自得，叔见其形容消瘦，固问之。生乃备述所见。叔曰："四明山并无居人，此必妖也。"叔怒，朝夕向四明山而詈[⑳]。其家忽闻有风雨溯湃[㉑]之声，则姥及陶氏、娟娟、婷婷率仆婢数十偕至，翻砖覆瓦，昼夜不宁。叔愈怒而詈，则衣帘火生，杯瓶俱碎矣。叔无如何。邑有葛将军祠者，系五代时尽节余姚者，夙号[㉒]灵异，叔虔祷以诉。次日，即有云雾围舍，空中似数百千人。有顷寂然，其怪遂绝。

越半载，生独步郭外，闻有女子哭声甚哀，渐近，视之，则婷婷也。生不觉恻然。婷婷泣曰："忍心哉，郎君也！我家待子殊不薄，爱郎怜郎，而乃毒我一家以至是！谁与禽兽其行者？且我家之扰，止以报乃叔之詈。将犹以止其詈，而乃愈扰愈詈，故愈詈愈扰，此亦寻常游戏之一端耳。忘我大德，思我小怨，仁人当不如是！"生详询之，乃知葛将军缚其全家以去。是日婷婷未至，故得漏网。今日所以敢至者，葛将军出差南海，三月乃归，知生郊游，故求一晤而面数之耳。生曰："此叔所为，非生之罪也。"邀至家，寓其卧室，常隐隐而啼。生偶近之，则坚不肯从，曰："今昔不同。一家生死未卜，而乃燕婉[23]之求，妾真非人矣。"有时姗姗步中庭，是好女子。叔亦悔之。

生父自陕甘幕中归里，询家事，生叔以生所遇及前后情事语之。生父曰："不当尔也。我十年前在将军幕府楼上，见一姥领一幼女，方七八岁，甚精彩安雅。忽念与儿子年相若，默念曰：'安得定如此媳妇耶？'老姥已知，曰：'公愿之乎？妾家亦余姚人，家在四明山中。妾不久当归，归而及年，当招郎君完姻耳。'尔辈不知，乃竟至此！"急率生至葛将军祠，跪述缘因，且明其非妖。及归，姥及娟姑、陶氏偕至，叙姻好之谊，命生负荆[24]。姥曰："郎君无罪。"并以婷婷归焉。独陶氏杳然，不知何往。

后生闲游四明山，观音阁随喜[25]，见一女道士，酷似陶氏。生异而问之，陶氏避入桃花深处，但闻微语云："桃花丽，白云深，尘虽缛[26]，不染心。"竟不复可见。

此事，同年[27]邵二云宫詹言之。

柳崖子曰："沈生虽年少，有出其闾阎之操焉。然不思以德报德，又不能以直报怨，虽由大阮，夫亦不平甚矣。观婷婷责生数言，非大家风范，何以有此？陶氏一去，江上峰青，具大愿力，大智慧，吾谓其立地成佛矣。信否？"

【注释】

①余姚：今浙江余姚市。

②作幕：在幕府以充当幕友为生。幕，指幕府聘用的僚属。

③恂恂：温顺恭谨的样子。

④肩舆：轿子。

⑤四明山：山名，在今浙江宁波市西南。

⑥阍者：守门人。

⑦貂褕：用貂皮制的短衣。华：华美，有文采。燠(yù 玉)：温暖。

⑧至戚：最亲近的亲属。

⑨葭莩：芦苇茎中的薄膜。比喻关系疏远淡薄的亲戚，也即远亲。

⑩凤管：对笙箫之类乐器的美称。

⑪鸳卺(jǐn 紧)：指合卺，俗称"交杯酒"。

⑫五鼓：五更。

⑬新正：农历正月。

⑭樗(chū 初)蒲：古代一种博戏，后世亦以指赌博。

⑮相迓：相迎。

⑯叶子：古代博戏用具，即叶子格。

⑰锦毹：彩色地毯。

⑱樽肴：酒菜。樽，盛酒器，这里代指酒。

⑲音信杳(yǎo 咬)如：毫无音信，不见踪影。

⑳泐(lì 例)：骂。

㉑韸(péng 澎)湃:同"澎湃",波浪相互冲击。

㉒夙号:平素号称。

㉓燕婉:指夫妇和爱。

㉔负荆:向人赔礼道歉。典出《史记·廉颇蔺相如列传》:战国时,廉颇为赵国大将,后来蔺相如官居廉颇之上,廉颇不服,每每羞辱蔺相如,蔺相如处处退让。廉颇知道真情后,肉袒负荆,至蔺相如家谢罪。

㉕随喜:佛教语,称游谒寺院,欢喜之意随瞻拜佛像而生。

㉖尘虽缛:尘世虽然繁华。

㉗同年:古代科举考试同科中试者之互称。

灵川女郎

女郎,古灵川旧家女[①]也。眉目如画,绝世聪明。有清河生者,徐沟[②]名家子,与女郎为中表[③]之戚,自总角随母归宁[④],两小无嫌,雅[⑤]与女郎相慕悦。少[⑥]长,彼此爱逾挚,盖私有牛女[⑦]之誓焉。女郎将及笄[⑧],乘间谓生曰:"菟丝[⑨]及水萍,所寄终不移。夫物且然,况于人乎?妹与兄自总角至今十余年,笑则双,手则携,意则投,神则洽[⑩],可谓金石盟固,异于凫藻驰目者矣[⑪]。君归,必告父母,终偕淑俪[⑫],同袍同衾,以慰此夙昔[⑬]。若有参差[⑭],则妹只有一死耳。"生诺焉,以情白母。母心肯,转白父。父不愿,曰:"是太聪明,恐非享福厚质。吾已注意某家矣。"竟定婚他氏。女郎闻,思与生一见而死。两家防闲[⑮],竟不可得。

生一日至外家[⑯],从女郎纱窗下过,女郎一瞥俯首,泣下如雨。生亦含泪而出,将乘马,伫立者久之,三叹而去。

生归,授室[⑰]。拜客走荒郊,见女郎迎马首而来,生急下马,女携手同行。至一第,叩门而入。两女童执灯出,迎至一室,共坐灯月之下。女郎先叙寒温,随问:"亲人好不?"生无以答。女郎怒曰:"牛女之誓未寒[⑱],桃源之径别入!忍乎,不忍乎?"生曲陈不能自主之故。女郎曰:"我已非人,然缘有三年,当冥婚以了夙愿耳。双丝命卺[⑲],今夕此夕。"生昏昏罔觉。及醒,身卧冢边。问诸樵者,则女郎已死,葬于此也。生悒郁归家。自是每夕必至,时效绸缪。生渐瘦损,家人虑之,令十数人环坐守之。众微盹,忽闻风声,则自丛人中执生手,不启户而去。十数日,不得音耗。后村人闻戏楼上有欢笑声,视之则肴酒杂陈,生方擎莲盏[⑳]而歌。舁至家,次夜复环守之。风声一动,众遂若迷,生又不见。寻之,乃在书舍顶棚上。闻女郎云:"实佐君子,簪蒿杖藜[㉑]。欣欣负戴,在冀之畦。"家人又曳生下。

于是闻临庄有驱邪黄道者,术甚有灵,邀至家。方设坛帜,一小儿言曰:"适见女郎在坛下打筋斗。"黄道曰:"此吾法力也。少顷,即当缚之。"正语间,一砖打道士仆地,遂反接[㉒]道士跪坛下,觉坛上女郎数之曰:"尔有何能?不过欺愚人射利[㉓]耳!吾与生实有夙缘,生配不得,偿以冥会,菩萨主婚,载在鸳鸯簿上。尔乃妄设坛斗,不自知耻。何也?"语罢,忽坛上一旗飞下,若有人执之,令道士连翻筋斗焉。筋斗数十，道士面无人色。家人令生至坛长揖代恳，道士乃苏。朝朝暮暮，莫能谁何。有近境一僧，素好大言，闻其事，在众中倡言曰："彼独不央我耳。我去，鬼何能为？"言未既，觉有人提僧于半空，越墙而树，越树而云，追之无踪。次日，乃见僧半死荆棘之间，衣碎而身无完肤。于是扫空室，设帏床，角枕锦衾，宛然花烛。

越年余，女郎谓生曰："我将分娩，当一月作别，君可抱子。"匝月[24]，果至。众闻呱呱声，视之不见，而见重帘下有时撒出童子之尿。女善针线[25]，绣刺工巧。所制缣总[26]，飘撇雾縠之属也；所制布匹，黄润[27]、橦华之比也；所制佩囊，抽茧微绡之美也；所制舄履[28]，凤钩[29]莲印之精也。其家中丝帛，漠漠散失[30]，询之，则皆女郎手制而用也。一日，谓生曰："雨绝无还云，花落岂留英？妹岂好以灵魂漫溷[31]君家哉？既失浪而忘栖，每含酸而茹叹。三年以来，悲恻丹心，少补生憾。今缘分已尽，再留不祥。珍重眠食，无更思我。"洒泪抱子而去。今河阳生入武庠。王给谏[32]卜崖先生亲言之。

柳崖子曰："寰宇万变，情与理而已。纵情而荡，理不容也。理不容，则鬼神责之。笃情而至，理所悯也。理所悯，则神明与之。女郎心坚金石，之死靡他，偿毕生之愿于三年，人鬼合而泾渭无舛。协人情，即协天理。黄道粗僧，乃欲以小术驱之，其亦昧吴女韩童之故事矣。"

【注释】

①灵川：旧县名，唐龙朔二年(662)分始安县置。明清时属桂林府，治所在今广西灵川县东北。旧家：犹世家，指上代有勋劳和社会地位的家族。

②徐沟：旧县名。金大定二十九年(1189)置，属太原府，治所在今山西清徐县东南徐沟。

③中表：指与祖父、父亲的姐妹的子女的亲戚关系，或与祖母、母亲的兄弟姐妹的子女的亲戚关系。

④总角：古时儿童束发为两结，向上分开，形状如角，故称总角。这里借指童年。归宁：已嫁女子回娘家看望父母。

⑤雅：副词，颇，甚。

⑥少：稍。

⑦牛女：牛郎织女。

⑧及笄(jī 基)：古代称女子年满十五岁为及笄。《礼记·内则》："十有五年而笄。"

⑨菟丝：又名"女萝"，俗称"菟丝子"。蔓生，茎细长，缠络于其他植物上。《诗·小雅·頍弁》："茑与女萝，施于松柏。"

⑩洽：融洽，和谐。

⑪"异于"句：意谓不同于野鸭嬉戏于水藻，仅为一时欢悦而已。凫(fú 夫)藻，凫戏于水藻，比喻欢悦。凫，野鸭。驰目，犹言放眼远望。颜延之《秋胡诗》："舍车遵往路，凫藻驰目成。"

⑫淑俪：佳偶。

⑬夙昔：往昔，往日。

⑭参差：差错。

⑮防闲：防备。

⑯外家:这里指母亲的娘家。

⑰授室:本谓把家事交给新妇。语本《礼语·郊特牲》:"舅姑降自西阶,妇降自阼阶,授之室也。"这里"授室"指娶妻。

⑱牛女之誓未寒:指愿像牛郎织女结为夫妻的誓约尚未终止。寒,冷却下来。特指终止盟约。

⑲双丝合卺:指结婚。双丝,典出五代王仁裕《开元天宝遗事》所载郭元振牵红丝娶妇。合卺,俗称交杯酒,古代结婚时的一种礼仪。

⑳莲盏:酒杯,因状如莲花,故称。

㉑簪蒿杖藜:以蒿作簪,以藜作杖。形容生活艰苦。藜,野生植物,茎坚韧,可作拐杖。

㉒反接:反绑两手。

㉓射利:谋取财利。

㉔匝(zā 扎)月:满一个月。

㉕针紩(zhì 制):针线活。紩,缝补。

㉖缣总(cōng 匆):泛指丝织品。缣,双丝织的浅黄色细绢。总,绢的一种。

㉗黄润:细布名。扬雄《蜀都赋》:"筒中黄润,一端数金。"橦华:木棉。

㉘舄(xì 细)履:鞋的通称。

㉙凤钩:即凤鞋,旧时女子所穿的绣花鞋。以鞋头花样多为凤凰,故称。

㉚漠漠散失:不知不觉中丢失了。漠漠,寂静无声的样子。

㉛漫溷(hùn 混):欺骗和蒙混。

㉜给谏:唐宋时给事中及谏议大夫的合称。清代用作六科给事中的别称。

子不语

(清)袁　枚

袁枚(1716～1797),字子才,号简斋,又号随园老人。浙江钱塘(今浙江杭州)人。年轻时在广西巡抚幕中他叔父处,受到巡抚金铁赏识,被举参加了乾隆元年(1736)博学鸿词科考试,未中式。乾隆三年,举顺天乡试举人。乾隆四年,进士及第。做过溧水、江浦、沭阳、江宁等县(均在今江苏省)知县。三十几岁以后,辞官不做,筑园于今南京市内小仓山,号随园,专门读书著述。死时年八十二岁。他的著作甚多,有《小仓山房集》、《随园诗话》等三十余种。

《子不语》二十四卷,续编十卷,是袁枚晚年的作品;续编所记有标明为乾隆五十七年的事,成书当在此年以后。据作者自序,此书原名《子不语》,因见元人有同名著作,又改名《新齐谐》。原书题为"戏编",不过将所闻所见的奇闻异事,随便记录下来,并非经意之作。内容大多是妖异鬼怪,少数篇章是有意为讽刺现实而作。表现手法摹仿六朝志怪,与《聊斋志异》取法唐传奇不同。

炼丹道士

楚中大宗伯张履昊[①],好[②]道。予告归[③],寄居江宁[④],入城时,拥朱提[⑤]一百六十万。有郎总兵[⑥]者,公门下士也。荐朱道士,善黄白之术[⑦],寿九百余岁。烧杏核成银,屡试若神。道士说公烧丹[⑧],以白银百万,炼丹一枚,则长生可致。公惑之。斋戒三日,定坎离之位[⑨],每一炉,辄下银五万两,炭百担。昼则公亲监之,夜则使人守之。银登时化为水。炼三月,费银八十万,丹无消息。公诘之,道士曰:"满百万,则丹成;成后含之,不饥不寒,可南可北[⑩],随意所之,无不可到。"公无奈何,复与十余万。然已觉其妄。道士溲溺[⑪],必遣人尾之。清晨道士溲于园,尾者回顾,忽失道士所在。往视其炉,百万俱空矣。启道士行李,得书一封,云:"公此种财,皆非义物也。吾与公有宿缘,特来取去为公打点阴间赎罪费用。日后自有效验。幸勿相怪。"家人觇道士者,皆云:"每五万银下炉时,屋上隐隐有雷声。道士惶恐伏地,以朱符[⑫]盖其头。其搬运实无痕迹。"

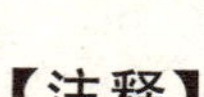

【注释】

①楚中：指今湖北、湖南、江西、安徽一带地方。春秋战国时这一带属楚国。大宗伯：礼部尚书的别称。清代中央政府中主管礼仪、学校、科举的大臣礼部尚书，职务同《周礼·春官》所载的“大宗伯”大体相当，故习惯上也用它代称。礼部副大臣礼部侍郎，则别称“宗伯”或“小宗伯”。张履昊：即张泰开，江苏金匮（在今无锡市）人，乾隆三十一年（1766）正月至三十三年六月任礼部尚书。

②好（hào 号）：喜好。

③告归：封建官僚因年老休官回家休养称“告归”，也称为“致仕”，略同于现在的退休。

④江宁：今南京市。南京在清代为江宁府治所。

⑤朱提（shú shí 孰十）：指银。“朱提”本汉代县名，在今云南昭通市。境内有朱提山，以产银著名。《汉书·食货志》：“朱提银重八两为一流。”后因以“朱提”为银的代称。

⑥总兵：官名。清代在某些省内设提督，统辖全省的绿营兵（除直属总督、巡抚的“督标”、“抚标”在外）；省内分设几个镇（也有不再设镇的），统辖一镇之兵的为“总兵”。

⑦黄白之术：见前《汉武故事》注。

⑧烧丹：也称“炼丹”，道教的一种方术，即用丹砂（朱砂）、铅、金、银以及其他一些药物为材料，反复烧炼，提取所谓“金丹”（其实就是一种矿物质）。

⑨定坎离之位：“坎”、“离”是古代八卦中的两个卦名。道教把炼丹同八卦以及阴阳五行附会在一起，认为丹砂是木精，用它配东方甲乙木的“离”卦，属阳；以铅为金液，用它配西方庚申金的“坎”卦，属阴。认为这是阴阳相合，龙虎相会。见东汉魏伯阳《参同契》并尚阳子注。

⑩可南可北：指可以随意飞行，想南就南，想北就北。道教说法，吃了三年炼成的“金丹”，可祛除百病；吃了六年炼成的“金丹”，可以延年益寿；吃了九年炼成的“金丹”，就可以轻举飞行。

⑪溲（sou 搜）溺：“溲”、“溺”都是小便，这里泛指大小便。

⑫朱符：“符”，符箓，道教徒在纸或帛上书画的一些奇怪图形或文字，诡称它可以役使鬼神、驱妖避邪、消灾治病等等。符箓用朱墨书写，故称“朱符”。

鬼有三技

蔡魏公孝廉常言：“鬼有三技：一迷，二遮，三吓。”或问“三技”云何。曰：“我表弟吕某，松江廪生[①]。性豪放，自号豁达先生。尝过泖湖[②]西乡，天渐黑。见妇人面施粉黛，贸贸然持绳索而奔。望见吕，走避大树下，而所持绳则遗坠地上。吕取观，乃一条草索，嗅之，有阴霾[③]之气。心知为缢死鬼，取藏怀中，径向前行。其女出树中，往前遮拦，左行则左拦，右行则右拦。吕心知俗所称‘鬼打墙’是也，直冲而行。鬼无奈何，长啸一声，变作披发流血状，伸舌尺许，向之跳跃。吕曰：‘汝前之涂眉画粉，迷我也；向前阻挡，遮我也；今作此恶状，吓我也。三技毕矣，我总不怕，想无他技可施。尔亦知我素号豁达先生乎？’鬼乃复形跪地曰：‘我城中施氏女子，与夫口角，一时短见自缢。今闻泖东某家妇，亦与其夫不睦，故我往取替代[④]，不料半路被先生截住，又将我绳夺去，我实在计穷，只求先生超生。'吕问作何超法。曰：'替我告知城中施家作道场[5]，请高僧多念往生咒[6]，我便可托生。'吕笑曰：'我即高僧也。我有"往生咒"，为汝一诵。'即高唱曰：'好大世界，无遮无碍。死去生来，有何替代？要走便走，岂不爽快！'鬼听毕，恍然大悟，伏地再拜，奔趋而去。后土人云：'此处向不平静，自豁达先生过后，永无为祟者。'"

【注释】

①松江：今上海市松江县。廪（lǐn 凛）生：也称"廪膳生"，明清时称由官府供给膳食补助的生员（秀才）。

②泖（mǎo 卯）湖：又名"三泖"，在今上海市青浦县西南，松江县西。

③阴霾（mái 埋）：原意为阴湿混浊的天气现象，这里指阴冷的腥臭气。

④替代：见前《聊斋志异·画皮》"甫能觅代者"注。

⑤道场：僧道做法事的地方。作道场，做法事。此指超度死者亡魂的法事。

⑥念往生咒：佛教说法：去婆娑世界往生弥陀如来之极乐净土叫"往生"。往生咒，就是为往生而诵的经咒，主要内容为《净土七经》。这里的"念往生咒"，是指使死者的亡魂得到超度而投生人间。

捉鬼

婺源[1]汪启明，迁居上河[2]之进士第，其族汪进士波故宅也。乾隆甲午[3]四月一日夜，梦魇[4]。良久，寤，见一鬼逼帷立[5]，高与屋齐。汪素勇，突起搏之。鬼急夺门走，而误触墙，状甚狼狈。汪追及之，抱其腰。忽阴风起，残灯灭，不见鬼面目，但觉手甚冷，腰粗如瓮。欲喊集家人，而声噤不能出。久之，极力大叫。家人齐应。鬼形缩小如婴儿。各持炬来照，则所握者，坏丝绵一团也。窗外瓦砾乱掷如雨。家人咸怖，劝释之。汪笑曰："鬼党虚吓人耳，奚能为！倘释之，将助为祟；不如杀一鬼以惩百鬼。"因左手握鬼，右手取家人火炬烧之。腷膊[6]有声，鲜血迸射，臭气不可闻。迨晓，四邻惊集。闻其臭，无不掩鼻者。地上血厚寸许，腥腻如胶，竟不知何鬼也。王葑亭舍人[7]为作《捉鬼行》，纪其事。

【注释】

①婺源：今江西婺源县。

②上河：即上新河，在今南京城西。

③乾隆甲午：乾隆，清高宗爱新觉罗弘历的年号（1736～1795）。乾隆甲午，乾隆三十九年，即公元 1774 年。

④梦魇（yǎn 眼）：梦里受惊而呻吟、惊叫。

⑤逼帷立：紧挨帷帐站着。帷，帐子。

⑥腷膊（bì bó 必博）：象声词，形容物体被火燃烧时发出的爆炸声。

⑦王葑亭：王友亮，字景南，号葑亭，婺源人。乾隆四十一年（1776）中举，官内阁中书，乾隆四十六年中进士，历任刑部主事、礼科兵科给事中、通政司副使等职，著有《葑亭文集》、

《双佩斋集》，在清初很有诗名。舍人：古代官名，清代用作内阁中书的别称，职掌内阁文书事务。

鬼差贪酒

杭州袁观澜，年四十未婚。邻人女有色，袁慕之，两情属[①]矣。女之父嫌袁贫，拒之。女思慕成瘵[②]，卒。袁愈悲悼。月夜无以自解，持酒尊独酌。见墙角有蓬首人，手持绳若有所牵，睨而微笑。袁疑为邻之仆役，招曰："公欲饮乎？"其人点头。斟一杯与之，嗅而不饮。曰："嫌寒乎？"其人再点头。热一杯奉之，亦嗅而不饮。然屡嗅，则面渐赤，口大张不能复合。袁以酒浇入其口，每酒一滴，则面一缩，尽一壶，则身面俱小若婴儿然，痴迷不动。牵其绳，所缚者邻氏女也。袁大喜。具酒罂[③]，取蓬首人投而封之，画八卦[④]镇压之。解女子绳，与入室为夫妇。夜有形交接，昼则闻声而已。逾年，女子喜告曰："吾可以生矣。且为君作美妻矣。明日某村有女，气数已尽，吾借其尸可活。君以为功，兼可得资财，可作奁费[⑤]。"袁翌日往访某村，果有女气绝，方殓，父母号哭。袁呼曰："许为吾妻，吾有药能使还魂。"其家大喜，许之。袁附女耳，低语片时，女即跃起。合村惊以为神。遂为合卺。女所记忆，皆非本家之事。逾年，渐能晓悉。貌较于前女尤美。

【注释】

①属（zhǔ 主）：属意，看中的意思。

②瘵（zhài 债）：肺痨病，即肺结核。

③罂（yīng 英）：腹大口小的瓦罐。

④八卦：《周易》（也称《易经》）中的八种基本图形，古代用来占卜。道教认为它能驱鬼镇邪。

⑤奁（lián 连）费：也称"奁币"，即嫁奁、嫁妆。奁，妇女盛梳妆用品的匣子，因称嫁女时一切陪嫁衣物为"奁费"。

地藏王接客

裘南湖者，吾乡沧晓先生[①]之从子也。性狂傲。三中副车不第[②]，发怒，焚黄于伍相国祠[③]，自诉不平。越[④]三日，病；病三日，死。魂出杭州清波门，行水草下，沙沙有声。天淡黄色，不见日光。前有短红墙，宛然庐舍。就[⑤]之，乃老妪数人，拥大锅煮物，启之，皆小儿头足。曰："此皆人间坠落僧也，功行未满，偷得人身，故煮之，使在阳世不得长成即夭亡耳。"裘惊曰："然则妪是鬼耶？"妪笑曰："汝自视以为尚是人耶？若人也，何能到此？"裘大哭。妪笑曰："汝焚黄求死，何以哭为？须知伍相国吴之忠臣，血食[⑥]吴越，不管人间禄命事。今来唤汝者，吴公将汝状转牒地藏王[⑦]，故王来唤汝。"裘曰："地藏王可得见乎？"曰："汝可自书名纸[⑧]，往西角佛殿投送。见不见，未可定。"指前街曰："此买纸帖所也。"裘往买纸帖。见街上喧嚷扰扰，如人间唱台戏初散光景。有冠履[⑨]者，有科头[⑩]者，有老者，幼者，男者，女者；亦有生时相识者，招之绝不相顾，——约略皆亡过之人，心愈悲。向东果有纸店，坐一翁，白衫葛巾，以纸付裘。裘乞笔砚，翁与之。裘书“儒士[11]裘某拜”。翁笑曰：“‘儒’字难居[12]。汝当书‘某科副榜’，转不惹地藏王呵责。”裘不以为然。睨壁上有诗笺，题“郑鸿撰书”，兼挂纸钱[13]甚多。裘素轻郑，乃谓翁曰：“郑君素无诗名，胡为挂彼诗笺？且此地已在冥间矣，要纸钱何用？”翁曰：“郑虽举人，将来名位必显。阴司最势利，吾故挂之，以为光荣。纸钱正是阴间所需，汝当多备贿地藏王侍卫之人，才肯通报。”裘又不以为然。径至西角佛殿，果有牛头[14]、夜叉辈，约数百人，胸前绣“勇”字补服[15]，向裘狰狞呵詈。裘正窘急间，有抚其肩者，葛巾翁也，曰：“此刻可信我言否？阳间有门包[16]，阴间独无门包乎？我已为汝带来。”即代裘将数十贯纳之勇字军人，方持帖进。闻东阁门闯然[17]开矣，唤裘入，跪阶下。高堂峨峨，望不见王。纱窗内有人声曰：“狂生裘某，汝焚牒伍公庙，自称能文，不过作烂八股时文，看高头讲章[18]，全不知古往今来，多少事业学问，而自以为能文，何无耻之甚也！帖自称‘儒士’，汝现有祖母八十余，受冻忍饥，致盲其目，不孝已甚，儒若是耶？”裘曰：“时文之外，别有学问，某实不知。若祖母受苦，实某妻不贤，非某之罪。”王曰：“夫为妻纲；人间一切夫妇罪过，阴司判，总先坐[19]夫男，然后再罪妇人。汝既为儒士，何卸责于妻？汝三中副车，以汝祖父阴德荫庇[20]，并非仗汝之文才也。”言未毕，忽闻殿外有鸡鸣，呵殿声甚远；内亦撞钟伐鼓应之。一勇字军人虎皮冠者，报：“朱大人到！”王下阁出迎。裘踉跄下殿，伏东厢窃视，乃刑部郎中朱履忠，亦裘戚也。裘愈不平，骂曰：“果然阴间势利！我虽读烂时文，毕竟是副榜；朱乃入粟得官[21]，不过郎中[22]，何至地藏王亲出迎接哉？”勇字军人大怒，以杖击其口，一痛而苏。见妻女环哭于前，方知已死二日，因胸中余气未绝，故不殓。此后南湖自知命薄，不复下场。又三年卒。

【注释】

①吾乡：指钱塘，即今杭州市，本文作者袁枚为钱塘人。沧晓：胡煦，字沧晓，号紫弦。康熙进士。雍正时官至礼部侍郎。著有《周易函书》、《葆璞堂文集》。从子：侄子。

②三中副车不第：三次乡试，都只中了副榜，没有考中举人。副车，原指皇帝随从乘的车，后因用作副榜之称。副榜，又称“备榜”，即在正式取中的以外，另取若干名（清代每正榜五名取副榜一人），犹今之备取生。清代康熙三年（1664）以后，只有乡试有副榜。

③黄：指用黄纸缮写的文书。伍相国祠：“伍相国”，指伍子胥，见前《剪灯余话》之《贾云华还魂记》注。祠，祭祀祖宗和先贤的庙。杭州西湖东南胥山（也称吴山）上有伍公庙。

④越：过。

⑤就：走近，靠近。

⑥血食：受祭祀。祭祀用牛羊猪，故称“血食”。

⑦状：状子，禀告事情的文书。转牒地藏（zàng 葬）王：把裘的文书转交给地藏王。牒，文书。地藏王，佛教菩萨名。佛教传说，释迦牟尼佛死后，地藏自誓，要尽度六道众生，他才成佛，因现身于人、天、地狱之中，救众生苦难（见《地藏菩萨本愿经》）。

⑧名纸：即“名片”。

⑨冠履者：指做官和有功名的读书人（如生员、举人），封建时代，这些人按等第品级各有特定的服装，平民不得穿用。

⑩科头：谓不戴帽子。

⑪儒士：研究并信仰儒家学说的人。

⑫居：原意为“居住”，这里引申为“当得起”、“配得上”的意思。

⑬纸钱：旧时一种迷信用品，用纸做成银钱的形状，认为焚化以后，可在阴间使用。

⑭牛头：佛教中的阴间鬼卒名，牛头人身（见《楞严经》）。

⑮补服：清代官员罩在蟒袍外面的短褂叫补服，正中心绣不同的鸟兽形（如仙鹤、锦鸡、麒麟、海马等等，文职为鸟，武职为兽）正方图案以别品级。这里的“勇”字补服，是兵士穿的短褂。

⑯门包：送给门房的钱物。

⑰闯然：伸出脑袋的样子。《公羊传·哀公六年》：“开之，则闯然公子阳生也。”何休注：“闯，出头貌。”

⑱高头讲章：明清科举考试的八股文，试题都从四书、五经中出。当时有一种供应试者学习参考的书，分作两栏或三栏，下栏是四书、五经的原文，中栏或上栏是解释和批注。因为讲解的文字在书的上端，所以叫高头讲章。

⑲坐：因事判人之罪或被判罪均称“坐”。此处是前者。

⑳阴德荫庇：阴德，原指对人做了好事而不为人知，后来一切做好事的行为均称为“阴德”，认为一个人积了“阴德”，他和他的后代就会受到“荫庇”（即得到“善报”，获得好处）。这是来源于佛教的一种封建迷信说法。

㉑入粟得官：向国家交纳粟米而得到爵位或官职。这个办法从先秦即已开始。这里指清代的捐官，向政府交纳一笔银、米，按交纳多少而取得不同的官职。康熙时还只限于捐虚衔，只给予顶戴荣誉，并无实际官职。雍、乾以来，就开始捐实官。当时京官最高能捐到郎中，地方官最高能捐到道员。

㉒郎中：官名，从隋代至清代，郎中为中央各部内各司的长官，相当于现在的司局长。

棺床

陆秀才遐龄，赴闽中幕馆[①]，路过江山县[②]，天大雨。赶店不及，日已夕矣，望前村树木浓密，瓦屋数间，奔往叩门，求借一宿。主人出迎，颇清雅，自言沈姓，亦系江山秀才，家无余屋延宾。陆再三求。沈不得已，指东厢一间，曰：“此可草榻[③]也。”持烛送入。陆见左停一棺，意颇恶之；又自念平生胆壮，且舍此亦无他宿处，乃唯唯作谢。其房中原有木榻，即将行李铺上，辞主人出，而心不能无悸。取所带《易经》[④]一部，灯下观至二鼓，不敢息烛，和衣而寝。少顷，闻棺中窸窣有声。注目视之，棺前盖已掀起矣，有翁白须朱履，伸两腿而出。陆大骇，紧扣其帐，而于帐缝窥之。翁至陆坐处，翻其《易经》，了无惧色，袖出烟袋，就烛上吃烟。陆更惊，以为鬼不畏《易经》，又能吃烟，真恶鬼矣。恐其走至榻前，愈益谛视，浑身冷颤，榻为之动。白须翁视榻微笑，竟不至前，仍袖烟袋入棺，自覆其盖。陆终夜不眠。迨早，主人出，问：“客昨夜安否？”强应曰：“安。但不知屋左所停棺内何人？”曰：“家父也。”陆曰："既系尊公，何以久不安葬？"主人曰："家君现存，壮健无恙，并未死也。家君平日，一切达观，以为自古皆有死，何不先为演习？故庆七十后，即作寿棺，厚糊其里，置被褥焉，每晚必卧其中，当作床帐。"言毕，拉赴棺前，请老翁起，行宾主之礼，果灯下所见。翁笑曰："客受惊耶？"三人拍手大噱。视其棺，四围沙木[5]中空；其盖用黑漆棉纱为之，故能透气，且甚轻。

【注释】

①幕馆：幕僚居住的馆舍。"赴幕馆"即做幕僚。

②江山县：今浙江江山市。

③草榻：草草下榻，将就着下榻。

④《易经》：又名《周易》，儒家经典之一。主要内容为八卦和由它衍生出来的六十四卦，传说八卦为伏羲所画，其他内容为文王、周公、孔子所作。古代用它占卜。后来道教又把它进一步神秘化，说它能驱鬼镇邪。此处陆秀才读《易经》，就是相信它有这种效用。

⑤沙木：即杉木，浙东一带称杉为沙木。杉木质地松软而轻，中间挖空，利于透气。

卖蒜叟

南阳县[1]有杨二相公者，精于拳勇。能以两肩负粮船[2]而起，旗丁[3]数百以篙刺之，篙所触处，寸寸折裂，以此名重一时。率其徒行教常州[4]。每至演武场，传授枪棒，观者如堵。忽一日，有卖蒜叟，龙钟伛偻[5]，咳嗽不绝声，旁睨而揶揄之。众大骇，走告杨。杨大怒，招叟至前，以拳打墙砖，陷入尺许，傲之曰："叟能如是乎？"叟曰："君能打墙，不能打人。"杨愈怒，骂曰："老奴能受我打乎？打死勿怨！"叟笑曰："老人垂死之年，能以一死成君之名，死亦何怨？"乃广约众人，写立誓卷。令杨养息三日。老人自缚于树，解衣露腹；杨故取势于十步之外，奋拳击之。老人寂然无声。但见杨双膝跪下，叩头曰："晚生知罪了！"拔其拳，已夹入老人腹中，坚不可出。哀求良久，老人鼓腹纵之，已跌出一石桥外矣。老人徐徐负蒜而归，卒不肯告人姓氏。

【注释】

①南阳县：今河南南阳市。

②粮船：指政府把江南的粮食由运河运往京师（北京）的"漕运"粮船。

③旗丁：指押解粮船的旗兵。清代军队分八旗兵和绿营兵两种，八旗兵由满人和归入旗籍的蒙古人、汉人组成；绿营兵由未入旗籍的汉人组成。旗，满族入关前处于游牧阶段的组织形式，最初兼有军事、行政、生产三方面职能，后来成为兵籍编制。

④常州：今江苏常州市。

⑤龙钟：身体衰老、行动迟缓的样子。伛偻（yǔ lǚ 雨吕）：驼背。

全　姑

荡山茶肆[1]全姑，生而洁白婀娜。年十九，其邻陈生美少年，私与通，为匪人所

捉。陈故富家，以百金贿匪。县役知之，私分其赃，相与牵扭到县。县令某自负理学[②]名，将陈决杖[③]四十。女哀号涕泣，伏陈生臀上愿代。令以为无耻，愈怒，将女亦决杖四十。两隶[④]拉女下，私相怜，以为此女通体娇柔，如无骨者；又受陈生金，故杖轻扑地而已。令怒未息，剪其发，脱其弓鞋，置案上传观之[⑤]，以为合邑戒，且贮库焉。将女发官卖。案结矣。陈思女不已，贿他人买之，而己仍娶之。未一月，县役纷来索贿，道路喧嚷。令访闻，大怒，重擒二人至案。女知不免，私以败絮草纸置裤中，护其臀。令望见，曰："是下身累累者何物耶？"乃下堂扯去裤中物，亲自监临，裸而杖之。陈生抵拦，掌嘴数百后，乃再决满杖[⑥]，归家月余死。女卖为某公子妾。

有刘孝廉者，侠士也，直入署责令曰："我昨到县，闻公呼大杖，以为治强盗积贼，故至阶下观之。不料一美女，剥紫绫裤受杖。两臀隆然如一团白雪，日炙之犹虑其消，而君以满杖加之，一板下便成烂桃子色。所犯风流小过[⑦]，何必如是？"令曰："全姑美，不加杖，人道我好色；陈某富，不加杖，人道我得钱。"刘曰："为父母官，以他人皮肉，博自己声名，可乎？行当有报矣！"奋衣出，与令绝交。

未十年，令迁守松江，坐公馆方午餐，其仆见一少年从窗外入，以手拍其背三，遂呼背痛不食。已而背肿尺许，中有界沟，如两臀然。召医视之，医曰："不救。"而成烂桃子色矣，令闻心恶之。未十日卒。

【注释】

①荡山：旧县名，治所在今广西贺州市西。茶肆：茶馆。肆，卖东西的店铺。

②理学：宋代程颢、程颐、朱熹等人在孔孟儒学基础上发展而成的性理之学，主要内容是从哲学思想上论证君臣、父子、兄弟、朋友、夫妇等三纲五常封建伦理道德的合理性。

③决杖：判处杖刑。

④隶：皂隶，即衙役。

⑤置案上传观之：放在案上游街传观。

⑥满杖：杖一百。杖刑杖数至一百为止，称为"满杖"。

⑦风流小过：指不合封建礼法的男女关系。五代王仁裕《开元天宝遗事》："长安有平康坊，妓女所居之地，京都侠少，萃集于此；兼每年新进士以红笺名纸游谒其中，时人谓此坊为风流薮泽。"后因以"风流"指狎妓或男女间的性爱行为。

奇骗

奇骗之巧者，愈出愈奇。金陵[①]有老翁持数金，至北门桥钱店[②]易钱，故意较论银色[③]，哓哓[④]不休。一少年从外入，礼貌甚恭，呼翁为老伯，曰："令甥贸易常州，与侄同事，有银信一封，托侄寄老伯，将往尊府，不意侄之路遇也。"将银信交毕，一揖而去。老翁拆信，谓店主人曰："我眼昏不能看家信，求君诵之。"店主人如其言，皆家常琐屑语，末云："外纹银十两，为爷薪水需[⑤]。"翁喜动颜色，曰："还我前银，不必较论成色矣。儿所寄纹银，纸上书明十两，即以此兑银何如？"主人接其银称之，十

一两零三钱，疑其子发信时，匆匆未检，故信其纸上言十两，老人又不能自称，可将错就错，获此余利，遽以九千钱与之。——时价纹银十两，例兑钱九千。——翁负钱去。

少顷，一客笑于旁曰："店主人得毋受欺乎？此老翁者，积年骗棍，用假银者也。我见其来换钱，以为主人忧，因此老在店，故未敢明言。"店主人惊，剪其银，果铅胎，懊恼无已。再四谢客，且询此翁居址。曰："翁住某所，离此十里余，君追之，犹能及之。但我，翁邻也，使翁知我破其法，将仇我。请告君以彼之门向[6]，而君自往追之。"店主人必欲与俱，曰："君但偕行至彼地，君告我以彼门向，君即脱去，则老人不知是君所道，何仇之有？"客犹不肯，乃酬以三金。客若为不得已而强行者，同至汉西门外[7]，远望见老人摊钱柜上，与数人饮酒。客指曰："是也。汝速往擒，我行矣。"

店主喜，直入酒肆，捽老翁殴之曰："汝积骗也，以十两铅胎银换我九千钱。"众人皆起问故。老人夷然[8]曰："我以儿银十两换钱，并非铅胎；店主人既云我用假银，我之原银可得见乎？"店主人以剪破原银示众。翁笑曰："此非我银。我止十两，故得钱九千；今此假银似不止十两者，非我原银，乃店主来骗我耳。"酒肆人为持戥[9]称之，果十一两零三钱。众大怒，责店主。店主不能对，群起殴之。店主一念之贪，中老翁计，懊恨而归。

【注释】

①金陵：今南京市。战国时楚威王曾在今南京市内清凉山置金陵邑，后因用作今南京市的代称。

②钱店：旧时一种信用机构，小的称为"钱店"，仅经营银钱兑换；大的称为"钱庄"，办理存款、放款，开发庄票，少数还发行银钱票。

③较论银色：较论，争论，指交易时的讨价还价。银色，银子的成色，即含银纯度，纯度高的兑的钱(制钱，即铜钱)多，纯度低的兑的钱少。

④哓哓(xiāo 消)：争辩声。唐韩愈《重答张籍书》："择其可语者诲之，犹时与我悖，其声哓哓。"

⑤薪水需：犹言"生活费"。薪，柴火，指烧的；水，指喝的。

⑥门向：屋门坐落方位。

⑦汉西门：南京西城城门名。

⑧夷然：安然，泰然自若的样子。夷，平坦，平安。

⑨戥(děng 等)：戥子，称量轻的重量的秤。

虾蟆教书蚁排阵

余幼住葵巷[1]，见乞儿索钱者，身佩一布袋，两竹筒，袋贮虾蟆九个，筒贮红白蚁两种，约千许。到店市柜上，演其法毕，索钱三文即去。一名"虾蟆教书"，其法：设一小木椅，大者自袋跃出，坐其上，小者亦跃出，环伺之，寂然无声。乞人喝曰："教书！"大者应声曰："阁阁！"群皆应曰："阁阁！"自此连曰"阁阁"，几聒人耳[2]。乞

人曰："止！"当即绝声。一名"蚂蚁排阵"，其法：张红白二旗，各长寸许；乞人倾其筒，红白蚁乱走柜上。乞人扇以红旗曰："归队！"红蚁排作一行。乞人扇以白旗曰："归队！"白蚁亦排作一行。乞人又以两旗互扇，喝曰："穿阵走！"红白蚁遂穿杂而行，左旋右转，行不乱步。行数匝，以筒接之，仍蠕蠕然各入筒矣。虾蟆蝼蚁，至微至蠢之虫，不知作何教法！

【注释】

①葵巷：杭州街巷名。

②几聒（guō 郭）人耳：几乎把耳朵都震坏了。聒，声音嘈杂刺耳。

阅微草堂笔记

(清)纪 昀

纪昀(1724～1805),字晓岚,一字春帆,直隶献县(今河北献县)人。父容舒,官姚安知府。纪昀二十四岁中顺天乡试第一名,乾隆十九年(1754)三十一岁时中进士,由庶吉士授翰林院编修。乾隆三十三年四月,升侍读学士。六月,纪昀的姻家、前两淮盐运使卢见曾获罪,纪昀因将查抄卢家的消息泄告其家,被革职逮问,遣戍乌鲁木齐。乾隆三十五年释还。次年复为编修。乾隆三十八年二月开馆修《四库全书》,纪昀为总纂官,先后撰成《四库总目提要》、《四库简明目录》,得到乾隆嘉奖,乾隆四十一年正月升侍读学士,乾隆四十四年又升内阁学士兼礼部侍郎。从乾隆五十二年起,迭官礼部尚书、兵部尚书、左都御史等职,嘉庆十年(1805)正月以礼部尚书协办大学士,加太子太保,管国子监事,二月二十四日卒,年八十二。著有《纪文达公遗集》、《阅微草堂笔记》等。《清史列传》、《清史稿》都有传,《国朝先正事略》、《国朝诗人小传》也载有他的生平事迹。

《阅微草堂笔记》是五种笔记小说的合集。最早的《滦阳消夏录》六卷作于乾隆五十四年(1789),乾隆五十六年作《如是我闻》,次年作《槐西杂志》,次年又作《姑妄听之》,均为四卷;《滦阳续录》则作于嘉庆三年(1798)第二次再至滦阳(在今河北省)时。嘉庆五年,纪昀的门人盛时彦将五书合刊,名《阅微草堂笔记五种》,风行一时,影响很大,产生了一大批模拟它的作品。

《阅微草堂笔记》的题材虽以妖狐鬼怪为主,但于人事异闻,边地景物,诗词文章,名物典故等等,也有记述,内容相当广泛。纪昀仕途顺利,他写此书的指导思想,是"大旨不乖于风教",所以官场黑暗、科场丑闻、民生疾苦这些当时的社会问题,书中根本没有触及,而封建伦理、因果报应的说教,却充满全书。在写作方法上,他对蒲松龄用唐传奇之法来"志怪"表示不满(见盛时彦《姑妄听之》跋引述纪昀语),他的《阅微草堂笔记》,采用六朝志怪的笔法,叙述简淡,不作细节描写,不求文辞华美,与《聊斋志异》的描摹细腻、委曲动人大异其趣。"惟纪昀本长文笔,多见秘书,又襟怀夷旷,故凡测鬼神之情状,发人间之幽微,托狐鬼以抒己见,隽思妙语,

时足解颐；间杂考辨，亦有灼见。叙述复雍容淡雅，天趣盎然，故后来无人能夺其席，固非仅借位高望重以传者矣。”（《中国小说史略》）鲁迅的这段评语，是非常恰当的。

老学究夜行

爱堂先生言：闻有老学究[①]夜行，忽遇其亡友。学究素刚直，亦不怖畏，问：“君何往？”曰：“吾为冥吏，至南村有所勾摄[②]，适同路耳。”因并行。至一破屋，鬼曰：“此文士庐也。”问：“何以知之？”曰：“凡人白昼营营[③]，性灵汩没[④]。惟睡时一念不生，元神[⑤]朗澈；胸中所读之书，字字皆吐光芒，自百窍而出，其状缥缈缤纷，烂如锦绣。学如郑孔[⑥]，文如屈宋班马[⑦]者，上烛霄汉，与星月争辉；次者数丈；次者数尺；以渐而差，——极下者，亦荧荧如一灯照映户牖。人不能见，唯鬼神见之耳。此室上光芒高七八尺，以是而知。”学究问：“我读书一生，睡中光芒当几许？”鬼嗫嚅良久，曰：“昨过君塾，君方昼寝，见君胸中高头讲章[⑧]一部，墨卷[⑨]五六百篇，经文[⑩]七八十篇，策略[⑪]三四十篇，字字化为黑烟，笼罩屋上。诸生诵读之声，如在浓云密雾中。实未见光芒，不敢妄语。”学究怒叱之。鬼大笑而去。

【注释】

①学究：唐代科举考试中的明经科，分五经、三经、二经和学究一经（专门研究一种儒家经书）几种，应“学究一经”考试的，称为“学究”。后来便用以指迂腐的读书人。这里指私塾先生。

②勾摄：勾取，指勾取人的魂魄。这是一种迷信说法。

③营营：来往忙碌的样子。这里指为谋生而奔走忙碌。

④汩（gǔ 古）没：埋没，淹没。汩，水流动的样子。

⑤元神：道教称人的灵魂为“元神”。

⑥郑孔：指郑玄和孔安国，都是研究儒家经典的著名学者。郑玄，字康成，东汉末人，汉代经学的集大成者，曾为《毛诗》和《周易》、《仪礼》、《礼记》等书作注。孔安国，西汉武帝时人，汉代大儒，著有《尚书传》、《古文孝经传》、《论语训解》等。

⑦屈宋班马：指屈原、宋玉、司马迁、班固。

⑧高头讲章：见前《子不语》之《地藏王接客》注。

⑨墨卷：明清科举考试，乡试、会试的试卷，考生用墨笔书写，称为“墨卷”。为防止作弊，将墨卷弥封，盖住姓名，交誊录人用朱笔誊写，然后送考官批阅，称为“朱卷”。这里的“墨卷”指“闱墨”，即由乡试、会试主考选刊，或由书坊请“八股名家”选辑而刊印的乡试、会试中式的八股文，它们被应试者视为学习的范本。

⑩经文：这里指清代科举考试中以五经为题的八股文。

⑪策略：这里指清代科举考试中的“策问”文。试卷中提出问题，由考生逐条答对，称为“策问”。清代的策问以经史、政务为题。

曹竹虚言

曹司农[①]竹虚言:其族兄自歙[②]往扬州,途经友人家。时盛夏,延坐书屋,甚轩爽[③]。暮欲下榻其中。友人曰:“是有魅,夜不可居。”曹强居之。夜半有物,自门隙蠕蠕入,薄如夹纸;入室后,渐开展作人形,乃女子也。曹殊不畏。忽披发吐舌,作缢鬼状。曹笑曰:“犹是发,但稍乱;犹是舌,但稍长:亦何足畏!”忽自摘其首置案上。曹又笑曰:“有首尚不足畏,况无首耶?”鬼技穷,倏然灭。及归途再宿,夜半,门隙又蠕动,甫露其首,辄唾曰:“又此败兴物耶!”竟不入。此与嵇中散事相类[④]。夫虎不食醉人[⑤],不知畏也。大抵畏则心乱,心乱则神涣,神涣则鬼得乘之;不畏则心定,心定则神全,神全则沴戾之气不能干[⑥]。故记中散是事者,称神志湛然[⑦],鬼惭而去。

【注释】

①司农:清代中央政府中主管户籍、财赋的大臣户部尚书,职务与汉代的司农相当,所以习惯上也称“司农”。

②歙(shè 设):今安徽歙县。

③轩爽:高敞凉爽。

④嵇中散事:嵇中散,即嵇康,字叔夜,三国时魏国文学家、哲学家、音乐家。与魏宗室通婚,官中散大夫,故称“嵇中散”。《晋书》有传。传说他一天夜里在灯下弹琴,看见一人起初很小,一会儿渐渐变大,竟有一丈多长。嵇康看清它是鬼物,便吹灭了灯,说:“我耻与魑魅争光!”见《艺文类聚》卷四十四引晋裴启《语林》。

⑤虎不食醉人:据说虎不吃不畏惧它的人。《虎苑》:“虎不食小儿 ,儿痴不惧虎,故不得食。并不食醉人,必俟其醒,始食,——非俟其醒,俟其惧也。”

⑥沴戾(lì lì 利立)之气不能干:邪恶暴戾之气不能触犯。

⑦湛然:原意为水清而深的样子,这里形容神志清醒安定。

满媪之女

满媪,余弟乳母也。有女曰荔姐,嫁为近村民家妻。一日,闻母病,不及待婿同行,遽狼狈而来。时已入夜,缺月微明,顾见一人追之急,度[①]是强暴,而旷野无可呼救。乃隐身古冢白杨下,纳簪珥怀中,解绦系颈,披发吐舌,瞪目直视以待。其人将近,反招之坐。及逼视,知为缢鬼,惊仆不起。荔姐竟狂奔得免。比[②]入门,举家大骇。徐问得实,且怒且笑。方议向邻里追问,次日,喧传某家少年遇鬼中恶,其鬼今尚随之,已发狂谵语[③]。后医药符箓[④]皆无验,竟癫痫终身。此或由恐怖之余,邪魅乘机而中之,未可知也;或一切幻象,由心而造,未可知也;或明神殛恶[⑤],阴夺其魄,亦未可知也。然均可为狂且[⑥]戒。

【注释】

①度(duó 铎):猜测,估计。

②比(bì 必):及,等到。

③谵(zhān 沾)语:因病患引起的说胡话。

④符箓(lù 录):见前《子不语》之《炼丹道士》"朱符"注。

⑤明神殛(jí 极)恶:神明诛杀恶人。

⑥狂且(jū 居):轻狂的人。"且"是语助词,无实义。语出《诗·郑风·山有扶苏》:"不见子都,乃见狂且。"毛传:"狂,狂人也。且,辞也。"

南皮许南金

南皮[1]许南金先生,最有胆。在僧寺读书,与一友共榻。夜半,见北壁燃双炬。谛视,乃一人面出壁中,大如箕,双炬乃目光也。友股栗欲死。先生披衣徐起,曰:"正欲读书,苦烛尽,君来甚善!"乃携一册,背之坐,诵声琅琅。未数页,目光渐隐。拊[2]壁呼之,不出矣。又一夕,如厕,一小童持烛随。此面突自地涌出,对之而笑。童掷烛仆地;先生即拾置怪顶,曰:"烛正无台,君来又甚善。"怪仰视不动。先生曰:"君何处不可往,乃在此间?海上有逐臭之夫[3],君其是乎?不可辜君来意。"即以秽纸拭其口。怪大呕吐,狂吼数声,灭烛而没。自是不复见。先生尝曰:"鬼魅皆真有之,亦时或见之;惟检点生平,无不可对鬼魅者,则此心自不动耳。"

【注释】

①南皮:旧县名,今河北南皮县。

②拊(fǔ 府):拍。

③海上有逐臭之夫:据《吕氏春秋·遇合》载,一个身上带有奇臭的人,他的亲戚兄弟妻妾和认识他或知道他的人,没有一个敢同他居住在一起,他非常苦恼,只好一个人住在海边。海边有一个人却很喜欢他身上的臭味,白天黑夜紧跟着他不肯离开。

老翁捕虎

族兄中涵知旌德县[1]时,近城有虎,暴伤猎户数人,不能捕。邑人请曰:"非聘徽州[2]唐打猎,不能除此患也。"——休宁戴东原[3]曰:明代有唐某,甫新婚,而戕于虎[4]。其妇后生一子,祝[5]之曰:"尔不能杀虎,非我子也;后世子孙,如不能杀虎,亦皆非我子孙也。"故唐氏世世能捕虎。——乃遣吏持币往。归报唐氏选艺至精者二人,行且至。至则一老翁,须发皓然,时咯咯作嗽;一童子,十六七耳。大失望。姑命具食[6]。老翁察中涵意不满,半跪启曰:"闻此虎距城不五里,先往捕之,赐食未晚也。"遂命役导往。役至谷口,不敢行。老翁哂曰;"我在,尔尚畏耶?"入谷将半,老翁顾童子曰:"此畜似尚睡,汝呼之醒!"童子作虎啸声,果自林中出,径搏老翁。老翁手一短柄斧,纵八九寸,横半之,奋臂屹立。虎扑至,侧首让之;虎自顶上跃过,

已血流仆地。视之，自颔下至尾间[7]，皆触斧裂矣。乃厚赠遣之。老翁自言炼臂十年，炼目十年：其目以毛帚扫之，不瞬；其臂使壮夫攀之，悬身下缒，不能动。庄子曰："习伏众神，巧者不过习者之门。"[8]信夫[9]！尝见史舍人嗣彪暗[10]中捉笔书条幅，与秉烛无异。又闻静海励文恪公[11]剪方寸纸一百片，书一字其上，片片向日叠映，无一笔丝毫出入。均习而已矣，非别有妙巧也。

【注释】

①知旌德县：任旌德县知县。旌德县在今安徽东南部。

②徽州：清代府名，治所在今安徽歙县。

③休宁戴东原：休宁，县名，在今安徽南部。戴东原，名震，"东原"是他的字。戴震是清初著名思想家和学者，著有《孟子字义疏证》、《声韵》等。纪昀曾推荐他参与修《四库全书》。

④戕于虎：被虎所害。

⑤祝(zhòu 咒)：立誓，发誓。

⑥具食：备办饮食。

⑦尾间：语出《庄子·秋水》："天子之水，莫大于海，万川归之，不知何时止而不盈(满)；尾间泄(流出)之，不知何时已而不虚。"原指海水流出的地方，这里借指肛门。

⑧"庄子曰"三句：庄子，战国时思想家，属于道家学派。名周，宋国蒙(今河南商丘市东北)人。"习伏众神"二句今本《庄子》不载，见于扬雄《答桓谭论赋书》，是当时谚语。

⑨信夫：确实如此。信，真的，确实。夫，语助词。

⑩史嗣彪，字斑如，号岩，乾隆间官内中书，工书画，能日写楷书万字。舍人：官名。明清于内阁(国家最高政务机关)中书科设中书舍人，任缮写文书，职务比历代都低。

⑪励文恪(kè 课)公：励杜讷，字近公，康熙时人。精通书法，擅长楷书，官至刑部右侍郎。死后谥"文恪"。

石洲又言

石洲又言[1]：一书生家有园亭，夜雨独坐。忽一女子搴帘入，自云："家在墙外，窥宋[2]已久。今冒雨相就。"书生曰："雨猛如是，尔衣履不濡，何也？"女词穷，自承为狐。问："此间少年多矣，何独就我？"曰："前缘。"问："此缘谁所记载？谁所管领？又谁以告尔？尔前生何人？我前生何人？其结缘以何事？在何代何年？请道其详。"狐仓卒不能对，嗫嚅久之，曰："子千百日不坐此，今适坐此；我见千百人不相悦，独见君相悦：其为前缘审[3]矣。请勿拒。"书生曰："有前缘者必相悦。吾方坐此，尔适自来，而我漠然心不动，则无缘审矣。请勿留。"女趑趄间，闻窗外呼曰："婢子不解事！何必定觅此木强人[4]？"女子举袖一挥，灭灯而去。或云是汤文正公[5]少年事。余谓狐魅岂敢近汤公？当是曾有此事，附会于公耳。

【注释】

①石洲又言：石洲，即原书上文所说的郭石洲。原书此处接连记载了郭讲的两个故事，这是第二个故事，故云"又言"。

②窥宋：窥，偷看。宋，指宋玉。宋玉在《登徒子好色赋》中说，他东邻家的姑娘是天下最美丽的女子，这个姑娘登墙偷看了他三年，表示对他倾慕，他还没有答应她。这里就用“窥宋”指女子对男子的爱慕。

③审：真的，确实。

④木强（jiàng 匠）人：像木头那样固执而不通情理的人。

⑤汤文正公：汤斌，字孔伯，一字荆岘，号潜斋，清初理学家。康熙时官内阁学士，礼部、工部尚书。死后谥“文正”。

三宝四宝

董家庄佃户丁锦，生一子，曰二牛。又一女，赘曹宁为婿，相助工作，甚相得[①]也。二牛生一子曰三宝；女亦生一女，因住母家，遂联名曰四宝。其生也，同年同月，差数日耳。姑嫂互相抱携，互相乳哺，襁褓中已结婚姻。三宝四宝又甚相爱，稍长即跬步不离。小家不知别嫌疑，于二儿嬉戏时，每指曰：“此汝夫。”“此汝妇也。”二儿虽不知为何语，然闻之则已稔矣。七八岁外，稍稍解事，然俱随二牛之母同卧起，不相避忌。

会康熙辛丑至雍正癸卯[②]，岁屡歉，锦夫妇并殁。曹宁先流转至京师，贫不自存[③]，质[④]四宝于陈郎中家。——不知其名，惟知为江南人。——二牛继至，会郎中求馆童[⑤]，亦质三宝于其家，而诫勿言与四宝为夫妇。郎中家法严。每笞四宝，三宝必暗泣；笞三宝，四宝亦然。郎中疑之，转质四宝于郑氏，——或云即貂皮郑[⑥]也——而逐三宝。三宝仍投旧媒媪，又引与一家为馆童。久而微闻四宝所在，乃夤缘入郑氏家。数日后得见四宝，相持痛哭。时已十三四矣。郑氏怪之，则诡以兄妹相逢对；郑氏以其名行第[⑦]相连，遂不疑。然内外隔绝，仅出入时相与目成[⑧]而已。

后岁稔，二牛曹宁并赴京赎子女，辗转寻访至郑氏，郑氏始知其本夫妇，意甚悯恻，欲助之合卺，而仍留服役其馆。师严某，讲学家[⑨]也，不知古今事异，昌言排斥[⑩]，曰：“中表为婚，礼所禁，亦律所禁，违之且有大诛[⑪]。主人意虽善，然我辈读书人，当以风化为己任，见悖礼乱伦[⑫]而不沮，是成人之恶，非君子也。”以去就力争[⑬]。郑氏固良懦，二牛曹宁亦乡愚[⑭]，闻违法罪重，皆慑而止。后四宝鬻为选人[⑮]妾，不数月病卒；三宝发狂走出，莫知所终。或曰：“四宝虽被迫胁去，然毁容哭泣，实未与选人共房帏[⑯]。”惜不知其详耳。果其如是，则是二人者，天上人间，会当相见[⑰]，定非一瞑[⑱]不视者矣。惟严某作此恶业[⑲]，不知何心，亦不知其究竟；然神理昭昭[⑳]，当无善报。或又曰：“是非泥古[㉑]，亦非好名，殆觊觎四宝[㉒]，欲以自侍耳。”若然，则地狱之设，正为斯人矣。

【注释】

①相得：合得来，关系处得很好。

②康熙辛丑：康熙六十年，即公元 1721 年。雍正癸卯：“雍正”是清朝第三个皇帝世宗胤禛（yìn zhēn 印贞）的年号（1723～1735）。雍正癸卯是雍正元年，即公元 1723 年。

③贫不自存：贫困得无法生存下去。

④质：抵押。这里指卖活契，将孩子给人做奴仆以得到一定的钱，以后有钱时再赎回。

⑤馆童：书童。馆，即私塾。童，这里指未成年的仆人。

⑥貂皮郑：做貂皮生意的郑家。

⑦行(háng杭)第：排行大小。行，排行。第，次第，名次。

⑧目成：两心相悦，以目传情。语出《楚辞·九歌·少司命》："满堂兮美人，忽独与余兮目成。"

⑨讲学家：即理学家，道学家。

⑩昌言：南朝梁萧纲《金缕子·立言下》："古人之风，夫子所以昌言；末俗之风，孟子所以扼腕。"昌言，加以赞美，使之发扬之意。后来也引申为直言无所忌讳，如"昌言无忌"、"昌言于众"等。这里指公开发表议论。

⑪"中表为婚……且有大诛"几句："中表"，见前《世说新语》之《孔文举》注。礼，封建伦理；律，律令，法律。过去认为中表结亲，违背封建伦理，不少朝代(如西魏文帝和宋代的刑法典《刑统》)都曾明令禁止。清乾隆初重修的《大清律例·婚姻》"尊卑为婚"条的"律"文规定："若娶己之姑舅两姨姊妹者，杖八十，并离异(双行小注：妇女归宗，财礼入官)。"但同条的"条例"则称："其姑舅两姨姊妹为婚者，听从民便。"本文中的道学家严某是据"律"文立论，纪昀则据"条例"对之加以斥责，并非纪昀敢于违背当时的律典。

⑫悖礼乱伦：违背礼教，败坏人伦。

⑬以去就力争：以继续担任还是辞去教职力争。去，离开，指辞去教职。就，留下来继续任教。

⑭乡愚：愚昧无知的人。"乡"是说如居穷乡僻壤，闻见浅陋。

⑮选人：在京城等候朝廷选派官职的人。

⑯共房帏：指同房。帏，帐子。

⑰"天上人间"二句：这是借用唐白居易《长恨歌》"天上人间会相见"的诗句。参见前《长恨传》。这里引用，是说三宝、四宝生前感情很深，就是死后也一定要继续相爱。"会当"和诗中的"会"义同，"一定"、"必定"的意思。

⑱瞑：瞑目，闭上眼睛，指死。

⑲恶业：佛教语，指生前一切罪恶(包括言论、行动和思想)所种下的死后要受到报应的恶因。

⑳神理昭昭：指神明扶持什么惩罚什么是非常显明的。昭昭，显明。

㉑泥(nì逆)古：拘泥于古代的制度条文，不知依据具体情况加以变通。

㉒殆觊觎四宝：大概是想把四宝攫为己有。觊觎，希望获得不应得到的东西。

李　生

太白诗曰："徘徊映歌扇，似月云中见；相见不相亲，不如不相见。"[①]此为冶游[②]言也。人家夫妇，有睽离[③]阻隔而日日相见者，则不知是何因果矣。

郭石洲言：中州有李生者，娶妇旬余而母病，夫妇更番守侍，衣不解结者七八月。母殁后，谨守礼法，三载不内宿。后贫甚，同依外家；外家亦仅温饱，居宇无多，

扫一室留居。未匝月，外姑之弟远就馆[④]，送母来依。姊无室可容，乃以母与女共一室，而李生别榻书斋[⑤]，仅早晚同案食耳。

阅两载，李生入京规进取[⑥]，外舅亦携家就幕江南。后得信云妇已卒，李生意气懊丧，益落拓不自存[⑦]。仍附舟南下觅外舅，外舅已别易主人，随往他所。无所栖托，姑卖字糊口。一日，市中遇雄伟丈夫，取视其字，曰："君书大好。能一岁三四十金，为人书记乎？"李生喜出望外，即同登舟。烟水淼茫，不知何处。至家，供张[⑧]亦甚盛。及观所属笔札[⑨]，则绿林[⑩]豪客也。无可如何，姑且依止[⑪]；虑有后患，因诡易里籍[⑫]姓名。主人性豪侈，声伎[⑬]满前，不甚避客，每张乐，必召李生。偶见一姬酷肖其妇，疑为鬼；姬亦时时目李生，似曾相识。然彼此不敢通一语。盖其外舅江行，适为此盗劫，见妇有姿首，并掠以去。外舅以为大辱，急市薄槥[⑭]，诡言女中伤死，伪为哭敛，载以归。妇惮死失身，已充盗后房[⑮]，故于是相遇。然李生信妇已死，妇又不知李生改姓名，疑为貌似，故两相失。大抵三五日必一见，见惯亦不复相目矣。如是六七年。

一日，主人呼李生曰："吾事且败。君文士，不必与此难[⑯]。此黄金五十两，君可怀之藏某处丛荻间，候兵退，速觅渔舟返。此地人皆识君，不虑其不相送也。"语讫挥手，使急去伏匿。未几，闻哄然格斗声。既而闻传呼曰："盗已全队扬帆去，且籍其金帛妇女！"时已曛黑，火光中，窥见诸乐伎皆披发肉袒，反接系颈[⑰]，以鞭杖驱之行；此姬亦在内，惊怖战栗，使人心恻。

明日，岛上无一人，痴立水次。良久，忽一人棹小舟呼曰："某先生耶？大王故无恙，且送先生返。"行一日，夜至岸。惧遭物色[⑱]，乃怀金北归。至，则外舅已先返。仍住其家，货所携[⑲]，渐丰裕。念夫妇至相爱，而结缡十载，始终无一月共枕席。今物力稍充，不忍终以薄槥葬，拟易佳木，且欲一睹其遗骨，亦夙昔之情。外舅力沮，不能止，词穷吐实。急兼程至豫章[⑳]，冀合乐昌之镜[㉑]，则所俘乐伎，分赏已久，不知流落何所矣。每回忆六七年中，咫尺千里，辄惘然如失；又回忆被俘时缧绁鞭箠之状，不知以后摧折，更复若何，又辄肠断也。从此不娶，闻后竟为僧。

戈芥舟前辈[㉒]曰："此事竟可作传奇。惜末无结束，与《桃花扇》[㉓]相等。虽曲终不见，江上峰青[㉔]，绵邈[㉕]含情，正在烟波不尽，究未免增人怊怅耳。"

【注释】

①"太白诗曰"几句："太白"，唐代大诗人李白的字。下面的四句诗见《相逢行》，"徘徊"，原诗作"衔杯"。全诗写一贵公子春日出游，遇一女郎，非常倾慕，但却没机会同她亲近，思念不已。

②冶游：原意为野游，后来多用指狎妓。这里是前者。

③睽离：原意指分居两地，彼此隔离，这句是说天天相见而不能相亲。

④就馆：做幕僚。下文"就幕"义同。

⑤别榻书斋：另在书斋中寝处。榻，用作动词，下榻。

⑥规进取：谋求进身，寻找出路。规，规划，打算。

⑦落拓不自存：穷困得没法生存下去。落拓，这里是穷困失意的意思。

⑧供张：陈设。

⑨所属笔札：交办的文书。属，同“嘱”，托付。

⑩绿林：西汉末王匡、王凤等曾在绿林山（在今湖北当阳市东北）中起义，号“绿林军”，后来因以“绿林”泛指聚集山林反抗官府的农民起义军或抢劫财物的匪盗。

⑪依止：依附住下。止，居住，留下。

⑫里籍：籍贯。居民聚居的地方叫“里”，如“里弄”、“乡里”。

⑬声伎：歌妓。伎，同“妓”。

⑭薄槥（huì 慧）：简陋的棺材。槥，小的棺材。

⑮后房：指姬妾或姬妾所居之处。这里指姬妾。《晋书·石崇传》：“后房百数，皆曳纨绣，珥金翠。”

⑯与此难：受牵连的意思。与，参与，加入。

⑰反接系颈：反接，将两手捆绑在背后。系颈，指用一根绳子分别系住许多人的颈项，使他们串连在一起，防止逃跑。

⑱物色：原意为挑选、寻找，这里指怕为人发觉而被搜捕。

⑲货所携：卖掉随身携带的东西（黄金）。

⑳豫章：今江西南昌市。

㉑冀合乐昌之镜：指希望夫妻重新团聚。据唐代孟棨《本事诗·情感》载，南朝陈将亡时，驸马徐德言破一铜镜，与妻子乐昌公主各执一半，约定如果今后失散，便以此为凭证，正月十五日在京城卖镜于市，互相探讯。陈亡后，乐昌公主为杨素掠去。后来徐德言终于凭着破镜找到了乐昌公主，二人重又团聚。

㉒戈芥舟前辈：戈涛，字芥舟，号莲园，直隶献县（今河北献县）人，纪昀的同乡。乾隆进士，书法家。官至刑科给事中（掌纠弹刑部官员）。科举时代，后中进士的称在自己之前中进士的为“前辈”。戈芥舟于乾隆十六年（1751）中进士，比纪昀早三年。

㉓《桃花扇》：清孔尚任所作传奇剧本，内容是写文人侯方域和秦淮歌妓李香君的爱情故事，揭示南明亡国的原因，发抒兴亡之感。剧末李香君和侯方域割断情丝，双双入道，不知所终。

㉔曲终不见，江上峰青：这是截用唐代钱起《湘灵鼓瑟》“曲终人不见，江上数峰青”的诗句，说李生和其妻虽然未得团聚，不知结果，但这个故事很有余味，令人遐想。

㉕绵邈：幽长深远。

老儒用墨涂鬼脸

刘香畹言：有老儒宿于亲眷家。俄，主人之婿至，无赖子也。彼此气味不相入，皆不愿同住一屋，乃移老儒于别室。其婿睨[①]之而笑，莫喻其故也。室亦雅洁，笔砚书籍皆具。老儒于灯下写书寄家。忽一女子立灯下，色不甚丽，而风致颇娴雅。老儒知其为鬼，然殊不畏。举手指灯，曰：“既来此，不可闲立，可剪烛。”女子遽灭其灯，逼而对立。老儒怒，急以手摩砚上墨沈[②]，掴[③]其面而涂之，曰：“以此为识，明日寻汝尸，锉而焚之！”鬼呀然一声去。次日，以告主人。主人曰：“原有婢死于此室，夜每出扰人，故惟白昼与客坐，夜无人宿。昨无地安置君，揣君耆德硕学[④]，鬼必不

出，不虞其仍现形也。”乃悟其婿窃笑之故。此鬼多以月下行院中。后，家人或有偶遇者，即掩面急趋。他日留心伺之，面上仍墨污狼藉。

【注释】

①睆：斜着眼睛看。

②墨沈：墨汁。

③掴（guó 国）：用手掌打。

④耆（qí 其）德硕学：年高德重，学问渊博。耆，年老。

夜谭随录

（清）和邦额

和邦额（1736～？），满洲人，字闲斋，号霁园主人。昭梿《啸亭续录》说他做过县令，其他生平事迹不详。

《夜谭随录》十二卷，鲁迅《中国小说史略》称乾隆五十六年（辛亥）序，是据光绪二年爱日堂刊本自序所署的年月。而圣经堂藏版本（无刊刻年月，看纸质肯定早于光绪本，经校核，此本很可能就是光绪本的祖本）的自序，则署为乾隆己亥（四十四年）夏六月，较辛亥早十二年。又两本自序中均有“余今年四十有四矣”之句，则作者当生于乾隆元年（1736）。此书内容与《聊斋志异》相近，所写皆狐鬼妖异事，有些篇的题材取材于他书；写法则完全学习《聊斋志异》。虽然此书的思想、艺术成就都远不及《聊斋志异》，但描写中时有精彩之处，鲁迅说它“记朔方景物及市井情形者特可观”，是《聊斋志异》的许多拟作中较好者。

梁生

汴州[1]梁生，少失怙恃[2]。家极贫，聘妻未婚而妻死，无力复聘，知交谑之，号为“梁无告[3]”。然为人温雅，能饮善弈，故为侪类所喜，尤与同学汪刘二生相莫逆。刘父为刺史，汪家资巨万，皆称豪富，生以寒士周旋于其间。人或非笑之，咸以“贫伴富，身无裤，胡不自量乃尔”。生闻之，笑曰：“我两肩荷一口，彼虽朱顿之富[4]，其奈我何哉！”人愈嗤其无品，更号之为“梁希谢”，盖取《金瓶梅》中谢希大[5]以喻之也。

刘一妻五妾，汪一妻四妾，又各有美婢娈童[6]，每当宴会，必出以侑觞，争相炫耀。一日，汪以千金从江南复致一丽人，苗条婉媚，诸妾莫匹，以为天下尤物，尽于此矣。乃折简张筵，召客高会。酒再巡，丽人出见，屏开幔卷，冉冉而至，异香满室，坐客皆惊。一拜辄入，不发一言。客饮龁[7]俱停，目眩神夺。汪志得意满，浮白数觥，谓：“诸君何福，得见仙子。”众舌卷莫答。梁独含笑末坐，品酒味肴，浑如未睹。刘生痴坐良久，始爽然谓梁曰：“众人皆醉，而子独醒[8]，非无目即无情者。”生徐曰：“已一目了然矣。虽然，入我目不能动我情也。”汪不悦，曰：“然则何如？”梁曰：“较二兄素所宠眷者，诚有天渊之隔，若即以此为西子，为夷光[9]，尚未也。二兄偏僻，

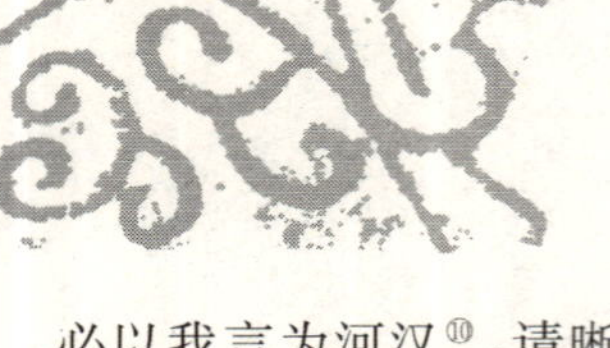

必以我言为河汉[10]，请晰言之，可乎？”佥[11]曰：“可。”梁曰：“夫夫人[12]，发为妆掩，足为裙遮，置二者姑不具论。就其共见者，指摘一二，妍媸立判矣。”汪曰：“愿闻。”梁曰：“眉修矣，烟煤之所画也；眼媚矣，黑白不甚分也；唇樱矣，胭脂之所点也；肩削腰细矣，而拔颈戾肘[13]，俨然用力抹胸束肚[14]，宛然有痕，皆戕贼而为之也。吾闻古之美人，面色如朝霞和雪，光艳照人。而[15]四体五官，皆有粉饰，若使乱头粗服，粉黛不施，窃恐国固城坚，虽笑绽两腮，欲倾之而不可得也[16]。”座上客闻此刻论，正合忌心，咸哄堂而和之以笑。汪面赧，猝难应答。刘独以为不然，曰：“梁兄眼大如豆，乃亦摇唇鼓舌，吹毛求疵，那足为月旦评[17]。请问西子夷光，是何形象？光艳照人，莫照坏人眼睛否？温柔乡中事，必得身处富贵之实境者，方能确识珠围翠绕之趣。若穷措大，看得几行书，辄谓书中有女，据为已有，及见真美在前，一时把捉不定，明知此生断无此乐，转不得不目空一世，谬论解嘲，独不念一糟糠妇尚不能消受，至今游泳似鳏[18]，求一赤足婢亦不可得，只苦煞贵手，不知一夜几番作肉虎子[19]也！”诸客闻言语儇薄[20]，不复大笑。唯汪生大噱，忿恚[21]都消。生知空言无补，不终席而去。从此与汪刘不甚亲密，交情渐替。同学传其事，共联句以戏之曰：“年少生成老面皮，那知谢大甚难希[22]。而今一发穷无告，不久西山唱采薇[23]。”

梁得诗，懊恼殊甚，冥想：“彼以富贵骄人，喜谀恶直；我何独不能以贫贱骄人，黾勉争气，亦觅一妾，聊以自娱乎？”第苦囊中羞涩，妄心徒炽，世间又无红拂、红绡[24]之侠烈者，虽有佳人，乌能自至？不胜郁闷。入市闲游，偶见老人摊卖旧书于通衢。梁检视，忽得一帙，纸色甚旧，而装饰极雅，展卷披阅，盖手录陶诗[25]全集，小楷妩媚，不识为何人写。觅款于卷尾，始知为赵文敏[26]真迹，私心狂喜，如掘藏金，问：“索钱几何？”老人曰：“非百文断不售矣。”生恐其停留长智，即解衣典而偿之，怀归待价。适郡中有巨绅素癖书画，购求颇亟。梁浼人转示之，绅一见如获拱璧，往返议价，卒得千金。梁秘而不宣，阴嘱媒妁，旁求佳丽。凡相数十人，无当意者。既而有曲背媪携一女子至，年约十六七，鬒发[27]皓齿，腻理靡颜[28]，天然艳丽，洵平生所未觏，神为之夺。延之坐，问：“此即媪所出耶？”曰：“然。”曰：“有女如此，何忧不匹王侯。”媪曰：“侯门似海，一入岂可复见乎？猥[29]以贫老，不得已，俾归读书子，但取衣食充口，体不至冻饿以死，又可以作亲戚往返，是为至愿，不忍作非望也。”梁曰：“若然，足见高明。但寒士聘仪谫陋，勉奉百金为寿，肯见许否？”媪嗤曰：“的是书痴语。以君长厚，故尔相托，此非老身钱树子，讵忍居为奇货？休，休，但提一文钱，便携之他适矣。”梁不复强，仅具酒相款。媪取醉饱，嘱女：“善侍夫子，无念老身，迟日当来馁也[30]。”出门径去。女亦晏然，不甚怀想。

梁出赀为具衣饰，靡不华好。女国色天成，不假纤毫粉饰，淡妆浓抹，罔不相宜，真天人也。梁不破一文，蓦然得此，实梦想所不到，绸缪缱绻，异乎寻常。

居无何，同学悉知，相传以为奇事。汪生往见刘生，曰：“兄闻之乎？梁无告亦纳姬矣。”刘笑曰：“汴城之大如海，岂乏见弃之女为齐人之妾[31]者？纵有一二分姿色，业操作其家者月余，朝秕糠，晚齑粥[32]，不卜已是鹄面鸟形[33]，见之必呕。”汪曰：

"予意亦然。但曩昔曾受其侮，至今不甘。今盍[34]借辞往贺，薄而观之，觌面揶揄以杜其口，亦大快事。"刘笑诺，遂各具分金五星[35]，标曰"贺仪"，华服高车以往。

梁闻报，笑谓女曰："今此二人，或敢侮予。"为述前事。女微笑曰："郎无虑，任其所为，儿当为郎小祟之以泄积忿。"梁嘱设馔。二生至，各叙契阔，并申贺悃。梁抝谦[36]不已。酒数巡，二生请见如夫人[37]。梁辞以"粗使小婢，不过用执庖厨，以分己力，何敢污贵客之目"。二生固请。梁始诺而呼女。甫出户，二生即迷惑失志，嗒然若丧[38]。女款步而前，敛衽而拜。二生不自觉其腰之折也。梁曰："二兄皆通家昆弟，无事回避。今降尊至此，当奉一觞。"女唯唯，捧爵以进，手指纤纤如削玉，二生颠倒如提傀儡。梁大笑，尽醉而散。

二生归途相议："不信人间有此仙人，从此粉黛无颜色矣[39]。焉得一亲玉体，死亦不憾！"刘忽曰："是不难。岂不知梁无告以酒为命者乎？后日是其初度，何难设一席，就其家为寿，暗置乌头[40]酒中，听鼾睡，彼时为所欲为，将奈我何。无告相狎有年，谅无他说。即使兴讼，各拼数百金，何事不了。"汪大喜。至日，果担肴携酒而往。女谓梁曰："今日二子来意不善，郎但坐视，儿自有术播弄之。"梁固酒徒，见杯忘死；又素信女之慧黠，知无足虑，日未晡，瞢腾大醉，俨若僵尸，仰卧床上。二生乃阖扉，秉烛逼女。女嫣然曰："二君富贵而韶艾，心非木石，能不两袒[41]？第此非行乐地也。舍后有小楼，幽僻精洁，盍往彼一叙谈乎？"二生闻之，喜跃欲狂，左右各一，掖之而往。

绕出屋后，果有一楼，且甚高耸。汪曰："过汝家屡矣，那得有此？"女曰："新建未匝月也。"接踵而登。楼分内外两楹，外间三面有窗，可以眺远，已预设一席，酒肴俱备，银烛双辉。刘拍女肩曰："卿真可人也。"女但微笑不言。时际盛夏，二生解衣脱帽，挂柱上，然后纵饮。女忽曰："几忘之，儿有些少下酒物，须领取来佐酒。"乃入内间，久之不出。刘起觇之，汪亦踵入，往来搜索，毫无踪迹。汪至阁子前，闻阁内蔌蔌作声，迫视之，见女仓皇起伏。汪惊喜，曰："何事匿此？"急挨身入阁。女夺门而走。汪追之下楼。女匿身花下。汪直前拥抱，女极力抵拒，汪持之愈坚。方抢攘间，忽数人击柝[42]而至，闻有人声，并力擒捉，批颊骂贼。汪释女分辩曰："我秀才也，奈何以贼目，且肆挞辱。"众就月光审视，亦惊曰："确是汪三爷，何为在此？祈恕罪。"汪不能答。众视地上人，则刘公子也。群扶起，谢孟浪之罪。盖逻卒[43]夜巡，误以为贼耳。二生素以豪富知名，故汴人强半识人。刘让汪曰："兄酒狂太甚，穽我出何心！"汪此时方知是刘，不胜骇愕。逻卒曰："夜深矣，不便归府，请留二人相伴，坐以待旦，可乎？"二生许之。坐稍定，彼此相看，止各著一汗衫，殊不雅观。因思衣服尚在楼柱，浼二卒代索之。卒曰："此处荒僻，何得有楼？"二生四顾，并不见楼，唯断垣内大树一株，高数十尺而已。愈骇，怀惑不释。问卒："梁相公宅在何处？"卒曰："素不相识其人，焉知其家？且此为孙布政[44]家废园，人迹罕到，虽有人家，亦甚隔绝寥落，只火药局相近耳。抑素不闻乎：'孙家园，狐鬼繁。'则人家谁肯近此？"二生大惊，不敢少动。俄而向曙，斜月在西，忽见地上树影中一块独浓，因风摇摆，不

似粗枝密叶，亦不似栖鸟鹊巢，莫测何物。仰视树上，隐隐似人，咸惊异，起身奔走，同止一矢地外，远望相猜，终不可决。天大明，其人附枝不动，众集审谛之，非人也，正二生之衣帽，悬挂其上，始各大笑。一人缘而取之，俾二生认著，遂各散归。一时传说，以为口实。

二生不甘其侮，以梁生假幻术戏人，乃鸠集[45]恶仆，重至其家，欲大兴问罪之举。比至，则门庭阒寂，空无一人，已不知逋逃何薮矣。

数年后，同学友有公车入都者[46]，于磁州[47]道上，遇梁生，轻裘肥马，侍从甚都。相见各述间阔，邀还其家，由僻径行约数里，于小山下密林中入一巨宅，富贵如神仙。友问："兄何时发迹至此？"梁笑曰："兄当日附和汪刘，以贫友为谈资，今视梁某，仍是'希谢'面孔否？"友大惭。翌日登堂拜嫂，诚不世姝也。友退谓梁曰："嫂夫人容华若此，无怪汪刘欺心作禽兽行矣。然嫂夫人果何妙术，能恶剧之？"梁曰："士无行，不当如是耶？"居三日，友打驮[48]辞行。梁以百金为赆，并送之以诗，中有"阿紫[49]相依千岁期"之句，始知梁为狐婿矣。他日归，告汪刘，汪刘复生欣慕。于是脂车秣马[50]，强其友同往迹之。至，则青山如故，绿水依然，而第宅与人，化为乌有，相与惆怅而返。

【注释】

①汴(biàn 变)州：今河南开封市。

②怙(hù 户)恃：《诗·小雅·蓼莪》："无父何怙，无母何恃。"后因用"怙恃"代称父母。

③无告：语出《孟子·梁惠王下》："老而无妻曰鳏，老而无夫曰寡，老而无子曰独，幼而无父曰孤，此四者，天下之穷民而无告者也。"

④朱顿之富：朱，陶朱公。春秋末楚人范蠡助越灭吴后，不愿再与越王勾践相处，后来到陶(今山东曹县东北)经商，自号陶朱公，三致千金，成为巨富。顿，猗顿，春秋末鲁国人(据《孔丛子》)。以盐起家，富比王侯(均见《史记·货殖列传》)。

⑤谢希大：明代小说《金瓶梅》中的人物，是土豪劣绅西门庆的帮闲，经常陪西门庆赌博嫖妓，吃喝玩乐。

⑥娈(luán 峦)童：旧时被当作女性玩弄的美貌男子。娈，美好的样子。

⑦饮龁(hé 核)：吃喝。龁，咬。

⑧众人皆醉，而子独醒：这是套用《史记·屈原贾生列传》节引《楚辞·渔父》"举世混浊，而我独清；众人皆醉，而我独醒"的话，意思与原文不同。醉，这里指为丽人美色陶醉。

⑨西子、夷光：均指西施。晋王嘉《拾遗记》："越又有美女二人，一名夷光，一名修明。"注："即西施、郑旦之别名。"参见前《王翠翘传》"西施沼吴"注。

⑩河汉：用河汉(即银河)的高远渺茫，比喻言语夸诞，不可置信。语本《庄子·逍遥游》："肩吾问于连叔曰：'吾闻言于接舆，大而无当，往而不返，吾惊怖其言，犹河汉而无极也。'"

⑪佥(qiān 千)：全，都。

⑫夫夫人：前一"夫"字为语助词，无实义。

⑬拔颈戾肘：拉长颈子，扭着胳膊。戾，扭转。

⑭抹胸：一种遮胸的小内衣，用一尺见方的布做成，紧束前胸以挡风，俗称"兜肚"。这里用作动词，束胸的意思。

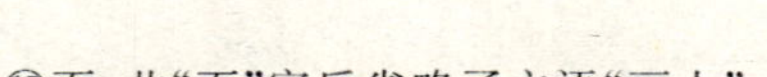

⑮而：此“而”字后省略了主语“丽人”。

⑯“窃恐国固城坚”三句：以前常用“倾国倾城”形容女人美丽（参见前《长恨传》），这里是说这个丽人并不美，不能倾国倾城。

⑰月旦评：对人物的品评。东汉许劭和他的堂兄俱有高名，好品评人物，每月都更换一批对象，加以评论，人称“月旦评”（见《后汉书·许劭传》）。

⑱鳏（guān 官）：无妻叫“鳏”。“鳏”本义为一种鱼名，所以这里说“游泳似鳏”。

⑲肉虎子：虎子，溺器，《周礼·天官·玉府》即载有此名，即今之夜壶。以手作肉虎子，是猥亵轻薄的话。

⑳儇（xuān 宣）薄：轻薄。儇，轻浮。

㉑忿恚（huì 汇）：愤恨。忿，同“愤”。恚，怨恨。

㉒谢大甚难希：是从“谢希大”变来的嘲弄说法。希，希求。这里是效法之意。

㉓不久西山唱采薇：据《史记·伯夷列传》载，殷的诸侯孤竹君之子伯夷、叔齐，不满武王伐纣，武王灭殷以后，他们耻食周粟，隐居在首阳山，采薇（一种野菜）而食，饿死之前作歌说：“登彼西山兮，采其薇矣。以暴易暴兮，不知其非矣……”这里引用，是说梁生不久就将饿死。

㉔红拂、红绡：参见前《虬髯客传》和《传奇·昆仑奴》。

㉕陶诗：指晋代大诗人陶渊明诗。

㉖赵文敏：指赵孟頫（fǔ 府）。他是宋的宗室，降元后，官翰林学士承旨。著名书画家，文学家。“文敏”是他死后的谥号。

㉗鬒（zhěn 枕）发：黑发。

㉘腻理靡颜：指皮肤细腻美好。《楚辞·招魂》：“靡颜腻理。”王逸注：“致（细致）也。”靡，细。

㉙猥：鄙贱。这里是自谦之辞，犹言“鄙人”。

㉚迟日：迟，缓慢。迟日，缓日，过些日子。餪（nuǎn 暖）：古代风俗，女嫁后三日，娘家馈送食物，表示温存，称为“餪女”（也作“暖女”），省称为“餪”。

㉛齐人之妾：据《孟子·离娄下》载，齐国有个人有一妻一妾。他每次出去，都吃饱了酒肉回来。问他同谁在一起吃的，回答说都是富贵的人。可是家里却又从来没有富贵的人来过。一次他又外出，妻子便悄悄尾随着察看。见他走遍全城，没有一个人同他交谈。最后他走到城外乱坟间，向祭祀的人乞讨剩下的食物吃。

㉜齑（jī 基）粥：咸菜稀粥。

㉝卜：这里是“问”的意思。鹄（hú 胡）面鸟形：比喻饥饿瘦弱的样子。鹄，天鹅。

㉞盍：何不。

㉟五星：五分。戥秤上纪数的识点叫“星”。

㊱㧑（huī 挥）谦：非常谦虚。语出《易·谦》：“无不利㧑谦。”㧑，同“麾”，指挥。㧑谦，对指挥虚心接受，无往而不谦虚。

㊲如夫人：指妾。语本《左传·僖公十七年》：“齐侯好内，多内宠，内嬖如夫人者六人。”

㊳嗒（tà 榻）然若丧：语出《庄子·齐物论》：“嗒焉似丧其耦。”嗒，解体的样子；耦，身子。原意为忘掉自身，与自然融为一体的身心俱适境界，这里是若有所失的颓丧样子。

㊴从此粉黛无颜色矣：指比起梁生之妇，其他女子都显得没有颜色，不值一顾。语本唐白居易《长恨歌》：“回头一笑百媚生，六宫粉黛无颜色。”

㊵乌头：即附子，也叫“乌喙”，多年生草本植物，茎叶均有毒，根部毒性更剧。

㊶两袒(tǎn 坦):参见前《聊斋志异·黄英》"东食西宿""注。

㊷柝(tuò 拓):打更用的梆子。

㊸逻卒:巡夜的差役。

㊹布政:布政使。布政使司的长官,专管一省的财赋和人事,与专管刑名的按察使并称为"两司",清代为督、抚属官。

㊺鸠集:聚集。今写作"纠集"。

㊻公车:公家的车,官车。汉代朝廷征召的人,用公车递送进京,后来因把举人进京会试称为"公车入都"。

㊼磁州:清代直隶州名,治所在今河北磁县。

㊽打驮:整顿行装。行囊驮于马上,故称"打驮"。

㊾阿紫:见前《搜神记》之《阿紫》篇。

㊿脂车:用脂膏润滑车轴。秣(mò)马:喂饱马。

米芗老

康熙间,总兵王辅臣[①]叛乱,所过掳掠,得妇女,不问其年之老少,貌之妍丑,悉贮布囊中,四金一囊,令人收买。

三原[②]民米芗老,年二十未娶,独以银五两诣营,以一两赂主者,冀获佳丽。主者导入营,令其自择。米逐囊揣摩,拣得腰细足纤者一囊,负之以行。至逆旅,启视,则闯然一老妪也,满面瘢耆[③],年近七旬。米悔恨无及,默坐榻上[④],面如死灰。

无何,一斑白叟控黑卫载一好女子来投宿,扶女子下,系卫于槽,即米之西室委装[⑤]焉。相与拱揖,各叩里居姓字。叟自述刘姓,虾蟆洼人,年六十七,"昨以银四两,自营中买得一囊人,不意齿太稚,幸好颜色,归而著以纸阁芦帘[⑥],亦足以娱老矣"。米闻之,心热如火,惋惜良深。刘意得甚,拉米过市饮酒。米念借他人酒杯,浇自己垒块,计亦得,乃从之去。

妪俟其去远,蹀躞至西舍,启帘入。女子方掩面泣,见妪,乃起敛衽,秋波凝泪,态如雨浸桃花。妪诘其由。女曰:"奴平凉[⑦]人,姓葛氏,年十七矣。父母兄弟皆被贼杀,奴独被掳,逼欲淫污。奴哭骂,群贼怒,故以奴鬻之老翁。细思不如死休,是以悲耳。"妪叹曰:"是真造化小儿,颠倒[⑧]众生,不可思议矣。老身老而不死,遭此乱离,且无端窘一少年,心亦何忍?适见尔家老翁龙钟之态,正与老身年相当。况老夫女妻[⑨],未必便利。彼二人一喜一闷,不醉无归。我二人盍李代桃僵,易地而寝,待明日五更,尔与吾家少年郎早起速行,拼我老骨头,与老翁同就于木,勿悲也。"女踟躅不遽从,妪正色曰:"此所谓交易而退,各得其所,一举两得之策也,可速去,迟则事不谐矣。"即解衣相易,女拜谢。妪导入米房,以被覆之,嘱勿言;乃自归西室,蒙首而卧。

二更后,叟与米皆醉归,奔走劳苦,亦各就枕。三更后,米梦中闻叩户声,披衣起视,则老妪也。米讶曰:"汝何往?"妪止之,令禁声。旋入室闭户,以情告之。米且惊且喜，曰："虽承周折[10]，奈损人利己何？"妪哂曰："不听老人言，则郎君弃掷一小娘，断送一老翁矣，于人何益，而于己得无损乎？"米首肯。妪启衾促女起，嘱之再四。米与女泣拜。妪止之，嘱："早行。恐叟寤，老身从此别矣。"即出户去。米亟束装。女以青纱幛面，米扶之出店。店主人曰："无乃太早发？"米漫应之曰："早行避炎暑也。"遂遁去。

翌日，叟见妪，大惊，诘知其故，怒极，挥以老拳。妪亦老健，搒掠不少让。合店人环观如堵。叟忿诉其冤，欲策蹇追之。闻者无不粲然。居停主人[11]曰："彼得少艾而遁，岂肯复遵大路，以俟汝追耶？况四更已行，此时走数十里矣。人苦不自知耳。汝苟自知而安分者，竟载此妪以归，老夫老妻，正好过日，勿生妄念也。"叟痴立移时，气渐平，味主人言，大有理，遂载妪去。乞今秦陇[12]人皆能悉之。

【注释】

①王辅臣：大同（今山西大同）人。明末参加了农民起义，绰号马鹞子。降清后隶汉军正白旗，授侍卫。后随洪承畴进攻滇黔明军。康熙九年（1670）任陕西提督。三藩叛乱发生，他起兵响应，康熙十五年在清军围攻下，势穷投降，死于入京途中。王辅臣叛乱时官提督，本文称总兵，不确。

②三原：今陕西三原县。

③瘢耆：伤疤。语出扬雄《长杨赋》："哓铤瘢耆。"李善注："孟康曰：'瘢耆，马脊耆（马鬣）创瘢处。'"

④梱（kǔn 捆）：门橛，埋在门中央地上的短木桩，关门时用来止门。这里指门槛。

⑤委装：放下行装。

⑥纸阁芦帘：以纸糊壁，编芦为帘，指乡村的简陋房屋。

⑦平凉：今甘肃平凉市。王辅臣驻此。

⑧颠倒：这里是捉弄的意思。

⑨老夫女妻：已嫁称"妇"，未嫁称"女"。老妇女妻，意近"老夫少妻"。

⑩周折：这里是费心谋划的意思。

⑪居停主人：所居房屋的主人。这里指客店主人。

⑫秦陇：今陕西、甘肃一带地方。陕西春秋战国时为秦国；甘肃东南部有陇山，秦时为陇西郡。

小　惠（棘闱[1]志异八则之四）

李伯瑟言：其表弟康生，夙以才貌擅名。年甫二十有二，即设帐于巨绅单氏家。单三世为官，富甲一郡，童仆婢媪，数十百人。而单赋性残酷，家法极严，家人小有过犯，鞭仆立下，甚有炮烙[2]等刑，往往毕命，恬不为怪。康工谀善媚，入馆后，宾主颇相得。第少年喜事，每捕风追影，见事风生。

生徒五人，曰修、曰保、曰杰、曰偲，皆单之子侄；曰文炳，单之弱弟而异母者也。文炳年十七，聪颖异常，所为诗文，康多不能易，阳推许而阴忌之。唯保与康最契，

故主人家事，若大若小，主人眷属，若男若女，无不悉知：有一事，保必侦以告康；见一人，康必指以问保；谊虽师弟，实类友朋也。

会东家宴内亲，日暮散去，内眷送客回，笑语过书院门。康于门隙，窥见一婢，翠衣素裙，冶容媚态，风致嫣然，顿觉心神把捉不定。正凝想间，适馆童秉烛来陈酒核，康曰："诸郎在内作底事？"童曰："有内客留宿，诸郎正忙；少停，二郎即出陪先生吃酒矣。"康颔之。俄而保至，师弟欢然对酌，因以所见翠衣婢质之。保曰："先生所谘，得非白皙如雪，眸黑齿皓，多发如云，黝鬒[3]可鉴者乎？"曰："然。"曰："此三姑母房中使女小惠也。丫头极慧黠，善针黹，一家皆偏爱之。年十九矣，犹未有婿也。"康擎杯戏问曰："如此珍美，日日在前，汝弟兄亦各尝其滋味否？"保微笑曰："畴[4]不垂涎？第恨其有却要[5]之狡狯，往往交臂失之。独文炳叔与之交好而已。"康欧然[6]曰："荷荷[7]，文炳自负高明，乃致污人清白，岂非得已而不已耶？吾看小惠端重，恐文炳未必能玷，汝所言亦想当然耳。"保曰："不然。二人形迹，生及偲皆目击之矣。"康前席曰："目击何如？"保曰："偲潜窥于湢室[8]中，生猝遇于花园阁子内也。"康大笑而罢。

一日，杰质蛮触[9]故事于康，康不能详。文炳从旁述之。康大惭，转戒之曰："学者当以十三经[10]为根本，廿一史[11]为学问，荒唐子书[12]，知之何异秽墟。"文炳曰："一事不知，儒者之耻。宰相须用读书人，以其能取多而用宏也。"康曰："读书变化气质，汝气质如此，何敢称儒？吾虽少长于汝，然而师傅也；汝，弟子也；以弟子而上凌师傅，读书何为！且汝自矜儒术，曾有儒者而淫人婢女，乱人闺壶[13]者乎！"文炳失色，不复敢言，修弟兄亦再三解纷，康始怒息，然终不与文炳接谈。单知之，笞文炳十数，且置酒谢康曰："丈夫泄愤杯酒间，况师弟乎。弱弟无知，不足与校[14]也。"康唯唯。

于是卜夜[15]痛饮。单微醉兴高，自述平生得意，语剌剌不休。康乘间谀之曰："老先生文章政事，皆堪不朽；唯家法稍弛，外人耳而目之，殊可惜耳。"单赧然曰："老夫家政，自谓不愧石柳[16]。先生今出此言，得毋有所见闻乎？"康曰："承相爱，故知无不言。但事涉隐私，不便渎陈也。"单大疑，屏去左右，密诘之。康乃举文炳私小惠事附会以告，且曰："令公郎所亲见者。老先生为乡里仪型[17]，奈何因小儿女一夕之欢，致大乡望[18]微瑕之玷？"

单固以家法自诩，一旦被人面摘其疵，怒发如雷，掷杯而入，大声索小惠，挞而鞫之。小惠不胜箠楚，一一吐实。单怒极，令去其衣，纺[19]庭柱上，以巨砧杵[20]塞阴中，呼文炳至前，令观之。文炳掩面仆地，哭不能起。单叱而鞭之，声色极厉。夫人再四求宽，怒终不息，锁文炳厕中，方归寝所。夫人潜释小惠，抬之入室，一息奄奄，血濡床席，家人无不泣而怜之，守至夜半，忽矍然[21]而起，大声曰："奴死必为厉鬼，以报竖儒矣！"言讫，长痛数声而绝。上下靡不悲悼。

康闻之，颇不自安，托故解馆[22]归。每念及小惠之事，辄浃背汗下。适槐[23]黄近，挑灯夜课。其母李氏——即伯瑟姑母也——亲调鱼羹，送入书室，于窗下见一

女子，裸形浴血而立，惊号仆地，旋失女子所在。康急出救母归寝，问何故惊倒。母告以所见，康大惊失色。母曰：“此宅故凶，不可复居；且乡试在即，不如入省会，暂居舅家，倘博一第，另觅居宅可也。”康以为然，亟买舟以往，寄居伯瑟家。时伯瑟亦以乡试故，就贡院侧僧舍肄业。康至，乃同下帷。

一日，闲话间，伯瑟忽问：“贵邑有单文炳者，与相识否？”康曰：“弟之门人也。兄胡为问及之？”伯瑟曰：“久慕其才名。昨又从一友人处得其《惨魂篇》，抉元珠于屈宋[24]矣；味其辞，隐恨殊深。不意其为弟之高徒也。”因出一纸示康。其辞曰：

> 夜迢修而转侧兮，心似焚以怦怦[25]。憺幽兰之早折兮，悼芳蕙之先零[26]。何恶莸之滋蔓兮，甚贼苗之穰莠[27]！欲剪拔以粪除兮，皂刺足而棘刺手[28]。告田父以假其锄锸兮，络冒头而钳制口[29]。翼美人于一晤兮，倏神结而为梦[30]。出闽阁以遐瞩兮，见蓬颗之蔽冢[31]。声嘤嘤以启悲兮，先秋风而听之[32]。魂冉冉其欲离乎窀穸兮，犹逡巡以鼠思[33]。羌僮佪而夷犹兮，非畴昔之姣态[34]；频拭目以端倪兮，徒神奔而鬼怪[35]。讵绮罗之化蝶兮，体袒裼而裸裎[36]。哀冰玉之销铄兮，疮匌匒以纵横[37]。妾薄命以贻戚兮，职王孙之故也[38]；君独生以曷欢兮，宁不怀兹楚也[39]。谇曰[40]：已矣！魂其归来兮，毋踯躅以流连。吾将与子同穴兮，心则石而力则绵[41]。

康览之，叹曰：“文炳，文炳，汝其赋《角弓》[42]，小惠，小惠，汝其怨《终风》[43]乎？予不任咎也！”伯瑟曰：“敢问何谓也？”康备陈之故，且曰：“弟闻释氏[44]有忏悔之说，场后浼兄为我设一坛斋醮可乎？”伯瑟悚然汗下，痴坐良久，始叹曰：“弟不自尤[45]，尚诿咎他人，岂竟欲铁铸一错耶？”于是不欢而散。

无何入棘，弟兄适同一号。是夜，场内咸闻女子哭声，深以为怪。唯康颜色沮丧，不饮不食。次夕三更，伯瑟文初就，方假寐，忽闻帘外人声往来，皆云：“大怪事！”伯瑟急启帷出视，见康号前人如堵墙，心知有异，挤身而入。见康裸坐房檐下，瞠目直视，大叫曰：“单廷献时辰未到，姑纵之。今且犁此贼之舌[46]，再去质证。”言讫，引手自抠其舌，极力拔之，出口四五寸，血流唇外。伯瑟骇甚，力救之，手爪透入舌根，牢不可脱，比官来相验，已连根拔出，昏倒地上，斯须而毙。伯瑟不忍暴其恶，次日出场，领尸而归。

是科伯瑟高捷，公车入都，与予交最善，每闻其说如此。文炳赋《惨魂篇》后半年亦死，其将与惠结未了缘欤？又闻传其事于单者，单哂而置之，暴戾如故，迄今无恙。

【注释】

①棘闱：试院。棘，小的酸枣树，有刺。一般用以泛指带刺的草木。闱，试院。旧时科举考试，关防严密，试院围墙都插棘，故称试院为“棘闱”。

②炮烙：殷纣王采用的一种残酷刑法：将铜柱涂上油膏，下面用炭火烧烤，令有罪的人在上面行走。这里指用烧红的金属灼人的皮肤。

③黝髹（yǒu xiū 友休）：黝，黑。黝髹，黑亮。

④畴:谁。

⑤却要:唐皇甫枚传奇小说集《三水小牍》之《却要》篇中的人物。她是观察使李庚的女奴,聪慧美丽,李庚的四个儿子都想侮辱她,她机智地用计躲过他们,并使他们出丑。

⑥欭(yì 意)然:惊讶不平的样子。欭,义同"嗄",惊讶声。

⑦荷荷:犹"嗬嗬",冷笑声。

⑧湢(bì 逼)室:浴室。《礼记·内则》:"外内不共井,不共湢浴。"

⑨蛮触:《庄子·则阳》中的一个寓言故事:"有国于蜗之左角者曰触氏,有国于蜗之右角者曰蛮氏,时相与争地而战,伏尸数万,逐北,旬有五日而后返。"后因以"蛮触"喻指小国,又称同国之内因争私利而兴兵交战为"蛮触之争"。

⑩十三经:儒家奉为经典的十三部古书:《易经》、《诗经》、《尚书》、《周礼》、《仪礼》、《礼记》、《春秋》三传(《左传》、《公羊传》、《穀梁传》)、《论语》、《孝经》、《尔雅》、《孟子》。

⑪廿一史:明万历(1573~1620)时将宋时所称十七史加上宋辽金元四史,由国子监刊行,称为二十一史。即:《史记》、《汉书》、《后汉书》、《三国志》、《晋书》、《宋书》、《南齐书》、《梁书》、《陈书》、《魏书》、《北齐书》、《周书》、《隋书》、《南史》、《北史》、《新唐书》、《新五代史》、《宋史》、《辽史》、《金史》、《元史》。

⑫子书:这里指儒家以外的先秦其他诸子(如老子、庄子、韩非子等)的著作。

⑬闺壸(kǔn 捆):闺阁。壸,原意为宫中的道路,引申指宫中或妇女所居的内室。

⑭校(jiào 较):计较。

⑮卜夜:据《左传·庄公二十二年》记载,陈敬仲为齐工正(管理百工的官)。一次请桓公饮酒,桓公喝得很高兴,命举火继饮。敬仲辞谢说:"臣卜其昼,未卜其夜,不敢。"后来因称宴饮无度、昼夜不休为卜昼卜夜。"卜",古代预测吉凶的一种方法。

⑯石柳:石,指石奋,汉景帝时人,以家法整肃,家中孝谨著称于世。他和他的四个儿子都官至二千石,景帝因号他为"万石君"。《史记》、《汉书》均有传。柳,指柳公绰、柳仲郢父子,中唐人,治家严整,子孙遵守礼法,在唐代最有名。新、旧《唐书》均有传。

⑰仪型:犹言"典范"。

⑱大乡望:一乡之中最有声望的人。

⑲纺:本义是悬,这里作绑解释。《国语·晋语九》:"献子执而纺于庭之槐。"韦昭注:"县(悬)也。"朱骏声云:"俗字作绑。"

⑳砧(zhēn 针)杵:捶衣棒。

㉑矍(jué 决)然:《文选·班固〈东都赋〉》:"西都宾矍然失容。"李善注:"《说文》曰:矍,惊视貌也。"这里是指怒目而视,目光灼灼的样子。

㉒解馆:辞去教职。教授生徒的地方叫"馆",如"书馆";当塾师叫"处馆"。

㉓槐黄:指应试的考期。参见前《剪灯余话》之《贾云华还魂记》注。

㉔抉元珠于屈宋:屈宋,指屈原、宋玉,战国时楚国人。他们写作的"楚辞",被引为辞赋的典范。《惨魂篇》也是楚辞体,故引以为说。抉,摘取,探取。元珠,大珠。过去常把好的诗赋文章比作珠玉,这里是说能得屈、宋的妙处。

㉕"夜迢修"二句:"迢"和"修"都是"长"的意思。"转侧"是《诗·召南·关雎》中诗句"辗转反侧"的省语,形容翻来覆去不能入睡的情形。以,而。怦(pēng 烹)怦,心跳动的样子。此指因激愤而剧烈跳动。

㉖"傒(xī 西)幽兰"二句:傒,怨恨。蕙,芳草名,属兰类。零,雕零,零落。《楚辞·远游》:"悼

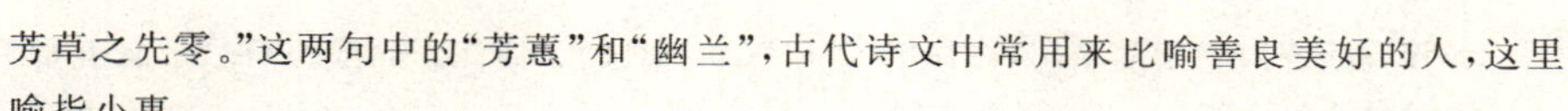

芳草之先零。”这两句中的“芳蕙”和“幽兰”，古代诗文中常用来比喻善良美好的人，这里喻指小惠。

㉗“何恶莸(yóu 尤)”二句：莸，一种恶草，臭味浓烈。甚，过分，强烈。这里引申作“厉害”、“猖獗”解释。贼，戕贼，伤害。稂、莠都是形状类似禾苗的害草。莸、稂莠，古代诗文中常用来比喻坏人，这里喻指害死小蕙的康某和单氏父子。

㉘“欲剪拔”二句：粪除，打扫，清除。皂，皂荚树，有刺。

㉙“告田父”二句：锸(chā 叉)，即锹。络，马笼头。冒，覆盖。这里指笼住。钳，这里借指“马衔”(放在马口使不能咬物的金属片)。这两句是说自己像马被笼住头、勒住口一样，不能自由，不能说话，不能向田父告求。

㉚“冀美人”二句：美人，指小惠。冀，会面。神结，精神结想。

㉛“出闉阇(yīn dū 音都)”二句：闉阇，城门外层曲城的重门。这里泛指城门。遐瞩，远望。遐，远。瞩，瞩目，注视。蓬，蓬草。颗，土块。蓬颗，一般指坟上长草的土块。《汉书·贾山传》：“使其后世曾不得蓬颗蔽冢而托葬焉。”

㉜“声嘤嘤”二句：从这句起至“疮匒匌以纵横”十二句，均写《惨魂篇》作者冥想中所见景象。嘤嘤，这里指小惠冤魂的悲泣声。这两句是用宋玉《九辩》首句“悲哉，秋之为气也”诗意。

㉝“魂冉冉”二句：窀穸(zhūn xī 谆夕)，墓穴。鼠思，忧思。语出《诗·小雅·雨无正》：“鼠思泣血，无言不疾。”

㉞“羌儃佪(chán huái 蝉怀)”二句：“羌”，发语词，无义。儃佪，也作“儃回”，徘徊不进的样子。夷犹，迟疑不进。《楚辞·九歌·湘君》：“君不行兮夷犹。”这两句写小惠鬼魂徘徊不前情态。

㉟“频拭目”二句：端倪，原意为头绪、边际，引申为推测始末。这里是观察的意思。徒神奔而鬼怪，这是用屈原《远游》中的诗句，“徒”字原诗作“忽”。这两句是说，《惨魂篇》作者拭目观察，忽然又失小惠所在，惟见神明奔走，鬼怪露形。

㊱“讵(jù 巨)绮罗”二句：讵，岂。绮罗，指衣服。绮罗化蝶，用宋代乐史《太平寰宇记》济州郓城县韩凭冢引《搜神记》韩凭妻腐衣化蝶事：“宋大夫韩凭娶妻美，宋康王夺之，凭怨王，自杀。妻阴腐其衣，与王登台，自投台下；左右揽之，著手化为蝶。”袒裼(xī 西)裸裎(chéng 呈)，脱衣露体。上文有“令去其衣”，此处故云。

㊲“哀冰玉”二句：冰玉，冰清玉洁，比喻人品高洁。曹植《光禄大夫荀侯诔》：“如冰之清，如玉之洁，法而不威，和而不亵。”这里喻指小惠。销铄(shuò 朔)，熔化，比喻死去。匒匌(dá gé 答革)：重叠的样子。

㊳“妾薄命”二句：以下四句写作者对小惠之死的内疚和自己以死殉之的决心。妾薄命，乐府杂曲歌辞名，内容写妇女的种种悲惨命运。这里借指小惠的惨死。贻，遗留。戚，悲哀。贻戚，即死而遗恨之意。职，因为，由于。王孙，贵族子弟的通称。这里指此赋作者本人。

㊴“君独生”二句：君，此赋作者自指。曷，何。宁不怀兹楚也，这是用屈原《离骚》“陟升皇之赫戏兮，忽临睨夫旧乡；仆夫悲余马怀兮，蜷局顾而不行”诗意。旧乡，即楚国。原意是说，自己本想登上九天遨游，忽回头下望旧乡楚国，又怀念不舍。又西晋陆云《岁暮赋》“靖深情以遐慕兮，思缠绵而怀楚”，“怀楚”即怀念故乡。陆云为吴郡(今苏州市)人，其地战国时为楚地。在这里，“怀兹楚”是指对故土的怀念。以上二句是倒装叙法，意思是：怎能不怀念故土呢？但独自一人活在世上，又有什么欢乐啊！

㊵谇(suì 岁)曰:楚辞结尾,往往用“乱曰”(如《离骚》、《涉江》等)或“谇曰”(如《九辩》)几句,总结全篇主旨。

㊶绵:绵薄,力量微弱。

㊷《角弓》:《诗·小雅》篇名。小序说,周幽王不亲九族,听信谗言,骨肉相怨,故作此诗。这里的“赋《角弓》”,是说文炳对单氏父子和康某心怀怨恨。

㊸《终风》:《诗·邶风》篇名。朱熹《诗集传》说,卫庄公为人狂荡暴疾,庄姜(庄公夫人)不忍斥言之,故以“终风且暴”为比。终风,暴风终日。这里的“怨《终风》”,是说小惠痛恨单某的暴虐。

㊹释氏:佛教创始人为印度的释迦牟尼,故用“释氏”代称佛教。

㊺尤:怨恨,归罪。自尤,即自责。

㊻犁此贼之舌:犁舌,挖去舌头。迷信说法,阴间有所谓“犁舌地狱”,搬弄是非者入此狱。

倩儿

潮州①富人江翁,世居南安②。一子名澄,小字蛮秀。——潮人谓至极曰“蛮”,以澄韶秀,故字之。年十七,入郡庠③。母家为萧氏,有舅为部郎④,殁已数年。妗母王氏孀居,有一子一女:子六岁;女字倩儿,与澄同庚,艳丽无匹,缙绅之家,竞思委禽,王溺爱其女,择配甚苛,不能即就。澄龆龀⑤时,与女同儿戏。及长,澄务举业,女事针黹,形迹遂相间隔。然每一谋面⑥,澄一心向女,笑靥当迎,女一意注澄,星眸频掷;或王不在前,澄必百计与言,女亦恐拂其意,不吝应答。

一日,同在一亲戚家赴汤饼会⑦,女眷满房。饭后,有入内更衣者,有匀面理鬓者,有行食⑧院中探花者、扑蝶者、如厕者,惟女独立廊下。适澄自外来,向女索槟榔⑨,女对以无有,澄不信,搜其两袖。方嬉笑间,王猝至,女急欲引避,王呼而止之,曰:“儿与尔四哥幼小即在一处,且至亲,莫作小家相,无事回避也。”女含笑应之。澄曰:“妹索槟榔,甥误以豆蔻⑩奉之,妹取之伤廉⑪,故甥笑之。”王亦笑曰:“汝妹素喜食之。尔四哥药肆中宁乏此物,异日勒索百斤,不为多也。”女与澄皆笑。自此稍得亲近。澄或乘间入以游语,亦不甚愠,但作不解。渐至狎昵。

值王寿,澄随萧往祝,雨阻不得归。萧、王话旧,夜饮于室;澄与女坐明间,抹牙牌⑫赌掐臂为戏。女连负,索臂掐之,匿不肯。澄握其腕,揎其袖,用强出之,白如雪,滑如脂,润如藕,澄怜惜之,曰:“如此嫩且白者,忍掐之乎!”戏啮以齿。萧、王闻其嬉笑,呼问之。女绐之曰:“四哥赌牌屡负,令其叩头,赖不肯跪耳。”萧、王咸笑曰:“十六七大儿女,尚作此小儿戏耶?”澄与女各笑而退。于是益无忌惮,狎亵无所不至,但无隙及乱耳。女有婢名春兰者,姣媚慧黠,稍逊于女。女虑其惑澄,防闲甚密。兰怀愁,日伺其衅。

会澄以事早见王,王尚未起,女方乱头立栏畔,吸烟⑬看花。澄觑便求哺⑭,女他顾不理。澄突前捧颐,强接其吻。不意为春兰所窥,潜告王。王怒,呼女至榻前诘之。女不承,曰:“谁其见之?”王曰:“春兰亲见。无耻婢,尚口硬耶!”女颈赤面

赪，莹眦欲泪，骂春兰："曷故妄传飞语！"兰含笑而跪曰："无事奴敢妄言耶？姑扶栏吃烟，四郎至，求哺良久，姑乃三哺之。无事奴敢妄言耶！"女羞忿至极，掩面大恸。王召澄，澄已逸去矣。王虽爱女，而事关闺阃，殊深痛恨，不遽假以辞色[15]。萧闻之，亦怒，告江翁，挞澄数十，不许复至舅家。女恚甚，哭一日，不食。王气平，爱女之心复炽，密令他婢私往劝慰，女皆不应，是夜竟投缳。王恸绝数四，悔恨无及，唯痛骂春兰多口而已。

既葬，澄旦夕追思，神昏形瘠，恒书空作"咄咄怪事"字[16]，屡欲一往哭其墓，无由也。然澄之祖茔，与舅家茔相去仅里许，值中元节[17]，父母皆以疾不往，命澄独往祭扫，因得至女墓，抚冢一尽其哀。是夕，归宿其庐[18]。约三更，群动尽息，风木悲鸣，明月满天，四山清寂，蛩声唧唧，紊绕荒阶，萤火星星，乱黏秋草。苦忆美人黄土[19]，再见无期，欹枕捶床，泪下如雨。俄而星移汉转，竹影筛窗，恍惚间，闻门外弹指声，止而复作。披衣启扉，见一人当户立，视之，女也，惊喜出于非望。携之入室，并坐而泣，此言别恨，彼诉离愁，哝哝者久之，始得相与绸缪。女欲澄假托读书，留居于此。澄曰："此计不谐矣，双堂寝疾[20]，且有严师，居此无名。请别图之。"女颔焉。少间，女曰："欲暂归家，一省老母，子能导我归乎？"澄曰："其不可者有三：此去家四十余里，尽属山蹊，卿力弱足纤，断不能至，况乎夜行，此不可一也；比至家，天且曙、日且中矣，卿生长闺中，足迹不出户庭，出则乘舆，今徒步而返，邻里所惊，此不可二也；与卿偕行，嫌疑莫避，老父问罪，何以措辞？此不可三也。有此三不可，卿其鉴之。"女曰："'用志不分，乃疑于神。'[21]儿居此学步久，且思亲甚挚，君第携我行，三不可应不一犯。"

澄不忍拂其意，乃扶之以行。甫出门，觉身体轻忽，飘飘然如落叶因风，不克自主，食顷即至舅家。径抵寝室，见王流涕而叹，方嘱家人："明日可先将酒果香楮[22]往，予后日当亲到倩姐坟头一奠也。"女停足户外，不敢入，但掩泣而退。澄曰："来何草草，去何匆匆？"女曰："百八蒲牢[23]将动矣，且归休。"遂复同出，遭春兰于厅。女挟旧恨，直前批其颊。兰惊仆于地，噤不能语。女不释，命澄褫其裤淫之。淫讫，又取泥土实阴中，始舍去。至巷口，有施食[24]者，女与澄亦就食焉。

倏忽至山间，月已西沉，明星[25]在东，景甚悲凉。澄曰："归矣。"女曰："盍一过我家乎？"澄曰："方得还，又欲往耶？"曰："否，谓儿之潜闼[26]也。"穿松林不数十武，至一土穴前，穴大如盏。女拖澄入之，身觉缩小，自视才数寸。既入，四壁皆木，仅可容膝。女与促膝坐，因泣嘱曰："儿阳数未尽，冥司悉不收录，神魂守此不去，故尸尚完好。君苟不遗，可归告寡母，往祈南关行乞病疥僧，儿可复活也。"澄此时方寤女已死，所坐之室，乃其殡宫[27]也。且惊且喜，诺之。顷之，澄欲女仍返其庐，女亦诺之。

乃复出穴，步月徐行。既至，澄忽见自身僵卧榻上，父母抚之哭于侧。大骇。女推之曰："几坏尔事。勿逡巡，可急入也。"澄犹延伫。女皇遽[28]，极力挤之。澄觉举身火发，欻然而起。父母惊，却数步，注视，辍泣曰："儿苏矣！"澄伥伥[29]者久之，

心神始定。问父母何为在此。萧曰："儿尚梦梦[30]耶？儿一睡不醒，已一夜一日又半夜矣。谓儿必无生理。胡复不死且愈之速也？吾二人以儿故，病亦惊失矣。"澄始悟神结[31]之奇，不敢发，但漫应之。

诘朝，父母与同归，遇王于途，述春兰为鬼所虐状，正符夜来事，澄阴异之。既过王巷口，果有施食三日者，益怪之。因访行乞僧，得诸废寺中。澄膝行蒲伏[32]，以诚恳诉。僧欠申曰："呵呵，无知小儿女，草草作事，致老僧多此色相[33]。"

遂同诣王，告以能活女之故。王疑信参半，第念事出于创[34]，或有非理[35]之效，姑听之，以觇其术。亟至墓所。掘冢出棺，剖而见尸，颜色不变。僧自顶至踵，以手拿[36]之，曰："已死二寸矣。'枯鱼衔索，几何不蠹？'[37]再七日，庸[38]得生乎！"探皮囊取朱色药一粒，大如栗，纳女口中，接其吻，以气运之。逾时，闻呻吟声，举体温软。王之喜，如获异珍。以软榻舁入庐，一宿复活，尚不能言，唯握王手涕泣而已。王稽颡[39]谢僧，额为之肿。僧笑而去，其行甚速，追之不及，瞬息失所在，咸知其为异人也。

女还家，卧病月余，形始复初，唯两足至踝，常冷如冰，——僧所云已死二寸之说亦信。王感澄义，即以女妻之，琴瑟甚敦[40]。上官老人周与江翁善，知之颇稔，尝为予述之。

【注释】

①潮州：清代府名，治所在海阳县（今广东潮州）。

②南安：今福建南安市。清代属泉州府。

③郡庠（xiáng 祥）：府学。庠，古代的学校。

④部郎：中央各部的侍郎（部的副长官）、郎中（部内各司的主官）、员外郎（各司的次官）等郎官通称"部郎"。

⑤龆龀（tiáo chèn 条趁）：指童年。"龆"和"龀"均指儿童换齿。

⑥谋面：见面。语出《尚书·立政》："谋面用丕训德。"汉孔安国传："谋所面见之事，无所疑惑，用大顺明德。"

⑦汤饼会：旧时风俗，生儿三日设宴招待亲友，叫"汤饼会"。汤饼，汤煮的面食。《青箱杂记》："凡以面为食，煮之皆为汤饼。"

⑧行食：饭后散步以消食，叫做"行食"。

⑨槟榔：植物名，果实可入药，饭后食之能助消化。

⑩豆蔻（kòu 寇）：植物名，初夏开淡黄色花，秋季结实，可供食用和入药，能化温暖胃。

⑪伤廉：损害廉洁。语出《孟子·离娄下》："可以取，可以无取，取伤廉。"

⑫牙牌：玩具名，也称"骨牌"。

⑬吸烟：烟草明末由吕宋（菲律宾）传入我国，乾隆时吸烟已日渐普遍。

⑭哺：这里指接吻。

⑮假以辞色：指给以好的言辞和脸色，即原谅。

⑯"书空"句：《世说新语·黜免》："殷中军（殷浩）被废在信安，终日恒书空作字……窃视，唯作'咄咄怪事'四字而已。"后来常引用来指忧愤不平。

⑰中元节：旧俗阴历七月十五日为中元节，道观在这一天作斋醮，佛寺作盂兰盆斋，民间祭

祀祖先。

⑱庐：这里指丙舍，就是看守坟墓的房屋。

⑲黄土：指死而葬于地下。

⑳寝疾：卧病。

㉑用志不分，乃疑于神：指意志精诚专一，就能做到人做不到而只有神明才能做到的事，使人怀疑他是神明。这是《庄子·达生》引孔子的话。

㉒香楮(chǔ 楚)：香，祭祀时烧的香。楮，纸钱。

㉓百八蒲牢：指佛寺钟声(晨钟)。过去佛寺朝暮敲钟一百零八下，称"百八钟"，据说这是去配十二月、二十四气、七十二候(旧历以五日为一候)总和之数。班固《东都赋》："于是发鲸鱼，铿华钟。"李善注引薛综《西京赋》注："海中有大鱼曰鲸，海边又有兽名蒲牢。蒲牢素畏鲸；鲸鱼击，蒲牢辄大鸣。凡钟欲令声大者，故作蒲牢于上。"后因以"蒲牢"代指钟。

㉔施食：佛教向饿鬼施给食物的法事。举行时诵经念咒，并撒布一些食物，叫做"放焰口"。

㉕明星：即金星，就是启明星，也称作"太白"、"长庚"。

㉖潜闼(tà 踏)：指墓穴。闼，门内，室内。

㉗殡宫：指椁(guǒ 果)，棺外的套棺。

㉘皇遽：即"惶遽"，惊慌。

㉙伥伥(chāng 昌)：无所适从、不知所措的样子。

㉚梦梦：昏聩，糊涂。

㉛神结：指精神结聚、贯注在某一事物之上。

㉜蒲伏：同"匍匐"。

㉝多此色相：多此一件事情，添了这个麻烦。色相，佛教语，指一切事物的形状外貌。这里作"事情"解释。

㉞创：创伤。指外伤。

㉟非理：非乎常理，出于常理之外。

㊱拿：推拿，按摩。

㊲"枯鱼衔索"二句：这两句出自《说苑·建本》。枯鱼，干鱼。衔索，指穿在绳子上。蠹，被蛀蚀。

㊳庸：岂，难道。

㊴稽颡(qǐ sǎng 启嗓)：双膝着地，以额触地，是最恭敬的跪拜礼，表示极度悲痛或极端感谢。

㊵琴瑟甚敦：夫妻感情极深厚。琴瑟，比喻夫妇间感情和谐。语本《诗·周南·关雎》："窈窕淑女，琴瑟友之。"敦，厚。

藕 花

商丘[①]宋文学，客禹航[②]，僦居湖干[③]。薜荔[④]依墙，苔茸毯砌，地极幽僻。柴门[⑤]面湖，夏秋之间，莲花最盛。宋性故爱莲，有诗百首咏之。

会夏日，倚门纵目。见二女郎操艇子来采莲，一衣红，一衣紫，姿态甚美，而衣红者尤艳绝。次日复至。大约申来酉去，比日皆然。宋初不敢问。后以频，渐相识熟，因诘之曰："荡舟亦属险举，采莲不为急务，何不惮烦？"女笑而不答。宋复以言

挑之曰："蜗居在望，何不一过吃茶？"女复不应，但促回棹。紫衣女转舣船近岸，曰："彼既强来作东道主，即一往过临，看其将何以款客。"宋大喜，踊跃为导。

宋固独处，唯一佣奴服役，见之疑讶，问："那得致此丽人？"宋绐之曰："家中姊妹也，来此见访。万勿泄言外人，致增酬酢[6]。"奴唯唯去，但司庖䶑[7]，无暇旁及。二女相顾而笑。紫衣女曰："谁谓书痴诚悫[8]，矢口虚妄，尚须思索耶[9]！"宋亦笑。于是狎昵殊甚。询及姓氏里居，红衣女曰："儿名藕花，小婢名菱花。家在湖上不远，土著也。"是夕遂留与乱。鸡鸣辄欲言别。宋固挽之。女愀然，良久，乃谓宋曰："荷君雅爱，讵忍一刻暌隔？特势有所不能耳。知君达者，必不为怪，请以实告：儿辈非人，实花妖也。君苟不弃，祈至湖上，见芙蕖中有一茎红鲜异常者，即其下有菱花一簇，可并移归，勿伤其寸根片叶，植诸盆中，养以湖水，勿畜六扰[10]，勿接恶客，则儿与菱花，当得朝夕相对矣。"宋且惊且喜，谨志之，遂纵之去。

旭日始旦，即觅小舟，遍阅花中，果有一茎，色俪[11]朝霞，香逾冰麝，大亦倍于凡品。更验其下，有菱花迥异。即出重赏，募渔人并泥移归，培植巨瓮中，闭门谢客，终日坐卧其侧。三日，不见女来，颇深疑抱，默搜冥想，万虑纷然。至第四日，闷而午睡，觉耳畔有拖裙声，视之，则二女已至榻前矣。相见惊喜。藕花曰："蒙君滋养，感深五内。第资质脆弱，不任劳瘁，故数日苏息，甫能动履，致君寂寞，诚不自安。"宋曰："但得常聚首，何妨暂违颜。鲰生年来如穷波斯[12]，落落[13]不称意，今得与二卿为耦，虽死亦得。"女曰："君此心真堪对越[14]，但能终守不渝，则怀与安虽败名[15]，诚非无益于性命也。且名者，实之宾也。轻沤泛水，起灭须臾，苟不行乐及时，纵活百年，如蜉蝣朝菌耳。即如儿辈，去千顷之广而就一勺之多[16]，辞镜湖之深而居瓦缶之浅[17]，非不知犹鱼游釜中，燕巢幕上[18]，其安危夭[19]寿，天壤之悬殊也，亦以孑生[20]不如偶死耳。"因贻宋诗曰："弹指韶光易老[21]，瞥眼初阳又曛[22]，从此朝朝暮暮，不隔秋水思君。"自此三人如形影之随，不离跬步。二女极相恤，衣服履舄，互易著，不分尔我。

一日，宋他出。二友过访，不值。见盆中菱花秀异，采之而去。日暮宋归，藕花泣诉菱花被创之由："君不怜而救之，儿岂独生！"宋大恸，问何术以救之。女曰："但培其根，每清晨为诵观音咒[23]九九遍，明年此际，可以再生矣。"宋如所教，至心持咒，时以湖泥培养，日夜不辍。次年复出，菱花复至，虽觉瘦生[24]，而姿态愈艳，相见悲喜交集，各叙间阔，刺刺不休。宋自得二芳，精神发越，形气清爽，读书一过，辄能默诵。

又一年，隆冬大雪，盆水一夜寒冱[25]，二芳不至。宋独居块然，不测何故，夜夜不寐，涕泪沾衾，日对瓦盆，潜祈默祷。倏忽春尽夏来，藕花独至，形容憔悴，愁苦不胜。宋拥置膝上，为之拭泪整鬓，问："何为孱困[26]至此？菱花安在，不与偕来？"女泣曰："尚忆菱妹耶？已作冻鬼隔年矣！儿亦不耐严寒，虽幸不死，而奄奄一息，不久亦将辞人世，与君永诀耳！"宋一恸几绝，思之不置，赖藕花相伴，不致哀死。但藕花日就瘠羸，宋又忧之，延医调治。医一见失志[27]，诊其脉，又甚异人，漫留药一刀圭，志[29]其门径而去。虽去，而日伺于门，冀其一面。适宋又他出，是日薄暮，医偷见藕花独步湖上，丰姿绰约，与湖莲争艳，医不复能耐，突前抱持之。藕花骇而逸，跃身湖中，医慌持其足，足拍然[30]而折，视之，藕一段耳。始知其妖幻，亟告宋。宋大痛恨，趋湖上哭之。深恨医之选事[31]，欲明诸官。佣奴劝之曰："明明妖异，虽之官，庸得理乎？"宋乃止。翌日，仍至湖上哭之。见一莲浮水面，断藕犹存，恸哭抱归，种于盆，越宿即萎。乃具棺衾，葬之湖上，作《芙蓉诔》以吊之。遂髡缁为比丘[32]，云游不知所终。

【注释】

①商丘：今河南商丘市。

②禹航：即"禹杭"，今浙江余杭市的别称。相传夏禹治水，会诸侯于会稽(今绍兴)，至此舍舟杭(航)登陆，故名。

③僦(jiù 就)居湖干：在湖岸租房居住。

④薜(bì 币)荔：也称"木莲"，常绿藤类植物。

⑤柴门：用树条编扎的门，一般用以形容简陋或雅致。这里是后者。

⑥酬酢：宴饮时主人敬酒叫"酬"，客人回敬叫"酢"，因用以泛指应酬。

⑦司庖[匕畐](páo bì 袍壁)：任厨师。庖，厨房。[匕畐]，宰杀牲畜。这里泛指宰杀烹饪之类的工作。

⑧诚悫(què 确)：诚实，忠厚。

⑨"矢口虚妄"二句：矢口，一口咬定。矢口虚妄，犹言随口撒谎。两句是说，不须任何思索，就能随口撒谎。指善于撒谎。

⑩六扰：即六畜。《周礼·夏官·职方氏》："豫州，其畜宜六扰。"郑玄注："六扰，马、牛、羊、豕、犬、鸡。"

⑪俪(lì 丽)：齐等，比得上。

⑫鲰(zōu 邹)生：鲰，小杂鱼。鲰生，短小愚鄙的人，是古代骂人的话。这里用作自谦之辞，犹言"小生"。穷波斯："波斯"，古国名，即今伊朗。南北朝时就和中国交往。它出产珍珠、玛瑙、珊瑚等珍宝，当时被认为是很富有的国家。后因用"波斯"二字作为富人的代称。穷波斯：是指原来富有而变得贫穷，这里是"不得意"的意思。

⑬落落：形容孤独、不遇合。

⑭对越：对天。语本《诗·周颂·清庙》："对越在天。"此言宋生之心忠诚坦白，上天可以作证。

⑮怀与安虽败名：语本《左传·僖公二十三年》："怀与安，实败名。"是春秋时晋公子重耳出亡到齐国时他妻子姜氏劝他不要眷恋富贵、贪图安逸的话。这里改"实"为"虽"，反用其意。

⑯千顷之广：指宽广的湖水。一勺：指很少的一点水。

⑰镜湖：在今浙江绍兴市会稽山北麓。原来湖面极宽广，唐以后渐淤为田。这里借指西湖。瓦缶(fǒu 否)：瓦罐，指上文所说的瓮。

⑱鱼游釜(fǔ 府)中，燕巢幕上：均喻处境极其危险。《后汉书·张纲传》："若鱼游釜中，喘息须臾间耳。"釜，铜铁或陶制的收口的锅。《左传·襄公二十九年》："夫子之在此也，犹燕之巢于幕上。"幕，帷幕。

⑲夭：夭折，指短寿。

⑳孑(jié 结)生:独生。孑,孤单。

㉑弹指韶光易老:弹指,弹指之间,犹言“转瞬”。韶光,春光,也兼指青春美好时光。

㉒初阳又曛:即阳气初动之意。旧说冬至这天,阳气初动。曛,落日的余光,这里作“温暖”、“暖和”解释。以上两句是说,时光如驶,弹指之间,春天已过,转眼冬天又将来临。举春冬以概一年,喻青春易逝。

㉓观音咒:反复诵念观音之名的咒语,据说观音听见之后,就会来解脱这人的灾难。《法华经》:“苦恼众生,一心称名。菩萨(指观音)及时观其音声,皆得解脱,以是名‘观世音’。”

㉔瘦生:消瘦。生,语助词,无实义。李白《戏赠杜甫》:“借问别来太瘦生,总为从前作诗苦。”

㉕寒冱(hù 互):水因寒冷而冻冰。冱,冻结。

㉖孱(chán 缠)困:虚弱。孱,懦弱。

㉗失志:志,意志。失志,心里控制不住,即“丧魂失魄”之意。这里说医生为藕花的美艳所颠倒。

㉘志:标志,作记号。

㉙拍然:折断的响声。

㉚选事:自求任事。语出《国语·鲁语上》:“鲁饥,臧文仲言于庄公曰:‘……请籴于齐。’公曰:‘谁使?’对曰:‘国有饥馑,卿出告籴,古之制也。辰(臧文仲姓臧孙,名辰,谥文仲)也备卿,辰请如齐。’公使往。从者曰:‘君不命吾子,吾子请之,其为选事乎?’”

㉛遂髡(kūn 坤)缁为比丘:髡,古代一种剃去头发的刑罚,这里泛指剃发。缁,缁衣,僧尼之服。这里用作动词,谓穿上缁衣。比丘,梵语音译,即和尚。

谐铎

(清)沈起凤

沈起凤(1741～?),字桐威,号蒉渔,又号红心词客。江苏吴县(今江苏苏州)人。生于乾隆六年,卒年不详。二十八岁(乾隆三十三年,公元1768年)中乡试举人,后几次会试,都没有考中,心情抑郁,以词曲自娱。做过祁昌(在今安徽)教官。晚年在京中候补选官,客死在京城。他是当时著名的戏曲作家,所作戏曲多至三四十种,风行大江南北,现存的有《报恩缘》、《才人福》、《文星榜》、《伏虎韬》等四种。《谐铎》一书,流传更广。

《谐铎》十二卷,有作者友人殷杰、韩藻等写的序(乾隆五十六年所写)。书名《谐铎》,就是要在谐铎之中,寓教化之义。全书十二卷的篇名,全都两两对仗,绝无例外,可见并非率意之作,与《子不语》自称"戏编"不同。所写均怪异之事,惟狐妖甚少,其他山禽水怪、器物成精的特多,这是与《聊斋》的不同之处。写法学《聊斋》。但因过于着意劝惩,不免穿凿之迹,不如《聊斋》的娓娓而谈,逼真动人。

考牌逐腐鬼

娄[①]东陈岳生,筑别业莲桥之西。工甫竣,家人哗传有鬼。陈疑其妄,移榻居焉。

至夜,见青衿者四辈[②],结队而来,满口吟哦,四肢俱带腐气。一老者年约五十,一四十许,其两人十八九少年也。老者曰:"昨缘风雨败兴。今夕大好月色,盍拈题一角[③]文艺之优劣?"三人曰:"诺。"老者袖中出纸圆数枚,命少年拈其一。展视之,盖"视其所以"全章题[④]也。怀中各出文具。老者登上座,四十许人联坐其右,下一案两少年据之。四人闭目攒眉,摇头搔耳,咿咿唔唔。约两时许,老者笑曰:"今夕文机[⑤]钝塞,只得一佳破[⑥],奈何!"联坐者曰:"仆亦与翁相等。"老者取视之,破曰:"视所以而观所由,察所安而人焉廋。"[⑦]老者曰:"首句可谓英雄所见略同,特次句尚欠包括。"联坐者请教,因出己作示之,破曰:"视所以而观所由,察所安而人焉廋。"联坐者大叹服。老者曰:"作文一道,毫厘千里。君所以长居五等,而仆俨然附四等末者[⑧],实以题无剩义耳。"言罢,意颇自负,继视两少年,竟无一字。老

者曰:“君等英年,作文宜有豪兴。奈何曳白[9]如此?”少年曰:“世间严刑酷罚,无过作文一事。我等所以恶生乐死者,谓幸逃得此难耳,乃复无病自寻鸩药耶!”老者拍手大笑曰:“吾过矣!如君言,真第一安乐法也。”俄见一小童担酒盒至。少年曰:“枵腹[10]谈文,有何意味?如此良宵,不如痛饮。”因陈酒肴几上,围坐大嚼,顷刻都尽。少年捧腹笑曰:“此中空洞无物,只合作酒囊饭袋也!”四十许人曰:“食肉健饭,正欲使此中有料。”老者曰:“特恐见其入而不见其出耳。”言已,各大噱[11]。亡何[12],小童敛酒具。四人共订后期,醉饱而去。陈始信有鬼。自此呼朋引类,无夕不扰。

时值岁试,学师遣门斗奉宪牌下乡传考[13]。夜过莲桥,投止陈墅,以宪牌置案上,拥被竟卧。四青衿哗然入座,高谈阔论,旁若无人。忽老者趋近案头,见考牌,大惊曰:“催命符又至矣!”众环视之,面色如死灰。一少年笑曰:“我辈生前缘此碎心裂胆,以至奄然物化[14]。今幸作局外汉,何忧巨鹿之战灾及壁上观[15]者哉!”老者曰::“君勿作太平语。冥府近有新例:阳世岁考之期,下令城隍司[16]搜括鬼秀才尽赴修文殿岁试,优者受上赏,劣者押入刀山狱,刳剔[17]肠胃。今迫矣,可奈何?”少者亦色变,再三求计。老者曰:“此原非安乐土;君等欲免此难,且各弃儒巾[18],卸儒服[19],于地狱黑暗处埋头项五六百年,俾持牒[20]者无可搜捕,或可脱此苦海也。”众皆转惧为喜,解衣脱帽裹负之,随老者踉跄遁去。

门斗异之,明日,述其事于陈。陈大快,并录宪牌一通,黏诸壁上。自后青衿辈竟不复至。

铎曰[21]:“曳白秀才,森罗殿犹防对策[22],矧敢金门待诏[23]耶!因知李昌谷应制玉楼,惟平日呕得心肝,乃敢赴绯衣人之召耳[24]。”

【注释】

①娄:清代县名,清顺治十二年(1655)分华亭县西部置,治今上海市松江县。

②青衿(jīn 今):指读书人。语出《诗·郑风·子衿》:“青青子衿。”毛传:“青衿,青领也,学子之所服。”衿,通“襟”;青衿,青色的衣服,古代读书人穿的服装。

③角:较量,竞赛胜负。

④“视其所以”全章题:明清科举考试的八股文,试题是摘取四书、五经中的一句、数句、一节、数节、一章,或由几章组合而成。“全章题”是以一章全章为题。“视其所以”是《论语·为政》的第十章。

⑤文机:写文章的灵感。

⑥破:八股文的开篇两句,必须概括、点破全篇题意,称为“破题”,简称“破”。

⑦“视所以而观所由”二句:这是节抄《论语·为政》“视其所以”章的句子,原文是:“视其所以,观其所由,察其所安,人焉廋哉?人焉廋哉廋”大意是说,要了解一个人,就看他做好事还是做坏事,观察他出于什么动机这样做,考察他是出自本心还是被迫如此,这样,有谁能够隐藏呢?有谁能够隐藏呢?廋(sōu 搜),匿,隐藏。

⑧“君所以长居五等”二句:明清科举制度规定,生员岁考,分六等进行奖惩:文理平通为一等,文理亦通为二等,文理略通为三等,文理有疵为四等,文理荒谬为五等,文理不通为六等,一、二等受奖,四等以下受罚。

⑨曳(yì 易)白:交白卷。语出《新唐书·苗晋卿传》:天宝二载考试选人,考官作弊,将张奭(shì 释)取为第一名。后唐玄宗复试,“奭持纸终日,笔不下,人谓之‘曳白’”。

⑩枵(xiāo 消)腹:空着肚子。枵,树根虚空。

⑪大噱(jué 倔):大笑。

⑫亡何:同“无何”,不久。

⑬学师:这里指县学教谕,掌文庙(孔庙)祭祀和管理教育所属生员。门斗:清代官学中看门和兼管生员廪膳(公家发给的伙食粮米)的公役。徐珂《清稗类钞·胥役类》:“旧时称为学官供役者曰门斗,盖学中本为生员设廪膳,称门斗者,当是以司阍兼司仓,故合门子、斗子之名而称之耳。”宪牌:学政通知岁考的牌告,名叫“考校牌”,下文“考牌”即指此。因为学政官名又称“学宪”,故称作“宪牌”。

⑭奄然物化:奄然,忽然,急遽的样子。物化,指死亡。秦观《送少章弟赴仁和主簿》:“辩才虽物化,参寥犹夙夕。”辩才、参寥为二僧名。

⑮巨鹿之战及壁上观:“巨鹿之战”是项羽和章邯率领的秦军在巨鹿(今河北平乡县旧城)的一场大战。据《史记·项羽本纪》记载,当时在巨鹿城下的许多反对秦国的诸侯军,因害怕秦兵,都不出战,“皆从壁上观”。壁上观,站在营垒上旁观。壁,营垒。

⑯城隍司:主管城隍的官署。

⑰刳剔(kū tī 枯梯):割剥。刳,剖开而挖空。剔,把肉从骨头上刮下来。

⑱儒巾:读书人戴的制帽。

⑲儒服:读书人穿的制服。清代一般生员穿蓝衫,岁考五六等的降穿青衣。

⑳牒:这里指通知考试的文书。

㉑铎曰:这同《聊斋志异》的“异史氏曰”一样,是仿司马迁《史记》每篇最后“太史公曰”的格式,写的带总结性的点题的话。铎,大铃的一种,这里指“木铎”(木舌的铃)。古代传布命令时,振动木铎使人注意。《周礼·天官·小宰》:“徇以木铎。”郑玄注:“木铎,木舌也。文事奋木铎,武事奋金铎。”后因用以比喻宣扬教化的人。这里用“铎曰”,即含有宣扬教化、警醒世人之意。

㉒对策:对答。策,科举考试的“策问”,这里泛指一切科场文章。

㉓金门待诏:金门,汉代宫内金马门的省称。待诏,候待诏命的意思。汉代常令文学之士待诏于金马门。唐代有翰林待诏,以文词经学之士及有一技之长(如医卜书画等)的人充任,供奉内庭。这里泛指以文学在宫廷供职。

㉔“因知李昌谷应制玉楼”三句:李昌谷,唐代诗人李贺,字长吉,昌谷(今河南宜阳)人,故称“李昌谷”。唐李商隐《李长吉小传》:“(长吉外出)恒从小奚奴,骑距驴,背一古破锦囊,遇有所得,即书投囊中。及暮归,太夫人使婢受囊出之,见所书多,辄曰:‘是儿要当呕出心乃已尔!’……长吉将死时,忽昼见一绯衣人,驾赤虬,持一板,书若太古篆或霹雳石文者,云:‘当召长吉。’长吉了不能读,欻下榻叩头,言阿㜷老且病,贺不愿去。绯衣人笑曰:‘帝成白玉楼,立召君为记。天上差乐不苦也。’长吉独泣,……竟死。”制,天子的诏令。惟,因为。绯,红色。三句大意是,因为李昌谷平时能刻苦努力,诗文写得好,所以才敢跟着绯衣人去应天帝之命,为白玉楼作记。

桃夭村

太仓[①]蒋生,弱冠能文。从贾人泛海,飘至一处,山列如屏,川澄若画,四围绝

无城郭，有桃树数万株，环若郡治[②]。时值仲春，香风飘拂，数万株含苞吐蕊，仿佛锦围绣幄，排列左右。蒋大喜，偕贾人马姓者，傍花徐步而入。

忽见小绣车[③]数十队，蜂拥而来，粗钗俊粉[④]，媸妍不一。中有一女子，凹面挛耳，齞唇历齿[⑤]，而珠围翠裹，类富贵家女，抹巾障袖[⑥]，强作媚态。生与马皆失笑。末有一车，上坐韶龄女郎，荆钗压鬓，布衣饰体，而一种天姿，玉蕊琼英，未能方喻[⑦]。生异之，与马尾缀其后。轮轴喧阗[⑧]，风驰电发，至一公署，纷纷下车而入。生殊不解，询之土人。曰："此名桃夭村[⑨]。每当仲春男女婚嫁之时，官兹土者，先录民间女子，以面目定其高下；再录民间男子，试其文艺优劣，定为次序。然后合男女两案，以甲配甲，以乙配乙，故女貌男才，相当相对。今日女科场，明日即男闱[⑩]矣，先生倘无室，何不一随喜[⑪]？"

生唯唯，与马赁屋而居。因思车中女郎，其面貌当居第一，自念文才卓荦[⑫]，亦岂作第二人想？倘得天缘有在，真不负四海求凰之愿。而马亦注念女郎，欲赴闱就试，商诸生。生笑曰："君素不谙此，何必插标卖钱账簿耶？"马执意欲行，生不能阻。明日，入场扃试[⑬]。生文不加点，顷刻而成。马草草涂鸦而已。试毕归寓，即有一人传主试命索青蚨[⑭]三百贯，许冠一军[⑮]。生怒曰："无论客囊羞涩，不足以餍老饕[⑯]，即使黄金满屋，岂肯借钱神力令文章短气哉[⑰]！"其人羞惭而退。马蹑其后，出囊中金予之。案发[⑱]，马竟冠军，而生忝然居殿[⑲]。生叹曰："文字无权，固不足惜，但失佳人而获丑妇，奈何！"

亡何，主试者以次配合，命女之居殿者赘生于家。生意必前所见凹面挛耳齞唇历齿者；及揭巾视之，黛色凝香，容光闪烛，即韶龄女郎也。生细诘之。曰："妾家贫，卖珠补屋[⑳]，日且不遑[㉑]。而主试者索妾重赂，许作案元[㉒]，被妾叱之使去。因此怀嫌，缀名案尾。"生笑曰："塞翁失马，焉知非福[㉓]。使予以三百贯钱，列名高等，安得今夕与玉人相对耶？"女亦笑曰："是非倒置，世态尽然。惟守其素者终能邀福耳。"生大叹服。翌日，就马称贺。马形神沮丧，不作一词，盖所娶冠军之女，即前所见抹巾障袖而强作媚态者也。笑鞫其故。此女以千金献主试，列名第一，而马亦夤缘案首，故适得此宝。生笑曰："邀重名而失厚实，此君自取，夫何尤！"

马郁郁不得意，居半载，浮海而归。生笃于伉俪，竟家于海外，不复反[㉔]矣。

铎曰："钱神弄人，是非颠倒；岂知造化弄人，更有颠倒钱神之柄哉！然此女出千金装[㉕]不吝，意气故自不凡，即谓之嘉耦亦可。"

【注释】

①太仓：地名，即今江苏太仓市，清代为太仓州的治所。

②郡治：郡城。治，治所，各级地方行政官署所在地。"郡"是就古制而言，古代的郡，行政区划等级略同于清代的府。

③绣车：妇女乘的车，绣，指车上挂的绣幔。

④粗钗俊粉：钗、粉，为女子妆饰品，这里即用以指女子。粗钗，指粗蠢的女子，俊粉，指俊俏的女子，与下面的"媸"、"妍"互文。

⑤"凹面挛耳"二句:这二句语本宋玉《登徒子好色赋序》:"登徒子则不然,其妻蓬头挛耳,齞唇历齿……"凹面,指颧骨突出,两腮凹陷。挛耳,耳朵卷缩不舒展。齞唇,嘴唇遮不住牙齿。历齿,牙齿稀疏。

⑥抹巾障袖:抹巾,用手巾掩住嘴。障袖,用衣袖遮住脸。

⑦"玉蕊琼英"二句:玉蕊、琼英(即琼花)都是花名,以其花像玉一样鲜洁美好,故名。方喻,比喻。方,相比,比并。

⑧喧阗(tián 田):声音大而杂乱。

⑨桃夭村:《诗·周南·桃夭》:"桃之夭夭,灼灼其华。"是用鲜艳的桃花,比喻女子的美好。本篇写女子婚姻,因将其村名为"桃夭村"。

⑩闱(wéi 维):科举考试的试院,一般作为科举考试的代称。这里是借称。

⑪随喜:这里用作"观光"的意思,就是去参加考试。

⑫卓荦(luò 洛):出众,超绝。卓,特出;荦,显明。《史记·天官书》:"此其荦荦大者。"

⑬扃试:"扃"是门上加锁的环钮,一般用指关锁门户。清代科举考试制度规定,院试、乡试、会试考试之日,考生寅正(早晨四时)齐集贡院(考场)龙门,点名入场后,即将龙门并贡院大门封锁(乡试、会试分号棚入座,入号棚后也加锁),限制出入,以防舞弊。

⑭青蚨(fú 福):指铜钱。《搜神记》:"南方有虫,名青蚨,大如蚕子。取其子,母即飞来。以母血涂钱八十一文,以子血涂钱八十一文,每市物,或先用母钱,或先用子钱,皆复飞归,轮转无已。"后因称钱为"青蚨"。

⑮许冠一军:这是用作战比喻考试,即许他为第一名。冠,用作动词,成为一军之冠的意思。

⑯以餍(yàn 厌)老饕(tāo 滔):餍,满足。饕,饕餮(tiè 帖),传说中恶兽名。《左传·文公十八年》:"天下之民,以比三凶,谓之饕餮。"杜预注:"贪财为饕,贪食为餮。"这里的"老饕"即指贪财无厌的人。

⑰岂肯借钱神力令文章短气哉:意思是,用钱贿赂是可耻行为,如果这样,自己的文章也要蒙受耻辱,不得扬眉吐气。

⑱案发:揭榜。清代县、府、院试后出榜揭示名次,称为"发案"。

⑲忝(tiǎn 舔)然居殿:忝然,一般用作自谦之辞,表示辱没别人或职守,心里惭愧。这里是感到羞辱的意思。殿,古时行军或退军时,居于最后的称"殿",后来因借作考试最后一名的代称。

⑳卖珠补屋:用杜甫《佳人》"侍婢卖珠回,牵萝补茅屋"诗意,写生活的困苦。卖珠,言衣食不继;补屋,言住屋破败。

㉑日且不遑:一天到晚还顾不过来。遑,闲暇,空闲。

㉒案元:与下文"案首"义同。清代县、府、院试取列第一名者称"案元"或"案首"。

㉓塞翁失马,焉知非福:用《淮南子·人间训》里的一个故事:边塞上一个老翁丢了一匹马,人们都为他惋惜,他说:"怎么知道这不是福呢?"过了几月,这匹马竟带着一匹好马回来了。比喻一时失利,也许反而因此得到好处。

㉔反:通"返"。

㉕装:这里作"束装"解释,原指人远行时整束行装,此处用作"贿赂"的委婉说法。

奇女雪怨

线娘,夏邑[①]士族女也。善词赋,兼工帖括[②]。每构一艺[③],老师宿儒辄敛手

曰[④]:“女学士易钗而栉[⑤],怕不到玉堂金马[⑥]?”年十七,父母相继逝,线娘块然[⑦]独处。隔院为某生别业,庭中玉兰一本,斜倚东垣。线娘晓起摘花其上。某望见之,长揖墙下。线娘赧颜欲避。某曰:“仆非宋玉,岂敢妄意登墙[⑧]。只因独学无师,愿作王逸少,执贽簪花座下耳[⑨]。”随出窗课一卷,属其点定[⑩]。线娘携归内室,阅其文才华秀赡,间有一二小疵碍于场屋者,直笔删去。明日,摘花墙角,袖而还之。某大感佩。

久之,踪迹渐密,某作《逾东墙而搂其处子[⑪]》题文挑之。线娘作《媒妁之言》题文以答。某笑曰:“急脉而缓受之,全失命题之旨矣。”线娘曰:“恐率尔操觚[⑫],以后无收束处耳。”某觉其言可人,梯垣而过,急捉其臂曰:“仆日以师事卿,何不坐我绛帐[⑬]?”线娘薄拒之,曰:“读书人最易昧心,一朝背师,保不作逢蒙杀羿[⑭]乎?”某乃指誓山河,矢盟日月。线娘遂同欢会。朝垣夕室[⑮],将及半载。线娘促其委禽。某口诺之,而迁延不报。后竟议婚他族。结缡之夕,线娘始悉,立墙下望某一来诀别。而某营鸾凤[⑯]新巢,不复记野合鸳鸯矣。线娘愤极,阖户自经。某闻之,悼叹而已。

后赴试乡闱,甫执卷构思,见线娘翩然而来。某惧其仇己,觳觫万状;而线娘殊无怒容,反为拂纸磨墨,属其尽心文字,并讲解题旨而去。是科领乡荐[⑰]。继应礼部试,线娘复来,其拂纸磨墨,一如在乡闱时;卷中有不妥字句,代易之。是科又报捷。殿试二甲[⑱],观政农部[⑲]。线娘时来,曰:“汝任京秩[⑳],得升斗禄,乌能充宦囊?盍谋作外任,二千石[㉑]可立致也。”某颔之。不二年,外擢郡守。某本一介寒骨,骤得专城五马[㉒],朘剥[㉓]小民,私肥囊橐,无何,受盗金纵法[㉔],事败上闻,论弃市。前一夕,恍惚见线娘绣巾环领,披发而来,曰:“数年冤愤,而今始得伸也!吾所以佐汝功名者,因书生埋首窗下,何处得罹大辟[㉕]?必使置身仕途,乃得明正国法。——业镜[㉖]高悬,折证[㉗]正不远也。”欢笑而去。

铎曰:“一事负心,十年旣毹[㉘]。岂知芙蓉镜[㉙]下,亦有时为埽眉人[㉚]报仇地哉!乃知除名桂籍[㉛],尚属薄幸儿[㉜]宽罚耳。”

【注释】

①夏邑:今河南夏邑县。

②帖括:唐代科举考试,“明经”科考“帖经”,即将经文前后两端都帖盖起来,只露中间一行,让考生写出被掩盖的文字,后考生因其难记,便将经文编成歌诀,以便背诵,叫做“帖括”,后来“帖括”便成了科举考试文章的代称。这里指八股文。

③艺:即“制艺”,指八股文。

④老师宿儒:年老博学的人。敛手:缩手。这里指文章写得很好,不能加以修改或另作一篇与它相比。

⑤易钗而栉(zhì 至):由女子变成男子的意思。易,改,换。钗,女子的头饰。栉,梳、篦的总称。古代常以“侍巾栉”称女子为男子作妻妾,这里即以“栉”代指男子。

⑥玉堂金马:指宫廷。句意谓定会被召进宫中,得到皇帝的器重。

⑦块然:孤单的样子。晋陆机《文赋》:“块孤立而特峙。”

⑧“仆非宋玉”二句:宋玉《登徒子好色赋序》曾描写他东邻的女子登墙偷看了他三年,对他

表示倾慕。这里变用这个故事，意思是说，自己不是宋玉，不敢妄自希望对方和自己要好。

⑨"愿作王逸少"二句：王逸少，晋代大书法家王羲之，字逸少。贽，这里是学生送给老师的学费。簪花，以花插戴头上，是妇女日常的妆饰，这里即用以指妇女。王羲之曾以卫夫人(名铄，李矩之妻)为师，学习书法。

⑩点定：改定，旧时修改文章，于要改的字上加点，旁写改正的字。

⑪逾东墙而搂其处子：语出《孟子·告子下》："逾东家墙而搂其处子，则得妻，不搂则不得妻，则将搂之乎？"原意是反对不经正式嫁娶而得妻的违礼做法，这里断章取义以作挑逗。下文线娘则据《孟子·滕文公下》"媒妁之言"作答。

⑫率尔操觚(gū 孤)：率尔，轻率，草率。操，持，拿；觚，木简，古代在它上面刻写文字。操觚，本指作文，这里比喻男女之事。

⑬绛帐：红色帷帐。本用以尊称师长或讲学的人，这里语意双关，也戏指男女床帏之事。

⑭逄(páng 旁)蒙杀羿：逄蒙和羿都是古代善射的人。《孟子·离娄下》："逄蒙学射于羿，尽羿之道，思天下惟羿为愈己，于是杀羿。"

⑮朝垣夕室：晚上到线娘房内去住，早晨从墙垣上爬回自己的家。

⑯鸾凤：和下句的"鸳鸯"均喻夫妻。鸾，凤凰生的小雏。《初学记》："雄曰凤，雌曰凰，其雏为鸾鷟。"

⑰领乡荐：考中乡试第一名(即解元)。领，领头。古代选举人才，由各郡、县举荐。清代乡试中试举人名单，例送礼部，举人三次会试不中，可以拣选官职(知县)，故这里称为"乡荐"。

⑱殿试二甲：殿试考在二甲。殿试于会试后举行，名义上由皇帝主持，实际上由大臣代理。殿试中试的称进士，分三甲：一甲三名(状元、榜眼、探花)，二甲三甲各若干名。

⑲观政农部：观政，任职的意思。农部，即户部。清代户部主管官员户部尚书又称"大司农"。

⑳京秩：京官。秩，官职的品级，也用以指官职。清代官员的正式俸禄，较历代都薄，一般小京官，贪污捞取外快的机会较少，都愿做地方官。下面两句即指此而言。

㉑二千石：指知府。"二千石"是汉代郡太守的品秩(二千石是每年俸禄所得的粟米数)，官阶与知府大致相当。下文的"郡守"即郡太守，也指知府。

㉒专城五马：也指知府。专城，专擅一城，言其权力能为一城之主，一般用作州郡长官的代称。古乐府《陌上桑》："三十侍中郎，四十专城居。"五马，汉代太守的车用五匹马驾，后因用作太守的别称。《汉官仪》："四马载车，此常礼也；惟太守出则增一马，故称五马。"

㉓朘(jūn 均)剥：搜括、剥削。朘，缩，减。《汉书·董仲舒传》："民日削月朘，寖以大穷。"

㉔纵法：不依法断案，宽纵犯人。纵，放纵，听任。

㉕大辟：古代五刑(墨、劓、刵、宫、大辟)之一，即杀头。

㉖业镜：佛教语。佛教把人的言、行以及没有在言、行中表现出来的潜在思想称为"业"，将业分为善、不善、非善非不善三种。"业镜"就是阴间映照记录这些业的镜子，认为人要依据他的善业恶业而受到报应。

㉗折证：就是"报应"。折，准折，折合。证，验证。

㉘毷氉(mào sào 冒臊)：烦闷。王定保《唐摭言·述进士下》："(举子)不捷而醉饱，谓之'打毷氉'。"这里含有内疚、抱愧之意。

㉙芙蓉镜：指中进士。唐段成式《酉阳杂俎续集》卷二："相国李公固言，元和六年下第游蜀，遇一老妪，言：'郎君明年芙蓉镜下及第，后二纪拜相，当镇蜀土。某此时不及见郎君出，将之荣也。'明年，果然状头及第，诗赋题有'人镜芙蓉'之目。"

㉚埽眉人：指女子。埽，同"扫"。扫眉，即描眉、画眉。以上两句大意是，中进士这件事，有时也被女子作为报仇的手段。

㉛除名桂籍：除名，除去名籍，即取消某种身份。科举时代把中进士叫做"蟾宫折桂"。参见前《剪灯余话》之《贾云华还魂记》"攀桂"注。桂籍，就是进士身份。

㉜薄幸儿：薄情、负心的人。以上两句承接上文，意思是，比起线娘的报仇来，革除进士的名籍，还算是对薄情人的从宽惩罚呢。

贫儿学谄

嘉靖间，冢宰严公[①]，擅作威福。夜坐内厅，假儿义子，纷来投谒[②]。公命之入，俱膝行而进，进则奔角[③]在地，甘言谀词，争妍献媚。公意自得，曰："某侍郎缺某补之，某给谏缺某补之。"众又叩首谢。起则左趋右承[④]，千态并作。少间，檐瓦窣窣有声。群喧逐之，一人失足堕地。烛之，鹑衣百结，痴立无语。公疑是贼，命执付有司。其人跪而前曰："小人非贼，乃丐耳。"公曰："汝既为丐，何得来此？"丐曰："小人有隐衷。倘蒙见宥，愿禀白一言而死。"公许自陈。曰："小人张禄，郑州人。同为丐者名钱秃子。春间商贾云集，钱秃所到，人辄恤[⑤]以钱米。小人虽有所得，终不及钱。问其故，钱曰：'我辈为丐，有媚骨，有佞舌。汝不中窾要[⑥]，所得能望我耶？'求指授，钱坚不许。因思相公门下乞怜昏夜者，其媚骨佞舌，当什倍[⑦]于钱，是以涉远而来，伏而听、隙而窥者，已三月矣。今揣摩粗就，不幸踪迹败露。愿假鸿恩，及于宽典。"公愕然，继而顾众笑曰："丐亦有道。汝等媚骨佞舌，真若辈之师也。"众唯唯。因宥其罪，命众引丐去，朝夕轮授。不逾年，学成而归。由是张禄之丐，高出钱秃子上云。

铎曰："张禄师严冢宰门下[⑧]，若严冢宰门下又何师？曰：'师严宰。'前明一部百官公卿表[⑨]，即乞儿渊源录也。异哉张禄，乃又衍一支。"

【注释】

①冢宰严公："冢宰"，这里是宰相的别称，参见前《聊斋志异·小翠》注。严公，指严嵩，分宜（今江西分宜）人，字惟中，嘉靖中在相位二十一年，权倾内外，阴狠狡诈，是明代的大奸臣。

②假儿义子，纷来投谒：谒，拜见。据《明史·严嵩传》记载，严嵩当权时，官僚士大夫争相依附，工部尚书赵文华是他干儿，朝官白启常、王材、唐汝楫等是他家的"狎客"，王、唐经常出入严嵩卧室，巴结求情，白启常甚至用粉墨涂面，以供欢笑。

③奔角：以额碰地，是最恭敬的磕头方式。奔，落。谢灵运《入彭蠡湖口》诗："圻岸屡崩奔。"这里作"碰"、"撞"解释。角，额骨。

④左趋右承：这里的"趋"和"承"异文同义，都是奉承的意思。

⑤恤：怜悯，救济。这里是施舍、给予的意思。

⑥不中窾(kuǎn 款)要：力气使不到得力处。窾，孔，洞。要，要害。

⑦什倍：十倍。以十个单位合为一组叫“什”。

⑧门下：指门下的人，即上文所说的“乞怜昏夜者”。

⑨百官公卿表：表，也称“年表”，是用表格、按年代记载历史事件和王侯将相、公卿外戚变化情况的一种编纂体式，由司马迁《史记》创立，历代纪传体史书也多沿用。《明史》有诸王、功臣、外戚、宰辅、七卿等表。这里的“百官公卿表”是概指。

萤窗异草

(清)浩歌子

浩歌子,名庆兰,字似村,姓章佳氏,满洲镶黄旗人。乾隆间大学士、军机大臣尹继善之子,以秀才终身(见《八旗艺文编目》、《随园诗话》)。尹继善卒于乾隆三十六年(1771),庆兰当生活于乾隆、嘉庆中。

《萤窗异草》,恩华《八旗艺文编目》著录初、二、三编各四卷,共十二卷。另有四编四卷,系书商伪造。初编卷三《假鬼》中的己亥,肯定为乾隆四十四年,其他如初编卷一《桃花女子》的乙卯,《玉镜夫人》的甲子,卷三《訾氏》的戊子,二编卷一《弱翠》的庚午,三编卷一《田再春》的丙子、癸酉等纪年,是乾隆还是嘉庆,很难确定。可能此书一部分为乾隆时作,一部分写于嘉庆中。内容记狐鬼异闻,写法全仿《聊斋志异》。书中也有一些较好的篇章,但有的篇章格调不高,堕于恶趣。

假鬼

吾师马佩琛先生,数从南来。道经某地,失其名,御者辄迂道而过之,亦未暇诘其故。己亥[①]仲春,自粤东罗定回辙[②],将赴京,复由其处,御夫则扬鞭径过,不再趋避。先生因微叩之。笑曰:"旧传斯地有女鬼,颇能为祟,故避之。比年[③]已嫁去,径行固无害。"先生益怪而询之。御者指路侧一古冢,答曰:"鬼居此中。衣色绯[④],被发吐舌,面颜无血色;每遇行旅一二人,辄出现,人恒弃其辎重而奔。如是者数年,殊不知其何怪。客岁[⑤]有某者,未稔[⑥]里居,中岁[⑦]无妻孥,因赴淮北访所亲,少润囊橐[⑧]而返,踽踽焉独行道中,顿忘是地有此异。比至,始忆之,遂股栗不能前;既而侥幸其匆匆疾驰勿顾,盖乘鬼不及知也。俄闻冢中有声,啾啾长啸,心益惴惴。视之,一鬼自墓出,状如人所传,乃大怖欲窜。鬼行如风雨,呜呜然相逼而来。其人即欲弃所荷脱然而走;转念奔波千里,甫得此蝇头[⑨],一旦掷之,殊为扼腕;且鬼不过祟吾身,岂利吾有?因逡巡不能舍。鬼且咫尺,吼啸倍急,更呜咽作啼,致其人毛发胥[⑩]竖,而终莫割所爱,踉跄思遁。鬼亦仅迫之,无敢前。其人急计顿生,思以老拳尝之[⑪],宁为鬼死,不甘财亡。爰出鬼之不意,直前搏之,随手而仆,一若荏弱不胜者,益得志,扬臂奋击,鬼早娇啼乞命矣。其人讶甚,谛观焉:红笺数寸[⑫],飘扬绿莎，饰状如异鬼。其人不禁大骇。乃停腕诘之。则泣告人曰：‘某家距此里许，身实女也。徒以老母在堂，终鲜兄弟[13]，无已[14]，腼颜而为此，以备甘旨之需[15]。今已小康，但此身孑然未偶，曾默祝曰：“有能识吾迹者，吾即夫之，不再作此腼态。”幸与君遘，其命也夫。’其人闻言惊喜，意犹未信，遽捋其襟而验之，鸡头[16]半垂，宛然闺质。益大喜，释之令起。女腼然整衣，导以同往。须臾，抵其家，茅屋低矮，篱落洒然，隐有殷实之象。初入，见一妪，龙钟残疾。女告之故。辗然曰：‘固沮儿勿再出，今竟何如耶？虽然，郎君之胆，亦较升斗为巨矣。’因谓其人曰：‘老妇孤孀已久，藉此女得以存活。向因无以养生，适古冢留一巨穴，渠遂作此狡狯。今且十稔，待缘未嫁。君若琴瑟尚虚，盍赘此为吾婿？小妮子亦无颜业此[17]矣。’其人敬诺。是夕，即结为伉俪。女家颇裕，某亦心安。旬余遂移去，不知所往。”御言次[18]，犹遥识其处，庐舍俨然。先生至都，每举以告人，靡不惊异。

外史氏曰：“风声鹤唳，草木皆兵[19]，人自仓皇，鬼何能为祟哉！而世之狡者，又故借幽冥劣相，以吓嗤嗤之氓[20]，吾不知真鬼闻之，其亦揶揄否耶？犹忆京师某巷有鬼，夜深辄出，宵行者遭之，每遗弃衣物，与此事颇相类。巷中逻卒王某，醉中见之，其首如栲栳，纸条飞鸣，周身皆白毫，约寸许，朱其目，赤其口，形状可怖。王已沉酣莫惧，反嫚骂曰：‘若鬼耶？应避人。汝反逐人耶！’鬼闻之，折身却走如辟易[21]。王察其有异，疾趋而前，捽之以力。鬼亦仆。王审知为人，剥其面，褫其革，径抱以归。灯下视之，则羊裘一袭，乱毛如猬，面具乃以汲水器为之，涂以朱墨，败楮[22]乱粘而已。明日传视，见者俱大笑。王至今犹衣其裘，但未稔其人雌雄。”

【注释】

①己亥：乾隆四十四年(1779)。

②罗定：今广东罗定市。回辙：即回车，指掉转车子北还。辙，车辙，车轮压出的痕迹。

③比年：近年。比，近来。

④绯：红色。

⑤客岁：过去的岁月。

⑥稔：原指庄稼成熟，引申为“熟悉”。下文“十稔”，“稔”从庄稼一年一熟得义，作“年”解释。

⑦中岁：中年。

⑧少润囊橐：行囊里多少得了一点资财。过去称请人作诗文书画的报酬为“润笔”。这里的“润”用作动词，泛指从别处得到财物。

⑨蝇头：比喻细微的财利。苏轼《满庭芳》词：“蜗角虚名，蝇头微利。”

⑩胥：皆，全都。

⑪尝之：给他尝，让他尝。这是古汉语中常见的倒装句法。

⑫红笺：指妆扮长舌的红色纸条。

⑬终鲜兄弟：语出《诗·郑风·扬之水》：“终鲜兄弟，维予(我)与女(汝)。”终，既，已；鲜，寡，少。终鲜兄弟，指没有兄弟。

⑭无已：不得已，无可奈何。

⑮甘旨：美好的食品；又特指奉养父母亲的食物。这里是后者。任昉《上萧太傅固辞夺礼启》：“昉往从末宦，禄不代耕，饥寒无甘旨之资，限役废晨昏之半。”“饥寒”二句均指养

亲言。

⑯鸡头：女子的乳头。

⑰业此：以此为业。

⑱御言次：车夫讲这些话的时候。

⑲风声鹤戾，草木皆兵：形容惊慌恐惧，为本来不可怕的假象而惊扰。据《晋书·苻坚载记》和《谢玄传》记载，东晋时，秦主苻坚率军（号称百万）南侵。一次，他同苻融登城察看敌情，把八公山上的草木也当作东晋的军队，因而心怀畏惧。后来在肥水（在今安徽境内）交战，谢玄等率众八千渡水击之，秦兵大败，"闻风声鹤唳"，皆以为追兵已至。

⑳嗤嗤之氓：痴昧无知的人。语出《诗·卫风·氓》："氓之蚩蚩。"毛传："蚩蚩者，敦厚之貌。"朱熹传："无知之貌。"氓，古代对老百姓的称呼。

㉑辟易：退避。辟，同"避"。易，变动，离开原来的地方。

㉒败楮：破纸。

落花岛

申无疆，字仲锡。跨鹤维扬[①]，历有年所[②]。一旦，遇海商于市肆，与坐谈，歆其获利之美，乃以数千金畀其子若[③]侄，使合伙焉。子名翊，颀而白皙，且善讴，年仅二十三，海舶人咸喜之。比入大洋，舟如一叶，翊年少，未惯洪涛，因惊遂卧病，欹枕呻吟，恍惚若梦寐中，闻有人语曰："落花岛中花倒落。"翊素不能文，觉而语其侣，虽熟历海境者，莫能举其名[④]。一客颇娴吟咏，笑曰："何不云'垂柳堤畔柳低垂'？句虽佳，犹有对者。"众与翊皆称妙。翊因默识于心。

无何，病益剧，未及抵岸，竟卒于舟。其从兄某大恸，草草殓讫，载柩而行。而翊则罔知其死，顿觉身轻，都无窒碍。因思效列子御风[⑤]，遨游水面。虽风涛汹涌，毫无沾濡，不禁大喜。犹忆落花岛之名，窃计其境必不凡，顿欲往游。转瞬即得一山，形如覆盂，悬于波际；其色若蜀锦[⑥]，五色缤纷，且香气浓郁，馥馥数里。心爱好之。奋身以登，旋已舍水就陆，西行里许，见若山口者，遂入之，则坦坦康庄，无复巉岩之象。山径皆落花，约寸许，别无隙地，踏花前进，滑软如茵褥，而香益袭鼻，神气为之发越。环瞩皆茂树合抱，花即生于其上。细玩之，诸色具备，浓淡相间，香如庾岭之梅[⑦]，而馥郁过之。尚有存于树杪者，则低枝似坠，绕干如飞；亦多含苞欲吐者，意[⑧]盖四时咸有焉。欣然前行。约数百步，花益繁，而落者益厚。且四望并无屋宇，即山之层峦叠嶂，亦隐现花中，不以全面示人。翊至此，心旷神怡，小憩于梅花树下。发声一讴，花益簌簌自落，若细雨然。

俄闻娇音叱曰："何来妄男子？此仙人所居，岂汝行乐地耶！"翊急视之，则一美女子，通体贴以落花，宛如衣锦；手一小竹篮，亦贮落英，徐徐自树后出。翊起迎致揖，告以所来。女微哂曰："汝一龌龊商，何福至此！虽然，不可谓为无因。予有一语，久无能对者，汝能则留宿于此，且有佳处与若栖身。否则宜远飏，不宜再溷[⑨]仙境。"翊既临胜地，兼恋丽容，顿忘其拙，毅然请命。女因朗诵一句，则固梦中所闻

也。翊喜出望外，即应声以客所属者对之。女称善，良久，慨然曰："此才殆由天授。吾不能恝然于子矣。"直前笑把其袂曰："请行，行与妾归，花密处即是予家。"

翊悦而从之。至则篱落四围，远望亦绮绾绣错，盖皆以花片砌成者。逡巡间，得其门，乃巨树二株，柯交于上，俨有闬闳[10]之象。女逊[11]翊人。中无数椽之屋[12]，几榻皆以彩石，尽铺以落瓣。仰而窥，其上幕天日[13]，亦茂干为之庇荫，花叶周遮，恍一天造地设者。女未延坐，即治具，曰："郎馁矣，枵腹不可以晤言。"于是尽倾筐筥，而湘[14]之烹之。及进馔，花之外，无兼品[15]。翊疑虑不敢食。女笑曰："此仙人所饵，啖之无伤也。"翊试尝之，甘香肥美，视人间粱肉如尘土。女又进百花酿，味又香洌，吸之如醍醐款洽[16]，神清气爽，飘飘欲仙。翊固不自知其鬼，遂窃幸长生可以立致。食已，始相款洽，渐及谐谑。女情不自禁，一振衣而群花皆落，皓体生辉，乃与翊欢合于石榻之上，备极绸缪，两情深相缱绻。已而女觉其非人，诧曰："郎何有形而无质也？幸早语我，毋使自误。"翊亦自思："予何得至此，且海亦何可浮？"因抚膺大戚。女止之曰："慎勿悲。鬼而仙，犹愈于人而鬼也。况有术在，子何忧。"因出一瓷罂，内贮清泉斗许，遍沃翊身，曰："此百花之液，妾晨起收之，实天浆甘露之属，人浴之而成仙，鬼浴之亦成形，加以服食，更采花之精英饵之，则鬼仙不难立证。第妾数百年之积蓄，一旦为郎耗矣。"语次，翊觉沃处肌骨坚凝，非若向之虚而无寄者，此心乃释然。自视其衣，则本属乌有。女以花为之被服，而粲兮烂兮[17]，两人相对，不啻锦羽鸂鶒[18]。女昼与翊出，采花共餐；暮与翊归，席花同梦。其所衣者，卧则一拂而尽，无事解脱[19]；醒则绕树徐行，瞬息曳娄[20]。其地无寒暑，亦无昼夜，以花开为朝，花谢为夕，衣食一出于花，寝息即在于花，方丈、蓬壶[21]，不独擅胜焉[22]。

数年，翊忽谓女曰："赖子再生，宜谐永好。但亲老弟少，欲归省视。子其许我乎？"女正色答曰："此君之孝也，妾敢不勉成君志？第以鬼出，以人归，尔墓之木拱矣，谁其信之？"翊曰："姑试一返，予亦不克久留矣。"径听其行。且以花叶为翊制衣，俄顷即成华服。临别，赠以一瓯，嘱曰："饥则饮此，慎毋食烟火物，食则神气日薄，不可以生。酒尽宜速返，勿再留。"翊约以匝月。即行。

至海，仍复如踏平地。遂不假舟楫，直达越省[23]。比至扬，仲锡已老，弟已成立，翊突入，咸疑其鬼，惊避之，独仲锡抱持而泣曰："予误儿。儿归，其憾我乎？"翊乃详其颠末。人皆愕然。郡中有杖者[24]，少曾航海，闻岛名，恍然曰："是诚有之。岛在东海之偏，人罕能至。予曾经其处，闻系神仙所居，无径可入，至今犹仿佛其风景。"人因稍释然厥惑[25]。仲锡在扬犹客居，翊侍膝下，数日不饮亦不食。浃旬，忽失其所在。

外史氏曰："百花之精，人饵之可以延年，不谓鬼服之竟以登仙也。申翊借人成事，游香国，得佳偶，且以跻寿域[26]，何事桃源中人[27]，不以鬼为憎，反羞与鬼为好哉！是诚吾所不解者。"

【注释】

①跨鹤维扬：《殷芸小说》："有客相从，各言所志：或愿为扬州刺史，或愿多资财，或愿骑鹤上

升。其一人曰:‘腰缠十万贯,骑鹤上扬州。’欲兼三者。”此处引用,指带着巨资,客居扬州。维扬,今江苏扬州市。

②历有年所:已有不少年头。年所,年数。《书·君奭》:“多历年所。”唐孔颖达疏:“享国多历年之次所。”“年之次所”即“年之所在”,亦即年之次数。

③若:这里是和、同、及的意思。

④名:指上文“落花岛”这个地名。

⑤列子御风:列子,列御寇,战国时郑国人,与庄子同时的思想家。著有《列子》(系其门人所追记)。御风,指飞行。《庄子·逍遥游》:“夫列子御风而行,泠然善也。”泠然,轻妙的样子。《列子·黄帝》也有列子乘风飞行的记载。

⑥蜀锦:蜀地(今四川)产的锦。费著《蜀锦谱》:“蜀以锦名天下,故城名以锦官(按即今成都市),江名以濯锦(按,即今成都市内锦江)。”

⑦庾(yǔ 雨)岭之梅:庾岭即大庾岭,在今江西大余县南,以产梅著名。宋王巩《闻见近录》:“庾岭险绝,通渠流泉,涓涓不绝,红白梅夹道,仰视青天,如一线然。”

⑧意:揣测之词,意料,料想。

⑨溷(hùn 混):厕所。这里用作“玷污”解释。

⑩闬闳(hàn hóng 汉红):大门雄伟壮丽。“闳”、“闬”都是里巷的大门,闳,有宏大之义。

⑪逊:恭顺,谦恭。指客气地请人进去。

⑫中无数椽之屋:是说这里根本没有人间那种用椽、瓦盖屋顶的屋子,下文“仰而窥”几句就是具体说明。

⑬幕天日:以天日为幕。幕,这里用作动词。

⑭湘:烹。

⑮无兼品:没有第二种食品。兼品,与“兼味”义同,两种以上的食物。《后汉书·安帝纪》:“食不兼味,衣无二彩。”

⑯醍醐(tí hú 题胡):炼制乳酪时浮在最上一层的精华。款洽:凡一切合于心意,使人感到舒畅的,都叫“款洽”。这里指味美适口。下文“始相款洽”,则指愉快地交谈。

⑰粲兮烂兮:即灿烂,华丽鲜明的样子。

⑱㶉鶒(xı chì 西斥):一种很像鸳鸯的水鸟,又名“紫鸳鸯”。羽毛五彩,非常美丽。

⑲无事解脱:不需要用手解脱。事,用作动词,从事,做事。

⑳曳娄(yì lǘ 意驴):“曳”、“娄”义同,本义为牵引,此处指穿衣。《诗·唐风·山有枢》:“子有衣裳,弗曳弗娄。”毛传:“娄亦曳也。”唐孔颖达疏:“曳者,衣裳在身,行必曳之;娄与曳连,则同为一事。”

㉑方丈、蓬壶:传说中海上的神山。参见前《汉武故事》“蓬莱”注。

㉒不独擅胜焉:不能独占神仙胜境的称号。

㉓越省:今浙江省。其地春秋战国时为越国,故称。

㉔杖者:拄着手杖的人,指老人。

㉕释然厥惑:消除了疑惑。厥,其,代词,他们的。

㉖跻寿域:享高寿。指长生不死。跻,登,上升。

㉗桃源中人:即世外仙人。

青眉

皮工竺十八，邑之鄙人[①]也。年仅弱冠，貌姣好如女子，虽居市廛，里之美少年，莫之能掩[②]，以故有俊俏之号。其室曰青眉，色尤殊丽，见者疑为画图。初诘其所自，坚讳不言。后乃稍稍露之，则实北山之狐也。

盖竺少佣于乡，始学裁皮，年甫十六耳。师嗜酒，夜出，恒不归，肆中惟竺一人缝纫，至中宵然后就寝，率以为常。一夕，师又出。竺方夜作，闻弹指声，意为比邻取履者，隔扉询之。则答曰："侬。"其音绝娇细。竺大骇，且虑为市中恶少侦其师不在，来寻断袖欢[③]，心益惴惴，乃绐之曰："已卧矣，客请明日来。"外又曰："侬非暴客，实邻女也。盍开我[④]，与若一言。"竺不得已，从板缺觇之，果似女人垂发立于檐下。因启之。女径掩笑入。竺视其貌，容光照映斗室，虽少小，心亦不能无动，遂腼然诘所自来。答曰："家居距此咫尺。缘夜绩，烛为风灭，特来乞取新火，非有他也[⑤]。"竺素醇谨，慨然与之，不敢交一言。女亦持炬径去。竺虽未通情话，而心颇爱好，冀其复来。乃师归，女竟不再至。日夕坐肆中伺之，亦杳无其迹。

无何，师又他往，女则又来乞火，两情渐稔，欣然延入与坐谈。女以年岁询竺。答曰："一十有六矣。"女微笑曰："阿侬适与君同庚。"竺亦询女之居址。答曰："久当自悉。"絮语移时，犹无去志。竺亦贪其貌，眷恋勿舍：四目痴凝，将不可解。女忽回顾衽席，谓竺曰："此即君之卧榻耶？恐逼仄不足以容二人。"竺会其意，乃答曰："卿试先卧，看能容否？"女笑而起曰："来夕当试之。"又复去。竺终腼腆，弗能挽留，然已心志蛊惑矣。

晨起，无心操作，惟冀其师不归，得以成此佳会。而师果为曲糵所羁，向晦不复。心益悦。及昏，明灯兀坐[⑥]，形状类痴，亦不再捆屦[⑦]。漏下二鼓，女果来款户。启之入，则靓妆艳服，迥异昨之朴素。询之，笑而不答，径登竺榻面壁卧。竺知其惧羞，乃先解己衣，熄火就枕，暗中摸索，手战情痴。女忽佯拒之，曰："市井儿，同衾已足，复望其他乎？"竺笑曰："予意同衾者未能无事。"已而娇香流溢，带缓衣松，女若战战勿克胜任，而缱绻之意尤浓。竺初近女色，颠倒神魂，不须臾而玉山颓矣。于是柔肌互贴，梦寐皆春，及寤而东方已白。竺尚流连，女早揽衣先起，曰："乐正未央[⑧]，不可使他人窥见底里。"乃去。

竺起而师返，女绝不来，竺亦不以为讶。阅数夕，乘师之出，又复欢会，款洽且倍于初。起谓竺曰："侬自见君，顿为情系，以故不以自坚，致有前宵之事。今幸两相欢爱，生死勿渝，君能不弃，即以妾为糟糠妇乎？"竺嗫嚅良久，始答曰："阿谁不愿？但予幼失怙恃，育于兄嫂，令从师习此末艺，将来尚未知若何，谁有余资为予纳妇耶？且年齿尚卑，尤未敢漫然启口。"女曰："然以侬计之，君能辞师出游，妾自能相君立业[⑨]。奚为仰人眉睫，使我燕尔[⑩]不安！"竺恍然，乃诘之曰："若言有家在，岂无父母而可自主耶？"女笑曰："妾初绐君，今乃悟乎？侬字青眉，居北山，实狐也。

羡君玉貌，故假邻女以相就，岂真有高堂为予缚束者？”竺年幼，且贪新欢，茫不知惧，唯曰：“闻狐恒为人害，信然否？”女曰：“亦信有之，而妾非其伦也。妾不爱君，亦不至此；爱之而复杀之，宁能见容于天地乎？”因侃侃鸣誓。竺亦相信不疑。临去，授竺以策。

竺如其教，启于师曰：“昨闻里人言，予嫂病，且甚危殆。予少受其抚育，请给假一归省视。”言已泣下。师亦微闻其嫂病，见其悱恻，心甚悯焉，乃自营肆务，遣之行。

竺出肆，未及里许，女早迎于道周，问之曰：“君将奚适？”竺曰：“将归予家。”女大笑曰：“君误矣。若往汝家，有兄嫂在，其何能从之？”竺曰：“为之奈何？”女曰：“侬视之，君业虽未能游刃有余[11]，而尚可以进乎技[12]。妾幸有薄资，请与君游于外郡，自立生计，必有以愈于为人佣。君以为何如？”竺本漫无主裁，欣然从之。女出白金一锭，觅舟南行，竺与女倡随甚乐[13]，亦不念及乡族。舟抵常熟[14]，女犹欲前进，竺不愿，乃僦居邑之北门。女又以金半笏[15]，为营肆具，遂开设于市中，其后为居室。女以竺齿尚稚，不令合人生理，凡竺所不能制者，女皆代庖为之，式甚新奇，名乃大噪，邑中之履咸归焉。女亲操井臼，治饔飧，暇则织屦相夫子，怡怡然无怨色。竺益心德之。

明年，竺已十七，家小裕，志遂少荒，数从无赖游。女禁之，弗听。适常熟有富家子，性佻达，尤好龙阳君[16]，时来肆中市履，见竺之色，深悦之。会竺与无赖交，乃以重金啖倩无赖，值望后[17]，月色甚明，置酒于邑中慈觉寺，邀竺为长夜饮。竺以他故绐女，遂从无赖行。至则富家子亦在座，极致款曲。竺素限于量，饮未半，已不胜酒力。众引之别室，俾其小憩，实则以计嬲[18]之也。竺方转侧欲眠，忽闻人小语曰：“舍妾孤栖，君乃在此高卧耶！”竺亟张目视，则青眉立于榻侧，因诘其何以至此。女曰：“君之危若履虎尾[19]，犹问乎！请即从妾归。”竺内惭，因诈以醉辞。女以气噀[20]竺面，冷若觱栗之风[21]，酒顿醒，强起随之行。女曰：“君未得其实，归将怨妾。盍少留，当有笑柄供君解颐。”随捉一矮凳置床头以待，麾之，倏成人形，衣履面容，与竺无差别。竺亦莫测其意，惟伫伺之。有顷，见富家子与众嬉笑而入，曰：“啜糟之鱼可捉矣。”径以手启卧者之衣，潜捋其裤，狎亵之状，不可胜言。竺面赤汗流，始悟众等恶计。女顿以纤腕相握曰：“去，去！”遂悄然出走，恍若梦寐，而身早在室中矣。

既归，女延之坐，长跽且数之曰：“妾携君远离故里，虽不敢望君大成，亦宜自爱。今君数作游荡，几以丈夫之躯，陷入妾妇之队，使狡谋果遂，不独妾羞为弥子之妻[22]，君又有何面目归向桑梓乎！”语甚悲咽，泣下数行。竺愧悔无以自容，颜色沮丧，莫措一词。女恐其过惭，乃起，以温言慰藉曰：“后勿复然，过贵于能改也。”遂仍欢好，不再言。

乃富家子为欢良久，顿觉有异，视之，则裸伏凳上，竺之迹渺然。大惊，疑竺为妖，与众共首于县。时巴陵[23]苏莶臣以进士宰常熟，素稔富家子有邪行，不欲究其事；然因马朝柱一案[24]，逮捕妖术甚亟，爰命役拘竺。竺至，公见其少小，且事涉暧

昧，略加研诘，竟笑遣之。

竺归肆，女忽谓之曰：“是地不可复居，将有祸至。”遂货其器具，束装北行，徙家于瓜步间[25]，爰卜山阳之南郭[26]而居之。女以竺少不更事[27]，前因多资，致荡其心，遂不复设肆，日令竺荷担入市，所得者仅足糊口。己乃茅屋数椽，纺绩相助，此外别无赢余。竺渐不能堪，每出，窃与市儿赌。始以获采[28]，少助杖头[29]，遂欣欣以为得意。女故知而不问。

一日，女出汲，突遇同巷某瞥见之，惊以为神仙中人。盖某素业赌博，以得罪于势豪，方切忧惧[30]，见女，居为奇货，顿思假此为释憾之计，献媚于豪。因乘间以言铦[31]竺曰：“子业此欲赡两口，势必有所不能。且男子远离乡井，当思奋身立业，始可归见里族[32]。若仅日觅蝇头，竟同株守，不第不能归，归亦何颜也？”竺闻言，适中所患，乃咨嗟曰：“君言良是。但无处措资，业何由立！”某以佯为踌躇，徐曰：“此事亦非大难。某同辈中某某，凡以博起家，获资巨万。闻子采兴甚高，战无不利，盍为此不母而子[33]之策，白手可致素封，犹愈于坐操会计多多矣。”竺本以此自负，又不禁歆羡之私[34]，遽攘臂曰：“君能贷我十缗，我当试一为之，看花骨子[35]非我如意珠耶！”某慨然许诺，暮又偕一人来，曰：“予适小匮乏，贷于此兄，幸如数，请即署卷[36]。”竺素不能书；女虽能，又不敢以告，即倩某捉刀[37]，其名实即某豪，竺不及知也。其一人得卷，即以资付竺，忽遽而去。竺亦未及致诘，径携资就某家赌。其始小胜，后乃大亏，比及鸡鸣，早已万钱立罄。众哄然散去。竺亦垂首而归，抵家倦卧。女固悉其所为，亦不致诘。又明日，竺诣某处，与商背城[38]之策，数往皆不遇。

瞬息月余。某忽偕数人至，衣帽甚都，前人亦在内。某谓竺曰：“积欠[39]猝未能清，其子[40]可偿也。”竺为此固已私蓄千钱，毅然曰：“息几何矣？”答曰：“五十缗耳。”竺骇曰：“其母仅十千[41]，其子何反数倍耶？”众哗曰：“语都不类！”亟出卷令竺自阅，则已千缗实书其上矣。竺不觉颈赤，与某力争。某亦不相下，手口交加[42]。众咸怒曰：“逋欠者亦敢肆虐耶！”遂群殴之，几毙而后去。邻人有怜竺者，扶掖入室。女为之抚摩疮痍，毫无诟谇，人益贤之。

诘朝，豪仆又来取索，且风[43]示其指曰：“能以妇偿，百缗尚可得。”竺大詈之，其人即返，又引前数人来，挝门秽辱，比邻俱掩耳恶闻。女背竺出，亟止之曰：“若勿尔尔。若之意，在人不在资，侬已知之。但竺为侬夫，今甚狼狈，伉俪之情，不忍遽绝。归与若主言，果相悦，俟竺愈，径来相迎，侬固不惜此一身。”豪仆闻之皆喜，敬诺而去。里中聆其言者，俱以女为缓攻计，即竺亦不疑其有去心。

浃旬，竺已复初，惟忧豪家来索逋。已而果至。女出与之约，竺亦不能尽知。晚间，女置酒室中为竺庆。少酣，女起，满酌而语之曰：“妾为君妇，三载于兹，不克有所裨益，既致君离其乡里，骨肉不通笑言，今又以蒲柳之庸姿，辱君于狂奴之毒手，心实怍焉。刻下积逋无偿，进退维谷[44]，君将何以处之？”竺默然，既而叹曰：“予诚不肖，重负吾卿。豪家之事，情甘与之涉讼[45]。他复何言！”女泫然曰：“君奚固执若此。君以异乡之身，与豪右相较[46]，危可翘足而待[47]。若整装急旋故土，上可广先

人之祀[48]，下可酬兄嫂之恩，计诚莫逾于此。”竺已喻其旨[49]，因曰：“我归，子将若何？”女曰：“豪之所图者，色也；妾以色事君，即以色事豪，渠必不追吾夫矣。”竺艴然色异[50]曰：“是何言也！予宁死，不以妻抵债！”女遂不再言。及寝，又以利害说之，竺方首肯。女即起为之治装，促之行曰：“不可缓，迟则祸至矣！”

竺尚流连。女强之出门，以手麾之。竺遂不能自由，大奔若狂，直至百里外，始复其故步。暮投旅店，计去山阳已二日程。竺终以女为念，止不复前，将以探其耗。阅五日，果有自淮上[51]来者，且其熟识也。见竺，即尤之曰：“子诚负心，捐妻子而远遁，令其死于强暴，情何以堪！”竺固预料有此，乃大恸，诘其颠末。人曰：“尊阃[52]至豪家，涕泣不食，夜出缢于其门，尸重不能举。官知之，检其怀中，得血状，具诉其冤。官将逮子，莫知所往，因置豪于法，并诱子者亦得罪。邻里咸称快。予来时，狱将具矣。”竺心又少慰。乃市楮镪祭之野，痛哭至呕血，卧病传舍，时时饮泣。旋复迷惘。沉顿间，女忽欻然入，就榻抚视，且笑曰：“妾已得生，君何为欲死耶？”竺愕然，曰：“闻卿已殉节，今至此，得毋学桂英来索王魁命乎[53]？予诚负心，殁亦无憾。”女又笑曰：“年已如许大，何犹菽麦不辨，呱呱作小儿啼哉！妾本狐仙，宁无自全之策？向之殁者，特江间一片石，岂侬亦效痴妇人作投缳鬼哉！”竺素知其灵异，欣喜不胜，而病已甚惫。女投之以药，遂霍然。女又谓竺曰：“妾不可露形于此，致人疑怪，当仍往前途候君。君亦勿久滞。”乃先行。竺至次日亦就道。至夕，与女重圆于旅次。竺谋他适。女不可，曰：“前因一时孟浪，屡踬于他乡。今而知安乐莫如故土也。请即偕归，不再与君作汗漫[54]游矣。”于是出金为竺制衣履并己之妆饰，遂返本邑。

初，竺之兄不见弟，欲讼其师。乡人有见竺远行者，力止之，而兄嫂恒思忆不置。一旦见竺携丽妻复其帮族，咸惊喜。竺诡言娶于他邑，人亦不疑。女以资授竺，使仍设肆于市，而迎其嫂与兄奉养于家，曰：“为我约束狂郎。”——妇虽智，究难箝制夫也。自此竺与女力作，家以日裕。

余初见青眉，深异其非人，因再三诘，竺甫肯缅陈其概，更谓予曰：“微君之文，予妻将湮没毕世矣。”余亦喜其相夫之智，持节之坚，遂援笔而为之传。

外史氏曰：“青眉固功之首，而亦罪之魁：其非诱竺速出，何至屡濒于险？幸而归老首丘[55]，差可自盖。亦竺之嗜饮嗜赌，自贻伊戚[56]，岂真‘妇有长舌，为厉之阶’哉[57]！温柔乡不慕而慕醉乡，宜其有兔脱[58]之厄；恩爱海不贪而贪苦海[59]，宜其有鼠窜[60]之危：故罪不可不专责之青眉，究亦不能末减[61]于竺皮。”

【注释】

①鄙人：地位卑贱的人。

②莫之能掩：指没有人能比得过他。掩，遮掩。

③断袖欢：指玩弄男色。典出《汉书·董贤传》：董贤仪容美丽，得到哀帝宠幸，常与哀帝一起睡觉。一次昼寝，董贤枕着哀帝的衣袖而卧，哀帝想起身，为了不惊醒董贤，便断袖而起。

④盍开我：何不开门让我进屋？

⑤非有他也：并无其他缘故。

⑥兀（wù 务）坐：挺直坐着。

⑦捆屦（jù 巨）：屦，葛、麻等制成的单底鞋。捆，敲打、捶击，织屦时的一种动作。《孟子·滕文公上》："捆屦织席以为食。"赵岐注："捆，犹叩椓也。织屦欲使坚，故叩之也。"这里是用"捆屦"泛指做鞋。

⑧未央：未尽。指来日方长。

⑨相（xiàng 象）君立业：帮助你创立家业。相，帮助，辅佐。

⑩燕尔：指新婚。语出《诗·邶风·谷风》："宴尔新昏（婚），如兄如弟。"燕，同"宴"。

⑪游刃有余：这是用"庖丁（梁惠王的厨工）解牛"的典故。《庄子·养生主》："今臣之刀十九年矣，所解数千牛矣，而刀刃若新发于硎。彼节者有间，而刀刃者无厚。以无厚入有间，恢恢乎其游刃必有余地矣。"意思是说，刀刃是没有厚度的，而骨节间却有空隙；只要看准空隙下刀，刀刃在空隙间游行，还有余地。后来因用"游刃有余"形容做事熟练，解决问题胜任有余。

⑫进乎技：借用《庄子·养生主》"臣之所好者，道也，进乎技矣"语，指技术已经不错了。

⑬倡随甚乐：指夫妻感情融洽，生活快乐。倡随，夫唱妇随。倡，通"唱"。

⑭常熟：今江苏常熟市。

⑮半笏：旧时金银的锭铸为长条形，唐制为长三十厘米，宽八厘米，厚零点五厘米，重五十两（宋元时亦重此数）。因为锭的形状像笏，所以又称为"笏"，一锭又称为一笏。半笏为二十五两。

⑯龙阳君：指男色。据《战国策·魏策四》载，魏王的幸臣龙阳君得到王的宠爱。一次魏王与龙阳君同船钓鱼，龙阳君钓到十多条鱼，反而大哭起来。魏王问是何故。龙阳君说："臣始得君甚喜；后得又益大，直欲弃前所得矣。今臣得拂枕席，而四海之内，美人甚多，闻臣得幸，必褰裳而趋王，臣亦犹臣前所得之鱼也，臣亦将弃之矣。安能无涕乎！"于是魏王下令国内，有谁敢言美人者，灭族。

⑰望后：十六日。

⑱嬲（niǎo 鸟）：戏弄。嵇康《与山巨源绝交书》："足下若嬲之不置，不过欲为官得人，以益时用耳。"

⑲若履虎尾：比喻处于危险境地。语出《易·履》："履虎尾，不咥（啮）人，亨。"又："履虎尾，咥人，凶。"王弼注："履虎尾者，言其危也。"

⑳噀（xùn 迅）：喷。

㉑觱（bì 必）栗之风：即严冬寒冷之风，语本《诗·豳风·七月》："一之日□发（读 bá），二之日栗烈。""一之日"、"二之日"即阴历十一月、十二月。觱发，谓风寒冷，栗烈，犹言"凛冽"。

㉒弥子之妻：弥子，弥子瑕，春秋时卫灵公幸臣，以容颜美丽，得到卫灵公宠幸。后年老色衰，被黜去（见《韩非子》的《说难》、《内储上》、《难四》等篇）。这里因竺险些被人玩弄，故以弥子瑕作比。

㉓巴陵：旧县名，治所在今湖南岳阳市。

㉔马朝柱一案：乾隆十七年（1752），湖北罗田县民马朝柱以符箓聚众，计划在英山县天马寨起事，事泄露，罗田知县冯孙龙以开脱马朝柱，被处死，朝廷下令通缉严办。

㉕瓜步：镇名，在今江苏六合县东南瓜步山下，滁河东岸，因山得名。步，一作"埠"。

㉖山阳之南郭：山，指瓜步山。阳，山的南面。郭，外城；“南郭”，城南关。

㉗少（shào 绍）不更（gēng 庚）事：年轻人阅历不多。语出《隋书·李雄传》：“上谓雄曰：‘吾儿既少，更事未多。”更，经历。

㉘获采：采，同“彩”，彩头，胜彩。指赌博获胜。

㉙杖头：即“杖头钱”，指买酒的钱。据《晋书·阮修传》载，阮修出外散步的时候，就以百钱挂杖头，遇到酒店，就用它买酒喝。

㉚方切忧惧：切，迫切，这里作“非常”解释。方切忧惧，正在非常忧惧的时候。

㉛铦（tiǎn 舔）：钩取，诱取。《孟子·尽心下》：“士未可以言而言，是以言铦之也。”赵岐注：“铦，取也。”这里是引诱的意思。

㉜里族：犹言“乡亲”。里，乡里，故乡。

㉝不母而子：不用本钱而可得利。

㉞歆羡之私：即羡慕之心。私，个人的，指内心。

㉟花骨子：即骰子，赌博用具。如意珠：佛教语，即宝珠。因为可由它求种种之物，故名“如意珠”。佛教说此珠出龙王或摩竭（古中印度国名）鱼脑中，或说是由佛舍利（佛骨）所化。

㊱署卷：立借据。署，签署，指在借据上签名画押。卷，借卷，即借据。

㊲捉刀：指代笔，代替别人写东西。《世说新语·容止》：“魏武将见匈奴使，自以形陋不足雄远国，使崔季珪代，帝自捉刀立床头。既毕，令间谍问曰：‘魏王何如？’匈奴使答曰：‘魏王雅望非常，然床头捉刀人，此乃英雄也。’”古代的文字是用刀在竹木简上刻写的，因此便把魏武捉刀这个故事同它联系起来，称代人作文为“捉刀”。

㊳背城：“背城一战”的省语，指赌博。

㊴积欠：指本金和利息加在一起的欠债。

㊵子：指利息。下文的“母”指本金。

㊶十千：即十缗。一千钱为一缗。

㊷手口交加：犹言又打又骂。

㊸风（fěng 讽）：通“讽”，劝告。这里是“暗示”的意思。

㊹进退维谷：进退两难。语出《诗·大雅·桑柔》：“人亦有言，进退维谷。”毛传：“谷，穷也。”维，语助词，无实义。

㊺涉讼：打官司。

㊻豪右：豪门大族，豪强。右，古代以右为上，故称世家大族为“右姓”、“右族”。《后汉书·郭伋传》：“强宗右姓，各拥众保营，莫肯先附。”李贤注：“右姓，犹高姓也。”

㊼翘足而待：翘足，亦作“跻足”，抬起足，形容时间极短。《汉书·高帝纪下》：“大臣内畔（叛），诸侯外反，亡可跻足待也。”

㊽广先人之祀：广，增多，扩大。祀，祭祀。此句是说，竺急归家，可不遭危险，这样，又可增加一个祭祀祖先的人。

㊾旨：主旨，用意。

㊿艴（fú 佛）然色异：艴然，恼怒的样子。色异，变脸。

(51)淮上：淮，疑当作“滁”，淮河距瓜步甚远，方位不合。滁上，指竺原先所居瓜步一带。

(52)尊阃：对别人妻子的尊称。

(53)桂英、王魁：即王魁负桂英的故事。参见前《王魁传》。

(54)汗漫：漫无边际。

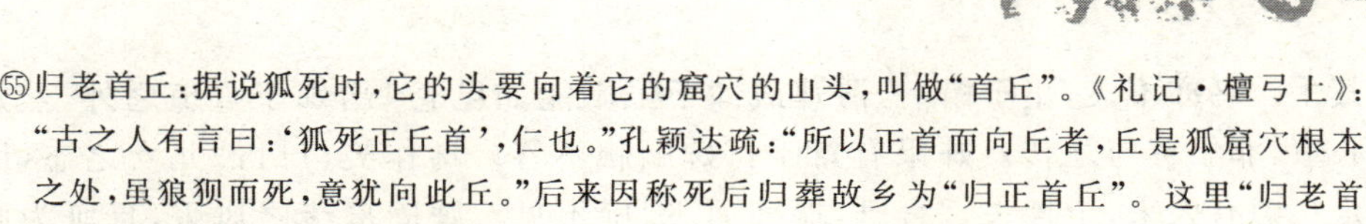

㊾归老首丘：据说狐死时，它的头要向着它的窟穴的山头，叫做"首丘"。《礼记·檀弓上》："古之人有言曰：'狐死正丘首'，仁也。"孔颖达疏："所以正首而向丘者，丘是狐窟穴根本之处，虽狼狈而死，意犹向此丘。"后来因称死后归葬故乡为"归正首丘"。这里"归老首丘"，即归老故乡之意。

㊿自贻伊戚：自己招来忧患。语出《诗·小雅·小明》："心之忧矣，自诒伊戚。"诒，通"贻"，招致。戚，忧愁，悲伤。

57"妇有长舌，为厉之阶"：这是《诗·大雅·瞻卬》中的诗句。原诗"为"作"维"，义同。长舌，指爱说闲话，搬弄是非。厉，凶厉，灾祸。阶，阶梯，即媒介之意。"岂真"整句是说，并非青眉惹是生非，招来灾祸。

58兔脱：形容像兔一样脱去得迅速。这里指脱逃、逃难。

59恩爱海、苦海：均为佛教语。恩爱海，即"恩爱河"，因与上句两"乡"字对仗，故改"河"为"海"，喻恩爱之深如河。苦海，喻苦难之广如海。

60鼠窜：像老鼠一样乱窜，形容奔逃的慌张狼狈样。《汉书·蒯通传》："常山王（张耳）奉（捧）头鼠窜，以归汉王。"

61末减：减轻所判之罪。语出《左传·昭公十四年》："三数叔鱼之恶，不为末减。"杜预注："末，薄也；减，轻也。"

秦吉了

剑南[①]巨家蓄一婢，貌美而黠，主人颇宠之，不使与群婢伍。时某太守将致仕，以一秦吉了[②]相赠，绝巧慧，能作人言。主因命婢司其饮啄，此外无余事也。

一日，婢饲鸟，鸟忽言曰："姊哺我，当得一好姊夫！"婢羞，扑之以扇，鸟亦不惊。自是鸟有所语，婢或戏而答之，或笑而詈之。习以为常，婢亦不甚介意。盖婢独居一室，鸟即悬其闼，喁喁小窗[③]，俨然伴侣，人亦莫得问焉。

又一日，婢浴于室。忽闻鸟呼曰："姊固好身体，愧我非男儿，见之当销魂欲死。"婢大恚，白身往扑之。适鸟亦新浴，因驯，未闭其笼，竟振羽而出，绕屋周匝。婢捉之倍亟。鸟忽洞穿窗纸，翱翔而去。婢遂仓皇无措，深惧主责，顿生狡狯：著衣后即移笼檐下，径诣主前泣诉曰："婢子偶不谨，闭户澡身，不意为人所中伤，竟放鸟去，情甘罪责，死无怨！"主人素怜婢，且悉众有妒心，果不究典守[④]，而反究他人。其计亦谲矣。既而莫得其主名[⑤]，亦姑置之。

旬日后，婢奉主母命往省同邑梁孺人[⑥]。其子名绪，犹未婚，方昼读于斋中。俄有鸟飞集其案，作人语曰："为君觅一佳配，盍往视诸？"绪惊而谛观，则一秦吉了，因释卷而逐之。鸟飞甚缓，甫出院门，见有二八妖环，青衣红裙，冉冉自外入。鸟忽失其所在。绪睨女貌美丽不群，乃托故尾之以行，直入内室，与母絮絮话言，始悉为某巨家婢，而姿容态度，娴雅动人。婢见少年郎，亦时时顾之，两情颇眷恋，但不能通片语。良久，婢自归。既复主命，言旋其室[⑦]，空笼故在床侧，瞥见前鸟，瞑目拳足[⑧]，憩息其上。大喜，如获拱璧，将执之，复置诸樊[⑨]。鸟大噪曰："予为姊奔波几殆，幸得好姻缘，何犹欲以此困我耶！"婢奇其言，诘之。鸟一一缅述。婢顿悟，遽敛

其手。鸟亦不飞，止于榻上，谓婢曰：“予虽不能如昆仑[10]出姊于重垣之外，然姊之心事，非予莫与之传。姊果有意乎！”婢腼腆不答。鸟作笑声曰：“儿女之态，固如是！虑有人来，予且去。”言已，振翮而飞，旋不见。婢固慕绪之风采，且耻为画屏姬[11]，反侧中宵，不能自主。

明日，鸟瞰无人，又复爰止[12]。婢招之即下，因言曰：“主人甚爱余，必不忍以珠弹雀[13]。况梁生青年才俊，纵慕少艾，讵屑以婢妾充好逑？费子苦心，恐事不谐，可奈何？”鸟解所言，两翼旋作。至夕始还，乘昏复婢曰：“梁生之情，见乎词矣。”因诵其所吟曰：

不妨团扇白，只喜玉颜红[14]。

倘遂乘鸾愿，终应跨凤同[15]。

婢闻而心喜，遂以意授鸟，侵晨，复纵之去。乃绪在萧斋，日夕注念于婢。朝起仰视翔禽，颇似畴昔之鸟，因戏曰：“卿能语我可人乎？当为汝立传，俾与苏武之雁并传[16]。”语未已，鸟忽垂翅而下，集于粉垣，与绪对语，致婢相思之意，并所虑之深。绪大悦，因诘婢知书否。鸟答曰：“颇识之。”绪即立草数行，备叙渴衷，兼矢永好，缄封而置之地。鸟即飞而衔之，径飞去。绪益骇叹其奇。乃自此数日，不再见鸟，而婢之音耗顿绝。

正怅望间，忽传巨室有婢死，既已藁葬。绪心动，疑而询之，果即意中所属者，大恸几失声，而亦莫解其故。——殊不知鸟衔笺去，婢见之，愧不能书，乃撤玉瑱一事，畀鸟复之，并告以父母所在，浼去物色之，啖以重金，则蛾眉不难赎，鸾俦可立效矣。鸟唯唯，衔之高飞，至中途，突遭恶少，试以弹丸，中其颊，鸟遂殒越，身命俱捐。居无何，而婢之祸作。初，巨家以色宠婢，将以列之小星[17]，婢颇不愿，退有后言。迨婢以失鸟之故，嫁祸于人，虽未遭箠楚之威，而同列者靡不侧目[18]，且虑其专房恃宠，行将长舌为灾，遂群起而攻：闻其在室与鸟言，夜半不辍，乃诬以与人有私，播之主耳。主闻之，甚怀醋意，搜诸室内，得绪书，益为勃然，毒加拷讯。婢以事涉荒唐，无能自明，遍体疮痍，奄奄待毙。主亦不待其死，生纳诸棺，命仆瘗之野。此婢之绝命本末。在绪亦未深知，惟有怆怀埋玉[19]，坐而伤神，不禁隐几[20]而卧。忽梦一女子，羽衣蹁跹，直前敛衽曰：“妾即秦吉了也，与某家姊本同类。渠以善行，得以转轮为人，妾与之邂逅复聚，虑其辱于庸夫，敬以先容于君子。不意妾半途折翼，致姊竟遭烁金[21]，负屈重泉，良堪扼腕。虽然，幸有生机，非君孰与援手？”绪梦中大喜，起而询之。女子戟手[22]一指，曰：“郊行百步，薛涛坟固不远也。”顿仆地化为孤鹤，凌空而上。

绪惊寤，即命仆马访诸邑外，偶忆北堡村名，似合隐语，径诣之，果得婢之葬处，而未敢遽开。因假村中一席地，至夜，以利啖仆，同往启之。所瘗故不甚深，及棺静伺，似闻呼吸之声，亟破之，婢果复活。绪遂惊喜若狂。左近有尼庵，卑礼叩之，缅陈其故。尼亦乐于为善，慨然许之。相与扶婢出穴，绪亲负之以行，寄养庵中，资以薪水，然后归。

月余，婢竟光采如初。绪乃浼[23]尼为撮合山，托言贫家之女，力白于其母。母往视之，虽一面之识，颇能记忆。婢因泣诉其情。母素爱子，不拂其意，径为之迎聚于家。且因婢故，不与巨家通；巨家亦以婢故，杜绝往来，婢之踪迹因以秘。惟绪念秦吉了之德，遇有捕获者，必市而纵之，人咸疑讶。至巨家中落，尼乃泄其春光[24]。说者遂得其梗概如右。

外史氏曰："青鸟传言，古今佳话，此婢独何福消受？然以司鸟为职，其事甚雅，其貌亦必轶群，安在掌笺之红线[25]，不足为举案之孟光[26]乎！但非梁生之情痴，纵令巧言如鸟，丽色如婢，恐未必念念不释，况为青衣之下，竟蹈发冢之嫌，几罹开棺之罪如此哉！如有钟情之士，必以绪为异人。"

【注释】

①剑南：剑阁以南四川中部地区。"剑阁"，县名，在今四川省北部。县北剑门关，以形势险要著称。

②秦吉了：鸟名，即"了歌"（鹩哥），《唐书》译音作"结辽鸟"。产于岭南广东广西山中。大似鹳鸽，青黑色，头两边有黄肉冠，如人耳，红嘴黄距，能学人语。唐诗人李白、白居易都有诗写到秦吉了。

③喁喁（yú 鱼）小窗：在小窗下轻声交谈。喁喁，轻声细语。

④不究典守：不追究失职之罪。典守，职守，职责。

⑤主名：主犯，为首的人。

⑥孺（rú 如）人：《礼记·曲礼下》："天子之妃曰后，诸侯曰夫人，大夫曰孺人，士曰妇人，庶人曰妻。"明清时为七品官之母或妻的封号，也通用为妇人的尊称。

⑦言旋其室：回到寝室。"言"是语助词，无实义。

⑧瞑目拳足：形容困顿、疲惫的样子。拳足，拳，通"蜷"，蜷曲。

⑨樊：关鸟兽的笼子。

⑩昆仑：即昆仑奴磨勒，唐裴铏《传奇·昆仑奴》中的人物，他曾冒着危险，帮助他的主人崔生与一贵官的侍姬红绡妓结为夫妻。参见前《传奇·昆仑奴》。

⑪画屏姬：富贵人家的姬妾。

⑫又复爰止：又飞来停在鸟笼上。爰，语助词，无实义。止，住，停下来。

⑬以珠弹雀：以宝珠作弹丸去弹打野雀，比喻轻重倒置。典出《庄子·让王》："以隋侯之珠，弹千仞之雀，世必笑之；是何也？则所用者重，而所要者轻也。"弹，用作动词。

⑭"不妨团扇白"二句：上句用晋王珉与嫂婢谢芳姿相爱事，参见前《洛阳伽蓝记·王子坊》"团扇歌"注。这里诗中的"团扇白"指诗作者自己，说自己愿作手执白团扇的王珉，也就是说，婢子的奴婢身份，自己并不嫌弃。下句是说婢子花一样红艳的玉貌令人喜爱。

⑮"倘遂乘鸾愿"二句：是表示自己希望同对方能像萧史、弄玉那样结为夫妇。

⑯俾与苏武之雁并传：使你同替苏武传信的大雁一起为人传颂。大雁传书事见前《莺莺传》"清汉望归鸿"注。

⑰小星：妾。《诗·召南》有《小星》篇，诗序解释此篇诗旨说："小星，惠及下也。夫人无妒忌之行，惠及贱妾。"后来因以"小星"为妾的代称。

⑱侧目：怒目而视，指心中怀恨。

⑲怆怀埋玉：悲悼死去的美人。《晋书·庾亮传》："亮将葬，何充会之，叹曰：'埋玉树于土

中，使人情何能已！'"后遂以"埋玉"专指美人死去。

⑳隐(yìn 印)几：靠着几案。

㉑烁金：烁，通"铄"，"众口铄金"的省词。比喻众口一词，可以颠倒是非。语出《国语·周语下》："故谚曰：'众心成城，众口铄金。"韦昭注："铄，销也。众口所毁，虽金石犹可销也。"

㉒戟手：伸出食指中指指人，其形如戟，故称戟手。一般用来形容怒骂时的样子。

㉓浼(měi 美)：请托。

㉔泄其春光：意为泄漏消息。语本杜甫《腊日》诗："侵陵雪色还萱草，漏泄春光有柳条。"

㉕掌笺之红线：红线，唐传奇小说中的侍姬名；掌笺，即"掌笺表"。参见前《甘泽谣·红线》。

㉖孟光：梁鸿之妻，她给丈夫进食，"举案齐眉"，极其恭敬，封建时代把她视为贤妻的典范。以上二句意思是，怎么能说做奴婢的人，不配成为贤良的妻子呢？

六合内外琐言

（清）屠　绅

屠绅（1744～1801），字贤书，号笏岩，又号桑蠋生、磊砢山房主人、竹勿山石道人、黍余裔孙，清代江阴（今江苏江阴）人。出身农家，天资聪敏，十三岁中秀才，十九岁中举人。乾隆二十八年（1763）进士，时年二十岁。三十岁时出任云南师宗县知县，后升寻甸州知州。五十三岁时任广州通判。五十八岁时到北京候补，病死客舍。著有诗集《笏岩近稿》、文言长篇小说《蟫史》、文言志怪小说集《六合内外琐言》（一名《璅蛣杂记》）、杂记《鹗亭诗话》。

《六合内外琐言》，二十卷，共一百六十六篇。有清刻本，十册，其中绣像上、下二册。此书想象丰富，诚如清代黄人所说："诡丽奇绝，似纬似子，辟小说家未有之境。"（《六合内外琐言序》）全书多为志怪内容，看似荒诞，不少篇章却折射当时的社会现实。《长须君长》中阿宝死而复生，反映灾年卖儿卖女的惨绝人寰的社会现实。《还臂》也透露了清代已使用显微镜，取得了高超的微雕技术。

以下《长须君长》和《还臂》两篇，分别选自清刻本《六合内外琐言》卷一和卷四。

长须君长

甓社湖中，旱岁无食。渔者沈翁，有子阿宝，年十二矣。翁与其妻谋，标阿宝于市而鬻之[①]。有滕县[②]奸屠二人，将市为息[③]，议直[④]半万钱。沈翁喜，谓可支两月食，泣谓阿宝云："汝得饱，吾与汝母又得活，盍[⑤]往乎？"阿宝私告翁曰："彼面脂而目赤，深毛压颈，如牢豕然，殆将醢我[⑥]矣。翁[⑦]速归，儿自为计。"屠者携阿宝去，当渡河，阿宝倏然[⑧]起，跃黄流[⑨]中。屠仓皇四顾，悔不得肉而已。

阿宝之逝也，瞑目待尽，若有人持其手者，命之登岸，顿见风日清丽，衣湿乍轻[⑩]。视其人，发鬅鬙[⑪]，须过腰下，俯身一跃，殆十丈而遥。偕之入城，崇墉[⑫]非砖石筑，编半竹如篱落焉。游于王宫，千门万户，皆麂眼墙[⑬]也。

顷之，王召阿宝入，拜于墀[⑭]，阿宝陈舍身状[⑮]。王恻然[⑯]曰："伍相[⑰]之忠，曹

娥[18]之孝，中国诚多异人。儿踏波如席，遂能使几上之肉放于江湖，捐躯可谓烈矣。老夫长须君长[19]也。昔驸马都尉，稽首龙廷，延国祚[20]于一线。先君遗命：中国人有浮沉至兹[21]者，必举手援之。况儿之天性过人哉！"阿宝泣而谢曰："父母嗷嗷，儿归亦不能点金聚米也。请就死！勿戚戚耳。"王哀[22]之，与大臣计。一臣建言曰："国中无粒食，阿宝且何能持粮归？今国中犯法当死者百，其身徒葬鱼腹矣。若遣阿宝衣卫士服，日驱其囚于鼍社湖，以馔父母[23]，百日后麦有秋[24]，勿饥死也。"王掀髯[25]曰："快哉！此足以报孝子矣。"

是岁，沈翁夫妇，正绝食将死，闻舟后跳鱼声，视之则一虾须罥[26]船尾，网取之。虾大刚烹尽一釜[27]。夫妇饱终日。及明早起，见虾自远湖至，傍舟侧，仍网如初。一小虾逐其后，网勿能得也。默记神佑勿泄，拜而餍[28]之。三月余，日复如是。麦荐新[29]，虾不见矣。夫妇因忆阿宝不置。翁尝赴滕访之，则屠者已疫死，邻家初不知市阿宝事[30]。

越三载，沈翁舣舟[31]河口。一死尸从中流出，衣萦于柁[32]，急曳之入船。夫妇大骇号恸，似阿宝初溺死者，呻吟渐苏，哭曰："儿生也耶？儿死也耶？"父母俱惘惘[33]。阿宝述其跃河不死，居长须国中三年始末。父母曰："王既生汝[34]矣，何为复死？"阿宝曰："居国中三年者，为虾也。王令我死，则复为人耳。"阿宝既长[35]，遂为巨商。

今湖中渔人见长须而小者，名之为孝子虾，戒勿杀。

【注释】

①标：标志。这里指旧时出卖儿童所插的草芥的标志。鬻(yù 玉)：卖。

②滕县：秦置县，治所在今山东滕州市西南滕城。

③息：儿子。

④直：同"值"，价值。

⑤盍(hé 河)：合音词，何不。

⑥醢(hǎi 海)我：把我剁成肉酱。

⑦翁：父亲。

⑧倏(shū 舒)然：形容迅疾的样子。

⑨黄流：这里指河流。

⑩衣湿乍轻：意谓湿衣服突然变干了。乍，突然，忽然。

⑪鬅鬙(péng sēng 朋僧)：头发蓬松散乱的样子。

⑫崇墉：高墙。

⑬鹿眼墙：竹篱墙。篱格斜方如鹿眼，故称。

⑭墀(chí 池)：古代殿堂上涂饰过的地面。

⑮舍身状：指入水而死的情景。

⑯恻然：悲伤的样子。

⑰伍相：即伍子胥(？～前 484)，春秋时楚国人，名员，字子胥，后为吴国大夫。他曾多次劝谏吴王夫差，不听。后吴王夫差赐剑命他自杀。

⑱曹娥：东汉时会稽郡上虞县(今浙江上虞)人。相传其父溺死江中，尸骸流失。娥年十四，沿江哭号十七昼夜，投江而死。世称"孝女"。

⑲长须君长：长须国（即虾子国）君王。

⑳国祚：国运。

㉑兹：此，这里。

㉒哀之：怜悯他。哀，同情，怜悯。

㉓馔(zhuàn 撰)父母：给父母吃喝。

㉔麦有秋：麦子有收成。

㉕掀髯：笑时启口张须的样子。

㉖罥(juàn 倦)：缠绕。

㉗釜：古代炊器，近似今之锅。

㉘餍：吃饱。

㉙麦荐新：收新麦。荐新，以时鲜的食品祭献。《礼记·檀弓上》："有荐新，如朔奠。"

㉚初：完全。市：卖。

㉛舣舟：划船靠岸。

㉜衣萦于柁：衣服缠绕着船舵。柁，即"舵"。

㉝惘惘：悲伤，伤感。

㉞生汝：使你活下来。生，使动词，使……生。

㉟既长：长大以后。

还 臂

鲁卞夫，字小削，长洲之剞劂[①]人也。善刻划牛毛细字，尝自序[②]其能云："楷家之蝇头，不敌锓氏之蚊睫[③]。才以纤著奇，匠于难藏巧也。"偶于肆中见砚如龟者，其匣就其形为之，方圆得二尺许。爰择窟室[④]，漏日光一线，以两显微鉴[⑤]，刻《道德经》[⑥]五千言，运斤如使槊[⑦]，五日而刻成。夜半，老子来觌[⑧]，谓卞夫云："子之技进矣，吾之道传矣。"卞夫醒，益尽其术。觅枣木方四寸，刻《心经》[⑨]一部毕，仿佛见[⑩]如来面，出于卷中。自是用志凝神，日夕无间[⑪]。

秋初，风雨幽晦[⑫]，窗外作呦呦声。视其人长甫[⑬]三寸，探细手于棂[⑭]，若将攫物者。卞夫出刀如缕[⑮]，斫[⑯]之落其一臂。其人细语类蚊蚋云："吾手虽纤，引翼甚大。君戕害[⑰]焉，亦无所利。"卞夫叩云[⑱]："汝何为而至是？"其人云："职天曹小尹[⑲]，爱君刀笔，将窃之。今失一手矣，不能归其部。但得曲宥[⑳]，必以一阶[㉑]相报。"卞夫云："天曹应有篆文书之秩[㉒]，能以授吾，还汝臂也。"其人曰："诺。"卞夫掷其手窗外，其人愧谢去。

越三日，卞夫方刻，有大鹄[㉓]蹲庭中，遂跨之上青冥[㉔]，备员[㉕]剞劂也。

【注释】

①长洲：今江苏苏州市。剞劂(jī jué 机决)：刻印。

②序：同"叙"，叙述。

③锓氏：雕刻书版的工匠。蚊睫：蚊虫的眼睫毛，比喻极细微的地方。

④爰：连词，于是。窟室：地下室。

⑤显微鉴：即显微镜。

⑥《道德经》：指春秋时楚国李耳所著的《老子》。汉代河上公作《老子章句》，分为八十一章，以前三十七章为《道经》，后四十四章为《德经》，故有《道德经》之名。

⑦斤：斧头。槊：古代兵器，即长矛。

⑧老子：即春秋时楚国著名思想家李耳。觌（dí 狄）：相见。

⑨《心经》：佛经名，全称《般若波罗蜜多心经》。"心"喻核心、纲要、精华。该经被认为是《般若经》类的提要。

⑩见（xiàn 现）："现"的古字，即显现、显露。如来：原为佛教始祖释迦牟尼的十种法号之一，这里指释迦牟尼。

⑪日夕无间：日夜不停。间，间隔。

⑫幽晦：昏暗。

⑬甫：刚刚，才。

⑭棂（líng 灵）：窗户上雕有花纹的格子。

⑮出刀如缕：抽出一把细长的刀。缕，泛指细而长的线状物。

⑯斫（zhuó 卓）：用刀砍。

⑰戕（qiāng 枪）害：残害。

⑱叩：问。

⑲职天曹小尹：在天上官署中担任小官。职，用作动词，任职。天曹，道家所称天上的官署。尹，古代官的通称。

⑳曲宥：曲意宽容。

㉑阶：官阶。

㉒篆（zhuàn 转）：这里用作动词，即用篆体字书写铭刻。秩：官职。

㉓大鹄（hú 胡）：大天鹅。

㉔青冥：青天。

㉕备员：凑数。谓居官有职无权或无所作为。

小豆棚

（清）曾衍东

曾衍东（1751～约1830后），字青瞻，号七如，又号铁鞋道人、七如道人、七道士，清代嘉祥（今山东嘉祥）人。为曾子六十七代孙。幼年随父宦游福建、广东等地。二十岁后，又随父母远赴东北。父母客死长白山后，扶榇归故里。家计贫乏，务农为生，后于山东、广东、湖北、四川等地作幕。乾隆壬子（五十七年）科举人，任江夏等地知县。曾一度被罢职撤差。嘉庆十六年（1811），起用为当阳知县，调巴东知县。嘉庆十九年，以贪污罪革职，流徙温州羁管。生活穷困，以卖书画为生。嘉庆二十五年遇赦，以贫老不能归故里，客死温州，享年八十余岁。

工诗文及书画，尤精古篆。著有文言小说集《小豆棚》。此外尚著有《古榕杂缀》、《哑然诗句》、《七如题画小品》、《七道士诗抄》、《日长随笔》、《武城古器图说》等。

《小豆棚》的书名，作者取意于清初艾衲居士《豆棚闲话》，且继承《豆棚闲话》注重故事铺叙的优良传统。《小豆棚》记事，以山东济宁一带为多，也涉及作者所到的十多省地。叙事简洁，人物塑造栩栩如生，语言琅琅上口，在古朴的文言中常常夹杂大量的口语，形成一种艺术特色。作者特别看重《小豆棚》，曾以“五年笔墨《古榕草》，半世功名《小豆棚》”的诗句自诩。

《张二唠》、《翠柳》二篇，依据清光绪六年（1880）申报馆丛刻本（十六卷）校点整理。《张二唠》选自卷二“义勇部”，《翠柳》选自卷十三“杂技类”。

张二唠

张二唠，名景仪，行二，潍[①]之东关外人。以其好言，故称“唠”。凡与人共一事论一物，必穷诘再再[②]，亦究乎其至极而后已。然其行皆踶乎正[③]，乡之少年后辈，或遭于道，必超而避之。盖恐与之言而刺刺不休也。

有杜祥，唠同里，客死于都[④]，其妻高氏与姑及三幼子居。乾隆十二年饥[⑤]，姑

令高醮[⑥]。适[⑦]二唠丧偶，有媒之者，遂聘焉。择吉高氏至，张迎入，高氏坐床隅，唠曰："新人年几何？"妇羞不言。唠固问，妇素知其唠，乃曰："三十二。"唠曰："三十二，前婚杜时年几何？"妇曰："一十六。"唠曰："十六年中，尔夫妇亦相得[⑧]否？"妇笑曰："夫妇有何不得之有？"唠曰："恐不得；既相得，当死守，宁改适[⑨]？"妇曰："姑[⑩]老矣，不能养；子皆幼，不能抚。故醮而得金，以养以抚。"唠曰："金有尽，姑与子畴[⑪]抚养？"妇曰："不贫不醮。"唠曰："醮亦终贫，何如不醮？"妇泣曰："醮岂我之愿哉！而迫我以不得不醮之势！"言罢，大恸，以袖掩面，不能成声。唠曰："夫如是，不须悲，尔急归，孝尔姑，抚诸子。"妇曰："聘难偿。"唠曰："不尔索[⑫]。"持灯引妇出门，送之归。告其姑，而抚其子。皆涕洟[⑬]拜谢。唠曰："如有急，惟我恤[⑭]，可遣告，赍尔缺[⑮]。"乡里称善。今三子皆力食，能养母矣。

【注释】

①潍：指潍县，清代属莱州府，治今山东潍坊市。

②穷诘：追根问底。再再：一次又一次，连续多次。

③韪乎正：正确。韪，是。正，指好的或正确的。

④都：京都，国都。这里指清代的京都北京。

⑤乾隆十二年饥："乾隆十二年"即公元 1747 年，此时山东连年饥荒。

⑥醮(jiào 教)：再嫁。

⑦适：刚好。

⑧相得：彼此投合。

⑨宁改适：难道还改嫁吗？宁，虚词，岂，难道。

⑩姑：婆婆。

⑪畴：谁。

⑫不尔索：即"不索尔"，意谓不向你讨还聘金。

⑬涕洟(tì 替)：眼泪和鼻涕俱下。

⑭惟我恤：有我来救济。惟，有。

⑮赍(jī 基)尔缺：送给你缺少的东西。赍，把东西送给人。

翠柳

维扬[①]汪本，以手谈自诩[②]。尝游于京洛[③]缙绅间，曾见赏于吴桥某大司马[④]，因称棋汪。由是一枰[⑤]之上，方罫[⑥]之间，闻汪生之风者，可以不战而先馁。

一日，游三楚[⑦]，寓武昌[⑧]。太守张公，高手也，癖于木野狐[⑨]，因与汪弈，三战三北[⑩]。汪胜气临之，太守衔汪[⑪]，因欲得一胜汪者以快意，而卒寥寥。张于静夜灯前，覆汪胜局，反复凝思，计无所出。一婢年十五，名翠柳，慧而能，捧茗在张公侧，久立，乃曰："莲漏三滴[⑫]，尤抱石子不寐，夫人将不耐等矣！"张不答。翠柳指局曰："但此间争一着[⑬]先耳。"张恍然，遂命与弈，终局翠胜。张大喜，抱之膝间曰："可儿[⑭]！明日当与汪弈，为我一洗前辱。"

辰[15]起，请汪及众宾至，复布局[16]曰："今日有小子学步[17]者，愿先生教之。"汪漫应[18]焉。张公呼翠柳出，汪视之，垂髫丫髻儇婢也[19]。立案前，入局，即持白子曰："棋让一先。先生请下黑子，可以前驱胜我也。"汪颔之[20]。甫三四着，汪色变。翠曰："先生面赪[21]矣！"翠上下嬉顾，略[22]不经意。而子落枰间，一座皆惊。翠又曰："先生汗出矣！"汪赪颜沉思，下子愈迟；翠随手掷之，疾若鹘落[23]。既而翠柳棋声，乃与笑声丁丁格格相酬答。汪如木偶，子更无着处。翠以手自捏其凤翘[24]曰："先生坐，亦知立者苦否？"众粲然[25]，而汪神丧志沮，辙乱旗靡[26]。忽为翠柳于西北角上劫去十数子，如方塘一鉴，白鹭数点而已[27]。翠乃以长袖自掩其口胡卢[28]曰："先生负矣！先生负矣！"零碎连步[29]以入。汪目望洋，不知所为。是局固未终也。汪躄躠[30]返寓，明日遂行。

【注释】

①维扬：扬州或扬州府的别称，即今江苏扬州市。

②手谈：下围棋。南朝宋刘义庆《世说新语·巧艺》："王中郎以围棋是坐隐，支公以围棋为手谈。"自诩：自夸。

③京洛：即洛阳。东汉至北魏皆建都洛阳，故习称洛阳为"京洛"。

④大司马：官名。明清时用作兵部尚书的别称。

⑤枰：指棋盘。

⑥方罫（guǎi 拐）：围棋盘上的方格。

⑦三楚：秦汉时分战国楚地为西楚、东楚、南楚，合称"三楚"。这里泛指楚地。

⑧武昌：指武昌府，即今湖北武汉市江夏区。

⑨癖于木野狐：癖好下围棋。木野狐，对棋盘的戏称。宋代朱彧《萍州可谈》卷二："弈者多废事，不论贵贱嗜之，率皆失业。故人目棋枰为木野狐，言其媚惑人如狐也。"

⑩北：败。

⑪衔汪：怀恨汪本。衔，心中怀着。

⑫莲漏三滴：犹如说三更。莲漏，即莲花漏，唐代惠远发明的一种计时器，状如莲花。

⑬一着（zhāo 招）：围棋术语，下棋落子。下棋时下一子或走一步叫一着。

⑭可儿：可爱的人。

⑮辰：同"晨"。

⑯布局：围棋术语，指下棋时从全局观点出发进行布子。

⑰学步：即学步邯郸，典出《庄子·秋水》："且子独不闻夫寿陵余子之学行于邯郸与？未得国能，又失其故行矣，直匍匐而归耳。"这里比喻学习下围棋。

⑱漫应：随口答应。

⑲垂髫（tiáo 条）：原指儿童或童年，这里指年幼。髫，儿童垂下的头发。丫髻：梳着丫形发髻。儇（xuān 宣）婢：聪明的丫头。

⑳颔之：点头答应。

㉑面赪（chēng 称）：指因羞惭而脸红。

㉒略：副词，完全。

㉓疾若鹘（hú 胡）落：快如鹰隼迅疾而下。鹘，也称隼，飞得很快，善于袭击其他鸟类。

㉔凤翘：古代妇女凤形的首饰。

㉕粲然：笑貌。

㉖辙乱旗靡：车行轨迹乱了，旗子倒了。语出《左传·庄公十年》："吾视其辙乱，望其旗靡，故逐之。"这里比喻下围棋步骤已乱，败局已定。

㉗"如方塘"二句：形容执白子一方空了一个大方块，只剩下几个白子。

㉘胡卢：喉间的笑声。

㉙连步：犹快步。

㉚躄躃：躄，同"躃"。躄躃，似当作"躄躠"，脚步歪斜跌撞的样子。

耳食录

(清)乐　钧

乐钧(1766～1814),初名宫谱,字元淑,号莲裳,江西临川(今江西临川)人。嘉庆六年(1801)举人,以后屡次会试,都没有中式。家贫,同母亲侨居江淮间。他是江西继蒋士铨之后有诗名的人。著有《青芝山馆诗文集》、《耳食录》。《清史列传》、《清史稿》有他的传。

《耳食录》十二卷,有乾隆五十七年(1792)序;《二录》八卷,有乾隆五十九年序。此书内容多记异闻及狐鬼故事,写法接近《聊斋志异》。

绿　云

福山[①]刘生,假馆乡僻,为童子句读师。盛夏晚凉,散步门外。暮霞层迭,残照满山,眺望间忘其远近。旋有轫车飞至[②],车中人搴箔语曰:"油壁苦迟,劳君久伫。"视之,十七八好女子也,言词泠泠,如娇簧韵笛。刘愕然,半晌,答之曰:"某实不候卿,得毋误否?"女子颜赪,微愠曰:"甫读数行讲章[③],坐破毡,作牧牛儿[④],两目乃遽无珠耶!"言已,驱车疾去。暮色苍茫,顷刻不见。

刘深怪之。夜渐黑,逡巡而返,顿迷前路。方疑虑间,有数人囊灯[⑤]而至,相谓曰:"寻着先生矣。"刘意馆人迎己,漫从之。导行乱山中,入一巨宅。讶非故处。欲问之。一人前启曰:"主君[⑥]候堂下矣。"一老妇立灯光中,绿纱韬髻[⑦],短发星星[⑧],见刘,熟视曰:"婢子眼故慧,果不误也。"既就坐,从容曰:"向别尊府时,君犹总角,不意岐嶷若此[⑨]。堂上人俱无恙耶?"刘故朴讷,且未审是何世旧,踌躇不知所对,唯唯谦谢而已。

次日辞归。老妇敛容曰:"弱雏[⑩]失教,欲以西席相屈,幸毋谓榛栗不修[⑪],弃其孤嫠[⑫],实惟盛德。"刘以归馆为辞。老妇强之,遂留焉。

越日洁治馆舍,缥缈[⑬]满室,文具精良。老妇引二女出拜:长绿云,翠衿碧衫,丰态憨韵,目刘而笑。刘谛视之,即车中人也。心愈蓄疑,然不敢问。次素云,甫垂髫,眉目明秀,衣裳如雪。二女天颖卓绝,书一过即了了。刘初授以兔园之学[⑭],辄置不一览。喜诵佛经,不假师授,虽格磔钩辀[⑮],而梵音[⑯]清越。间摘奇字叩刘,刘莫能答。刘资质奇鲁[⑰],爱读制科文字,竟日夜咿唔不绝。二女每窃笑之。刘虽惭

怒，无如何也。侍女窅[18]儿，亦令佐读，聪悟稍逊二女，而苗条婉娟，便捷可怜。性好嬉戏，柳堤花圃，乘间窃游。刘禁之，不可，以告老妇。老妇曰："是婢天性固然，姑听之。"

一日，有陈家姨来，称曰阿锦，华妆袨服，类金屋娇[19]。二女令谒刘，将使就业[20]。叩问家世，刘具告之。阿锦艴然，谓二女曰："是吾仇也！老母左臂箭瘢犹在。今既值，庸勿报乎！"怀庭下石将投之。二女喻之曰："怨毒虽甚，不在后嗣。"力劝而止。刘骇然，强谢之，始恨恨去。

又数日，素云从刘受书，背诵如流。刘戏拍其背，遂喑哑[21]。绿云泣曰："中其要害矣！"驰告老妇。老妇至，亦泣曰："是儿夙根太慧[22]，宜获此报。非得菩萨杨柳露饮之，不能瘳也[23]。"刘惶恐，因求去。老妇亦不复坚留，命绿云脱金约指[24]拊刘曰："此君家故物，今特归赵[25]。"临行，酌杯酒，告曰："太夫人之惠，未之敢忘；弱息又辱门墙[26]，藉君门迪，此酒所以报也。"刘立饮之，觉胸中如涤刮，下气大泄[27]，神悟顿开，喉舌亦便利，无复期艾之苦[28]。

老妇命窅儿护车，送刘还家，须臾而至。家人方觅刘，既见，皆欣忭。刘具述前事，并出约指观之。刘母识之曰："异哉！昔尔父蓄二鹦鹉，一母一雏，母白色，雏绿色，并能言。一日悲鸣求去，余怜而放之，系以金戒环，而约之曰：'他日倘相见，以此为信。'即此物也。"急视窅儿，已化为燕子，呢喃而去；门外之车亦杳。复论阿锦之事，盖刘父尝射雉于郊，中其左翼云。

【注释】

①福山：今山东烟台市福山区。

②轫(yǎng 仰)车：轿车。

③讲章：见前《子不语》之《地藏王接客》"高头讲章"注。

④作牧牛儿：这里是用牧童放牛比喻塾师教授学童。

⑤囊灯：指灯笼。这里用作动词，提着灯笼。

⑥主君：指家长。一国之主为君，家长为一家之主，故称"主君"。

⑦绿纱韬髻：指头戴绿纱。韬，遮掩。

⑧短发星星：短发，指鬓发。星星，形容鬓发花白。左思《白发赋》："星星白发，生于鬓垂。"

⑨"向别"三句：岐嶷，语本《诗·大雅·生民》："诞实匍匐，克岐克嶷。"后来一般都依毛传，用指幼年聪慧。此处系依朱熹，用作"峻茂"之意，指身材高大。以上三句意为：从前离开你家的时候，你还是个毛孩子，没想到现在长得这样高大。

⑩弱雏：用幼鸟比喻儿女。

⑪榛栗不修：《左传·庄公二十四年》："御孙曰：'男贽，大者玉帛，小者禽鸟，以章物也；女贽不过榛栗枣脩。'"这是责备鲁庄公"非礼"的话。贽，初次求见送给人的礼物；榛栗，小栗；脩，干肉。此处引用，以"榛栗"代指"贽"，指学生送给老师的学费；修，是治办的意思；榛栗不修，没有备下什么学费。这是谦辞。

⑫孤嫠(lí 离)：孤寡，系自称。嫠，寡妇。孤，是就子女而言，无父叫"孤"。

⑬缥缈：指云或烟雾隐隐约约若有若无的样子。这里指燃烧香料的细烟而言。

⑭兔园之学：兔园，指《兔园策》，亦作《兔园册》，又名《兔园策府》或《兔园册府》。见前《东田

集》之《中山狼传》"免园册"注。

⑮格磔(zhé 哲)钩辀(zhōu 舟):鹧鸪鸣声。《本草》集解孔志约说:"鹧鸪生江南,形似母鸡,鸣云钩辀格磔。"这里指读书声清脆悦耳,并暗喻二女的鹦鹉身份,也含有指其语意难明之意。

⑯梵音:诵读佛经的声音。梵,梵语,古印度语言。佛经用梵文写成。

⑰奇鲁:出奇的迟钝,特别迟钝。

⑱窅(yǎo 咬):眼睛深陷的样子。窅儿为燕子,此处暗喻其目。

⑲袨(xuàn 炫):炫目的盛服。金屋娇:见前《汉武故事》。

⑳就业:这里是就读、就学的意思。业,指学业。

㉑喑(yīn 阴)哑:"喑"与"哑"义同。

㉒夙根太慧:就是秉性过于聪慧的意思。夙根,佛教用语。

㉓"非得"二句:菩萨,指观世音菩萨。据说观世音有一净瓶,瓶插杨柳枝,瓶中注水,称为"杨柳露",它能驱邪赐福,消灾治病,神力十分广大。瘳(chōu 抽),病愈。

㉔约指:即戒指。

㉕归赵:即"完璧归赵"。战国时赵惠文王得到楚和氏璧,秦昭王假称愿以十五城交换此璧,实际上想凭着秦强赵弱,强力骗取。蔺相如持璧入秦,见秦国无意偿城,便设法取回原璧,送归赵国(见《史记·廉颇蔺相如列传》)。后来用"完璧归赵"喻指将原物归还本人。

㉖弱息又辱门墙:弱息,对自己子女的谦称。辱门墙,见前《聊斋志异·娇娜》"愿拜门墙"注。

㉗下气大泄:指放屁。

㉘期艾:期,期期;艾,艾艾。期期、艾艾,都是形容口吃。《史记·张丞相(苍)列传》:"帝(汉高祖)欲废太子,而立戚姬子如意为太子,大臣固争之,莫能得。上以留侯策即止。而周昌廷争之强,上问其说,昌为人吃,又盛怒,曰:'臣口不能言,然臣期期知其不可;陛下虽欲废太子,臣期期不奉诏。"张守节《正义》:"昌以口吃,每语故重言'期期'也。"《世说新语·言语》:"邓艾口吃,语称艾艾。晋文王戏之曰:'卿云艾艾,定是几艾?'对曰:'凤兮凤兮,故是一凤。'"

昔柳摭谈

（清）冯起凤

冯起凤，号梓华生。生卒年及事迹不详。清浙江嘉兴府平湖县（今浙江平湖）人。著有文言小说集《昔柳摭谈》。有嘉庆二十年（1815）冯氏刊巾箱本，题“平湖梓华楼冯氏编”。后又有汪人骥重辑本，有光绪四年（1878）汪人骥序。1914年上海大声图书局排印本《昔柳摭谈》即根据重辑本。全书共八卷，卷首均署“平湖梓华楼冯氏原编，巢县汪人骥逸如重辑”。

《秋风自悼》据大声图书局《昔柳摭谈》卷六校点整理。本篇从内容到创作均深受《红楼梦》的影响。作者刻意摹仿《红楼梦》的创作手法，善于捕捉有意义的生活细节来表现人物的内心感情，并推进故事的进展，写得深沉蕴藉，耐人寻味。

秋风自悼

江左[①]某氏女，逸[②]其姓名字号。父早卒，七岁从其舅氏，读经生应读之书，旁及词翰。比长而下笔洒洒，耽吟咏[③]，尤工度曲[④]。肌肤微丰，面如满月。性冲和[⑤]，未尝叱媪婢，媪婢亦不忍拂[⑥]其意。惟裙底双莲[⑦]，未能作新月样[⑧]。缘小时涉山游历，不耐十分缠缚，亦不效时俗之乞灵于木底[⑨]者，然娉婷之态，不减仙子临波。

当庭前海棠盛开，有女姨表生过之，徘徊花下。少顷，女姗姗而来，谓生曰：“海棠无香，何来蜂蝶？”生笑曰：“对此嫣容，销魂真个[⑩]，何必闻香为乐耶？虽然，蜂蝶有意泥花[⑪]，海棠无香藉口，孰有情，孰无情，必有能辨之者。”女闻，不怒不言，亦不走。面晕久之，顾谓婢子曰：“报夫人烹茶去。”婢行，小语曰：“甚么情不情，情不正则言不顺。”言甫毕，其母出矣。茶话片时，怏怏而归。

生是年馆[⑫]桑柘里，道远不获时过从。寒窗冷壁，独枕孤灯，每忽忽不乐[⑬]。至泛蒲节[⑭]，急归棹。翌日即驰去，晨妆未竟也。与女母寒暄久坐，因呼饭饭生。然其家必至未正[⑮]始举箸，生以枵腹辨色[⑯]而来，饥焰中烧，去留难可，坐针毡，心辘轳，非楮墨所能肖似[⑰]。饭罢，始见。一见则万斛闲愁入无何有乡去矣[⑱]。女初觌[⑲]面，似有惊色，若讶生消瘦者。坐定，生询女曰：“妹近作诗否？”答言：“久不事此。”

问："度曲否？"答言："日弄丝管，骇人听闻，歌儿为贱者称，本不当娴习，幼时随兄，偶然学得，夜阑博父母欢，今女红[20]日不暇，亦安用此月下呜呜哉！"出语如松风，睨其神色，冷若冰霜。生方疑之，女已告退。生归如木偶，三日而病，经旬势益惫。虽问疾频来，而彼姝之芳讯杳然。乃甚悔前此花底通辞，未必两心相印，得毋自贻伊戚[21]。悔心生，病渐减，一月而霍然起。自是或有晤会，皆温凉酬应，一不及情。

荏苒两年余，值生秋试[22]归，诣之，卒遇水榭。女率尔[23]问曰："君前年到此，归而病何也？"生陡忆前事，反无语，面发赤。女曰："君方试归，侬[24]乃隔年问，侬诚何心！"生触前语，笑曰："心不正则言不顺。"女曰："尚记得口头油滑语耶？"言毕，作怒容，斜目以视。生心动，然不敢造次[25]。正欢笑间，生父以有事，使人唤归，归则神情若失。然时近挂榜，凡应试诸生，悉举止失措，以是众亦莫能觉察。迨秋闱被放[26]，意兴索莫[27]，寂居村舍，惟以酒浇愁，盖是年生下榻在乡也。冬仲[28]去乡，授馆郡城，岁暮卷帐[29]返，与女仅一面，来岁人日[30]，又一面，元宵即赴馆。八月秋试毕，值女家多故，招生代为经理。

一夕，生薄醉[31]，挑灯读《石头记》[32]。其母令女偕婢媪来，叩生斋。生启户，入则询琐琐黄白[33]，生一一告之已竟。女曰："所看何书？"生示之。女曰："此书足移情性，以后不看也可。"生曰："未免有情，谁能遣此？"女曰："君误矣。情之极必主淫……"语至"主"字，缩口不言，脸放桃花颜色，其娇羞状貌，令生颠倒不能自主。乃托言烛尽，令媪婢去将烛来。媪婢欲行，女亦起曰："漏深[34]矣，请安息。妹去，当遣老妪携烛至。"生曰："良夜迢迢，暂停玉趾[35]，宜无不可，胡为矫情若是[36]！"女曰："君弗愦愦[37]，侬[38]奉命而来，絮絮移时，必为北堂[39]引领。侬非木石，已鉴君心，但世情恶薄，更甚罗云。惟祝如天之福[40]，得意秋风[41]，或能偿愿。不然，天下之母，谁不贪一斛珠者。"生聆言几泣下，呜咽对女曰："金石语，亦伤心语，谨受教。"不谓是秋生复报罢[42]，益酕醄瞀[43]无聊。然年已逾冠[44]，议婚者接踵，生屡梗父母命，皆不就。

明年，生或月一至焉，或月二三至焉，至则无不见。见必与其母俱，无间可通款曲[45]。又明年，有传生将聘某氏女者。女得信，病欲死，凡两日死而苏，苏而死者七。生往视，则首如飞蓬，面白于纸，对生但含泪。生亦不知致病之由，惟一缕酸心，直欲作鲛人之泣[46]，乃退。小婢调茗至，向生作贺曰："昨闻某日要定某家亲。果尔，则婢子将索果子吃也。"生沉吟久之，顿悟。因假无心之词，谓女母曰："人言何妄，佥谓[47]余欲聘某氏女。"母曰："亦大佳，聘也可。"生曰："犹有待耳。"母问故，生曰："亦难明告，心事若个知也。"语次，帐中呼阿婴[48]索茶饮。自病水浆涓滴不入口，至是皆大欢喜。女是夜竟酣睡。明日，生复往视，已坐床头啖粥矣。见生至，欲下床谢。生按之，体虚弱仰卧焉。母色变，生大惭，谢罪。女曰："何来莽汉！阿婴扶我起，啖粥正甜也。"生以女无愠状，德之。然不能坚坐，叩辞去。其母责之曰："狂童，狂态若此，其何以堪！"女曰："彼出无心，儿宁有意！母在何至以非礼相加，不过适然事耳，又何责焉！"母乃不复言，夜阑闷坐灯前。老妪曰："姑病已痊，何默坐闷思？"母不答，妪又曰："病愈固大幸，及是时二十三年而嫁，盍早为计。"母叹曰：

"未得其人。"妪曰:"门族风采,如某生者,何如?"母曰:"贫。"良久,旋曰:"汝于姑前逆探[49]焉。如甘冻馁,亦听之。"妪示意女,女曰:"凡事本乎天,遑恤冻馁[50]?"妪以女言达诸母,拟传庚[51]至生家,而意殊未决。会有乞婚于堂上者,炫以厚币。母惑之,与女商。女无言,哭之哀。母无如何,婉却之。越日,冰人[52]又至,述某家求婚意,益虔益恭,且夸其家之殷实,美其婿之老成。母益惑,夜告女曰:"某家足温饱,嫁则可慰吾心。汝意不然,其将以丫角[53]老闺中耶?"女泣曰:"且待三年,任母择嫁,儿必从。"母曰:"余发星星[54],尔犹待字[55],其奈之何!"女失声,母怒,拂袖去。女大哭大呕,复大委顿[56]。母乃乘其昏迷,徇卜者见喜弭灾[57]之说,竟许焉。女抚床一恸,气息奄奄,日夜但求速死。瞀乱[58]中,忽梦一红衣女告之曰:"弗情痴,汝意中人知汝缘字而病,病且半月,置若罔闻。汝何恋恋!"女醒味梦言,心大灰,病亦顿瘳[59]。

先是,生受馆乡村,闻女将缔姻,窃料决难成就。后探得的耗[60],万箭攒心,脏腑尽裂。但木已成舟,回天乏术。唯思灯前花下,数番蜜意柔情,设当日甘作野鸳鸯,则豆蔻梢头[61],尽可春风暗度,奈何留全璧以遗牧竖[62],真成恨事。而生自是绝迹女庭,不复天台觅路[63]矣。女于遣嫁前夕,以重金啖[64]其乳妪缄书将生。其书曰:

> 病久,杳不见来,何至冰肠若是!妹命薄,不能自由。咫尺天涯,夙愿徒成画饼。虽然,与君数年来,情意默契,纵嬉笑谐谑,不避猜嫌,实则过水春风,略无痕迹。笔底减人禄算,君毋益以谣言。妹病后,发脱欲童[65],面目可厌。事之所以酿成若此者,所谓陵虽孤恩,汉亦负德[66]。他日破絮蒙头[67],重诉天宝、开元遗恨[68],今则凡百利口,亦无从说起。书去,不必覆,惟善自保重。临颖涕泣[69],不知所云。

生得书,泣下沾衣,辄呼"负负"。然不能守笔头之戒,秋风刺骨,人静更阑,其自悼若此。余窃其稿,略润色焉。

梓华生曰:"奈何留全璧以遗牧竖,然而为牧竖者仙矣。普天下善男子,异口同声,合十讽曩谟叨利天诸佛菩萨[70],救苦救难,祝世世托生桃林之野[71],结茅十笏,安稳牛眠。"

【注释】

①江左:即江东,指长江南岸地区,即今江苏省一带。

②逸:亡失,失去。

③耽吟咏:爱好作诗词。

④度曲:作曲。

⑤冲和:淡泊平和。

⑥拂:违背。

⑦双莲:指女子的双脚。语本《南史·齐纪下·废帝东昏侯》:"又凿金为莲华以帖地,令潘妃行其上,曰:'此步步生莲华也。'"

⑧未能作新月样:意谓不是小脚。新月,阴历每月初出的弯形的月亮。这里以新月形容旧时女子缠缚后畸形的小脚。

⑨木底:指旧时小脚女人穿的一种高跟木底鞋。

⑩销魂真个:真足以使人动情。

⑪泥花:恋花。泥,迷恋。

⑫馆:动词,设馆,教私塾。

⑬忽忽不乐:失意而不愉快。

⑭泛蒲节:似指端午节。

⑮未正:古代十二时辰以十二支为纪。"未正"即未时,相当于下午三时至五时的时间。

⑯枵(xiāo 消)腹:饿着肚子。辨色:天色微明的时候。

⑰楮(chǔ 楚)墨:纸和墨。楮,落叶乔木,楮皮可制纸,故以楮代称纸。

⑱"一见"句:意谓一见到她,满肚子闲愁都消失净尽。万斛(hú 胡)闲愁,喻闲愁之多。斛,量词,一斛为十斗。无何有乡,指空无所有的地方。语出《庄子·逍遥游》:"今子有大树,患其无用,何不树之于无何有之乡。"

⑲觌(dí 敌)面:见面。

⑳女红(gōng 工):指妇女所操持的纺织、刺绣、缝纫等手工劳动。红,通"工"。

㉑得毋:表测度副词,只怕。自贻伊戚:自找烦恼。

㉒秋试:科举时代地方选拔举人的考试。因在秋季举行,故称"秋试"。

㉓率尔:贸然,轻率地。

㉔侬:吴方言,你。下文"侬奉命而来","侬"即是"我"。参见本篇注㊳。

㉕造次:鲁莽,冒犯。

㉖秋闱被放:秋试考场落榜。

㉗意兴(xìng 杏)索莫:兴致淡漠。索莫,冷落淡漠的样子。

㉘冬仲:即仲冬,阴历十一月。

㉙卷帐:意谓停止教课。典出《后汉书·马融传》:马融才高博洽,为世通儒。尝在高堂上施绛纱帐,教授生徒。

㉚人日:旧俗以阴历正月初七日为人日。

㉛薄醉:微醉。

㉜《石头记》:即清代著名小说家曹雪芹的《红楼梦》。

㉝黄白:黄金和白银。这里指日常经济方面的事。

㉞漏深:即夜深。漏,指漏壶,古代的计时器。

㉟暂停玉趾:意谓不要走了。玉趾,对人脚步的敬称。

㊱矫情:掩饰真性情。若是:如此,这样。

㊲愦愦:糊涂。

㊳侬:我。胡三省《资治通鉴》注云:"吴人率自称曰侬,同我。"

㊴北堂:原指母亲的居室,这里借指母亲。语出《诗·卫风·伯兮》:"焉得谖草,言树之背。"毛传:"背,北堂也。"引领:伸长脖子张望,喻着急等待。

㊵如天之福:形容福气特别大。

㊶得意秋风:指中举。因乡试在秋季举行,故称。

㊷不谓:不料。报罢:科举时代考试落第。

㊸毷氉(mào sào 冒臊):烦闷,郁闷。

㊹年已逾冠:年纪已超过二十岁了。古代男子满二十岁要举行加冠礼,叫冠。

㊺款曲:犹衷情,诚挚的心意。

㊻鲛人之泣：意指流泪。鲛人，神话传说中的人鱼，流出的泪珠化作珍珠。

㊼佥谓：都说。

㊽阿嬭（nǎi 奶）：阿母。嬭，母亲。

㊾逆探：事先探知。

㊿遑恤冻馁：意谓还忧虑什么受冻挨饿呢。遑，反问词，何暇，怎能。恤，忧虑。馁，饥饿。

51传庚：旧俗男女订婚时交换庚帖。

52冰人：旧称媒人。

53丫角：丫髻。古时女孩子头上梳的双髻，形如两角，满十五岁时才改变发式。这里“丫角”借指处女。

54星星：头发花白的样子。

55待字：《礼记·曲礼上》：“女子许嫁，笄而字。”后因称女子待嫁为待字。

56委顿：疲困。

57见喜弭（mǐ 米）灾：用办喜事来冲走病灾，即旧俗所谓“冲喜”。弭，消除。

58瞀（mào 冒）乱：精神错乱。

59瘳（chōu 抽）：病愈。

60的耗：确实的消息。

61豆蔻梢头：语出唐诗人杜牧《赠别》诗：“娉娉袅袅十三余，豆蔻梢头二月初。”后因称女子十三四岁为“豆蔻年华”。

62牧竖：牧奴。

63天台觅路：典出南朝宋刘义庆《幽明录》，谓汉明帝时刘晨、阮肇二人入天台山遇仙女事。“不复天台觅路”，意谓不再去女家见女。见前《幽冥录》之《刘晨阮肇》篇。

64啖（dàn 淡）：利诱。

65童：头秃。

66陵虽孤恩，汉亦负德：意谓双方都有责任。语出汉代李陵《重报苏武书》。“陵”指李陵，“汉”指汉朝。大意是说，李陵无功以报汉为“孤恩”，汉朝杀死李陵的母亲是“负德”。

67破絮蒙头：比喻满头白发，指年老的时候。

68重诉天宝、开元遗恨：意谓重提旧日的遗恨。“开元”、“天宝”是唐玄宗李隆基的年号，是唐王朝的极盛时期。天宝十四载（755）爆发了“安史之乱”，玄宗逃往四川避难，路过马嵬坡（在今陕西兴平市西）时，军卒不发，玄宗被迫令杨贵妃自缢。乱后，玄宗仍思念贵妃不已，遗恨绵绵。

69临颖：写此信时。颖，指笔。

70合十：又称“合掌”。佛教徒普通礼节。左右合掌，十指并拢，置于胸前，表示衷心敬意。曩谟：梵语，通译作“南无”，汉语意为致敬、归命。叨利天：汉语意译为三十三天。佛经记载，须弥山高八万四千由旬，上有三十三天城，诸佛所居。

71托生桃林之野：意谓转世做个牧童。桃林，古地区名，在今河南灵宝市以西，陕西潼关以东地区。为周武王放牛处。桃林之野，语出《书·武成》：“偃武修文，归马于华山之阳，放牛于桃林之野，示天下弗服。”

埋忧集

(清)朱翔清

朱翔清(1795～1874后),字梅叔,别号红雪山庄外史,清代归安(今浙江湖州)人。屡试不中,终身未仕。著有文言小说集《埋忧集》十卷,续集二卷。

以下选注的三篇文言小说,根据1914年上海扫叶山房石印本校点整理。《潘生传》选自卷一,《空空儿》和《谲判》选自卷六。

潘生传

湖郡[①]潘生,名羽虞,号梅庵。少孤贫,弱冠入郡庠[②]。尚未缔姻,然勤学,美丰容,闺阁见者争好之。馆[③]于吴门刘氏,书斋后故有小园。

一日,春雨初晴,生读倦,呼馆童启后扉,步至园中。水复山重,洞宇幽邃。数转,见东北一带,朱栏回互,栏外杏花正开,弥望如雪。下临一池,桥上有亭翼然[④]。生将往憩,忽闻檐马[⑤]丁东,望见楼阁参差,涌现树杪。折而西,至其处,有海棠两株,当风乱飐。其上云窗雾阁,杰构俯临。徘徊间,闻楼中吟声,细细谛听,乃"他生纵有浮萍遇,正恐相逢不识君"二语,哀怨殆不忍听。生不觉失声长叹。无何[⑥],风动帘开,一人倚栏凝睇,明艳无双,而眉锁远山[⑦],泪莹粉睫,正如带雨梨花。生乍见魂销,既而恍然曰:"是非苏家兰姊乎?何以来此?"女点首曰:"哦,是矣。"遂下,延生入。问讯已,备述飘零之状。盖女本住郡城苏家巷,为生从嫂之娟[⑧],字竞兰。嫁后随夫游幕山左[⑨],前年夫病殁,始携柩归。自幼与生颇狎,今别已六年矣。生因问姊家尚有何人,女曰:"有叔舅,去年携眷入京,近亦闻已殁。家中止有老姑长洲[⑩]卫氏,族姓又少,故僦居[⑪]于此。"言毕涕泗交颐。生遂移坐近前,为之拭泪。女艴然[⑫]曰:"甫相见,奈何无半语相怜,而轻薄若是!"生起谢,女始欢笑,徐问:"阿姊无恙?兄何时至此?"生缕述近状,且曰:"使君尚犹无妇[⑬],姊将焉置此?"女默然良久。女仆擎杯茗至,啜毕,落日已在帘钩。生起,女送之门,小语曰:"此后课暇,勿吝玉趾也[⑭]。"生诺之,怅然别去。

是夕女就枕,辗转不寐。残月既上,朦胧睡去,梦生来,就榻温存,女不复自持,遂相欢好,醒时觉绣袴犹沾湿也。曙后勉起理妆,支颐[⑮]独坐,殆难为怀。

忽女仆报生至，女出迎，笑曰："兄可谓有尾生[16]之信矣。"生曰："得觐芳姿，死且不惜，所恨文君[17]未许相从耳。"女不禁赭发于颊[18]，晕若绯桃。生神魂颠倒，遽握其手。女却之曰："郎勿尔！如仆辈来，奈何？"生嬲[19]不已，女乃请卜[20]以夜，生始释手而归。

漏既下，生潜启后扉出。至女所，则院门半掩，窗中金釭莹然，惟见女于几上摊书痴坐。遂入，女瞥见，惊喜起立。生直前拥抱，女正色拒曰："薄命之人，如风前孤燕，飘泊无依。昨自瞻仪宇，知非久居庑下者。况蒙眷注，愿缔白头。但须俟老母终天，然后可议。若曰始乱之，终弃之，则逐水之桃花，妾不忍为此态也。"生闻言，遂携女至月中共矢鸾盟[21]。誓毕，女促之起，生长跪不起，曰："自蒙允约，半日之别，如阅小年[22]。若必俟老母天年[23]，恐文园[24]先已渴死矣！"女近曳之曰："痴郎何情急乃尔？"相将就寝，殢雨尤云[25]，倍极狎亵。鸡甫唱即起，女为整衣曰："此身已属君矣，他日勿以秋扇捐也！"生曰："世岂有薄幸潘安仁[26]哉！"郑重而别。

自是往来，常无虚夕。然生常忧贫，是年又下第，女百计慰解，至于拔钗搜箧，曾无倦容。其后将赴试，又虑无以为家[27]。女知之，竭力搜索，以资其行。将发，生往话别。夜半，女先起，取生衣为之装绵。生卧视之，微吟曰："蓄意多添线，含情更著绵。"女目视生良久，凄然泣下（唐僖宗[28]尝命宫人制战袍，以赐将士。一边将得袍，中有诗云："蓄意多添线，含情更著绵。今生已过也，愿结后生缘。"云云。边将即以上之，帝问："宫中谁为此诗者？"一宫女伏地请死，帝笑曰："吾为汝了今生缘。"即以此女与之）。生自悔失言，急起揽女于怀，极意慰解，乃已。明日遂发。

迨榜发获隽[29]，是时女之姑已前殁矣。闻捷音，窃幸好事可谐，引领以望其至。久之，闻生已就婚郡中某氏。女未信。明年春，生以计偕过苏州，辞别馆主，而足音终杳。自是始绝望，后半年抑郁成疾，卒。临卒，大呼"此仇必报"者再。年才二十三。

后生捷南宫[30]，选部郎。逾年，差人至湖接家眷，因询其仆，乃知红兰久已委露[31]，叹息而已。然自此恒忽忽不乐。

一夕，醉卧方酣，忽见女披发握刀，颜色惨变，自中庭疾趋入，举刃当胸直刺，生痛极，大叫而寤。家人俱惊起视之，生以手捧心，反侧呻吟不止。家人将往延医，生不许，为述恶梦所由，曰："吾疾不可为也。"令预备身后事。翌日将卒，口占[32]一绝云：

只知好梦欲求真，岂料翻成恶梦因。
到此回头知已晚，好留孽镜赠同人。

此事其戚某出京后为余言之。

又言生未第时，家赤贫。每夜读，膏火不继[33]，往往独坐室中，默诵诸经，至午夜不辍。偶值严寒，夜将半，闻窗外窸窣有声。是时月色微明，潜起窥之，见一人披发虬髯[34]，面黝黑，如演《千金记》[35]所扮楚霸王者。生屏息悄立，伺其作何举动。其人旋于腰间出一物，尖长如凿，插入窗格，撬一小方洞。生意其将探手入也，先以手浸案旁水盆中。须臾，其人以手探入，生急以两手尽力捉住。其人始则跳跃不止，既而不复动。顷之，觉腕冷如冰，试一释手，则砰然仆[36]于阶下。大惊，拔关[37]出视之，脉已绝而死矣。

生无如何，天晓赴县请验。知县临验毕，细询始末，笑谓生曰："本欲以鬼吓人，而乃为人吓死，是所谓'出乎尔者反乎尔'[38]。而汝本无心于死贼，不过'即以其人之道，还治其人之身'[39]，非汝罪也。"命地保以棺瘗之而已[40]。

【注释】

①湖郡：湖州府（今浙江湖州）。郡为太平天国行政区域府的代称。

②弱冠：古时以男子二十岁为成人，加冠，因身体犹未壮实，故称弱冠。《礼记·曲礼上》："二十曰弱，冠。"郡庠（xiáng 祥）：科举时代称府学为郡庠。

③馆：教私塾。

④翼然：鸟展翅的样子。这里形容亭子高耸之状。

⑤檐马：悬挂在屋檐下的风铃，风吹丁冬作响。

⑥无何：不久。

⑦远山：古代形容女子秀丽的眉毛。据《西京杂记》载，"文君姣好，眉色如望远山"。

⑧娟：妹。《公羊传·桓公二年》："若楚王之妻娟。"

⑨山左：山东省。因山东在太行山之左（东），故称。

⑩长洲：长洲县，今江苏苏州市。

⑪僦居：租屋而居。

⑫艴（fú 符）然：形容生气。

⑬"使君"句：意谓自己尚未娶亲。这里化用汉乐府《陌上桑》"使君自有妇，罗敷自有夫"句意。

⑭勿吝玉趾：意思是希望对方常来。玉趾，对人的脚步的敬称。

⑮支颐：托着下巴。

⑯尾生：古代传说中严守信约的男子。据《庄子·盗跖》载，尾生与女子约定在桥下会面，女子不来，水至，尾生仍不离开，结果抱着桥柱而死。

⑰文君：即西汉时卓文君。这里暗指苏兰。

⑱赭发于颊：脸颊发红。赭，红色。

⑲嬲（niǎo 鸟）：纠缠。

⑳卜：预定。

㉑矢：发誓。鸾盟：男女定亲的婚约。

㉒小年：将近一年。用以形容时间之长。

㉓天年：自然的岁数。

㉔文园：即西汉辞赋家司马相如（前 179～前 117），曾为孝文园令，故又称"文园"。据记载，他患有消渴疾。这里以文园喻指自己。

㉕殢（tì 替）雨尤云：比喻男女间的缠绵欢爱。

㉖潘安仁：即西晋诗人潘岳（？～300），字安仁。

㉗家：养家，持家。

㉘唐僖宗：即李儇（862～888），公元 873～888 年在位。

㉙迨(dài 代):等到。获隽:指科举考试中选。隽(juàn 卷),古时以小鸟为射的,射中为隽。

㉚南宫:即进士考试。

㉛委露:坠落的露水。比喻死亡。

㉜口占:指随口吟诗,不打草稿。

㉝膏火不继:古人点灯用油,称为"膏火"。膏火不继,指常常缺油,没法点灯。

㉞虬(jiú 求)髯:胡须卷曲。

㉟《千金记》:明代沈采所写的传奇戏曲,演韩信和楚霸王项羽的故事。剧中楚霸王,用净角扮演,画作大黑花脸。

㊱仆(pū 扑):向前跌倒。

㊲关:名词,门闩。

㊳"出乎尔者反乎尔":语出《孟子·梁惠王下》:"……曾子曰:'戒之戒之!出乎尔者,反乎尔者也。'……"这里引申为自作自受。

㊴"即以其人之道,还治其人之身":宋朱熹语。《礼记·中庸》:"故君子以人治人,改而止。"朱熹注:"故君子之治人,即以其人之道,还治其人之身。"这里引申为用那个人对付别人的办法对付他本人。

㊵地保:清代地方上替官府办差的人。瘗(yì 益):掩埋。

空空儿

乾隆[①]时,两江制府黄太保[②],巡边至镇江。舟泊京口[③],忽失其项上所挂数珠。大惊,传地方著令严缉[④],限一月内交出。县官受命退,即饬役各处缉访,了无踪影。

无何[⑤],限期已迫,追比[⑥]俱穷。令[⑦]某焦思无策,乃离署微行[⑧]密访。数日,至句曲山后[⑨],遇一韶丽[⑩]女子,衣绛绡衣,弓鞋[⑪]窄袖,行绝壁间,采女贞[⑫]于树,下上如飞鸟。异之,伺其归,尾至溪边,入一洞穴,某亦蹤入[⑬],其中大可数亩,而幽折蛇旋,迥非人境。穴将尽,有茅屋数间,门外槿篱萦绕,一老妪涤器于灶,见某讶曰:"是非某官耶?何以至此?"某前揖,具道来意。妪微笑曰:"哦,想又是吾女与贵上人作剧[⑭]耳。此女憨态未改,致贵官惶急[⑮]至此,自当惩之。但此时不知何往,请姑[⑯]归,明日当令送还,贵官于午后至报恩寺[⑰]塔顶携取可也。"某悚然,敬诺而出。疾驰禀太保,太保不胜骇异。

次日,命副将[⑱]某率兵往环塔,彀弓注矢[⑲]以待。至日中,众目睽睽,仰注塔上,忽见一道红光,瞥如飞电,而数珠已挂于顶。一时,万弩俱发,渺然如捕风影焉。于是令健卒梯而登,取珠下,珠上系书一封,题曰"空空儿手缄"。以呈太保,拆视,大略言其莅任[⑳]以来,挟威以扰士民,挟术以欺君上,挟势以辱长吏[㉑];以诇察纵武弁[㉒],以罗织为腹心,以凌辱称孤立;济贪以酷,行诈以权;身荷封疆[㉓]之任,心怀鬼蜮之谋[㉔]。一方遍罹荼毒[㉕],而绅士无所控,科道[㉖]不敢纠。故取公此物,聊用示警。若不速图悛改[㉗],仍蹈前愆[㉘],即当取公首级,以为为大吏者戒[㉙]云云。太保读毕,毛骨俱悚,其贪暴从此稍戢焉[㉚]。

【注释】

①乾隆:清高宗爱新觉罗弘历的年号(1736～1795)。

②两江制府:即江南、江西总督。清初设江南省,康熙六年(1667)后江南省分为江苏、安徽两省,故此处"两江制府"实统辖江苏、安徽、江西三省。制府,即制军,总督的别称。太保,官名,清代大臣的加衔。

③泊:船停靠。京口:即今江苏镇江市。

④严缉:严密搜捕。

⑤无何:不久。

⑥追比:旧时地方官严逼限期侦破或交代问题,过期以杖责、监禁等方式继续追逼,叫"追比"。

⑦令:指县令。

⑧微行:旧时称帝王或地方官隐匿身份,易服出行或私访。

⑨句曲山:山名,又名"茅山",在今江苏句容市东南。

⑩韶丽:艳丽。

⑪弓鞋:清代妇女缠脚,形如弓,故称其鞋为"弓鞋"。

⑫女贞:植物名,其子可入药,即女贞子。

⑬蹴(cù 促)入:跟踪而入。

⑭作剧:开玩笑。

⑮惶急:惊慌。

⑯姑:暂且。

⑰报恩寺:在今江苏江宁县城南,三国吴赤乌年间(238～250)建。明永乐年间(1403～1424)重建,规模宏大,塔高百余丈。

⑱副将:又称"协镇",清代从二品武官。

⑲彀(gòu 够)弓注矢:上好箭,张满弓。指做好战斗准备。

⑳莅(lì 立)任:到任。莅,临。

㉑长吏:旧时称地位较高的官员。

㉒诇(xiòng □)察:刺探。武弁:旧时称低级的武官。

㉓封疆:分封疆土。两江制府,总揽江苏、安徽、江西三省的军政大权,类似古代分封疆土的诸侯,故称。

㉔鬼蜮之谋:即鬼蜮伎俩,指暗中害人的卑劣手段。

㉕遍罹(lí 离)荼毒:遍遭毒害。

㉖科道:指科道官。明清的吏、户、礼、兵、刑、工六科给事中,及十五道监察御史,统称"科道官"。

㉗悛(quān 圈)改:悔改。

㉘仍蹈前愆(qiān 千):仍按以前所犯的罪行做。

㉙以为为大吏者戒:作为当大官的警戒。

㉚戢(jí 疾):收敛。

谲 判

乾隆[①]间,苏州乐桥有李氏子,每晨起鬻菜[②]于市,得钱以养母。

一日，道中拾遗金一封，归而发之，内题四十五两。母见之，骇然曰："汝一窭人[③]，计力所得，日不过百钱分也。今骤获多金，恐不为汝福也。且彼遗金者，或别有主，将遭鞭责，或逼偿致死矣！"促持至其所，以待遗金者。适至[④]，遂还之。其人得金辄持去。市人咸怪其弗谢也，欲令分金以酬。其人不肯，诡曰："余金固[⑤]五十两，彼已匿其五，又何酬焉？"市人大哗。

适某官至，询得其故，佯怒卖菜者，笞之五，而发金指其题，谓遗金者曰："汝金故五十两，今止题四十五两，非汝金矣。"举金以授卖菜者，曰："汝无罪，而妄得吾笞，吾过矣。今聊以是偿，而母所谓不祥者验矣。"促持去。一市称快。

【注释】

①乾隆：清高宗爱新觉罗弘历的年号(1736～1795)。

②鬻(yù 喻)菜：卖菜。

③窭人：穷苦人。

④适：正好，恰巧。

⑤固：副词，本来。

池上草堂笔记

(清)梁恭辰

梁恭辰,字敬叔,清代长乐县(今福建长乐)人。生卒年不详。已知其父梁章钜生年为清乾隆四十年(1775),梁恭辰《池上草堂笔记自叙》撰于道光二十三年(1843),可测知梁恭辰大约生活于清嘉庆、道光、咸丰年间。恭辰少习举业,溺于制义之学。后随侍游学二十年,足迹几遍天下。官至浙江温州府知府。著有文言笔记小说集《池上草堂笔记》,分劝戒近录、续录、三录、四录,共二十四卷。各卷卷首署"福州梁恭辰敬叔著"。

《微行摘印》据清同治十二年(1873)听鹂馆刻本《池上草堂笔记》卷三校点整理。

微行摘印

长牧庵阁老[①]麟巡抚浙江时,访得某邑令颇著墨[②]声。一夕微行[③],遇令于道。公直冲其前导,问将安往[④]。令降舆答以巡夜。公之曰:"时方二鼓,毋乃[⑤]太早?且巡夜以察奸也,今汝盛陈仪卫[⑥],奸民方避不暇,何以察为?无已[⑦],其从予行。"乃悉屏其从者。携令手偕行数里,至一酒家,谓令曰:"得毋[⑧]劳乎?且与子饮。"遂入据坐,问:"酒家,迩来[⑨]得利何如?"对曰:"利甚微。重以官司科派[⑩],动多亏本。"公曰:"汝细民[⑪]也,何科派之有?"对曰:"父母官爱财如命,不论茶坊酒肆,凡买卖者每月悉征常例钱;蠹役[⑫]因假虎威,加倍勒索,小民殊不聊生。"因缕述某令害民者十余事,不知即座上客也。公曰:"据汝言,上司独无觉察乎?"对曰:"新巡抚号称爱民,然一时不能尽悉,小民亦何敢控诉?"公笑饮数杯,输值[⑬]讫,出谓令曰:"小人多已甚之言,我不敢轻听,汝亦勿怒也。"复行数里,曰:"我今夕正可巡夜,盍[⑭]分路而往?"令即去,公复回至酒家叩门求宿。酒家对以非寓客处,公曰:"汝今宵当被横祸,我此来非为寄宿,盖护汝也。"酒家异其言,遂留之。

至夜半,闻剥啄声[⑮]甚急,则里胥县差持朱签[⑯]拘卖酒者。公出应曰:"我主人也,有犯我自当之,与某无涉。"里胥不识公,嗔[⑰]曰:"本官指名索某,汝何为者?"公强欲与俱,遂连拽以行。酒家丧魄,不知所措。公慰之曰:"有我在,无恐,会[⑱]即释汝也。"至则令升座,首唤酒家。公以毡帽蒙首,与酒家并绾锁[⑲]登堂。令一见大

骇，亟免冠叩颡[20]。公升其座，笑曰："吾固知汝之必逮酒家耳！"遂怀其印以去，曰："省却一员摘印[21]官也。"

【注释】

①长牧庵：长麟(？～1811)，清满洲正蓝旗人，姓觉罗氏，字牧庵。乾隆进士。初任刑部主事，历任江苏、山西、山东巡抚。为官清廉，禁止奢侈。常微行市井间，访察民情。乾隆五十七年(1718)调山西，后擢两广总督。因得罪和珅，夺职，旋任喀什噶尔参赞大臣。嘉庆初任云贵总督，后官至刑部尚书、协办大学士。卒谥"文敏"。阁老：明清时称大学士及翰林学士入阁办事者为"阁老"。

②墨：贪污，不廉洁。《左传·昭公十四年》："贪以败官为墨。"

③微行：旧时帝王或大官隐匿身份，易服出行或私访。

④安往：哪里去。

⑤毋乃：莫非，岂非。

⑥仪卫：仪仗和卫队。

⑦无已：不得已。

⑧得毋：表测度的虚词，犹"只怕"。

⑨迩来：近来。

⑩科派：指摊派力役、赋税或索取钱财。

⑪细民：指平民。

⑫蠹(dù 度)役：坑害百姓的公差。

⑬输值：指交付酒钱。

⑭盍(hé 何)：何不。

⑮剥啄声：敲门声。

⑯里胥：指里长。朱签：红色竹签。旧时官府交付差役拘捕犯人的凭证。

⑰嗔(chēn 抻)：生气，发怒。

⑱会：表示很短的时间，即口语"一会儿"。

⑲绾锁：指将长麟和酒家锁在一起。绾(wǎn 婉)，系结。

⑳叩颡(sǎng 嗓)：叩头。颡，额头。

㉑摘印：清代制度，地方官犯过失，须即撤职者，即由督抚委派人员收取该官印信，限日离任，叫"摘印"。

春在堂随笔

（清）俞　樾

俞樾（1821～1906），字荫甫，晚号曲园居士，又号羊朱翁，清代德清（今浙江德清）人。道光三十年（1850）进士。曾任翰林院编修，提督河南学政。被劾罢职后，先后主讲于苏州紫阳书院、上海求志书院，晚年主持杭州诂经精舍三十余年。学问渊博，涉猎极广，文学创作和学术研究均有建树。他喜爱小说，著有文言小说集和小说考证多种。生平著述极为繁富，有《群经平议》、《诸子平议》、《古书疑义举例》、《俞楼杂纂》、《曲园杂纂》、《茶香室丛抄》、《春在堂随笔》、《耳邮》、《右台仙馆笔记》等，以及诗文集共约五百余卷，总称《春在堂全书》。

《春在堂随笔》，十卷，系笔记，主要记录作者的见闻及生活杂事，以及诗文、语言等方面的考评。其中有些篇章堪称精彩的文言小说，如下面所选的《十五贯》即是。

明清拟话本多撷取文言小说为素材，经过再创作，改编为白话小说。俞樾却"反其道而行之"，将一篇洋洋洒洒长达万言的白话小说《十五贯戏言成巧祸》，浓缩为四百余字的文言小说，保留了原故事的内容和情节，其文笔之简练，令人叹为观止。

《十五贯》根据清光绪十五年（1889）重刊本《春在堂全书》中的《春在堂随笔》卷十的原文校点整理。原无题，《十五贯》的篇名是选注者拟加的。

十五贯

南宋临安[①]有刘贵者，字君荐。妻王氏，妾陈氏。一日携其妻往祝妻父寿。妻父王翁以其贫也，予钱十五贯，使营什一[②]。留女而遣婿先归。途遇其友同饮而醉。及归，妾见所负钱，问其故。刘贵醉后戏之曰："吾因家贫，不能共活，已赁汝于人[③]矣。此赁钱也，明日当送汝去。"言已，就枕，即入睡乡。妾思告知其父母，乃之邻人朱三老家，告以故，且寄宿焉。黎明即行。而刘贵固熟睡未醒。有贼入其家，窃其钱。刘惊觉，起而追之。适地下有斧，贼即取斧斫刘杀之，尽负钱去。次日，邻

人见其门久而不启，入视得状。朱三老乃言夜间其妾借宿事，因共追寻。妾行路未半，力疲少憩。有崔宁者，自城中卖丝亦得钱十五贯，与之同憩。追者至，并要之归，闻于官。谓妾与崔有奸，杀其夫，窃赀[4]偕亡也。竟尸于市[5]。后其妻以夫死家贫，其父王翁使人迎之。归涂[6]遇大雨，避入林中，为盗所得，据为妻。偶言及数年前曾为贼，入人家杀其主人，得钱十五贯。妻乃知杀其夫者即此盗也。乘间，出告于临安府。事乃白。杀盗。没其家赀，以半给其妻。妻遂入尼庵以终。

按此事不知出何书。余于国初人所作小说曰《今古奇闻》者见之[7]，与今梨园所演《十五贯》事绝异。且事在南宋，非明时也，疑自宋相传有十五贯冤狱，后人改易其本末，附会作况太守[8]事耳。《十五贯》传奇，乃国朝吴县朱素臣作[9]，去况远矣。

【注释】

①临安：即下文所说的"临安府"。南宋建炎三年（1129）升杭州为临安府，建为行在。绍兴八年（1138）定都于此，治钱塘、仁和两县（今浙江杭州市），辖境相当于今浙江杭州、余杭、海宁、临安、富阳等市。

②什一：十分之一。以十搏一，获取十分之一的利。这里泛指经商。

③赁（lìn 吝）汝于人：把你典给人家。赁，租借。汝，你。

④赀（zī 资）：通"资"，指钱财。

⑤尸于市：即陈尸于市。尸，这里用作动词，谓陈尸示众。

⑥归涂：回来的路上。涂，道路。

⑦国初：王朝建立初期。这里指清初。《今古奇闻》：全名应作《新选今古奇闻》，署名"东壁山房主人编次，退思轩主人校订"。按，东壁山房主人为清人王寅别号。寅字冶梅，上元（今江苏南京）人。此书选自《醒世恒言》、《西湖佳话》、《过墟感志》、《遁窟谰言》、《娱目醒心编》诸书。此书卷十八所载《十五贯戏言成巧祸》，选自冯梦龙编《醒世恒言》卷三十三。此书选收《遁窟谰言》，可知编者显然不是"国初人"。

⑧况太守：即况钟（1383～1443），字伯律，明南昌靖安（今江西靖安）人。宣德五年（1430）任苏州知府。为官刚正廉洁，为"姑苏五太守"之一。

⑨"《十五贯》传奇"二句：传奇戏曲《十五贯》，为清初吴县人朱素臣所作。叙熊友兰、熊友蕙兄弟皆因十五贯钞无端获重罪，苏州知府况钟审判此案，为雪其冤。

耳邮

(清)俞　樾

俞樾的生平及著作,请参见《春在堂随笔》的题解。

《耳邮》,四卷,署"羊朱翁戏编",羊朱翁是俞樾的号,实为俞樾所著的文言小说集。此书内容诚如自序所说,"大率人事居多,其涉及鬼怪者,十之一二而已"。又"因耳闻者多,目见者少,故题曰《耳邮》"。鲁迅先生《中国小说史略》第二十二篇,对此书的内容和创作有确切的评价:"颇似以《新齐谐》为法,而记叙简雅,乃类《阅微》,但内容殊异,鬼事不过什一而已。"

《某孝廉》、《红兰》选自《耳邮》卷三,根据上海申报馆仿聚珍版本校点整理,篇名系选注者拟加。

某孝廉

某孝廉家贫落魄①,无以为生,贷②于亲友,皆莫之应。有一博徒,独善遇之。时③有馈遗,以资薪米。及公车北上④,又为治装⑤,且赡⑥其家。未几,孝廉捷南宫⑦,授县令,感念旧恩,使人招之,谢不往,曰:"吾侪呼卢喝雉⑧,席地帷天⑨,放浪久矣。一入朱门⑩,则束缚欲死,非所以爱我也。使我居君之所,仍日日外出,从牧猪奴⑪游,不于君官声有损乎?又非所以爱君也。"孝廉乃使人赠之千金,亦不受,曰:"君虽日赠我千金,亦不过供我博场之一掷而已,徒伤君惠,而无救我贫,不如其已⑫也。"此博徒见识甚高,使淮阴侯能见及此,则无鸟尽弓藏之叹矣⑬。谁谓市井中无英雄哉?

【注释】

①孝廉:明清两代对举人的称呼。落魄(tuò 拓):穷困失意。

②贷:借贷。

③时:副词,时常,经常。

④公车北上:作为举人到北京应试。公车,汉代以公家车马递送应征的人,后因以"公车"为举人应试的代称。

⑤治装:准备行装。

⑥赡:供养。

⑦南宫：指礼部会试，即进士考试。

⑧吾侪（chái 柴）：我辈。呼卢喝雉：指赌博。

⑨席地帷天：以地为席，以天为帷幕，指在露天席地而卧。

⑩朱门：红漆大门，借指贵族豪富之家。

⑪牧猪奴：指赌徒。

⑫已：罢了，算了。

⑬“使淮阴侯”二句：使：假使。淮阴侯：即西汉初名将韩信（？～前196）。淮阴（今江苏淮阴）人。初属项羽，继归刘邦，被任为大将。兴刘灭项，立下大功。汉朝建立，曾封楚王。后来有人告他谋反。刘邦命令武士将他捆缚，载后车。韩信感叹说：“果若人言：‘狡兔死，良狗亨（烹）。高鸟尽，良弓藏。敌国破，谋臣亡。’天下已定，我固当亨（烹）！”

红　兰

红兰，苏[①]妓也，与某生订嫁娶，而生无力脱其籍，红兰郁结成疾。有费媪者佣于妓家者也，谓曰：“娘子倾城姿，何患无藏娇金屋，乃恋恋一穷措大[②]乎？”兰曰：“秦楼楚馆[③]中，所往来者，率皆纨绔儿[④]，大腹贾[⑤]，谁似某郎之甘苦相怜者。彼也力绵[⑥]，我也命薄，茫茫孽海[⑦]，不知伊于何底[⑧]矣。”媪曰：“果尔[⑨]，吾当为娘子玉成之。”

一夕，乘假母[⑩]他出，负红兰至某生所。生惧，不敢受。媪出红兰身契[⑪]付生曰：“吾已为盗得此纸，彼无如何矣。”媪归，乃迹[⑫]假母所在而告以红兰逃。寻觅数日，始同至生处见之。假母促兰归，兰誓死不从。妪曰：“此女心变矣，速归取身契，讼于官，必得直找，请为证。”假母归，觅契则无矣，不得讼，媪乃为调停[⑬]，使生酬假母百金，而红兰竟归生矣。此媪者，其亦古之许俊、昆仑奴欤[⑭]？

【注释】

①苏：苏州的简称。

②穷措大：旧时指贫寒失意的读书人。

③秦楼楚馆：指妓院。

④率：大概，一般。纨绔儿：指出身富贵家庭、不务正业的子弟。

⑤大腹贾（gǔ 古）：大腹便便的商人。

⑥力绵：力量薄弱。绵，软弱，薄弱。

⑦孽海：佛教语，即业海，指由于种种恶因而使人沦溺之海。

⑧伊于何底：亦作“伊于胡底”，谓不知将弄到什么地步为止，有不堪设想之意。语出《诗·小雅·小旻》：“我视谋犹，伊于胡底。”于，往。底，至。

⑨果尔：果真如此。

⑩假母：指妓院的鸨母。

⑪身契：即卖身契。

⑫迹：追踪。

⑬调停：以中间人的身份从中调解，平息争端。

⑭许俊：唐传奇《柳氏传》中的侠义人物。唐天宝时人，平卢节度使侯希逸幕府虞候。许俊素有材力，知韩翊妾柳氏仍身陷蕃将沙吒利府中时，挺身相助，单骑直奔沙府，救出柳氏，使韩、柳团聚。昆仑奴：唐传奇《昆仑奴》中的侠义人物，名磨勒。磨勒身怀异术，能飞檐走壁。他于夜间背崔生进入深宅大院与红绡妓会面，又将二人背出，成其好事。

右台仙馆笔记

(清)俞　樾

俞樾的生平及著作,请参见《春在堂随笔》的题解。

《右台仙馆笔记》,十六卷,是成书于俞樾晚年的一部文言小说集。作者自称:"余著《右台仙馆笔记》,以《阅微》为法,而不袭《聊斋》笔意,秉先君子之训也。"创作上显然师法纪昀。文笔朴实简约,清新畅达,颇多佳作。全书共六百六十多篇,取材繁博,涉猎甚广,"止述异闻,不涉因果"(鲁迅《中国小说史略》评语),广泛地反映了晚清时期形形色色的社会现象。

《阿靠》选自《右台仙馆笔记》卷二,根据清光绪九年(1883)刻本校点整理。

阿　靠

粤[①]中李氏子,幼读书,应童子试[②],不售[③]。性好博[④],父屡诫之不悛[⑤]。妇陈氏,因之屡与反目[⑥]。俄举[⑦]一子,父名之曰"阿靠"。及阿靠周岁,父谓陈氏曰:"汝夫屡从牧猪奴[⑧]游,非吾子也。吾名孙曰'阿靠',将舍子而靠孙矣!为汝计,亦宜舍夫而靠子。"是日,父具酒食,以饮食其子,谓之曰:"汝强饮食,俟汝醉饱,吾送汝赴清流矣!"李叩头求活,不许。复涕泣跪其妇前,乞为缓颊[⑨],陈亦不应。父乃以布囊蒙其头,使健仆负而投之河。载沉载浮,将及里许,有人拯之起,则博场中旧友也,即留之博场中。

居月余,李辞其友曰:"吾以好博故,父不以为子,妻不以为夫。今在此,旦夕闻呼卢喝雉[⑩]之声,弥[⑪]触我隐痛矣!"乃去而乞食于市。顾[⑫]尚能书,自买纸写楹联,遍送市廛[⑬],市人亦稍酬其笔墨之费,虽乞也而所得较丰。流转数千里,至山东某县,寓道观中,大病几死。观中老道士怜而饮食之,医药之,幸而病愈。道士谓之曰:"此间颇重南中[⑭]文士,吾为招童子数人,使子授以经书,必有至者,此寒士谋生之恒业也,不胜于仰面求人乎?"李欣然从之,遂得与邑中士大夫游。有赵翁者,设逆旅[⑮]以待四方之客,家颇小康而无子,止一女,欲为女招婿而即以为子,久而未得其人。道士乃说赵翁曰:"翁女若婿本地人,此时虽暂为翁子,久必挈女归耳。李氏

子，无家者也，孑然一身，流落千里，若为翁婿，必长为翁子矣。”赵翁韪[16]其言，乃赘李于家。久之，谓赵翁曰：“某视此间庠序[17]中人，其文艺[18]亦与某等耳。使得与试，一衿非所难也[19]。”翁大喜，即使以赵姓应试，补博士弟子员。逾年举于乡，联捷成进士。

数年后，选授粤中一县令，携妻之官，历任繁剧，宦橐[20]丰盈。因官本籍，恐致人言，未敢问其家也。服官十余年，以公事罢职，将归山东，乃迂道访之，则父死久矣。妻与子顾无恙，然贫甚，无以为生。李乃自到其家，诡言李氏子旧时博友也，请见其妻。时李鬑鬑[21]有须，且貌又丰腴，其言操北音，妻固不识也。呼其子视之，二十余岁矣。问：“有妻乎？”曰：“无。”问：“何不娶？”告以贫故。李慨然曰：“吾与李某，自幼在博场中交好，今故人长逝，妻子单寒[22]，西华葛帔[23]，令人叹息！吾虽小人，不忍坐视。”乃出橐中数千金与之，且为作媒，娶邻村某氏女，婚费悉出自李。庙见[24]之日，李亦至焉。李妻亲至堂前叩谢，并使其子与新妇登氍毹[25]展拜。中设一座，请李坐之。时宾客咸在，意李必从谦抑，而李俨然踞坐，受其拜谒。拜已，大声呼曰：“阿靠！汝幼而无父，不识我宜也；阿靠之母，何亦不识我乎？”李妻在旁，闻而大惊。李乃语之曰：“吾即尔夫也。”因历叙前事，众宾咸诧叹。李曰：“吾官此多年，今不能复归原籍矣。即将辞尔等北去，夫妻父子，缘尽于斯！”妻闻之，哭失声。众宾之长者或进言曰：“君既荣显，何不挈其母子同归山东？”李笑曰：“曩[26]者之事，诚出老父之意。然夫妻死别，人间至惨，乃视吾布囊蒙首，漠不动心，人之无情，一至于此！吾在山东有妻有子矣，焉置此为？其舍夫靠子，遵吾父之命可也。阿靠！阿靠！善事尔母！”言已，不顾而去。

【注释】

①粤：广东省的简称，因古为百粤（百越）地得名。

②童子试：科举制度中的低级考试，应试合格者始为生员。

③售：指科举及第。

④博：赌博。

⑤悛（quān 圈）：悔改。

⑥反目：夫妻不和。语出《易·小畜》：“夫妻反目。”

⑦俄：不久。举：生育。

⑧牧猪奴：赌徒。

⑨缓颊：说情。

⑩呼卢喝雉：赌博时的呼叫声。

⑪弥：更加。

⑫顾：但是。后文“顾无恙”之“顾”，意为“却”。

⑬市廛（chán 蝉）：市中商店。

⑭南中：泛指南方、中国南部地区。

⑮逆旅：旅馆。

⑯韪（wěi 伟）：以为是，同意。

⑰庠(xiáng 祥)序:古代乡学。这里泛指学校。

⑱文艺:这里指撰述和写作方面的学问。

⑲衿:指秀才。衿,即青衿,古代学子所穿衣服,故沿称秀才为"青衿",亦省作"衿"。

⑳宦橐:指做官所得的财物。

㉑鬑鬑(lián 连):须发稀疏的样子。汉乐府《陌上桑》:"为人洁白皙,鬑鬑颇有须。"

㉒妻子单寒:妻子和儿子穿着单薄的衣服,身体寒冷。

㉓西华葛帔:比喻人情势利,交道不终。典出《南史·任昉传》:南朝梁任昉,好奖掖士人,座上客常有数十人。而死后却很萧条,旧友对他的后人不加体恤,他的儿子西华在冬天还穿着夏天的"葛帔练裙"。

㉔庙见:古代婚礼,新妇入夫家,若公婆已故,则于三月后至家庙参拜公婆神位,称"庙见"。《礼记·曾子问》:"三月而庙见,称来妇也。"

㉕氍毹(qú shū 渠叔):一种毛织的地毯。

㉖曩(nǎng 攮):往日,从前。

淞滨琐话

(清)王　韬

王韬(1828～1897),原名利宾,又名翰,字懒今。后更名韬,字仲弢,一字紫诠,号天南遁叟,又号弢园老民,江苏长洲(今江苏苏州)人。生于清道光八年(1828),卒于清光绪二十三年(1897)。秀才出身。1849年在上海任英国教会所办墨海书馆主笔。1862年因支持太平军,受到清政府通缉,逃到广东,为英人聘去讲学,因得游历各国。1874年在香港主编《循环日报》,鼓吹变法维新。晚年定居上海,主持格致书院,在城西筑弢园,专门从事著述。他的著作甚多,有《弢园诗文集》、《□园尺牍》、《瓮牖余谈》、《普法战争辑要》、《淞隐漫录》、《淞滨琐话》、《遁窟谰言》等数十种。

《淞滨琐话》十二卷,为王韬晚年居上海时所作,有光绪十三年(1887)自序。内容叙写怪异及妓女琐事,笔法摹仿《聊斋志异》。作者为著名政论家,本书中亦多抨击时政之作,如这里所选的《因循岛》,写清末官场丑态,可谓淋漓尽致。

因循岛

曲沃[①]项某,本猎户,至项改业读书,文名藉甚,且喜放生[②]。尝经河上,见农人拽一黑猿,尾断足伤,血殷毛革,见项悲嘶仰首,有乞怜态。项心动,购而释之。猿去,频回顾,似感谢状,须臾,遂杳。

后项作幕闽中,归乘海舶,晨发,日未午,飓风大作,舟人惊骇。顷之,雪浪排空,挟舟而起,高数十丈,陡落波心,众均逐浪以去。项抱木板,任其所之,风益大,瞬息不知几千万里。自拚一死。既近海岸,懵然不知。无何,风静潮落,腹阁于浅渚石上,呕水斗余,良久渐醒。见黄沙无际,草木不生。时值初秋,天气尚暖,脱衣沙际,曝既干,重著起行。逶迤数十里,日已暝黑,月起海中,三坠三跃,大逾车轮,现五色光。无心观瞩,踏月再趋,至夜半,尚无人家。冈峦杂沓,林木渐繁,虎啸猿啼,毛发森竖。腹中大馁,幸怀熟鸡子数枚,聊息饥火。方欲再行,而足力已疲,乃息深林中。四面磷火[③]上下,若相瞰攫[④],心头鹿鹿[⑤],终夜清醒。

天甫明,又行,午后始见村落。居民披发被肩,形状不类中土,而面瘦肌黄,悴

容可掬，如久病者。乃趋前问询，言语啁啾[6]，不甚可了。一老叟出问，项以实告。叟曰："君中华人耶？此因循岛之简乡，去中华九万里。上年有海客朱某亦遭飓到此，居仆处一年，为岛王所知，车载而去，仆因悉中国方言。君无家，盍小作勾留乎？"项喜，从之去。乡人皆至，窃窃私语，似讶奇观者。叟罗酒肴，不甚丰腆，而劝进殊殷。少顷，门外有鸣金[7]声，众人皆仓皇遁。叟急闭户。项问故。曰："此县令也，喜噬人，君初至，勿为所见。"生于门隙窥之，见前后引随者，皆兽面人身，舆中端坐一狼，衣冠颇整，骇绝，人问叟。叟惨然曰："此地本富厚，三年前，不知何故，忽来狼怪数百群，分占各处，大者为省[8]吏，次者为郡守，为邑宰；所用幕客差役，太半[9]狼类。始到时，尚现人身，衣冠亦皆威肃。未数月，渐露本相，专爱食人脂膏。本处数十乡，每日输三十人入署，以利锥刺足，供其呼吸，膏尽释回，虽不尽至于死，然因是病瘠可怜，更有轻填沟壑者。"项讶曰："岛王亦狼耶？"曰："非也。主上仁慈，若辈能幻现人形，诡计深谋，遂为所赚。"问："朝臣何以不知？"曰："立朝者皆声气相通，若辈又每岁隐赂多金[10]，遂无人发其覆[11]。况其在官之际，仍以好面目示人，岂知出仕临民，别有变相耶！"项曰："此类当途，尚复成何世界！仆不才，当为汝等诉之岛主，俾此辈尽杀乃止！"叟曰："君虽心怀忠义，必不能行，况客乡之民，例难越诉，倘遇择肥而噬者，当有性命忧。"

项中心不安，次日不别而行。方欲问途，忽数人来缚之去，径诣一署。惊怖间，见两廊坐卧者，无非当路君[12]，不觉气馁。未几，一官登堂，衣服苍古，幸是人身，冀可缓颊。顾瞥见项，若甚喜，略问所来，项备述前事。忽顾左右曰："此人白皙而肥，精髓必美，当献之上司，必可记功邀宠。"项知非好意，再三恳释，不从。即命以木笼囚项，舁之出。

行二里许，众人哗传曰："太守来！"遂纷纷避道。俄见仪仗森严，拥一贵官至，鼠目獐头，左右顾盼，见缚者，问故。役禀白谓欲送上宪辕[13]。太守命舁至前，熟视，曰："君项某耶？何故至此？"项亦甚惊，而不解何以相识，因漫应之。立出舆，挥众去，命脱系，呼两骑至，并辔而行。项不知所为，转诘邦族。太守曰："仆侯冠[14]也。受君大恩，俟入署再诉细情。"少选，已至，见前门标"清政府"三字，下骑同入，胥吏十余辈肃迎于旁，见两旁隐隐有卧狼数头，心震慑不敢顾视。既入内，侯伏地拜。项答拜。因又问故。侯曰："仆即河上老猿也。承君援救，此恩终不敢忘。后遇瘦柴生[15]将夺此岛，以余能幻化人形，招之同至，不期岛主信德，感及豚鱼[16]，瘦柴生不忍相负，只谋方面[17]，现居省要[18]。余以从幕功授此职。今都院以下[19]，大半同群，其尚有人心不肯附和者，则皆赋闲[20]。仆亦每切兢兢[21]，久苦衣冠桎梏[22]。俟有顺便，当送君回耳。"项始恍然。侯亦询来意，略告之，相与叹息。言次，即已传餐，见数狼来，各被冠服，立化为人，与项通款曲，一一由侯为之指示，则丞、尉、案吏及幕中宾僚也。揖让入席，笑语雍和。侯独入内。项与众共饮，酒半酣，两役舁一肥人过，裸无寸缕，众曰："可送斋厨。"项惊问，皆笑不言。俄，庖人进一馔，如鸡子羹，群以敬客，曰："此人膏，余等酷嗜之，惟主人不喜。先生之来，口福诚不浅哉！"项惊

曰："适肥人已宰之耶?"曰："然。吾等公膳，本有常供[23]，此间因主人喜斋，故只日进一人。若大院中，则食人更多。"项惨不能咽，逃席觅侯，始得果腹。项居府中，郁郁不得志。侯察其意，谓："机缘未至，归计难谋。苛县厉令[24]，余旧属也，彼处山川佳胜，足资眺瞩，当荐君暂入幕中，藉广眼界。"项喜，次日持书去。一见要留[25]，宾主颇洽。

细察厉亦系狼妖，外示和平，而贪狡殊无人理。幸公事甚简，日惟携仆出游，或止宿山中，数日始返，厉亦不之责。邑绅某横甚，强夺邻田数十顷，邻讼之，绅贿以重赂，厉竟不直邻，逐之去。邻上控，发县复讯，仍执前断，邻无如何，自缢绅门。绅夜至署，与厉密议，设计弥缝[26]之。项不平，请曲直所在。厉笑曰："先生不知耶?绅子现居京要[27]，得罪则仆不能保功名，况妻子乎？且民命能值几何，以势制之，彼亦无能为力。"项曰："信如君言，则人情天理之谓何，国法王章，不几虚设耶！"曰："先生休矣！今日为政之道，尚言情理耶？吾辈辛苦钻营，始得一官一邑，但求上有佳名，不妨下无德政，直者曲之，曲者直之[28]，逢迎存于一心，酬应通乎百变。上以为可，虽民无爱日之留，而朝有荐章之入矣[29]；上以为不可，则民乐敦庞之化，朝无颂德之碑[30]：国舍有甘棠，不及私门有幸草也[31]。"

正言间，省中有飞牒[32]至，言郎大人将赴苛巡兵[33]，著速备供张[34]。厉匆匆别去，召丞尉商议。即让县署为行辕，次日迁移一空，别居西舍。署中悬灯彩，饰文窗，地铺氍毹，厚尺许，寝室则八宝之床，绣鸳之枕，锦云之帐，暖翠之衾，光采陆离，不可逼视，上下内外，焕然一新。至期，探者属道[35]，迎者塞门，奔走往来，流汗相属。将晚，郎至，炮声隆隆，骑声得得，仪仗数百人，甲胄殊整，其行牌有"粉饰太平"、"虚行故事"、"廉嗤杨震"[36]、"懒学嵇康"[37]等字。项私问小吏，吏曰："此德政牌也。"既见，武士数十人，各执刀分队疾趋，观者侧目无敢哗，即有十余人拥大吏至，端坐舆中，豕喙虎须，状极狞恶，兵吏皆跪迎，郎置不顾，飞舆入署。项欲瞰其所为，从之入门，吏严色拒之，厉至缓颊，乃入。见堂燃红烛如椽，光明如昼。郎高坐，旁立美服者数辈，须臾传呼："进兵册!"册上，仍付吏员持去。嗣兵官十余人入叩，有进金宝者，有呈玩具者，有乞怜贡媚者。一时计，厉跪请夜宴，共起身入小厢，即有吏出问："有歌妓否?"厉无以应，大窘，遽返西舍，饰爱妾幼女以进。郎喜，面称其能，而厉之酬酢周旋，丑不可状。宴已，众皆退，惟妾女伴寝，厉则意气扬扬，若甚得意。项颇愤然，顾莫敢谁何，乃卧。晨兴，复瞰郎尚未起，有军吏至，请阅操。内史叱曰："大人未起，起亦须餐烟霞，汝何得尔!"[38]军吏诺而退。半晌，又一内史出，传命："免操，即放赏。"军吏应而去。日将午，郎始起，厉急进膳。半炊时，传呼命驾，左右仓皇排道，径发，厉等皆跪送之，妾若女赧然而返。是役所费不赀，而不闻有所整顿也。项大以为非，即别厉至侯所。途中哗然，厉升某府缺。及见侯，询之。侯曰："此邦仕宦，大抵皆然，书生眼小如椒，徒自气苦耳。"

项不愿复留，谋归益切。适海客朱奉王命遣回，侯聚珍宝，为项治装，并求附舟，遂相至海口，已有一舟舣待。朱与项登舟，海风大作，揖别开帆，八日至琼州

岛[39]，登岸取道而返。出箧中物，易钱购田治屋，称素封焉。

【注释】

①曲沃：今山西曲沃县。

②放生：将被人捕获的飞禽、走兽、鳞介等买来放掉，叫“放生”。佛教迷信说法认为这样能为今生和来世积阴德造福。

③磷火：磷，一种化学元素，主要矿石为磷灰石。磷有赤磷、白磷两种，白磷易在空气中氧化，氧化时在黑暗处可发光。磷火就是这种氧化现象，过去又称为“鬼火”。

④若相瞰（kàn看）攫：好像偷看着人要把人突然抓去。瞰，暗中窥视。攫，原意是鸟用爪迅疾抓取。

⑤鹿鹿：因恐惧而心里剧烈跳动。

⑥啁啾（zhōu jiū州纠）：鸟鸣声。指言语难懂，如听鸟鸣。

⑦鸣金：敲锣。

⑧省：地方最高一级行政机关。清代分全国为二十六个省区，省以下为府州县。

⑨太半：大半。

⑩若辈：这些人。若，此，这。隐赂：暗地贿赂。

⑪发其覆：揭露他们的真面目。覆，覆盖，指真相。

⑫当路君：指狼。《抱朴子·登涉》：“山中寅日称当路君者，狼也。”

⑬宪辕：指总督或巡抚。清代总督又称“制宪”、“督宪”，巡抚又称“抚宪”。辕，旧指官署的外门，也用以代称官署。

⑭清政府：“清”字双关，表面意思是“清正廉洁”，实际上暗喻“清朝”。侯冠：是用“沐猴而冠”语暗喻其人为猴（猿）。

⑮瘦柴生：原指豺狗，这里泛指豺狼。《埤雅·释兽》：“俗云豺群噬虎，言其健猛且众，可以窘虎也。又曰瘦如豺，豺，柴也。豺体细瘦，故谓之豺；棘人骨立，谓之柴毁。义取诸此。”

⑯“不期”二句：这是用《易·中孚》“信及豚鱼”语意，是说岛主忠信仁德，连豚、鱼也受到感化。

⑰只谋方面：只谋求做总督、巡抚一类的官。方面，方面大员，即主管一个较大地区的官员。清代总督、巡抚为“方面大员”。

⑱省要：省里的要职，指总督或巡抚。

⑲都院：都察院，明清中央监察机关，掌纠弹（监察检举）中央及地方官吏。都院以下，指都察院长官都御史及其下属各官，包括六科给事中（掌纠弹中央六部官员）、各道监察御史（清代都察院下设二十道监察御史，掌纠弹各地区地方官吏），以及都事、经历（掌都察院草拟文书、出纳文书）等。

⑳赋闲：西晋潘岳辞官家居，作《闲居赋》，后因称不做官在家闲居为“赋闲”。

㉑兢兢：小心戒惧的样子。

㉒衣冠桎梏：指做官所受的种种约束。衣冠，指官服。下文“冠服”意同。

㉓常供：规定的供给量。常，常例。

㉔苛县厉令：这里县名和县令名分别寓含“苛酷”、“凶残”之意。

㉕要留：邀他留下，请他留下。要，通“邀”。

㉖弥缝：补救行事的失误之处。此指设法加以掩盖，把事情平息下去。

㉗现居京要:现任京中要职。

㉘直者曲之,曲者直之:"曲之"的"曲"、"直之"的"直"都用作动词。把直的说成弯的,把弯的说成直的,也就是把有理的说成无理,把无理的说成有理的意思。

㉙"上以为可"三句:上,上边,即上司。爱日,珍惜时光,扬雄《法言·孝至》:"事父母自知不足者,其舜乎?不可得而久者,事亲之谓了,孝子爱日。"意思是说,父母不能久在人世,能够侍奉父母的时间没有多久,所以孝子珍惜时光,侍奉父母一刻也不懈怠。后来因称儿子侍奉双亲之日叫"爱日"。封建统治阶级把地方官说成是"民之父母",所以这里用"爱日之留"指老百姓对地方官的爱戴挽留。这三句意思是:只要上司满意,虽然老百姓不拥护,也会有荐举的奏章递进朝廷(即可以升官)。

㉚"上以为不可"三句:敦庞,民风敦厚朴实。封建社会中,地方官在当地做了好事,当地人称颂他,给他立碑刻石,叫"德政碑"。这三句意思是:上司不满意,即使人民拥护,接受教化,朝廷里也没人替你说好话。

㉛"国舍有甘棠"二句:甘棠,见前《燕丹子》"甘棠之化"注。国舍,公署,官署。私门,家门。幸草,幸运之草。这是比喻的说法,指能得到上司、权贵的宠幸,给家里带来好处。语出汉王充《论衡·幸偶》:"火燔野草,车轹所致,火所不燔俗或喜之,幸草。"这两句意思是:得到人民的称颂,比不上得到上司、权贵宠爱对自己有利。

㉜飞牒:紧急文书。

㉝郎大人:郎,谐"狼"音。巡兵:清代各省最高长官,每年到所属各地检阅一次军队,称为"大阅"。

㉞供张:同"供帐",陈设帷帐等用具以供宴会或行旅的需要。

㉟探者属道:探望的人连续不断。属,连,续。属道,路上的人接连不断。

㊱廉嗤杨震:杨震,东汉人,字伯起。五十岁才出来做官,是著名的廉吏。他在任荆州刺史时,曾拒绝人夜里送来的贿赂(见《后汉书·杨震传》)。嗤,笑。本篇多用双关语,"廉嗤杨震"(还有下文的"懒学嵇康")在这里也语意双关:既可解释为行牌的主人夸耀自己比杨震还要清廉;也可解释为郎某以杨震为可笑,自己不去学他。这是讽刺郎某的贪残。

㊲懒学嵇康:嵇康,三国时魏国人。山涛(字巨源)被征为吏部郎,打算举嵇康代替自己。嵇康知道后,便写了《与山巨源绝交书》,说自己生性疏懒,受不惯官场的拘束,对举他自代这事,深表不满(见《文选·嵇康〈与山巨源绝交书〉》和李善注引《魏氏春秋》)。

㊳"内史"句:内史,古代官名,这里指秘书人员。餐烟霞,指吸鸦片烟。

㊴琼州岛:今海南省,清代为琼州府。

夜雨秋灯录

(清)宣　鼎

宣鼎(1834～1879),字瘦梅,天长(今安徽天长)人。曾在上海卖画为生,后来又做过知县的幕僚。著有《粉铎图咏》、《返魂香传奇》等。《夜雨秋灯录》十二卷,有光绪二十一年(1895)序,内容记奇闻异事。其《麻疯女邱丽玉》一篇,情节曲折,描写委曲动情,曾被改编为各种地方戏。

麻疯女邱丽玉

淮南禹迹山[①],林壑深幽,神龙窟宅[②]也。至明季,始有居人,渐成聚落[③]。陈生名绮,字绿琴,亦卜居山麓。父茂,母黄氏,耕种习贾,能小康。生年十五,善读。母仅有弱弟,名海客,游粤之某郡,货殖得资,遂落籍[④]。至是,母病革,私执绮腕,泣曰:"为母死后,汝父必继娶,芦花衣[⑤],古今如一辙,汝穷促,可遁粤寻依舅氏。"并私以所蓄数十金,与作旅费。生泣受。母殁,父续弦乌氏,果悍恶如母言,朝夕不能容。遂诣母墓痛哭,留书父枕侧而去。跋涉几半载,至则资耗而舅杳,遍询阛阓[⑥]无其人,茕茕走村郭,渐以乞食度命,深悔孟浪,时思遄回[⑦]。

一日,至郭之东,有槟榔树覆柴门。方引吭唱莲花落,内有短髯赤面一颁白[⑧]叟出,睨生诧曰:"小乞儿,子何貌之文而音之悲也?"生曰:"腹有诗书,焉得不文?落魄穷途,焉得不悲?"曰:"何得至此?"生遂自陈乡贯,述寻舅状。叟默视生曰:"子舅其黄姓海客、面白多麻?"曰:"然。"曰:"客死于此久矣。渠生为某巨室司会计,善营运,娶青楼女[⑨];病殁,女窃资随仆遁。老夫与渠有杯酒之交,代市榇具,葬东郭尼庵侧大树下,墓树短碑者,是也。"陈伏谢,径至所指处,果得舅墓。问尼庵,亦如叟言。遂呼舅哀哭,祝曰:"舅若有灵,佑甥还,当负舅骨返祖域[⑩]。"尼怜之,餐以豆粥,语云:"子所遇叟,姓司空,名浑,与汝舅有素,第往祈援手。切勿道方外[⑪]饶舌。"

明日,生见叟,遽呼"司空伯"。惊讶曰:"小子何得知吾姓氏,且加我'伯'名?"即跪云:"夜宿墓下,梦舅氏详告,且谕乞援。"叟愕然,曰:"仆与渠,原无车笠盟[⑫],不过曾觌面。虽然,当为子徐图,尽寸心。"三日后,以绨袍[⑬]一袭赠生,慨然有德色[⑭],且说生云:"仆清贫,无丰赠,子谅可原。幸邻郡某山中,有富室邱丈子本,仆之葭莩[⑮]也。老夫妇生有娇女,名元媚,字丽玉,年与子等,貌则鲜丽,择婿眼高,雀

屏无选[16]。子虽贫，而清才雅范，此间无与比俦。仆作函，代子执柯，往就甥馆，邱丈必有厚贶，尚不足运舅榇返珂乡[17]欤？"陈生闻之，请思其次。问何故。曰："侄家山野，荆布藜藿[18]，恐富室千金，未能习惯；矧彰彰入赘，能任坦腹人[19]乘龙自便者乎？"叟抚掌曰："迂哉！书痴也！是不过攫伊财耳，茫茫天壤，渠于何处捕逃亡婿？"

生计窘，姑受函往。至则渠第峨峨，春深兽锁[20]。司阍人[21]见其落拓，叱远立。及函入，两少年出揖客，云："奉严命[22]，恭迓玉趾！"知为翁子。随入，见栋宇庭院，俱类世家。一伟丈夫，修髯过腹，立阶上。生趋与展谒[23]。坐间，询司空氏起居。旋白"夫人来！"两婢扶一四十余美妇人出。翁曰："此山荆也。公子既司空世好，与寒门谊即通家，敢以妻子相见。"生又展拜。妇凝睇，笑谓翁曰："司空妹倩[24]，眼力不差，公子真可人也！"倏具筵宴，劝爵甚殷。席间略询乡贯，即语生云："舍亲与郎君言否？仆小女丽玉，素所钟爱，不欲嫁远方，然觅婿欲得如仙乡人物，裙屐翩翩[25]者，杳不可得。今得红丝牵引[26]，文星[27]惠临，是真石证三生[28]，愿即日奉为箕帚。"生离席，唯唯肃谢，婉陈曰："自惭樗栎[29]，仰托茑萝[30]，良所深愿。然小生实为寻舅至此，婚后三四日，即拟暂返蓬门，事蒇[31]，再回瀛第[32]。是不得不预陈长者。"妇微笑曰："公子何匆促若此耶？"翁急止之曰："公子孝心，何可过拂。容即代筹五百金，作为旅费。"生心喜，敬诺。

旋即笙管呕哑，灯火匝地。干仆引生之曲室，更簇新冠带，出就氍毹[33]。雏姬三四，引一二八好女子，珠翠绮罗，盈盈自内出，与生交拜，送之洞房。却扇[34]视女，则荷露桃霞，无此艳冶。生意飞驰，反恨顷言新婚暂别，未免孟浪，容[35]有意迁延，图静好耳。

酒阑灯灺[36]，听莲漏[37]三催，婢妾亡去。生正隐几怅触[38]，而女亦时牵绣幕窥良人，粉黛间，隐有惨悴色。生不知就里，趋近软语，代为卸妆。女则拒以纤腕。再近，则潸然流珠泪，徐起弹烛，视近阒无一人，始闭门小语曰："郎亦知死期将近乎？"曰："不知。"曰："郎从何处来，何处去，曷明告妾也？"生具告之。女唏嘘，欲言又止。生知有变，伏地乞怜。女曰："妾睹郎君风采，意良不忍，故以机密告：妾，麻疯女也。此间居粤西边境，代产美娃，悉根奇疾，女子年十五，富家即以千金诱远方人来，过毒尽，始与人家论婚，觅真配；若过期不御，则疾根顿发，肤燥发拳，永无问鼎者。远方人若贪资误接，三四日，即项有红斑；七八日，即遍体骚痒；年余拘挛拳曲，虽和、缓亦[39]不能生。"生闻之，始恍然悟，泣曰："小生万里孤身，担荷甚重，乞娘子垂怜！容我潜逃可乎？"曰："休矣！此间觅男子甚难，郎入门时，外门已环伏壮汉，持刀杖防逸。"生泣曰："身死不足惜，所悲者家有老亲耳！"曰："妾虽女子，颇知名节。常恨是邦以地限，无贞妇，愿死不愿生。郎且与妾和衣眠三日，得资即返。妾病发，亦不久人世，乞归署木主，曰'结发元配邱氏丽玉之位'，则瞑目泉台下矣！"言已，抱持隐泣。生愤然悲曰："噫！婚则仆死，否则卿死，曷饮鸩同死，结来生缘乎？"曰："不可。请书居址门巷，与妾纫衣缝中，俾他日柔魂，度关山，省舅姑，受郎君一盂麦饭耳。"生虽书与之，而涕不可仰[41]。入衾共枕，生屡屡不能自持，女悉劝慰禁止。对食不

餐，几与石女天阉[41]，同一恨事。翌日，翁媪果顿同陌路[42]。是夕，女以香舌吮生颈，作胭脂色者三四处，曰："可矣！"私赠黄金白玉缠臂[43]各二。生订后约。女悲曰："恐君再来，妾墓门之木拱矣！"

明日，翁赠果践言，即挥手令去。重到尼庵，尼见项上痕，闭门不纳。急以资赁巨舫，启舅榇，载之南下。夜在舟中泣，舟子疑渭阳[44]情重，奇之，敬礼益恭。抵家见父，则继母已殁，父纳婢为小星，见子甚慰。睹腰缠，疑妻弟所遗，不深诘。瘗旅榇，买山田。陈翁善酿，遂种秫[45]开酒肆，得利甚丰。生乃下帷读，入胶庠[46]。

邱翁见生去，谓其女毒尽无疑，正说媒妁，觅东床，女忽疾发，视之，麻疯也。翁穷追，惟含涕。媪扪之，仍是处子，交詈曰："淫婢太不长进，宁定不欲生耶！"月余益惫，遂遣之麻疯局。——是局乃长官好善者所设也：因是病向能传染，家有一，则全家皆病，虽掌上珠，亦恩断义绝，无顾复情[47]。女入局，数雉经[48]，辄见一麻面叟口操南音者，来救止。既而思遁，叟慨然愿导引，曰："老夫黄姓，淮南人。娘子得毋欲寻陈生绿琴耶？渠与仆似曾相识，可同行，仆亦欲东耳。"女自持恶疾，又以叟迈，欣然随之。叟到处，重门自辟。至郊外，叟以唾涂女莲钩，口喃喃若符咒，即迈步若健儿。感翁德，事之如父，旋拔银腕钏，易资为旅费。甫至楚，资已耗尽，遂行乞。叟吹洞箫，女口编《女贞木[49]曲》，歌唱沿门。歌曰：

> 女贞木，枝苍苍，前世不修[50]为女娘，更生古粤之遐荒。生为麻疯种，长即麻疯疮，衔冤有精卫，补恨无娲皇。画烛盈盈照合卺，侬自掩泪窥陈郎。翩翩陈郎好容止，弹烛窥侬心自喜。妾是麻疯娘，郎岂麻疯子；妾虽麻疯得郎生，郎转麻疯为妾死；郎为妾死郎不知，洞房绣阁衔金卮。孔雀亦莫舞，杜鹃亦莫啼，鹦鹉无言愿飞去，郎堕网罗妾心悲！郎不见骏马不跨双鞍子，烈女愿为一姓死！郎行依旧貌如仙，妾命可怜薄如纸！肤为燥，肌为皴，云鬓拳曲黄且髡，掩面走入麻疯局，不欲传染伤所亲。昔作掌上珍，今作几上肉；昔居绮罗丛，今入郎当[51]屋。月落空梁悬素罗，一缕香魂断复续。妾虽生，妾不愿守故居；妾既生，妾自当寻我夫。可怜虽生亦犹死，不死不生终何如！女贞木，枝扶疏，上宿飞鸟，下荫游鱼：鸟比翼者鹣鹣，鱼比目者鲽鲽[52]。生同衾，死同穴；衾穴即不同，妾心若明月。月照桃花红若然，李代桃僵被虫啮。女贞木，红枝叶，悉是麻疯之女眼中血！

女歌韵辛酸，叟箫声凄咽，闻者流涕，争进以食，不敢呼蹴与[53]。半年，抵淮南。将近山村，见老屋数椽，青帘[54]出树杪。叟遥指曰："向南黄石堆门者是也，子当自往，仆从此逝矣。惟祈寄语绿琴父子，云'海客奉谢'。"言已即杳。

女惊定，诣肆门。见一老翁坐垆侧，而目似绿琴，疑为翁，歌前曲，翁掷一钱与之；再歌，又掷一钱。女泣曰："贤郎陈绮，粤西欠奴债不还，迢迢责负逋，岂一文钱所能偿耶？"惊询，具告之。渠曰："陈郎耶，豚子也。汝所言，难遽信。渠秋试金陵，不日归山庄，面当知真赝。"女闻之，即叩以见翁礼。翁送入尼庵中，遣村妇伺应，妇皆唾却走[55]；幸老尼怜悯，得无苦。

月余生归，翁以女询，生惊怆不知所云。翁曰："是不可负也。吾家不少闲粥饭，虽易枕席[56]，当豢之，终其身。"生伏谢，即趋访。女遽牵生衣，啼曰："妾远来，不敢望伉俪，惟冀以骸骨葬君家祖域耳！"生且泣且慰。问何能自来。以黄叟面目颠末告。生惊曰："是吾舅也，其地仙耶？"携女之家，谋酒库隙地，卧丛瓮中。诸婢咸远立，不敢近；惟一雏婢名甘蕉者，独代撤溲便琐事。至饮食药饵，皆生手调。久更襆被[57]，挈甘蕉卧女侧，亦均无恙。榜发，生乡捷[58]。里人争与论婚，生力却，父稍稍劝。生泣曰："儿年甫二十有一，麻疯女量不久人世，曷姑待其毙再婚，亦未为晚也。"又恐己去女无人照看，遂告病，罢南宫试[59]。女以头触瓮，悲曰："为妾故，使郎迟嗣续[60]，阻上进，妾死后，何以见祖宗于地下？诚不若死！"言已又触，赖甘蕉救止，始已。

一日，生赴戚家饮，遇雨不归，甘蕉又因病内卧。女听雨剪灯，搔爬不已。忽闻梁际飕飗声，一大黑蛇，粗如儿臂，长几七八尺，从空飒至[61]。女始颇惧，继思得果蛇腹，胜于自戕，听之。蛇身盘屋梁，垂首下掀酒瓮木盖，堕地如掷，吸瓮中酒，喋唼有声，顷刻满腹，欲上缩，则木强如枯藤，倏忽堕瓮中，搅扰翻腾力尽，声顿寂。女燃灯，强起视之，毙矣。心忆蛇毒或可代鸩，掬饮升许，心顿清醒，祛烦襟，肤转奇痒；又掬以洗涤，痒顿止。明日，又潜饮而潜洗之，疾若失：肤之燥者，转莹如玉；发之卷者，转垂若云；面目手足之皱瘃[62]者，转如花如月，如嫩笋牙矣。甘蕉惊喜告生。询之，以蛇酒告。趋视，则遍体黑章成云篆，顶有触角，色殷然，盖此山蛇王，名乌风者也。具锦裳绮裙，花钿珠玉，妆女出见翁与诸宛若[63]，莫不惊为天人。翁曰："吾幼闻蛇王居此山千年矣，番僧求得半鳞为人医癣疥，不可得，孰知天专留此，为吾疗贤妇疾耶！"即日备礼为合卺，珠履满堂[64]，鼓吹筵宴，百里外男妇，咸奔至，一觇女之颜色，归以为荣。

再三年，女生宁馨儿[65]，感甘蕉德，收为簉室[66]；生却之，不可。是年春，生试礼闱，人木天[67]，出为太守，专恤流亡与贫病无告者，人人称父母。升两粤制军[68]，遣材官[69]，招邱翁至，索丽玉甚急。翁假泣曰："小女命薄，殒谢久矣，明公尚欲寻故剑[70]耶？"生又索骸骨归瘗。翁惧，献千金为太翁寿。不许。旋访司空，云："惊逸，堕绝涧死。"生笑曰："渠真以小人目我矣。"旋命婢扶夫人出，则衣一品命妇服[71]，容光焕发，翁几惊伏；视之，即己女丽玉也。洒泪问父母安否。翁咋舌，愧欲死。女亦时归宁，出蛇酒，制药设局，济粤之患麻疯者，活无算[72]。年四十余，太翁犹清健，疏乞终养[73]。归修舅墓与尼庵，建邱夫人碑，纪事之崖略[74]。至今此山药酒，尚驰名云。

【注释】

①禹迹山：指今安徽怀远县东南淮河东岸的涂山。山顶有禹墟，传说禹在此娶涂山氏女，生子启，后又在此大会诸侯。今江苏吴县市西南之禹迹山，与小说所叙之地淮南不合。

②神龙窟宅：传说禹乘二龙（见《抱朴子》、《括地志》），故这里说此山为神龙窟宅。

③聚落：村落。

④落籍：定居下来，入了当地的户籍。

⑤芦花衣：指继母虐待前妻之子。据《孝子传》载，闵子骞（孔子弟子）的继母冬天给自己的两个儿子穿用絮做的衣服，给闵子骞穿以芦花代絮的衣服。其父知道后，要逐出继母。闵子骞对父亲说："母在一子寒，母去三子单。"劝父亲把继母留了下来。继母受到感动，后来便对三子一样看待。

⑥阛阓（huán kuì 环溃）：市区街道。阛，市集的墙垣；阓，市集的外门。

⑦遄（chuán 船）回：快快地回去。遄，疾，速。

⑧颁白：义同"斑白"，即头发半白。

⑨青楼女：妓女。青楼，最初指显贵之家，后来专指妓院。

⑩祖域：祖茔。域，墓地。

⑪方外：世外，意谓超然于世俗礼教之外。语本《庄子·大宗师》："彼游方之外者也。"后因用作僧道之称。

⑫车笠盟：指不以贵贱而改变的深厚友谊。《太平御览》卷四〇六引晋周处《风土记》："越俗性率朴，意亲好合，即脱头上手巾，解要（腰）间五尺刀以与之为交，拜亲跪妻，定交成礼。俗皆当于山间大树下，封土为坛，祭以白犬一，丹鸡一，鸡子三，名曰木下鸡犬五，其坛地人畏不敢犯也。祝曰：'卿虽乘车我戴笠，后日相逢下车揖；我虽步行卿乘马，后日相逢卿当下。'"

⑬绨（tí 题）袍：粗绨做的袍。赠绨袍是为了表示自己不忘故友之情。据《史记·范睢（雎）蔡泽列传》载，范睢替魏中大夫须贾办事，被须贾在魏相前诬陷，被打伤。后范睢更名张禄，入秦为相。须贾出使秦国，范睢扮作穷人去见他，须贾说："范叔一寒如此哉！"送一件绨袍给他。范睢因他尚有故人之意，因此未加杀害。

⑭德色：表示自己有恩德于人的神色。

⑮葭莩（jiā fū 家夫）：芦苇里的薄膜，因用以比喻疏远的亲戚。这里用作亲戚的代称。参见前《聊斋志异·婴宁》"葭莩"注。

⑯雀屏无选：指没有选中女婿。参见前《剪灯余话》之《琼奴传》"射屏"注。

⑰珂乡：即珂里、鸣珂里。《新唐书·张嘉贞传》："嘉祐，嘉贞弟，有干略，方嘉贞为相时，任右金吾卫将军。昆弟每上朝，轩盖驺导盈闾巷，时号所居坊曰鸣珂里。"珂，饰马之玉。鸣珂里，指系贵人车马喧闹之地，后因用作别人乡里的美称。

⑱荆布藜藿（lí huò 离获）：荆布，荆钗布裙，指妇女妆饰穿着简陋。藜藿，指饮食粗劣。藜，野菜名，也称"灰菜"；藿，豆叶。

⑲坦腹人：指女婿。坦腹，即"东床坦腹"的简称，参见《世说新语·雅量》。乘龙自便：指随意离去。传说萧史与弄玉婚后乘龙飞去。参见前《莺莺传》"吹箫"注。

⑳兽锁：兽，指大门上做成兽头形的"铺"，兽口衔环，用以上锁。锁，这里是关闭着的意思。

㉑司阍（hūn 昏）人：看门的人。

㉒严命：父命。父亲又称"严君"，故父命称为"严命"。

㉓展谒：展拜，行拜见礼。

㉔妹倩：妹夫。倩，这里读 qìng（庆），女婿。

㉕裙屐（jī 基）翩翩：裙屐，指少年。语本《北史·邢峦传》："萧深藻是裙屐少年，未洽政务。"裙屐翩翩，即翩翩少年。

㉖红丝牵引：传说掌管人间婚姻的月下老人有一条红绳，用它暗中系住夫妇的足，无论家为仇敌或相隔千里，一经系住，必然成为夫妇（见唐李复言《续玄怪录·定婚店》）。

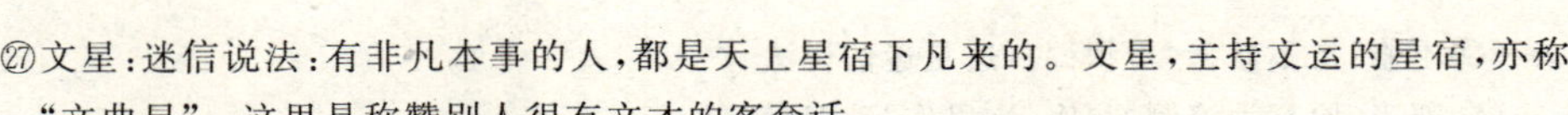

㉗文星：迷信说法：有非凡本事的人，都是天上星宿下凡来的。文星，主持文运的星宿，亦称“文曲星”。这里是称赞别人很有文才的客套话。

㉘石证三生：指前世因缘，前生注定。传说唐代李源与和尚圆观友好。一天，圆观将自己死后投胎之处告诉李源，并约定十二年后中秋之夜在杭州天竺寺外相见。李源如期而至，圆观化作一个牧童同他相会，并作歌唱道：“三生石上旧精魂，赏月吟风不要论。惭愧故人远相访，此身虽异性长存。”三生，佛教语，指前生、今生和来生（见袁郊《甘泽谣·圆观》）。

㉙樗栎（chū lì 初立）：樗，臭椿；栎，柞树。这两种树都不成材，因用它比喻不成材的人。这里是自谦之辞。

㉚茑（niǎo 鸟）萝：指结成亲戚。语本《诗·小雅·頍弁》：“茑与女萝，施于松柏。”茑萝为藤蔓类植物，以其缠绕松柏而生，故取其依附关联之意，用以喻指亲戚关系。

㉛蒇（chǎn 产）：完成。

㉜瀛第：犹言仙府。赞其宅第美好壮丽，如仙人所居之处。瀛，瀛洲，传说中的东海三神山之一。

㉝氍毹（qú shū 渠书）：毛织的地毯。

㉞却扇：古代婚礼，新妇行礼时以扇障面，交拜后去扇称为“却扇”。

㉟容：当。

㊱灯灺（xiè 泄）：灯芯已快燃尽，指夜已深。“灺”，蜡烛的余烬。

㊲莲漏：梁庐山僧惠远弟子慧要多巧思，以山中无刻漏，便于泉水中立十二叶芙蓉（莲花），因流波转动，以定十二时，称为“莲花漏”（见梁惠皎《高僧传》）。又唐李肇《国史补》载此事，称即惠远所作：取铜叶制器，状如莲花，置盆水之上，底孔漏水到一半时则沉，每昼夜沉十二次。

㊳隐几枨（chéng 成）触：隐几，靠着几案。枨，门左右两边竖以挡车以免触门的木头。“枨触”，本义是以物触拨，也指感触、感慨。

㊴和、缓：春秋时的两个名医。

㊵不可仰：不可仰视。形容悲痛已极。

㊶石女、天阉：指不能过性生活的女子和男子。

㊷陌路：即陌路人、路人，意指道路中不认识的人。

㊸缠臂：即镯子。

㊹渭阳：《诗·秦风·渭阳》：“我送舅氏，至于渭阳。”按，春秋时秦穆公太子康公送其舅父晋文公重耳归国，送至渭阳（渭水之南），而作此诗。后来因以渭阳指甥舅的情谊。

㊺秣（mò 末）：喂牲口的谷物，指高粱之类，可酿酒。

㊻胶庠：周代学校名。《礼记·王制》：“周人养国老于东胶。”郑玄注：“东胶亦大学，胶之言纠（集合）也。”这里指清代的府学或县学。

㊼顾复情：指父母对子女的疼爱之情。语本《诗·小雅·蓼莪》：“父兮生我，母兮鞠我，……顾我复我，出入腹我。”顾复，反复地回头看。腹，厚。

㊽雉经：缢死。《国语·晋语二》：“太子申生乃雉经于新城之庙。”《汉书·冯奉世传赞》：“申生雉经。”颜师古注：“盖为俯颈闭气而死，若雉所为。”雉，野鸡。

㊾女贞木：常绿小灌木，形似冬青。干高六尺左右，五月开青白色花。因其叶经冬不凋，故用它喻女子的贞节。《琴操》说，鲁有处女，曾见女贞木而作歌。

㊿不修：指不修善，不积德。这是迷信说法。

51郎当：原意为潦倒、颓唐，这里作“破旧”解释。

52鹣鹣(jiān 兼)、鲽鲽(dié 蝶)：《尔雅·释地》：“东方有比目鱼焉，不比不行，其名谓之鲽；南方有比翼鸟焉，不比不飞，其名谓之鹣鹣。”后用来比喻感情深厚的夫妻。

53蹴与：以足踢物给人，是极度蔑视人的表示。语本《孟子·告子上》：“蹴尔而与之，乞人不屑也。”

54青帘：酒旗，旧时酒店门外挂青旗以招徕顾客。

55唾却走：吐着唾沫退走。旧时迷信说法，吐唾沫可禳除邪恶之物带来灾祸。宋陶穀《清异录·厌胜》载称，枭鸟为天毒所产，见闻者必遭祸殃，急向它连唾十三口，才可禳免。

56易枕席：不共枕席。

57袱(fú 福)被：用布单包裹着被褥。袱，帕。

58乡捷：乡试考中了举人。

59南宫试：礼部主持的会试。南宫，唐以后对礼部的别称。

60嗣续：后嗣，子孙。

61飒至：随着风声而至，飒，风声。

62皲瘃(zhú 烛)：皲裂溃烂。瘃，冻疮。

63宛若：《汉书·郊祀志》：“神君者，长陵女子，以乳死，见神于先后宛若。”注：“兄弟妻相谓先后；宛若，字也。”宛若，为兄妻或弟妻的名字，后因用指兄妻或弟妻。

64珠履：以珠为饰的履。借指贵客。

65宁馨儿：对幼儿的美称。《晋书·王衍传》：“何物老妪，生此宁馨儿！”《桑榆杂录》：“宁，犹言如此；馨，语助也。”

66簉(zào 造)室：妾的别称。语本《左传·昭公十一年》：“泉丘人有女奔僖子，僖子使助薳氏之簉。”杜预注：“簉，副倅也。簉氏之女，为僖子副妾，别居在外，故僖子纳泉丘人女，令副助之。”

67木天：《唐六典》：“内阁诸司舍惟秘书阁最宏壮，穹窿高敞，谓之木天。”唐秘书阁掌经籍图书，与后代翰林院大体相同，故以“木天”为翰林院的别称。清制：一甲进士列入翰林院为修撰、编修，二、三甲进士经选试取录者入翰林院为庶吉士。

68制军：总督的别称。

69材官：武弁，低级武职人员。

70故剑：汉宣帝(刘询)未即位时，娶许广汉女。即位时，女为婕妤(宫中女官名)。公卿议立霍光女为皇后，帝下诏求早年故剑。大臣知道帝的意图，便上奏立许婕妤为皇后(见《汉书·外戚传上》)。后因以“故剑”称旧妻。

71一品命妇服：妇人受封号的称“命妇”。各个不同品级有规定的不同服装。总督的正式品级为正二品，但他带有从一品的右都御史的加衔，故妻子能穿一品命妇服。

72无算：无法计算，形容极多。

73疏乞终养：上奏疏请求辞官回家奉养父亲。封建官吏因亲老请求辞官归养叫“终养”。

74崖略：大略。

里乘

(清)许奉恩

许奉恩,字叔平,号兰苕馆主人,清代桐城(今安徽桐城)人。生卒年不详。著有文言小说集《里乘》(一名《兰苕馆外史》)十卷。该书以志人为主,"间亦杂以说鬼搜神"。小说篇幅大多较长,描写细腻,情节曲折,反映了文言小说较高的艺术成就。此外,许奉恩还著有《风鹤涂说》,记录了他本人在太平天国时期流离转徙途中所见所闻。

《柯寿鞠》、《婉姑》两篇,分别选自《里乘》卷四和卷八,据清光绪五年(1879)常熟抱芳阁刻本校点整理。

柯寿鞠

柯寿鞠,字丹薏,广陵乐工[①]女也。其大母[②]八十诞辰,梦女冠[③]持赠丹菊一枝为寿,翌辰[④]女生,遂以名之。髫龀失怙恃[⑤],叔无赖,鬻入勾栏[⑥]中。六七岁,闻人诵诗,窃爱之,见文士即求指授,一听了了[⑦]。十岁初度[⑧],口占一绝云:

戏控青鸾下碧空,十年尘梦堕西风。
此生不作韩枢密[⑨],愿抱秋心老蕊宫[⑩]。

一时传诵,佥谓[⑪]:"是儿命薄心高,恐非佳兆。"

及长,美而侠,富儿大贾,争以缠头[⑫]媚之,辄时分济寒畯[⑬]。年二十,自以千金脱籍,私谓狎客某甲曰:"儿齿渐增矣,浮沉风尘中,终无了局[⑭]。频年私积不下十万金,颇可自给。愿乘色未衰,择一才貌俱优、可同白首者,托以终身。君阅人多矣,烦留心物色,倘当意,不吝谢也。"甲笑曰:"诺,容徐图之。"

有山阴[⑮]陶公子者,少年俊美,薄游[⑯]广陵,艳女之名,兼利其资,赂甲求为说合。时女已独居谢客,甲特往述公子向慕意,并盛夸其门第才貌。女命导公子至,相而后可。既至,果一见目成,两心相许。公子言妻病瘵[⑰]频年,死在旦夕,虽暂屈篷室[⑱],一俟中馈[⑲]虚人,即当正位。甲居中怂恿。女喜,遂订割臂之盟[⑳]。定情后,两情缱绻,誓同生死。居无何,公子告女,将如京师纳资求官。问:"何官之求?"曰:"倅丞[㉑]可耳。"问:"何不求守牧[㉒]?"曰:"固所愿也,奈资不足何!"问:"所绌[㉓]几何?"曰:"五千金足矣。"女笑曰:"此亦甚易办,妾当足成之,奈何甘就冷宦!"公子大悦。

箧日[24]，女为治任祖饯[25]，出五千金付公子，趣[26]速经营，“早去早归，免妾久盼！”公子唯唯，订期珍重而别。逾期，公子不至。女问某甲，但饰语支吾。及坚诘不已，甲乃实告公子固携金遁归乡里，“入京求官”皆属诳语；且其妻悍妒，亦不敢纳妾媵。女知为公子所赚，殊不恚愤[27]，笑谓甲曰：“妾初见若言大气浮，固虑少年轻薄，不可终恃，今果然也。”因详问公子里居第宅，自买太平巨舫，携媪婢五六人径如山阴，僦屋[28]而居，与公子望衡对宇，戒众勿泄。眗[29]公子母寿辰[30]，贺客盈门，女华妆命舆往。公子方肃宾在堂，骤见女至，大惊失色。众客不知谁何，睹女容光焕发，讶为天人，凛然不敢正视。女乃向众客裣衽[31]，致词曰：“妾广陵乐工女柯寿鞠也。诸公非公子族党，亦必贵戚，妾有微忱，愿为诸公陈之，可乎？”佥曰：“愿闻。”女遂备述公子赚己始末。已，乃指公子而数之曰：“始妾以若[32]贵家子，必知自爱，故遽以终身相托。不虞[33]轻薄儿居心龌龊，但涎[34]妾卖笑金，巧设骗局，自以为得计。不知妾卖笑金固用之不竭，特笑若太器小，无福以消受之耳！”公子闻之，汗流满面，惶愧俯首，默无一词。众客为之缓颊，并好言抚慰，愿共为调停，令公子谢过，仍践前盟。女谢曰：“诸公休矣！此等龌龊儿，妾誓不与相见！今所以不惮劳苦千里而来者，诚以若今日可负妾，异日负君负亲负妻负友亦何不可？故特将若为人暴[35]告诸公，俾各慎与交游，勿受其诈耳！”众以女语言爽决，知不可挽，因谓：“公子所携归五千金，当如数返璧。”女笑曰：“此尤细事。若重利轻义，妾则不然。今既为若所赚，直如当日缠头少博此戋戋[36]耳。况妾平日赒济穷困，浪掷何止倍蓰[37]。若既爱之，亦第蹴尔与之，以大快其欲可也。妾去矣。”遂别众，从容上舆，登舟而去。公子面如死灰，众相对叹息，但姗诮[38]公子薄幸而已。

女旋广陵，幡然变计，曰：“一误不可再误，今必得一中年名士之在官者而事之！且非续娶不可！”会淮安府[39]教授周广文，五十丧偶，遣媒求为继室；女夙耳[40]周固名士，欣然许之。嫁后琴瑟甚敦。越岁生一子，周益嬖[41]之。前室固有二子。尝与女言冷官[42]多子，虑垂老无以资俯育。女曰：“奈何？”周曰：“老夫固善鸱夷术[43]，向苦无资，闻卿多私蓄，若假我权子母[44]，不患不得什伯[45]息也。”女曰：“业夫妻矣，曷不早言？妾物即君物，但挥霍耳，何假为！”遂倾箱罄出所蓄十万金付之。周得金，罢官业鹾[46]，不三年得子金三十万。即罢所业，肆筵设席，延女上座，自奉卮以献曰：“赖卿母金，得少弋获[47]，子孙不忧冻馁，皆卿之赐。虽然，卿出身平康[48]，无不知者，仆纵疏狂，亦不合俨然聘为继配；即仆自愿之，其如天下后世口实何？”女曰：“妾从君生子已扶床[49]矣，何忽出此言？岂畴昔申旦之誓非君意耶？”周曰：“良有之。向以闻卿所蓄甚富，姑妄言之，藉可运筹生色，一洗寒酸。今幸如愿，卿之母金当仍归赵，并酬以什一之息。‘我有旨蓄，亦以御冬。’[50]老夫髦[51]矣，卿近中年，独处鳏居，两足存活，自今以往，请永与卿诀矣。”女曰：“诀则诀矣！妾所生雏将焉置之？”曰：“卿如难割爱，将雏俱去可耳。”女曰：“诺。”即日携子挟金，仍旋广陵。乃鸠工庀材[52]，大治第宅，购良田沃产，择老成纪纲[53]司之。每岁出纳，躬自会计，日益饶富。不惜厚俸，聘延名师，以课其子。子十四岁，周殁。女赍重赙[54]，携子斩齐临吊[55]。

周之二子拒之，不许入门，恸哭而返。或谓女十岁时所为诗，终成谶语[30]。所谓心高命薄者，非耶？自以郁郁不乐。四十岁后改号瘦菊老人，然风骨珊珊，虽当中年，望之犹如二十许人。

【注释】

①广陵：今江苏扬州市。乐工：歌舞演奏艺人。

②大母：祖母。

③女冠：女道士。

④翌辰：第二天早晨。辰，同“晨”。

⑤髫龀（tiáo chèn 条衬）：指幼年。怙（hù 户）恃：父母的合称。语本《诗·小雅·蓼莪》：“无父何怙，无母何恃！”

⑥鬻（yù 裕）：卖。勾栏：指妓院。

⑦了了：明白，清楚。

⑧十岁初度：即十岁生日。初度，谓始生之年时。后因称生日为“初度”。

⑨韩枢密：即南宋名将韩世忠（1089～1151），字良臣，延安肤施（今陕西延安）人。因力主恢复失地，反对和议，被授任枢密使，解除兵权。所言不被采纳，乃自请解职，号清凉居士，口不言兵，闲居而卒。死后追封蕲王。

⑩蕊宫：蕊珠宫的省称，道教经典中所说的仙宫。

⑪佥谓：都说。

⑫缠头：古代歌舞艺人表演完毕，客以罗锦为赠，称“缠头”。这里指送给妓人的财物。

⑬寒畯：指出身寒微而才能杰出的人。

⑭了局：彻底解决的办法。

⑮山阴：秦置县，因在会稽山之阴而得名，治今浙江绍兴市。

⑯薄游：为菲薄的俸禄而宦游于外。

⑰瘵（zhài 债）：痨病。

⑱簉（zào 造）室：旧时称妾。

⑲中馈：原指家中供膳诸事，引申指妻室。

⑳割臂之盟：男女相爱，私下订立婚约。典出《左传·庄公三十二年》：鲁庄公爱大夫党氏的女儿孟任，答应娶她为夫人。孟任于是“割臂盟公”。

㉑倅（cuì 翠）丞：古代地方上的副职官员。

㉒守牧：太守一类的行政长官，明清时指知府。

㉓绌：短缺。

㉔筮（shì 示）日：行卜筮礼仪之当日。

㉕治任：整理行装。语出《孟子·滕文公上》：“昔者孔子没，三年之外，门人治任将归。”祖饯：这里指设宴送行，也即饯行。

㉖趣（cù 促）：催促。

㉗殊：副词，竟然。恚（huì 会）愤：愤怒。

㉘僦屋：租房子。

㉙望衡对宇：门庭相对。形容住处接近。

㉚瞯：窥视。

㉛裣衽：同“敛衽”，整饬衣襟，表示恭敬。

㉜若：你。

㉝不虞：不料。

㉞涎：贪图。

㉟暴（pù 瀑）：显露，暴露。

㊱戋戋（jiān 尖）：浅少，这里是些微之意。

㊲倍蓰（xǐ 洗）：数倍。倍，一倍。蓰，五倍。

㊳姗诮：讥刺。

㊴淮安府：清代属江苏省，治山阳县（今江苏淮安），辖境相当于今江苏淮阴市、淮安市、建湖县、盐城市、射阳县、阜宁县、滨海县、涟水县、泗阳县、洪泽县等地。

㊵夙耳：早就听说。耳，用作动词，听见。

㊶嬖：宠爱。

㊷冷官：地位不重要的闲散官职。

㊸鸱夷术：指经商的办法。鸱夷，指范蠡，越国大夫，曾辅助越王勾践灭吴。后游齐国，改称鸱夷子皮，以经商致富。

㊹权子母：这里称以资本经营或借贷生息为“权子母”。

㊺什伯：谓超过十倍、百倍。伯，同“佰”、“百”。

㊻鹾（cuó 嵯）：盐。

㊼弋获：获得。

㊽平康：唐代长安（今陕西西安）平康里为妓女聚居之地，故这里以“平康”代指妓女。

㊾扶床：谓年幼扶床学步。

㊿“我有旨蓄，亦以御冬”：《诗·邶风·谷风》中的诗句。两句诗大意是说，我储藏着美味的干菜，也可拿来抵挡一个寒冬。

(51)髦：通“耄”，年老。

(52)鸠工庀（pǐ 匹）材：招聚工匠，备齐材料。指大兴土木前的准备工作。

(53)纪纲：统领奴仆之人。后泛指仆人。

(54)赙（fù 付）：旧时指助人治丧的财物。

(55)斩齐临吊：穿着最重的丧服去吊孝。

(56)谶语：旧时迷信者认为将来会应验的预言。

婉姑

前明世庙[①]时，浙江绍兴某甲，少游京师，学为银工。心性慧黠，所制务出新式，极臻奇巧，一时长安[②]良匠，佥逊谢不逮[③]。以故都中戚畹勋贵[④]及一切仕族，凡闺阁钗饰，非出某手不贵，缘此出入显贵之门，累赀数万。甲有妹名婉姑，素所钟爱，年已及笄，姿首妍丽。幼字[⑤]同里某乙，以贫故，不能至京亲迎；甲又以事繁不得送归，时以为虑。会有中表弟某孝廉[⑥]，公车北上[⑦]，依甲为居停[⑧]。试毕下第，将归，甲置酒祖饯[⑨]。数巡后，甲以朱柈盛朱提[⑩]一函列几上，前再拜致词曰：“仆有心事，思之数年，未得其人，今幸得吾弟，此愿可了。吾弟少年豪俊，且系至诚君子，倘

荷允诺，乃敢毕其词。"孝廉见甲情词恳切，答曰："我尔骨戚，如力所能任，自当如命，义何敢辞。"甲遂以婉姑相托，谓己不能躬送，"今吾弟南旋，敢请挈带归里，就便为之完姻，曷胜感幸！谨具戋戋[11]，聊助资斧[12]，蕲勿以不腆见却"[13]。孝廉感其情亲谊厚，遂毅然允诺。

既抵浙，孝廉即留婉姑在家小住数日，涓吉送其于归[14]。某乙惟有老母。婉姑既嫁至乙家，翌日晨兴[15]，见乙与其母皆为人所杀，骈死厨下，大骇喊呼。邻舍毕至，觇验[16]猜异，互相惊诧，因共鸣官讯究。明府某公，少年科甲，素以精刻自负。勘验毕，先后拘婉姑并孝廉至，廉[17]得同路回籍情事，乃拍案作色，厉声曰："此案不待问，固已了如指掌矣！以怨女旷夫[18]，同行数千里，且皆少年美好，旁无一人，谓一路彼此防闲[19]，历数月之久，能始终作鲁男子[20]，吾不信也！"命虔婆验婉姑，果非处女。某公更以自神，益得意曰："何如？吾言固不谬也。"遽命以严刑相加，惨掠倍至。二人不任棰楚[21]，只得诬服。狱具，论以大辟。时人亦同声称明府之神，且姗骂婉姑同孝廉人面兽心，有负某甲之托，死不为枉。

某甲在京闻之，骇异懊恨，亦以二人之非人类，罪有应得。既又念婉姑自幼相依十余年，向以礼自守，言笑跬步，不稍苟且；即孝廉为人，亦少年纯谨，边幅甚修，何遽作此蔑礼犯法之事？以此沉吟，疑信不能自决。缘离乡多年，暂将店务倩人督理，自旋展墓[22]，藉侦访此事迹耗[23]。甲故京师名匠，北道大店商贾多与往来。日者至一典店中，正与主人谈次，忽见店伙持金钏一股来，请于主人曰："此钏制法精巧，因质价太昂，不敢自主，特请命以定去留。"某甲从旁见钏，大惊，泣谓主人曰："此乃小人女弟[24]于归时赠嫁之物，今幸无意见之，则死者之冤可白矣！"乃具为主人道其原委，请将质[25]钏之人用计留禁。自诣辖邑，鸣鼓上状，饬役拘质钏者至，一讯而服。

先是，某甲以某乙家寒，恐妹嫁去难以治生，遂广制金钏数事，约计千金，以作妆奁之资。质钏人本京师剧贼[26]，探知此事，沿途尾婉姑、孝廉之后，直至浙江。于归日，乙家以贫故，合卺成礼后，诸亲便各自辞归。贼乘人众时，预伏厨下。乙母至厨料检什物，贼暗中突出，以刃挥而殪[27]之。乙闻扑击声，自往烛之，贼又突出刃之，遂将乙衣履更换，秉烛进房。婉姑新至，不辨真伪。就寝后，贼以言㐭[28]婉姑云："闻汝兄赠嫁有金钏数事，制法精巧，何不出以相示？"婉姑以为己夫也者，乃尽将所有出而献之。贼大喜，佯为称赞不已，又与同寝。天明，瞯婉姑睡熟，尽携所有而遁。贼之所供如此。邑令以状上大府[29]，移知浙省，并以入告。世庙震怒，除贼寸磔[30]外，命将该邑令——即素以精刻自负之某明府，处决论抵。承讯在事各官，自督抚以次，均严加议罚。又特旨婉姑给予旌表建坊，孝廉子给荫入监读书。恩法兼施，存殁均感。然则折狱[31]者慎勿以精刻自负矣！

【注释】

①明世庙：指明世宗朱厚熜。

②长安：实指京师北京。

③不逮：不及，比不上。

④戚畹勋贵:外戚权臣。

⑤字:旧时称女子许嫁为“字”。《礼记·曲礼上》:“女子许嫁,笄而字。”

⑥孝廉:明清对举人的称呼。

⑦公车北上:作为举人北上到京师北京应试。公车,汉代以公家车马递送应征的人,后因以“公车”作为举人应试的代称。

⑧居停:寄居的处所。

⑨祖饯:这里指设宴饯行。

⑩朱柈:红盘子。柈,通“盘”。朱提(shú shí 孰十):银子的代称。朱提,旧县名,西汉置,治今云南昭通市。朱提县境内有朱提山,出产白银,量多质高。

⑪戋戋(jiān 尖):浅少,微薄。

⑫资斧:指旅费。

⑬蕲(qí 齐):通“祈”,祈求。不腆:自谦之辞,不丰厚。

⑭涓吉:犹择吉,选择吉利的日子。于归:女子出嫁。语出《诗·周南·桃夭》:“之子于归,宜其室家。”

⑮晨兴:早晨起来。

⑯觇(chān 搀)验:暗中察看检验。

⑰廉:考察,查访。

⑱怨女旷夫:指已到婚龄而尚无配偶的男女。

⑲防闲:防备禁止。

⑳鲁男子:称拒近女色的人。

㉑棰楚:古代衙门打人的刑具。棰是棍棒,楚是荆杖。

㉒展墓:省视坟墓。《礼记·檀弓下》:“吾闻之也,去国则哭于墓而后行,反其国不哭,展墓而入。”

㉓迹耗:踪迹,消息。

㉔女弟:妹妹。

㉕质:典当。

㉖剧贼:大盗。

㉗殪:杀死。

㉘西(tiǎn 舔):舔。

㉙大府:明清时称总督、巡抚为“大府”。

㉚寸磔(zhé 哲):古代的一种酷刑,即碎解肢体。

㉛折狱:判决诉讼案件。

醉茶志怪

(清)李庆辰

李庆辰(? ~1897),字筱筠,号醉茶子,清代津门(今天津市)人。一生课徒为业,以诸生终老。著有诗集《醉茶吟草》二卷,文言小说集《醉茶志怪》四卷。《醉茶志怪》成于清光绪十八年(1892),有津门刊本,各卷卷首署"津门李庆辰筱筠戏著"。全书三百五十六篇,内容繁富,多为天津及河北一带的民间故事和异说奇闻,有不少"寄情儿女,托兴鬼狐"的优秀作品。此书语言洗练,叙事流畅,创作上深受《聊斋志异》和《阅微草堂笔记》的双重影响,正如杨光仪序文所指出,"是盖合二书之体例而为之者"。它不仅是清代一部较重要的文言小说集,而且对研究河北、天津的民俗也很有参考价值。

《点金石》、《村女》、《花娘子》三篇,选自《醉茶志怪》卷二,根据清光绪二十二年(1896)上海理文轩排印本校点整理。

点金石

邑①李某,夜烹羔羊,香喷户外。有白须叟推扉②入,曰:"肉味良佳,愿尝一脔③。"李欣然为设匕箸④。叟倚床坐,自言流寓⑤邻寺,慕君高雅,故来就食。二人对饮,叟量颇豪,十觞不醉⑥,李颓然卧眠矣。及醒,叟已去,遗⑦一小石,大如弹丸,光华五彩。置磁杯中,杯化为金。急出访叟,远近并无其人,益以为仙。归而觅石不得,询之家人,云:"弃诸水。"李懊悔良久,乃藏杯于箧⑧。

醉茶子曰:"不拘小节,定是名士。叟纵非仙,亦名士之流矣。而一饭之恩,即以金报,知叟非无心者也。倘能倾盖⑨订交,其言论丰采,更必有大快人意者。奈何贸然而来,复飘然而去?殊堪为李君惜矣。"

【注释】

①邑:旧时县的别称。

②扉:门扇。

③一脔:一小块肉。脔,切成小块的肉。

④匕箸:羹匙和筷子。

⑤流寓：流落他乡居住。

⑥十觞：满满十杯酒。觞(shāng 伤)，盛满酒的杯。

⑦遗：留下。

⑧箧(qiè 切)：藏物的小箱子。

⑨倾盖：停车畅谈，车盖相靠，表示双方志同道合，相交甚得。典出《孔丛子·杂训》："子思曰：'然吾昔从夫子(指孔子)于郯，遇程子于途，倾盖而语，终日而别，命子路将束帛赠焉，以其道同于君子也。'"

村 女

村女某，生而兔唇[①]，以故长犹未字[②]。性贤孝，代母操作，不惮劳苦。适野饷父[③]，途遇老妪。顾[④]女云："好个美姑娘，面貌端好，缺唇，实丑人也。"女云："生而如此，可为奈何？"妪云："吾为尔医之，愿否？"女拜求术。妪探篮中，揭馒首薄皮少许黏之，以唾贴唇缺处，嘱勿轻笑，三日可保长成。女喜展谢[⑤]，其人已渺，惊为遇神。谨遵其教，唇果完好，贴处色白，常如敷粉。

醉茶子曰："萍水相逢，遽行仁术，神仙岂好事哉，亦以其贤孝所感耳。不然，世之所称十不全者，何不见有神施治也？"

【注释】

①兔唇：唇裂，即下文"缺唇"。

②字：旧时称女子许嫁为"字"。

③适野饷父：正好到田头送饭给父亲吃。

④顾：看。

⑤展谢：致谢。

花娘子

徐州士人寝疾[①]，忽闻声细如蝇，呼曰："花娘子遣奴来迎郎君，可速行也。"视之，枕畔立一小美人，身高三寸许，彩衣鲜洁，眉目姣然，惊以为妖，唾之[②]。美人曰："不听奴言，当使青儿来，不容郎君不去也。"士呼其妻共视之，见美人反身去，从容入床后而没。莲钩践尘[③]，迹如麦粒。举家惶恐，倩人[④]守之。忽执炊媪[⑤]呼曰："予青儿也。花娘子延郎殊无恶意，何拒之深？"其妻曰："素无怨隙[⑥]，何太相缠？"媪曰："花娘子蓄有雪藕，邀郎共啖[⑦]。"其妻云："藕可将来[⑧]，郎病，不愿行也。请为敬谢娘子。"媪忽寤[⑨]。次晨，见枕畔置细藕一段，皎白如晶，怪而询家人，俱不知何自来[⑩]。妻欲弃之，士不可。啖之，味殊甘脆，疾大瘳[⑪]。冀美人再来，而殊杳然，后亦无异。

【注释】

①士人：儒生，泛称读书人。寝疾：卧病。

②唾之：向小美人吐唾沫，表示鄙弃。
③莲钩：指旧时妇女所缠的小脚。践尘：踩着尘土。
④倩（qìng 庆）人：谓请托别人。
⑤执炊媪：做饭的老大妈。
⑥怨隙：嫌隙。
⑦共啖（dàn 旦）：一起吃。啖，吃。
⑧将来：拿来。将，取，拿。
⑨寤：苏醒。
⑩何自来：即自何来。
⑪疾大瘳（chōu 抽）：疾病大大减轻。

客窗闲话

(清)吴炽昌

吴炽昌，字芗厈，清盐官(今浙江海宁市盐官镇)人，著有文言笔记小说集《客窗闲话》正集八卷、续集八卷，约成书于同治年间。下面所选的《金山寺医僧》系根据清光绪元年(1875)刻本《客窗闲话》续集第五卷校点整理。

金山寺医僧

浙右某孝廉[①]，约伴入都会试[②]。舟至姑苏[③]，孝廉病矣，同伴唤舆送至名医叶天士家诊治[④]。叶诊之良久曰："君疾系感冒风寒，一药即愈。第将何往？"孝廉以赴礼闱[⑤]对。叶曰："先生休矣！此去舍舟登陆，必患消渴症，无药可救，寿不过一月耳，脉象已现。速归，后事尚及料理也。"遂开方与之，谕门徒登诸医案。

孝廉回舟，惶然泣下，辞伴欲归。同伴曰："此医家吓人生财之道也。况叶不过时医，决非神仙，何必介意？"次日，孝廉服药，果愈。同伴益怂恿之，遂北上，然心甚戚戚[⑥]。

舟抵江口，风逆不得渡。同人约游金山寺[⑦]。山门前有医僧牌，孝廉访禅室，僧为诊视曰："居士将何之？"以应试对。僧蹙额[⑧]曰："恐来不及矣！此去登陆，消渴即发，寿不过月，奈何远行耶？"孝廉泣下曰："诚如叶天士言矣。"僧曰："天士云何？"孝廉曰："无药可救。"僧曰："谬哉！药如不能救病，圣贤何必留此一道？"孝廉觉其语有因，跽[⑨]而请救。僧援之曰："君登陆时，王家营[⑩]所有者，秋梨也。以后车满载，渴即以梨代茶，饥则蒸梨作膳，约至都食过百斤，即无恙。焉得云无药可救，误人性命耶？"孝廉再拜而退。行抵清河[⑪]，舍舟登车，果渴病大作矣。如僧言，饮食必以梨，至都平服如故。入闱不售[⑫]，感僧活命恩，回至金山，以二十金及都中方物[⑬]为谢。僧收物，而却其金曰："居士过苏城时，再见叶君，令其诊视。如云无疾，则以前言质之；彼如问治疗之人，即以老僧告之，胜于厚惠也。"

孝廉如言，往见天士，复使诊视，曰："君无疾，何治？"孝廉以前言质之。天士命徒查案相符，曰："异哉！君遇仙乎？"孝廉曰："是佛，非仙。"以老僧言告之。天士曰："我知之矣。先生请行，我将停业以请益。"随摘牌散徒。更姓名，衣佣保服，轻

舟往投老僧，求役门墙，以习医术。僧许之，日侍左右，见其治过百余人，道亦不相上下。告僧曰："余亦有所悟矣，请代为立方，可乎？"僧曰："可。"天士作方呈览。僧曰："汝学已与姑苏叶天士相类，何不各树一帜，而依老僧乎？"天士曰："弟子恐如叶之误人性命，必须精益求精，万无一失，方可救人耳。"僧曰："善哉！此言胜于叶君矣。"

一日，有舁一垂毙之人至，其腹如孕。来人曰："是人腹痛数年，而今更甚。"僧诊讫，命天士复诊开方，首用白信[14]三分。僧笑曰："妙哉！汝所不及我者，谨慎太过。此方须用砒霜一钱，起死回生，永除疾根矣。"天士骇然曰："此人患虫蛊，以信石三分，死其虫足矣，多则人何能堪？"僧曰："汝既知虫，不知虫之大小乎？此虫已长二十寸余矣，试以三分，不过暂困，后必复作；再投以信，避而不受，则无药可以救矣。用一钱，俾虫毙，随矢[15]出，永绝后患，不更妙耶？"天士惑甚。僧立命侍者出白丸，纳病人口中，以汤下之。谓来人曰："速舁回寓，晚必遗矢出虫，俾吾徒观之。"来人唯唯，舁病人去。至夜，果如所言，挑一赤虫来，长二尺余。病人已苏，饥而索食。僧命以参苓作糜进之[16]，旬日痊可。天士心悦诚服，告以真姓名而求益。僧念其虚心向往，与一册而遗之。自是天士学益进，无棘手之症矣。

芗厈曰："医道至叶天士已成名手，犹耻不及人，而精益求精。彼后生小子[17]，不过读得《脉诀》、《本草》[18]，居然吾道在是，大胆行医，人命其何堪哉？"

【注释】

①孝廉：明清两代对举人的称呼。

②会试：明清科举制度，每三年一次在京城举行各省举人集中考试。考中者称"贡士"，经殿试，中者称"进士"。

③姑苏：即今江苏苏州市，因西南有姑苏山而得名。

④舆：车。叶天士(1667～1746)：清代医学家。名桂，字香岩，江苏吴县人。世业医，继承家学，博采众长，自成一家。

⑤礼闱：会试是由礼部主持的，故又称"礼闱"。

⑥戚戚：忧惧的样子。

⑦金山寺：在江苏镇江市区西北金山上。始建于东晋。原名泽心寺，唐代因开山得金，从此即通称"金山寺"。庙宇依山势而造，使山和寺混为一体。

⑧蹙(cù 促)额：皱眉头，表现愁苦的样子。

⑨跽(jì 忌)：长跪，即双膝着地，上身挺直。

⑩王家营：今名王营子，在河北滦平县东南。始建于清康熙年间，原有行宫一处，宫前有王姓一户定居，故名王家营子。

⑪清河：地名，原名清河店，在今北京市海淀区东北部。历史上是北京北部的门户，通南口、居庸关必经之地。

⑫不售：指考试不中。

⑬都中方物：北京土特产。方物，本地产物。

⑭白信：即砒霜，有剧毒，可入药。下文"信石"，也指砒霜。

⑮矢：通"屎"。

⑯参苓：中药名，即人参和茯苓，有滋补健身之功效。糜（mí 迷）：粥。

⑰后生小子：年轻晚辈。

⑱《脉诀》：古代医学书。旧题晋王叔和著。语言浅近，意多偏舛，似为后人依托之作。《本草》：古代医药书，原名《神农本草经》，因书中所记以草药为多，故称《本草》。后来各种中药学书也多以“本草”命名。

聊摄丛谈

(清)须方岳

须方岳，字亦咨，一字蓉岩，自号补桐轩主人，清代阳湖(今江苏常州)人。同治八年(1869)冬，曾筮仕山左(今山东省)。其他事迹及生卒年不详。著有文言小说集《聊摄丛谈》六卷。有光绪十年(1884)作者自序。各卷均署"阳湖须方岳亦咨著"。

《窦小姑》是一篇描写女保镖的动人故事，有浓厚的传奇色彩。本篇根据清光绪十二年(1886)文英堂刻本《聊摄丛谈》第一卷校点整理。

窦小姑

聊城县①窦某者，乾隆②间以武艺举于乡，有三子一女，皆骁勇趫捷③，女即小姑也。窦尝为客商保标④，以红三角旗为记，南北往来，无少差误，以是人皆信之。后踵门求保者无虚日，父子应接不暇，广请伙友，开行⑤于城东射书台下。是时北五省绿林豪杰最多，然无不知窦家红旗标之不可犯。惟直隶某砦盗魁黄天狗者⑥，膂力⑦过人，啸聚⑧颇众，不甚心服。窦偶经其地，亦加意隄防⑨，从未相值⑩，一较低昂。

一日，省垣某达官干仆⑪，领健骡百余头，驼银十数万金，将诣京师，限有日期，投窦行中乞保，行中人适皆派出，无一在家者。某仆绕床顿足叠唤"奈何"，窦妻踌躇无计，欲出辞之。小姑从容起曰："路上失标，固败吾名；标至行中而不能行，误人家事，亦败吾名也。"母曰："然则奈何?"小姑曰："儿亦曾从父学习弓马，雄冠⑫而出，自问尚堪胜任。"母曰："吾闻某砦之恶，汝父尚惮之，此去必由其地，汝能当之乎?"小姑曰："请试之。"遂易男子装束，挟弹牵马，驱标而出。

行六七日，将过某砦，小姑见距砦十余里，有店甚大，时且薄暮，率众投之。小姑坐店外，倚弓于墙，把壶啜茗⑬。无何，一总角小儿，以火寸爇火⑭，嬉戏左右，小姑不以为意，小儿潜焦其弓弦而遁。及晓复行，离店数里，丛树中群盗突至，牵其驼骡而走。小姑奋臂关弓⑮，弹丸未出，崩然一声，弦分两段，谛审之，始悟昨日火寸之有由。即策马反身而走，违盗稍远，截发接弦，试之颇固。仍跃马前来，见驼骡已半进砦门。乃厉声曰："汝等不识乃公⑯，而来讨死耶?"霹雳一声，一盗已倒于地。

手中丸未尽，百步间，伏尸十数人。天狗知不能敌，忙摇手曰："且勿且勿！小子无知，遽犯宝标，幸不见罪！"即回头叱去左右。已而[17]又曰："知足下路出敝砦，备有菲酌[18]，能不吝光顾否？"小姑意谓不入虎穴，焉得虎子，径允之。遂与天狗并辔而进。砦外驼骡，以及夫役人等，命左右就地供给。及至其处，水陆珍羞[19]，咄嗟而办[20]。三巡酒后，天狗以匕首戳肉一脔[21]，起向小姑曰："戋戋[22]微敬，幸不我辞。"意将伺小姑启吻，直刺其喉。小姑致声："不敢！"以口接之，即嚼折刀头半寸许，适见燕语梁间，唾刀头刺之，燕立堕。天狗为之失色，因谓小姑曰："虎父无犬子，信然！今日几交臂失之[23]！敢请俯收门下，厕诸弟子之列[24]。"且商之曰："君家红旗，人多假冒，此后旗上，望添二白带缀之，则燕赵诸砦，无人敢正眼觑[25]矣。"于是将所劫之物，一并送还。及出，某仆惊喘不能动，强扶上马同行。

年余后，绿林中始知为窦某之女，共相咋舌[26]曰："其女如此，其父子可知！"由是"东昌窦家标"之名噪天下，因戏呼旗上白带为窦小姑裹足帛[27]云。

【注释】

①聊城县：秦置县，明清时为山东东昌府治，即今山东聊城市。

②乾隆：清高宗爱新觉罗弘历的年号(1736～1795)。

③赼捷：矫健敏捷。

④保标：即"保镖"。旧时以武艺护送财物或保护雇主人身安全为职业的人，称为"保镖"。

⑤开行(háng 杭)：开设接受保标业务的镖局。

⑥直隶：清代旧省名，今名河北省。砦：同"寨"。

⑦膂力：体力。

⑧啸聚：指结伙为盗。

⑨隄(dī 低)防：同"提防"，小心防备。

⑩相值：相遇。

⑪省垣：省城。干仆：办事精明能干的仆役。

⑫雄冠：谓女扮男装。

⑬啜茗：喝茶。

⑭火寸：火柴。爇火：点火。

⑮关弓：弯弓，即张满弓。

⑯乃公：犹今口语"你爷爷"。乃，你。

⑰已而：随即，不久。

⑱菲酌：自谦之辞，菲薄的酒食。

⑲水陆珍羞：泛指山珍海味。

⑳咄嗟(duō jiē 多皆)而办：立刻就办成。咄嗟，犹呼吸之间，谓迅速。

㉑脔(luán 栾)：切成小块的肉。一脔，一小块肉。

㉒戋戋(jiān 尖)：浅小，微薄。

㉓交臂失之：胳膊碰胳膊，擦肩而过，指当面错过机会。语出《庄子·田子方》："吾终身与汝交一臂而失之。"

㉔厕诸弟子之列：置于诸弟子之列，意思是当成弟子看待。

㉕正眼觑(qū 趋):轻视的意思。觑,眼睛合成一条细缝地注视。

㉖咋(zé 责)舌:咬住舌头。因害怕而不敢说话。

㉗裹足帛:古时妇女缠足所用的裹脚布。

后 记

《中国文言小说精典》，选收先秦、汉、魏、晋、南北朝、唐、宋、辽、金、元、明、清的文言小说，是一部包容中国历代文言小说精华的大典。全书选辑文言笔记小说集八十多种，选注志怪、杂录、传奇、笔记、谐谑等类型的文言小说共二百四十七篇。

本书是在《文言小说名篇选注》的基础上增补修订而成的。增选文言小说九十四篇，字数比原书增加近一倍。作品的增补、调整大致有三种情况：

一是补全朝代。新选《焚椒录》、《申厚卿娇红记》两篇优秀的传奇小说和《续夷坚志》中的名作，补齐了辽、金、元三代的空缺。上自先秦，下迄清末，各代齐全，名作荟萃，历代文言小说发展演变的脉络更加清晰可见。

二是增选名篇。尽量搜辑各代的重要文言小说集，从中遴选佳作。两晋、南北朝和宋代，从《玄中记》、《神仙传》、《殷芸小说》、《夷坚志》和《鬼董》等著名文言小说集中补选了一些作品。明、清两代，增补最多。从明代二十一种珍稀的文言小说集中选收三十七篇佳作，内容丰富多彩，包括文言小说的各种类型。其中像都穆的《都公谭纂》，杨循吉的《苏谈》，祝允明的《祝子志怪录》、《语怪》和《枝山前闻》，陆采的《冶城客论》，江盈科的《雪涛小说》，钱希言的《狯园》，王象晋的《剪桐载笔》，徐芳的《诺皋广志》等，都是第一次发掘整理的。清代部分，也从《坚瓠集》、《觚剩》、《今世说》、《柳崖外编》、《六合内外琐言》、《小豆棚》、《池上草堂笔记》、《耳邮》、《右台仙馆笔记》、《里乘》、《醉茶志怪》等集子中，补选文言小说三十四篇。其中既有继承《聊斋志异》的佳作，也有仿效《阅微草堂笔记》的名篇，犹如群峰拱岱，展示了清代文言小说的繁荣景象。

三是个别调整。原书选宋代文言小说《王魁传》，作者不详。本书吸收学术界的研究成果，据《云斋广录》所载的《王魁歌行》，作者确定为北宋夏噩。又如《贾云华还魂记》，原书以《绿窗女史》为底本，署名“元陈仁玉”；本书根据《剪灯余话》，作者恢复为明代李祯，《贾云华还魂记》的文字，也依据董康的《诵芬室丛刊》所收的《剪灯余话》重新整理。

关于全书整理和修订的体例，下面略作说明，供读者参考：

一、选文尽量采用较早、较好的刊本（或后人较好的整理本）为底本。原文错脱衍倒者，除极明显的错字径改外，一般都据别本校改，不作臆改；校改之处，不另作校记，在注文中附带说明。

二、选文的篇名悉照原书。原书无篇名，由选注者拟加的，则在题解中说明。

三、选文尽量采用作者的原集，个别查不到原集者，酌用类书或选本。明代宋懋澄的《负情侬传》，以《九籥集》为底本，而不根据《删补文苑楂橘》、《情史》、《情种》等书转录。

四、注释历史地名，主要参考《中国历史大辞典·历史地理》；加注今名，则根据《中国地名词典》和1998年最新出版的《中华人民共和国行政区划简册》。

五、每部文言小说集或单篇小说都有简明的题解，内容包括作者简介，小说的地位和影响，版本和所选小说在原集中的卷次等。

六、注释力求准确、详明。为便于读者理解，有些句子酌加串讲。辽代传奇小说《焚椒录》，颇多契丹语的记音字，选注者参考《国语解》和有关辞书，试作注释。个别冷僻的典故，虽经多方求教和查阅资料，仍未明原意，则注云"不详"，敬祈读者和专家指教。

编选中，承蒙朱玉麒同志殷勤相助，代查资料，并寄赠明代珍稀文言小说集校点本《花影集》和《鸳渚志余雪窗谈异》；王丽娜同志热情地代查《绣谷春容》等书的版本；杜维沫同志也将自己校点的《柳崖外编》借给我，提供急需的清代文言小说集；选注中遇到的一些冷僻的典故和难解的词语，编者曾登门向小说研究专家顾学颉先生求教，得到他的面授和指点。特别是本书责任编辑，精心审读稿件，细心通读清样，统一体例，订补引文，作了许多重要的修改，提高了全书的质量。没有责任编辑和以上专家学者的指导和切实的帮助，编者是很难做好本书的编选工作的。在此，我由衷地向他们表示诚挚的谢意。

我担任《中国文言小说精典》的主编，负责修订全稿，统一体例，润饰文字，并选注八十六篇新稿。头绪纷繁，极其琐细。既要修订原书，又要选注新稿，工作量非常大。家属王玉、陈璋为着减轻我的负担，代为誊抄和复印选文，剪贴和整理稿件，为编选全稿做了一些前期的准备工作，在此也向他们表示感谢。

陈建根